16	3	2	13
5	10	11	8
9	6	7	12
4	15	14	1

Miguel de Cervantes Saavedra

O engenhoso fidalgo D. Quixote de La Mancha

Primeiro Livro

Tradução de Sérgio Molina
Edição bilíngue
Gravuras de Gustave Doré
Apresentação de Maria Augusta da Costa Vieira

editora■34

EDITORA 34

Editora 34 Ltda.
Rua Hungria, 592 Jardim Europa CEP 01455-000
São Paulo - SP Brasil Tel/Fax (11) 3811-6777 www.editora34.com.br

Copyright © Editora 34 Ltda., 2002
Tradução © Sérgio Molina, 2002

A FOTOCÓPIA DE QUALQUER FOLHA DESTE LIVRO É ILEGAL E CONFIGURA UMA APROPRIAÇÃO INDEVIDA DOS DIREITOS INTELECTUAIS E PATRIMONIAIS DO AUTOR.

A presente tradução foi realizada graças ao apoio da
Direção Geral do Livro, Arquivos e Bibliotecas do
Ministério da Educação, Cultura e Desporto da Espanha.

Edição conforme o Acordo Ortográfico da Língua Portuguesa.

Título original:
El ingenioso hidalgo don Quijote de la Mancha

Imagem da capa:
Detalhe de gravura de Gustave Doré

Capa, projeto gráfico e editoração eletrônica:
Bracher & Malta Produção Gráfica

Revisão:
Alexandre Barbosa de Souza, Cide Piquet

1ª Edição - 2002, 2ª Edição - 2003, 3ª Edição - 2005 (1 Reimpressão), 4ª Edição - 2007, 5ª Edição - 2008, 6ª Edição - 2011, 7ª Edição - 2016 (2ª Reimpressão - 2023)

Catalogação na Fonte do Departamento Nacional do Livro
(Fundação Biblioteca Nacional, RJ, Brasil)

Cervantes Saavedra, Miguel de, 1547-1616
C413e   O engenhoso fidalgo D. Quixote de La Mancha, Primeiro Livro / Miguel de Cervantes Saavedra; edição bilíngue; tradução de Sérgio Molina; gravuras de Gustave Doré; apresentação de Maria Augusta da Costa Vieira. — São Paulo: Editora 34, 2016 (7ª Edição).
752 p.

ISBN 978-85-7326-261-2

Tradução de: El ingenioso hidalgo don Quijote de la Mancha
Edição bilíngue espanhol-português

1. Romance espanhol. I. Molina, Sérgio. II. Doré, Gustave, 1832-1883. Vieira, Maria Augusta da Costa. III. Título.

CDD - 863E

O engenhoso fidalgo
D. Quixote de La Mancha
Primeiro Livro

Apresentação de D. Quixote	9
Nota à presente edição	25
Dedicatória	29
Prólogo	31
Versos preliminares	41

PRIMEIRA PARTE

CAPÍTULO I
QUE TRATA DA CONDIÇÃO E DO EXERCÍCIO
DO FAMOSO FIDALGO D. QUIXOTE DE LA MANCHA 57

CAPÍTULO II
QUE TRATA DA PRIMEIRA SAÍDA QUE DE SUA TERRA FEZ O ENGENHOSO D. QUIXOTE 65

CAPÍTULO III
ONDE SE CONTA A CURIOSA MANEIRA COMO D. QUIXOTE FOI ARMADO CAVALEIRO 75

CAPÍTULO IV
DO QUE SUCEDEU AO NOSSO CAVALEIRO QUANDO SAIU DA ESTALAGEM 83

CAPÍTULO V
ONDE SE PROSSEGUE A NARRAÇÃO DA DESGRAÇA DO NOSSO CAVALEIRO 93

CAPÍTULO VI
DO GRACIOSO E GRANDE ESCRUTÍNIO QUE O PADRE E O BARBEIRO
FIZERAM NA BIBLIOTECA DO NOSSO ENGENHOSO FIDALGO 101

CAPÍTULO VII
DA SEGUNDA SAÍDA DO NOSSO BOM CAVALEIRO D. QUIXOTE DE LA MANCHA 113

CAPÍTULO VIII
DO BOM SUCESSO QUE O VALOROSO D. QUIXOTE
TEVE NA ESPANTOSA E JAMAIS IMAGINADA AVENTURA DOS MOINHOS DE VENTO,
MAIS OUTROS SUCESSOS DIGNOS DE FELIZ LEMBRANÇA 121

SEGUNDA PARTE

CAPÍTULO IX
ONDE SE CONCLUI E DÁ FIM À ESTUPENDA BATALHA
QUE O GALHARDO BISCAINHO E O VALENTE MANCHEGO TRAVARAM 135

CAPÍTULO X
DO QUE MAIS ACONTECEU A D. QUIXOTE COM O BISCAINHO
E DO PERIGO EM QUE SE VIU COM UMA TURBA DE GALEGOS 143

Capítulo XI
Do que sucedeu a D. Quixote com uns cabreiros 151

Capítulo XII
Do que contou um cabreiro aos que estavam com D. Quixote 163

Capítulo XIII
Onde se dá fim ao conto da pastora Marcela, mais outros sucessos 171

Capítulo XIV
Onde se põem os versos desesperados do finado pastor, mais outros não esperados sucessos 183

TERCEIRA PARTE

Capítulo XV
Onde se conta a desgraçada aventura com que topou D. Quixote em topar com uns desalmados galegos 199

Capítulo XVI
Do que sucedeu ao engenhoso fidalgo na estalagem que ele imaginava ser castelo 209

Capítulo XVII
Onde se prosseguem os inumeráveis trabalhos que o bravo D. Quixote e seu bom escudeiro Sancho Pança passaram na estalagem que por seu mal pensou que era castelo 219

Capítulo XVIII
Onde se contam as razões que trocou Sancho Pança com seu senhor D. Quixote, mais outras aventuras dignas de serem contadas 231

Capítulo XIX
Das discretas razões que Sancho passava com seu amo e da aventura que lhe sucedeu com um corpo morto, mais outros acontecimentos famosos 247

Capítulo XX
Da jamais vista nem ouvida aventura que com menos perigo foi acabada por famoso cavaleiro no mundo como a que acabou o valoroso D. Quixote de La Mancha 257

Capítulo XXI
Que trata da alta aventura e rico ganhamento do elmo de Mambrino, mais outras coisas acontecidas ao nosso invencível cavaleiro 275

Capítulo XXII
Da liberdade que deu D. Quixote a muitos desditosos que mau grado seu eram levados aonde prefeririam não ir 289

Capítulo XXIII
Do que sucedeu ao famoso D. Quixote na Serra Morena, que foi uma das mais raras aventuras que nesta verdadeira história se contam 305

Capítulo XXIV
Onde se prossegue a aventura da Serra Morena 321

Capítulo XXV
Que trata das estranhas coisas que na Serra Morena aconteceram
ao valente cavaleiro de La Mancha
e da imitação que fez da penitência de Beltenebros 333

Capítulo XXVI
Onde se prosseguem as finezas
que D. Quixote fez de enamorado na Serra Morena 355

Capítulo XXVII
De como conseguiram seu intento o padre e o barbeiro,
mais outras coisas dignas de serem contadas nesta grande história 367

QUARTA PARTE

Capítulo XXVIII
Que trata da nova e agradável aventura
acontecida ao padre e ao barbeiro na mesma serra 391

Capítulo XXIX
Que trata da discrição da formosa Dorotea,
mais outras coisas de muito gosto e passatempo 409

Capítulo XXX
Que trata do engraçado artifício e concerto que se teve em tirar
o nosso enamorado cavaleiro da aspérrima penitência em que se pusera 425

Capítulo XXXI
Das saborosas razões trocadas entre D. Quixote e Sancho Pança,
seu escudeiro, mais outros sucessos 439

Capítulo XXXII
Que trata do que sucedeu na estalagem
com toda a quadrilha de D. Quixote 451

Capítulo XXXIII
Onde se conta a *Novela do Curioso Impertinente* 461

Capítulo XXXIV
Onde se prossegue a *Novela do Curioso Impertinente* 485

Capítulo XXXV
Onde se finda a *Novela do Curioso Impertinente* 511

Capítulo XXXVI
Que trata da brava e descomunal batalha
que D. Quixote teve com uns odres de vinho tinto,
mais outros raros sucessos que na estalagem lhe aconteceram 523

Capítulo XXXVII
Onde se prossegue a história da famosa infanta Micomicona,
mais outras engraçadas aventuras 537

Capítulo XXXVIII
Que trata do curioso discurso que D. Quixote fez das armas e das letras 551

Capítulo XXXIX
   Onde o cativo conta sua vida e seus sucessos 557
Capítulo XL
   Onde se prossegue a história do cativo 569
Capítulo XLI
   Onde o cativo ainda prossegue seu caso 587
Capítulo XLII
   Que trata do que mais sucedeu na estalagem
   e de outras muitas coisas dignas de se saber 613
Capítulo XLIII
   Onde se conta a agradável história do moço de mulas,
   mais outros estranhos acontecimentos na estalagem sucedidos 623
Capítulo XLIV
   Onde se prosseguem os inauditos sucessos da estalagem 637
Capítulo XLV
   Onde se acaba de averiguar a dúvida do elmo de Mambrino e da albarda,
   e outras aventuras acontecidas, com toda a verdade 649
Capítulo XLVI
   Da notável aventura dos quadrilheiros
   e da grande ferocidade do nosso bom cavaleiro D. Quixote 659
Capítulo XLVII
   Do estranho modo como foi encantado D. Quixote de La Mancha,
   mais outros famosos sucessos 671
Capítulo XLVIII
   Onde prossegue o cônego a matéria dos livros de cavalarias,
   mais outras coisas dignas do seu engenho 685
Capítulo XLIX
   Onde se trata do discreto colóquio
   que Sancho Pança teve com seu senhor D. Quixote 695
Capítulo L
   Das discretas altercações que D. Quixote e o cônego tiveram,
   mais outros acontecimentos 707
Capítulo LI
   Que trata do que contou o cabreiro a todos os que levavam D. Quixote 715
Capítulo LII
   Da pendência que teve D. Quixote com o cabreiro, mais a rara aventura
   dos disciplinantes, à qual deu feliz fim à custa do seu suor 723

Posfácio do tradutor 743
Sobre o autor 747
Sobre o ilustrador 749
Sobre o tradutor 750

APRESENTAÇÃO DE D. QUIXOTE

Maria Augusta da Costa Vieira

O propósito desta apresentação não é outro senão o de chamar a atenção para alguns aspectos relacionados com a obra de Cervantes: algo sobre a condição do leitor de D. Quixote, ideias a respeito do modo como a obra foi interpretada em variados tempos e como foi recebida no Brasil. Não se trata, portanto, de apresentar análises literárias, comentar episódios e coisas do gênero, porque seria invadir territórios que, no momento, somente pertencem a você que, ao longo de sua leitura, terá a possibilidade de dialogar com o cavaleiro e seu escudeiro, com as demais personagens, com as vozes narrativas, com os tempos de Cervantes e — por que não? — com seus próprios botões.

QUANDO O ATRASO SIGNIFICA UM GANHO

Se você se enquadra entre aqueles que sabem muito bem da importância do Quixote como verdadeiro patrimônio da humanidade, mas, ao mesmo tempo, se inclui entre os que confessam a falta quase irreparável de ainda não ter lido a grande obra de Cervantes, abandone o constrangimento e considere-se um eminente leitor privilegiado.

Afinal, não deixa de ser grande vantagem poder ler o Quixote somente com idade mais madura, livre das ideias pré-concebidas, carregadas muitas vezes de interpretações motivadas pela vontade dos tempos que atravessam os seus quatrocentos anos de existência. Nem sempre D. Quixote foi visto exclusivamente como um cavaleiro sonhador e idealista que acreditou ser capaz de transformar o mundo de modo a torná-lo mais justo. Ao longo desses muitos anos, o cavaleiro e seu escudeiro contaram com interpretações bastante variadas que privilegiaram, em alguns momentos, a personagem que padece de uma loucura cômica, capaz de provocar muito divertimento; em outros, enfatizaram seu idealismo que conduz a um sentido trágico da vida humana.

Ao contrário do que ocorre nos países de língua espanhola, o Quixote não é um texto que integra o currículo das escolas brasileiras e, dessa forma, fica livre da leitura obrigatória, das múltiplas interpretações da obra e das eventuais análises morfológicas e sintáticas dos períodos cervantinos. É muito provável que grande parte dos leitores brasileiros chegue aos vinte anos sem ter tido jamais contato direto com a obra de Cervantes e sem maiores ideias sobre a história do cavaleiro, a não ser a do sonhador que quis transformar o mundo e que amou incondicionalmente sua dama inigualável, Dulcineia d'El Toboso. Fato invejável para alguns espanhóis que se encantariam com a possibilidade de chegar a essa idade sem ter lido a obra e poder, nesse momento, simplesmente descobri-la. Ao menos, assim se referiu Martín de Riquer ao focalizar esse leitor retardatário, quando recebeu o título de doutor *honoris causa* em uma universidade romana, em janeiro de 1990. Dentro dessa perspectiva, qualquer descuido no sentido de ainda não ter se aproximado da obra se torna, a partir de agora, um verdadeiro privilégio.

Além do mais, a escritura cervantina dedica cuidados especiais ao leitor, valendo-se de personagens e da voz narrativa para se dirigir inúmeras vezes a ele e às possibilidades de leitura, apoiando-se na ideia de que se trata de um texto aberto às diferentes idades e às diversas formas de compreensão. É Sansón Carrasco, personagem intrigante da segunda parte, que faz comentários sobre a primeira parte já publicada: "é tão clara que não traz dificuldade: as crianças a manuseiam, os moços a leem, os homens a entendem e os velhos a celebram" (*DQ* II, 3). É como se se tratasse de uma obra para toda a vida, reservando para cada época da existência um diferente modo de aproximação. Quem registrou com clareza essa diversidade na recepção do texto foi o romântico alemão Heinrich Heine, que, em 1837, redigiu um prólogo para a edição alemã do *Quixote*. Conta Heine que, ao adquirir certa fluência nas letras, o primeiro romance que leu foi a história do inusitado cavaleiro manchego. Para percorrer suas páginas, escapava de casa e se dirigia a um jardim próximo, onde escolhia sempre o mesmo banco de pedra. À medida que as aventuras iam passando, a obra aos poucos se configurava como a mais séria e infeliz das histórias. A leitura o ocupou desde os primeiros dias da primavera até os últimos mais cinzentos do outono e, progressivamente, as poucas glórias e os vários infortúnios do cavaleiro fascinavam e comoviam o jovem leitor. A cada cinco anos mais ou menos, Heine retornava ao texto e suas impressões iniciais ganhavam novos contornos. Com o tempo, o que antes fazia chorar, passou a ser fonte de grande divertimento e, na tristeza ou na alegria, o poeta confessa que o *Quixote* o acompanhou nas mais diversas circunstâncias da vida. O relato de Heine põe em evidência que o modo de ler a obra pode se alterar segundo o momento em que se tome contato com ela, podendo transitar de uma leitura que privilegia o aspecto trágico até uma outra que encontra seu centro na comicidade.

Na verdade, a questão da leitura no *Quixote* está no núcleo da obra e se manifesta de diferentes formas, a começar pelo próprio personagem que, antes de sair à luta pelos princípios da cavalaria andante, foi um inveterado leitor. Seus cinquenta anos de existência foram recheados por textos literários, o que o levou a se descuidar da propriedade, dos bens e do exercício da caça. Passava noites e dias mergulhado em livros e, como diz o narrador, "do pouco dormir e muito ler se lhe secaram os miolos, de modo que veio a perder o juízo" (*DQ* I, 1). Um tipo raro de loucura o de D. Quixote, que se origina, precisamente, no ato de leitura. Enquanto era um fidalgo decadente, Alonso Quijano foi projetando aos poucos uma nova vida a partir das muitas histórias de cavaleiros andantes até que decidiu se transformar em D. Quixote de La Mancha. A partir daí, toda a sua ação se voltou para a tentativa de introduzir na vida as aventuras fantasiosas dos cavaleiros. Ou seja, a questão da leitura ocupa lugar privilegiado na obra e constitui um tema recorrente na abordagem de questões da composição, na história das fortunas e adversidades de D. Quixote e Sancho Pança e incide com cuidado especial nos percursos do leitor. Em outros termos, seria possível dizer que a aproximação do texto possibilita a criação de um espaço crítico que faz com que o leitor não apenas acompanhe com variados humores as aventuras de D. Quixote, mas que também observe seus movimentos de composição, isto é, observe aspectos da criação literária. Tudo isso quer dizer que os leitores do *Quixote*, em maior ou em menor escala, se interessam tanto pelas aventuras disparatadas do cavaleiro e seu escudeiro quanto pelo modo como essas aventuras são narradas tendo em conta que a própria arquitetura da obra, em conjunto com a voz narrativa, convida o leitor a uma postura crítica diante da história que tem em mãos. Isso pode nos levar a afirmar com Riley, cervantista britânico que desvendou com qualidade particular a obra de Cervantes, que há escritores, há críticos e há escritores críticos: Cervantes, sem dúvida, foi um destes últimos.

"*Escribo como hablo*" — um preceito da literatura seiscentista

No século XVI ibérico os escritores, de um modo geral, passaram a ter a preocupação de fazer com que a escrita reproduzisse a fala. Além do propósito de dignificar a língua falada, havia também a ideia de conceder à língua escrita maior naturalidade, precisão, clareza e simplicidade, a ponto de criar uma escrita livre da artificialidade. Este preceito que circulava no universo cultural seiscentista aparece em *O cortesão*, de Baldassare Castiglione

(1527), obra que logo contou com tradução para o espanhol e teve ampla difusão na Espanha. Trata-se de um longo diálogo que aborda múltiplas vertentes do estatuto do cortesão que de certa forma poderia ser considerado como um código de conduta da sociedade de corte. Em um momento, um dos interlocutores defende a ideia de que o escrito não é senão um modo de falar que permanece após o ato de fala.[1] A conversa se estende por este campo, criando o consenso entre os senhores aristocráticos de que a escrita deve seguir de perto a fala.

Poucos anos depois, entre 1535 e 1536, Juan de Valdés redige uma verdadeira apologia da língua vulgar castelhana sob o título *Diálogo de la lengua*, que será conhecido em forma de manuscrito apenas na segunda metade do século XVI. Nessa obra está presente não apenas a defesa da língua vernácula frente ao latim, mas também a valorização da naturalidade na expressão.[2] No entanto, é preciso esclarecer que se os intelectuais da época, como Castiglione e Juan de Valdés, se lançavam à defesa da naturalidade no estilo, isto certamente não correspondia à facilidade de composição. Ao contrário, a tentativa de seguir o preceito do *"yo escribo como hablo"* supunha o exercício árduo de trazer para a escrita uma espontaneidade que na verdade seria fruto da ponderação, do cálculo, enfim, de uma criteriosa operação racional.

Quando Cervantes publica a primeira parte do *Quixote*, no início do século XVII, esta tendência já cedia espaço para uma orientação divergente que tratava de alargar a distância entre o referente e a metáfora, a fala e a escrita, de modo a criar uma nova forma poética extremamente ousada que, entre outras coisas, privilegiava a ideia de que *"no escribo para pocos sino para muy pocos"*. O grande representante desta orientação foi Gôngora, contemporâneo de Cervantes, com quem, aliás, não se entendeu jamais. Mas enfim, toda esta digressão em torno de um dos preceitos que orientou a lite-

---

[1] "Paréceme luego estraña cosa juzgar en el escribir por buenas aquellas palabras que en ninguna suerte de hablar se sufren y querer que lo que totalmente y siempre parece mal en lo que se habla, parezca bien en lo que se escribe. Porque cierto, o a lo menos según mi opinión, lo escrito no es outra cosa sino una forma de hablar que queda después que el hombre ha hablado" (Baldassare Castiglione, *El cortesano*, ed. de Mario Pozzi, trad. da introdução e notas de Mª de las Nieves Muñiz Muñiz, Madri, Cátedra, 1994, p. 151; edição brasileira: *O cortesão*, trad. Nilson Moulin, São Paulo, Martins Fontes, 1997).

[2] "Para deziros la verdad, muy pocas cosas observo, porque el estilo que tengo me es natural, y sin afectación ninguna escrivo como hablo, solamente tengo cuidado de usar de vocablos que sinifiquen bien lo que quiero dezir, y dígolo quanto más llanamente me es possible, porque a mi parecer en ninguna lengua stá bien el afetación" (Juan de Valdés, *Diálogo de la lengua*, ed. de Antonio Comas, Barcelona, Editorial Bruguera, 1972, p. 179).

ratura seiscentista se justifica porque, no caso do *Quixote*, muito provavelmente o leitor se dará conta de que a linguagem cervantina traz consigo esta naturalidade. O eixo de sustentação da obra é o longo diálogo entre D. Quixote e Sancho que transparece para o leitor como um extenso e amplo ato de fala entre o cavaleiro e seu escudeiro: um deles, letrado e com vasta cultura literária; o outro, analfabeto.

No entanto, é preciso ter em conta que esta naturalidade no estilo guarda diferentes níveis de compreensão da obra, que podem transitar do anedótico, simplesmente, às questões mais complexas relacionadas com o próprio fazer literário. Além disso, ao que tudo indica, Cervantes não apenas optou por uma escrita pautada pela naturalidade como também soube ridicularizar tão bem como Erasmo no *Elogio da loucura* (1509) a erudição pedante. Em outros termos, soube alcançar a naturalidade almejada pelos autores do século XVI, ao mesmo tempo que revestiu seu texto de grande complexidade. Um bom exemplo destas opções cervantinas é, sem dúvida, o "Prólogo" da primeira parte do *Quixote*.

Conversa com o leitor: o "Prólogo"

Ao contrário de outros autores dos séculos XVI e XVII espanhol, Cervantes não deixou outros escritos, além de sua obra literária, que pudessem indicar aspectos de sua biografia e opiniões sobre temas variados, inclusive sobre a própria literatura. Não há cartas, diários, tratados ou discursos que evidenciem suas preferências, suas opiniões ou mesmo suas leituras. Tudo o que se pode saber sobre Cervantes, além de documentos históricos que delineiam os estudos biográficos, encontra-se em sua obra, fonte única para o conhecimento de seu pensamento. No caso específico de suas ideias sobre a arte da escrita, Cervantes introduz em seu texto questões de teoria literária como matéria primordial do enredo e o *Quixote*, sem dúvida, é um exemplo muito particular deste procedimento, pois trata das aventuras de um pretenso cavaleiro que, como foi dito acima, antes de qualquer coisa é um inveterado leitor. Assim sendo, as relações entre literatura e vida estão presentes a cada instante da obra: na voz narrativa, na história em si mesma e na própria leitura que propõe diferentes perspectivas de abordagem.

É possível dizer que, se por um lado se sente a falta de outros escritos, por outro, os prólogos cervantinos constituem momentos privilegiados de declaração de princípios estéticos, especialmente o "Prólogo" da primeira parte do *Quixote*. Não restam dúvidas de que os prólogos, no final das contas, oferecem pistas valiosas, mas é preciso dizer também que, por via de regra, Cervantes opta por formas inusitadas que em alguns casos poderiam ser consideradas como um "antiprólogo" ou um "metaprólogo". Um exemplo claro desta particularidade encontra-se justamente no "Prólogo" da primeira parte, que prima pela originalidade, tendo-se em conta o gosto e as convenções literárias que vigoravam em 1600.

Embora o "Prólogo" anteceda a história do inusitado cavaleiro e esteja nas páginas iniciais, na verdade trata-se de um epílogo, pois declaradamente foi redigido após a conclusão da primeira parte. Este "eu" que se diz padrasto de D. Quixote, confessa que em nenhum momento encontrou tanta dificuldade como a que encontra para compor o prefácio, o que evidencia que o que vem antes, na verdade, foi escrito depois, quando já se tem ideia completa das aventuras e desventuras do cavaleiro e seu escudeiro no final do *Quixote* de 1605.

Esta primeira pessoa que redige o "Prólogo" inicia uma conversa com o leitor, tratando de situar, a partir de sua perspectiva, a obra, a personagem e, especialmente, os movimentos do próprio leitor. Assim que confessa sua dificuldade por não saber como dar conta desta empresa, chega um amigo que lhe oferece ideias práticas e uma crítica declarada relativa aos bastidores dos prólogos, isto é, relativa às estratégias utilizadas por muitos para construir uma imagem, uma aparência adequada de erudição. Por meio das ideias do amigo e dos desabafos daquele que se diz padrasto de D. Quixote, o leitor assiste à prefação da obra que se constrói na antessala, numa conversa confidencial que desmascara artifícios e critica de forma alusiva literatos famosos, especialmente Lope de Vega.

É curioso observar que, para redigir essa apresentação, a voz do "autor" se desdobra em um diálogo como se o contraponto fosse elemento essencial na construção literária cervantina, assim como ao longo da obra, as aventuras do cavaleiro vão sempre acompanhadas de saborosos diálogos com Sancho Pança. Além do mais, no momento em que se espera um texto de caráter mais referencial, no caso de Cervantes o leitor esbarra com uma ficção — a visita do amigo — como se para abordar questões relacionadas com a composição literária fosse imprescindível inventar uma narrativa. Algo muito semelhante acontece com as aventuras de D. Quixote, pois, para contar a história de um pretenso cavaleiro andante, torna-se imprescindível enfocar temas relacionados com o próprio fazer literário. Além disso, o "Prólogo" contém uma estrutura paródica, pois no final das contas, o que o leitor tem em mãos é uma paródia do "gênero" prólogo que mais parece ser um "antiprólogo". Desta forma, a porta de entrada para a primeira parte reproduz a mesma estrutura da obra que, entre outras coisas, é uma paródia dos livros de cavalaria na medida em que narra uma série de aventuras, por via de regra, "anticavaleirescas".

Autoridade do autor e liberdade do leitor

É muito provável que a primeira impressão que você terá do "Prólogo" não coincida com as eventuais impressões de futuras leituras que por acaso venha a fazer quando, por algum motivo até mesmo pouco explícito, surgir a necessidade de retornar ao começo e retomar com certa distância o que na realidade se diz naquelas páginas iniciais. Num primeiro momento fica a ideia de que se trata de um "autor" com elevada dose de modéstia que confessa abertamente suas fraquezas e suas dificuldades. Em contrapartida, é concedido ao leitor um lugar soberano que lhe permite transitar livremente por julgamentos os mais variados sobre a obra.

No "Prólogo", esta modéstia excessiva apenas convence o leitor apressado. Na verdade, parece que a voz da autoria é extremamente sagaz e a descrição de sua situação precária acaba sendo um recurso para atingir determinados propósitos estéticos. Este "eu" do "Prólogo" que se diz tão incapaz para fazer a apresentação da obra indica as condições adversas que estiveram presentes nos momentos iniciais de sua criação. Para alguns, a redação teria germinado no período em que Cervantes esteve preso na Cárcel Real de Sevilla, em 1597, quando este espaço, pela superlotação, correspondia a um verdadeiro laboratório do crime. Como diz, "foi engendrado num cárcere, onde todo o desconforto tem assento e onde todo o triste ruído faz sua morada". Para outros, no entanto, não seria possível afirmar que Cervantes tivesse iniciado a criação do *Quixote* em 1597, em Sevilha, e, quando diz que "foi engendrado num cárcere", estava se expressando em sentido metafórico. De qualquer modo, o "padrasto de D. Quixote" — como se define o autor — contou com uma condição precária durante a composição da obra e, no momento de criação do "Prólogo", é atacado por grande modéstia e timidez que não lhe permitem a desenvoltura na escrita além de sublinhar sua incapacidade para fazer a tal prefação e emitir juízos sobre a própria personagem que criou. Optar por um "Prólogo" repleto de citações e ornamentos, sonetos de autores famosos, epigramas e sentenças laudatórias antecedendo a obra poderia ser um modo de afirmar a autoridade como era costume entre muitos. No entanto, esta opção não correspondia aos propósitos e nem ao temperamento do "autor" que sequer consegue iniciar as primeiras linhas.

A solução encontrada para compensar a modéstia e a paralisia foi o desdobramento da voz, de modo a introduzir o amigo imaginário que conhece as técnicas específicas para a fabricação de uma imagem de autoridade por meio de recursos voltados para impressionar especialmente os mais incautos que se deixam levar pelas aparências.

Com arrogância inescrupulosa, o amigo vai indicando como deve ser um prólogo, ao mesmo tempo em que o constrói aos olhos de quem redigiu toda a obra. Por intermédio desse desdobramento, Cervantes situa para o seu leitor duas posturas divergentes entre os autores da época: aquele que rejeita a autoridade baseada em artifícios enganosos e aquele que segue a tradição e se apoia na erudição pedante e artificial. Embora saiba quais são as estratégias para provocar determinadas reações, o amigo reconhece muito bem que a originalidade da história — a luta contra os livros de cavalaria — dispensa a recorrência às autoridades. Enfim, a voz do amigo situa com a ousadia que falta ao "autor" as qualidades de sua própria invenção.

Além das relações entre autor e obra, o amigo reconhece também a diversidade presente nas relações entre obra e público: "Procurai também que, lendo a vossa história, o melancólico se mova ao riso, o risonho o acrescente, o simples não se aborreça, o discreto se admire da invenção, o grave a não despreze, nem o prudente a deixe de elogiar". Em outros termos, a fala do amigo explicita que a obra tanto poderá ser desfrutada pelo leitor "discreto" quanto pelo leitor "vulgar": termos que tinham significados muito particulares nos tempos de Cervantes. Esta divisão do público em dois grupos era bastante usual entre os escritores dos séculos XVI e XVII ainda que os sentidos atribuídos aos dois termos carecessem de certa precisão. No entanto, como diz Riley, esta divisão era aceita por todos, mesmo sendo algo artificial. Os leitores "discretos" seriam os leitores cultos e com discernimento enquanto que os "vulgares" seriam incultos e néscios, mostrando completa incapacidade para discriminar. No caso, é preciso certa prudência do leitor atual pois nem o "discreto" que aparece no *Quixote* corresponde a "recatado", "reservado" e nem o "vulgar" se refere a uma classificação pautada por parâmetros sociais. Como diz o próprio D. Quixote a D. Diego de Miranda na segunda parte da obra: "e não penseis, senhor, que chamo vulgo só à gente plebeia e humilde; pois todo aquele que não sabe, ainda que seja senhor e príncipe, pode e deve entrar no número do vulgo" (*DQ* II, 16). Na verdade, o leitor "discreto" seria aquele que sabe apreciar a verdadeira obra de arte enquanto o "vulgar" não seria capaz de discriminar esta qualidade. No entanto, Cervantes sabia que a verdadeira arte, ainda que buscasse o leitor "discreto" não teria por que ser incompatível com o gosto do "vulgo". E, concordando com Riley,[3] o autor do *Quixote* também sabia que, ao contrário dos dramaturgos que dependiam da pluralidade do público e estavam condicionados a interesses comerciais, o autor de romance estabelecia uma relação individual com o leitor, com quem Cervantes soube estabelecer laços de simpatia em graus jamais superados. Assim sendo, seu propósito, quando escrevia romances, era o de se comunicar com um público o mais amplo possível sem, no entanto, comprometer a qualidade artística. Por este motivo, o *Quixote* será sempre "um sol que nasce para todos", como disse em certa ocasião Augusto Meyer, seja para o leitor "melancólico", para o "discreto", o "grave" ou mesmo o "vulgar". Muitas das ideias que aparecem no "Prólogo" serão retomadas ao longo dos diversos episódios por vários personagens e, de modo muito especial nos capítulos XLVII, XLVIII e XLIX da primeira parte, quando D. Quixote tem uma longa conversa com o padre e o cônego sobre a arte literária.

Enfim, caro leitor, você dispõe de amplo espaço dentro da obra e muito provavelmente será possível constatar que, por mais que se trate de um clássico da literatura universal, por mais distante que possa estar na linha do tempo, você tem em mãos uma obra que lhe oferece o espaço da sua liberdade.

Modos de ler, modos de interpretar: breve história de como D. Quixote foi lido ao longo dos tempos

De um modo geral, os estudos sobre o *Quixote* tiveram o mesmo destino das pesquisas voltadas para as obras clássicas. Ao longo de sua história, observa-se o conflito entre duas tendências: por um lado, a abordagem da obra a partir dos pressupostos que orientaram sua criação com o intuito de resgatar os domínios possíveis da escritura e da leitura tendo em conta os leitores contemporâneos; por outro lado, a abordagem que se empenha em adequar o sentido aos referenciais próprios do leitor moderno, buscando seus possíveis significados a partir do que eventualmente o texto é capaz de dizer para o público de hoje.

A primeira tendência prima pelo academicismo e se pauta pelo rigor metodológico, circunscrevendo-se ao âmbito dos estudos literários, linguísticos e filológicos, empenhada em desvelar os sentidos do texto segundo os critérios que reinavam na época de sua composição. Em contrapartida, a

---

[3] E. C. Riley, *Teoría de la novela en Cervantes*, trad. de Carlos Sahagún, Madri, Taurus Ediciones, 1971, p. 185.

segunda tem um caráter que caminha na direção da "espontaneidade", com o objetivo de acomodar a obra clássica aos tempos e às perspectivas atuais, regulando-se pela leitura e interpretação que dela se faz hoje. Ambas as tendências trazem consigo alguns problemas. A primeira encontra dificuldades na própria divulgação de sua pesquisa tendo em conta seu caráter especializado e, na maior parte das vezes, distante do público interessado na obra em questão. Assim sendo, corre o risco de dialogar exclusivamente com as fontes primárias, num âmbito puramente acadêmico. A segunda, por sua vez, embora mais democrática no sentido de poder divulgar mais amplamente seus resultados dado seu caráter de contemporaneidade, traz em si outro problema, que é o da abordagem literária pautada pelo anacronismo e, de certo modo, carente de conteúdo histórico, uma vez que o centro de sua atenção gira em torno dos eventuais sentidos que a obra suscita hoje, ou, em outros termos, como lemos determinado texto clássico, criado em épocas remotas, a partir de nossos próprios referenciais.[4]

De um modo geral, o *Quixote* é exemplar no sentido de se adequar tanto a uma tendência quanto à outra, ou seja, tanto constitui uma fonte substanciosa e consistente para o estudo da poética nos séculos XVI e XVII quanto se mostrou prodigioso na criação do mito do cavaleiro manchego, permeável às mais diversas culturas e às mais variadas interpretações.

Numa breve retrospectiva de sua história crítica, é preciso ter em conta que a leitura que se fez da obra nos primeiros tempos, entre os séculos XVII e XVIII, se pautou sobretudo pelo destaque à paródia em relação aos livros de cavalaria. D. Quixote e Sancho foram vistos, especialmente, a partir dos múltiplos desvios que apresentavam com respeito aos seus modelos literários. Este viés de leitura se alterou radicalmente a partir do Romantismo Alemão, que encontrou no texto a plasmação de um novo gênero literário — o romance — e, na ação do cavaleiro, um sentido simbólico. Já não era o caso de destacar as conexões da obra com seu contexto histórico e literário mas sobretudo salientar, ou melhor, acomodar seu sentido à expressão das questões mais fundamentais do homem moderno, como se o texto contivesse em si a capacidade de desvendar a essência da condição humana muito além de seu tempo histórico específico. A interpretação romântica foi fecunda e se pro-

---

[4] Para questões relacionadas com a recepção crítica do *Quixote* são fundamentais, entre outros, os estudos de Anthony Close, especialmente, *The Romantic Approach to Don Quixote: A Critical History of the Romantic Tradition in Quixote Criticism* (Cambridge, Cambridge University Press, 1978); *Don Quixote* (Cambridge, Cambridge University Press, 1978) e "Las interpretaciones del *Quijote*" (*Don Quijote*, ed. de Francisco Rico, Barcelona, Instituto Cervantes/Editorial Crítica, 1998, 2ª ed., pp. CXLII-CLXV).

pagou pelos tempos, convidando a posições extremadas como as de Miguel de Unamuno, que chega a afirmar: "Que me importa o que Cervantes quis ou não pôr ali, e o que realmente pôs? O vivo é o que eu ali descubro, pusesse-o Cervantes ou não [...]".[5] Se com Unamuno se esbarra num radicalismo, com os trabalhos de Ortega y Gasset e Américo Castro,[6] que tiveram presença marcante no pensamento espanhol do século XX, ocorrerá um redirecionamento dos estudos cervantinos, inaugurando assim o cervantismo moderno. Para indicar apenas dois aspectos dessas novas orientações, observa-se o afastamento da leitura centrada obsessivamente no herói e o destaque para o sistema coerente que organiza todo o repertório de Cervantes, capaz de aliar inseparavelmente arte e pensamento. A partir dessa ideia, ao longo do século XX, o cervantismo foi encontrando na contextualização histórica e na tradição literária referenciais fundamentais para sua análise e interpretação.

Românticos e realistas: um debate do século XX

Em meados do século XX, um hispanista britânico, Peter Russell, publica um artigo intitulado *"Don Quixote* as a Funny Book"[7] em que reivindica o riso para a obra de Cervantes. Trata-se de um alerta para a crítica cervantina que vinha insistindo num esquecimento imperdoável: os estudiosos do *Quixote* já não levavam em conta que acima de tudo a obra tinha sido concebida para suscitar o riso. Ao contrário dos críticos modernos, tão avessos às gargalhadas, os críticos antigos, até meados do século XVIII aproximadamente, encontravam nas aventuras do cavaleiro um verdadeiro prodígio do riso. No entanto, este território hilariante foi abalado drasticamente pela leitura romântica que desloca a comicidade de seu lugar privilegiado e instala a interpretação trágica na leitura das andanças de D. Quixote. O propósito de Russell é examinar o passado e recuperar um filão da fortuna crítica, reconhecendo desde já que o valor literário pode estar tanto no sério quanto no cômico.

---

[5] Miguel de Unamuno, *Do sentimento trágico da vida* (trad. de Eduardo Brandão, São Paulo, Martins Fontes, 1996, p. 294).

[6] De Ortega y Gassett, *Meditaciones del Quijote* (ed. de Julián Marías, Madri, Cátedra, 1990) e de Américo Castro, *El pensamiento de Cervantes* (Barcelona, Ed. Crítica, 1987).

[7] Inicialmente o artigo foi publicado em MRL (LXIV, 1969, pp. 312-26) e posteriormente, numa coletânea de ensaios do próprio autor, *Temas de* La Celestina *y otros estudios* (trad. de A. Pérez, Barcelona, Ariel, 1978) sob o título *"Don Quijote y la risa a carcajadas"*.

Ao lado de Russell, Anthony Close investe na mesma direção e revisa a história crítica da obra preocupado em destacar os equívocos presentes na base da tendência romântica, que seriam essencialmente a idealização do herói que escamoteia o propósito satírico; a crença de que o romance é simbólico e que por meio deste simbolismo expressa ideias sobre a relação do espírito humano com a realidade ou com a natureza da história da Espanha; a interpretação de que a obra reflete a ideologia, a estética e a sensibilidade da era moderna. Close parte do pressuposto de que a tradição crítica romântica é "sentimental, séria, patriótica e subjetiva".

Fica evidente que a história crítica do *Quixote* contém uma cisão radical entre dois momentos: da publicação até o final do século XVIII, e do século XIX até meados do XX. Em linhas gerais, no primeiro período crítico a obra foi considerada como a paródia burlesca de um velho gênero: as novelas de cavalaria. Num segundo momento, isto é, a partir do século XIX, a obra passou a ser considerada como algo que vai muito além da paródia satírica e apresenta os fundamentos de um novo gênero: o romance. A interpretação romântica foi extremamente fecunda ao longo do século XIX e parte do XX, no entanto, por volta de 1960 outros vieses interpretativos passaram a se impor. Parte da crítica orientada por uma perspectiva realista, como Russell e Close, entre outros, propõe uma retomada da leitura inicial do *Quixote*, na tentativa de resgatar elementos fundamentais de sua composição. Esta reação julgou que a interpretação romântica havia se afastado enormemente dos princípios que orientaram a criação da obra e que haviam encontrado no texto cervantino sentidos alheios aos referenciais seiscentistas. Um ponto fundamental dessa revisão crítica se apoia na ideia de que a obra é cômica. Essa comicidade, por sua vez, se estrutura a partir da criação do burlesco, ou seja, do desequilíbrio entre o nível estilístico e o tema. Desequilíbrio que tanto pode estar na utilização de um estilo elevado para referir-se a temas banais quanto na criação de um estilo tosco para referir-se a grandes temas. Ou ainda, pode estar presente no descompasso entre a fala e a ação, isto é, a grandiloquência em meio a uma situação de declarada vulgaridade ou mesmo no estilo épico e pretensamente verídico que o autor ficcional, Cide Hamete Benengeli, quer imprimir à ficção. Fica implícita nessa revisão crítica uma preocupação com a textura artística da obra, que foi ofuscada pela abordagem romântica em função dos grandes temas e interpretações.

Essencialmente a abordagem romântica optou pela ideia de que seria uma pista falsa considerar o *Quixote* como puro divertimento, ou mesmo como algo escrito unicamente para ridicularizar os livros de cavalaria. O procedimento paródico, fundamental para a composição literária, foi suplantado por leituras de caráter mais filosófico e simbólico com a perspectiva de encontrar conteúdos que antecipassem questões fundamentais da modernidade. Além do mais, a interpretação romântica tratou de sublinhar o sentido trágico presente nas ações do cavaleiro e seu escudeiro que lutam constantemente contra as adversidades que se apresentam quando o que se pretende é transformar o mundo. Por intermédio dessa perspectiva, a intenção declarada de Cervantes de combater os livros de cavalaria teria ido pelos ares a favor de ideias e objetivos considerados mais transcendentes.

Loucura e comicidade

Não reconhecer a loucura quixotesca, sem dúvida, significa distanciar-se do próprio conceito que, nos tempos de Cervantes, se atribuía à loucura. Ao longo do século XV e até meados do XVII, a loucura ainda estava integrada na vida social e, desde que não muito exagerada, ela continha boa dose de divertimento. A partir daí, no entanto, ela passa a ser excluída da sociedade, e os loucos, ao lado de outros indivíduos considerados diferentes, serão afastados, por meio do internamento, condenando a loucura ao silêncio. Se a loucura foi tratada como algo que deveria ser evitado no convívio social, nos séculos XVI e XVII ela ainda apaixonava os quatro cantos do velho continente e já era tema suficientemente popularizado por Erasmo. Para ele, nem toda demência seria prejudicial. Havia aquela que se manifestava através da fúria e se encontrava por trás das consciências criminosas, mas havia também outra demência que em nada se assemelhava a esta e que surgia quando "uma ilusão deliciosa fazia esquecer os cuidados da alma e se entregava às mais variadas formas de prazer".[8]

Em certa medida, seria possível dizer que a interpretação romântica não podia aceitar a loucura de D. Quixote e, em lugar de reconhecer no personagem o louco de ideia fixa, se preferiu atribuir ao cavaleiro uma ampla e abnegada dimensão idealista. No entanto, caro leitor, seria uma perda irreparável não considerar que D. Quixote é um louco rematado e que Cervantes foi extremamente original quando introduziu na base da loucura quixotesca os grandes valores humanitários como os princípios de justiça, verdade, fi-

---

[8] Ver de Erasmo de Rotterdam, *Elogio da loucura* (trad. de Mª Isabel G. Tomás, Lisboa, Europa-América, 1973, p. 69) e também de Huarte de San Juan, *Examen de Ingenios* (ed. de Esteban Torre, Madri, Editorial Nacional, 1977), um tratado publicado em 1575 que desenvolve teorias a respeito da loucura a partir da teoria dos humores com base na fisiologia clássica.

delidade e solidariedade. Seria possível afirmar que a leitura romântica não deu conta de aliar a boa-fé e a generosidade do cavaleiro à noção de loucura, uma vez que esta já estava preenchida por uma série de preconceitos. Desse modo, acabou sendo mais coerente com a visão romântica reconhecer o simbolismo em sua ação idealista que, por via de regra, conduz a um sentido trágico da existência.

Não apenas a loucura esteve revestida de preconceitos, como também o cômico sofreu alterações quanto à sua valoração. Nos tempos do *Quixote*, o cômico estava equiparado ao sério, ou seja, ainda não se atribuía à seriedade maior importância que à comicidade e, além disso, Cervantes compartilha da crença renascentista que encontra poderes terapêuticos no riso. Com a instauração da hierarquia dos gêneros, a partir do século XVII, o cômico será rebaixado ao limiar do literário, deixando de ser considerado como criação artística capaz de expressar a complexidade do mundo. No caso do cavaleiro, a leitura romântica tratou de encontrar um sentido trágico para o fracasso de suas aventuras, uma vez que privilegia os princípios humanitários em lugar de sua loucura de ideia fixa. Cá entre nós, caro leitor, para a interpretação romântica visualizar o trágico num louco rematado seria tão paradoxal quanto encontrar razão no desatino.

O *Quixote* no Brasil: início de conversa

As palavras e os gestos de D. Quixote ecoaram vibrantes na cultura brasileira ainda que algumas vezes tenham se expressado meio na surdina e em pouco tempo tenham se ocultado no esquecimento. Não foram poucas as vozes dispersas, às vezes solitárias, que se empenharam em registrar uma leitura da obra e destacar aspectos do enérgico cavaleiro e seu escudeiro. Leituras que, em relação ao traçado de Cervantes, definido e durável, se regeram muitas vezes pelo signo do efêmero, da pluralidade e também da invenção, distanciando-se em parte das tendências mais difundidas do cervantismo internacional. Leituras que percorreram os espaços dos estudos literários e do debate crítico como a conferência de Olavo Bilac, os estudos de José Veríssimo, Vianna Moog, Josué Montello, Brito Broca, San Tiago Dantas, José Carlos de Macedo Soares, entre outros. Da mesma forma a obra inspirou criações ousadas como as revistas de Ângelo Agostini e a de Bastos Tigre entre a última década do século XIX e as primeiras do século XX. Frequentou o Sítio do Pica-Pau Amarelo por intermédio das histórias de Dona Benta em *D. Quixote das crianças* de Monteiro Lobato. Também serviu como estímulo para a formação do "Grupo Quixote" de Porto Alegre em meados do século, ajustando-se aos interesses específicos do grupo que reuniu cabeças pensantes e atuantes voltadas para um projeto literário próprio. As aventuras quixotescas também foram a base para as ilustrações de Portinari que vieram acompanhadas pelos poemas de Carlos Drummond de Andrade, traduzindo em sonoridade e ritmo as imagens plásticas do cavaleiro e seu escudeiro. A obra ainda frequentou o romance e encarnou em alguns heróis a voz quixotesca como em *Triste fim de Policarpo Quaresma*, de Lima Barreto, e *Fogo morto*, de José Lins do Rego. Também subiu aos palcos e moveu plateias em várias adaptações para o teatro, como mais recentemente em *D. Quixote de La Mancha*, de Carlos Moreno e Fabio Namatame, que soube aliar loucura, comicidade e idealismo; *Farsas quixotescas*, com texto de Hugo Possolo, encenada pelo grupo Pia Fraus, e *Num lugar de La Mancha*, encenada pelos adolescentes da Febem, com texto de Mario García-Guillén e direção de Valéria Di Pietro, que resgata a dimensão do sonho e de um sentido quixotesco para a realidade árdua da vida.

De forma bastante resumida seria possível dizer que na recepção do *Quixote* no Brasil foi grande a presença das ideias de Unamuno, que abriu espaço declarado para uma apropriação da obra de Cervantes completamente independente da sua base histórica. Prevaleceu, de um modo geral, a leitura que tratou de ajustar as andanças do cavaleiro e seu escudeiro às nossas ideias, ao nosso modo de interpretá-lo e às questões mais candentes do nosso tempo, sublinhando, na maior parte das vezes, uma leitura que destacou o valor do idealismo quixotesco e dos elevados princípios humanitários.

A esta altura, certamente o leitor deverá pensar que por um lapso não foi mencionado Machado de Assis. É certo, faltou a menção, porém não por esquecimento. Mas esta, na verdade, é uma história mais longa e mais complexa que ficará para uma próxima vez.

"*EN PAZ Y ENHORABUENA*"

No momento, paciente leitor, apenas resta desejar-lhe boas andanças pelo texto cervantino. Se no início desta apresentação comentávamos que era um verdadeiro privilégio poder ler "tardiamente" o *Quixote*, seria importante dizer também que é outro privilégio entrar em contato com a obra a partir desta edição. Trata-se de uma tradução primorosa de Sérgio Molina que traz para o leitor brasileiro aspectos do texto que não se encontravam nas demais traduções para a língua portuguesa, como o ritmo da fala e o humor da prosa de Cervantes. Sem dúvida, a tradução que mais se difundiu no Brasil foi a dos Viscondes de Castilho e Azevedo, marcada pela linguagem lusitana e por uma interpretação própria do século XIX que, para grande prejuízo do leitor, dificulta sua aproximação das andanças de D. Quixote. Além do mais, a presente tradução tem como texto-base o da mais criteriosa edição do *Quixote*, dirigida por Francisco Rico, publicada pelo Instituto Cervantes em 1998 e relançada, com revisões, em 2004. Trata-se de uma edição que contou com grande colaboração de vários cervantistas e que se dirige tanto ao leitor não familiarizado com a história, a filologia e a obra de Cervantes quanto aos especialistas que buscam bibliografia e ensaios críticos sobre a obra. Por último, o privilégio se deve ainda ao projeto generoso e audacioso da editora de oferecer, pela primeira vez em terras brasileiras, uma edição bilíngue do *Quixote*, possibilitando um saudável trânsito linguístico nos silêncios da leitura.

Dito isto, caro leitor, é chegada a sua hora e a sua vez.

NOTA À PRESENTE EDIÇÃO

O texto em espanhol de *D. Quixote* que integra este volume teve por base o estabelecido nas edições Florencio Sevilla Arroyo e Antonio Rey Hazas (Alcalá de Henares, Centro de Estudios Cervantinos, 1993), Martín de Riquer (Barcelona, Planeta, 1997), Francisco Rico (Barcelona, Instituto Cervantes/Galaxia Gutenberg, 2004), confrontado com as edições de Celina Sabor de Cortázar e Isaías Lerner (Buenos Aires, Eudeba, 2005) — cotejado com fac-símiles da edição *princeps* de 1605 —, refletindo as opções do tradutor em face das diversas variantes adotadas em cada uma delas.

O engenhoso fidalgo D. Quixote de La Mancha

Primeiro Livro

DEDICATÓRIA

AO DUQUE DE BÉJAR
Marquês de Gibraleón,
Conde de Benalcázar e de Bañares,
Visconde de Puebla de Alcocer,
Senhor das Vilas de Capilla, Curiel e Burguillos[1]

Em fé do bom acolhimento e da honra que Vossa Excelência dá a toda sorte de livros, como príncipe tão inclinado a favorecer as boas artes, mormente aquelas que, por sua nobreza, não se abatem ao serviço nem aos granjeios do vulgo, determinei de trazer à luz o *Engenhoso fidalgo D. Quixote de La Mancha* ao abrigo do mui claro nome de Vossa Excelência, a quem, com o acatamento que devo a tanta grandeza, suplico que o receba agradavelmente sob sua proteção, para que, à sua sombra, ainda que despido daquele precioso ornamento de elegância e erudição de que soem andar vestidas as obras compostas nas casas dos homens que sabem, ouse aparecer seguro no juízo de alguns que, não se contendo nos limites da sua ignorância, soem condenar com mais rigor e menos justiça os trabalhos alheios; e assim, pondo a prudência de Vossa Excelência os olhos no meu bom desejo, confio que não desdenhará da pequenez de tão humilde serviço.[2]

Miguel de Cervantes Saavedra[3]

DEDICATORIA

AL DUQUE DE BÉJAR
Marqués de Gibraleón, Conde de Benalcázar y Bañares,
Vizconde de la Puebla de Alcocer,
Señor de las Villas de Capilla, Curiel y Burguillos

En fe del buen acogimiento y honra que hace Vuestra Excelencia a toda suerte de libros, como príncipe tan inclinado a favorecer las buenas artes, mayormente las que por su nobleza no se abaten al servicio y granjerías del vulgo, he determinado de sacar a luz al *Ingenioso hidalgo don Quijote de la Mancha*, al abrigo del clarísimo nombre de Vuestra Excelencia, a quien, con el acatamiento que debo a tanta grandeza, suplico le reciba agradablemente en su protección, para que a su sombra, aunque desnudo de aquel precioso ornamento de elegancia y erudición de que suelen andar vestidas las obras que se componen en las casas de los hombres que saben, ose parecer seguramente en el juicio de algunos que, no continiéndose en los límites de su ignorancia, suelen condenar con más rigor y menos justicia los trabajos ajenos; que, poniendo los ojos la prudencia de Vuestra Excelencia en mi buen deseo, fío que no desdeñará la cortedad de tan humilde servicio.

Miguel de Cervantes Saavedra

Notas

[1] Duque de Béjar: D. Alonso Diego López de Zúñiga y Sotomayor (1577-1619), sétimo duque de Béjar (Salamanca). Grande de Espanha solicitado como mecenas por vários poetas da época, entre eles Góngora, que lhe dedicou suas *Soledades*. Cervantes não voltará a destinar-lhe nenhum texto, acolhendo-se em seus livros seguintes ao Conde de Lemos.

[2] A coincidência de frases inteiras desta dedicatória com outra, de autoria do poeta Francisco de Herrera, mais os muitos erros tipográficos que apresenta na edição *princeps* são considerados indícios de que se trata de uma colagem de textos improvisada pelo impressor em cima da hora de compor o livro, provavelmente por ter perdido a página autógrafa de Cervantes.

[3] O sobrenome Saavedra, com o qual Miguel de Cervantes passa a assinar a partir de 1590, não pertence a nenhum dos seus antepassados diretos. Ao que parece, tomou-o de Gonzalo de Cervantes Saavedra, seu parente distante; o motivo é até hoje objeto de especulações.

PRÓLOGO

Desocupado leitor:[1] sem meu juramento podes crer que eu quisera que este livro, como filho do entendimento, fosse o mais formoso, o mais galhardo e mais discreto[2] que se pudesse imaginar. Mas não esteve em minha mão contrariar a ordem da natureza, que nela cada coisa engendra sua semelhante. E assim, que poderá engendrar o estéril e malcultivado engenho meu, senão a história de um filho seco, mirrado, caprichoso e cheio de pensamentos vários e nunca imaginados por outro alguém, tal como quem foi engendrado num cárcere,[3] onde todo o desconforto tem assento e onde todo o triste ruído faz sua morada? O sossego, o lugar aprazível, a amenidade dos campos, a serenidade dos céus, o murmurar das fontes, a quietude do espírito dão bom azo para que as musas mais estéreis se mostrem fecundas e ofereçam ao mundo partos que o cumulem de maravilha e de contento. Não raro tem um pai um filho feio e sem graça alguma, mas o amor que tem por ele põe-lhe uma venda nos olhos para que não veja suas falhas, antes as toma por graças e discrições e as conta aos amigos como agudezas e donaires. Mas eu, que, se bem pareça pai, sou padrasto de D. Quixote, não quero seguir a corrente

---

PRÓLOGO

Desocupado lector: sin juramento me podrás creer que quisiera que este libro, como hijo del entendimiento, fuera el más hermoso, el más gallardo y más discreto que pudiera imaginarse; pero no he podido yo contravenir al orden de naturaleza, que en ella cada cosa engendra su semejante. Y así, ¿qué podrá engendrar el estéril y mal cultivado ingenio mío, sino la historia de un hijo seco, avellanado, antojadizo y lleno de pensamientos varios y nunca imaginados de otro alguno, bien como quien se engendró en una cárcel, donde toda incomodidad tiene su asiento y donde todo triste ruido hace su habitación? El sosiego, el lugar apacible, la amenidad de los campos, la serenidad de los cielos, el murmurar de las fuentes, la quietud del espíritu, son grande parte para que las musas más estériles se muestren fecundas y ofrezcan partos al mundo que le colmen de maravilla y de contento. Acontece tener un padre un hijo feo y sin gracia alguna, y el amor que le tiene le pone una venda en los ojos para que no vea sus faltas, antes las juzga por discreciones y lindezas y las cuenta a sus amigos por agudezas y donaires. Pero yo, que, aunque parezco padre, soy padrastro de don Quijote, no quiero irme con la corriente del uso, ni suplicarte, casi con las lágrimas en los ojos, como otros hacen, lector carísimo, que perdones o disimules las faltas que en este mi hijo vieres, que ni eres su pariente ni su amigo, y tienes tu alma en tu cuerpo y tu libre albedrío como el

do uso suplicando-te, quase com lágrimas nos olhos, como outros fazem, leitor caríssimo, que perdoes ou dissimules as falhas que neste meu filho vires, pois não és seu parente nem seu amigo, e tens a alma em teu corpo e teu livre-arbítrio no justo ponto, e estás na tua casa, onde és senhor dela, como o rei dos seus cobros, e sabes o que comumente se diz, que "debaixo do meu manto, o rei eu mato", todo o qual te isenta e livra de todo respeito e obrigação, e assim podes dizer da história tudo o que te parecer, sem temer que te caluniem pelo mal nem te premiem pelo bem que dela disseres.

Eu só quisera dar-ta enxuta e nua, sem o ornamento do prólogo nem da infinidade e catálogo dos costumados sonetos, epigramas e elogios que no início dos livros soem pôr. Pois sei dizer que, conquanto me tenha custado algum trabalho compô-la, nenhum foi maior que fazer esta prefação que vais lendo. Muitas vezes tomei da pena para o escrever, e muitas a deixei, por não saber o que escreveria; e estando numa delas suspenso, com o papel diante, a pena à orelha, o cotovelo na mesa e a mão no queixo, pensando no que diria, entrou de improviso um amigo meu, espirituoso e avisado. O qual vendo-me tão cismativo, me perguntou a causa, e não ocultando-lha eu, respondi que estava pensando no prólogo que tinha de fazer à história de D. Quixote, e que isto me punha de tal sorte que eu nem o queria fazer, nem menos trazer à luz as façanhas de tão nobre cavaleiro.

— Como quereis que não me tenha confuso o que dirá o velho legislador chamado vulgo quando vir que, ao cabo de tantos anos dormindo no silêncio do esquecimento, saio agora, com todos meus anos nas costas, trazendo por leitura uma legenda seca como um esparto, alheia de invenção, parca de estilo, pobre de conceitos e falta de toda erudição e doutrina, sem rubricas às margens nem notas ao fim, como vejo que têm outros livros, ain-

---

más pintado, y estás en tu casa, donde eres señor della, como el rey de sus alcabalas, y sabes lo que comúnmente se dice, que "debajo de mi manto, al rey mato", todo lo cual te esenta y hace libre de todo respecto y obligación, y, así, puedes decir de la historia todo aquello que te pareciere, sin temor que te calunien por el mal ni te premien por el bien que dijeres della.

Solo quisiera dártela monda y desnuda, sin el ornato de prólogo, ni de la inumerabilidad y catálogo de los acostumbrados sonetos, epigramas y elogios que al principio de los libros suelen ponerse. Porque te sé decir que, aunque me costó algún trabajo componerla, ninguno tuve por mayor que hacer esta prefación que vas leyendo. Muchas veces tomé la pluma para escribille, y muchas la dejé, por no saber lo que escribiría; y estando una suspenso, con el papel delante, la pluma en la oreja, el codo en el bufete y la mano en la mejilla, pensando lo que diría, entró a deshora un amigo mío, gracioso y bien entendido. El cual viéndome tan imaginativo, me preguntó la causa, y no encubriéndosela yo, le dije que pensaba en el prólogo que había de hacer a la historia de don Quijote, y que me tenía de suerte que ni quería hacerle, ni menos sacar a luz las hazañas de tan noble caballero.

— Porque ¿cómo queréis vos que no me tenga confuso el qué dirá el antiguo legislador que llaman vulgo cuando vea que, al cabo de tantos años como ha que duermo en el silencio del olvido, salgo ahora, con todos mis años a cuestas, con una leyenda seca como un esparto, ajena de invención, menguada de estilo, pobre de concetos y falta de toda erudición y doctrina, sin acotaciones en las márgenes y sin anotaciones en el fin del libro, como veo que están otros libros, aunque sean fabulosos y profanos, tan llenos de sentencias de Aristóteles, de Platón y de toda la caterva de filósofos, que admiran a los leyentes y tienen a sus autores por hombres leídos, eruditos y

da que sejam fabulosos e profanos, tão cheios de sentenças de Aristóteles, de Platão e de toda a caterva de filósofos, que se admiram os ledores e reputam os seus autores por homens lidos, eruditos e eloquentes? E quando citam a Divina Escritura, então? Dirão quando menos que são uns Santos Tomases e outros doutores da Igreja, guardando nisso tão engenhoso decoro, que aqui pintam um enamorado licencioso para ali fazerem um sermãozinho cristão, que é um contento e um regalo ouvir ou ler. De tudo isto há de carecer o meu livro, pois nem tenho o que rubricar às margens, nem o que anotar ao final, nem menos sei que autores sigo nele para pôr no início, como fazem todos, pela ordem do abecê, começando por Aristóteles e acabando em Xenofonte e Zoilo ou Zêuxis, ainda que sejam maledicente o primeiro e pintor o segundo.[4] Também de sonetos no início há de carecer o meu livro, ao menos de sonetos cujos autores sejam duques, marqueses, condes, bispos, damas ou poetas celebérrimos; bem que, se eu os pedisse a dois ou três oficiais[5] meus amigos, sei que mos dariam, e seriam tais que os não igualariam os daqueles que mais nome têm em nossa Espanha. Enfim, senhor e amigo meu — prossegui —, eu determino que o senhor D. Quixote há de permanecer sepultado nos seus arquivos de La Mancha até que o céu proporcione quem o adorne de tantas coisas que lhe faltam, pois eu me acho incapaz de as remediar, por minha insuficiência e poucas letras, e por ser de natureza poltrão e preguiçoso no andar à cata de autores que digam o que eu bem sei dizer sem eles. Daí nasce, amigo, a suspensão e o arrebato em que me achastes, sendo causa bastante para me pôr nela a que de mim ouvistes.

Ouvindo o qual meu amigo, dando uma palmada na testa e disparando uma salva de risadas, me disse:

— Por Deus, irmão, que agora acabo de me desenganar do engano em

---

elocuentes? Pues ¿qué, cuando citan la Divina Escritura? No dirán sino que son unos santos Tomases y otros doctores de la Iglesia, guardando en esto un decoro tan ingenioso, que en un renglón han pintado un enamorado destraído y en otro hacen un sermoncico cristiano, que es un contento y un regalo oílle o leelle. De todo esto ha de carecer mi libro, porque ni tengo qué acotar en el margen, ni qué anotar en el fin, ni menos sé qué autores sigo en él, para ponerlos al principio, como hacen todos, por las letras del abecé, comenzando en Aristóteles y acabando en Xenofonte y en Zoílo o Zeuxis, aunque fue maldiciente el uno y pintor el otro. También ha de carecer mi libro de sonetos al principio, a lo menos de sonetos cuyos autores sean duques, marqueses, condes, obispos, damas o poetas celebérrimos; aunque si yo los pidiese a dos o tres oficiales amigos, yo sé que me los darían, y tales, que no les igualasen los de aquellos que tienen más nombre en nuestra España. En fin, señor y amigo mío — proseguí —, yo determino que el señor don Quijote se quede sepultado en sus archivos en la Mancha, hasta que el cielo depare quien le adorne de tantas cosas como le faltan, porque yo me hallo incapaz de remediarlas, por mi insuficiencia y pocas letras, y porque naturalmente soy poltrón y perezoso de andarme buscando autores que digan lo que yo me sé decir sin ellos. De aquí nace la suspensión y elevamiento, amigo, en que me hallastes, bastante causa para ponerme en ella la que de mí habéis oído.

Oyendo lo cual mi amigo, dándose una palmada en la frente y disparando en una carga de risa, me dijo:

— Por Dios, hermano, que agora me acabo de desengañar de un engaño en que he estado todo el mucho tiempo que ha que os conozco, en el cual siempre os he tenido por discreto y prudente en todas vuestras aciones. Pero agora veo que estáis tan lejos de serlo como lo está el cielo de la tierra. ¿Cómo que es posible que cosas de

que vivi todo o muito tempo que vos conheço, no qual sempre vos tive por discreto e prudente em todas as vossas ações. Mas vejo agora que estais tão longe de sê-lo como o céu está da terra. Como é possível que coisas de tão pouca monta e fácil remédio possam ter força para suspender e abismar um engenho tão maduro como o vosso, e tão afeito a vencer e atropelar outras dificuldades maiores? À fé que isto não nasce de falta de habilidade, e sim de sobra de preguiça e penúria de discurso.[6] Quereis ver como é verdade o que digo? Prestai atenção, e vereis como num abrir e fechar de olhos eu desfaço todas as vossas dificuldades e remedeio todas as faltas que dizeis que vos suspendem e acovardam para deixar de dar à luz do mundo a história do vosso famoso D. Quixote, luz e espelho de toda a cavalaria andante.

— Dizei — repliquei, em ouvindo o que me dizia — de que modo pensais preencher o vazio do meu temor e reduzir à claridade o caos da minha confusão?

Ao que ele disse:

— O primeiro em que reparais, dos sonetos, epigramas ou elogios que vos faltam para o princípio, e que sejam de figuras graves e de título, pode ser remediado com que vós mesmo vos deis ao trabalho de os fazer, e depois os podeis batizar com o nome que quiserdes, afilhando-os ao Preste João das Índias ou ao Imperador da Trebizonda,[7] dos quais sei haver notícia de que foram famosos poetas; e se acaso o não foram e houver alguns pedantes e bacharéis que pelas costas vos mordam e murmurem dessa verdade, não se vos dê uma mínima, pois ainda que vos descubram a mentira, não vos haverão de cortar a mão com que a escrevestes. Quanto à citação dos livros e autores donde tirardes as sentenças e ditos que puserdes na vossa história, bastará fazer de jeito que venham a calhar algumas sentenças ou latins que

---

tan poco momento y tan fáciles de remediar puedan tener fuerzas de suspender y absortar un ingenio tan maduro como el vuestro, y tan hecho a romper y atropellar por otras dificultades mayores? A la fe, esto no nace de falta de habilidad, sino de sobra de pereza y penuria de discurso. ¿Queréis ver si es verdad lo que digo? Pues estadme atento y veréis como en un abrir y cerrar de ojos confundo todas vuestras dificultades y remedio todas las faltas que decís que os suspenden y acobardan para dejar de sacar a la luz del mundo la historia de vuestro famoso don Quijote, luz y espejo de toda la caballería andante.

— Decid — le repliqué yo, oyendo lo que me decía —, ¿de qué modo pensáis llenar el vacío de mi temor y reducir a claridad el caos de mi confusión?

A lo cual él dijo:

— Lo primero en que reparáis de los sonetos, epigramas o elogios que os faltan para el principio, y que sean de personajes graves y de título, se puede remediar en que vos mesmo toméis algún trabajo en hacerlos, y después los podéis bautizar y poner el nombre que quisiéredes, ahijándolos al Preste Juan de las Indias o al Emperador de Trapisonda, de quien yo sé que hay noticia que fueron famosos poetas; y cuando no lo hayan sido y hubiere algunos pedantes y bachilleres que por detrás os muerdan y murmuren desta verdad, no se os dé dos maravedís, porque, ya que os averigüen la mentira, no os han de cortar la mano con que lo escribistes. En lo de citar en las márgenes los libros y autores de donde sacáredes las sentencias y dichos que pusiéredes en vuestra historia, no hay más sino hacer de manera que vengan a pelo algunas sentencias o latines que vos sepáis de memoria, o a lo menos que os cuesten poco trabajo el buscalle, como será poner, tratando de libertad y cautiverio:

saibais de cor, ou pelo menos que vos custem pouco trabalho lembrar, como será pôr, tratando de liberdade e cativeiro:

Non bene pro toto libertas venditur auro.[8]

Para em seguida, à margem, citar Horácio, ou lá quem o tenha dito. Se tratardes do poder da morte, haveis de logo acudir com

*Pallida mors aequo pulsat pede pauperum tabernas
regumque turres.*[9]

Se da amizade e do amor que Deus manda ter pelo inimigo, atacai logo com a Divina Escritura, donde com um tantico de curiosidade podereis tirar, quando menos, as palavras do próprio Deus: "*Ego autem dico vobis: diligite inimicos vestros*".[10] Se tratardes dos maus pensamentos, recorrei ao Evangelho: "*De corde exeunt cogitationes malae*".[11] Se da instabilidade dos amigos, aí está Catão, que vos dará seu dístico:

*Donec eris felix, multos numerabis amicos.
Tempora se fuerint nubila, solus eris.*[12]

E com esses latins e outros quejandos vos terão, no mínimo, por gramático, e sê-lo não é de pouca honra e proveito nos dias de hoje.

No que toca a pôr anotações ao final do livro, certamente o podeis fazer desta maneira: se citardes algum gigante em vosso livro, fazei que seja o gigante Golias, pois só nisto, que vos custará quase nada, tereis uma grande

---

Non bene pro toto libertas venditur auro.

Y luego, en el margen, citar a Horacio, o a quien lo dijo. Si tratáredes del poder de la muerte, acudir luego con

*Pallida mors aequo pulsat pede pauperum tabernas,
regumque turres.*

Si de la amistad y amor que Dios manda que se tenga al enemigo, entraros luego al punto por la Escritura Divina, que lo podéis hacer con tantico de curiosidad y decir las palabras, por lo menos, del mismo Dios: "Ego autem dico vobis: diligite inimicos vestros". Si tratáredes de malos pensamientos, acudid con el Evangelio: "De corde exeunt cogitationes malae". Si de la instabilidad de los amigos, ahí está Catón, que os dará su dístico:

*Donec eris felix, multos numerabis amicos.
Tempora si fuerint nubila, solus eris.*

Y con estos latinicos y otros tales os tendrán siquiera por gramático, que el serlo no es de poca honra y provecho el día de hoy.

En lo que toca el poner anotaciones al fin del libro, seguramente lo podéis hacer desta manera: si nombráis algún gigante en vuestro libro, hacelde que sea el gigante Golías, y con solo esto, que os costará casi nada,

anotação, em que podereis pôr: "O gigante Golias, ou Goliat, foi um filisteu que o pastor Davi matou de uma grande pedrada, no vale do Terebinto, como se conta no livro dos Reis...", no capítulo em que achardes que está escrito. Depois, para vos mostrardes homem erudito em letras humanas e cosmógrafo, fazei de modo que na vossa história alguém mencione o rio Tejo, e logo vos vereis com outra famosa anotação, pondo: "O rio Tejo foi assim chamado por um rei das Espanhas; tem sua nascente em tal lugar e morre no mar Oceano, beijando os muros da famosa cidade de Lisboa, e é opinião que tem as areias de ouro" etc.[13] Se tratardes de ladrões, eu vos contarei a história de Caco,[14] que sei de cor; se de mulheres rameiras, aí está o bispo de Mondoñedo, que vos emprestará Lamia, Laida e Flora,[15] cuja nota vos dará grande crédito; se de cruéis, Ovídio vos entregará Medeia; se de encantadores e feiticeiras, Homero tem Calipso e Virgílio, Circe; se de capitães valorosos, o próprio Júlio César vos emprestará a si mesmo nos seus *Comentários* e Plutarco vos dará mil Alexandres. Se tratardes de amores, com duas onças que souberdes de língua toscana, topareis com Leão Hebreu,[16] que vos dará o bastante para encher as medidas. E se não quiserdes andar por terras estranhas, em vossa casa tendes Fonseca e o seu *Del amor de Dios*,[17] onde vem cifrado tudo quanto vós e o mais engenhoso[18] puderem desejar nessa matéria. Em resumo, bastará que trateis de citar esses nomes, ou tocar essas histórias na vossa, como aqui tenho dito, e deixai por minha conta as notas e rubricas; que voto a tal[19] encher as margens e gastar quatro cadernos no final do livro. Passemos agora à citação dos autores que os outros livros têm, e que no vosso faltam. O remédio disto é muito fácil, pois bastará que procureis um livro que os arrole todos, do A ao Z, como dizeis. Então poreis esse mesmo abecedário em vosso livro; pois, posto que a mentira se veja às cla-

---

tenéis una grande anotación, pues podéis poner: "El gigante Golías, o Goliat, fue un filisteo a quien el pastor David mató de una gran pedrada, en el valle de Terebinto, según se cuenta en el libro de los Reyes...", en el capítulo que vos halláredes que se escribe. Tras esto, para mostraros hombre erudito en letras humanas y cosmógrafo, haced de modo como en vuestra historia se nombre el río Tajo, y veréisos luego con otra famosa anotación, poniendo: "El río Tajo fue así dicho por un rey de las Españas; tiene su nacimiento en tal lugar y muere en el mar Océano, besando los muros de la famosa ciudad de Lisboa, y es opinión que tiene las arenas de oro", etc. Si tratáredes de ladrones, yo os diré la historia de Caco, que la sé de coro; si de mujeres rameras, ahí está el obispo de Mondoñedo, que os prestará a Lamia, Laida y Flora, cuya anotación os dará gran crédito; si de crueles, Ovidio os entregará a Medea; si de encantadores y hechiceras, Homero tiene a Calipso y Virgilio a Circe; si de capitanes valerosos, el mismo Julio César os prestará a sí mismo en sus *Comentarios*, y Plutarco os dará mil Alejandros. Si tratáredes de amores, con dos onzas que sepáis de la lengua toscana, toparéis con León Hebreo que os hincha las medidas. Y si no queréis andaros por tierras estrañas, en vuestra casa tenéis a Fonseca, *Del amor de Dios*, donde se cifra todo lo que vos y el más ingenioso acertare a desear en tal materia. En resolución, no hay más sino que vos procuréis nombrar estos nombres, o tocar estas historias en la vuestra, que aquí he dicho, y dejadme a mí el cargo de poner las anotaciones y acotaciones; que yo os voto a tal de llenaros las márgenes y de gastar cuatro pliegos en el fin del libro. Vengamos ahora a la citación de los autores que los otros libros tienen, que en el vuestro os faltan. El remedio que esto tiene es muy fácil, porque no habéis de hacer otra cosa que buscar un libro que los acote todos, desde la A hasta la Z, como vos decís. Pues ese mismo abecedario pondréis vos en vuestro libro; que puesto que a la

ras, dada a pouca necessidade que tínheis de deles vos valer, isso nada importará, e talvez haja até algum simplório que acredite que a todos recorrestes na simples e singela história vossa; e quando não servir de outra coisa, pelo menos há de servir aquele longo catálogo de autores para de improviso dar autoridade ao livro. E mais, que não haverá quem se ponha a averiguar se os seguistes ou não seguistes, nada ganhando com isto. Tanto mais que, se eu bem entendo, este vosso livro não tem necessidade de nenhuma dessas coisas que dizeis que lhe faltam, pois todo ele é uma invectiva contra os livros de cavalarias, dos quais nunca se lembrou Aristóteles, nem disse nada São Basílio, nem teve notícia Cícero, nem contam nos seus fabulosos disparates as pontualidades da verdade, nem as observações da astrologia, nem importam nele as medidas geométricas, nem a confutação dos argumentos de que se vale a retórica, nem tem para que predicar a ninguém, mesclando o humano com o divino, que é um gênero de mescla do qual não se há de vestir nenhum cristão entendimento. Tendes tão só que vos valer da imitação naquilo que fordes escrevendo, pois, quanto mais perfeita ela for, tanto melhor será o escrito. E como esta vossa escritura não mira a mais que a desfazer a autoridade e capacidade que no mundo e no vulgo têm os livros de cavalarias, não há razão para que andeis a mendigar sentenças de filósofos, conselhos da Divina Escritura, fábulas de poetas, orações de retóricos, milagres de santos, e sim procurar que lhanamente, com palavras significativas, honestas e bem colocadas, saiam vossa oração e período sonoros e festivos, representando vossa intenção em tudo o que alcançardes e for possível, dando a entender vossos conceitos sem os intricar nem obscurecer. Procurai também que, lendo a vossa história, o melancólico se mova ao riso, o risonho o acrescente, o simples não se aborreça, o discreto se admire da invenção, o grave a não

---

clara se vea la mentira, por la poca necesidad que vos teníades de aprovecharos dellos, no importa nada, y quizá alguno habrá tan simple que crea que de todos os habéis aprovechado en la simple y sencilla historia vuestra. Y cuando no sirva de otra cosa, por lo menos servirá aquel largo catálogo de autores a dar de improviso autoridad al libro. Y más, que no habrá quien se ponga a averiguar si los seguistes o no los seguistes, no yéndole nada en ello. Cuanto más que, si bien caigo en la cuenta, este vuestro libro no tiene necesidad de ninguna cosa de aquellas que vos decís que le falta, porque todo él es una invectiva contra los libros de caballerías, de quien nunca se acordó Aristóteles, ni dijo nada San Basilio, ni alcanzó Cicerón, ni caen debajo de la cuenta de sus fabulosos disparates las puntualidades de la verdad, ni las observaciones de la astrología, ni le son de importancia las medidas geométricas, ni la confutación de los argumentos de quien se sirve la retórica, ni tiene para qué predicar a ninguno, mezclando lo humano con lo divino, que es un género de mezcla de quien no se ha de vestir ningún cristiano entendimiento. Solo tiene que aprovecharse de la imitación en lo que fuere escribiendo, que, cuanto ella fuere más perfecta, tanto mejor será lo que se escribiere. Y pues esta vuestra escritura no mira a más que a deshacer la autoridad y cabida que en el mundo y en el vulgo tienen los libros de caballerías, no hay para qué andéis mendigando sentencias de filósofos, consejos de la Divina Escritura, fábulas de poetas, oraciones de retóricos, milagros de santos, sino procurar que a la llana, con palabras significantes, honestas y bien colocadas, salga vuestra oración y período sonoro y festivo, pintando en todo lo que alcanzáredes y fuere posible vuestra intención, dando a entender vuestros conceptos sin intricarlos y escurecerlos. Procurad también que, leyendo vuestra historia, el melancólico se mueva a risa, el risueño la acreciente, el simple no se enfade, el discreto se admire de la invención, el grave

despreze, nem o prudente a deixe de elogiar. Enfim, levai a mira posta a derribar a malfundada máquina desses cavaleirosos livros, detestados por tantos e elogiados por muitos mais; pois, se tanto alcançardes, não terás alcançado pouco.

Com grande silêncio estive escutando o que meu amigo me dizia, e de tal maneira se imprimiram em mim as suas razões[20] que, sem as pôr em disputa, as aprovei por boas e delas mesmas resolvi fazer este prólogo, no qual verás, leitor suave, a discrição do meu amigo, a minha boa ventura em achar tal conselheiro em tempo tão necessitado e o teu alívio em receber tão sincera e tão sem rodeios a história do famoso D. Quixote de La Mancha, de quem é opinião, entre todos os habitantes do distrito do Campo de Montiel,[21] que foi o mais casto enamorado e o mais valente cavaleiro que de muitos anos a esta parte se viu naqueles contornos. Não quero encarecer o serviço que te faço em dar-te a conhecer tão nobre e tão honrado cavaleiro; mas quero que me agradeças o conhecimento que terás do famoso Sancho Pança, seu escudeiro, em quem, no meu entender, te dou cifradas todas as graças escudeiras que na caterva dos vãos livros de cavalaria estão dispersas. E com isto, que Deus te dê saúde e de mim não se esqueça. *Vale*.[22]

Notas

[1] Desocupado leitor: imitação irônica da interpelação ao "discreto leitor" que abre muitos prólogos da época, elogiando sua inteligência (cf. nota 2) e, por conseguinte, a excelência do livro que tem em mãos.

[2] Discreto: a palavra é usada, aqui e em todo o livro, no sentido de "sensato, inteligente, agudo", e não no de "reservado, circunspecto", hoje mais corrente em castelhano e em português.

---

no la desprecie, ni el prudente deje de alabarla. En efecto, llevad la mira puesta a derribar la máquina mal fundada destos caballerescos libros, aborrecidos de tantos y alabados de muchos más; que, si esto alcanzásedes, no habríades alcanzado poco.

Con silencio grande estuve escuchando lo que mi amigo me decía, y de tal manera se imprimieron en mí sus razones, que, sin ponerlas en disputa, las aprobé por buenas y de ellas mismas quise hacer este prólogo, en el cual verás, lector suave, la discreción de mi amigo, la buena ventura mía en hallar en tiempo tan necesitado tal consejero, y el alivio tuyo en hallar tan sincera y tan sin revueltas la historia del famoso don Quijote de la Mancha, de quien hay opinión, por todos los habitadores del distrito del campo de Montiel, que fue el más casto enamorado y el más valiente caballero que de muchos años a esta parte se vio en aquellos contornos. Yo no quiero encarecerte el servicio que te hago en darte a conocer tan noble y tan honrado caballero; pero quiero que me agradezcas el conocimiento que tendrás del famoso Sancho Panza, su escudero, en quien, a mi parecer, te doy cifradas todas las gracias escuderiles que en la caterva de los libros vanos de caballerías están esparcidas. Y con esto, Dios te dé salud y, a mí no olvide. *Vale*.

³ ... engendrado num cárcere: provável referência ao encarceramento de Cervantes durante alguns meses de 1597, por dívidas, na prisão de Sevilha, onde teria concebido o argumento inicial do livro. Também poderia aludir a uma detenção anterior, em 1592, no povoado cordovês de Castro del Río.

⁴ Zoilo (IV a.C.): sofista e crítico grego, detrator de Homero, Platão e Isócrates. Zêuxis (IV-V a.C.): um dos principais pintores gregos de seu tempo. Reconhece-se nesse trecho uma alusão aos glossários protoenciclopédicos que Lope de Vega anexa a vários de seus livros.

⁵ Oficial: artesão com status entre aprendiz e mestre, mas aqui também no sentido mais amplo, e então mais usual, de conhecedor do ofício.

⁶ Discurso: aqui e em todo o livro, no sentido de "raciocínio, discernimento, tino", também corrente no português clássico.

⁷ Preste João das Índias: monarca lendário de um Estado cristão localizado numa região incerta da Ásia, que teria apoiado os cruzados na tomada da Terra Santa. Trebizonda: cidade situada na costa meridional do mar Negro, na atual Turquia. Durante o século XIII, foi capital de uma das quatro partes em que se dividiu o Império Bizantino. Tanto o monarca quanto a cidade são recorrentes nas novelas de cavalarias.

⁸ *Non bene pro toto libertas venditur auro*: "Não há ouro que pague a liberdade". A frase não é de Horácio, e sim de Esopo; trata-se mais exatamente do dístico moralizante com que se encerra sua fábula "De cane et Lupo", na versão latina de Walter o Inglês (ou Gualterius Anglicus).

⁹ *Pallida mors aequo pulsat pede pauperum tabernas/ regumque turres*: "A pálida morte bate igualmente à choça do pobre e ao palácio do rei" (Horácio, *Odes*, I, IV, 13-14).

¹⁰ *Ego autem dico vobis: diligite inimicos vestros*: "Pois eu vos digo: amai vossos inimigos" (Mateus, 5, 44).

¹¹ *De corde exeunt cogitationes malae*: "Porque do coração provêm os maus pensamentos" (Mateus, 15, 19).

¹² *Donec eris felix, multos numerabis amicos./ Tempora se fuerint nubila, solus eris*: "Enquanto fores feliz, contarás com muitos amigos. Se o tempo fechar, ficarás só". Versos de Ovídio (*Tristes*, I, IX, 5-6) convertidos em lugar-comum, confundidos aqui com uma das máximas de Dionísio Catão (século III), cujos *Disticha* foram muito populares na Espanha quinhentista através de sua versão castelhana, intitulada *Castigos y ejemplos* (Medina del Campo, 1543), que chegou a ser largamente usada como cartilha escolar.

¹³ O rio Tejo...: a crença nas areias áureas do Tejo remonta à *História natural*, do romano Plínio o Velho, e com o tempo assentou-se como tópico literário. Aqui a ironia parece novamente dirigida a Lope de Vega, que nos apêndices de *La Arcadia* (1598) explicara: "Tejo, rio da Lusitânia, nasce nas serras de Cuenca, teve entre os antigos fama de levar, como o Pactolo, areias de ouro [...] Entra no mar pela insigne Lisboa...".

¹⁴ Caco: filho de Vulcano que, enquanto Hércules dormia, roubou sorrateiramente alguns bois do rebanho que, em cumprimento ao décimo trabalho, este tomara de Gerião, conforme narrado na *Eneida* (VIII, 185 e ss.). O nome próprio incorporou-se ao castelhano como substantivo comum, sinônimo de ladrão.

¹⁵ Lamia, Laida e Flora: alusão a uma das epístolas do frei Antonio de Guevara (*c*. 1480-1545), em que ele se refere a três cortesãs, seus antigos amores (*Epístolas familiares*, LXIII, 1.539). O autor, bispo da cidade galega de Mondoñedo e predicador da corte de Carlos V, era conhecido por apresentar como verdadeiras histórias notoriamente falsas.

¹⁶ Leão Hebreu: Yehuda ben Isaac Abravanel (1460-1521?), médico poeta e filósofo neoplatônico judeu que dividiu sua vida entre Portugal, Espanha e Itália. Seus *Dialoghi d'Amore* (Ro-

ma, 1535) tiveram grande influência na obra de Camões, Pietro Bembo, Sá de Miranda, Jorge de Montemor, Garcilaso de la Vega e do próprio Cervantes.

[17] *Del amor de Dios*: referência ao *Tratado del amor de Dios* (Barcelona, 1592), do frei agostiniano Cristóbal de Fonseca, apontado por alguns estudiosos como um dos possíveis autores da continuação apócrifa de *D. Quixote*.

[18] Engenhoso: o adjetivo comporta os significados de "fantasioso/imaginoso" e "manhoso/habilidoso", comuns até hoje ao castelhano e ao português, mas também, secundariamente, o sentido de "genioso". Essa terceira acepção cabe com um toque de ironia nessa passagem, assim como em outros contextos, incluído o título da obra.

[19] Voto a tal: fórmula eufemística que equivale a "voto a Deus", "juro por Deus", ou simplesmente "por Deus". A expressão era usual também em português.

[20] Razão: o termo comparece, aqui e em muitas outras passagens do livro, no sentido de "palavra, argumento".

[21] Campo de Montiel: comarca de La Mancha, situada entre as atuais províncias de Ciudad Real e Albacete, onde D. Quixote começará suas andanças.

[22] *Vale*: imperativo do latim *valeo*, com sentido de "passar bem, ter saúde", usado à época como fórmula de despedida, sobretudo em cartas familiares.

VERSOS PRELIMINARES

AO LIVRO DE
D. QUIXOTE DE LA MANCHA,
URGANDA A DESCONHECIDA[1]

Se em achegar-te aos discre-,	[tos]
livro, fores com estu-,	[do]
não te dirá algum frandu-	[no]
que não acertas os de-.	[dos]
Mas, se comes cru e sem ten-	[to]
por ir à mão dos idio-,	[tas]
verás da mão para a bo-	[ca]
nem uma acertar no cra-,	[vo]
por muito que as mãos se ra-	[lem]
por mostrar que são curio-.[2]	[sas]
E como a experiência re-	[za]
que ao que a bom tronco se arri-	[ma]
boa sombra sempre abri-,	[ga]
em Béjar tua boa estre-	[la]
um tronco real te ce-	[de]

VERSOS PRELIMINARES

AL LIBRO DE DON QUIJOTE DE LA MANCHA,
URGANDA LA DESCONOCIDA

Si de llegarte a los bue-(nos),
libro, fueres con letu-(ra),
no te dirá el boquirru-(bio)
que no pones bien los de-(dos).
Mas si el pan no se te cue-(ce)
por ir a manos de idio-(tas),
verás de manos a bo-(ca)
aun no dar una en el cla-(vo),
si bien se comen las ma-(nos)
por mostrar que son curio-(sas).

Y pues la espiriencia ense-(ña)
que el que a buen árbol se arri-(ma)
buena sombra le cobi-(ja),
en Béjar tu buena estre-(lla)
un árbol real te ofre-(ce)

que dá príncipes por fru-,   [tos]
no qual floresceu um du-   [que]
que é novo Alexandre Mag-:   [no]
chega à sua sombra, que a ousa-   [dos]
protege sempre a fortu-.³   [na]

De um bom fidalgo manche-   [go]
contarás as aventu-,   [ras]
a quem ociosas leitu-   [ras]
transtornaram a cabe-;   [ça]
damas, armas, cavalei-,   [ros]
provocaram-no de mo-   [do]
que, qual Orlando furio-,   [so]
com têmpera enamora-,   [da]
ganhou à força de bra-   [ço]
Dulcineia d'El Tobo-.⁴   [so]

Indiscretos hierogli-   [fos]
não queiras gravar no escu-,   [do]
pois, quando é tudo figu-,   [ra]
com baixos trunfos se envi-.   [da]
Se no dedicar te humi-,   [lhas]
ninguém te dirá por chu-:   [fa]
"Qual Dom Álvaro de Lu-,   [na]
qual Aníbal de Carta-,   [go]
qual rei Francisco na Espa-   [nha]
vem se queixar da fortu-!".⁵   [na]

---

que da príncipes por fru-(tos),
en el cual floreció un du-(que)
que es nuevo Alejandro Ma-(no):
llega a su sombra, que a osa-(dos)
favorece la fortu-(na).

De un noble hidalgo manche-(go)
contarás las aventu-(ras),
a quien ociosas letu-(ras)
trastornaron la cabe-(za).
Damas, armas, caballe-(ros),
le provocaron de mo-(do)
que, cual Orlando furio-(so),
templado a lo enamora-(do),
alcanzó a fuerza de bra-(zo)
a Dulcinea del Tobo-(so).

No indiscretos hierogli-(fos)
estampes en el escu-(do),

que, cuando es todo figu-(ra),
con ruines puntos se envi-(da).
Si en la dirección te humi-(llas),
no dirá mofante algu-(no):
"¡Qué don Álvaro de Lu-(na),
qué Aníbal el de Carta-(go),
qué rey Francisco en Espa-(ña)
se queja de la fortu-(na)!".

Uma vez que ao céu não prou-   [ve]
que saísses tão ladi-   [no]
como o negro Juan Lati-,   [no]
recitar latins recu-.   [sa]
Não te figures de agu-,   [do]
nem me venhas com filó-,   [sofos]
pois, torcendo a um lado a bo-,   [ca]
dirá quem entende a tre-,   [ta]
ao mesmo pé da tua ore-:   [lha]
"Comigo não valem lo-".[6]   [gros]

Não entres em garabu-,   [lhas]
nem cuides na vida alhe-,   [ia]
pois do que ao caso não ve-   [nha]
passar ao largo é cordu-,   [ra]
que não raro a carapu-   [ça]
mais serve a quem mais grace-;   [ja]
queimar as pestanas de-   [ves]
só no ganhar boa fa-,   [ma]
pois quem deita neceda-   [des]
ao prelo as deixa em perpé-.[7]   [tuo]

Atenta que é desati-,   [no]
sendo de vidro o telha-,   [do]
pedras nas mãos apanha-   [res]
para atirar no vizi-.   [nho]
Deixa que o homem de si-   [so]

Pues al cielo no le plu-(go)
que salieses tan ladi-(no)
como el negro Juan Lati-(no),
hablar latines rehú-(ye).
No me despuntes de agu-(do),
ni me alegues con filó-(sofos),
porque, torciendo la bo-(ca),
dirá el que entiende la le-(va),
no un palmo de las ore-(jas):
"¿Para qué conmigo flo-(res)?".

No te metas en dibu-(jos),
ni en saber vidas aje-(nas),
que en lo que no va ni vie-(ne)
pasar de largo es cordu-(ra),
que suelen en caperu-(za)
darles a los que grace-(jan);
mas tú quémate las ce-(jas)

sólo en cobrar buena fa-(ma),
que el que imprime neceda-(des)
dalas a censo perpe-(tuo).

Advierte que es desati-(no),
siendo de vidrio el teja-(do),
tomar piedras en las ma-(nos)
para tirar al veci-(no).
Deja que el hombre de jui-(cio)

nas obras que ele compo- [nha]
vá com tento e sem afo-, [go]
pois quem traz a lume le- [tras]
para distrair donze- [las]
escreve às tontas e à to-.[8] [a]

AMADIS DE GAULA[9]
A D. QUIXOTE DE LA MANCHA

Soneto

Tu, que imitaste a lastimosa vida
que tive, ausente e desdenhado, sobre
os altos alcantis da Penha Pobre
de alegre a penitência reduzida;

tu, a quem os olhos deram a bebida
de abundante licor, porém salobre,
deixando-te sem prata, estanho ou cobre,
te deu a terra em terra sua comida,[10]

vive bem certo de que eternamente,
enquanto Apolo pela quarta esfera
com seu carro de fogo deslizar,

terás claro renome de valente;
tua pátria será em todas a primeira;
teu sábio autor, no mundo só e sem par.

---

en las obras que compo-(ne)   para entretener donce-(llas)
se vaya con pies de plo-(mo), escribe a tontas y a lo-(cas).
que el que saca a luz pape-(les)

AMADÍS DE GAULA
A DON QUIJOTE DE LA MANCHA

Soneto

Tú, que imitaste la llorosa vida
que tuve, ausente y desdeñado, sobre
el gran ribazo de la Peña Pobre,
de alegre a penitencia reducida;

tú, a quien los ojos dieron la bebida
de abundante licor, aunque salobre,
y alzándote la plata, estaño y cobre,
te dio la tierra en tierra la comida,

vive seguro de que eternamente,
en tanto, al menos, que en la cuarta esfera,
sus caballos aguije el rubio Apolo,

tendrás claro renombre de valiente;
tu patria será en todas la primera;
tu sabio autor, al mundo único y solo.

D. BELIANIS DE GRÉCIA[11]
A D. QUIXOTE DE LA MANCHA

Soneto

Rompi, cortei, malhei e disse e fiz
mais que no mundo cavaleiro andante;
fui destro, fui valente e arrogante;
agravos mil vinguei, cem mil desfiz.

Façanhas dei à fama que eternize;
fui comedido e regalado amante;
anão foi para mim todo gigante,
e o duelo em todo ponto eu satisfiz.

Tive a meus pés Fortuna prosternada,
e presa pela grenha a minha cordura
a calva Ocasião trouxe a reboque.

Se nos cornos da lua sempre alçada
assenta-se minha próspera ventura,
invejo-te inda assim, grande Quixote!

DON BELIANÍS DE GRECIA
A DON QUIJOTE DE LA MANCHA

Soneto

Rompí, corté, abollé y dije y hice
más que en el orbe caballero andante;
fui diestro, fui valiente, fui arrogante;
mil agravios vengué, cien mil deshice.

Hazañas di a la fama que eternice;
fui comedido y regalado amante;
fue enano para mí todo gigante,
y al duelo en cualquier punto satisfice.

Tuve a mis pies postrada la Fortuna,
y trajo del copete mi cordura
a la calva Ocasión al estricote.

Mas, aunque sobre el cuerno de la luna
siempre se vio encumbrada mi ventura,
tus proezas envidio, ¡oh gran Quijote!

A SENHORA ORIANA[12]
A DULCINEIA D'EL TOBOSO

Soneto

Oh quem tivera, formosa Dulcineia,
por mais comodidade e mais repouso,
o Miraflores[13] transposto em El Toboso,
trocando a sua Londres com tua aldeia!

Oh, quem dos teus desejos e libreia
alma e corpo adornara, e do famoso
cavaleiro que fizeste venturoso
olhara alguma luta rija e feia!

Oh, quem tão castamente se escapara
do senhor Amadis qual conseguiste
do cândido fidalgo Dom Quixote!

Que assim, sem invejar, fora invejada,
e fora alegre o tempo que foi triste,
e desfrutara os gostos sem escote.

LA SEÑORA ORIANA
A DULCINEA DEL TOBOSO

Soneto

¡Oh, quién tuviera, hermosa Dulcinea,
por más comodidad y más reposo,
a Miraflores puesto en el Toboso,
y trocara sus Londres con tu aldea!

¡Oh, quién de tus deseos y librea
alma y cuerpo adornara, y del famoso
caballero que hiciste venturoso
mirara alguna desigual pelea!

¡Oh, quién tan castamente se escapara
del señor Amadís como tú hiciste
del comedido hidalgo don Quijote!

Que así envidiada fuera y no envidiara,
y fuera alegre el tiempo que fue triste,
y gozara los gustos sin escote.

GANDALIM, ESCUDEIRO DE AMADIS DE GAULA, A SANCHO PANÇA, ESCUDEIRO DE D. QUIXOTE

Soneto

Salve, varão famoso, a quem Fortuna,
quando te pôs na profissão do escudo
com tanta complacência te armou tudo,
que tu passaste sem desgraça alguma.

Enxada e foice agora não repugnam
a andantes exercícios, pois é uso
o trato do escudeiro, com que acuso
o soberbo que ousa pisar a lua.

Invejo o teu jumento e o teu nome,
e os teus alforjes igualmente invejo,
que mostraram teu tino e providência.

Salve outra vez, oh Sancho!, tão bom homem,
que só a ti o nosso Ovídio ibero
um piparote dá por reverência.

GANDALÍN, ESCUDERO DE AMADÍS DE GAULA, A SANCHO PANZA, ESCUDERO DE DON QUIJOTE

Soneto

Salve, varón famoso, a quien Fortuna,
cuando en el trato escuderil te puso,
tan blanda y cuerdamente lo dispuso,
que lo pasaste sin desgracia alguna.

Ya la azada o la hoz poco repugna
al andante ejercicio, ya está en uso
la llaneza escudera, con que acuso
al soberbio que intenta hollar la luna.

Envidio a tu jumento y a tu nombre,
y a tus alforjas igualmente envidio,
que mostraron tu cuerda providencia.

Salve otra vez, ¡oh Sancho!, tan buen hombre,
que a solo tú nuestro español Ovidio
con buzcorona te hace reverencia.

DO DONOSO, POETA ENTREMEADO,[14]
A SANCHO PANÇA E ROCINANTE

A Sancho Pança

Sou Sancho Pança, escudei-	[ro]
do manchego Dom Quixo-;	[te]
pus os pés em polvoro-,	[sa]
que à discrição viver que-,	[ro]
tal vila-diogo reve-	[la]
toda sua razão de Esta-	[do]
em tácita retira-,[15]	[da]
como diz *A Celesti*-,[16]	[na]
livro, no meu ver, divi-,	[no]
se mais encobrisse o huma-.	[no]

A Rocinante

Sou Rocinante o famo-	[so]
bisneto do bom Babie-;[17]	[ca]
por pecados de fraque-	[za]
parei nas mãos de um Quixo-.	[te]
Parelhas corri a frou-,	[xo]
mas à unha de cava-	[lo]
não se me escapou ceva-;	[da]
pois ganhei do Lazari-	[lho]
quando, pra furtar o vi-	[nho]
do cego, lhe dei a pa-.[18]	[lha]

DEL DONOSO, POETA ENTREVERADO,
A SANCHO PANZA Y ROCINANTE

A Sancho Panza

Soy Sancho Panza, escude-(ro)
del manchego don Quijo-(te);
puse pies en polvoro-(sa),
por vivir a lo discre-(to),
que el tácito Villadie-(go)
toda su razón de esta-(do)
cifró en una retira-(da),
según siente *Celesti*-(na),
libro, en mi opinión, divi-(no),
si encubriera más lo huma-(no).

A Rocinante

Soy Rocinante el famo-(so)
bisnieto del gran Babie-(ca);
por pecados de flaque-(za)
fui a poder de un don Quijo-(te).
Parejas corrí a lo flo-(jo),
mas por uña de caba-(llo)
no se me escapó ceba-(da);
que esto saqué a Lazari-(llo)
cuando, para hurtar el vi-(no)
al ciego, le di la pa-(ja).

ORLANDO FURIOSO[19]
A D. QUIXOTE DE LA MANCHA

Soneto

Se não és par,[20] tampouco algum hás tido,
e par puderas ser entre mil pares,
nem pode haver algum onde te achares,
invicto vencedor, jamais vencido.

Orlando sou, Quixote, que, perdido
por Angélica, vi remotos mares,
oferecendo à fama em seus altares
o meu valor, que não matou o olvido.

Não te posso igualar, e este decoro
se deve a tuas proezas e à tua fama,
posto que, como eu, perdeste o tino.

Mas tu a mim poderás, se o ufano mouro
e o cita derrotares,[21] pois nos chamam
aos dois iguais no amor com mau destino.

ORLANDO FURIOSO
A DON QUIJOTE DE LA MANCHA

Soneto

Si no eres par, tampoco le has tenido,
que par pudieras ser entre mil pares,
ni puede haberle donde tú te hallares,
invito vencedor, jamás vencido.

Orlando soy, Quijote, que, perdido
por Angélica, vi remotos mares,
ofreciendo a la fama en sus altares
aquel valor que respetó el olvido.

No puedo ser tu igual, que este decoro
se debe a tus proezas y a tu fama,
puesto que, como yo, perdiste el seso.

Mas serlo has mío, si al soberbio moro
y cita fiero domas, que hoy nos llama
iguales en amor con mal suceso.

O CAVALEIRO DO FEBO[22]
A D. QUIXOTE DE LA MANCHA

Soneto

Co'a vossa espada a minha não porfia,
Febo espanhol, curioso[23] cortesão,
nem teu alto valor co'a minha mão,
que raio foi nos dois cabos do dia.

Impérios desprezei e a monarquia
que me ofertou o Oriente rubro em vão,
por ver de perto o rosto altivo e são
de Claridiana, aurora bela minha.

Amei-a por milagre único e raro,
e ausente em sua desgraça o próprio inferno
temeu o braço que domou sua chama.

Mas vós, godo Quixote, ilustre e claro,
por Dulcineia sois no mundo eterno,
e ela por vós, famosa e sábia dama.

EL CABALLERO DEL FEBO
A DON QUIJOTE DE LA MANCHA

Soneto

A vuestra espada no igualó la mía,
Febo español, curioso cortesano,
ni a la alta gloria de valor mi mano,
que rayo fue do nace y muere el día.

Imperios desprecié; la monarquía
que me ofreció el Oriente rojo en vano
dejé, por ver el rostro soberano
de Claridiana, aurora hermosa mía.

Améla por milagro único y raro,
y ausente en su desgracia el propio infierno
temió mi brazo, que domó su rabia.

Mas vos, godo Quijote, ilustre y claro,
por Dulcinea sois al mundo eterno,
y ella por vos, famosa, honesta y sabia.

DE SOLISDÃO[24]
A D. QUIXOTE DE LA MANCHA

Soneto

Macar, senhor Quixote, que sandices
vos tenham o casquete arruinado,
jamais sereis por outro reprochado
qual homem de obras ruins ou imundices.

Serão vossas façanhas os juízes,
pois desfazendo o mal tendes andado
sendo infinitas vezes espancado
por ruins facinorosos infelizes.

E quando a vossa linda Dulcineia
com seu menosprezar vos malhe e trote,
ou tenha a vossas coitas mau talante,

saber talvez sossegue a vossa veia
que Sancho não saiu bom alcaiote:
foi parvo, ela ruim, vós não amante.

DE SOLISDÁN
A DON QUIJOTE DE LA MANCHA

Soneto

Maguer, señor Quijote, que sandeces
vos tengan el cerbelo derrumbado,
nunca seréis de alguno reprochado
por home de obras viles y soeces.

Serán vuesas fazañas los joeces,
pues tuertos desfaciendo habéis andado,
siendo vegadas mil apaleado
por follones cautivos y raheces.

Y si la vuesa linda Dulcinea
desaguisado contra vos comete,
ni a vuesas cuitas muestra buen talante,

en tal desmán vueso conorte sea
que Sancho Panza fue mal alcagüete,
necio él, dura ella y vos no amante.

DIÁLOGO ENTRE BABIECA E ROCINANTE

Soneto

B. Como estás, Rocinante, tão mirrado?
R. Porque nunca se come, e se trabalha.
B. Mas que é da cevada e da tua palha?
R. Não me deixa meu dono nem bocado.

B. Eia, senhor, que estais bem malcriado,
   pois vossa língua de asno o dono malha.
R. Asno já se é do berço até a mortalha.
   Quereis ver um? Olhai o enamorado.

B. É necedade amar?   R. Não é sabença.
B. Metafísico estais.   R. É que não como.
B. Queixai-vos do escudeiro. R. Não é bastante.

Como hei de me queixar desta doença,
se amo e escudeiro, seu mordomo,
são tão rocins quanto este Rocinante?

DIÁLOGO ENTRE BABIECA Y ROCINANTE

Soneto

B. ¿Cómo estáis, Rocinante, tan delgado?   B. ¿Es necedad amar?   R. No es gran prudencia.
R. Porque nunca se come, y se trabaja.   B. Metafísico estáis.   R. Es que no como.
B. Pues ¿qué es de la cebada y de la paja?   B. Quejaos del escudero.   R. No es bastante.
R. No me deja mi amo ni un bocado.

B. Andá, señor, que estáis muy mal criado,   ¿Cómo me he de quejar en mi dolencia,
   pues vuestra lengua de asno al amo ultraja. si el amo y escudero o mayordomo
R. Asno se es de la cuna a la mortaja.   son tan rocines como Rocinante?
   ¿Queréislo ver? Miraldo enamorado.

Notas

¹ Urganda a desconhecida: feiticeira protetora do cavaleiro Amadis (ver abaixo, nota 9), assim chamada porque "muitas vezes se transformava e desconhecia". Os versos são compostos em décimas "de cabo roto", tendo a última sílaba omitida (aqui acrescentada entre colchetes), recurso jocoso popular no início do século XVII. O conteúdo do texto é de difícil interpretação, não só pela forma escolhida, mas pelos duplos sentidos sarcásticos, recheados de alusões históricas e literárias, frases feitas, modismos e ditados. Nas notas a este poema glosaremos superficialmente cada estrofe, acrescentando algumas referências entre parênteses. Vale notar que a ambiguidade de algumas passagens, sobretudo da quarta estrofe, continua a desafiar os especialistas.

² Se em achegar-te aos discretos...: livro, se tiveres o cuidado de te aproximares dos bons ("chega-te aos bons e serás um deles", aconselha o ditado), nenhum presunçoso poderá dizer que não sabes o que fazes (que "não acertas os dedos" como quem toca mal um instrumento de cordas). Mas, se não vês a hora ("*el pan no se te cuece*" [não deixas assar o pão], ou, por apressado, comes cru) de ir logo à mão de qualquer idiota, verás como nesse descuido ("da mão à boca se perde a sopa", reza o refrão) nunca conseguirás o que queres (não darás "uma no cravo e uma na ferradura", como se diz), por mais que te roas de vontade de mostrar tua habilidade.

³ E como a experiência reza...: como a experiência ensina que da escolha do protetor depende a boa proteção ("Quem a boa árvore se acolhe, de boa sombra se cobre", diz o ditado), tua boa estrela te aproximou de uma nobre família de Béjar, dentre cujos muitos filhos principais há um duque (o mecenas a quem é dedicado o livro) tão generoso quanto Alexandre Magno. Pede a ele proteção, pois a sorte ajuda os audazes ("*Audentes fortuna juvat*", lê-se na *Eneida*).

⁴ De um bom fidalgo manchego...: contarás as aventuras de um bom fidalgo castelhano que enlouqueceu de tanto ler tolices. E a tal ponto ele foi transtornado por damas, armas e cavaleiros que, como Orlando furioso e fortalecido no amor (como Orlando enamorado), conquistou à fina força a sua Dulcineia. Saliente-se que, em "damas armas, cavaleiros" há uma alusão direta ao primeiro verso do poema de Ariosto: "*Le donne, i cavallier, l'arme, gli amori...*".

⁵ Indiscretos hieroglifos...: não adornes teu escudo com nenhum desenho esquisito (como fizeram os livros de Lope de Vega), pois só com figuras pouco se pode ganhar (como em certos jogos de cartas). Mas, se na dedicatória te mostrares humilde, ninguém te poderá dizer com sarcasmo: "Esse tal se queixa da sorte mais que D. Álvaro de Luna (ao ser degolado), que Aníbal o Cartaginês (ao se suicidar) ou que o rei Francisco I (o da França), ao ser preso na Espanha".

⁶ Uma vez que ao céu não prouve...: já que Deus não te quis dar a manha que deu ao negro Juan Latino (que, de escravo, chegou a catedrático e ganhou fama como latinista), evita recitar latinadas. Não tentes passar por esperto nem venhas com altas filosofias, pois quem conhece essas tretas torcerá a boca e te dirá ao pé do ouvido: "Comigo esses truques não valem".

⁷ Não entres em garabulhas...: não te metas em confusões nem na vida alheia, deixando de lado tudo o que não venha ao caso, pois quem muito escarnece costuma sair-se mal. Deves, sim, dedicar-te a conquistar boa fama, pois quem imprime tolices o que faz é perpetuá-las.

⁸ Atenta que é desatino...: repara que é grande imprudência atirar pedras no vizinho quando se tem telhado de vidro. Deixa o homem sensato escrever com o devido cuidado, pois quem publica livros para a distração de mocinhas só faz propagar bobagens.

⁹ Amadis de Gaula: protagonista do ciclo de livros de cavalarias inaugurado no século XIV, tido como paradigma do gênero (ver cap. VI, nota 1). Evoca-se aqui o episódio em que o herói, desprezado por sua amada Oriana, se retira em penitência à ilha da Penha Pobre.

¹⁰ Te deu a terra em terra sua comida: isto é, em pratos de barro, por não dispor de baixela ("deixando-te sem prata, estanho ou cobre").

¹¹ Belianis de Grécia: protagonista da novela de cavalarias *El libro primero del valeroso e invencible príncipe don Belianís de Grecia* (Burgos, 1547-79), de Jerónimo Fernández.

¹² Oriana: a senhora dos pensamentos de Amadis de Gaula.

¹³ Miraflores: castelo onde vivia Oriana, nas cercanias de Londres.

¹⁴ Donoso poeta entressachado: reconheceu-se no *"poeta entreverado"* o amigo de Cervantes Gabriel Lobo Lasso de la Vega (1555-1615), cuja obra *Manojuelo de romances* (Barcelona, 1601) diz *"mezclar veras y burlas/ juntando gordo con magro"* ("misturar verdades e mentiras [ou brincadeiras]/ juntando gordo com magro"), como no toucinho entremeado.

¹⁵ ... em tácita retirada: alusão burlesca ao "tacitismo", doutrina e prática política que, na trilha de Maquiavel e Tácito, consolidou a ideia de uma razão de Estado que prevalece sobre tudo, até sobre as leis. Dentro dessa doutrina, é importante a recomendação de recuar a tempo, sempre entendendo a fuga — o "dar às de vila-diogo" — como "retirada estratégica".

¹⁶ Como diz *A Celestina*: alusão à *Comedia de Calisto y Melibea* (Burgos, 1499), de Fernando de Rojas, mais conhecida como *La Celestina* [A Alcoviteira]. No ato XII dessa "peça para ler", um dos personagens recomenda a um colega: *"Apercíbete, a la primera voz que oyeres, tomar calzas de Villadiego"* ("Trata de, assim que ouvires o primeiro grito, dar às de vila-diogo").

¹⁷ Babieca: cavalo de D. Ruy Díaz de Vivar, dito El Cid Campeador, paladino castelhano protagonista da gesta anônima *Cantar del mio Cid* (c. 1140).

¹⁸ Pois ganhei do Lazarilho...: referência à novela anônima *Vida de Lazarillo de Tormes y de sus fortunas y adversidades* (Burgos, 1554), modelo inaugural da narrativa picaresca. Cita o episódio em que Lázaro, o protagonista, bebe o vinho do copo de seu patrão utilizando uma palha como canudo, para que este, que é cego, não se dê conta do roubo.

¹⁹ Orlando Furioso: personagem-título do grande poema narrativo (Ferrara, 1516-32) de Ludovico Ariosto (1474-1533), que retoma Roland (Rolando, Roldão), paladino das gestas carolíngias e protagonista da *Chanson de Roland*.

²⁰ Se não és par...: joga-se com dois sentidos de "par" — por um lado, o de vassalo eminente, como os Doze Pares de França eram do imperador Carlos Magno; por outro, o de parecido, equiparável.

²¹ O mouro e o cita: referência a dois cavaleiros sarracenos rivais de Orlando, o gigante Ferraù (Ferrabrás) e Sacripante, apresentado no poema como rei da Circássia, incluída na Cítia, grande território antigo da Ásia centro-meridional que até a Idade Média ainda era conhecido por esse nome.

²² Cavaleiro do Febo: herói do livro de cavalarias *Espejo de príncipes y caballeros* (Saragoça, 1555), de Diego Ortúñez de Calahorra, e de várias continuações. A série é também conhecida pelo nome do seu protagonista — *Caballero del Febo*.

²³ Curioso: além da acepção hoje usual, o adjetivo comportava também a de "primoroso, esmerado".

²⁴ Solisdão (Solisdán): personagem de identidade incerta; discute-se se seria um herói cavaleiresco não identificado, um nome inventado por Cervantes, um anagrama ou uma simples deformação de Solimão (Solimán), personagem do *Amadis*.

PRIMEIRA PARTE[1]

CAPÍTULO I

Que trata da condição² e do exercício
do famoso fidalgo D. Quixote de La Mancha

Num lugarejo em La Mancha, cujo nome ora me escapa,³ não há muito que viveu um fidalgo desses de lança em armeiro, adarga antiga, rocim magro⁴ e cão bom caçador. Uma olha com mais vaca que carneiro, salpicão nas mais noites, *duelos y quebrantos* aos sábados, lentilhas às sextas-feiras e algum pombinho por luxo aos domingos consumiam três quartos de sua renda.⁵ O resto ia-se num saio de lustrilho e uns calções de veludo para os dias santos, com seus pantufos do mesmo, honrando-se nos da semana com sua mais fina burelina. Tinha ele em casa uma ama que passava dos quarenta e uma sobrinha que não chegava aos vinte, além de um moço de campo e esporas que tanto selava o rocim como empunhava a podadeira. Beirava o nosso fidalgo a casa dos cinquenta. Era de compleição rija, seco de carnes, enxuto de rosto, grande madrugador e amigo da caça. Há quem diga que tinha por sobrenome "Quijada", ou "Quesada",⁶ não chegando a concordar os autores que sobre a matéria escreveram, ainda que de conjeturas verossímeis se possa tirar que se chamava "Quijana". Mas isso pouco importa ao nosso conto: basta que a narração dele não se desvie um só ponto da verdade.

Cumpre então saber que esse tal fidalgo, nas horas em que estava ocioso (que eram as mais do ano) se dava a ler livros de cavalarias com tanto

---

CAPÍTULO I

Que trata de la condición y ejercicio
del famoso hidalgo don Quijote de la Mancha

En un lugar de la Mancha, de cuyo nombre no quiero acordarme, no ha mucho tiempo que vivía un hidalgo de los de lanza en astillero, adarga antigua, rocín flaco y galgo corredor. Una olla de algo más vaca que carnero, salpicón las más noches, duelos y quebrantos los sábados, lantejas los viernes, algún palomino de añadidura los domingos, consumían las tres partes de su hacienda. El resto della concluían sayo de velarte, calzas de velludo para las fiestas, con sus pantuflos de lo mesmo, y los días de entresemana se honraba con su vellorí de lo más fino. Tenía en su casa una ama que pasaba de los cuarenta y una sobrina que no llegaba a los veinte, y un mozo de campo y plaza que así ensillaba el rocín como tomaba la podadera. Frisaba la edad de nuestro hidalgo con los cincuenta años. Era de complexión recia, seco de carnes, enjuto de rostro, gran madrugador y amigo de la caza. Quieren decir que tenía el sobrenombre de "Quijada", o "Quesada", que en esto hay alguna diferencia en los autores que deste caso escriben, aunque por conjeturas verosímiles se deja entender que se llamaba "Quijana". Pero esto importa poco a nuestro cuento: basta que en la narración dél no se salga un punto de la verdad.

empenho e gosto que esqueceu quase por completo o exercício da caça e até a administração da sua fazenda; e a tal ponto chegou sua curiosidade e seu desatino, que vendeu muitos alqueires de terra de semeadura para comprar livros de cavalarias que ler, e assim levou para casa tantos quantos do gênero pôde conseguir; e dentre todos nenhum lhe parecia tão bom como aqueles compostos pelo famoso Feliciano de Silva,[7] pois a clareza da sua prosa e aquelas intricadas razões suas lhe pareciam autênticas pérolas, e mais quando lia aquelas galantarias e cartas de desafios[8] onde não raro achava escrito: "A razão da desrazão que à minha razão se faz, de tal guisa a minha razão languesce que com razão me queixo da vossa fermosura". E também quando lia: "Os altos céus que da vossa divindade com as estrelas divinamente fortificam-vos e fazem-vos merecedora do merecimento que a vossa grandeza merece...". Nessas razões perdia o juízo o pobre cavaleiro, desvelando-se por entendê-las e desentranhar-lhes o sentido, sem atinar que nem o mesmíssimo Aristóteles o extrairia nem as entenderia se ressuscitasse só para isso.

O que o não chegava a convencer eram os ferimentos que D. Belianis dava e recebia, pois imaginava que, por melhores que fossem os cirurgiões que o curavam, não deixaria de ter ele o rosto e o corpo inteiros cobertos de cicatrizes e sinais. Mas, com tudo isso, apreciava em seu autor aquele terminar o livro com a promessa daquela interminável aventura, e muitas vezes foi assaltado pelo desejo de tomar da pena e cumprir ao pé da letra o que ali se oferece;[9] e sem dúvida alguma assim teria feito e conseguido seu propósito se outros maiores e constantes pensamentos o não tivessem estorvado. Travou muitos debates com o padre do lugar (que era homem douto, graduado em Sigüenza[10]) sobre quem teria sido melhor cavaleiro: se Palmeirim de Inglaterra[11] ou Amadis de Gaula; mas mestre[12] Nicolás, barbeiro da

---

Es pues de saber que este sobredicho hidalgo, los ratos que estaba ocioso (que eran los más del año) se daba a leer libros de caballerías, con tanta afición y gusto, que olvidó casi de todo punto el ejercicio de la caza y aun la administración de su hacienda; y llegó a tanto su curiosidad y desatino en esto, que vendió muchas hanegas de tierra de sembradura para comprar libros de caballerías en que leer y así, llevó a su casa todos cuantos pudo haber dellos; y de todos, ningunos le parecían tan bien como los que compuso el famoso Feliciano de Silva, porque la claridad de su prosa y aquellas entricadas razones suyas le parecían de perlas, y más cuando llegaba a leer aquellos requiebros y cartas de desafíos, donde en muchas partes hallaba escrito: "La razón de la sinrazón que a mi razón se hace, de tal manera mi razón enflaquece, que con razón me quejo de la vuestra fermosura". Y también cuando leía: "Los altos cielos que de vuestra divinidad divinamente con las estrellas os fortifican y os hacen merecedora del merecimiento que merece la vuestra grandeza...". Con estas razones perdía el pobre caballero el juicio, y desvelábase por entenderlas y desentrañarles el sentido, que no se lo sacara ni las entendiera el mesmo Aristóteles, si resucitara para solo ello.

No estaba muy bien con las heridas que don Belianís daba y recebía, porque se imaginaba que, por grandes maestros que le hubiesen curado, no dejaría de tener el rostro y todo el cuerpo lleno de cicatrices y señales. Pero, con todo, alababa en su autor aquel acabar su libro con la promesa de aquella inacabable aventura, y muchas veces le vino deseo de tomar la pluma y dalle fin al pie de la letra como allí se promete; y sin duda alguna lo hiciera, y aun saliera con ello, si otros mayores y continuos pensamientos no se lo estorbaran. Tuvo muchas veces competencia con el cura de su lugar (que era hombre docto, graduado en Sigüenza) sobre cuál había sido mejor

mesma povoação, dizia que nenhum dos dois chegava aos pés do Cavaleiro do Febo e que, se algum se lhe podia comparar, era D. Galaor, irmão de Amadis de Gaula, por ter boa condição para tudo, não sendo cavaleiro tão melindroso nem choramingas como o irmão, e em valentia tampouco lhe ficava atrás.

Enfim, tanto ele se engolfou em sua leitura, que lendo passava as noites de claro em claro e os dias de sombra a sombra; e assim, do pouco dormir e muito ler se lhe secaram os miolos, de modo que veio a perder o juízo. Encheu-se-lhe a fantasia de tudo aquilo que lia nos livros, tanto de encantamentos como de contendas, batalhas, desafios, ferimentos, galantarias, amores, borrascas e disparates impossíveis; e se lhe assentou de tal maneira na imaginação que era verdade toda aquela máquina daquelas soadas sonhadas invenções que lia, que para ele não havia no mundo história mais certa. Dizia que El Cid Ruy Díaz fora muito bom cavaleiro, mas que não se comparava ao Cavaleiro da Ardente Espada,[13] que de um só revés partira ao meio dois feros e descomunais gigantes. E mais prezava a Bernardo del Carpio, pois em Roncesvalles dera morte a Roldão, o Encantado,[14] valendo-se da indústria de Hércules em sufocar Anteu, o filho da Terra, entre seus braços.[15] Dizia muito bem do gigante Morgante, porque ainda sendo daquela geração gigântea, em que são todos soberbos e descomedidos, era ele o único afável e bem-criado.[16] Mas seu maior apreço era por Reinaldo de Montalvão,[17] sobretudo quando o via deixar o seu castelo e roubar todos aqueles que topava, e quando além-mar roubou aquele ídolo de Maomé que era todo em ouro, segundo conta sua história. Por deitar uma boa mão de pontapés naquele traidor do Ganelão,[18] daria ele a ama que tinha em casa, e ainda acresceria a paga com a sobrinha.

---

caballero: Palmerín de Ingalaterra o Amadís de Gaula; mas maese Nicolás, barbero del mesmo pueblo, decía que ninguno llegaba al Caballero del Febo, y que si alguno se le podía comparar era don Galaor, hermano de Amadís de Gaula, porque tenía muy acomodada condición para todo, que no era caballero melindroso, ni tan llorón como su hermano, y que en lo de la valentía no le iba en zaga.

En resolución, él se enfrascó tanto en su letura, que se le pasaban las noches leyendo de claro en claro, y los días de turbio en turbio; y así, del poco dormir y del mucho leer, se le secó el celebro de manera que vino a perder el juicio. Llenósele la fantasía de todo aquello que leía en los libros, así de encantamentos como de pendencias, batallas, desafíos, heridas, requiebros, amores, tormentas y disparates imposibles; y asentósele de tal modo en la imaginación que era verdad toda aquella máquina de aquellas sonadas soñadas invenciones que leía, que para él no había otra historia más cierta en el mundo. Decía él que el Cid Ruy Díaz había sido muy buen caballero, pero que no tenía que ver con el Caballero de la Ardiente Espada, que de solo un revés había partido por medio dos fieros y descomunales gigantes. Mejor estaba con Bernardo del Carpio, porque en Roncesvalles había muerto a Roldán, el encantado, valiéndose de la industria de Hércules, cuando ahogó a Anteo, el hijo de la Tierra, entre los brazos. Decía mucho bien del gigante Morgante, porque, con ser de aquella generación gigantea, que todos son soberbios y descomedidos, él solo era afable y bien criado. Pero, sobre todos, estaba bien con Reinaldos de Montalbán, y más cuando le veía salir de su castillo y robar cuantos topaba, y cuando en allende robó aquel ídolo de Mahoma que era todo de oro, según dice su historia. Diera él, por dar una mano de coces al traidor de Galalón, al ama que tenía, y aun a su sobrina de añadidura.

Então, já rematado seu juízo, veio a dar com o mais estranho pensamento com que jamais deu algum louco neste mundo, e foi que lhe pareceu conveniente e necessário, tanto para o aumento de sua honra como para o serviço de sua república,[19] fazer-se cavaleiro andante e sair pelo mundo com suas armas e seu cavalo em busca de aventuras e do exercício em tudo aquilo que lera que os cavaleiros andantes se exercitavam, desfazendo todo gênero de agravos e pondo-se em transes e perigos que, vencidos, lhe rendessem eterno nome e fama. Imaginava-se o pobre homem já coroado pelo valor do seu braço, quando menos do império da Trebizonda; e assim, com tais e tão gratos pensamentos, movido pelo estranho prazer que deles tirava, se deu pressa em pôr em efeito aquilo que desejava. E a primeira coisa que fez foi limpar uma armadura dos bisavós que, coberta de ferrugem e azinhavre, longos séculos havia que estava posta e esquecida a um canto. Tratou de limpá-la e amanhá-la o melhor que pôde; mas viu que apresentava uma grande falha, que era não ter celada de encaixe, mas um morrião espanhol;[20] problema que logo resolveu a sua indústria, pois com papéis gomados fez ele uma sorte de viseira que, encaixada no morrião, lhe dava a aparência de uma celada completa. É verdade que, para comprovar se era forte e podia resistir a uma cutilada, sacou da sua espada e lhe deu dois golpes, desfazendo com o primeiro e num ápice o que levara uma semana em fazer. Não deixou de o preocupar a facilidade com que a despedaçara e, para se guardar desse perigo, a refez com umas barras de ferro por dentro, de tal maneira que ficou satisfeito da sua fortaleza, e não querendo pô-la à prova outra vez, a reputou e teve por finíssima celada de encaixe.

Logo foi ver o seu rocim e, bem que tivesse mais quartos que um real[21] e mais tachas que o cavalo de Gonela, que *"tantum pellis et ossa fuit"*,[22]

En efeto, rematado ya su juicio, vino a dar en el más estraño pensamiento que jamás dio loco en el mundo, y fue que le pareció convenible y necesario, así para el aumento de su honra como para el servicio de su república, hacerse caballero andante y irse por todo el mundo con sus armas y caballo a buscar las aventuras y a ejercitarse en todo aquello que él había leído que los caballeros andantes se ejercitaban, deshaciendo todo género de agravio y poniéndose en ocasiones y peligros donde, acabándolos, cobrase eterno nombre y fama. Imaginábase el pobre ya coronado por el valor de su brazo, por lo menos del imperio de Trapisonda; y así, con estos tan agradables pensamientos, llevado del estraño gusto que en ellos sentía, se dio priesa a poner en efeto lo que deseaba. Y lo primero que hizo fue limpiar unas armas que habían sido de sus bisabuelos, que, tomadas de orín y llenas de moho, luengos siglos había que estaban puestas y olvidadas en un rincón. Limpiólas y aderezólas lo mejor que pudo; pero vio que tenían una gran falta, y era que no tenían celada de encaje, sino morrión simple; mas a esto suplió su industria, porque de cartones hizo un modo de media celada que, encajada con el morrión, hacían una apariencia de celada entera. Es verdad que, para probar si era fuerte y podía estar al riesgo de una cuchillada, sacó su espada y le dio dos golpes, y con el primero y en un punto deshizo lo que había hecho en una semana; y no dejó de parecerle mal la facilidad con que la había hecho pedazos, y, por asegurarse deste peligro, la tornó a hacer de nuevo, poniéndole unas barras de hierro por de dentro, de tal manera, que él quedó satisfecho de su fortaleza y, sin querer hacer nueva experiencia della, la diputó y tuvo por celada finísima de encaje.

Fue luego a ver su rocín, y aunque tenía más cuartos que un real y más tachas que el caballo de Gonela, que "tantum pellis et ossa fuit", le pareció que ni el Bucéfalo de Alejandro ni Babieca el del Cid con él se iguala-

pareceu-lhe que nem o Bucéfalo de Alexandre, nem Babieca, o de El Cid, a ele se igualavam. Quatro dias levou a imaginar que nome lhe daria; pois (segundo o que ele mesmo se dizia) não era razão que o cavalo de um cavaleiro tão famoso, e de per si tão bom, andasse sem nome conhecido; e assim procurava algum que declarasse tanto quem tinha sido antes de ser de um cavaleiro andante como o que era agora; pois estava convencido de que, mudando de estado o amo, mudasse ele também de nome, recebendo algum de fama e estrondo, como convinha à nova ordem e ao novo exercício que ele já professava; e assim, depois dos muitos nomes que formou, apagou e riscou, acrescentou, desfez e tornou a fazer em sua memória e imaginação, veio por fim a chamá-lo "Rocinante", nome, a seu parecer, alto, sonoro e significativo do que havia sido quando rocim, antes do que era agora, o anteprimeiro de quantos rocins há no mundo.

Tendo dado nome, e um tão do seu agrado, ao seu cavalo, quis dar-se um a si mesmo, e nesse pensamento passou mais oito dias, ao cabo dos quais veio a se chamar "D. Quixote";[23] donde, como já foi dito, os autores desta tão verdadeira história tiraram que sem dúvida houvera de se chamar "Quijada", e não "Quesada", como outros quiseram dizer. Mas ele então se lembrou que o valoroso Amadis não se contentara em chamar-se "Amadis", sem mais, tendo ajuntado o nome do seu reino e pátria, para sua maior fama, chamando-se "Amadis de Gaula", e assim quis ele, como bom cavaleiro, ajuntar ao seu próprio o nome da sua e se chamar "D. Quixote de La Mancha", com o qual a seu parecer declarava bem vivamente a sua linhagem e pátria, e a honrava tomando-a por epíteto.

Tendo então limpado sua armadura, feito do morrião celada, batizado o seu rocim e crismado a si mesmo, deu-se a entender que nada mais lhe fal-

---

ban. Cuatro días se le pasaron en imaginar qué nombre le pondría; porque — según se decía él a sí mesmo — no era razón que caballo de caballero tan famoso, y tan bueno él por sí, estuviese sin nombre conocido; y ansí procuraba acomodársele, de manera que declarase quién había sido antes que fuese de caballero andante y lo que era entonces; pues estaba muy puesto en razón que, mudando su señor estado, mudase él también el nombre, y le cobrase famoso y de estruendo, como convenía a la nueva orden y al nuevo ejercicio que ya profesaba; y así, después de muchos nombres que formó, borró y quitó, añadió, deshizo y tornó a hacer en su memoria e imaginación, al fin le vino a llamar "Rocinante", nombre, a su parecer, alto, sonoro y significativo de lo que había sido cuando fue rocín, antes de lo que ahora era, que era antes y primero de todos los rocines del mundo.

Puesto nombre, y tan a su gusto, a su caballo, quiso ponérsele a sí mismo, y en este pensamiento duró otros ocho días, y al cabo se vino a llamar "don Quijote"; de donde, como queda dicho, tomaron ocasión los autores desta tan verdadera historia que sin duda se debía de llamar "Quijada", y no "Quesada", como otros quisieron decir. Pero acordándose que el valeroso Amadís no sólo se había contentado con llamarse "Amadís" a secas, sino que añadió el nombre de su reino y patria, por hacerla famosa, y se llamó "Amadís de Gaula", así quiso, como buen caballero, añadir al suyo el nombre de la suya y llamarse "don Quijote de la Mancha", con que a su parecer declaraba muy al vivo su linaje y patria, y la honraba con tomar el sobrenombre della.

Limpias, pues, sus armas, hecho del morrión celada, puesto nombre a su rocín y confirmándose a sí mismo, se dio a entender que no le faltaba otra cosa sino buscar una dama de quien enamorarse, porque el caballero andante sin amores era árbol sin hojas y sin fruto y cuerpo sin alma. Decíase él:

tava senão buscar uma dama da qual se enamorar, pois um cavaleiro andante sem amores era árvore sem folhas e sem fruto e corpo sem alma. Dizia ele para si:

— Se eu, por mal dos meus pecados, ou por minha boa estrela, topar por aí com algum gigante (como de ordinário acontece aos cavaleiros andantes) e o derribar de um encontro, ou partir-lhe o corpo ao meio, ou, finalmente, o vencer e render, não seria bem ter a quem o enviar em presente? E que este entrasse e caísse de joelhos aos pés da minha doce senhora, e dissesse com voz humilde e rendido: "Eu, senhora, sou o gigante Caraculiambro, senhor da ínsula Malindrânia,[24] vencido em singular batalha[25] pelo nunca bastantemente elogiado cavaleiro D. Quixote de La Mancha, o qual mandou-me apresentar ante vossa mercê, para que a vossa grandeza disponha de mim ao seu talante"?

Oh, quanto se regozijou o nosso bom cavaleiro ao fazer semelhante discurso, e mais quando achou a quem nomear sua dama! E aconteceu, ou assim se acredita, que num lugarejo próximo do seu havia uma moça lavradora de muito bom parecer, de quem ele andara enamorado algum tempo (ainda que, segundo se entende, ela nunca o tivesse sabido nem suspeitado). Chamava-se Aldonza Lorenzo, e a ela houve ele por bem dar o título de senhora dos seus pensamentos; e procurando-lhe um nome que não destoasse muito do seu e que soasse e tendesse ao de princesa e grande senhora, veio a chamá-la "Dulcineia d'El Toboso"[26] por ser ela natural de El Toboso: nome, a seu parecer, músico, peregrino e significativo, como todos os outros que a si e às suas coisas tinha dado.

— Si yo, por malos de mis pecados, o por mi buena suerte, me encuentro por ahí con algún gigante, como de ordinario les acontece a los caballeros andantes, y le derribo de un encuentro, o le parto por mitad del cuerpo, o, finalmente, le venzo y le rindo, ¿no será bien tener a quien enviarle presentado, y que entre y se hinque de rodillas ante mi dulce señora, y diga con voz humilde y rendido: "Yo, señora, soy el gigante Caraculiambro, señor de la ínsula Malindrania, a quien venció en singular batalla el jamás como se debe alabado caballero don Quijote de la Mancha, el cual me mandó que me presentase ante la vuestra merced, para que la vuestra grandeza disponga de mí a su talante"?

¡Oh, cómo se holgó nuestro buen caballero cuando hubo hecho este discurso, y más cuando halló a quien dar nombre de su dama! Y fue, a lo que se cree, que en un lugar cerca del suyo había una moza labradora de muy buen parecer, de quien él un tiempo anduvo enamorado, aunque, según se entiende, ella jamás lo supo ni le dio cata dello. Llamábase Aldonza Lorenzo, y a esta le pareció ser bien darle título de señora de sus pensamientos; y buscándole nombre que no desdijese mucho del suyo y que tirase y se encaminase al de princesa y gran señora, vino a llamarla "Dulcinea del Toboso" porque era natural del Toboso: nombre, a su parecer, músico y peregrino y significativo, como todos los demás que a él y a sus cosas había puesto.

Notas

[1] Sobre a divisão da obra: o *Quixote* de 1605, isto é, o livro intitulado *El ingenioso hidalgo...*, foi dividido internamente em quatro partes, a exemplo de alguns dos mais famosos livros de cavalarias, como *Amadis de Gaula* e *Belianís de Grecia*. Ao intitular-se a continuação de 1615 *Segunda parte del ingenioso caballero...*, sem mais divisões internas além dos capítulos, o volume inaugural do díptico passou a ser conhecido como *Primera parte*, o que criou uma coincidência conflituosa com suas próprias seções. Nas edições posteriores, tentou-se resolver o problema, ou forçando a divisão do segundo livro em partes, ou suprimindo as seções do primeiro. Optamos aqui por preservar a partição interna original deste volume e, para evitar o conflito com a titulação dos dois *Quixotes*, subintitulá-los "Primeiro Livro" e "Segundo Livro".

[2] Condição: refere-se aqui tanto à posição social como ao temperamento do personagem. O termo será largamente utilizado na obra neste segundo sentido.

[3] Num lugarejo em La Mancha...: verso tomado do romanceiro "novo" (século XVI em diante), mais exatamente do anônimo "El lencero apaleado", que começa: "*Un lencero portugués — recién venido a Castilla,/ más valiente que Roldán — y más galán que Macías,/ en un lugar de la Mancha, — que no le saldrá en su vida...*". Vale ressaltar que "*lugar*", à época, denominava a povoação menor que "*villa*" e maior que "*aldea*". Já a expressão "*de cuyo nombre no quiero acordarme*" ecoa fórmulas de indeterminação dos contos da tradição oral.

[4] Lança em armeiro, adarga antiga, rocim magro: como anota Fray Antonio de Guevara em seu *Menosprecio de corte y alabanza de aldea* (1539), as posses do "fidalgo de aldeia" — o mais baixo grau nobiliárquico — podiam resumir-se a poucos objetos, entre eles "uma lança atrás da porta, um rocim no estábulo, uma adarga na câmara". A adarga, já em desuso em fins do século XVI, era um escudo leve, com a forma aproximada de coração, feito de couro costurado.

[5] Olha com mais vaca que carneiro: o cozidão chamado "olha" constituía o prato principal da dieta castelhana da época. Por ser a carne bovina menos apreciada que a de carneiro, uma boa olha devia conter mais da segunda. *Duelos y quebrantos* — ao pé da letra, algo como "tristezas e desalentos" — era certo prato que não rompia a abstinência de carnes, observada aos sábados; provavelmente, uma espécie de mexido de ovos com toucinho. A menção ao "luxuoso" pombinho sugere a posse de um pombal, direito tradicionalmente restrito a fidalgos e ordens religiosas.

[6] Quijada, Quesada: como substantivos comuns, os nomes significam "queixada" (mandíbula) e "queijada" (torta de queijo).

[7] Feliciano de Silva (1491?-1554): autor de *Segunda Celestina* (1534), que retomou a obra de Fernando de Rojas (ver Versos preliminares, nota 16), e de cinco continuações do *Amadis de Gaula* que tiveram grande sucesso em seu tempo — *Lisuarte de Grecia* (1514), *Amadís de Grecia* (1530), *Florisel de Niquea* (1532), *Don Rogel de Grecia* (1535) e *Cuarta parte de Florisel de Niquea* (1551).

[8] Cartas de desafios: também chamadas "cartéis", são aquelas em que os cavaleiros dispostos a travar combate expunham os motivos e as condições do duelo. Constituíam um gênero textual comum à realidade e à literatura.

[9] "... cumprir ao pé da letra o que ali se oferece": no final do *Belianís*, afirma-se que o sábio Fristão (Fristón), autor fictício da obra, perdeu os originais que traziam a continuação da história. Jerónimo Fernández termina o livro dando licença a quem se habilitar a compor a sua segunda parte.

[10] Graduado em Sigüenza: referência à universidade de Sigüenza, cidade próxima de Alcalá de Henares. Por ser uma instituição das chamadas *menores*, os graus por ela concedidos não gozavam de muito prestígio.

[11] Palmeirim de Inglaterra: personagem-título de novela de cavalarias portuguesa cuja única tradução ao castelhano teve grande popularidade na Espanha quinhentista (ver cap. VI, nota 17).

¹² Mestre (*maese*): tratamento dado aos cirurgiões e aos barbeiros habilitados a praticar pequenas intervenções, como as populares sangrias.

¹³ Cavaleiro da Ardente Espada: epíteto do protagonista de *Amadís de Grecia*, de Feliciano de Silva, assim chamado por ter estampada no peito da armadura uma espada cor de fogo.

¹⁴ Bernardo del Carpio: herói semilendário da independência de Castela, protagonista de uma parte importante do romanceiro velho espanhol e de uma série de poemas épicos da segunda metade do século XVI e começo do XVII. Entre suas grandes proezas conta-se a vitória sobre Roldão na vila navarra de Roncesvalles (atual Orreaga). *El encantado* é o epíteto com que o paladino franco é por vezes nomeado no romanceiro, embora apareça mais frequentemente como *Roldán el esforzado*.

¹⁵ Indústria de Hércules: artimanha com que Hércules matou o gigante Anteu, agarrando-o entre os braços e suspendendo-o para que não recobrasse suas forças em contato com Terra, sua mãe. Recurso similar teria sido usado por Bernardo del Carpio para matar Roldão.

¹⁶ Gigante Morgante: protagonista do poema narrativo *Morgante maggiore* (*c*. 1465), de Luigi Pulci (1432-1484), Morgante é um dos três gigantes que Roldão enfrenta, mas o único a quem poupa a vida e, depois de convertê-lo ao cristianismo, toma como companheiro inseparável.

¹⁷ Reinaldo de Montalvão (Renaut de Montauban): um dos Doze Pares de França, companheiro de armas de Roldão e seu rival em amores, personagem importante dos *Orlandos* italianos e do romanceiro espanhol. No *Espejo de caballerías* (ver cap. VI, nota 9), narram-se suas aventuras além--mar e sua dedicação a "roubar os pagãos da Espanha".

¹⁸ Ganelão (Ganelon): padrasto de Roldão que, na *Canção*, traiu seus companheiros e precipitou a derrota das hostes de seu enteado em Roncesvalles.

¹⁹ República: aqui e em todo o livro, no sentido de "corpo político de cidadãos".

²⁰ Celada: capacete semiesférico típico da armadura dos cavaleiros. Era "de encaixe" quando se acoplava diretamente à couraça, sem necessidade de uma peça intermediária, o gorjal. Morrião: capacete alongado, próprio dos arcabuzeiros, sem proteção para a face nem para a nuca. O morrião espanhol tem apenas uma aba estreita, sem nenhum adorno.

²¹ Quartos: falhas nos cascos das cavalgaduras, mas também moedas de baixo valor, equivalentes a 4 maravedis. Como o real de prata valia 34 maravedis, um real podia ser trocado por pouco mais de 8 *cuartos*.

²² ... cavalo de Gonela, que "*tantum pellis et ossa fuit*" ("era pura pele e ossos"): Pietro Gonela era um bufão da corte dos duques de Ferrara, no século XV. Cervantes cita o epigrama burlesco "Ad Falchetum", do poeta italiano "Merlin Cocai" (Teofilo Folengo, 1491-1544), que diz, em latim macarrônico, "*Stare parangono Gonellae nempe cavalli/ posset, qui tantum pellis et ossa fuit*", o qual por sua vez retoma uma fórmula já encontrada em Plauto (*Aulularia*, III, VI, 564).

²³ D. Quixote: o tratamento de *don*, comuníssimo nos livros de cavalarias, era na vida civil um direito exclusivo de cavaleiros e grandes, portanto vedado aos fidalgos. O *quijote* era a peça da armadura que protegia a coxa (em português, "coxote"). A terminação do nome evoca, por um lado, o herói do ciclo arturiano Lancelote (Lançarote) e, por outro, tem uma forte marca burlesca.

²⁴ Ínsula, e não "ilha", conforme o arcaísmo próprio dos livros de cavalarias.

²⁵ Singular batalha: confronto entre apenas dois cavaleiros, no sentido em que o adjetivo era usado no contexto das justas e dos torneios cavaleirescos.

²⁶ Aldonza, Dulcineia: como o nome da rústica Aldonza era proverbialmente vulgar na época ("*A falta de moza, buena es Aldonza*", dizia um ditado), D. Quixote a rebatiza como Dulcinea, acolhendo a associação tradicional entre Aldonza e Dulce. A terminação evoca nomes de heroínas literárias de grande prestígio, como Melibeia e Claricleia.

CAPÍTULO II

Que trata da primeira saída
que de sua terra fez o engenhoso D. Quixote

Feitas pois tais prevenções, não quis ele aguardar mais tempo para pôr em efeito o seu pensamento, apertado pela falta que pensava fazer no mundo a sua tardança, tais eram os agravos que pensava desfazer, os tortos que endireitar, as sem-razões que emendar, e os abusos que corrigir, e as dívidas que saldar. E assim, sem dar parte da sua intenção a pessoa alguma e sem que ninguém o visse, uma manhã, antes do dia, que era um dos mais quentes do mês de julho, armou-se de todas as suas armas, montou sobre Rocinante, posta a sua malcomposta celada, embraçou a sua adarga, tomou a sua lança e pela porta falsa dos fundos de um quintal saiu para o campo, com grandíssimo contento e alvoroço de ver com quanta facilidade dava princípio ao seu bom desejo. Mas apenas se viu no campo, quando foi assaltado por um terrível pensamento, e foi tal que por pouco o não fez deixar a começada empresa; e foi que lhe veio à memória que ainda não era armado cavaleiro e que, conforme a lei da cavalaria, não podia nem devia terçar armas com nenhum cavaleiro e, ainda que o fora, houvera de portar armas brancas,[1] como cavaleiro novel, sem emblema no escudo, até que por seu esforço o ganhasse. Tais pensamentos o fizeram vacilar no seu propósito; mas podendo mais a sua loucura que outra razão alguma, propôs de se fazer armar cavaleiro pelo

---

CAPÍTULO II

Que trata de la primera salida
que de su tierra hizo el ingenioso don Quijote

Hechas, pues, estas prevenciones, no quiso aguardar más tiempo a poner en efeto su pensamiento, apretándole a ello la falta que él pensaba que hacía en el mundo su tardanza, según eran los agravios que pensaba deshacer, tuertos que enderezar, sinrazones que emendar y abusos que mejorar y deudas que satisfacer. Y así, sin dar parte a persona alguna de su intención y sin que nadie le viese, una mañana, antes del día, que era uno de los calurosos del mes de julio, se armó de todas sus armas, subió sobre Rocinante, puesta su mal compuesta celada, embrazó su adarga, tomó su lanza y por la puerta falsa de un corral salió al campo, con grandísimo contento y alborozo de ver con cuánta facilidad había dado principio a su buen deseo. Mas apenas se vio en el campo, cuando le asaltó un pensamiento terrible, y tal, que por poco le hiciera dejar la comenzada empresa; y fue que le vino a la memoria que no era armado caballero y que, conforme a la ley de caballería, ni podía ni debía tomar armas con ningún caballero, y puesto que lo fuera, había de llevar armas blancas, como novel caballero, sin empresa en el escudo, hasta que por su esfuerzo la ganase. Estos pensamientos le hicieron titubear en su propósito; mas, pudiendo más su locura que otra razón alguna, propuso de hacerse armar caballero del primero que topase, a imitación de otros muchos

primeiro que topasse, à imitação de outros muitos que assim fizeram, segundo lera nos livros que assim o deixaram. Quanto às armas brancas, pensava, em havendo ocasião, em limpar as suas de tal maneira que o seriam mais do que um arminho; e com isto sossegou e prosseguiu o seu caminho, sem tomar outro que o que o seu cavalo queria, pensando nisso consistir a força das aventuras.

Então, caminhando o nosso reluzente aventureiro, ia falando consigo mesmo e dizendo:

— Quem duvida que nos vindouros tempos, quando vier a lume a verdadeira história dos meus famosos feitos, o sábio que os escrever não há de pôr, à hora de contar esta minha primeira saída tão de manhã, desta maneira?: "Mal havia o rubicundo Apolo espraiado pela face da larga e espaçosa terra os dourados fios dos seus formosos cabelos, e mal os pequenos e pintados passarinhos com suas farpadas e harpeantes línguas haviam saudado com doce e melíflua harmonia a chegada da rósea aurora, que, deixando a branda cama do ciumento marido, pelas portas e balcões do manchego horizonte aos mortais se mostrava, quando o famoso cavaleiro D. Quixote de La Mancha, deixando as ociosas penas, montou sobre seu famoso cavalo Rocinante e começou a caminhar pelo antigo e conhecido Campo de Montiel". — E era verdade que por ele caminhava. E acrescentou, dizendo: — Ditosa idade e século ditoso aquele a cuja luz saírem as famosas façanhas minhas, dignas de se gravarem em bronzes, esculpirem em mármores e pintarem em tábuas, para a memória do futuro. Oh tu, sábio encantador, quem quer que sejas, a quem caberá ser cronista desta peregrina história! Rogo-te que não te esqueças do meu bom Rocinante, companheiro meu eterno em todos meus caminhos e carreiras.

---

que así lo hicieron, según él había leído en los libros que tal le tenían. En lo de las armas blancas, pensaba limpiarlas de manera, en teniendo lugar, que lo fuesen más que un arminio; y con esto se quietó y prosiguió su camino, sin llevar otro que aquel que su caballo quería, creyendo que en aquello consistía la fuerza de las aventuras.

Yendo, pues, caminando nuestro flamante aventurero, iba hablando consigo mesmo y diciendo:

— ¿Quién duda sino que en los venideros tiempos, cuando salga a luz la verdadera historia de mis famosos hechos, que el sabio que los escribiere no ponga, cuando llegue a contar esta mi primera salida tan de mañana, desta manera?: "Apenas había el rubicundo Apolo tendido por la faz de la ancha y espaciosa tierra las doradas hebras de sus hermosos cabellos, y apenas los pequeños y pintados pajarillos con sus harpadas lenguas habían saludado con dulce y melíflua armonía la venida de la rosada aurora, que, dejando la blanda cama del celoso marido, por las puertas y balcones del manchego horizonte a los mortales se mostraba, cuando el famoso caballero don Quijote de la Mancha, dejando las ociosas plumas, subió sobre su famoso caballo Rocinante y comenzó a caminar por el antiguo y conocido campo de Montiel".

Y era la verdad que por él caminaba. Y añadió diciendo:

— Dichosa edad y siglo dichoso aquel adonde saldrán a luz las famosas hazañas mías, dignas de entallarse en bronces, esculpirse en mármoles y pintarse en tablas, para memoria en lo futuro. ¡Oh tú, sabio encantador, quienquiera que seas, a quien ha de tocar el ser coronista desta peregrina historia! Ruégote que no te olvides de mi buen Rocinante, compañero eterno mío en todos mis caminos y carreras.

Luego volvía diciendo, como si verdaderamente fuera enamorado:

Depois voltava à carga dizendo, como se estivesse realmente enamorado:

— Oh, princesa Dulcineia, senhora deste cativo coração! Grande agravo haveis-me feito em despedir-me e reprochar-me com o rigoroso aferro de mandar-me não aparecer ante a vossa fermosura. Praza a vós, senhora minha, memorar este vosso sujeito coração, que tantas coitas pelo vosso amor padece.

Com estes ia engranzando outros disparates, todos à maneira daqueles que seus livros lhe haviam ensinado, imitando a sua linguagem o quanto podia. Com isto caminhava tão devagar, e o sol subia tão depressa e com tanto ardor, que teria bastado para derreter-lhe os miolos (se algum tivesse).

Aquele dia quase inteiro caminhou sem que lhe acontecesse coisa alguma digna de conto, do qual se desesperava, pois quisera logo topar com quem pôr à prova o valor do seu forte braço. Autores há que dizem ter sido sua primeira aventura a de Puerto Lápice; outros, que a dos moinhos de vento; mas o que eu pude averiguar neste caso, e o que achei escrito nos anais de La Mancha, é que ele andou todo aquele dia, e ao anoitecer, seu rocim e ele se acharam cansados e mortos de fome, e que olhando por toda a parte, por ver se divisava algum castelo ou alguma malhada de pastores aonde se recolher e onde pudesse remediar sua muita fome e necessidade, avistou, não longe do caminho que seguia, uma estalagem, e foi como se avistasse uma estrela que, não aos portais, mas aos alcáceres da sua redenção o encaminhasse. Apressou o passo e chegou a ela ao tempo em que anoitecia.

Estavam por acaso à porta duas mulheres moças, dessas que chamam da vida, as quais iam a Sevilha com uns arreeiros que na estalagem aquela noite haviam acertado de pousar; e como ao nosso aventureiro tudo quanto pensava, via ou imaginava parecia ser feito e acontecer ao jeito do que tinha

---

— ¡Oh princesa Dulcinea, señora deste cautivo corazón! Mucho agravio me habedes fecho en despedirme y reprocharme con el riguroso afincamiento de mandarme no parecer ante la vuestra fermosura. Plégaos, señora, de membraros deste vuestro sujeto corazón, que tantas cuitas por vuestro amor padece.

Con estos iba ensartando otros disparates, todos al modo de los que sus libros le habían enseñado, imitando en cuanto podía su lenguaje. Con esto, caminaba tan despacio, y el sol entraba tan apriesa y con tanto ardor, que fuera bastante a derretirle los sesos, si algunos tuviera.

Casi todo aquel día caminó sin acontecerle cosa que de contar fuese, de lo cual se desesperaba, porque quisiera topar luego con quien hacer experiencia del valor de su fuerte brazo. Autores hay que dicen que la primera aventura que le avino fue la del Puerto Lápice; otros dicen que la de los molinos de viento; pero lo que yo he podido averiguar en este caso, y lo que he hallado escrito en los anales de la Mancha es que él anduvo todo aquel día, y, al anochecer, su rocín y él se hallaron cansados y muertos de hambre, y que, mirando a todas partes por ver si descubriría algún castillo o alguna majada de pastores donde recogerse y adonde pudiese remediar su mucha hambre y necesidad, vio, no lejos del camino por donde iba, una venta, que fue como si viera una estrella que, no a los portales, sino a los alcázares de su redención le encaminaba. Diose priesa a caminar y llegó a ella a tiempo que anochecía.

Estaban acaso a la puerta dos mujeres mozas, destas que llaman del partido, las cuales iban a Sevilla con unos arrieros que en la venta aquella noche acertaron a hacer jornada; y como a nuestro aventurero todo cuanto pensaba, veía o imaginaba le parecía ser hecho y pasar al modo de lo que había leído, luego que vio la venta se le

lido, tão logo viu a estalagem, se lhe afigurou ser um castelo com suas quatro torres e coruchéus de reluzente prata, sem faltar a ponte levadiça sobre um fundo fosso, e todos aqueles adereços com que semelhantes castelos se pintam. Foi-se achegando à estalagem que lhe parecia castelo, e a breve distância dela colheu as rédeas de Rocinante, esperando que algum anão surgisse entre as ameias para com alguma trombeta dar sinal de que chegara cavaleiro ao castelo. Mas ao ver que demoravam e que Rocinante se dava pressa por chegar à cavalariça, se achegou à porta da estalagem e viu as duas moças que ali estavam à toa, que a ele pareceram duas formosas donzelas ou duas graciosas damas que aos portões do castelo estavam a folgar. Nisto calhou de um porcariço que estava num restolhal recolhendo uma manada de porcos (sem perdão assim chamados) tocar um corno, a cujo sinal eles se recolhem, e no mesmo instante se afigurou a D. Quixote aquilo que desejava, que era que algum anão dava sinal da sua chegada; e assim, com estranho contentamento se achegou à estalagem e às damas, as quais, ao ver um homem daquele jeito armado, e com lança e adarga, cheias de medo foram entrando; mas D. Quixote, coligindo da sua fuga o seu medo, levantando a viseira de papelão e descobrindo o seu seco e poeirento rosto, com gentis maneiras e voz mansa lhes disse:

— Non fuxan as vossas mercês, nem temam desaguisado algum, ca à ordem de cavalaria que professo non toca nem tange fazê-lo a nenguém, quanto mais a tão subidas donçelas como as vossas presenças demonstram.[2]

As moças o olhavam buscando seu rosto, que a má viseira lhe encobria; mas ao ouvir que as chamava donzelas, coisa tão alheia à sua profissão, não puderam conter o riso, e foi tanto que D. Quixote enfim se viu ofendido e lhes disse:

---

representó que era un castillo con sus cuatro torres y chapiteles de luciente plata, sin faltarle su puente levadiza y honda cava, con todos aquellos adherentes que semejantes castillos se pintan. Fuese llegando a la venta que a él le parecía castillo, y a poco trecho della detuvo las riendas a Rocinante, esperando que algún enano se pusiese entre las almenas a dar señal con alguna trompeta de que llegaba caballero al castillo. Pero como vio que se tardaban y que Rocinante se daba priesa por llegar a la caballeriza, se llegó a la puerta de la venta y vio a las dos destraídas mozas que allí estaban, que a él le parecieron dos hermosas doncellas o dos graciosas damas que delante de la puerta del castillo se estaban solazando. En esto sucedió acaso que un porquero que andaba recogiendo de unos rastrojos una manada de puercos (que sin perdón así se llaman) tocó un cuerno, a cuya señal ellos se recogen, y al instante se le representó a don Quijote lo que deseaba, que era que algún enano hacía señal de su venida; y así con estraño contento llegó a la venta y a las damas, las cuales, como vieron venir un hombre de aquella suerte armado, y con lanza y adarga, llenas de miedo se iban a entrar en la venta; pero don Quijote, coligiendo por su huida su miedo, alzándose la visera de papelón y descubriendo su seco y polvoroso rostro, con gentil talante y voz reposada les dijo:

— Non fuyan las vuestras mercedes, ni teman desaguisado alguno, ca a la orden de caballería que profeso non toca ni atañe facerle a ninguno, cuanto más a tan altas doncellas como vuestras presencias demuestran.

Mirábanle las mozas y andaban con los ojos buscándole el rostro, que la mala visera le encubría; mas como se oyeron llamar doncellas, cosa tan fuera de su profesión, no pudieron tener la risa y fue de manera que don Quijote vino a correrse y a decirles:

— Bem parece a mesura na fermosas, sendo outrossi por demais sandio o riso que de leve causa procede; mas não vo-lo digo para vos coitardes nem mostrardes mau talante, que o meu não é al que o de servir-vos.

A linguagem, não entendida pelas senhoras, e a má presença do nosso cavaleiro acrescentava nelas o riso, e nele a ira, e muito além teria chegado se nesse instante não saísse o estalajadeiro, homem que, por ser muito gordo, era muito pacífico, o qual, vendo aquela figura malconformada, armada de armas tão desiguais como eram arreios de bridão, lança, adarga e corselete,[3] esteve a ponto de acompanhar as donzelas nas mostras do seu contento. Mas, temendo a máquina de tantos petrechos, determinou de lhe falar comedidamente, e assim lhe disse:

— Se vossa mercê, senhor cavaleiro, busca pousada, que não leito (porque nesta estalagem não há nenhum), tudo o mais encontrará nela em muita abundância.

Vendo D. Quixote a humildade do alcaide da fortaleza, que tal lhe pareceram o estalajadeiro e a estalagem, respondeu:

— Para mim, senhor castelão, qualquer coisa basta, pois "meus arreios são as armas, meu descanso o pelejar"[4] etc.

Pensou o hospedeiro que o chamara castelão por tê-lo tomado por um são de Castela, bem que ele fosse andaluz,[5] e dos da Playa de Sanlúcar:[6] não menos ladrão que Caco nem menos malicioso que estudadíssimo pajem. E assim lhe respondeu:

— Então, as camas de vossa mercê serão duras penhas, e o seu dormir, sempre velar; e assim sendo, já bem se pode apear, com a certeza de achar nesta choça ocasião e ocasiões para não dormir num ano inteiro, quanto mais numa noite.

— Bien parece la mesura en las fermosas, y es mucha sandez además la risa que de leve causa procede; pero non vos lo digo porque os acuitedes ni mostredes mal talante, que el mío non es de ál que de serviros.

El lenguaje, no entendido de las señoras, y el mal talle de nuestro caballero acrecentaba en ellas la risa, y en él el enojo, y pasara muy adelante si a aquel punto no saliera el ventero, hombre que, por ser muy gordo, era muy pacífico, el cual, viendo aquella figura contrahecha, armada de armas tan desiguales como eran la brida, lanza, adarga y coselete, no estuvo en nada en acompañar a las doncellas en las muestras de su contento. Mas, en efeto, temiendo la máquina de tantos pertrechos, determinó de hablarle comedidamente, y así le dijo:

— Si vuestra merced, señor caballero, busca posada, amén del lecho, porque en esta venta no hay ninguno, todo lo demás se hallará en ella en mucha abundancia.

Viendo don Quijote la humildad del alcaide de la fortaleza, que tal le pareció a él el ventero y la venta, respondió:

— Para mí, señor castellano, cualquiera cosa basta, porque "mis arreos son las armas, mi descanso el pelear", etc.

Pensó el huésped que el haberle llamado castellano había sido por haberle parecido de los sanos de Castilla, aunque él era andaluz, y de los de la playa de Sanlúcar, no menos ladrón que Caco, ni menos maleante que estudiantado paje. Y así le respondió:

— Según eso, las camas de vuestra merced serán duras peñas, y su dormir, siempre velar; y siendo así bien

Dizendo isto, foi segurar o estribo a D. Quixote, que apeou com muita dificuldade e trabalho, como quem em todo o dia não quebrara o seu jejum.

Disse em seguida ao hospedeiro que cuidasse muito bem do seu cavalo, pois era a melhor peça a pastar sobre o mundo. Olhou-o o estalajadeiro, mas não lhe pareceu tão bom como D. Quixote dizia, nem sequer a metade; e depois de o recolher à cavalariça, voltou para ver o que mandava seu hóspede, que ia sendo desarmado pelas donzelas, já com ele reconciliadas; as quais, bem que lhe tinham tirado o peito e as costas do corselete, não souberam nem puderam desencaixar a gorjeira nem tirar a malposta celada, atada como estava com umas fitas verdes, que era preciso cortar, por ser impossível desfazer os nós; mas ele o não quis consentir de nenhuma maneira, e assim passou toda aquela noite com a celada posta, fazendo a mais cômica e estranha figura que se possa pensar; e ao ser desarmado (como ele imaginava que aquelas perdidas e procuradas que o desarmavam eram um par de principais senhoras e damas daquele castelo) declamou com grande donaire:

— Nunca fora um cavaleiro
de damas tão bem servido
como fora D. Quixote
quando da sua aldeia vindo:
donzelas curavam dele;
princesas, do seu rocim,[7]

ou Rocinante, que este é o nome, senhoras minhas, do meu cavalo, e D. Quixote de La Mancha o meu; e posto que eu não me quisesse revelar antes que as façanhas feitas em vosso serviço e prol me revelassem, a força de aco-

---

se puede apear, con seguridad de hallar en esta choza ocasión y ocasiones para no dormir en todo un año, cuanto más en una noche.

Y diciendo esto fue a tener el estribo a don Quijote, el cual se apeó con mucha dificultad y trabajo, como aquel que en todo aquel día no se había desayunado.

Dijo luego al huésped que le tuviese mucho cuidado de su caballo, porque era la mejor pieza que comía pan en el mundo. Miróle el ventero, y no le pareció tan bueno como don Quijote decía, ni aun la mitad; y acomodándole en la caballeriza, volvió a ver lo que su huésped mandaba, al cual estaban desarmando las doncellas, que ya se habían reconciliado con él; las cuales, aunque le habían quitado el peto y el espaldar, jamás supieron ni pudieron desencajarle la gola, ni quitalle la contrahecha celada, que traía atada con unas cintas verdes, y era menester cortarlas, por no poderse quitar los ñudos; mas él no lo quiso consentir en ninguna manera, y así se quedó toda aquella noche con la celada puesta, que era la más graciosa y estraña figura que se pudiera pensar; y al desarmarle, como él se imaginaba que aquellas traídas y llevadas que le desarmaban eran algunas principales señoras y damas de aquel castillo, les dijo con mucho donaire:

— Nunca fuera caballero de
damas tan bien servido
como fuera don Quijote
cuando de su aldea vino:

modar à presente ocasião este romance velho de Lançarote foi a causa de conhecerdes o meu nome antes de toda sazão; mas tempo virá em que as vossas senhorias hão de mandar e eu obedecer, e o valor do meu braço revelará o desejo que tenho de servir-vos.

As moças, que não eram afeitas a ouvir semelhantes retóricas, não responderam palavra; só lhe perguntaram se queria comer alguma coisa.

— Qualquer uma eu manducaria — respondeu D. Quixote —, pois entendo que me seria de grande proveito.

Calhou de aquele dia ser sexta-feira, e não havia em toda a estalagem nada além de umas rações de um peixe que em Castela chamam abadejo, e na Andaluzia bacalhau, e noutras partes *curadillo*, e noutras ainda *truchuela*.[8] Perguntaram-lhe se porventura comeria ele *truchuelas*, pois não havia outro peixe que dar-lhe de comer.

— Como haja muitas *truchuelas* — respondeu D. Quixote —, poderão servir como truta, e a mim tanto se me dá receber oito reais em moeda miúda ou numa peça de oito. Ainda mais que poderia ser que fossem as tais *truchuelas* como a vitela, que é melhor que a vaca, como o cabrito é melhor que o cabrão.[9] Mas, seja como for, que venha logo, pois o trabalho e o peso das armas não se podem levar sem o governo das tripas.

Puseram-lhe a mesa à porta da estalagem, para que tomasse a fresca, trazendo-lhe o hospedeiro uma porção de um mal demolhado e pior cozido bacalhau e um pão tão preto e sujo quanto a armadura do hóspede; e era matéria de grande riso vê-lo comer, porque, como estava com a celada posta e segurando a viseira, não podia usar as mãos e levar nada à boca se outro não lha desse e levasse, e uma daquelas senhoras o servia nesse mister. Mas dar-lhe de beber desse modo era impossível, e continuaria a sê-lo se o esta-

---

doncellas curaban dél;
princesas, del su rocino,

o Rocinante, que este es el nombre, señoras mías, de mi caballo, y don Quijote de la Mancha el mío; que, puesto que no quisiera descubrirme fasta que las fazañas fechas en vuestro servicio y pro me descubrieran, la fuerza de acomodar al propósito presente este romance viejo de Lanzarote ha sido causa que sepáis mi nombre antes de toda sazón; pero tiempo vendrá en que las vuestras señorías me manden y yo obedezca, y el valor de mi brazo descubra el deseo que tengo de serviros.

Las mozas, que no estaban hechas a oír semejantes retóricas, no respondían palabra; solo le preguntaron si quería comer alguna cosa.

— Cualquiera yantaría yo — respondió don Quijote —, porque, a lo que entiendo, me haría mucho al caso.

A dicha, acertó a ser viernes aquel día, y no había en toda la venta sino unas raciones de un pescado que en Castilla llaman *abadejo*, y en Andalucía *bacallao*, y en otras partes *curadillo*, y en otras *truchuela*. Preguntáronle si por ventura comería su merced truchuela, que no había otro pescado que dalle a comer.

— Como haya muchas truchuelas — respondió don Quijote —, podrán servir de una trucha, porque eso se me da que me den ocho reales en sencillos que en una pieza de a ocho. Cuanto más, que podría ser que fuesen estas truchuelas como la ternera, que es mejor que la vaca, y el cabrito que el cabrón. Pero, sea lo que fuere, venga luego, que el trabajo y peso de las armas no se puede llevar sin el gobierno de las tripas.

lajadeiro não furasse um caniço e, pondo-lhe uma ponta na boca, pela outra fosse vertendo o vinho; e tudo isto ele aceitava com paciência, a troco de que não lhe cortassem as fitas da celada.

Estando nisso calhou de chegar à estalagem um castrador de porcos, e assim como chegou tocou a sua gaita de caniços quatro ou cinco vezes, donde acabou de confirmar D. Quixote que estava nalgum famoso castelo e que o serviam com música e que o bacalhau eram trutas, o pão de trigo candial, e as rameiras damas e o estalajadeiro castelão, e por tudo isto dava por bem proveitosa sua determinação e saída. Mas o que mais o desgostava era não se ver armado cavaleiro, por cuidar que não se poderia pôr legitimamente em aventura alguma sem antes receber a ordem da cavalaria.

NOTAS

[1] Armas brancas: como o próprio texto explica, armadura sem emblema. Este só podia ser pintado depois que o cavaleiro provasse seu mérito mediante a realização de alguma proeza.

[2] Non fuxan...: D. Quixote imita, aqui e em diversos momentos-chave, a linguagem arcaizante característica do gênero cavaleiresco. Conhecida como *fabla caballeresca*, essa fala guarda semelhanças com galego-português e com o astur-leonês, embora seja uma "língua" exclusivamente literária — não deve, portanto, ser confundida com o aragonês e o asturiano, idiomas aos quais também se atribui o nome de *fabla*.

[3] Arreios de bridão, lança, adarga e corselete: as armas e petrechos correspondem a duas maneiras diferentes de montar; o bridão e a lança são próprios da montaria "à brida", para o combate em justas ou na cavalaria pesada; a adarga e o corselete, da ligeira montaria "à gineta".

[4] Meus arreios são as armas...: "*mis arreos son las armas — mi descanso el peleare*" são os versos iniciais do romance breve "La constancia", que também aparecem no romance velho "Moriana y Galván", ambos recolhidos em antologias desde meados do século XVI. A resposta do estalaja-

---

Pusiéronle la mesa a la puerta de la venta, por el fresco, y trújole el huésped una porción del mal remojado y peor cocido bacallao y un pan tan negro y mugriento como sus armas; pero era materia de grande risa verle comer, porque, como tenía puesta la celada y alzada la visera, no podía poner nada en la boca con sus manos si otro no se lo daba y ponía, y, ansí, una de aquellas señoras servía deste menester. Mas al darle de beber, no fue posible, ni lo fuera si el ventero no horadara una caña, y, puesto el un cabo en la boca, por el otro le iba echando el vino; y todo esto lo recebía en paciencia, a trueco de no romper las cintas de la celada. Estando en esto, llegó acaso a la venta un castrador de puercos, y así como llegó, sonó su silbato de cañas cuatro o cinco veces, con lo cual acabó de confirmar don Quijote que estaba en algún famoso castillo y que le servían con música y que el abadejo eran truchas, el pan candeal y las rameras damas y el ventero castellano del castillo, y con esto daba por bien empleada su determinación y salida. Mas lo que más le fatigaba era el no verse armado caballero, por parecerle que no se podría poner legítimamente en aventura alguna sin recebir la orden de caballería.

deiro retoma a sequência da estrofe, comum às duas versões: *"mi cama, las duras peñas, — mi dormir siempre velare"*.

⁵ ... um são de Castela, embora fosse ele andaluz: trocadilho com a expressão *"sano de Castilla"*, que significava, por um lado, "homem honrado, sem malícia" (contrastando os castelhanos aos andaluzes, que tinham a fama contrária) e, por outro, na gíria picaresca, "ladrão dissimulado". Na língua-fonte, o jogo se completa com a ambivalência da palavra *castellano*, que designa tanto o alcaide do castelo (castelão) como o natural de Castela (castelhano).

⁶ Playa de Sanlúcar (de Barrameda): praia no golfo de Cádis que, no tempo de Cervantes, era polo de reunião de pícaros e foragidos da justiça.

⁷ "Nunca fora um cavaleiro...": adaptação dos versos iniciais do romance "Lanzarote y el orgulloso", *"Nunca fuera caballero — de damas tan bien servido/ como fuera Lanzarote — cuando de Bretaña vino:/ que dueñas curaban dél — princesas del su rocino"*.

⁸ *Truchuela*: a palavra, que designa diversos peixes secos e salgados, é interpretada erroneamente por D. Quixote como diminutivo de *trucha* (truta). Por outro lado, tanto *abadejo* como *trucha* são designações de prostitutas: velha e barata a primeira, cara e jovem a segunda.

⁹ Cabrão: já na época o superlativo de "cabro" comportava, em ambas as línguas, a acepção injuriosa de "cornudo".

CAPÍTULO III

Onde se conta a curiosa maneira
como D. Quixote foi armado cavaleiro

E assim desgostoso desse pensamento, abreviou seu peregrino e limitado jantar, acabado o qual chamou o estalajadeiro e, fechando-se com ele na cavalariça, se ajoelhou a seus pés, dizendo-lhe:

— Jamais me levantarei donde estou, valoroso cavaleiro, enquanto a vossa cortesia não me outorgar um dom que pedir-lhe quero, o qual redundará em louvor vosso e prol do gênero humano.

O estalajadeiro, vendo seu hóspede a seus pés e ouvindo semelhantes razões, o olhava confuso, sem saber o que fazer nem dizer, e forcejava com ele para que se levantasse, o que não quis de modo algum, até que teve de dizer que ele lhe outorgava o dom que lhe pedia.

— Não esperava menos da grande magnificência vossa, senhor meu — respondeu D. Quixote —, e assim vos digo que o dom que vos pedi e por vossa liberalidade foi-me outorgado é que amanhã sem tardança me armeis cavaleiro, e esta noite na capela deste vosso castelo velarei as armas, e amanhã, como tenho dito, cumprir-se-á o que tanto desejo, para poder como se deve ir por tôdalas quatro partes do mundo em busca de aventuras, em prol dos necessitados, como é cargo da cavalaria e dos cavaleiros andantes, como eu sou, cujo desejo a semelhantes façanhas é inclinado.

CAPÍTULO III

Donde se cuenta la graciosa manera
que tuvo don Quijote en armarse caballero

Y así fatigado deste pensamiento, abrevió su venteril y limitada cena; la cual acabada, llamó al ventero y, encerrándose con él en la caballeriza, se hincó de rodillas ante él, diciéndole:
— No me levantaré jamás de donde estoy, valeroso caballero, fasta que la vuestra cortesía me otorgue un don que pedirle quiero, el cual redundará en alabanza vuestra y en pro del género humano.

El ventero, que vio a su huésped a sus pies y oyó semejantes razones, estaba confuso mirándole, sin saber qué hacerse ni decirle, y porfiaba con él que se levantase, y jamás quiso, hasta que le hubo de decir que él le otorgaba el don que le pedía.

— No esperaba yo menos de la gran magnificencia vuestra, señor mío — respondió don Quijote —, y así os digo que el don que os he pedido y de vuestra liberalidad me ha sido otorgado es que mañana en aquel día me habéis de armar caballero, y esta noche en la capilla deste vuestro castillo velaré las armas, y mañana, como tengo dicho, se cumplirá lo que tanto deseo, para poder como se debe ir por todas las cuatro partes del mundo bus-

O estalajadeiro, que, como já foi dito, era um pouco chocarreiro e tinha já as suas suspeitas da falta de juízo do seu hóspede, acabou de confirmá-las quando acabou de ouvir dele semelhantes razões e, para ter do que rir naquela noite, determinou de lhe seguir o humor; e assim lhe disse ser muito acertado o seu desejo e pedido e que tal propósito era próprio e natural dos cavaleiros tão principais como ele parecia e a sua galharda presença mostrava; e que ele também, nos anos da sua mocidade, se dera àquele honroso exercício, andando por diversas partes do mundo em busca das suas aventuras, incluindo Percheles de Málaga, Islas de Riarán, Compás de Sevilha, Azoguejo de Segóvia, Olivera de Valência, Rondilla de Granada, Playa de Sanlúcar, Potro de Córdova e Ventillas de Toledo[1] e outras várias partes onde exercitara a ligeireza dos pés e a sutileza das mãos, fazendo muitos tortos, requestando muitas viúvas, desfazendo algumas donzelas e enganando alguns pupilos e, finalmente, dando-se a conhecer por quantas audiências e tribunais há em quase toda a Espanha; e que, por fim, se recolhera àquele seu castelo, onde vivia com sua fazenda e as alheias, acolhendo nele todos os cavaleiros andantes, da qualidade e condição que fossem, só pelo muito apreço que lhes tinha, e para que repartissem com ele seus haveres em paga do seu bom desejo.

Disse-lhe também que naquele seu castelo não havia capela alguma onde velar as armas, porque fora derrubada para ser feita de novo, mas ele sabia que em caso de necessidade podiam ser veladas onde quer que fosse, e que naquela noite as poderia velar num pátio do castelo, que de manhã, sendo Deus servido, fariam as devidas cerimônias de maneira que ele ficasse armado cavaleiro, e tão cavaleiro como nenhum outro no mundo poderia ser.

Perguntou-lhe se trazia dinheiro; respondeu D. Quixote que não trazia nem uma *blanca*,[2] porque ele nunca havia lido nas histórias dos cavaleiros

---

cando las aventuras, en pro de los menesterosos, como está a cargo de la caballería y de los caballeros andantes, como yo soy, cuyo deseo a semejantes fazañas es inclinado.

El ventero, que, como está dicho, era un puco socarrón y ya tenía algunos barruntos de la falta de juicio de su huésped, acabó de creerlo cuando acabó de oírle semejantes razones y, por tener que reír aquella noche, determinó de seguirle el humor; y así le dijo que andaba muy acertado en lo que deseaba y pedía y que tal presupuesto era propio y natural de los caballeros tan principales como él parecía y como su gallarda presencia mostraba; y que él ansimesmo, en los años de su mocedad, se había dado a aquel honroso ejercicio, andando por diversas partes del mundo, buscando sus aventuras, sin que hubiese dejado los Percheles de Málaga, Islas de Riarán, Compás de Sevilla, Azoguejo de Segovia, la Olivera de Valencia, Rondilla de Granada, Playa de Sanlúcar, Potro de Córdoba y las Ventillas de Toledo y otras diversas partes, donde había ejercitado la ligereza de sus pies, sutileza de sus manos, haciendo muchos tuertos, recuestando muchas viudas, deshaciendo algunas doncellas y engañando a algunos pupilos y, finalmente, dándose a conocer por cuantas audiencias y tribunales hay casi en toda España; y que, a lo último, se había venido a recoger a aquel su castillo, donde vivía con su hacienda y con las ajenas, recogiendo en él a todos los caballeros andantes, de cualquiera calidad y condición que fuesen, solo por la mucha afición que les tenía y porque partiesen con él de sus haberes, en pago de su buen deseo.

Díjole también que en aquel su castillo no había capilla alguna donde poder velar las armas, porque estaba derribada para hacerla de nuevo, pero que en caso de necesidad él sabía que se podían velar dondequiera y que aquella noche las podría velar en un patio del castillo, que a la mañana, siendo Dios servido, se harían las

andantes que algum o levasse. Ao que o estalajadeiro respondeu que se enganava, pois, ainda que nas histórias isso não se escrevesse, por terem entendido os autores delas que não era preciso escrever coisa tão clara e tão necessária de levar como eram dinheiro e camisas limpas, nem por isso se devia de pensar que os não levassem; e assim tivesse ele como certo e averiguado que todos os cavaleiros andantes, dos quais tantos livros estão cheios e abarrotados, levavam bem forradas as bolsas para o que lhes pudesse acontecer, e que também levavam camisas e uma pequena arqueta cheia de unguentos para curar as feridas que recebiam, porque nem sempre nos campos e desertos onde combatiam e eram feridos havia quem os curasse, isso quando não tinham por amigo algum sábio encantador para logo os socorrer, trazendo pelo ar nalguma nuvem alguma donzela ou anão com alguma redoma de água de tal virtude que, em provando dela uma gota, logo saravam das suas chagas e feridas, como se mal algum tivessem sofrido; mas que, caso isto não houvesse, tiveram os passados cavaleiros por coisa atinada que seus escudeiros fossem providos de dinheiro e de outras coisas necessárias, como eram chumaços e unguentos para se curarem; e quando acontecia não terem escudeiro os tais cavaleiros (que eram poucas e raras vezes), eles mesmos levavam tudo dentro de uns alforjes muito sutis, que quase não se notavam às ancas do cavalo, como coisa da maior importância, porque, não sendo por semelhante causa, o levar alforjes não era coisa muito bem-vista entre os cavaleiros andantes; e por isso lhe dava por conselho, o qual já lhe podia ditar como a seu afilhado, pois bem logo o haveria de ser, que em diante nunca andasse sem dinheiro e sem as referidas prevenções, e veria quanto proveito delas tiraria quando menos o esperasse.

 Prometeu-lhe D. Quixote fazer o que se lhe aconselhava, com toda a

---

debidas ceremonias de manera que él quedase armado caballero, y tan caballero, que no pudiese ser más en el mundo.
 Preguntóle si traía dineros; respondió don Quijote que no traía blanca, porque él nunca había leído en las historias de los caballeros andantes que ninguno los hubiese traído. A esto dijo el ventero que se engañaba, que, puesto caso que en las historias no se escribía, por haberles parecido a los autores dellas que no era menester escribir una cosa tan clara y tan necesaria de traerse como eran dineros y camisas limpias, no por eso se había de creer que no los trujeron, y así tuviese por cierto y averiguado que todos los caballeros andantes, de que tantos libros están llenos y atestados, llevaban bien herradas las bolsas, por lo que pudiese sucederles, y que asimismo llevaban camisas y una arqueta pequeña llena de ungüentos para curar las heridas que recebían, porque no todas veces en los campos y desiertos donde se combatían y salían heridos había quien los curase, si ya no era que tenían algún sabio encantador por amigo, que luego los socorría, trayendo por el aire en alguna nube alguna doncella o enano con alguna redoma de agua de tal virtud, que en gustando alguna gota della luego al punto quedaban sanos de sus llagas y heridas, como si mal alguno hubiesen tenido; mas que, en tanto que esto no hubiese, tuvieron los pasados caballeros por cosa acertada que sus escuderos fuesen proveídos de dineros y de otras cosas necesarias, como eran hilas y ungüentos para curarse; y cuando sucedía que los tales caballeros no tenían escuderos — que eran pocas y raras veces —, ellos mesmos lo llevaban todo en unas alforjas muy sutiles, que casi no se parecían, a las ancas del caballo, como que era otra cosa de más importancia, porque, no siendo por ocasión semejante, esto de llevar alforjas no fue muy admitido entre los caballeros andantes; y por esto le daba por consejo,

pontualidade; e assim logo se deu ordem de que velasse as armas num grande pátio que havia junto à estalagem, e recolhendo-as todas D. Quixote, colocou-as sobre uma pia junto a um poço. E embraçando a sua adarga, agarrou da sua lança e com gentil compostura começou a rondar a pia; e quando começou a ronda, começava a cair a noite.

Contou o estalajadeiro a todos na estalagem a loucura do seu hóspede, o velamento das armas e a armação de cavalaria que esperava. Admiraram-se de tão estranho gênero de loucura e o foram olhar de longe, e viram que, com sossegado jeito, ora rondava, ora, escorado em sua lança, fitava os olhos nas armas, sem delas os afastar por um bom espaço. Acabou de cair a noite, mas era tanta a claridade da lua que podia competir com aquele que lha emprestava, de tal maneira que tudo quanto o novel cavaleiro fazia era bem visto por todos. Resolveu então um dos arreeiros que estavam na estalagem ir dar água a sua récua, tendo de retirar as armas de D. Quixote que estavam sobre a pia; este, ao vê-lo chegar, a altas vozes lhe disse:

— Oh tu, quem quer que sejas, atrevido cavaleiro, que ousas tocar as armas do mais valoroso andante que jamais tomou espada! Cuida no que fazes, e não as toques, se não queres deixar a vida em paga do teu atrevimento.

Não curou o arreeiro dessas razões (e melhor fora que se tivesse curado, pois seria curar-se em saúde), mas, agarrando-a das correias, atirou a armadura longe de si. Vendo isto D. Quixote, ergueu os olhos ao céu, e posto o pensamento — ao que pareceu — em sua senhora Dulcineia, disse:

— Acorrei-me, senhora minha, nesta primeira desafronta que a este vosso avassalado peito se oferece; que não me falte neste primeiro transe o vosso favor e amparo.

E dizendo estas e outras semelhantes razões, soltando a adarga, ergueu

---

pues aun se lo podía mandar como a su ahijado, que tan presto lo había de ser, que no caminase de allí adelante sin dineros y sin las prevenciones referidas, y que vería cuán bien se hallaba con ellas, cuando menos se pensase.

Prometióle don Quijote de hacer lo que se le aconsejaba, con toda puntualidad; y así se dio luego orden como velase las armas en un corral grande que a un lado de la venta estaba, y recogiéndolas don Quijote todas, las puso sobre una pila que junto a un pozo estaba y, embrazando su adarga, asió de su lanza y con gentil continente, se comenzó a pasear delante de la pila; y cuando comenzó el paseo comenzaba a cerrar la noche.

Contó el ventero a todos cuantos estaban en la venta la locura de su huésped, la vela de las armas y la armazón de caballería que esperaba. Admiráronse de tan estraño género de locura y fuéronselo a mirar desde lejos, y vieron que con sosegado ademán unas veces se paseaba; otras, arrimado a su lanza, ponía los ojos en las armas, sin quitarlos por un buen espacio dellas. Acabó de cerrar la noche, pero con tanta claridad de la luna, que podía competir con el que se la prestaba, de manera que cuanto el novel caballero hacía era bien visto de todos. Antojósele en esto a uno de los arrieros que estaban en la venta ir a dar agua a su recua, y fue menester quitar las armas de don Quijote, que estaban sobre la pila; el cual, viéndole llegar, en voz alta le dijo:

— ¡Oh tú, quienquiera que seas, atrevido caballero, que llegas a tocar las armas del más valoroso andante que jamás se ciñó espada! Mira lo que haces, y no las toques, si no quieres dejar la vida en pago de tu atrevimiento.

No se curó el arriero destas razones (y fuera mejor que se curara, porque fuera curarse en salud), antes, trabando de las correas, las arrojó gran trecho de sí. Lo cual visto por don Quijote, alzó los ojos al cielo y, puesto el pensamiento — a lo que pareció — en su señora Dulcinea, dijo:

a lança com as duas mãos e deu com ela tão grande golpe na cabeça do arreeiro que o derrubou no chão, tão estropiado que, se o secundasse com outro, nem teria necessidade de cirurgião para o curar. Isto feito, recolheu suas armas e tornou a rondar com a mesma calma que dantes. Pouco depois, sem saber o que se passara (porque ainda estava atordoado o arreeiro), veio outro com a mesma intenção de dar água aos seus mulos, e ousando tirar as armas para desembaraçar a pia, sem dizer D. Quixote palavra nem pedir o favor de ninguém, soltou outra vez a adarga e ergueu outra vez a lança, e, sem a terçar nem quebrar, em mais de três quebrou a cabeça do segundo arreeiro, pois a partiu em quatro. Ao ruído acorreu toda a gente da estalagem, e entre eles o estalajadeiro. Vendo isto D. Quixote, embraçou sua adarga e, posta a mão em sua espada, disse:

— Oh, senhora da fermosura, esforço e vigor do debilitado coração meu! Ora é tempo de volveres os olhos da tua grandeza a este teu cativo cavaleiro, que tamanha aventura está atendendo.

Com isto cobrou a seu parecer tanto ânimo que, se o acometessem todos os arreeiros do mundo, nem assim arredaria pé. Os companheiros dos feridos, ao vê-los assim, começaram de longe a chover pedras sobre D. Quixote, que se reparava atrás da sua adarga o melhor que podia e não ousava se afastar da pia, para não desamparar as armas. O estalajadeiro dava vozes que o deixassem, pois já lhes dissera como era louco, e que por louco se livraria, ainda que matando a todos. Também D. Quixote as dava, e maiores, chamando-os aleivosos e traidores, e que o senhor do castelo era um velhaco e malnascido cavaleiro, pois consentia que semelhante trato se desse aos andantes cavaleiros; e que, se ele já tivesse recebido a ordem de cavalaria, boa lição lhe daria por sua aleivosia:

— Acorredme, señora mía, en esta primera afrenta que a este vuestro avasallado pecho se le ofrece; no me desfallezca en este primero trance vuestro favor y amparo.

Y diciendo estas y otras semejantes razones, soltando la adarga, alzó la lanza a dos manos y dio con ella tan gran golpe al arriero en la cabeza, que le derribó en el suelo tan maltrecho, que, si segundara con otro, no tuviera necesidad de maestro que le curara. Hecho esto, recogió sus armas y tornó a pasearse con el mismo reposo que primero. Desde allí a poco, sin saberse lo que había pasado — porque aún estaba aturdido el arriero —, llegó otro con la mesma intención de dar agua a sus mulos y, llegando a quitar las armas para desembarazar la pila, sin hablar don Quijote palabra y sin pedir favor a nadie soltó otra vez la adarga y alzó otra vez la lanza y, sin hacerla pedazos, hizo más de tres la cabeza del segundo arriero, porque se la abrió por cuatro. Al ruido acudió toda la gente de la venta, y entre ellos el ventero. Viendo esto don Quijote, embrazó su adarga y, puesta mano a su espada, dijo:

— ¡Oh señora de la fermosura, esfuerzo y vigor del debilitado corazón mío! Ahora es tiempo que vuelvas los ojos de tu grandeza a este tu cautivo caballero, que tamaña aventura está atendiendo.

Con esto cobró, a su parecer, tanto ánimo, que si le acometieran todos los arrieros del mundo, no volviera el pie atrás. Los compañeros de los heridos, que tales los vieron, comenzaron desde lejos a llover piedras sobre don Quijote, el cual lo mejor que podía se reparaba con su adarga y no se osaba apartar de la pila, por no desamparar las armas. El ventero daba voces que le dejasen, porque ya les había dicho como era loco, y que por loco se libraría, aunque los matase a todos. También don Quijote las daba, mayores, llamándolos de alevosos y traido-

— Mas de vós outros, soez e baixa canalha, não faço caso algum: atirai, chegai, vinde e ofendei-me o quanto puderdes, que logo vereis a paga que recebereis pela vossa sandice e demasia.

Dizia isto com tanto brio e denodo que infundiu um terrível temor naqueles que o atacavam; e assim por isto como pelas persuasões do estalajadeiro, pararam de o apedrejar, e ele deixou retirar os feridos e voltou ao velamento de suas armas com a mesma calma e sossego que de primeiro.

Não pareceram bem ao estalajadeiro as tropelias do seu hóspede, e determinou de abreviar e dar-lhe logo a negra ordem de cavalaria, antes que outra desgraça acontecesse. E assim achegando-se a ele, desculpou-se da insolência que aquela gente baixa com ele havia usado, sem que ele soubesse coisa alguma, mas que bem castigados estavam do seu atrevimento. Disse-lhe, como lhe dissera, que naquele castelo não havia capela, mas para o que faltava fazer tampouco era necessária, pois, segundo o que sabia do cerimonial da ordem, o principal para ser armado cavaleiro era a espaldeirada e a pescoçada, coisa que até no meio do campo podia ser feita, e que ele já havia cumprido com sua parte ao velar as armas, pois só duas horas de velamento bastavam, e ele já havia passado mais de quatro. Em tudo acreditou D. Quixote, e disse que estava ali pronto para obedecê-lo, e que concluísse com a maior brevidade que pudesse; porque se fosse outra vez acometido quando já armado cavaleiro, não pensava deixar pessoa viva no castelo, salvo aquelas que lhe mandasse, que em respeito a ele pouparia.

Advertido e medroso disso o castelão, trouxe logo um livro onde levava a conta da palha e da cevada que dava aos arreeiros, e com um coto de vela que lhe trazia um rapaz, e com as duas já ditas donzelas, foi aonde D. Quixote estava, a quem mandou ajoelhar; e lendo do seu manual como se

---

res, y que el señor del castillo era un follón y mal nacido caballero, pues de tal manera consentía que se tratasen los andantes caballeros; y que si él hubiera recebido la orden de caballería, que él le diera a entender su alevosía:
— Pero de vosotros, soez y baja canalla, no hagó caso alguno: tirad, llegad, venid y ofendedme en cuanto pudiéredes, que vosotros veréis el pago que lleváis de vuestra sandez y demasía.

Decía esto con tanto brío y denuedo, que infundió un terrible temor en los que le acometían; y así por esto como por las persuasiones del ventero, le dejaron de tirar, y él dejó retirar a los heridos y tornó a la vela de sus armas con la misma quietud y sosiego que primero.

No le parecieron bien al ventero las burlas de su huésped, y determinó abreviar y darle la negra orden de caballería luego, antes que otra desgracia sucediese. Y así llegándose a él, se desculpó de la insolencia que aquella gente baja con él había usado, sin que él supiese cosa alguna, pero que bien castigados quedaban de su atrevimiento. Díjole como ya le había dicho que en aquel castillo no había capilla, y para lo que restaba de hacer tampoco era necesaria, que todo el toque de quedar armado caballero consistía en la pescozada y en el espaldarazo, según él tenía noticia del ceremonial de la orden, y que aquello en mitad de un campo se podía hacer, y que ya había cumplido con lo que tocaba al velar de las armas, que con solas dos horas de vela se cumplía, cuanto más que él había estado más de cuatro. Todo se lo creyó don Quijote, que él estaba allí pronto para obedecerle y que concluyese con la mayor brevedad que pudiese, porque, si fuese otra vez acometido y se viese armado caballero, no pensaba dejar persona viva en el castillo, eceto aquellas que él le mandase, a quien por su respeto dejaría.

dissesse alguma devota oração, em meio à fabulosa leitura ergueu a mão e lhe deu um bom golpe no pescoço e, em seguida, com sua mesma espada, uma gentil espaldeirada, sempre murmurando entre dentes, como se rezasse. Isto feito, mandou uma daquelas damas cingir-lhe a espada, a qual o fez com muita desenvoltura e discrição, porque não foi mister pouca para não rebentar a rir a cada passo da cerimônia; mas as proezas que já haviam visto do novel cavaleiro eram bastantes para lhes frear o riso. Ao cingir-lhe a espada, disse a boa senhora:

— Deus faça vossa mercê mui venturoso cavaleiro e lhe dê ventura nas lides.

D. Quixote lhe perguntou como se chamava, para que dali em diante ele soubesse a quem era obrigado pela mercê recebida, pois pensava em lhe dar parte da honra que alcançasse pelo valor do seu braço. Ela respondeu com muita humildade que se chamava La Tolosa, e que era filha de um remendão natural de Toledo, que vivia perto da praça de Sancho Bienaya, e que onde quer que ela estivesse o serviria e teria por senhor. D. Quixote replicou que, por seu amor, fizesse a mercê de doravante usar de *don* e chamar-se "Doña Tolosa". Ela assim lho prometeu, e a outra lhe calçou as esporas, com quem teve quase o mesmo colóquio que com aquela da espada. Perguntou-lhe o nome, e ela disse chamar-se La Molinera e ser filha de um honrado moleiro de Antequera; à qual também rogou D. Quixote que usasse de *don* e se chamasse "Doña Molinera", oferecendo-lhe novos serviços e mercês.

Feitas pois a galope e às pressas essas nunca vistas cerimônias, não via a hora D. Quixote de se ver a cavalo em busca das aventuras, e selando em seguida o seu Rocinante, montou nele, e abraçando o seu hospedeiro, lhe disse coisas tão estranhas, agradecendo-lhe a mercê de o ter armado cava-

---

Advertido y medroso desto el castellano, trujo luego un libro donde asentaba la paja y cebada que daba a los arrieros, y con un cabo de vela que le traía un muchacho, y con las dos ya dichas doncellas, se vino adonde don Quijote estaba, al cual mandó hincar de rodillas; y leyendo en su manual, como que decía alguna devota oración, en mitad de la leyenda alzó la mano y diole sobre el cuello un buen golpe, y tras él, con su mesma espada, un gentil espaldarazo, siempre murmurando entre dientes, como que rezaba. Hecho esto, mandó a una de aquellas damas que le ciñese la espada, la cual lo hizo con mucha desenvoltura y discreción, porque no fue menester poca para no reventar de risa a cada punto de las ceremonias; pero las proezas que ya habían visto del novel caballero les tenía la risa a raya. Al ceñirle la espada, dijo la buena señora:

— Dios haga a vuestra merced muy venturoso caballero y le dé ventura en lides.

Don Quijote le preguntó cómo se llamaba, porque él supiese de allí adelante a quién quedaba obligado por la merced recibida, porque pensaba darle alguna parte de la honra que alcanzase por el valor de su brazo. Ella respondió con mucha humildad que se llamaba la Tolosa, y que era hija de un remendón natural de Toledo, que vivía a las tendillas de Sancho Bienaya, y que dondequiera que ella estuviese le serviría y le tendría por señor. Don Quijote le replicó que, por su amor, le hiciese merced que de allí adelante se pusiese *don* y se llamase "doña Tolosa". Ella se lo prometió, y la otra le calzó la espuela, con la cual le pasó casi el mismo coloquio que con la de la espada. Preguntóle su nombre, y dijo que se llamaba la Molinera y que era hija de un honrado molinero de Antequera; a la cual también rogó don Quijote que se pusiese *don* y se llamase "doña Molinera", ofreciéndole nuevos servicios y mercedes.

leiro, que não é possível achar maneira de referi-las. O estalajadeiro, para o ver logo fora da estalagem, com não menos retóricas, porém mais breves palavras, respondeu às suas, e sem lhe cobrar a custa da pousada, deixou-o ir em boa hora.

NOTAS

[1] Percheles de Málaga [...] Ventillas de Toledo: bairros de má fama na Espanha do final do século XVI.

[2] *Blanca*: moeda de cobre de baixo valor, equivalente a meio maravedi.

Hechas, pues, de galope y aprisa las hasta allí nunca vistas ceremonias, no vio la hora don Quijote de verse a caballo y salir buscando las aventuras, y, ensillando luego a Rocinante, subió en él y, abrazando a su huésped, le dijo cosas tan estrañas, agradeciéndole la merced de haberle armado caballero, que no es posible acertar a referirlas. El ventero, por verle ya fuera de la venta, con no menos retóricas, aunque con más breves palabras, respondió a las suyas y, sin pedirle la costa de la posada, le dejó ir a la buen hora.

CAPÍTULO IV

Do que sucedeu ao nosso cavaleiro quando saiu da estalagem

A da aurora seria quando D. Quixote saiu da estalagem tão contente, tão galhardo, tão alvoroçado por já se ver armado cavaleiro, que o seu júbilo rebentava pelas cilhas do cavalo. Mas vindo-lhe à memória os conselhos do seu hospedeiro acerca das provisões tão necessárias que havia de levar consigo, em especial a de dinheiro e camisas, determinou de voltar para sua casa e lá munir-se de tudo, e também de um escudeiro, fazendo tenção de tomar um lavrador seu vizinho, que era pobre e com filhos, mas bem talhado para o ofício escudeiro da cavalaria. Com este pensamento guiou Rocinante para sua aldeia, o qual, quase conhecendo a querença, com tanta vontade começou a caminhar que parecia nem tocar os pés no chão.

Não tinha andado muito quando lhe pareceu que à sua destra mão, da espessura de um bosque que ali havia, chegavam umas vozes delicadas, como de alguém a se lamentar; e tão logo as ouviu, disse:

— Graças dou ao céu pela mercê que me faz, pois tão prestemente me depara ocasiões onde eu possa cumprir com o que devo à minha profissão e onde possa colher o fruto dos meus bons desejos. Essas vozes, sem dúvida, são de algum necessitado ou necessitada que tem necessidade do meu favor e ajuda.

CAPÍTULO IV

De lo que le sucedió a nuestro caballero cuando salió de la venta

La del alba sería cuando don Quijote salió de la venta tan contento, tan gallardo, tan alborozado por verse ya armado caballero, que el gozo le reventaba por las cinchas del caballo. Mas viniéndole a la memoria los consejos de su huésped cerca de las prevenciones tan necesarias que había de llevar consigo, especial la de los dineros y camisas, determinó volver a su casa y acomodarse de todo, y de un escudero, haciendo cuenta de recebir a un labrador vecino suyo que era pobre y con hijos, pero muy a propósito para el oficio escuderil de la caballería. Con este pensamiento guió a Rocinante hacia su aldea, el cual, casi conociendo la querencia, con tanta gana comenzó a caminar, que parecía que no ponía los pies en el suelo.

No había andado mucho cuando le pareció que a su diestra mano, de la espesura de un bosque que allí estaba, salían unas voces delicadas, como de persona que se quejaba; y apenas las hubo oído, cuando dijo:

— Gracias doy al cielo por la merced que me hace, pues tan presto me pone ocasiones delante donde yo pueda cumplir con lo que debo a mi profesión y donde pueda coger el fruto de mis buenos deseos. Estas voces, sin duda, son de algún menesteroso o menesterosa que ha menester mi favor y ayuda.

E virando as rédeas, encaminhou Rocinante para donde lhe pareceu que vinham as vozes. E a poucos passos que adentrou no bosque, viu amarrada uma égua a um carvalho, e amarrado a outro um rapaz, nu da cintura acima, de uns quinze anos de idade, que era quem as vozes dava, e não sem motivo, pois estava dando-lhe com uma cinta muitos açoites um lavrador de bom porte, e cada açoite acompanhava de uma repreensão e conselho. Pois dizia:

— Boca fechada e olho aberto.

E o rapaz respondia:

— Não voltará a acontecer, senhor meu; pela paixão de Deus, que não voltará a acontecer, e juro ter por diante mais cuidado com a malhada.

E vendo D. Quixote o que se passava, com voz colérica disse:

— Descortês cavaleiro, mal parece que vos batais com quem defender-se não pode; montai no vosso cavalo e tomai vossa lança — pois também tinha uma lança encostada no carvalho onde estava amarrada a égua —, que vos mostrarei ser cobardia isto que estais fazendo.

O lavrador, ao ver sobre si aquela figura cheia de armas, brandindo a lança sobre seu rosto, teve-se por morto, e com boas palavras respondeu:

— Senhor cavaleiro, este rapaz que estou castigando é um meu criado que me serve em guardar um rebanho de ovelhas que tenho nestes contornos, e é ele tão descuidado que a cada dia me falta uma; e porque castigo seu descuido, ou velhacaria, diz ele que o faço por miserável, para não lhe pagar a soldada que lhe devo, e por Deus e minha alma juro que ele mente.

— "Mente" na minha presença,[1] ruim vilão? — disse D. Quixote. — Pelo sol que nos alumia, que estou prestes a atravessar-vos de parte a parte com esta lança. Pagai-lhe de uma vez e sem mais réplica; se não, pelo Deus que nos rege que vos rematarei e aniquilarei num pronto. Desatai-o já.

Y, volviendo las riendas, encaminó a Rocinante hacia donde le pareció que las voces salían, y, a pocos pasos que entró por el bosque, vio atada una yegua a una encina, y atado en otra a un muchacho, desnudo de medio cuerpo arriba, hasta de edad de quince años, que era el que las voces daba, y no sin causa, porque le estaba dando con una pretina muchos azotes un labrador de buen talle, y cada azote le acompañaba con una reprehensión y consejo. Porque decía:

— La lengua queda y los ojos listos.

Y el muchacho respondía:

— No lo haré otra vez, señor mío; por la pasión de Dios, que no lo haré otra vez, y yo prometo de tener de aquí adelante más cuidado con el hato.

Y viendo don Quijote lo que pasaba, con voz airada dijo:

— Descortés caballero, mal parece tomaros con quien defender no se puede; subid sobre vuestro caballo y tomad vuestra lanza — que también tenía una lanza arrimada a la encina adonde estaba arrimada la yegua —, que yo os haré conocer ser de cobardes lo que estáis haciendo.

El labrador, que vio sobre sí aquella figura llena de armas blandiendo la lanza sobre su rostro, túvose por muerto, y con buenas palabras respondió:

— Señor caballero, este muchacho que estoy castigando es un mi criado, que me sirve de guardar una manada de ovejas que tengo en estos contornos, el cual es tan descuidado, que cada día me falta una; y porque castigo su descuido, o bellaquería, dice que lo hago de miserable, por no pagalle la soldada que le debo, y en Dios y en mi ánima que miente.

O lavrador baixou a cabeça e, sem responder palavra, desatou o seu criado, ao qual perguntou D. Quixote quanto lhe devia seu amo. Respondeu o rapaz que nove meses, a sete reais por mês. Fez a conta D. Quixote e achou que dava setenta e três reais, e disse ao lavrador que os desembolsasse logo, se não quisesse morrer por isso. Respondeu o medroso vilão dando fé, pelo transe em que se encontrava e pelo juramento que fizera — sendo que ainda nada havia jurado —, que não eram tantos, pois se deviam contar e descontar três pares de sapatos que lhe dera, e um real por duas sangrias que lhe fizeram estando doente.

— Bem parece tudo isso — replicou D. Quixote —, mas fiquem os sapatos e as sangrias pelos açoites que sem culpa lhe destes, pois, se ele rasgou o couro dos sapatos que lhe pagastes, vós rasgastes o do corpo dele, e se o barbeiro o sangrou estando doente, vós lho fizestes em saúde; portanto dessa parte não vos deve nada.

— O problema, senhor cavaleiro, é que não tenho aqui dinheiro algum: que venha Andrés comigo até a minha casa, que eu lhe pagarei real sobre real.

— Ir eu com ele? — disse o rapaz. — Mas qual?! Não, senhor, nem por sonho, pois em se vendo só vai me esfolar como a um São Bartolomeu.

— Não fará tal — replicou D. Quixote. — Basta o meu mandato para que me acate; e jurando-me ele pela lei da cavalaria que recebeu, deixá-lo-ei seguir em liberdade e garantirei a paga.

— Olhe bem vossa mercê, senhor, o que está dizendo — disse o rapaz —, que este meu amo não é cavaleiro, nem recebeu ordem de cavalaria alguma, pois é Juan Haldudo,[2] o rico, vizinho de Quintanar.

— Isso pouco importa — respondeu D. Quixote —, pois Haldudos pode haver cavaleiros; quanto mais que cada qual é filho das suas obras.

— ¿"Miente" delante de mí, ruin villano? — dijo don Quijote —. Por el sol que nos alumbra, que estoy por pasaros de parte a parte con esta lanza. Pagadle luego sin más réplica; si no, por el Dios que nos rige, que os concluya y aniquile en este punto. Desatadlo luego.

El labrador bajó la cabeza y, sin responder palabra, desató a su criado, al cual preguntó don Quijote que cuánto le debía su amo. Él dijo que nueve meses, a siete reales cada mes. Hizo la cuenta don Quijote y halló que montaban setenta y tres reales, y díjole al labrador que al momento los desembolsase, si no quería morir por ello. Respondió el medroso villano que para el paso en que estaba y juramento que había hecho — y aún no había jurado nada —, que no eran tantos, porque se le habían de descontar y recebir en cuenta tres pares de zapatos que le había dado, y un real de dos sangrías que le habían hecho estando enfermo.

— Bien está todo eso — replicó don Quijote —, pero quédense los zapatos y las sangrías por los azotes que sin culpa le habéis dado, que, si él rompió el cuero de los zapatos que vos pagastes, vos le habéis rompido el de su cuerpo, y si le sacó el barbero sangre estando enfermo, vos en sanidad se la habéis sacado; ansí que por esta parte no os debe nada.

— El daño está, señor caballero, en que no tengo aquí dineros: véngase Andrés conmigo a mi casa, que yo se los pagaré un real sobre otro.

— ¿Irme yo con él? — dijo el muchacho —. Mas ¡mal año! No, señor, ni por pienso, porque en viéndose solo me desuelle como a un San Bartolomé.

— No hará tal — replicó don Quijote — : basta que yo se lo mande para que me tenga respeto; y con que él me lo jure por la ley de caballería que ha recebido, le dejaré ir libre y aseguraré la paga.

— É verdade — disse Andrés. — Mas este meu amo de que obras é filho, se me nega a soldada pelo meu suor e trabalho?

— Não a nego, irmão Andrés — respondeu o lavrador —, e praza-vos vir comigo, pois por todas as ordens que de cavalarias há no mundo juro pagar-vos, como tenho dito, real sobre real, mais uns cobres.

— Dos cobres vos dispenso — disse D. Quixote. — Dai-lhe tudo em prata, que isto me contenta; e cuidai de cumprir como jurastes: se não, pelo mesmo juramento juro voltar para buscar-vos e castigar-vos, e hei de vos encontrar, inda que vos escondais mais que uma lagartixa. E se quereis saber quem tal vos manda, para com todas as veras ficar obrigado a cumprir o mandamento, sabei que eu sou o valoroso D. Quixote de La Mancha, o desfazedor de agravos e sem-razões, e com Deus ficai, e que não vos saia da mente o prometido e jurado, sob pena da sobredita pena.

E em dizendo isto, picou seu Rocinante e logo se afastou deles. Seguiu-o o lavrador com os olhos, e quando viu que havia transposto o bosque e que não mais aparecia, virou-se para seu criado Andrés e lhe disse:

— Vinde cá, filho, que vos quero pagar o que vos devo, tal como aquele desfazedor de agravos deixou mandado.

— Isto juro eu — disse Andrés —, e bem faz vossa mercê em cumprir o mandamento daquele bom cavaleiro, que mil anos viva, pois tão valoroso e bom juiz é que, se vossa mercê não pagar, por meus santos que voltará a executar o que disse!

— Também o juro eu — disse o lavrador —, mas, pelo bem que vos quero, quero acrescentar a dívida para acrescentar a paga.

E agarrando-o pelo braço, tornou a amarrá-lo no carvalho, onde lhe deu tantos açoites que o deixou por morto.

— Mire vuestra merced, señor, lo que dice — dijo el muchacho —, que este mi amo no es caballero, ni ha recebido orden de caballería alguna, que es Juan Haldudo el rico, el vecino del Quintanar.

— Importa poco eso — respondió don Quijote —, que Haldudos puede haber caballeros; cuanto más, que cada uno es hijo de sus obras.

— Así es verdad — dijo Andrés —, pero este mi amo ¿de qué obras es hijo, pues me niega mi soldada y mi sudor y trabajo?

— No niego, hermano Andrés — respondió el labrador —, y hacedme placer de veniros conmigo, que yo juro por todas las órdenes que de caballerías hay en el mundo de pagaros, como tengo dicho, un real sobre otro, y aun sahumados.

— Del sahumerio os hago gracia — dijo don Quijote — : dádselos en reales, que con eso me contento; y mirad que lo cumpláis como lo habéis jurado: si no, por el mismo juramento os juro de volver a buscaros y a castigaros, y que os tengo de hallar, aunque os escondáis más que una lagartija. Y si quisiéreis saber quién os manda esto, para quedar con más veras obligado a cumplirlo, sabed que yo soy el valeroso don Quijote de la Mancha, el desfacedor de agravios y sinrazones, y a Dios quedad, y no se os parta de las mientes lo prometido y jurado, so pena de la pena pronunciada.

Y en diciendo esto, picó a su Rocinante y en breve espacio se apartó dellos. Siguióle el labrador con los ojos y, cuando vio que había traspuesto del bosque y que ya no parecía, volvióse a su criado Andrés y díjole:

— Venid acá, hijo mío, que os quiero pagar lo que os debo, como aquel desfacedor de agravios me dejó mandado.

— Chamai agora, senhor Andrés — dizia o lavrador —, o desfazedor de agravos: vereis como não desfaz este; e ainda creio que não se acabou de fazer, pois a minha vontade agora é esfolar-vos vivo, tal como temíeis.

Mas por fim o desatou e lhe deu licença de ir buscar seu juiz, para que executasse a anunciada sentença. Andrés partiu muito vexado, jurando ir buscar o valoroso D. Quixote de La Mancha e contar-lhe ponto por ponto o ocorrido, que o haveria de pagar com juros. Mas, com tudo isso, ele partiu chorando, e o seu amo ficou rindo.

E desta maneira desfez o agravo o valoroso D. Quixote; o qual, contentíssimo do sucedido, crendo assim ter dado felicíssimo princípio às suas altas cavalarias, com grande satisfação de si mesmo seguia a caminho de sua aldeia, dizendo a meia-voz:

— Bem podes chamar-te ditosa dentre todas as que hoje vivem sobre a terra, oh, bela entre as belas Dulcineia d'El Toboso! Pois coube-te em sorte ter sujeito e rendido a toda a tua vontade e talante um tão valente e nomeado cavaleiro como é e será D. Quixote de La Mancha. O qual, como todo o mundo sabe, inda ontem recebeu a ordem de cavalaria e hoje já desfez o maior torto e agravo que formou a sem-razão e cometeu a crueldade: hoje tirou o flagelo da mão daquele desapiedado inimigo que tão sem razão vapulava um tão delicado infante.

Nisto chegou a uma estrada que em quatro se dividia, e logo lhe veio à imaginação a encruzilhada onde os cavaleiros andantes se punham a pensar qual daqueles caminhos tomariam; e por imitá-los esteve ele algum tempo quedo, e ao cabo de tê-lo muito bem pensado, soltou as rédeas de Rocinante, entregando sua vontade à do rocim, o qual seguiu o seu primeiro intento, que foi tomar o caminho de sua cavalariça. E tendo andado perto de duas mi-

---

— Eso juro yo — dijo Andrés —, y ¡cómo que andará vuestra merced acertado en cumplir el mandamiento de aquel buen caballero, que mil años viva, que, según es de valeroso y de buen juez, vive Roque que si no me paga, que vuelva y ejecute lo que dijo!

— También lo juro yo — dijo el labrador —, pero, por lo mucho que os quiero, quiero acrecentar la deuda, por acrecentar la paga.

Y asiéndole del brazo, le tornó a atar a la encina, donde le dio tantos azotes, que le dejó por muerto.

— Llamad, señor Andrés, ahora — decía el labrador — al desfacedor de agravios: veréis cómo no desface aqueste; aunque creo que no está acabado de hacer, porque me viene gana de desollaros vivo, como vos temíades.

Pero al fin le desató y le dio licencia que fuese a buscar su juez, para que ejecutase la pronunciada sentencia. Andrés se partió algo mohíno, jurando de ir a buscar al valeroso don Quijote de la Mancha y contalle punto por punto lo que había pasado, y que se lo había de pagar con las setenas. Pero, con todo esto, él se partió llorando y su amo se quedó riendo.

Y desta manera deshizo el agravio el valeroso don Quijote; el cual, contentísimo de lo sucedido, pareciéndole que había dado felicísimo y alto principio a sus caballerías, con gran satisfacción de sí mismo iba caminando hacia su aldea, diciendo a media voz:

— Bien te puedes llamar dichosa sobre cuantas hoy viven en la tierra, ¡oh sobre las bellas bella Dulcinea del Toboso!, pues te cupo en suerte tener sujeto y rendido a toda tu voluntad y talante a un tan valiente y tan nombrado caballero como lo es y será don Quijote de la Mancha; el cual, como todo el mundo sabe, ayer resci-

lhas, descobriu D. Quixote um grande tropel de gente, os quais, como depois se soube, eram mercadores toledanos que iam a Múrcia comprar seda. Eram seis, cada qual com seu guarda-sol de sela, com quatro criados a cavalo e três muleteiros a pé. Apenas os divisou D. Quixote, quando imaginou ser coisa de nova aventura. E por imitar em tudo quanto lhe parecia possível os passos que lera em seus livros, pareceu-lhe de encomenda um que pensava fazer. E assim, com denodo e gentil compostura, afirmou-se bem nos estribos, apertou a lança, chegou a adarga ao peito e, postado no meio do caminho, esperou que aqueles cavaleiros andantes chegassem, pois como tais ele já os tinha e julgava; e quando chegaram a uma distância em que o podiam ver e ouvir, alteou D. Quixote a voz e com jeito arrogante disse:

— Detenha-se todo o mundo, se todo o mundo não confessar que não há no mundo todo donzela mais formosa que a Imperatriz de La Mancha, a sem-par Dulcineia d'El Toboso.

Pararam os mercadores ao som dessas razões e para ver a estranha figura de quem as dizia; e pela figura e pelas razões logo se lhes mostrou aos olhos a loucura do seu dono, mas quiseram saber melhor no que consistia aquela confissão que lhes pedia, e um deles, que era um pouco pulhista e um mui muito discreto, lhe disse:

— Senhor cavaleiro, nós não sabemos quem é essa boa senhora que dizeis. Mostrai-no-la, que, se ela for dona de tanta formosura como significais, de bom grado e sem pejo algum confessaremos a verdade que da vossa parte é-nos pedida.

— Se vo-la mostrara — replicou D. Quixote —, nada valeria confessardes tão notória verdade. A importância está em que, sem vê-la, haveis de crê-la, confessá-la, afirmá-la, jurá-la e defendê-la; senão, comigo estais em

---

bió la orden de caballería y hoy ha desfecho el mayor tuerto y agravio que formó la sinrazón y cometió la crueldad: hoy quitó el látigo de la mano a aquel despiadado enemigo que tan sin ocasión vapulaba a aquel delicado infante.

En esto, llegó a un camino que en cuatro se dividía, y luego se le vino a la imaginación las encrucijadas donde los caballeros andantes se ponían a pensar cuál camino de aquellos tomarían; y por imitarlos estuvo un rato quedo, y al cabo de haberlo muy bien pensado soltó la rienda a Rocinante, dejando a la voluntad del rocín la suya, el cual siguió su primer intento, que fue el irse camino de su caballeriza. Y habiendo andado como dos millas, descubrió don Quijote un grande tropel de gente, que, como después se supo, eran unos mercaderes toledanos que iban a comprar seda a Murcia. Eran seis, y venían con sus quitasoles, con otros cuatro criados a caballo y tres mozos de mulas a pie. Apenas los divisó don Quijote, cuando se imaginó ser cosa de nueva aventura; y por imitar en todo cuanto a él le parecía posible los pasos que había leído en sus libros, le pareció venir allí de molde uno que pensaba hacer. Y así con gentil continente y denuedo, se afirmó bien en los estribos, apretó la lanza, llegó la adarga al pecho y, puesto en la mitad del camino, estuvo esperando que aquellos caballeros andantes llegasen, que ya él por tales los tenía y juzgaba; y cuando llegaron a trecho que se pudieron ver y oír, levantó don Quijote la voz y con ademán arrogante dijo:

— Todo el mundo se tenga, si todo el mundo no confiesa que no hay en el mundo todo doncella más hermosa que la Emperatriz de la Mancha, la sin par Dulcinea del Toboso.

Paráronse los mercaderes al son destas razones, y a ver la estraña figura del que las decía; y por la figura

batalha, gente descomunal e soberba. Quer venhais um por um, como manda a ordem da cavalaria, quer todos juntos, como é costume e má usança dos de vossa raleia, aqui vos aguardo e espero, escorado na razão que da minha parte tenho.

— Senhor cavaleiro — replicou o mercador —, suplico a vossa mercê, em nome de todos estes príncipes que aqui estamos, que, para não carregar nossa consciência confessando coisa por nós jamais vista nem ouvida, e mais sendo tão em menoscabo das imperatrizes e rainhas de Alcarria e Estremadura, seja vossa mercê servido de mostrar-nos algum retrato dessa senhora, ainda que seja do tamanho de um grão de trigo, pois pelo fio tiraremos o novelo e ficaremos assim satisfeitos e convencidos, e vossa mercê contente e pago. E acho até que já estamos tão da parte dela que, ainda que o seu retrato nos mostrasse ser balda de um olho e do outro verter mínio e enxofre, com tudo isso, por comprazer a vossa mercê, diremos em seu favor tudo o que quiser.

— Não verte, canalha infame — respondeu D. Quixote colérico —, não verte, digo, isso que dizeis, e sim âmbar e algália preciosa; e não é balda nem corcovada, e sim mais direita que um fuso de Guadarrama.[3] Mas vós pagareis a grande blasfêmia que haveis dito contra tamanha beldade como é a da minha senhora.

E em dizendo isso, arremeteu com a lança baixa contra aquele que o dissera, com tamanha cólera e fúria que, se a boa sorte não fizesse que no meio do caminho tropeçasse e caísse Rocinante, mau trago passara o atrevido mercador. Caiu Rocinante, e foi rodando o seu amo por um bom trecho de campo; e ao tentar se levantar jamais o conseguiu: tal era o estorvo que lhe causavam lança, adarga, esporas e celada, mais o peso da velha armadura. E enquanto pelejava por se levantar, sem conseguir, ia dizendo:

---

y por las razones luego echaron de ver la locura de su dueño, mas quisieron ver despacio en qué paraba aquella confesión que se les pedía, y uno dellos, que era un poco burlón y muy mucho discreto, le dijo:

— Señor caballero, nosotros no conocemos quién sea esa buena señora que decís; mostrádnosla, que, si ella fuere de tanta hermosura como significáis, de buena gana y sin apremio alguno confesaremos la verdad que por parte vuestra nos es pedida.

— Si os la mostrara — replicó don Quijote —, ¿qué hiciérades vosotros en confesar una verdad tan notoria? La importancia está en que sin verla lo habéis de creer, confesar, afirmar, jurar y defender; donde no, conmigo sois en batalla, gente descomunal y soberbia. Que ahora vengáis uno a uno, como pide la orden de caballería, ora todos juntos, como es costumbre y mala usanza de los de vuestra ralea, aquí os aguardo y espero, confiado en la razón que de mi parte tengo.

— Señor caballero — replicó el mercader —, suplico a vuestra merced en nombre de todos estos príncipes que aquí estamos que, porque no encarguemos nuestras conciencias confesando una cosa por nosotros jamás vista ni oída, y más siendo tan en perjuicio de las emperatrices y reinas del Alcarria y Estremadura, que vuestra merced sea servido de mostrarnos algún retrato de esa señora, aunque sea tamaño como un grano de trigo; que por el hilo se sacará el ovillo y quedaremos con esto satisfechos y seguros, y vuestra merced quedará contento y pagado; y aun creo que estamos ya tan de su parte, que, aunque su retrato nos muestre que es tuerta de un ojo y que del otro le mana bermellón y piedra azufre, con todo eso, por complacer a vuestra merced, diremos en su favor todo lo que quisiere.

— Non fuxais, gente cobarde; gente ruim, atentai que não por culpa minha, mas do meu cavalo, estou cá deitado por terra.

Um muleteiro dos que lá vinham, que não devia de ser muito bem-intencionado, ouvindo do pobre caído tantas arrogâncias, não as pôde suportar sem lhe dar a resposta nas costelas. E chegando-se a ele, tomou-lhe a lança e, depois de fazê-la em pedaços, com um deles começou a dar no nosso D. Quixote tantas pauladas que, a despeito e pesar da sua armadura, o moeu como a um grão na mó. Gritavam-lhe seus amos que não lhe batesse tanto e que o deixasse; mas já estava o moço picado e não quis largar o jogo até envidar toda sua cólera; e recolhendo os demais pedaços da lança, acabou de os desfazer sobre o miserável caído, que, com toda aquela dura tempestade que sobre ele chovia, não fechava a boca, ameaçando céus e terra, mais aqueles bandidos, que tal lhe pareciam.

Cansou-se o moço, e os mercadores seguiram seu caminho, levando consigo para toda a viagem o que contar do pobre espancado. O qual, quando se viu só, tentou de novo se levantar; mas se o não pudera fazer quando são e bom, como o faria agora moído e quase desfeito? Mas ele ainda se tinha por ditoso, parecendo-lhe aquela desgraça coisa própria de cavaleiros andantes, atribuindo-a inteira à falha do seu cavalo; e era-lhe impossível levantar, de tão sovado que tinha todo o corpo.

— No le mana, canalla infame — respondió don Quijote encendido en cólera —, no le mana, digo, eso que decís, sino ámbar y algalia entre algodones; y no es tuerta ni corcovada, sino más derecha que un huso de Guadarrama. Pero vosotros pagaréis la grande blasfemia que habéis dicho contra tamaña beldad como es la de mi señora.

Y en diciendo esto, arremetió con la lanza baja contra el que lo había dicho, con tanta furia y enojo, que si la buena suerte no hiciera que en la mitad del camino tropezara y cayera Rocinante, lo pasara mal el atrevido mercader. Cayó Rocinante, y fue rodando su amo una buena pieza por el campo; y queriéndose levantar, jamás pudo: tal embarazo le causaban la lanza, adarga, espuelas y celada, con el peso de las antiguas armas. Y, entre tanto que pugnaba por levantarse y no podía, estaba diciendo:

— Non fuyáis, gente cobarde; gente cautiva, atended que no por culpa mía, sino de mi caballo, estoy aquí tendido.

Un mozo de mulas de los que allí venían, que no debía de ser muy bienintencionado, oyendo decir al pobre caído tantas arrogancias, no lo pudo sufrir sin darle la respuesta en las costillas. Y llegándose a él, tomó la lanza y, después de haberla hecho pedazos, con uno dellos comenzó a dar a nuestro don Quijote tantos palos, que, a despecho y pesar de sus armas, le molió como cibera. Dábanle voces sus amos que no le diese tanto y que le dejase; pero estaba ya el mozo picado y no quiso dejar el juego hasta envidar todo el resto de su cólera; y acudiendo por los demás trozos de la lanza, los acabó de deshacer sobre el miserable caído, que, con toda aquella tempestad de

Notas

¹ "Mente": a acusação de mentira, ou *mentís*, era uma grave afronta para quem a recebia e uma descortesia para quem a testemunhava, sobretudo se havia tomado partido do ofendido.

² Haldudo: a figura do lavrador rico é frequente na literatura da época, muitas vezes em contraste com a do fidalgo empobrecido. Como adjetivo comum, *haldudo* (fraldoso) qualifica o sujeito hipócrita, fingido.

³ ... mais direita que um fuso de Guadarrama: a expressão "ser mais direito que um fuso" é reforçada pela evocação dos esguios pinheiros das serras de Guadarrama, chamados *husos* justamente por sua retidão.

---

palos que sobre él llovía, no cerraba la boca, amenazando al cielo y a la tierra, y a los malandrines, que tal le parecían.

Cansóse el mozo, y los mercaderes siguieron su camino, llevando que contar en todo él del pobre apaleado. El cual, después que se vio solo, tornó a probar si podía levantarse; pero si no lo pudo hacer cuando sano y bueno, ¿cómo lo haría molido y casi deshecho? Y aun se tenía por dichoso, pareciéndole que aquella era propia desgracia de caballeros andantes, y toda la atribuía a la falta de su caballo; y no era posible levantarse, según tenía brumado todo el cuerpo.

CAPÍTULO V

Onde se prossegue a narração da desgraça do nosso cavaleiro

Vendo pois que de feito não se podia mexer, atinou de recorrer ao seu ordinário remédio, que era pensar nalguma passagem dos seus livros, e lhe trouxe sua loucura à memória aquele de Valdovinos e do marquês de Mântua, quando Carloto[1] o deixou ferido na mata, história sabida pelas crianças, não ignorada pelos moços, celebrada e até acreditada pelos velhos, e com tudo isso não mais verdadeira que os milagres de Maomé. Pois esta lhe pareceu de encomenda para o transe em que se encontrava, e assim, com mostras de grande sentimento, começou a rolar pela terra e a dizer com debilitado alento o mesmo que dizem que dizia o ferido cavaleiro do bosque:

— Onde estás, senhora minha,
que te não dói o meu mal?
Ou o não sabes, senhora,
ou és falsa e desleal.[2]

E assim foi prosseguindo o romance, até aqueles versos que dizem:

— Oh nobre marquês de Mântua,
meu tio e senhor carnal![3]

CAPÍTULO V

Donde se prosigue la narración de la desgracia de nuestro caballero

Viendo, pues, que, en efeto, no podía menearse, acordó de acogerse a su ordinario remedio, que era pensar en algún paso de sus libros, y trújole su locura a la memoria aquel de Valdovinos y del marqués de Mantua, cuando Carloto le dejó herido en la montiña, historia sabida de los niños, no ignorada de los mozos, celebrada y aun creída de los viejos, y, con todo esto, no más verdadera que los milagros de Mahoma. Esta, pues, le pareció a él que le venía de molde para el paso en que se hallaba, y así, con muestras de grande sentimiento, se comenzó a volcar por la tierra y a decir con debilitado aliento lo mesmo que dicen decía el herido caballero del bosque:

— ¿Dónde estás, señora mía,
que no te duele mi mal?
O no lo sabes, señora,
o eres falsa y desleal.

Y desta manera fue prosiguiendo el romance, hasta aquellos versos que dicen:

E quis a sorte que, ao chegar a este verso, acertasse de passar por ali um lavrador do seu mesmo lugar e seu vizinho, que vinha de levar uma carga de trigo ao moinho; o qual vendo aquele homem ali deitado, se achegou a ele e lhe perguntou quem era e que mal sentia, que tão tristemente se queixava. D. Quixote pensou sem dúvida que aquele era o marquês de Mântua, seu tio, e assim não lhe respondeu outra coisa que não fosse prosseguir com seu romance, onde dava conta da sua desgraça e dos amores do filho do Imperante com sua esposa, tudo da mesma maneira que o romance o canta.

O lavrador estava admirado ouvindo aqueles disparates; e tirando-lhe a viseira, já despedaçada pelas pauladas, limpou-lhe o rosto, que estava coberto de terra; e apenas o limpou, reconheceu-o e lhe disse:

— Senhor Quijana — pois assim se devia chamar quando ainda tinha juízo e não passara de fidalgo sossegado a cavaleiro andante —, quem deixou vossa mercê dessa sorte?

Mas ele continuava com seu romance em resposta a todas as perguntas. Vendo isto o bom homem, tirou-lhe com todo o cuidado o corselete, para ver se tinha algum ferimento, mas não viu sangue nem sinal algum. Tratou de o levantar do chão, e não com pouco trabalho o montou sobre o seu jumento, por parecer-lhe cavalaria mais sossegada. Recolheu as armas, até os pedaços da lança, e atou-as sobre Rocinante, o qual tomou das rédeas, e do cabresto seu asno, e se encaminhou para o seu lugar, bem pensativo de ouvir os disparates que D. Quixote ia dizendo; e não menos ia D. Quixote, pois, de tão moído e alquebrado, mal se aguentava sobre o burrico e de quando em quando dava uns suspiros de chegar aos céus, tão fundos que de novo obrigaram o lavrador a rogar que lhe dissesse que mal sentia; e parece que o diabo lhe trazia à memória os contos acomodados à ocasião,

---

— ¡Oh noble marqués de Mantua,
mi tío y señor carnal!

Y quiso la suerte que, cuando llegó a este verso, acertó a pasar por allí un labrador de su mesmo lugar y vecino suyo, que venía de llevar una carga de trigo al molino; el cual, viendo aquel hombre allí tendido, se llegó a él y le preguntó que quién era y qué mal sentía, que tan tristemente se quejaba. Don Quijote creyó sin duda que aquel era el marqués de Mantua, su tío, y así no le respondió otra cosa sino fue proseguir en su romance, donde le daba cuenta de su desgracia y de los amores del hijo del Emperante con su esposa, todo de la mesma manera que el romance lo canta.

El labrador estaba admirado oyendo aquellos disparates; y quitándole la visera, que ya estaba hecha pedazos, de los palos, le limpió el rostro, que le tenía cubierto de polvo; y apenas le hubo limpiado, cuando le conoció y le dijo:

— Señor Quijana — que así se debía de llamar quando él tenía juicio y no había pasado de hidalgo sosegado a caballero andante —, ¿quién ha puesto a vuestra merced desta suerte?

Pero él seguía con su romance a cuanto le preguntaba. Viendo esto el buen hombre, lo mejor que pudo le quitó el peto y espaldar, para ver si tenía alguna herida, pero no vio sangre ni señal alguna. Procuró levantarle del suelo, y no con poco trabajo le subió sobre su jumento, por parecerle caballería más sosegada. Recogió las armas, hasta las astillas de la lanza, y liólas sobre Rocinante, al cual tomó de la rienda, y del cabestro al asno, y se enca-

pois nesse ponto, esquecendo Valdovinos, se lembrou do mouro Abindarráez, quando o alcaide de Antequera, Rodrigo de Narváez, o prendeu e o levou cativo para sua alcaidaria.[4] De sorte que, quando o lavrador tornou a lhe perguntar como estava e o que sentia, lhe respondeu as mesmas palavras e razões que o cativo Abencerraje respondia a Rodrigo de Narváez, do mesmo modo que ele havia lido em *La Diana*, de Jorge de Montemor, onde se escreve a história, aproveitando-se dela tão a propósito que o lavrador ia praguejando por ouvir tamanha máquina de necedades; donde conheceu que seu vizinho estava louco, e se dava pressa de chegar à vila por escusar o enfado que D. Quixote lhe causava com sua longa arenga. Ao cabo da qual disse:

— Saiba vossa mercê, senhor D. Rodrigo de Narváez, que esta formosa e nobre dama que acabo de mentar é agora a bela Dulcineia d'El Toboso, por quem eu fiz, faço e farei os mais famosos feitos de cavalarias que jamais se viram, veem nem verão no mundo.

A isto respondeu o lavrador:

— Olhe vossa mercê, senhor, que este pecador que lhe fala não é D. Rodrigo de Narváez, nem o marquês de Mântua, e sim Pedro Alonso, seu vizinho; nem vossa mercê é Valdovinos, nem Abindarráez, e sim o honrado fidalgo senhor Quijana.

— Eu sei quem sou — respondeu D. Quixote —, e sei que posso ser, não só os que tenho dito, mas todos os Doze Pares de França, e ainda todos os nove da Fama,[5] pois a todas as façanhas que eles todos juntos e cada um por si fizeram hão de avantajar as minhas.

Nesses colóquios e outros semelhantes chegaram ao lugar, à hora do anoitecer, mas o lavrador aguardou até que fosse um pouco mais de noite,

---

minó hacia su pueblo, bien pensativo de oír los disparates que don Quijote decía; y no menos iba don Quijote, que, de puro molido y quebrantado, no se podía tener sobre el borrico y de cuando en cuando daba unos suspiros, que los ponía en el cielo, de modo que de nuevo obligó a que el labrador le preguntase le dijese qué mal sentía; y no parece sino que el diablo le traía a la memoria los cuentos acomodados a sus sucesos, porque en aquel punto, olvidándose de Valdovinos, se acordó del moro Abindarráez, cuando el alcaide de Antequera, Rodrigo de Narváez, le prendió y llevó cautivo a su alcaidía. De suerte que, cuando el labrador le volvió a preguntar que cómo estaba y qué sentía, le respondió las mesmas palabras y razones que el cautivo Abencerraje respondía a Rodrigo de Narváez, del mesmo modo que él había leído la historia en *La Diana* de Jorge de Montemayor, donde se escribe; aprovechándose della tan a propósito, que el labrador se iba dando al diablo de oír tanta máquina de necedades; por donde conoció que su vecino estaba loco, y dábale priesa a llegar al pueblo por escusar el enfado que don Quijote le causaba con su larga arenga. Al cabo de lo cual dijo:

— Sepa vuestra merced, señor don Rodrigo de Narváez, que esta hermosa Jarifa que he dicho es ahora la linda Dulcinea del Toboso, por quien yo he hecho, hago y haré los más famosos hechos de caballerías que se han visto, vean ni verán en el mundo.

A esto respondió el labrador:

— Mire vuestra merced, señor, pecador de mí, que yo no soy don Rodrigo de Narváez, ni el marqués de Mantua, sino Pedro Alonso, su vecino; ni vuestra merced es Valdovinos, ni Abindarráez, sino el honrado hidalgo del señor Quijana.

para que não vissem o moído fidalgo tão mau cavaleiro. Chegada pois a hora que lhe pareceu, entrou na vila e na casa de D. Quixote, a qual achou em grande alvoroço, estando nela o padre e o barbeiro do lugar, que eram grandes amigos de D. Quixote, aos quais a ama ia dizendo a altas vozes:

— Que me diz vossa mercê, senhor licenciado[6] Pero Pérez — que assim se chamava o padre —, da desgraça do meu senhor? Três dias faz que não há sinal dele, nem do rocim, nem da adarga, nem da lança, nem das armas. Ai de mim! Pois eu aqui entendo, e à fé que isto é verdade como que eu nasci para morrer, que esses malditos livros de cavalarias que ele tem e tão de ordinário costuma ler lhe transtornaram o juízo; e agora me lembro de o ter ouvido dizer muitas vezes, falando sozinho, que queria armar-se cavaleiro andante e ir buscar as aventuras por esses mundos. Encomendados sejam a Satanás e a Barrabás esses livros, que assim botaram a perder o mais delicado entendimento que havia em toda La Mancha.

A sobrinha dizia o mesmo, e ainda dizia mais:

— Saiba, senhor mestre Nicolás — que este era o nome do barbeiro —, que muitas vezes aconteceu ao meu senhor tio estar lendo nesses desalmados livros de desventuras dois dias com suas noites, ao cabo dos quais atirava o livro longe, e arrancava a espada, e andava às cutiladas com as paredes; e quando estava muito cansado dizia que tinha matado quatro gigantes como quatro torres, e o suor que suava do cansaço dizia ser o sangue dos ferimentos sofridos na batalha, e bebia em seguida uma grande jarra de água fria, e ficava então bom e sossegado, dizendo ser aquela água uma preciosíssima bebida, presente do sábio Esquifo,[7] um grande encantador e amigo seu. Mas eu tenho a culpa de tudo, por não ter avisado vossas mercês dos disparates do meu senhor tio, para que remediassem o dano antes que chegasse ao que

---

— Yo sé quién soy — respondió don Quijote —, y sé que puedo ser, no solo los que he dicho, sino todos los Doce Pares de Francia, y aun todos los nueve de la Fama, pues a todas las hazañas que ellos todos juntos y cada uno por sí hicieron se aventajarán las mías.

En estas pláticas y en otras semejantes llegaron al lugar, a la hora que anochecía, pero el labrador aguardó a que fuese algo más noche, porque no viesen al molido hidalgo tan mal caballero. Llegada, pues, la hora que le pareció, entró en el pueblo, y en la casa de don Quijote, la cual halló toda alborotada, y estaban en ella el cura y el barbero del lugar, que eran grandes amigos de don Quijote, que estaba diciéndoles su ama a voces:

— ¿Qué le parece a vuestra merced, señor licenciado Pero Pérez — que así se llamaba el cura —, de la desgracia de mi señor? Tres días ha que no parecen él, ni el rocín, ni la adarga, ni la lanza, ni las armas. ¡Desventurada de mí!, que me doy a entender, y así es ello la verdad como nací para morir, que estos malditos libros de caballerías que él tiene y suele leer tan de ordinario le han vuelto el juicio; que ahora me acuerdo haberle oído decir muchas veces, hablando entre sí, que quería hacerse caballero andante e irse a buscar las aventuras por esos mundos. Encomendados sean a Satanás y a Barrabás tales libros, que así han echado a perder el más delicado entendimiento que había en toda la Mancha.

La sobrina decía lo mismo, y aun decía más:

— Sepa, señor maese Nicolás (que este era el nombre del barbero), que muchas veces le aconteció a mi señor tío estarse leyendo en estos desalmados libros de desventuras dos días con sus noches, al cabo de los cuales arrojaba el libro de las manos, y ponía mano a la espada, y andaba a cuchilladas con las paredes; y cuando

chegou, e queimassem todos estes excomungados livros, que muitos deles bem merecem ser abrasados como coisa de hereges.

— O mesmo digo eu — disse o padre —, e à fé que não há de passar o dia de amanhã sem que deles se faça ato público[8] e sejam condenados ao fogo, porque não deem azo a quem os ler de fazer o que o meu bom amigo deve de ter feito.

Tudo isso iam ouvindo o lavrador e D. Quixote, com o que acabou de entender o lavrador o mal do seu vizinho, e assim pegou a dar vozes:

— Abram vossas mercês para o senhor Valdovinos e o senhor marquês de Mântua, que vem malferido, e para o senhor mouro Abindarráez, que traz cativo o valoroso Rodrigo de Narváez, alcaide de Antequera.

A essas vozes saíram todos, e como reconhecessem uns seu amigo, outras seu amo e tio, que ainda não apeara do jumento, porque não podia, correram a abraçá-lo. Ele disse:

— Detenham-se todos, pois venho malferido, por culpa do meu cavalo. Levem-me ao meu leito, e chamem, se for possível, a sábia Urganda para que cure e cuide meus ferimentos.

— Eia, eramá! — disse a ama nesse ponto. — Eu bem que palpitava de que pé coxeava o meu senhor! Suba vossa mercê embora, pois sem que venha essa tal Purganda, nós aqui saberemos curá-lo. Malditos, digo, sejam outra vez e outras cem esses livros de cavalarias, que assim deixaram vossa mercê!

Levaram-no logo à cama e, procurando-lhe os ferimentos, não acharam nenhum; e ele disse que era tudo moedura, por ter levado um grande tombo com Rocinante, seu cavalo, ao se bater com dez gigantes, os mais desaforados e atrevidos de quantos há em grande parte da terra.

---

estaba muy cansado decía que había muerto a cuatro gigantes como cuatro torres, y el sudor que sudaba del cansancio decía que era sangre de las feridas que había recebido en la batalla, y bebíase luego un gran jarro de agua fría, y quedaba sano y sosegado, diciendo que aquella agua era una preciosísima bebida que le había traído el sabio Esquife, un grande encantador y amigo suyo. Mas yo me tengo la culpa de todo, que no avisé a vuestras mercedes de los disparates de mi señor tío, para que lo remediaran antes de llegar a lo que ha llegado, y quemaran todos estos descomulgados libros, que tiene muchos que bien merecen ser abrasados, como si fuesen de herejes.

— Esto digo yo también — dijo el cura —, y a fee que no se pase el día de mañana sin que dellos no se haga acto público, y sean condenados al fuego, porque no den ocasión a quien los leyere de hacer lo que mi buen amigo debe de haber hecho.

Todo esto estaban oyendo el labrador y don Quijote, con que acabó de entender el labrador la enfermedad de su vecino y así comenzó a decir a voces:

— Abran vuestras mercedes al señor Valdovinos y al señor marqués de Mantua, que viene malferido, y al señor moro Abindarráez, que trae cautivo el valeroso Rodrigo de Narváez, alcaide de Antequera.

A estas voces salieron todos, y como conocieron los unos a su amigo, las otras a su amo y tío, que aún no se había apeado del jumento, porque no podía, corrieron a abrazarle. Él dijo:

— Ténganse todos, que vengo malferido, por la culpa de mi caballo. Llévenme a mi lecho, y llámese, si fuere posible, a la sabia Urganda, que cure y cate de mis feridas.

— Tá, tá! — disse o padre. — Até gigantes vêm à baila? Por meus hábitos que os hei de queimar amanhã antes que a noite chegue.

Fizeram a D. Quixote mil perguntas, mas a nenhuma quis ele responder outra coisa senão que lhe dessem de comer e o deixassem dormir, que era o que mais queria. Assim fizeram, e o padre se informou de longo com o lavrador sobre o modo como encontrara D. Quixote. Aquele lhe contou tudo, com os disparates que ao encontrá-lo e trazê-lo dissera, o que veio a acrescentar o desejo do licenciado de fazer o que no dia seguinte fez, que foi chamar seu amigo o barbeiro mestre Nicolás e com este voltar à casa de D. Quixote.

Notas

[1] Valdovinos, marquês de Mântua, Carloto: os versos lembrados por D. Quixote não provêm de um livro de cavalarias, e sim do romance velho de tema carolíngio "De Mantua sale el marqués", que narra a derrota de Valdovinos (Baudoin), sobrinho de Urgel el Danés (Ogier le Danois) — que o poema transforma anacronicamente no marquês de Mântua —, diante de Carloto (Charlot), filho do imperador Carlos Magno. Esse poema, popularíssimo no século XVI e até usado como leitura escolar, já fora objeto de paródia burlesca na peça anônima *Entremés de los romances* (c. 1592), cujo protagonista, depois de ser espancado com sua própria lança, recita os mesmos trechos que D. Quixote evoca aqui.

[2] Onde estás, senhora minha...: estes versos não correspondem aos do romance tradicional, e sim a uma versão mais recente, incluída em *Flor de varios romances nuevos*, de Pedro de Moncayo (1591), a mesma que recita o protagonista do entremez comentado acima.

[3] ... meu tio e senhor carnal: faz-se aqui uma inversão jocosa do verso, tal como consta no romance tradicional e no entremez: *"mi señor tío carnal"*.

[4] Abindarráez, Rodrigo de Narváez: referência à *Historia del Abencerraje y la hermosa Jarifa* (1561), novela mourisca de grande sucesso, ambientada no início do século XV e recontada no livro

---

— ¡Mirá, en hora maza — dijo a este punto el ama —, si me decía a mí bien mi corazón del pie que cojeaba mi señor! Suba vuestra merced en buen hora, que, sin que venga esa hurgada, le sabremos aquí curar. ¡Malditos, digo, sean otra vez y otras ciento estos libros de caballerías, que tal han parado a vuestra merced!

Lleváronle luego a la cama, y, catándole las feridas, no le hallaron ninguna; y él dijo que todo era molimiento, por haber dado una gran caída con Rocinante, su caballo, combatiéndose con diez jayanes, los más desaforados y atrevidos que se pudieran fallar en gran parte de la tierra.

— ¡Ta, ta! — dijo el cura —. ¿Jayanes hay en la danza? Para mi santiguada que yo los queme mañana antes que llegue la noche.

Hiciéronle a don Quijote mil preguntas, y a ninguna quiso responder otra cosa sino que le diesen de comer y le dejasen dormir, que era lo que más le importaba. Hízose así, y el cura se informó muy a la larga del labrador del modo que había hallado a don Quijote. Él se lo contó todo, con los disparates que al hallarle y al traerle había dicho, que fue poner más deseo en el licenciado de hacer lo que otro día hizo, que fue llamar a su amigo el barbero maese Nicolás, con el cual se vino a casa de don Quijote.

IV da *Diana*, de Jorge de Montemor. Narra as peripécias do abencerrage granadino Abindarráez depois de ser preso pelo castelão da praça de Antequera, Rodrigo de Narváez, quando ia se casar com sua prometida, a bela Jarifa.

[5] Nove da fama: heróis tidos como modelo cavaleiresco, exaltados na *Crónica llamada del triunfo de los nueve más preciados varones de la Fama* (1530), de Antonio Rodríguez Portugal. São eles três judeus (Josué, Davi, Judas Macabeu), três pagãos (Heitor, Alexandre o Grande, Júlio César) e três cristãos (o rei Artur, Carlos Magno e o cruzado Godofredo de Bulhão).

[6] Licenciado: tratamento que se dispensava a advogados, estudantes e a qualquer letrado que trajasse vestes longas, incluídos os eclesiásticos.

[7] Esquifo (*Esquife*): deformação de Alquife, o mago esposo de Urganda que aparece no ciclo dos Amadises e é também o autor fictício de *Amadís de Grecia*. *Esquife*, na gíria picaresca, equivale a "rufião", mas o nome pode também remeter ao italiano *schifo* (nojo).

[8] Ato público: leitura e execução pública da sentença de um tribunal, especialmente da Inquisição, em auto de fé.

CAPÍTULO VI

Do gracioso e grande escrutínio
que o padre e o barbeiro fizeram
na biblioteca do nosso engenhoso fidalgo

O qual então ainda dormia. Pediu o padre à sobrinha as chaves do aposento onde estavam os livros autores do dano, e ela as entregou de muito bom grado. Entraram ali todos, e a ama com eles, e encontraram mais de cem grandes volumes, muito bem encadernados, e outros pequenos; e assim como a ama os viu, tornou a sair do aposento com grande pressa, e logo voltou trazendo uma escudela de água benta e um hissope, e disse:

— Tome vossa mercê, senhor licenciado; benza este aposento, caso haja aqui algum encantador dos muitos que têm esses livros e nos encante em revide da pena que lhe queremos dar expulsando-os do mundo.

Causou riso ao licenciado a simplicidade da ama e mandou ao barbeiro que lhe fosse dando aqueles livros um a um, para ver do que tratavam, pois alguns podia haver que não merecessem castigo de fogo.

— Não — disse a sobrinha —, não há para que perdoar nenhum, pois todos foram danadores: melhor será atirá-los pelas janelas ao pátio e fazer com eles um monte e tocar-lhes fogo; ou se não levá-los ao curral e lá fazer a fogueira, para que a fumaça não ofenda.

CAPÍTULO VI

Del donoso y grande escrutinio que el cura y el barbero
hicieron en la librería de nuestro ingenioso hidalgo

El cual aún todavía dormía. Pidió las llaves a la sobrina del aposento donde estaban los libros autores del daño, y ella se las dio de muy buena gana. Entraron dentro todos, y el ama con ellos, y hallaron más de cien cuerpos de libros grandes, muy bien encuadernados, y otros pequeños; y así como el ama los vio, volvióse a salir del aposento con gran priesa, y tornó luego con una escudilla de agua bendita y un hisopo, y dijo:

— Tome vuestra merced, señor licenciado; rocíe este aposento, no esté aquí algún encantador de los muchos que tienen estos libros, y nos encanten, en pena de las que les queremos dar echándolos del mundo.

Causó risa al licenciado la simplicidad del ama y mandó al barbero que le fuese dando de aquellos libros uno a uno, para ver de qué trataban, pues podía ser hallar algunos que no mereciesen castigo de fuego.

— No — dijo la sobrina —, no hay para qué perdonar a ninguno, porque todos han sido los dañadores: mejor será arrojallos por las ventanas al patio y hacer un rimero dellos y pegarles fuego; y, si no, llevarlos al corral, y allí se hará la hoguera, y no ofenderá el humo.

O mesmo disse a ama: tal era a gana que as duas tinham de dar morte àqueles inocentes; mas o padre não concordou com isso sem antes ao menos ler os títulos. O primeiro que mestre Nicolás lhe deu nas mãos foi *Los cuatro de Amadís de Gaula*,¹ e disse o padre:

— Parece isto coisa de mistério, pois, segundo ouvi dizer, este livro foi o primeiro de cavalaria a se imprimir na Espanha, e todos os mais tiveram princípio e origem neste; e assim me parece que, como ao dogmatizador de uma seita tão ruim, devemos sem remissão alguma condená-lo ao fogo.

— Não, senhor — disse o barbeiro —, pois também ouvi dizer que é o melhor de todos os livros que desse gênero se escreveram; e assim como único em sua arte deve ser perdoado.

— Tal é verdade — disse o padre —, e por esta razão se lhe poupa a vida por ora. Vejamos estoutro que está junto dele.

— É — disse o barbeiro — *Las sergas de Esplandián*, filho legítimo de Amadis de Gaula.²

— Pois em verdade — disse o padre — que não há de valer ao filho a bondade do pai. Tomai, senhora ama, abri essa janela e atirai-o ao pátio, e que dê princípio ao monte da fogueira que se há de fazer.

Assim fez a ama com grande contento, e lá foi o bom do Esplandião voando para o pátio, esperando com toda a paciência o fogo que o ameaçava.

— Continuemos — disse o padre.

— Este que o segue — disse o barbeiro — é *Amadís de Grecia*,³ e todos os desta parte, pelo que vejo, são da mesma linhagem do Amadis.

— Que vão todos para o curral — disse o padre —, pois por queimar a rainha Pintiquinestra, e o pastor Darinel com suas éclogas, e as endiabradas

---

Lo mismo dijo el ama: tal era la gana que las dos tenían de la muerte de aquellos inocentes; mas el cura no vino en ello sin primero leer siquiera los títulos. Y el primero que maese Nicolás le dio en las manos fue *Los cuatro de Amadís de Gaula*, y dijo el cura:

— Parece cosa de misterio esta, porque, según he oído decir, este libro fue el primero de caballerías que se imprimió en España, y todos los demás han tomado principio y origen deste; y así me parece que, como a dogmatizador de una secta tan mala, le debemos sin escusa alguna condenar al fuego.

— No, señor — dijo el barbero —, que también he oído decir que es el mejor de todos los libros que de este género se han compuesto; y así, como a único en su arte, se debe perdonar.

— Así es verdad — dijo el cura —, y por esa razón se le otorga la vida por ahora. Veamos esotro que está junto a él.

— Es — dijo el barbero — *Las sergas de Esplandián*, hijo legítimo de Amadís de Gaula.

— Pues en verdad — dijo el cura — que no le ha de valer al hijo la bondad del padre. Tomad, señora ama, abrid esa ventana y echadle al corral, y dé principio al montón de la hoguera que se ha de hacer.

Hízolo así el ama con mucho contento, y el bueno de Esplandián fue volando al corral, esperando con toda paciencia el fuego que le amenazaba.

— Adelante — dijo el cura.

— Este que viene — dijo el barbero — es *Amadís de Grecia*, y aun todos los deste lado, a lo que creo, son del mesmo linaje de Amadís.

e arrevesadas razões do seu autor, queimaria eu com eles o pai que me gerou, se ele andasse em figura de cavaleiro andante.

— Do mesmo parecer sou eu — disse o barbeiro.

— E eu também — acrescentou a sobrinha.

— Se assim é — disse a ama —, que venham, e ao curral com eles.

A ela os entregaram, e eram muitos, e ela poupou escada botando-os janela abaixo.

— Quem é esse tijolo? — disse o padre.

— Este é — respondeu o barbeiro — *D. Olivante de Laura*.[4]

— O autor desse livro — disse o padre — foi o mesmo que compôs *Jardín de flores*,[5] e em verdade não sei determinar qual dos dois é mais verdadeiro ou, para o dizer melhor, menos mentiroso; só sei dizer que este irá para o curral, por disparatado e arrogante.

— Este que o segue é *Florismarte de Hircania*[6] — disse o barbeiro.

— Aí está o senhor Florismarte? — replicou o padre. — Pois à fé que irá logo para o curral, apesar do seu estranho nascimento e soadas aventuras, por não merecer outra coisa a dureza e secura do seu estilo. Ao curral com ele, e com estoutro, senhora ama.

— Com prazer, senhor meu — respondia ela, e com muita alegria ia executando o que lhe mandavam.

— Este é *El caballero Platir*[7] — disse o barbeiro.

— Antigo livro é esse — disse o padre —, e não acho nele coisa que mereça vênia. Que acompanhe os demais sem réplica.

E assim foi feito. Abriu-se outro livro, e viram que tinha por título *El caballero de la Cruz*.[8]

— Pelo nome tão santo que este livro tem, podia-se perdoar a ignorân-

---

— Pues vayan todos al corral — dijo el cura —, que a trueco de quemar a la reina Pintiquiniestra, y al pastor Darinel, y a sus églogas, y a las endiabladas y revueltas razones de su autor, quemaré con ellos al padre que me engendró, si anduviera en figura de caballero andante.

— De ese parecer soy yo — dijo el barbero.

— Y aun yo — añadió la sobrina.

— Pues así es — dijo el ama —, vengan, y al corral con ellos.

Diéronselos, que eran muchos, y ella ahorró la escalera y dio con ellos por la ventana abajo.

— ¿Quién es ese tonel? — dijo el cura.

— Este es — respondió el barbero — *Don Olivante de Laura*.

— El autor de ese libro — dijo el cura — fue el mesmo que compuso a *Jardín de flores*, y en verdad que no sepa determinar cuál de los dos libros es más verdadero o, por decir mejor, menos mentiroso; solo sé decir que este irá al corral, por disparatado y arrogante.

— Este que se sigue es *Florismarte de Hircania* — dijo el barbero.

— ¿Ahí está el señor Florismarte? — replicó el cura —. Pues a fe que ha de parar presto en el corral, a pesar de su estraño nacimiento y sonadas aventuras, que no da lugar a otra cosa la dureza y sequedad de su estilo. Al corral con él, y con esotro, señora ama.

— Que me place, señor mío — respondía ella; y con mucha alegría ejecutaba lo que le era mandado.

— Este es *El caballero Platir* — dijo el barbero.

cia sua ignorância; mas também se usa dizer que "atrás da cruz se esconde o diabo". Para o fogo.

Apanhando o barbeiro outro livro, disse:

— Este é o *Espejo de caballerías*.⁹

— Já conheço a sua graça — disse o padre. — Aí anda o senhor Reinaldo de Montalvão com seus amigos e companheiros, mais ladrões que Caco, e os Doze Pares, com o verdadeiro historiador Turpin,¹⁰ e em verdade estou a ponto de os condenar não mais que a desterro perpétuo, quando menos por terem parte na invenção do famoso Matteo Boiardo, com cujo fio também teceu o seu pano o cristão poeta Ludovico Ariosto;¹¹ o qual, se aqui o encontrar falando em outra língua que não a sua, não lhe terei respeito algum, mas se falar no seu idioma, sobre a cabeça o porei.¹²

— Pois eu o tenho em italiano — disse o barbeiro —, mas não o entendo.

— E não seria bem que o entendêsseis¹³ — devolveu o padre —; e aqui perdoaríamos ao senhor capitão que o não tivesse trazido à Espanha e feito castelhano, pois nisto lhe tirou muito do seu natural valor, e o mesmo farão todos aqueles que livros de versos tentarem verter a outra língua; que por mais cuidado que ponham e habilidade que mostrem, jamais alcançarão o ponto que eles têm no seu primeiro nascimento. Digo então que este livro e todos os que se encontrarem que tratem dessas coisas de França se joguem e depositem num silo até que com mais tento se veja o que fazer deles, excetuando um *Bernardo del Carpio*¹⁴ que anda por aí, e outro chamado *Roncesvalles*;¹⁵ pois estes, em chegando às minhas mãos, hão de passar às da ama, e delas às do fogo, sem remissão alguma.

Tudo isto confirmou o barbeiro e deu por bom e por coisa muito certa, por entender ser o padre tão bom cristão e tão amigo da verdade que por na-

---

— Antiguo libro es ese — dijo el cura —, y no hallo en él cosa que merezca venia. Acompañe a los demás sin réplica.

Y así fue hecho. Abrióse otro libro y vieron que tenía por título *El caballero de la Cruz*.

— Por nombre tan santo como este libro tiene, se podía perdonar su ignorancia; mas también se suele decir "tras la cruz está el diablo". Vaya al fuego.

Tomando el barbero otro libro, dijo:

— Este es *Espejo de caballerías*.

— Ya conozco a su merced — dijo el cura —. Ahí anda el señor Reinaldos de Montalbán con sus amigos y compañeros, más ladrones que Caco, y los Doce Pares, con el verdadero historiador Turpín, y en verdad que estoy por condenarlos no más que a destierro perpetuo, siquiera porque tienen parte de la invención del famoso Mateo Boyardo, de donde también tejió su tela el cristiano poeta Ludovico Ariosto; al cual, si aquí le hallo, y que habla en otra lengua que la suya, no le guardaré respeto alguno, pero, si habla en su idioma, le pondré sobre mi cabeza.

— Pues yo le tengo en italiano — dijo el barbero —, mas no le entiendo.

— Ni aun fuera bien que vos le entendiérades — respondió el cura —; y aquí le perdonáramos al señor capitán que no le hubiera traído a España y hecho castellano, que le quitó mucho de su natural valor, y lo mismo harán todos aquellos que los libros de verso quisieren volver en otra lengua, que, por mucho cuidado que pongan y habilidad que muestren, jamás llegarán al punto que ellos tienen en su primer nacimiento. Digo, en efeto, que

da deste mundo dela arredaria. E abrindo outro livro viu que era *Palmerín de Oliva*,[16] e junto dele havia outro chamado *Palmeirim de Inglaterra*;[17] e ao vê-lo disse o licenciado:

— Que essa oliva logo se parta e se queime, e não restem dela nem as cinzas, mas que essa palma da Inglaterra se guarde e se conserve como coisa única, e se faça para tanto outra caixa como a que encontrou Alexandre nos despojos de Dario, reservando-a para nela guardar as obras do poeta Homero.[18] Este livro, senhor compadre, tem autoridade por duas coisas: primeiro, por ser per si muito bom; segundo, porque é fama que foi composto por um discreto rei de Portugal. Todas as aventuras do castelo de Miraguarda[19] são boníssimas e de grande artifício; as razões, cortesãs e claras, pois guardam e miram o decoro de quem fala, com muita propriedade e entendimento. Digo, pois, salvo o vosso bom parecer, senhor mestre Nicolás, que este e o *Amadis de Gaula* fiquem livres do fogo, e todos os demais, sem mais sonda nem ronda, pereçam.

— Não, senhor compadre — replicou o barbeiro —, que este que aqui tenho é o afamado *D. Belianís*.[20]

— Pois esse — replicou o padre —, mais sua segunda, terceira e quarta partes, têm necessidade de um pouco de ruibarbo para purgar a demasiada cólera sua, e é mister tirar-lhes toda aquela coisa do castelo da Fama e outras impertinências de mais importância, para o qual se lhes dá licença *sine die* e, como emendarem, assim se usará com eles de misericórdia ou de justiça; e entrementes tende-o vós, compadre, em vossa casa, mas não deixeis que ninguém os leia.

— Com prazer — respondeu o barbeiro.

E sem querer cansar-se mais lendo livros de cavalarias, mandou à ama

---

este libro y todos los que se hallaren que tratan destas cosas de Francia se echen y depositen en un pozo seco, hasta que con más acuerdo se vea lo que se ha de hacer dellos, ecetuando a un *Bernardo del Carpio* que anda por ahí, y a otro llamado *Roncesvalles*; que estos, en llegando a mis manos, han de estar en las del ama, y dellas en las del fuego, sin remisión alguna.

Todo lo confirmó el barbero y lo tuvo por bien y por cosa muy acertada, por entender que era el cura tan buen cristiano y tan amigo de la verdad, que no diría otra cosa por todas las del mundo. Y abriendo otro libro vio que era *Palmerín de Oliva*, y junto a él estaba otro que se llamaba *Palmerín de Ingalaterra*; lo cual visto por el licenciado, dijo:

— Esa oliva se haga luego rajas y se queme, que aun no queden della las cenizas, y esa palma de Ingalaterra se guarde y se conserve como a cosa única, y se haga para ello otra caja como la que halló Alejandro en los despojos de Dario, que la diputó para guardar en ella las obras del poeta Homero. Este libro, señor compadre, tiene autoridad por dos cosas: la una, porque él por sí es muy bueno; y la otra, porque es fama que le compuso un discreto rey de Portugal. Todas las aventuras del castillo de Miraguarda son boníssimas y de grande artificio; las razones, cortesanas y claras, que guardan y miran el decoro del que habla, con mucha propriedad y entendimiento. Digo, pues, salvo vuestro buen parecer, señor maese Nicolás, que este y *Amadís de Gaula* queden libres del fuego, y todos los demás, sin hacer más cala y cata, perezcan.

— No, señor compadre — replicó el barbero —, que este que aquí tengo es el afamado *Don Belianís*.

— Pues ese — replicó el cura —, con la segunda, tercera y cuarta parte, tienen necesidad de un poco de

que tomasse todos os grandes e os lançasse ao curral. E não o disse a lerda nem surda, mas a quem tinha mais vontade de os queimar que de dar-se aos lençóis, por mais largos e finos que estes fossem; e apanhando quase oito de uma vez, aventou-os janela afora. Por pegar muitos juntos, deixou cair um aos pés do barbeiro, o qual quis ver de quem era, e viu que dizia *Historia del famoso caballero Tirante el Blanco*.[21]

— Valha-me Deus — disse o padre, dando uma grande voz —, se não é o Tirante! Dai-mo cá, compadre, que cuido ter achado um tesouro de contentos e uma mina de passatempos. Aqui está D. Quirieleison de Montalbán, valoroso cavaleiro, e seu irmão Tomás de Montalbán, e o cavaleiro Fonseca, com a batalha que o valente do Tirante travou com o alão, e as agudezas da donzela Plazerdemivida, mais os amores e embustes da viúva Reposada, e da senhora Imperatriz, apaixonada por Hipólito, seu escudeiro. Digo em verdade, senhor compadre, que por seu estilo é este o melhor livro do mundo: aqui comem os cavaleiros, e dormem e morrem em suas camas, e fazem testamento antes da sua morte, coisas estas de que todos os outros livros do seu gênero carecem. Com tudo isso vos digo que bem merecia aquele que o compôs, pois não fez tantas necedades de indústria, que o dessem às galés por todos os dias de sua vida.[22] Levai-o para casa e lede-o, e vereis que é verdade tudo quanto dele vos digo.

— Assim será — respondeu o barbeiro —, mas que faremos destes pequenos livros que restam?

— Estes — disse o padre — não devem de ser de cavalarias, e sim de poesia.

E abrindo um, viu que era a *Diana* de Jorge de Montemor,[23] e disse, crendo serem todos os mais do mesmo gênero:

---

ruibarbo para purgar la demasiada cólera suya, y es menester quitarles todo aquello del castillo de la Fama y otras impertinencias de más importancia, para lo cual se les da término ultramarino, y como se enmendaren, así se usará con ellos de misericordia o de justicia; y en tanto, tenedlos vos, compadre, en vuestra casa, mas no los dejéis leer a ninguno.

— Que me place — respondió el barbero.

Y, sin querer cansarse más en leer libros de caballerías, mandó al ama que tomase todos los grandes y diese con ellos en el corral. No se dijo a tonta ni a sorda, sino a quien tenía más gana de quemallos que de echar una tela, por grande y delgada que fuera; y asiendo casi ocho de una vez, los arrojó por la ventana. Por tomar muchos juntos, se le cayó uno a los pies del barbero, que le tomó gana de ver de quién era, y vio que decía *Historia del famoso caballero Tirante el Blanco*.

— ¡Válame Dios — dijo el cura, dando una gran voz —, que aquí esté Tirante el Blanco! Dádmele acá, compadre, que hago cuenta que he hallado en él un tesoro de contento y una mina de pasatiempos. Aquí está don Quirieleisón de Montalbán, valeroso caballero, y su hermano Tomás de Montalbán, y el caballero Fonseca, con la batalla que el valiente de Tirante hizo con el alano, y las agudezas de la doncella Placerdemivida, con los amores y embustes de la viuda Reposada, y la señora Emperatriz, enamorada de Hipólito, su escudero. Dígoos verdad, señor compadre, que por su estilo es este el mejor libro del mundo: aquí comen los caballeros, y duermen y mueren en sus camas, y hacen testamento antes de su muerte, con estas cosas de que todos los demás libros deste género carecen. Con todo eso, os digo que merecía el que le compuso, pues no hizo tantas necedades de industria, que le

— Estes não merecem ser queimados como os demais, pois não fazem nem farão o dano que os de cavalarias fizeram, pois são livros de entretenimento sem prejuízo de terceiros.

— Ai, senhor! — disse a sobrinha —, bem pode vossa mercê mandá-los queimar como aos demais, pois não seria estranho que, tendo sarado meu senhor tio da doença cavaleiresca, lendo estes resolvesse fazer-se pastor e andar pelos bosques e prados cantando e tangendo, ou pior ainda, fazer-se poeta, que segundo dizem é doença incurável e contagiosa.

— Verdade diz esta donzela — disse o padre —, e bem faremos em tirar do nosso amigo tal tropeço e ocasião diante. E já que começamos pela *Diana* de Montemor, sou de opinião que o livro não se queime, mas que se lhe tire tudo aquilo que trata da sábia Felícia e da água encantada,[24] e quase todos os versos maiores, e fique em paz a prosa e a honra de ser o primeiro de semelhantes livros.

— Este que segue — disse o barbeiro — é a *Diana*, dita segunda, do salmantino; e este, outro que tem o mesmo nome, cujo autor é Gil Polo.[25]

— Que a do salmantino — respondeu o padre — acompanhe e acrescente o número dos condenados ao fogo, e a de Gil Polo se guarde como se fosse a do mesmíssimo Apolo; e siga adiante, senhor compadre, e a mais pressa, que se vai fazendo tarde.

— Este livro é — disse o barbeiro abrindo outro — *Los diez libros de Fortuna de amor*, compostos por Antonio de Lofraso, poeta sardo.[26]

— Pelas ordens que recebi — disse o padre — que, desde que Apolo foi Apolo, e as musas musas, e os poetas poetas, tão gracioso nem tão disparatado livro como esse jamais se compôs, e que, por seu rumo, é o melhor e o mais único de quantos do seu gênero vieram à luz do mundo, e quem o não

---

echaran a galeras por todos los días de su vida. Llevadle a casa y leedle, y veréis que es verdad cuanto dél os he dicho.

— Así será — respondió el barbero —, pero ¿qué haremos destos pequeños libros que quedan?

— Estos — dijo el cura — no deben de ser de caballerías, sino de poesía.

Y abriendo uno vio que era *La Diana* de Jorge de Montemayor, y dijo, creyendo que todos los demás eran del mesmo género:

— Estos no merecen ser quemados, como los demás, porque no hacen ni harán el daño que los de caballerías han hecho, que son libros de entretenimiento sin perjuicio de tercero.

— ¡Ay, señor! — dijo la sobrina —, bien los puede vuestra merced mandar quemar como a los demás, porque no sería mucho que, habiendo sanado mi señor tío de la enfermedad caballeresca, leyendo estos se le antojase de hacerse pastor y andarse por los bosques y prados cantando y tañendo, y, lo que sería peor, hacerse poeta, que según dicen es enfermedad incurable y pegadiza.

— Verdad dice esta doncella — dijo el cura —, y será bien quitarle a nuestro amigo este tropiezo y ocasión delante. Y pues comenzamos por *La Diana* de Montemayor, soy de parecer que no se queme, sino que se le quite todo aquello que trata de la sabia Felicia y de la agua encantada, y casi todos los versos mayores, y quédesele enhorabuena la prosa, y la honra de ser primero en semejantes libros.

— Este que se sigue — dijo el barbero — es *La Diana* llamada *segunda* del Salmantino; y este, otro que tiene el mesmo nombre, cuyo autor es Gil Polo.

leu pode estar certo de jamais ter lido coisa de gosto. Dai-mo cá, compadre, que mais prezo este achado que se me tivessem presenteado uma batina da melhor florença.

Apartou-o com grandíssimo gosto, e o barbeiro prosseguiu dizendo:

— Estes que se seguem são *El pastor de Iberia*, *Ninfas de Henares* e *Desengaños de celos*.[27]

— Aqui não há o que fazer — disse o padre —, senão entregá-los ao braço secular[28] da ama, e não me pergunteis o porquê, que seria um nunca acabar.

— Este a seguir é *El pastor de Fílida*.[29]

— Não é ele pastor — disse o padre —, e sim assaz discreto cortesão: que se guarde como joia preciosa.

— Este grande que aqui vem se intitula — disse o barbeiro — *Tesoro de varias poesías*.[30]

— Como elas não fossem tantas — disse o padre —, seriam mais estimadas: é mister que esse livro se joeire e limpe de algumas baixezas que entre suas grandezas tem; que se guarde, porque o seu autor é amigo meu, e em honra de outras mais heroicas e subidas obras que escreveu.

— Este é — prosseguiu o barbeiro — o *Cancionero* de López Maldonado.[31]

— Também o autor desse livro — replicou o padre — é grande amigo meu, e seus versos em sua boca admiram a quem os ouve, e tal é a suavidade da voz com que os canta, que encanta. Alonga-se algum tanto nas éclogas, e nunca o bom foi dilatado; que se guarde com os escolhidos. Mas que livro é esse ao lado dele?

— *La Galatea*, de Miguel de Cervantes[32] — disse o barbeiro.

— Pues la del Salmantino — respondió el cura — acompañe y acreciente el número de los condenados al corral, y la de Gil Polo se guarde como si fuera del mesmo Apolo; y pase adelante, señor compadre, y démonos prisa, que se va haciendo tarde.

— Este libro es — dijo el barbero abriendo otro — *Los diez libros de Fortuna de amor*, compuestos por Antonio de Lofraso, poeta sardo.

— Por las órdenes que recebí — dijo el cura — que desde que Apolo fue Apolo, y las musas musas, y los poetas poetas, tan gracioso ni tan disparatado libro como ese no se ha compuesto, y que, por su camino, es el mejor y el más único de cuantos deste género han salido a la luz del mundo, y el que no le ha leído puede hacer cuenta que no ha leído jamás cosa de gusto. Dádmele acá, compadre, que precio más haberle hallado que si me dieran una sotana de raja de Florencia.

Púsole aparte con grandísimo gusto, y el barbero prosiguió diciendo:

— Estos que se siguen son *El pastor de Iberia*, *Ninfas de Henares* y *Desengaños de celos*.

— Pues no hay más que hacer — dijo el cura —, sino entregarlos al brazo seglar del ama, y no se me pregunte el porqué, que sería nunca acabar.

— Este que viene es *El pastor de Fílida*.

— No es ése pastor — dijo el cura —, sino muy discreto cortesano: guárdese como joya preciosa.

— Este grande que aquí viene se intitula — dijo el barbero — *Tesoro de varias poesías*.

— Como ellas no fueran tantas — dijo el cura —, fueran más estimadas: menester es que este libro se

— Muitos anos há que é grande amigo meu esse Cervantes, e sei que é mais versado em desgraças do que em versos. Seu livro tem algo de boa invenção: propõe algo, mas não conclui nada; cabe esperar a prometida segunda parte: talvez com a emenda alcance de todo a misericórdia que agora se lhe nega; e enquanto isto se espera, tende-o recluso na vossa morada, senhor compadre.

— Com prazer — respondeu o barbeiro. — E aqui vêm três todos juntos: *La Araucana*, de D. Alonso de Ercilla;[33] *La Austriada*, de Juan Rufo,[34] vedor de Córdova, e *El Monserrato*, de Cristóbal de Virués,[35] poeta valenciano.

— Todos esses três livros — disse o padre — são os melhores que em verso heroico em língua castelhana foram escritos, e podem competir com os mais famosos da Itália. Que se guardem como as mais ricas prendas de poesia que tem a Espanha.

Cansou-se o padre de ver tantos livros, e assim, por grosso, determinou que todos os outros fossem queimados; mas já havia o barbeiro aberto um, que se chamava *Las lágrimas de Angélica*.[36]

— Eu as derramaria — disse o padre em ouvindo o nome — se tal livro mandara queimar, pois foi seu autor um dos famosos poetas do mundo, e não só da Espanha, sendo felicíssimo na tradução de algumas fábulas de Ovídio.

---

escarde y limpie de algunas bajezas que entre sus grandezas tiene; guárdese, porque su autor es amigo mío, y por respeto de otras más heroicas y levantadas obras que ha escrito.

— Este es — siguió el barbero — el *Cancionero* de López Maldonado.

— También el autor de ese libro — replicó el cura — es grande amigo mío, y sus versos en su boca admiran a quien los oye, y tal es la suavidad de la voz con que los canta, que encanta. Algo largo es en las églogas, pero nunca lo bueno fue mucho; guárdese con los escogidos. Pero ¿qué libro es ese que está junto a él?

— *La Galatea* de Miguel de Cervantes — dijo el barbero.

— Muchos años ha que es grande amigo mío ese Cervantes, y sé que es más versado en desdichas que en versos. Su libro tiene algo de buena invención: propone algo, y no concluye nada; es menester esperar la segunda parte que promete: quizá con la emienda alcanzará del todo la misericordia que ahora se le niega; y entre tanto que esto se ve, tenedle recluso en vuestra posada, señor compadre.

— Que me place — respondió el barbero —. Y aquí vienen tres todos juntos: *La Araucana* de don Alonso de Ercilla, *La Austriada* de Juan Rufo, jurado de Córdoba, y *El Monserrato* de Cristóbal de Virués, poeta valenciano.

— Todos esos tres libros — dijo el cura — son los mejores que en verso heroico en lengua castellana están escritos, y pueden competir con los más famosos de Italia; guárdense como las más ricas prendas de poesía que tiene España.

Notas

[1] *Los cuatro libros del virtuoso caballero Amadís de Gaula*, de Garcí Rodríguez de Montalvo (Saragoça, 1508, na edição mais antiga conservada). É provavelmente adaptação de um original português hoje perdido, de autoria de Vasco (ou João) Lobeira, que circularia já em meados do século XIV. Seja como for, a obra de Montalvo é tida como inaugural do ciclo, que se estenderá pelo século XVI em diversas continuações.

[2] *Sergas de Esplandián*: continuação do ciclo dos Amadises, cujo título completo é *El ramo que de los cuatro libros de Amadís de Gaula sale, llamados de las sergas del muy esforzado caballero Esplandián, hijo del excelente rey Amadís de Gaula* (Sevilha, 1510), de autoria do mesmo Rodríguez de Montalvo. O protagonista, Esplandián, é filho natural de Oriana e Amadis, legitimado com o casamento dos pais no final da história.

[3] *Amadís de Grecia*: *Nono libro de Amadís de Gaula, que es la crónica del muy valiente y esforzado príncipe y Caballero de la Ardiente Espada Amadís de Grecia...* (Cuenca, 1530), de Feliciano de Silva (ver cap. I, notas 7 e 13).

[4] *D. Olivante de Laura*: *Historia del invencible caballero don Olivante de Laura, príncipe de Macedonia, que por sus admirables hazañas vino a ser emperador de Constantinopla* (Barcelona, 1564), de Antonio de Torquemada.

[5] *Jardín de flores curiosas, en que se tratan algunas materias de humanidad, philosophia, theologia y geographia, con otras curiosas y apacibles* (Salamanca, 1570), de Antonio de Torquemada, obra miscelânea que colige, sob a forma de diálogos, diversos relatos de fenômenos, regiões e seres fantásticos ou desconhecidos. Cervantes reaproveitou seu conteúdo em *Los trabajos de Persiles y Sigismunda*.

[6] *Florismarte de Hircania*: *Primera parte de la grande historia del muy animoso y esforzado príncipe Felixmarte de Hircania y de su estraño nascimiento* (Valladolid, 1556), de Melchor Ortega. A estranheza do nascimento reside no parto, estando sua mãe sozinha num ermo e sendo auxiliada por uma selvagem. Ao longo da história, o protagonista muda seu nome de Florismarte para Felixmarte, com o qual será citado outras vezes em *D. Quixote*.

[7] *El caballero Platir*: *La crónica del muy valiente y esforzado caballero Platir, hijo del invencible emperador Primaleón* (Valladolid, 1533), livro anônimo, terceiro da série dos Palmeirins (ver abaixo, nota 17).

Cansóse el cura de ver más libros, y así, a carga cerrada, quiso que todos los demás se quemasen; pero ya tenía abierto uno el barbero, que se llamaba *Las lágrimas de Angélica*.

— Lloráralas yo — dijo el cura en oyendo el nombre — si tal libro hubiera mandado quemar, porque su autor fue uno de los famosos poetas del mundo, no solo de España, y fue felicísimo en la tradución de algunas fábulas de Ovidio.

⁸ *El caballero de la Cruz*: pode referir-se a dois livros, ou *La crónica de Lepolemo, llamado el caballero de la Cruz...* (Valência, 1521), de Alonso de Salazar, ou *Libro segundo del esforzado Caballero de la Cruz Lepolemo...* (Toledo, 1563), de Pedro de Luján.

⁹ *Espejo de caballerías*: tradução adaptativa, em prosa, de *Orlando enamorado*. Dos três livros que compõem a obra, os dois primeiros são de autoria de Pedro López de Santamaría; o terceiro, de Pedro de Reinosa. Todos foram reunidos em um volume publicado em 1586, em Medina del Campo, edição à qual parece referir-se o padre.

¹⁰ Jean Turpin (?-800), arcebispo de Reims entre 753 e 794, dado nas gestas carolíngias como um dos Pares de França e conselheiro de Carlos Magno. É o pretenso autor da *Historia Karoli Magni et Rotholandi* (ou "Pseudo-Turpin") e narrador fictício dos dois *Orlandos* italianos.

¹¹ Matteo Boiardo (1441-1494): poeta italiano, autor do já citado *Orlando enamorado*. Ludovico Ariosto (1474-1533): autor do *Orlando furioso*, que retoma o livro de Boiardo.

¹² *Sobre a cabeça o porei*: em sinal de respeito por algo superior. A expressão metafórica provém do ritual de apoiar sobre a cabeça as ordens reais ou as bulas papais, como prova de vassalagem e obediência.

¹³ *Nem bem fora que o entendêsseis*: referência às passagens de *Orlando enamorado* consideradas obscenas, atenuadas ou expurgadas na versão castelhana de Jerónimo Jiménez de Urrea, dito "El Capitán".

¹⁴ *Bernardo del Carpio*: pode referir-se ao poema de Agustín Alonso *Historia de las hazañas y hechos del invencible caballero Bernardo del Carpio* (Toledo, 1585) ou a *El Bernardo o Victoria de Roncesvalles*, do padre Bernardo de Balbuena, publicado em 1624, mas já finalizado em 1602. Para o personagem, ver cap. I, nota 14.

¹⁵ *Roncesvalles*: a brevidade do título não permite determinar com precisão se se trata do poema de Francisco Garrido Villena, *El verdadero suceso de la famosa batalla de Roncesvalles* (Valência, 1555; Toledo, 1583), ou à continuação do *Orlando furioso* assinada por Nicolás de Espinosa, *La segunda parte del Orlando, con el verdadero suceso de la famosa batalla de Roncesvalles* (Saragoça, 1555; Alcalá, 1579).

¹⁶ *Palmerín de Oliva* (Salamanca, 1511): atribuído a Francisco Vázquez, é o primeiro livro da série luso-espanhola dos Palmeirins.

¹⁷ *Palmeirim de Inglaterra* ([1543?] Évora, 1567): de autoria do português Francisco de Moraes Cabral, é o quarto e mais celebrado livro da série e uma das mais populares novelas de cavalarias do século XVI. A versão castelhana, de 1547, atribuída a Luis de Hurtado, já à época era considerada muito ruim. Pelos elogios do padre, cabe supor que se trate aqui do original português.

¹⁸ *Caixa de Alexandre*: diz a lenda, recolhida por Plutarco (*Vidas paralelas*) e Plínio (*História Natural*), que Alexandre o Grande possuía uma cópia da *Ilíada* anotada por Aristóteles, que ele guardava dentro de uma caixa, pilhada do rei persa Dario III, da qual nunca se separava.

¹⁹ *Miraguarda*: nome de uma infanta, personagem do *Palmeirim de Inglaterra*.

²⁰ D. Belianís: ver Versos preliminares, nota 11.

²¹ *Historia del famoso caballero Tirante el Blanco*: título da tradução castelhana de *Tirant lo Blanch* (Valência, 1490), livro de cavalarias do valenciano Joanot Martorell (1415?-1468). A rara versão a que Cervantes provavelmente teve acesso (Valladolid, 1511) não creditava nem a autoria de Martorell, nem a da tradução.

²² *... que o dessem às galés*: joga-se aqui com o duplo sentido de "galés" (*galeras*), que significa tanto o navio em que remavam os condenados a trabalhos forçados como a bandeja de composição dos livros.

²³ *Diana*: trata-se de *Los siete libros de la Diana*, a mais antiga novela pastoril e modelo do gênero. Foi escrita em castelhano, embora o seu autor, Jorge de Montemor, ou Montemayor (1520--1561), fosse português. A edição mais antiga do livro de que se tem notícia é a valenciana de 1559.

²⁴ A sábia Felícia e a água encantada: na *Diana*, os problemas dos enamorados, insolúveis dentro da ideologia neoplatônica do livro, são resolvidos com a chegada dos pastores ao palácio da sábia Felícia (sábia no sentido de "maga", como na literatura cavaleiresca).

²⁵ *La Diana*: aqui, *Segunda parte de la Diana* (Salamanca, 1563), de Alonso Pérez, médico salmantino. O livro foi muitas vezes impresso acompanhando o de Montemor, para formar um volume comercialmente atraente. A referência a Gil Polo deve-se ao seu *La Diana enamorada* (Valência, 1564), livro considerado superior ao de Alonso Pérez.

²⁶ Antonio di Lofraso: poeta nascido em Alghero, em 1540, na Sardenha então sob a coroa de Aragão. Embora seu idioma materno fosse o catalão, escreveu a novela pastoril *Los diez libros de Fortuna de amor* (Barcelona, 1573) em castelhano. A ironia da remissão do livro se redobra se lembrarmos que Cervantes, em seu *Viaje del Parnaso* (1614), proporia atirar Lofraso ao estreito de Messina, como "merecido sacrifício".

²⁷ *El pastor de Iberia*, *Ninfas de Henares* e *Desengaños de celos*: três novelas pastoris — *El pastor de Iberia* (Sevilha, 1591), de Bernardo de la Vega; *Ninfas y pastores del Henares* (Alcalá, 1587), de Bernardo González de Bobadilla; *Desengaño de celos* (Madri, 1586), de Bartolomé López de Enciso.

²⁸ Braço secular: justiça criminal à qual o tribunal da Inquisição — o "braço eclesiástico" — entregava seus condenados para que executasse a sentença.

²⁹ *El pastor de Fílida* (Madri, 1582): obra de Luis Gálvez de Montalvo, amigo de Cervantes que compusera um dos sonetos preliminares de *La Galatea*.

³⁰ *Tesoro de varias poesías* (Madri, 1580-87): poemário do frei Pedro de Padilla, outro amigo de Cervantes. Este elogiou sua poesia numa passagem de *La Galatea* e em dois de seus sonetos.

³¹ *Cancionero* (Madri, 1586): livro de Gabriel López Maldonado que continha duas composições poéticas de Cervantes. Maldonado, por seu lado, contribuiu com poemas laudatórios a *La Galatea*.

³² *La Galatea* (Alcalá de Henares, 1585): novela pastoril do próprio Cervantes, única publicação extensa do autor anterior a *D. Quixote*. A promessa da continuação nunca se realizou, sendo renovada já no leito de morte, na dedicatória de *Persiles y Sigismunda*.

³³ *La Araucana* (Madri, 1579): célebre poema épico de Alonso de Ercilla que narra episódios da conquista do Chile.

³⁴ *La Austriada* (Madri, 1584): poema épico de Juan Rufo, que narra as façanhas do filho natural do imperador Carlos V, D. Juan de Áustria, entre elas a vitória na batalha de Lepanto, da qual Cervantes participou.

³⁵ *El Monserrato* (ou *Monserrate*, Madri, 1587): canto de Cristóbal de Virués sobre a lenda do frei Joan Garin, sua penitência como ermitão e a fundação do famoso mosteiro catalão de Montserrat. Entre as diversas visões proféticas que o texto atribui ao monge consta a da vitória sobre os turcos em Lepanto.

³⁶ *Las lágrimas de Angélica* (Granada, 1586): poema de Luis Barahona de Soto, tradutor de Ovídio e amigo de Cervantes. A obra desenvolve o episódio dos amores de Angélica e Medoro narrado no *Orlando furioso*.

CAPÍTULO VII

DA SEGUNDA SAÍDA DO NOSSO BOM CAVALEIRO
D. QUIXOTE DE LA MANCHA

Nisto começou a dar vozes D. Quixote, dizendo:

— Aqui, aqui, valorosos cavaleiros, aqui é mister mostrar a força dos vossos valorosos braços, pois os cortesãos vão levando a melhor do torneio!

Por acudir a tal ruído e estrondo, interrompeu-se o escrutínio dos demais livros que restavam, e assim parece que foram direto para o fogo, sem vistas nem recurso, *La Carolea*[1] e *León de España*,[2] mais os feitos do Imperador compostos por D. Luís de Ávila,[3] que sem dúvida haviam de estar entre os restantes, e se o padre os visse talvez não recebessem tão rigorosa sentença.

Quando chegaram a D. Quixote, já estava ele levantado da cama e prosseguia em suas vozes e seus desatinos, dando cutiladas e reveses a torto e a direito, tão desperto como se nunca tivesse dormido. Abraçaram-se a ele e à força o devolveram ao leito; e depois de sossegado um pouco, voltando-se para falar com o padre, lhe disse:

— Por certo, senhor arcebispo Turpin, que é grande desonra dos que nos chamamos Doze Pares deixar, tão sem mais nem mais, os cavaleiros cortesãos levarem a vitória deste torneio, tendo nós, os desafiantes, ganhado o prêmio nos três dias anteriores.

CAPÍTULO VII

DE LA SEGUNDA SALIDA DE NUESTRO BUEN CABALLERO
DON QUIJOTE DE LA MANCHA

Estando en esto, comenzó a dar voces don Quijote, diciendo:

— ¡Aquí, aquí, valerosos caballeros, aquí es menester mostrar la fuerza de vuestros valerosos brazos, que los cortesanos llevan lo mejor del torneo!

Por acudir a este ruido y estruendo, no se pasó adelante con el escrutinio de los demás libros que quedaban, y así se cree que fueron al fuego, sin ser vistos ni oídos, *La Carolea* y *León de España*, con los hechos del Emperador, compuestos por don Luis de Ávila, que sin duda debían de estar entre los que quedaban, y quizá si el cura los viera no pasaran por tan rigurosa sentencia.

Cuando llegaron a don Quijote, ya él estaba levantado de la cama y proseguía en sus voces y en sus desatinos, dando cuchilladas y reveses a todas partes, estando tan despierto como si nunca hubiera dormido. Abrazáronse con él y por fuerza le volvieron al lecho; y después que hubo sosegado un poco, volviéndose a hablar con el cura le dijo:

— Cale-se vossa mercê, senhor meu compadre — disse o padre —, que Deus há de haver por bem que a sorte mude e que o que hoje se perde se ganhe amanhã; e por ora atenda vossa mercê à sua saúde, pois entendo que deve de estar por demais cansado, se é que não malferido.

— Ferido, não — disse D. Quixote —, mas moído e alquebrado, sem dúvida, pois aquele bastardo do D. Roldão me moeu os costados com um tronco de carvalho, e tudo por inveja, pois vê que sou o único rival das suas valentias; mas eu não me chamaria Reinaldo de Montalvão[4] se, em me levantando deste leito, ele mo não pagar, a despeito de todos os seus encantamentos; e agora tragam-me do que manjar, pois sei que é o que mais vem ao meu caso, e que fique a vingança ao meu cargo.

Assim fizeram: deram-lhe de comer, caindo ele outra vez no sono, e eles na admiração da sua loucura.

Nessa mesma noite queimou e abrasou a ama quantos livros havia no curral e em toda a casa, e devem de ter ardido alguns que mereciam ser guardados em perpétuos arquivos; mas tal não permitiu sua sorte e a preguiça do escrutinador, e assim se cumpriu neles o ditado de que às vezes paga o justo pelo pecador.

Um dos remédios que o padre e o barbeiro então conceberam para o mal do seu amigo foi mandar murar e vedar o aposento dos livros, para que quando se levantasse os não achasse (talvez retirando a causa cessasse o efeito),[5] dizendo-lhe que um encantador os levara, com o aposento e tudo; e assim foi feito com muita presteza.

Dali a dois dias levantou-se D. Quixote, e a primeira coisa que fez foi ir ver os seus livros; e como não encontrasse o aposento onde o deixara, andava de um lado para o outro à sua procura. Chegava aonde antes ficava a porta

---

— Por cierto, señor arzobispo Turpín, que es gran mengua de los que nos llamamos Doce Pares dejar tan sin más ni más llevar la vitoria deste torneo a los caballeros cortesanos, habiendo nosotros los aventureros ganado el prez en los tres días antecedentes.

— Calle vuestra merced, señor compadre — dijo el cura —, que Dios será servido que la suerte se mude y que lo que hoy se pierde se gane mañana; y atienda vuestra merced a su salud por agora, que me parece que debe de estar demasiadamente cansado, si ya no es que está malferido.

— Ferido, no — dijo don Quijote —, pero molido y quebrantado, no hay duda en ello, porque aquel bastardo de don Roldán me ha molido a palos con el tronco de una encina, y todo de envidia, porque ve que yo solo soy el opuesto de sus valentías; mas no me llamaría yo Reinaldos de Montalbán, si en levantándome deste lecho no me lo pagare, a pesar de todos sus encantamentos; y por agora tráiganme de yantar, que sé que es lo que más me hará al caso, y quédese lo del vengarme a mi cargo.

Hiciéronlo ansí: diéronle de comer, y quedóse otra vez dormido, y ellos, admirados de su locura.

Aquella noche quemó y abrasó el ama cuantos libros había en el corral y en toda la casa, y tales debieron de arder que merecían guardarse en perpetuos archivos; mas no lo permitió su suerte y la pereza del escrutiñador, y así se cumplió el refrán en ellos de que pagan a las veces justos por pecadores.

Uno de los remedios que el cura y el barbero dieron por entonces para el mal de su amigo fue que le murasen y tapiasen el aposento de los libros, porque cuando se levantase no los hallase — quizá quitando la causa cesaría el efeto —, y que dijesen que un encantador se los había llevado, y el aposento y todo; y así fue hecho

e tateava a parede, e voltava e corria os olhos por tudo, sem dizer palavra; mas ao cabo de um bom termo perguntou à ama em que parte ficava o aposento dos seus livros. A ama, que já estava bem advertida do que havia de responder, lhe disse:

— Que aposento é esse que vossa mercê procura? Já não há aposento nem livros nesta casa, pois tudo foi levado pelo diabo em pessoa.

— Não era diabo — replicou a sobrinha —, e sim um encantador que uma noite apareceu sobre uma nuvem, depois do dia em que vossa mercê partiu daqui, e apeando de uma serpe em que vinha cavaleiro, entrou no aposento e fez lá dentro não sei quê, pois daí saiu voando pelo telhado e deixou a casa cheia de fumaça, e quando atinamos a olhar o que tinha feito, não vimos livro nem aposento algum. Só nos lembra muito bem, a mim e à ama, que à hora de partir aquele mau velho disse em altas vozes que pela inimizade secreta que tinha com o dono daqueles livros e aposento deixava feito naquela casa o dano que logo se veria. Disse também que se chamava "o sábio Carochão".

— "Frestão" terá dito — disse D. Quixote.

— Não sei — respondeu a ama — se o nome dele era "Frestão" ou "Fritão", só sei que acabava em *ão*.

— Assim é — disse D. Quixote —, pois é esse um sábio encantador, grande inimigo meu, que me tem ojeriza porque sabe por suas artes e letras que, correndo o tempo, virei a lutar em singular batalha com um cavaleiro que ele favorece e que hei de vencer sem que ele mo possa atalhar, e por isso procura causar-me todos os dissabores que pode; e por minha palavra que mal poderá ele contradizer nem evitar o que no céu está escrito.

— Quem duvida disso? — disse a sobrinha. — Mas quem põe vossa mercê nessas pendências, senhor meu tio? Não será melhor ficar em paz na

---

con mucha presteza. De allí a dos días, se levantó don Quijote, y lo primero que hizo fue ir a ver sus libros; y como no hallaba el aposento donde le había dejado, andaba de una en otra parte buscándole. Llegaba adonde solía tener la puerta, y tentábala con las manos, y volvía y revolvía los ojos por todo, sin decir palabra; pero al cabo de una buena pieza preguntó a su ama que hacia qué parte estaba el aposento de sus libros. El ama, que ya estaba bien advertida de lo que había de responder, le dijo:

— ¿Qué aposento o qué nada busca vuestra merced? Ya no hay aposento ni libros en esta casa, porque todo se lo llevó el mesmo diablo.

— No era diablo — replicó la sobrina —, sino un encantador que vino sobre una nube una noche, después del día que vuestra merced de aquí se partió, y, apeándose de una sierpe en que venía caballero, entró en el aposento, y no sé lo que se hizo dentro, que a cabo de poca pieza salió volando por el tejado y dejó la casa llena de humo; y cuando acordamos a mirar lo que dejaba hecho, no vimos libro ni aposento alguno: solo se nos acuerda muy bien a mí y al ama que al tiempo del partirse aquel mal viejo dijo en altas voces que por enemistad secreta que tenía al dueño de aquellos libros y aposento dejaba hecho el daño en aquella casa que después se vería. Dijo también que se llamaba "el sabio Muñatón".

— "Frestón" diría — dijo don Quijote.

— No sé — respondió el ama — si se llamaba "Frestón" o "Fritón", solo sé que acabó en *tón* su nombre.

— Así es — dijo don Quijote —, que ese es un sabio encantador, grande enemigo mío, que me tiene ojeriza, porque sabe por sus artes y letras que tengo de venir, andando los tiempos, a pelear en singular batalla

sua casa, e não sair pelo mundo procurando sarna para se coçar, sem cuidar que muitos vão buscar lã e voltam tosquiados?

— Ah, sobrinha minha — respondeu D. Quixote —, quanto te enganas! Antes de me tosquiarem terei pelado e arrancado as barbas de quantos imaginarem tocar-me a ponta de um cabelo.

Não quiseram as duas replicar-lhe mais, por verem que sua cólera já ia fervendo.

É pois o caso que ele passou quinze dias em casa muito sossegado, sem dar mostras de querer secundar seus primeiros devaneios, nos quais dias teve curiosíssimos colóquios com seus dois compadres, o padre e o barbeiro, em que ele dizia que a coisa de que mais o mundo necessitava era de cavaleiros andantes e de que nele se ressuscitasse a cavalaria andantesca. O padre por vezes o contradizia e por vezes concordava, porque se não guardasse tal artifício, nada poderia averiguar dele.

Nesse tempo chamou D. Quixote um lavrador seu vizinho, homem de bem (se é que esse título se pode dar a quem é pobre), mas com pouco sal na moleira.[6] Enfim, tantas lhe disse, tanto porfiou e lhe prometeu, que o pobre vilão determinou de sair com ele e lhe servir de escudeiro. Disse-lhe D. Quixote, entre outras coisas, que podia ir com ele de bom grado, pois alguma vez podia acontecer-lhe uma aventura que lhe ganhasse, do pé para a mão, alguma ínsula e o deixasse por governador dela. Com essas promessas e outras que tais, Sancho Pança,[7] que assim se chamava o lavrador, deixou mulher e filhos e se assentou como escudeiro do seu vizinho.

Deu então D. Quixote ordem de ajuntar dinheiro e, vendendo uma coisa, penhorando outra e malbaratando todas, reuniu uma razoável quantia. Muniu-se também de uma rodela que pediu emprestada a um amigo e, ama-

---

con un caballero a quien él favorece y le tengo de vencer sin que él lo pueda estorbar, y por esto procura hacerme todos los sinsabores que puede; y mándole yo que mal podrá él contradecir ni evitar lo que por el cielo está ordenado.

— ¿Quién duda de eso? — dijo la sobrina —. Pero ¿quién le mete a vuestra merced, señor tío, en esas pendencias? ¿No será mejor estarse pacífico en su casa, y no irse por el mundo a buscar pan de trastrigo, sin considerar que muchos van por lana y vuelven tresquilados?

— ¡Oh sobrina mía — respondió don Quijote —, y cuán mal que estás en la cuenta! Primero que a mí me tresquilen tendré peladas y quitadas las barbas a cuantos imaginaren tocarme en la punta de un solo cabello.

No quisieron las dos replicarle más, porque vieron que se le encendía la cólera.

Es, pues, el caso que él estuvo quince días en casa muy sosegado, sin dar muestras de querer segundar sus primeros devaneos; en los cuales días pasó graciosísimos cuentos con sus dos compadres el cura y el barbero, sobre que él decía que la cosa de que más necesidad tenía el mundo era de caballeros andantes y de que en él se resucitase la caballería andantesca. El cura algunas veces le contradecía y otras concedía, porque si no guardaba este artificio no había poder averiguarse con él.

En este tiempo solicitó don Quijote a un labrador vecino suyo, hombre de bien — si es que este título se puede dar al que es pobre —, pero de muy poca sal en la mollera. En resolución, tanto le dijo, tanto le persuadió y prometió, que el pobre villano se determinó de salirse con él y servirle de escudero. Decíale entre otras cosas don Quijote que se dispusiese a ir con él de buena gana, porque tal vez le podía suceder aventura que ganase, en

nhando sua rota celada o melhor que pôde, avisou seu escudeiro Sancho do dia e da hora em que pensava pôr-se a caminho, para que ele se provesse do que achasse que mais havia mister. Sobretudo encareceu-lhe que levasse alforjes; disse aquele que os levaria e que também pensava em levar um asno que tinha muito bom, porque não era dado a andar muito a pé. Quanto ao asno, hesitou um pouco D. Quixote, tentando lembrar se algum cavaleiro andante levara escudeiro cavaleiro asnal, mas nenhum lhe veio à memória; mas, com tudo isso, determinou que o levasse, fazendo tenção de lhe arranjar mais honrada cavalaria em havendo ocasião para tanto, tomando o cavalo do primeiro descortês cavaleiro que topasse. Proveu-se de camisas e das demais coisas que pôde, conforme o conselho do estalajadeiro. Tudo isto feito e cumprido, sem se despedir Pança dos filhos e da mulher, nem D. Quixote da ama e da sobrinha, uma noite deixaram o lugar sem que pessoa alguma os visse; na qual caminharam tanto, que ao amanhecer se convenceram de que os não achariam por mais que os procurassem.

Ia Sancho Pança sobre o seu jumento como um patriarca, com seus alforjes e sua bota de vinho, e com muito desejo de se ver logo governador da ínsula que seu amo lhe prometera. Acertou D. Quixote de seguir a mesma derrota e caminho que seguira na primeira viagem, que foi pelo campo de Montiel, pelo qual agora caminhava com menos pesar que da feita passada, pois por ser bem de manhã e feri-los de través, os raios do sol os não fatigavam. Disse então Sancho Pança ao seu amo:

— Cuide vossa mercê, senhor cavaleiro andante, de não se esquecer daquela promessa da ínsula, que eu bem saberei governar, por maior que ela seja.

Ao que respondeu D. Quixote:

---

quítame allá esas pajas, alguna ínsula, y le dejase a él por gobernador della. Con estas promesas y otras tales, Sancho Panza, que así se llamaba el labrador, dejó su mujer y hijos y asentó por escudero de su vecino.

Dio luego don Quijote orden en buscar dineros, y, vendiendo una cosa y empeñando otra y malbaratándolas todas, llegó una razonable cantidad. Acomodóse asimesmo de una rodela que pidió prestada a un su amigo y, pertrechando su rota celada lo mejor que pudo, avisó a su escudero Sancho del día y la hora en que pensaba ponerse en camino, para que él se acomodase de lo que viese que más le era menester. Sobre todo, le encargó que llevase alforjas. Él dijo que sí llevaría y que ansimesmo pensaba llevar un asno que tenía muy bueno, porque él no estaba ducho a andar mucho a pie. En lo del asno reparó un poco don Quijote, imaginando si se le acordaba si algún caballero andante había traído escudero caballero asnalmente, pero nunca le vino alguno a la memoria; mas, con todo esto, determinó que le llevase, con presupuesto de acomodarle de más honrada caballería en habiendo ocasión para ello, quitándole el caballo al primer descortés caballero que topase. Proveyóse de camisas y de las demás cosas que él pudo, conforme al consejo que el ventero le había dado; todo lo cual hecho y cumplido, sin despedirse Panza de sus hijos y mujer, ni don Quijote de su ama y sobrina, una noche se salieron del lugar sin que persona los viese; en la cual caminaron tanto, que al amanecer se tuvieron por seguros de que no los hallarían aunque los buscasen.

Iba Sancho Panza sobre su jumento como un patriarca, con sus alforjas y su bota, y con mucho deseo de verse ya gobernador de la ínsula que su amo le había prometido. Acertó don Quijote a tomar la misma derrota y camino que el que él había tomado en su primer viaje, que fue por el campo de Montiel, por el cual caminaba con

— Hás de saber, amigo Sancho Pança, que foi costume muito usado dos cavaleiros andantes antigos nomear seus escudeiros governadores das ínsulas ou dos reinos que ganhavam, e eu tenho determinado de que por mim não há de faltar tão penhorada usança, antes penso avantajar-me nela; porque eles às vezes, e talvez as mais delas, esperavam que seus escudeiros fossem velhos para, só depois de fartos de servir e sofrer maus dias e piores noites, dar-lhes algum título de conde, ou quando muito de marquês, dalgum vale ou província de somenos; mas se tu viveres e eu viver, bem poderei antes de seis dias ganhar um tal reino que há de ter outros aderentes e algum sob medida para dele coroar-te rei. E não tenhas isto a muito, pois coisas e casos acontecem aos tais cavaleiros por modos tão nunca vistos nem pensados, que com facilidade eu te poderia dar ainda mais do que prometo.

— Então — respondeu Sancho Pança —, se por algum desses milagres que diz vossa mercê, eu fosse rei, Juana Gutiérrez, a minha costela, viria a ser nada menos que rainha, e os meus filhos infantes.

— Quem duvida disso? — respondeu D. Quixote.

— Eu duvido — replicou Sancho Pança —, pois tenho para mim que, ainda que Deus chovesse reinos sobre a terra, nenhum assentaria bem na cabeça de Mari Gutiérrez. Saiba, senhor, que ela não vale dois maravedis[8] para rainha; condessa lhe cairá melhor, e isso com a ajuda de Deus.

— Encomenda-o a Deus, Sancho — respondeu D. Quixote —, que Ele saberá dar; mas não apouques tanto o teu ânimo que te venhas a contentar com menos que ser adiantado.[9]

— Não o farei, senhor meu — respondeu Sancho —, e mais tendo um amo tão principal como vossa mercê, que saberá me dar tudo aquilo que me vier bem e eu puder levar.

---

menos pesadumbre que la vez pasada, porque por ser la hora de la mañana y herirles a soslayo los rayos del sol no les fatigaban. Dijo en esto Sancho Panza a su amo:

— Mire vuestra merced, señor caballero andante, que no se le olvide lo que de la ínsula me tiene prometido, que yo la sabré gobernar, por grande que sea.

A lo cual le respondió don Quijote:

— Has de saber, amigo Sancho Panza, que fue costumbre muy usada de los caballeros andantes antiguos hacer gobernadores a sus escuderos de las ínsulas o reinos que ganaban, y yo tengo determinado de que por mí no falte tan agradecida usanza, antes pienso aventajarme en ella: porque ellos algunas veces, y quizá las más, esperaban a que sus escuderos fuesen viejos, y, ya después de hartos de servir y de llevar malos días y peores noches, les daban algún título de conde, o por lo mucho de marqués, de algún valle o provincia de poco más a menos; pero si tú vives y yo vivo bien podría ser que antes de seis días ganase yo tal reino, que tuviese otros a él adherentes que viniesen de molde para coronarte por rey de uno dellos. Y no lo tengas a mucho, que cosas y casos acontecen a los tales caballeros por modos tan nunca vistos ni pensados, que con facilidad te podría dar aun más de lo que te prometo.

— De esa manera — respondió Sancho Panza —, si yo fuese rey por algún milagro de los que vuestra merced dice, por lo menos Juana Gutiérrez, mi oíslo, vendría a ser reina, y mis hijos infantes.

— Pues ¿quién lo duda? — respondió don Quijote.

— Yo lo dudo — replicó Sancho Panza —, porque tengo para mí que, aunque lloviese Dios reinos sobre la

Notas

[1] *La Carolea* (València, 1560): *Primera parte de la Carolea, que trata de las victorias del emperador Carlos V, rey de España*, poema épico de Jerónimo Sempere, que inclui um episódio sobre a batalha de Lepanto.

[2] *León de España* (Salamanca, 1586): *Primera y segunda parte de El León de España*, poema de Pedro de la Vecilla Castellanos que relata a história da cidade de Leão.

[3] *Hechos del Emperador*: não se conhece nenhum livro com esse título. Luís de Ávila y Zúñiga escreveu, sim, em prosa, uns *Comentarios* [...] *de la guerra de Alemaña, hecha de Carlos V* (Veneza, 1548). Outra hipótese é que se trate de um lapso de Cervantes, que teria grafado "Ávila" em vez de "Zapata". Neste caso, o livro em questão poderia ser *Carlo famoso* (València, 1566), extenso poema laudatório do imperador, de autoria de Luis Zapata.

[4] ... não me chamaria Reinaldo de Montalvão: alusão ao combate entre Orlando e Rinaldo no *Orlando enamorado*. A rivalidade entre os dois Pares, que também aparece no *Orlando furioso* e em alguns romances de tema carolíngio, deve-se à disputa pelo amor de Angélica.

[5] ... retirando a causa cessasse o efeito: versão do aforismo jurídico "*sublata causa, tollitur effectus*".

[6] ... pouco sal na moleira: a expressão "pôr sal na moleira", que evoca o ritual do batismo católico, significa prover de juízo, prudência tino. Apontar essa carência, portanto, equivale a assacar certa puerilidade, ou a candura do "simples".

[7] Sancho: diversos provérbios e frases feitas tradicionais castelhanas têm algum Sancho como personagem, muitas vezes como portador paradigmático de uma qualidade que aqui soará irônica — saber guardar silêncio.

[8] Maravedi: moeda espanhola, que circulou também em Portugal sob o nome de "morabitino", cujo valor variou ao longo do tempo. Na época em que *D. Quixote* foi escrito, equivalia a 1/34 do real de prata e a 1/375 do ducado de ouro.

[9] Adiantado: governador plenipotenciário de uma província fronteiriça ou recém-conquistada. No século XVI, já não passava de um título honorífico, sem poderes reais, mas D. Quixote dá ao termo seu valor antigo, tal como se conservava no romanceiro.

---

tierra, ninguno asentaría bien sobre la cabeza de Mari Gutiérrez. Sepa, señor, que no vale dos maravedís para reina; condesa le caerá mejor, y aun Dios y ayuda.

— Encomiéndalo tú a Dios, Sancho — respondió don Quijote —, que Él dará lo que más le convenga; pero no apoques tu ánimo tanto, que te vengas a contentar con menos que con ser adelantado.

— No haré, señor mío — respondió Sancho —, y más teniendo tan principal amo en vuestra merced, que me sabrá dar todo aquello que me esté bien y yo pueda llevar.

CAPÍTULO VIII

Do bom sucesso que o valoroso D. Quixote
teve na espantosa e jamais imaginada
aventura dos moinhos de vento,
mais outros sucessos dignos de feliz lembrança

Nisto avistaram trinta ou quarenta moinhos de vento dos que há naqueles campos, e assim como D. Quixote os viu, disse ao seu escudeiro:

— A ventura vai guiando as nossas coisas melhor do que pudéramos desejar. Vê lá, amigo Sancho Pança, aqueles trinta ou poucos mais desaforados gigantes, com os quais penso travar batalha e tirar de todos a vida, com cujos despojos começaremos a enriquecer, que esta é boa guerra, e é grande serviço de Deus varrer tão má semente da face da terra.

— Que gigantes? — disse Sancho Pança.

— Aqueles que ali vês — respondeu seu amo —, de longos braços, que alguns os chegam a ter de quase duas léguas.

— Olhe vossa mercê — respondeu Sancho — que aqueles que ali aparecem não são gigantes, e sim moinhos de vento, e o que neles parecem braços são as asas, que, empurradas pelo vento, fazem rodar a pedra do moinho.

— Bem se vê — respondeu D. Quixote — que não és versado em coisas de aventuras: são gigantes, sim, e se tens medo aparta-te daqui, e põe-te a rezar no espaço em que vou com eles me bater em fera e desigual batalha.

CAPÍTULO VIII

Del buen suceso que el valeroso don Quijote
tuvo en la espantable y jamás imaginada
aventura de los molinos de viento,
con otros sucesos dignos de felice recordación

En esto, descubrieron treinta o cuarenta molinos de viento que hay en aquel campo, y así como don Quijote los vio, dijo a su escudero:
— La ventura va guiando nuestras cosas mejor de lo que acertáramos a desear; porque ves allí, amigo Sancho Panza, donde se descubren treinta o pocos más desaforados gigantes, con quien pienso hacer batalla y quitarles a todos las vidas, con cuyos despojos comenzaremos a enriquecer, que esta es buena guerra, y es gran servicio de Dios quitar tan mala simiente de sobre la faz de la tierra.
— ¿Qué gigantes? — dijo Sancho Panza.
— Aquellos que allí ves — respondió su amo —, de los brazos largos, que los suelen tener algunos de casi dos leguas.

E isto dizendo, deu de esporas em seu cavalo Rocinante, sem atentar às vozes que o seu escudeiro Sancho lhe dava, advertindo-lhe que sem dúvida alguma eram moinhos de vento, e não gigantes, aqueles que ia acometer. Mas ele ia tão certo de que eram gigantes, que nem ouvia as vozes do seu escudeiro Sancho, nem via o que eram, apesar de já estar bem perto, antes ia dizendo em altas vozes:

— Non fuxades, cobardes e vis criaturas, que um só cavaleiro é este que vos acomete.

Nisto se levantou um pouco de vento, e as grandes asas começaram a girar, o qual visto por D. Quixote, disse:

— Ainda que movais mais braços que os do gigante Briaréu,[1] haveis de pagar-me.

E isto dizendo, e encomendando-se de todo coração à sua senhora Dulcineia, pedindo-lhe que em tal transe o socorresse, bem coberto da sua rodela, com a lança enristada, arremeteu a todo o galope de Rocinante e investiu contra o primeiro moinho que tinha diante e, ao lhe acertar a lançada numa asa, empurrou-a o vento com tanta fúria que fez a lança em pedaços, levando consigo cavalo e cavaleiro, que foi rodando pelo campo muito estropiado. Acudiu Sancho Pança ao seu socorro, a todo o correr do seu asno, e ao chegar viu que não se podia mexer: tal foi o tombo que deu com ele Rocinante.

— Valha-me Deus! — disse Sancho. — Eu não disse a vossa mercê que olhasse bem o que fazia, que não eram senão moinhos de vento, e só o podia ignorar quem tivesse outros na cabeça?

— Cala, amigo Sancho — respondeu D. Quixote —, que as coisas da guerra mais que as outras estão sujeitas a contínua mudança; e mais quando

---

— Mire vuestra merced — respondió Sancho — que aquellos que allí se parecen no son gigantes, sino molinos de viento, y lo que en ellos parecen brazos son las aspas, que, volteadas del viento, hacen andar la piedra del molino.

— Bien parece — respondió don Quijote — que no estás cursado en esto de las aventuras: ellos son gigantes; y si tienes miedo quítate de ahí, y ponte en oración en el espacio que yo voy a entrar con ellos en fiera y desigual batalla.

Y, diciendo esto, dio de espuelas a su caballo Rocinante, sin atender a las voces que su escudero Sancho le daba, advirtiéndole que sin duda alguna eran molinos de viento, y no gigantes, aquellos que iba a acometer. Pero él iba tan puesto en que eran gigantes, que ni oía las voces de su escudero Sancho, ni echaba de ver, aunque estaba ya bien cerca, lo que eran, antes iba diciendo en voces altas:

— Non fuyades, cobardes y viles criaturas, que un solo caballero es el que os acomete.

Levantóse en esto un poco de viento, y las grandes aspas comenzaron a moverse, lo cual visto por don Quijote, dijo:

— Pues aunque mováis más brazos que los del gigante Briareo, me lo habéis de pagar.

Y en diciendo esto, y encomendándose de todo corazón a su señora Dulcinea, pidiéndole que en tal trance le socorriese, bien cubierto de su rodela, con la lanza en el ristre, arremetió a todo el galope de Rocinante y embistió con el primero molino que estaba delante; y dándole una lanzada en el aspa, la volvió el viento con tanta furia, que hizo la lanza pedazos, llevándose tras sí al caballo y al caballero, que fue rodando muy maltrecho por

penso, e assim é verdade, que aquele sábio Frestão que me roubou o aposento e os livros mudou esses gigantes em moinhos, para me roubar a glória do seu vencimento, tal e tanta é a inimizade que me tem, mas ao cabo do cabo de pouco valerão as suas más artes contra a bondade da minha espada.

— Que faça Deus o que puder — respondeu Sancho Pança.

E ajudando-o a levantar, tornou a montá-lo sobre Rocinante, que meio derreado estava. E falando na passada aventura, tomaram o caminho para Puerto Lápice, pois dizia D. Quixote não ser possível deixar de encontrar lá muitas e diversas aventuras, por ser lugar muito passageiro. Mas ia muito pesaroso pela falta da lança, e dizendo-o ao seu escudeiro, disse:

— Eu me lembro de ter lido que um cavaleiro espanhol chamado Diego Pérez de Vargas, tendo numa batalha partido a espada, arrancou de um carvalho um pesado ramo ou tronco, e com ele fez tais coisas naquele dia e machucou tantos mouros, que recebeu a alcunha de "Machuca", e assim ele como seus descendentes desse dia em diante se chamaram "Vargas y Machuca".[2] Digo-te estas coisas porque do primeiro carvalho ou azinheira que se me deparar penso arrancar outro tronco, tão grande e bom como aquele, que imagino e penso com ele fazer tais façanhas, que deves ter-te por bem-afortunado por teres merecido vir vê-las e testemunhar coisas que mal se poderão crer.

— Seja como Deus quiser — disse Sancho. — Eu creio em tudo que vossa mercê me diz; mas se aprume um pouco, que parece ir meio de lado, e deve de ser por causa da moedura do tombo.

— Assim é a verdade — respondeu D. Quixote —, e se não me queixo da dor é porque não é dado aos cavaleiros andantes queixar-se de ferimento algum, ainda que por ele lhes saiam as tripas.

---

el campo. Acudió Sancho Panza a socorrerle, a todo el correr de su asno, y cuando llegó halló que no se podía menear: tal fue el golpe que dio con él Rocinante.

— ¡Válame Dios! — dijo Sancho —. ¿No le dije yo a vuestra merced que mirase bien lo que hacía, que no eran sino molinos de viento, y no lo podía ignorar sino quien llevase otros tales en la cabeza?

— Calla, amigo Sancho — respondió don Quijote —, que las cosas de la guerra más que otras están sujetas a continua mudanza; cuanto más, que yo pienso, y es así verdad, que aquel sabio Frestón que me robó el aposento y los libros ha vuelto estos gigantes en molinos, por quitarme la gloria de su vencimiento: tal es la enemistad que me tiene; mas al cabo al cabo han de poder poco sus malas artes contra la bondad de mi espada.

— Dios lo haga como puede — respondió Sancho Panza.

Y, ayudándole a levantar, tornó a subir sobre Rocinante, que medio despaldado estaba. Y, hablando en la pasada aventura, siguieron el camino del Puerto Lápice, porque allí decía don Quijote que no era posible dejar de hallarse muchas y diversas aventuras, por ser lugar muy pasajero; sino que iba muy pesaroso, por haberle faltado la lanza; y diciéndoselo a su escudero, le dijo:

— Yo me acuerdo haber leído que un caballero español llamado Diego Pérez de Vargas, habiéndosele en una batalla roto la espada, desgajó de una encina un pesado ramo o tronco, y con él hizo tales cosas aquel día y machacó tantos moros, que le quedó por sobrenombre "Machuca", y así él como sus decendientes se llamaron desde aquel día en adelante "Vargas y Machuca". Hete dicho esto porque de la primera encina o roble que se me depare pienso desgajar otro tronco, tal y tan bueno como aquel que me imagino; y pienso hacer con él tales haza-

— Se é assim, não tenho o que discutir — respondeu Sancho —; mas sabe Deus quanto eu folgaria se vossa mercê se queixasse das suas dores. De mim sei dizer que vou me queixar da mais mínima dor que sentir, se é que não vale também para os escudeiros dos cavaleiros andantes essa lei do não se queixar.

Não deixou de se rir D. Quixote da simplicidade do seu escudeiro, e assim declarou que ele podia muito bem se queixar como e quando quisesse, sem vontade ou com ela, pois nunca lera nada em contrário na ordem de cavalaria. Disse-lhe Sancho que cuidasse que era hora de comer. Respondeu-lhe seu amo que ainda não havia mister, mas que comesse ele quando bem quisesse.

Com essa licença, ajeitou-se Sancho o melhor que pôde sobre seu jumento e, tirando dos alforjes o que neles metera, ia caminhando e comendo atrás do seu amo muito sossegado, e de quando a quando empinava a bota de vinho, com tanto gosto que faria inveja ao mais regalado bodegueiro de Málaga. E enquanto ia daquela maneira amiudando tragos, não lhe lembrava nenhuma promessa do seu amo, nem tinha por nenhum trabalho, e sim por muito descanso, andar buscando aventuras, por mais perigosas que fossem.

Enfim, passaram aquela noite entre umas árvores, e de uma delas arrancou D. Quixote um galho seco que quase lhe podia servir de lança, e nele encaixou a ponta que tirou daquela que se lhe quebrara. Toda a noite não dormiu D. Quixote, pensando na sua senhora Dulcineia, por imitar o que tinha lido em seus livros, quando os cavaleiros passavam muitas noites sem dormir em bosques e despovoados, entretidos na memória de suas senhoras. Bem outra foi a noite de Sancho Pança, que, tendo o estômago cheio, e não de água de chicória,[3] varou-a de um sono só, e não teriam força para o acordar, se o seu amo o não chamasse, os raios do sol ferindo-lhe o rosto, nem o canto das

---

ñas, que tú te tengas por bien afortunado de haber merecido venir a vellas y a ser testigo de cosas que apenas podrán ser creídas.

— A la mano de Dios — dijo Sancho —. Yo lo creo todo así como vuestra merced lo dice; pero enderécese un poco, que parece que va de medio lado, y debe de ser del molimiento de la caída.

— Así es la verdad — respondió don Quijote —, y si no me quejo del dolor, es porque no es dado a los caballeros andantes quejarse de herida alguna, aunque se le salgan las tripas por ella.

— Si eso es así, no tengo yo que replicar — respondió Sancho —; pero sabe Dios si yo me holgara que vuestra merced se quejara cuando alguna cosa le doliera. De mí sé decir que me he de quejar del más pequeño dolor que tenga, si ya no se entiende también con los escuderos de los caballeros andantes eso del no quejarse.

No se dejó de reír don Quijote de la simplicidad de su escudero; y así le declaró que podía muy bien quejarse como y cuando quisiese, sin gana o con ella, que hasta entonces no había leído cosa en contrario en la orden de caballería. Díjole Sancho que mirase que era hora de comer. Respondióle su amo que por entonces no le hacía menester, que comiese él cuando se le antojase. Con esta licencia, se acomodó Sancho lo mejor que pudo sobre su jumento, y, sacando de las alforjas lo que en ellas había puesto, iba caminando y comiendo detrás de su amo muy de su espacio, y de cuando en cuando empinaba la bota, con tanto gusto, que le pudiera envidiar el más regalado bodegonero de Málaga. Y en tanto que él iba de aquella manera menudeando tragos, no se le acordaba de ninguna promesa que su amo le hubiese hecho, ni tenía por ningún trabajo, sino por mucho descanso, andar buscando las aventuras, por peligrosas que fuesen.

aves, que muitas e com muito regozijo saudavam a chegada do novo dia. Ao se levantar, tomou da bota e achou-a algum tanto mais magra que na véspera, e se lhe encolheu o coração, por cuidar que não iam encaminhados a tão cedo remediar sua míngua. Não quis desjejuar D. Quixote, porque, como já foi dito, deu de se sustentar de saborosas memórias. Retomaram seu começado caminho para Puerto Lápice,[4] e por volta de três da tarde o avistaram.

— Aqui podemos, irmão Sancho Pança — disse ao vê-lo D. Quixote —, meter as mãos até os cotovelos nessa massa que chamam aventuras. Mas atenta que, ainda que me vejas nos maiores perigos do mundo, não hás de arrancar a espada para me defender, isto se não vires que quem me ofende é canalha e gente baixa, pois nesse caso bem me poderás ajudar; mas se forem cavaleiros, de modo algum te é lícito nem concedido pelas leis da cavalaria que me ajudes, enquanto não fores armado cavaleiro.

— Tenha por certo, senhor — respondeu Sancho —, que vossa mercê será muito bem obedecido nisto, e mais, saiba que sou por natureza pacífico e inimigo de me meter em confusões e contendas. É verdade que, no que toca a defender a minha pessoa, não terei muita conta dessas leis, pois as divinas e humanas permitem que cada qual se defenda de quem o quiser agravar.

— Disso não duvido — respondeu D. Quixote —, mas quanto a me ajudares contra cavaleiros, hás de refrear teus naturais ímpetos.

— Digo que assim farei — respondeu Sancho — e que guardarei esse preceito tão bem como o dia de domingo.

Estando nessas razões, apareceram pela estrada dois frades da ordem de São Bento, montados em dois dromedários, pois não eram menores as duas mulas em que vinham. Traziam seus antolhos de estrada[5] e seus guarda-sóis de sela. Atrás deles vinha um coche, acompanhado de quatro ou cinco a ca-

---

En resolución, aquella noche la pasaron entre unos árboles, y del uno dellos desgajó don Quijote un ramo seco que casi le podía servir de lanza, y puso en él el hierro que quitó de la que se le había quebrado. Toda aquella noche no durmió don Quijote, pensando en su señora Dulcinea, por acomodarse a lo que había leído en sus libros, cuando los caballeros pasaban sin dormir muchas noches en las florestas y despoblados, entretenidos con las memorias de sus señoras. No la pasó ansí Sancho Panza, que, como tenía el estómago lleno, y no de agua de chicoria, de un sueño se la llevó toda, y no fueran parte para despertarle, si su amo no lo llamara, los rayos del sol, que le daban en el rostro, ni el canto de las aves, que muchas y muy regocijadamente la venida del nuevo día saludaban. Al levantarse, dio un tiento a la bota, y hallóla algo más flaca que la noche antes, y afligiósele el corazón, por parecerle que no llevaban camino de remediar tan presto su falta. No quiso desayunarse don Quijote, porque, como está dicho, dio en sustentarse de sabrosas memorias. Tornaron a su comenzado camino del Puerto Lápice, y a obra de las tres del día le descubrieron.

— Aquí — dijo en viéndole don Quijote — podemos, hermano Sancho Panza, meter las manos hasta los codos en esto que llaman aventuras. Mas advierte que, aunque me veas en los mayores peligros del mundo, no has de poner mano a tu espada para defenderme, si ya no vieres que los que me ofenden es canalla y gente baja, que en tal caso bien puedes ayudarme; pero, si fueren caballeros, en ninguna manera te es lícito ni concedido por las leyes de caballería que me ayudes, hasta que seas armado caballero.

— Por cierto, señor — respondió Sancho —, que vuestra merced será muy bien obedecido en esto, y más, que yo de mío me soy pacífico y enemigo de meterme en ruidos ni pendencias. Bien es verdad que en lo que tocare

valo e dois muleteiros a pé. Vinha no coche, como depois se soube, uma senhora biscainha[6] que ia para Sevilha, onde estava seu marido, de partida para as Índias com um muito honroso cargo. Não iam os frades com ela, conquanto seguissem o mesmo caminho; mas apenas os divisou D. Quixote, quando disse ao seu escudeiro:

— Ou muito me engano, ou esta será a mais famosa aventura que jamais se viu, pois aqueles vultos negros que ali aparecem devem de ser e o são sem dúvida alguns encantadores levando naquele coche alguma furtada princesa, e é mister desfazer este torto com todo meu poderio.

— Pior será isto que os moinhos de vento — disse Sancho. — Olhe, senhor, que aqueles são frades de São Bento, e o coche deve de ser de alguma gente passageira. Olhe o que estou dizendo que veja bem o que vai fazer, para não cair em enganos do diabo.

— Já te disse, Sancho — respondeu D. Quixote —, que pouco sabes da matéria de aventuras. O que digo é verdade, e agora o verás.

E dizendo isto se adiantou e postou no meio do caminho por onde vinham os frades, e quando lhe pareceu que estavam perto o bastante para ouvir o que dissesse, em alta voz disse:

— Gente endiabrada e descomunal, deixai agora e sem detença as altas princesas que nesse coche levais forçadas; senão aprestai-vos para receber pronta morte, como justo castigo pelas vossas más obras.

Frearam os frades suas mulas, admirados tanto da figura de D. Quixote como das suas razões, às quais responderam:

— Senhor cavaleiro, nós não somos endiabrados nem descomunais, e sim dois religiosos beneditinos seguindo o nosso caminho, e não sabemos se nesse coche vem ou não qualquer forçada princesa.

---

a defender mi persona no tendré mucha cuenta con esas leyes, pues las divinas y humanas permiten que cada uno se defienda de quien quisiere agraviarle.

— No digo yo menos — respondió don Quijote —, pero en esto de ayudarme contra caballeros has de tener a raya tus naturales ímpetus.

— Digo que así lo haré — respondió Sancho — y que guardaré ese preceto tan bien como el día del domingo.

Estando en estas razones, asomaron por el camino dos frailes de la orden de San Benito, caballeros sobre dos dromedarios, que no eran más pequeñas dos mulas en que venían. Traían sus antojos de camino y sus quitasoles. Detrás dellos venía un coche, con cuatro o cinco de a caballo que le acompañaban y dos mozos de mulas a pie. Venía en el coche, como después se supo, una señora vizcaína que iba a Sevilla, donde estaba su marido, que pasaba a las Indias con un muy honroso cargo. No venían los frailes con ella, aunque iban el mesmo camino; mas apenas los divisó don Quijote, cuando dijo a su escudero:

— O yo me engaño, o esta ha de ser la más famosa aventura que se haya visto, porque aquellos bultos negros que allí parecen deben de ser y son sin duda algunos encantadores que llevan hurtada alguna princesa en aquel coche, y es menester deshacer este tuerto a todo mi poderío.

— Peor será esto que los molinos de viento — dijo Sancho —. Mire, señor, que aquellos son frailes de San Benito, y el coche debe de ser de alguna gente pasajera. Mire que digo que mire bien lo que hace, no sea el diablo que le engañe.

— Comigo não valem palavras mansas, pois já vos conheço, fementida canalha — disse D. Quixote.

E sem esperar nova resposta picou Rocinante e, de lança baixa, arremeteu contra o primeiro frade, com tanta fúria e denodo que se o frade não se deixasse cair da mula ele o teria deitado por terra a seu malgrado, e até malferido, quando não morto. O segundo religioso, em vendo o trato dado a seu companheiro, meteu calcanhares na fortaleza da sua boa mula e se pôs a correr por aquela campina, mais veloz que o próprio vento.

Sancho Pança, ao ver o frade no chão, apeando-se velozmente do seu asno arremeteu a ele e começou a tirar-lhe os hábitos. Nisto chegaram dois criados dos frades e lhe perguntaram por que o estava desnudando. Respondeu-lhes Sancho que aquilo lhe cabia legitimamente como despojo da batalha que o seu senhor D. Quixote acabara de ganhar. Os criados, que não estavam para burlas nem entendiam aquela história de despojos e batalhas, vendo que D. Quixote já estava longe falando com as gentes que no coche vinham, arremeteram contra Sancho e, deitando-o por terra, arrepelaram suas barbas e o moeram a pontapés, deixando-o estirado no chão, sem alento nem sentido. Num abrir e fechar de olhos, o frade tornou a montar, todo temeroso e acovardado e sem cores no rosto, e quando se viu cavaleiro, picou a mula atrás do seu confrade, que a um bom trecho dali o aguardava, esperando ver onde parava aquele sobressalto, e sem querer aguardar o fim de todo aquele começado episódio seguiram o seu caminho, com mais credos na boca que se o diabo os encalçasse.

D. Quixote estava, como foi dito, falando com a senhora do coche, dizendo-lhe:

— A vossa fermosura, senhora minha, pode fazer da sua pessoa o que

---

— Ya te he dicho, Sancho — respondió don Quijote —, que sabes poco de achaque de aventuras: lo que yo digo es verdad, y ahora lo verás.

Y diciendo esto se adelantó y se puso en la mitad del camino por donde los frailes venían, y, en llegando tan cerca que a él le pareció que le podrían oír lo que dijese, en alta voz dijo:

— Gente endiablada y descomunal, dejad luego al punto las altas princesas que en ese coche lleváis forzadas; si no, aparejaos a recebir presta muerte, por justo castigo de vuestras malas obras.

Detuvieron los frailes las riendas, y quedaron admirados así de la figura de don Quijote como de sus razones, a las cuales respondieron:

— Señor caballero, nosotros no somos endiablados ni descomunales, sino dos religiosos de San Benito que vamos nuestro camino, y no sabemos si en este coche vienen o no ningunas forzadas princesas.

— Para conmigo no hay palabras blandas, que ya yo os conozco, fementida canalla — dijo don Quijote.

Y sin esperar más respuesta picó a Rocinante y, la lanza baja, arremetió contra el primero fraile, con tanta furia y denuedo, que si el fraile no se dejara caer de la mula él le hiciera venir al suelo mal de su grado, y aun malferido, si no cayera muerto. El segundo religioso, que vio del modo que trataban a su compañero, puso piernas al castillo de su buena mula, y comenzó a correr por aquella campaña, más ligero que el mesmo viento.

Sancho Panza, que vio en el suelo al fraile, apeándose ligeramente de su asno arremetió a él y le comenzó a quitar los hábitos. Llegaron en esto dos mozos de los frailes y preguntáronle que por qué le desnudaba. Respondióles Sancho que aquello le tocaba a él lígitimamente como despojos de la batalla que su señor don Quijote ha-

mais e melhor lhe aprouver, porque já a soberba dos vossos raptores jaz por terra, derribada por este meu forte braço; e porque não peneis por saber o nome do vosso libertador, sabei que me chamo D. Quixote de La Mancha, cavaleiro andante e aventureiro, e cativo da bela e sem-par Dª Dulcineia d'El Toboso; e como paga do benefício que de mim recebestes quero tão somente que vos desvieis para El Toboso e que da minha parte vos apresenteis à tal senhora e lhe digais o feito que por vossa liberdade fiz.

Tudo isto que D. Quixote dizia era ouvido por um escudeiro dos que acompanhavam o coche, que era biscainho, o qual, vendo que D. Quixote não queria dar passagem ao coche, dizendo que se havia de desviar para El Toboso, foi até ele e, segurando-o da lança, lhe falou, em má língua hispânica e pior biscainha, desta maneira:

— Anda, cavaleiro que mal andes, pelo Deus que criou-me, se não deixas coche, assim te matas como aí estás biscainho.

Entendeu-o muito bem D. Quixote, e com muita calma lhe respondeu:
— Se fosses cavaleiro, como o não és, já teria eu castigado a tua sandice e atrevimento, abjeta criatura.

Ao que replicou o biscainho:
— Eu não cavaleiro? Juro a Deus muito mentes como cristão. Se lança jogas e espada arrancas, língua bem logo a tua dobrarás! Biscainho na terra, fidalgo no mar, fidalgo no inferno, e mentes tu se outra dizes coisa.

— Agora vereis, como disse Agraxes[7] — respondeu D. Quixote.

E jogando a lança no chão, arrancou a espada, embraçou sua rodela e arremeteu contra o biscainho com determinação de lhe tirar a vida.

O biscainho, ao vê-lo vir assim, ainda tentou apear da mula (da qual, por ser de aluguel, não se havia de fiar), mas não pôde senão arrancar sua

---

bía ganado. Los mozos, que no sabían de burlas, ni entendían aquello de despojos ni batallas, viendo que ya don Quijote estaba desviado de allí hablando con las que en el coche venían, arremetieron con Sancho y dieron con él en el suelo, y, sin dejarle pelo en las barbas, le molieron a coces y le dejaron tendido en el suelo, sin aliento ni sentido. Y, sin detenerse un punto, tornó a subir el fraile, todo temeroso y acobardado y sin color en el rostro; y cuando se vio a caballo, picó tras su compañero, que un buen espacio de allí le estaba aguardando, y esperando en qué paraba aquel sobresalto, y, sin querer aguardar el fin de todo aquel comenzado suceso, siguieron su camino, haciéndose más cruces que si llevaran al diablo a las espaldas.

Don Quijote estaba, como se ha dicho, hablando con la señora del coche, diciéndole:
— La vuestra fermosura, señora mía, puede facer de su persona lo que más le viniere en talante, porque ya la soberbia de vuestros robadores yace por el suelo, derribada por este mi fuerte brazo; y por que no penéis por saber el nombre de vuestro libertador, sabed que yo me llamo don Quijote de la Mancha, caballero andante y aventurero, y cautivo de la sin par y hermosa doña Dulcinea del Toboso; y, en pago del beneficio que de mí habéis recebido, no quiero otra cosa sino que volváis al Toboso y que de mi parte os presentéis ante esta señora y le digáis lo que por vuestra libertad he fecho.

Todo esto que don Quijote decía escuchaba un escudero de los que el coche acompañaban, que era vizcaíno, el cual, viendo que no quería dejar pasar el coche adelante, sino que decía que luego había de dar la vuelta al Toboso, se fue para don Quijote y, asiéndole de la lanza, le dijo, en mala lengua castellana y peor vizcaína, desta manera:

espada; e por seu bem calhou de estar junto ao coche, donde pôde apanhar um coxim que lhe serviu de escudo, e assim logo investiram um contra o outro, como dois mortais inimigos. Os demais trataram de apartá-los, mas não o conseguiram, pois dizia o biscainho em suas travadas razões que, se o não deixassem terminar sua batalha, ele mesmo havia de matar sua ama e toda a gente que o estorvasse. A senhora do coche, admirada e temerosa do que via, mandou o cocheiro se afastar um pouco dali e de longe se pôs a olhar a rigorosa contenda, no discorrer da qual acertou o biscainho uma grande cutilada no ombro de D. Quixote por cima da rodela, que, se o tocasse sem defesa, o abrira até a cintura. D. Quixote, ressentindo o afrontamento daquele desaforado golpe, deu uma grande voz, dizendo:

— Oh, senhora da minha alma, Dulcineia, flor da fermosura! Socorrei este vosso cavaleiro que, por satisfazer a vossa muita bondade, neste rigoroso transe se acha!

Dizer isto, e aferrar a espada, e cobrir-se bem com a rodela, e arremeter contra o biscainho foi tudo a um tempo, determinado a tudo aventurar num só golpe.

O biscainho, que assim o viu avançar contra si, bem percebeu no seu denodo a sua coragem, e determinou de fazer o mesmo que D. Quixote, e assim o aguardou bem coberto por seu coxim, sem conseguir voltear a mula, que de puro cansaço e não afeita a semelhantes folguedos não conseguia dar um passo.

Vinha pois, como se disse, D. Quixote contra o cauto biscainho com a espada em alto, determinado de o partir ao meio, e o biscainho o aguardava também com a espada arvorada e coberto com seu coxim, e todos os circunstantes estavam temerosos e suspensos do fim que haviam de ter aqueles tre-

---

— Anda, caballero que mal andes; por el Dios que crióme, que, si no dejas coche, así te matas como estás ahí vizcaíno.

Entendióle muy bien don Quijote, y con mucho sosiego le respondió:

— Si fueras caballero, como no lo eres, ya yo hubiera castigado tu sandez y atrevimiento, cautiva criatura.

A lo cual replicó el vizcaíno:

— ¿Yo no caballero? Juro a Dios tan mientes como cristiano. Si lanza arrojas y espada sacas, ¡el agua cuán presto verás que al gato llevas! Vizcaíno por tierra, hidalgo por mar, hidalgo por el diablo, y mientes que mira si otra dices cosa.

— Ahora lo veredes, dijo Agrajes — respondió don Quijote.

Y, arrojando la lanza en el suelo, sacó su espada y embrazó su rodela, y arremetió al vizcaíno, con determinación de quitarle la vida. El vizcaíno, que así le vio venir, aunque quisiera apearse de la mula, que, por ser de las malas de alquiler, no había que fiar en ella, no pudo hacer otra cosa sino sacar su espada; pero avínole bien que se halló junto al coche, de donde pudo tomar una almohada, que le sirvió de escudo, y luego se fueron el uno para el otro, como si fueran dos mortales enemigos. La demás gente quisiera ponerlos en paz, mas no pudo, porque decía el vizcaíno en sus mal trabadas razones que si no le dejaban acabar su batalla, que él mismo había de matar a su ama y a toda la gente que se lo estorbase. La señora del coche, admirada y temerosa de lo que veía, hizo al cochero que se desviase de allí algún poco, y desde lejos se puso a mirar la rigurosa contienda, en el discurso de la cual dio el vizcaíno una gran cuchillada a don Quijote encima de un hombro, por encima de la rodela,

mendos golpes com que se ameaçavam, e a senhora do coche com suas criadas estavam fazendo mil votos e promessas para todas as imagens e ermidas da Espanha, para que Deus livrasse o seu escudeiro e elas próprias daquele tão grande perigo em que se achavam.

Mas o dano disso tudo é que, neste ponto e termo, deixou pendente esta batalha o autor desta história, pretextando não ter achado dessas façanhas de D. Quixote nada mais escrito além do referido. Bem é verdade que o segundo autor desta obra se negou a crer que tão curiosa história estivesse entregue às leis do esquecimento, nem que tão pouco curiosos fossem os engenhos de La Mancha que não tivessem guardado em seus arquivos ou suas gavetas alguns papéis que deste famoso cavaleiro tratassem, e assim, com essa imaginação, não se desesperou de achar o fim desta grata história, o qual, com o favor do céu, ele achou do modo que se contará na segunda parte.

Notas

[1] Briaréu: gigante da mitologia greco-latina, chamado Egeon na *Ilíada*, filho de Urano e da Terra, irmão de Coto e Giges. Os três possuíam cinquenta cabeças e cem braços, sendo por isso chamados hecatônquiros, ou centímanos.

[2] Vargas y Machuca: Diego Pérez de Vargas é personagem histórico que se destacou da batalha de Xerez (1223) contra os mouros. O episódio da lança improvisada, que lhe teria valido a alcunha, é narrado na *Primera crónica general de Alfonso X el Sabio* (ou *Estoria de España*, Toledo, 1274-89), reaparecendo em *Valerio de las historias escolásticas y de España* (Medina del Campo, 1511), de Diego Rodríguez de Almela, e na antologia *Romances nuevamente sacados de historias antiguas de la crónica de España* (Sevilha, *c.* 1549), de Lorenzo de Sepúlveda.

[3] Água de chicória: cozido de bulbo de chicória torrado e moído, usado como beberagem sedativa.

---

que, a dársela sin defensa, le abriera hasta la cintura. Don Quijote, que sintió la pesadumbre de aquel desaforado golpe, dio una gran voz, diciendo:

— ¡Oh, señora de mi alma, Dulcinea, flor de la fermosura, socorred a este vuestro caballero, que por satisfacer a la vuestra mucha bondad en este riguroso trance se halla!

El decir esto, y el apretar la espada, y el cubrirse bien de su rodela, y el arremeter al vizcaíno, todo fue en un tiempo, llevando determinación de aventurarlo todo a la de un golpe solo.

El vizcaíno, que así le vio venir contra él, bien entendió por su denuedo su coraje, y determinó de hacer lo mesmo que don Quijote; y, así, le aguardó bien cubierto de su almohada, sin poder rodear la mula a una ni a otra parte, que ya, de puro cansada y no hecha a semejantes niñerías, no podía dar un paso.

Venía, pues, como se ha dicho, don Quijote contra el cauto vizcaíno con la espada en alto, con determinación de abrirle por medio, y el vizcaíno le aguardaba ansimesmo levantada la espada y aforrado con su almohada, y todos los circunstantes estaban temerosos y colgados de lo que había de suceder de aquellos tamaños golpes con que se amenazaban; y la señora del coche y las demás criadas suyas estaban haciendo mil votos y ofrecimientos a todas las imágenes y casas de devoción de España, porque Dios librase a su escudero y a ellas de aquel tan grande peligro en que se hallaban.

Pero está el daño de todo esto que en este punto y término deja pendiente el autor desta historia esta batalla, disculpándose que no halló más escrito destas hazañas de don Quijote, de las que deja referidas. Bien es verdad que el segundo autor desta obra no quiso creer que tan curiosa historia estuviese entregada a las leyes del

⁴ Puerto Lápice: passo entre duas colinas na estrada real entre La Mancha e Andaluzia, na localidade hoje conhecida como Ventas de Puerto Lápice.

⁵ Antolhos de estrada (*antojos de camino*): máscara de tafetá com discos de cristal de rocha usada pelos viajantes para proteger os olhos da poeira e do vento.

⁶ Biscainho: não se refere necessariamente ao natural da província da Biscaia, mas de qualquer uma das três províncias bascas onde se fala o dialeto biscainho (Álava e Guipúzcoa, além da própria Biscaia).

⁷ Agora vereis, como disse Agraxes: fórmula proverbial de ameaça atribuída a Agraxes (ou Agrajes) primo de Amadis de Gaula, embora o personagem não a utilize em nenhuma passagem dos textos conservados.

---

olvido, ni que hubiesen sido tan poco curiosos los ingenios de la Mancha, que no tuviesen en sus archivos o en sus escritorios algunos papeles que deste famoso caballero tratasen; y así, con esta imaginación, no se desesperó de hallar el fin desta apacible historia, el cual, siéndole el cielo favorable, le halló del modo que se contará en la segunda parte.

SEGUNDA PARTE

CAPÍTULO IX

Onde se conclui e dá fim à estupenda batalha que o galhardo biscainho e o valente manchego travaram

Deixamos na primeira parte desta história o valoroso biscainho e o famoso D. Quixote com as espadas alteadas e nuas, em jeito de desfechar dois furibundos e fendentes golpes, tais que, se em cheio se acertassem, quando nada partiriam e fenderiam um ao outro de cima a baixo e se abririam como romãs; e naquele transe tão incerto parou e ficou truncada tão saborosa história, sem nos dar notícia o seu autor de onde se poderia achar o que dela faltava.

Causou-me isto grande pesar, pois o gosto de ter lido tão pouco se mudava em desgosto de pensar no árduo caminho que se me oferecia para achar o muito que ao meu ver faltava de tão saboroso conto. Pareceu-me coisa impossível e fora de todo bom costume que a tão bom cavaleiro tivesse faltado algum sábio que tomasse para si o encargo de escrever suas nunca vistas façanhas, coisa que não faltou a nenhum dos cavaleiros andantes,

> desses que dizem as gentes
> que vão às suas aventuras,[1]

pois cada um deles tinha um ou dois sábios como de encomenda, que não só escreviam seus feitos como pintavam seus mais mínimos pensamentos e ni-

---

CAPÍTULO IX

Donde se concluye y da fin a la estupenda batalla que el gallardo vizcaíno y el valiente manchego tuvieron

Dejamos en la primera parte desta historia al valeroso vizcaíno y al famoso don Quijote con las espadas altas y desnudas, en guisa de descargar dos furibundos fendientes, tales, que, si en lleno se acertaban, por lo menos se dividirían y fenderían de arriba abajo y abrirían como una granada; y que en aquel punto tan dudoso paró y quedó destroncada tan sabrosa historia, sin que nos diese noticia su autor dónde se podría hallar lo que della faltaba.

Causóme esto mucha pesadumbre, porque el gusto de haber leído tan poco se volvía en disgusto de pensar el mal camino que se ofrecía para hallar lo mucho que a mi parecer faltaba de tan sabroso cuento. Parecióme cosa imposible y fuera de toda buena costumbre que a tan buen caballero le hubiese faltado algún sabio que tomara a cargo el escrebir sus nunca vistas hazañas, cosa que no faltó a ninguno de los caballeros andantes,

nharias, por mais escondidas que fossem. E não havia de ser tão infausto um tão bom cavaleiro, que a ele faltasse o que sobejou a Platir[2] e outros semelhantes. E assim não podia inclinar-me a crer que tão galharda história tivesse ficado manca e estropiada, e punha a culpa na malignidade do tempo, devorador e consumidor de todas as coisas, o qual, ou a tinha oculta, ou consumida.

Por outra parte, parecia-me que, uma vez que entre seus livros se achavam uns tão modernos como *Desengaño de celos* e *Ninfas y pastores de Henares*, também sua história devia de ser moderna e que, não estando escrita, estaria na memória de gente da sua aldeia e suas circunvizinhas. Tal imaginação me tinha confuso e desejoso de saber real e verdadeiramente toda a vida e milagres do nosso famoso espanhol D. Quixote de La Mancha, luz e espelho da cavalaria manchega e o primeiro que em nossa idade e nosso tão calamitoso tempo se votou ao trabalho e exercício das andantes armas, e ao de desfazer agravos, socorrer viúvas e amparar donzelas, daquelas que andavam com seus açoites e palafréns e com toda sua virgindade às costas, de ermo em ermo e de vale em vale; pois donzelas houve nos passados tempos que, não sendo forçadas por algum velhaco ou vilão de machado e capelina ou por algum descomunal gigante, ao cabo de oitenta anos sem dormir uma só noite sob teto, desceram à sepultura tão inteiras como a mãe que as pariu.

Digo pois que por estes e outros muitos respeitos é digno o nosso galhardo Quixote de contínuos e memoráveis elogios, que a mim também não se me devem negar, pelo trabalho e diligência que empenhei em buscar o final desta agradável história; conquanto eu bem saiba que, sem a ajuda do céu, do acaso e da fortuna, o mundo ficaria falto do passatempo e sem o gosto

---

        de los que dicen las gentes
        que van a sus aventuras,

porque cada uno dellos tenía uno o dos sabios como de molde, que no solamente escribían sus hechos, sino que pintaban sus más mínimos pensamientos y niñerías, por más escondidas que fuesen; y no había de ser tan desdichado tan buen caballero, que le faltase a él lo que sobró a Platir y a otros semejantes. Y, así, no podía inclinarme a creer que tan gallarda historia hubiese quedado manca y estropeada, y echaba la culpa a la malignidad del tiempo, devorador y consumidor de todas las cosas, el cual, o la tenía oculta, o consumida.

    Por otra parte, me parecía que, pues entre sus libros se habían hallado tan modernos como *Desengaño de celos* y *Ninfas y pastores de Henares*, que también su historia debía de ser moderna y que, ya que no estuviese escrita, estaría en la memoria de la gente de su aldea y de las a ella circunvecinas. Esta imaginación me traía confuso y deseoso de saber real y verdaderamente toda la vida y milagros de nuestro famoso español don Quijote de la Mancha, luz y espejo de la caballería manchega, y el primero que en nuestra edad y en estos tan calamitosos tiempos se puso al trabajo y ejercicio de las andantes armas, y al de desfacer agravios, socorrer viudas, amparar doncellas, de aquellas que andaban con sus azotes y palafrenes y con toda su virginidad a cuestas, de monte en monte y de valle en valle: que si no era que algún follón o algún villano de hacha y capellina o algún descomunal gigante las forzaba, doncella hubo en los pasados tiempos que, al cabo de ochenta años, que en todos ellos no durmió un día debajo de tejado, y se fue tan entera a la sepultura como la madre que la había parido. Digo, pues,

que por bem quase duas horas poderá gozar aquele que a ler com atenção. Deu-se pois o achado desta maneira:

Estando eu um dia no mercado da Alcaná de Toledo,[3] veio um rapaz vender uns cartapácios e papéis velhos para um mercador de seda, e como sou afeiçoado a ler até os papéis rotos das ruas, levado deste meu natural pendor tomei um cartapácio dos que o rapaz vendia e vi nele caracteres que conheci serem arábicos. E como, bem que os reconhecesse, não os sabia ler, estive olhando se aparecia por ali algum mourisco aljamiado[4] que os lesse, e não foi muito difícil achar tal intérprete, pois lá o acharia ainda que procurasse um de outra melhor e mais antiga língua. Enfim, a sorte me deparou um que, dizendo-lhe eu o meu desejo e pondo-lhe o livro nas mãos, o abriu ao acaso e, lendo um pouco nele, começou a rir-se.

Perguntei-lhe do que se ria, e me respondeu que de uma coisa que aquele livro tinha escrita à margem por anotação. Pedi-lhe que ma dissesse, e ele, sem deixar o riso, disse:

— Está, como eu disse, escrito aqui à margem o seguinte: "Esta Dulcineia d'El Toboso, tantas vezes nesta história referida, dizem que tinha a melhor mão para salgar porcos que qualquer mulher em toda La Mancha".

Quando ouvi aquele "Dulcineia d'El Toboso", fiquei atônito e suspenso, pois logo cuidei que continham aqueles cartapácios a história de D. Quixote. Com essa imaginação, dei-lhe pressa a que lesse o início, e assim fazendo, vertendo de improviso do arábico, disse que dizia: *História de D. Quixote de La Mancha, escrita por Cide Hamete Benengeli, historiador arábico*.

Muita discrição me foi precisa para disfarçar meu contento quando aos meus ouvidos chegou o título do livro, e adiantando-me ao mercador, comprei do rapaz todos os papéis e cartapácios por meio real, que se ele fosse mais

---

que por estos y otros muchos respetos es digno nuestro gallardo Quijote de continuas y memorables alabanzas, y aun a mí no se me deben negar, por el trabajo y diligencia que puse en buscar el fin desta agradable historia; aunque bien sé que si el cielo, el caso y la fortuna no me ayudan, el mundo quedara falto y sin el pasatiempo y gusto que bien casi dos horas podrá tener el que con atención la leyere. Pasó, pues, el hallarla en esta manera:
Estando yo un día en el Alcaná de Toledo, llegó un muchacho a vender unos cartapacios y papeles viejos a un sedero; y como yo soy aficionado a leer aunque sean los papeles rotos de las calles, llevado desta mi natural inclinación tomé un cartapacio de los que el muchacho vendía y vile con carácteres que conocí ser arábigos. Y puesto que aunque los conocía no los sabía leer, anduve mirando si parecía por allí algún morisco aljamiado que los leyese, y no fue muy dificultoso hallar intérprete semejante, pues aunque le buscara de otra mejor y más antigua lengua le hallara. En fin, la suerte me deparó uno, que, diciéndole mi deseo y poniéndole el libro en las manos, le abrió por medio, y leyendo un poco en él, se comenzó a reír.
Preguntéle yo que de qué se reía, y respondióme que de una cosa que tenía aquel libro escrita en el margen por anotación. Díjele que me la dijese, y él, sin dejar la risa, dijo:
— Está, como he dicho, aquí en el margen escrito esto: "Esta Dulcinea del Toboso, tantas veces en esta historia referida, dicen que tuvo la mejor mano para salar puercos que otra mujer de toda la Mancha".
Cuando yo oí decir "Dulcinea del Toboso", quedé atónito y suspenso, porque luego se me representó que aquellos cartapacios contenían la historia de don Quijote. Con esta imaginación, le di priesa que leyese el principio, y haciéndolo ansí, volviendo de improviso el arábigo en castellano, dijo que decía: *Historia de don Quijote*

discreto e percebesse o quanto eu os desejava, bem pudera ter pedido e tirado mais de seis reais da minha compra. Logo me apartei com o mourisco pelo claustro da igreja matriz e lhe roguei que me vertesse aqueles cartapácios, todos os que tratassem de D. Quixote, para a língua castelhana, sem nada lhes tirar nem pôr, oferecendo-lhe em troca a paga que ele quisesse. Contentou-se com duas arrobas de passas e duas fangas de trigo,[5] e prometeu traduzi-los bem e fielmente e com muita brevidade. Mas eu, para mais facilitar a tarefa e não dar de mão tão feliz achado, o levei à minha casa, onde em pouco mais de mês e meio traduziu ele a história inteira, do mesmo modo que aqui se refere.

Estava no primeiro cartapácio pintada muito ao natural a batalha de D. Quixote com o biscainho, postos na mesma postura que a história representa, levantadas as espadas, um coberto com sua rodela, o outro com o coxim, e a mula do biscainho tão vivamente que a tiro de balestra se via que era de aluguel. Trazia o biscainho escrito ao pé uma legenda que dizia "D. Sancho de Azpetia",[6] que, sem dúvida, devia de ser o seu nome, e aos pés de Rocinante havia outra que dizia "D. Quixote". Estava Rocinante maravilhosamente pintado, tão de longo e tão comprido, tão desmaiado e magro, com tanto espinhaço, tão héctico confirmado, que mostrava bem às claras com quanto avisamento e propriedade se lhe pusera o nome de "Rocinante". Junto dele estava Sancho Pança, segurando seu asno pelo cabresto, aos pés do qual havia outro rótulo que dizia "Sancho Sancos", e havia de ser porque, pelo que a pintura mostrava, tinha ele a barriga grande, o tronco breve e as pernas finas e longas, e por isso deve de ter recebido o nome de "Pança" e de "Sancos", que com essas duas alcunhas o chama por vezes a história.

---

de la Mancha, escrita por Cide Hamete Benengeli, historiador arábigo. Mucha discreción fue menester para disimular el contento que recebí cuando llegó a mis oídos el título del libro, y, salteándoselo al sedero, compré al muchacho todos los papeles y cartapacios por medio real; que si él tuviera discreción y supiera lo que yo los deseaba, bien se pudiera prometer y llevar más de seis reales de la compra. Apartéme luego con el morisco por el claustro de la iglesia mayor, y roguéle me volviese aquellos cartapacios, todos los que trataban de don Quijote, en lengua castellana, sin quitarles ni añadirles nada, ofreciéndole la paga que él quisiese. Contentóse con dos arrobas de pasas y dos fanegas de trigo, y prometió de traducirlos bien y fielmente y con mucha brevedad. Pero yo, por facilitar más el negocio y por no dejar de la mano tan buen hallazgo, le truje a mi casa, donde en poco más de mes y medio la tradujo toda, del mesmo modo que aquí se refiere.

Estaba en el primero cartapacio pintada muy al natural la batalla de don Quijote con el vizcaíno, puestos en la mesma postura que la historia cuenta, levantadas las espadas, el uno cubierto de su rodela, el otro de la almohada, y la mula del vizcaíno tan al vivo, que estaba mostrando ser de alquiler a tiro de ballesta. Tenía a los pies escrito el vizcaíno un título que decía, "Don Sancho de Azpeitia" que, sin duda, debía de ser su nombre, y a los pies de Rocinante estaba otro que decía "Don Quijote". Estaba Rocinante maravillosamente pintado, tan largo y tendido, tan atenuado y flaco, con tanto espinazo, tan hético confirmado, que mostraba bien al descubierto con cuánta advertencia y propiedad se le había puesto el nombre de "Rocinante". Junto a él estaba Sancho Panza, que tenía del cabestro a su asno, a los pies del cual estaba otro rótulo que decía "Sancho Zancas", y debía de ser que tenía, a lo que mostraba la pintura, la barriga grande, el talle corto y las zancas largas, y por esto se le

Outras quantas minúcias havia que advertir, mas todas são de pouca monta e não importam ao caso na verdadeira relação da história, que nenhuma é má como seja verdadeira. Se a esta se pode fazer alguma objeção acerca da sua verdade, não poderá ser outra que ter sido o seu autor arábico, sendo muito próprio dos dessa nação ser mentirosos; ainda que, por serem eles tão nossos inimigos, antes se pode entender ter sido nela mais parco que demasioso. E assim me parece, pois quando se poderia e deveria estender a pena nos elogios de tão bom cavaleiro, parece que de indústria o autor lhes guarda silêncio: coisa malfeita e pior pensada, tendo e devendo de ser os historiadores pontuais, verdadeiros e em nada apaixonados, que nem o interesse nem o medo, o rancor nem a afeição os desviem do caminho da verdade, cuja mãe é a história, êmula do tempo, depósito das ações, testemunha do passado, exemplo e aviso do presente, advertência do porvir. Nesta sei que se achará tudo que se pode desejar na mais grata; e se algo de bom nela faltar, tenho para mim que será por culpa do cão do autor, antes que por falta do sujeito. Enfim, sua segunda parte, segundo a tradução, começava desta maneira:

Postas e levantadas em alto as cortadoras espadas dos dois valorosos e furibundos combatentes, pareciam com todas as veras ameaçar o céu, a terra e o abismo: tal era o denodo e o jeito que mostravam. E o primeiro que foi desfechar um golpe foi o colérico biscainho, o qual foi dado com tanta força e tanta fúria que, a não se desviar a espada no caminho, aquele único golpe bastara para pôr fim à rigorosa contenda e a todas as aventuras do nosso cavaleiro. Mas a boa sorte, que para maiores coisas o guardava, torceu a espada do seu rival, de modo que, apesar de acertar-lhe o ombro esquerdo, não lhe fez mais dano que desarmar desse lado toda a armadura,

---

debió de poner nombre de "Panza" y de "Zancas", que con estos dos sobrenombres le llama algunas veces la historia. Otras algunas menudencias había que advertir, pero todas son de poca importancia y que no hacen al caso a la verdadera relación de la historia, que ninguna es mala como sea verdadera.

Si a esta se le puede poner alguna objeción cerca de su verdad, no podrá ser otra sino haber sido su autor arábigo, siendo muy propio de los de aquella nación ser mentirosos; aunque, por ser tan nuestros enemigos, antes se puede entender haber quedado falto en ella que demasiado. Y ansí me parece a mí, pues cuando pudiera y debiera estender la pluma en las alabanzas de tan buen caballero, parece que de industria las pasa en silencio: cosa mal hecha y peor pensada, habiendo y debiendo ser los historiadores puntuales, verdaderos y nonada apasionados, y que ni el interés ni el miedo, el rancor ni la afición, no les hagan torcer del camino de la verdad, cuya madre es la historia, émula del tiempo, depósito de las acciones, testigo de lo pasado, ejemplo y aviso de lo presente, advertencia de lo por venir. En esta sé que se hallará todo lo que se acertare a desear en la más apacible; y si algo bueno en ella faltare, para mí tengo que fue por culpa del galgo de su autor, antes que por falta del sujeto. En fin, su segunda parte, siguiendo la traducción, comenzaba desta manera:

Puestas y levantadas en alto las cortadoras espadas de los dos valerosos y enojados combatientes, no parecía sino que estaban amenazando al cielo, a la tierra y al abismo: tal era el denuedo y continente que tenían. Y el primero que fue a descargar el golpe fue el colérico vizcaíno; el cual fue dado con tanta fuerza y tanta furia, que, a no volvérsele la espada en el camino, aquel solo golpe fuera bastante para dar fin a su rigurosa contienda y a todas las aventuras de nuestro caballero; mas la buena suerte, que para mayores cosas le tenía guardado, tor-

levando de roldão grande parte da celada, com meia orelha junto, e em pavorosa ruína foi tudo por terra, deixando-o muito estropiado.

Valha-me Deus! Quem pudera aqui boamente contar a raiva que tomou o coração do nosso manchego vendo-se daquela maneira! Não se diga mais senão que foi de maneira que ele se endireitou de novo nos estribos e, apertando mais a espada entre as duas mãos, com tamanha fúria a desfechou sobre o biscainho, acertando-o em cheio sobre o coxim e sobre a cabeça, que, sem ser bastante essa tão boa defesa, como se uma montanha lhe caísse em cima, começou ele a botar sangue pelo nariz e pela boca e pelos ouvidos, e a dar sinais de cair da mula abaixo, donde sem dúvida teria caído se não se lhe abraçasse ao pescoço; mas, com tudo isso, logo safou os pés dos estribos e afrouxou os braços, e a mula, espantada do terrível golpe, pegou a correr pelo campo, e com uns poucos corcovos deitou seu dono por terra.

Estava-o com muito sossego olhando D. Quixote, e assim como o viu cair, saltou do seu cavalo e com grande ligeireza se achegou a ele e, pondo-lhe a ponta da espada nos olhos, disse que se rendesse; se não, que lhe cortaria a cabeça. Estava o biscainho tão atordoado que não atinava a responder palavra; e mau fim tivera, tão cego estava D. Quixote, se as senhoras do coche, que até então com grandes desmaios acompanhavam a contenda, não fossem aonde ele estava e lhe rogassem com muito encarecimento que lhes fizesse a grande mercê e favor de poupar a vida daquele seu escudeiro. Ao que D. Quixote respondeu, com muito entono e gravidade:

— Por certo, fermosas senhoras, com grande contento farei o que me pedis, mas há de ser sob uma condição e concerto: e é que este cavaleiro me prometa ir ao lugar de El Toboso e apresentar-se da minha parte à sem-par Dona Dulcineia, para que ela faça dele o que mais for da sua vontade.

---

ció la espada de su contrario, de modo que, aunque le acertó en el hombro izquierdo, no le hizo otro daño que desarmarle todo aquel lado, llevándole de camino gran parte de la celada, con la mitad de la oreja, que todo ello con espantosa ruina vino al suelo, dejándole muy maltrecho.

¡Válame Dios, y quién será aquel que buenamente pueda contar ahora la rabia que entró en el corazón de nuestro manchego, viéndose parar de aquella manera! No se diga más sino que fue de manera que se alzó de nuevo en los estribos y, apretando más la espada en las dos manos, con tal furia descargó sobre el vizcaíno, acertándole de lleno sobre la almohada y sobre la cabeza, que, sin ser parte tan buena defensa, como si cayera sobre él una montaña, comenzó a echar sangre por las narices y por la boca y por los oídos, y a dar muestras de caer de la mula abajo, de donde cayera, sin duda, si no se abrazara con el cuello; pero, con todo eso, sacó los pies de los estribos y luego soltó los brazos, y la mula, espantada del terrible golpe, dio a correr por el campo, y a pocos corcovos dio con su dueño en tierra.

Estábaselo con mucho sosiego mirando don Quijote, y como lo vio caer, saltó de su caballo y con mucha ligereza se llegó a él, y poniéndole la punta de la espada en los ojos, le dijo que se rindiese; si no, que le cortaría la cabeza. Estaba el vizcaíno tan turbado, que no podía responder palabra; y él lo pasara mal, según estaba ciego don Quijote, si las señoras del coche, que hasta entonces con gran desmayo habían mirado la pendencia, no fueran a donde estaba y le pidieran con mucho encarecimiento les hiciese tan gran merced y favor de perdonar la vida a aquel su escudero. A lo cual don Quijote respondió, con mucho entono y gravedad:

— Por cierto, fermosas señoras, yo soy muy contento de hacer lo que me pedís, mas ha de ser con una

Sem reparar a temerosa e desconsolada senhora no que D. Quixote pedia nem perguntar quem era Dulcineia, prometeram-lhe que o escudeiro faria tudo aquilo que da sua parte lhe fosse mandado.

— Então, em fé dessa palavra, não lhe farei mais mal algum, posto que bem mo merecesse.

Notas

[1] "Desses que dizem as gentes...": Os versos guardam semelhança com os da versão castelhana dos *Trionfi*, de Petrarca, realizada por Gómez de Ciudad Real, presumivelmente incorporados a algum romance popular hoje desaparecido.

[2] ... a ele faltasse o que sobejou a Platir: *La crónica del caballero Platir* (ver cap. VI, nota 7) tinha por compilador fictício o sábio Galteno. Era traço característico do gênero cavaleiresco apresentar suas histórias como tendo sido extraídas dos escritos de sábios magos, ou "encantadores", como Galerim, Xarton, Elisabat, Artidoro, Novarco, Fristão etc.

[3] Alcaná de Toledo: rua mercantil de Toledo.

[4] Mourisco aljamiado: o mourisco que domina a "aljamia", isto é, qualquer idioma peninsular cristão, e mais especificamente o castelhano, escrito com caracteres árabes.

[5] Fanga: medida de capacidade de secos equivalente a cerca de 50 litros. Passas e sêmola de trigo eram os ingredientes básicos do cuscuz magrebino, prato muito apreciado pelos mouros.

[6] Azpetia: atual Azpeitia, vila da província basca de Guipúzcoa.

---

condición y concierto: y es que este caballero me ha de prometer de ir al lugar del Toboso y presentarse de mi parte ante la sin par doña Dulcinea, para que ella haga dél lo que más fuere de su voluntad.
La temerosa y desconsolada señora, sin entrar en cuenta de lo que don Quijote pedía, y sin preguntar quién Dulcinea fuese, le prometieron que el escudero haría todo aquello que de su parte le fuese mandado.
— Pues en fe de esa palabra yo no le haré más daño, puesto que me lo tenía bien merecido.

CAPÍTULO X

Do que mais aconteceu a D. Quixote com o biscainho e do perigo em que se viu com uma turba de galegos[1]

Já então se levantara Sancho Pança, algum tanto maltratado pelos criados dos frades, e estivera atento à batalha do seu senhor D. Quixote, rogando a Deus no seu coração que fosse servido de lhe dar vitória e que nela ganhasse alguma ínsula da qual o fizesse governador, como lhe tinha prometido. Vendo pois já acabada a contenda e que seu amo voltava a montar sobre Rocinante, foi segurar-lhe o estribo e, antes que montasse, se ajoelhou diante dele e, tomando-o pela mão, lha beijou e lhe disse:

— Seja vossa mercê servido, senhor D. Quixote meu, de dar-me o governo da ínsula que nessa rigorosa contenda ganhou, que, por grande que seja, eu me sinto com força de a saber governar tal tão bem como qualquer outro que tenha governado ínsulas no mundo.

Ao que respondeu D. Quixote:

— Cuidai, irmão Sancho, que esta aventura e outras semelhantes não são aventuras de ínsulas, e sim de encruzilhadas, nas quais não se ganha coisa alguma senão a cabeça quebrada, ou uma orelha a menos. Tende paciência, que aventuras hão de se oferecer nas quais não só vos poderei fazer governador, mas bem mais.

CAPÍTULO X

De lo que más le avino a don Quijote con el vizcaíno y del peligro en que se vio con una turba de yangüeses

Ya en este tiempo se había levantado Sancho Panza, algo maltratado de los mozos de los frailes, y había estado atento a la batalla de su señor don Quijote, y rogaba a Dios en su corazón fuese servido de darle vitoria y que en ella ganase alguna ínsula de donde le hiciese gobernador, como se lo había prometido. Viendo, pues, ya acabada la pendencia y que su amo volvía a subir sobre Rocinante, llegó a tenerle el estribo y, antes que subiese, se hincó de rodillas delante dél y, asiéndole de la mano, se la besó y le dijo:

— Sea vuestra merced servido, señor don Quijote mío, de darme el gobierno de la ínsula que en esta rigurosa pendencia se ha ganado, que, por grande que sea, yo me siento con fuerzas de saberla gobernar tal y tan bien como otro que haya gobernado ínsulas en el mundo.

A lo cual respondió don Quijote:

Agradeceu-lho muito Sancho e, beijando-lhe outra vez a mão e a fralda da loriga, ajudou-o a montar sobre Rocinante, e ele montou sobre seu asno e começou a seguir o seu senhor, que a marcha picada, sem se despedir nem falar mais com as do coche, entrou por um bosque que ali perto havia. Seguia-o Sancho a todo o trote do seu jumento, mas tanto caminhava Rocinante que, vendo-se ficar para trás, foi-lhe forçoso dar vozes para o amo que o esperasse. Assim fez D. Quixote, tendo as rédeas de Rocinante até que chegasse seu cansado escudeiro, o qual em chegando lhe disse:

— Parece-me, senhor, que seria acertado irmos nos recolher nalguma igreja, pois tão estropiado ficou aquele com quem combateste, que não será muito darem notícia do caso à Santa Irmandade[2] e virem nos prender; e à fé que, se o fizerem, antes de sair da prisão havemos de suar o topete.

— Cala — disse D. Quixote. — Onde viste ou leste jamais que algum cavaleiro andante tenha sido levado à justiça por mais homicídios que tivesse cometido?

— Eu não sei nada de homizios — respondeu Sancho — e nunca na vida guardei nenhum; só sei que a Santa Irmandade tem que ver com quem briga no campo, e no resto não me meto.

— Não te aflijas, amigo — respondeu D. Quixote —, pois se eu te salvarei das mãos dos magos caldeus, que dirá das da Irmandade. Mas dize-me, por vida tua: viste em todo o descoberto da terra mais valoroso cavaleiro que eu? Leste em histórias outro que tivesse ou tenha tido mais brio em acometer, mais alento no perseverar, mais destreza no ferir, nem mais manha no derribar?

— Na verdade — respondeu Sancho —, nunca li história alguma, pois não sei ler nem escrever; mas o que posso apostar é que mais atrevido amo

---

— Advertid, hermano Sancho, que esta aventura y las a esta semejantes no son aventuras de ínsulas, sino de encrucijadas, en las cuales no se gana otra cosa que sacar rota la cabeza, o una oreja menos. Tened paciencia, que aventuras se ofrecerán donde no solamente os pueda hacer gobernador, sino más adelante.

Agradecióselo mucho Sancho y, besándole otra vez la mano y la falda de la loriga, le ayudó a subir sobre Rocinante, y él subió sobre su asno y comenzó a seguir a su señor, que a paso tirado, sin despedirse ni hablar más con las del coche, se entró por un bosque que allí junto estaba. Seguíale Sancho a todo el trote de su jumento, pero caminaba tanto Rocinante, que, viéndose quedar atrás, le fue forzoso dar voces a su amo que se aguardase. Hízolo así don Quijote, teniendo las riendas a Rocinante hasta que llegase su cansado escudero, el cual, en llegando, le dijo:

— Paréceme, señor, que sería acertado irnos a retraer a alguna iglesia, que, según quedó maltrecho aquel con quien os combatistes, no será mucho que den noticia del caso a la Santa Hermandad y nos prendan; y a fe que si lo hacen, que primero que salgamos de la cárcel, que nos ha de sudar el hopo.

— Calla — dijo don Quijote —, ¿y dónde has visto tú o leído jamás que caballero andante haya sido puesto ante la justicia, por más homicidios que hubiese cometido?

— Yo no sé nada de omecillos — respondió Sancho —, ni en mi vida le caté a ninguno; solo sé que la Santa Hermandad tiene que ver con los que pelean en el campo, y en esotro no me entremeto.

— Pues no tengas pena, amigo — respondió don Quijote —, que yo te sacaré de las manos de los caldeos, cuanto más de las de la Hermandad. Pero dime por tu vida: ¿has visto más valeroso caballero que yo en todo lo

que vossa mercê não servi em todos os dias da minha vida, e praza a Deus que esses atrevimentos não se paguem onde tenho dito. O que rogo a vossa mercê é que cure essa orelha, pois está perdendo muito sangue, e eu trago aqui nos alforjes uns chumaços e um pouco de unguento camelo.[3]

— Tudo isto seria bem escusado — respondeu D. Quixote — se eu me lembrasse de fazer uma redoma do bálsamo de Ferrabrás,[4] que com uma só gota dele pouparíamos tempo e remédios.

— Que redoma e que bálsamo é esse? — disse Sancho Pança.

— É um bálsamo — respondeu D. Quixote —, cuja receita sei de cor, com o qual não há por que temer a morte, nem pensar em morrer de ferida alguma. E assim, quando eu o fizer e to der, bonitamente bastará que, quando vires que nalguma batalha me partiram o corpo ao meio (como muitas vezes sói acontecer), coloques a parte do corpo que tiver caído no chão, com muita sutileza, antes que o sangue se talhe, sobre a outra metade que tiver ficado na sela, cuidando de encaixá-las igual e justamente. Em seguida me darás de beber só dois goles do bálsamo que tenho dito, e me verás ficar mais são que um pero.

— Se é isso tudo — disse Pança —, eu renuncio desde agora ao governo da prometida ínsula, e como paga dos meus muitos e bons serviços só peço que vossa mercê me dê a receita desse extremado licor, pois tenho para mim que há de valer em qualquer parte mais de dois reais a onça, e eu não tenho precisão de mais para passar esta vida honrada e folgadamente. Só falta saber se custa muito a sua feitura.

— Com menos de três reais se podem fazer três azumbres[5] — respondeu D. Quixote.

— Pecador de mim! — replicou Sancho. — Então, o que espera vossa mercê para o fazer e mo ensinar?

---

descubierto de la tierra? ¿Has leído en historias otro que tenga ni haya tenido más brío en acometer, más aliento en el perseverar, más destreza en el herir, ni más maña en el derribar?

— La verdad sea — respondió Sancho — que yo no he leído ninguna historia jamás, porque ni sé leer ni escribir; mas lo que osaré apostar es que más atrevido amo que vuestra merced yo no le he servido en todos los días de mi vida, y quiera Dios que estos atrevimientos no se paguen donde tengo dicho. Lo que le ruego a vuestra merced es que se cure, que le va mucha sangre de esa oreja, que aquí traigo hilas y un poco de ungüento blanco en las alforjas.

— Todo eso fuera bien escusado — respondió don Quijote — si a mí se me acordara de hacer una redoma del bálsamo de Fierabrás, que con sola una gota se ahorraran tiempo y medicinas.

— ¿Qué redoma y qué bálsamo es ese? — dijo Sancho Panza.

— Es un bálsamo — respondió don Quijote — de quien tengo la receta en la memoria, con el cual no hay que tener temor a la muerte, ni hay pensar morir de ferida alguna. Y ansí, cuando yo le haga y te le dé, no tienes más que hacer sino que, cuando vieres que en alguna batalla me han partido por medio del cuerpo, como muchas veces suele acontecer, bonitamente la parte del cuerpo que hubiere caído en el suelo, y con mucha sotileza, antes que la sangre se yele, la pondrás sobre la otra mitad que quedare en la silla, advirtiendo de encajallo igualmente y al justo. Luego me darás a beber solos dos tragos del bálsamo que he dicho, y verásme quedar más sano que una manzana.

— Si eso hay — dijo Panza —, yo renuncio desde aquí el gobierno de la prometida ínsula, y no quiero otra

— Cala, amigo — respondeu D. Quixote —, que maiores segredos penso ensinar-te, e maiores mercês fazer-te; mas agora curemo-nos, que esta orelha me dói mais do que eu quisera.

Tirou Sancho dos alforjes chumaços e unguento. Mas quando D. Quixote viu o dano da sua celada, pensou perder o juízo e, posta a mão na espada e erguendo os olhos para o céu, disse:

— Juro ao Criador de todas as coisas e aos santos quatro Evangelhos, onde consta por extenso, de levar a vida que levou o grande marquês de Mântua quando jurou de vingar a morte do seu sobrinho Valdovinos, que foi de não comer à mesa posta, nem com mulher folgar,[6] mais outras coisas que, bem que delas não me lembre, dou-as aqui por ditas, até tomar inteira vingança de quem tamanho desaguisado me fez.

Ouvindo isto, Sancho lhe disse:

— Cuide, senhor D. Quixote, que, se o cavaleiro cumpriu o que vossa mercê lhe deixou ordenado, de ir se apresentar ante da minha senhora Dulcineia d'El Toboso, já terá cumprido com o que devia, e não merece outra pena se não cometer novo delito.

— Falaste e apontaste muito bem — respondeu D. Quixote —, e assim anulo o juramento no que toca a tomar nova vingança; mas o faço e confirmo de novo de levar a vida que disse enquanto não tirar à força de outro cavaleiro outra celada tão boa como esta. E não penses, Sancho, que isto é fumo de palha, pois bem tenho a quem imitar neste ponto, pois o mesmo se passou ao pé da letra com o elmo de Mambrino,[7] que tão caro custou a Sacripante.[8]

— Dê vossa mercê aos diabos tais juramentos, senhor meu — replicou Sancho —, que são muito em dano da saúde e muito em prejuízo da cons-

---

cosa en pago de mis muchos y buenos servicios sino que vuestra merced me dé la receta de ese estremado licor, que para mí tengo que valdrá la onza adondequiera más de a dos reales, y no he menester yo más para pasar esta vida honrada y descansadamente. Pero es de saber agora si tiene mucha costa el hacelle.

— Con menos de tres reales se pueden hacer tres azumbres — respondió don Quijote.

— ¡Pecador de mí! — replicó Sancho —, pues ¿a qué aguarda vuestra merced a hacelle y a enseñármele?

— Calla, amigo — respondió don Quijote —, que mayores secretos pienso enseñarte, y mayores mercedes hacerte; y, por agora, curémonos, que la oreja me duele más de lo que yo quisiera.

Sacó Sancho de las alforjas hilas y ungüento. Mas, cuando don Quijote llegó a ver rota su celada, pensó perder el juicio y, puesta la mano en la espada y alzando los ojos al cielo, dijo:

— Yo hago juramento al Criador de todas las cosas y a los santos cuatro Evangelios, donde más largamente están escritos, de hacer la vida que hizo el grande marqués de Mantua cuando juró de vengar la muerte de su sobrino Valdovinos, que fue de no comer pan a manteles, ni con su mujer folgar, y otras cosas que, aunque dellas no me acuerdo, las doy aquí por expresadas, hasta tomar entera venganza del que tal desaguisado me fizo.

Oyendo esto Sancho, le dijo:

— Advierta vuestra merced, señor don Quijote, que si el caballero cumplió lo que se le dejó ordenado de irse a presentar ante mi señora Dulcinea del Toboso, ya habrá cumplido con lo que debía, y no merece otra pena si no comete nuevo delito.

— Has hablado y apuntado muy bien — respondió don Quijote —, y, así, anulo el juramento en cuanto lo

ciência. Se não diga-me agora: se acaso em muitos dias não toparmos com nenhum homem armado com celada, o que faremos? Vai-se cumprir o juramento, apesar de tantos inconvenientes e incomodidades, como será o dormir vestido e o não dormir em povoado,[9] e outras mil penitências que continha o juramento daquele louco velho do marquês de Mântua, que vossa mercê quer agora revalidar? Olhe bem vossa mercê que por todos estes caminhos não andam homens armados, e sim arreeiros e carreiros, que não só não trazem celadas, como talvez em toda a vida nem tenham ouvido falar nelas.

— Muito te enganas — disse D. Quixote —, pois não teremos andado nem duas horas por estas encruzilhadas, quando veremos mais armados que os que foram a Albraca em conquista de Angélica a Bela.[10]

— Basta pois, que assim seja — disse Sancho —, e praza a Deus que tudo corra para o nosso bem e que chegue logo o tempo de ganhar essa ínsula que tão cara me custa, e morra eu logo.[11]

— Já te disse, Sancho, que quanto a isso não deves ter cuidado algum, que à falta ínsula, aí está o reino da Dinamarca, ou o de Sobradisa,[12] que te cairão como uma luva, a mais que, por serem em terra firme, mais te deves alegrar. Mas deixemos estas coisas para o seu devido tempo, e olha se trazes algo de comer nesses alforjes, para depois irmos em busca de algum castelo onde pousar esta noite e fazer aquele bálsamo, pois eu te voto por Deus que a orelha já me vai doendo muito.

— Trago aqui uma cebola e um pouco de queijo, e não sei quantos pedaços de pão velho — disse Sancho —, mas não são manjares próprios de tão valente cavaleiro como vossa mercê.

— Quão enganado estás! — respondeu D. Quixote. — Faço-te saber,

---

que toca a tomar dél nueva venganza; pero hágole y confírmole de nuevo de hacer la vida que he dicho hasta tanto que quite por fuerza otra celada tal y tan buena como esta a algún caballero. Y no pienses, Sancho, que así a humo de pajas hago esto, que bien tengo a quien imitar en ello: que esto mesmo pasó, al pie de la letra, sobre el yelmo de Mambrino, que tan caro le costó a Sacripante.

— Que dé al diablo vuestra merced tales juramentos, señor mío — replicó Sancho —, que son muy en daño de la salud y muy en perjuicio de la conciencia. Si no, dígame ahora: si acaso en muchos días no topamos hombre armado con celada, ¿qué hemos de hacer? ¿Hase de cumplir el juramento, a despecho de tantos inconvenientes e incomodidades, como será el dormir vestido y el no dormir en poblado, y otras mil penitencias que contenía el juramento de aquel loco viejo del marqués de Mantua, que vuestra merced quiere revalidar ahora? Mire vuestra merced bien que por todos estos caminos no andan hombres armados, sino arrieros y carreteros, que no solo no traen celadas, pero quizá no las han oído nombrar en todos los días de su vida.

— Engañáste en eso — dijo don Quijote —, porque no habremos estado dos horas por estas encrucijadas, cuando veamos más armados que los que vinieron sobre Albraca, a la conquista de Angélica la Bella.

— Alto, pues; sea ansí — dijo Sancho —, y a Dios prazga que nos suceda bien y que se llegue ya el tiempo de ganar esta ínsula que tan cara me cuesta, y muérame yo luego.

— Ya te he dicho, Sancho, que no te dé eso cuidado alguno, que, cuando faltare ínsula, ahí está el reino de Dinamarca, o el de Sobradisa, que te vendrán como anillo al dedo, y más que, por ser en tierra firme, te debes más alegrar. Pero dejemos esto para su tiempo, y mira si traes algo en esas alforjas que comamos, porque vamos

Sancho, que é honra dos cavaleiros andantes nada comer em um mês e, em comendo, que seja daquilo que encontram mais à mão; e tudo isto terias por certo se tivesses lido tantas histórias como eu, bem que, sendo elas muitas, em nenhuma achei relação daquilo que os cavaleiros andantes comem, se não acaso em alguns suntuosos banquetes que lhes ofereciam, e os demais dias os passavam à brisa. E bem que se entenda não poderem passar sem comer nem fazer todos os outros misteres naturais, pois eram com efeito homens como nós, há que se entender também que, andando o mais do tempo da sua vida por florestas e despovoados, e sem cozinheiro, sua mais ordinária comida seria de viandas rústicas, tais como as que agora me ofereces. Assim sendo, Sancho amigo, não te avexe o que me dá gosto, nem queiras tu fazer mundo novo, nem tirar a cavalaria andante do seu eixo.

— Perdoe-me vossa mercê — disse Sancho —, pois, como eu não sei ler nem escrever, como já lhe disse, não sei nem pude conhecer as regras da profissão cavaleiresca; e daqui por diante proverei os alforjes de todo gênero de fruta seca para vossa mercê, que é cavaleiro, e para mim os proverei, pois o não sou, doutras coisas voláteis e de mais sustança.

— Não digo, Sancho — replicou D. Quixote —, que seja forçoso aos cavaleiros andantes não comer outra coisa além dessas frutas que dizes, mas que seu mais ordinário sustento devia de ser delas e de algumas ervas que achavam pelos campos, que eles conheciam e eu também conheço.

— É virtude — respondeu Sancho — conhecer essas ervas, pois segundo o que vou imaginando, qualquer dia será mister usar desse conhecimento.

E tirando então o que dizia trazer, comeram os dois em boa paz e companhia. Mas desejosos de encontrar onde pousar naquela noite, acabaram com muita brevidade sua pobre e seca refeição. Puseram-se logo a cavalo e

---

luego en busca de algún castillo donde alojemos esta noche y hagamos el bálsamo que te he dicho, porque yo te voto a Dios que me va doliendo mucho la oreja.

— Aquí trayo una cebolla y un poco de queso, y no sé cuántos mendrugos de pan — dijo Sancho —, pero no son manjares que pertenecen a tan valiente caballero como vuestra merced.

— ¡Qué mal lo entiendes! — respondió don Quijote —. Hágote saber, Sancho, que es honra de los caballeros andantes no comer en un mes, y, ya que coman, sea de aquello que hallaren más a mano; y esto se te hiciera cierto si hubieras leído tantas historias como yo, que, aunque han sido muchas, en todas ellas no he hallado hecha relación de que los caballeros andantes comiesen, si no era acaso y en algunos suntuosos banquetes que les hacían, y los demás días se los pasaban en flores. Y aunque se deja entender que no podían pasar sin comer y sin hacer todos los otros menesteres naturales, porque en efeto eran hombres como nosotros, hase de entender también que andando lo más del tiempo de su vida por las florestas y despoblados, y sin cocinero, que su más ordinaria comida sería de viandas rústicas, tales como las que tú ahora me ofreces. Así que, Sancho amigo, no te congoje lo que a mí me da gusto: ni quieras tú hacer mundo nuevo, ni sacar la caballería andante de sus quicios.

— Perdóneme vuestra merced — dijo Sancho —, que como yo no sé leer ni escribir, como otra vez he dicho, no sé ni he caído en las reglas de la profesión caballeresca; y de aquí adelante yo proveeré las alforjas de todo género de fruta seca para vuestra merced, que es caballero, y para mí las proveeré, pues no lo soy, de otras cosas volátiles y de más sustancia.

se deram pressa por chegar a alguma povoação antes do anoitecer, mas junto a umas choças de uns cabreiros lhes faltou o sol e a esperança de alcançar o que desejavam, e assim determinaram de passá-la ali; e o quanto foi de pesar para Sancho não chegar a povoação foi de contento para seu amo dormi-la a céu aberto, por entender que cada vez que isto lhe sucedia fazia ele um ato de posse que facilitava a prova da sua cavalaria.

Notas

[1] O título do capítulo não corresponde a seu conteúdo, e sim ao do capítulo XV. Além disso, a edição *princeps* traz *yangueses* (naturais de Yanguas, povoado na atual província de Soria) na epígrafe e *gallegos* no corpo do capítulo em que os arreeiros de fato aparecem. A partir da segunda edição, substituiu-se *gallegos* por *yangueses* em todas as ocorrências. Nossa opção foi padronizar o texto com a alternativa oposta, qual seja, substituindo sempre "ianguês" por "galego".

[2] Santa Irmandade: corpo armado regularizado pelos Reis Católicos em 1476. Tinha jurisdição policial e condenatória, sem direito a apelação, sobre os delitos cometidos em zonas despovoadas. Seus membros, os quadrilheiros, eram temidos e odiados pela população, fosse por sua violência e venalidade, fosse por sua incapacidade de garantir a segurança dos viajantes contra bandoleiros e salteadores.

[3] Unguento camelo (*ungüento blanco*): pomada supostamente anti-inflamatória, anti-infecciosa e cicatrizante, composta de cera, alvaiade (carbonato de chumbo), litargo (óxido de chumbo) e óleo de rosas. O medicamento foi incorporado ao adagiário como coisa que serve para tudo mas não resolve nada.

[4] Bálsamo de Ferrabrás: panaceia fabulosa com que Jesus Cristo teria sido ungido antes do sepultamento. Seu nome se deve a Fierabras (de "*fier à bras*", isto é "braço bravo"), protagonista de uma canção de gesta francesa do século XII, que ressurge nos *Orlandos* italianos como Ferraù. Esse gigante cavaleiro sarraceno, filho do rei Balão (Balan), rouba a sagrada relíquia no saque de Roma, até que, vencido por Oliveiros, é convertido à fé cristã e entrega o bálsamo a Carlos Magno. O re-

---

— No digo yo, Sancho — replicó don Quijote —, que sea forzoso a los caballeros andantes no comer otra cosa sino esas frutas que dices, sino que su más ordinario sustento debía de ser dellas y de algunas yerbas que hallaban por los campos, que ellos conocían y yo también conozco.

— Virtud es — respondió Sancho — conocer esas yerbas, que, según yo me voy imaginando, algún día será menester usar de ese conocimiento.

Y sacando en esto lo que dijo que traía, comieron los dos en buena paz y compaña. Pero, deseosos de buscar donde alojar aquella noche, acabaron con mucha brevedad su pobre y seca comida. Subieron luego a caballo y diéronse priesa por llegar a poblado antes que anocheciese, pero faltóles el sol, y la esperanza de alcanzar lo que deseaban, junto a unas chozas de unos cabreros, y, así, determinaron de pasarla allí; que cuanto fue de pesadumbre para Sancho no llegar a poblado fue de contento para su amo dormirla al cielo descubierto, por parecerle que cada vez que esto le sucedía era hacer un acto posesivo que facilitaba la prueba de su caballería.

médio milagroso é também citado em *Don Belianís de Grecia* e ressurge no romanceiro dos dois lados do Atlântico.

[5] Azumbre: medida espanhola de líquidos, equivalente a cerca de dois litros.

[6] ... não comer à mesa posta, nem com mulher folgar: citação do romance do marquês de Mântua, no trecho em que o protagonista jura, junto ao corpo do sobrinho, *"de no comer a manteles — ni a mesa me asentare"* enquanto não vingar sua morte, matando Carloto. A segunda parte da jura, contudo, não provém desse poema, mas do *Cantar de Mio Cid*, quando Ximena pragueja contra o rei, dizendo: "*Rey que no haze justicia — no devía de reinar [...]/ ni comer pan a manteles — ni con la reina folgar*".

[7] Elmo de Mambrino: nos *Orlandos* italianos, o elmo do rei mouro Mambrino tem propriedades mágicas que protegem a vida de quem o usa. No poema de Ariosto, a peça é arrebatada do dono original por Reinaldo; no de Boiardo, o pagão Dardinello d'Almonte (Dardinel) morre na tentativa de recuperá-la.

[8] Sacripante: D. Quixote troca o nome de dois personagens dos *Orlandos*, o Dardinel citado na nota acima com o rei mouro Sacripante, que luta com Reinaldo pelo amor de Angélica.

[9] ... o dormir vestido e não dormir em povoado: Sancho evoca a continuação do romance do marquês de Mântua e sua jura *"de no vestir otras ropas — ni renovar mi calzare,/ de no entrar en poblado — ni las armas me quitare"*.

[10] Albarca, em conquista de Angélica a Bela: no *Orlando enamorado*, uma multidão de exércitos cristãos e pagãos cerca o castelo do rei Galafronte de Catai (China), no alto do penhasco de Albraca, para libertar a princesa Angélica, que lá vivia trancafiada pelo pai. Só as hostes do rei tártaro Agricane somavam mais de dois milhões de cavaleiros.

[11] ... e morra eu logo: citação de um vilancete muito popular na segunda metade do século XVI, que diz *"véante mis ojos, — y muérame yo luego,/ dulce amor mío — y lo que yo más quiero"*.

[12] Sobradisa: nome de um reino fabuloso citado nos *Amadises* cujo soberano era Galaor, já citado no capítulo I.

CAPÍTULO XI

DO QUE SUCEDEU A D. QUIXOTE COM UNS CABREIROS

Foi acolhido de bom grado pelos cabreiros, e tendo Sancho acomodado o melhor que pôde Rocinante e seu jumento, foi atrás do cheiro que desprendiam certas peças de cabra que cozendo ao fogo num caldeirão estavam; e se bem ele quisesse naquele mesmo instante ver se estavam no ponto de passar do caldeirão para seu estômago, deixou de o fazer porque os cabreiros as tiraram do fogo e, estendendo no chão umas peles de carneiro, puseram com muita pressa sua rústica mesa e com mostras de muito boa vontade ofereceram aos dois o que tinham. Seis deles, que eram os que na malhada estavam, sentaram-se à roda das peles, tendo antes com rústicas mesuras rogado a D. Quixote que se sentasse sobre uma gamela que emborcada lhe puseram. Sentou-se D. Quixote, e ficou Sancho em pé para encher-lhe a taça, que era feita de chifre. Vendo-o em pé seu amo, lhe disse:

— Para que vejas, Sancho, o bem que em si encerra a andante cavalaria e quão a pique estão os que em qualquer ministério dela se exercitam de virem logo a ser honrados e estimados pelo mundo, quero que aqui ao meu lado e na companhia desta boa gente te sentes, e que sejas uma mesma coisa comigo, que sou teu amo e natural senhor; que comas do meu prato e bebas donde eu beber, pois da cavalaria andante se pode dizer o mesmo que do amor se diz: que todas as coisas iguala.

CAPÍTULO XI

DE LO QUE LE SUCEDIÓ A DON QUIJOTE CON UNOS CABREROS

Fue recogido de los cabreros con buen ánimo, y, habiendo Sancho lo mejor que pudo acomodado a Rocinante y a su jumento, se fue tras el olor que despedían de sí ciertos tasajos de cabra que hirviendo al fuego en un caldero estaban; y aunque él quisiera en aquel mesmo punto ver si estaban en sazón de trasladarlos del caldero al estómago, lo dejó de hacer, porque los cabreros los quitaron del fuego y, tendiendo por el suelo unas pieles de ovejas, aderezaron con mucha priesa su rústica mesa y convidaron a los dos, con muestras de muy buena voluntad, con lo que tenían. Sentáronse a la redonda de las pieles seis dellos, que eran los que en la majada había, habiendo primero con groseras ceremonias rogado a don Quijote que se sentase sobre un dornajo que vuelto del revés le pusieron. Sentóse don Quijote, y quedábase Sancho en pie para servirle la copa, que era hecha de cuerno. Viéndole en pie su amo, le dijo:

— Porque veas, Sancho, el bien que en sí encierra la andante caballería y cuán a pique están los que en cualquiera ministerio della se ejercitan de venir brevemente a ser honrados y estimados del mundo, quiero que

— Grande mercê! — disse Sancho. — Mas sei dizer a vossa mercê que, como eu tivesse do que bem comer, tão bem ou melhor o comeria em pé e a sós comigo que sentado ao lado de um imperador. E se se vai dizer a verdade, muito melhor me sabe o que eu como no meu canto sem melindres nem respeitos, ainda que seja pão com cebola, que os perus de outras mesas onde me seja forçoso mastigar devagar, beber pouco, limpar-me a todo instante, não espirrar nem tossir quando me vem vontade, nem fazer outras coisas que a solidão e a liberdade trazem consigo. Portanto, senhor meu, essas honras que vossa mercê me quer dar por ser ministro e aderente da cavalaria andante, como o sou sendo escudeiro de vossa mercê, troque-as por outras coisas que me sejam de mais serventia e proveito; pois destas, inda que as dê por bem recebidas, renuncio daqui para todo o sempre.

— Com tudo isso te hás de sentar, porque Deus exalta a quem se humilha.[1]

E tomando-o pelo braço, forçou-o a sentar ao seu lado.

Não entendiam os cabreiros aquela parlenda de escudeiros e cavaleiros andantes, e não faziam mais que comer e calar e olhar seus hóspedes, que com muito donaire e gana tragavam nacos tamanhos como punhos. Acabado o serviço de carne, espalharam sobre as peles grande quantidade de doces, e junto puseram meio queijo, mais duro que se fosse de argamassa. Nesse entretanto não ficara ocioso o chifre, pois corria a roda tão amiúde, ora cheio, ora vazio, como alcatruz de nora, que com facilidade esvaziou um chaguer[2] dos dois que ali se viam. Depois de ter D. Quixote bem satisfeito seu estômago, tomou um punhado de bolotas na mão e, olhando-as atentamente, soltou a voz nas seguintes razões:

— Ditosa idade e séculos ditosos aqueles a que os antigos chamaram de

---

aquí a mi lado y en compañía desta buena gente te sientes, y que seas una mesma cosa conmigo, que soy tu amo y natural señor; que comas en mi plato y bebas por donde yo bebiere, porque de la caballería andante se puede decir lo mesmo que del amor se dice: que todas las cosas iguala.

— ¡Gran merced! — dijo Sancho —; pero sé decir a vuestra merced que como yo tuviese bien de comer, tan bien y mejor me lo comería en pie y a mis solas como sentado a par de un emperador. Y aun, si va a decir verdad, mucho mejor me sabe lo que como en mi rincón sin melindres ni respetos, aunque sea pan y cebolla, que los gallipavos de otras mesas donde me sea forzoso mascar despacio, beber poco, limpiarme a menudo, no estornudar ni toser si me viene gana, ni hacer otras cosas que la soledad y la libertad traen consigo. Ansí que, señor mío, estas honras que vuestra merced quiere darme por ser ministro y adherente de la caballería andante, como lo soy siendo escudero de vuestra merced, conviértalas en otras cosas que me sean de más cómodo y provecho; que estas, aunque las doy por bien recibidas, las renuncio para desde aquí al fin del mundo.

— Con todo eso, te has de sentar, porque a quien se humilla, Dios le ensalza.

Y asiéndole por el brazo, le forzó a que junto dél se sentase.

No entendían los cabreros aquella jerigonza de escuderos y de caballeros andantes, y no hacían otra cosa que comer y callar y mirar a sus huéspedes, que con mucho donaire y gana embaulaban tasajo como el puño. Acabado el servicio de carne, tendieron sobre las zaleas gran cantidad de bellotas avellanadas, y juntamente pusieron un medio queso, más duro que si fuera hecho de argamasa. No estaba, en esto, ocioso el cuerno, porque andaba a la redonda tan a menudo, ya lleno, ya vacío, como arcaduz de noria, que con facilidad vació un zaque

ouro, e não porque neles o áureo elemento (que nesta nossa idade de ferro tanto se estima) se conseguisse naquela venturosa sem fadiga alguma, mas porque então os que nela viviam ignoravam estas duas palavras de "teu" e "meu". Eram naquela santa idade todas as coisas comuns: a ninguém era necessário para obter o seu diário sustento dar-se a outro trabalho que estender a mão e colher dos robustos carvalhos, que liberalmente lhes presenteavam seu doce e sazonado fruto. As claras fontes e correntes rios, em magnífica abundância, saborosas e transparentes águas lhes ofereciam. Nas brechas das fragas e no oco das árvores formavam sua república as laboriosas e discretas abelhas, oferecendo a qualquer mão, sem interesse algum, a fértil colheita de seu dulcíssimo trabalho. Os valentes sobreiros desprendiam de si, sem outro artifício que o de sua cortesia, suas grossas e leves cortiças, com que se começaram a cobrir as casas, sobre rústicas estacas sustentadas, somente para a defesa das inclemências do céu. Tudo era paz então, tudo amizade, tudo concórdia: ainda não se atrevera a pesada relha do curvo arado a lanhar nem visitar as piedosas entranhas de nossa mãe primeira, pois ela, sem ser forçada, oferecia por todas as partes do seu fértil e espaçoso seio tudo quanto pudesse fartar, sustentar e deleitar os filhos que então a possuíam. Então sim que andavam as cândidas e formosas zagaletas de vale em vale e de outeiro em outeiro, em trança e em cabelo, sem mais vestidos que os que haviam mister para cobrir honestamente o que a honestidade quer e sempre quis que se cubra, e não eram os seus adornos desses que agora se usam, que a púrpura de Tiro e a tão martirizada seda encarecem, mas de algumas folhas verdes de bardana e hera entrelaçadas, com o que talvez andassem elas tão pomposas e bem-compostas como andam agora as nossas cortesãs cobertas com os raros e peregrinos disfarces que a curiosidade ociosa lhes mos-

---

de dos que estaban de manifiesto. Después que don Quijote hubo bien satisfecho su estómago, tomó un puño de bellotas en la mano y, mirándolas atentamente, soltó la voz a semejantes razones:
— Dichosa edad y siglos dichosos aquellos a quien los antiguos pusieron nombre de dorados, y no porque en ellos el oro, que en esta nuestra edad de hierro tanto se estima, se alcanzase en aquella venturosa sin fatiga alguna, sino porque entonces los que en ella vivían ignoraban estas dos palabras de *tuyo* y *mío*. Eran en aquella santa edad todas las cosas comunes: a nadie le era necesario para alcanzar su ordinario sustento tomar otro trabajo que alzar la mano y alcanzarle de las robustas encinas, que liberalmente les estaban convidando con su dulce y sazonado fruto. Las claras fuentes y corrientes ríos, en magnífica abundancia, sabrosas y transparentes aguas les ofrecían. En las quiebras de las peñas y en lo hueco de los árboles formaban su república las solícitas y discretas abejas, ofreciendo a cualquiera mano, sin interés alguno, la fértil cosecha de su dulcísimo trabajo. Los valientes alcornoques despedían de sí, sin otro artificio que el de su cortesía, sus anchas y livianas cortezas, con que se comenzaron a cubrir las casas, sobre rústicas estacas sustentadas, no más que para defensa de las inclemencias del cielo. Todo era paz entonces, todo amistad, todo concordia: aún no se había atrevido la pesada reja del corvo arado a abrir ni visitar las entrañas piadosas de nuestra primera madre; que ella sin ser forzada ofrecía, por todas las partes de su fértil y espacioso seno, lo que pudiese hartar, sustentar y deleitar a los hijos que entonces la poseían. Entonces sí que andaban las simples y hermosas zagalejas de valle en valle y de otero en otero, en trenza y en cabello, sin más vestidos de aquellos que eran menester para cubrir honestamente lo que la honestidad quiere y ha querido siempre que se cubra, y no eran sus adornos de los que ahora se usan, a quien la púrpura de Tiro y

trou. Então se declaravam os conceitos amorosos da alma simples e singelamente, ao mesmo jeito e maneira que ela os concebia, sem buscar artificioso rodeio de palavras para os encarecer. Não existia a fraude, o engano nem a malícia misturados à verdade e à lisura. A justiça estava nos seus próprios termos, sem que a ousassem perturbam nem ofender os do favor e do interesse, que tanto agora a menoscabam, perturbam e perseguem. O arbítrio ainda não se assentara no entendimento do juiz, pois à época não havia o quê nem a quem julgar. As donzelas e a honestidade andavam, como tenho dito, por toda a parte, sozinhas e altaneiras, sem temor de que a alheia desenvoltura e a lasciva tenção as desgraçassem, e a sua perdição nascia de seu gosto e própria vontade. E agora, nestes nossos detestáveis séculos, nenhuma está segura, nem mesmo oculta e enclausurada noutro novo labirinto como o de Creta; porque lá, pelos resquícios ou pelo ar, com o estro da maldita requesta, entra-lhes a amorosa pestilência que põe a perder todo o seu recolhimento. Para cuja segurança, andando mais os tempos e crescendo mais a malícia, instituiu-se a ordem dos cavaleiros andantes, a fim de defender as donzelas, amparar as viúvas e socorrer os órfãos e os necessitados. Desta ordem sou eu, irmãos cabreiros, a quem agradeço o regalo e bom acolhimento que dais a mim e ao meu escudeiro. Pois ainda que pela lei divina e natural todos sejam obrigados a favorecer os cavaleiros andantes, por saber que sem saberdes vós de tal obrigação me acolhestes e regalastes, é razão que com a melhor vontade a mim possível eu agradeça à vossa.

Toda essa longa arenga (que se pudera muito bem escusar) disse o nosso cavaleiro, porque as bolotas oferecidas lhe trouxeram à memória a idade do ouro, e resolveu oferecer aquele inútil arrazoado aos cabreiros, que, sem dizer palavra, embevecidos e suspensos, ficaram a escutá-lo. Sancho assim

---

la por tantos modos martirizada seda encarecen, sino de algunas hojas verdes de lampazos y yedra entretejidas, con lo que quizá iban tan pomposas y compuestas como van agora nuestras cortesanas con las raras y peregrinas invenciones que la curiosidad ociosa les ha mostrado. Entonces se decoraban los concetos amorosos del alma simple y sencillamente, del mesmo modo y manera que ella los concebía, sin buscar artificioso rodeo de palabras para encarecerlos. No había la fraude, el engaño ni la malicia mezcládose con la verdad y llaneza. La justicia se estaba en sus proprios términos, sin que la osasen turbar ni ofender los del favor y los del interese, que tanto ahora la menoscaban, turban y persiguen. La ley del encaje aún no se había sentado en el entendimiento del juez, porque entonces no había qué juzgar ni quién fuese juzgado. Las doncellas y la honestidad andaban, como tengo dicho, por dondequiera, sola y señera, sin temor que la ajena desenvoltura y lascivo intento le menoscabasen, y su perdición nacía de su gusto y propria voluntad. Y agora, en estos nuestros detestables siglos, no está segura ninguna, aunque la oculte y cierre otro nuevo laberinto como el de Creta; porque allí, por los resquicios o por el aire, con el celo de la maldita solicitud, se les entra la amorosa pestilencia y les hace dar con todo su recogimiento al traste. Para cuya seguridad, andando más los tiempos y creciendo más la malicia, se instituyó la orden de los caballeros andantes, para defender las doncellas, amparar las viudas y socorrer a los huérfanos y a los menesterosos. Desta orden soy yo, hermanos cabreros, a quien agradezco el gasaje y buen acogimiento que hacéis a mí y a mi escudero. Que aunque por ley natural están todos los que viven obligados a favorecer a los caballeros andantes, todavía, por saber que sin saber vosotros esta obligación me acogistes y regalastes, es razón que, con la voluntad a mí posible, os agradezca la vuestra.

mesmo calava e comia bolotas, e visitava muito amiúde o segundo chaguer que para esfriar o vinho haviam pendurado de um sobreiro.

Mais demorou em falar D. Quixote que em acabar-se o jantar, ao fim do qual um dos cabreiros lhe disse:

— Para que com mais veras possa vossa mercê dizer, senhor cavaleiro andante, que o acolhemos com pronta e boa vontade, queremos oferecer-lhe recreio e contento fazendo com que cante um companheiro nosso que logo há de estar aqui; o qual é um zagal muito discreto e apaixonado que sabe além disso ler e escrever, e músico ao arrabil[3] como melhor não se pode querer.

Apenas havia o cabreiro acabado de dizer isto, quando chegou aos seus ouvidos o som do arrabil seguido por aquele que o tangia, que era um moço de uns vinte e dois anos, de muito boa graça. Perguntaram-lhe os seus companheiros se havia jantado, e respondendo este que sim, aquele que fizera os oferecimentos lhe disse:

— Então, Antonio, bem poderias nos fazer o gosto de cantar um pouco, para que veja este senhor nosso hóspede que também pelos montes e matas há quem saiba de música. Já lhe falamos das tuas boas habilidades e desejamos que agora as mostres e não nos desmintas; assim, rogo pela tua vida que te sentes e cantes o romance dos teus amores, aquele que compôs teu tio, o beneficiado,[4] e que na vila tanto agradou.

— Com prazer — respondeu o moço.

E, sem mais se fazer rogar, se sentou no tronco desgalhado de um carvalho e, afinando seu arrabil, dali a pouco, com muito boa graça, começou a cantar, dizendo desta maneira:

Toda esta larga arenga (que se pudiera muy bien escusar) dijo nuestro caballero, porque las bellotas que le dieron le trujeron a la memoria la edad dorada, y antojósele hacer aquel inútil razonamiento a los cabreros, que, sin responderle palabra, embobados y suspensos, le estuvieron escuchando. Sancho asimesmo callaba y comía bellotas, y visitaba muy a menudo el segundo zaque, que, porque se enfriase el vino, le tenían colgado de un alcornoque.

Más tardó en hablar don Quijote que en acabarse la cena, al fin de la cual uno de los cabreros dijo:

— Para que con más veras pueda vuestra merced decir, señor caballero andante, que le agasajamos con prompta y buena voluntad, queremos darle solaz y contento con hacer que cante un compañero nuestro que no tardará mucho en estar aquí; el cual es un zagal muy entendido y muy enamorado, y que, sobre todo, sabe leer y escribir y es músico de un rabel, que no hay más que desear.

Apenas había el cabrero acabado de decir esto, cuando llegó a sus oídos el son del rabel, y de allí a poco llegó el que le tañía, que era un mozo de hasta veinte y dos años, de muy buena gracia. Preguntáronle sus compañeros si había cenado, y, respondiendo que sí, el que había hecho los ofrecimientos le dijo:

— De esa manera, Antonio, bien podrás hacernos placer de cantar un poco, porque vea este señor huésped que tenemos que también por los montes y selvas hay quien sepa de música. Hémosle dicho tus buenas habilidades y deseamos que las muestres y nos saques verdaderos; y, así, te ruego por tu vida que sientes y cantes el romance de tus amores, que te compuso el beneficiado tu tío, que en el pueblo ha parecido muy bien.

— Que me place — respondió el mozo.

ANTONIO

— Sei, Olalla, que me adoras,
bem que nunca o tenhas dito
nem c'os olhos sussurrado,
mudas línguas de amoricos.

Por saber que és avisada,
em que me queres me afirmo,
pois nunca foi desditoso
o amor que foi conhecido.

É bem verdade também
que, Olalla, me deste indício
de teres de bronze a alma
e o peito feito granito.

Mas inda nos teus reproches
e honestíssimos desvios,
talvez a esperança mostre
a borda do seu vestido.

Ao chamariz se abalança
minha fé, sem ter podido,
nem minguar por enjeitado,
nem crescer por escolhido.

Y sin hacerse más de rogar se sentó en el tronco de una desmochada encina, y, templando su rabel, de allí a poco, con muy buena gracia, comenzó a cantar, diciendo desta manera:

ANTONIO

— Yo sé, Olalla, que me adoras,
puesto que no me lo has dicho
ni aun con los ojos siquiera,
mudas lenguas de amoríos.

Porque sé que eres sabida,
en que me quieres me afirmo,
que nunca fue desdichado
amor que fue conocido.

Bien es verdad que tal vez,
Olalla, me has dado indicio
que tienes de bronce el alma
y el blanco pecho de risco.

Mas allá entre tus reproches
y honestísimos desvíos,
tal vez la esperanza muestra
la orilla de su vestido.

Abalánzase al señuelo
mi fe, que nunca ha podido,
ni menguar por no llamado,
ni crecer por escogido.

Se o amor é cortesia,
da que tu mostras colijo
que o fim da minha esperança
há de ser qual imagino.

E se os serviços têm força
de o peito fazer benigno,
alguns dos que tenho feito
fortalecem meu partido.

Porque se cuidaste nisso,
mais de uma vez terás visto
que bem portei às segundas
o que me honrava aos domingos.

Seguindo o amor e a gala
ambos o mesmo caminho,
em todo o tempo a teus olhos
quis eu mostrar-me polido.

Deixo o bailar por tua causa,
nem outras canções recito
que as que te oferto a desoras
e ao canto do galo primo.

Si el amor es cortesía,
de la que tienes colijo
que el fin de mis esperanzas
ha de ser cual imagino.

Y si son servicios parte
de hacer un pecho benigno,
algunos de los que he hecho
fortalecen mi partido.

Porque si has mirado en ello,
más de una vez habrás visto
que me he vestido en los lunes
lo que me honraba el domingo.

Como el amor y la gala
andan un mesmo camino,
en todo tiempo a tus ojos
quise mostrarme polido.

Dejo el bailar por tu causa,
ni las músicas te pinto
que has escuchado a deshoras
y al canto del gallo primo.

Nem falo dos mil louvores
que à tua beleza dedico,
pois, inda que verdadeiros,
têm-me de algumas malquisto.

Teresa del Barrocal,
a invejosa, deu ao bico:
"Pretende que adora um anjo
e o que ele adora é um bugio,

mercê dos seus muitos brincos
e dos cabelos postiços,
e de tantos arrebiques,
que enganam até Cupido".

Desmenti-a e espinhou-se;
veio por ela seu primo,
desafiou-me, e tu já sabes
o fim que teve comigo.

Não te quero eu de baldão,
nem te pretendo e te sirvo
pensando em barregania,
pois mais alto é meu desígnio.

No cuento las alabanzas
que de tu belleza he dicho,
que, aunque verdaderas, hacen
ser yo de algunas malquisto.

Teresa del Berrocal,
yo alabándote, me dijo:
"Tal piensa que adora a un ángel
y viene a adorar a un jimio,

merced a los muchos dijes
y a los cabellos postizos,
y a hipócritas hermosuras,
que engañan al Amor mismo".

Desmentíla y enojóse;
volvió por ella su primo,
desafióme, y ya sabes
lo que yo hice y él hizo.

No te quiero yo a montón,
ni te pretendo y te sirvo
por lo de barraganía,
que más bueno es mi designio.

Ajoujos tem a Igreja
que são qual laços de sirgo;
põe teu pescoço no jugo:
verás que c'o meu te sigo.

Quando não cá mesmo eu juro
pelo santo mais bendito
de não sair destas serras
se não for p'ra capuchinho.

Assim findou o cabreiro seu canto, e por mais que D. Quixote lhe tenha rogado que algo mais cantasse, não o consentiu Sancho Pança, porque estava mais para dormir que para ouvir canções, e assim disse ao seu amo:

— Bem pode vossa mercê se acomodar desde já onde vai pousar esta noite, pois o trabalho que estes bons homens têm todo o dia não lhes permite passar as noites cantando.

— Bem te entendo, Sancho — respondeu D. Quixote —, pois bem se me dá a ver que as visitas ao chaguer pedem mais recompensa de sono que de música.

— A todos nos vem bem, por Deus bendito — respondeu Sancho.

— Isso não nego — replicou D. Quixote —, mas acomoda-te lá onde quiseres, que os da minha profissão melhor se acham velando que dormindo. Mas, com tudo isso, Sancho, seria bom que tornasses a curar esta minha orelha, que já me vai doendo além da conta.

Fez Sancho o que se lhe mandava, e vendo um dos cabreiros o ferimento, disse que não se afligisse, que ele lhe daria um remédio com que facilmente

---

Coyundas tiene la Iglesia
que son lazadas de sirgo;
pon tú el cuello en la gamella:
verás como pongo el mío.

Donde no, desde aquí juro
por el santo más bendito
de no salir destas sierras
sino para capuchino.

Con esto dio el cabrero fin a su canto; y aunque don Quijote le rogó que algo más cantase, no lo consintió Sancho Panza, porque estaba más para dormir que para oír canciones, y, ansí, dijo a su amo:

— Bien puede vuestra merced acomodarse desde luego adonde ha de posar esta noche, que el trabajo que estos buenos hombres tienen todo el día no permite que pasen las noches cantando.

— Ya te entiendo, Sancho — le respondió don Quijote —, que bien se me trasluce que las visitas del zaque piden más recompensa de sueño que de música.

— A todos nos sabe bien, bendito sea Dios — respondió Sancho.

— No lo niego — replicó don Quijote —, pero acomódate tú donde quisieres, que los de mi profesión mejor

sararia. E apanhando algumas folhas de alecrim, do muito que ali crescia, mascou-as e misturou-as com um pouco de sal e, aplicando-as sobre a orelha, vendou-a muito bem, assegurando-lhe que não havia mister de outra medicina, e assim foi a verdade.

Notas

[1] Deus exalta a quem se humilha: citação da passagem do Evangelho (Lucas, 14, 11) em que Jesus diz mais ou menos o mesmo dirigindo-se, justamente, aos comensais de um banquete.

[2] Alcatruz de nora: "alcatruzes" são os vasos dispostos em série no engenho chamado "nora", próprio para tirar água de poço. Evoca-se aqui o refrão *"arcaduz de noria, el que lleno viene, vacío torna"*, geralmente aplicado à bebida; na versão portuguesa, "alcatruz de nora, quando cheio vem, vazio torna". Chaguer: recipiente de couro próprio para resfriar líquidos.

[3] Arrabil: espécie de rabeca mourisca de uma ou duas cordas friccionáveis com um arco tosco, que é tocada apoiando-a sobre o joelho.

[4] Beneficiado: clérigo que recebe pagamento ("benefício") pelo exercício de suas funções em paróquia ou capela particular.

---

parecen velando que durmiendo. Pero, con todo esto, sería bien, Sancho, que me vuelvas a curar esta oreja, que me va doliendo más de lo que es menester.

Hizo Sancho lo que se le mandaba, y, viendo uno de los cabreros la herida, le dijo que no tuviese pena, que él pondría remedio con que fácilmente se sanase. Y tomando algunas hojas de romero, de mucho que por allí había, las mascó y las mezcló con un poco de sal, y, aplicándoselas a la oreja, se la vendó muy bien, asegurándole que no había menester otra medicina, y así fue la verdad.

CAPÍTULO XII

Do que contou um cabreiro
aos que estavam com D. Quixote

Nisto chegou outro moço dos que traziam da aldeia o bastimento, dizendo:
— Sabeis o que se passa lá no lugar, companheiros?
— Como o podemos saber? — respondeu um deles.
— Pois sabei — prosseguiu o moço — que esta manhã morreu aquele famoso pastor estudante chamado Grisóstomo, e se murmura que foi de amores daquela endiabrada moça da Marcela, filha de Guillermo, o rico, aquela que anda por estes ermos em hábito de pastora.
— Por Marcela dirás? — disse um.
— Por essa digo — respondeu o cabreiro. — E o melhor é que no testamento ele mandou que o enterrassem no campo, como se fosse mouro, e ao pé do penedo da fonte do sobreiro, porque, segundo é fama e dizem que ele disse, aquele lugar é onde a viu da vez primeira. Também mandou outras coisas, e tais que os padres do lugar dizem que não se hão de cumprir nem é bem que se cumpram, pois parecem coisa de gentios. A tudo isso responde aquele seu grande amigo Ambrosio, o estudante, que com ele também se vestiu de pastor, que se há de cumprir tudo, sem falta de nada, tal como o deixou mandado Grisóstomo, e por isso anda alvoroçado o lugar; mas, pelo

---

CAPÍTULO XII

De lo que contó un cabrero
a los que estaban con don Quijote

Estando en esto, llegó otro mozo de los que les traían del aldea el bastimento, y dijo:
— ¿Sabéis lo que pasa en el lugar, compañeros?
— ¿Cómo lo podemos saber? — respondió uno dellos.
— Pues sabed — prosiguió el mozo — que murió esta mañana aquel famoso pastor estudiante llamado Grisóstomo, y se murmura que ha muerto de amores de aquella endiablada moza de Marcela, la hija de Guillermo el rico, aquella que se anda en hábito de pastora por esos andurriales.
— Por Marcela, dirás — dijo uno.
— Por esa digo — respondió el cabrero —; y es lo bueno que mandó en su testamento que le enterrasen en el campo, como si fuera moro, y que sea al pie de la peña donde está la fuente del alcornoque, porque, según es fama y él dicen que lo dijo, aquel lugar es adonde él la vio la vez primera. Y también mandó otras cosas, tales, que los abades del pueblo dicen que no se han de cumplir ni es bien que se cumplan, porque parecen de gentiles.

que se diz, por fim se fará o que Ambrosio e todos os pastores seus amigos querem, e amanhã vêm para o enterrar com grande pompa onde tenho dito. E tenho para mim que há de ser coisa muito para ver; eu pelo menos não deixarei de ir vê-la, ainda que por isso não possa voltar amanhã ao lugar.

— Todos faremos o mesmo — responderam os cabreiros —, e jogaremos sortes para ver quem ficará guardando as cabras de todos.

— Bem dizes, Pedro — disse outro deles —, mas não será mister usar desse expediente, pois eu ficarei por todos; e não por virtude ou pouca curiosidade minha, mas porque não me deixa andar o garrancho que outro dia me furou este pé.

— Ainda assim to agradecemos — respondeu Pedro.

E D. Quixote rogou a Pedro que lhe dissesse que morto era aquele e que pastora aquela. Ao que Pedro respondeu que o que ele sabia era que o morto era um filho d'algo rico, vizinho de um lugar daquelas serras, que fora estudante por muitos anos em Salamanca, ao cabo dos quais voltara ao seu lugar com fama de muito sábio e muito lido.

— Principalmente diziam que sabia a ciência das estrelas, e de tudo o que o sol e a lua passam lá no céu, pois pontualmente nos dizia o cris do sol e da lua.

— *Eclipse* se chama, amigo, e não *cris*, o escurecer desses dois luminares maiores — disse D. Quixote.

Mas Pedro, não reparando em ninharias, prosseguiu seu conto dizendo:

— Também adevinhava quando havia de ser o ano abundante ou estio.

— *Estéril* quereis dizer, amigo — disse D. Quixote.

— Estéril ou estio — respondeu Pedro —, dá no mesmo. E digo que com essas coisas que ele dizia se fizeram seu pai e seus amigos, que lhe davam

---

A todo lo cual responde aquel gran su amigo Ambrosio, el estudiante, que también se vistió de pastor con él, que se ha de cumplir todo, sin faltar nada, como lo dejó mandado Grisóstomo, y sobre esto anda el pueblo alborotado; mas, a lo que se dice, en fin se hará lo que Ambrosio y todos los pastores sus amigos quieren, y mañana le vienen a enterrar con gran pompa adonde tengo dicho. Y tengo para mí que ha de ser cosa muy de ver; a lo menos, yo no dejaré de ir a verla, si supiese no volver mañana al lugar.

— Todos haremos lo mesmo — respondieron los cabreros —, y echaremos suertes a quién ha de quedar a guardar las cabras de todos.

— Bien dices, Pedro — dijo uno —, aunque no será menester usar de esa diligencia, que yo me quedaré por todos; y no lo atribuyas a virtud y a poca curiosidad mía, sino a que no me deja andar el garrancho que el otro día me pasó este pie.

— Con todo eso, te lo agradecemos — respondió Pedro.

Y don Quijote rogó a Pedro le dijese qué muerto era aquel y qué pastora aquella; a lo cual Pedro respondió que lo que sabía era que el muerto era un hijodalgo rico, vecino de un lugar que estaba en aquellas sierras, el cual había sido estudiante muchos años en Salamanca, al cabo de los cuales había vuelto a su lugar con opinión de muy sabio y muy leído.

— Principalmente decían que sabía la ciencia de las estrellas, y de lo que pasan allá en el cielo el sol y la luna, porque puntualmente nos decía el cris del sol y de la luna.

— *Eclipse* se llama, amigo, que no *cris*, el escurecerse esos dos luminares mayores — dijo don Quijote.

crédito, muito ricos, porque faziam o que ele lhes aconselhava, dizendo-lhes: "semeai este ano cevada, não trigo; neste podeis plantar grão-de-bico, e não cevada; o que vem será de guilha de azeitonas; nos três seguintes não se colherá grão".

— Essa ciência se chama astrologia — disse D. Quixote.

— Eu não sei como se chama — replicou Pedro —, mas sei que tudo isto sabia ele, e até mais. Finalmente, passados não muitos meses de chegar de Salamanca, apareceu ele um dia vestido de pastor, com seu cajado e seu pelico, tendo largado a beca que como escolar usava; e juntamente se vestiu com ele de pastor um outro seu grande amigo, chamado Ambrosio, que tinha seu colega nos estudos. Ia-me esquecendo de dizer que Grisóstomo, o falecido, foi grande homem de compor coplas: tanto que ele fazia os vilancetes para a noite do Nascimento do Senhor e os autos para o dia de Corpus, que eram representados pelos moços do nosso povoado, e todos diziam que eram cabais. Quando a gente do lugar viu os dois escolares tão de improviso vestidos de pastores, ficou admirada e não podia adivinhar a causa daquela tão estranha mudança. Já por esse tempo era morto o pai do nosso Grisóstomo, deixando por herança muita quantidade de bens, tanto móveis como de raiz, e uma não pequena quantidade de gado grosso e miúdo, e uma grande quantia de dinheiro; de tudo isso ficou o moço senhor soluto, e em verdade ele tudo merecia, pois era muito bom companheiro e caridoso e amigo dos bons, e tinha uma cara que era uma bênção. Depois se veio a saber que a mudança de trajes não foi por outra coisa que por andar por estes despovoados atrás daquela pastora Marcela que o nosso zagal disse em antes, da qual já estava enamorado o pobre falecido Grisóstomo. E quero vos dizer agora, pois é bem que o saibais, quem é essa rapariga; quem sabe, ou sem saber, não ouvireis

---

Mas Pedro, no reparando en niñerías, prosiguió su cuento diciendo:
— Asimesmo adevinaba cuándo había de ser el año abundante o estil.
— *Estéril* queréis decir, amigo — dijo don Quijote.
— *Estéril* o *estil* — respondió Pedro —, todo se sale allá. Y digo que con esto que decía se hicieron su padre y sus amigos, que le daban crédito, muy ricos, porque hacían lo que él les aconsejaba, diciéndoles: "Sembrad este año cebada, no trigo; en este podéis sembrar garbanzos, y no cebada; el que viene será de guilla de aceite; los tres siguientes no se cogerá gota".
— Esa ciencia se llama astrología — dijo don Quijote.
— No sé yo cómo se llama — replicó Pedro —, mas sé que todo esto sabía, y aun más. Finalmente, no pasaron muchos meses después que vino de Salamanca, cuando un día remaneció vestido de pastor, con su cayado y pellico, habiéndose quitado los hábitos largos que como escolar traía; y juntamente se vistió con él de pastor otro su grande amigo, llamado Ambrosio, que había sido su compañero en los estudios. Olvidábaseme de decir como Grisóstomo, el difunto, fue grande hombre de componer coplas: tanto, que él hacía los villancicos para la noche del Nacimiento del Señor, y los autos para el día de Dios, que los representaban los mozos de nuestro pueblo, y todos decían que eran por el cabo. Cuando los del lugar vieron tan de improviso vestidos de pastores a los dos escolares, quedaron admirados y no podían adivinar la causa que les había movido a hacer aquella tan estraña mudanza. Ya en este tiempo era muerto el padre de nuestro Grisóstomo, y él quedó heredado en mucha cantidad de hacienda, ansí en muebles como en raíces, y en no pequeña cantidad de ganado, mayor y menor, y en gran

semelhante coisa em todos os dias da vossa vida, ainda que vivais mais anos que a sarna.

— Que "Sara"[1] direis — replicou D. Quixote, não podendo sofrer a troca das palavras do cabreiro.

— Demais vive a sarna — respondeu Pedro. — E se a cada passo vierdes me espezinhar os vocábulos, senhor, não acabaremos nem num ano.

— Perdoai, amigo — disse D. Quixote —, por haver tanta diferença entre "sarna" a "Sara" vo-lo disse; mas vós respondestes muito bem, pois mais vive a sarna que Sara, e prossegui a vossa história, que não vos replicarei mais em nada.

— Digo, pois, senhor meu da minha alma — disse o cabreiro —, que na nossa aldeia havia um lavrador chamado Guillermo, ainda mais rico que o pai de Grisóstomo, e a quem Deus deu, além de muitas e grandes riquezas, uma filha de cujo parto morreu a mãe, que foi a mais honesta mulher que houve em todos estes contornos. Parece que ainda a vejo, com aquela cara que de um lado tinha o sol e do outro a lua; e era sobretudo trabalhadeira e amiga dos pobres, pelo que eu creio que ora agora há de estar a sua alma na paz de Deus no outro mundo. Do pesar da morte de tão boa mulher morreu seu marido Guillermo, deixando a filha Marcela, moça e rica, aos cuidados de um tio dela, sacerdote e beneficiado do nosso lugar. Cresceu a menina com tanta beleza que nos lembrava a da mãe, que a teve grandíssima; e com tudo isso se achava que a da filha logo a haveria de sobejar. E assim foi, pois quando chegou à idade de catorze a quinze anos ninguém a olhava sem dar graças a Deus bendito, que tão formosa a criara, e os mais caíam perdidos de amores por ela. Seu tio a guardava com muito zelo e recato; mas com tudo isso a fama da sua muita formosura correu de tal maneira que, assim por ela

---

cantidad de dineros; de todo lo cual quedó el mozo señor de soluto, y en verdad que todo lo merecía, que era muy buen compañero y caritativo y amigo de los buenos, y tenía una cara como una bendición. Después se vino a entender que el haberse mudado de traje no había sido por otra cosa que por andarse por estos despoblados en pos de aquella pastora Marcela que nuestro zagal nombró denantes, de la cual se había enamorado el pobre difunto de Grisóstomo. Y quiéroos decir agora, porque es bien que lo sepáis, quién es esta rapaza: quizá, y aun sin quizá, no habréis oído semejante cosa en todos los días de vuestra vida, aunque viváis más años que sarna.

— Decid *Sarra* — replicó don Quijote, no pudiendo sufrir el trocar de los vocablos del cabrero.

— Harto vive la sarna — respondió Pedro —; y si es, señor, que me habéis de andar zaheriendo a cada paso los vocablos, no acabaremos en un año.

— Perdonad, amigo — dijo don Quijote —, que por haber tanta diferencia de *sarna* a *Sarra* os lo dije; pero vos respondistes muy bien, porque vive más sarna que Sarra, y proseguid vuestra historia, que no os replicaré más en nada.

— Digo pues, señor mío de mi alma — dijo el cabrero —, que en nuestra aldea hubo un labrador aun más rico que el padre de Grisóstomo, el cual se llamaba Guillermo, y al cual dio Dios, amén de las muchas y grandes riquezas, una hija de cuyo parto murió su madre, que fue la más honrada mujer que hubo en todos estos contornos. No parece sino que ahora la veo, con aquella cara que del un cabo tenía el sol y del otro la luna; y, sobre todo, hacendosa y amiga de los pobres, por lo que creo que debe de estar su ánima a la hora de ahora gozando de Dios en el otro mundo. De pesar de la muerte de tan buena mujer, murió su marido Guillermo, dejando a su hija

como por suas muitas riquezas, não só do nosso povoado, mas dos de muitas léguas em roda, e pelos melhores partidos, era rogado, solicitado e importunado seu tio para que lha desse por mulher. Mas ele, que é bom cristão e às direitas, bem que a quisesse casar logo, por vê-la na idade, não quis fazê--lo sem o consentimento dela mesma, sem olhos para o ganho e granjeio que lhe oferecia a tença dos bens da moça adiando o seu casamento. E à fé que isso se disse em mais de um corrilho na vila, em elogio do bom sacerdote; pois quero que saiba, senhor andante, que por estes lugarejos tudo se comenta e tudo se murmura, e tende para vós, como eu tenho para mim, que há de ser por demais bom o clérigo que obriga seus paroquianos a bendizer dele, especialmente nas aldeias.

— Assim é a verdade — disse D. Quixote —, e segui adiante, que o conto é muito bom, e vós, meu bom Pedro, o contais com muito boa graça.

— A do Senhor não me falte, que é a que vem ao caso. E no mais sabereis que, se bem o tio apresentava à sobrinha os muitos que por mulher a pediam e lhe dizia as qualidades de cada um em particular, rogando-lhe que se casasse e escolhesse a seu gosto, ela jamais respondeu outra coisa senão que ainda não se queria casar e que, por ser tão moça, não se sentia pronta para levar a carga do matrimônio. Ouvindo essas, ao parecer, justas escusas que ela dava, deixava o tio de importuná-la, à espera de quando ela tivesse um pouco mais de idade e soubesse escolher a companhia do seu gosto. Porque, dizia ele, e o dizia muito bem, não devem os pais dar estado[2] aos filhos contra sua própria vontade. Mas eis aqui que, de um dia para o outro, aparece a melindrosa Marcela feita pastora; e sem fazer caso do tio nem de todos no povoado, que lho desaconselhavam, porfiou de sair ao campo para se juntar às demais zagalas do lugar e de guardar seu próprio gado. E quando ela saiu

---

Marcela, muchacha y rica, en poder de un tío suyo sacerdote y beneficiado en nuestro lugar. Creció la niña con tanta belleza, que nos hacía acordar de la de su madre, que la tuvo muy grande; y, con todo esto, se juzgaba que le había de pasar la de la hija. Y así fue, que cuando llegó a edad de catorce a quince años nadie la miraba que no bendecía a Dios, que tan hermosa la había criado, y los más quedaban enamorados y perdidos por ella. Guardábala su tío con mucho recato y con mucho encerramiento; pero, con todo esto, la fama de su mucha hermosura se estendió de manera que así por ella como por sus muchas riquezas, no solamente de los de nuestro pueblo, sino de los de muchas leguas a la redonda, y de los mejores dellos, era rogado, solicitado e importunado su tío se la diese por mujer. Mas él, que a las derechas es buen cristiano, aunque quisiera casarla luego, así como la vía de edad, no quiso hacerlo sin su consentimiento, sin tener ojo a la ganancia y granjería que le ofrecía el tener la hacienda de la moza dilatando su casamiento. Y a fe que se dijo esto en más de un corrillo en el pueblo, en alabanza del buen sacerdote; que quiero que sepa, señor andante, que en estos lugares cortos de todo se trata y de todo se murmura, y tened para vos, como yo tengo para mí, que debía de ser demasiadamente bueno el clérigo que obliga a sus feligreses a que digan bien dél, especialmente en las aldeas.

— Así es la verdad — dijo don Quijote —, y proseguid adelante, que el cuento es muy bueno, y vos, buen Pedro, le contáis con muy buena gracia.

— La del Señor no me falte, que es la que hace al caso. Y en lo demás sabréis que aunque el tío proponía a la sobrina y le decía las calidades de cada uno en particular, de los muchos que por mujer la pedían, rogándole que se casase y escogiese a su gusto, jamás ella respondió otra cosa sino que por entonces no quería casarse y que,

a público e sua beleza se viu a descoberto, não vos poderei boamente dizer quantos ricos mancebos, fidalgos e lavradores tomaram os trajes de Grisóstomo e andam por estes campos a requebrá-la; um deles, como aqui já foi dito, era o nosso falecido, de quem diziam que mais que amá-la a adorava. E não se pense que, por ter Marcela entrado naquela liberdade e vida tão solta e de tão pouco ou nenhum recolhimento, tenha ela, nem por sombras, dado algum indício que pudesse vir em menoscabo da sua honestidade e recato: antes é tal e tanta a vigilância com que ela olha por sua honra, que de quantos a servem e solicitam nenhum se gabou nem com verdade se poderá gabar de ter dela recebido a mais mínima esperança de alcançar o seu desejo. Pois, ainda que não fuja nem se esquive da companhia e da conversa dos pastores, e os trate cortês e amigavelmente, em chegando qualquer um deles a lhe revelar sua intenção, ainda que seja tão justa e santa como a do matrimônio, ela os põe a correr como com foguetes. E com essa guisa de condição causa mais danos nesta terra do que se nela fosse entrada a peste, pois sua afabilidade e formosura move o coração dos que com ela tratam a servi-la e a amá-la; mas o seu desdém e desengano os leva aos termos do desespero, e assim não sabem que dizer-lhe, senão gritar-lhe cruel e ingrata, mais outros títulos a estes semelhantes que a qualidade da sua condição bem manifestam. E se aqui estivésseis, senhor, certos dias, veríeis ressoar estas serras e estes vales com os lamentos dos desenganados que a seguem. Não muito longe daqui há um bosquete com quase duas dúzias de altas faias, e não há nenhuma que na sua lisa casca não tenha gravado e escrito o nome de Marcela, e por cima de algumas uma coroa gravada nas mesmas árvores, como se mais claramente dissesse o seu amante que a de toda a formosura humana Marcela merece e leva. Aqui suspira um pastor, ali geme um outro, acolá se ouvem amorosas

---

por ser tan muchacha, no se sentía hábil para poder llevar la carga del matrimonio. Con estas que daba, al parecer, justas escusas, dejaba el tío de importunarla y esperaba a que entrase algo más en edad y ella supiese escoger compañía a su gusto. Porque decía él, y decía muy bien, que no habían de dar los padres a sus hijos estado contra su voluntad. Pero hételo aquí, cuando no me cato, que remanece un día la melindrosa Marcela hecha pastora; y sin ser parte su tío ni todos los del pueblo, que se lo desaconsejaban, dio en irse al campo con las demás zagalas del lugar, y dio en guardar su mesmo ganado. Y así como ella salió en público y su hermosura se vio al descubierto, no os sabré buenamente decir cuántos ricos mancebos, hidalgos y labradores, han tomado el traje de Grisóstomo y la andan requebrando por esos campos; uno de los cuales, como ya está dicho, fue nuestro difunto, del cual decían que la dejaba de querer y la adoraba. Y no se piense que porque Marcela se puso en aquella libertad y vida tan suelta y de tan poco o de ningún recogimiento, que por eso ha dado indicio, ni por semejas, que venga en menoscabo de su honestidad y recato: antes es tanta y tal la vigilancia con que mira por su honra, que de cuantos la sirven y solicitan ninguno se ha alabado ni con verdad se podrá alabar que le haya dado alguna pequeña esperanza de alcanzar su deseo. Que puesto que no huye ni se esquiva de la compañía y conversación de los pastores, y los trata cortés y amigablemente, en llegando a descubrirle su intención cualquiera dellos, aunque sea tan justa y santa como la del matrimonio, los arroja de sí como con un trabuco. Y con esta manera de condición hace más daño en esta tierra que si por ella entrara la pestilencia, porque su afabilidad y hermosura atrae los corazones de los que la tratan a servirla y a amarla; pero su desdén y desengaño los conduce a términos de desesperarse, y, así, no saben qué decirle, sino llamarla a voces cruel y desagradecida, con otros títulos a este semejantes, que

canções, cá desesperadas endechas. Qual há que passa todas as horas da noite sentado ao pé de algum carvalho ou penhasco, e ali, sem pregar os chorosos olhos, embevecido e transportado nos seus pensamentos, o acha o sol da manhã; e qual há que, sem dar respiro nem trégua aos seus suspiros, em meio ao ardor da mais enfadosa sesta de verão, deitado na ardente areia, ergue suas queixas ao piedoso céu. E deste e daquele, e daqueles e destes, livre e desenfadadamente triunfa a bela Marcela, e todos os que a conhecemos esperamos saber onde há de parar a sua altivez e quem há de ser o bendito que virá domar tão terrível condição e gozar de tão extremada formosura. Por ser tudo o que aqui tenho contado tão averiguada verdade, entendo que também há de sê-lo o que o nosso zagal disse que se diz da causa da morte de Grisóstomo. E portanto vos aconselho, senhor, que não deixeis de estar amanhã no seu enterro, que será muito para ver, pois Grisóstomo tem muitos amigos, e não há nem meia légua deste lugar até aquele onde mandou que o enterrassem.

— Bem em conta o tenho — disse D. Quixote —, e agradeço-vos o gosto que me haveis dado com a narração de tão saboroso conto.

— Oh! — replicou o cabreiro. — Ainda não sei nem metade dos casos acontecidos aos amantes de Marcela, mas pode ser que amanhã topemos no caminho com algum pastor que mais nos conte. E agora bem será que vos recolhais a dormir sob teto, pois o sereno vos poderia fazer mal à ferida; se bem que é tão bom o remédio que vos foi dado que não há por que temer contrário acidente.

Sancho Pança, que já maldizia o muito falar do cabreiro, pediu por seu turno que seu amo entrasse a dormir na choça de Pedro. Fez ele assim, e todo o mais da noite passou em memórias de sua senhora Dulcineia, à imitação

---

bien la calidad de su condición manifiestan. Y si aquí estuviésedes, señor, algún día, veríades resonar estas sierras y estos valles con los lamentos de los desengañados que la siguen. No está muy lejos de aquí un sitio donde hay casi dos docenas de altas hayas, y no hay ninguna que en su lisa corteza no tenga grabado y escrito el nombre de Marcela, y encima de alguna una corona grabada en el mesmo árbol, como si más claramente dijera su amante que Marcela la lleva y la merece de toda la hermosura humana. Aquí sospira un pastor, allí se queja otro; acullá se oyen amorosas canciones, acá desesperadas endechas. Cuál hay que pasa todas las horas de la noche sentado al pie de alguna encina o peñasco, y allí, sin plegar los llorosos ojos, embebecido y transportado en sus pensamientos, le halló el sol a la mañana; y cuál hay que sin dar vado ni tregua a sus suspiros, en mitad del ardor de la más enfadosa siesta del verano, tendido sobre la ardiente arena, envía sus quejas al piadoso cielo. Y deste y de aquel, y de aquellos y de estos, libre y desenfadadamente triunfa la hermosa Marcela, y todos los que la conocemos estamos esperando en qué ha de parar su altivez y quién ha de ser el dichoso que haya de venir a domeñar condición tan terrible y gozar de hermosura tan estremada. Por ser todo lo que he contado tan averiguada verdad, me doy a entender que también lo es la que nuestro zagal dijo que se decía de la causa de la muerte de Grisóstomo. Y así os aconsejo, señor, que no dejéis de hallaros mañana a su entierro, que será muy de ver, porque Grisóstomo tiene muchos amigos, y no está de este lugar a aquel donde manda enterrarse media legua.

— En cuidado me lo tengo — dijo don Quijote —, y agradézcoos el gusto que me habéis dado con la narración de tan sabroso cuento.

— ¡Oh! — replicó el cabrero —, aún no sé yo la mitad de los casos sucedidos a los amantes de Marcela,

dos amantes de Marcela. Sancho Pança se acomodou entre Rocinante e seu jumento e dormiu, não como enamorado desfavorecido, mas como homem moído de pancada.

NOTAS

[1] Sara: a esposa do patriarca Abraão, que segundo o Gênesis viveu 127 anos, sendo por isso incorporada à fraseologia ibérica para denotar coisa muito velha ou duradoura, a exemplo de Matusalém.

[2] Dar estado: casar ou internar em convento ou mosteiro, prover para o futuro.

---

mas podría ser que mañana topásemos en el camino algún pastor que nos los dijese. Y por ahora bien será que os vais a dormir debajo de techado, porque el sereno os podría dañar la herida; puesto que es tal la medicina que se os ha puesto, que no hay que temer de contrario acidente.

Sancho Panza, que ya daba al diablo el tanto hablar del cabrero, solicitó por su parte que su amo se entrase a dormir en la choza de Pedro. Hízolo así, y todo lo más de la noche se le pasó en memorias de su señora Dulcinea, a imitación de los amantes de Marcela. Sancho Panza se acomodó entre Rocinante y su jumento, y durmió, no como enamorado desfavorecido, sino como hombre molido a coces.

CAPÍTULO XIII

*Onde se dá fim ao conto da pastora Marcela,
mais outros sucessos*

Mas apenas começou a despontar o dia pelos balcões do Oriente, quando cinco dos seis cabreiros se levantaram e foram acordar D. Quixote e lhe perguntar se ainda tinha o propósito de assistir ao famoso enterro de Grisóstomo, e que eles lhe fariam companhia. D. Quixote, que outra coisa não desejava, se levantou e mandou Sancho arrear e albardar de pronto, o que ele fez com muita diligência, e com a mesma logo se puseram todos a caminho. E não tinham andado um quarto de légua quando, ao cruzar de uma vereda, viram chegar seis pastores vestidos com pelicos negros e coroadas as cabeças com grinaldas de cipreste e de amarga adelfa.¹ Trazia cada qual na mão um grosso bordão de azevinho. Com eles iam ainda dois gentis-homens a cavalo, muito bem-vestidos para viagem, acompanhados de três criados a pé. Em se chegando a encontrar, cumprimentaram-se cortesmente e, perguntando-se uns aos outros aonde iam, souberam que todos se encaminhavam para o lugar do enterro, e assim seguiram caminho todos juntos.

Um dos homens a cavalo, falando com seu companheiro, lhe disse:

— Parece-me, senhor Vivaldo, que havemos de dar por bem empregada a tardança que tivermos por ver esse famoso enterro, que não poderá deixar

---

CAPÍTULO XIII

*Donde se da fin al cuento de la pastora Marcela,
con otros sucesos*

Mas apenas comenzó a descubrirse el día por los balcones del oriente, cuando los cinco de los seis cabreros se levantaron y fueron a despertar a don Quijote y a decille si estaba todavía con propósito de ir a ver el famoso entierro de Grisóstomo, y que ellos le harían compañía. Don Quijote, que otra cosa no deseaba, se levantó y mandó a Sancho que ensillase y enalbardase al momento, lo cual él hizo con mucha diligencia, y con la mesma se pusieron luego todos en camino. Y no hubieron andado un cuarto de legua, cuando al cruzar de una senda vieron venir hacia ellos hasta seis pastores vestidos con pellicos negros y coronadas las cabezas con guirnaldas de ciprés y de amarga adelfa. Traía cada uno un grueso bastón de acebo en la mano. Venían con ellos asimesmo dos gentileshombres de a caballo, muy bien aderezados de camino, con otros tres mozos de a pie que los acompañaban. En llegándose a juntar se saludaron cortésmente y, preguntándose los unos a los otros dónde iban, supieron que todos se encaminaban al lugar del entierro y, así, comenzaron a caminar todos juntos.

Uno de los de a caballo, hablando con su compañero, le dijo:

de ser famoso, pelo que estes pastores nos contaram de estranhezas, assi do morto pastor como da pastora homicida.

— Assim também me parece — respondeu Vivaldo —, e já não digo um dia, mas quatro, eu tardaria a troco de o ver.

Perguntou-lhes D. Quixote que era o que tinham ouvido de Marcela e de Grisóstomo. Disse o viajante que naquela madrugada tinham-se encontrado com aqueles pastores e que, por vê-los naquele tão triste traje, lhes perguntaram a ocasião de irem daquele jeito; que um deles lho contou, contando a estranheza e a formosura de uma pastora chamada Marcela e os amores de muitos que a requestavam, mais a morte daquele Grisóstomo a cujo enterro iam. Finalmente, contou ele tudo o que Pedro a D. Quixote contara.

Cessou essa conversa e começou outra, perguntando aquele que se chamava Vivaldo a D. Quixote qual era a razão que o levava a andar armado daquela maneira por terra tão pacífica. Ao que respondeu D. Quixote:

— A profissão do meu exercício não consente nem permite que eu ande de outra maneira. O sossego, o regalo e o repouso se inventaram lá para os frouxos cortesãos; já o trabalho, a inquietude e as armas só se inventaram e fizeram para aqueles que o mundo chama cavaleiros andantes, dos quais eu, ainda que indigno, sou de todos o benjamim.

Apenas o ouviram dizer isto, quando todos o tiveram por louco; e para melhor averiguá-lo e ver que gênero de loucura era o dele, tornou a lhe perguntar Vivaldo que queria dizer aquilo de "cavaleiros andantes".

— Nunca leram vossas mercês — respondeu D. Quixote — os anais e histórias de Inglaterra, onde se referem as famosas façanhas do rei Artur, que no nosso romance de contínuo chamamos "El-Rei Artus", de quem é tradição antiga e corrente em todo aquele reino da Grã-Bretanha que não mor-

---

— Paréceme, señor Vivaldo, que habemos de dar por bien empleada la tardanza que hiciéremos en ver este famoso entierro, que no podrá dejar de ser famoso, según estos pastores nos han contado estrañezas ansí del muerto pastor como de la pastora homicida.

— Así me lo parece a mí — respondió Vivaldo —, y no digo yo hacer tardanza de un día, pero de cuatro la hiciera a trueco de verle.

Preguntóles don Quijote qué era lo que habían oído de Marcela y de Grisóstomo. El caminante dijo que aquella madrugada habían encontrado con aquellos pastores y que, por haberles visto en aquel tan triste traje, les habían preguntado la ocasión por que iban de aquella manera; que uno dellos se lo contó, contando la estrañeza y hermosura de una pastora llamada Marcela y los amores de muchos que la recuestaban, con la muerte de aquel Grisóstomo a cuyo entierro iban. Finalmente, él contó todo lo que Pedro a don Quijote había contado.

Cesó esta plática y comenzóse otra, preguntando el que se llamaba Vivaldo a don Quijote qué era la ocasión que le movía a andar armado de aquella manera por tierra tan pacífica. A lo cual respondió don Quijote:

— La profesión de mi ejercicio no consiente ni permite que yo ande de otra manera. El buen paso, el regalo y el reposo, allá se inventó para los blandos cortesanos; mas el trabajo, la inquietud y las armas solo se inventaron e hicieron para aquellos que el mundo llama caballeros andantes, de los cuales yo, aunque indigno, soy el menor de todos.

Apenas le oyeron esto, cuando todos le tuvieron por loco; y por averiguarlo más y ver qué género de locura era el suyo, le tornó a preguntar Vivaldo que qué quería decir caballeros andantes.

reu, mas por arte de encantamento se transformou o dito rei em corvo, e que passado o tempo há de voltar a reinar e recuperar seu reino e cetro, por cuja causa não se deu desde aquele tempo até o presente que nenhum inglês tenha matado corvo algum? Pois no tempo desse bom rei foi instituída aquela famosa ordem de cavalaria dos cavaleiros da Távola Redonda, e se deram pontualmente os amores que lá se contam de D. Lançarote do Lago com a rainha Ginevra, sendo medianeira e sabedora deles aquela tão honrada duenha Quintañona, donde nasceu aquele tão conhecido romance, e tão cantado nesta nossa Espanha, que diz

> Nunca fora um cavaleiro
> de damas tão bem servido
> como fora Lançarote
> quando da Bretanha vindo,[2]

com aquele prosseguimento tão doce e tão suave dos seus amorosos e fortes feitos. Pois desde então de mão em mão foi aquela ordem de cavalaria se estendendo e dilatando por muitas e diversas partes do mundo, e nela foram famosos e conhecidos por seus feitos o valente Amadis de Gaula, com todos os seus filhos e netos, até a quinta geração, e o valoroso Felixmarte de Hircânia, e o nunca bastantemente louvado Tirante o Branco, e já quase nos nossos dias vimos e tratamos e ouvimos o invencível e valoroso cavaleiro D. Belianis de Grécia. É isto, senhores, ser cavaleiro andante, e a ordem que tenho dito é a da sua cavalaria, na qual (como também tenho dito) eu, ainda que pecador, fiz profissão, e o mesmo que professaram os referidos cavaleiros professo eu. E assim vou por estas solidões e despovoados em

---

— ¿No han vuestras mercedes leído — respondió don Quijote — los anales e historias de Ingalaterra, donde se tratan las famosas fazañas del rey Arturo, que continuamente en nuestro romance castellano llamamos "el rey Artús", de quien es tradición antigua y común en todo aquel reino de la Gran Bretaña que este rey no murió, sino que por arte de encantamento se convirtió en cuervo, y que andando los tiempos ha de volver a reinar y a cobrar su reino y cetro, a cuya causa no se probará que desde aquel tiempo a este haya ningún inglés muerto cuervo alguno? Pues en tiempo deste buen rey fue instituida aquella famosa orden de caballería de los caballeros de la Tabla Redonda, y pasaron, sin faltar un punto, los amores que allí se cuentan de don Lanzarote del Lago con la reina Ginebra, siendo medianera dellos y sabidora aquella tan honrada dueña Quintañona, de donde nació aquel tan sabido romance, y tan decantado en nuestra España, de

> Nunca fuera caballero
> de damas tan bien servido
> como fuera Lanzarote
> cuando de Bretaña vino,

con aquel progreso tan dulce y tan suave de sus amorosos y fuertes fechos. Pues desde entonces de mano en mano fue aquella orden de caballería estendiéndose y dilatándose por muchas y diversas partes del mundo, y en ella fueron famosos y conocidos por sus fechos el valiente Amadís de Gaula, con todos sus hijos y nietos, hasta la quinta generación, y el valeroso Felixmarte de Hircania, y el nunca como se debe alabado Tirante el Blanco, y casi que

busca de aventuras, com ânimo deliberado de oferecer o meu braço e a minha pessoa à mais perigosa que a sorte me deparar, em socorro dos fracos e desvalidos.

Por essas razões que disse acabaram de conhecer os viajantes que era D. Quixote falto de juízo e o gênero de loucura que o senhoreava, o que os encheu da mesma admiração que enchia a quem tomava novo conhecimento dela. E Vivaldo, que era pessoa muito discreta e de alegre condição, por trilhar mais ligeiro o pouco trecho que diziam faltar, ao chegar à serra do enterro, quis dar-lhe ocasião a que passasse adiante nos seus disparates, e assim lhe disse:

— Parece-me, senhor cavaleiro andante, que vossa mercê professou uma das mais estreitas profissões que há na terra, e tenho para mim que nem a dos frades cartuxos é assim tão estreita.

— Tão estreita bem pode ser — respondeu o nosso D. Quixote —, mas tão necessária ao mundo, estou a um triz de o pôr em dúvida. Porque, se se vai dizer a verdade, não faz menos o soldado que executa o que seu capitão lhe manda que o mesmo capitão que lho ordena. Quero dizer que os religiosos, com toda paz e sossego, pedem ao céu o bem da terra, mas somos os soldados e cavaleiros que pomos em execução o que eles pedem, defendendo-a com o valor dos nossos braços e o fio das nossas espadas, não a coberto, mas a céu aberto, postos por alvo dos insofríveis raios do sol no verão e dos eriçados gelos do inverno. Somos portanto ministros de Deus na terra e braços pelos quais nela se executa a sua justiça. E como as coisas da guerra e as que a ela tocam e concernem não se podem pôr em execução senão suando, lidando e trabalhando, segue-se que aqueles que a professam têm sem dúvida maior trabalho que quem em sossegada paz e repouso vive rogando

---

en nuestros días vimos y comunicamos y oímos al invencible y valeroso caballero don Belianís de Grecia. Esto, pues, señores, es ser caballero andante, y la que he dicho es la orden de su caballería, en la cual, como otra vez he dicho, yo, aunque pecador, he hecho profesión, y lo mismo que profesaron los caballeros referidos profeso yo. Y, así, me voy por estas soledades y despoblados buscando las aventuras, con ánimo deliberado de ofrecer mi brazo y mi persona a la más peligrosa que la suerte me deparare, en ayuda de los flacos y menesterosos.

Por estas razones que dijo acabaron de enterarse los caminantes que era don Quijote falto de juicio y del género de locura que lo señoreaba, de lo cual recibieron la mesma admiración que recibían todos aquellos que de nuevo venían en conocimiento della. Y Vivaldo, que era persona muy discreta y de alegre condición, por pasar sin pesadumbre el poco camino que decían que les faltaba, al llegar a la sierra del entierro quiso darle ocasión a que pasase más adelante con sus disparates, y, así, le dijo:

— Paréceme, señor caballero andante, que vuestra merced ha profesado una de las más estrechas profesiones que hay en la tierra, y tengo para mí que aun la de los frailes cartujos no es tan estrecha.

— Tan estrecha bien podía ser — respondió nuestro don Quijote —, pero tan necesaria en el mundo no estoy en dos dedos de ponello en duda. Porque, si va a decir verdad, no hace menos el soldado que pone en ejecución lo que su capitán le manda que el mesmo capitán que se lo ordena. Quiero decir que los religiosos, con toda paz y sosiego, piden al cielo el bien de la tierra, pero los soldados y caballeros ponemos en ejecución lo que ellos piden, defendiéndola con el valor de nuestros brazos y filos de nuestras espadas, no debajo de cubierta, sino al cielo abierto, puestos por blanco de los insufribles rayos del sol en el verano y de los erizados yelos del invierno.

a Deus que favoreça aqueles que pouco podem. Não quero eu dizer, nem me passa pelo pensamento, que seja tão bom estado o de cavaleiro andante como o do religioso de clausura; quero somente inferir, pelo que eu padeço,[3] que sem dúvida é o primeiro mais trabalhoso e mais aporreado, e mais faminto e sedento, miserável, roto e piolhento, pois não há dúvida de que os cavaleiros andantes passados passaram muita má ventura no discorrer da sua vida; e se alguns chegaram a imperadores pelo valor do seu braço, à fé que lhes custou um bom tanto do seu sangue e do seu suor, e que, se aos que a tão alto grau subiram faltassem encantadores e sábios para os ajudar, haviam de ficar bem frustrados os seus desejos e bem desenganadas as suas esperanças.

— Desse mesmo parecer sou — replicou o viajante —, mas uma coisa dentre outras muitas me parece muito mal dos cavaleiros andantes, e é que, quando se veem na ocasião de acometer uma grande e perigosa aventura, em que se vê manifesto o perigo de perderem a vida, nunca nesse instante de acometê-la se lembram eles de encomendar-se a Deus, como todo cristão é obrigado a fazer em perigos semelhantes, antes se encomendam a suas damas, com tanta vontade e devoção como se elas fossem seu Deus, coisa que me parece ter um certo cheiro de gentilidade.

— Senhor — respondeu D. Quixote —, isso não pode de nenhuma maneira ser diferente, e em grande erro cairia o cavaleiro andante que outra coisa fizesse, pois é uso e costume da cavalaria andantesca que, ao acometer algum grande feito de armas, tenha o cavaleiro andante bem presente a sua senhora, volte a ela os olhos branda e amorosamente, como a pedir-lhe com eles que o favoreça e ampare no incerto transe que acomete. E ainda que ninguém o escute, é obrigado a dizer algumas palavras entre dentes, nas quais

---

Así que somos ministros de Dios en la tierra y brazos por quien se ejecuta en ella su justicia. Y como las cosas de la guerra y las a ellas tocantes y concernientes no se pueden poner en ejecución sino sudando, afanando y trabajando, síguese que aquellos que la profesan tienen sin duda mayor trabajo que aquellos que en sosegada paz y reposo están rogando a Dios favorezca a los que poco pueden. No quiero yo decir, ni me pasa por pensamiento, que es tan buen estado el de caballero andante como el del encerrado religioso: solo quiero inferir, por lo que yo padezco, que sin duda es más trabajoso y más aporreado, y más hambriento y sediento, miserable, roto y piojoso, porque no hay duda sino que los caballeros andantes pasados pasaron mucha mala ventura en el discurso de su vida; y si algunos subieron a ser emperadores por el valor de su brazo, a fe que les costó buen porqué de su sangre y de su sudor, y que si a los que a tal grado subieron les faltaran encantadores y sabios que los ayudaran, que ellos quedaran bien defraudados de sus deseos y bien engañados de sus esperanzas.

— De ese parecer estoy yo — replicó el caminante —, pero una cosa entre otras muchas me parece muy mal de los caballeros andantes, y es que cuando se ven en ocasión de acometer una grande y peligrosa aventura, en que se vee manifiesto peligro de perder la vida, nunca en aquel instante de acometella se acuerdan de encomendarse a Dios, como cada cristiano está obligado a hacer en peligros semejantes, antes se encomiendan a sus damas, con tanta gana y devoción como si ellas fueran su Dios, cosa que me parece que huele algo a gentilidad.

— Señor — respondió don Quijote —, eso no puede ser menos en ninguna manera, y caería en mal caso el caballero andante que otra cosa hiciese, que ya está en uso y costumbre en la caballería andantesca que el caballero andante que al acometer algún gran hecho de armas tuviese su señora delante, vuelva a ella los ojos blanda y

de todo coração se lhe encomende, e disto temos inumeráveis exemplos nas histórias. E não se há de entender por isto que deixam eles de encomendar-se a Deus, pois tempo e lugar lhes resta para fazê-lo no discorrer da obra.

— Com tudo isso — replicou o viajante —, ainda me resta um escrúpulo, e é que muitas vezes li que dois andantes cavaleiros travam conversa e, de palavra em palavra, acontece de se lhes acender a cólera e voltearem os cavalos e tomarem um bom trecho de campo, e logo, sem mais nem mais, a todo o correr deles tornarem a se encontrar, e no meio da carreira se encomendarem a suas damas; e do encontro sói resultar que cai um deles pelas ancas do cavalo varado de parte a parte pela lança do contrário, enquanto o outro, por seu lado, a não se agarrar às crinas do seu, não pudera deixar de também ir ao chão. E não entendo como o morto poderia ter tempo de se encomendar a Deus no discorrer dessa tão acelerada obra. Melhor fora que as palavras que na carreira gastou encomendando-se a sua dama as gastasse naquilo que devia e era obrigado como cristão. De mais a mais, tenho para mim que nem todos os cavaleiros andantes têm damas a quem se encomendar, pois nem todos são enamorados.

— Tal não pode ser — respondeu D. Quixote. — Digo que não pode ser que haja cavaleiro andante sem dama, pois é tão próprio e tão natural deles serem enamorados como do céu ter estrelas, e garanto que nunca se viu história onde se encontrasse cavaleiro andante sem amores; e se os não tivesse, não seria tido por legítimo cavaleiro, e sim por bastardo e entrado na fortaleza da dita cavalaria não pela porta, mas por sobre os muros, qual salteador e ladrão.

— Com tudo isso — disse o viajante —, creio ter lido, se não me falha a memória, que D. Galaor, irmão do valoroso Amadis de Gaula, nunca teve

---

amorosamente, como que le pide con ellos le favorezca y ampare en el dudoso trance que acomete; y aun si nadie le oye, está obligado a decir algunas palabras entre dientes, en que de todo corazón se le encomiende, y desto tenemos innumerables ejemplos en las historias. Y no se ha de entender por esto que han de dejar de encomendarse a Dios, que tiempo y lugar les queda para hacerlo en el discurso de la obra.

— Con todo eso — replicó el caminante —, me queda un escrúpulo, y es que muchas veces he leído que se traban palabras entre dos andantes caballeros, y, de una en otra, se les viene a encender la cólera, y a volver los caballos y tomar una buena pieza del campo, y luego, sin más ni más, a todo el correr dellos, se vuelven a encontrar, y en mitad de la corrida se encomiendan a sus damas; y lo que suele suceder del encuentro es que el uno cae por las ancas del caballo, pasado con la lanza del contrario de parte a parte, y al otro le viene también, que, a no tenerse a las crines del suyo, no pudiera dejar de venir al suelo. Y no sé yo cómo el muerto tuvo lugar para encomendarse a Dios en el discurso de esta tan acelerada obra. Mejor fuera que las palabras que en la carrera gastó encomendándose a su dama las gastara en lo que debía y estaba obligado como cristiano. Cuanto más, que yo tengo para mí que no todos los caballeros andantes tienen damas a quien encomendarse, porque no todos son enamorados.

— Eso no puede ser — respondió don Quijote — : digo que no puede ser que haya caballero andante sin dama, porque tan proprio y tan natural les es a los tales ser enamorados como al cielo tener estrellas, y a buen seguro que no se haya visto historia donde se halle caballero andante sin amores; y por el mismo caso que estuviese sin ellos, no sería tenido por legítimo caballero, sino por bastardo y que entró en la fortaleza de la caballería dicha, no por la puerta, sino por las bardas, como salteador y ladrón.

dama assinalada a quem se pudesse encomendar; mas nem por isso foi tido a menos, tendo sido um assaz valente e famoso cavaleiro.

Ao que respondeu nosso D. Quixote:

— Senhor, uma só andorinha não faz verão. Tanto mais, que eu sei que em segredo estava esse cavaleiro muito bem enamorado; fora que aquilo de querer bem a tantas quantas bem lhe apareciam era coisa própria da sua natureza, à qual não podia dar de mão. Mas, enfim, averiguado está, e muito bem, que ele tinha uma só dama a quem fizera senhora da sua vontade, à qual se encomendava muito amiúde e secretamente, porque se prezou de secreto cavaleiro.

— Logo, se é da essência de todo cavaleiro andante ser enamorado — disse o viajante —, bem se pode crer que vossa mercê também o seja, pois é da profissão. E se é que vossa mercê não se preza de ser tão secreto como D. Galaor, com todas as veras lhe suplico, em nome de toda esta companhia e no meu próprio, que nos diga nome, pátria, qualidade e formosura de sua dama, pois ela se terá por ditosa de que todo o mundo saiba que é amada e servida de um tal cavaleiro como vossa mercê parece.

Aqui deu um grande suspiro D. Quixote e disse:

— Não poderei afirmar se a doce minha inimiga gosta ou não de que o mundo saiba que a sirvo. Só sei dizer, respondendo ao que com tanto comedimento se me pede, que seu nome é Dulcineia; sua pátria, El Toboso, um lugar de La Mancha; sua qualidade há de ser pelo menos de princesa, pois é rainha e senhora minha; sua formosura, sobre-humana, pois nela vêm-se fazer verdadeiros todos os impossíveis e quiméricos atributos de beleza que os poetas dão às suas damas: que seus cabelos são ouro, sua fronte campos elísios, suas sobrancelhas arcos-celestes, seus olhos sóis, suas faces rosas, seus

---

— Con todo eso — dijo el caminante —, me parece, si mal no me acuerdo, haber leído que don Galaor, hermano del valeroso Amadís de Gaula, nunca tuvo dama señalada a quien pudiese encomendarse; y, con todo esto, no fue tenido en menos, y fue un muy valiente y famoso caballero.

A lo cual respondió nuestro don Quijote:

— Señor, una golondrina sola no hace verano. Cuanto más, que yo sé que de secreto estaba ese caballero muy bien enamorado; fuera que aquello de querer a todas bien cuantas bien le parecían era condición natural, a quien no podía ir a la mano. Pero, en resolución, averiguado está muy bien que él tenía una sola a quien él había hecho señora de su voluntad, a la cual se encomendaba muy a menudo y muy secretamente, porque se preció de secreto caballero.

— Luego si es de esencia que todo caballero andante haya de ser enamorado — dijo el caminante —, bien se puede creer que vuestra merced lo es, pues es de la profesión. Y si es que vuestra merced no se precia de ser tan secreto como don Galaor, con las veras que puedo le suplico, en nombre de toda esta compañía y en el mío, nos diga el nombre, patria, calidad y hermosura de su dama, que ella se tendría por dichosa de que todo el mundo sepa que es querida y servida de un tal caballero como vuestra merced parece.

Aquí dio un gran suspiro don Quijote y dijo:

— Yo no podré afirmar si la dulce mi enemiga gusta o no de que el mundo sepa que yo la sirvo. Solo sé decir, respondiendo a lo que con tanto comedimiento se me pide, que su nombre es Dulcinea; su patria, el Toboso, un lugar de la Mancha; su calidad por lo menos ha de ser de princesa, pues es reina y señora mía; su hermosura,

lábios corais, pérolas seus dentes, alabastro seu colo, mármore seu peito, marfim suas mãos, sua brancura neve, e as partes que da vista humana a honestidade encobriu são tais, segundo eu penso e entendo, que só a discreta consideração pode encarecê-las e não compará-las.

— A linhagem, prosápia e estirpe quiséramos saber — replicou Vivaldo.
Ao que respondeu D. Quixote:

— Não é dos antigos Cúrcios, Gaios e Cipiões romanos; nem dos modernos Colonas e Ursinos; nem dos Moncadas e Requesenes da Catalunha; nem tampouco dos Rebellas e Villanovas de Valência; Palafoxes, Nuzas, Rocabertis, Corellas, Lunas, Alagões, Urreas, Foces e Gurreas de Aragão; Cerdas, Manriques, Mendozas e Guzmões de Castela; Alencastros, Palhas e Meneses de Portugal; mas é dos de El Toboso de La Mancha, linhagem, se bem moderna, tal que pode dar generoso princípio às mais ilustres famílias dos vindouros séculos. E que ninguém me replique nisto, quando não seja com a condição que gravou Cervino ao pé do troféu das armas de Orlando, que dizia:

> Ninguém as mova
> que estar não possa com Roldão à prova.[4]

— Bem que o meu seja dos Cachopins de Laredo[5] — respondeu o viajante —, não o ousarei medir com o de El Toboso de La Mancha, posto que, a dizer a verdade, semelhante sobrenome até agora não me chegara aos ouvidos.

— Um isto[5] que não chegou! — replicou D. Quixote.
Com grande atenção iam escutando todos os demais a conversa dos dois,

---

sobrehumana, pues en ella se vienen a hacer verdaderos todos los imposibles y quiméricos atributos de belleza que los poetas dan a sus damas: que sus cabellos son oro, su frente campos elíseos, sus cejas arcos del cielo, sus ojos soles, sus mejillas rosas, sus labios corales, perlas sus dientes, alabastro su cuello, mármol su pecho, marfil sus manos, su blancura nieve, y las partes que a la vista humana encubrió la honestidad son tales, según yo pienso y entiendo, que solo la discreta consideración puede encarecerlas, y no compararlas.
— El linaje, prosapia y alcurnia querríamos saber — replicó Vivaldo.
A lo cual respondió don Quijote:
— No es de los antiguos Curcios, Gayos y Cipiones romanos, ni de los modernos Colonas y Ursinos, ni de los Moncadas y Requesenes de Cataluña, ni menos de los Rebellas y Villanovas de Valencia, Palafoxes, Nuzas, Rocabertis, Corellas, Lunas, Alagones, Urreas, Foces y Gurreas de Aragón, Cerdas, Manriques, Mendozas y Guzmanes de Castilla, Alencastros, Pallas y Meneses de Portugal; pero es de los del Toboso de la Mancha, linaje, aunque moderno, tal, que puede dar generoso principio a las más ilustres familias de los venideros siglos. Y no se me replique en esto, si no fuere con las condiciones que puso Cervino al pie del trofeo de las armas de Orlando, que decía:

> Nadie las mueva
> que estar no pueda con Roldán a prueba.

— Aunque el mío es de los Cachopines de Laredo — respondió el caminante —, no le osaré yo poner con

e até os cabreiros e pastores conheceram a demasiada falta de juízo do nosso D. Quixote. Só Sancho Pança pensava que tudo quanto seu amo dizia era verdade, sabendo ele quem era e tendo-o conhecido desde seu nascimento. Só o que duvidava um pouco era em crer naquilo da bela Dulcineia d'El Toboso, pois jamais tivera notícia de tal nome nem de tal princesa, ainda que morasse tão perto de El Toboso.

Nessas conversas estavam quando viram que, pela quebrada entre duas altas montanhas, desciam perto de vinte pastores, todos com pelicos de negra lã vestidos e coroados com grinaldas, que, como depois se viu, eram umas de teixo e outras de cipreste. Entre seis deles traziam umas andas, cobertas com muita variedade de flores e de ramos.

Em vendo o qual, um dos cabreiros disse:

— Aqueles que ali vêm são os que trazem o corpo de Grisóstomo, e o pé daquela montanha é o lugar onde ele mandou que o enterrassem.

Por isso se deram pressa em chegar, e foi ao tempo em que os do séquito acabavam de pôr as andas no chão, e quatro deles com agudas enxadas estavam cavando a sepultura, junto a uma dura penha.

Receberam-se uns a outros cortesmente, e logo D. Quixote e os que com ele vinham se puseram a olhar as andas, e nelas viram coberto de flores um corpo morto vestido de pastor, que aparentava os seus trinta anos; e ainda morto mostrava que vivo fora de rosto formoso e disposição galharda. Em volta dele havia nas mesmas andas alguns livros e muitos papéis, abertos e fechados. E tanto os que isto olhavam como os que cavavam a sepultura, e todos os demais que ali havia, guardavam um maravilhoso silêncio. Até que um daqueles que o morto trouxeram disse a outro:

— Vede bem, Ambrosio, se é este o lugar que Grisóstomo disse, já que

---

el del Toboso de la Mancha, puesto que, para decir verdad, semejante apellido hasta ahora no ha llegado a mis oídos.

— ¡Como eso no habrá llegado! — replicó don Quijote.

Con gran atención iban escuchando todos los demás la plática de los dos, y aun hasta los mesmos cabreros y pastores conocieron la demasiada falta de juicio de nuestro don Quijote. Solo Sancho Panza pensaba que cuanto su amo decía era verdad, sabiendo él quién era y habiéndole conocido desde su nacimiento; y en lo que dudaba algo era en creer aquello de la linda Dulcinea del Toboso, porque nunca tal nombre ni tal princesa había llegado jamás a su noticia, aunque vivía tan cerca del Toboso.

En estas pláticas iban, cuando vieron que, por la quiebra que dos altas montañas hacían, bajaban hasta veinte pastores, todos con pellicos de negra lana vestidos y coronados con guirnaldas, que, a lo que después pareció, eran cuál de tejo y cuál de ciprés. Entre seis dellos traían unas andas, cubiertas de mucha diversidad de flores y de ramos.

Lo cual visto por uno de los cabreros, dijo:

— Aquellos que allí vienen son los que traen el cuerpo de Grisóstomo, y el pie de aquella montaña es el lugar donde él mandó que le enterrasen.

Por esto se dieron priesa a llegar, y fue a tiempo que ya los que venían habían puesto las andas en el suelo, y cuatro dellos con agudos picos estaban cavando la sepultura, a un lado de una dura peña.

Recibiéronse los unos y los otros cortésmente, y luego don Quijote y los que con él venían se pusieron a

quereis que tão pontualmente se cumpra o que ele deixou mandado no seu testamento.

— Este é — respondeu Ambrosio —, pois nele muitas vezes me contou o meu desditoso amigo a história de sua desventura. Ali me disse ele que viu da vez primeira aquela inimiga mortal da linhagem humana, e ali foi também onde da primeira vez lhe declarou o seu pensamento, tão honesto quanto enamorado, e ali foi a última vez em que Marcela acabou de o desenganar e desdenhar, de sorte que pôs fim à tragédia de sua miserável vida. E aqui, em memória de tantas desventuras, quis ele que o depositassem nas entranhas do eterno esquecimento.

E voltando-se para D. Quixote e os viajantes, prosseguiu dizendo:

— Esse corpo, senhores, que com piedosos olhos estais olhando, foi depositário de uma alma em que o céu pôs infinita parte de suas riquezas. Esse é o corpo de Grisóstomo, que foi único no engenho, ímpar na cortesia, extremo na gentileza, fênix na amizade, magnífico sem medida, grave sem presunção, alegre sem baixeza e, finalmente, primeiro em tudo o que é ser bom, e sem segundo em tudo o que foi ser desditoso. Se bem quis, foi detestado; se adorou, foi desdenhado; rogou a uma fera, importunou um mármore, correu empós do vento, deu vozes às soledades, serviu à ingratidão, da qual teve por prêmio ser despojo da morte no meio do caminho da sua vida, à qual deu fim uma pastora que ele procurava eternizar para que vivesse na memória das gentes, o que bem poderiam mostrar esses papéis que estais olhando, se não mos tivesse mandado entregar ao fogo em tendo ele entregado o seu corpo à terra.

— De mais rigor e crueldade usareis vós com eles — disse Vivaldo — que o seu próprio dono, pois não é justo nem certo que se cumpra a vontade de

---

mirar las andas, y en ellas vieron cubierto de flores un cuerpo muerto, vestido como pastor, de edad, al parecer, de treinta años; y, aunque muerto, mostraba que vivo había sido de rostro hermoso y de disposición gallarda. Alrededor dél tenía en las mesmas andas algunos libros y muchos papeles, abiertos y cerrados. Y así los que esto miraban como los que abrían la sepultura, y todos los demás que allí había, guardaban un maravilloso silencio. Hasta que uno de los que al muerto trujeron dijo a otro:

— Mirá bien, Ambrosio, si es este el lugar que Grisóstomo dijo, ya que queréis que tan puntualmente se cumpla lo que dejó mandado en su testamento.

— Este es — respondió Ambrosio —, que muchas veces en él me contó mi desdichado amigo la historia de su desventura. Allí me dijo él que vio la vez primera a aquella enemiga mortal del linaje humano, y allí fue también donde la primera vez le declaró su pensamiento, tan honesto como enamorado, y allí fue la última vez donde Marcela le acabó de desengañar y desdeñar, de suerte que puso fin a la tragedia de su miserable vida. Y aquí, en memoria de tantas desdichas, quiso él que le depositasen en las entrañas del eterno olvido.

Y volviéndose a don Quijote y a los caminantes, prosiguió diciendo:

— Ese cuerpo, señores, que con piadosos ojos estáis mirando, fue depositario de un alma en quien el cielo puso infinita parte de sus riquezas. Ese es el cuerpo de Grisóstomo, que fue único en el ingenio, solo en la cortesía, estremo en la gentileza, fénix en la amistad, magnífico sin tasa, grave sin presunción, alegre sin bajeza, y, finalmente, primero en todo lo que es ser bueno, y sin segundo en todo lo que fue ser desdichado. Quiso bien, fue aborrecido; adoró, fue desdeñado; rogó a una fiera, importunó a un mármol, corrió tras el viento, dio voces a la

alguém cuja ordem contraria todo razoável discurso. E não o tivera bom Augusto César se consentisse que se pusesse em execução o que o divino mantuano deixou em seu testamento mandado.[7] Portanto, senhor Ambrosio, já que dareis o corpo do vosso amigo à terra, não queirais dar seus escritos ao esquecimento, pois se ele ordenou como agravado, não é bem que vós cumprais como indiscreto; antes fazei, dando vida a estes papéis, com que a tenha sempre a crueldade de Marcela, para que, nos tempos que estão por vir, sirva de exemplo aos viventes, para que se previnam e fujam de cair em semelhantes abismos; pois já sei eu, e todos os que aqui viemos, a história desse vosso enamorado e desesperado amigo, e sabemos da amizade vossa e da ocasião de sua morte, e do que deixou mandado ao terminar da vida, de cuja lamentável história se pode tirar quão grandes foram a crueldade de Marcela, o amor de Grisóstomo, a fé da amizade vossa, mais o paradeiro que têm os que à rédea solta correm pela trilha que o desvairado amor diante dos olhos lhes põe. Ontem soubemos da morte de Grisóstomo e que neste lugar havia de ser enterrado, e assim por curiosidade e pena, torcemos o nosso direito rumo e determinamos de vir ver com os olhos o que tanto nos apenara ouvir. E como paga dessa pena e do desejo que em nós nasceu de o remediar se pudéssemos, te rogamos, oh discreto Ambrosio!, ao menos eu te suplico da minha parte que, deixando de abrasar esses papéis, me deixeis apanhar alguns deles.

E sem esperar que o pastor respondesse, estendeu a mão e tomou alguns dos que mais perto estavam; em vista do qual, Ambrosio disse:

— Por cortesia consentirei que fiqueis, senhor, com os que já tomastes; mas pensar que deixarei de abrasar os que restam é pensamento vão.

Vivaldo, que desejava ver o que os papéis diziam, abriu logo um deles e viu que tinha por título "Canção desesperada". Ouviu-o Ambrosio, e disse:

---

soledad, sirvió a la ingratitud, de quien alcanzó por premio ser despojos de la muerte en la mitad de la carrera de su vida, a la cual dio fin una pastora a quien él procuraba eternizar para que viviera en la memoria de las gentes, cual lo pudieran mostrar bien esos papeles que estáis mirando, si él no me hubiera mandado que los entregara al fuego en habiendo entregado su cuerpo a la tierra.

— De mayor rigor y crueldad usaréis vos con ellos — dijo Vivaldo — que su mesmo dueño, pues no es justo ni acertado que se cumpla la voluntad de quien lo que ordena va fuera de todo razonable discurso. Y no le tuviera bueno Augusto César si consintiera que se pusiera en ejecución lo que el divino Mantuano dejó en su testamento mandado. Ansí que, señor Ambrosio, ya que deis el cuerpo de vuestro amigo a la tierra, no queráis dar sus escritos al olvido, que si él ordenó como agraviado, no es bien que vos cumpláis como indiscreto; antes haced, dando la vida a estos papeles, que la tenga siempre la crueldad de Marcela, para que sirva de ejemplo, en los tiempos que están por venir, a los vivientes, para que se aparten y huyan de caer en semejantes despeñaderos; que ya sé yo, y los que aquí venimos, la historia deste vuestro enamorado y desesperado amigo, y sabemos la amistad vuestra y la ocasión de su muerte, y lo que dejó mandado al acabar de la vida, de la cual lamentable historia se puede sacar cuánto haya sido la crueldad de Marcela, el amor de Grisóstomo, la fe de la amistad vuestra, con el paradero que tienen los que a rienda suelta corren por la senda que el desvariado amor delante de los ojos les pone. Anoche supimos la muerte de Grisóstomo y que en este lugar había de ser enterrado, y así, de curiosidad y de lástima, dejamos nuestro derecho viaje y acordamos de venir a ver con los ojos lo que tanto nos había lastimado en oíllo. Y en pago desta lástima y del deseo que en nosotros nació de remedialla si pudiéramos, te rogamos, ¡oh discreto

— Esse é o último papel que o desditoso escreveu; e por que vejais, senhor, os termos a que o levaram suas desventuras, lede-o de maneira que sejais ouvido, que bem vos dará lugar a isto o que se tardará em cavar a sepultura.

— Assim farei de muito bom grado — disse Vivaldo.

E como todos os circunstantes eram do mesmo desejo, logo o rodearam, e ele, lendo em voz clara, viu que assim dizia:

Notas

[1] Adelfa: na tradição pastoril, essa flor era usada em sinal de luto.

[2] "Nunca fora um cavaleiro...": versos do romance de Lançarote, já citado no capítulo II, que conta os amores adúlteros da rainha Ginevra, esposa de Artur, com Lancelote do Lago, mediados pela aia (duenha) Quintañona. A alcoviteira é personagem exclusivo do romanceiro espanhol, não aparecendo no enredo original do ciclo arturiano.

[3] ... que eu padeço: o trecho que começa em "Parece-me, senhor..." foi eliminado pela Inquisição nas edições portuguesas.

[4] Ninguém as mova...: tradução dos versos de *Orlando furioso* (XXIV, 66-67) "[*come volesse dir:*] nessun *la muova,/ che star non possa con Orlando a prova*", comentário à inscrição "*Armatura d'Orlando paladino*" que, como prova de gratidão, o príncipe escocês Cervino (Zerbin) gravara no tronco onde estava pendurada a armadura do seu libertador.

[5] Cachopins de Laredo: linhagem nobre existente na realidade, originária das montanhas de Santander. O pajem Fabio, personagem da *Diana* de Jorge de Montemor, alega ter o mesmo sobrenome ao proclamar sua fidalguia.

[6] Um isto (*un esto*): figa com o dedo médio estendido com que se reforçava uma negativa.

[7] ... o que o divino mantuano deixou em seu testamento: segundo a tradição, Virgílio — o divino mantuano — deixou registrado o pedido de que sua *Eneida*, que ele considerava imperfeita, fosse queimada após sua morte. A vontade do poeta não foi atendida pelo imperador Augusto, que providenciou a publicação do poema.

Ambrosio!, a lo menos, yo te lo suplico de mi parte, que, dejando de abrasar estos papeles, me dejes llevar algunos dellos.

Y sin aguardar que el pastor respondiese, alargó la mano y tomó algunos de los que más cerca estaban; viendo lo cual Ambrosio, dijo:

— Por cortesía consentiré que os quedéis, señor, con los que ya habéis tomado. Pero pensar que dejaré de abrasar los que quedan es pensamiento vano.

Vivaldo, que deseaba ver lo que los papeles decían, abrió luego el uno dellos y vio que tenía por título *Canción desesperada*. Oyólo Ambrosio, y dijo:

— Ese es el último papel que escribió el desdichado; y porque veáis, señor, en el término que le tenían sus desventuras, leelde de modo que seáis oído, que bien os dará lugar a ello el que se tardare en abrir la sepultura.

— Eso haré yo de muy buena gana — dijo Vivaldo.

Y como todos los circunstantes tenían el mesmo deseo, se le pusieron a la redonda, y él, leyendo en voz clara, vio que así decía:

CAPÍTULO XIV

Onde se põem os versos desesperados do finado pastor, mais outros não esperados sucessos

Canção de Grisóstomo[1]

Já que queres, cruel, que se publique
de boca em boca e de uma a outra gente
do teu duro rigor a viva força,
farei que o mesmo inferno comunique
ao triste peito meu um som dolente,
que o uso costumado da voz torça.
E a par do meu desejo, que se esforça
dizendo a minha dor e tuas façanhas,
desta espantável voz irá o acento,
nele mescladas, por maior tormento,
pedaços de minhas míseras entranhas.
Escuta pois e presta atento ouvido,
não ao pausado som, e sim ao ruído
que do mais fundo deste amargo peito,
levado dum forçoso desconcerto,
por meu contento sai, e a teu despeito.

CAPÍTULO XIV

Donde se ponen los versos desesperados del difunto pastor, con otros no esperados sucesos

Canción de Grisóstomo

Ya que quieres, crüel, que se publique
de lengua en lengua y de una en otra gente
del áspero rigor tuyo la fuerza,
haré que el mesmo infierno comunique
al triste pecho mío un son doliente,
con que el uso común de mi voz tuerza.
Y al par de mi deseo, que se esfuerza
a decir mi dolor y tus hazañas,
de la espantable voz irá el acento,
y en él mezcladas, por mayor tormento,
pedazos de las míseras entrañas.
Escucha, pues, y presta atento oído,
no al concertado son, sino al ruïdo
que de lo hondo de mi amargo pecho,
llevado de un forzoso desvarío,
por gusto mío sale y tu despecho.

O rugir do leão, do lobo fero
o temeroso aulido, o silvo hediondo
de escamosa serpente, o espantável
bradado de algum monstro, o agoureiro
grasnar da gralha fosca, mais o estrondo
do vento contrastado ao mar instável;
do já vencido touro o implacável
bramido, e da pombinha desvalida
o carpido arrulhar;[2] o triste canto
do mocho invejado,[3] mais o pranto
da inteira e infernal negra partida,
saiam co'a minha alma em sombra a eito
mesclados em um som, e de tal jeito,
que se confundam os sentidos todos,
pois a pena cruel que em mim encontro
para seu conto pede novos modos.

De tanta confusão, jamais as águas
ouçam do Tejo pai os tristes ecos,
nem do famoso Betis[4] as olivas,
que ali se espalharão as minhas mágoas
em altas penhas e profundos pegos,
com morta língua e com palavras vivas,
ou em escuros vales ou esquivas
praias, despidas de contrato humano,

El rugir del león, del lobo fiero
el temeroso aullido, el silbo horrendo
de escamosa serpiente, el espantable
baladro de algún monstruo, el agorero
graznar de la corneja, y el estruendo
del viento contrastado en mar instable;
del ya vencido toro el implacable
bramido, y de la viuda tortolilla
el sentible arrullar; el triste canto
del envidiado búho, con el llanto
de toda la infernal negra cuadrilla,
salgan con la doliente ánima fuera,
mezclados en un son, de tal manera,
que se confundan los sentidos todos,
pues la pena cruel que en mí se halla
para cantalla pide nuevos modos.

De tanta confusión no las arenas
del padre Tajo oirán los tristes ecos,
ni del famoso Betis las olivas,
que allí se esparcirán mis duras penas
en altos riscos y en profundos huecos,
con muerta lengua y con palabras vivas,
o ya en escuros valles o en esquivas
playas, desnudas de contrato humano,

ou onde o sol jamais mostrou seu lume,
ou entre o venenoso e vil cardume
de feras que alimenta o líbio plaino.[5]
Pois inda que nos páramos desertos
os ecos roucos do meu mal incertos
soem com teu rigor tão sem segundo,
por privilégio dos meus curtos fados,
serão levados pelo vasto mundo.

Mata um desdém, aterra a paciência,
quer verdadeira ou falsa, uma suspeita;
matam os zelos com rigor mais forte
e desconcerta a vida longa ausência;
contra um temor de olvido não sustenta
firme esperança na ditosa sorte.
Em tudo há certa, inevitável morte,
mas eu (milagre nunca visto) vivo
zeloso, ausente, desdenhado e absorto
nessas suspeitas que me mantêm morto,
e neste olvido em que meu fogo avivo.
E entre tantos tormentos, nunca alcança
a vista a ver em sombras a esperança,
nem eu desesperado a procuro,
antes, por me extremar nesta querela,
estar sem ela eternamente juro.

---

o adonde el sol jamás mostró su lumbre,
o entre la venenosa muchedumbre
de fieras que alimenta el libio llano.
Que puesto que en los páramos desiertos
los ecos roncos de mi mal inciertos
suenen con tu rigor tan sin segundo,
por privilegio de mis cortos hados,
serán llevados por el ancho mundo.

Mata un desdén, atierra la paciencia,
o verdadera o falsa, una sospecha;
matan los celos con rigor más fuerte;
desconcierta la vida larga ausencia;
contra un temor de olvido no aprovecha
firme esperanza de dichosa suerte...
En todo hay cierta, inevitable muerte;
mas yo, ¡milagro nunca visto!, vivo
celoso, ausente, desdeñado y cierto
de las sospechas que me tienen muerto,
y en el olvido en quien mi fuego avivo,
y, entre tantos tormentos, nunca alcanza
mi vista a ver en sombra a la esperanza,
ni yo, desesperado, la procuro,
antes, por estremarme en mi querella,
estar sin ella eternamente juro.

Pode-se porventura num instante
esperar e temer, e é bem fazê-lo,
em sendo as causas do temor mais certas?
Tenho, se o duro zelo está diante,
de fechar os meus olhos, se hei de vê-lo
por mil feridas na minh'alma abertas?
E quem pode suas portas ter cerradas
à dura desconfiança, quando avista
às claras o desdém, e mil suspeitas
(oh amarga conversão!) verdades feitas,
e em mentira a verdade mais benquista?
Oh no reino de amor feros tiranos
zelos!, ponde-me ferros nestas mãos.
Dá-me desdém uma torcida soga.
Mas ai de mim, que com cruel vitória
vossa memória o meu penar afoga.

Eu morro enfim, e porque não espero
ventura, nem na morte nem na vida,
pertinaz estarei na fantasia.
Direi que é bem querer tal como eu quero,
e que é mais livre a alma mais rendida
à de amor antiga tirania.
Direi que a inimiga sempre minha
formosa a alma como o corpo tem,

¿Puédese, por ventura, en un instante
esperar y temer, o es bien hacello,
siendo las causas del temor más ciertas?
¿Tengo, si el duro celo está delante,
de cerrar estos ojos, si he de vello
por mil heridas en el alma abiertas?
¿Quién no abrirá de par en par las puertas
a la desconfianza, cuando mira
descubierto el desdén, y las sospechas,
¡oh amarga conversión!, verdades hechas,
y la limpia verdad vuelta en mentira?
¡Oh en el reino de amor fieros tiranos
celos!, ponedme un hierro en estas manos.

Dame, desdén, una torcida soga.
Mas, ¡ay de mí!, que con crüel vitoria
vuestra memoria el sufrimiento ahoga.

Yo muero, en fin, y porque nunca espere
buen suceso en la muerte ni en la vida,
pertinaz estaré en mi fantasía.
Diré que va acertado el que bien quiere,
y que es más libre el alma más rendida
a la de amor antigua tiranía.
Diré que la enemiga siempre mía
hermosa el alma como el cuerpo tiene,

que seu olvido é só por meu pecado
e quando assim nos deixa lastimados,
do amor o império em justa paz mantém.
E nesta opinião e um duro laço,
acelerando o miserável prazo
a que me conduziram seus desdéns,
ofertarei aos ventos corpo e alma,
sem louro ou palma de futuros bens.

Tu que com tantas sem-razões demonstras
a razão que me obriga a que esta faça
contra a cansada vida que aborreço;
pois já vês que te dá notórias mostras
o meu chagado peito ardendo em brasa
de quão alegre ao teu rigor me of'reço,
se por acaso entendes que mereço
que o claro céu dos teus olhos formosos
com meu morrer se turve, não concedas,
pois não quero jamais que te arrependas
ao dar-te da minha alma estes despojos.
Antes com riso na ocasião funesta
descobre que o meu fim foi tua festa.
Mas cuido ser tolice que isto alerte
pois sei que é tua glória conhecida
que minha vida chegue ao fim tão preste.

---

y que su olvido de mi culpa nace,
y que, en fe de los males que nos hace,
amor su imperio en justa paz mantiene.
Y con esta opinión y un duro lazo,
acelerando el miserable plazo
a que me han conducido sus desdenes,
ofreceré a los vientos cuerpo y alma,
sin lauro o palma de futuros bienes.

Tú, que con tantas sinrazones muestras
la razón que me fuerza a que la haga
a la cansada vida que aborrezco,
pues ya ves que te da notorias muestras

esta del corazón profunda llaga
de cómo alegre a tu rigor me ofrezco,
si por dicha conoces que merezco
que el cielo claro de tus bellos ojos
en mi muerte se turbe, no lo hagas:
que no quiero que en nada satisfagas
al darte de mi alma los despojos;
antes con risa en la ocasión funesta
descubre que el fin mío fue tu fiesta.
Mas gran simpleza es avisarte desto,
pues sé que está tu gloria conocida
en que mi vida llegue al fin tan presto.

Que venha, é tempo já, do precipício
Tântalo sedento; Sísifo venha
dobrado sob o peso do seu canto;
Também com seu abutre venha Tício
e com sua roda Ixião não se detenha,
nem tampouco as irmãs que lidam tanto,[6]
e todos juntos seu mortal quebranto
trasladem ao meu peito, e sussurrando
(se a um desesperado são devidas)
cantem exéquias tristes, doloridas,
ao corpo a que se nega o campo-santo.
E o porteiro infernal, o de três rostos,[7]
com outras mil quimeras e mil monstros,
contraponham a dor num só conjunto
que outra pompa melhor não me parece
que a que merece um amador defunto.

Canção desesperada, não te queixes
quando esta triste companhia deixes;
pois, como a causa de que tu surgiste
com meu finar aumenta sua ventura,
sequer à sepultura estejas triste.

Agradou a canção de Grisóstomo aos que a escutaram, conquanto quem a leu dissesse que não lhe parecia se ajustar à relação que ele ouvira do recato e da bondade de Marcela, pois nela se queixava Grisóstomo de ciúmes,

---

Venga, que es tiempo ya, del hondo abismo
Tántalo con su sed; Sísifo venga
con el peso terrible de su canto;
Ticio traiga su buitre, y ansimismo
con su rueda Egión no se detenga,
ni las hermanas que trabajan tanto,
y todos juntos su mortal quebranto
trasladen en mi pecho, y en voz baja
— si ya a un desesperado son devidas —
canten obsequias tristes, doloridas,
al cuerpo, a quien se niegue aun la mortaja;
y el portero infernal de los tres rostros,
con otras mil quimeras y mil monstros,
lleven el doloroso contrapunto,
que otra pompa mejor no me parece
que la merece un amador difunto.

Canción desesperada, no te quejes
cuando mi triste compañía dejes;
antes, pues que la causa do naciste
con mi desdicha aumenta su ventura,
aun en la sepultura no estés triste.

Bien les pareció a los que escuchado habían la canción de Grisóstomo, puesto que el que la leyó dijo que no le parecía que conformaba con la relación que él había oído del recato y bondad de Marcela, porque en ella se quejaba Grisóstomo de celos, sospechas y de ausencia, todo en perjuicio del buen crédito y buena fama de Marcela. A lo cual respondió Ambrosio, como aquel que sabía bien los más escondidos pensamientos de su amigo:
— Para que, señor, os satisfagáis desa duda, es bien que sepáis que cuando este desdichado escribió esta canción estaba ausente de Marcela, de quien él se había ausentado por su voluntad, por ver si usaba con él la

suspeitas e de ausência, tudo em prejuízo do bom crédito e da boa fama de Marcela. Ao que respondeu Ambrosio, como aquele que sabia até dos mais secretos pensamentos do seu amigo:

— Para desfazer essa vossa dúvida, senhor, é bem que saibais que, quando este desditoso escreveu esta canção, estava ele ausente de Marcela, de quem se ausentara por sua própria vontade, para ver se a ausência obrava nele com seus ordinários poderes. E como ao enamorado ausente não há coisa que não fatigue nem temor que não alcance, assim fatigavam a Grisóstomo os ciúmes imaginados e as suspeitas temidas como se fossem verdadeiras. E com isto fica por desmentir a proclamada verdade sobre a bondade de Marcela, a quem, afora o ser cruel, e um pouco arrogante, e um muito desdenhosa, a mesma inveja não lhe deve nem pode imputar falta alguma.

— Assim é a verdade — respondeu Vivaldo.

E querendo ler outro papel dos que havia resgatado do fogo, interrompeu-o uma maravilhosa visão, pois tal parecia ela, que imprevistamente se lhe ofereceu aos olhos; e foi que, sobre a penha a cuja sombra se cavava a sepultura, apareceu a pastora Marcela, tão bela que superava sua fama sua beleza. Os que até então não a tinham visto a olhavam com admiração e silêncio, e os que já estavam acostumados a vê-la não ficaram menos absortos que os que nunca a tinham visto. Mas apenas a vira Ambrosio, quando, com mostras de ânimo indignado, lhe disse:

— Vens porventura ver, oh fero basilisco destas montanhas!, se com tua presença vertem sangue as feridas deste desventurado[8] a quem tua crueldade tirou a vida? Ou vens ufanar-te das cruéis façanhas da tua condição? Ou ver do alto, como outro impiedoso Nero, o incêndio de sua abrasada Roma? Ou tripudiar arrogante sobre este desditoso cadáver, como a ingrata filha sobre

---

ausencia de sus ordinarios fueros; y como al enamorado ausente no hay cosa que no le fatigue ni temor que no le dé alcance, así le fatigaban a Grisóstomo los celos imaginados y las sospechas temidas como si fueran verdaderas. Y con esto queda en su punto la verdad que la fama pregona de la bondad de Marcela, la cual, fuera de ser cruel, y un poco arrogante, y un mucho desdeñosa, la mesma envidia ni debe ni puede ponerle falta alguna.

— Así es la verdad — respondió Vivaldo.

Y queriendo leer otro papel de los que había reservado del fuego, lo estorbó una maravillosa visión — que tal parecía ella — que improvisamente se les ofreció a los ojos; y fue que por cima de la peña donde se cavaba la sepultura pareció la pastora Marcela, tan hermosa, que pasaba a su fama su hermosura. Los que hasta entonces no la habían visto la miraban con admiración y silencio, y los que ya estaban acostumbrados a verla no quedaron menos suspensos que los que nunca la habían visto. Mas apenas la hubo visto Ambrosio, cuando con muestras de ánimo indignado le dijo:

— ¿Vienes a ver, por ventura, ¡oh fiero basilisco destas montañas!, si con tu presencia vierten sangre las heridas deste miserable a quien tu crueldad quitó la vida? ¿O vienes a ufanarte en las crueles hazañas de tu condición? ¿O a ver desde esa altura, como otro despiadado Nero, el incendio de su abrasada Roma? ¿O a pisar arrogante este desdichado cadáver, como la ingrata hija al de su padre Tarquino? Dinos presto a lo que vienes o qué es aquello de que más gustas, que, por saber yo que los pensamientos de Grisóstomo jamás dejaron de obedecerte en vida, haré que, aun él muerto, te obedezcan los de todos aquellos que se llamaron sus amigos.

— No vengo, ¡oh Ambrosio!, a ninguna cosa de las que has dicho — respondió Marcela —, sino a volver

o de seu pai, Tarquínio?[9] Dize-nos logo ao que vens ou que é aquilo que mais queres, pois, por saber que os pensamentos de Grisóstomo jamais deixaram de obedecer-te em vida, farei que, estando ele morto, te obedeçam os de todos que se disseram amigos dele.

— Não venho, oh Ambrosio!, por nada do que disseste — respondeu Marcela —, mas volto por mim mesma para trazer à luz a desrazão de todos aqueles que de suas penas e da morte de Grisóstomo me culpam; e assim rogo a todos os que aqui estais que presteis atenção, que não será mister muito tempo nem gastar muitas palavras para persuadir uma verdade aos discretos. Fez-me o céu, segundo afirmais, formosa, e de tal maneira que, sem serdes poderosos a outra coisa, a que me ameis vos move a minha formosura, e pelo amor que me mostrais dizeis e até quereis que seja eu obrigada a vos amar. Eu entendo, com o senso natural que Deus me deu, que tudo que é formoso seja amável; mas não alcanço que, por razão de ser amado, seja obrigado o amado por formoso a amar a quem o ama. E mais, que poderia acontecer ser feio o amador do formoso, e sendo o feio digno de ser detestado, muito mal diz o dito "Quero-te por formosa, hás de me amar ainda que eu seja feio". Mas em caso de que sejam iguais as formosuras, nem por isso hão de correr iguais os desejos, pois nem toda formosura enamora: algumas há que alegram a vista mas não rendem a vontade; pois se todas as belezas enamorassem e rendessem, seria um andarem as vontades confusas e desencaminhadas, sem saber em qual parar, porque sendo infinitos os sujeitos formosos, infinitos seriam os desejos. E segundo ouvi dizer, o verdadeiro amor não se divide, e há de ser voluntário, e não forçoso. Sendo isto assim, como eu creio que é, por que quereis que renda a minha vontade por força, obrigada não mais que por dizerdes que me quereis bem? Senão dizei-me: se como o céu me fez for-

---

por mí misma y a dar a entender cuán fuera de razón van todos aquellos que de sus penas y de la muerte de Grisóstomo me culpan; y, así, ruego a todos los que aquí estáis me estéis atentos, que no será menester mucho tiempo ni gastar muchas palabras para persuadir una verdad a los discretos. Hízome el cielo, según vosotros decís, hermosa, y de tal manera, que, sin ser poderosos a otra cosa, a que me améis os mueve mi hermosura, y por el amor que me mostráis decís y aun queréis que esté yo obligada a amaros. Yo conozco, con el natural entendimiento que Dios me ha dado, que todo lo hermoso es amable; mas no alcanzo que, por razón de ser amado, esté obligado lo que es amado por hermoso a amar a quien le ama. Y más, que podría acontecer que el amador de lo hermoso fuese feo, y siendo lo feo digno de ser aborrecido, cae muy mal el decir "Quiérote por hermosa: hasme de amar aunque sea feo". Pero, puesto caso que corran igualmente las hermosuras, no por eso han de correr iguales los deseos, que no todas hermosuras enamoran: que algunas alegran la vista y no rinden la voluntad; que si todas las bellezas enamorasen y rindiesen, sería un andar las voluntades confusas y descaminadas, sin saber en cuál habían de parar, porque, siendo infinitos los sujetos hermosos, infinitos habían de ser los deseos. Y, según yo he oído decir, el verdadero amor no se divide, y ha de ser voluntario, y no forzoso. Siendo esto así, como yo creo que es, ¿por qué queréis que rinda mi voluntad por fuerza, obligada no más de que decís que me queréis bien? Si no, decidme: si como el cielo me hizo hermosa me hiciera fea, ¿fuera justo que me quejara de vosotros porque no me amábades? Cuanto más, que habéis de considerar que yo no escogí la hermosura que tengo, que tal cual es el cielo me la dio de gracia, sin yo pedilla ni escogella. Y así como la víbora no merece ser culpada por la ponzoña que tiene, puesto que con ella mata, por habérsela dado naturaleza, tampoco yo merezco ser reprehendida por ser

mosa me tivesse feito feia, seria justo que eu me queixasse de vós por não me amardes? Tanto mais que haveis de considerar que eu não escolhi a formosura que tenho, a qual recebi do céu de graça, tal como é, sem que eu a pedisse nem escolhesse. E assim como a serpente não merece ser culpada pela peçonha que tem, ainda que com ela mate, por tê-la recebido da natureza, eu também não mereço ser repreendida por ser formosa, pois a formosura na mulher honesta é como o fogo apartado ou como a espada aguda, que nem ele queima nem ela corta quem deles não se aproxima. A honra e as virtudes são adornos da alma, sem as quais o corpo, ainda que o seja, não deve de parecer formoso. Pois se a honestidade é uma das virtudes que mais adornam e formoseiam corpo e alma, por que há de perdê-la a mulher amada por formosa, só por corresponder à intenção daquele que, por seu gosto, com todas as suas forças e indústrias procura que a perca? Eu nasci livre, e para poder viver livre escolhi a solidão dos campos. As árvores destas montanhas são minha companhia; as claras águas destes regatos, meus espelhos; às árvores e às águas comunico meus pensamentos e formosura. Fogo sou apartado e espada posta longe. Aqueles que enamorei com a vista desenganei com palavras; e se os desejos se alimentam de esperanças, não havendo eu dado nenhuma a Grisóstomo, nem aos de outro algum cedido, bem se pode dizer que antes o matou sua porfia que minha crueldade. E se me alegarem que eram honestos seus pensamentos e que por isto era eu obrigada a correspondê-los, direi que, quando neste mesmo lugar onde agora se cava sua sepultura ele a mim descobriu a bondade da sua intenção, eu lhe disse que a minha era viver em perpétua solidão e só à terra entregar o fruto do meu recolhimento e os despojos da minha formosura; e se ele, a despeito de tal desengano, quis porfiar contra a esperança e navegar contra o vento, estranha ter soçobrado

---

hermosa, que la hermosura en la mujer honesta es como el fuego apartado o como la espada aguda, que ni él quema ni ella corta a quien a ellos no se acerca. La honra y las virtudes son adornos del alma, sin las cuales el cuerpo, aunque lo sea, no debe de parecer hermoso. Pues si la honestidad es una de las virtudes que al cuerpo y al alma más adornan y hermosean, ¿por qué la ha de perder la que es amada por hermosa, por corresponder a la intención de aquel que, por solo su gusto, con todas sus fuerzas y industrias procura que la pierda? Yo nací libre, y para poder vivir libre escogí la soledad de los campos: los árboles destas montañas son mi compañía; las claras aguas destos arroyos, mis espejos; con los árboles y con las aguas comunico mis pensamientos y hermosura. Fuego soy apartado y espada puesta lejos. A los que he enamorado con la vista he desengañado con las palabras; y si los deseos se sustentan con esperanzas, no habiendo yo dado alguna a Grisóstomo, ni a otro alguno el fin de ninguno dellos, bien se puede decir que antes le mató su porfía que mi crueldad. Y si se me hace cargo que eran honestos sus pensamientos y que por esto estaba obligada a corresponder a ellos, digo que cuando en ese mismo lugar donde ahora se cava su sepultura me descubrió la bondad de su intención, le dije yo que la mía era vivir en perpetua soledad y de que sola la tierra gozase el fruto de mi recogimiento y los despojos de mi hermosura; y si él, con todo este desengaño, quiso porfiar contra la esperanza y navegar contra el viento, ¿qué mucho que se anegase en la mitad del golfo de su desatino? Si yo le entretuviera, fuera falsa; si le contentara, hiciera contra mi mejor intención y prosupuesto. Porfió desengañado, desesperó sin ser aborrecido: ¡mirad ahora si será razón que de su pena se me dé a mí la culpa! Quéjese el engañado, desespérese aquel a quien le faltaron las prometidas esperanzas, confíese el que yo llamare, ufánese el que yo admitiere; pero no me llame cruel ni homicida aquel a quien yo no

no mar do seu desatino? Se eu o entretivesse, seria falsa; se o contentasse, atentaria contra a minha melhor tenção e propósito. Porfiou desenganado, desesperou sem ser detestado: vede agora se é razão que da sua pena me culpem! Pode queixar-se o enganado, desesperar aquele a quem faltaram prometidas esperanças, confiar-se quem eu solicitar, ufanar-se quem eu aceitar; mas que não me chame cruel nem homicida aquele a quem não prometo, engano, solicito nem aceito. O céu até agora não quis que eu ame por destino, e vão é pensar que hei de amar por escolha. Que este geral desengano sirva a cada um dos que me solicitam para o seu particular proveito; e entenda-se daqui em diante que, se alguém por mim morre, não morre de ciúmes nem despeito, pois quem a ninguém ama a ninguém deve dar ciúmes, e os desenganos não se hão de lançar à conta dos desdéns. Quem me chama fera e basilisco que me deixe como coisa prejudicial e má; quem me chama ingrata não me sirva; quem desconhecida, não me conheça; quem cruel, que não me siga; e esta fera, este basilisco, esta ingrata, esta cruel e esta desconhecida não vos buscará, servirá, conhecerá nem seguirá de modo algum. Pois se Grisóstomo foi morto por sua impaciência e destemperado desejo, por que se há de culpar o meu honesto proceder e recato? Se conservo a minha limpeza na companhia das árvores, por que há de querer que a perca quem deseja que eu tenha a dos homens? Eu, como sabeis, tenho riquezas próprias e não cobiço as alheias; tenho livre condição e não gosto de sujeitar-me; não amo nem detesto ninguém; não engano este nem solicito aquele; não desfruto de um nem me entretenho com outro. A conversa honesta das zagalas destas aldeias e o cuidado das minhas cabras me entretêm. Têm meus desejos por termo estas montanhas, e quando daqui saem é para contemplar a beleza do céu, passos com que caminha a alma para sua morada primeira.

---

prometo, engaño, llamo ni admito. El cielo aún hasta ahora no ha querido que yo ame por destino, y el pensar que tengo de amar por elección es escusado. Este general desengaño sirva a cada uno de los que me solicitan de su particular provecho; y entiéndase de aquí adelante que si alguno por mí muriere, no muere de celoso ni desdichado, porque quien a nadie quiere a ninguno debe dar celos, que los desengaños no se han de tomar en cuenta de desdenes. El que me llama fiera y basilisco déjeme como cosa perjudicial y mala; el que me llama ingrata no me sirva; el que desconocida, no me conozca; quien cruel, no me siga; que esta fiera, este basilisco, esta ingrata, esta cruel y esta desconocida ni los buscará, servirá, conocerá ni seguirá en ninguna manera. Que si a Grisóstomo mató su impaciencia y arrojado deseo, ¿por qué se ha de culpar mi honesto proceder y recato? Si yo conservo mi limpieza con la compañía de los árboles, ¿por qué ha de querer que la pierda el que quiere que la tenga con los hombres? Yo, como sabéis, tengo riquezas propias, y no codicio las ajenas; tengo libre condición, y no gusto de sujetarme; ni quiero ni aborrezco a nadie; no engaño a este ni solicito aquel; ni burlo con uno ni me entretengo con el otro. La conversación honesta de las zagalas destas aldeas y el cuidado de mis cabras me entretiene. Tienen mis deseos por término estas montañas, y si de aquí salen es a contemplar la hermosura del cielo, pasos con que camina el alma a su morada primera.

Y en diciendo esto, sin querer oír respuesta alguna, volvió las espaldas y se entró por lo más cerrado de un monte que allí cerca estaba, dejando admirados tanto de su discreción como de su hermosura a todos los que allí estaban. Y algunos dieron muestras (de aquellos que de la poderosa flecha de los rayos de sus bellos ojos estaban heridos) de quererla seguir, sin aprovecharse del manifiesto desengaño que habían oído. Lo cual visto por don

E em dizendo isto, sem querer ouvir resposta alguma, virou as costas e entrou no mais cerrado de um bosque que ali perto havia, deixando admirados tanto de sua discrição como de sua formosura a todos os que lá estavam. E alguns fizeram menção (dentre os que da poderosa flecha dos raios de seus belos olhos estavam feridos) de querê-la seguir, sem nada aproveitar do manifesto desengano que tinham ouvido. Em vendo o qual D. Quixote, parecendo-lhe que ali cumpria fazer uso da sua cavalaria, socorrendo as donzelas necessitadas, pôs a mão no punho de sua espada e em altas e inteligíveis vozes disse:

— Que pessoa alguma, seja do estado e condição que for, se atreva a seguir a formosa Marcela, sob pena de cair na furiosa indignação minha. Ela mostrou com claras e suficientes razões a pouca ou nenhuma culpa que teve da morte de Grisóstomo e quão longe vive de condescender aos desejos de qualquer dos seus amantes; pelo qual é justo que, em vez de ser seguida e perseguida, seja honrada e estimada por todos os bons do mundo, pois mostra ser nele a única que com tão honesta intenção vive.

Quer fosse pelas ameaças de D. Quixote, ou porque Ambrosio os urgiu a concluir o que a seu bom amigo deviam, nenhum dos pastores se moveu nem arredou dali até que, terminada a sepultura e abrasados os papéis de Grisóstomo, puseram seu corpo nela, não sem muitas lágrimas dos circunstantes. Fecharam a sepultura com uma grande pedra, enquanto não se fazia a lápide que, segundo Ambrosio disse, pensava encomendar com um epitáfio que haveria de dizer assim:

Jaz aqui dum amador
o pobre corpo gelado,

Quijote, pareciéndole que allí venía bien usar de su caballería, socorriendo a las doncellas menesterosas, puesta la mano en el puño de su espada, en altas e inteligibles voces dijo:

— Ninguna persona, de cualquier estado y condición que sea, se atreva a seguir a la hermosa Marcela, so pena de caer en la furiosa indignación mía. Ella ha mostrado con claras y suficientes razones la poca o ninguna culpa que ha tenido en la muerte de Grisóstomo y cuán ajena vive de condescender con los deseos de ninguno de sus amantes; a cuya causa es justo que, en lugar de ser seguida y perseguida, sea honrada y estimada de todos los buenos del mundo, pues muestra que en él ella es sola la que con tan honesta intención vive.

O ya que fuese por las amenazas de don Quijote, o porque Ambrosio les dijo que concluyesen con lo que a su buen amigo debían, ninguno de los pastores se movió ni apartó de allí hasta que, acabada la sepultura y abrasados los papeles de Grisóstomo, pusieron su cuerpo en ella, no sin muchas lágrimas de los circunstantes. Cerraron la sepultura con una gruesa peña, en tanto que se acababa una losa que, según Ambrosio dijo, pensaba mandar hacer con un epitafio que había de decir desta manera:

Yace aquí de un amador
el mísero cuerpo helado,
que fue pastor de ganado,
perdido por desamor.

que foi um pastor de gado,
perdido por desamor.

Morreu nas mãos do rigor
duma esquiva e bela ingrata,
com quem seu poder dilata
a tirania de amor.

Em seguida espalharam por cima da sepultura muitas flores e ramos e, dando todos os pêsames a seu amigo Ambrosio, despediram-se dele. O mesmo fizeram Vivaldo e seu companheiro, e D. Quixote se despediu de seus anfitriões e dos viajantes, os quais lhe rogaram que fosse com eles até Sevilha, por ser lugar tão propício para achar aventuras, que em cada rua e ao dobrar de cada esquina se oferecem mais que em nenhum outro. D. Quixote agradeceu-lhes o aviso e o ânimo que mostravam de lhe fazer mercê, e disse que por ora não queria nem devia ir a Sevilha, até que houvesse despojado todas aquelas serras de ladrões facinorosos, dos quais era fama que todas estavam cheias. Vendo sua firme determinação, não quiseram os viajantes importuná-lo mais e, despedindo-se outra vez, o deixaram e seguiram seu caminho, no qual não lhes faltou do que falar, tanto da história de Marcela e Grisóstomo como das loucuras de D. Quixote. O qual determinou de ir em busca da pastora Marcela e oferecer-lhe tudo o que ele podia em seu serviço; mas não lhe aconteceu como pensava, segundo se conta no discorrer desta verdadeira história, findando aqui a segunda parte.

Murió a manos del rigor
de una esquiva hermosa ingrata,
con quien su imperio dilata
la tiranía de amor.

Luego esparcieron por cima de la sepultura muchas flores y ramos, y, dando todos el pésame a su amigo Ambrosio, se despidieron dél. Lo mesmo hicieron Vivaldo y su compañero, y don Quijote se despidió de sus huéspedes y de los caminantes, los cuales le rogaron se viniese con ellos a Sevilla, por ser lugar tan acomodado a hallar aventuras, que en cada calle y tras cada esquina se ofrecen más que en otro alguno. Don Quijote les agradeció el aviso y el ánimo que mostraban de hacerle merced, y dijo que por entonces no quería ni debía ir a Sevilla, hasta que hubiese despojado todas aquellas sierras de ladrones malandrines, de quien era fama que todas estaban llenas. Viendo su buena determinación, no quisieron los caminantes importunarle más, sino, tornándose a despedir de nuevo, le dejaron y prosiguieron su camino, en el cual no les faltó de qué tratar, así de la historia de Marcela y Grisóstomo como de las locuras de don Quijote. El cual determinó de ir a buscar a la pastora Marcela y ofrecerle todo lo que él podía en su servicio; mas no le avino como él pensaba, según se cuenta en el discurso desta verdadera historia, dando aquí fin la segunda parte.

Notas

[1] Canção de Grisóstomo (versos desesperados): a *canzone disperata*, a que corresponde este poema, é um gênero poético originário da tradição literária italiana, raro na literatura espanhola. Compõe-se de estrofes de dezesseis decassílabos, com rima encadeada no último par (o final do penúltimo rimando com o hemistíquio do último), mais uma estrofe final (envio) de cinco versos. Vale registrar que, no século XIX, foi encontrada na biblioteca de Sevilha outra versão do poema, com significativas diferenças em relação a esta, o que levou muitos estudiosos a deduzirem que a "Canção de Grisóstomo" foi composta antes da redação do *Quixote*.

[2] Pombinha desvalida: segundo o tópico da pomba viúva que pranteia a morte do companheiro, muito caro à poesia do Século de Ouro espanhol.

[3] Mocho invejado: evocação da crença popular de que as demais aves de rapina invejam os belos olhos do mocho.

[4] Betis: nome romano do rio Guadalquivir, que percorre boa parte da Andaluzia.

[5] O líbio plaino: os desertos da Líbia, conforme o tópico literário que dá essa região como infestada de animais peçonhentos.

[6] Tântalo, Sísifo, Tício, Ixião, as irmãs: a estrofe alude a uma série de figuras da mitologia greco-romana que têm em comum o sofrimento de suplícios sem fim nos abismos infernais. As quatro primeiras foram reunidas por Ovídio no livro IV das *Metamorfoses* e retomadas por diversos poetas, entre eles Camões (Canção II). Tântalo: por afrontar o Olimpo, foi condenado a fome e sede insaciáveis, pois os rios lhe negavam suas águas e as árvores, seus frutos. Sísifo: como punição por suas trapaças, foi entregue à eterna tarefa de empurrar uma rocha até o alto de uma montanha, para vê-la sempre rolar antes de atingir o topo. Tício: pela tentativa de estupro de Leto, recebeu o mesmo suplício que o titã Prometeu, tendo o fígado permanentemente devorado por um abutre. Ixião (Íxion): depois de tentar seduzir Hera e alardear a falsa conquista, foi amarrado com serpentes a uma roda que gira eternamente sobre chamas. As irmãs: as 49 Danaides que, à diferença de sua irmã Hipernestra, obedeceram ao mandato do pai, o rei Danao, e degolaram seus maridos na noite de núpcias, sendo por isso condenadas pelos deuses a encher de água um tonel sem fundo.

[7] O porteiro infernal: o Cérbero, cão mitológico de três cabeças que guardava as portas do Hades/Averno.

[8] Vertem sangue as feridas...: segundo a crença popular de que o cadáver do assassinado sangra na presença do assassino.

[9] ... como a ingrata filha sobre o [cadáver] de seu pai, Tarquínio: evocação de uma antiga lenda romana, porém confundindo o rei Sérvio Túlio com seu genro, Tarquínio o Soberbo. Segundo a tradição, o rei foi assassinado a mando da própria filha, Túlia, para que seu marido pudesse ocupar o trono, a qual depois profanou o cadáver do pai esmagando-o sob as rodas de seu carro. A confusão entre as duas figuras já se encontra no romanceiro espanhol.

TERCEIRA PARTE

CAPÍTULO XV

*Onde se conta a desgraçada aventura
com que topou D. Quixote
em topar com uns desalmados galegos*[1]

Conta o sábio Cide Hamete Benengeli que, assim como D. Quixote se despediu de seus anfitriões e de todos os que se encontravam no enterro do pastor Grisóstomo, ele e seu escudeiro entraram pelo mesmo bosque onde viram que tinha entrado a pastora Marcela, e depois de andar mais de duas horas por ele, procurando-a por toda a parte, sem acertar a achá-la, foram dar num prado cheio de fresca grama, junto ao qual corria um regato ameno e fresco, tanto que os convidou e forçou a passarem ali o calor da sesta, que com rigor já vinha chegando.

Apearam D. Quixote e Sancho e, deixando o jumento e Rocinante pastarem à larga da muita grama que ali havia, atacaram os alforjes e, sem cerimônia alguma, em boa paz e companhia, amo e criado comeram o que neles acharam. Não cuidara Sancho de pôr peias a Rocinante, certo de o conhecer como muito manso e pouco brioso, tanto que nem todas as éguas do pastio de Córdova o desencaminhariam. Mas quis a sorte, e o diabo (que nem sempre dorme), que andasse por aquele vale pastando uma manada de éguas galizianas[2] de uns arreeiros galegos, dos quais é costume sestear sua récua em

---

CAPÍTULO XV

*Donde se cuenta la desgraciada aventura
que se topó don Quijote
en topar con unos desalmados yangüeses*

Cuenta el sabio Cide Hamete Benengeli que así como don Quijote se despidió de sus huéspedes y de todos los que se hallaron al entierro del pastor Grisóstomo, él y su escudero se entraron por el mesmo bosque donde vieron que se había entrado la pastora Marcela, y, habiendo andado más de dos horas por él, buscándola por todas partes, sin poder hallarla, vinieron a parar a un prado lleno de fresca yerba, junto del cual corría un arroyo apacible y fresco: tanto, que convidó y forzó a pasar allí las horas de la siesta, que rigurosamente comenzaba ya a entrar.

Apeáronse don Quijote y Sancho y, dejando al jumento y a Rocinante a sus anchuras pacer de la mucha yerba que allí había, dieron saco a las alforjas y, sin cerimonia alguna, en buena paz y compañía, amo y mozo comieron lo que en ellas hallaron.

No se había curado Sancho de echar sueltas a Rocinante, seguro de que le conocía por tan manso y tan

lugares e paragens de pasto e água, e aquele onde acertou de estar D. Quixote lhes vinha bem a propósito.

Aconteceu pois que Rocinante teve o desejo de se refocilar com as senhoras hacaneias, e saindo, assim como as farejou, do seu natural rumo e costume, sem pedir licença ao dono, deu um trotezinho algum tanto aceso e foi participá-las de sua necessidade. Mas elas, que pelo visto deviam de ter mais vontade de pastar que de outra coisa, o receberam com as ferraduras e com os dentes, de tal maneira que logo se lhe romperam as cilhas, ficando sem sela, em pelo. Mas o que ele mais deve de ter sentido foi que, vendo os arreeiros que suas éguas eram forçadas, acudiram com bordões, e tantas bordoadas lhe deram que o deixaram estropiado no chão.

Já nisto D. Quixote e Sancho, que tinham visto a sova de Rocinante, já chegavam arfando, e disse D. Quixote a Sancho:

— Pelo que vejo, amigo Sancho, estes não são cavaleiros, mas gente soez e de baixa raleia. Digo-o porque bem me podes ajudar a tomar a devida vingança do agravo que diante dos nossos olhos foi feito a Rocinante.

— Que diabo de vingança havemos de tomar — respondeu Sancho —, se eles são mais de vinte, e nós apenas dois, ou quem sabe um e meio?

— Eu valho por cento — replicou D. Quixote.

E sem fazer mais discursos arrancou a espada e arremeteu contra os arreeiros, e o mesmo fez Sancho Pança, incitado e movido pelo exemplo de seu amo; e de saída acertou D. Quixote uma cutilada num deles, abrindo-lhe o gibão de couro que vestia, com grande parte das costas.

Os arreeiros, ao se verem maltratar por aqueles dois homens sozinhos, sendo eles tantos, agarraram de seus bordões e, cercando os dois, deram neles com grande afinco e veemência. Verdade é que num toque deitaram San-

---

poco rijoso, que todas las yeguas de la dehesa de Córdoba no le hicieran tomar mal siniestro. Ordenó, pues, la suerte, y el diablo (que no todas veces duerme), que andaban por aquel valle paciendo una manada de hacas galicianas de unos arrieros gallegos, de los cuales es costumbre sestear con su recua en lugares y sitios de yerba y agua, y aquel donde acertó a hallarse don Quijote era muy a propósito de los gallegos.

Sucedió, pues, que a Rocinante le vino en deseo de refocilarse con las señoras facas, y saliendo, así como las olió, de su natural paso y costumbre, sin pedir licencia a su dueño, tomó un trotico algo picadillo y se fue a comunicar su necesidad con ellas. Mas ellas, que, a lo que pareció, debían de tener más gana de pacer que de ál, recibiéronle con las herraduras y con los dientes, de tal manera, que a poco espacio se le rompieron las cinchas, y quedó sin silla, en pelota. Pero lo que él debió más de sentir fue que, viendo los arrieros la fuerza que a sus yeguas se les hacía, acudieron con estacas, y tantos palos le dieron, que le derribaron malparado en el suelo.

Ya en esto don Quijote y Sancho, que la paliza de Rocinante habían visto, llegaban ijadeando, y dijo don Quijote a Sancho:

— A lo que yo veo, amigo Sancho, estos no son caballeros, sino gente soez y de baja ralea. Dígolo porque bien me puedes ayudar a tomar la debida venganza del agravio que delante de nuestros ojos se le ha hecho a Rocinante.

— ¿Qué diablos de venganza hemos de tomar — respondió Sancho —, si estos son más de veinte, y nosotros no más de dos, y aun quizá nosotros sino uno y medio?

— Yo valgo por ciento — replicó don Quijote.

cho por terra, o mesmo acontecendo com D. Quixote, sem que lhe valesse sua destreza e coragem, e quis sua sorte que viesse a cair aos pés de Rocinante, que ainda não se levantara: o que bem mostra com que fúria moem bordões postos em mãos rústicas e iradas.

Vendo então os arreeiros o estrago que haviam feito, reuniram sua récua com a maior presteza possível e seguiram seu caminho, deixando os dois aventureiros em mau estado e pior talante. O primeiro a dar por si foi Sancho Pança; e achando-se junto a seu senhor, com voz franzina e lastimosa disse:

— Senhor D. Quixote? Ai, senhor D. Quixote!

— Que queres, irmão Sancho? — respondeu D. Quixote, com o mesmo tom afeminado e dolente que Sancho.

— Quisera, se possível — respondeu Sancho Pança —, que vossa mercê me desse dois goles daquela bebida do feio Brás,³ se é que vossa mercê a tem aí à mão, que talvez seja de proveito para a quebradura de ossos como o é para as feridas.

— Se aqui a tivesse, ai de mim, que mais nos faltaria? — respondeu D. Quixote. — Mas juro, Sancho Pança, à fé de cavaleiro andante, que em menos de dois dias, se a fortuna não manda outra coisa, hei de tê-la em meu poder, ou muito ruim me será a mão.

— E em quantos acredita vossa mercê que poderemos mexer os pés? — replicou Sancho Pança.

— De mim sei dizer — disse o moído cavaleiro D. Quixote — que não saberia marcar termo a esses dias. Mas eu tenho a culpa de tudo, pois não devia ter arrancado a espada contra homens que não são armados cavaleiros como eu; e assim creio que em pena por eu ter quebrado as leis da cavalaria permitiu o deus das batalhas que se me desse este castigo. Portanto,

---

Y sin hacer más discursos echó mano a su espada y arremetió a los gallegos, y lo mismo hizo Sancho Panza, incitado y movido del ejemplo de su amo; y a las primeras dio don Quijote una cuchillada a uno, que le abrió un sayo de cuero de que venía vestido, con gran parte de la espalda.

Los gallegos que se vieron maltratar de aquellos dos hombres solos, siendo ellos tantos, acudieron a sus estacas y, cogiendo a los dos en medio, comenzaron a menudear sobre ellos con grande ahínco y vehemencia. Verdad es que al segundo toque dieron con Sancho en el suelo, y lo mismo le avino a don Quijote, sin que le valiese su destreza y buen ánimo, y quiso su ventura que viniese a caer a los pies de Rocinante, que aún no se había levantado: donde se echa de ver la furia con que machacan estacas puestas en manos rústicas y enojadas.

Viendo, pues, los gallegos el mal recado que habían hecho, con la mayor presteza que pudieron cargaron su recua y siguieron su camino, dejando a los dos aventureros de mala traza y de peor talante. El primero que se resintió fue Sancho Panza; y hallándose junto a su señor, con voz enferma y lastimada dijo:

— ¿Señor don Quijote? ¡Ah, señor don Quijote!

— ¿Qué quieres, Sancho hermano? — respondió don Quijote, con el mesmo tono afeminado y doliente que Sancho.

— Querría, si fuese posible — respondió Sancho Panza —, que vuestra merced me diese dos tragos de aquella bebida del feo Blas, si es que la tiene vuestra merced ahí a mano: quizá será de provecho para los quebrantamientos de huesos, como lo es para las feridas.

Sancho Pança, convém que estejas bem advertido disto que agora te direi, pois muito importa à saúde de nós ambos; e é que, quando vejas que semelhante canalha nos faz algum agravo, não esperes que eu arranque a espada contra eles, porque não o farei de maneira alguma: mas arranca tu a tua espada e castiga-os bem ao teu sabor, que, se em sua ajuda e defesa acudirem cavaleiros, eu te saberei defender, e ofendê-los com todo meu poder, que já viste por mil sinais e experiências até onde chega o valor deste meu forte braço.

Tamanha arrogância entrou no pobre senhor depois do vencimento do valente biscainho. Mas não pareceu tão bem a Sancho Pança o aviso de seu amo, que deixasse de responder dizendo:

— Senhor, eu sou homem pacífico, manso, sossegado, e sei sofrer calado qualquer injúria, pois tenho mulher e filhos para sustentar e criar. Receba então vossa mercê também o aviso, já que não pode ser mandato, que de maneira alguma arrancarei a espada, nem contra vilão, nem contra cavaleiro, e que juro a Deus perdoar quantos agravos me fizeram e fizerem, quer mos tenha feito ou faça ou venha a fazer pessoa alta ou baixa, rico ou pobre, fidalgo ou peiteiro, sem excetuar estado nem condição alguma.

O qual ouvido por seu amo, lhe respondeu:

— Quisera eu ter alento para poder falar com algum descanso, e que a dor que sinto nesta costela se aplacasse algum tanto, para dar-te a entender, Pança, o erro em que incorres. Mas escuta, pecador: se o vento da fortuna, até agora tão adverso, ao nosso favor soprar, enfunando-nos as velas do desejo para que seguros e sem contraste algum aportemos numa das ínsulas que te tenho prometida, que seria de ti se, ganhando-a eu, te fizesse senhor dela? Sem dúvida o impossibilitarias, por não seres cavaleiro, nem quereres sê-lo, nem teres valor nem intenção de vingar as tuas injúrias e defender o teu se-

---

— Pues a tenerla yo aquí, desgraciado yo, ¿qué nos faltaba? — respondió don Quijote —. Mas yo te juro, Sancho Panza, a fe de caballero andante, que antes que pasen dos días, si la fortuna no ordena otra cosa, la tengo de tener en mi poder, o mal me han de andar las manos.

— Pues ¿en cuántos le parece a vuestra merced que podremos mover los pies? — replicó Sancho Panza.

— De mí sé decir — dijo el molido caballero don Quijote — que no sabré poner término a esos días. Mas yo me tengo la culpa de todo, que no había de poner mano a la espada contra hombres que no fuesen armados caballeros como yo; y así creo que en pena de haber pasado las leyes de la caballería ha permitido el dios de las batallas que se me diese este castigo. Por lo cual, Sancho Panza, conviene que estés advertido en esto que ahora te diré, porque importa mucho a la salud de entrambos; y es que cuando veas que semejante canalla nos hace algún agravio, no aguardes a que yo ponga mano al espada para ellos, porque no lo haré en ninguna manera: sino pon tú mano a tu espada y castígalos muy a tu sabor, que si en su ayuda y defensa acudieren caballeros, yo te sabré defender, y ofendellos con todo mi poder, que ya habrás visto por mil señales y experiencias hasta adónde se estiende el valor de este mi fuerte brazo.

Tal quedó de arrogante el pobre señor con el vencimiento del valiente vizcaíno. Mas no le pareció tan bien a Sancho Panza el aviso de su amo, que dejase de responder diciendo:

— Señor, yo soy hombre pacífico, manso, sosegado, y sé disimular cualquiera injuria, porque tengo mujer y hijos que sustentar y criar. Así que séale a vuestra merced también aviso, pues no puede ser mandato, que en ninguna manera pondré mano a la espada, ni contra villano ni contra caballero, y que desde aquí para delante de

nhorio. Pois hás de saber que nos reinos e províncias novamente conquistados nunca estão tão tranquilos os ânimos dos seus naturais nem tão de parte do novo senhor que não haja temor de que façam alguma novidade para de novo alterar as coisas e voltar, como se diz, a tentar sorte; e assim é mister que o novo possessor tenha entendimento para saber-se governar e valor para ofender e defender-se em qualquer acontecimento.

— Neste de agora — respondeu Sancho — quisera eu ter tal entendimento e tal valor que vossa mercê diz; mas juro, à fé de pobre homem, que estou mais para cataplasmas que para conversas. Olhe vossa mercê se consegue se levantar, para ajudarmos Rocinante, ainda que o não mereça, pois foi ele a causa principal desta sova. Nunca esperaria tal coisa de Rocinante, pois o tinha por pessoa casta e tão pacífica quanto eu. Enfim, bem dizem que é mister muito tempo para conhecer as pessoas, e que nada é certo nesta vida. Quem diria que, depois daquelas tão grandes cutiladas que vossa mercê deu naquele desgraçado cavaleiro andante, viria em seguida tamanha tempestade de bordoadas como a que nos choveu no costado?

— O teu, Sancho — replicou D. Quixote —, ainda há de estar afeito a semelhantes borrascas; mas o meu, criado entre saraças e holandas, é claro que sentirá mais a dor desta desgraça. E se não fosse porque imagino..., que digo?, sei bem ao certo, que todas estas tribulações são muito inerentes ao exercício das armas, aqui me entregaria à morte de puro vexame.

Ao que replicou o escudeiro:

— Senhor, já que tais desgraças são da colheita da cavalaria, diga-me vossa mercê se acontecem muito amiúde ou se têm seu tempo certo de vingar; pois cuido que com duas colheitas ficaremos inúteis para a terceira, se Deus na sua infinita misericórdia não nos socorrer.

Dios perdono cuantos agravios me han hecho y han de hacer, ora me los haya hecho o haga o haya de hacer persona alta o baja, rico o pobre, hidalgo o pechero, sin eceptar estado ni condición alguna.

Lo cual oído por su amo, le respondió:

— Quisiera tener aliento para poder hablar un poco descansado, y que el dolor que tengo en esta costilla se aplacara tanto cuanto, para darte a entender, Panza, en el error en que estás. Ven acá, pecador: si el viento de la fortuna, hasta ahora tan contrario, en nuestro favor se vuelve, llevándonos las velas del deseo para que seguramente y sin contraste alguno tomemos puerto en alguna de las ínsulas que te tengo prometida, ¿qué sería de ti si, ganándola yo, te hiciese señor della? Pues lo vendrás a imposibilitar, por no ser caballero, ni quererlo ser, ni tener valor ni intención de vengar tus injurias y defender tu señorío. Porque has de saber que en los reinos y provincias nuevamente conquistadas nunca están tan quietos los ánimos de sus naturales ni tan de parte del nuevo señor, que no se tengan temor de que han de hacer alguna novedad para alterar de nuevo las cosas y volver, como dicen, a probar ventura; y, así, es menester que el nuevo posesor tenga entendimiento para saberse gobernar y valor para ofender y defenderse en cualquiera acontecimiento.

— En este que ahora nos ha acontecido — respondió Sancho — quisiera yo tener ese entendimiento y ese valor que vuestra merced dice; mas yo le juro, a fe de pobre hombre, que más estoy para bizmas que para pláticas. Mire vuestra merced si se puede levantar, y ayudaremos a Rocinante, aunque no lo merece, porque él fue la causa principal de todo este molimiento. Jamás tal creí de Rocinante, que le tenía por persona casta y tan pacífica como yo. En fin, bien dicen que es menester mucho tiempo para venir a conocer las personas, y que no hay cosa

— Deves saber, amigo Sancho — respondeu D. Quixote —, que a vida dos cavaleiros andantes é sujeita a mil perigos e desventuras, e que nem mais nem menos está em potência propínqua de tornar os cavaleiros andantes em reis e imperadores, como bem mostra a experiência em muitos e diversos cavaleiros, de cujas histórias eu tenho inteira notícia. E poderia contar-te agora, se a dor me desse lugar, de alguns que só pelo valor do seu braço subiram aos altos graus que conto, e ainda estes se viram antes e depois disso em várias calamidades e misérias. Porque o valoroso Amadis de Gaula se viu em poder do seu mortal inimigo Arcalaus, o encantador, de quem se tem por averiguado que lhe deu, tendo-o preso, mais de duzentos açoites com as bridas do seu cavalo, amarrado a uma coluna de um pátio. E há ainda um autor secreto, e de não pouco crédito, que diz do Cavaleiro do Febo que, tendo sido apanhado num certo castelo com uma certa armadilha, que afundou debaixo dos seus pés, ao cair achou-se ele num profundo fosso debaixo da terra, atado de pés e mãos, e ali lhe meteram um clister com uma dessas ditas mezinhas, de água de neve com areia, que por pouco não deu cabo dele, e se não fosse socorrido naquela grande coita por um sábio grande amigo seu, muito mau bocado teria passado o pobre cavaleiro. Portanto bem posso eu passar entre tanta boa gente, pois maiores são as afrontas que estes passaram que as que agora passamos nós. E quero fazer-te sabedor, Sancho, que não afrontam as feridas dadas com os instrumentos que por acaso se acham à mão, e isto consta nas leis do duelo, escrito em palavras expressas; que se o sapateiro bate em outro com a fôrma que tem à mão, por mais que esta doa qual panca, nem por isso se poderá dizer que sofreu espancamento aquele em quem deu com ela. Digo isto para que não penses que fomos afrontados nesta contenda, ainda que dela tenhamos saído muito bem moídos, porque as

---

segura en esta vida. ¿Quién dijera que tras de aquellas tan grandes cuchilladas como vuestra merced dio a aquel desdichado caballero andante había de venir por la posta y en seguimiento suyo esta tan grande tempestad de palos que ha descargado sobre nuestras espaldas?

— Aun las tuyas, Sancho — replicó don Quijote —, deben de estar hechas a semejantes nublados; pero las mías, criadas entre sinabafas y holandas, claro está que sentirán más el dolor desta desgracia. Y si no fuese porque imagino..., ¿qué digo imagino?, sé muy cierto, que todas estas incomodidades son muy anejas al ejercicio de las armas, aquí me dejaría morir de puro enojo.

A esto replicó el escudero:

— Señor, ya que estas desgracias son de la cosecha de la caballería, dígame vuestra merced si suceden muy a menudo o si tienen sus tiempos limitados en que acaecen; porque me parece a mí que a dos cosechas quedaremos inútiles para la tercera, si Dios por su infinita misericordia no nos socorre.

— Sábete, amigo Sancho — respondió don Quijote —, que la vida de los caballeros andantes está sujeta a mil peligros y desventuras, y ni más ni menos está en potencia propincua de ser los caballeros andantes reyes y emperadores, como lo ha mostrado la experiencia en muchos y diversos caballeros, de cuyas historias yo tengo entera noticia. Y pudiérate contar agora, si el dolor me diera lugar, de algunos que solo por el valor de su brazo han subido a los altos grados que he contado, y estos mesmos se vieron antes y después en diversas calamidades y miserias. Porque el valeroso Amadís de Gaula se vio en poder de su mortal enemigo Arcalaús el encantador, de quien se tiene por averiguado que le dio, teniéndole preso, más de docientos azotes con las riendas de su caballo,

armas que aqueles homens traziam, com as quais nos sovaram, eram tão só os seus bordões, e nenhum deles, que eu me lembre, tinha estoque, espada nem punhal.

— Não me deram tempo — respondeu Sancho — de reparar nessas coisas; pois, mal arranquei a minha tiçona,[4] vieram me coçar os ombros com aquelas toras, de tal maneira que me roubaram a luz dos olhos e a força dos pés, dando comigo onde agora jazo e onde pouco se me dá saber se foram ou não afronta as bordoadas, enquanto muito me dá a dor dos golpes, que me hão de deixar marcas tão fundas na memória como no costado.

— Com tudo isso, faço-te saber, irmão Pança — replicou D. Quixote —, que não há memória de que o tempo não dê cabo, nem dor que a morte não consuma.

— E pode haver maior desgraça — replicou Pança — que a que espera o tempo que a consuma e a morte que lhe dê cabo? Se esta nossa fosse das que se curam com um par de cataplasmas, ainda vá lá; mas vejo que nem todos os emplastros de um hospital bastarão neste caso.

— Deixa disso, Sancho, e faze da fraqueza força — respondeu D. Quixote —, que assim farei eu, e vejamos como está Rocinante, que, ao que me parece, não coube ao coitado a menor parte desta desgraça.

— Não há por que se maravilhar disso — respondeu Sancho —, sendo ele tão bom cavaleiro andante; do que eu me maravilho é de que o meu jumento tenha saído livre e sem custa do que nós saímos sem costelas.

— Sempre deixa a ventura uma porta aberta nas desgraças para que se possam remediar — disse D. Quixote. — Digo isto porque essa bestiola poderá agora suprir a falta de Rocinante, levando-me daqui até algum castelo onde eu seja curado dos meus ferimentos. E digo mais, que não terei tal ca-

---

atado a una coluna de un patio. Y aun hay un autor secreto, y de no poco crédito, que dice que habiendo cogido al Caballero del Febo con una cierta trampa, que se le hundió debajo de los pies, en un cierto castillo, y al caer se halló en una honda sima debajo de tierra, atado de pies y manos, y allí le echaron una destas que llaman melecinas, de agua de nieve y arena, de lo que llegó muy al cabo, y si no fuera socorrido en aquella gran cuita de un sabio grande amigo suyo, lo pasara muy mal el pobre caballero. Ansí que bien puedo yo pasar entre tanta buena gente, que mayores afrentas son las que estos pasaron que no las que ahora nosotros pasamos. Porque quiero hacerte sabidor, Sancho, que no afrentan las heridas que se dan con los instrumentos que acaso se hallan en las manos, y esto está en la ley del duelo, escrito por palabras expresas; que si el zapatero da a otro con la horma que tiene en la mano, puesto que verdaderamente es de palo, no por eso se dirá que queda apaleado aquel a quien dio con ella. Digo esto porque no pienses que, puesto que quedamos desta pendencia molidos, quedamos afrentados, porque las armas que aquellos hombres traían, con que nos machacaron, no eran otras que sus estacas, y ninguno dellos, a lo que se me acuerda, tenía estoque, espada ni puñal.

— No me dieron a mí lugar — respondió Sancho — a que mirase en tanto; porque apenas puse mano a mi tizona, cuando me santiguaron los hombros con sus pinos, de manera que me quitaron la vista de los ojos y la fuerza de los pies, dando conmigo adonde ahora yago, y adonde no me da pena alguna el pensar si fue afrenta o no lo de los estacazos, como me la da el dolor de los golpes, que me han de quedar tan impresos en la memoria como en las espaldas.

valaria por desonra, pois lembro-me de ter lido que aquele bom e velho Sileno, aio e pedagogo do alegre deus do riso, quando entrou na cidade das cem portas ia muito a seu prazer cavaleiro de um belo asno.[5]

— Verdade seja que ele andasse cavaleiro como vossa mercê diz — respondeu Sancho —, mas há uma grande diferença entre ir cavaleiro e ir largado nos lombos qual saca de imundícia.

Ao que respondeu D. Quixote:

— Os ferimentos recebidos em batalha antes dão honra que a tiram. Portanto, amigo Pança, não me repliques mais, e sim, como já te disse, levanta-te o melhor que puderes e põe-me da maneira que mais te agradar em cima do teu jumento, e vamos embora daqui, antes que a noite venha e nos assalte neste despovoado.

— Pois eu ouvi vossa mercê dizer — disse Pança — que é coisa bem de cavaleiros andantes dormir nos páramos e desertos o mais do ano, e que o têm por grande ventura.

— Isto — disse D. Quixote — quando outra coisa não podem ou quando estão enamorados; e isto é tão verdade, que já houve cavaleiro que passou dois anos sobre uma penha, sob o sol e a sombra e as inclemências do céu, sem que o soubesse sua senhora. E um destes foi Amadis, quando, chamando-se Beltenebros, retirou-se na Penha Pobre, nem sei se por oito anos ou oito meses, que não estou bem certo da conta. Basta dizer que ele esteve por lá fazendo penitência, por mor de não sei que sensaboria que lhe fizera a senhora Oriana. Mas deixemos isto, Sancho, e acaba logo, antes que aconteça ao jumento outra desgraça como a Rocinante.

— Isso já seria o diabo — disse Sancho.

E soltando trinta ais e sessenta suspiros e cento e vinte tesconjuros e

---

— Con todo eso, te hago saber, hermano Panza — replicó don Quijote —, que no hay memoria a quien el tiempo no acabe, ni dolor que muerte no le consuma.

— Pues ¿qué mayor desdicha puede ser — replicó Panza — de aquella que aguarda al tiempo que la consuma y a la muerte que la acabe? Si esta nuestra desgracia fuera de aquellas que con un par de bizmas se curan, aun no tan malo; pero voy viendo que no han de bastar todos los emplastos de un hospital para ponerlas en buen término siquiera.

— Déjate deso y saca fuerzas de flaqueza, Sancho — respondió don Quijote —, que así haré yo, y veamos cómo está Rocinante, que, a lo que me parece, no le ha cabido al pobre la menor parte desta desgracia.

— No hay de qué maravillarse deso — respondió Sancho —, siendo él tan buen caballero andante; de lo que yo me maravillo es de que mi jumento haya quedado libre y sin costas donde nosotros salimos sin costillas.

— Siempre deja la ventura una puerta abierta en las desdichas para dar remedio a ellas — dijo don Quijote —. Dígolo porque esa bestezuela podrá suplir ahora la falta de Rocinante, llevándome a mí desde aquí a algún castillo donde sea curado de mis feridas. Y más, que no tendré a deshonra la tal caballería, porque me acuerdo haber leído que aquel buen viejo Sileno, ayo y pedagogo del alegre dios de la risa, cuando entró en la ciudad de las cien puertas iba muy a su placer caballero sobre un muy hermoso asno.

— Verdad será que él debía de ir caballero como vuestra merced dice — respondió Sancho —, pero hay grande diferencia del ir caballero al ir atravesado como costal de basura.

A lo cual respondió don Quijote:

tarrenegos contra quem ali o levara, se levantou, ficando derreado no meio do caminho, como um arco turquesco,⁶ sem conseguir se endireitar de todo; e com esses trabalhos arreou seu asno, que também andara algum tanto desencaminhado com a demasiada liberdade daquele dia. Depois levantou Rocinante, o qual, se tivesse língua para se queixar, decerto que nem Sancho nem seu amo lhe seriam páreo.

Enfim, Sancho pôs D. Quixote sobre o asno e Rocinante à arreata deste, e levando o asno pelo cabresto, se encaminhou pouco mais ou menos aonde lhe pareceu que podia ficar a estrada real. E quando nem uma légua tinha andado, a sorte, que ia guiando suas coisas de bem a melhor, lhe deparou a estrada, na qual descobriu uma estalagem, que a seu pesar e para gosto de D. Quixote havia de ser castelo. Porfiava Sancho em que era estalagem, e seu amo que não, e sim castelo; e tanto durou a porfia que tiveram lugar de, sem acabá-la, chegar a ela, onde Sancho entrou sem mais averiguações, com toda sua récua.

NOTAS

¹ ... desalmados galegos: a epígrafe da edição *princeps*, assim como a do capítulo X, traz "*desalmados yangueses*" (ver cap. X, nota 1). O paralelismo entre as duas epígrafes, mais a discrepância da primeira com o texto que encabeça, deu lugar a muitas especulações. Uma delas é que Cervantes buscaria delimitar um trecho diferencial entre os capítulos X e XV; outra, que teria parodiado deliberadamente os lapsos desse tipo que grassam nos livros de cavalarias.

² Éguas galizianas (*hacas galicianas*): raça de cavalos de baixa estatura, porém fortes. Também eram chamadas "mulas galicianas" as matreiras e ariscas.

³ Feio Brás: Sancho deforma o nome de Ferrabrás, talvez cruzando-o com o de Blas, frequente no teatro espanhol na figura do aldeão bronco.

— Las feridas que se reciben en las batallas antes dan honra que la quitan; así que, Panza amigo, no me repliques más, sino, como ya te he dicho, levántate lo mejor que pudieres y ponme de la manera que más te agradare encima de tu jumento, y vamos de aquí, antes que la noche venga y nos saltee en este despoblado.

— Pues yo he oído decir a vuestra merced — dijo Panza — que es muy de caballeros andantes el dormir en los páramos y desiertos lo más del año, y que lo tienen a mucha ventura.

— Eso es — dijo don Quijote — cuando no pueden más o cuando están enamorados; y es tan verdad esto, que ha habido caballero que se ha estado sobre una peña, al sol y a la sombra y a las inclemencias del cielo, dos años, sin que lo supiese su señora. Y uno destos fue Amadís, cuando, llamándose Beltenebros, se alojó en la Peña Pobre, ni sé si ocho años o ocho meses, que no estoy muy bien en la cuenta: basta que él estuvo allí haciendo penitencia, por no sé qué sinsabor que le hizo la señora Oriana. Pero dejemos ya esto, Sancho, y acaba antes que suceda otra desgracia al jumento como a Rocinante.

— Aun ahí sería el diablo — dijo Sancho.

Y despidiendo treinta ayes y sesenta sospiros y ciento y veinte pésetes y reniegos de quien allí le había traído, se levantó, quedándose agobiado en la mitad del camino, como arco turquesco, sin poder acabar de enderezarse; y, con todo este trabajo, aparejó su asno, que también había andado algo destraído con la demasiada libertad de aquel día. Levantó luego a Rocinante, el cual, si tuviera lengua con que quejarse, a buen seguro que Sancho ni su amo no le fueran en zaga.

⁴ Tiçona: nome da espada do Cid Campeador.

⁵ ... cavaleiro de um belo asno: Sileno, aio e mestre de Baco, costumava ser representado montado em um asno. Era nascido em Tebas de Beócia, e não na Tebas egípcia, chamada por Homero "a cidade das cem portas". A confusão entre as duas era muito frequente na época.

⁶ Arco turquesco: por ser muito grande, o arco turco era acionado fincando-se uma das pontas no chão, com o que se conseguia dobrá-lo ao máximo.

En resolución, Sancho acomodó a don Quijote sobre el asno y puso de reata a Rocinante, y, llevando al asno de cabestro, se encaminó poco más a menos hacia donde le pareció que podía estar el camino real. Y la suerte, que sus cosas de bien en mejor iba guiando, aún no hubo andado una pequeña legua cuando le deparó el camino, en el cual descubrió una venta, que a pesar suyo y gusto de don Quijote había de ser castillo. Porfiaba Sancho que era venta, y su amo que no, sino castillo; y tanto duró la porfía, que tuvieron lugar, sin acabarla, de llegar a ella, en la cual Sancho se entró, sin más averiguación, con toda su recua.

CAPÍTULO XVI

DO QUE SUCEDEU AO ENGENHOSO FIDALGO
NA ESTALAGEM QUE ELE IMAGINAVA SER CASTELO

O estalajadeiro, ao ver D. Quixote atravessado no asno, perguntou a Sancho que mal ele trazia. Sancho lhe respondeu que não era nada, só um tombo que levara de uma penha abaixo que vinha com as costelas algum tanto magoadas.

Tinha o estalajadeiro por mulher uma não da condição que soem ter as de semelhante trato, pois era naturalmente caridosa e se condoía das calamidades de seus próximos, e assim logo acudiu a curar D. Quixote e mandou que uma filha sua, donzela, jovem e de muito bom parecer, a ajudasse a curar seu hóspede. Também servia na estalagem uma moça asturiana de cara larga, pescoço curto e nariz achatado, cega de um olho e do outro não muito sã. Verdade é que a galhardia do seu corpo supria as demais falhas: não tinha sete palmos dos pés à cabeça, e as costas, algum tanto encurvadas, faziam com que olhasse para o chão mais do que gostaria. Pois essa gentil moça ajudou a donzela, e as duas prepararam para D. Quixote uma malíssima cama num desvão que dava manifestos indícios de noutros tempos e por muitos anos ter servido de palheiro; no qual também pousava um arreeiro, cuja cama estava um pouco além da do nosso D. Quixote, e ainda que feita das albardas e xairéis dos seus mulos, em muito avantajava a de D. Quixote, que só

CAPÍTULO XVI

DE LO QUE LE SUCEDIÓ AL INGENIOSO HIDALGO
EN LA VENTA QUE ÉL SE IMAGINABA SER CASTILLO

El ventero, que vio a don Quijote atravesado en el asno, preguntó a Sancho qué mal traía. Sancho le respondió que no era nada, sino que había dado una caída de una peña abajo, y que venía algo brumadas las costillas. Tenía el ventero por mujer a una no de la condición que suelen tener las de semejante trato, porque naturalmente era caritativa y se dolía de las calamidades de sus prójimos; y, así, acudió luego a curar a don Quijote y hizo que una hija suya doncella, muchacha y de muy buen parecer, la ayudase a curar a su huésped. Servía en la venta asimesmo una moza asturiana, ancha de cara, llana de cogote, de nariz roma, del un ojo tuerta y del otro no muy sana. Verdad es que la gallardía del cuerpo suplía las demás faltas: no tenía siete palmos de los pies a la cabeza, y las espaldas, que algún tanto le cargaban, la hacían mirar al suelo más de lo que ella quisiera. Esta gentil moza, pues, ayudó a la doncella, y las dos hicieron una muy mala cama a don Quijote en un camaranchón que en otros tiempos daba manifiestos indicios que había servido de pajar muchos años; en la cual también alojaba un arriero, que tenía su cama hecha un poco más allá de la de nuestro don Quijote, y, aunque era de las enjalmas

continha quatro mal rasadas tábuas sobre dois não muito iguais bancos e um colchão que de tão sutil parecia colcha, cheio de pelotas que, se não mostrassem por alguns buracos serem de lã, ao tato semelhavam calhaus por sua dureza, e dois lençóis feitos de couro de adarga, e um cobertor cujos fios quem os quisesse contar não perderia nenhum em sua conta.

Nessa maldita cama se deitou D. Quixote, e logo a estalajadeira e sua filha o emplastaram da cabeça aos pés, iluminadas por Maritornes, que esse era o nome da asturiana; e como, ao entrapá-lo, visse a estalajadeira tantas mossas espalhadas pelo corpo todo, disse que aquilo mais parecia obra de pancadas que de queda.

— Não foram pancadas — disse Sancho —, acontece que a penha tinha muitas pontas e tropeços, fazendo cada um a sua mossa.

E também lhe disse:

— Faça vossa mercê, senhora, de maneira que sobre alguma estopa, que não faltará quem dela precise, pois eu também tenho aqui um pouco de dor nos costados.

— Então — respondeu a estalajadeira —, também vós caístes?

— Não caí — disse Sancho Pança —, mas, do susto que levei ao ver meu amo cair, meu corpo dói tanto como se tivesse levado mil bordoadas.

— Bem pode ser isso — disse a donzela —, pois já me aconteceu muitas vezes sonhar que caía de uma torre e que nunca acabava de chegar ao chão, e ao acordar do sonho estar tão moída e quebrada como se realmente tivesse caído.

— Aí é que está o ponto, senhora — respondeu Sancho Pança —, pois eu, sem nada sonhar, estando mais desperto do que estou agora, tenho aqui poucas menos mossas que o meu senhor D. Quixote.

---

y mantas de sus machos, hacía mucha ventaja a la de don Quijote, que solo contenía cuatro mal lisas tablas sobre dos no muy iguales bancos y un colchón que en lo sutil parecía colcha, lleno de bodoques, que, a no mostrar que eran de lana por algunas roturas, al tiento en la dureza semejaban de guijarro, y dos sábanas hechas de cuero de adarga, y una frazada cuyos hilos, si se quisieran contar, no se perdiera uno solo de la cuenta.

En esta maldita cama se acostó don Quijote, y luego la ventera y su hija le emplastaron de arriba abajo, alumbrándoles Maritornes, que así se llamaba la asturiana; y como al bizmalle viese la ventera tan acardenalado a partes a don Quijote, dijo que aquello más parecían golpes que caída.

— No fueron golpes — dijo Sancho —, sino que la peña tenía muchos picos y tropezones, y que cada uno había hecho su cardenal.

Y también le dijo:

— Haga vuestra merced, señora, de manera que queden algunas estopas, que no faltará quien las haya menester, que también me duelen a mí un poco los lomos.

— Desa manera — respondió la ventera —, también debistes vos de caer.

— No caí — dijo Sancho Panza —, sino que, del sobresalto que tomé de ver caer a mi amo, de tal manera me duele a mí el cuerpo, que me parece que me han dado mil palos.

— Bien podrá ser eso — dijo la doncella —, que a mí me ha acontecido muchas veces soñar que caía de una torre abajo y que nunca acababa de llegar al suelo, y cuando despertaba del sueño hallarme tan molida y quebrantada como si verdaderamente hubiera caído.

— Como se chama este cavaleiro? — perguntou a asturiana Maritornes.

— D. Quixote de La Mancha — respondeu Sancho Pança —, e é cavaleiro aventureiro, dos melhores e mais fortes que de longos tempos para cá se viram no mundo.

— Que é cavaleiro aventureiro? — replicou a moça.

— Tão nova sois no mundo, que o não sabeis? — respondeu Sancho Pança. — Pois sabei, minha irmã, que cavaleiro aventureiro é uma coisa que em duas palhetadas se vê espancado ou imperador. Hoje é a mais desgraçada criatura do mundo e a mais necessitada, e amanhã terá duas ou três coroas de reinos para dar a seu escudeiro.

— E como é que vós, sendo um deste tão bom senhor — disse a estalajadeira —, não tendes, ao que parece, pelo menos algum condado?

— Ainda é cedo — respondeu Sancho —, porque não faz nem um mês que andamos buscando aventuras, e até agora não topamos com nenhuma que o seja; e às vezes se procura uma coisa e se encontra outra. Verdade é que, se o meu senhor D. Quixote sarar deste ferimento, ou queda, e eu não sair dela aleijado, não trocaria minhas esperanças pelo melhor título da Espanha.

Todas essas conversas estava escutando D. Quixote com atenção e, sentando-se no leito como pôde, tomando da mão da estalajadeira, lhe disse:

— Crede, fermosa senhora, que vos podeis chamar venturosa por neste vosso castelo terdes alojado a minha pessoa, sendo ela tal que, se a não louvo, é em atenção àquilo que se diz que o elogio em boca própria é vitupério; mas o meu escudeiro vos dirá quem sou. Só vos digo que terei eternamente escrito na minha memória o serviço que me haveis feito, para vo-lo agradecer enquanto a vida me durar. E prouvera aos altos céus que o amor não me tivesse tão rendido e tão sujeito às suas leis e aos olhos daquela bela ingrata,

---

— Ahí está el toque, señora — respondió Sancho Panza —, que yo, sin soñar nada, sino estando más despierto que ahora estoy, me hallo con pocos menos cardenales que mi señor don Quijote.

— ¿Cómo se llama este caballero? — preguntó la asturiana Maritornes.

— Don Quijote de la Mancha — respondió Sancho Panza —, y es caballero aventurero, y de los mejores y más fuertes que de luengos tiempos acá se han visto en el mundo.

— ¿Qué es caballero aventurero? — replicó la moza.

— ¿Tan nueva sois en el mundo, que no lo sabéis vos? — respondió Sancho Panza —. Pues sabed, hermana mía, que caballero aventurero es una cosa que en dos palabras se ve apaleado y emperador: hoy está la más desdichada criatura del mundo y la más menesterosa, y mañana tendría dos o tres coronas de reinos que dar a su escudero.

— Pues ¿cómo vos, siéndolo deste tan buen señor — dijo la ventera —, no tenéis, a lo que parece, siquiera algún condado?

— Aún es temprano — respondió Sancho —, porque no ha sino un mes que andamos buscando las aventuras, y hasta ahora no hemos topado con ninguna que lo sea; y tal vez hay que se busca una cosa y se halla otra. Verdad es que si mi señor don Quijote sana desta herida... o caída y yo no quedo contrecho della, no trocaría mis esperanzas con el mejor título de España.

Todas estas pláticas estaba escuchando muy atento don Quijote, y sentándose en el lecho como pudo, tomando de la mano a la ventera, le dijo:

que evoco entre dentes, que os desta fermosa donzela seriam senhores da minha liberdade.

Confusas estavam a estalajadeira e sua filha e a boa Maritornes ouvindo as razões do andante cavaleiro, pois as entendiam como se falasse grego, mas bem percebiam que eram todas a jeito de oferecimentos e galanterias; e como não eram usadas a semelhante linguagem, fitavam-no admiradas, e aquele lhes parecia outro homem dos que se usavam; e agradecendo-lhe seus oferecimentos com estalajadeiras razões o deixaram, e a asturiana Maritornes curou Sancho, que disso precisava não menos que seu amo.

Tinha o arreeiro concertado com ela que naquela noite se refocilariam juntos, e ela lhe dera sua palavra de que, em estando sossegados os hóspedes e dormindo seus patrões, iria procurá-lo para satisfazer seu gosto em tudo que lhe mandasse. E conta-se dessa moça dama que jamais descumpriu semelhantes palavras, ainda que as desse num monte e sem testemunha alguma, pois muito se timbrava de fidalga, e não tinha por afronta estar naquele exercício de servir na estalagem, pois dizia que desgraças e maus sucessos a levaram àquele estado.

O duro, estreito, acanhado e fementido leito de D. Quixote estava logo à entrada daquele estrelado estábulo, e ao lado dele fez Sancho o seu, que não continha mais que uma esteira de taboa e uma manta que mais parecia cilício de penitente. Sucedia a estes dois leitos o do arreeiro, feito, como foi dito, das albardas e de todo o arreio dos dois melhores mulos que levava, que eram ao todo doze, luzentes, gordos e famosos, pois era ele um dos ricos arreeiros de Arévalo, segundo diz o autor desta história, que desse arreeiro faz particular menção porque o conhecia muito bem, havendo até quem diga que era um primo seu. Afora que Cide Mahamate Benengeli foi historiador

---

— Creedme, fermosa señora, que os podéis llamar venturosa por haber alojado en este vuestro castillo a mi persona, que es tal, que si yo no la alabo es por lo que suele decirse que la alabanza propria envilece; pero mi escudero os dirá quién soy. Solo os digo que tendré eternamente escrito en mi memoria el servicio que me habedes fecho, para agradecéroslo mientras la vida me durare; y pluguiera a los altos cielos que el amor no me tuviera tan rendido y tan sujeto a sus leyes, y los ojos de aquella hermosa ingrata que digo entre mis dientes: que los desta fermosa doncella fueran señores de mi libertad.

Confusas estaban la ventera y su hija y la buena de Maritornes oyendo las razones del andante caballero, que así las entendían como si hablara en griego, aunque bien alcanzaron que todas se encaminaban a ofrecimiento y requiebros; y, como no usadas a semejante lenguaje, mirábanle y admirábanse, y parecíales otro hombre de los que se usaban; y, agradeciéndole con venteriles razones sus ofrecimientos, le dejaron, y la asturiana Maritornes curó a Sancho, que no menos lo había menester que su amo.

Había el arriero concertado con ella que aquella noche se refocilarían juntos, y ella le había dado su palabra de que, en estando sosegados los huéspedes y durmiendo sus amos, le iría a buscar y satisfacerle el gusto en cuanto le mandase. Y cuéntase desta buena moza que jamás dio semejantes palabras que no las cumpliese, aunque las diese en un monte y sin testigo alguno, porque presumía muy de hidalga, y no tenía por afrenta estar en aquel ejercicio de servir en la venta, porque decía ella que desgracias y malos sucesos la habían traído a aquel estado.

El duro, estrecho, apocado y fementido lecho de don Quijote estaba primero en mitad de aquel estrellado

muito curioso e muito pontual em todas as coisas, o que bem salta à vista, pois as que aqui são referidas, ainda que tão mínimas e tão rasteiras, ele não quis silenciar; do que poderão tomar exemplo os historiadores sérios, que nos contam as ações tão curta e sucintamente que mal lhes sentimos o gosto, deixando no tinteiro, seja por descuido, por malícia ou ignorância, o mais substancial da obra. Bem haja mil vezes o autor de *Tablante de Ricamonte*,[1] e aquele do outro livro onde se contam os feitos do conde Tomillas,[2] que com tanta pontualidade descrevem tudo!

Digo pois que, tendo o arreeiro visitado sua récua e dado a ela o segundo penso, se acomodou nas suas albardas e se pôs a esperar por sua pontualíssima Maritornes. Já estava Sancho entrapado e deitado, e bem que tentasse dormir, não lho consentia a dor nas suas costelas; e D. Quixote, com a dor nas suas, tinha os olhos arregalados como uma lebre. Toda a estalagem estava em silêncio, e em toda ela não havia outra luz senão a de uma lâmpada que pendurada no meio do portal ardia.

Essa maravilhosa quietude, mais os pensamentos que o nosso cavaleiro sempre trazia dos fatos que a cada passo se contam nos livros autores da sua desgraça, lhe trouxe à imaginação uma das mais estranhas loucuras que boamente se podem imaginar; e foi que imaginou ter chegado a um famoso castelo (pois, como já foi dito, castelos eram a seu parecer todas as estalagens onde pousava) e que a filha do estalajadeiro o era do senhor do castelo, a qual, rendida à sua gentileza, dele se enamorara e prometera que naquela noite, a furto dos pais, viria jazer com ele um bom bocado; e com toda essa quimera que ele para si fabricara por firme e válida, começou a coitar-se e a pensar no perigoso transe em que sua honestidade se haveria de ver, e propôs em seu coração de não cometer aleivosia contra sua senhora Dulcineia d'El Toboso,

---

establo, y luego junto a él hizo el suyo Sancho, que solo contenía una estera de enea y una manta, que antes mostraba ser de anjeo tundido que de lana. Sucedía a estos dos lechos el del arriero, fabricado, como se ha dicho, de las enjalmas y de todo el adorno de los dos mejores mulos que traía, aunque eran doce, lucios, gordos y famosos, porque era uno de los ricos arrieros de Arévalo, según lo dice el autor desta historia, que deste arriero hace particular mención porque le conocía muy bien, y aun quieren decir que era algo pariente suyo. Fuera de que Cide Mahamate Benengeli fue historiador muy curioso y muy puntual en todas las cosas, y échase bien de ver, pues las que quedan referidas, con ser tan mínimas y tan rateras, no las quiso pasar en silencio; de donde podrán tomar ejemplo los historiadores graves, que nos cuentan las acciones tan corta y sucintamente, que apenas nos llegan a los labios, dejándose en el tintero, por descuido, por malicia o ignorancia, lo más sustancial de la obra. ¡Bien haya mil veces el autor de *Tablante de Ricamonte*, y aquel del otro libro donde se cuenta los hechos del conde Tomillas, y con qué puntualidad lo describen todo!

Digo, pues, que después de haber visitado el arriero a su recua y dádole el segundo pienso, se tendió en sus enjalmas y se dio a esperar a su puntualísima Maritornes. Ya estaba Sancho bizmado y acostado, y, aunque procuraba dormir, no lo consentía el dolor de sus costillas; y don Quijote, con el dolor de las suyas, tenía los ojos abiertos como liebre. Toda la venta estaba en silencio, y en toda ella no había otra luz que la que daba una lámpara que colgada en medio del portal ardía.

Esta maravillosa quietud y los pensamientos que siempre nuestro caballero traía de los sucesos que a cada paso se cuentan en los libros autores de su desgracia, le trujo a la imaginación una de las estrañas locuras que

ainda que a mesmíssima rainha Ginevra com sua dama Quintañona se lhe pusessem diante.

Pensando, pois, nesses disparates, chegou o tempo e a hora (que para ele foi minguada)[3] da vinda da asturiana, a qual em camisa e descalça, presos os cabelos sob uma coifa de fustão, com tácitos e tenteadores passos entrou no aposento onde os três pernoitavam, à procura do arreeiro. Mas apenas chegou à porta, quando D. Quixote a ouviu e, sentando-se na cama, apesar dos seus emplastros e da dor nas costelas, estendeu os braços para receber sua fermosa donzela. A asturiana, que toda recolhida e calada ia com as mãos estendidas à procura de seu amante, topou com os braços de D. Quixote, que a segurou fortemente de um pulso e, puxando-a para si, sem que ela ousasse dizer palavra, a fez sentar na cama. Tateou-lhe então a camisa e, bem que fosse de aniagem, cuidou ele ser de finíssimo e delgado soprilho. Trazia nos pulsos umas contas de vidro, mas que aos olhos dele deram vislumbres de preciosas pérolas orientais. Os cabelos, de certo jeito tirantes a crinas, ele os teve por madeixas de luzidíssimo ouro da Arábia, cujo brilho o do mesmo sol ofuscava; e o hálito, que sem dúvida alguma cheirava a salada azeda e amanhecida, pareceu-lhe que lançava da boca um olor suave e aromático; e finalmente ele a pintou em sua imaginação com o mesmo traço e jeito qual lera em seus livros daquela outra princesa que fora ver o malferido cavaleiro rendida aos seus amores, com todos os sobreditos adornos. E era tanta a cegueira do pobre fidalgo que nem o tato, nem o hálito, nem outras coisas que trazia em si a boa donzela o desenganavam, as quais fariam vomitar qualquer outro que não fosse arreeiro; antes cuidava ter entre os braços a mesmíssima deusa da beleza. E tendo-a bem segura, com voz amorosa e baixa principiou a lhe dizer:

---

buenamente imaginarse pueden; y fue que él se imaginó haber llegado a un famoso castillo (que, como se ha dicho, castillos eran a su parecer todas las ventas donde alojaba) y que la hija del ventero lo era del señor del castillo, la cual, vencida de su gentileza, se había enamorado dél y prometido que aquella noche, a furto de sus padres, vendría a yacer con él una buena pieza; y teniendo toda esta quimera que él se había fabricado por firme y valedera, se comenzó a acuitar y a pensar en el peligroso trance en que su honestidad se había de ver, y propuso en su corazón de no cometer alevosía a su señora Dulcinea del Toboso, aunque la mesma reina Ginebra con su dama Quintañona se le pusiesen delante.

Pensando, pues, en estos disparates, se llegó el tiempo y la hora (que para él fue menguada) de la venida de la asturiana, la cual, en camisa y descalza, cogidos los cabellos en una albanega de fustán, con tácitos y atentados pasos, entró en el aposento donde los tres alojaban, en busca del arriero. Pero apenas llegó a la puerta, cuando don Quijote la sintió y, sentándose en la cama, a pesar de sus bizmas y con dolor de sus costillas, tendió los brazos para recebir a su fermosa doncella. La asturiana, que toda recogida y callando iba con las manos delante buscando a su querido, topó con los brazos de don Quijote, el cual la asió fuertemente de una muñeca y tirándola hacia sí, sin que ella osase hablar palabra, la hizo sentar sobre la cama. Tentóle luego la camisa, y, aunque ella era de arpillera, a él le pareció ser de finísimo y delgado cendal. Traía en las muñecas unas cuentas de vidrio, pero a él le dieron vislumbres de preciosas perlas orientales. Los cabellos, que en alguna manera tiraban a crines, él los marcó por hebras de lucidísimo oro de Arabia, cuyo resplandor al del mesmo sol escurecía; y el aliento, que sin duda alguna olía a ensalada fiambre y trasnochada, a él le pareció que arrojaba de su boca un olor suave y aro-

— Quisera achar-me em condições, fermosa e alta senhora, de poder pagar tamanha mercê que com a visão da vossa grande fermosura me fizestes; mas quis a fortuna, que se não cansa de perseguir os bons, pôr-me aqui neste leito, onde jazo tão moído e alquebrado que, ainda que a minha vontade fosse satisfazer a vossa, tal fora impossível. E mais, a esta impossibilidade soma-se outra maior, que é a prometida fé que tenho dada à sem-par Dulcineia d'El Toboso, única senhora dos meus mais escondidos pensamentos; se tal não houvesse de permeio, não seria eu tão néscio cavaleiro para deixar passar em branco a venturosa ocasião que a vossa grande bondade me oferece.

Maritornes estava aflitíssima e suando frio por se ver tão presa de D. Quixote e, sem entender nem atentar às razões que lhe dizia, tentava se desprender sem dizer palavra. O bom do arreeiro, cujos maus desejos tinham bem desperto, que sentira sua dama desde o momento em que ela cruzara a porta, ficou atentamente escutando tudo o que D. Quixote dizia e, suspeitoso de que a asturiana lhe estivesse faltando com a palavra em favor de outro, foi-se chegando ao leito de D. Quixote e ao lado dele ficou bem quieto para ver aonde iam parar aquelas razões que ele não podia entender; mas como viu que a moça forcejava por safar-se e D. Quixote pelejava por retê-la, não levou a burla a bem e, erguendo o braço em alto, descarregou tão terrível punhada sobre as magras queixadas do enamorado cavaleiro que lhe banhou a boca inteira em sangue; e não contente com isto, montou sobre suas costelas e com os pés a trote tripudiou sobre cada uma de cabo a cabo.

O leito, que era um tanto frágil e de não bem firmes fundamentos, não podendo suportar a crescença do arreeiro, desabou e com seu grande ruído acordou o estalajadeiro, que logo imaginou que deviam de ser tropelias de

---

mático; y, finalmente, él la pintó en su imaginación, de la misma traza y modo, lo que había leído en sus libros de la otra princesa que vino a ver el malferido caballero vencida de sus amores, con todos los adornos que aquí van puestos. Y era tanta la ceguedad del pobre hidalgo, que el tacto ni el aliento ni otras cosas que traía en sí la buena doncella no le desengañaban, las cuales pudieran hacer vomitar a otro que no fuera arriero; antes le parecía que tenía entre sus brazos a la diosa de la hermosura. Y, teniéndola bien asida, con voz amorosa y baja le comenzó a decir:

— Quisiera hallarme en términos, fermosa y alta señora, de poder pagar tamaña merced como la que con la vista de vuestra gran fermosura me habedes fecho; pero ha querido la fortuna, que no se cansa de perseguir a los buenos, ponerme en este lecho, donde yago tan molido y quebrantado, que aunque de mi voluntad quisiera satisfacer a la vuestra fuera imposible. Y más, que se añade a esta imposibilidad otra mayor, que es la prometida fe que tengo dada a la sin par Dulcinea del Toboso, única señora de mis más escondidos pensamientos; que si esto no hubiera de por medio, no fuera yo tan sandio caballero, que dejara pasar en blanco la venturosa ocasión en que vuestra gran bondad me ha puesto.

Maritornes estaba congojadísima y trasudando de verse tan asida de don Quijote, y, sin entender ni estar atenta a las razones que le decía, procuraba sin hablar palabra desasirse. El bueno del arriero, a quien tenían despierto sus malos deseos, desde el punto que entró su coima por la puerta la sintió, estuvo atentamente escuchando todo lo que don Quijote decía, y, celoso de que la asturiana le hubiese faltado la palabra por otro, se fue llegando más al lecho de don Quijote y estúvose quedo hasta ver en qué paraban aquellas razones que él no podía

Maritornes, pois, tendo-a chamado em altas vozes, não tivera resposta. Com essa suspeita se levantou, acendeu um candeeiro e se encaminhou para onde ouvira a pendenga. A moça, sabendo que seu patrão vinha e que era de condição terrível, toda medrosa e alvoroçada se acolheu na cama de Sancho Pança, que ainda dormia, e ali se aconchegou e enrodilhou. O estalajadeiro entrou dizendo:

— Onde estás, puta? Aposto que é mais uma das tuas.

Nisto acordou Sancho e, sentindo aquele fardo quase sobre si, pensou que fosse a bruxa dos pesadelos e se pôs a dar punhadas a torto e a direito, e não sei quantas colheram Maritornes, a qual, sentida da dor, mandou às favas a honestidade e deu tão inteiro o troco a Sancho que, muito a seu pesar, lhe tirou o sono; o qual, vendo-se tratar daquela maneira, e sem saber por quem, ergueu-se como pôde, agarrou Maritornes, e começaram os dois a mais renhida e engraçada escaramuça do mundo.

Vendo então o arreeiro, à luz que trazia o estalajadeiro, o transe em que estava sua dama, deixou D. Quixote e acudiu a lhe dar o necessário socorro. O mesmo fez o estalajadeiro, mas com outra intenção, que foi castigar a criada, pensando sem dúvida que era ela a única causa de toda aquela harmonia. E assim, como se diz, "o gato ao rato, o rato à corda, a corda ao pau", dava o arreeiro em Sancho, Sancho na criada, a criada nele, o estalajadeiro na criada, e todos amiudavam seus golpes com tanta pressa que não se davam lugar a trégua; e para completar o quadro, apagou-se o candeeiro do estalajadeiro, e como ficaram às escuras se davam tão sem dó e todos à uma, que onde punham as mãos não deixavam nada são.

Pousava por acaso aquela noite na estalagem um quadrilheiro dos chamados da Santa Irmandade Velha de Toledo,[4] o qual, ouvindo também o

---

entender; pero como vio que la moza forcejaba por desasirse y don Quijote trabajaba por tenella, pareciéndole mal la burla, enarboló el brazo en alto y descargó tan terrible puñada sobre las estrechas quijadas del enamorado caballero, que le bañó toda la boca en sangre; y, no contento con esto, se le subió encima de las costillas y con los pies más que de trote se las paseó todas de cabo a cabo.

El lecho, que era un poco endeble y de no firmes fundamentos, no pudiendo sufrir la añadidura del arriero, dio consigo en el suelo, a cuyo gran ruido despertó el ventero y luego imaginó que debían de ser pendencias de Maritornes, porque, habiéndola llamado a voces, no respondía. Con esta sospecha se levantó y, encendiendo un candil, se fue hacia donde había sentido la pelaza. La moza, viendo que su amo venía y que era de condición terrible, toda medrosica y alborotada se acogió a la cama de Sancho Panza, que aún dormía, y allí se acorrucó y se hizo un ovillo. El ventero entró diciendo:

— ¿Adónde estás, puta? A buen seguro que son tus cosas éstas.

En esto despertó Sancho y, sintiendo aquel bulto casi encima de sí, pensó que tenía la pesadilla y comenzó a dar puñadas a una y otra parte, y, entre otras, alcanzó con no sé cuántas a Maritornes, la cual, sentida del dolor, echando a rodar la honestidad dio el retorno a Sancho con tantas, que, a su despecho, le quitó el sueño; el cual, viéndose tratar de aquella manera, y sin saber de quién, alzándose como pudo, se abrazó con Maritornes, y comenzaron entre los dos la más reñida y graciosa escaramuza del mundo.

Viendo, pues, el arriero, a la lumbre del candil del ventero, cuál andaba su dama, dejando a don Quijote, acudió a dalle el socorro necesario. Lo mismo hizo el ventero, pero con intención diferente, porque fue a castigar

estranho estrondo da briga, tomou de sua meia vara e da caixa de lata de seus títulos,[5] e entrou no aposento às escuras, dizendo:

— Em nome da justiça! Em nome da Santa Irmandade!

E o primeiro com quem topou foi o pisoteado D. Quixote, que estava em seu derribado leito, deitado de costas e sem sentido algum; e colhendo às cegas suas barbas, não parava de dizer:

— Favor à justiça!

Mas vendo que quem ele segurava não se mexia nem meneava, entendeu que estava morto e que os que ali dentro estavam eram seus matadores, e, com esta suspeita, reforçou a voz, dizendo:

— Fechem-se as portas da estalagem! Cuidem que ninguém saia, que aqui mataram um homem!

Essa voz sobressaltou a todos, e cada qual deixou a pendência no ponto em que a voz o apanhou. Retirou-se o estalajadeiro a seu aposento, o arreeiro às suas albardas, a moça a seu cubículo; só os desventurados D. Quixote e Sancho não se puderam mover de onde estavam. O quadrilheiro então soltou a barba de D. Quixote e saiu à procura de luz para buscar e prender os delinquentes, mas não a encontrou, porque o estalajadeiro, de indústria, matara o pavio ao se retirar a seu quarto, tendo o quadrilheiro que acudir ao fogão, onde depois de muito trabalho e tempo acendeu outro candeeiro.

---

a la moza, creyendo sin duda que ella sola era la ocasión de toda aquella armonía. Y así como suele decirse "el gato al rato, el rato a la cuerda, la cuerda al palo", daba el arriero a Sancho, Sancho a la moza, la moza a él, el ventero a la moza, y todos menudeaban con tanta priesa, que no se daban punto de reposo; y fue lo bueno que al ventero se le apagó el candil, y, como quedaron ascuras, dábanse tan sin compasión todos a bulto, que a doquiera que ponían la mano no dejaban cosa sana.

Alojaba acaso aquella noche en la venta un cuadrillero de los que llaman de la Santa Hermandad Vieja de Toledo, el cual, oyendo ansimesmo el estraño estruendo de la pelea, asió de su media vara y de la caja de lata de sus títulos, y entró ascuras en el aposento, diciendo:

— ¡Ténganse a la justicia! ¡Ténganse a la Santa Hermandad!

Y el primero con quien topó fue con el apuñeado de don Quijote, que estaba en su derribado lecho, tendido boca arriba sin sentido alguno; y, echándole a tiento mano a las barbas, no cesaba de decir:

— ¡Favor a la justicia!

Pero viendo que el que tenía asido no se bullía ni meneaba, se dio a entender que estaba muerto y que los que allí dentro estaban eran sus matadores, y, con esta sospecha, reforzó la voz, diciendo:

— ¡Ciérrese la puerta de la venta! ¡Miren no se vaya nadie, que han muerto aquí a un hombre!

Esta voz sobresaltó a todos, y cada cual dejó la pendencia en el grado que le tomó la voz. Retiróse el ventero a su aposento, el arriero a sus enjalmas, la moza a su rancho; solos los desventurados don Quijote y Sancho no se pudieron mover de donde estaban. Soltó en esto el cuadrillero la barba de don Quijote y salió a buscar luz

Notas

¹ *Tablante de Ricamonte*: referência a *La crónica de los nobles caballeros Tablante de Ricamonte y Jofre, hijo de Donasón* [...], *sacada de las crónicas y grandes hazañas de los caballeros de la Tabla Redonda* (Toledo, 1513), tradução anônima em prosa de um romance provençal do século XII. Em suas páginas se conta que o soberbo cavaleiro Tablante, depois de aprisionar o conde D. Milián, manda açoitá-lo duas vezes por dia, sem considerar sua condição de convalescente.

² Conde Tomillas: personagem secundário do livro *Historia de Enrique, fi de Oliva, rey de Jherusalem, emperador de Constantinopla* (Sevilha, 1498), derivado de *Doon de la Roche*, canção de gesta francesa do século XII. Tomillas é o caluniador que desonra a mãe do protagonista.

³ Hora minguada: momento aziago, em que tudo de ruim pode acontecer.

⁴ Santa Irmandade Velha de Toledo: a corporação policial, com poderes judiciários, que se estabeleceu no século XIII no antigo reino de Toledo, chamada "velha" para diferenciá-la da que se constituiu no século XV, com jurisdição sobre todos os reinos de Castela, mas com menos privilégios que aquela (ver cap. X, nota 2).

⁵ Vara e caixa de lata de seus títulos: os chefes dos pelotões da Santa Irmandade portavam como insígnia um pequeno bastão verde chamado "meia vara". Também carregavam um canudo de folha de flandres contendo suas credenciais.

---

para buscar y prender los delincuentes, mas no la halló, porque el ventero, de industria, había muerto la lámpara cuando se retiró a su estancia, y fuele forzoso acudir a la chimenea, donde con mucho trabajo y tiempo encendió el cuadrillero otro candil.

CAPÍTULO XVII

Onde se prosseguem os inumeráveis trabalhos que o bravo D. Quixote e seu bom escudeiro Sancho Pança passaram na estalagem que por seu mal pensou que era castelo

Já então D. Quixote tinha voltado do seu paroxismo e, com o mesmo tom de voz com que na véspera chamara pelo seu escudeiro, quando estava prostrado no vale dos bordões,¹ se pôs agora a chamar, dizendo:

— Sancho amigo, dormes? Dormes, amigo Sancho?

— Quem me dera dormir, pobre de mim — respondeu Sancho, muito amofinado e desgostoso —, pois parece que todos os diabos se pegaram comigo esta noite!

— Podes crer que assim foi, sem dúvida — respondeu D. Quixote —, pois, ou eu pouco sei, ou este castelo é encantado. Porque hás de saber... mas isto que agora te quero dizer, hás de jurar que o guardarás em segredo até depois da minha morte.

— Jurado está — respondeu Sancho.

— Isto digo — insistiu D. Quixote — por ser inimigo de que se manche a honra de ninguém.

— Já disse que jurado está — tornou a dizer Sancho. — Tudo calarei

---

CAPÍTULO XVII

Donde se prosiguen los innumerables trabajos que el bravo don Quijote y su buen escudero Sancho Panza pasaron en la venta que por su mal pensó que era castillo

Había ya vuelto en este tiempo de su parasismo don Quijote, y con el mesmo tono de voz con que el día antes había llamado a su escudero, cuando estaba tendido en el val de las estacas, le comenzó a llamar, diciendo:

— Sancho amigo, ¿duermes? ¿Duermes, amigo Sancho?

— ¡Qué tengo de dormir, pesia a mí — respondió Sancho, lleno de pesadumbre y de despecho —, que no parece sino que todos los diablos han andado conmigo esta noche!

— Puédeslo creer ansí, sin duda — respondió don Quijote —, porque o yo sé poco o este castillo es encantado. Porque has de saber... Mas esto que ahora quiero decirte hasme de jurar que lo tendrás secreto hasta después de mi muerte.

— Sí juro — respondió Sancho.

— Dígolo — replicó don Quijote — porque soy enemigo de que se quite la honra a nadie.

até depois de terminados os dias de vossa mercê, e praza a Deus que o possa dessegredar amanhã.

— Tanto mal te faço, Sancho — respondeu D. Quixote —, que me queres ver morto com tanta brevidade?

— Não é por isso — respondeu Sancho —, mas porque sou inimigo de guardar demais as coisas, e não quisera que apodrecessem aqui dentro.

— Seja como for — disse D. Quixote —, mais me fio do teu amor e da tua cortesia; e assim hás de saber que esta noite me aconteceu uma das mais estranhas aventuras que eu soubera encarecer, e, para ser breve no conto, saberás que há pouco veio a mim a filha do senhor deste castelo, que é a mais bem-posta e formosa donzela que em grande parte da terra se pode achar. Que te poderia eu dizer do adorno da sua pessoa? Que do seu galhardo entendimento? Que doutras coisas ocultas, que, por guardar a fé que devo à minha senhora Dulcineia d'El Toboso, deixarei passar em branco e em silêncio? Só te direi que, invejoso o céu de tanto bem quanto a ventura me pusera às mãos, ou, e é isto o mais certo, por ser encantado este castelo, como tenho dito, quando eu estava com ela em dulcíssimos e amorosíssimos colóquios, sem vê-la nem saber donde vinha, veio uma mão na ponta de um braço de algum descomunal gigante e me assestou uma punhada nas queixadas, tão forte que as tenho todas banhadas em sangue; e depois me moeu de tal sorte que estou pior que ontem quando encontramos aqueles arreeiros que, por demasias de Rocinante, nos fizeram o agravo que bem sabes. Donde conjeturo que o tesouro da formosura desta donzela deve ser guardado por algum encantado mouro, e não deve de ser para mim.

— Nem para mim — respondeu Sancho —, que levei uma sova de mais de quatrocentos mouros, de jeito que, perto dela, as bordoadas de ontem

---

— Digo que sí juro — tornó a decir Sancho — que lo callaré hasta después de los días de vuestra merced, y plega a Dios que lo pueda descubrir mañana.

— ¿Tan malas obras te hago, Sancho — respondió don Quijote —, que me querrías ver muerto con tanta brevedad?

— No es por eso — respondió Sancho —, sino porque soy enemigo de guardar mucho las cosas, y no querría que se me pudriesen de guardadas.

— Sea por lo que fuere — dijo don Quijote —, que más fío de tu amor y de tu cortesía; y, así, has de saber que esta noche me ha sucedido una de las más estrañas aventuras que yo sabré encarecer, y, por contártela en breve, sabrás que poco ha que a mí vino la hija del señor deste castillo, que es la más apuesta y fermosa doncella que en gran parte de la tierra se puede hallar. ¿Qué te podría decir del adorno de su persona? ¿Qué de su gallardo entendimiento? ¿Qué de otras cosas ocultas, que, por guardar la fe que debo a mi señora Dulcinea del Toboso, dejaré pasar intactas y en silencio? Solo te quiero decir que, envidioso el cielo de tanto bien como la ventura me había puesto en las manos, o quizá, y esto es lo más cierto, que, como tengo dicho, es encantado este castillo, al tiempo que yo estaba con ella en dulcísimos y amorosísimos coloquios, sin que yo la viese ni supiese por dónde venía vino una mano pegada a algún brazo de algún descomunal gigante y asentóme una puñada en las quijadas, tal, que las tengo todas bañadas en sangre; y después me molió de tal suerte, que estoy peor que ayer cuando los arrieros, que por demasías de Rocinante nos hicieron el agravio que sabes. Por donde conjeturo que el tesoro de la fermosura desta doncella le debe de guardar algún encantado moro, y no debe de ser para mí.

foram como cócegas. Mas diga-me, senhor, como pode chamar boa e rara esta aventura, tendo saído dela como saímos. Para vossa mercê, pelo menos, nem tudo foi tão ruim, pois teve nas mãos aquela incomparável formosura que disse; mas e eu, que não recebi mais que as maiores porradas que penso levar em toda a minha vida? Pobre de mim e da mãe que me pariu, que não sou cavaleiro andante nem penso sê-lo jamais, e que de todas as mal-andanças me cabe a maior parte!

— Então, também tu foste aporreado? — respondeu D. Quixote.

— Já não lhe disse que sim, pelas barbas do cão? — disse Sancho.

— Não te aflijas, amigo — disse D. Quixote —, que eu farei agora o bálsamo precioso, com o qual haveremos de sarar num abrir e fechar de olhos.

Nisto o quadrilheiro acabou de acender o candeeiro e entrou para olhar quem ele pensava estar morto; e quando Sancho o viu entrar, vindo em camisão e com seu pano de cabeça e o candeeiro na mão, e com uma muito má catadura, perguntou a seu amo:

— Senhor, não será esse, acaso, o mouro encantado que volta para nos castigar, caso ainda lhe tenha ficado algo no tinteiro?

— Não pode ser o mouro — respondeu D. Quixote —, porque os encantados não se deixam ver por ninguém.

— Mas bem se deixam sentir — disse Sancho —; que o digam as minhas costas.

— Também o poderiam dizer as minhas — respondeu D. Quixote —, mas isto não é indício bastante para crer que este que vemos seja o encantado mouro.

Chegou o quadrilheiro e, ao ver os dois em tão sossegada conversa, fi-

---

— Ni para mí tampoco — respondió Sancho —, porque más de cuatrocientos moros me han aporreado a mí, de manera que el molimiento de las estacas fue tortas y pan pintado. Pero dígame, señor, cómo llama a esta buena y rara aventura, habiendo quedado della cual quedamos. Aun vuestra merced, menos mal, pues tuvo en sus manos aquella incomparable fermosura que ha dicho; pero yo ¿qué tuve sino los mayores porrazos que pienso recebir en toda mi vida? ¡Desdichado de mí y de la madre que me parió, que ni soy caballero andante ni lo pienso ser jamás, y de todas las malandanzas me cabe la mayor parte!

— Luego ¿también estás tú aporreado? — respondió don Quijote.

— ¿No le he dicho que sí, pesia a mi linaje? — dijo Sancho.

— No tengas pena, amigo — dijo don Quijote —, que yo haré agora el bálsamo precioso, con que sanaremos en un abrir y cerrar de ojos.

Acabó en esto de encender el candil el cuadrillero y entró a ver el que pensaba que era muerto; y así como le vio entrar Sancho, viéndole venir en camisa y con su paño de cabeza y candil en la mano, y con una muy mala cara, preguntó a su amo:

— Señor, ¿si será este, a dicha, el moro encantado, que nos vuelve a castigar, si se dejó algo en el tintero?

— No puede ser el moro — respondió don Quijote —, porque los encantados no se dejan ver de nadie.

— Si no se dejan ver, déjanse sentir — dijo Sancho —; si no, díganlo mis espaldas.

— También lo podrían decir las mías — respondió don Quijote —, pero no es bastante indicio ese para creer que este que se vee sea el encantado moro.

cou pasmo. Bem é verdade, porém, que D. Quixote ainda estava prostrado sem se poder mexer, de tão moído e emplastrado. Chegou-se a ele o quadrilheiro e lhe disse:

— E então, bom homem, como vai?

— Se eu fosse vós — respondeu D. Quixote —, falaria mais bem-criado.[2] Acaso é costume nesta terra usar de tamanha sem-cerimônia com os cavaleiros andantes, malhadeiro?

O quadrilheiro, vendo-se tratar tão mal por um homem de tão mau parecer, não o pôde suportar e, erguendo o candeeiro com todo o seu azeite, deu com ele na cabeça de D. Quixote, de jeito que o deixou muito bem descalabrado; e como tudo ficou às escuras, logo saiu, e Sancho Pança disse:

— Sem dúvida, senhor, que esse era o mouro encantado, e deve de guardar o tesouro para outros, e para nós só guarda as punhadas e as candeeiradas.

— Assim é — respondeu D. Quixote —, mas não há que fazer caso dessas coisas de encantamentos, nem para quê entrar em cólera ou zanga contra elas, pois, sendo invisíveis e fantásticas, nunca acharemos de quem tomar vingança, por mais que o tentemos. Levanta, Sancho, se puderes, chama o alcaide desta fortaleza e pede-lhe um pouco de azeite, vinho, sal e alecrim para fazer o salutífero bálsamo; pois em verdade creio que dele muito preciso agora, que perco muito sangue pelo ferimento que esse fantasma me fez.

Levantou-se Sancho com grandes dores nos ossos e se encaminhou às escuras aonde estava o estalajadeiro; mas, topando com o quadrilheiro, que estava à escuta por saber do seu inimigo, lhe disse:

— Senhor, quem quer que sejais, fazei-nos a mercê e o benefício de dar-nos um pouco de alecrim, azeite, sal e vinho, que é mister para curar um dos

---

Llegó el cuadrillero y, como los halló hablando en tan sosegada conversación, quedó suspenso. Bien es verdad que aún don Quijote se estaba boca arriba sin poderse menear, de puro molido y emplastado. Llegóse a él el cuadrillero y díjole:

— Pues ¿cómo va, buen hombre?

— Hablara yo más bien criado — respondió don Quijote —, si fuera que vos. ¿Úsase en esta tierra hablar desa suerte a los caballeros andantes, majadero?

El cuadrillero, que se vio tratar tan mal de un hombre de tan mal parecer, no lo pudo sufrir, y, alzando el candil con todo su aceite, dio a don Quijote con él en la cabeza, de suerte que le dejó muy bien descalabrado; y como todo quedó ascuras, salióse luego, y Sancho Panza dijo:

— Sin duda, señor, que este es el moro encantado, y debe de guardar el tesoro para otros, y para nosotros solo guarda las puñadas y los candilazos.

— Así es — respondió don Quijote —, y no hay que hacer caso destas cosas de encantamentos, ni hay para qué tomar cólera ni enojo con ellas, que, como son invisibles y fantásticas, no hallaremos de quién vengarnos, aunque más lo procuremos. Levántate, Sancho, si puedes, y llama al alcaide desta fortaleza y procura que se me dé un poco de aceite, vino, sal y romero para hacer el salutífero bálsamo; que en verdad que creo que lo he bien menester ahora, porque se me va mucha sangre de la herida que esta fantasma me ha dado.

Levantóse Sancho con harto dolor de sus huesos y fue ascuras donde estaba el ventero; y encontrándose con el cuadrillero, que estaba escuchando en qué paraba su enemigo, le dijo:

melhores cavaleiros andantes que há na terra, o qual jaz naquela cama malferido pelas mãos do encantado mouro que há nesta estalagem.

Ouvindo isso o quadrilheiro, tomou-o por homem falto de juízo; e como já começava a amanhecer, abriu a porta da estalagem, chamou o estalajadeiro e lhe disse o que aquele bom homem queria. O estalajadeiro o proveu de tudo quanto pedia, e Sancho tudo levou para D. Quixote, que estava com as mãos na cabeça, queixando-se da dor da candeeirada, que não lhe fizera mais mal que levantar-lhe dois galos um tanto crescidos, e o que ele pensava ser sangue era tão só o suor que ele tressuava pela aflição da passada borrasca.

Enfim, ele tomou seus ingredientes, dos quais fez um composto, misturando-os todos e cozendo-os por um bom espaço, até que lhe pareceu que estavam no ponto. Pediu então uma redoma onde vertê-lo, mas, como não havia nenhuma na estalagem, resolveu de colocá-lo numa almarraxa ou azeiteira de folha de flandres, da qual o estalajadeiro lhe fez doação graciosa, e então disse sobre a azeiteira mais de oitenta pais-nossos e outras tantas ave-marias, salve-rainhas e credos, acompanhando cada palavra de uma cruz, a modo de bênção; todo o qual foi presenciado por Sancho, pelo estalajadeiro e pelo quadrilheiro, pois já o arreeiro estava sossegadamente entregue ao cuidado dos seus mulos.

Feito isso, quis ele mesmo experimentar a virtude daquele precioso bálsamo que imaginava ter feito, e assim bebeu da porção que não coubera na azeiteira e restava na panela do cozimento quase meio azumbre; e apenas o acabou de beber, quando começou a vomitar, de tal maneira que não lhe restou nada no estômago; e com as ânsias e a agitação do vômito lhe deu um suor copiosíssimo, pelo qual mandou que o enroupassem e o deixassem só.

— Señor, quienquiera que seáis, hacednos merced y beneficio de darnos un poco de romero, aceite, sal y vino, que es menester para curar uno de los mejores caballeros andantes que hay en la tierra, el cual yace en aquella cama malferido por las manos del encantado moro que está en esta venta.

Cuando el cuadrillero tal oyó, túvole por hombre falto de seso; y, porque ya comenzaba a amanecer, abrió la puerta de la venta y, llamando al ventero, le dijo lo que aquel buen hombre quería. El ventero le proveyó de cuanto quiso, y Sancho se lo llevó a don Quijote, que estaba con las manos en la cabeza, quejándose del dolor del candilazo, que no le había hecho más mal que levantarle dos chichones algo crecidos, y lo que él pensaba que era sangre no era sino sudor que sudaba con la congoja de la pasada tormenta.

En resolución, él tomó sus simples, de los cuales hizo un compuesto, mezclándolos todos y cociéndolos un buen espacio, hasta que le pareció que estaban en su punto. Pidió luego alguna redoma para echallo, y como no la hubo en la venta, se resolvió de ponello en una alcuza o aceitera de hoja de lata, de quien el ventero le hizo grata donación, y luego dijo sobre la alcuza más de ochenta paternostres y otras tantas avemarías, salves y credos, y a cada palabra acompañaba una cruz, a modo de bendición; a todo lo cual se hallaron presentes Sancho, el ventero y cuadrillero, que ya el arriero sosegadamente andaba entendiendo en el beneficio de sus machos.

Hecho esto, quiso él mesmo hacer luego la esperiencia de la virtud de aquel precioso bálsamo que él se imaginaba, y, así, se bebió, de lo que no pudo caber en la alcuza y quedaba en la olla donde se había cocido, casi media azumbre; y apenas lo acabó de beber, cuando comenzó a vomitar, de manera que no le quedó cosa en el estómago; y con las ansias y agitación del vómito le dio un sudor copiosísimo, por lo cual mandó que le arropa-

Assim fizeram, e dormiu ele mais de três horas, ao cabo das quais acordou e se sentiu aliviadíssimo do corpo e de tal maneira melhor do seu quebrantamento, que se teve por sarado e verdadeiramente acreditou que tinha acertado com a fórmula do bálsamo de Ferrabrás e que com aquele remédio poderia dali em diante acometer sem temor algum quaisquer ruínas, batalhas e contendas, por perigosas que fossem.

Sancho Pança, que também teve por milagre a melhora do seu amo, rogou-lhe que lhe desse o tanto que ainda restava na panela, que não era pouco. Concedeu-lho D. Quixote, e aquele, tomando-a com as duas mãos, com boa-fé e melhor talante a despejou goela abaixo e emborcou bem pouco menos que seu amo. É pois o caso que o estômago do pobre Sancho não devia ser tão delicado como o de seu amo, e assim, antes de vomitar, sofreu tantas ânsias e vascas, com tantos suores e vertigens, que ele pensou que certa e verdadeiramente era chegada sua hora final; e vendo-se em tal aflição e agonia, maldizia o bálsamo e o ladrão que lho dera. Ao vê-lo D. Quixote assim, lhe disse:

— Parece-me, Sancho, que todo esse teu mal resulta de não seres armado cavaleiro, pois tenho para mim que este licor não deve de aproveitar a quem o não seja.

— Se vossa mercê sabia disso — replicou Sancho —, maldito seja eu e toda a minha parentela!, por que consentiu que o provasse?

Então fez seu efeito a beberagem e começou o pobre escudeiro a se desaguar por ambos os canais, e com tanta pressa que nem a esteira sobre a qual tornara a se deitar, nem a manta com que se cobria tiveram mais serventia. Suava e tressuava com tais desmaios e acidentes, que não só ele mas todos pensaram que se lhe acabava a vida. Durou-lhe essa borrasca e mal-andança

---

sen y le dejasen solo. Hiciéronlo ansí y quedóse dormido más de tres horas, al cabo de las cuales despertó y se sintió aliviadísimo del cuerpo y en tal manera mejor de su quebrantamiento, que se tuvo por sano y verdaderamente creyó que había acertado con el bálsamo de Fierabrás y que con aquel remedio podía acometer desde allí adelante sin temor alguno cualesquiera ruinas, batallas y pendencias, por peligrosas que fuesen.

Sancho Panza, que también tuvo a milagro la mejoría de su amo, le rogó que le diese a él lo que quedaba en la olla, que no era poca cantidad. Concedióselo don Quijote, y él, tomándola a dos manos, con buena fe y mejor talante se la echó a pechos y envasó bien poco menos que su amo. Es, pues, el caso que el estómago del pobre Sancho no debía de ser tan delicado como el de su amo, y, así, primero que vomitase le dieron tantas ansias y bascas, con tantos trasudores y desmayos, que él pensó bien y verdaderamente que era llegada su última hora; y viéndose tan afligido y congojado, maldecía el bálsamo y al ladrón que se lo había dado. Viéndole así don Quijote, le dijo:

— Yo creo, Sancho, que todo este mal te viene de no ser armado caballero, porque tengo para mí que este licor no debe de aprovechar a los que no lo son.

— Si eso sabía vuestra merced — replicó Sancho —, ¡mal haya yo y toda mi parentela!, ¿para qué consintió que lo gustase?

En esto hizo su operación el brebaje y comenzó el pobre escudero a desaguarse por entrambas canales, con tanta priesa, que la estera de enea sobre quien se había vuelto a echar, ni la manta de anjeo con que se cubría, fueron más de provecho. Sudaba y trasudaba con tales parasismos y accidentes, que no solamente él, sino todos

quase duas horas, ao cabo das quais não ficou como seu amo, e sim tão moído e quebrantado que nem conseguia ter-se em pé.

Mas D. Quixote, que, como já foi dito, sentia-se aliviado e são, quis logo partir em busca de aventuras, cuidando que todo o tempo que ali se demorava o furtava do mundo e dos que nele necessitavam do seu favor e amparo, ainda mais agora, com a certeza e a confiança que tinha em seu bálsamo. E assim movido desse desejo, ele mesmo selou Rocinante e albardou o jumento do seu escudeiro, a quem também ajudou a se vestir e a montar no asno. Pôs-se então a cavalo e, chegando-se a um canto da estalagem, apanhou um chuço que ali estava, para que lhe servisse de lança.

Estavam a olhá-lo todos os que havia na estalagem, que passavam de vinte pessoas; olhava-o também a filha do estalajadeiro, e ele também não tirava os olhos dela, e de quando em quando lançava um suspiro que parecia arrancado do mais profundo das suas entranhas, e todos pensavam que fosse da dor que sentia nas costelas — ao menos assim pensavam aqueles que na véspera o viram emplastrar.

Já estando os dois a cavalo, postado à porta da estalagem, chamou o estalajadeiro e com voz muito sossegada e grave lhe disse:

— Muitas e mui grandes são as mercês, senhor alcaide, que neste vosso castelo recebi, e obrigadíssimo fico de lhas agradecer todos os dias da minha vida. Se vo-las posso pagar em tomar vingança de algum soberbo que vos tenha feito algum agravo, sabei que o meu ofício não é outro senão valer os que pouco podem e vingar os que sofrem tortos e castigar aleivosias. Vasculhai vossa memória, e se encontrardes alguma coisa de tal jaez para encomendar-me, bastará que ma digais, que eu vos prometo pola ordem de cavaleiro que recebi dar plena satisfaçom e paga a toda a vossa vontade.

---

pensaron que se le acababa la vida. Duróle esta borrasca y mala andanza casi dos horas, al cabo de las cuales no quedó como su amo, sino tan molido y quebrantado, que no se podía tener.

Pero don Quijote, que, como se ha dicho, se sintió aliviado y sano, quiso partirse luego a buscar aventuras, pareciéndole que todo el tiempo que allí se tardaba era quitársele al mundo y a los en él menesterosos de su favor y amparo, y más, con la seguridad y confianza que llevaba en su bálsamo. Y así, forzado deste deseo, él mismo ensilló a Rocinante y enalbardó al jumento de su escudero, a quien también ayudó a vestir y a subir en el asno. Púsose luego a caballo y, llegándose a un rincón de la venta, asió de un lanzón que allí estaba, para que le sirviese de lanza.

Estábanle mirando todos cuantos había en la venta, que pasaban de más de veinte personas; mirábale también la hija del ventero, y él también no quitaba los ojos della, y de cuando en cuando arrojaba un sospiro, que parecía que le arrancaba de lo profundo de sus entrañas, y todos pensaban que debía de ser del dolor que sentía en las costillas — a lo menos pensábanlo aquellos que la noche antes le habían visto bizmar.

Ya que estuvieron los dos a caballo, puesto a la puerta de la venta, llamó al ventero y con voz muy reposada y grave le dijo:

— Muchas y muy grandes son las mercedes, señor alcaide, que en este vuestro castillo he recebido, y quedo obligadísimo a agradecéroslas todos los días de mi vida. Si os las puedo pagar en haceros vengado de algún soberbio que os haya fecho algún agravio, sabed que mi oficio no es otro sino valer a los que poco pueden y vengar a los que reciben tuertos y castigar alevosías. Recorred vuestra memoria, y si halláis alguna cosa deste jaez

O estalajadeiro lhe respondeu com o mesmo sossego:

— Senhor cavaleiro, não tenho necessidade de que vossa mercê me vingúe agravo algum, pois eu sei tomar a vingança que me parece, quando mo fazem. Basta que vossa mercê me pague sua despesa desta noite na estalagem, tanto em palha e cevada de suas duas bestas como em comida e camas.

— Então, é isto uma estalagem? — replicou D. Quixote.

— E das mais honestas — respondeu o estalajadeiro.

— Enganado estive até agora — respondeu D. Quixote —, pois à vera pensei que era castelo, e não dos piores; mas, se não é castelo, e sim estalagem, o que por ora se poderá fazer é que me perdoeis a paga, pois não posso contravir a ordem dos cavaleiros andantes, dos quais sei ao certo, sem que até agora tenha lido nada em contrário, que jamais pagaram pousada nem outra coisa em estalagem onde estiveram, porque se lhes deve por lei e de direito qualquer bom acolhimento que se lhes faça, como paga dos insofríveis trabalhos que padecem buscando as aventuras noite e dia, no inverno e no verão, a pé e a cavalo, com sede e com fome, com calor e com frio, sujeitos a todas as inclemências do céu e a todos os desconfortos da terra.

— Pouco tenho eu com isso — respondeu o estalajadeiro. — Que se me pague o devido, e deixemo-nos de contos e de cavalarias, que eu não levo conta de outra coisa senão de cobrar o que me cabe.

— Pois sois um néscio e mau hospedeiro — respondeu D. Quixote.

E dando de pernas em Rocinante e empolgando seu chuço, saiu da estalagem sem que ninguém o retivesse, e, sem olhar se seu escudeiro o seguia, se alongou um bom trecho.

O estalajadeiro, ao vê-lo partir sem pagar, foi cobrar de Sancho Pança, o qual lhe respondeu que, como seu senhor não quisera pagar, tampouco ele

---

que encomendarme, no hay sino decilla, que yo os prometo por la orden de caballero que recebí de faceros satisfecho y pagado a toda vuestra voluntad.

El ventero le respondió con el mesmo sosiego:

— Señor caballero, yo no tengo necesidad de que vuestra merced me vengue ningún agravio, porque yo sé tomar la venganza que me parece, cuando se me hacen. Solo he menester que vuestra merced me pague el gasto que esta noche ha hecho en la venta, así de la paja y cebada de sus dos bestias como de la cena y camas.

— Luego ¿venta es esta? — replicó don Quijote.

— Y muy honrada — respondió el ventero.

— Engañado he vivido hasta aquí — respondió don Quijote —, que en verdad que pensé que era castillo, y no malo; pero pues es ansí que no es castillo, sino venta, lo que se podrá hacer por agora es que perdonéis por la paga, que yo no puedo contravenir a la orden de los caballeros andantes, de los cuales sé cierto, sin que hasta ahora haya leído cosa en contrario, que jamás pagaron posada ni otra cosa en venta donde estuviesen, porque se les debe de fuero y de derecho cualquier buen acogimiento que se les hiciere, en pago del insufrible trabajo que padecen buscando las aventuras de noche y de día, en invierno y en verano, a pie y a caballo, con sed y con hambre, con calor y con frío, sujetos a todas las inclemencias del cielo y a todos los incómodos de la tierra.

— Poco tengo yo que ver en eso — respondió el ventero —. Págueseme lo que se me debe y dejémonos de cuentos ni de caballerías, que yo no tengo cuenta con otra cosa que con cobrar mi hacienda.

pagaria, pois, sendo ele, como era, escudeiro de cavaleiro andante, a mesma regra e razão valia tanto para ele como para o seu amo no tocante a não pagar coisa alguma em albergarias e estalagens. Agastou-se muito com isto o estalajadeiro e o ameaçou, se não pagasse, de lhe cobrar a dívida de jeito que muito lhe pesaria. Ao que Sancho respondeu que, pela lei da cavalaria que seu amo recebera, não pagaria um só cornado,[3] ainda que isto lhe custasse a vida, porque não haveria ele de atentar assim contra a boa e antiga usança dos cavaleiros andantes, nem se haveriam de queixar dele os escudeiros daqueles que estavam por vir ao mundo, culpando-o pelo quebrantamento de tão justo foro.

Quis a má sorte do pobre Sancho que entre as pessoas que estavam na estalagem se encontrassem quatro cardadores de Segóvia, três agulheiros de Potro de Córdova e dois vizinhos de Feria de Sevilha, todos gente alegre, bem-intencionada, maliciosa e brincalhona, os quais, como que instigados e movidos por um mesmo espírito, se achegaram a Sancho e, enquanto o apeavam do asno, um deles foi buscar a manta da cama do hóspede, e, jogando-o nela, ergueram os olhos e viram que o teto era um tanto mais baixo que o necessário para sua obra e determinaram de sair para o pátio, que tinha o céu por limite; e ali, posto Sancho no meio da manta, começaram a jogá-lo para o alto e a folgar com ele como com cão no carnaval.[4]

As vozes que dava o mísero manteado foram tais que chegaram aos ouvidos de seu amo, o qual, parando a escutar com atenção, cuidou que alguma nova aventura se anunciava, até que claramente conheceu que quem gritava era seu escudeiro; e volteando as rédeas, num árduo galope chegou à estalagem e, achando-a fechada, rodeou-a para ver se achava por onde entrar; mas, mal chegando junto ao muro do pátio, que não era muito alto, viu

---

— Vos sois un sandio y mal hostalero — respondió don Quijote.

Y poniendo piernas a Rocinante y terciando su lanzón se salió de la venta sin que nadie le detuviese, y él, sin mirar si le seguía su escudero, se alongó un buen trecho.

El ventero, que le vio ir y que no le pagaba, acudió a cobrar de Sancho Panza, el cual dijo que pues su señor no había querido pagar, que tampoco él pagaría, porque, siendo él escudero de caballero andante como era, la mesma regla y razón corría por él como por su amo en no pagar cosa alguna en los mesones y ventas. Amohinóse mucho desto el ventero y amenazóle que si no le pagaba, que lo cobraría de modo que le pesase. A lo cual Sancho respondió que, por la ley de caballería que su amo había recebido, no pagaría un solo cornado, aunque le costase la vida, porque no había de perder por él la buena y antigua usanza de los caballeros andantes, ni se habían de quejar dél los escuderos de los tales que estaban por venir al mundo, reprochándole el quebrantamiento de tan justo fuero.

Quiso la mala suerte del desdichado Sancho que entre la gente que estaba en la venta se hallasen cuatro peraíles de Segovia, tres agujeros del Potro de Córdova y dos vecinos de la Heria de Sevilla, gente alegre, bienintencionada, maleante y juguetona, los cuales, casi como instigados y movidos de un mesmo espíritu, se llegaron a Sancho, y, apeándole del asno, uno dellos entró por la manta de la cama del huésped, y, echándole en ella, alzaron los ojos y vieron que el techo era algo más bajo de lo que habían menester para su obra y determinaron salirse al corral, que tenía por límite el cielo; y allí, puesto Sancho en mitad de la manta, comenzaron a levantarle en alto y a holgarse con él como con perro por carnestolendas.

a má peça que se estava pregando a seu escudeiro. Viu-o descer e subir pelo ar com tanta graça e presteza que, não fosse a cólera que o tomava, tenho para mim que se riria. Tentou subir do cavalo ao muro, mas estava tão moído e quebrantado que nem apear conseguiu, e assim de cima do cavalo pegou a dizer tantas injúrias e impropérios aos que manteavam Sancho que não é possível transcrevê-los aqui; mas nem por isso cessavam eles com seu riso e sua obra, nem o voador Sancho deixava suas queixas, mescladas ora com ameaças, ora com súplicas; mas tudo de nada aproveitava, nem aproveitou até que de puro cansaço o deixaram. Trouxeram-lhe então seu asno e, depois de nele o montar, o enrouparam com seu gabão; e a compassiva Maritornes, vendo-o tão vexado, achou por bem socorrê-lo com uma caneca de água, e assim trouxe-lha do poço, por estar mais fria. Tomou Sancho a caneca e, ao levá-la à boca, atentou às vozes que seu amo lhe dava, dizendo:

— Sancho, filho, não bebas água; não a bebas, filho, que te matará. Vê, tenho aqui o santíssimo bálsamo — e lhe mostrava a azeiteira da beberagem —, e com duas gotas que dele bebas sararás sem dúvida.

A essas vozes voltou Sancho seus olhos, como de esguelha, e disse com outras maiores:

— Acaso esqueceu vossa mercê que não sou cavaleiro, ou quer que eu acabe de vomitar as entranhas que me sobraram de ontem? Guarde seu licor com todos os diabos, e deixe-me em paz.

Acabar de dizer isto e começar a beber foi tudo um; mas, como ao primeiro gole viu que era água, não quis continuar e pediu a Maritornes que lhe trouxesse vinho, e assim fez ela de muito bom grado, pagando-o de seu próprio bolso: porque, de feito, dela se diz que, conquanto estivesse naquele trato, tinha umas sombras e longes de cristã.

Las voces que el mísero manteado daba fueron tantas, que llegaron a los oídos de su amo, el cual, deteniéndose a escuchar atentamente, creyó que alguna nueva aventura le venía, hasta que claramente conoció que el que gritaba era su escudero; y, volviendo las riendas, con un penado galope llegó a la venta, y, hallándola cerrada, la rodeó por ver si hallaba por donde entrar; pero no hubo llegado a las paredes del corral, que no eran muy altas, cuando vio el mal juego que se le hacía a su escudero. Viole bajar y subir por el aire con tanta gracia y presteza, que, si la cólera le dejara, tengo para mí que se riera. Probó a subir desde el caballo a las bardas, pero estaba tan molido y quebrantado, que aun apearse no pudo, y, así, desde encima del caballo comenzó a decir tantos denuestos y baldones a los que a Sancho manteaban, que no es posible acertar a escribillos; mas no por esto cesaban ellos de su risa y de su obra, ni el volador Sancho dejaba sus quejas, mezcladas, ya con amenazas, ya con ruegos; mas todo aprovechaba poco, ni aprovechó, hasta que de puro cansados le dejaron. Trujéronle allí su asno y, subiéndole encima, le arroparon con su gabán; y la compasiva de Maritornes, viéndole tan fatigado, le pareció ser bien socorrelle con un jarro de agua, y, así, se le trujo del pozo, por ser más frío. Tomóle Sancho y, llevándole a la boca, se paró a las voces que su amo le daba, diciendo:

— Hijo Sancho, no bebas agua; hijo, no la bebas, que te matará. ¿Ves? Aquí tengo el santísimo bálsamo — y enseñábale la alcuza del brebaje —, que con dos gotas que dél bebas sanarás sin duda.

A estas voces volvió Sancho los ojos, como de través, y dijo con otras mayores:

— ¿Por dicha hásele olvidado a vuestra merced como yo no soy caballero, o quiere que acabe de vomitar las entrañas que me quedaron de anoche? Guárdese su licor con todos los diablos, y déjeme a mí.

Assim como Sancho bebeu, deu de calcanhares em seu asno e, abrindo-se-lhe o portão da estalagem de par em par, saiu dela muito contente por não ter pagado nada e ter saído com sua intenção, ainda que à custa dos seus costumados fiadores, que eram os seus costados. Verdade é que o estalajadeiro ficou com seus alforjes como paga do que lhe deviam; mas Sancho não deu por falta deles, tão atordoado saiu. Quis o estalajadeiro trancar bem o portão assim como o viu fora, mas não lho consentiram os manteadores, pois eram gente que, ainda que D. Quixote realmente fosse um dos cavaleiros andantes da Távola Redonda, em pouco ou nada o teriam.

Notas

[1] Vale dos bordões (*val de las estacas*): a frase ecoa um célebre romance velho que diz "*Por el val de las estacas — el buen Cid pasado había*".

[2] ... falaria mais bem-criado: o tratamento de "*buen hombre*" era considerado ofensivo.

[3] Cornado: a moeda de mais baixo valor entre as correntes na época, equivalente à sexta parte de um maravedi.

[4] Cão no carnaval (*perro en carnestolendas*): referência à brincadeira de "mantear" cachorros, que era comumente praticada durante o carnaval. Mantear é pôr alguém sobre uma manta segura pelas pontas e, sacudindo-a com força, lançar o "manteado" repetidas vezes para o alto.

Y el acabar de decir esto y el comenzar a beber todo fue uno; mas como al primer trago vio que era agua, no quiso pasar adelante y rogó a Maritornes que se le trujese de vino, y así lo hizo ella de muy buena voluntad, y lo pagó de su mesmo dinero: porque, en efecto, se dice della que, aunque estaba en aquel trato, tenía unas sombras y lejos de cristiana.

Así como bebió Sancho, dio de los carcaños a su asno y, abriéndole la puerta de la venta de par en par, se salió della, muy contento de no haber pagado nada y de haber salido con su intención, aunque había sido a costa de sus acostumbrados fiadores, que eran sus espaldas. Verdad es que el ventero se quedó con sus alforjas, en pago de lo que se le debía; mas Sancho no las echó menos, según salió turbado. Quiso el ventero atrancar bien la puerta así como le vio fuera, mas no lo consintieron los manteadores, que era gente que, aunque don Quijote fuera verdaderamente de los caballeros andantes de la Tabla Redonda, no le estimaran en dos arditos.

CAPÍTULO XVIII

ONDE SE CONTAM AS RAZÕES QUE TROCOU SANCHO PANÇA COM SEU SENHOR D. QUIXOTE, MAIS OUTRAS AVENTURAS DIGNAS DE SEREM CONTADAS

Chegou Sancho junto a seu amo desfalecente e murcho, tanto que não conseguia arrear seu jumento. Ao vê-lo assim D. Quixote, lhe disse:

— Agora acabo de entender, meu bom Sancho, que aquele castelo, ou estalagem, era sem dúvida encantado, pois aqueles que tão atrozmente tomaram passatempo contigo, que outra coisa podiam ser senão fantasmas e gente do outro mundo? E isto confirmo por ter visto, quando estava junto ao muro do pátio olhando os atos da tua triste tragédia, que não me foi possível subir nele, nem sequer pude apear de Rocinante, e tudo porque me devem de ter encantado; pois juro pela fé de quem sou que, se eu pudesse subir ou apear, te houvera vingado de tal maneira que aqueles velhacos e patifes se lembrariam da troça para sempre, ainda que nisto soubesse contravir as leis da cavalaria, que, como já muitas vezes te disse, não consentem que cavaleiro arranque espada contra quem o não seja, salvo em defesa da sua própria vida e pessoa, em caso de urgente e grande necessidade.

— Também me vingaria eu se pudesse, fosse ou não armado cavaleiro, e não pude; mas tenho para mim que aqueles que folgaram comigo não eram

---

CAPÍTULO XVIII

DONDE SE CUENTAN LAS RAZONES QUE PASÓ SANCHO PANZA CON SU SEÑOR DON QUIJOTE, CON OTRAS AVENTURAS DIGNAS DE SER CONTADAS

Llegó Sancho a su amo marchito y desmayado, tanto, que no podía arrear a su jumento. Cuando así le vio don Quijote, le dijo:

— Ahora acabo de creer, Sancho bueno, que aquel castillo o venta que es encantado sin duda, porque aquellos que tan atrozmente tomaron pasatiempo contigo ¿qué podían ser sino fantasmas y gente del otro mundo? Y confirmo esto por haber visto que cuando estaba por las bardas del corral, mirando los actos de tu triste tragedia, no me fue posible subir por ellas, ni menos pude apearme de Rocinante, porque me debían de tener encantado; que te juro por la fe de quien soy que si pudiera subir o apearme, que yo te hiciera vengado, de manera que aquellos follones y malandrines se acordaran de la burla para siempre, aunque en ello supiera contravenir a las leyes de la caballería, que, como ya muchas veces te he dicho, no consienten que caballero ponga

fantasmas nem homens encantados, como diz vossa mercê, e sim homens de carne e osso como nós; e todos eles, segundo ouvi enquanto me jogavam pelo ar, tinham seus nomes: um se chamava Pedro Martínez, e o outro Tenório Hernández, e o estalajadeiro ouvi que se chamava Juan Palomeque, o Canhoto. Portanto, senhor, o não poder saltar o muro do pátio nem apear do cavalo foi por al que encantamentos. E o que eu tiro a limpo de tudo isto é que estas aventuras que andamos buscando ao cabo do cabo trarão tantas desventuras que não saberemos onde temos o pé direito. E o melhor e mais acertado, segundo o meu curto entendimento, seria voltarmos ao nosso lugar, agora que é tempo da ceifa e de cuidar da colheita, deixando-nos de andar de ceca em meca e de Herodes para Pilatos, como diz o outro.

— Quão pouco sabes, Sancho — respondeu D. Quixote —, do achaque da cavalaria! Cala e tem paciência, pois virá o dia em que testemunharás de vista a grande honra que é andar neste exercício. Senão, dize-me: que maior contento pode haver no mundo ou que prazer pode igualar-se ao de vencer uma batalha e triunfar do seu inimigo? Nenhum, sem dúvida alguma.

— Assim deve de ser — respondeu Sancho —, posto que eu não o saiba; só sei que, depois que somos cavaleiros andantes, ou que vossa mercê o é (pois não há razão para que eu conte em tão honroso número), nunca vencemos batalha alguma, afora a do biscainho, e ainda daquela saiu vossa mercê com meia orelha e meia celada a menos; e de lá para cá foi tudo sova e mais sova, punhada e mais punhada, levando eu de quebra a manteação, e feita por pessoas encantadas, de quem não me posso vingar para saber até onde chega o gosto do vencimento do inimigo, como diz vossa mercê.

— Essa é a mágoa que eu tenho e a que tu deves ter, Sancho — respon-

---

mano contra quien no lo sea, si no fuere en defensa de su propria vida y persona, en caso de urgente y gran necesidad.

— También me vengara yo si pudiera, fuera o no fuera armado caballero, pero no pude; aunque tengo para mí que aquellos que se holgaron conmigo no eran fantasmas ni hombres encantados, como vuestra merced dice, sino hombres de carne y de hueso como nosotros; y todos, según los oí nombrar cuando me volteaban, tenían sus nombres: que el uno se llamaba Pedro Martínez, y el otro Tenorio Hernández, y el ventero oí que se llamaba Juan Palomeque el Zurdo. Así que, señor, el no poder saltar las bardas del corral ni apearse del caballo, en ál estuvo que en encantamientos. Y lo que yo saco en limpio de todo esto es que estas aventuras que andamos buscando al cabo al cabo nos han de traer a tantas desventuras, que no sepamos cuál es nuestro pie derecho. Y lo que sería mejor y más acertado, según mi poco entendimiento, fuera el volvernos a nuestro lugar, ahora que es tiempo de la siega y de entender en la hacienda, dejándonos de andar de ceca en meca y de zoca en colodra, como dicen.

— ¡Qué poco sabes, Sancho — respondió don Quijote —, de achaque de caballería! Calla y ten paciencia, que día vendrá donde veas por vista de ojos cuán honrosa cosa es andar en este ejercicio. Si no, dime: ¿qué mayor contento puede haber en el mundo o qué gusto puede igualarse al de vencer una batalla y al de triunfar de su enemigo? Ninguno, sin duda alguna.

— Así debe de ser — respondió Sancho —, puesto que yo no lo sé; solo sé que, después que somos caballeros andantes, o vuestra merced lo es (que yo no hay para qué me cuente en tan honroso número), jamás hemos

deu D. Quixote —, mas daqui em diante procurarei ter à mão alguma espada feita de tal ciência que quem a levar consigo não possa sofrer nenhum gênero de encantamentos; e ainda poderia ser que a ventura me deparasse aquela do Amadis, quando se chamava Cavaleiro da Ardente Espada, que foi uma das melhores espadas que já teve cavaleiro no mundo, pois, além de ter a dita virtude, cortava como uma navalha e não havia armadura, por mais forte e encantada que fosse, que pudesse com ela.

— Eu sou tão venturoso — disse Sancho —, que, quando isso fosse e vossa mercê viesse a achar semelhante espada, esta só viria a servir e aproveitar aos armados cavaleiros, como o bálsamo: e os escudeiros que se danem no inferno.

— Não temas, Sancho — disse D. Quixote —, pois Deus olha por ti.

Nesses colóquios andavam D. Quixote e seu escudeiro, quando viu D. Quixote que pela estrada que seguiam vinha a eles uma grande e espessa nuvem de poeira; e em vendo-a, virou-se para Sancho e lhe disse:

— Este é o dia, oh Sancho!, em que se verá o bem que a minha sorte me tem reservado; este é o dia, digo, em que se mostrará, como em nenhum outro, o valor do meu braço, e em que hei de fazer obras que ficarão escritas no livro da fama por todos os vindouros séculos. Vês aquela poeira que ali se levanta, Sancho? Pois toda ela está coalhada de um copiosíssimo exército que de diversas e inumeráveis gentes por ali vem marchando.

— Por essa conta, devem de ser dois — disse Sancho —, pois desta parte contrária se levanta outra semelhante poeira.

Voltou-se D. Quixote a olhá-la e viu que era verdade e, alegrando-se sobremaneira, pensou sem dúvida alguma que eram dois exércitos que se vinham investir e encontrar no meio daquela espaçosa planície. Porque a toda

---

vencido batalla alguna, si no fue la del vizcaíno, y aun de aquella salió vuestra merced con media oreja y media celada menos; que después acá todo ha sido palos y más palos, puñadas y más puñadas, llevando yo de ventaja el manteamiento, y haberme sucedido por personas encantadas, de quien no puedo vengarme para saber hasta dónde llega el gusto del vencimiento del enemigo, como vuestra merced dice.

— Esa es la pena que yo tengo y la que tú debes tener, Sancho — respondió don Quijote —, pero de aquí adelante yo procuraré haber a las manos alguna espada hecha por tal maestría, que al que la trujere consigo no le puedan hacer ningún género de encantamentos; y aun podría ser que me deparase la ventura aquella de Amadís, cuando se llamaba el Caballero de la Ardiente Espada, que fue una de las mejores espadas que tuvo caballero en el mundo, porque, fuera que tenía la virtud dicha, cortaba como una navaja y no había armadura, por fuerte y encantada que fuese, que se le parase delante.

— Yo soy tan venturoso — dijo Sancho —, que, cuando eso fuese y vuestra merced viniese a hallar espada semejante, sólo vendría a servir y aprovechar a los armados caballeros, como el bálsamo: y a los escuderos, que se los papen duelos.

— No temas eso, Sancho — dijo don Quijote —, que mejor lo hará el cielo contigo.

En estos coloquios iban don Quijote y su escudero, cuando vio don Quijote que por el camino que iban venía hacia ellos una grande y espesa polvareda; y, en viéndola, se volvió a Sancho y le dijo:

— Este es el día, ¡oh Sancho!, en el cual se ha de ver el bien que me tiene guardado mi suerte; este es el día, digo, en que se ha de mostrar, tanto como en otro alguno, el valor de mi brazo, y en el que tengo de hacer obras

hora e momento tinha ele a fantasia cheia daquelas batalhas, encantamentos, sucessos, desatinos, amores, desafios, que nos livros de cavalaria se contam, e tudo quanto falava, pensava ou fazia era encaminhado a coisas semelhantes. E a poeira que tinha visto era levantada por duas grandes manadas de ovelhas e carneiros que por aquele mesmo caminho de duas diferentes partes vinham, as quais, com a poeira, não se deixaram ver até que chegaram perto. E com tanto afinco afirmava D. Quixote que eram exércitos, que Sancho veio a acreditá-lo e a dizer:

— E nós, senhor, que havemos de fazer então?

— Como quê? — disse D. Quixote. — Favorecer e ajudar os necessitados e desvalidos. E hás de saber, Sancho, que aquele que vem à nossa frente é conduzido e guiado pelo grande imperador Alifanfarão, senhor da grande ilha Taprobana;[1] estoutro que às minhas costas marcha é o do seu inimigo, o rei dos garamantes,[2] Pentapolim do Regaçado Braço, porque sempre entra nas batalhas com o braço direito nu.

— Mas por que se querem tão mal esses dois senhores? — perguntou Sancho.

— Querem-se mal — respondeu D. Quixote — porque esse Alifanfarão é um furibundo pagão e está enamorado da filha de Pentapolim, que é uma mui fermosa e agraciada senhora, e é cristã, e seu pai não quer entregá-la ao rei pagão se este antes não abandonar a lei do seu falso profeta Maomé e se acolher à de Cristo.

— Por minhas barbas — disse Sancho —, que faz muito bem Pentapolim, e o tenho de ajudar naquilo que puder!

— Assim farás o que deves, Sancho — disse D. Quixote —, pois para entrar em semelhantes batalhas não se requer ser armado cavaleiro.

---

que queden escritas en el libro de la fama por todos los venideros siglos. ¿Ves aquella polvareda que allí se levanta, Sancho? Pues toda es cuajada de un copiosísimo ejército que de diversas e innumerables gentes por allí viene marchando.

— A esa cuenta, dos deben de ser — dijo Sancho —, porque desta parte contraria se levanta asimesmo otra semejante polvareda.

Volvió a mirarlo don Quijote y vio que así era la verdad y, alegrándose sobremanera, pensó sin duda alguna que eran dos ejércitos que venían a embestirse y a encontrarse en mitad de aquella espaciosa llanura. Porque tenía a todas horas y momentos llena la fantasía de aquellas batallas, encantamentos, sucesos, desatinos, amores, desafíos, que en los libros de caballerías se cuentan, y todo cuanto hablaba, pensaba o hacía era encaminado a cosas semejantes. Y la polvareda que había visto la levantaban dos grandes manadas de ovejas y carneros que por aquel mesmo camino de dos diferentes partes venían, las cuales, con el polvo, no se echaron de ver hasta que llegaron cerca. Y con tanto ahínco afirmaba don Quijote que eran ejércitos, que Sancho lo vino a creer y a decirle:

— Señor, pues ¿qué hemos de hacer nosotros?

— ¿Qué? — dijo don Quijote —. Favorecer y ayudar a los menesterosos y desvalidos. Y has de saber, Sancho, que este que viene por nuestra frente le conduce y guía el grande emperador Alifanfarón, señor de la grande isla Trapobana; este otro que a mis espaldas marcha es el de su enemigo, el rey de los garamantas, Pentapolín del Arremangado Brazo, porque siempre entra en las batallas con el brazo derecho desnudo.

— Pues ¿por qué se quieren tan mal estos dos señores? — preguntó Sancho.

— Bem sei disso — respondeu Sancho —, mas onde deixaremos este asno com a certeza de o achar passada a refrega? Porque entrar nela em semelhante cavalaria não me parece coisa usada até hoje.

— É verdade — disse D. Quixote. — O que dele podes fazer é deixá-lo à sua ventura, quer se perca ou não, pois serão tantos os cavalos que teremos depois de sairmos vencedores que até Rocinante corre o risco de ser trocado por outro. Mas presta atenção e olha, que quero dar-te conta dos cavaleiros mais principais que nestes dois exércitos vêm. E para que melhor os vejas e notes, subamos naquele alto que ali se ergue, donde se devem de descobrir os dois exércitos.

Assim fizeram e se postaram sobre um outeiro, donde bem se veriam as duas manadas que para D. Quixote eram exércitos, se as nuvens de poeira que levantavam não lhes empanassem e cegassem a visão; mas com tudo isso, vendo na imaginação o que não via nem havia, em voz bem alta começou a dizer:

— Aquele cavaleiro que ali vês das armas jalnes, que traz no escudo um leão coroado, rendido aos pés de uma donzela, é o valoroso Laurcalco, senhor da Ponte de Prata;[3] o outro das armas com flores de ouro, que traz no escudo três coroas de prata em campo azul, é o temido Micocolembo, grande duque da Quirócia; o outro, dos membros gigânteos, que está à sua direita mão, é o nunca medroso Brandabarbará de Boliche, senhor das três Arábias,[4] que vem armado daquele couro de serpente e por escudo traz uma porta, que é fama ser do templo derribado por Sansão quando com sua morte se vingou dos seus inimigos. Mas volta os olhos a estoutra parte e verás diante e à testa destoutro exército o sempre vencedor e jamais vencido Timonel de Carcassona, príncipe da Nova Biscaia, que vem armado com as

---

— Quiérense mal — respondió don Quijote — porque este Alifanfarón es un furibundo pagano y está enamorado de la hija de Pentapolín, que es una muy fermosa y además agraciada señora, y es cristiana, y su padre no se la quiere entregar al rey pagano, si no deja primero la ley de su falso profeta Mahoma y se vuelve a la suya.

— ¡Para mis barbas — dijo Sancho —, si no hace muy bien Pentapolín, y que le tengo de ayudar en cuanto pudiere!

— En eso harás lo que debes, Sancho — dijo don Quijote —, porque para entrar en batallas semejantes no se requiere ser armado caballero.

— Bien se me alcanza eso — respondió Sancho —, pero ¿dónde pondremos a este asno que estemos ciertos de hallarle después de pasada la refriega? Porque el entrar en ella en semejante caballería no creo que está en uso hasta agora.

— Así es verdad — dijo don Quijote —. Lo que puedes hacer dél es dejarle a sus aventuras, ora se pierda o no, porque serán tantos los caballos que tendremos después que salgamos vencedores, que aun corre peligro Rocinante no le trueque por otro. Pero estáme atento y mira, que te quiero dar cuenta de los caballeros más principales que en estos dos ejércitos vienen. Y para que mejor los veas y notes, retirémonos a aquel altillo que allí se hace, de donde se deben de descubrir los dos ejércitos.

Hiciéronlo ansí y pusiéronse una loma, desde la cual se vieran bien las dos manadas que a don Quijote se le hicieron ejército, si las nubes del polvo que levantaban no les turbara y cegara la vista; pero con todo esto, viendo en su imaginación lo que no veía ni había, con voz levantada comenzó a decir:

armas partidas em quartéis, azuis, verdes, brancas e amarelas, e traz no escudo um gato de ouro em campo leonado, com uma divisa que diz "Miau", que é o início do nome de sua dama, que, segundo se diz, é a sem-par Miulina, filha do duque Alfenidém do Algarve;[5] o outro que carrega e oprime os lombos daquele poderoso frisão, que traz as armas qual neve brancas e o escudo branco e sem divisa alguma, é um cavaleiro novel, de nação francês, chamado Pierres Papin, senhor das baronias de Utrique;[6] o outro que com os ferrados calcanhares pica as ilhargas daquela pintada e lépida zebra, portando as armas de veiros azuis, é o poderoso duque de Nérbia, Espartafilardo do Bosque, que traz por emblema no escudo um aspargo, com uma divisa em castelhano que diz: "*Rastrea mi suerte*".

E dessa maneira foi nomeando muitos cavaleiros de um e outro esquadrão que ele imaginava, e a todos deu suas armas, cores, divisas e motes de improviso, levado da imaginação de sua nunca vista loucura, e sem parar, prosseguiu dizendo:

— Este esquadrão fronteiro é formado e feito por gentes de diversas nações: aqui estão os que bebiam das doces águas do famoso Xanto; os monteses que pisam os massilos campos; os que crivam o finíssimo e miúdo ouro na sabeia e feliz Arábia; os que gozam das famosas e frescas ribeiras do claro Termodonte; os que sangram por muitas e diversas vias o dourado Pactolo; os númidas, duvidosos nas suas promessas; os persas, arcos e flechas famosos; os partos, os medos, que lutam fugindo; os árabes de mudáveis casas; os citas, tão cruéis como brancos; os etíopes, de perfurados lábios, e outras infinitas nações, cujos rostos conheço e vejo, ainda que dos seus nomes não me lembre.[7] Nestoutro esquadrão vêm os que bebem das correntes cristalinas do olivífero Betis; os que alisam e pulem o seu rosto com o licor

---

— Aquel caballero que allí ves de las armas jaldes, que trae en el escudo un león coronado, rendido a los pies de una doncella, es el valeroso Laurcalco, señor de la Puente de Plata; el otro de las armas de las flores de oro, que trae en el escudo tres coronas de plata en campo azul, es el temido Micocolembo, gran duque de Quirocia; el otro de los miembros gigantos, que está a su derecha mano, es el nunca medroso Brandabarbarán de Boliche, señor de las tres Arabias, que viene armado de aquel cuero de serpiente y tiene por escudo una puerta, que según es fama es una de las del templo que derribó Sansón cuando con su muerte se vengó de sus enemigos. Pero vuelve los ojos a estotra parte y verás delante y en la frente destotro ejército al siempre vencedor y jamás vencido Timonel de Carcajona, príncipe de la Nueva Vizcaya, que viene armado con las armas partidas a cuarteles, azules, verdes, blancas y amarillas, y trae en el escudo un gato de oro en campo leonado, con una letra que dice "Miau", que es el principio del nombre de su dama, que, según se dice, es la sin par Miulina, hija del duque Alfeñiquén del Algarbe; el otro que carga y oprime los lomos de aquella poderosa alfana, que trae las armas como nieve blancas y el escudo blanco y sin empresa alguna, es un caballero novel, de nación francés, llamado Pierres Papín, señor de las baronías de Utrique; el otro que bate las ijadas con los herrados carcaños a aquella pintada y ligera cebra y trae las armas de los veros azules, es el poderoso duque de Nerbia, Espartafilardo del Bosque, que trae por empresa en el escudo una esparraguera, con una letra en castellano que dice así: "Rastrea mi suerte".

Y desta manera fue nombrando muchos caballeros del uno y del otro escuadrón que él se imaginaba, y a todos les dio sus armas, colores, empresas y motes de improviso, llevado de la imaginación de su nunca vista locura, y, sin parar, prosiguió diciendo:

do sempre rico e dourado Tejo; os que gozam das proveitosas águas do divino Genil; os que pisam os tartéssios campos,[8] de pastos abundantes; os que se alegram nos elísios prados de Xerez; os manchegos, ricos e coroados de louras espigas; os de ferro vestidos, relíquias antigas do sangue godo; os que se banham no Pisuerga, famoso pela mansidão da sua corrente; os que o seu gado pascem nos estendidos prados do tortuoso Guadiana, celebrado por seu escondido curso;[9] os que tremem com o frio do silvoso Pireneu e com os brancos flocos do alteroso Apenino; enfim, todos quantos a Europa inteira em si contém e encerra.

Valha-me Deus! Quantas províncias disse, quantas nações nomeou, dando a cada uma com maravilhosa presteza os atributos que lhe cabiam, todo absorto e embebido no que lera em seus livros mentirosos!

Estava Sancho Pança suspenso de suas palavras, sem dizer nenhuma, e de quando em quando voltava a cabeça para ver se via os cavaleiros e gigantes que seu amo nomeava; e como não descobriu nenhum, lhe disse:

— Ao diabo encomendo homem, gigante e cavaleiro de quantos vossa mercê diz haver ali, senhor. Eu, pelo menos, não vejo nenhum. Talvez tudo seja encantamento, como os fantasmas de ontem.

— Como dizes? — respondeu D. Quixote. — Não ouves o relinchar dos cavalos, o toque dos clarins, o ruído dos atambores?

— Não ouço coisa alguma — respondeu Sancho — além de muitos balidos de ovelhas.

E isto era verdade, pois já chegavam perto os dois rebanhos.

— O medo que tens, Sancho — disse D. Quixote —, não te deixa ver nem ouvir às direitas, pois um dos efeitos do medo é embotar os sentidos e fazer com que as coisas não pareçam o que são; e se tanto temes, põe-te à

— A este escuadrón frontero forman y hacen gentes de diversas naciones: aquí están los que bebían las dulces aguas del famoso Janto; los montuosos que pisan los masílicos campos; los que criban el finísimo y menudo oro en la felice Arabia; los que gozan las famosas y frescas riberas del claro Termodonte; los que sangran por muchas y diversas vías al dorado Pactolo; los numidas, dudosos en sus promesas; los persas, arcos y flechas famosos; los partos, los medos, que pelean huyendo; los árabes de mudables casas; los citas, tan crueles como blancos; los etiopes, de horadados labios, y otras infinitas naciones, cuyos rostros conozco y veo, aunque de los nombres no me acuerdo. En estotro escuadrón vienen los que beben las corrientes cristalinas del olivífero Betis; los que tersan y pulen sus rostros con el licor del siempre rico y dorado Tajo; los que gozan las provechosas aguas del divino Genil; los que pisan los tartesios campos, de pastos abundantes; los que se alegran en los elíseos jerezanos prados; los manchegos, ricos y coronados de rubias espigas; los de hierro vestidos, reliquias antiguas de la sangre goda; los que en Pisuerga se bañan, famoso por la mansedumbre de su corriente; los que su ganado apacientan en las extendidas dehesas del tortuoso Guadiana, celebrado por su escondido curso; los que tiemblan con el frío del silvoso Pirineo y con los blancos copos del levantado Apenino; finalmente, cuantos toda la Europa en sí contiene y encierra.

¡Válame Dios, y cuántas provincias dijo, cuántas naciones nombró, dándole a cada una con maravillosa presteza los atributos que le pertenecían, todo absorto y empapado en lo que había leído en sus libros mentirosos!

Estaba Sancho Panza colgado de sus palabras, sin hablar ninguna, y de cuando en cuando volvía la cabeza a ver si veía los caballeros y gigantes que su amo nombraba; y como no descubría a ninguno, le dijo:

parte e deixa-me só, que eu só basto para dar a vitória à parte que receber a minha ajuda.

Isto dizendo, deu de esporas em Rocinante e, enristada a lança, desceu a lomba como um raio.

Deu-lhe vozes Sancho, dizendo-lhe:

— Volte vossa mercê, senhor D. Quixote, pois voto a Deus que são carneiros e ovelhas o que vai atacar. Volte, pelo pai que me engendrou! Que loucura é essa? Olhe que não há gigante nem cavaleiro algum, nem gatos, nem armas, nem escudos partidos nem inteiros, nem veiros azuis nem endiabrados. Que está fazendo? Meu Deus! Ai de mim!

Nem por essas voltou D. Quixote, antes em altas vozes ia dizendo:

— Eia, cavaleiros, os que seguis e militais sob a bandeira do valoroso imperador Pentapolim do Regaçado Braço, segui-me todos! Vereis quão facilmente tomo vingança do seu inimigo Alifanfarão da Taprobana!

Isto dizendo, entrou pelo meio do esquadrão das ovelhas e começou a lanceá-las com tanta coragem e bravura como se deveras lanceasse seus mortais inimigos. Os pastores e criadores que acompanhavam a manada lhe davam vozes de que não fizesse aquilo; mas, vendo que de nada aproveitavam, desataram as fundas e começaram a lhe afagar as orelhas com pedras tamanhas como punhos. D. Quixote não tomava tento das pedras, antes, discorrendo aos quatro ventos, dizia:

— Onde estás, soberbo Alifanfarão? Vem a mim, que um só cavaleiro sou, que deseja, braço a braço, provar a tua força e tirar-te a vida, em pena da que dás ao valoroso Pentapolim Garamante.

Chegou nisto um calhau de riacho que, acertando-o num flanco, sepultou-lhe duas costelas no corpo. Vendo-se assim magoado, pensou sem

---

— Señor, encomiendo al diablo hombre, ni gigante, ni caballero de cuantos vuestra merced dice parece por todo esto. A lo menos, yo no los veo. Quizá todo debe ser encantamento, como las fantasmas de anoche.

— ¿Cómo dices eso? — respondió don Quijote —. ¿No oyes el relinchar de los caballos, el tocar de los clarines, el ruido de los atambores?

— No oigo otra cosa — respondió Sancho — sino muchos balidos de ovejas y carneros.

Y así era la verdad, porque ya llegaban cerca los dos rebaños.

— El miedo que tienes — dijo don Quijote — te hace, Sancho, que ni veas ni oyas a derechas, porque uno de los efectos del miedo es turbar los sentidos y hacer que las cosas no parezcan lo que son; y si es que tanto temes, retírate a una parte y déjame solo, que solo basto a dar la victoria a la parte a quien yo diere mi ayuda.

Y, diciendo esto, puso las espuelas a Rocinante y, puesta la lanza en el ristre, bajó de la costezuela como un rayo.

Diole voces Sancho, diciéndole:

— Vuélvase vuestra merced, señor don Quijote, que voto a Dios que son carneros y ovejas las que va a embestir. Vuélvase, ¡desdichado del padre que me engendró! ¿Qué locura es esta? Mire que no hay gigante ni caballero alguno, ni gatos, ni armas, ni escudos partidos ni enteros, ni veros azules ni endiablados. ¿Qué es lo que hace? ¡Pecador soy yo a Dios!

Ni por esas volvió don Quijote, antes en altas voces iba diciendo:

— ¡Ea, caballeros, los que seguís y militáis debajo de las banderas del valeroso emperador Pentapolín del

dúvida que estava morto ou malferido e, lembrando-se de seu licor, sacou de sua azeiteira, colocou-a à boca e começou a despejar licor no estômago; mas antes que acabasse de envasilhar o que lhe parecia bastante, chegou outra lapada e lhe acertou a mão e a azeiteira tão em cheio que a fez em pedaços, levando de roldão três ou quatro dentes e machucando-lhe muito dois dedos da mão.

Tal foi o primeiro golpe e tal o segundo que por força o pobre cavaleiro caiu do cavalo. Achegaram-se-lhe os pastores e pensaram que o tinham matado e, assim, com muita pressa recolheram seu gado e recolheram as reses mortas, que passavam de sete, e sem mais nada averiguar se foram.

Todo esse tempo estivera Sancho sobre o outeiro olhando as loucuras que seu amo fazia, e se arrancara as barbas, maldizendo a hora e o ponto em que a fortuna lho dera a conhecer. Vendo-o, pois, deitado por terra, e que já os pastores tinham partido, desceu da colina e se achegou a ele, achando-o muito mal, se bem não tinha perdido os sentidos, e lhe disse:

— Eu não lhe dizia, senhor D. Quixote, que voltasse, que aqueles que ia acometer não eram exércitos, e sim manadas de carneiros?

— Coisas como essa pode desparecer e contrafazer aquele ladrão do sábio meu inimigo. Deves saber, Sancho, que é assaz fácil para esses tais fazer-nos parecer o que querem, e esse maligno que me persegue, invejoso da glória que viu que eu havia de obter desta batalha, mudou os esquadrões de inimigos em manadas de ovelhas. Se não, faze uma coisa, Sancho, por minha vida, para que te desenganes e vejas que é verdade o que te digo: sobe em teu asno e segue-os a tento e verás como, em se afastando daqui algum tanto, tornam ao seu ser primeiro, e deixando de ser carneiros, são homens-feitos tal qual tos pintei de primeiro. Mas não vás agora, que preciso do teu

---

Arremangado Brazo, seguidme todos! ¡Veréis cuán fácilmente le doy venganza de su enemigo Alifanfarón de la Trapobana!

Esto diciendo, se entró por medio del escuadrón de las ovejas y comenzó de alanceallas con tanto coraje y denuedo como si de veras alanceara a sus mortales enemigos. Los pastores y ganaderos que con la manada venían dábanle voces que no hiciese aquello; pero, viendo que no aprovechaban, desciñéronse las hondas y comenzaron a saludalle los oídos con piedras como el puño. Don Quijote no se curaba de las piedras, antes, discurriendo a todas partes, decía:

— ¿Adónde estás, soberbio Alifanfarón? Vente a mí, que un caballero solo soy, que desea, de solo a solo, probar tus fuerzas y quitarte la vida, en pena de la que das al valeroso Pentapolín Garamanta.

Llegó en esto una peladilla de arroyo y, dándole en un lado, le sepultó dos costillas en el cuerpo. Viéndose tan maltrecho, creyó sin duda que estaba muerto o malferido y, acordándose de su licor, sacó su alcuza y púsosela a la boca y comenzó a echar licor en el estómago; mas antes que acabase de envasar lo que a él le parecía que era bastante, llegó otra almendra y diole en la mano y en el alcuza tan de lleno, que se la hizo pedazos, llevándole de camino tres o cuatro dientes y muelas de la boca y machucándole malamente dos dedos de la mano.

Tal fue el golpe primero y tal el segundo, que le fue forzoso al pobre caballero dar consigo del caballo abajo. Llegáronse a él los pastores y creyeron que le habían muerto y, así, con mucha priesa recogieron su ganado y cargaron de las reses muertas, que pasaban de siete, y sin averiguar otra cosa se fueron.

Estábase todo este tiempo Sancho sobre la cuesta mirando las locuras que su amo hacía, y arrancábase las

favor e ajuda: chega-te a mim e olha quantos dentes me faltam, pois cuido que não me resta nenhum na boca.

Chegou-se Sancho tão perto que quase lhe enfiava os olhos na boca, e foi justo quando o bálsamo já obrava seu efeito no estômago de D. Quixote; e quando Sancho estava olhando-lhe a boca, lançou de si, mais rijo que uma espingarda, quanto tinha dentro e deu com tudo nas barbas do compassivo escudeiro.

— Virgem santa! — disse Sancho. — Que é isso? Sem dúvida este pecador está ferido de morte, que vomita sangue pela boca.

Mas, reparando um pouco mais naquilo, percebeu pela cor, pelo sabor e pelo cheiro que não era sangue, e sim o bálsamo da azeiteira que ele o tinha visto beber; e foi tanto seu nojo que, revirando-se-lhe o estômago, vomitou até as tripas ali mesmo sobre seu amo, ficando os dois um primor. Acudiu Sancho a seu asno para tirar dos alforjes algo com que se limpar e com que curar seu amo e, como não os achou, esteve a ponto de perder o juízo: de novo se amaldiçoou e propôs em seu coração de deixar seu amo e voltar para sua terra, ainda que perdesse o salário pelo já servido e as esperanças do governo da prometida ínsula.

Levantou-se nisto D. Quixote e, apertando a boca com a mão esquerda para que os dentes não se lhe acabassem de cair, tomou com a outra as rédeas de Rocinante, que em nenhum momento saíra de junto de seu amo — tão leal e bem-criado era —, e foi aonde seu escudeiro estava, debruçado em seu asno, com o rosto apoiado na mão, à guisa de homem por demais pensativo. E vendo-o D. Quixote daquele jeito, com mostras de tanta tristeza, lhe disse:

— Sabe, Sancho, que nenhum homem é mais que outro, se não faz mais que outro. Todas estas borrascas que nos ocorrem são sinais de que logo se

---

barbas, maldiciendo la hora y el punto en que la fortuna se le había dado a conocer. Viéndole, pues, caído en el suelo, y que ya los pastores se habían ido, bajó de la cuesta y llegóse a él, y hallóle de muy mal arte, aunque no había perdido el sentido, y díjole:

— ¿No le decía yo, señor don Quijote, que se volviese, que los que iba a acometer no eran ejércitos, sino manadas de carneros?

— Como eso puede desparecer y contrahacer aquel ladrón del sabio mi enemigo. Sábete, Sancho, que es muy fácil cosa a los tales hacernos parecer lo que quieren, y este maligno que me persigue, envidioso de la gloria que vio que yo había de alcanzar desta batalla, ha vuelto los escuadrones de enemigos en manadas de ovejas. Si no, haz una cosa, Sancho, por mi vida, porque te desengañes y veas ser verdad lo que te digo: sube en tu asno y síguelos bonitamente y verás como, en alejándose de aquí algún poco, se vuelven en su ser primero y, dejando de ser carneros, son hombres hechos y derechos como yo te los pinté primero. Pero no vayas agora, que he menester tu favor y ayuda: llégate a mí y mira cuántas muelas y dientes me faltan, que me parece que no me ha quedado ninguno en la boca.

Llegóse Sancho tan cerca, que casi le metía los ojos en la boca, y fue a tiempo que ya había obrado el bálsamo en el estómago de don Quijote; y al tiempo que Sancho llegó a mirarle la boca, arrojó de sí, más recio que una escopeta, cuanto dentro tenía y dio con todo ello en las barbas del compasivo escudero.

— ¡Santa María! — dijo Sancho —, ¿y qué es esto que me ha sucedido? Sin duda este pecador está herido de muerte, pues vomita sangre por la boca.

há de serenar o tempo e as nossas coisas hão de correr bem, porque não podem o mal nem o bem durar para sempre, e daí se segue que, tendo durado muito o mal, o bem já está próximo. Não deves portanto afligir-te pelas desgraças que a mim ocorrem, pois a ti não cabe parte delas.

— Como não? — respondeu Sancho. — Por acaso aquele que ontem mantearam era outro que não o filho do meu pai? E os alforjes que hoje me faltam com todas as minhas alfaias são de outro que não do mesmo?

— Dizes que te faltam os alforjes, Sancho? — perguntou D. Quixote.

— Isso digo — respondeu Sancho.

— Então, não teremos o que comer hoje — devolveu D. Quixote.

— Assim seria — respondeu Sancho — se faltassem por estes prados as ervas que vossa mercê diz conhecer, com as quais costumam suprir semelhantes faltas os tão mal-aventurados andantes cavaleiros como vossa mercê.

— Ainda assim — respondeu D. Quixote —, comeria eu agora uma braçada de pão ou uma boa fogaça e duas cabeças de sardinha salmourada de melhor grado que todas as ervas descritas por Dioscórides, ainda que fossem as daquele livro ilustrado pelo doutor Laguna.[10] Mas, com tudo isso, monta em teu jumento, meu bom Sancho, e vem atrás de mim, que Deus, que tudo provê, não nos há de faltar, e mais andando tão em seu serviço como andamos, pois não desampara os mosquitos do ar nem os bichinhos da terra nem os girinos da água, e é tão piedoso que faz nascer seu sol sobre os bons e os maus e chove sobre injustos e justos.[11]

— Mais valeria vossa mercê — disse Sancho — para pregador que para cavaleiro andante.

— De tudo sabiam e devem de saber os cavaleiros andantes, Sancho — disse D. Quixote —, pois já houve nos passados séculos cavaleiro andante

---

Pero, reparando un poco más en ello, echó de ver en la color, sabor y olor que no era sangre, sino el bálsamo de la alcuza que él le había visto beber; y fue tanto el asco que tomó, que, revolviéndosele el estómago, vomitó las tripas sobre su mismo señor, y quedaron entrambos como de perlas. Acudió Sancho a su asno para sacar de las alforjas con qué limpiarse y con qué curar a su amo, y como no las halló estuvo a punto de perder el juicio: maldíjose de nuevo y propuso en su corazón de dejar a su amo y volverse a su tierra, aunque perdiese el salario de lo servido y las esperanzas del gobierno de la prometida ínsula.

Levantóse en esto don Quijote y, puesta la mano izquierda en la boca, porque no se le acabasen de salir los dientes, asió con la otra las riendas de Rocinante, que nunca se había movido de junto a su amo — tal era de leal y bien acondicionado —, y fuese adonde su escudero estaba, de pechos sobre su asno, con la mano en la mejilla, en guisa de hombre pensativo además. Y viéndole don Quijote de aquella manera, con muestras de tanta tristeza, le dijo:

— Sábete, Sancho, que no es un hombre más que otro, si no hace más que otro. Todas estas borrascas que nos suceden son señales de que presto ha de serenar el tiempo y han de sucedernos bien las cosas, porque no es posible que el mal ni el bien sean durables, y de aquí se sigue que, habiendo durado mucho el mal, el bien está ya cerca. Así que no debes congojarte por las desgracias que a mí me suceden, pues a ti no te cabe parte dellas.

— ¿Cómo no? — respondió Sancho —. Por ventura el que ayer mantearon ¿era otro que el hijo de mi padre? Y las alforjas que hoy me faltan con todas mis alhajas ¿son de otro que del mismo?

que parasse para fazer sermão ou prédica no meio de um campo real como se fosse graduado pela Universidade de Paris; donde se infere que nunca a lança embotou a pena, nem a pena a lança.

— Pois bem, que seja assim como vossa mercê diz — respondeu Sancho —; vamos embora daqui e procuremos onde pousar esta noite, e praza a Deus que seja onde não haja mantas nem manteadores nem fantasmas nem mouros encantados, pois se os houver, darei ao diabo o que ao diabo cabe.

— Encomenda-te a Deus, filho — disse D. Quixote —, e guia por onde quiseres, que desta vez quero deixar à tua escolha o nosso pouso. Mas chega aqui a tua mão e tateia com o dedo para ver bem quantos dentes me faltam deste lado direito, no fundo da queixada de cima, que é onde sinto a dor.

Meteu Sancho os dedos e, tateando-o, lhe disse:

— Quantos costumava vossa mercê ter desta parte?

— Quatro — respondeu D. Quixote —, afora o do siso, todos inteiros e muito sãos.

— Olhe bem vossa mercê o que diz, senhor — respondeu Sancho.

— Digo que eram quatro, se não cinco — respondeu D. Quixote —, porque em toda a minha vida nunca me tiraram dente nenhum da boca, nem perdi nenhum comido de cárie nem de reima alguma.

— Pois nesta parte de baixo — disse Sancho — não tem vossa mercê mais que dois e meio dos de trás; e na de cima, nem meio, nem nenhum, pois toda ela está lisa como a palma da mão.

— Desventurado de mim! — disse D. Quixote, ouvindo as tristes novas que seu escudeiro lhe dava —, quanto preferira que me tivessem cortado um braço, não fosse o da espada. Pois faço-te saber, Sancho, que a boca sem dentes é como moinho sem mó, e muito mais se há de estimar um den-

---

— ¿Que te faltan las alforjas, Sancho? — dijo don Quijote.

— Sí que me faltan — respondió Sancho.

— Dese modo, no tenemos qué comer hoy — replicó don Quijote.

— Eso fuera — respondió Sancho — cuando faltaran por estos prados las yerbas que vuestra merced dice que conoce, con que suelen suplir semejantes faltas los tan malaventurados andantes caballeros como vuestra merced es.

— Con todo eso — respondió don Quijote —, tomara yo ahora más aína un cuartal de pan o una hogaza y dos cabezas de sardinas arenques, que cuantas yerbas describe Dioscórides, aunque fuera el ilustrado por el doctor Laguna. Mas, con todo esto, sube en tu jumento, Sancho el bueno, y vente tras mí, que Dios, que es proveedor de todas las cosas, no nos ha de faltar, y más andando tan en su servicio como andamos, pues no falta a los mosquitos del aire ni a los gusanillos de la tierra ni a los renacuajos del agua, y es tan piadoso, que hace salir su sol sobre los buenos y los malos y llueve sobre los injustos y justos.

— Más bueno era vuestra merced — dijo Sancho — para predicador que para caballero andante.

— De todo sabían y han de saber los caballeros andantes, Sancho — dijo don Quijote —, porque caballero andante hubo en los pasados siglos que así se paraba a hacer un sermón o plática en mitad de un campo real como si fuera graduado por la Universidad de París; de donde se infiere que nunca la lanza embotó la pluma, ni la pluma la lanza.

— Ahora bien, sea así como vuestra merced dice — respondió Sancho —; vamos ahora de aquí y procure-

te que um diamante; mas a tudo isto estamos sujeitos os que professamos a estreita ordem da cavalaria. Monta, amigo, e guia, que eu te seguirei ao passo que quiseres.

Assim fez Sancho e se encaminhou para onde lhe pareceu que podia achar acolhida, sem sair da estrada real, pois por ali ia bem direito. Indo-se pois a passo e passo, porque a dor nas queixadas de D. Quixote não o deixava sossegar nem se dar pressa, quis Sancho entretê-lo e diverti-lo dizendo-lhe alguma coisa, e entre outras que lhe disse está o que se dirá no seguinte capítulo.

Notas

[1] Taprobana: antigo nome do Ceilão, que também podia valer para Sumatra. Aqui, porém, é empregado para indicar um lugar fabuloso, remoto e vago.

[2] Garamantes: antiga tribo de origem camita que habitava o sul da Líbia; seu nome foi por muito tempo usado pelos europeus para referir-se genericamente aos povos do extremo sul da terra conhecida.

[3] Senhor da Ponte de Prata: diversos personagens de novelas de cavalarias ostentam esse epíteto; pode também ecoar o dito que reza "a inimigo que foge, ponte de prata".

[4] Brandabarbarã de Boliche, senhor das três Arábias: nome composto a partir do italiano *brando* (espada), a exemplo de outros da ficção cavaleiresca, como Bradimarte ou Brandafuriel. *Boliche*, na gíria picaresca, designava local de jogo, sobretudo quando vinculado a um prostíbulo, mas "Boli" pode também evocar jocosamente o nome de uma cidade turca próxima de Istambul. As três Arábias, segundo a geografia antiga e a poética da época, são Pétrea, Feliz e Deserta, que correspondem às porções noroeste, sudoeste e interior da Península Arábica.

[5] Alfenidém do Algarve: joga-se aqui com "alfenim", certo doce de açúcar, mas também pessoa excessivamente delicada, numa provável alusão à fama de sentimentais dos portugueses do Algarve, tachados de melosos, ou açucarados.

---

mos donde alojar esta noche, y quiera Dios que sea en parte donde no haya mantas ni manteadores ni fantasmas ni moros encantados, que si los hay, daré al diablo el hato y el garabato.

— Pídeselo tú a Dios, hijo — dijo don Quijote —, y guía tú por donde quisieres, que esta vez quiero dejar a tu elección el alojarnos. Pero dame acá la mano y atiéntame con el dedo y mira bien cuántos dientes y muelas me faltan deste lado derecho, de la quijada alta, que allí siento el dolor.

Metió Sancho los dedos y, estándole tentando, le dijo:

— ¿Cuántas muelas solía vuestra merced tener en esta parte?

— Cuatro — respondió don Quijote —, fuera de la cordal, todas enteras y muy sanas.

— Mire vuestra merced bien lo que dice, señor — respondió Sancho.

— Digo cuatro, si no eran cinco — respondió don Quijote —, porque en toda mi vida me han sacado diente ni muela de la boca, ni se me ha caído ni comido de neguijón ni de reuma alguna.

— Pues en esta parte de abajo — dijo Sancho — no tiene vuestra merced más de dos muelas y media; y en la de arriba, ni media, ni ninguna, que toda está rasa como la palma de la mano.

— ¡Sin ventura yo! — dijo don Quijote, oyendo las tristes nuevas que su escudero le daba —, que más quisiera que me hubieran derribado un brazo, como no fuera el de la espada. Porque te hago saber, Sancho, que la boca sin muelas es como molino sin piedra, y en mucho más se ha de estimar un diente que un diamante; mas a todo esto estamos sujetos los que profesamos la estrecha orden de la caballería. Sube, amigo, y guía, que yo te seguiré al paso que quisieres.

⁶ Pierres Papin, senhor das baronias de Utrique: figura de provérbios ligados ao jogo, identificada com certo personagem real, um francês corcunda dono de uma casa de tavolagem em Sevilha. Cervantes tornará a citá-lo em sua peça *El rufián dichoso* (1615). Quanto às baronias de Utrique, há quem as identifique com a província e a cidade holandesa de Utrecht (Utreque), e quem as interprete como uma redução burlesca do grau de doutor *in utroque jure* (em ambos os direitos).

⁷ ... ainda que dos seus nomes não me lembre: parodia-se aqui a técnica de descrição geográfica herdada de Homero e Virgílio e imitada por muitos autores da época, incluído Lope de Vega, em sua *Arcadia*. Xanto, ou Escamandro, era o rio que atravessava Troia; os massilos campos, os da antiga região da Massila, no que corresponde ao atual Magrebe; Termodonte, um rio da Capadócia; Pactolo, um da Lídia, onde teriam surgido pepitas de ouro depois que o rei Midas se banhou em suas águas. Os númidas ocupavam o território entre a Mauritânia e Cartago; os partos e os medos são povos que habitavam a Pérsia; os citas, nômades da Ásia central que se estabeleceram nas proximidades do mar Cáspio e do mar Negro, famosos pela brancura da pele e pela crueldade.

⁸ Tartéssios campos: os que se situam na região do antigo reino de Tartessos, correspondente às atuais províncias andaluzas de Huelva e Cádis.

⁹ Betis (Guadalquivir), Tejo, Genil, Pisuerga, Guadiana: alguns dos principais rios da Espanha.

¹⁰ Discórides [...] livro ilustrado pelo doutor Laguna: referência a um importante tratado de botânica de autoria de Pedacio Dioscórides, botânico grego que viveu entre os séculos I e II a.C., reeditado em Veneza em 1499. O médico e filósofo Andrés Laguna (1511-1559) traduziu-o ao castelhano com o título *Acerca de la materia y de los venenos mortíferos...* (Antuérpia, 1555).

¹¹ ... chove sobre injustos e justos: citação do Evangelho (Mateus, 5, 45).

Hízolo así Sancho y encaminóse hacia donde le pareció que podía hallar acogimiento, sin salir del camino real, que por allí iba muy seguido.

Yéndose, pues, poco a poco, porque el dolor de las quijadas de don Quijote no le dejaba sosegar ni atender a darse priesa, quiso Sancho entretenelle y divertille diciéndole alguna cosa, y entre otras que le dijo fue lo que se dirá en el siguiente capítulo.

CAPÍTULO XIX

Das discretas razões que Sancho passava com seu amo e da aventura que lhe sucedeu com um corpo morto, mais outros acontecimentos famosos

— Eu acho, senhor meu, que todas estas desventuras que nestes dias nos aconteceram sem dúvida foram em castigo pelo pecado que vossa mercê cometeu contra a ordem da sua cavalaria, de não cumprir o juramento que fez de não comer pão à mesa posta nem com a rainha folgar, mais tudo o que disto se segue e vossa mercê jurou de cumprir até tirar aquele elmete do Malandrino, ou lá como se chame o mouro, que não me lembro bem.

— Tens muita razão, Sancho — disse D. Quixote —, mas para dizer a verdade, isto me fugira da memória, e também podes ter por certo que pela culpa de não mo teres lembrado a tempo te aconteceu aquilo da manta; mas eu farei a emenda, pois para tudo há jeito de composição[1] na ordem da cavalaria.

— Mas eu jurei algo, por acaso? — respondeu Sancho.

— Não importa que não tenhas jurado — disse D. Quixote —, basta que eu entenda que de participantes[2] não estás bem seguro, e, pelo sim ou pelo não, não será mau prover-nos de remédio.

— Sendo assim — disse Sancho —, cuide vossa mercê de não se esque-

---

CAPÍTULO XIX

De las discretas razones que Sancho pasaba con su amo y de la aventura que le sucedió con un cuerpo muerto, con otros acontecimientos famosos

— Paréceme, señor mío, que todas estas desventuras que estos días nos han sucedido sin duda alguna han sido pena del pecado cometido por vuestra merced contra la orden de su caballería, no habiendo cumplido el juramento que hizo de no comer pan a manteles ni con la reina folgar, con todo aquello que a esto se sigue y vuestra merced juró de cumplir hasta quitar aquel almete de Malandrino, o como se llama el moro, que no me acuerdo bien.

— Tienes mucha razón, Sancho — dijo don Quijote —, mas, para decirte verdad, ello se me había pasado de la memoria, y también puedes tener por cierto que por la culpa de no habérmelo tú acordado en tiempo te sucedió aquello de la manta; pero yo haré la enmienda, que modos hay de composición en la orden de la caballería para todo.

— Pues ¿juré yo algo, por dicha? — respondió Sancho.

cer disso como fez com o juramento: sabe Deus se os fantasmas não voltam a ter vontade de tomar divertimento comigo, ou até com vossa mercê, se o virem tão contumaz.

Nessas e noutras conversas os topou a noite no meio do caminho, sem terem nem descobrirem onde pernoitar; e o mau disso era que iam morrendo de fome, pois a falta dos alforjes os privara de vitualhas e matalotagem. E para acabar de confirmar essa desgraça lhes sucedeu uma aventura que, sem artifício algum, verdadeiramente o parecia. E foi que a noite se fechou com certa escuridão, mas, com tudo isso, seguiam caminho, pensando Sancho que, sendo aquela estrada real, por força haveria nela uma estalagem a uma ou duas léguas.

Indo pois desta maneira, a noite escura, o escudeiro faminto e o amo com vontade de comer, viram que pelo mesmo caminho que seguiam vinha a eles uma grande multidão de luzes, que não pareciam senão estrelas em movimento. Pasmou-se Sancho ao vê-las, e D. Quixote não lhe ficou atrás: um puxou do cabresto seu asno, e o outro das rédeas seu rocim, e ficaram quietos, olhando atentamente o que podia ser aquilo, e viram que as luzes iam-se aproximando deles e, quanto mais se achegavam, maiores pareciam. A cuja visão Sancho começou a tremer da cabeça aos pés, e se ouriçaram os cabelos de D. Quixote, o qual, cobrando algum ânimo, disse:

— Esta, Sancho, sem dúvida há de ser uma grandíssima e perigosíssima aventura, onde terei de mostrar todo o meu valor e esforço.

— Ai de mim! — respondeu Sancho. — Se por desgraça esta aventura for de fantasmas, como vai parecendo, com que costelas a sofrerei?

— Por mais fantasmas que sejam — disse D. Quixote —, não consentirei que toquem nem o pelo da tua roupa; pois, se da outra vez burla-

---

— No importa que no hayas jurado — dijo don Quijote —: basta que yo entiendo que de participantes no estás muy seguro, y, por sí o por no, no será malo proveernos de remedio.

— Pues si ello es así — dijo Sancho —, mire vuestra merced no se le torne a olvidar esto como lo del juramento: quizá les volverá la gana a las fantasmas de solazarse otra vez conmigo, y aun con vuestra merced, si le ven tan pertinaz.

En estas y otras pláticas les tomó la noche en mitad del camino, sin tener ni descubrir donde aquella noche se recogiesen; y lo que no había de bueno en ello era que perecían de hambre, que con la falta de las alforjas les faltó toda la despensa y matalotaje. Y para acabar de confirmar esta desgracia les sucedió una aventura que, sin artificio alguno, verdaderamente lo parecía. Y fue que la noche cerró con alguna escuridad, pero, con todo esto, caminaban, creyendo Sancho que, pues aquel camino era real, a una o dos leguas, de buena razón hallaría en él alguna venta.

Yendo, pues, desta manera, la noche escura, el escudero hambriento y el amo con gana de comer, vieron que por el mesmo camino que iban venían hacia ellos gran multitud de lumbres, que no parecían sino estrellas que se movían. Pasmóse Sancho en viéndolas, y don Quijote no las tuvo todas consigo: tiró el uno del cabestro a su asno, y el otro de las riendas a su rocino, y estuvieron quedos, mirando atentamente lo que podía ser aquello, y vieron que las lumbres se iban acercando a ellos, y mientras más se llegaban, mayores parecían. A cuya vista Sancho comenzó a temblar como un azogado, y los cabellos de la cabeza se le erizaron a don Quijote, el cual, animándose un poco, dijo:

ram de ti, foi porque não pude eu saltar os muros do pátio, mas agora estamos em campo raso, onde eu poderei esgrimir a minha espada como bem quiser.

— E se o encantarem e entrevarem como da outra vez — disse Sancho —, que aproveitará estar em campo aberto ou não?

— Com tudo isso — replicou D. Quixote —, eu te peço, Sancho, que tenhas ânimo, pois a experiência te dará a entender o que eu tenho.

— Hei de tê-lo, com a graça de Deus — respondeu Sancho.

E pondo-se os dois à beira da estrada, tornaram a olhar atentamente por ver o que podiam ser aquelas luzes que caminhavam, e dali a muito pouco descobriram uma tropa encamisada, cuja temerosa visão liquidou de vez o ânimo de Sancho Pança, o qual começou a entrebater os dentes, como quem tem calafrios de quartã; e mais cresceu o bater e dentar quando distintamente viram o que era, pois descobriram cerca de vinte encamisados, todos a cavalo, com suas tochas acesas nas mãos, atrás dos quais vinha uma liteira coberta de luto, seguida de outros seis a cavalo, enlutados até os pés das mulas, que bem viram não ser cavalos no vagar do seu passo. Iam os encamisados murmurando entre si em voz baixa e condolente. Essa estranha visão, a tais horas e em tal despovoado, bastava para encher de medo o coração de Sancho, e até o de seu amo; e bem seria que assim fosse D. Quixote, pois Sancho já esgotara todo seu esforço. O contrário ocorreu a seu amo, a cuja imaginação nesse instante se representou ao vivo que era aquela uma das aventuras de seus livros.

Afigurou-se-lhe que a liteira eram andas onde devia de ir algum malferido ou morto cavaleiro, cuja vingança só a ele estava reservada, e sem pensar duas vezes enristou seu chuço, se aprumou na sela, e com gentil brio e

---

— Esta, sin duda, Sancho, debe de ser grandísima y peligrosísima aventura, donde será necesario que yo muestre todo mi valor y esfuerzo.

— ¡Desdichado de mí! — respondió Sancho —; si acaso esta aventura fuese de fantasmas, como me lo va pareciendo, ¿adónde habrá costillas que la sufran?

— Por más fantasmas que sean — dijo don Quijote —, no consentiré yo que te toquen en el pelo de la ropa; que si la otra vez se burlaron contigo, fue porque no pude yo saltar las paredes del corral, pero ahora estamos en campo raso, donde podré yo como quisiere esgrimir mi espada.

— Y si le encantan y entomecen como la otra vez lo hicieron — dijo Sancho —, ¿qué aprovechará estar en campo abierto o no?

— Con todo eso — replicó don Quijote —, te ruego, Sancho, que tengas buen ánimo, que la experiencia te dará a entender el que yo tengo.

— Sí tendré, si a Dios place — respondió Sancho.

Y apartándose los dos a un lado del camino, tornaron a mirar atentamente lo que aquello de aquellas lumbres que caminaban podía ser, y de allí a muy poco descubrieron muchos encamisados, cuya temerosa visión de todo punto remató el ánimo de Sancho Panza, el cual comenzó a dar diente con diente, como quien tiene frío de cuartana; y creció más el batir y dentellear cuando distintamente vieron lo que era, porque descubrieron hasta veinte encamisados, todos a caballo, con sus hachas encendidas en las manos, detrás de los cuales venía una litera cubierta de luto, a la cual seguían otros seis de a caballo, enlutados hasta los pies de las mulas, que bien vieron

jeito se postou no meio do caminho por onde os encamisados forçosamente haveriam de passar e, quando os viu perto, ergueu a voz e disse:

— Detende-vos, cavaleiros, ou quem quer que sejais, e dai-me conta de quem sois, donde vindes, aonde ides, que é o que naquelas andas levais; pois, polo que vejo, ou haveis feito ou vos fizeram algum desaforo, e convém e é mister que eu o saiba, ou bem para castigar-vos do mal que fizestes, ou bem para vingar-vos do torto que vos fizeram.

— Vamos com pressa — respondeu um dos encamisados —, e está a estalagem longe, e não podemos parar a dar tanta conta do que pedis.

E, picando a mula, seguiu em frente. Ressentiu-se D. Quixote grandemente dessa resposta e, travando as bridas, disse:

— Detende-vos, sede mais bem-criado e dai-me conta do que vos perguntei; se não, comigo sois todos em batalha.

Era a mula espantadiça e, ao ser tomada das bridas, se assustou de maneira que, empinando, jogou seu dono pelas ancas ao chão. Um moço que vinha a pé, vendo cair o encamisado, começou a injuriar D. Quixote; o qual, já encolerizado, sem esperar mais, enristando seu chuço arremeteu contra um dos enlutados e o deitou por terra malferido; e revolvendo-se aos demais, era coisa para ver a presteza com que os acometia e desbaratava, pois parecia que naquele instante tinham nascido asas em Rocinante, tão ligeiro e brioso ele andava.

Todos os encamisados eram gente medrosa e desarmada e, assim, com facilidade logo abandonaram a refrega e começaram a correr por aquele campo, com as tochas acesas, parecendo tal e qual mascarados correndo em noite de folia e festa. Os enlutados, por seu lado, revoltos e envoltos em suas opas e batinas, não se podiam mover, o que deu lugar a D. Quixote de sovar

---

que no eran caballos en el sosiego con que caminaban. Iban los encamisados murmurando entre sí con una voz baja y compasiva. Esta estraña visión, a tales horas y en tal despoblado, bien bastaba para poner miedo en el corazón de Sancho, y aun en el de su amo; y así fuera en cuanto a don Quijote, que ya Sancho había dado al través con todo su esfuerzo. Lo contrario le avino a su amo, al cual en aquel punto se le representó en su imaginación al vivo que aquella era una de las aventuras de sus libros.

Figuróesele que la litera eran andas donde debía de ir algún malferido o muerto caballero, cuya venganza a él solo estaba reservada, y sin hacer otro discurso, enristró su lanzón, púsose bien en la silla, y con gentil brío y continente se puso en la mitad del camino por donde los encamisados forzosamente habían de pasar, y cuando los vio cerca alzó la voz y dijo:

— Deteneos, caballeros, o quienquiera que seáis, y dadme cuenta de quién sois, de dónde venís, adónde vais, que es lo que en aquellas andas lleváis; que, según las muestras, o vosotros habéis fecho o vos han fecho algún desaguisado, y conviene y es menester que yo lo sepa, o bien para castigaros del mal que fecistes o bien para vengaros del tuerto que vos ficieron.

— Vamos de priesa — respondió uno de los encamisados —, y está la venta lejos, y no nos podemos detener a dar tanta cuenta como pedís.

Y picando la mula pasó adelante. Sintióse desta respuesta grandemente don Quijote y, trabando del freno, dijo:

a todos muito a seu salvo e fazê-los debandar mau grado seu, pensando não ser ele homem, e sim diabo do inferno que lhes vinha tirar o corpo morto que na liteira levavam.

Tudo olhava Sancho, admirado do ardor de seu amo, e dizia para si:

— Sem dúvida, este meu amo é tão valente e esforçado como ele diz.

Havia uma tocha ardendo no chão, junto àquele primeiro que a mula derrubara, a cuja luz D. Quixote o pôde ver, e, achegando-se a ele, pôs-lhe a ponta do chuço no rosto, mandando-lhe que se rendesse: se não, o mataria. Ao qual respondeu o caído:

— Já bem rendido estou, pois não me posso mover com uma perna quebrada; suplico a vossa mercê, se é cavaleiro cristão, que não me mate, pois cometerá um grande sacrilégio, sendo eu licenciado e tendo as primeiras ordens.³

— E quem diabos vos trouxe aqui — disse D. Quixote —, sendo homem da Igreja?

— Quem, senhor? — replicou o caído. — Minha desventura.

— Pois outra maior vos ameaça — disse D. Quixote —, se me não satisfizerdes em tudo quanto de primeiro vos perguntei.

— Com facilidade será vossa mercê satisfeito — respondeu o licenciado — e assim saberá vossa mercê que, se antes eu disse que era licenciado, verdade é que não sou mais que bacharel, de nome Alonso López; sou natural de Alcobendas;⁴ venho da cidade de Baeza, com outros onze sacerdotes, que são aqueles que fugiram com as tochas; vamos à cidade de Segóvia acompanhando um corpo morto que vai naquela liteira, que é de um cavaleiro que morreu em Baeza, onde foi depositado, e agora, como digo, levávamos seus ossos para sua sepultura, que fica em Segóvia, donde é natural.

— Deteneos, y sed más bien criado y dadme cuenta de lo que os he preguntado; si no, conmigo sois todos en batalla.

Era la mula asombradiza, y al tomarla del freno se espantó de manera que alzándose en los pies dio con su dueño por las ancas en el suelo. Un mozo que iba a pie, viendo caer al encamisado, comenzó a denostar a don Quijote; el cual ya encolerizado, sin esperar más, enristrando su lanzón arremetió a uno de los enlutados, y malferido dio con él en tierra; y, revolviéndose por los demás, era cosa de ver con la presteza que los acometía y desbarataba, que no parecía sino que en aquel instante le habían nacido alas a Rocinante, según andaba de ligero y orgulloso.

Todos los encamisados era gente medrosa y sin armas, y, así, con facilidad en un momento dejaron la refriega y comenzaron a correr por aquel campo, con las hachas encendidas, que no parecían sino a los de las máscaras que en noche de regocijo y fiesta corren. Los enlutados asimesmo, revueltos y envueltos en sus faldamentos y lobas, no se podían mover, así que muy a su salvo don Quijote los apaleó a todos y les hizo dejar el sitio mal de su grado, porque todos pensaron que aquel no era hombre, sino diablo del infierno, que les salía a quitar el cuerpo muerto que en la litera llevaban.

Todo lo miraba Sancho, admirado del ardimiento de su señor, y decía entre sí:

— Sin duda, este mi amo es tan valiente y esforzado como él dice.

Estaba una hacha ardiendo en el suelo, junto al primero que derribó la mula, a cuya luz le pudo ver don

— E quem o matou? — perguntou D. Quixote.

— Deus, por meio de umas febres pestilentas que o tomaram — respondeu o bacharel.

— Desta sorte — disse D. Quixote —, tirou-me Nosso Senhor o trabalho que eu houvera de ter na vingança da sua morte, se outro algum o tivesse matado; mas, tendo-o matado quem o matou, não resta senão calar e encolher os ombros, pois o mesmo faria se a mim mesmo me matasse. E quero que saiba vossa reverência que eu sou um cavaleiro de La Mancha chamado D. Quixote, e é meu ofício e exercício andar pelo mundo endireitando tortos e desfazendo agravos.

— Não sei como será isso de endireitar tortos — disse o bacharel —, pois a mim que era bem direito me entortastes, deixando-me uma perna quebrada, a qual não se há de endireitar em todos os dias da sua vida; e o agravo que me desfizestes foi deixar-me agravado de tal maneira que para sempre hei de ficar agravado; e muita desventura foi topar convosco que vais buscando aventuras.

— Nem todas as coisas — respondeu D. Quixote — acontecem de um mesmo modo. O mal foi, senhor bacharel Alonso López, virdes como vínheis, de noite, vestidos com aquelas sobrepelizes, com as tochas acesas, rezando, cobertos de luto, que propriamente semelháveis coisa ruim e do outro mundo; e assim não pude deixar de cumprir com a minha obrigação acometendo-vos, e vos acometeria ainda que verdadeiramente soubesse que éreis os mesmos satanases do inferno, que por tais sempre vos julguei e tive.

— Já que assim o quis minha sorte — disse o bacharel —, suplico a vossa mercê, senhor cavaleiro andante que tanta mal-andança me deu, que me

---

Quijote, y, llegándose a él, le puso la punta del lanzón en el rostro, diciéndole que se rindiese: si no, que le mataría. A lo cual respondió el caído:

— Harto rendido estoy, pues no me puedo mover, que tengo una pierna quebrada; suplico a vuestra merced, si es caballero cristiano, que no me mate, que cometerá un gran sacrilegio, que soy licenciado y tengo las primeras órdenes.

— Pues ¿quién diablos os ha traído aquí — dijo don Quijote —, siendo hombre de Iglesia?

— ¿Quién, señor? — replicó el caído —. Mi desventura.

— Pues otra mayor os amenaza — dijo don Quijote —, si no me satisfacéis a todo cuanto primero os pregunté.

— Con facilidad será vuestra merced satisfecho — respondió el licenciado —, y, así, sabrá vuestra merced que, aunque denantes dije que yo era licenciado, no soy sino bachiller, y llámome Alonso López; soy natural de Alcobendas; vengo de la ciudad de Baeza, con otros once sacerdotes, que son los que huyeron con las hachas; vamos a la ciudad de Segovia acompañando un cuerpo muerto que va en aquella litera, que es de un caballero que murió en Baeza, donde fue depositado, y ahora, como digo, llevábamos sus huesos a su sepultura, que está en Segovia, de donde es natural.

— ¿Y quién le mató? — preguntó don Quijote.

— Dios, por medio de unas calenturas pestilentes que le dieron — respondió el bachiller.

— Desa suerte — dijo don Quijote —, quitado me ha Nuestro Señor del trabajo que había de tomar en

ajude a sair de debaixo desta mula, que me tem presa uma perna entre o estribo e a sela.

— Demais calastes! — disse D. Quixote. — Até quando aguardáveis para me dizer vossa aflição?

Deu então vozes a Sancho Pança para que viesse, mas este não fez caso do chamado, pois andava ocupado despojando os alforjes de uma mula de carga que traziam aqueles bons senhores, bem abastecida de coisas de comer. Fez Sancho uma trouxa com seu gabão e, recolhendo tudo o que pôde e ali coube, carregou seu jumento, e depois acudiu às vozes de seu amo e o ajudou a tirar o senhor bacharel da opressão da mula, e, montando-o nela, lhe deu a tocha; e D. Quixote lhe disse que seguisse a derrota dos seus companheiros, aos quais de sua parte pedisse perdão pelo agravo que não estivera em sua mão deixar de fazer. Disse-lhe também Sancho:

— Se acaso quiserem saber esses senhores quem foi o valoroso que assim os pôs, diga vossa mercê que é o famoso D. Quixote de La Mancha, também chamado o Cavaleiro da Triste Figura.

Com isto se foi o bacharel, e D. Quixote perguntou a Sancho o que o movera a desta vez chamá-lo "o Cavaleiro da Triste Figura".

— Eu lhe direi — respondeu Sancho —, foi porque o estive olhando um pouco à luz daquela tocha que leva aquele mal-andante, e verdadeiramente tem vossa mercê a mais má figura que já vi de um tempo a esta parte; e deve de ser por causa do cansaço do combate ou da falta de dentes.

— Não é isso — respondeu D. Quixote —, e sim que o sábio a cujo encargo há de estar a escritura da história das minhas façanhas deve de ter havido por bem que eu tome alguma alcunha como tomavam todos os passados cavaleiros: qual se chamava o da Ardente Espada; qual, o do Unicórnio;

---

vengar su muerte, si otro alguno le hubiera muerto; pero, habiéndole muerto quien le mató, no hay sino callar y encoger los hombros, porque lo mesmo hiciera si a mí mismo me matara. Y quiero que sepa vuestra reverencia que yo soy un caballero de la Mancha llamado don Quijote, y es mi oficio y ejercicio andar por el mundo enderezando tuertos y desfaciendo agravios.

— No sé cómo pueda ser eso de enderezar tuertos — dijo el bachiller —, pues a mí de derecho me habéis vuelto tuerto, dejándome una pierna quebrada, la cual no se verá derecha en todos los días de su vida; y el agravio que en mí habéis deshecho ha sido dejarme agraviado de manera que me quedaré agraviado para siempre; y harta desventura ha sido topar con vos que vais buscando aventuras.

— No todas las cosas — respondió don Quijote — suceden de un mismo modo. El daño estuvo, señor bachiller Alonso López, en venir como veníades, de noche, vestidos con aquellas sobrepellices, con las hachas encendidas, rezando, cubiertos de luto, que propiamente semejábades cosa mala y del otro mundo; y, así, yo no pude dejar de cumplir con mi obligación acometiéndoos, y os acometiera aunque verdaderamente supiera que érades los mesmos satanases del infierno, que por tales os juzgué y tuve siempre.

— Ya que así lo ha querido mi suerte — dijo el bachiller —, suplico a vuestra merced, señor caballero andante que tan mala andanza me ha dado, me ayude a salir de debajo desta mula, que me tiene tomada una pierna entre el estribo y la silla.

— ¡Hablara yo para mañana! — dijo don Quijote —. ¿Y hasta cuándo aguardábades a decirme vuestro afán?

aquele, o das Donzelas; este, o da Ave Fênix; outro, o cavaleiro do Grifo; estoutro, o da Morte;⁵ e por tais nomes e insígnias eram conhecidos por toda a redondeza da terra. E assim digo que o dito sábio há de ter posto agora em tua boca e teu pensamento que me chamasses o Cavaleiro da Triste Figura, como penso chamar-me de hoje em diante; e para que melhor me quadre tal nome, determino de fazer pintar, quando haja lugar, no meu escudo uma mui triste figura.

— Não há por que gastar tempo e dinheiro em fazer essa figura — disse Sancho —, basta que vossa mercê descubra a sua e mostre o rosto a quem o olhar para, sem mais e sem outra imagem nem escudo, ser logo chamado o da Triste Figura; e acredite que lhe digo a verdade, pois garanto a vossa mercê, senhor (e isto seja dito em burla), que tão má cara lhe faz a fome e a falta dos dentes que, como já disse, poderá muito bem escusar a triste pintura.

Riu-se D. Quixote da graça de Sancho; mas, contudo, propôs de se chamar daquele nome, em podendo pintar seu escudo ou rodela como imaginara.

Nisto voltou o bacharel e disse a D. Quixote:

— Já me esquecia de advertir vossa mercê que foi excomungado por ter posto as mãos violentamente em coisa sagrada, *iuxta illud*, "*Si quis suadente diabolo*" etc.⁶

— Não entendo esse latim — respondeu D. Quixote —, mas sei bem que não lhe pus as mãos, mas só este chuço; de resto, não pensei que ofendesse sacerdotes nem coisas da Igreja, que respeito e adoro como católico e fiel cristão que sou, e sim fantasmas e avejões do outro mundo. E ainda que assim fosse, trago na memória o acontecido a El Cid Ruy Díaz, quando quebrou a cadeira do embaixador daquele rei diante de Sua Santidade o Papa,

---

Dio luego voces a Sancho Panza que viniese, pero él no se curó de venir, porque andaba ocupado desvalijando una acémila de repuesto que traían aquellos buenos señores, bien bastecida de cosas de comer. Hizo Sancho costal de su gabán y, recogiendo todo lo que pudo y cupo en el talego, cargó su jumento, y luego acudió a las voces de su amo y ayudó a sacar al señor bachiller de la opresión de la mula, y, poniéndole encima della, le dio la hacha; y don Quijote le dijo que siguiese la derrota de sus compañeros, a quien de su parte pidiese perdón del agravio que no había sido en su mano dejar de haberle hecho. Díjole también Sancho:

— Si acaso quisieren saber esos señores quién ha sido el valeroso que tales los puso, diráles vuestra merced que es el famoso don Quijote de la Mancha, que por otro nombre se llama el Caballero de la Triste Figura.

Con esto se fue el bachiller, y don Quijote preguntó a Sancho que qué le había movido a llamarle "el Caballero de la Triste Figura", más entonces que nunca.

— Yo se lo diré — respondió Sancho —, porque le he estado mirando un rato a la luz de aquella hacha que lleva aquel malandante, y verdaderamente tiene vuestra merced la más mala figura, de poco acá, que jamás he visto; y débelo de haber causado, o ya el cansancio deste combate, o ya la falta de las muelas y dientes.

— No es eso — respondió don Quijote —, sino que el sabio a cuyo cargo debe de estar el escribir la historia de mis hazañas le habrá parecido que será bien que yo tome algún nombre apelativo como lo tomaban todos los caballeros pasados: cuál se llamaba el de la Ardiente Espada; cuál, el del Unicornio; aquel, el de las Doncellas; aqueste, el del Ave Fénix; el otro, el caballero del Grifo; estotro, el de la Muerte; y por estos nombres e insignias eran conocidos por toda la redondez de la tierra. Y, así, digo que el sabio ya dicho te habrá puesto en la lengua y

razão pela qual este o excomungou, e naquele dia andou o bom Rodrigo de Vivar como muito honrado e valente cavaleiro.

Em ouvindo isto o bacharel, foi-se embora, como já foi dito, sem replicar palavra. Quis D. Quixote ver se o corpo que vinha na liteira eram ossos ou não, mas Sancho o não consentiu, dizendo-lhe:

— Senhor, vossa mercê saiu desta perigosa aventura o mais a seu salvo de todas as que eu vi; mas essa gente, ainda que vencida e desbaratada, poderia se dar conta de que a venceu uma só pessoa e, mordida e vexada disto, voltar para nos procurar e nos dar um bom trabalho. O jumento está como convém; a montanha, perto; a fome aperta: não há outra coisa a fazer senão nos retirarmos a bom compasso de pés, e, como dizem, o morto que vá ao chão e o vivo ao pão.

E, picando seu asno, suplicou a seu senhor que o seguisse; o qual, entendendo que Sancho tinha razão, o seguiu sem mais réplicas. E a pouco trecho de caminharem por entre dois montes, se acharam num espaçoso e escondido vale, onde apearam e Sancho aliviou o jumento; e deitados sobre a verde relva, com o tempero de sua fome, desjejuaram, almoçaram, merendaram e jantaram de uma só vez, satisfazendo o estômago com mais de um farnel que os senhores clérigos do defunto — que não se tratavam nada mal — na mula de carga traziam.

Mas lhes sucedeu outra desgraça, para Sancho a pior de todas, e foi não terem vinho para beber, nem sequer água para chegar à boca; e acossados pela sede, disse Sancho, vendo que o prado onde estavam estava coberto de verde e miúda relva, o que se dirá no seguinte capítulo.

---

en el pensamiento ahora que me llamases el Caballero de la Triste Figura, como pienso llamarme desde hoy en adelante; y para que mejor me cuadre tal nombre, determino de hacer pintar, cuando haya lugar, en mi escudo una muy triste figura.

— No hay para qué gastar tiempo y dineros en hacer esa figura — dijo Sancho —, sino lo que se ha de hacer es que vuestra merced descubra la suya y dé rostro a los que le miraren, que sin más ni más, y sin otra imagen ni escudo, le llamarán el de la Triste Figura; y créame que le digo verdad, porque le prometo a vuestra merced, señor (y esto sea dicho en burlas), que le hace tan mala cara la hambre y la falta de las muelas, que, como ya tengo dicho, se podrá muy bien escusar la triste pintura.

Rióse don Quijote del donaire de Sancho; pero, con todo, propuso de llamarse de aquel nombre, en pudiendo pintar su escudo o rodela como había imaginado.

— Olvidábaseme de decir que advierta vuestra merced que queda descomulgado por haber puesto las manos violentamente en cosa sagrada, *iuxta illud*, "Si quis suadente diabolo", etcétera.

En esto volvió el bachiller, y le dijo a don Quijote:

— No entiendo ese latín — respondió don Quijote —, mas yo sé bien que no puse las manos, sino este lanzón; cuanto más que yo no pensé que ofendía a sacerdotes ni a cosas de la Iglesia, a quien respeto y adoro como católico y fiel cristiano que soy, sino a fantasmas y a vestiglos del otro mundo. Y cuando eso así fuese, en la memoria tengo lo que le pasó al Cid Ruy Díaz, cuando quebró la silla del embajador de aquel rey delante de Su San-

Notas

¹ Jeito de composição: alusão às bulas ditas "de composição", ou "de remissão", emitidas pela Igreja quando acatava recurso eclesiástico para revogar uma excomunhão.

² Participantes: os que, por terem trato com excomungados, também incorriam em causa de excomunhão.

³ Primeiras ordens: as menores, que permitem exercer alguns ministérios ou desfrutar de benefícios eclesiásticos, mas não celebrar missa nem administrar os sacramentos. O direito canônico determinava a pena de excomunhão a quem maltratasse um eclesiástico.

⁴ Alcobendas: vila situada a cerca de vinte quilômetros de Madri.

⁵ "Cavaleiro da Ardente Espada" é o epíteto de Amadis de Grécia; "do Unicórnio", o de D. Belianís, também aplicado a Ruggiero no *Orlando furioso*; "das Donzelas", o de Florandino da Macedônia em *Caballero de la Cruz*; "da Ave Fênix", o de Florarlán de Trácia em *D. Rogel de Grecia* (*Florisel de Niquea*), ou o de Marfisa vestida de homem no *Orlando furioso*; "do Grifo", o de um personagem secundário de *Filesbián da Candaria*; o "da Morte", novamente o de Amadis de Grécia, mas em *Don Rogel*. Na literatura cavaleiresca, o epíteto costuma ser representado por uma insígnia pintada no escudo ou na armadura de quem o recebe.

⁶ *Iuxta illud*, "*Si quis suadente diabolo*": citação truncada de um decreto tridentino que trata da excomunhão a quem agride um clérigo. Significa: "segundo aquele [cânone], 'se alguém, incitado pelo demônio...'".

---

tidad del Papa, por lo cual lo descomulgó, y anduvo aquel día el buen Rodrigo de Vivar como muy honrado y valiente caballero.

En oyendo esto el bachiller, se fue, como queda dicho, sin replicarle palabra. Quisiera don Quijote mirar si el cuerpo que venía en la litera eran huesos o no, pero no lo consintió Sancho, diciéndole:

— Señor, vuestra merced ha acabado esta peligrosa aventura lo más a su salvo de todas las que yo he visto; esta gente, aunque vencida y desbaratada, podría ser que cayese en la cuenta de que los venció sola una persona, y, corridos y avergonzados desto, volviesen a rehacerse y a buscarnos y nos diesen en qué entender. El jumento está como conviene; la montaña, cerca; la hambre carga: no hay qué hacer sino retirarnos con gentil compás de pies, y, como dicen, váyase el muerto a la sepultura y el vivo a la hogaza.

Y, antecogiendo su asno, rogó a su señor que le siguiese; el cual, pareciéndole que Sancho tenía razón, sin volverle a replicar le siguió. Y a poco trecho que caminaban por entre dos montañuelas se hallaron en un espacioso y escondido valle, donde se apearon y Sancho alivió el jumento; y tendidos sobre la verde yerba, con la salsa de su hambre, almorzaron, comieron, merendaron y cenaron a un mesmo punto, satisfaciendo sus estómagos con más de una fiambrera que los señores clérigos del difunto — que pocas veces se dejan mal pasar — en la acémila de su repuesto traían.

Mas sucedióles otra desgracia, que Sancho la tuvo por la peor de todas, y fue que no tenían vino que beber, ni aun agua que llegar a la boca; y, acosados de la sed, dijo Sancho, viendo que el prado donde estaban estaba colmado de verde y menuda yerba, lo que se dirá en el siguiente capítulo.

CAPÍTULO XX

Da jamais vista nem ouvida aventura
que com menos perigo foi acabada por
famoso cavaleiro no mundo como a que acabou
o valoroso D. Quixote de La Mancha

— Esta relva, senhor meu, só pode dar testemunho de que aqui perto há alguma fonte ou regato que a relva umedece, e assim será bem irmos um pouco mais adiante, pois logo toparemos onde possamos mitigar esta terrível sede que nos rói, que sem dúvida causa maior pena que a fome.

Teve D. Quixote por bom o conselho e, tomando Rocinante das rédeas, e Sancho o seu asno do cabresto, depois de pôr sobre este os sobejos do jantar, começaram a caminhar pelo prado acima muito a tento, porque a escuridão da noite não lhes deixava ver coisa alguma; mas não tinham andado nem duzentos passos quando chegou a seus ouvidos um grande ruído de água, como se de algumas grandes e alterosas fragas se despenhasse. Alegrou-os o ruído sobremaneira e, parando para escutar de que lado vinha, ouviram de súbito outro estrondo que lhes aguou o contento da água, especialmente a Sancho, que era naturalmente medroso e de pouco ânimo. Digo que ouviram que davam uns golpes compassados, com um certo ringir de ferros e cadeias que, acompanhados do furioso estrondo da água, encheriam de pavor qualquer outro coração que não o de D. Quixote.

CAPÍTULO XX

De la jamás vista ni oída aventura
que con más poco peligro fue acabada de
famoso caballero en el mundo como la que acabó
el valeroso don Quijote de la Mancha

— No es posible, señor mío, sino que estas yerbas dan testimonio de que por aquí cerca debe de estar alguna fuente o arroyo que estas yerbas humedece, y, así, será bien que vamos un poco más adelante, que ya toparemos donde podamos mitigar esta terrible sed que nos fatiga, que sin duda causa mayor pena que la hambre.

Parecióle bien el consejo a don Quijote, y tomando de la rienda a Rocinante, y Sancho del cabestro a su asno, después de haber puesto sobre él los relieves que de la cena quedaron, comenzaron a caminar por el prado arriba a tiento, porque la escuridad de la noche no les dejaba ver cosa alguna; mas no hubieron andado docientos pasos, cuando llegó a sus oídos un grande ruido de agua, como que de algunos grandes y levantados riscos se despeñaba. Alegróles el ruido en gran manera, y, parándose a escuchar hacia qué parte sonaba, oyeron a deshora otro estruendo que les aguó el contento del agua, especialmente a Sancho, que naturalmente era medroso y de poco

Era a noite, como já se disse, escura, e eles acertaram de entrar por entre umas árvores altas, cujas folhas, bulidas pelo brando vento, faziam um temeroso e manso ruído, de tal maneira que a solidão, o lugar, a escuridão, o ruído da água mais o sussurro das folhas, tudo causava horror e espanto, e mais quando viram que nem os golpes cessavam, nem o vento adormecia, nem a manhã chegava, somando-se a tudo isto a ignorância do lugar onde se achavam. Mas D. Quixote, acompanhado do seu intrépido coração, saltou sobre Rocinante e, embraçando sua rodela, terçou o seu chuço e disse:

— Sancho amigo, hás de saber que eu nasci por querer do céu nesta nossa idade de ferro para nela ressuscitar a de ouro, ou dourada, como se usa chamar. Eu sou aquele a quem se reservam os perigos, as grandes façanhas, os valorosos feitos. Eu sou, torno a dizer, quem há de ressuscitar os da Távola Redonda, os Doze de França e os Nove da Fama, e quem há de pôr em esquecimento os Platires, os Tablantes, Olivantes e Tirantes, os Febos e Belianises, com toda a caterva dos famosos cavaleiros andantes dos passados tempos, fazendo neste em que me acho tais grandezas, estranhezas e feitos de armas que ofusquem as mais claras que eles fizeram. Bem notas, escudeiro fiel e bom, as trevas desta noite, seu estranho silêncio, o surdo e confuso estrondo destas árvores, o temeroso ruído daquela água em cuja busca viemos, que parece despenhar-se e desabar dos altos montes da Lua,[1] e aquele incessante bater que fere e magoa os ouvidos, as quais coisas todas juntas e cada uma por si são bastantes para infundir medo, temor e espanto no peito do mesmo Marte, quanto mais naquele que não está acostumado a semelhantes sucessos e aventuras. Pois isto que eu te digo são incentivos e despertadores do meu ânimo, que faz o meu coração rebentar no peito com o desejo que tem de acometer esta aventura, por mais dificultosa que se mostre. Então trata

---

ánimo. Digo que oyeron que daban unos golpes a compás, con un cierto crujir de hierros y cadenas, que, acompañados del furioso estruendo del agua, que pusieran pavor a cualquier otro corazón que no fuera el de don Quijote.

Era la noche, como se ha dicho, escura, y ellos acertaron a entrar entre unos árboles altos, cuyas hojas, movidas del blando viento, hacían un temeroso y manso ruido, de manera que la soledad, el sitio, la escuridad, el ruido del agua con el susurro de las hojas, todo causaba horror y espanto, y más cuando vieron que ni los golpes cesaban ni el viento dormía ni la mañana llegaba, añadiéndose a todo esto el ignorar el lugar donde se hallaban. Pero don Quijote, acompañado de su intrépido corazón, saltó sobre Rocinante y, embrazando su rodela, terció su lanzón y dijo:

— Sancho amigo, has de saber que yo nací por querer del cielo en esta nuestra edad de hierro para resucitar en ella la de oro, o la dorada, como suele llamarse. Yo soy aquel para quien están guardados los peligros, las grandes hazañas, los valerosos hechos. Yo soy, digo otra vez, quien ha de resucitar los de la Tabla Redonda, los Doce de Francia y los Nueve de la Fama, y el que ha de poner en olvido los Platires, los Tablantes, Olivantes y Tirantes, los Febos y Belianises, con toda la caterva de los famosos caballeros andantes del pasado tiempo, haciendo en este en que me hallo tales grandezas, estrañezas y fechos de armas, que escurezcan las más claras que ellos ficieron. Bien notas, escudero fiel y legal, las tinieblas desta noche, su estraño silencio, el sordo y confuso estruendo destos árboles, el temeroso ruido de aquella agua en cuya busca venimos, que parece que se despeña y derrumba desde los altos montes de la Luna, y aquel incesable golpear que nos hiere y lastima los oídos, las cuales cosas todas juntas

de apertar um pouco as cilhas de Rocinante, e fica com Deus, e espera-me aqui não mais que três dias, findos os quais, se eu não voltar, podes tu voltar à nossa aldeia e de lá, por fazer-me mercê e boa obra, irás até El Toboso, onde dirás à sem-par senhora minha Dulcineia que o seu cativo cavaleiro morreu por acometer coisas que o fizessem digno de se poder dizer seu.

Quando Sancho ouviu as palavras do seu amo, começou a chorar com a maior ternura do mundo e a dizer:

— Senhor, eu não sei por que quer vossa mercê acometer tão temerosa aventura. Agora é noite, aqui não nos vê ninguém: bem podemos torcer o caminho e nos desviar do perigo, ainda que não bebamos em três dias; e como não há quem nos veja, menos haverá quem nos tache de covardes, quanto mais que eu ouvi o padre do nosso lugar, que vossa mercê bem conhece, predicar que quem procura o perigo nele perece. Portanto, não é bem tentar a Deus acometendo tão desaforado feito, do qual só se pode escapar por milagre, e já bastam aqueles que o céu já fez a vossa mercê em livrá-lo de ser manteado como eu fui e em tirá-lo vencedor, livre e salvo dentre tantos inimigos como acompanhavam o defunto. E se tudo isto não mover nem abrandar o seu duro coração, mova-o o pensar e acreditar que, apenas vossa mercê se retire daqui, eu de medo darei a minha alma a quem a quiser levar. Eu saí da minha terra e deixei mulher e filhos por vir a serviço de vossa mercê, pensando valer mais e não menos; mas como a cobiça rompe o saco, a mim rasgou as minhas esperanças, pois quando mais vivas eu as tinha de conseguir aquela negra e malfadada ínsula que tantas vezes vossa mercê me prometeu, vejo agora que como paga e em troca dela quer me deixar num lugar tão apartado do trato humano. Por Deus todo-poderoso, senhor meu, ca non se me faça tal desaforo; e se ainda assim vossa mercê não quiser desistir de

---

y cada una por sí son bastantes a infundir miedo, temor y espanto en el pecho del mesmo Marte, cuanto más en aquel que no está acostumbrado a semejantes acontecimientos y aventuras. Pues todo esto que yo te pinto son incentivos y despertadores de mi ánimo, que ya hace que el corazón me reviente en el pecho con el deseo que tiene de acometer esta aventura, por más dificultosa que se muestra. Así que aprieta un poco las cinchas a Rocinante, y quédate a Dios, y espérame aquí hasta tres días no más, en los cuales si no volviere puedes tú volverte a nuestra aldea, y desde allí, por hacerme merced y buena obra, irás al Toboso, donde dirás a la incomparable señora mía Dulcinea que su cautivo caballero murió por acometer cosas que le hiciesen digno de poder llamarse suyo.

Cuando Sancho oyó las palabras de su amo, comenzó a llorar con la mayor ternura del mundo y a decille:

— Señor, yo no sé por qué quiere vuestra merced acometer esta tan temerosa aventura. Ahora es de noche, aquí no nos vee nadie: bien podemos torcer el camino y desviarnos del peligro, aunque no bebamos en tres días; y pues no hay quien nos vea, menos habrá quien nos note de cobardes, cuanto más que yo he oído predicar al cura de nuestro lugar, que vuestra merced bien conoce, que quien busca el peligro perece en él. Así que no es bien tentar a Dios acometiendo tan desaforado hecho, donde no se puede escapar sino por milagro, y basta los que ha hecho el cielo con vuestra merced en librarle de ser manteado como yo lo fui y en sacarle vencedor, libre y salvo de entre tantos enemigos como acompañaban al difunto. Y cuando todo esto no mueva ni ablande ese duro corazón, muévale el pensar y creer que apenas se habrá vuestra merced apartado de aquí, cuando yo, de miedo, dé mi ánima a quien quisiere llevarla. Yo salí de mi tierra y dejé hijos y mujer por venir a servir a vuestra merced, creyendo valer más y no menos; pero como la cudicia rompe el saco, a mí me ha rasgado mis esperanzas, pues

acometer este feito, espere pelo menos até de manhã, que, pelo que me mostra a ciência que aprendi quando pastor, não devem faltar daqui até a alvorada nem três horas, pois a boca da Buzina² está sobre a cabeça, e é meia-noite quando faz linha com o braço esquerdo.

— Como podes tu, Sancho — disse D. Quixote —, ver qual linha se faz, nem onde está essa boca ou esse cachaço que dizes, se esta noite é tão escura que não se vê estrela alguma em todo o céu?

— É verdade — disse Sancho —, mas tem o medo muitos olhos e vê as coisas sob a terra, quanto mais no céu acima, ainda que baste o bom discurso para entender que falta pouco para o dia.

— Falte o que faltar — respondeu D. Quixote —, não se há de dizer de mim, nem agora nem em tempo algum, que lágrimas e súplicas me arredaram de fazer o que é minha obrigação de cavaleiro; e portanto eu te suplico, Sancho, que cales, pois Deus, que me pôs no coração agora acometer tão jamais vista e temerosa aventura, terá o cuidado de olhar por minha saúde e consolar a tua tristeza. O que hás de fazer é apertar bem as cilhas de Rocinante e ficar aqui, que eu logo estarei de volta, vivo ou morto.

Vendo Sancho a última resolução de seu amo e quão pouco valiam com ele suas lágrimas, conselhos e súplicas, determinou de fazer uso de sua indústria e fazê-lo esperar até o dia amanhecer, se pudesse; e assim, quando apertava as cilhas do cavalo, bela e sorrateiramente atou os pés de Rocinante com o cabresto do seu asno, de jeito que, quando D. Quixote quis partir, não conseguiu, porque o cavalo não se podia mover senão aos saltos. Vendo Sancho Pança o bom sucesso da sua manobra, disse:

— Eia, senhor, que o céu, comovido das minhas lágrimas e rogos, ordenou que Rocinante não se possa mover; e se quereis porfiar esporeando e

---

cuando más vivas las tenía de alcanzar aquella negra y malhadada ínsula que tantas veces vuestra merced me ha prometido, veo que en pago y trueco della me quiere ahora dejar en un lugar tan apartado del trato humano. Por un solo Dios, señor mío, que non se me faga tal desaguisado; y ya quel del todo no quiera vuestra merced desistir de acometer este fecho, dilátelo a lo menos hasta la mañana, que, a lo que a mí me muestra la ciencia que aprendí cuando era pastor, no debe de haber desde aquí al alba tres horas, porque la boca de la bocina está encima de la cabeza y hace la media noche en la línea del brazo izquierdo.

— ¿Cómo puedes tú, Sancho — dijo don Quijote —, ver dónde hace esa línea, ni dónde está esa boca o ese colodrillo que dices, si hace la noche tan escura, que no parece en todo el cielo estrella alguna?

— Así es — dijo Sancho —, pero tiene el miedo muchos ojos y vee las cosas debajo de tierra, cuanto más encima en el cielo, puesto que por buen discurso bien se puede entender que hay poco de aquí al día.

— Falte lo que faltare — respondió don Quijote —, que no se ha de decir por mí ahora ni en ningún tiempo que lágrimas y ruegos me apartaron de hacer lo que debía a estilo de caballero; y, así, te ruego, Sancho, que calles, que Dios, que me ha puesto en corazón de acometer ahora esta tan no vista y tan temerosa aventura, tendrá cuidado de mirar por mi salud y de consolar tu tristeza. Lo que has de hacer es apretar bien las cinchas a Rocinante y quedarte aquí, que yo daré la vuelta presto, o vivo o muerto.

Viendo, pues, Sancho la última resolución de su amo y cuán poco valían con él sus lágrimas, consejos y ruegos, determinó de aprovecharse de su industria y hacerle esperar hasta el día, si pudiese; y así, cuando apretaba las cinchas al caballo, bonitamente y sin ser sentido ató con el cabestro de su asno ambos pies a Rocinante, de

picando o vosso cavalo, tal será afrontar a fortuna e, como dizem, dar coices contra o aguilhão.

Desesperava-se com isto D. Quixote e, por mais que desse de pernas no cavalo, nada o podia mover; e sem dar tento da peia houve por bem sossegar e esperar, ou que amanhecesse, ou que Rocinante se mexesse, acreditando sem dúvida que aquilo vinha de outra parte que não da indústria de Sancho; e assim lhe disse:

— Sendo fato, Sancho, que Rocinante não se pode mover, contente sou de esperar que raie o dia, ainda que chorando sua tardança.

— Não há razão para choro — respondeu Sancho —, pois eu o distrairei contando contos daqui até a alvorada, isto se vossa mercê não quiser apear e se deitar a dormir um pouco sobre a verde relva, ao uso dos cavaleiros andantes, para se achar mais descansado quando chegar o dia e a hora de acometer tão incomparável aventura como a que o espera.

— Qual apear, qual dormir? — disse D. Quixote. — Sou acaso desses cavaleiros que tomam repouso nos perigos? Dorme tu, que nasceste para dormir, ou faze o que bem quiseres, que eu farei o que cuide mais avir à minha intenção.

— Não se zangue vossa mercê, senhor meu — respondeu Sancho —, que não o falei por mal.

E, achegando-se a ele, pôs uma das mãos no arção dianteiro e a outra no outro, de modo que ficou abraçado à coxa esquerda de seu amo, sem ousar afastar-se dele um dedo: tamanho era seu medo dos golpes que ainda alternadamente soavam. Disse-lhe D. Quixote que contasse algum conto para entretê-lo, tal como prometera; ao que Sancho devolveu que assim faria, se o deixasse o pavor daquele estrondo.

---

manera que cuando don Quijote se quiso partir no pudo, porque el caballo no se podía mover sino a saltos. Viendo Sancho Panza el buen suceso de su embuste, dijo:

— Ea, señor, que el cielo, conmovido de mis lágrimas y plegarias, ha ordenado que no se pueda mover Rocinante; y si vos queréis porfiar y espolear y dalle, será enojar a la fortuna y dar coces, como dicen, contra el aguijón.

Desesperábase con esto don Quijote, y, por más que ponía las piernas al caballo, menos le podía mover; y, sin caer en la cuenta de la ligadura, tuvo por bien de sosegarse y esperar o a que amaneciese o a que Rocinante se menease, creyendo sin duda que aquello venía de otra parte que de la industria de Sancho; y, así, le dijo:

— Pues así es, Sancho, que Rocinante no puede moverse, yo soy contento de esperar a que ría el alba, aunque yo llore lo que ella tardare en venir.

— No hay que llorar — respondió Sancho —; que yo entretendré a vuestra merced contando cuentos desde aquí al día, si ya no es que se quiere apear y echarse a dormir un poco sobre la verde yerba, a uso de caballeros andantes, para hallarse más descansado cuando llegue el día y punto de acometer esta tan desemejable aventura que le espera.

— ¿A qué llamas apear o a qué dormir? — dijo don Quijote —. ¿Soy yo por ventura de aquellos caballeros que toman reposo en los peligros? Duerme tú, que naciste para dormir, o haz lo que quisieres, que yo haré lo que viere que más viene con mi pretensión.

— No se enoje vuestra merced, señor mío — respondió Sancho —, que no lo dije por tanto.

— Mas, com tudo isso, eu me esforçarei em dizer uma história que, se conseguir contá-la sem me cortarem a rodada, será a melhor das histórias; e esteja vossa mercê atento, pois já começo. "Era uma vez o que era, se é bem, que para todos venha, se mal, para quem o for buscar..." E repare vossa mercê, senhor meu, que o princípio que os antigos davam às suas histórias não era coisa à toa, pois foi uma sentença de Catão Sonsorino, o romano,[3] que diz "e o mal, para quem o for buscar", que cai agora como uma luva, para que vossa mercê esteja quieto e não vá buscar o mal em parte alguma, e sim voltemos por outro caminho, pois ninguém nos força a seguir por este onde tantos medos nos sobressaltam.

— Segue o teu conto, Sancho — disse D. Quixote —, e, quanto ao caminho que havemos de seguir, deixa isto ao meu cuidado.

— Digo, pois — prosseguiu Sancho —, que num certo lugar de Estremadura vivia um pastor cabreiro, quero dizer que guardava cabras, o qual pastor, ou cabreiro, como digo do meu conto, se chamava Lope Ruiz; e esse Lope Ruiz andava enamorado de uma pastora que se chamava Torralba; a qual pastora chamada Torralba era filha de um criador rico; e esse criador rico...

— Se dessa maneira contares o teu conto, Sancho — disse D. Quixote —, repetindo duas vezes o que vais dizendo, não acabarás em dois dias: dize-o seguidamente e conta-o como homem de entendimento, ou, senão, não digas nada.

— Dessa maneira que conto — respondeu Sancho — é que se contam na minha terra todas as histórias, e eu não sei contar de outra, nem é bem que vossa mercê me peça que faça usos novos.

— Dize como quiseres — respondeu D. Quixote — e já que a sorte quer que eu não possa deixar de escutar-te, prossegue.

Y, llegándose a él, puso la una mano en el arzón delantero y la otra en el otro, de modo que quedó abrazado con el muslo izquierdo de su amo, sin osarse apartar dél un dedo: tal era el miedo que tenía a los golpes que todavía alternativamente sonaban. Díjole don Quijote que contase algún cuento para entretenerle, como se lo había prometido; a lo que Sancho dijo que sí hiciera, si le dejara el temor de lo que oía.

— Pero, con todo eso, yo me esforzaré a decir una historia que, si la acierto a contar y no me van a la mano, es la mejor de las historias; y estéme vuestra merced atento, que ya comienzo. "Érase que se era, el bien que viniere para todos sea, y el mal, para quien lo fuere a buscar..." Y advierta vuestra merced, señor mío, que el principio que los antiguos dieron a sus consejas no fue así como quiera, que fue una sentencia de Catón Zonzorino romano, que dice "y el mal, para quien le fuere a buscar", que viene aquí como anillo al dedo, para que vuestra merced se esté quedo y no vaya a buscar el mal a ninguna parte, sino que nos volvamos por otro camino, pues nadie nos fuerza a que sigamos este donde tantos miedos nos sobresaltan.

— Sigue tu cuento, Sancho — dijo don Quijote —, y del camino que hemos de seguir déjame a mí el cuidado.

— "Digo, pues — prosiguió Sancho —, que en un lugar de Estremadura había un pastor cabrerizo, quiero decir que guardaba cabras, el cual pastor o cabrerizo, como digo de mi cuento, se llamaba Lope Ruiz; y este Lope Ruiz andaba enamorado de una pastora que se llamaba Torralba; la cual pastora llamada Torralba era hija de un ganadero rico; y este ganadero rico..."

— Aconteceu, senhor meu da minha alma — prosseguiu Sancho —, que, como tenho dito, esse pastor andava enamorado da Torralba, a pastora, que era uma moça roliça, arisca e puxando um pouco a machona, pois tinha um tantico de bigode, que parece que a estou vendo.

— Então tu a conheceste? — disse D. Quixote.

— Conhecer, não conheci — respondeu Sancho. — Mas quem me contou esse conto me disse que era coisa tão certa e verdadeira que podia muito bem, quando o contasse a outro, afirmar e jurar que vi tudo com meus próprios olhos. Aconteceu então que, correndo os dias, o diabo, que não dorme e que tudo enreda, fez de jeito que o amor que o pastor sentia pela pastora virasse jeriza e má vontade; e a causa foi, segundo as más línguas, um certo ciúme que ela lhe deu, e foi tamanho que passou das raias e chegou ao vedado; e tanto o pastor a detestou dali em diante que, para a não ver, determinou de se ausentar daquela terra e ir aonde seus olhos jamais a vissem. A Torralba, ao se ver desprezada pelo Lope, agora o quis bem, como nunca antes o tinha querido.

— Essa é a natural condição das mulheres — disse D. Quixote —, desprezar a quem as quer e amar a quem as detesta. Segue adiante, Sancho.

— Aconteceu — disse Sancho — que o pastor pôs por obra sua determinação e, tangendo suas cabras, se encaminhou pelos campos de Estremadura, para passar aos reinos de Portugal. A Torralba, ao saber disso, foi atrás dele, seguindo-o de longe, a pé e descalça, com um bordão na mão e uns alforjes ao pescoço, onde levava, segundo é fama, um pedaço de espelho e outro de um pente e não sei que potezinho de unturas para o rosto; mas levasse o que levasse, que não vou agora me meter a descobri-lo, só direi que dizem que o pastor chegou com seu gado às margens do rio Gua-

---

— Si desa manera cuentas tu cuento, Sancho — dijo don Quijote —, repitiendo dos veces lo que vas diciendo, no acabarás en dos días: dilo seguidamente y cuéntalo como hombre de entendimiento, y si no, no digas nada.

— De la misma manera que yo lo cuento — respondió Sancho — se cuentan en mi tierra todas las consejas, y yo no sé contarlo de otra, ni es bien que vuestra merced me pida que haga usos nuevos.

— Di como quisieres — respondió don Quijote —, que pues la suerte quiere que no pueda dejar de escucharte, prosigue.

— "Así que, señor mío de mi ánima — prosiguió Sancho —, que, como ya tengo dicho, este pastor andaba enamorado de Torralba la pastora, que era una moza rolliza, zahareña, y tiraba algo a hombruna, porque tenía unos pocos de bigotes, que parece que ahora la veo".

— Luego ¿conocístela tú? — dijo don Quijote.

— No la conocí yo — respondió Sancho —, pero quien me contó este cuento me dijo que era tan cierto y verdadero, que podía bien, cuando lo contase a otro, afirmar y jurar que lo había visto todo. "Así que, yendo días y viniendo días, el diablo, que no duerme y que todo lo añasca, hizo de manera, que el amor que el pastor tenía a la pastora se volviese en omecillo y mala voluntad; y la causa fue, según malas lenguas, una cierta cantidad de celillos que ella le dio, tales, que pasaban de la raya y llegaban a lo vedado; y fue tanto lo que el pastor la aborreció de allí adelante, que, por no verla, se quiso ausentar de aquella tierra e irse donde sus ojos no la viesen jamás. La Torralba, que se vio desdeñada del Lope, luego le quiso bien, mas que nunca le había querido."

diana, que andava cheio e quase transbordando a madre, e por onde ele chegou não havia barca nem barco, nem quem o pudesse atravessar, nem a ele nem ao seu gado, para a outra banda, o que muito o aborreceu porque via que a Torralba já estava perto e havia de atazaná-lo com seus rogos e lágrimas; e tanto ele olhou, que achou um pescador junto de um barco, mas tão pequeno que nele não podia caber mais que uma pessoa e uma cabra; e, com tudo isso, falou com o tal pescador e concertou que os atravessasse, a ele e às trezentas cabras que levava. Entrou o pescador no barco e passou uma cabra; voltou e passou mais uma; tornou a voltar e tornou a passar mais uma. Leve vossa mercê a conta das cabras que o pescador vai passando, porque, se perder uma da memória, o conto se acabará, e não será possível contar nem mais uma palavra dele. Continuo, pois, e digo que a margem da outra banda estava cheia de lama e escorregadia, e muito demorava o pescador em ir e voltar. Com tudo isso, voltou por outra cabra, e outra, e mais outra...

— Faze conta que já atravessou todas — disse D. Quixote —, não andes indo e vindo dessa maneira, que não acabarás de atravessá-las em um ano.

— Quantas atravessaram até agora? — disse Sancho.

— Que diabo! Eu lá sei? — respondeu D. Quixote.

— Pois foi o que eu lhe disse: que levasse bem a conta. Agora, por Deus que se acabou o conto, e não há como continuar.

— Como pode ser isso? — respondeu D. Quixote. — Tão da essência da história é saber ao certo quantas cabras atravessaram que, errando-se uma do seu número, não podes prosseguir com ela?

— Não, senhor, de maneira alguma — respondeu Sancho —; pois quan-

---

— Esa es natural condición de mujeres — dijo don Quijote —, desdeñar a quien las quiere y amar a quien las aborrece. Pasa adelante, Sancho.

"Sucedió — dijo Sancho — que el pastor puso por obra su determinación y, antecogiendo sus cabras, se encaminó por los campos de Estremadura, para pasarse a los reinos de Portugal. La Torralba, que lo supo, se fue tras él y seguíale a pie y descalza desde lejos, con un bordón en la mano y con unas alforjas al cuello, donde llevaba, según es fama, un pedazo de espejo y otro de un peine y no sé qué botecillo de mudas para la cara; mas llevase lo que llevase, que yo no me quiero meter ahora en averiguallo, solo diré que dicen que el pastor llegó con su ganado a pasar el río Guadiana, y en aquella sazón iba crecido y casi fuera de madre, y por la parte que llegó no había barca ni barco, ni quien le pasase a él ni a su ganado de la otra parte, de lo que se congojó mucho porque veía que la Torralba venía ya muy cerca y le había de dar mucha pesadumbre con sus ruegos y lágrimas; mas tanto anduvo mirando, que vio un pescador que tenía junto a sí un barco, tan pequeño, que solamente podían caber en él una persona y una cabra; y, con todo esto, le habló y concertó con él que le pasase a él y a trecientas cabras que llevaba. Entró el pescador en el barco y pasó una cabra; volvió y pasó otra; tornó a volver y tornó a pasar otra". Tenga vuestra merced cuenta en las cabras que el pescador va pasando, porque si se pierde una de la memoria, se acabará el cuento, y no será posible contar más palabra dél. "Sigo, pues, y digo que el desembarcadero de la otra parte estaba lleno de cieno y resbaloso, y tardaba el pescador mucho tiempo en ir y volver. Con todo esto, volvió por otra cabra, y otra, y otra..."

do eu perguntei a vossa mercê quantas cabras tinham atravessado, e me respondeu que não sabia, naquele mesmo instante me fugiu da memória o quanto me faltava dizer, e à fé que era de muita virtude e contento.

— De modo — disse D. Quixote — que a história já está acabada?

— Tão acabada como a minha mãe — disse Sancho.

— Digo-te com todas as veras — respondeu D. Quixote — que contaste uma das mais novas fábulas, conto ou história que alguém pôde pensar no mundo, e que tal jeito de contá-la e deixá-la jamais se poderá ver nem terá visto em toda a vida, bem que eu não esperasse outra coisa do teu bom discurso; mas não me maravilho, pois talvez estes golpes que não cessam tenham embotado o teu entendimento.

— Tudo pode ser — respondeu Sancho —, mas o que eu sei do meu conto é que dele não há mais nada a dizer, pois se acaba onde começa o erro na conta da travessia das cabras.

— Pois que se acabe onde for, e seja embora — disse D. Quixote —, e vejamos se Rocinante pode andar.

Tornou a lhe dar de pernas, e o cavalo tornou a dar saltos e a estacar, tão bem peado estava.

Nisto, fosse porque o frio da madrugada já ia chegando, ou porque Sancho tinha jantado algumas coisas lenitivas, ou porque fosse coisa natural — que é o mais certo —, veio-lhe a vontade e o desejo de fazer algo que outro não poderia fazer por ele; mas era tanto o medo que tomara o seu coração, que não ousava se afastar um fio de cabelo de seu amo. Como não fazer o que tinha vontade tampouco era possível, o que ele fez, a bem de sua paz, foi soltar a mão direita, que agarrava o arção traseiro, e com ela, belamente e sem rumor algum, soltar a laçada corrediça que sozinha segurava os cal-

---

— Haz cuenta que las pasó todas — dijo don Quijote —, no andes yendo y viniendo desa manera, que no acabarás de pasarlas en un año.

— ¿Cuántas han pasado hasta agora? — dijo Sancho.

— ¿Yo qué diablos sé? — respondió don Quijote.

— He ahí lo que yo dije: que tuviese buena cuenta. Pues por Dios que se ha acabado el cuento, que no hay pasar adelante.

— ¿Cómo puede ser eso? — respondió don Quijote —. ¿Tan de esencia de la historia es saber las cabras que han pasado por estenso, que si se yerra una del número no puedes seguir adelante con la historia?

— No, señor, en ninguna manera — respondió Sancho —; porque así como yo pregunté a vuestra merced que me dijese cuántas cabras habían pasado, y me respondió que no sabía, en aquel mesmo instante se me fue a mí de la memoria cuanto me quedaba por decir, y a fe que era de mucha virtud y contento.

— ¿De modo — dijo don Quijote — que ya la historia es acabada?

— Tan acabada es como mi madre — dijo Sancho.

— Dígote de verdad — respondió don Quijote — que tú has contado una de las más nuevas consejas, cuento o historia que nadie pudo pensar en el mundo, y que tal modo de contarla ni dejarla jamás se podrá ver ni habrá visto en toda la vida, aunque no esperaba yo otra cosa de tu buen discurso; mas no me maravillo, pues quizá estos golpes que no cesan te deben de tener turbado el entendimiento.

ções, os quais, uma vez desamarrados, logo arrearam e foram ficar aos seus pés como grilhões; em seguida suspendeu ele a camisa o quanto pôde e pôs a arejar seu par de alcatras, que não eram lá muito pequenas. Feito isto, que ele pensou ser a melhor coisa a fazer para sair daquele terrível aperto e angústia, sobreveio outra maior, que foi sentir que não poderia esvaziar os aposentos sem estrépito nem ruído, e começou a cerrar os dentes e a encolher os ombros, segurando o fôlego o quanto podia; mas, apesar dessas diligências, foi tão desafortunado que ao cabo do cabo veio a fazer algum ruído, bem diferente daquele que tanto o apavorava. Ouviu-o D. Quixote e disse:

— Que rumor é esse, Sancho?

— Não sei, senhor — respondeu ele. — Alguma coisa nova deve de ser, pois as aventuras e desventuras nunca vêm sós.

Tornou outra vez a tentar a sorte, e esta lhe foi tão propícia, que, sem mais ruído nem alvoroço que o já passado, se achou livre da carga que tanto lhe pesava. Mas como D. Quixote tinha o sentido do olfato tão vivo como o dos ouvidos, e Sancho estava tão junto e agarrado a ele, que quase em linha reta acima subiam os vapores, não pôde evitar que alguns chegassem a seus narizes; e tão logo chegaram, foi ele ao seu socorro, apertando-os entre os dois dedos, e com voz um tanto fanhosa disse:

— Parece-me, Sancho, que tens muito medo.

— Tenho, sim — respondeu Sancho —, mas em que o percebe vossa mercê agora mais do que nunca?

— Em que agora mais do que nunca cheiras, e não a âmbar — respondeu D. Quixote.

— Bem pode ser — disse Sancho —, mas a culpa não é minha, e sim de vossa mercê, que me traz a desoras e por estes não trilhados passos.

— Todo puede ser — respondió Sancho —, mas yo sé que en lo de mi cuento no hay más que decir, que allí se acaba do comienza el yerro de la cuenta del pasaje de las cabras.

— Acabe norabuena donde quisiere — dijo don Quijote —, y veamos si se puede mover Rocinante.

Tornóle a poner las piernas, y él tornó a dar saltos y a estarse quedo: tanto estaba de bien atado.

En esto, parece ser o que el frío de la mañana que ya venía, o que Sancho hubiese cenado algunas cosas lenitivas, o que fuese cosa natural — que es lo que más se debe creer —, a él le vino en voluntad y deseo de hacer lo que otro no pudiera hacer por él; mas era tanto el miedo que había entrado en su corazón, que no osaba apartarse un negro de uña de su amo. Pues pensar de no hacer lo que tenía gana tampoco era posible; y, así, lo que hizo, por bien de paz, fue soltar la mano derecha, que tenía asida al arzón trasero, con la cual bonitamente y sin rumor alguno se soltó la lazada corrediza con que solos calzones se sostenían sin ayuda de otra alguna, y, en quitándosela, dieron luego abajo y se le quedaron como grillos; tras esto, alzó la camisa lo mejor que pudo y echó al aire entrambas posaderas, que no eran muy pequeñas. Hecho esto, que él pensó que era lo más que tenía que hacer para salir de aquel terrible aprieto y angustia, le sobrevino otra mayor, que fue que le pareció que no podía mudarse sin hacer estrépito y ruido, y comenzó a apretar los dientes y a encoger los hombros, recogiendo en sí el aliento todo cuanto podía; pero, con todas estas diligencias, fue tan desdichado que al cabo al cabo vino a hacer un poco de ruido, bien diferente de aquel que a él le ponía tanto miedo. Oyólo don Quijote y dijo:

— ¿Qué rumor es ese, Sancho?

— Arreda então três ou quatro, amigo — disse D. Quixote (tudo isto sem destapar o nariz) —, e, daqui por diante, tende mais cuidado com a tua pessoa e com o que deves à minha, pois a muita conversa que tenho contigo engendrou este menosprezo.

— Aposto — replicou Sancho — que pensa vossa mercê que eu fiz da minha pessoa algo que não devia.

— Mais vale não bulir, amigo Sancho — respondeu D. Quixote.

Nesses colóquios e outros semelhantes passaram a noite amo e criado; mas vendo Sancho que a manhã já ia chegando a marcha batida, com muito tento desatou Rocinante e amarrou os calções. Quando Rocinante se viu livre, se bem não fosse por si nada brioso, parece que se ressentiu e começou a dar patadas, pois corcovos (Deus que o perdoe) não sabia. Vendo pois D. Quixote que Rocinante já se movia, teve isto por bom sinal de que, a seu juízo, chegara a hora de acometer aquela temerosa aventura.

Nisto acabou de se descobrir a aurora, e de aparecerem distintamente as coisas, e viu D. Quixote que estava entre umas árvores altas, que eram castanheiros, que dão uma sombra muito escura. Ouviu também que o bater não cessava, mas não viu quem o podia causar, e assim, sem mais detença, fez Rocinante sentir as esporas e, tornando a se despedir de Sancho, mandou-lhe que ali o aguardasse por três dias, a mais tardar, como já da outra vez lhe dissera, e que, se ao cabo deles não voltasse, tivesse por certo que Deus fora servido de que naquela perigosa aventura se acabassem os seus dias. Tornou a referir o recado e a embaixada que havia de levar de sua parte à sua senhora Dulcineia, e que não se preocupasse quanto à paga dos seus serviços, pois ele deixara escrito seu testamento antes de sair do seu lugar, no qual se acharia gratificado de todo o tocante ao seu salário, *pro rata* ao tem-

---

— No sé, señor — respondió él —. Alguna cosa nueva debe de ser, que las aventuras y desventuras nunca comienzan por poco.

Tornó otra vez a probar ventura, y sucedióle tan bien, que sin más ruido ni alboroto que el pasado se halló libre de la carga que tanta pesadumbre le había dado. Mas como don Quijote tenía el sentido del olfato tan vivo como el de los oídos y Sancho estaba tan junto y cosido con él, que casi por línea recta subían los vapores hacia arriba, no se pudo escusar de que algunos no llegasen a sus narices; y apenas hubieron llegado, cuando él fue al socorro, apretándolas entre los dos dedos, y con tono algo gangoso dijo:

— Paréceme, Sancho, que tienes mucho miedo.

— Sí tengo — respondió Sancho —, mas ¿en qué lo echa de ver vuestra merced ahora más que nunca?

— En que ahora más que nunca hueles, y no a ámbar — respondió don Quijote.

— Bien podrá ser — dijo Sancho —, mas yo no tengo la culpa, sino vuestra merced, que me trae a deshoras y por estos no acostumbrados pasos.

— Retírate tres o cuatro allá, amigo — dijo don Quijote (todo esto sin quitarse los dedos de las narices) —, y desde aquí adelante ten más cuenta con tu persona y con lo que debes a la mía; que la mucha conversación que tengo contigo ha engendrado este menosprecio.

— Apostaré — replicó Sancho — que piensa vuestra merced que yo he hecho de mi persona alguna cosa que no deba.

po que tivesse servido; mas que, se Deus o tirasse daquele perigo são e salvo e sem gravame, podia ter ele por muito mais que certa a prometida ínsula.

De novo tornou a chorar Sancho ouvindo de novo as lastimosas razões do seu bom senhor, e determinou de não deixá-lo até o último trânsito e fim daquela empresa.

Destas lágrimas e determinação tão honesta de Sancho Pança tira o autor desta história que devia de ser ele bem-nascido ou pelo menos cristão-velho. Tal sentimento enterneceu um tanto seu amo, mas não o bastante para que mostrasse fraqueza alguma, antes, disfarçando o melhor que pôde, começou a caminhar para o lado donde lhe pareceu que chegava o ruído da água e das batidas.

Seguia-o Sancho a pé, levando, como era seu costume, do cabresto o seu jumento, perpétuo companheiro em suas prósperas e adversas fortunas; e tendo andado um bom trecho por entre aqueles castanheiros e aquelas árvores sombrias, deram num pradozinho que ao pé de umas altas penhas se abria, das quais se precipitava uma grandíssima queda-d'água. Ao pé dessas penhas havia umas casas malfeitas, que mais que casas pareciam ruínas de edifícios, dentre as quais perceberam que vinha o ruído e estrondo daquele bater que ainda não cessara.

Alvoroçou-se Rocinante com o estrondo da água e das batidas, e, sossegando-o D. Quixote, foi-se achegando pouco a pouco às casas, encomendando-se de todo coração à sua senhora, suplicando-lhe que naquela temerosa jornada e empresa o favorecesse, e de passagem também se encomendou a Deus, que o não esquecesse. Não saía Sancho de junto dele, esticando o quanto podia o pescoço e a vista por entre as patas de Rocinante, por ver se via de uma vez o que tão suspenso e medroso o tinha.

— Peor es meneallo, amigo Sancho — respondió don Quijote.

En estos coloquios y otros semejantes pasaron la noche amo y mozo; mas viendo Sancho que a más andar se venía la mañana, con mucho tiento desligó a Rocinante y se ató los calzones. Como Rocinante se vio libre, aunque él de suyo no era nada brioso, parece que se resintió y comenzó a dar manotadas, porque corvetas (con perdón suyo) no las sabía hacer. Viendo, pues, don Quijote que ya Rocinante se movía, lo tuvo a buena señal y creyó que lo era de que acometiese aquella temerosa aventura.

Acabó en esto de descubrirse el alba, y de parecer distintamente las cosas, y vio don Quijote que estaba entre unos árboles altos, que ellos eran castaños, que hacen la sombra muy escura. Sintió también que el golpear no cesaba, pero no vio quién lo podía causar, y, así, sin más detenerse, hizo sentir las espuelas a Rocinante y, tornando a despedirse de Sancho, le mandó que allí le aguardase tres días, a lo más largo, como ya otra vez se le había dicho, y que si al cabo dellos no hubiese vuelto, tuviese por cierto que Dios había sido servido de que en aquella peligrosa aventura se le acabasen sus días. Tornóle a referir el recado y embajada que había de llevar de su parte a su señora Dulcinea, y que en lo que tocaba a la paga de sus servicios no tuviese pena, porque él había dejado hecho su testamento antes que saliera de su lugar, donde se hallaría gratificado de todo lo tocante a su salario, rata por cantidad del tiempo que hubiese servido; pero que si Dios le sacaba de aquel peligro sano y salvo y sin cautela, se podía tener por muy más que cierta la prometida ínsula.

De nuevo tornó a llorar Sancho oyendo de nuevo las lastimeras razones de su buen señor, y determinó de no dejarle hasta el último tránsito y fin de aquel negocio.

Mais cem passos deviam de ter andado quando, de trás de uma pedra, apareceu descoberta e patente a causa mesma, sem que outra pudesse ser, daquele horríssono e para eles terrível ruído que tão suspensos e medrosos toda a noite os tivera. E eram (não te zangues nem aborreças, oh leitor!) seis maças de pisão,[4] que com suas alternadas batidas aquele estrondo faziam.

Quando D. Quixote viu o que era, emudeceu e pasmou de cima a baixo. Olhou-o Sancho e viu que tinha a cabeça inclinada sobre o peito, com mostras de estar vexado. Olhou também D. Quixote para Sancho e viu que tinha as bochechas infladas e a boca cheia de riso, com evidentes mostras de nele querer rebentar, e não pôde sua melancolia tanto que à vista de Sancho pudesse deixar de se rir; e ao ver Sancho que seu amo começara, soltou a presa de maneira que teve de apertar a barriga com os punhos, para não rebentar de tanto rir. Quatro vezes sossegou, e outras tantas voltou a seu riso, com o mesmo ímpeto que de primeiro; com o qual já se começava a danar D. Quixote, e mais quando o ouviu dizer, como a jeito de mofa:

— "Hás de saber, oh Sancho amigo!, que eu nasci por querer do céu nesta nossa idade de ferro para nela ressuscitar a dourada, ou de ouro. Eu sou aquele a quem se reservam os perigos, as grandes façanhas, os valorosos feitos..."

E assim foi repetindo todas ou as mais razões que D. Quixote tinha dito da vez primeira em que ouviram as temerosas batidas.

D. Quixote, vendo que Sancho fazia pouco dele, vexou-se e zangou-se de tal maneira que levantou o chuço e lhe assestou duas pauladas, tamanhas que, se, em vez de nas costas, lhas tivesse acertado na cabeça, ficaria livre de pagar-lhe o salário, quando não seja aos seus herdeiros. Vendo Sancho que

---

Destas lágrimas y determinación tan honrada de Sancho Panza saca el autor desta historia que debía de ser bien nacido y por lo menos cristiano viejo. Cuyo sentimiento enterneció algo a su amo, pero no tanto que mostrase flaqueza alguna, antes, disimulando lo mejor que pudo, comenzó a caminar hacia la parte por donde le pareció que el ruido del agua y del golpear venía.

Seguíale Sancho a pie, llevando, como tenía de costumbre, del cabestro a su jumento, perpetuo compañero de sus prósperas y adversas fortunas; y habiendo andado una buena pieza por entre aquellos castaños y árboles sombríos, dieron en un pradecillo que al pie de unas altas peñas se hacía, de las cuales se precipitaba un grandísimo golpe de agua. Al pie de las peñas estaban unas casas mal hechas, que más parecían ruinas de edificios que casas, de entre las cuales advirtieron que salía el ruido y estruendo de aquel golpear que aún no cesaba.

Alborotóse Rocinante con el estruendo del agua y de los golpes, y, sosegándole don Quijote, se fue llegando poco a poco a las casas, encomendándose de todo corazón a su señora, suplicándole que en aquella temerosa jornada y empresa le favoreciese, y de camino se encomendaba también a Dios, que no le olvidase. No se le quitaba Sancho del lado, el cual alargaba cuanto podía el cuello y la vista por entre las piernas de Rocinante, por ver si vería ya lo que tan suspenso y medroso le tenía.

Otros cien pasos serían los que anduvieron, cuando al doblar de una punta pareció descubierta y patente la misma causa, sin que pudiese ser otra, de aquel horrísono y para ellos espantable ruido que tan suspensos y medrosos toda la noche los había tenido. Y eran (si no lo has, ¡oh lector!, por pesadumbre y enojo) seis mazos de batán, que con sus alternativos golpes aquel estruendo formaban.

não estava para burlas e levava a sua tão à vera e a mal, temendo que o seu amo fosse além, com muita humildade lhe disse:

— Sossegue vossa mercê, que por Deus que o fiz por burla.

— Pois é porque o fizestes por burla, que não burlo eu — respondeu D. Quixote. — Vinde cá, senhor alegre: pensais que, se, em vez de maças de pisão, houvesse aqui outra perigosa aventura, não teria eu mostrado o ânimo que convinha para empreendê-la e acabá-la? Sou por acaso obrigado, sendo como sou cavaleiro, a conhecer e distinguir os sons e saber quais são de pisão? E mais, que poderia ser, como é verdade, que os não tivesse visto em toda a vida, como vós os tereis visto, como ruim vilão que sois, criado e nascido entre eles. Se não, fazei com que estas seis maças se tornem em seis gigantes, e lançai-mos às barbas um após o outro, ou todos à uma, e, se eu não os despachar todos muito bem descalabrados, fazei de mim a burla que quiserdes.

— Basta, senhor meu — replicou Sancho —, que eu confesso que andei um pouco risonho demais. Mas diga-me vossa mercê, agora que estamos em paz, e queira Deus tirá-lo de todas as aventuras que lhe ocorrerem tão são e salvo como o tirou desta: não foi coisa de se rir, como o é de se contar, o grande medo que passamos? Pelo menos o que eu passei, pois de vossa mercê já bem sei que o não conhece, nem sabe o que é temor nem espanto.

— Não nego — respondeu D. Quixote — que o que nos sucedeu seja coisa digna de riso, mas não é digna de ser contada, pois nem todas as pessoas têm discrição bastante para pôr as coisas em seu ponto.

— Pelo menos vossa mercê — respondeu Sancho — soube pôr o chuço em seu ponto, apontando-me à cabeça e acertando-me as costas, graças a Deus e à minha diligência em me jogar de lado. Mas vá lá, que por fim tudo

---

Cuando don Quijote vio lo que era, enmudeció y pasmóse de arriba abajo. Miróle Sancho y vio que tenía la cabeza inclinada sobre el pecho, con muestras de estar corrido. Miró también don Quijote a Sancho y viole que tenía los carrillos hinchados y la boca llena de risa, con evidentes señales de querer reventar con ella, y no pudo su melanconía tanto con él, que a la vista de Sancho pudiese dejar de reírse; y como vio Sancho que su amo había comenzado, soltó la presa de manera que tuvo necesidad de apretarse las ijadas con los puños, por no reventar riendo. Cuatro veces sosegó, y otras tantas volvió a su risa, con el mismo ímpetu que primero; de lo cual ya se daba al diablo don Quijote, y más cuando le oyó decir, como por modo de fisga:

— "Has de saber, ¡oh Sancho amigo!, que yo nací por querer del cielo en esta nuestra edad de hierro para resucitar en ella la dorada, o de oro. Yo soy aquel para quien están guardados los peligros, las hazañas grandes, los valerosos fechos..."

Y por aquí fue repitiendo todas o las más razones que don Quijote dijo la vez primera que oyeron los temerosos golpes.

Viendo, pues, don Quijote que Sancho hacía burla dél, se corrió y enojó en tanta manera, que alzó el lanzón y le asentó dos palos, tales, que si como los recibió en las espaldas los recibiera en la cabeza, quedara libre de pagarle el salario, si no fuera a sus herederos. Viendo Sancho que sacaba tan malas veras de sus burlas, con temor de que su amo no pasase adelante en ellas, con mucha humildad le dijo:

— Sosiéguese vuestra merced, que por Dios que me burlo.

— Pues porque os burláis, no me burlo yo — respondió don Quijote —. Venid acá, señor alegre: ¿paréceos

se tira a limpo; pois eu ouvi dizer: "Quem bem ama bem castiga"; e mais que costumam os principais senhores, depois de dizerem palavras duras a um criado, dar-lhe em seguida umas calças, bem que eu não saiba o que usam dar depois de lhes acertar umas pauladas, se é que os cavaleiros andantes não dão depois de pauladas ínsulas, ou reinos em terra firme.

— Tal poderiam rolar os dados — disse D. Quixote —, e tudo quanto dizes vir a ser verdade; e perdoa o passado, pois és discreto e sabes que dos primeiros movimentos não tem mão o homem, e fica daqui em diante advertido de uma coisa, para que te abstenhas e moderes no falar demais comigo: que em todos os livros de cavalaria que tenho lido, que são infinitos, nunca vi nenhum escudeiro que falasse tanto com seu senhor como tu com o teu. E em verdade que o tenho por grande falta, tua e minha: tua, por me estimares pouco; minha, por não me fazer estimar mais. É fato, aliás, que Gandalim, escudeiro de Amadis de Gaula, chegou a conde da Ínsula Firme, e dele se lê que sempre falava com seu senhor com o gorro na mão, baixa a cabeça e dobrado o corpo ao modo turquesco. E que dizer de Gasabal, escudeiro de D. Galaor, tão calado que, para melhor se declarar a excelência do seu maravilhoso silêncio, só uma vez se escreve o seu nome em toda aquela tão grande quanto verdadeira história? De tudo o que tenho dito hás de inferir, Sancho, que é mister fazer diferença entre amo e criado, entre senhor e servo e entre cavaleiro e escudeiro. Portanto, de hoje em diante havemos de nos tratar com mais respeito, sem nos darmos tanta trela, pois, se eu me zangar convosco, de todo jeito se há de quebrar o cântaro.[5] As mercês e benefícios que vos tenho prometidas chegarão em seu devido tempo; e se não chegarem, o salário pelo menos não se há de perder, como já vos disse.

---

a vos que si como estos fueron mazos de batán fueran otra peligrosa aventura, no habría yo mostrado el ánimo que convenía para emprendella y acaballa? ¿Estoy yo obligado a dicha, siendo como soy caballero, a conocer y destinguir los sones y saber cuáles son de batán o no? Y más, que podría ser, como es verdad, que no los he visto en mi vida, como vos los habréis visto, como villano ruin que sois, criado y nacido entre ellos. Si no, haced vos que estos seis mazos se vuelvan en seis jayanes, y echádmelos a las barbas uno a uno, o todos juntos, y cuando yo no diere con todos patas arriba, haced de mí la burla que quisiéredes.

— No haya más, señor mío — replicó Sancho —, que yo confieso que he andado algo risueño en demasía. Pero dígame vuestra merced, ahora que estamos en paz, así Dios le saque de todas las aventuras que le sucedieren tan sano y salvo como le ha sacado desta: ¿no ha sido cosa de reír, y lo es de contar, el gran miedo que hemos tenido? A lo menos, el que yo tuve, que de vuestra merced ya yo sé que no le conoce, ni sabe qué es temor ni espanto.

— No niego yo — respondió don Quijote — que lo que nos ha sucedido no sea cosa digna de risa, pero no es digna de contarse, que no son todas las personas tan discretas, que sepan poner en su punto las cosas.

— A lo menos — respondió Sancho — supo vuestra merced poner en su punto el lanzón, apuntándome a la cabeza, y dándome en las espaldas, gracias a Dios y a la diligencia que puse en ladearme. Pero vaya, que todo saldrá en la colada; que yo he oído decir: "Ese te quiere bien que te hace llorar"; y más, que suelen los principales señores, tras una mala palabra que dicen a un criado, darle luego unas calzas, aunque no sé lo que le suelen dar tras haberle dado de palos, si ya no es que los caballeros andantes dan tras palos ínsulas, o reinos en tierra firme.

— Tal podría correr el dado — dijo don Quijote —, que todo lo que dices viniese a ser verdad; y perdona

— Está bem tudo quanto vossa mercê diz — disse Sancho —, mas eu gostaria de saber, caso não chegue o tempo das mercês e seja preciso recorrer aos salários, quanto ganhava um escudeiro de um cavaleiro andante naqueles tempos, e se a paga era por mês ou à jorna, como a dos peões de alvenaria.

— Não creio — respondeu D. Quixote — que jamais os tais escudeiros tenham estado a salário, e sim à mercê; e se eu agora to leguei no testamento cerrado que deixei na minha casa, foi pensando no que podia vir a acontecer, pois não sei como obra a cavalaria nestes tão calamitosos tempos nossos, e não quisera que por coisas de somenos penasse a minha alma no outro mundo. Pois quero que saibas, Sancho, que nele não há estado mais perigoso que o dos aventureiros.

— Isto é verdade — disse Sancho —, pois só o ruído das maças de um pisão pôde alvoroçar e desassossegar o coração de um tão valoroso andante aventureiro como vossa mercê. Mas pode estar bem certo de que daqui em diante não abrirei a boca para burlar das coisas de vossa mercê, só o fazendo para honrá-lo como a meu amo e senhor natural.

— Desse modo — replicou D. Quixote — viverás em paz na terra, pois, abaixo dos pais, é aos amos que se deve o maior respeito, como se o fossem.

---

lo pasado, pues eres discreto y sabes que los primeros movimientos no son en mano del hombre, y está advertido de aquí adelante en una cosa, para que te abstengas y reportes en el hablar demasiado conmigo: que en cuantos libros de caballerías he leído, que son infinitos, jamás he hallado que ningún escudero hablase tanto con su señor como tú con el tuyo. Y en verdad que lo tengo a gran falta, tuya y mía: tuya, en que me estimas en poco; mía, en que no me dejo estimar en más. Sí, que Gandalín, escudero de Amadís de Gaula, conde fue de la Ínsula Firme, y se lee dél que siempre hablaba a su señor con la gorra en la mano, inclinada la cabeza y doblado el cuerpo *more turquesco*. Pues ¿qué diremos de Gasabal, escudero de don Galaor, que fue tan callado, que, para declararnos la excelencia de su maravilloso silencio, sola una vez se nombra su nombre en toda aquella tan grande como verdadera historia? De todo lo que he dicho has de inferir, Sancho, que es menester hacer diferencia de amo a mozo, de señor a criado y de caballero a escudero. Así que desde hoy en adelante nos hemos de tratar con más respeto, sin darnos cordelejo, porque de cualquiera manera que yo me enoje con vos, ha de ser mal para el cántaro. Las mercedes y beneficios que yo os he prometido llegarán a su tiempo; y si no llegaren, el salario a lo menos no se ha de perder, como ya os he dicho.

— Está bien cuanto vuestra merced dice — dijo Sancho —, pero querría yo saber, por si acaso no llegase el tiempo de las mercedes y fuese necesario acudir al de los salarios, cuánto ganaba un escudero de un caballero andante en aquellos tiempos, y si se concertaban por meses, o por días, como peones de albañir.

— No creo yo — respondió don Quijote — que jamás los tales escuderos estuvieron a salario, sino a merced; y si yo ahora te le he señalado a ti en el testamento cerrado que dejé en mi casa, fue por lo que podía suceder,

Notas

[1] Montes da Lua: nascentes do Nilo, segundo a lenda atribuída a Ptolomeu.

[2] Buzina: a constelação da Ursa Menor; a figura é formada tomando a Estrela Polar como a embocadura e as estrelas extremas como o pavilhão.

[3] Catão Sonorino, o romano: Marco Pórcio Catão, dito "o Velho", "o Censor" ou "Censorino", epíteto aqui alterado por cruzamento com *sonso* (tolo). A citação de Sancho, contudo, provém do folheto *Castigos y ejemplos de Catón*, versão popularíssima dos *Disticha* de Dionísio Catão (ver Prólogo, nota 12), que não raro era confundido com o político romano.

[4] Pisão (*batán*): engenho para bater pano ou couro. Consiste em grossas maças de madeira acionadas, neste caso, por uma roda-d'água. Na gíria picaresca, "*mazo de batán*" podia significar também "rufião digno de ser açoitado".

[5] ... se há de quebrar o cântaro: referência ao ditado "se der o cântaro na pedra ou a pedra no cântaro, mal para o cântaro", que denota o repetido prejuízo da parte mais fraca.

---

que aún no sé cómo prueba en estos tan calamitosos tiempos nuestros la caballería, y no querría que por pocas cosas penase mi ánima en el otro mundo. Porque quiero que sepas, Sancho, que en él no hay estado más peligroso que el de los aventureros.

— Así es verdad — dijo Sancho —, pues solo el ruido de los mazos de un batán pudo alborotar y desasosegar el corazón de un tan valeroso andante aventurero como es vuestra merced. Mas bien puede estar seguro que de aquí adelante no despliegue mis labios para hacer donaire de las cosas de vuestra merced, si no fuere para honrarle, como a mi amo y señor natural.

— Desa manera — replicó don Quijote — vivirás sobre la haz de la tierra, porque, después de a los padres, a los amos se ha de respetar como si lo fuesen.

CAPÍTULO XXI

*Que trata da alta aventura
e rico ganhamento do elmo de Mambrino,
mais outras coisas acontecidas
ao nosso invencível cavaleiro*

Nisto começou a chover um pouco, e quisera Sancho que entrassem no moinho dos pisões, mas tamanha ojeriza tomara deles D. Quixote, por causa da pesada burla, que de maneira alguma quis entrar ali; e assim, torcendo o caminho para a direita, deram em outra estrada como a que haviam seguido no dia dantes.

Dali a pouco, descobriu D. Quixote um homem a cavalo que trazia na cabeça uma coisa que brilhava como se fosse de ouro, e ainda apenas ele o viu, quando se voltou para Sancho e lhe disse:

— Parece-me, Sancho, que não há refrão que não seja verdadeiro, pois todos são sentenças tiradas da mesma experiência, mãe das ciências todas, especialmente aquele que diz: "Quando Deus fecha uma porta, abre sempre uma janela". Digo isto porque, se ontem nos fechou a ventura a porta daquela que buscávamos, enganando-nos com os pisões, agora nos abre outra de par em par para outra melhor e mais certa aventura, que, se eu não acertar de entrar por ela, minha será a culpa, sem que a possa pôr na pouca notícia de pisões nem na escuridão da noite. Digo isto porque, se não me enga-

---

CAPÍTULO XXI

*Que trata de la alta aventura
y rica ganancia del yelmo de Mambrino,
con otras cosas sucedidas
a nuestro invencible caballero*

En esto comenzó a llover un poco, y quisiera Sancho que se entraran en el molino de los batanes, mas habíales cobrado tal aborrecimiento don Quijote por la pesada burla, que en ninguna manera quiso entrar dentro; y, así, torciendo el camino a la derecha mano, dieron en otro como el que habían llevado el día de antes.

De allí a poco, descubrió don Quijote un hombre a caballo que traía en la cabeza una cosa que relumbraba como si fuera de oro, y aun él apenas le hubo visto, cuando se volvió a Sancho y le dijo:

— Paréceme, Sancho, que no hay refrán que no sea verdadero, porque todos son sentencias sacadas de la mesma experiencia, madre de las ciencias todas, especialmente aquel que dice: "Donde una puerta se cierra, otra se abre". Dígolo porque si anoche nos cerró la ventura la puerta de la que buscábamos, engañándonos con los batanes, ahora nos abre de par en par otra, para otra mejor y más cierta aventura, que si yo no acertare a entrar

no, a nós vem vindo um alguém que traz na cabeça o elmo de Mambrino, sobre o qual eu fiz o juramento que sabes.

— Olhe bem vossa mercê o que diz e melhor o que faz — disse Sancho —, que eu não gostaria que outros pisões nos acabassem de apisoar e aporrear o sentido.

— Valha-te o diabo por homem! — replicou D. Quixote. — Que é que o elmo tem a ver com os pisões?

— Não sei de nada — respondeu Sancho —, mas à fé que, se eu pudesse falar tanto quanto costumava, talvez desse tais razões que vossa mercê veria que se enganava no que diz.

— Como posso me enganar no que digo, traidor escrupuloso? — disse D. Quixote. — Dize-me, não vês aquele cavaleiro que a nós vem, sobre um cavalo rosilho rodado, que traz na cabeça um elmo de ouro?

— O que eu vejo e lobrigo — respondeu Sancho — é só um homem montado num asno pardo, como o meu, que traz na cabeça uma coisa que brilha.

— Pois esse é o elmo de Mambrino — disse D. Quixote. — Aparta-te e deixa-me a sós com ele: verás quão sem palavra, por poupança de tempo, concluo esta aventura e fica por meu o elmo que tanto desejo.

— Aparto-me por meu cuidado — replicou Sancho —, mas praza a Deus, torno a dizer, que orégano seja e não pisões.[1]

— Já vos disse, irmão, que não mais menteis nem em pensamento esses malditos pisões — disse D. Quixote —, pois juro, e só uma vez, que bem apisoada tereis a alma.

Calou-se Sancho, temeroso de que seu amo cumprisse a jura que lhe lançara, redonda como uma bola.

---

por ella, mía será la culpa, sin que la pueda dar a la poca noticia de batanes ni a la escuridad de la noche. Digo esto porque, si no me engaño, hacia nosotros viene uno que trae en su cabeza puesto el yelmo de Mambrino, sobre que yo hice el juramento que sabes.

— Mire vuestra merced bien lo que dice y mejor lo que hace — dijo Sancho —, que no querría que fuesen otros batanes que nos acabasen de abatanar y aporrear el sentido.

— ¡Válate el diablo por hombre! — replicó don Quijote —. ¿Qué va de yelmo a batanes?

— No sé nada — respondió Sancho —, mas a fe que si yo pudiera hablar tanto como solía, que quizá diera tales razones, que vuestra merced viera que se engañaba en lo que dice.

— ¿Cómo me puedo engañar en lo que digo, traidor escrupuloso? — dijo don Quijote —. Dime, ¿no ves aquel caballero que hacia nosotros viene, sobre un caballo rucio rodado, que trae puesto en la cabeza un yelmo de oro?

— Lo que yo veo y columbro — respondió Sancho — no es sino un hombre sobre un asno pardo, como el mío, que trae sobre la cabeza una cosa que relumbra.

— Pues ese es el yelmo de Mambrino — dijo don Quijote —. Apártate a una parte y déjame con él a solas: verás cuán sin hablar palabra, por ahorrar del tiempo, concluyo esta aventura y queda por mío el yelmo que tanto he deseado.

— Yo me tengo en cuidado el apartarme — replicó Sancho —, mas quiera Dios, torno a decir, que orégano sea y no batanes.

É pois o caso que o elmo e o cavalo e o cavaleiro que D. Quixote via eram isto: que naqueles contornos havia dois lugares, um tão pequeno que não tinha botica nem barbeiro, e o outro, que ficava perto, o tinha; e por isso o barbeiro do maior servia no menor, onde um doente houve necessidade de uma sangria, e outro, de fazer a barba, para o qual vinha o barbeiro e trazia uma bacia de açofra; e quis a sorte que em seu trajeto começasse a chover, e para que não se lhe manchasse o chapéu, que devia de ser novo, colocou a bacia sobre a cabeça, e, como estava limpa, rebrilhava a meia légua. Vinha sobre um asno pardo, tal como Sancho disse, e isto foi o que a D. Quixote pareceu cavalo rosilho rodado e cavaleiro e elmo de ouro, pois todas as coisas que via com muita facilidade as acomodava às suas desvairadas cavalarias e mal-andantes pensamentos. E quando ele viu que o pobre cavaleiro chegava perto, sem com ele ter razões, a todo o correr de Rocinante investiu com o chuço baixo, levando tenção de vará-lo de parte a parte; mas, quando a ele ia chegando, sem deter a fúria de sua carreira, lhe disse:

— Defende-te, abjeta criatura, ou entrega-me por tua vontade o que com tanta razão me é devido!

O barbeiro, que tão de surpresa e improviso viu aquele fantasma vindo contra si, não teve outro remédio, para se guardar do golpe da lança, que se jogar do asno ao chão; e nem o tinha tocado quando se levantou mais ligeiro que um gamo e começou a correr por aquela planície, tanto que nem o vento o alcançaria. Deixou a bacia no chão, o que muito contentou D. Quixote, que disse ter sido discreto o pagão em imitar o castor, que, vendo-se acuado pelos caçadores, se lacera e farpa com os dentes aquilo pelo qual, por seu instinto natural, sabe ele que o perseguem. Mandou Sancho recolher o elmo, e este, tomando-a nas mãos, disse:

— Ya os he dicho, hermano, que no me mentéis ni por pienso más eso de los batanes — dijo don Quijote —, que voto, y no digo más, que os batanee el alma.

Calló Sancho, con temor que su amo no cumpliese el voto que le había echado, redondo como una bola.

Es, pues, el caso que el yelmo y el caballo y caballero que don Quijote veía era esto: que en aquel contorno había dos lugares, el uno tan pequeño, que ni tenía botica ni barbero, y el otro, que estaba junto a él, sí; y, así, el barbero del mayor servía al menor, en el cual tuvo necesidad un enfermo de sangrarse, y otro de hacerse la barba, para lo cual venía el barbero y traía una bacía de azófar; y quiso la suerte que al tiempo que venía comenzó a llover, y porque no se le manchase el sombrero, que debía de ser nuevo, se puso la bacía sobre la cabeza, y, como estaba limpia, desde media legua relumbraba. Venía sobre un asno pardo, como Sancho dijo, y esta fue la ocasión que a don Quijote le pareció caballo rucio rodado y caballero y yelmo de oro, que todas las cosas que veía con mucha facilidad las acomodaba a sus desvariadas caballerías y malandantes pensamientos. Y cuando él vio que el pobre caballero llegaba cerca, sin ponerse con él en razones, a todo correr de Rocinante le enristró con el lanzón bajo, llevando intención de pasarle de parte a parte; mas cuando a él llegaba, sin detener la furia de su carrera le dijo:

— ¡Defiéndete, cautiva criatura, o entriégame de tu voluntad lo que con tanta razón se me debe!

El barbero, que tan sin pensarlo ni temerlo vio venir aquella fantasma sobre sí, no tuvo otro remedio para poder guardarse del golpe de la lanza sino fue el dejarse caer del asno abajo; y no hubo tocado al suelo, cuando se levantó más ligero que un gamo y comenzó a correr por aquel llano, que no le alcanzara el viento. Dejóse la bacía

— Por Deus que é boa a bacia e há de valer oito reais como um maravedi.

E, entregando-a a seu amo, este logo a pôs na cabeça, virando-a de um lado ao outro à procura do encaixe, e, como o não achava, disse:

— Sem dúvida o pagão a cuja medida se forjou primeiro este famoso elmo devia de ter grandíssima cabeça; e o pior é que lhe falta a outra metade.

Quando Sancho ouviu chamar a bacia de "elmo", não pôde conter o riso, mas se lembrou da cólera de seu amo e o calou na metade.

— Do que te ris, Sancho? — disse D. Quixote.

— Rio — respondeu ele — de considerar a grande cabeça que tinha o pagão dono deste elmete, que semelha tal e qual uma bacia de barbeiro.

— Sabes o que imagino, Sancho? Que esta famosa peça deste encantado elmo por algum estranho acidente há de ter caído em mãos de quem não soube conhecer nem estimar o seu valor e, sem saber o que fazia, vendo-a de ouro puríssimo, deve de ter fundido metade dela para se aproveitar do preço, e da outra metade fez esta que parece bacia de barbeiro, como tu dizes. Mas seja como for, para mim que a conheço, pouco importa a sua transmutação, pois tratarei de compô-la no primeiro lugar onde haja um ferreiro, e de tal sorte que a não há de avantajar nem igualar aquela feita e forjada pelo deus das ferrarias para o deus das batalhas; e neste ínterim a portarei como puder, pois mais vale pouco que nada, quanto mais que bem me valerá como defesa de alguma pedrada.

— Isto — disse Sancho — se não vier atirada com funda, como as que se atiraram na batalha dos dois exércitos, quando lhe afagaram os dentes e lhe quebraram a azeiteira onde vinha aquela benditíssima beberagem que me fez vomitar as tripas.

---

en el suelo, con la cual se contentó don Quijote, y dijo que el pagano había andado discreto y que había imitado al castor, el cual, viéndose acosado de los cazadores, se taraza y harpa con los dientes aquello por lo que él por distinto natural sabe que es perseguido. Mandó a Sancho que alzase el yelmo, el cual, tomándola en las manos, dijo:

— Por Dios que la bacía es buena y que vale un real de a ocho como un maravedí.

Y, dándosela a su amo, se la puso luego en la cabeza, rodeándola a una parte y a otra, buscándole el encaje, y, como no se le hallaba, dijo:

— Sin duda que el pagano a cuya medida se forjó primero esta famosa celada debía de tener grandísima cabeza; y lo peor dello es que le falta la otra mitad.

Cuando Sancho oyó llamar a la bacía "celada", no pudo tener la risa, mas vínosele a las mientes la cólera de su amo y calló en la mitad della.

— ¿De qué te ríes, Sancho? — dijo don Quijote.

— Ríome — respondió él — de considerar la gran cabeza que tenía el pagano dueño deste almete, que no semeja sino una bacía de barbero pintiparada.

— ¿Sabes qué imagino, Sancho? Que esta famosa pieza deste encantado yelmo por algún estraño acidente debió de venir a manos de quien no supo conocer ni estimar su valor y, sin saber lo que hacía, viéndola de oro purísimo, debió de fundir la mitad para aprovecharse del precio, y de la otra mitad hizo esta que parece bacía de barbero, como tú dices. Pero sea lo que fuere, que para mí que la conozco no hace al caso su trasmutación, que yo la aderezaré en el primer lugar donde haya herrero, y de suerte que no le haga ventaja, ni aun le llegue, la que

— Não lamento tanto a sua perda, pois bem sabes, Sancho — disse D. Quixote —, que trago a receita na memória.

— Eu também a trago — respondeu Sancho —; mas, se a fizer ou provar outra vez na vida, que chegue agora a minha hora. Quanto mais que não penso em me pôr em ocasião de dela precisar, pois penso em me guardar com todos os meus cinco sentidos de ser ferido e de ferir quem quer que seja. Quanto a ser outra vez manteado não digo nada, pois semelhantes desgraças mal se podem prevenir e, se acontecem, não resta senão encolher os ombros, prender o fôlego, fechar os olhos e se deixar levar por onde a sorte e a manta bem entenderem.

— Mau cristão és, Sancho — disse D. Quixote ouvindo isto —, porque nunca esqueces a injúria que uma vez te fizeram; pois sabe que é de peitos nobres e generosos não fazer caso de ninharias. Saíste coxo de um pé, com uma costela quebrada ou com a cabeça partida para não esqueceres aquela burla? Que, bem apurada a questão, burla foi e passatempo, pois, se eu o não entendesse assim, já teria voltado lá e feito em tua vingança mais estragos que os que fizeram os gregos por causa da roubada Helena. A qual, se fosse neste nosso tempo, ou minha Dulcineia naquele seu, poderia estar certa de que não teria tanta fama de formosa como tem.

E aqui deu ele um suspiro e o levantou às nuvens. E disse Sancho:

— Que seja por burla, já que a vingança não pode ser à vera; mas eu sei de que qualidade foram as veras e as burlas e sei também que não me sairão da memória, como jamais dos meus costados. Mas, deixando isto de parte, diga-me vossa mercê o que faremos desse cavalo rosilho rodado que parece asno pardo, que deixou aqui desamparado aquele Martino que vossa mercê derrubou, e que, da maneira que deu ele com os pés em polvorosa às de

---

hizo y forjó el dios de las herrerías para el dios de las batallas; y en este entretanto la traeré como pudiere, que más vale algo que no nada, cuanto más que bien será bastante para defenderme de alguna pedrada.

— Eso será — dijo Sancho — si no se tira con honda, como se tiraron en la pelea de los dos ejércitos, cuando le santiguaron a vuestra merced las muelas y le rompieron el alcuza donde venía aquel benditísimo brebaje que me hizo vomitar las asaduras.

— No me da mucha pena el haberle perdido, que ya sabes tú, Sancho — dijo don Quijote —, que yo tengo la receta en la memoria.

— También la tengo yo — respondió Sancho —; pero si yo le hiciere ni le probare más en mi vida, aquí sea mi hora. Cuanto más que no pienso ponerme en ocasión de haberle menester, porque pienso guardarme con todos mis cinco sentidos de ser ferido ni de ferir a nadie. De lo del ser otra vez manteado no digo nada, que semejantes desgracias mal se pueden prevenir, si vienen, no hay que hacer otra cosa sino encoger los hombros, detener el aliento, cerrar los ojos y dejarse ir por donde la suerte y la manta nos llevare.

— Mal cristiano eres, Sancho — dijo oyendo esto don Quijote —, porque nunca olvidas la injuria que una vez te han hecho; pues sábete que es de pechos nobles y generosos no hacer caso de niñerías. ¿Qué pie sacaste cojo, qué costilla quebrada, qué cabeza rota, para que no se te olvide aquella burla? Que, bien apurada la cosa, burla fue y pasatiempo, que, a no entenderlo yo ansí, ya yo hubiera vuelto allá y hubiera hecho en tu venganza más daño que el que hicieron los griegos por la robada Helena. La cual si fuera en este tiempo, o mi Dulcinea fuera en aquel, pudiera estar segura que no tuviera tanta fama de hermosa como tiene.

vila-diogo, leva jeito de nunca jamais voltar pelo animal. E por minhas barbas que é bom o rosilho!

— Jamais costumo — disse D. Quixote — despojar os vencidos, nem é uso da cavalaria tirar-lhes os cavalos e deixá-los a pé, salvo que o vencedor tenha perdido o seu na contenda, pois nesse caso é lícito tomar o do contrário, como ganho em guerra lícita. Portanto, Sancho, deixa esse cavalo ou asno ou lá o que queiras que seja, pois, quando seu dono nos vir alongados daqui, voltará por ele.

— Deus sabe o quanto eu gostaria de o levar — replicou Sancho —, ou pelo menos trocar por este meu, que não me parece tão bom. São de feito estreitas as leis da cavalaria, pois não se estendem a deixar trocar um asno por outro; e gostaria de saber se pelo menos poderia trocar os arreios.

— Disso não estou bem certo — respondeu D. Quixote —, e, em face da dúvida, até estar mais bem-informado, digo que os troques, se é que tens deles extrema necessidade.

— Tão extrema — respondeu Sancho — que, se fossem para minha mesma pessoa, não teria deles mais mister.

E então, habilitado com aquela licença, fez *mutácio caparum*[2] e pôs o seu jumento às mil lindezas, beneficiando-o em terço e quinto.[3]

Feito isto, desjejuaram com os despojos que da mula haviam tomado, beberam da água do riacho dos pisões, sem se voltarem para olhá-los: tamanha era a ojeriza que lhes tinham pelo medo que lhes causaram.

Cortada pois a cólera, e até a malenconia, montaram e, sem tomar determinado caminho, por ser bem de cavaleiros andantes o não tomar nenhum certo, puseram-se a caminhar por onde a vontade de Rocinante quis, levando atrás de si a de seu amo, e também a do asno, que sempre o seguia por

---

Y aquí dio un sospiro y le puso en las nubes. Y dijo Sancho:

— Pase por burlas, pues la venganza no puede pasar en veras; pero yo sé de qué calidad fueron las veras y las burlas y sé también que no se me caerán de la memoria, como nunca se quitarán de las espaldas. Pero, dejando esto aparte, dígame vuestra merced qué haremos deste caballo rucio rodado que parece asno pardo, que dejó aquí desamparado aquel Martino que vuestra merced derribó, que, según él puso los pies en polvorosa y cogió las de Villadiego, no lleva pergenio de volver por él jamás. ¡Y para mis barbas, si no es bueno el rucio!

— Nunca yo acostumbro — dijo don Quijote — despojar a los que venzo, ni es uso de caballería quitarles los caballos y dejarlos a pie, si ya no fuese que el vencedor hubiese perdido en la pendencia el suyo, que en tal caso lícito es tomar el del vencido, como ganado en guerra lícita. Así que, Sancho, deja ese caballo o asno o lo que tú quisieres que sea, que como su dueño nos vea alongados de aquí volverá por él.

— Dios sabe si quisiera llevarle — replicó Sancho —, o por lo menos trocalle con este mío, que no me parece tan bueno. Verdaderamente que son estrechas las leyes de caballería, pues no se estienden a dejar trocar un asno por otro; y querría saber si podría trocar los aparejos siquiera.

— En eso no estoy muy cierto — respondió don Quijote —, y en caso de duda, hasta estar mejor informado, digo que los trueques, si es que tienes dellos necesidad estrema.

— Tan estrema es — respondió Sancho —, que si fueran para mi misma persona no los hubiera menester más.

onde quer que guiasse, em bom amor e companhia. Com tudo isso, voltaram à estrada real e seguiram por ela à ventura, sem outro desígnio algum.

Indo, pois, assim caminhando, disse Sancho a seu amo:

— Senhor, dá-me vossa mercê licença de ter um pouco consigo? Acontece que, depois que me pôs aquele áspero mandamento do silêncio, já se me apodreceram umas tantas coisas aqui no estômago guardadas, e só uma que tenho agora debaixo da língua não gostaria que se deitasse a perder.

— Dize-a — disse D. Quixote —, mas sê breve no teu arrazoar, que nenhum dá gosto quando é longo.

— Digo, pois, senhor — respondeu Sancho —, que de alguns dias a esta parte tenho considerado quão pouco se ganha e granjeia no andar buscando essas aventuras que vossa mercê busca por estes desertos e encruzilhadas de caminhos, onde, por mais que se vençam e acabem as mais perigosas, não há quem as veja nem saiba, e assim hão de ficar em perpétuo silêncio e em prejuízo da intenção de vossa mercê e do que elas merecem. E assim me parece que seria melhor, salvo melhor parecer de vossa mercê, irmos servir a algum imperador ou outro grande príncipe que tenha alguma guerra, em cujo serviço vossa mercê mostre o valor de sua pessoa, suas grandes forças e maior entendimento; pois, em vendo isto o senhor a quem servirmos, por força nos há de remunerar a cada qual segundo seus méritos, e então não faltará quem ponha por escrito as façanhas de vossa mercê, para perpétua memória. Das minhas não digo nada, pois não hão de sair dos limites escudeiros; mas sei dizer que, se é uso na cavalaria escrever façanhas de escudeiros, penso que não deveriam de ficar as minhas perdidas nas entrelinhas.

— Não dizes mal, Sancho — respondeu D. Quixote —, mas antes de chegar a esse termo é mister andar pelo mundo, como em provação, buscan-

---

Y luego habilitado con aquella licencia, hizo *mutacio caparum* y puso su jumento a las mil lindezas, dejándole mejorado en tercio y quinto.

Hecho esto, almorzaron de las sobras del real que del acémila despojaron, bebieron del agua del arroyo de los batanes, sin volver la cara a mirallos: tal era el aborrecimiento que les tenían por el miedo en que les habían puesto.

Cortada, pues, la cólera, y aun la malenconía, subieron a caballo, y sin tomar determinado camino, por ser muy de caballeros andantes el no tomar ninguno cierto, se pusieron a caminar por donde la voluntad de Rocinante quiso, que se llevaba tras sí la de su amo, y aun la del asno, que siempre le seguía por dondequiera que guiaba, en buen amor y compañía. Con todo esto volvieron al camino real y siguieron por él a la ventura, sin otro disignio alguno.

Yendo, pues, así caminando, dijo Sancho a su amo:

— Señor, ¿quiere vuestra merced darme licencia que departa un poco con él? Que después que me puso aquel áspero mandamiento del silencio se me han podrido más de cuatro cosas en el estómago, y una sola que ahora tengo en el pico de la lengua no querría que se mal lograse.

— Dila — dijo don Quijote — y sé breve en tus razonamientos, que ninguno hay gustoso si es largo.

— Digo, pues, señor — respondió Sancho —, que de algunos días a esta parte he considerado cuán poco se gana y granjea de andar buscando estas aventuras que vuestra merced busca por estos desiertos y encrucijadas de caminos, donde, ya que se venzan y acaben las más peligrosas, no hay quien las vea ni sepa, y, así, se han de

do as aventuras, para, em levando algumas a cabo, ganhar nome e fama tais que, quando for à corte de algum grande monarca, já seja o cavaleiro conhecido pelas suas obras, e que tão logo o vejam entrar os rapazes pelos portões da cidade, todos logo o sigam e rodeiem dando vozes, dizendo: "Este é o Cavaleiro do Sol", ou da Serpe, ou de outra insígnia alguma sob a qual tenha levado a cabo grandes façanhas. "Este é — dirão — aquele que venceu em singular batalha o gigantão Brocabruno da Grande Força; que desencantou o Grande Mameluco da Pérsia do longo encantamento em que esteve quase novecentos anos." E assim, de boca em boca, irão apregoando seus feitos, e logo, ao alvoroço dos rapazes e da demais gente, assomará às fenestras do seu real palácio o rei daquele reino, e assim como veja o cavaleiro, conhecendo-o pelas armas ou pelo emblema do escudo, por força há de dizer: "Eia, sus! Saiam meus cavaleiros, quantos em minha corte estão, para receber a flor da cavalaria, que ali vem". A cujo mandamento sairão todos, e ele descerá até o meio das escadarias e o abraçará estreitíssimamente, e o beijará no rosto em sinal de grande estima, e em seguida o levará pela mão até os aposentos da senhora rainha, onde o cavaleiro a achará com a infanta, sua filha, que há de ser uma das mais fermosas e acabadas donzelas que em boa parte do descoberto da terra a duras penas se possa achar. Acontecerá então, logo incontinenti, que ela deitará os olhos no cavaleiro, e ele nos dela, e cada um parecerá ao outro coisa mais divina que humana, e, sem saber como nem como não, ficarão presos e enlaçados na intrincada rede amorosa, com grande coita no coração, por não saberem como se poderão falar para se descobrirem as suas ânsias e sentimentos. Dali sem dúvida o levarão a algum quarto do palácio, ricamente aderaçado, onde, depois de tirar-lhe as armas, hão de trazer-lhe um rico manto de escarlate para que se cubra; e ele, se bem pa-

---

quedar en perpetuo silencio y en perjuicio de la intención de vuestra merced y de lo que ellas merecen. Y, así, me parece que sería mejor, salvo el mejor parecer de vuestra merced, que nos fuésemos a servir a algún emperador o a otro príncipe grande que tenga alguna guerra, en cuyo servicio vuestra merced muestre el valor de su persona, sus grandes fuerzas y mayor entendimiento; que, visto esto del señor a quien sirviéremos, por fuerza nos ha de remunerar a cada cual según sus méritos, y allí no faltará quien ponga en escrito las hazañas de vuestra merced, para perpetua memoria. De las mías no digo nada, pues no han de salir de los límites escuderiles; aunque sé decir que si se usa en la caballería escribir hazañas de escuderos, que no pienso que se han de quedar las mías entre renglones.

— No dices mal, Sancho — respondió don Quijote —, mas antes que se llegue a ese término es menester andar por el mundo, como en aprobación, buscando las aventuras, para que acabando algunas se cobre nombre y fama tal, que cuando se fuere a la corte de algún gran monarca ya sea el caballero conocido por sus obras, y que apenas le hayan visto entrar los muchachos por la puerta de la ciudad, cuando todos le sigan y rodeen dando voces, diciendo: "Este es el Caballero del Sol", o de la Sierpe, o de otra insignia alguna, debajo de la cual hubiere acabado grandes hazañas. "Este es — dirán — el que venció en singular batalla al gigantazo Brocabruno de la Gran Fuerza; el que desencantó al Gran Mameluco de Persia del largo encantamento en que había estado casi novecientos años." Así que de mano en mano irán pregonando sus hechos, y luego al alboroto de los muchachos y de la demás gente, se parará a las fenestras de su real palacio el rey de aquel reino, y así como vea al caballero, conociéndole por las armas o por la empresa del escudo, forzosamente ha de decir: "¡Ea, sus! Salgan mis caballeros,

recera armado, tão bem ou melhor há de parecer em tão leves trajes. Vinda a noite, jantará com o rei, a rainha e a infanta, sem nunca tirar os olhos dela, olhando-a a furto dos presentes, e ela fará o mesmo, com a mesma sagacidade, pois, como tenho dito, é mui discreta donzela. Levantar-se-ão as tábuas, e entrará de improviso pela porta da sala um feio e pequeno anão, com uma fermosa dona que entre dois gigantes atrás do anão vem, propondo certo desafio da indústria de um antiquíssimo sábio, que quem o levar a termo será tido pelo melhor cavaleiro do mundo. Mandará logo o rei que todos os presentes provem sorte, e nenhum lhe dará cabo nem solução senão o cavaleiro hóspede, muito em prol da sua fama, do qual ficará contentíssima a infanta, e se terá por contente e bem paga por ter posto e colocado seus pensamentos em tão alta parte. E o melhor é que esse rei ou príncipe ou lá o que seja tem uma muito renhida guerra com outro tão poderoso quanto ele, e o cavaleiro hóspede lhe pede, ao cabo de alguns dias na sua corte, licença para ir servi-lo naquela tal guerra. Dar-lha-á o rei de muito bom grado, e o cavaleiro lhe beijará cortesmente as mãos pela mercê recebida. E nessa noite se despedirá da sua senhora a infanta pelas grades de um jardim, que dá no aposento onde ela dorme, pelas quais já outras muitas vezes lhe falara, sendo medianeira e sabedora de tudo uma donzela de quem a infanta muito se fiava. Suspirará ele, desmaiará ela, trará água a donzela, muito se acuitará porque já vem a manhã e não quisera que fossem descobertos, pela honra da sua senhora. Finalmente, a infanta voltará a si e dará suas brancas mãos pela grade ao cavaleiro, o qual as beijará mil e mil vezes, e as banhará em lágrimas. Ficará concertado entre os dois o modo como se haverão de comunicar seus bons ou maus sucessos, e rogar-lhe-á a princesa que se detenha o menos que puder; prometer-lho-á ele com muitas juras; torna-lhe a beijar as

---

cuantos en mi corte están, a recebir a la flor de la caballería, que allí viene". A cuyo mandamiento saldrán todos, y él llegará hasta la mitad de la escalera y le abrazará estrechísimamente, y le dará paz, besándole en el rostro, y luego le llevará por la mano al aposento de la señora reina, adonde el caballero la hallará con la infanta, su hija, que ha de ser una de las más fermosas y acabadas doncellas que en gran parte de lo descubierto de la tierra a duras penas se pueda hallar. Sucederá tras esto, luego en continente, que ella ponga los ojos en el caballero, y él en los della, y cada uno parezca a otro cosa más divina que humana, y, sin saber cómo ni cómo no, han de quedar presos y enlazados en la intricable red amorosa y con gran cuita en sus corazones, por no saber cómo se han de fablar para descubrir sus ansias y sentimientos. Desde allí le llevarán sin duda a algún cuarto del palacio, ricamente aderezado, donde, habiéndole quitado las armas, le traerán un rico manto de escarlata con que se cubra; y si bien pareció armado, tan bien y mejor ha de parecer en farseto. Venida la noche, cenará con el rey, reina e infanta, donde nunca quitará los ojos della, mirándola a furto de los circustantes, y ella hará lo mesmo, con la mesma sagacidad, porque, como tengo dicho, es muy discreta doncella. Levantarse han las tablas, y entrará a deshora por la puerta de la sala un feo y pequeño enano, con una fermosa dueña que entre dos gigantes detrás del enano viene, con cierta aventura hecha por un antiquísimo sabio, que el que la acabare será tenido por el mejor caballero del mundo. Mandará luego el rey que todos los que están presentes la prueben, y ninguno le dará fin y cima sino el caballero huésped, en mucho pro de su fama, de lo cual quedará contentísima la infanta, y se tendrá por contenta y pagada además por haber puesto y colocado sus pensamientos en tan alta parte. Y lo bueno es que este rey o príncipe o lo que es tiene una muy reñida guerra con otro tan poderoso como él, y el caballero huésped le pide, al cabo de al-

mãos e despede-se com tanto sentimento que por pouco não se lhe acabará a vida. Vai-se dali ao seu aposento, deita-se no seu leito, não o deixa dormir a dor da partida, madruga assaz de manhã, vai-se despedir do rei e da rainha e da infanta; dizem-lhe, tendo-se despedido dos dois, que a senhora infanta está indisposta e que não pode receber visita; pensa o cavaleiro que é do pesar de sua partida, punge-lhe o coração, e por um triz não dá manifesto indício da sua coita. Está a donzela medianeira defronte, há de tudo notar, vai dizê-lo à sua senhora, a qual a recebe com lágrimas e lhe diz que uma das suas maiores coitas é não saber quem é seu cavaleiro, se de linhagem de reis ou não; assegura-lhe a donzela que não pode caber tanta cortesia, gentileza e valentia como a do seu cavaleiro senão em pessoa real e grave; consola-se com isto à coitada: procura consolar-se, para não dar mau indício de si aos seus pais, e ao cabo de dois dias sai a público. Já é partido o cavaleiro; peleja na guerra, vence o inimigo do rei, conquista muitas cidades, triunfa em muitas batalhas, volta à corte, vê sua senhora onde costumava, concerta-se que a peça a seu pai por mulher em paga dos seus serviços; não lha quer dar o rei porque não sabe quem ele é; mas, com tudo isso, seja roubada ou de outra qualquer sorte, vem a infanta a ser sua esposa, e seu pai vem a tê-lo por grande ventura, pois descobriu-se que o tal cavaleiro é filho de um valoroso rei de não sei que reino, que penso que nem deve de estar no mapa. Morre o pai, herda a infanta, fica rei o cavaleiro, em quatro palavras. É sazão de fazer mercê ao seu escudeiro e a todos aqueles que o ajudaram a subir a tão alto estado: casa o seu escudeiro com uma donzela da infanta, que por certo há de ser aquela que obrara de terceira nos seus amores, filha ela de um duque mui principal.

— Isto peço, sem engano — disse Sancho —, e em tal me fio, pois tudo

---

gunos días que ha estado en su corte, licencia para ir a servirle en aquella guerra dicha. Darásela el rey de muy buen talante, y el caballero le besará cortésmente las manos por la merced que le face. Y aquella noche se despedirá de su señora la infanta por las rejas de un jardín, que cae en el aposento donde ella duerme, por las cuales ya otras muchas veces la había fablado, siendo medianera y sabidora de todo una doncella de quien la infanta mucho se fiaba. Sospirará él, desmayaráse ella, traerá agua la doncella, acuitaráse mucho porque viene la mañana y no querría que fuesen descubiertos, por la honra de su señora. Finalmente, la infanta volverá en sí y dará sus blancas manos por la reja al caballero, el cual se las besará mil y mil veces, y se las bañará en lágrimas. Quedará concertado entre los dos del modo que se han de hacer saber sus buenos o malos sucesos, y rogaréle la princesa que se detenga lo menos que pudiere; prometérselo ha él con muchos juramentos; tórnale a besar las manos y despídese con tanto sentimiento, que estará poco por acabar la vida. Vase desde allí a su aposento, échase sobre su lecho, no puede dormir del dolor de la partida, madruga muy de mañana, vase a despedir del rey y de la reina y de la infanta; dícenle, habiéndose despedido de los dos, que la señora infanta está mal dispuesta y que no puede recebir visita; piensa el caballero que es de pena de su partida, traspásasele el corazón, y falta poco de no dar indicio manifiesto de su pena. Está la doncella medianera delante, halo de notar todo, váselo a decir a su señora, la cual la recibe con lágrimas y le dice que una de las mayores penas que tiene es no saber quién sea su caballero y si es de linaje de reyes o no; asegúrala la doncella que no puede caber tanta cortesía, gentileza y valentía como la de su caballero sino en subjeto real y grave; consuélase con esto la cuitada: procura consolarse, por no dar mal indicio de sí a sus padres, y a cabo de dos días sale en público. Ya se es ido el caballero; pelea en la guerra, vence al ene-

ao pé da letra há de acontecer, chamando-se vossa mercê o Cavaleiro da Triste Figura.

— Não duvides, Sancho — replicou D. Quixote —, porque do mesmo modo e pelos mesmos passos que contei chegam e têm chegado os cavaleiros andantes a ser reis e imperadores. Basta agora buscar um rei dos cristãos ou dos pagãos que tenha guerra e filha formosa; mas tempo haverá para pensar nisto, pois, como já te disse, antes de acudir à corte, há que ganhar fama noutras partes. Também me falta outra coisa: é que, dando-se o caso de eu achar um rei com guerra e filha formosa, já tendo ganhado incrível fama por todo o universo, não sei como se poderá achar que eu seja de linhagem de reis, ou pelo menos primo segundo de imperador, porque não me quererá o rei dar sua filha por mulher se de primeiro não estiver muito inteirado nisso, por mais que o mereçam os meus famosos feitos. Assim, por esta falta temo perder o que o meu braço tem bem merecido. É bem verdade que sou filho d'algo de solar conhecido, de posses e propriedade e de vindicar quinhentos soldos,[4] e poderia ser que o sábio que escrevesse a minha história deslindasse de tal maneira a minha parentela e descendência que me descobrisse neto quinto ou sexto de rei. Porque te faço saber, Sancho, que há no mundo duas sortes de linhagens: a dos que trazem e derivam sua descendência de príncipes e monarcas, e que pouco a pouco o tempo desfaz, até acabar em ponta, como pirâmide posta de cabeça para baixo; outros têm origem de gente baixa e vão subindo de grau em grau, até chegarem a ser grandes senhores; de modo que está a diferença em que uns foram, mas já não são, e outros são, mas já não foram; e bem pudera eu ser destes cuja origem, depois de averiguada, se mostrasse alta e famosa, com o qual se houvera de contentar o rei meu sogro que o houvera de ser; e quando não, a infanta me há de amar de

---

migo del rey, gana muchas ciudades, triunfa de muchas batallas, vuelve a la corte, ve a su señora por donde suele, conciértase que la pida a su padre por mujer en pago de sus servicios; no se la quiere dar el rey porque no sabe quién es; pero, con todo esto, o robada o de otra cualquier suerte que sea, la infanta viene a ser su esposa, y su padre lo viene a tener a gran ventura, porque se vino a averiguar que el tal caballero es hijo de un valeroso rey de no sé qué reino, porque creo que no debe de estar en el mapa. Muérese el padre, hereda la infanta, queda rey el caballero, en dos palabras. Aquí entra luego el hacer mercedes a su escudero y a todos aquellos que le ayudaron a subir a tan alto estado: casa a su escudero con una doncella de la infanta, que será sin duda la que fue tercera en sus amores, que es hija de un duque muy principal.

— Eso pido, y barras derechas — dijo Sancho — : a eso me atengo, porque todo al pie de la letra ha de suceder por vuestra merced llamándose el Caballero de la Triste Figura.

— No lo dudes, Sancho — replicó don Quijote —, porque del mesmo modo y por los mesmos pasos que esto he contado suben y han subido los caballeros andantes a ser reyes y emperadores. Solo falta agora mirar qué rey de los cristianos o de los paganos tenga guerra y tenga hija hermosa; pero tiempo habrá para pensar esto, pues, como te tengo dicho, primero se ha de cobrar fama por otras partes que se acuda a la corte. También me falta otra cosa: que, puesto caso que se halle rey con guerra y con hija hermosa y que yo haya cobrado fama increíble por todo el universo, no sé yo cómo se podía hallar que yo sea de linaje de reyes, o por lo menos primo segundo de emperador, porque no me querrá el rey dar a su hija por mujer, si no está primero muy enterado en esto, aunque más lo merezcan mis famosos hechos. Así que por esta falta temo perder lo que mi brazo tiene bien merecido.

tal maneira que, apesar do seu pai, bem que claramente saiba que sou filho dum aguadeiro, me aceite por senhor e esposo; e se não, será o caso de roubá--la e levá-la aonde seja mais do meu gosto, pois o tempo ou a morte há de curar a mágoa de seus pais.

— Aí vem a calhar também — disse Sancho — aquilo que dizem alguns desalmados: "Não peças de grado o que podes tomar por força"; se bem que mais quadraria dizer: "Mais vale salto de cerca que rogo de homem-bom". Digo isto porque, se o senhor rei, sogro da sua mercê, não'lhe quiser entregar a minha senhora infanta, só restará, como diz sua mercê, roubá-la e levá--la embora. Mas o mal disso é que, enquanto não fizerem as pazes para gozar pacificamente do reino, poderá o pobre do escudeiro ficar à míngua no negócio das mercês, isto se a terceira donzela que há de ser sua mulher não vier com a infanta e ele passar com ela sua má ventura, até que o céu ordene outra coisa; porque bem poderá, creio eu, dar-lha seu senhor por legítima esposa.

— Isto não há quem tire — disse D. Quixote.

— Pois, como isto seja — respondeu Sancho —, bastará que nos encomendemos a Deus e deixemos a sorte correr por onde bem o encaminhar.

— Deus queira — respondeu D. Quixote — como eu desejo e tu, Sancho, tens mister, e ruim seja quem por ruim se tem.

— Por Deus será — disse Sancho —, pois eu sou cristão-velho, e para ser conde isto me basta.

— E até sobra — disse D. Quixote —, e, se o não fosses, isto nem viria ao caso, porque, sendo eu o rei, bem te posso dar nobreza, sem que a compres nem me sirvas com nada. Pois, em te fazendo conde, serás de pronto cavaleiro, e digam o que disserem; que à fé hão de chamar-te senhoria, muito a seu pesar.

Bien es verdad que yo soy hijodalgo de solar conocido, de posesión y propriedad y de devengar quinientos sueldos, y podría ser que el sabio que escribiese mi historia deslindase de tal manera mi parentela y decendencia, que me hallase quinto o sesto nieto de rey. Porque te hago saber, Sancho, que hay dos maneras de linajes en el mundo: unos que traen y derivan su decendencia de príncipes y monarcas, a quien poco a poco el tiempo ha deshecho, y han acabado en punta, como pirámide puesta al revés; otros tuvieron principio de gente baja y van subiendo de grado en grado, hasta llegar a ser grandes señores; de manera que está la diferencia en que unos fueron, que ya no son, y otros son, que ya no fueron; y podría ser yo destos, que, después de averiguado, hubiese sido mi principio grande y famoso, con lo cual se debía de contentar el rey mi suegro que hubiere de ser; y cuando no, la infanta me ha de querer de manera que a pesar de su padre, aunque claramente sepa que soy hijo de un azacán, me ha de admitir por señor y por esposo; y si no, aquí entra el roballa y llevalla donde más gusto me diere, que el tiempo o la muerte ha de acabar el enojo de sus padres.

— Ahí entra bien también — dijo Sancho — lo que algunos desalmados dicen: "No pidas de grado lo que puedes tomar por fuerza"; aunque mejor cuadra decir: "Más vale salto de mata que ruego de hombres buenos". Dígolo porque si el señor rey, suegro de vuestra merced, no se quisiere domeñar a entregalle a mi señora la infanta, no hay sino, como vuestra merced dice, roballa y trasponella. Pero está el daño que, en tanto que se hagan las paces y se goce pacíficamente del reino, el pobre escudero se podrá estar a diente en esto de las mercedes, si ya no es que la doncella tercera que ha de ser su mujer se sale con la infanta y él pasa con ella su mala ventura, hasta que el cielo ordene otra cosa; porque bien podrá, creo yo, desde luego dársela su señor por ligítima esposa.

— E pode apostar que eu bem saberia autorizar o tito! — disse Sancho.

— *Título* hás de dizer, e não *tito* — disse seu amo.

— Que seja — respondeu Sancho Pança. — Digo que eu bem o saberia portar, pois por minha vida que já fui andador de uma confraria, e que me assentava tão bem a roupa de andador que todos diziam que eu tinha presença para ser principal da mesma confraria. Imagine como será quando eu jogar um roupão ducal nos costados ou me vestir de ouro e de pérolas, ao uso de conde estrangeiro? Tenho para mim que me verão a cem léguas.

— Bem parecerás — disse D. Quixote —, mas será mister que te rapes as barbas amiúde, pois, como as tens de espessas, aborrascadas e malpostas, se não as rapares à navalha a cada dois dias pelo menos, a tiro de espingarda saltará aos olhos o que és.

— Bastará então — disse Sancho — tomar um barbeiro e tê-lo em casa a salário. E até, se for mister, farei que ande atrás de mim, como cavalariço de grande.

— E como sabes — perguntou D. Quixote — que os grandes levam seus cavalariços atrás de si?

— Vou lhe dizer — respondeu Sancho. — Anos atrás passei um mês na corte, e ali vi que, passeando um senhor muito pequeno, que diziam que era muito grande, um homem o seguia a cavalo em todas as voltas que dava, que parecia tal e qual o seu rabo. Perguntei como aquele homem não se emparelhava com o outro, mas sempre andava atrás dele. Disseram que era seu cavalariço e que era uso de grandes levar os tais atrás de si. Desde então sei disso tão bem que nunca o esqueci.

— Digo que tens razão — disse D. Quixote — e que assim poderás levar o teu barbeiro, pois os usos não vieram todos juntos nem se inventaram

---

— Eso no hay quien la quite — dijo don Quijote.

— Pues como eso sea — respondió Sancho —, no hay sino encomendarnos a Dios y dejar correr la suerte por donde mejor lo encaminare.

— Hágalo Dios — respondió don Quijote — como yo deseo y tú, Sancho, has menester, y ruin sea quien por ruin se tiene.

— Sea par Dios — dijo Sancho —, que yo cristiano viejo soy, y para ser conde esto me basta.

— Y aun te sobra — dijo don Quijote —, y cuando no lo fueras, no hacía nada al caso, porque, siendo yo el rey, bien te puedo dar nobleza, sin que la compres ni me sirvas con nada. Porque en haciéndote conde, cátate ahí caballero, y digan lo que dijeren; que a buena fe que te han de llamar señoría, mal que les pese.

— ¡Y montas que no sabría yo autorizar el litado! — dijo Sancho.

— *Dictado* has de decir, que no *litado* — dijo su amo.

— Sea ansí — respondió Sancho Panza —. Digo que le sabría bien acomodar, porque por vida mía que un tiempo fui muñidor de una cofradía, y que me asentaba tan bien la ropa de munidor, que decían todos que tenía presencia para poder ser prioste de la mesma cofradía. Pues ¿qué será cuando me ponga un ropón ducal a cuestas o me vista de oro y de perlas, a uso de conde estranjero? Para mí tengo que me han de venir a ver de cien leguas.

— Bien parecerás — dijo don Quijote —, pero será menester que te rapes las barbas a menudo, que, según las tienes de espesas, aborrascadas y mal puestas, si no te las rapas a navaja cada dos días por lo menos, a tiro de escopeta se echará de ver lo que eres.

à uma, e podes ser tu o primeiro conde que leve atrás de si o seu barbeiro, sendo até de mais confiança fazer a barba que selar um cavalo.

— Que fique o negócio do barbeiro ao meu encargo — disse Sancho —, e ao de sua mercê, o tratar de vir a ser rei e me fazer conde.

— Assim será — respondeu D. Quixote.

E, erguendo os olhos, viu o que se dirá no seguinte capítulo.

NOTAS

[1] ... que orégano seja, e não pisões: segundo o ditado *"a Dios plega que oregáno sea y no se nos vuelva alcaravea"* ("Deus queira que seja orégano e que não vire alcaravia" [um tipo de cominho]). As duas ervas têm empregos medicinais e culinários, mas a primeira é muito mais apreciada que a segunda.

[2] *"Mutácio caparum"*: alteração de *mutatio capparum* (troca de capas), cerimônia celebrada na Páscoa, quando cardeais e prelados trocavam as capas forradas de pele por outras de seda.

[3] Beneficiar em terço e quinto: frase jurídica usada em testamentos, quando o testador destina a um dos herdeiros a proporção máxima de um terço mais um quinto do total dos bens legados.

[4] Filho d'algo de solar conhecido [...] e de vindicar quinhentos soldos: fidalgo de família que tem ou teve paço, isto é, cuja nobreza é de linhagem, e não fruto de compra ou mercê. Em caso de ultraje, os foros de Castela garantiam ao fidalgo uma indenização de quinhentos *sueldos*, antiga moeda do sistema carolíngio que permanecia como unidade de cálculo.

— ¿Qué hay más — dijo Sancho — sino tomar un barbero y tenelle asalariado en casa? Y aun, si fuere menester, le haré que ande tras mí, como caballerizo de grande.

— Pues ¿cómo sabes tú — preguntó don Quijote — que los grandes llevan detrás de sí a sus caballerizos?

— Yo se lo diré — respondió Sancho —. Los años pasados estuve un mes en la corte, y allí vi que paseándose un señor muy pequeño, que decían que era muy grande, un hombre le seguía a caballo a todas las vueltas que daba, que no parecía sino que era su rabo. Pregunté que cómo aquel hombre no se juntaba con el otro, sino que siempre andaba tras dél. Respondiéronme que era su caballerizo y que era uso de grandes llevar tras sí a los tales. Desde entonces lo sé tan bien, que nunca se me ha olvidado.

— Digo que tienes razón — dijo don Quijote — y que así puedes tú llevar a tu barbero, que los usos no vinieron todos juntos ni se inventaron a una, y puedes ser tú el primero conde que lleve tras sí su barbero, y aun es de más confianza el hacer la barba que ensillar un caballo.

— Quédese eso del barbero a mi cargo — dijo Sancho —, y al de vuestra merced se quede el procurar venir a ser rey y el hacerme conde.

— Así será — respondió don Quijote.

Y alzando los ojos, vio lo que se dirá en el siguiente capítulo.

CAPÍTULO XXII

*DA LIBERDADE QUE DEU D. QUIXOTE
A MUITOS DESDITOSOS QUE MAU GRADO SEU
ERAM LEVADOS AONDE PREFERIRIAM NÃO IR*

Conta Cide Hamete Benengeli, autor arábico e manchego, nesta gravíssima, altissonante, minuciosa, doce e imaginada história, que, depois que o famoso D. Quixote de La Mancha e Sancho Pança, seu escudeiro, trocaram aquelas razões que no fim do capítulo vinte e um foram referidas, D. Quixote ergueu os olhos e viu que pela estrada que seguia vinha bem uma dúzia de homens a pé, engranzados como contas a uma grande cadeia de ferro pelo pescoço, e todos com algemas nas mãos; vinham também com eles dois homens a cavalo e dois a pé: os que vinham a cavalo, com espingardas de pederneira, os que vinham a pé, com dardos e espadas; e que assim como Sancho Pança os viu, disse:

— Essa é cadeia de galeotes, gente forçada do rei, que vai às galés.

— Como assim gente forçada? — perguntou D. Quixote. — É possível que o rei force gente alguma?

— Não digo isso — respondeu Sancho —, mas que é gente que por seus delitos vai condenada a por força servir ao rei nas galés.

— Em suma — replicou D. Quixote —, seja como for, esta gente, ainda que levada, vai à força, e não por sua vontade.

CAPÍTULO XXII

*DE LA LIBERTAD QUE DIO DON QUIJOTE
A MUCHOS DESDICHADOS QUE MAL DE SU GRADO
LOS LLEVABAN DONDE NO QUISIERAN IR*

Cuenta Cide Hamete Benengeli, autor arábigo y manchego, en esta gravísima, altisonante, mínima, dulce e imaginada historia, que después que entre el famoso don Quijote de la Mancha y Sancho Panza, su escudero, pasaron aquellas razones que en el fin del capítulo veinte y uno quedan referidas, que don Quijote alzó los ojos y vio que por el camino que llevaba venían hasta doce hombres a pie, ensartados como cuentas en una gran cadena de hierro por los cuellos, y todos con esposas a las manos; venían ansimismo con ellos dos hombres de a caballo y dos de a pie: los de a caballo, con escopetas de rueda, y los de a pie, con dardos y espadas; y que así como Sancho Panza los vido, dijo:

— Esta es cadena de galeotes, gente forzada del rey, que va a las galeras.

— ¿Cómo gente forzada? — preguntó don Quijote —. ¿Es posible que el rey haga fuerza a ninguna gente?

— Assim é — disse Sancho.

— Pois, sendo assim — disse seu amo —, calha aqui a execução do meu ofício: desfazer forçamentos e socorrer e acudir os miseráveis.

— Atente vossa mercê — disse Sancho — que a justiça, que é o rei mesmo, não faz força nem agravo contra semelhante gente, mas os castiga em pena dos seus delitos.

Chegou nisto a cadeia dos galeotes, e D. Quixote com cortesíssimas razões pediu àqueles que vinham em sua escolta que fossem servidos de lhe informar e dizer a causa ou causas de levarem aquela gente daquele modo.

Um dos guardas a cavalo respondeu que eram galeotes, gente de Sua Majestade, que iam às galés, e que não havia mais o que dizer, nem ele mais o que saber.

— Com tudo isso — replicou D. Quixote —, gostaria de saber de cada um deles em particular a causa da sua desgraça.

Acrescentou a estas outras tais e tão comedidas razões para os mover a que lhe dissessem o que desejava, que o outro guarda a cavalo lhe disse:

— Bem que levemos aqui o registro e a fé das sentenças de cada um destes mal-aventurados, não é tempo agora de os deter para as tirar nem ler: vossa mercê se chegue a eles mesmos e lhes pergunte, que eles o dirão se quiserem, e decerto o hão de querer, pois é gente que tem gosto em fazer e dizer velhacarias.

Com essa licença, que D. Quixote tomaria ainda que não lha dessem, chegou-se à cadeia e ao primeiro perguntou por que pecados ia de tão má guisa. Ele lhe respondeu que por enamorado[1] ia daquele jeito.

— Só por isso? — replicou D. Quixote. — Mas se por enamorados mandam às galés, dias há em que eu bem pudera estar vogando nelas.

— No digo eso — respondió Sancho —, sino que es gente que por sus delitos va condenada a servir al rey en las galeras de por fuerza.

— En resolución — replicó don Quijote —, como quiera que ello sea, esta gente, aunque los llevan, van de por fuerza, y no de su voluntad.

— Así es — dijo Sancho.

— Pues, desa manera — dijo su amo —, aquí encaja la ejecución de mi oficio: desfacer fuerzas y socorrer y acudir a los miserables.

— Advierta vuestra merced — dijo Sancho — que la justicia, que es el mesmo rey, no hace fuerza ni agravio a semejante gente, sino que los castiga en pena de sus delitos.

Llegó en esto la cadena de los galeotes y don Quijote con muy corteses razones pidió a los que iban en su guarda fuesen servidos de informalle y decille la causa o causas porque llevaban aquella gente de aquella manera.

Una de las guardas de a caballo respondió que eran galeotes, gente de Su Majestad, que iba a galeras, y que no había más que decir, ni él tenía más que saber.

— Con todo eso — replicó don Quijote —, querría saber de cada uno dellos en particular la causa de su desgracia.

Añadió a estas otras tales y tan comedidas razones para moverlos a que le dijesen lo que deseaba, que la otra guarda de a caballo le dijo:

— Aunque llevamos aquí el registro y la fe de las sentencias de cada uno destos malaventurados, no es

— Não são esses amores como os que vossa mercê pensa — disse o galeote. — Os meus estiveram em muito querer uma cesta cheia de roupa-branca, e por isso abraçá-la tão fortemente que, se a justiça não ma tirasse à força, ainda agora a não teria largado por minha vontade. Foi em flagrante, não houve lugar para tormento, concluiu-se a causa, deram-me um cento nos costados, mais três anos de *gurapa*, e acabou-se a história.

— Que são "gurapas"? — perguntou D. Quixote.

— "Gurapas" são as galés — respondeu o galeote.

Era ele um moço de uns vinte e quatro anos de idade, e disse ser natural de Piedrahíta. O mesmo perguntou D. Quixote ao segundo, o qual não respondeu palavra, tão triste e malencônico estava, mas respondeu por ele o primeiro, dizendo:

— Este, senhor, vai por canário, digo, por músico e cantor.

— Mas como? — replicou D. Quixote. — Por músicos e cantores vão também às galés?

— Sim, senhor — respondeu o galeote —, pois não há pior coisa que cantar no horto.

— Eu sempre ouvi dizer — disse D. Quixote — que quem canta seus males espanta.

— Pois aqui se dá o contrário — disse o galeote —: quem canta uma vez chora a vida toda.

— Não entendo — disse D. Quixote.

Um dos guardas então lhe disse:

— Senhor cavaleiro, "cantar no horto" quer dizer entre esta gente *non sancta* confessar em tormento. Esse pecador recebeu tormento e confessou o seu delito, que era ser quatreiro, que é ser ladrão de gado, e por confessar o

---

tiempo este de detenerles a sacarlas ni a leellas: vuestra merced llegue y se lo pregunte a ellos mesmos, que ellos lo dirán si quisieren, que sí querrán, porque es gente que recibe gusto de hacer y decir bellaquerías.

Con esta licencia, que don Quijote se tomara aunque no se la dieran, se llegó a la cadena y al primero le preguntó que por qué pecados iba de tan mala guisa. Él le respondió que por enamorado iba de aquella manera.

— ¿Por eso no más? — replicó don Quijote —. Pues si por enamorados echan a galeras, días ha que pudiera yo estar bogando en ellas.

— No son los amores como los que vuestra merced piensa — dijo el galeote —, que los míos fueron que quise tanto a una canasta de colar atestada de ropa blanca, que la abracé conmigo tan fuertemente, que a no quitármela la justicia por fuerza, aún hasta agora no la hubiera dejado de mi voluntad. Fue en fragante, no hubo lugar de tormento, concluyóse la causa, acomodáronme las espaldas con ciento, y por añadidura tres precisos de gurapas, y acabóse la obra.

— ¿Qué son *gurapas*? — preguntó don Quijote.

— *Gurapas* son galeras — respondió el galeote.

El cual era un mozo de hasta edad de veinte y cuatro años, y dijo que era natural de Piedrahíta. Lo mesmo preguntó don Quijote al segundo, el cual no respondió palabra, según iba de triste y malencónico, mas respondió por él el primero y dijo:

— Este, señor, va por canario, digo, por músico y cantor.

— Pues ¿cómo? — replicó don Quijote —. ¿Por músicos y cantores van también a galeras?

condenaram a seis anos nas galés, além dos duzentos açoites que já leva às costas; e vai sempre pensativo e triste porque os demais ladrões que lá ficaram e os que aqui vão o maltratam e menoscabam e escarnecem e têm em pouco, porque confessou e não teve ânimo de manter a nega. Porque dizem eles que tantas letras tem um "não" como um "sim" e que muita ventura tem todo delinquente, por ter sua vida ou sua morte na própria língua, e não na das testemunhas nem nas provas; e eu tenho cá para mim que não estão muito errados.

— Eu também o entendo assim — respondeu D. Quixote.

E, passando ao terceiro, perguntou o mesmo que aos outros; o qual logo e com muito despejo respondeu dizendo:

— Eu vou por cinco anos às senhoras gurapas pela falta de dez ducados.

— Eu daria vinte de muito bom grado — disse D. Quixote — por vos livrar de tal agrura.

— Isto agora — respondeu o galeote — é como ter um tesouro no meio do mar e estar morrendo de fome, não havendo onde comprar o que se tem mister. Digo-o porque, se a seu tempo eu tivesse esses vinte ducados que vossa mercê agora me oferece, teria com eles molhado a pena do escrivão e avivado o engenho do procurador, de maneira que hoje estaria no meio da praça de Zocodover de Toledo,[2] e não nesta estrada, atrelado como um galgo; mas Deus é grande: paciência, e basta.

Passou D. Quixote ao quarto, que era um homem de venerável rosto, com uma barba branca que lhe passava do peito; o qual, ouvindo-se perguntar da causa por que ali vinha, começou a chorar e não respondeu palavra; mas o quinto condenado lhe serviu de língua e disse:

— Este homem honrado vai por quatro anos às galés, depois de passear pelas ruas costumadas, vestido, em pompa e a cavalo.

— Sí, señor — respondió el galeote —, que no hay peor cosa que cantar en el ansia.
— Antes he yo oído decir — dijo don Quijote — que quien canta sus máles espanta.
— Acá es al revés — dijo el galeote —, que quien canta una vez llora toda la vida.
— No lo entiendo — dijo don Quijote.
Mas una de las guardas le dijo:
— Señor caballero, cantar en el ansia se dice entre esta gente *non santa* confesar en el tormento. A este pecador le dieron tormento y confesó su delito, que era ser cuatrero, que es ser ladrón de bestias, y por haber confesado le condenaron por seis años a galeras, amén de docientos azotes que ya lleva en las espaldas; y va siempre pensativo y triste porque los demás ladrones que allá quedan y aquí van le maltratan y aniquilan y escarnecen y tienen en poco, porque confesó y no tuvo ánimo de decir nones. Porque dicen ellos que tantas letras tiene un *no* como un *sí* y que harta ventura tiene un delincuente que está en su lengua su vida o su muerte, y no en la de los testigos y probanzas; y para mí tengo que no van muy fuera de camino.
— Y yo lo entiendo así — respondió don Quijote.
El cual, pasando al tercero, preguntó lo que a los otros; el cual de presto y con mucho desenfado respondió y dijo:
— Yo voy por cinco años a las señoras gurapas por faltarme diez ducados.
— Yo daré veinte de muy buena gana — dijo don Quijote — por libraros desa pesadumbre.
— Eso me parece — respondió el galeote — como quien tiene dineros en mitad del golfo y se está murien-

— Isto quer dizer — disse Sancho Pança —, se não me engano, que foi levado à vergonha pública.

— É verdade — replicou o galeote —, e o crime pelo qual a essa pena o condenaram foi ter sido corretor de negócios, quando não de amores. De feito, quero dizer que este cavalheiro vai por alcoviteiro e por ter também lá sua ponta e seus fumos de feiticeiro.

— Não tivesse acrescentado tais fumos e tal ponta — disse D. Quixote —, só por ser puro e simples alcoviteiro, não mereceria ele ir vogar nas galés, e sim governá-las e ser delas general. Porque não é coisa à toa o ofício de alcoviteiro, e sim ofício de discretos e necessarísimo para a república bem ordenada, tanto que só deveria ser exercido por gente muito bem-nascida; e ainda houvera de ter vedor e inspetor, tal qual os demais ofícios, com nomeação e registro reconhecidos, como os corretores de mercadorias, e desse modo se escusariam muitos males causados por andar tal ofício e exercício nas mãos de gente idiota e de pouco entendimento, como são mulherzinhas de pouco ou nenhum préstimo, pajenzinhos e maganos de pouca idade e experiência que, na mais necessária ocasião e quando há mister alguma manha de mais monta, botam os pés pelas mãos e não sabem onde têm uns nem outras. Quisera seguir adiante e expor as razões por que conviria fazer eleição dos que na república haviam de exercer tão necessário ofício, mas não é este o lugar para tal: um dia o direi a quem o possa prover e remediar. Só digo agora que a pena que me causara ver essas brancas barbas e esse rosto venerável sofrendo tais fadigas por alcovitagem tirou-ma o aditamento de ser seu dono feiticeiro. Conquanto eu bem saiba não existir feitiço no mundo capaz de mover e forçar a vontade, como pensam alguns simples, pois é livre o nosso arbítrio e não há erva nem encanto que o possa forçar: o que usam

---

do de hambre, sin tener adonde comprar lo que ha menester. Dígolo porque si a su tiempo tuviera yo esos veinte ducados que vuestra merced ahora me ofrece, hubiera untado con ellos la péndola del escribano y avivado el ingenio del procurador, de manera que hoy me viera en mitad de la plaza de Zocodover de Toledo, y no en este camino, atraillado como galgo; pero Dios es grande: paciencia, y basta.

Pasó don Quijote al cuarto, que era un hombre de venerable rostro, con una barba blanca que le pasaba del pecho; el cual, oyéndose preguntar la causa por que allí venía, comenzó a llorar y no respondió palabra; mas el quinto condenado le sirvió de lengua y dijo:

— Este hombre honrado va por cuatro años a galeras, habiendo paseado las acostumbradas, vestido, en pompa y a caballo.

— Eso es — dijo Sancho Panza —, a lo que a mí me parece, haber salido a la vergüenza.

— Así es — replicó el galeote —, y la culpa por que le dieron esta pena es por haber sido corredor de oreja, y aun de todo el cuerpo. En efecto, quiero decir que este caballero va por alcahuete y por tener asimismo sus puntas y collar de hechicero.

— A no haberle añadido esas puntas y collar — dijo don Quijote —, por solamente el alcahuete limpio no merecía él ir a bogar en las galeras, sino a mandallas y a ser general dellas. Porque no es así como quiera el oficio de alcahuete, que es oficio de discretos y necesarísimo en la república bien ordenada, y que no le debía ejercer sino gente muy bien nacida; y aun había de haber veedor y examinador de los tales, como le hay de los demás oficios, con número deputado y conocido, como corredores de lonja, y desta manera se escusarían muchos males que se

fazer algumas mulherzinhas simples e alguns embusteiros velhacos é preparar certas misturas e venenos com que enlouquecem os homens, dando a entender que têm força para fazer querer bem, quando, como digo, é coisa impossível forçar a vontade.

— Assim é — disse o bom velho —, e em verdade, senhor, em feitiçaria não tenho culpa alguma; em alcovitagem, não o posso negar, mas nunca pensei que com isso fizesse mal, pois toda minha intenção era que todo o mundo folgasse e vivesse em paz e sossego, sem pendências nem penas; mas em nada me aproveitou esse bom desejo para deixar de ir donde não espero voltar, pelo muito peso dos anos e de um mal de urina que sofro, que não me dá momento de descanso.

E aqui voltou ao seu pranto como de primeiro; e teve-lhe Sancho tanta compaixão que tirou um real de quatro do peito e lho deu de esmola.

Seguiu adiante D. Quixote e perguntou a outro seu delito, o qual respondeu com não menos, mas muita mais galhardia que o anterior:

— Eu vou aqui porque folguei demasiadamente com duas primas-irmãs minhas e com outras duas irmãs que não eram minhas; finalmente, tanto folguei com todas, que resultou da folgança tão intrincada crescença da parentela que não há diabo que a destrince. Provou-se-me tudo, faltou-me favor, não tive dinheiro, vi-me a pique de perder a gorja, sentenciaram-me às galés por seis anos, consenti: castigo é da minha culpa; moço sou: dure a vida, pois com ela tudo se alcança. Se vossa mercê, senhor cavaleiro, leva alguma coisa com que socorrer estes pobretes, Deus lho pagará no céu e nós cuidaremos na terra de nas nossas preces rogar a Deus pela vida e saúde de vossa mercê, que seja tão longa e tão boa como a sua boa presença merece.

---

causan por andar este oficio y ejercicio entre gente idiota y de poco entendimiento, como son mujercillas de poco más a menos, pajecillos y truhanes de pocos años y de poca experiencia, que, a la más necesaria ocasión y cuando es menester dar una traza que importe, se les yelan las migas entre la boca y la mano, y no saben cuál es su mano derecha. Quisiera pasar adelante y dar las razones por que convenía hacer elección de los que en la república habían de tener tan necesario oficio, pero no es el lugar acomodado para ello: algún día lo diré a quien lo pueda proveer y remediar. Solo digo ahora que la pena que me ha causado ver estas blancas canas y este rostro venerable en tanta fatiga por alcahuete, me la ha quitado el adjunto de ser hechicero. Aunque bien sé que no hay hechizos en el mundo que puedan mover y forzar la voluntad, como algunos simples piensan, que es libre nuestro albedrío y no hay yerba ni encanto que le fuerce: lo que suelen hacer algunas mujercillas simples y algunos embusteros bellacos es algunas misturas y venenos, con que vuelven locos a los hombres, dando a entender que tienen fuerza para hacer querer bien, siendo, como digo, cosa imposible forzar la voluntad.

— Así es — dijo el buen viejo —, y en verdad, señor, que en lo de hechicero que no tuve culpa; en lo de alcahuete, no lo pude negar, pero nunca pensé que hacía mal en ello, que toda mi intención era que todo el mundo se holgase y viviese en paz y quietud, sin pendencias ni penas; pero no me aprovechó nada este buen deseo para dejar de ir adonde no espero volver, según me cargan los años y un mal de orina que llevo, que no me deja reposar un rato.

Y aquí tornó a su llanto como de primero; y túvole Sancho tanta compasión, que sacó un real de a cuatro del seno y se le dio de limosna.

Este ia em hábito de estudante, e disse um dos guardas que era assaz grande falador e gentil ladino.

Atrás de todos estes vinha um homem, nos seus trinta anos, de muito bom parecer, salvo porque ao olhar cruzava um pouco a vista. Vinha diferentemente atado dos demais, pois trazia uma cadeia aos pés, tão grande que se lhe enroscava por todo o corpo, e duas argolas ao pescoço, uma delas ligada à cadeia e a outra das chamadas "guarda-amigo" ou "pé de amigo", da qual desciam dois ferros que lhe chegavam à cintura, nos quais se prendiam duas algemas, onde levava ele as mãos, trancadas com um grosso cadeado, de maneira que nem as mãos podia chegar à boca nem podia baixar a cabeça para chegá-la às mãos. Perguntou D. Quixote por que ia aquele homem com tantos ferros mais que os outros. Respondeu-lhe o guarda que tinha aquele nas costas mais delitos que todos os outros juntos e que era tão atrevido e tão grande velhaco que, se bem o levassem daquela maneira, não iam seguros dele, mas temiam que lhes pudesse fugir.

— Que delitos pode ter — disse D. Quixote —, que não mereceram mais castigo que as galés?

— Lá vai ele por dez anos — replicou o guarda —, que é como morte civil. Basta saber que este bom homem é o famoso Ginés de Pasamonte, por outros chamado Ginesillo de Parapilla.[3]

— Senhor aguazil — disse então o galeote —, tenha tento e não venha agora embaralhar nomes e alcunhas. Ginés me chamo, e não Ginesillo, e Pasamonte é minha estirpe, e não Parapilla, como vossancê diz; e cada qual cuide de si, que já não fará pouco.

— Abaixe o tom no falar — replicou o aguazil —, senhor ladrão de marca maior, se não quer que o faça calar mau grado seu.

Pasó adelante don Quijote y preguntó a otro su delito, el cual respondió con no menos, sino con mucha más gallardía que el pasado:
— Yo voy aquí porque me burlé demasiadamente con dos primas hermanas mías y con otras dos hermanas que no lo eran mías; finalmente, tanto me burlé con todas, que resultó de la burla crecer la parentela tan intricadamente, que no hay diablo que la declare. Probóseme todo, faltó favor, no tuve dineros, víame a pique de perder los tragaderos, sentenciáronme a galeras por seis años, consentí: castigo es de mi culpa; mozo soy: dure la vida, que con ella todo se alcanza. Si vuestra merced, señor caballero, lleva alguna cosa con que socorrer a estos pobretes, Dios se lo pagará en el cielo y nosotros tendremos en la tierra cuidado de rogar a Dios en nuestras oraciones por la vida y salud de vuestra merced, que sea tan larga y tan buena como su buena presencia merece.

Este iba en hábito de estudiante, y dijo una de las guardas que era muy grande hablador y muy gentil latino.

Tras todos estos venía un hombre de muy buen parecer, de edad de treinta años, sino que al mirar metía el un ojo en el otro un poco. Venía diferentemente atado que los demás, porque traía una cadena al pie, tan grande, que se la liaba por todo el cuerpo, y dos argollas a la garganta, la una en la cadena y la otra de las que llaman guardaamigo o pie de amigo, de la cual decendían dos hierros que llegaban a la cintura, en los cuales se asían dos esposas, donde llevaba las manos, cerradas con un grueso candado, de manera que ni con las manos podía llegar a la boca ni podía bajar la cabeza a llegar a las manos. Preguntó don Quijote que cómo iba aquel hombre con

— Bem parece — respondeu o galeote — que o homem aqui vai como Deus quer, mas um dia hão de saber se me chamo Ginesillo de Parapilla ou não.

— Acaso não é assim que te chamam, embusteiro? — disse o guarda.

— É, sim — respondeu Ginés —, mas farei que não mais me chamem, ou me pelaria pelo que digo entre dentes. Senhor cavaleiro, se tem algo para nos dar, dê-no-lo já e vá com Deus, que já começa a aporrear com tanto querer saber vidas alheias; e se a minha quer saber, saiba que eu sou Ginés de Pasamonte, cuja vida está escrita por estes dedos.

— Diz a verdade — disse o aguazil —, pois ele mesmo escreveu sua história, e é das boas, tanto que deixou o livro empenhado no cárcere a duzentos reais.

— E penso quitá-lo — disse Ginés —, ainda que o penhor fosse de duzentos ducados.

— É tão bom assim? — disse D. Quixote.

— Tão bom — respondeu Ginés —, que pobre do *Lazarillo de Tormes* e de todos os que do gênero se escreveram ou vierem a escrever. O que eu sei dizer a vossancê é que traz verdades, e são verdades tão lindas e portentosas que nenhuma mentira pode a elas se igualar.

— E qual o título do livro? — perguntou D. Quixote.

— *La vida de Ginés de Pasamonte* — respondeu o mesmo.

— E está acabado? — perguntou D. Quixote.

— Como pode estar acabado — respondeu ele —, se ainda não está acabada a minha vida? O que está escrito vai desde o meu nascimento até o ponto em que desta vez me mandam às galés.

— Então já outra vez estivestes nelas? — disse D. Quixote.

---

tantas prisiones más que los otros. Respondióle la guarda porque tenía aquel solo más delitos que todos los otros juntos y que era tan atrevido y tan grande bellaco, que, aunque le llevaban de aquella manera, no iban seguros dél, sino que temían que se les había de huir.

— ¿Qué delitos puede tener — dijo don Quijote —, si no han merecido más pena que echalle a las galeras?

— Va por diez años — replicó la guarda —, que es como muerte cevil. No se quiera saber más sino que este buen hombre es el famoso Ginés de Pasamonte, que por otro nombre llaman Ginesillo de Parapilla.

— Señor comisario — dijo entonces el galeote —, váyase poco a poco y no andemos ahora a deslindar nombres y sobrenombres. Ginés me llamo, y no Ginesillo, y Pasamonte es mi alcurnia, y no Parapilla, como voacé dice; y cada uno se dé una vuelta a la redonda, y no hará poco.

— Hable con menos tono — replicó el comisario —, señor ladrón de más de la marca, si no quiere que le haga callar, mal que le pese.

— Bien parece — respondió el galeote — que va el hombre como Dios es servido, pero algún día sabrá alguno si me llamo Ginesillo de Parapilla o no.

— Pues ¿no te llaman ansí, embustero? — dijo la guarda.

— Sí llaman — respondió Ginés —, mas yo haré que no me lo llamen, o me las pelaría donde yo digo entre mis dientes. Señor caballero, si tiene algo que darnos, dénoslo ya y vaya con Dios, que ya enfada con tanto querer saber vidas ajenas; y si la mía quiere saber, sepa que yo soy Ginés de Pasamonte, cuya vida está escrita por estos pulgares.

— Para servir a Deus e ao rei, outra vez estive lá quatro anos, e já sei bem a que sabe o biscoito e o açoite — respondeu Ginés —; mas não me pesa muito ir a elas, pois lá terei lugar de acabar o meu livro, que ainda me restam muitas coisas por dizer, e nas galés da Espanha há mais sossego do que seria mister, bem que não seja mister muito para o que tenho a escrever, porque sei tudo de cor.

— Hábil pareces — disse D. Quixote.

— E desditoso — respondeu Ginés —, pois as desditas perseguem sempre o bom engenho.

— Perseguem é aos velhacos — disse o aguazil.

— Já lhe disse, senhor aguazil — respondeu Pasamonte —, que vá mais a tento, pois aqueles senhores não lhe deram essa vara para que maltratasse os pobretes que aqui vamos, mas para que nos guiasse e levasse aonde Sua Majestade manda. Se não, por vida de... E não digo mais, pois no lavar roupa suja muitas manchas se descobrem, e que todo o mundo cale e viva bem e fale melhor, e caminhemos, pois já vai longe a burla.

Levantou a vareta o aguazil para descê-la em Pasamonte, em resposta a suas ameaças, mas D. Quixote se pôs ao meio rogando-lhe que o não maltratasse, pois não era muito que quem levava as mãos tão atadas tivesse a língua um tanto solta. E dirigindo-se a todos os acorrentados, disse:

— De tudo quanto me dissestes, irmãos caríssimos, pude tirar a limpo que, se bem castigados por vossas culpas, as penas que ides padecer não vos fazem muita graça e que ides a elas muito de mau grado e contra a vossa vontade, e que poderia ser que o pouco ânimo que aquele teve no tormento, a falta de dinheiro deste, o pouco favor do outro e, finalmente, o torto juízo do juiz tenha sido causa da vossa perdição e de não vingar a justiça que do

---

— Dice verdad — dijo el comisario —, que él mesmo ha escrito su historia, que no hay más que desear, y deja empeñado el libro en la cárcel en docientos reales.

— Y le pienso quitar — dijo Ginés —, si quedara en docientos ducados.

— ¿Tan bueno es? — dijo don Quijote.

— Es tan bueno — respondió Ginés —, que mal año para *Lazarillo de Tormes* y para todos cuantos de aquel género se han escrito o escribieren. Lo que le sé decir a voacé es que trata verdades y que son verdades tan lindas y tan donosas que no pueden haber mentiras que se le igualen.

— ¿Y cómo se intitula el libro? — preguntó don Quijote.

— *La vida de Ginés de Pasamonte* — respondió el mismo.

— ¿Y está acabado? — preguntó don Quijote.

— ¿Cómo puede estar acabado — respondió él —, si aún no está acabada mi vida? Lo que está escrito es desde mi nacimiento hasta el punto que esta última vez me han echado en galeras.

— Luego ¿otra vez habéis estado en ellas? — dijo don Quijote.

— Para servir a Dios y al rey, otra vez he estado cuatro años, y ya sé a qué sabe el bizcocho y el corbacho — respondió Ginés —; y no me pesa mucho de ir a ellas, porque allí tendré lugar de acabar mi libro, que me quedan muchas cosas que decir y en las galeras de España hay más sosiego de aquel que sería menester, aunque no es menester mucho más para lo que yo tengo de escribir, porque me lo sé de coro.

— Hábil pareces — dijo don Quijote.

vosso lado tínheis. Todo o qual se me representa agora na memória de tal guisa que me está dizendo, persuadindo e até forçando a mostrar convosco o fim para o qual o céu me pôs no mundo e nele me fez professar a ordem de cavalaria que professo e o voto que nela fiz de favorecer os necessitados e opressos dos maiores. Mas, como sei que uma das qualidades da prudência é que o que se pode fazer por bem não se faça por mal, quero rogar a estes senhores guardiães e aguazil que sejam servidos de vos desprender e deixar ir em paz, que não faltarão outros que sirvam ao rei em melhores ocasiões, pois me parece feia coisa fazer escravo a quem Deus e a natureza fizeram livre. Quanto mais, senhores guardas — acrescentou D. Quixote —, que estes pobres nada cometeram contra vós. Cada qual que se haja lá com seu pecado; Deus há no céu, que não descuida de castigar o mau nem de premiar o bom, e não é direito que homens honrados sejam carrascos de outros homens, não lhes indo nada nisso. Tal vos peço com esta mansidão e sossego porque, se o cumprirdes, bem vos agradecerei; e se de bom grado o não fizerdes, esta lança e esta espada, com o valor do meu braço, farão que o façais por força.

— Boa história! — respondeu o aguazil. — Vede a graça com que por fim se saiu! Os forçados do rei quer que lhe deixemos, como se tivéssemos autoridade para os soltar, ou ele a tivesse para nos mandar! Vá-se embora vossa mercê, senhor, por seu caminho adiante e ajeite esse bacio que traz na cabeça, e não se meta a gato mestre.

— Sois vós o gato e o rato e o velhaco! — respondeu D. Quixote.

E, dizendo e fazendo, arremeteu contra ele com tanta presteza que, sem lhe dar lugar para defesa, o deitou no chão malferido de uma lançada; e tal lhe foi bem, pois este era o da espingarda. Os demais guardas ficaram atônitos e suspensos com o inesperado acontecimento, mas voltando a si arranca-

---

— Y desdichado — respondió Ginés —, porque siempre las desdichas persiguen al buen ingenio.

— Persiguen a los bellacos — dijo el comisario.

— Ya le he dicho, señor comisario — respondió Pasamonte —, que se vaya poco a poco, que aquellos señores no le dieron esa vara para que maltratase a los pobretes que aquí vamos, sino para que nos guiase y llevase adonde Su Majestad manda. Si no, por vida de... Basta, que podría ser que saliesen algún día en la colada las manchas que se hicieron en la venta, y todo el mundo calle y viva bien y hable mejor, y caminemos, que ya es mucho regodeo este.

Alzó la vara en alto el comisario para dar a Pasamonte, en respuesta de sus amenazas, mas don Quijote se puso en medio y le rogó que no le maltratase, pues no era mucho que quien llevaba tan atadas las manos tuviese algún tanto suelta la lengua. Y volviéndose a todos los de la cadena, dijo:

— De todo cuanto me habéis dicho, hermanos carísimos, he sacado en limpio que, aunque os han castigado por vuestras culpas, las penas que vais a padecer no os dan mucho gusto y que vais a ellas muy de mala gana y muy contra vuestra voluntad, y que podría ser que el poco ánimo que aquel tuvo en el tormento, la falta de dineros deste, el poco favor del otro y, finalmente, el torcido juicio del juez, hubiese sido causa de vuestra perdición y de no haber salido con la justicia que de vuestra parte teníades. Todo lo cual se me representa a mí ahora en la memoria, de manera que me está diciendo, persuadiendo y aun forzando que muestre con vosotros el efeto para que el cielo me arrojó al mundo y me hizo profesar en él la orden de caballería que profeso, y el voto que en ella hice de favorecer a los menesterosos y opresos de los mayores. Pero, porque sé que una de las partes de la prudencia es

ram suas espadas os que vinham a cavalo, e os que vinham a pé seus dardos, e arremeteram contra D. Quixote, que com muito sossego os aguardava, e sem dúvida mau bocado teria passado, se os galeotes, vendo a ocasião que se lhes oferecia de alcançar a liberdade, a não tivessem procurado, tratando de romper a cadeia onde vinham engranzados. Foi tal a revolta que os guardas, fosse por acudir aos galeotes que se desatavam, fosse por acometer a D. Quixote que os acometia, não fizeram coisa que fosse de proveito.

Ajudou Sancho por seu lado à soltura de Ginés de Pasamonte, que foi o primeiro a saltar ao campo livre e desembaraçado, e, arremetendo contra o aguazil caído, lhe tirou a espada e a espingarda, com a qual, mirando a um e apontando a outro, sem nunca disparar, logo não ficou guarda em todo o contorno, pois fugiram todos, tanto da espingarda de Pasamonte como das muitas pedradas que os já soltos galeotes lhes atiravam.

Muito se entristeceu Sancho com o acontecido, pois cuidou que os fugitivos haveriam de dar notícia do caso à Santa Irmandade, a qual com os sinos a rebate sairia no encalço dos delinquentes, e assim o disse ao seu amo, e lhe rogou que logo dali partissem e se emboscassem na serra, que estava perto.

— Não é má ideia — disse D. Quixote —, mas eu sei o que agora convém fazer.

E, chamando todos os galeotes, que estavam em alvoroço e tinham despojado o aguazil até deixá-lo em pelo, puseram-se todos à roda dele para ver o que lhes mandava, e assim lhes disse:

— É de gente bem-nascida agradecer os benefícios recebidos, e um dos pecados que a Deus mais ofende é a ingratidão. Digo isto porque já vistes, senhores, com manifesta experiência, o que de mim recebestes; em paga do

---

que lo que se puede hacer por bien no se haga por mal, quiero rogar a estos señores guardianes y comisario sean servidos de desataros y dejaros ir en paz, que no faltarán otros que sirvan al rey en mejores ocasiones, porque me parece duro caso hacer esclavos a los que Dios y naturaleza hizo libres. Cuanto más, señores guardas — añadió don Quijote —, que estos pobres no han cometido nada contra vosotros. Allá se lo haya cada uno con su pecado; Dios hay en el cielo, que no se descuida de castigar al malo ni de premiar al bueno, y no es bien que los hombres honrados sean verdugos de los otros hombres, no yéndoles nada en ello. Pido esto con esta mansedumbre y sosiego, porque tenga, si lo cumplís, algo que agradeceros; y cuando de grado no lo hagáis, esta lanza y esta espada, con el valor de mi brazo, harán que lo hagáis por fuerza.

— ¡Donosa majadería! — respondió el comisario —. ¡Bueno está el donaire con que ha salido a cabo de rato! ¡Los forzados del rey quiere que le dejemos, como si tuviéramos autoridad para soltarlos, o él la tuviera para mandárnoslo! Váyase vuestra merced, señor, norabuena su camino adelante y enderécese ese bacín que trae en la cabeza y no ande buscando tres pies al gato.

— ¡Vois sois el gato y el rato y el bellaco! — respondió don Quijote.

Y, diciendo y haciendo, arremetió con él tan presto, que, sin que tuviese lugar de ponerse en defensa, dio con él en el suelo malherido de una lanzada; y avínole bien, que este era el de la escopeta. Las demás guardas quedaron atónitas y suspensas del no esperado acontecimiento, pero, volviendo sobre sí, pusieron mano a sus espadas los de a caballo, y los de a pie a sus dardos, y arremetieron a don Quijote, que con mucho sosiego los aguardaba y sin duda lo pasara mal, si los galeotes, viendo la ocasión que se les ofrecía de alcanzar libertad, no la

qual quisera e é minha vontade que, carregados dessa cadeia que tirei do vosso pescoço, logo vos ponhais a caminho e vades à cidade de El Toboso e ali vos apresenteis diante da senhora Dulcineia d'El Toboso e lhe digais que o seu cavaleiro, o da Triste Figura, vos envia recomendados, e lhe conteis ponto por ponto todos os que teve esta famosa aventura até vos pôr na desejada liberdade; e feito isto, podereis ir aonde quiserdes, à boa ventura.

Respondeu por todos Ginés de Pasamonte, dizendo:

— O que vossa mercê nos manda, senhor e libertador nosso, é impossível de cumprir de toda impossibilidade possível, porque não podemos ir juntos pelos caminhos, e sim a sós e divididos, cada qual por seu lado, procurando meter-se nas entranhas da terra, para não ser achado pela Santa Irmandade, que sem dúvida alguma há de sair à nossa caça. O que vossa mercê pode fazer e é justo que faça é trocar esse serviço e tributo da senhora Dulcineia d'El Toboso por alguma quantidade de ave-marias e credos, que nós rezaremos pela intenção de vossa mercê, e isto é coisa que se poderá cumprir de noite e de dia, fugindo ou descansando, em paz ou em guerra; mas pensar que voltaremos agora às cebolas do Egito, digo, a apanhar a nossa cadeia e a seguir caminho para El Toboso, é pensar que é agora de noite, que ainda não são dez da manhã, e é o pedir-nos isso como buscar figos na ameixeira.

— Pois voto a tal — disse D. Quixote, já tomado de cólera —, D. filho da puta, D. Ginesillo de Paropillo, ou lá como vos chameis, que haveis de ir vós sozinho, com o rabo entre as pernas, com toda a cadeia às costas.

Pasamonte, que não era nada sofrido, já sabendo que D. Quixote não tinha muito juízo, pois cometera o disparate de lhes querer dar liberdade, vendo-se tratar daquela maneira, piscou para os companheiros e, apartando-se à parte, começaram a chover tantas pedras sobre D. Quixote que este

---

procuraran, procurando romper la cadena donde venían ensartados. Fue la revuelta de manera que las guardas, ya por acudir a los galeotes que se desataban, ya por acometer a don Quijote que los acometía, no hicieron cosa que fuese de provecho.

Ayudó Sancho por su parte a la soltura de Ginés de Pasamonte, que fue el primero que saltó en la campaña libre y desembarazado, y, arremetiendo al comisario caído, le quitó la espada y la escopeta, con la cual, apuntando al uno y señalando al otro sin disparalla jamás, no quedó guarda en todo el campo, porque se fueron huyendo, así de la escopeta de Pasamonte como de las muchas pedradas que los ya sueltos galeotes les tiraban.

Entristecióse mucho Sancho deste suceso, porque se le representó que los que iban huyendo habían de dar noticia del caso a la Santa Hermandad, la cual a campana herida saldría a buscar los delincuentes, y así se lo dijo a su amo, y le rogó que luego de allí se partiesen y se emboscasen en la sierra, que estaba cerca.

— Bien está eso — dijo don Quijote —, pero yo sé lo que ahora conviene que se haga.

Y llamando a todos los galeotes, que andaban alborotados y habían despojado al comisario hasta dejarle en cueros, se le pusieron todos a la redonda para ver lo que les mandaba, y así les dijo:

— De gente bien nacida es agradecer los beneficios que reciben, y uno de los pecados que más a Dios ofende es la ingratitud. Dígolo porque ya habéis visto, señores, con manifiesta experiencia, el que de mí habéis recibido; en pago del cual querría y es mi voluntad que, cargados de esa cadena que quité de vuestros cuellos, luego os pongáis en camino y vais a la ciudad del Toboso y allí os presentéis ante la señora Dulcinea del Toboso y le digáis que su caballero, el de la Triste Figura, se le envía a encomendar, y le contéis punto por punto todos los que ha

não tinha mãos em se cobrir com a rodela; e o pobre do Rocinante não fazia mais caso da espora, como se fosse feito de bronze. Sancho se pôs atrás do seu asno e com ele se defendia da granizada que sobre os dois chovia. Não conseguiu se escudar tão bem D. Quixote que não lhe acertassem não sei quantos calhaus no corpo, com tanta força que o derrubaram no chão; e apenas tinha ele caído, quando avançou sobre ele o estudante e lhe tirou a bacia da cabeça e lhe deu com ela três ou quatro golpes nas costas e outros tantos na terra, com o que a despedaçou. Tiraram-lhe uma jaqueta que vestia sobre as armas, e até as ceroulas lhe teriam tirado, se as grevas não lho impedissem. De Sancho tiraram o gabão e, deixando-o em pelote, repartindo entre si os demais despojos da batalha, se foram cada qual por seu lado, com mais cuidado de escapar da temida Irmandade que de carregar a cadeia e ir-se apresentar perante a senhora Dulcineia d'El Toboso.

Ficaram sós jumento e Rocinante, Sancho e D. Quixote: o jumento, cabisbaixo e pensativo, sacudindo as orelhas de quando em quando, pensando que ainda não cessara a borrasca das pedras que lhe perseguiam os ouvidos; Rocinante, caído junto a seu amo, pois também viera ao chão de uma pedrada; Sancho, em pelote e temeroso da Santa Irmandade; D. Quixote, amofinadíssimo de se ver assim tão maltratado pelos mesmos a quem tanto bem havia feito.

---

tenido esta famosa aventura hasta poneros en la deseada libertad; y, hecho esto, os podréis ir donde quisiéredes, a la buena ventura.

Respondió por todos Ginés de Pasamonte y dijo:

— Lo que vuestra merced nos manda, señor y libertador nuestro, es imposible de toda imposibilidad cumplirlo, porque no podemos ir juntos por los caminos, sino solos y divididos, y cada uno por su parte, procurando meterse en las entrañas de la tierra, por no ser hallado de la Santa Hermandad, que sin duda alguna ha de salir en nuestra busca. Lo que vuestra merced puede hacer y es justo que haga es mudar ese servicio y montazgo de la señora Dulcinea del Toboso en alguna cantidad de avemarías y credos, que nosotros diremos por la intención de vuestra merced, y esta es cosa que se podrá cumplir de noche y de día, huyendo o reposando, en paz o en guerra; pero pensar que hemos de volver ahora a las ollas de Egipto, digo, a tomar nuestra cadena y a ponernos en camino del Toboso, es pensar que es ahora de noche, que aún no son las diez del día, y es pedir a nosotros eso como pedir peras al olmo.

— Pues voto a tal — dijo don Quijote, ya puesto en cólera —, don hijo de la puta, don Ginesillo de Paropillo, o como os llamáis, que habéis de ir vos solo, rabo entre piernas, con toda la cadena a cuestas.

Pasamonte, que no era nada bien sufrido, estando ya enterado que don Quijote no era muy cuerdo, pues tal disparate había acometido como el de querer darles libertad, viéndose tratar de aquella manera, hizo del ojo a los compañeros, y, apartándose aparte, comenzaron a llover tantas piedras sobre don Quijote, que no se daba manos a cubrirse con la rodela; y el pobre de Rocinante no hacía más caso de la espuela que si fuera hecho de

Notas

[1] Enamorado: além da acepção usual, na gíria picaresca a palavra tinha o sentido eufêmico de ladrão descuidista.

[2] Zocodover de Toledo: praça da cidade de Toledo frequentada por criminosos.

[3] Ginés de Pasamonte: reconheceu-se neste personagem uma alusão ao escritor aragonês Jerónimo de Pasamonte, que alguns identificaram com o autor da continuação apócrifa de *D. Quixote*. Já a alcunha de "Parapilla" pode tanto tratar-se de um italianismo, derivado de *parapiglia* (tumulto), como um composto de *parar* e *pillar* (roubar, surpreender), que na gíria da época designava o jogador trapaceiro. Pasamonte é também o nome de um gigante, irmão de Morgante, que é morto por Orlando no *Morgante maggiore*, de Luigi Pulci.

---

bronce. Sancho se puso tras su asno y con él se defendía de la nube y pedrisco que sobre entrambos llovía. No se pudo escudar tan bien don Quijote, que no le acertasen no sé cuántos guijarros en el cuerpo, con tanta fuerza, que dieron con él en el suelo; y apenas hubo caído, cuando fue sobre él el estudiante y le quitó la bacía de la cabeza y diole con ella tres o cuatro golpes en las espaldas y otros tantos en la tierra, con que la hizo pedazos. Quitáronle una ropilla que traía sobre las armas, y las medias calzas le querían quitar, si las grebas no lo estorbaran. A Sancho le quitaron el gabán y, dejándole en pelota, repartiendo entre sí los demás despojos de la batalla, se fueron cada uno por su parte, con más cuidado de escaparse de la Hermandad que temían que de cargarse de la cadena e ir a presentarse ante la señora Dulcinea del Toboso.

Solos quedaron jumento y Rocinante, Sancho y don Quijote: el jumento, cabizbajo y pensativo, sacudiendo de cuando en cuando las orejas, pensando que aún no había cesado la borrasca de las piedras que le perseguían los oídos; Rocinante, tendido junto a su amo, que también vino al suelo de otra pedrada; Sancho, en pelota y temeroso de la Santa Hermandad; don Quijote, mohinísimo de verse tan malparado por los mismos a quien tanto bien había hecho.

CAPÍTULO XXIII

Do que sucedeu ao famoso D. Quixote
na Serra Morena, que foi uma das mais raras aventuras
que nesta verdadeira história se contam

Vendo-se D. Quixote assim tão maltratado, disse ao seu escudeiro:
— Sempre ouvi dizer, Sancho, que fazer bem a vilão ruim é deitar água ao mar. Se eu tivesse acreditado no que me disseste, teria escusado este dissabor; mas já está feito: agora, paciência, e escarmentar para daqui em diante.
— Tanto escarmentará vossa mercê — respondeu Sancho —, como eu sou turco; mas, já que está dizendo que se tivesse acreditado em mim teria escusado este dano, acredite-me agora e escusará outro maior, pois lhe faço saber que com a Santa Irmandade não vale o uso de cavalarias, pois não se lhe dá meio cobre por quantos cavaleiros andantes há no mundo, e saiba que já sinto as setas como que zunindo rente aos meus ouvidos.[1]
— Naturalmente és covarde, Sancho — disse D. Quixote —, mas por que não digas que sou contumaz e que nunca faço caso do que me aconselhas, desta vez quero tomar o teu conselho e arredar-me da fúria que tanto temes, mas há de ser com uma condição: que jamais na vida nem na morte hás de dizer a ninguém que me retirei e arredei deste perigo por medo, e sim por atender às tuas súplicas; se outra coisa disseres mentirás, e desde agora até então e desde então até agora eu te desminto e digo que mentes e menti-

---

CAPÍTULO XXIII

De lo que le aconteció al famoso don Quijote
en Sierra Morena, que fue una de las más raras aventuras
que en esta verdadera historia se cuentan

Viéndose tan malparado don Quijote, dijo a su escudero:
— Siempre, Sancho, lo he oído decir, que el hacer bien a villanos es echar agua en la mar. Si yo hubiera creído lo que me dijiste, yo hubiera escusado esta pesadumbre; pero ya está hecho: paciencia, y escarmentar para desde aquí adelante.
— Así escarmentará vuestra merced — respondió Sancho — como yo soy turco; pero, pues dice que si me hubiera creído se hubiera escusado este daño, créame ahora y escusará otro mayor, porque le hago saber que con la Santa Hermandad no hay usar de caballerías, que no se le da a ella por cuantos caballeros andantes hay dos maravedís, y sepa que ya me parece que sus saetas me zumban por los oídos.
— Naturalmente eres cobarde, Sancho — dijo don Quijote —, pero, porque no digas que soy contumaz y que jamás hago lo que me aconsejas, por esta vez quiero tomar tu consejo y apartarme de la furia que tanto te-

rás sempre que o pensares ou disseres.² E não me repliques mais, que só de pensar que me arredo e retiro de algum perigo, especialmente deste que parece que leva algum és não és de sombra de medo, estou quase por ficar e aguardar aqui, sozinho, não somente a Santa Irmandade que dizes e temes, mas os irmãos das doze tribos de Israel e os sete Macabeus e Castor e Pólux, e mais todos os irmãos e irmandades que há no mundo.

— Senhor — respondeu Sancho —, a retirada não é fuga, nem a espera é cordura quando o perigo é mais que a esperança, e é de sábios se guardar hoje para amanhã e não aventurar tudo num dia. E saiba que, se bem rústico e vilão, ainda me alcança um pouco disso que chamam bom governo; não se arrependa portanto de seguir o meu conselho, mas monte em Rocinante, se puder, que se não eu o ajudarei, e siga-me; pois algo aqui me diz que agora teremos mais mister dos pés que das mãos.

Montou D. Quixote sem replicar mais palavra, e, guiando Sancho sobre seu asno, entraram por uma parte da Serra Morena que ficava ali perto, levando Sancho intenção de atravessá-la inteira e sair em Viso ou Almodóvar del Campo³ e se esconder por alguns dias naquelas asperezas, para não serem achados se a Irmandade os procurasse. Animou-o a isto ver que a despensa que sobre seu asno vinha escapara da refrega dos galeotes, coisa que teve por milagre, dado o quanto levaram e buscaram os galeotes.⁴

Naquela noite chegaram ao meio das entranhas da Serra Morena, onde Sancho houve por bem de passar aquela noite, e mais alguns outros dias, ao menos todos aqueles que durasse a matalotagem que levava, e assim buscaram abrigo entre duas penhas e entre muitos sobreiros. Mas a sorte fatal, que, segundo a opinião dos que não têm a luz da verdadeira fé, tudo guia, guisa e compõe ao seu jeito, quis que Ginés de Pasamonte, o famigerado embustei-

---

mes, mas ha de ser con una condición: que jamás en vida ni en muerte has de decir a nadie que yo me retiré y aparté deste peligro de miedo sino por complacer a tus ruegos; que si otra cosa dijeres mentirás en ello, y desde ahora para entonces y desde entonces para ahora te desmiento y digo que mientes y mentirás todas las veces que lo pensares o lo dijeres. Y no me repliques más, que en solo pensar que me aparto y retiro de algún peligro, especialmente deste que parece que lleva algún es no es de sombra de miedo, estoy ya para quedarme y para aguardar aquí, solo, no solamente a la Santa Hermandad que dices y temes, sino a los hermanos de los doce tribus de Israel y a los siete Macabeos y a Cástor y a Pólux, y aun a todos los hermanos y hermandades que hay en el mundo.

— Señor — respondió Sancho —, que el retirar no es huir, ni el esperar es cordura, cuando el peligro sobrepuja a la esperanza, y de sabios es guardarse hoy para mañana y no aventurarse todo en un día. Y sepa que, aunque zafio y villano, todavía se me alcanza algo desto que llaman buen gobierno; así que no se arrepienta de haber tomado mi consejo, sino suba en Rocinante, si puede, o si no yo le ayudaré, y sígame; que el caletre me dice que hemos menester ahora más los pies que las manos.

Subió don Quijote sin replicarle más palabra, y guiando Sancho sobre su asno, se entraron por una parte de Sierra Morena que allí junto estaba, llevando Sancho intención de atravesarla toda e ir a salir al Viso o a Almodóvar del Campo y esconderse algunos días por aquellas asperezas, por no ser hallados si la Hermandad los buscase. Animóle a esto haber visto que de la refrega de los galeotes se había escapado libre la despensa que sobre su asno venía, cosa que juzgó a milagro, según fue lo que llevaron y buscaron los galeotes.

Aquella noche llegaron a la mitad de las entrañas de Sierra Morena, adonde le pareció a Sancho pasar

ro e ladrão que das cadeias por virtude e loucura de D. Quixote escapara, levado pelo medo da Santa Irmandade, que com justa razão temia, determinara de se esconder naquelas montanhas, e levou-o sua sorte e seu medo à mesma parte aonde levara D. Quixote e Sancho Pança, a tempo e hora de podê-los reconhecer e a ponto de deixá-los dormir. E como sempre os maus são ingratos, e a necessidade dá a ocasião de fazer o que não se deve, e o remédio presente vence o por vir, Ginés, que não era nem agradecido nem bem-intencionado, decidiu furtar o asno de Sancho Pança, descuidando de Rocinante, por ser peça tão ruim para empenhar como para vender. Dormia Sancho Pança, furtou-lhe seu jumento e, antes que amanhecesse, já estava bem longe de poder ser achado.

Raiou a aurora alegrando a terra e entristecendo Sancho Pança; o qual, ao dar por falta do seu jerico, principiou o mais triste e doloroso pranto do mundo, e foi tal que D. Quixote acordou com as vozes, e ouviu que nelas dizia:

— Oh, filho das minhas entranhas, nascido na minha casa, brinquedo dos meus filhos, regalo da minha mulher, inveja dos meus vizinhos, alívio das minhas cargas e, finalmente, sustentador de metade da minha pessoa, pois com os vinte e seis maravedis que ganhavas por dia, meava eu o meu mantimento!

D. Quixote, como viu o pranto e lhe soube a causa, consolou Sancho com as melhores razões que pôde, e lhe pediu que tivesse paciência, prometendo de lhe fazer uma carta de doação determinando que em sua casa lhe entregassem três dos cinco que lá deixara.

Consolou-se Sancho com isto e enxugou suas lágrimas, amainou os soluços e agradeceu a D. Quixote a mercê que lhe fazia. Ao qual, assim como

---

aquella noche, y aun otros algunos días, a lo menos todos aquellos que durase el matalotaje que llevaba. Y, así, hicieron noche entre dos peñas y entre muchos alcornoques. Pero la suerte fatal, que, según opinión de los que no tienen lumbre de la verdadera fe, todo lo guía, guisa y compone a su modo, ordenó que Ginés de Pasamonte, el famoso embustero y ladrón que de la cadena, por virtud y locura de Don Quijote, se había escapado, llevado del miedo de la Santa Hermandad, de quien con justa razón temía, acordó de esconderse en aquellas montañas; y llevole su suerte y su miedo a la misma parte donde había llevado a don Quijote y a Sancho Panza, a la hora y tiempo que los pudo conocer, y a punto que los dejó dormir. Y, como siempre los malos son desagradecidos y la necesidad sea ocasión de acudir a lo que no se debe y el remedio presente venga a lo por venir, Ginés, que no era ni agradecido ni bien intencionado, acordó de hurtar el asno a Sancho Panza, no curándose de Rocinante, por ser prenda tan mala para empeñada como para vendida. Dormía Sancho Panza, hurtole su jumento y antes que amaneciese se halló bien lejos de poder ser hallado. Salió el aurora alegrando la tierra y entristeciendo a Sancho Panza porque halló menos su rucio, el cual, viéndose sin él, comenzó a hacer el más triste y doloroso llanto del mundo; y fue de manera que don Quijote despertó a las voces y oyó que en ellas decía: "Oh hijo de mis entrañas, nacido en mi mesma casa, brinco de mis hijos, regalo de mi mujer, envidia de mis vecinos, alivio de mis cargas y, finalmente, sustentador de la mitad de mi persona, porque con veinte y seis maravedís que ganabas cada día, mediaba yo mi despensa". Don Quijote, que vio el llanto y supo la causa, consoló a Sancho con las mejores razones que pudo, y le rogó que tuviese paciencia, prometiéndole de darle una cédula de cambio para que le diesen tres en su casa de cinco que había dejado en ella. Consolose Sancho con esto y limpió sus lagrimas, templó sus sollozos y

entrou por aquelas montanhas, alegrou-se-lhe o coração, parecendo-lhe aqueles lugares perfeitos para as aventuras que buscava. Acudiam-lhe à memória os maravilhosos acontecimentos que em semelhantes solidões e asperezas tinham sucedido a cavaleiros andantes. Ia pensando nessas coisas tão embevecido e transportado que nenhuma outra lhe lembrava. Nem Sancho cuidava em outra coisa, depois que lhe pareceu que caminhava por lugar seguro, senão satisfazer seu estômago com as sobras que do despojo clerical haviam restado, e assim seguia atrás de seu amo, montado à amazona sobre seu jumento, tirando de um costal e guardando na pança;[5] e, enquanto fosse daquela maneira, não daria nada por achar outra aventura.

Nisto ergueu os olhos e viu que seu amo estava parado e tentando com a ponta do chuço levantar não sei que coisa que havia no chão, pelo qual se deu pressa em chegar para ajudá-lo caso houvesse mister, chegando justo quando com a ponta do chuço levantava uma garupa e uma maleta presa a ela, meio podres, ou podres de todo, e desfeitas; mas pesavam tanto que foi preciso que Sancho se apeasse[6] para as apanhar, e lhe mandou seu amo que visse o que a maleta continha.

Assim fez Sancho com muita presteza e, ainda que a maleta viesse fechada com uma cadeia e seu cadeado, pelo rasgado e podre dela viu o que nela havia, que eram quatro camisas de fina holanda e outras coisas de linho não menos curiosas que limpas, e num lenço achou um bom montinho de escudos de ouro;[7] e, assim como os viu, disse:

— Bendito seja todo o céu, que nos deparou uma aventura de proveito!

E, procurando mais, achou um livrete de memórias ricamente decorado. Este lhe pediu D. Quixote, mandando-lhe que guardasse o dinheiro e o tomasse para si. Beijou-lhe as mãos Sancho pela mercê e, desemalando a

---

agradeció a don Quijote la merced que le hacía. El cual, como entró por aquellas montañas, se le alegró el corazón, pareciéndole aquellos lugares acomodados para las aventuras que buscaba. Reducíansele a la memoria los maravillosos acaecimientos que en semejantes soledades y asperezas habían sucedido a caballeros andantes. Iba pensando en estas cosas, tan embebecido y trasportado en ellas, que de ninguna otra se acordaba. Ni Sancho llevaba otro cuidado, después que le pareció que caminaba por parte segura, sino de satisfacer su estómago con los relieves que del despojo clerical habían quedado, y, así, iba tras su amo, sentado a la mujeriega sobre su jumento, sacando de un costal y embaulando en su panza; y no se le diera por hallar otra aventura, entre tanto que iba de aquella manera, un ardite.

En esto, alzó los ojos y vio que su amo estaba parado, procurando con la punta del lanzón alzar no sé qué bulto que estaba caído en el suelo, por lo cual se dio priesa a llegar a ayudarle si fuese menester, y cuando llegó fue a tiempo que alzaba con la punta del lanzón un cojín y una maleta asida a él, medio podridos, o podridos del todo, y deshechos; mas pesaba tanto, que fue necesario que Sancho se apease a tomarlos, y mandóle su amo que viese lo que en la maleta venía.

Hízolo con mucha presteza Sancho, y, aunque la maleta venía cerrada con una cadena y su candado, por lo roto y podrido della vio lo que en ella había, que eran cuatro camisas de delgada holanda y otras cosas de lienzo no menos curiosas que limpias, y en un pañizuelo halló un buen montoncillo de escudos de oro; y así como los vio dijo:

— ¡Bendito sea todo el cielo, que nos ha deparado una aventura que sea de provecho!

maleta da sua lençaria, colocou-a no costal da despensa. Vendo tudo isto D. Quixote, disse:

— Parece-me, Sancho, e não é possível que seja outra coisa, que algum caminheiro desencaminhado há de ter passado por esta Serra e, salteado por bandidos, estes o devem de ter matado e trazido a enterrar neste lugar escondido.

— Tal não pode ser — respondeu Sancho —, porque, se fossem ladrões, não teriam deixado aqui este dinheiro.

— É verdade o que dizes — disse D. Quixote —, e assim não adivinho nem atino o que isto possa ser; mas espera, vejamos se neste livrete de memórias há algo escrito por onde possamos rastrear e conhecer o que desejamos.

Abriu-o e o primeiro que achou nele, escrito como que em rascunho, ainda que de muito boa letra, foi um soneto, que, lendo-o alto, para que Sancho também o ouvisse, viu que dizia assim:

> Ou é que falta a Amor conhecimento,
> ou sobra-lhe maldade, ou esta pena
> não quadra à ocasião que me condena
> ao gênero mais duro de tormento.
>
> Porém se Amor é deus, é argumento
> que nada lhe ignora, e é razão plena
> que um deus não seja cruel. Pois quem ordena
> a dura dor que sinto, adoro e mento?

Y, buscando más, halló un librillo de memoria ricamente guarnecido. Este le pidió don Quijote, y mandóle que guardase el dinero y lo tomase para él. Besóle las manos Sancho por la merced y, desvalijando a la valija de su lencería, la puso en el costal de la despensa. Todo lo cual visto por don Quijote, dijo:

— Paréceme, Sancho, y no es posible que sea otra cosa, que algún caminante descaminado debió de pasar por esta sierra y, salteándole malandrines, le debieron de matar y le trujeron a enterrar en esta tan escondida parte.

— No puede ser eso — respondió Sancho —, porque si fueran ladrones no se dejaran aquí este dinero.

— Verdad dices — dijo don Quijote —, y, así, no adivino ni doy en lo que esto pueda ser; mas espérate, veremos si en este librillo de memoria hay alguna cosa escrita por donde podamos rastrear y venir en conocimiento de lo que deseamos.

Abrióle, y lo primero que halló en él, escrito como en borrador, aunque de muy buena letra, fue un soneto, que, leyéndole alto, porque Sancho también lo oyese, vio que decía desta manera:

> O le falta al Amor conocimiento
> o le sobra crueldad, o no es mi pena
> igual a la ocasión que me condena
> al género más duro de tormento.
>
> Pero, si Amor es dios, es argumento
> que nada ignora, y es razón muy buena

Pensando, Fili, em vós eu desacerto,
pois tanto mal em tanto bem não cabe
nem pode vir do céu esta ruína.

Prestes já de morrer, sei isto ao certo:
do mal de cuja causa não se sabe
milagre é acertar a medicina.

— Por essa trova — disse Sancho — não se pode saber nada, salvo que por esse fio que aí está se tire o novelo de tudo.
— De que fio falas? — disse D. Quixote.
— Parece-me — disse Sancho — que vossa mercê falou aí num certo fio.
— O que eu disse foi "Fili" — respondeu D. Quixote —, e este sem dúvida é o nome da dama da qual se queixa o autor deste soneto; e à fé que deve de ser razoável poeta, ou eu pouco sei da arte.
— Então — disse Sancho — vossa mercê também entende de trovas?
— Mais do que imaginas — respondeu D. Quixote —, e logo o verás, quando levares uma carta, escrita em verso de cima a baixo, à minha senhora Dulcineia d'El Toboso. E quero que saibas, Sancho, que todos ou os mais cavaleiros andantes da passada idade eram grandes trovadores e grandes músicos, pois estas duas habilidades, ou graças, por melhor dizer, são anexas aos enamorados andantes. Verdade é que as cantigas dos passados cavaleiros têm mais de espírito que de primor.
— Leia mais vossa mercê — disse Sancho —, que há de achar algo que nos satisfaça.

---

que un dios no sea cruel. Pues ¿quién ordena
el terrible dolor que adoro y siento?

Si digo que sois vos, Fili, no acierto,
que tanto mal en tanto bien no cabe
ni me viene del cielo esta ruina.

Presto habré de morir, que es lo más cierto:
que al mal de quien la causa no se sabe
milagro es acertar la medicina.

— Por esa trova — dijo Sancho — no se puede saber nada, si ya no es que por ese hilo que está ahí se saque el ovillo de todo.
— ¿Qué hilo está aquí? — dijo don Quijote.
— Parécememe — dijo Sancho — que vuestra merced nombró ahí hilo.
— No dije sino *Fili* — respondió don Quijote —, y este sin duda es el nombre de la dama de quien se queja el autor deste soneto; y a fe que debe de ser razonable poeta, o yo sé poco del arte.
— Luego ¿también — dijo Sancho — se le entiende a vuestra merced de trovas?
— Y más de lo que tú piensas — respondió don Quijote —, y veráslo cuando lleves una carta, escrita en

Virou a página D. Quixote e disse:
— Isto é prosa e parece carta.
— Carta missiva, senhor?[8] — perguntou Sancho.
— De início não parece senão de amores — respondeu D. Quixote.
— Então leia vossa mercê alto — disse Sancho —, que eu gosto muito dessas coisas de amores.
— Com prazer — disse D. Quixote.
E lendo-a alto como Sancho lhe pedira, viu que dizia assim:

> *Tua falsa promessa e minha certa desventura me levam a partes donde antes chegarão a teus ouvidos as novas de minha morte que as razões de minhas queixas. Enjeitaste-me — oh ingrata! — em favor de quem tem mais, e não de quem vale mais que eu. Mas, se a virtude fosse riqueza que se estimasse, não invejaria eu ditas alheias nem chorara desditas próprias. O que alçou tua formosura derribaram tuas obras: por ela entendi que eras anjo e por elas conheço que és mulher. Fica em paz, causadora de minha guerra, e queira o céu que os enganos do teu esposo sejam sempre encobertos, para que tu não te arrependas do que fizeste e eu não tome vingança do que não desejo.*

Acabando de ler a carta, disse D. Quixote:
— Menos por esta que pelos versos se pode tirar que o autor destes escritos é algum desprezado amante.
E folheando quase todo o livrete, achou outros versos e cartas, alguns dos quais pôde ler e outros não. Mas o que todos continham eram queixas,

---

verso de arriba abajo, a mi señora Dulcinea del Toboso. Porque quiero que sepas, Sancho, que todos o los más caballeros andantes de la edad pasada eran grandes trovadores y grandes músicos, que estas dos habilidades, o gracias, por mejor decir, son anexas a los enamorados andantes. Verdad es que las coplas de los pasados caballeros tienen más de espíritu que de primor.
— Lea más vuestra merced — dijo Sancho —, que ya hallará algo que nos satisfaga.
Volvió la hoja don Quijote y dijo:
— Esto es prosa y parece carta.
— ¿Carta misiva, señor? — preguntó Sancho.
— En el principio no parece sino de amores — respondió don Quijote.
— Pues lea vuestra merced alto — dijo Sancho —, que gusto mucho destas cosas de amores.
— Que me place — dijo don Quijote.
Y leyéndola alto, como Sancho se lo había rogado, vio que decía desta manera:
> Tu falsa promesa y mi cierta desventura me llevan a parte donde antes volverán a tus oídos las nuevas de mi muerte que las razones de mis quejas. Deschásteme, ¡oh ingrata!, por quien tiene más, no por quien vale más que yo; mas si la virtud fuera riqueza que se estimara, no envidiara yo dichas ajenas ni llorara desdichas propias. Lo que levantó tu hermosura han derribado tus obras: por ella entendí que eras ángel y por ellas conozco que eres mujer. Quédate en paz, causadora de

lamentos, desconfianças, sabores e dissabores, favores e desdéns, solenizados uns e chorados outros.

Enquanto D. Quixote repassava o livro, repassava Sancho a maleta, sem deixar nela inteira nem na garupa um só canto por vasculhar, esquadrinhar e inquirir, nem costura por desfazer, nem maranha de lã por carmear, para que nada lhe escapasse por pressa ou descuido: tamanha era a gulodice que nele haviam despertado os achados escudos, que passavam de cem. Mas ainda sem achar mais que o achado, deu por bem empregados os voos da manta, o vomitar da beberagem, os afagos dos bordões, as punhadas do arreeiro, a falta dos alforjes, o roubo do gabão, e toda a fome, a sede e o cansaço que passara a serviço do seu bom senhor, parecendo-lhe que estava mais que bem pago e repago com a recebida mercê da entrega do achado.

Com grande desejo ficou o Cavaleiro da Triste Figura de saber quem seria o dono da maleta, conjeturando pelo soneto e pela carta, pelo dinheiro em ouro e pelas tão boas camisas, que havia de ser algum principal enamorado, a quem desdéns e maus-tratos de sua dama deviam de ter levado a um desesperado termo. Mas, como naquele lugar inabitável e escabroso não aparecia pessoa alguma com quem se pudesse informar, não atinou a mais que seguir adiante, sem outro rumo que o escolhido por Rocinante — que era por onde ele podia caminhar —, sempre com a imaginação de que não podia faltar naquelas brenhas alguma rara aventura.

Indo, pois, com tal pensamento, viu que por sobre um monte que diante dos olhos se lhe oferecia ia saltando um homem de pedra em pedra e de moita em moita com estranha ligeireza. Cuidou que ia nu, com a barba negra e espessa, os cabelos muitos e amarrados, os pés descalços e as pernas sem reparo algum; as coxas estavam cobertas por calções, parecendo de veludo

---

mi guerra, y haga el cielo que los engaños de tu esposo estén siempre encubiertos, porque tú no quedes arrepentida de lo que heciste y yo no tome venganza de lo que no deseo.

Acabando de leer la carta, dijo don Quijote:
— Menos por esta que por los versos se puede sacar más de que quien la escribió es algún desdeñado amante.

Y hojeando casi todo el librillo, halló otros versos y cartas, que algunos pudo leer y otros no; pero lo que todos contenían eran quejas, lamentos, desconfianzas, sabores y sinsabores, favores y desdenes, solenizados los unos y llorados los otros.

En tanto que don Quijote pasaba el libro, pasaba Sancho la maleta, sin dejar rincón en toda ella ni en el cojín que no buscase, escudriñase e inquiriese, ni costura que no deshiciese, ni vedija de lana que no escarmenase, porque no se quedase nada por diligencia ni mal recado: tal golosina habían despertado en él los hallados escudos, que pasaban de ciento. Y aunque no halló más de lo hallado, dio por bien empleados los vuelos de la manta, el vomitar del brebaje, las bendiciones de las estacas, las puñadas del arriero, la falta de las alforjas, el robo del gabán, y toda la hambre, sed y cansancio que había pasado en servicio de su buen señor, pareciéndole que estaba más que rebién pagado con la merced recibida de la entrega del hallazgo.

Con gran deseo quedó el Caballero de la Triste Figura de saber quién fuese el dueño de la maleta, conjeturando por el soneto y carta, por el dinero en oro y por las tan buenas camisas, que debía de ser algún principal

leonado, mas tão rotos que por muitas partes descobriam as carnes, e levava a cabeça descoberta. Todas essas minudências, apesar de mostradas naquela ligeireza, viu e notou o Cavaleiro da Triste Figura, mas se bem o tentasse, não o pôde seguir, porque não era dado à debilidade de Rocinante andar por aquelas asperezas, e mais sendo ele por si passeiro e fleumático. Logo imaginou D. Quixote que aquele era o dono da garupa e da maleta, e propôs de o procurar, ainda que para encontrá-lo tivesse de andar um ano por aquelas montanhas, e assim mandou Sancho apear do asno[9] e atalhar por um lado da montanha, que ele iria pelo outro, e poderia ser que com tal diligência topassem com aquele homem que com tanta presteza lhes sumira da vista.

— Não poderei fazer isso — respondeu Sancho —, porque, em me afastando de vossa mercê, logo é comigo o medo, que me assalta com mil gêneros de sobressaltos e visões. E sirva-lhe isto que digo de aviso, para que daqui em diante não me afaste um dedo de sua presença.

— Assim será — disse o da Triste Figura —, e muito me contenta que te queiras valer do meu ânimo, o qual não te há de faltar, por mais que te falte a alma do corpo. E vem agora atrás de mim a passo e passo, ou como puderes, e faze dos olhos lanternas; rodearemos esta pequenina serra: talvez topemos com aquele homem que vimos, o qual sem dúvida alguma não é outro que o dono do nosso achado.

Ao que Sancho respondeu:

— Muito melhor seria não procurá-lo, porque, se o acharmos e calhar de ser ele mesmo o dono do dinheiro, é claro que o terei de devolver; e assim seria melhor, sem fazer esta inútil diligência, possuí-lo eu de boa-fé, até que por outra via menos curiosa e diligente aparecesse seu verdadeiro senhor, e talvez fosse já em tempo de o ter gastado, e então o rei me fazia franco.[10]

---

enamorado, a quien desdenes y malos tratamientos de su dama debían de haber conducido a algún desesperado término. Pero como por aquel lugar inhabitable y escabroso no parecía persona alguna de quien poder informarse, no se curó de más que de pasar adelante, sin llevar otro camino que aquel que Rocinante quería — que era por donde él podía caminar —, siempre con imaginación que no podía faltar por aquellas malezas alguna estraña aventura.

Yendo, pues, con este pensamiento, vio que por cima de una montañuela que delante de los ojos se le ofrecía iba saltando un hombre de risco en risco y de mata en mata con estraña ligereza. Figurósele que iba desnudo, la barba negra y espesa, los cabellos muchos y rabultados, los pies descalzos y las piernas sin cosa alguna; los muslos cubrían unos calzones, al parecer de terciopelo leonado, mas tan hechos pedazos, que por muchas partes se le descubrían las carnes. Traía la cabeza descubierta, y aunque pasó con la ligereza que se ha dicho, todas estas menudencias miró y notó el Caballero de la Triste Figura, y aunque lo procuró, no pudo seguille, porque no era dado a la debilidad de Rocinante andar por aquellas asperezas, y más siendo él de suyo pasicorto y flemático. Luego imaginó don Quijote que aquel era el dueño del cojín y de la maleta, y propuso en sí de buscalle, aunque supiese andar un año por aquellas montañas, hasta hallarle, y, así, mandó a Sancho que se apease del asno y atajase por la una parte de la montaña, que él iría por la otra, y podría ser que topasen con esta diligencia con aquel hombre que con tanta priesa se les había quitado de delante.

— No podré hacer eso — respondió Sancho —, porque en apartándome de vuestra merced, luego es conmigo el miedo, que me asalta con mil géneros de sobresaltos y visiones. Y sírvale esto que digo de aviso, para que de aquí adelante no me aparte un dedo de su presencia.

— Nisso te enganas, Sancho — respondeu D. Quixote —, pois, tendo já a suspeita de quem seja o dono e tão próximo, somos obrigados a procurá-lo e devolver-lhe o que lhe pertence; se o não procurarmos, a veemente suspeita que temos de que ele o seja já nos porá em tanta culpa como se de feito o fosse. Portanto, Sancho amigo, não te dê pena a busca, pela que a mim me aliviará o seu achado.

E assim picou Rocinante, seguindo-o Sancho em seu costumado jumento,[11] e, tendo rodeado parte da montanha, acharam junto a um regato caída, morta e meio roída de cães e picada de gralhas, uma mula selada e arreada, tudo isto confirmando neles a suspeita de que aquele fugitivo era o dono da mula e da garupa.

Estando a olhá-la, ouviram um silvo como de pastor guardando gado, e à sua mão sinistra apareceu de improviso uma boa quantidade de cabras, e atrás delas, acima da montanha, apareceu o cabreiro que as guardava, que era um homem velho. Deu-lhe vozes D. Quixote pedindo-lhe que descesse aonde estavam. Ele respondeu aos gritos perguntando quem os tinha levado àquele lugar, rara ou nenhuma vez pisado senão por pés de cabras, ou de lobos e outras feras que por ali andavam. Disse-lhe Sancho que descesse, que de tudo lhe dariam boa conta. Desceu o cabreiro e, em chegando aonde D. Quixote estava, disse:

— Aposto que está olhando a mula de aluguel que está morta nesse fundão. Pois à vera fé que há já seis meses que está nesse lugar. Digam-me, toparam por aí seu dono?

— Não topamos ninguém — respondeu D. Quixote —, mas tão só uma garupa e uma maleta que não longe deste lugar achamos.

— Também a achei eu — respondeu o cabreiro —, mas nunca a quis

---

— Así será — dijo el de la Triste Figura —, y yo estoy muy contento de que te quieras valer de mi ánimo, el cual no te ha de faltar, aunque te falte el ánima del cuerpo. Y vente ahora tras mí poco a poco, o como pudieres, y haz de los ojos lanternas; rodearemos esta serrezuela: quizá toparemos con aquel hombre que vimos, el cual sin duda alguna no es otro que el dueño de nuestro hallazgo.

A lo que Sancho respondió:

— Harto mejor sería no buscalle, porque si le hallamos y acaso fuese el dueño del dinero, claro está que lo tengo de restituir; y, así, fuera mejor, sin hacer esta inútil diligencia, poseerlo yo con buena fe, hasta que por otra vía menos curiosa y diligente pareciera su verdadero señor, y quizá fuera a tiempo que lo hubiera gastado, y entonces el rey me hacía franco.

— Engáñaste en eso, Sancho — respondió don Quijote —, que ya que hemos caído en sospecha de quién es el dueño cuasi delante, estamos obligados a buscarle y volvérselos; y cuando no le buscásemos, la vehemente sospecha que tenemos de que él lo sea nos pone ya en tanta culpa como si lo fuese. Así que, Sancho amigo, no te dé pena el buscalle, por la que a mí se me quitará si le hallo.

Y, así, picó a Rocinante, y siguióle Sancho con su acostumbrado jumento, y, habiendo rodeado parte de la montaña, hallaron en un arroyo caída, muerta y medio comida de perros y picada de grajos, una mula ensillada y enfrenada, todo lo cual confirmó en ellos más la sospecha de que aquel que huía era el dueño de la mula y del cojín.

Estándola mirando, oyeron un silbo como de pastor que guardaba ganado, y a deshora, a su siniestra

levantar nem a ela me chegar, temendo alguma praga ou que ma tomassem por furto, pois é o diabo sutil, e embaixo dos pés do homem bota coisa onde tropece e caia sem saber como foi nem como não.

— Isso mesmo é o que eu digo — respondeu Sancho —, que também eu a achei, mas não quis chegar perto dela; ali a deixei e ali ficou como estava, pois não quero rabos de palha nem cão com guizo.

— Dizei-me, bom homem — disse D. Quixote —, sabeis vós quem é o dono dessas coisas?

— O que eu sei dizer — disse o cabreiro — é que faz coisa de seis meses, pouco mais ou menos, chegou a uma malhada de pastores que fica como a três léguas deste lugar um mancebo de gentil porte e apostura, cavaleiro dessa mesma mula que aí está morta, e com a mesma garupa e maleta que dizeis ter achado e não tocado. Perguntou-nos qual parte desta serra era a mais áspera e escondida; dissemos que era esta onde agora estamos, e isto é verdade, porque se entrardes meia légua adentro, dificilmente acertareis a sair: e estou maravilhado de terdes conseguido chegar aqui, pois não há caminho nem trilha que a este lugar encaminhe. Digo, pois, que, em ouvindo a nossa resposta o mancebo, volteou as rédeas e se encaminhou para o lugar que lhe apontamos, deixando a todos contentes do seu bom porte e admirados da sua demanda e da pressa com que o vimos caminhar e seguir para a serra; e não mais o vimos, até alguns dias depois, quando saiu ao caminho de um dos nossos pastores e, sem dizer nada, avançou contra ele e lhe deu muitas punhadas e pontapés, e depois atacou a burrica do farnel e lhe roubou todo o pão e o queijo que carregava; e feito isso, com estranha ligeireza voltou a se emboscar na serra. Assim como soubemos disso, alguns cabreiros passamos na busca dele quase dois dias pelo mais cerrado desta serra, no fim dos quais

---

mano, parecieron una buena cantidad de cabras, y tras ellas, por cima de la montaña, pareció el cabrero que las guardaba, que era un hombre anciano. Diole voces don Quijote y rogóle que bajase donde estaban. Él respondió a gritos que quién les había traído por aquel lugar, pocas o ningunas veces pisado sino de pies de cabras, o de lobos y otras fieras que por allí andaban. Respondióle Sancho que bajase, que de todo le darían buena cuenta. Bajó el cabrero, y en llegando adonde don Quijote estaba, dijo:

— Apostaré que está mirando la mula de alquiler que está muerta en esa hondonada. Pues a buena fe que ha ya seis meses que está en ese lugar. Díganme, ¿han topado por ahí a su dueño?

— No hemos topado a nadie — respondió don Quijote —, sino a un cojín y a una maletilla que no lejos deste lugar hallamos.

— También la hallé yo — respondió el cabrero —, mas nunca la quise alzar ni llegar a ella, temeroso de algún desmán y de que no me la pidiesen por de hurto, que es el diablo sotil, y debajo de los pies se levanta al hombre cosa donde tropiece y caya sin saber cómo ni cómo no.

— Eso mesmo es lo que yo digo — respondió Sancho —, que también la hallé yo y no quise llegar a ella con un tiro de piedra; allí la dejé y allí se queda como se estaba, que no quiero perro con cencerro.

— Decidme, buen hombre — dijo don Quijote —, ¿sabéis vos quién sea el dueño destas prendas?

— Lo que sabré yo decir — dijo el cabrero — es que habrá al pie de seis meses, poco más a menos, que llegó a una majada de pastores que estará como tres leguas deste lugar un mancebo de gentil talle y apostura, caballero sobre esa mesma mula que ahí está muerta, y con el mesmo cojín y maleta que decís que hallastes y no

o achamos metido no oco de um grosso e valente sobreiro. Veio ele a nós muito manso, já roto seu trajo e o rosto desfigurado e tostado de sol, de tal sorte que mal o conhecemos, como não fosse pelos trajos, que, se bem rotos, com a lembrança que deles tínhamos nos deram a entender que era quem procurávamos. Cumprimentou com cortesia e em poucas e boas razões nos disse que não nos maravilhássemos de vê-lo andar daquele jeito, porque assim lhe convinha para cumprir certa penitência imposta por mor dos seus muitos pecados. Rogamos que nos dissesse quem era ele, mas não houve jeito de o dobrar. Pedimos também que, quando houvesse mister de sustento, sem o qual não podia passar, nos dissesse onde o podíamos achar, pois com muito amor e cuidado lho levaríamos; e que, se isso tampouco fosse do seu gosto, que pelo menos o viesse pedir e não o roubasse dos pastores. Agradeceu o nosso oferecimento, pediu perdão pelos assaltos passados e prometeu dali em diante sempre pedir pelo amor de Deus, sem mais ninguém molestar. Quanto ao lugar da sua habitação, disse não ser outro que o que lhe oferecia a ocasião onde a noite o apanhava; e findou sua fala com um tão terno pranto que bem seríamos de pedra os que escutando estávamos se nele não o acompanhássemos, considerando como o tínhamos visto da vez primeira e como o víamos então. Pois, como já disse, era ele um muito gentil e agraciado mancebo, e na cortesia e compostura da sua fala mostrava ser bem-nascido e pessoa muito cortesã; pois, ainda que os que ali o escutávamos fôssemos rústicos, sua gentileza era tanta que bastava para dar-se a conhecer à mesma rusticidade. E estando no melhor da sua fala, parou e emudeceu; cravou os olhos no chão por um bom tempo, deixando a todos nós quedos e suspensos, esperando no que havia de dar aquele abismamento, com não pouca pena de o ver, pois por aquele seu arregalar os olhos, e fitar o chão

---

tocastes. Preguntónos que cuál parte desta sierra era la más áspera y escondida; dijímosle que era esta donde ahora estamos, y es ansí la verdad, porque si entráis media legua más adentro, quizá no acertaréis a salir: y estoy maravillado de cómo habéis podido llegar aquí, porque no hay camino ni senda que a este lugar encamine. Digo, pues, que en oyendo nuestra respuesta el mancebo volvió las riendas y encaminó hacia el lugar donde le señalamos, dejándonos a todos contentos de su buen talle y admirados de su demanda y de la priesa con que le víamos caminar y volverse hacia la sierra; y desde entonces nunca más le vimos, hasta que desde allí a algunos días salió al camino a uno de nuestros pastores y, sin decille nada, se llegó a él y le dio muchas puñadas y coces, y luego se fue a la borrica del hato y le quitó cuanto pan y queso en ella traía; y con estraña ligereza, hecho esto, se volvió a emboscar en la sierra. Como esto supimos algunos cabreros, le anduvimos a buscar casi dos días por lo más cerrado desta sierra, al cabo de los cuales le hallamos metido en el hueco de un grueso y valiente alcornoque. Salió a nosotros con mucha mansedumbre, ya roto el vestido y el rostro disfigurado y tostado del sol, de tal suerte que apenas le conocíamos, sino que los vestidos, aunque rotos, con la noticia que dellos teníamos, nos dieron a entender que era el que buscábamos. Saludónos cortésmente y en pocas y muy buenas razones nos dijo que no nos maravillásemos de verle andar de aquella suerte, porque así le convenía para cumplir cierta penitencia que por sus muchos pecados le había sido impuesta. Rogámosle que nos dijese quién era, mas nunca lo pudimos acabar con él. Pedímosle también que cuando hubiese menester el sustento, sin el cual no podía pasar, nos dijese dónde le hallaríamos, porque con mucho amor y cuidado se llevaríamos; y que si esto tampoco fuese de su gusto, que a lo menos saliese a pedirlo y no a quitarlo a los pastores. Agradeció nuestro ofrecimiento, pidió perdón de los asal-

parado sem nem piscar por grande trecho, e outras vezes os fechar, cerrando os lábios e arqueando as sobrancelhas, facilmente conhecemos que estava atacado de algum acidente de loucura. E ele logo deu a entender que era verdade o que pensávamos, pois com grande fúria se levantou do chão, onde se deitara, e arremeteu contra o primeiro que achou perto de si, com tal denodo e raiva que, se o não apartássemos, decerto o mataria a punhadas e dentadas; e tudo isto fazia aos gritos de: "Ah fementido Fernando! Aqui, aqui me pagarás a sem-razão que me fizeste, estas mãos te arrancarão o coração onde moram e têm guarida todas as maldades juntas, principalmente a fraude e o engano!". E a estas acrescentava outras razões, todas encaminhadas a maldizer daquele tal Fernando e a tachá-lo de traidor e fementido. Então o apartamos, com não pouco trabalho, e ele, sem dizer mais palavra, se afastou e se emboscou correndo por entre esses matos e brenhas, de maneira que o não pudemos seguir. Daí calculamos que a loucura o atacava de tempos em tempos, e que algum Fernando devia de ter obrado com ele algum malfeito, tão grave como mostrava o termo a que o levara. Tudo isso foi confirmado de lá para cá nas vezes, que foram muitas, em que ele saiu ao caminho dos pastores, umas para lhes pedir do que levam para comer, outras para tomá-lo à força; porque, quando está com o acidente da loucura, por mais que os pastores lho ofereçam de bom grado, ele nunca o aceita, mas o toma às punhadas; e quando está no seu juízo sempre o pede pelo amor de Deus, cortês e comedidamente, e dá por isso muitas graças, e não sem lágrimas. E em verdade vos digo, senhores — prosseguiu o cabreiro —, que ontem determinamos eu e mais quatro zagais, dois deles criados e dois amigos meus, de buscá-lo até o acharmos e, depois de achá-lo, seja à força, seja de bom grado, levá-lo à vila de Almodóvar, que fica a oito léguas daqui, onde o podere-

---

tos pasados y ofreció de pedillo de allí adelante por amor de Dios, sin dar molestia alguna a nadie. En cuanto lo que tocaba a la estancia de su habitación, dijo que no tenía otra que aquella que le ofrecía la ocasión donde le tomaba la noche; y acabó su plática con un tan tierno llanto, que bien fuéramos de piedra los que escuchado le habíamos si en él no le acompañáramos, considerándole como le habíamos visto la vez primera y cuál le veíamos entonces. Porque, como tengo dicho, era un muy gentil y agraciado mancebo, y en sus corteses y concertadas razones mostraba ser bien nacido y muy cortesana persona; que, puesto que éramos rústicos los que le escuchábamos, su gentileza era tanta, que bastaba a darse a conocer a la mesma rusticidad. Y estando en lo mejor de su plática, paró y enmudecióse; clavó los ojos en el suelo por un buen espacio, en el cual todos estuvimos quedos y suspensos, esperando en qué había de parar aquel embelesamiento, con no poca lástima de verlo, porque por lo que hacía de abrir los ojos, estar fijo mirando al suelo sin mover pestaña gran rato, y otras veces cerrarlos, apretando los labios y enarcando las cejas, fácilmente conocimos que algún accidente de locura le había sobrevenido. Mas él nos dio a entender presto ser verdad lo que pensábamos, porque se levantó con gran furia del suelo, donde se había echado, y arremetió con el primero que halló junto a sí, con tal denuedo y rabia, que si no se le quitáramos le matara a puñadas y a bocados; y todo esto hacía diciendo: "¡Ah fementido Fernando! ¡Aquí, aquí me pagarás la sinrazón que me heciste, estas manos te sacarán el corazón donde albergan y tienen manida todas la maldades juntas, principalmente la fraude y el engaño!". Y a estas añadía otras razones, que todas se encaminaban a decir mal de aquel Fernando y a tacharle de traidor y fementido. Quitámosele, pues, con no poca pesadumbre, y él, sin decir más palabra, se apartó de nosotros y se emboscó corriendo por entre estos jarales y malezas, de

mos curar, se é que o seu mal tem cura, ou saber quem é ele quando está no seu juízo, e se tem parentes a quem dar notícia da sua desgraça. Isto é, senhores, o que eu sei vos dizer do que me haveis perguntado; e entendei que o dono das coisas que achastes é o mesmo que vistes passar tão ligeiro quanto despido — pois já D. Quixote lhe dissera como vira passar aquele homem saltando pela serra.

O qual ficou admirado das razões que do cabreiro tinha ouvido e ficou com mais desejo de saber quem era o infeliz louco, e propôs para si algo que já vinha pensando: de o procurar por toda a montanha, sem nela deixar recanto nem cova por olhar, até o achar. Mas fez melhor a sorte do que ele pensava e esperava, porque naquele mesmo instante apareceu por entre uma quebrada da serra que dava onde eles estavam o mancebo que buscava, o qual vinha falando para si coisas que não podiam ser entendidas de perto, quanto mais de longe. Seu traje era tal qual foi pintado, só que, chegando perto, viu D. Quixote que um colete esfarrapado que sobre si trazia era de ambarada pelica, donde acabou de entender que pessoa que tais hábitos usava não devia de ser de ínfima qualidade.

Em chegando a eles o mancebo, cumprimentou-os com voz destemperada e rouca, mas com muita cortesia. D. Quixote lhe devolveu as saudações com não menos mesuras e, apeando-se de Rocinante, com gentil compostura e donaire, foi abraçá-lo e o teve um bom tempo estreitamente entre seus braços, como se de longos tempos o conhecesse. O outro, a quem podemos chamar "o Roto da Má Figura" (como a D. Quixote o da Triste), depois de se deixar abraçar, o apartou um pouco de si e, postas as mãos nos ombros de D. Quixote, o esteve fitando, como que querendo ver se o conhecia, talvez não menos admirado de ver a figura, o porte e as armas de D. Quixote que

---

modo que nos imposibilitó el seguille. Por esto conjeturamos que la locura le venía a tiempos, y que alguno que se llamaba Fernando le debía de haber hecho alguna mala obra, tan pesada cuanto lo mostraba el término a que le había conducido. Todo lo cual se ha confirmado después acá con las veces, que han sido muchas, que él ha salido al camino, unas a pedir a los pastores le den de lo que llevan para comer, y otras a quitárselo por fuerza; porque cuando está con el accidente de la locura, aunque los pastores se lo ofrezcan de buen grado, no lo admite, sino que lo toma a puñadas; y cuando está en su seso lo pide por amor de Dios, cortés y comedidamente, y rinde por ello muchas gracias, y no con falta de lágrimas. Y en verdad os digo, señores — prosiguió el cabrero —, que ayer determinamos yo y cuatro zagales, los dos criados y los dos amigos míos, de buscarle hasta tanto que le hallemos, y después de hallado, ya por fuerza, ya por grado, le hemos de llevar a la villa de Almodóvar, que está de aquí ocho leguas, y allí le curaremos, si es que su mal tiene cura, o sabremos quién es cuando esté en su seso, y si tiene parientes a quien dar noticia de su desgracia. Esto es, señores, lo que sabré deciros de lo que me habéis preguntado; y entended que el dueño de las prendas que hallastes es el mesmo que vistes pasar con tanta ligereza como desnudez — que ya le había dicho don Quijote cómo había visto pasar aquel hombre saltando por la sierra.

El cual quedó admirado de lo que al cabrero había oído y quedó con más deseo de saber quién era el desdichado loco, y propuso en sí lo mismo que ya tenía pensado: de buscalle por toda la montaña, sin dejar rincón ni cueva en ella que no mirase, hasta hallarle. Pero hízolo mejor la suerte de lo que él pensaba ni esperaba, porque en aquel mesmo instante pareció por entre una quebrada de una sierra que salía donde ellos estaban el mancebo que buscaba, el cual venía hablando entre sí cosas que no podían ser entendidas de cerca, cuanto más de lejos. Su

D. Quixote estava de vê-lo a ele. Enfim, o primeiro a falar depois do abraçamento foi o Roto, dizendo o que se dirá a seguir.

NOTAS

[1] Setas zunindo: a Santa Irmandade realizava execuções sumárias, em geral por asseteamento.

[2] "Desde agora até então e desde então até agora": inversão da fórmula por meio da qual se outorga um poder ou se assume uma obrigação durante certo período. "Eu te desminto [...] sempre que o pensares ou disseres": fórmula de desmentido própria das cartas de desafio.

[3] Viso (del Marqués) e Almodóvar del Campo (de Calatrava): localidades de La Mancha, na atual província de Ciudad Real.

[4] ... buscaram os galeotes: a edição *princeps* não traz o trecho em itálico. Na continuação de 1615, a falta dessa passagem é imputada ao impressor, o que confirma ser de autoria de Cervantes. O ponto em que foi inserida e as demais menções ao asno, porém, criaram novas incongruências, que se tentariam resolver nas edições de 1607 (Bruxelas [Bx]) e 1608 (Madri [Md]).

[5] "montado à amazona sobre seu jumento, tirando de um costal e guardando na pança": em Bx, o trecho foi substituído por "tirando de quando em quando de um costal que Rocinante levava nos costados por falta do asno..."; em Md, por "carregado com tudo aquilo que houvera de levar o jerico, tirando de um costal...".

[6] "que Sancho se apeasse": em Bx, "que Sancho os levantasse".

[7] Escudo: moeda de ouro; quando não especificado o valor, equivalia a meio dobrão.

[8] Carta missiva: a que dá notícia de alguma coisa, em contraste com os documentos oficiais ou mercantis também chamados cartas (precatória, de crédito, de liberdade, de venda etc.).

[9] "mandou Sancho apear do asno": omitido em Bx.

[10] ... o rei me fazia franco: a expressão denota o perdão de dívida; no caso da fiança, por falta de posses. No contexto, joga-se também com o sentido de "franco" como generoso e sincero.

[11] "Sancho em seu costumado jumento": em Bx, "a pé, consolado da perda de seu jumento com a esperança dos três burricos..."; em Md, "a pé e carregado, mercê de Ginesillo de Pasamonte...".

---

traje era cual se ha pintado, solo que llegando cerca vio don Quijote que un coleto hecho pedazos que sobre sí traía era de ámbar, por donde acabó de entender que persona que tales hábitos traía no debía de ser de ínfima calidad.

En llegando el mancebo a ellos, les saludó con una voz desentonada y bronca, pero con mucha cortesía. Don Quijote le volvió las saludes con no menos comedimiento, y, apeándose de Rocinante, con gentil continente y donaire, le fue a abrazar y le tuvo un buen espacio estrechamente entre sus brazos, como si de luengos tiempos le hubiera conocido. El otro, a quien podemos llamar "el Roto de la Mala Figura" (como a don Quijote el de la Triste), después de haberse dejado abrazar, le apartó un poco de sí y, puestas sus manos en los hombros de don Quijote, le estuvo mirando, como que quería ver si lo conocía, no menos admirado quizá de ver la figura, talle y armas de don Quijote que don Quijote lo estaba de verle a él. En resolución, el primero que habló después del abrazamiento fue el Roto, y dijo lo que se dirá adelante.

CAPÍTULO XXIV

Onde se prossegue a aventura da Serra Morena

Diz a história que era grandíssima a atenção com que D. Quixote escutava o astroso Cavaleiro da Serra, o qual, prosseguindo sua fala, disse:

— Por certo, senhor, quem quer que sejais, pois eu não vos conheço, agradeço as mostras e a cortesia que comigo haveis usado e quisera eu achar-me em termos que com mais que a vontade pudesse retribuir a que haveis mostrado ter por mim no acolhimento que me destes; mas não quer minha sorte dar-me outra coisa com que corresponder às boas obras que me fazem além do bom desejo de satisfazê-las.

— O meu — respondeu D. Quixote — é o de vos servir, tanto que já estava determinado a não deixar estas serras até achar-vos e de vós saber se para a dor que na estranheza da vossa vida mostrais ter se pode achar algum gênero de remédio e, se houvesse mister de buscá-lo, buscá-lo com toda a diligência possível. E quando a vossa desventura fosse daquelas que têm fechadas as portas a todo gênero de consolação, pensava ajudar-vos a chorá-la e pranteá-la como melhor pudesse, pois é sempre consolo nas desgraças achar quem delas se doa. E se é que a minha boa tenção merece ser agradecida com algum gênero de cortesia, eu vos suplico, senhor, pela muita que vejo que em vós se encerra, e a par vos conjuro pelo que nesta vida mais amastes

---

CAPÍTULO XXIV

Donde se prosigue la aventura de la Sierra Morena

Dice la historia que era grandísima la atención con que don Quijote escuchaba al astroso Caballero de la Sierra, el cual, prosiguiendo su plática, dijo:
— Por cierto, señor, quienquiera que seáis, que yo no os conozco, yo os agradezco las muestras y la cortesía que conmigo habéis usado y quisiera yo hallarme en términos que con más que la voluntad pudiera servir la que habéis mostrado tenerme en el buen acogimiento que me habéis hecho; mas no quiere mi suerte darme otra cosa con que corresponda a las buenas obras que me hacen que buenos deseos de satisfacerlas.
— Los que yo tengo — respondió don Quijote — son de serviros, tanto, que tenía determinado de no salir destas sierras hasta hallaros y saber de vos si el dolor que en la estrañeza de vuestra vida mostráis tener se podía hallar algún género de remedio, y si fuera menester buscarle, buscarle con la diligencia posible. Y cuando vuestra desventura fuera de aquellas que tienen cerradas las puertas a todo género de consuelo, pensaba ayudaros a llorarla y plañirla como mejor pudiera, que todavía es consuelo en las desgracias hallar quien se duela dellas. Y si es que

ou amais, que me digais quem sois e a causa que vos trouxe a viver e a morrer nestas solidões qual bruto animal, morando entre eles tão esquecido de vós mesmo como mostra vosso traje e vossa pessoa. E juro — acrescentou D. Quixote — pela ordem de cavalaria que recebi, ainda que pecador e dela indigno, e pela profissão de cavaleiro andante, que, se nisto, senhor, me comprouverdes, hei de servir-vos com todas as veras a que me obriga o ser quem sou, ou bem remediando vossa desgraça, se ela tiver remédio, ou bem ajudando-vos a chorá-la, como vo-lo prometi.

O Cavaleiro do Bosque, ouvindo falar assim o da Triste Figura, não fazia senão olhá-lo e reolhá-lo e o tornar a olhar de cima a baixo; e depois de o ter bem olhado, lhe disse:

— Se têm algo para dar-me de comer, pelo amor de Deus mo deem, que depois de ter comido farei tudo aquilo que me mandam, em agradecimento por tão bons desejos como os que por mim têm mostrado.

Logo tiraram, Sancho de seu costal e o cabreiro de seu surrão, algo com que saciou o Roto sua fome, comendo o que lhe deram como pessoa perturbada, tão depressa que não dava espaço entre um bocado e outro, pois antes os tragava que engolia; e enquanto comia nem ele nem os que o olhavam falavam palavra. Assim como acabou de comer, acenou-lhes para que o seguissem, o que fizeram, e ele os levou a uma verde e breve campina que ao contornar uma penha um tanto retirada dali se encontrava. Em chegando a ela, sentou-se no chão, sobre a relva, e os demais fizeram o mesmo, e tudo isto sem que ninguém falasse, até que o Roto, depois de ter-se acomodado em seu assento, disse:

— Se gostais, senhores, que vos diga em breves razões a imensidão das minhas desventuras, me haveis de prometer de que com nenhuma pergunta

---

mi buen intento merece ser agradecido con algún género de cortesía, yo os suplico, señor, por la mucha que veo que en vos se encierra, y juntamente os conjuro por la cosa que en esta vida más habéis amado o amáis, que me digáis quién sois y la causa que os ha traído a vivir y a morir entre estas soledades como bruto animal, pues moráis entre ellos tan ajeno de vos mismo cual lo muestra vuestro traje y persona. Y juro — añadió don Quijote — por la orden de caballería que recebí, aunque indigno y pecador, y por la profesión de caballero andante, que si en esto, señor, me complacéis, de serviros con las veras a que me obliga el ser quien soy, ora remediando vuestra desgracia, si tiene remedio, ora ayudándoos a llorarla, como os lo he prometido.

El Caballero del Bosque, que de tal manera oyó hablar al de la Triste Figura, no hacía sino mirarle y remirarle y tornarle a mirar de arriba abajo; y después que le hubo bien mirado, le dijo:

— Si tienen algo que darme a comer, por amor de Dios que me lo den, que después de haber comido yo haré todo lo que se me manda, en agradecimiento de tan buenos deseos como aquí se me han mostrado.

Luego sacaron Sancho de su costal y el cabrero de su zurrón con que satisfizo el Roto su hambre, comiendo lo que le dieron como persona atontada, tan apriesa, que no daba espacio de un bocado al otro, pues antes los engullía que tragaba; y en tanto que comía ni él ni los que le miraban hablaban palabra. Como acabó de comer les hizo de señas que le siguiesen, como lo hicieron, y él los llevó a un verde pradecillo que a la vuelta de una peña poco desviada de allí estaba. En llegando a él, se tendió en el suelo, encima de la yerba, y los demás hicieron lo mismo, y todo esto sin que ninguno hablase, hasta que el Roto, después de haberse acomodado en su asiento, dijo:

— Si gustáis, señores, que os diga en breves razones la inmensidad de mis desventuras, habéisme de pro-

nem outra coisa interrompereis o fio da minha triste história; pois no ponto em que o fizerdes, aí parará o conto.

Essas razões do Roto trouxeram à memória a D. Quixote o conto que lhe contara seu escudeiro, quando não acertou ele o número de cabras que haviam cruzado o rio, ficando a história pendente. Mas, voltando ao Roto, prosseguiu dizendo:

— Esta prevenção que faço é porque prefiro passar brevemente pelo conto das minhas desgraças, pois trazê-las à memória não me serve de outra coisa senão acrescentar-lhes outras novas, e, quanto menos me perguntardes, antes acabarei eu de as dizer, sem que por isso deixe eu de contar coisa alguma que seja de importância nem de todo satisfazer o vosso desejo.

D. Quixote assim o prometeu em nome dos demais, e o outro, com tal penhor, começou desta maneira:

— Meu nome é Cardenio; minha pátria, uma cidade das melhores desta Andaluzia; minha linhagem, nobre; meus pais, ricos; minha desventura, tanta, que muito a devem de ter chorado meus pais e sentido minha linhagem, sem podê-la aliviar com sua riqueza, pois para remediar desditas do céu pouco soem valer os bens de fortuna. Vivia nessa mesma terra um céu, onde pôs o amor toda a glória que eu acertara a desejar: tal é a formosura de Luscinda, donzela tão nobre e tão rica como eu, porém de mais ventura e menos firmeza que a que a meus honrados pensamentos se devia. Esta Luscinda amei, quis e adorei desde meus tenros e primeiros anos, e ela também me amou, com a singeleza e o bom ânimo que sua pouca idade permitia. Sabiam nossos pais das nossas intenções e tal não lhes pesava, pois bem viam que, quando passassem adiante, não podiam ter outro fim senão o nosso casamento, coisa que quase determinava a igualdade da nossa linhagem e

---

meter de que con ninguna pregunta ni otra cosa no interromperéis el hilo de mi triste historia; porque en el punto que lo hagáis, en ese se quedará lo que fuere contando.

Estas razones del Roto trujeron a la memoria a don Quijote el cuento que le había contado su escudero, cuando no acertó el número de las cabras que habían pasado el río, y se quedó la historia pendiente. Pero, volviendo al Roto, prosiguió diciendo:

— Esta prevención que hago es porque querría pasar brevemente por el cuento de mis desgracias, que el traerlas a la memoria no me sirve de otra cosa que añadir otras de nuevo, y mientras menos me preguntáredes, más presto acabaré yo de decillas, puesto que no dejaré por contar cosa alguna que sea de importancia para no satisfacer del todo a vuestro deseo.

Don Quijote se lo prometió en nombre de los demás, y él, con este seguro, comenzó desta manera:

— Mi nombre es Cardenio; mi patria, una ciudad de las mejores desta Andalucía; mi linaje, noble; mis padres, ricos; mi desventura, tanta, que la deben de haber llorado mis padres, y sentido mi linaje, sin poderla aliviar con su riqueza, que para remediar desdichas del cielo poco suelen valer los bienes de fortuna. Vivía en esta mesma tierra un cielo, donde puso el amor toda la gloria que yo acertara a desearme: tal es la hermosura de Luscinda, doncella tan noble y tan rica como yo, pero de más ventura y de menos firmeza de la que a mis honrados pensamientos se debía. A esta Luscinda amé, quise y adoré desde mis tiernos y primeros años, y ella me quiso a mí, con aquella sencillez y buen ánimo que su poca edad permitía. Sabían nuestros padres nuestros intentos y no les pesaba dello, porque bien veían que, cuando pasaran adelante, no podían tener otro fin que el de casarnos,

riquezas. Cresceu a idade, e com ela o amor de ambos, de modo que o pai de Luscinda entendeu ser obrigado pelo bom respeito a me negar a entrada de sua casa, quase imitando nisto os pais daquela Tisbe tão decantada pelos poetas. E veio esta negação acrescentar chama à chama e desejo ao desejo, pois, inda que pondo silêncio às línguas, não o puderam pôr à pena, que com mais liberdade que as línguas sói dar a entender aos amantes o que na alma encerram, pois muitas vezes a presença da coisa amada embaraça e emudece a intenção mais determinada e a língua mais atrevida. Ah, céus, quantos bilhetes lhe escrevi! Quão regaladas e honestas respostas tive! Quantas canções compus e quantos apaixonados versos, onde a alma declarava e trasladava seus sentimentos, pintava seus ardentes desejos, entretinha suas memórias e recreava sua vontade! Com efeito, vendo-me aflito, e que minha alma se consumia no desejo de vê-la, determinei de pôr por obra e acabar de uma vez o que me pareceu que mais convinha para ter o meu desejado e merecido prêmio, que era pedi-la a seu pai por legítima esposa, como fiz; ao que ele me respondeu que me agradecia a vontade que eu mostrava de honrá-lo e de querer honrar-me com prendas suas, mas que, sendo meu pai vivo, a ele cabia por justo direito fazer aquela demanda, pois, se não fosse com muita vontade e gosto seu, não seria Luscinda mulher de se tomar nem dar a furto. Eu lhe agradeci sua boa tenção, cuidando ter razão no que dizia e que meu pai conviria nisso assim como lho dissesse; e com essa tenção naquele mesmo instante fui logo dizer a meu pai o que desejava. E ao entrar no aposento onde ele estava, achei-o com uma carta aberta na mão, a qual, antes que eu lhe dissesse palavra, me entregou dizendo: "Por esta carta verás, Cardenio, a vontade que o duque Ricardo tem de te fazer mercê". Esse duque Ricardo, como vós, senhores, deveis de saber, é um grande de Espanha, que tem seu

---

cosa que casi la concertaba la igualdad de nuestro linaje y riquezas. Creció la edad, y con ella el amor de entrambos, que al padre de Luscinda le pareció que por buenos respetos estaba obligado a negarme la entrada de su casa, casi imitando en esto a los padres de aquella Tisbe tan decantada de los poetas. Y fue esta negación añadir llama a llama y deseo a deseo, porque, aunque pusieron silencio a las lenguas, no le pudieron poner a las plumas, las cuales con más libertad que las lenguas suelen dar a entender a quien quieren lo que en el alma está encerrado, que muchas veces la presencia de la cosa amada turba y enmudece la intención más determinada y la lengua más atrevida. ¡Ay, cielos, y cuántos billetes le escribí! ¡Cuán regaladas y honestas respuestas tuve! ¡Cuántas canciones compuse y cuántos enamorados versos, donde el alma declaraba y trasladaba sus sentimientos, pintaba sus encendidos deseos, entretenía sus memorias y recreaba su voluntad! En efeto, viéndome apurado, y que mi alma se consumía con el deseo de verla, determiné poner por obra y acabar en un punto lo que me pareció que más convenía para salir con mi deseado y merecido premio, y fue el pedírsela a su padre por legítima esposa, como lo hice; a lo que él me respondió que me agradecía la voluntad que mostraba de honralle y de querer honrarme con prendas suyas, pero que, siendo mi padre vivo, a él tocaba de justo derecho hacer aquella demanda, porque, si no fuese con mucha voluntad y gusto suyo, no era Luscinda mujer para tomarse ni darse a hurto. Yo le agradecí su buen intento, pareciéndome que llevaba razón en lo que decía, y que mi padre vendría en ello como yo se lo dijese; y con este intento luego en aquel mismo instante fui a decirle a mi padre lo que deseaba. Y al tiempo que entré en un aposento donde estaba, le hallé con una carta abierta en la mano, la cual, antes que yo le dijese palabra, me la dio y me dijo: "Por esa carta verás, Cardenio, la voluntad que el duque Ricardo tiene de hacerte merced". Este

estado no melhor desta Andaluzia. Tomei a carta e a li, a qual vinha tão encarecida que até a mim mesmo pareceu mal que meu pai deixasse de cumprir o que nela o duque lhe pedia, que era que de imediato me enviasse aonde ele estava, pois queria que eu fosse companheiro, não criado, de seu filho primeiro, e que ele tomava a seu cargo alçar-me a estado que correspondesse à estima em que me tinha. Li a carta e emudeci ao lê-la, e mais quando ouvi meu pai dizer: "Daqui a dois dias partirás, Cardenio, para fazer a vontade do duque, e dá graças a Deus, que assim te vai abrindo caminho por onde alcançar o que eu sei que mereces". Acrescentou a estas outras razões de pai conselheiro. Chegou o termo de minha partida, falei uma noite com Luscinda, contei-lhe o que se passava, e o mesmo fiz com seu pai, suplicando-lhe que por algum tempo dilatasse qualquer resolução e a guardasse de tomar estado até que eu visse o que o duque Ricardo de mim queria; ele mo prometeu e ela mo confirmou com mil juras e mil desmaios. Fui, enfim, aonde o duque Ricardo estava. Fui por ele tão bem recebido e tratado, que desde logo começou a inveja a fazer a sua parte, tendo-ma os criados antigos por crerem que as mostras que o duque dava de me fazer mercê haveriam de ser em prejuízo deles. Mas quem mais se regozijou com a minha ida foi o filho segundo do duque, chamado Fernando, moço galhardo, gentil-homem, liberal e namoradiço, o qual em pouco tempo quis que eu fosse tão seu amigo, que dava a todos que dizer; e se o mais velho me queria bem e me fazia mercê, não chegou ao extremo com que D. Fernando me queria e tratava. É pois o caso que, como entre amigos não há segredo que não se comunique, e a privança que eu tinha com D. Fernando deixava já de sê-lo por tornar-se em amizade, todos os seus pensamentos me declarava, especialmente um de amores, que o trazia um tanto desassossegado. Queria bem a uma lavradora, vassala de

---

duque Ricardo, como ya vosotros, señores, debéis de saber, es un grande de España que tiene su estado en lo mejor desta Andalucía. Tomé y leí la carta, la cual venía tan encarecida, que a mí mesmo me pareció mal si mi padre dejaba de cumplir lo que en ella se le pedía, que era que me enviase luego donde él estaba, que quería que fuese compañero, no criado, de su hijo el mayor, y que él tomaba a cargo el ponerme en estado que correspondiese a la estimación en que me tenía. Leí la carta y enmudecí leyéndola, y más cuando oí que mi padre me decía: "De aquí a dos días te partirás, Cardenio, a hacer la voluntad del duque, y da gracias a Dios, que te va abriendo camino por donde alcances lo que yo sé que mereces". Añadió a estas otras razones de padre consejero. Llegóse el término de mi partida, hablé una noche a Luscinda, díjele todo lo que pasaba, y lo mesmo hice a su padre, suplicándole se entretuviese algunos días y dilatase el darle estado hasta que yo viese lo que el duque Ricardo me quería; él me lo prometió y ella me lo confirmó con mil juramentos y mil desmayos. Vine, en fin, donde el duque Ricardo estaba. Fui dél tan bien recebido y tratado, que desde luego comenzó la envidia a hacer su oficio, teniéndomela los criados antiguos, pareciéndoles que las muestras que el duque daba de hacerme merced habían de ser en perjuicio suyo. Pero el que más se holgó con mi ida fue un hijo segundo del duque, llamado Fernando, mozo gallardo, gentilhombre, liberal y enamorado, el cual en poco tiempo quiso que fuese tan su amigo, que daba que decir a todos; y aunque el mayor me quería bien y me hacía merced, no llegó al estremo con que don Fernando me quería y trataba. Es, pues, el caso que, como entre los amigos no hay cosa secreta que no se comunique y la privanza que yo tenía con don Fernando dejaba de serlo por ser amistad, todos sus pensamientos me declaraba, especialmente uno enamorado, que le traía con un poco de desasosiego. Quería bien a una labradora, vasalla de su padre, y ella

seu pai, e eram os dela tão ricos, e ela tão formosa, recatada, discreta e honesta, que ninguém que a conhecia se determinava em qual dessas coisas tinha mais excelência nem mais se avantajava. Essas tão boas prendas da formosa lavradora subjugaram a tal termo o desejo de D. Fernando que este resolveu, para poder realizá-lo e tomar a honra da lavradora, dar-lhe a palavra de ser seu esposo, pois de outra maneira seria tentar o impossível. Eu, obrigado por sua amizade, com as melhores razões que soube e com os mais vivos exemplos que pude, procurei dissuadi-lo e arredá-lo de tal propósito, mas, vendo que não aproveitava, determinei de contar o caso ao duque Ricardo, seu pai; mas D. Fernando, sendo astuto e bem-avisado, receou-se e temeu disso, por cuidar que, à lei de bom criado, tinha eu por obrigação não ocultar do duque algo que tão em prejuízo de sua honra viria; e assim, para me desviar e enganar, disse não achar melhor remédio para tirar da memória a formosura que tão sujeito o tinha que se ausentar por alguns meses, e que queria que a ausência se desse em irmos nós dois à casa de meu pai, dando ao duque o pretexto de que era para ver e feirar uns boníssimos cavalos que havia na minha cidade, que é mãe dos melhores do mundo. Apenas o ouvi dizer isso quando, movido da minha afeição, ainda que sua determinação não fosse tão boa, aprovei-a como das mais acertadas que se pudessem imaginar, por ver quão boa ocasião e conjuntura me oferecia de rever a minha Luscinda. Com tal pensamento e desejo, aprovei seu parecer e apoiei seu propósito, dizendo-lhe que o pusesse por obra com a máxima brevidade possível, pois, de feito, a ausência fazia sua parte a despeito dos mais firmes pensamentos. Já quando me veio a dizer isso, segundo eu soube depois, tinha ele desfrutado da lavradora com título de esposo e esperava a ocasião de o poder revelar a seu salvo, temeroso do que o duque seu pai faria ao conhecer seu dispara-

---

los tenía muy ricos, y era tan hermosa, recatada, discreta y honesta, que nadie que la conocía se determinaba en cuál destas cosas tuviese más excelencia ni más se aventajase. Estas tan buenas partes de la hermosa labradora redujeron a tal término los deseos de don Fernando, que se determinó, para poder alcanzarlo y conquistar la entereza de la labradora, darle palabra de ser su esposo, porque de otra manera era procurar lo imposible.

    Yo, obligado de su amistad, con las mejores razones que supe y con los más vivos ejemplos que pude procuré estorbarle y apartarle de tal propósito, pero, viendo que no aprovechaba, determiné de decirle el caso al duque Ricardo, su padre; mas don Fernando, como astuto y discreto, se receló y temió desto, por parecerle que estaba yo obligado, en ley de buen criado, a no tener encubierta cosa que tan en perjuicio de la honra de mi señor el duque venía; y así, por divertirme y engañarme, me dijo que no hallaba otro mejor remedio para poder apartar de la memoria la hermosura que tan sujeto le tenía que el ausentarse por algunos meses, y que quería que el ausencia fuese que los dos nos viniésemos en casa de mi padre, con ocasión que darían al duque que venía a ver y a feriar unos muy buenos caballos que en mi ciudad había, que es madre de los mejores del mundo. Apenas le oí yo decir esto, cuando, movido de mi afición, aunque su determinación no fuera tan buena, la aprobara yo por una de las más acertadas que se podían imaginar, por ver cuán buena ocasión y coyuntura se me ofrecía de volver a ver a mi Luscinda. Con este pensamiento y deseo, aprobé su parecer y esforcé su propósito, diciéndole que lo pusiese por obra con la brevedad posible, porque, en efeto, la ausencia hacía su oficio a pesar de los más firmes pensamientos. Ya, cuando él me vino a decir esto, según después se supo, había gozado a la labradora con título de esposo y esperaba ocasión de descubrirse a su salvo, temeroso de lo que el duque su padre haría cuando supiese su dispa-

te. Sucedeu pois que, como o amor nos moços no mais das vezes o não é, e sim mero apetite, o qual, tendo por fim último o deleite, se acaba quando o alcança, e de força volta atrás aquilo que parecia amor, porque não pode ir além do termo que lhe pôs a natureza, termo esse que não se põe ao que é verdadeiro amor, quero dizer que, assim como D. Fernando desfrutou da lavradora, aplacaram-se-lhe os desejos e arrefeceram seus afincos; e se antes fingia querer ausentar-se por remediá-los, à vera procurava ir-se para os não pôr em execução. Deu-lhe o duque licença e me mandou que o acompanhasse. Fomos à minha cidade, recebeu-o meu pai como quem era, logo vi minha Luscinda, reviveram (bem que nunca houvessem estado mortos nem amortecidos) meus desejos, dos quais dei conta, para minha desgraça, a D. Fernando, por parecer-me que, à lei da muita amizade que ele mostrava, não lhe devia ocultar nada. Elogiei-lhe a formosura, donaire e discrição de Luscinda, de tal maneira que meus elogios puseram nele o desejo de querer ver donzela de tão boas prendas adornada. Atendi-o eu, para minha curta sorte, mostrando-lha uma noite, à luz de uma vela, por uma janela onde os dois usávamos nos falar. Viu-a em camisão, de tal maneira que esqueceu todas as belezas até então por ele vistas. Emudeceu, perdeu o sentido, ficou absorto e, finalmente, tão enamorado qual vereis no discorrer do conto da minha desventura. E para mais lhe acender o desejo (que ele de mim calava e ao céu, a sós, descobria), quis a fortuna que achasse um dia um bilhete dela pedindo-me que a pedisse a seu pai por esposa, tão discreto, tão honesto e tão enamorado que, em lendo-o, disse-me ele que só em Luscinda se encerravam todas as graças de formosura e entendimento que nas demais mulheres do mundo estavam repartidas. Bem é verdade, e o quero confessar agora, que, se bem eu visse com quão justas causas D. Fernando elogiava Luscinda, pesava-me de ouvir

---

rate. Sucedió, pues, que como el amor en los mozos por la mayor parte no lo es, sino apetito, el cual, como tiene por último fin el deleite, en llegando a alcanzarle se acaba, y ha de volver atrás aquello que parecía amor, porque no puede pasar adelante del término que le puso naturaleza, el cual término no le puso a lo que es verdadero amor, quiero decir que así como don Fernando gozó a la labradora, se le aplacaron sus deseos y se resfriaron sus ahíncos; y si primero fingía quererse ausentar por remediarlos, ahora de veras procuraba irse por no ponerlos en ejecución. Diole el duque licencia y mandóme que le acompañase. Venimos a mi ciudad, recibióle mi padre como quien era, vi yo luego a Luscinda, tornaron a vivir (aunque no habían estado muertos ni amortiguados) mis deseos, de los cuales di cuenta, por mi mal, a don Fernando, por parecerme que, en la ley de la mucha amistad que mostraba, no le debía encubrir nada. Alabéle la hermosura, donaire y discreción de Luscinda, de tal manera que mis alabanzas movieron en él los deseos de querer ver doncella de tantas buenas partes adornada. Cumplíselos yo, por mi corta suerte, enseñándosela una noche, a la luz de una vela, por una ventana por donde los dos solíamos hablarnos. Viola en sayo, tal, que todas las bellezas hasta entonces por él vistas las puso en olvido. Enmudeció, perdió el sentido, quedó absorto y, finalmente, tan enamorado cual lo veréis en el discurso del cuento de mi desventura. Y para encenderle más el deseo (que a mí me celaba, y al cielo, a solas, descubría), quiso la fortuna que hallase un día un billete suyo pidiéndome que la pidiese a su padre por esposa, tan discreto, tan honesto y tan enamorado, que en leyéndolo me dijo que en sola Luscinda se encerraban todas las gracias de hermosura y de entendimiento que en las demás mujeres del mundo estaban repartidas. Bien es verdad que quiero confesar ahora que, puesto que yo veía con cuán justas causas don Fernando a Luscinda alababa, me pesaba de oír aquellas ala-

aqueles elogios de sua boca, e comecei, com razão, a recear-me dele, pois não se passava momento em que não quisesse que falássemos de Luscinda, e ele puxava o assunto, ainda que fosse pelos cabelos, coisa que despertava em mim um não sei quê de ciúmes, não porque temesse algum revés da bondade e da fé de Luscinda, mas porque, apesar disto, fazia-me temer a minha sorte o mesmo que ela me assegurava. Procurava sempre D. Fernando ler os papéis que eu a Luscinda enviava e os que ela me respondia, a título de muito gostar da discrição dos dois. Aconteceu pois que, tendo-me pedido Luscinda um livro de cavalarias para ler, do qual era ela muito aficionada, que era o de *Amadis de Gaula*...

Apenas ouviu D. Quixote a menção ao livro de cavalarias, quando disse:
— Se vossa mercê tivesse dito logo ao começar sua história que sua mercê a senhora Luscinda era aficionada a livros de cavalarias, não haveria mister de mais louvores para dar-me a entender a alteza do seu entendimento, que o não teria tão bom como vós, senhor, o haveis pintado, se carecesse do gosto de tão saborosa leitura: porquanto para comigo não há mister de gastar mais palavras em declarar-me sua formosura, valor e entendimento, pois só em conhecer sua afeição a confirmo como a mais formosa e mais discreta mulher do mundo. E quisera eu, senhor, que vossa mercê lhe houvesse enviado junto com o *Amadis de Gaula* o bom do *Don Rugel de Grecia*,[1] pois sei que muito gostaria a senhora Luscinda de Daraida e Garaya e das discrições do pastor Darinel e daqueles admiráveis versos de suas bucólicas, cantadas e representadas por ele com toda a graça, discrição e desenvoltura. Mas tempo poderá vir em que se emende essa falta, e não tardará em fazer-se a emenda mais que o que vossa mercê leve em ser servido de vir comigo até a minha aldeia, pois ali poderei dar-lhe mais de trezentos livros que são o re-

---

banzas de su boca, y comencé a temer y a recelarme dél, porque no se pasaba momento donde no quisiese que tratásemos de Luscinda, y él movía la plática, aunque la trujese por los cabellos, cosa que despertaba en mí un no sé qué de celos, no porque yo temiese revés alguno de la bondad y de la fe de Luscinda, pero, con todo eso, me hacía temer mi suerte lo mesmo que ella me aseguraba. Procuraba siempre don Fernando leer los papeles que yo a Luscinda enviaba y los que ella me respondía, a título que de la discreción de los dos gustaba mucho. Acaeció, pues, que habiéndome pedido Luscinda un libro de caballerías en que leer, de quien era ella muy aficionada, que era el de *Amadís de Gaula*...

No hubo bien oído don Quijote nombrar libro de caballerías, cuando dijo:
— Con que me dijera vuestra merced al principio de su historia que su merced de la señora Luscinda era aficionada a libros de caballerías, no fuera menester otra exageración para darme a entender la alteza de su entendimiento, porque no le tuviera tan bueno como vos, señor, le habéis pintado, si careciera del gusto de tan sabrosa leyenda: así que para conmigo no es menester gastar más palabras en declararme su hermosura, valor y entendimiento, que con solo haber entendido su afición la confirmo por la más hermosa y más discreta mujer del mundo. Y quisiera yo, señor, que vuestra merced le hubiera enviado junto con *Amadís de Gaula* al bueno de *Don Rugel de Grecia*, que yo sé que gustara la señora Luscinda mucho de Daraida y Garaya y de las discreciones del pastor Darinel y de aquellos admirables versos de sus bucólicas, cantadas y representadas por él con todo donaire, discreción y desenvoltura. Pero tiempo podrá venir en que se emiende esa falta, y no durará más en hacerse la enmienda de cuanto quiera vuestra merced ser servido de venirse conmigo a mi aldea, que allí le podré dar más

galo da minha alma e o entretenimento da minha vida; se bem tenho para mim que já não tenho nenhum, mercê da malícia de maus e invejosos encantadores. E perdoe-me vossa mercê por contravir a promessa de não interromper a sua fala, pois, em ouvindo coisas de cavalarias e de cavaleiros andantes, assim é em minha mão deixar de falar deles como o é na dos raios do sol deixar de aquecer, ou umedecer na dos da lua. Portanto perdão, e prossigamos, que é o que agora vem mais ao caso.

Enquanto D. Quixote ia dizendo o que fica dito, caíra a Cardenio a cabeça sobre o peito, dando ele mostras de estar profundamente pensativo. E posto que D. Quixote por duas vezes lhe dissesse que prosseguisse sua história, nem levantava a cabeça nem respondia palavra; mas ao cabo de um bom trecho a levantou e disse:

— Não me sai do pensamento, nem haverá no mundo quem mo tire nem outra coisa me dê a entender, e seria um malhadeiro quem o contrário entendesse ou acreditasse, senão que aquele velhacão do mestre Elisabat estava amancebado com a rainha Madásima.[2]

— Isso não, voto a tal! — respondeu com muita cólera D. Quixote, lançando-lhe a jura completa como era seu costume —, e é essa uma grandíssima malícia, ou velhacaria, por melhor dizer: a rainha Madásima foi uma mui principal senhora, e não há como presumir que tão alta princesa se houvesse de amancebar com qualquer mata-sanos; e quem o contrário entender, mente como grandíssimo velhaco, e eu lho darei a entender a pé ou a cavalo, armado ou desarmado, de noite ou de dia, ou como for mais do seu gosto.

Fitava-o Cardenio com muita atenção, ao qual já viera o acidente da sua loucura e não estava mais para prosseguir sua história, nem tampouco D.

---

de trecientos libros que son el regalo de mi alma y el entretenimiento de mi vida; aunque tengo para mí que ya no tengo ninguno, merced a la malicia de malos y envidiosos encantadores. Y perdóneme vuestra merced el haber contravenido a lo que prometimos de no interrumpir su plática, pues, en oyendo cosas de caballerías y de caballeros andantes, así es en mi mano dejar de hablar en ellos como lo es en la de los rayos del sol dejar de calentar, ni humedecer en los de la luna. Así que perdón, y proseguir, que es lo que ahora hace más al caso.

En tanto que don Quijote estaba diciendo lo que queda dicho, se le había caído a Cardenio la cabeza sobre el pecho, dando muestras de estar profundamente pensativo. Y, puesto que dos veces le dijo don Quijote que prosiguiese su historia, ni alzaba la cabeza ni respondía palabra; pero al cabo de un buen espacio la levantó y dijo:

— No se me puede quitar del pensamiento, ni habrá quien me lo quite en el mundo ni quien me dé a entender otra cosa, y sería un majadero el que lo contrario entendiese o creyese, sino que aquel bellaconazo del maestro Elisabat estaba amancebado con la reina Madásima.

— Eso no, ¡voto a tal! — respondió con mucha cólera don Quijote, y arrojóle como tenía de costumbre —, y esa es una muy grande malicia, o bellaquería, por mejor decir: la reina Madásima fue muy principal señora, y no se ha de presumir que tan alta princesa había de amancebar con un sacapotras; y quien lo contrario entendiere, miente como muy gran bellaco, y yo se lo daré a entender a pie o a caballo, armado o desarmado, de noche o de día, o como más gusto le diere.

Estábale mirando Cardenio muy atentamente, al cual ya había venido el accidente de su locura y no estaba para proseguir su historia, ni tampoco don Quijote se la oyera, según le había disgustado lo que de Madásima

Quixote lha ouviria, pelo muito que o desgostara aquilo que sobre Madásima lhe ouvira. Estranho caso, pois ele saiu em sua defesa como se ela verdadeiramente fosse sua verdadeira e natural senhora, a tal termo o levaram seus excomungados livros! Digo, pois, que, como já Cardenio estava louco e se ouviu tratar de mentiroso e de velhaco, mais outros insultos semelhantes, levou a burla a mal e apanhou um calhau que achou junto de si e deu com ele no peito de D. Quixote tamanho golpe que o fez tombar de costas. Sancho Pança, ao ver seu senhor receber tal tratamento, arremeteu contra o louco de punho cerrado, e o Roto o recebeu de tal sorte que com uma punhada deu com ele a seus pés, para em seguida montar-se sobre ele e sovar-lhe as costelas muito a seu sabor. O cabreiro, que o tentou defender, sofreu a mesma sorte. E depois que teve todos bem rendidos e moídos, os deixou e se foi airoso e sossegado emboscar na montanha.

Levantou-se Sancho e, com a raiva que tinha de se ver aporreado tão sem merecimento, foi tomar vingança do cabreiro, dizendo-lhe que era dele a culpa por não ter-lhes avisado que de tempo em tempo aquele homem era tomado da loucura, pois, se o soubessem, teriam ficado de sobreaviso para poder se defender. Respondeu o cabreiro que bem o dissera e que, se o não ouvira, não era sua culpa. Replicou Sancho Pança e tornou a replicar o cabreiro, e acabaram as réplicas agarrando-se os dois pelas barbas dando-se tais punhadas que, se D. Quixote os não pusesse em paz, acabariam em pedaços. Dizia Sancho, pegando-se com o cabreiro:

— Deixe-me vossa mercê, senhor Cavaleiro da Triste Figura, que deste, que é vilão como eu e não é armado cavaleiro, posso muito a meu salvo tirar satisfação do agravo que me fez, brigando com ele mão por mão, como homem honrado.

---

le había oído. ¡Estraño caso, que así volvió por ella como si verdaderamente fuera su verdadera y natural señora, tal le tenían sus descomulgados libros! Digo, pues, que, como ya Cardenio estaba loco y se oyó tratar de mentís y de bellaco, con otros denuestos semejantes, parecióle mal la burla, y alzó un guijarro que halló junto a sí y dio con él en los pechos tal golpe a don Quijote, que le hizo caer de espaldas. Sancho Panza, que de tal modo vio parar a su señor, arremetió al loco con el puño cerrado, y el Roto le recibió de tal suerte, que con una puñada dio con él a sus pies y luego se subió sobre él y le brumó las costillas muy a su sabor. El cabrero, que le quiso defender, corrió el mesmo peligro. Y después que los tuvo a todos rendidos y molidos, los dejó y se fue con gentil sosiego a emboscarse en la montaña.

Levantóse Sancho y, con la rabia que tenía de verse aporreado tan sin merecerlo, acudió a tomar la venganza del cabrero, diciéndole que él tenía la culpa de no haberles avisado que a aquel hombre le tomaba a tiempos la locura, que si esto supieran hubieran estado sobre aviso para poderse guardar. Respondió el cabrero que ya lo había dicho y que si él no lo había oído, que no era suya la culpa. Replicó Sancho Panza y tornó a replicar el cabrero, y fue el fin de las réplicas asirse de las barbas y darse tales puñadas, que si don Quijote no los pusiera en paz se hicieran pedazos. Decía Sancho, asido con el cabrero:

— Déjeme vuestra merced, señor Caballero de la Triste Figura, que en este, que es villano como yo y no está armado caballero, bien puedo a mi salvo satisfacerme del agravio que me ha hecho, peleando con él mano a mano, como hombre honrado.

— Así es — dijo don Quijote —, pero yo sé que él no tiene ninguna culpa de lo sucedido.

— Que seja — disse D. Quixote —, mas eu sei que ele não tem culpa alguma do sucedido.

Com isto os apaziguou, e tornou D. Quixote a perguntar ao cabreiro se seria possível encontrar Cardenio, pois ficara com grandíssimo desejo de saber o fim da sua história. Disse-lhe o cabreiro o mesmo que de primeiro lhe dissera, que era não saber ao certo sua guarida, mas que se andasse muito por aqueles contornos, não deixaria de achá-lo, ou são ou louco.

NOTAS

[1] *Don Rugel de Grecia*: o décimo primeiro livro da série dos amadises, intitulado *Crónica del muy excelente príncipe don Florisel de Niquea, en la cual se trata de las grandes hazañas de don Rogel de Grecia* (Medina del Campo, 1535), de Feliciano de Silva. Daraida e Garaya são os nomes que, no livro, recebem os príncipes Agesilao e Arlanges quando vestidos de mulher.

[2] Mestre Elisabat e a rainha Madásima: personagens do *Amadis de Gaula*. Na novela aparecem três Madásimas, mas nenhuma é rainha nem tem relação alguma com Elisabat — tutor e acompanhante de Amadis, sacerdote e mestre em todas as artes, que em várias ocasiões cura os ferimentos do herói.

Con esto los apaciguó, y don Quijote volvió a preguntar al cabrero si sería posible hallar a Cardenio, porque quedaba con grandísimo deseo de saber el fin de su historia. Díjole el cabrero lo que primero le había dicho, que era no saber de cierto su manida, pero que si anduviese mucho por aquellos contornos, no dejaría de hallarle, o cuerdo o loco.

CAPÍTULO XXV

*Que trata das estranhas coisas
que na Serra Morena aconteceram
ao valente cavaleiro de La Mancha
e da imitação que fez da penitência de Beltenebros*[1]

Despediu-se D. Quixote do cabreiro e, montando outra vez em Rocinante, mandou que Sancho o seguisse, quem o fez, com seu jumento,[2] muito a contragosto. Iam aos poucos entrando no mais áspero da montanha, e Sancho morria por conversar com seu amo e desejava que ele começasse, por não contravir o seu mandamento; mas não podendo sofrer tanto silêncio, lhe disse:

— Senhor D. Quixote, vossa mercê me dê sua bênção e sua licença, pois daqui quero voltar para minha casa e minha mulher e meus filhos, com os quais pelo menos falarei e conversarei tanto quanto quiser; pois querer vossa mercê que o acompanhe noite e dia por estas solidões sem lhe falar quando me dá vontade é enterrar-me em vida. Ao menos se a sorte quisesse que os animais falassem, como falavam nos tempos do Guisopete,[3] menos mal, pois conversaria eu com o meu jumento[4] o que bem quisesse e com isto passaria a minha má ventura; mas é duro e difícil de sofrer à paciência este andar toda a vida buscando aventuras sem nada ganhar além de coices e man-

---

CAPÍTULO XXV

*Que trata de las estrañas cosas
que en Sierra Morena sucedieron
al valiente caballero de La Mancha,
y de la imitación que hizo a la penitencia de Beltenebros*

Despidióse del cabrero don Quijote y, subiendo otra vez sobre Rocinante, mandó a Sancho que le siguiese, el cual lo hizo con su jumento, de muy mala gana. Íbanse poco a poco entrando en lo más áspero de la montaña, y Sancho iba muerto por razonar con su amo y deseaba que él comenzase la plática, por no contravenir a lo que le tenía mandado; mas no pudiendo sufrir tanto silencio, le dijo:

— Señor don Quijote, vuestra merced me eche su bendición y me dé licencia, que desde aquí me quiero volver a mi casa y a mi mujer y a mis hijos, con los cuales por lo menos hablaré y departiré todo lo que quisiere; porque querer vuestra merced que vaya con él por estas soledades de día y de noche, y que no le hable cuando me diere gusto, es enterrarme en vida. Si ya quisiera la suerte que los animales hablaran, como hablaban en tiempo de Guisopete, fuera menos mal, porque departiera yo con mi jumento lo que me viniera en gana y con esto pasara

teações, tijolaços e punhadas e, para cúmulo, ter de coser a boca, sem poder o cristão dizer o que traz no peito, como se fosse mudo.

— Já entendi o que queres, Sancho — respondeu D. Quixote —: morres por que eu levante o interdito que impus à tua língua. Podes dá-lo por suspenso e dizer o que quiseres, com a condição de que não há de durar tal suspensão além do tempo que passarmos nestas serras.

— Que seja — disse Sancho —, falarei agora, que o futuro a Deus pertence; e começando a gozar deste salvo-conduto, pergunto por que vossa mercê tomou a defesa daquela rainha Magámissa, ou lá como se chame. E o que lhe importava se aquele tal abade era ou não amigo dela? Se vossa mercê, não sendo seu juiz, não entrasse nessas pendências, tenho certeza de que o louco seguiria com a sua história, com o que se teriam poupado a pedrada e os pontapés, e eu bem meia dúzia de sopapos.

— À fé, Sancho — respondeu D. Quixote —, que, se tu soubesses como eu sei quão honrada e principal senhora era a rainha Madásima, eu sei que dirias que fui até por demais paciente não tendo partido a boca donde tais blasfêmias saíram; porque é grandíssima blasfêmia dizer ou pensar que uma rainha viva amancebada com um cirurgião. A verdade do conto é que aquele mestre Elisabat que o louco disse foi um homem assaz prudente e de saníssimos conselhos que serviu a rainha como aio e médico; mas pensar que ela era sua amiga é disparate digno de enorme castigo. E para que vejas que Cardenio não sabia o que dizia, hás de notar que quando o disse já estava fora do seu juízo.

— Pois é o que eu digo — disse Sancho —, que não tinha vossa mercê por que fazer caso das palavras de um louco; que, se a boa sorte não o tivesse ajudado e lhe encaminhasse o calhau à cabeça como o encaminhou ao

---

mi mala ventura; que es recia cosa, y que no se puede llevar en paciencia, andar buscando aventuras toda la vida, y no hallar sino coces y manteamientos, ladrillazos y puñadas, y, con todo esto, nos hemos de coser la boca, sin osar decir lo que el hombre tiene en su corazón, como si fuera mudo.

— Ya te entiendo, Sancho — respondió don Quijote —: tú mueres porque te alce el entredicho que te tengo puesto en la lengua. Dale por alzado y di lo que quisieres, con condición que no ha de durar este alzamiento más de en cuanto anduviéremos por estas sierras.

— Sea ansí — dijo Sancho —, hable yo ahora, que después Dios sabe lo que será; y comenzando a gozar de ese salvoconducto, digo que qué le iba a vuestra merced en volver tanto por aquella reina Magimasa o como se llama. ¿O qué hacía al caso que aquel abad fuese su amigo o no? Que si vuestra merced pasara con ello, pues no era su juez, bien creo yo que el loco pasara adelante con su historia, y se hubieran ahorrado el golpe del guijarro y las coces y aun más de seis tornisconas.

— A fe, Sancho — respondió don Quijote —, que si tú supieras como yo lo sé cuán honrada y cuán principal señora era la reina Madásima, yo sé que dijeras que tuve mucha paciencia, pues no quebré la boca por donde tales blasfemias salieron; porque es muy gran blasfemia decir ni pensar que una reina esté amancebada con un cirujano. La verdad del cuento es que aquel maestro Elisabat que el loco dijo fue un hombre muy prudente y de muy sanos consejos y sirvió de ayo y de médico a la reina; pero pensar que ella era su amiga es disparate digno de muy gran castigo. Y porque veas que Cardenio no supo lo que dijo, has de advertir que cuando lo dijo ya estaba sin juicio.

peito, bem arrumados estaríamos por tomar vossa mercê a defesa daquela minha senhora que Deus confunda. Pois, arre, como não dar Cardenio por louco!?

— Contra sãos e contra loucos é obrigado todo cavaleiro andante a defender a honra das mulheres, quaisquer que elas sejam, quanto mais de uma rainha de tão alta qualidade e prol como foi a rainha Madásima, por quem tenho especial estima mercê das suas boas prendas; pois, afora ser fermosa, foi também mui prudente e mui sofrida nas suas calamidades, que as teve muitas, e os conselhos e a companhia do mestre Elisabat foi-lhe e foram-lhe de muito proveito e alívio para poder aturar seus trabalhos com prudência e paciência. E daí tomou ocasião o vulgo ignorante e mal-intencionado de dizer e pensar que ela era sua manceba; e mentem, digo outra vez, e mentirão outras duzentas todos os que tal coisa pensarem e disserem.

— Eu aqui não digo nem penso — respondeu Sancho. — Eles lá que se amanhem e colham sua semeadura: se viveram ou não amancebados, a Deus que prestem contas. Eu sigo meu trilho, não sei de nada nem sou amigo de saber vidas alheias, pois quem compra e mente, na bolsa o sente. Quanto mais, que nu nasci e nu estou: não perco nem ganho. E se eles acaso o fossem, que teria eu com isso? Pois às vezes são mais as vozes que as nozes. Mas quem pode pôr rédeas ao vento? Quanto mais, que até Deus foi malfalado.

— Valha-me Deus, Sancho — disse D. Quixote —, que fieira de necedades! Que tem que ver o que tratamos com os ditados que desfias? Por tua vida, Sancho, cala, e daqui em diante trata de esporear o teu asno,[5] e não te metas no que não é da tua conta. E entende com todos os teus cinco sentidos que tudo quanto fiz, faço e fizer vai bem-posto em razão e bem conforme às

---

— Eso digo yo — dijo Sancho —, que no había para qué hacer cuenta de las palabras de un loco; porque si la buena suerte no ayudara a vuestra merced y encaminara el guijarro a la cabeza como le encaminó al pecho, buenos quedáramos por haber vuelto por aquella mi señora que Dios cohonda. Pues ¡montas, que no se librara Cardenio por loco!

— Contra cuerdos y contra locos está obligado cualquier caballero andante a volver por la honra de las mujeres, cualesquiera que sean, cuanto más por las reinas de tan alta guisa y pro como fue la reina Madásima, a quien yo tengo particular afición por sus buenas partes; porque, fuera de haber sido fermosa, además fue muy prudente y muy sufrida en sus calamidades, que las tuvo muchas, y los consejos y compañía del maestro Elisabat le fue y le fueron de mucho provecho y alivio para poder llevar sus trabajos con prudencia y paciencia. Y de aquí tomó ocasión el vulgo ignorante y malintencionado de decir y pensar que ella era su manceba; y mienten, digo otra vez, y mentirán otras docientas todos los que tal pensaren y dijeren.

— Ni yo lo digo ni lo pienso — respondió Sancho —. Allá se lo hayan, con su pan se lo coman: si fueron amancebados o no, a Dios habrán dado la cuenta. De mis viñas vengo, no sé nada, no soy amigo de saber vidas ajenas, que el que compra y miente, en su bolsa lo siente. Cuanto más, que desnudo nací, desnudo me hallo: ni pierdo ni gano. Mas que lo fuesen, ¿qué me va a mí? Y muchos piensan que hay tocinos, y no hay estacas. Mas ¿quién puede poner puertas al campo? Cuanto más, que de Dios dijeron.

— ¡Válame Dios — dijo don Quijote —, y qué de necedades vas, Sancho, ensartando! ¿Qué va de lo que tratamos a los refranes que enhilas? Por tu vida, Sancho, que calles, y de aquí adelante entremétete en espolear a

regras de cavalaria, que eu as sei melhor que quantos cavaleiros as professaram no mundo.

— Senhor — respondeu Sancho —, é boa regra de cavalaria andarmos perdidos por estas montanhas, sem trilha nem rumo, à procura de um louco, a quem, depois de achado, talvez resolva terminar o começado, não no seu conto, e sim na cabeça de vossa mercê e nas minhas costelas, acabando de as quebrar de todo?

— Cala-te, Sancho, repito — disse D. Quixote —, pois faço-te saber que não só me traz por estas partes o desejo de achar o louco, como o que tenho de nelas fazer uma façanha com a qual hei de ganhar perpétuo nome e fama em todo o descoberto da terra; e será tal que com ela porei o selo a tudo aquilo que pode fazer perfeito e famoso um andante cavaleiro.

— E é de grande perigo essa façanha? — perguntou Sancho Pança.

— Não — respondeu o da Triste Figura —, bem que os dados possam correr com a sorte contrária; mas tudo depende da tua diligência.

— Da minha diligência? — disse Sancho.

— Sim — disse D. Quixote —, porque, se voltares logo donde penso enviar-te, logo se acabará a minha pena e logo começará a minha glória. E por não ser bem que te mantenha suspenso, à espera donde hão de parar as minhas razões, quero, Sancho, que saibas que o famoso Amadis de Gaula foi um dos mais perfeitos cavaleiros andantes. Não disse bem ao dizer "foi um": foi ele o único, o primeiro, o sem-par, o senhor de todos quantos no mundo houve em seu tempo. Pobre e coitado do D. Belianis e de todos aqueles que disserem ter-se-lhe igualado em algo, porque se enganam, juro à vera. Digo outrossim que, quando algum pintor quer ser famoso em sua arte, procura imitar os originais dos mais excelentes pintores que conhece, e essa mesma

---

tu asno, y deja de hacello en lo que no te importa. Y entiende con todos tus cinco sentidos que todo cuanto yo he hecho, hago e hiciere va muy puesto en razón y muy conforme a las reglas de caballería, que las sé mejor que cuantos caballeros las profesaron en el mundo.

— Señor — respondió Sancho —, y ¿es buena regla de caballería que andemos perdidos por estas montañas, sin senda ni camino, buscando a un loco, el cual, después de hallado, quizá le vendrá en voluntad de acabar lo que dejó comenzado, no de su cuento, sino de la cabeza de vuestra merced y de mis costillas, acabándonoslas de romper de todo punto?

— Calla, te digo otra vez, Sancho — dijo don Quijote —, porque te hago saber que no solo me trae por estas partes el deseo de hallar al loco, cuanto el que tengo de hacer en ellas una hazaña con que he de ganar perpetuo nombre y fama en todo lo descubierto de la tierra; y será tal, que he de echar con ella el sello a todo aquello que puede hacer perfecto y famoso a un andante caballero.

— ¿Y es de muy gran peligro esa hazaña? — preguntó Sancho Panza.

— No — respondió el de la Triste Figura —, puesto que de tal manera podía correr el dado, que echásemos azar en lugar de encuentro; pero todo ha de estar en tu diligencia.

— ¿En mi diligencia? — dijo Sancho.

— Sí — dijo don Quijote —, porque si vuelves presto de adonde pienso enviarte, presto se acabará mi pena y presto comenzará mi gloria. Y porque no es bien que te tenga más suspenso, esperando en lo que han de parar mis razones, quiero, Sancho, que sepas que el famoso Amadís de Gaula fue uno de los más perfectos caballeros

regra vale para todos os mais ofícios ou exercícios de monta que servem para adorno das repúblicas, e assim o há de fazer e faz quem quer ganhar renome de prudente e sofrido, imitando Ulisses, em cuja pessoa e trabalhos nos pinta Homero um retrato vivo de prudência e de sofrimento, como também nos mostrou Virgílio na pessoa de Eneias o valor de um filho piedoso e a sagacidade de um valente e atilado capitão, não o pintando aquele nem o descobrindo este como eles foram, e sim como haviam de ser para deixar aos vindouros homens o exemplo das suas virtudes. Dessa mesma sorte, Amadis foi o norte, a estrela-guia, o sol dos valentes e enamorados cavaleiros, que havemos de imitar todos aqueles que sob a bandeira de Amor e da cavalaria militamos. Sendo pois isto assi, como é, acho eu, Sancho amigo, que o cavaleiro andante que mais o imitar mais perto estará de alcançar a perfeição da cavalaria. E um dos transes em que mais este cavaleiro mostrou a sua prudência, coragem, valentia, sofrimento, firmeza e amor foi quando se retirou, desdenhado pela senhora Oriana, a fazer penitência na Penha Pobre, mudado seu nome no de "Beltenebros", nome por certo significativo e próprio para a vida que de sua vontade escolhera. Portanto me é mais fácil imitá-lo nisto que em fender gigantes, descabeçar serpentes, matar endríagos,[6] desbaratar exércitos, fracassar armadas e desfazer encantamentos. E sendo estes lugares tão acomodados para tais efeitos, não há por que deixar passar a ocasião, que agora com tanta comodidade me oferece suas guedelhas.

— Mas, afinal — disse Sancho —, que é que vossa mercê quer fazer em tão remoto lugar como este?

— Já não te disse — respondeu D. Quixote — que quero imitar Amadis, fazendo aqui de desesperado, de sandeu e de furioso, isto último por imitar juntamente o valente D. Roldão, quando achou numa fonte os sinais

---

andantes. No he dicho bien *fue uno*: fue el solo, el primero, el único, el señor de todos cuantos hubo en su tiempo en el mundo. Mal año y mal mes para don Belianís y para todos aquellos que dijeren que se le igualó en algo, porque se engañan, juro cierto. Digo asimismo que cuando algún pintor quiere salir famoso en su arte procura imitar los originales de los más únicos pintores que sabe, y esta misma regla corre por todos los más oficios o ejercicios de cuenta que sirven para adorno de las repúblicas, y así lo ha de hacer y hace el que quiere alcanzar nombre de prudente y sufrido, imitando a Ulises, en cuya persona y trabajos nos pinta Homero un retrato vivo de prudencia y de sufrimiento, como también nos mostró Virgilio en persona de Eneas el valor de un hijo piadoso y la sagacidad de un valiente y entendido capitán, no pintándolo ni descubriéndolo como ellos fueron, sino como habían de ser, para quedar ejemplo a los venideros hombres de sus virtudes. Desta mesma suerte, Amadís fue el norte, el lucero, el sol de los valientes y enamorados caballeros, a quien debemos de imitar todos aquellos que debajo de la bandera de amor y de la caballería militamos. Siendo, pues, esto ansí, como lo es, hallo yo, Sancho amigo, que el caballero andante que más le imitare estará más cerca de alcanzar la perfeción de la caballería. Y una de las cosas en que más este caballero mostró su prudencia, valor, valentía, sufrimiento, firmeza y amor, fue cuando se retiró, desdeñado de la señora Oriana, a hacer penitencia en la Peña Pobre, mudado su nombre en el de *Beltenebros*, nombre por cierto significativo y proprio para la vida que él de su voluntad había escogido. Ansí que me es a mí más fácil imitarle en esto que no en hender gigantes, descabezar serpientes, matar endriagos, desbaratar ejércitos, fracasar armadas y deshacer encantamentos. Y pues estos lugares son tan acomodados para semejantes efectos, no hay para qué se deje pasar la ocasión, que ahora con tanta comodidad me ofrece sus guedejas.

de que Angélica a Bela cometera vilania com Medoro, por cuja mágoa enlouqueceu, e arrancou as árvores, turvou as águas das claras fontes, matou pastores, arrasou rebanhos, incendiou choças, derrubou casas, arrastou éguas e fez outras cem mil insolências dignas de eterno nome e escritura? E bem que eu não pense em imitar Roldão, ou Orlando, ou Rotolando (pois todos esses três nomes tinha ele), ponto por ponto, em todas as loucuras que fez, disse e pensou, esboçarei como melhor puder aquelas que me parecem mais essenciais. E pode ser que venha a contentar-me com a mera imitação de Amadis, que sem fazer loucuras de dano, senão de choros e sentimentos, ganhou fama sem igual.

— Eu acho aqui comigo — disse Sancho — que os cavaleiros que assim fizeram foram provocados e tiveram motivo para fazer tais necedades e penitências; mas vossa mercê que motivo tem para enlouquecer? Que dama o desdenhou, ou que sinais achou que lhe deem a entender que a senhora Dulcineia d'El Toboso fez alguma tolice com algum mouro ou cristão?

— Aí é que está o ponto — respondeu D. Quixote — e a fineza do meu intento, pois um cavaleiro andante enlouquecer com motivo não tem gosto nem graça: o ponto está em desatinar sem ocasião e dar a entender à minha dama que, se a seco faço isto, o que não faria molhado? Quanto mais, que sobeja ocasião tenho na longa ausência que levo da sempre senhora minha Dulcineia d'El Toboso, pois, como já ouviste daquele tal pastor que sabes, Ambrosio, quem está ausente todos os males tem e sente. Portanto, Sancho amigo, não gastes tempo em me aconselhar que desista de tão rara, tão feliz e tão nunca vista imitação. Louco sou, louco hei de ser até que voltes com a resposta de uma carta que contigo penso enviar à minha senhora Dulcineia; se ela for tal qual a minha fé merece, acabar-se-á a minha sandice e a minha

---

— En efecto — dijo Sancho —, ¿qué es lo que vuestra merced quiere hacer en este tan remoto lugar?

— ¿Ya no te he dicho — respondió don Quijote — que quiero imitar a Amadís, haciendo aquí del desesperado, del sandio y del furioso, por imitar juntamente al valiente don Roldán, cuando halló en una fuente las señales de que Angélica la Bella había cometido vileza con Medoro, de cuya pesadumbre se volvió loco, y arrancó los árboles, enturbió las aguas de las claras fuentes, mató pastores, destruyó ganados, abrasó chozas, derribó casas, arrastró yeguas y hizo otras cien mil insolencias dignas de eterno nombre y escritura? Y, puesto que yo no pienso imitar a Roldán, o Orlando, o Rotolando (que todos estos tres nombres tenía), parte por parte, en todas las locuras que hizo, dijo y pensó, haré el bosquejo como mejor pudiere en las que me pareciere ser más esenciales. Y podrá ser que viniese a contentarme con sola la imitación de Amadís, que sin hacer locuras de daño, sino de lloros y sentimientos, alcanzó tanta fama como el que más.

— Paréceme a mí — dijo Sancho — que los caballeros que lo tal ficieron fueron provocados y tuvieron causa para hacer esas necedades y penitencias; pero vuestra merced ¿qué causa tiene para volverse loco? ¿Qué dama le ha desdeñado, o qué señales ha hallado que le den a entender que la señora Dulcinea del Toboso ha hecho alguna niñería con moro o cristiano?

— Ahí está el punto — respondió don Quijote — y esa es la fineza de mi negocio, que volverse loco un caballero andante con causa, ni grado ni gracias: el toque está en desatinar sin ocasión y dar a entender a mi dama que si en seco hago esto ¿qué hiciera en mojado? Cuanto más, que harta ocasión tengo en la larga ausencia que he hecho de la siempre señora mía Dulcinea del Toboso, que, como ya oíste decir a aquel pastor de marras,

penitência; se for ao contrário, serei louco deveras e, sendo-o, não sentirei nada. Sendo assim, responda ela como responder, sairei do conflito e do trabalho em que me deixares gozando, por são, o bem que me trouxeres, ou não sentindo, por louco, o mal que me portares. Mas dize-me, Sancho, trazes bem guardado o elmo de Mambrino, pois vi que o levantaste do chão quando aquele ingrato o quis despedaçar mas não o conseguiu, donde salta aos olhos a fineza de sua têmpera?

Ao que Sancho respondeu:

— Por Deus, senhor Cavaleiro da Triste Figura, não posso sofrer nem levar com paciência algumas coisas que vossa mercê diz, e por elas venho a imaginar que tudo quanto me diz de cavalarias e de conquistar reinos e impérios, de dar ínsulas e de fazer outras mercês e grandezas, como é uso dos cavaleiros andantes, que tudo isso deve de ser coisa de vento e mentira, e tudo pataranha, ou patranha, ou como o quisermos chamar. Porque quem ouve vossa mercê dizer que uma bacia de barbeiro é o elmo de Mambrino, sem arredar desse erro em mais de quatro dias, que pode pensar senão que quem isto diz e afirma deve de ser fraco do juízo? A bacia trago aqui no meu costal, toda amassada, e se a trago é para consertá-la em minha casa e nela fazer a barba, se Deus me der a grande graça de um dia voltar a ver minha mulher e meus filhos.

— Olha, Sancho, pelo mesmo que antes juraste eu te juro — disse D. Quixote — que tens o mais curto entendimento que tem nem teve escudeiro no mundo. Será possível que neste tempo que andas comigo não tenhas percebido que todas as coisas dos cavaleiros andantes parecem quimeras, necedades e desatinos, e que são todas feitas às avessas? E não porque seja isto assi, mas porque sempre anda entre nós uma caterva de encantadores que

---

Ambrosio, quien está ausente todos los males tiene y teme. Así que, Sancho amigo, no gastes tiempo en aconsejarme que deje tan rara, tan felice y tan no vista imitación. Loco soy, loco he de ser hasta tanto que tú vuelvas con la respuesta de una carta que contigo pienso enviar a mi señora Dulcinea; y si fuere tal cual a mi fe se le debe, acabarse ha mi sandez y mi penitencia; y si fuere al contrario, seré loco de veras y, siéndolo, no sentiré nada. Ansí que de cualquiera manera que responda, saldré del conflito y trabajo en que me dejares, gozando el bien que me trujeres, por cuerdo, o no sintiendo el mal que me aportares, por loco. Pero dime, Sancho, ¿traes bien guardado el yelmo de Mambrino, que ya vi que le alzaste del suelo cuando aquel desagradecido le quiso hacer pedazos pero no pudo, donde se puede echar de ver la fineza de su temple?

A lo cual respondió Sancho:

— Vive Dios, señor Caballero de la Triste Figura, que no puedo sufrir ni llevar en paciencia algunas cosas que vuestra merced dice, y que por ellas vengo a imaginar que todo cuanto me dice de caballerías y de alcanzar reinos y imperios, de dar ínsulas y de hacer otras mercedes y grandezas, como es uso de caballeros andantes, que todo debe de ser cosa de viento y mentira, y todo pastraña, o patraña, o como lo llamáremos. Porque quien oyere decir a vuestra merced que una bacía de barbero es el yelmo de Mambrino, y que no salga de este error en más de cuatro días, ¿qué ha de pensar sino que quien tal dice y afirma debe de tener güero el juicio? La bacía yo la llevo en el costal, toda abollada, y llévola para aderezarla en mi casa y hacerme la barba en ella, si Dios me diere tanta gracia que algún día me vea con mi mujer y hijos.

— Mira, Sancho, por el mismo que denantes juraste te juro — dijo don Quijote — que tienes el más corto

todas as nossas coisas mudam e trocam, e as tornam segundo seu prazer e segundo a vontade que têm de nos favorecer ou destruir; e assim, isto que a ti parece bacia de barbeiro a mim parece o elmo de Mambrino e a outro parecerá outra coisa. E foi rara providência do sábio que está a meu favor fazer que a todos pareça bacia o que real e verdadeiramente é elmo de Mambrino, uma vez que, sendo tão valioso, todo o mundo me perseguiria para mo tirar, mas como veem que não passa de uma bacineta de barbeiro, não cuidam de o tomar, como bem mostrou aquele que tentou quebrá-lo e o deixou no chão sem o levar, pois à fé que, se o reconhecesse, jamais o deixaria. Guarda-o, amigo, que por ora dele não tenho mister, pois antes devo despojar-me de todas estas armas e ficar nu como quando nasci, isto se não me der vontade de nesta minha penitência seguir mais Roldão que Amadis.

Chegaram nessas conversas ao pé de uma alta montanha, que quase como penha talhada se erguia acima das outras muitas que a rodeavam. Corria por seu sopé um manso riacho, e medrava por todo seu contorno um prado tão verde e viçoso que dava contento aos olhos que o fitavam. Havia por ali muitas árvores silvestres e algumas plantas e flores, que faziam o local ameno. Esse lugar escolheu o Cavaleiro da Triste Figura para fazer sua penitência e assim, em vendo-o, começou a dizer em voz alta, como se estivesse sem juízo:

— Este é o lugar, oh céus!, que deputo e escolho para chorar a desventura em que vós mesmos me pusestes. Esta é a paragem onde o humor dos meus olhos acrescentará as águas deste pequeno regato, e meus contínuos e profundos sospiros moverão de contínuo as folhas destas montarazes árvores, em testemunho e sinal da pena que o meu tribulado coração padece. Oh, vós, quem quer que sejais, rústicos deuses que neste inabitável lugar tendes a

---

entendimiento que tiene ni tuvo escudero en el mundo. ¿Que es posible que en cuanto ha que andas conmigo no has echado de ver que todas las cosas de los caballeros andantes parecen quimeras, necedades y desatinos, y que son todas hechas al revés? Y no porque sea ello ansí, sino porque andan entre nosotros siempre una caterva de encantadores que todas nuestras cosas mudan y truecan, y las vuelven según su gusto y según tienen la gana de favorecernos o destruirnos; y así eso que a ti te parece bacía de barbero me parece a mí el yelmo de Mambrino y a otro le parecerá otra cosa. Y fue rara providencia del sabio que es de mi parte hacer que parezca bacía a todos lo que real y verdaderamente es yelmo de Mambrino, a causa que, siendo él de tanta estima, todo el mundo me perseguiría por quitármele, pero como ven que no es más de un bacín de barbero, no se curan de procuralle, como se mostró bien en el que quiso rompelle y le dejó en el suelo sin llevarle, que a fe que si le conociera, que nunca él le dejara. Guárdale, amigo, que por ahora no le he menester, que antes me tengo de quitar todas estas armas y quedar desnudo como cuando nací, si es que me da en voluntad de seguir en mi penitencia más a Roldán que a Amadís.

Llegaron en estas pláticas al pie de una alta montaña, que casi como peñón tajado estaba sola entre otras muchas que la rodeaban. Corría por su falda un manso arroyuelo, y hacíase por toda su redondez un prado tan verde y vicioso, que daba contento a los ojos que le miraban. Había por allí muchos árboles silvestres y algunas plantas y flores, que hacían el lugar apacible. Este sitio escogió el Caballero de la Triste Figura para hacer su penitencia, y, así, en viéndole comenzó a decir en voz alta, como si estuviera sin juicio:

— Este es el lugar, ¡oh cielos!, que diputo y escojo para llorar la desventura en que vosotros mesmos me habéis puesto. Este es el sitio donde el humor de mis ojos acrecentará las aguas deste pequeño arroyo, y mis

vossa morada: ouvi as queixas deste desditoso amante, ao qual uma longa ausência e uns imaginados ciúmes trouxeram a lamentar-se entre estas asperezas e a queixar-se da dura natureza daquela ingrata e bela, termo e fim de toda humana formosura! Oh, vós, napeias e dríades, que tendes por costume habitar nas espessuras dos montes: que os ligeiros e lascivos sátiros, de quem sois em vão amadas, jamais perturbem o vosso doce sossego, e que me ajudeis a lamentar a minha desventura, ou ao menos não vos canseis de ouvi-la! Oh, Dulcineia d'El Toboso, dia da minha noite, glória da minha pena, norte dos meus caminhos, estrela da minha ventura: que o céu ta dê boa em tudo quanto lhe pedires, e consideres o lugar e o estado a que tua ausência me conduziu, e que em bom termo correspondas ao que a minha fé merece! Oh, solitárias árvores, que de hoje em diante haveis de acompanhar a minha solidão, dai-me indício com o brando movimento dos vossos ramos que não vos desagrada a minha presença! Oh tu, escudeiro meu, agradável companheiro nos meus prósperos e adversos sucessos, guarda bem na memória o que aqui me verás fazer, para contares e recitares à causa total disso tudo!

E, dizendo isto, apeou de Rocinante e num instante lhe tirou o freio e a sela e, dando-lhe uma palmada nas ancas, lhe disse:

— Liberdade te dá quem sem ela fica, oh cavalo tão extremado por tuas obras quão desditoso por tua sorte! Vai por onde quiseres, que à testa levas escrito que te não igualou em ligeireza o Hipogrifo de Astolfo, nem o nomeado Frontino, que tão caro custou a Bradamante.[7]

Vendo isto Sancho, disse:

— Bem haja quem nos poupou o trabalho de agora desalbardar o jerico,[8] pois à fé que não seriam poucas as palmadinhas por lhe dar nem as coisas por lhe dizer em seu elogio; mas, se ele aqui estivesse, eu não consentiria

---

continos y profundos sospiros moverán a la contina las hojas destos montaraces árboles, en testimonio y señal de la pena que mi asendereado corazón padece. ¡Oh vosotros, quienquiera que seáis, rústicos dioses que en este inhabitable lugar tenéis vuestra morada: oíd las quejas deste desdichado amante, a quien una luenga ausencia y unos imaginados celos han traído a lamentarse entre estas asperezas y a quejarse de la dura condición de aquella ingrata y bella, término y fin de toda humana hermosura! ¡Oh vosotras, napeas y dríadas, que tenéis por costumbre de habitar en las espesuras de los montes: así los ligeros y lascivos sátiros, de quien sois aunque en vano amadas, no perturben jamás vuestro dulce sosiego, que me ayudéis a lamentar mi desventura, o a lo menos no os canséis de oílla! ¡Oh Dulcinea del Toboso, día de mi noche, gloria de mi pena, norte de mis caminos, estrella de mi ventura: así el cielo te la dé buena en cuanto acertares a pedirle, que consideres el lugar y el estado a que tu ausencia me ha conducido, y que con buen término correspondas al que a mi fe se le debe! ¡Oh solitarios árboles, que desde hoy en adelante habéis de hacer compañía a mi soledad, dad indicio con el blando movimiento de vuestras ramas que no os desagrade mi presencia! ¡Oh tú, escudero mío, agradable compañero en mis prósperos y adversos sucesos, toma bien en la memoria lo que aquí me verás hacer, para que lo cuentes y recites a la causa total de todo ello!

Y diciendo esto se apeó de Rocinante y en un momento le quitó el freno y la silla y, dándole una palmada en las ancas, le dijo:

— Libertad te da el que sin ella queda, ¡oh caballo tan estremado por tus obras cuan desdichado por tu suerte! Vete por do quisieres, que en la frente llevas escrito que no te igualó en ligereza el Hipogrifo de Astolfo, ni el nombrado Frontino, que tan caro le costó a Bradamante.

que ninguém o desalbardasse, pois não haveria por quê, não tendo ele profissão de enamorado nem de desesperado, pois não o estava seu amo, que era eu, quando Deus queria. E em verdade, senhor Cavaleiro da Triste Figura, que se é que minha partida e a loucura de vossa mercê são a valer, será bem voltar a arrear Rocinante, para assim suprir a falta do jerico e encurtar o tempo da minha ida e volta, pois, se a fizer a pé, não sei quando chegarei nem quando voltarei, porque, enfim, sou mau caminhante.

— Digo, Sancho — respondeu D. Quixote —, que seja como tu quiseres, pois não me parece mal o teu desígnio; e digo que daqui a três dias partirás, porque quero que nesse tempo vejas o que por ela faço e digo, para que lho digas.

— E o que mais hei de ver — disse Sancho — além do que já vi?

— Bem pouco sabes do conto! — respondeu D. Quixote. — Ainda me falta rasgar as vestes, dispersar as armas e dar testadas por estas rochas, mais outras coisas do mesmo jaez, que hão de admirar-te.

— Pelo amor de Deus — disse Sancho —, olhe bem vossa mercê como dá essas testadas, pois em tal rocha poderá bater e de tal jeito que com a primeira se acabe a intenção desta penitência; e eu diria que, já que vossa mercê acha que são necessárias testadas e que não se pode fazer esta obra sem elas, se contentasse, uma vez que tudo isto é fingido e coisa contrafeita e de burla, se contentasse, digo, com dá-las na água, ou em alguma coisa mole, como o algodão; e deixe o resto comigo, pois direi à minha senhora que vossa mercê as dava numa quina de rocha, mais dura que a de um diamante.

— Agradeço a tua boa intenção, amigo Sancho — respondeu D. Quixote —, mas quero fazer-te sabedor de que todas estas coisas que faço não são por burla, mas bem à vera, pois do contrário seria contravir as ordens de cavala-

---

Viendo esto Sancho, dijo:

— Bien haya quien nos quitó ahora del trabajo de desenalbardar al rucio, que a fe que no faltaran palmadicas que dalle, ni cosas que decille en su alabanza; pero si él aquí estuviera, no consintiera yo que nadie le desalbardara, pues no había para qué, que a él no le tocaban las generales de enamorado ni de desesperado, pues no lo estaba su amo, que era yo, cuando Dios quería. Y en verdad, señor Caballero de la Triste Figura, que si es que mi partida y su locura de vuestra merced va de veras, que será bien tornar a ensillar a Rocinante, para que supla la falta del rucio, porque será ahorrar tiempo a mi ida y vuelta; que si la hago a pie, no sé cuándo llegaré, ni cuándo volveré, porque, en resolución, soy mal caminante.

— Digo, Sancho — respondió don Quijote —, que sea como tú quisieres, que no me parece mal tu designio; y digo que de aquí a tres días te partirás, porque quiero que en este tiempo veas lo que por ella hago y digo, para que se lo digas.

— Pues ¿qué más tengo de ver — dijo Sancho — que lo que he visto?

— ¡Bien estás en el cuento! — respondió don Quijote —. Ahora me falta rasgar las vestiduras, esparcir las armas y darme de calabazadas por estas peñas, con otras cosas deste jaez, que te han de admirar.

— Por amor de Dios — dijo Sancho —, que mire vuestra merced cómo se da esas calabazadas, que a tal peña podrá llegar y en tal punto, que con la primera se acabase la máquina desta penitencia; y sería yo de parecer que, ya que a vuestra merced le parece que son aquí necesarias calabazadas y que no se puede hacer esta obra sin ellas, se contentase, pues todo esto es fingido y cosa contrahecha y de burla, se contentase, digo, con dárselas en

ria, que nos mandam que não digamos mentira alguma, sob pena de relapsos,[9] e fazer uma coisa por outra é o mesmo que mentir. Portanto as minhas testadas hão de ser verdadeiras, firmes e válidas, sem que tenham nada de sofístico nem de fantástico. E será necessário que me deixes alguns chumaços para curar-me, já que a ventura quis que nos faltasse o bálsamo que perdemos.

— Pior foi perder o asno — respondeu Sancho —, pois com ele se perderam os chumaços e tudo. E suplico a vossa mercê que não lembre mais aquela maldita beberagem, que só ouvi-la mentar me revira a alma, além do estômago. E mais lhe suplico: que faça conta que já se passaram os três dias que me pôs como termo para ver as loucuras que faz, pois já as dou por vistas e passadas em julgado, e direi maravilhas à minha senhora; e escreva a carta e me despache logo, pois tenho grande desejo de voltar para tirar vossa mercê deste purgatório onde o deixo.

— Purgatório o chamas, Sancho? — disse D. Quixote. — Melhor farias em chamá-lo inferno, e até pior, se tal houvesse.

— "Quem há no inferno — respondeu Sancho — *nula es retencio*",[10] segundo ouvi dizer.

— Não entendo o que quer dizer *retencio* — disse D. Quixote.

— *Retencio* — respondeu Sancho — é que quem está no inferno nunca sai dele, nem pode. Mas com vossa mercê será ao contrário, ou mal andarei eu dos pés, se é que levarei esporas para avivar Rocinante; e à certa que, em chegando a El Toboso, e pondo-me diante da minha senhora Dulcineia, eu lhe direi tais coisas das necedades e loucuras, que é tudo o mesmo, que vossa mercê fez e fica fazendo, que a deixarei mais suave que uma luva, ainda que a encontre mais dura que um sobreiro; com cuja resposta doce e melificada voltarei pelos ares como bruxo e tirarei vossa mercê deste purgatório,

---

el agua, o en alguna cosa blanda, como algodón; y déjeme a mí el cargo, que yo diré a mi señora que vuestra merced se las daba en una punta de peña, más dura que la de un diamante.

— Yo agradezco tu buena intención, amigo Sancho — respondió don Quijote —, mas quiérote hacer sabidor de que todas estas cosas que hago no son de burlas, sino muy de veras, porque de otra manera sería contravenir a las órdenes de caballería, que nos mandan que no digamos mentira alguna, pena de relasos, y el hacer una cosa por otra lo mesmo es que mentir. Ansí que mis calabazadas han de ser verdaderas, firmes y valederas, sin que lleven nada del sofístico ni del fantástico. Y será necesario que me dejes algunas hilas para curarme, pues que la ventura quiso que nos faltase el bálsamo que perdimos.

— Más fue perder el asno — respondió Sancho —, pues se perdieron en él las hilas y todo. Y ruégole a vuestra merced que no se acuerde más de aquel maldito brebaje, que en solo oírle mentar se me revuelve el alma, no que el estómago. Y más le ruego: que haga cuenta que son ya pasados los tres días que me ha dado de término para ver las locuras que hace, que ya las doy por vistas y por pasadas en cosa juzgada, y diré maravillas a mi señora; y escriba la carta y despácheme luego, porque tengo gran deseo de volver a sacar a vuestra merced deste purgatorio donde le dejo.

— ¿Purgatorio le llamas, Sancho? — dijo don Quijote — Mejor hicieras de llamarle infierno, y aun peor, si hay otra cosa que lo sea.

— "Quien ha infierno — respondió Sancho — *nula es retencio*", según he oído decir.

— No entiendo qué quiere decir *retencio* — dijo don Quijote.

que parece inferno e o não é, pois há esperança de sair dele, a qual, como tenho dito, não a têm os que estão no inferno, nem creio que vossa mercê diga outra coisa.

— Assim é a verdade — disse o da Triste Figura —, mas como faremos para escrever a carta?

— E a livrança burrical também — acrescentou Sancho.

— Tudo será lavrado — disse D. Quixote —; e seria bom, já que não há papel, que a escrevêssemos, como faziam os antigos, em folhas de árvores ou numas tabuletas de cera, bem que isto seja agora tão difícil de achar como o papel. Mas já me veio à memória onde será bem, e até mais que bem, escrevê-la, que é no livrete de memórias que foi de Cardenio, e tu terás o cuidado de fazê-la trasladar em papel, de boa letra, no primeiro lugar que achares onde haja mestre-escola ou, se não, qualquer sacristão a trasladará; só não a dês a trasladar a nenhum escrivão, que estes fazem letra processual, que nem Satanás entenderá.

— E o que fazer quanto à assinatura? — disse Sancho.

— Nunca as cartas de Amadis são assinadas — respondeu D. Quixote.

— Está bem — respondeu Sancho —, mas a livrança forçosamente se há de assinar, e essa, se for trasladada, dirão que tem assinatura falsa e ficarei sem meus burricos.

— A cédula irá no mesmo livrete, e assinada, pois, em vendo-a minha sobrinha, não porá empecilho em cumpri-la. E no que toca à carta de amores, porás por assinatura: "Vosso até a morte, o Cavaleiro da Triste Figura". E pouco importará que seja de punho alheio, pois, pelo que me lembro, Dulcineia não sabe escrever nem ler e nunca na vida viu letra nem carta minha, uma vez que meus amores e os dela foram sempre platônicos, sem irem

---

— *Retencio* es — respondió Sancho — que quien está en el infierno nunca sale dél, ni puede. Lo cual será al revés en vuestra merced, o a mí me andarán mal los pies, si es que llevo espuelas para avivar a Rocinante; y póngame yo una por una en el Toboso, y delante de mi señora Dulcinea, que yo le diré tales cosas de las necedades y locuras, que todo es uno, que vuestra merced ha hecho y queda haciendo, que la venga a poner más blanda que un guante, aunque la halle más dura que un alcornoque; con cuya respuesta dulce y melificada volveré por los aires como brujo y sacaré a vuestra merced deste purgatorio, que parece infierno y no lo es, pues hay esperanza de salir dél, la cual, como tengo dicho, no la tienen de salir los que están en el infierno, ni creo que vuestra merced dirá otra cosa.

— Así es la verdad — dijo el de la Triste Figura —, pero ¿qué haremos para escribir la carta?

— Y la libranza pollinesca también — añadió Sancho.

— Todo irá inserto — dijo don Quijote —; y sería bueno, ya que no hay papel, que la escribiésemos, como hacían los antiguos, en hojas de árboles o en unas tablitas de cera, aunque tan dificultoso será hallarse eso ahora como el papel. Mas ya me ha venido a la memoria dónde será bien, y aun más que bien, escribilla, que es en el librillo de memoria que fue de Cardenio, y tú tendrás cuidado de hacerla trasladar en papel, de buena letra, en el primer lugar que hallares donde haya maestro de escuela de muchachos, o, si no, cualquiera sacristán te la trasladará; y no se la des a trasladar a ningún escribano, que hacen letra procesada, que no la entenderá Satanás.

— Pues ¿qué se ha de hacer de la firma? — dijo Sancho.

— Nunca las cartas de Amadís se firman — respondió don Quijote.

além de um honesto olhar. E mesmo isto tão de quando em quando, que com verdade ousarei jurar que, nos doze anos em que a venho amando mais que o lume destes olhos que a terra há de comer, não a vi nem quatro vezes, e até pode ser que nessas quatro vezes não tenha ela reparado num único olhar meu: tal é o recato e encerramento com que seu pai, Lorenzo Corchuelo, e sua mãe, Aldonza Nogales, a criaram.

— Tá, tá! — disse Sancho. — Então é a filha de Lorenzo Corchuelo a senhora Dulcineia d'El Toboso, por outro nome chamada Aldonza Lorenzo?

— Essa é — disse D. Quixote —, e é ela quem merece ser senhora de todo o universo.

— Bem a conheço — disse Sancho —, e sei dizer que joga barra[11] tão bem como o mais forçudo zagal do lugar. Pelo Dador, que é moça das boas, feita e benfeita e de peito forte, e que pode tirar da lama o pé de qualquer cavaleiro andante ou por andar que a tenha por senhora! Ah, fideputa, que nervo que tem, e que voz! Basta dizer que um dia subiu no campanário da aldeia e se pôs a chamar uns zagais seus que andavam numa roça de seu pai e, se bem estavam a mais de meia légua dali, assim a ouviram como se estivessem ao pé da torre. E o melhor dela é que não é nada melindrosa, pois tem muito de cortesã: com todos brinca e de tudo faz burla e graça. Agora digo, senhor Cavaleiro da Triste Figura, que vossa mercê não só pode e deve fazer loucuras por ela, mas com justo título pode desesperar e se enforcar, que ninguém que o saiba deixará de dizer que o fez por demais bem, ainda que o diabo o leve. E queria já estar a caminho, só para vê-la, pois há muito que não a vejo e já deve de estar mudada, porque gasta muito a face das mulheres andar sempre no campo, ao sol e ao vento. E confesso a vossa mercê uma verdade, senhor D. Quixote: que até aqui estive numa grande ignorân-

---

— Está bien — respondió Sancho —, pero la libranza forzosamente se ha de firmar, y esa, si se traslada, dirán que la firma es falsa y quedaréme sin pollinos.

— La libranza irá en el mesmo librillo firmada, que en viéndola mi sobrina no pondrá dificultad en cumplilla. Y en lo que toca a la carta de amores, pondrás por firma: "Vuestro hasta la muerte, el Caballero de la Triste Figura". Y hará poco al caso que vaya de mano ajena, porque, a lo que yo me sé acordar, Dulcinea no sabe escribir ni leer y en toda su vida ha visto letra mía ni carta mía, porque mis amores y los suyos han sido siempre platónicos, sin estenderse a más que a un honesto mirar. Y aun esto tan de cuando en cuando, que osaré jurar con verdad que en doce años que ha que la quiero más que a la lumbre destos ojos que han de comer la tierra, no la he visto cuatro veces, y aun podrá ser que destas cuatro veces no hubiese ella echado de ver la una que la miraba: tal es el recato y encerramiento con que su padre, Lorenzo Corchuelo, y su madre, Aldonza Nogales, la han criado.

— ¡Ta, ta! — dijo Sancho —. ¿Que la hija de Lorenzo Corchuelo es la señora Dulcinea del Toboso, llamada por otro nombre Aldonza Lorenzo?

— Esa es — dijo don Quijote —, y es la que merece ser señora de todo el universo.

— Bien la conozco — dijo Sancho —, y sé decir que tira tan bien una barra como el más forzudo zagal de todo el pueblo. ¡Vive el Dador, que es moza de chapa, hecha y derecha y de pelo en pecho, y que puede sacar la barba del lodo a cualquier caballero andante o por andar que la tuviere por señora! ¡Oh hideputa, qué rejo que tiene, y qué voz! Sé decir que se puso un día encima del campanario del aldea a llamar unos zagales suyos que andaban en un barbecho de su padre, y, aunque estaban de allí más de media legua, así la oyeron como si estuvie-

cia, pois pensava bem e fielmente que a senhora Dulcineia fosse alguma princesa de quem vossa mercê estava enamorado, ou alguma pessoa tal que merecesse os ricos presentes que vossa mercê lhe enviou, tanto o do biscainho como o dos galeotes, além de outros muitos que deve ter, segundo devem de ser muitas as vitórias que vossa mercê tem ganho e ganhou no tempo em que eu ainda não era seu escudeiro. Mas, pensando bem, o que há de importar à senhora Aldonza Lorenzo, digo, à senhora Dulcineia d'El Toboso, que vão se ajoelhar diante dela os vencidos que vossa mercê lhe envia e há de enviar? Pois poderia ser que no tempo em que eles chegassem estivesse ela rastelando o linho ou malhando nas eiras, e eles se vexassem de vê-la, e ela se risse e desgostasse do presente.

— Já te disse antes muitas vezes, Sancho — disse D. Quixote —, que és demais grande falador e que, se bem tenhas o engenho bruto, muitas vezes te excedes em agudezas; mas, para que vejas quão néscio és tu e quão discreto sou eu, quero que me escutes um breve conto. Hás de saber que uma viúva formosa, moça, livre e rica, e sobretudo desembaraçada, se enamorou de um donato, roliço e benfeito; chegando o fato ao conhecimento do prior, este um dia disse à boa viúva, à guisa de fraternal repreensão: "Maravilhado estou, senhora, e não por pouca causa, de que uma mulher tão principal, tão formosa e tão rica como vossa mercê se tenha enamorado de um homem tão soez, tão baixo e tão idiota como Fulano, havendo nesta casa tantos mestres, tantos aspirantes e tantos teólogos entre os quais vossa mercê pudera escolher como entre peras, e dizer: Este eu quero, estoutro eu não quero". Mas ela lhe respondeu com muito donaire e desenvoltura: "Vossa mercê, senhor meu, está muito enganado e pensa muito à antiga se pensa que errei ao escolher Fulano, por lhe parecer idiota; pois, para aquilo que o quero, sabe ele

---

ran al pie de la torre. Y lo mejor que tiene es que no es nada melindrosa, porque tiene mucho de cortesana: con todos se burla y de todo hace mueca y donaire. Ahora digo, señor Caballero de la Triste Figura, que no solamente puede y debe vuestra merced hacer locuras por ella, sino que con justo título puede desesperarse y ahorcarse, que nadie habrá que lo sepa que no diga que hizo demasiado de bien, puesto que le lleve el diablo. Y querría ya verme en camino, solo por vella, que ha muchos días que no la veo y debe de estar ya trocada, porque gasta mucho la faz de las mujeres andar siempre al campo, al sol y al aire. Y confieso a vuestra merced una verdad, señor don Quijote: que hasta aquí he estado en una grande ignorancia, que pensaba bien y fielmente que la señora Dulcinea debía de ser alguna princesa de quien vuestra merced estaba enamorado, o alguna persona tal, que mereciese los ricos presentes que vuestra merced le ha enviado, así el del vizcaíno como el de los galeotes, y otros muchos que deben ser, según deben de ser muchas las vitorias que vuestra merced ha ganado y ganó en el tiempo que yo aún no era su escudero. Pero, bien considerado, ¿qué se le ha de dar a la señora Aldonza Lorenzo, digo, a la señora Dulcinea del Toboso, de que se le vayan a hincar de rodillas delante della los vencidos que vuestra merced le envía y ha de enviar? Porque podría ser que al tiempo que ellos llegasen estuviese ella rastrillando lino o trillando en las eras, y ellos se corriesen de verla, y ella se riese y enfadase del presente.

— Ya te tengo dicho antes de agora muchas veces, Sancho — dijo don Quijote —, que eres muy grande hablador y que, aunque de ingenio boto, muchas veces despuntas de agudo; mas para que veas cuán necio eres tú y cuán discreto soy yo, quiero que me oyas un breve cuento. Has de saber que una viuda hermosa, moza, libre y rica, y sobre todo desenfadada, se enamoró de un mozo motilón, rollizo y de buen tomo; alcanzólo a saber su

tanta ou mais filosofia que Aristóteles". Portanto, Sancho, para o querer que tenho por Dulcineia d'El Toboso, vale ela tanto quanto a mais alta princesa da terra. Pois nem todos os poetas que louvam damas sob um nome escolhido ao seu arbítrio as têm de verdade. Pensas tu que as Amarílis, as Filis, as Sílvias, as Dianas, as Galateias, as Fílidas e outras dessas que povoam os livros, os romances, as barbearias e os teatros de comédia foram verdadeiramente damas de carne e osso, e senhoras daqueles que as celebram e celebraram? Não, por certo, as mais delas são por eles fingidas para dar mote aos seus versos e para que os tenham por enamorados e por homens com valor para o serem. E assim basta-me pensar e crer que a boa Aldonza Lorenzo é formosa e honesta, e quanto à linhagem, pouco importa, pois dela ninguém há de levantar informação para dar-lhe algum hábito,[12] e eu faço conta de que é a mais alta princesa do mundo. Porque hás de saber, Sancho, se o não sabes, que só duas coisas incitam a amar mais que qualquer outra, que são a muita formosura e a boa fama, e estas duas coisas se acham consumadamente em Dulcineia, pois em formosura nenhuma se lhe iguala, e na boa fama poucas lhe chegam. E para concluir com tudo, imagino que tudo o que digo é assim, sem sobra nem míngua, e a pinto na minha imaginação tal como a desejo, assim na beleza como na principalidade, e nem Helena a iguala, nem Lucrécia a alcança, nem outra alguma das famosas mulheres das idades pretéritas, grega, bárbara ou latina. E diga cada qual o que quiser; pois, se por isto eu for repreendido por ignorantes, não serei castigado por rigorosos.

— Digo que em tudo tem razão vossa mercê — respondeu Sancho — e que eu sou um asno. E não sei por que me veio o asno à boca, pois não se deve falar de corda em casa de enforcado. Mas que saia logo essa carta, e adeus, que eu já me mudo.

---

mayor, y un día dijo a la buena viuda, por vía de fraternal reprehensión: "Maravillado estoy, señora, y no sin mucha causa, de que una mujer tan principal, tan hermosa y tan rica como vuestra merced se haya enamorado de un hombre tan soez, tan bajo y tan idiota como fulano, habiendo en esta casa tantos maestros, tantos presentados y tantos teólogos, en quien vuestra merced pudiera escoger como entre peras, y decir: Este quiero, aqueste no quiero". Mas ella le respondió con mucho donaire y desenvoltura: "Vuestra merced, señor mío, está muy engañado y piensa muy a lo antiguo, si piensa que yo he escogido mal en fulano por idiota que le parece; pues para lo que yo le quiero, tanta filosofía sabe y más que Aristóteles". Así que, Sancho, por lo que yo quiero a Dulcinea del Toboso, tanto vale como la más alta princesa de la tierra. Sí, que no todos los poetas que alaban damas debajo de un nombre que ellos a su albedrío les ponen, es verdad que las tienen. ¿Piensas tú que las Amarilis, las Filis, las Silvias, las Dianas, las Galateas, las Fílidas y otras tales de que los libros, los romances, las tiendas de los barberos, los teatros de las comedias están llenos, fueron verdaderamente damas de carne y hueso, y de aquellos que las celebran y celebraron? No, por cierto, sino que las más se las fingen por dar subjeto a sus versos y porque los tengan por enamorados y por hombres que tienen valor para serlo. Y, así, bástame a mí pensar y creer que la buena de Aldonza Lorenzo es hermosa y honesta, y en lo del linaje, importa poco, que no han de ir a hacer la información dél para darle algún hábito, y yo me hago cuenta que es la más alta princesa del mundo. Porque has de saber, Sancho, si no lo sabes, que dos cosas solas incitan a amar, más que otras, que son la mucha hermosura y la buena fama, y estas dos cosas se hallan consumadamente en Dulcinea, porque en ser hermosa, ninguna le iguala, y en la buena fama, pocas le llegan. Y para concluir con todo, yo imagino que todo lo que digo es así, sin que sobre ni falte nada, y

Tirou o livro de memórias D. Quixote e, apartando-se a uma parte, com muito sossego começou a escrever a carta, e, em acabando-a, chamou Sancho e lhe disse que lha queria ler para que a guardasse de memória, se acaso a perdesse no caminho, pois da sua desdita tudo se podia temer. Ao qual respondeu Sancho:

— Escreva vossa mercê a sua carta duas ou três vezes aí no livro e mo dê, que eu o levarei bem guardado; porque pensar que eu a guardarei de memória é disparate, sendo a minha tão má que muitas vezes esqueço o meu próprio nome. Mas, ainda assim, diga-a vossa mercê, que eu muito folgarei em ouvi-la, pois deve de estar como de encomenda.

— Escuta então, que assim diz — disse D. Quixote.

CARTA DE D. QUIXOTE PARA DULCINEIA D'EL TOBOSO

Soberana e alta senhora:
O ferido a ponta de ausência[13] *e o chagado nos entrefolhos do coração, dulcíssima Dulcineia d'El Toboso, envia-te a saúde que ele não tem. Se a tua fermosura me despreza, se o teu valor não é em meu prol, se os teus desdéns são em meu afrontamento, bem que eu seja mui sofrido, mal poderei suportar esta coita, que, além de forte, é demais duradoura. Meu bom escudeiro Sancho dar-te-á inteira relação, oh bela ingrata, amada inimiga minha!, do modo como por tua causa fico: se gostares de acorrer-me, teu sou; se não, faze o que mais se acomode ao teu gosto, que dando cabo da minha vida satisfarei a tua crueldade e o meu desejo. Teu até a morte,*
                                                O Cavaleiro da Triste Figura

---

píntola en mi imaginación como la deseo, así en la belleza como en la principalidad, y ni la llega Elena, ni la alcanza Lucrecia, ni otra alguna de las famosas mujeres de las edades pretéritas, griega, bárbara o latina. Y diga cada uno lo que quisiere; que si por esto fuere reprehendido de los ignorantes, no seré castigado de los rigurosos.

— Digo que en todo tiene vuestra merced razón — respondió Sancho — y que yo soy un asno. Mas no sé yo para qué nombro asno en mi boca, pues no se ha de mentar la soga en casa del ahorcado. Pero venga la carta, y a Dios, que me mudo.

Sacó el libro de memoria don Quijote y, apartándose a una parte, con mucho sosiego comenzó a escribir la carta, y en acabándola llamó a Sancho y le dijo que se la quería leer porque la tomase de memoria, si acaso se le perdiese por el camino, porque de su desdicha todo se podía temer. A lo cual respondió Sancho:

— Escríbala vuestra merced dos o tres veces ahí en el libro, y démele, que yo le llevaré bien guardado; porque pensar que yo la he de tomar en la memoria es disparate, que la tengo tan mala, que muchas veces se me olvida cómo me llamo. Pero, con todo eso, dígamela vuestra merced, que me holgaré mucho de oílla, que debe de ir como de molde.

— Escucha, que así dice — dijo don Quijote.

CARTA DE DON QUIJOTE A DULCINEA DEL TOBOSO

Soberana y alta señora:

— Pela vida do meu pai — disse Sancho em ouvindo a carta —, que é a mais alta coisa que jamais ouvi. Arre! Como lhe diz aí vossa mercê tudo o que quer, e como fica bem na assinatura "O Cavaleiro da Triste Figura"! Digo de verdade que é vossa mercê o próprio diabo e que não há coisa que não saiba.

— Tudo é mister — respondeu D. Quixote — para o ofício que levo.

— Eia, então — disse Sancho —, ponha vossa mercê nestoutra folha a cédula dos três burricos, e assine com muita clareza, para que, em vendo-a, a reconheçam.

— Com prazer — disse D. Quixote.

E, tendo-a escrito, leu-a, que dizia assim:

> *Mandará vossa mercê por esta primeira livrança de burricos, senhora sobrinha, dar a Sancho Pança, meu escudeiro, três dos cinco que deixei em casa e estão a cargo de vossa mercê. Os quais três burricos eu os mando livrar e pagar por outros tantos aqui recebidos de contado, pois com a presente mais sua carta de pagamento serão bem dados. Lavrada nas entranhas de Serra Morena, aos vinte e dois de agosto do presente ano.*

— Boa está — disse Sancho —, assine-a vossa mercê.

— Não há mister de assiná-la — disse D. Quixote —, mas somente pôr minha rubrica, que é o mesmo que a assinatura, e para três asnos, e até para trezentos, é o bastante.

— Eu me fio em vossa mercê — respondeu Sancho. — Deixe-me ir arrear Rocinante, e prepare-se vossa mercê para me dar sua bênção, pois pen-

---

El ferido de punta de ausencia y el llagado de las telas del corazón, dulcísima Dulcinea del Toboso, te envía la salud que él no tiene. Si tu fermosura me desprecia, si tu valor no es en mi pro, si tus desdenes son en mi afincamiento, maguer que yo sea asaz de sufrido, mal podré sostenerme en esta cuita, que, además de ser fuerte, es muy duradera. Mi buen escudero Sancho te dará entera relación, ¡oh bella ingrata, amada enemiga mía!, del modo que por tu causa quedo: si gustares de acorrerme, tuyo soy; y si no, haz lo que te viniere en gusto, que con acabar mi vida habré satisfecho a tu crueldad y a mi deseo. Tuyo hasta la muerte,

El Caballero de la Triste Figura

— Por vida de mi padre — dijo Sancho en oyendo la carta —, que es la más alta cosa que jamás he oído. ¡Pesia a mí, y cómo que le dice vuestra merced ahí todo cuanto quiere, y qué bien que encaja en la firma *El Caballero de la Triste Figura*! Digo de verdad que es vuestra merced el mesmo diablo y que no hay cosa que no sepa.

— Todo es menester — respondió don Quijote — para el oficio que trayo.

— Ea, pues — dijo Sancho —, ponga vuestra merced en esotra vuelta la cédula de los tres pollinos, y fírmela con mucha claridad, porque la conozcan en viéndola.

— Que me place — dijo don Quijote.

Y, habiéndola escrito, se la leyó, que decía ansí:

so em partir logo, sem ver as sandices que vossa mercê há de fazer, e eu direi que o vi fazer tantas, que não queira mais.

— Pelo menos, Sancho, quero, e é mister que assim seja, quero, digo, que me vejas em pelo fazendo uma ou duas dúzias de loucuras, que as farei em menos de meia hora, para que, tendo-as visto com teus olhos, possas jurar a teu salvo sobre as demais que quiseres acrescentar; e te asseguro que não dirás tu tantas quantas eu penso fazer.

— Pelo amor de Deus, senhor meu, não me faça ver vossa mercê em pelo, que me dará muita pena e não poderei deixar de chorar, e tenho a cabeça de tal jeito, do pranto que ontem deitei pelo jerico, que não estou para me meter em novos choros; e se vossa mercê faz questão de que eu veja algumas loucuras, faça-as vestido, breves e as que lhe vierem mais a gosto. Quanto mais que por mim não seria mister nada disso e, como já tenho dito, quero o quanto antes estar de volta, que há de ser com as novas que vossa mercê deseja e merece. E se não, que se prepare a senhora Dulcineia, pois, se ela não responder como é razão, faço a quem posso voto solene de que hei de tirar-lhe a boa resposta do estômago a pontapés e a bofetões. Pois onde já se viu um cavaleiro andante tão famoso como vossa mercê enlouquecer, sem quê nem para quê, por uma...? Que não mo faça dizer a senhora, pois por Deus que perderei as estribeiras e entornarei o caldo, que há de queimar. Não sou de engolir dessas! Mal me conhece! Pois à fé que, se me conhecesse, de mim se cuidaria!

— À fé, Sancho — disse D. Quixote —, que, ao que parece, não estás tu mais são que eu.

— Não estou tão louco — respondeu Sancho —, mas estou mais colérico. Mas, deixando isto de parte, o que há de comer vossa mercê enquan-

---

Mandará vuestra merced, por esta primera de pollinos, señora sobrina, dar a Sancho Panza, mi escudero, tres de los cinco que dejé en casa y están a cargo de vuestra merced. Los cuales tres pollinos se los mando librar y pagar por otros tantos aquí recebidos de contado, que con ésta y con su carta de pago serán bien dados. Fecha en las entrañas de Sierra Morena, a veinte y dos de agosto deste presente año.

— Buena está — dijo Sancho —, fírmela vuestra merced.

— No es menester firmarla — dijo don Quijote —, sino solamente poner mi rúbrica, que es lo mesmo que firma, y para tres asnos, y aun para trecientos, fuera bastante.

— Yo me confío de vuestra merced — respondió Sancho —. Déjeme, iré a ensillar a Rocinante, y aparéjese vuestra merced a echarme su bendición, que luego pienso partirme, sin ver las sandeces que vuestra merced ha de hacer, que yo diré que le vi hacer tantas, que no quiera más.

— Por lo menos, quiero, Sancho, y porque es menester ansí, quiero, digo, que me veas en cueros y hacer una o dos docenas de locuras, que las haré en menos de media hora, porque, habiéndolas tú visto por tus ojos, puedas jurar a tu salvo en las demás que quisieres añadir; y asegúrote que no dirás tú tantas cuantas yo pienso hacer.

— Por amor de Dios, señor mío, que no vea yo en cueros a vuestra merced, que me dará mucha lástima y no podré dejar de llorar, y tengo tal la cabeza, del llanto que anoche hice por el rucio, que no estoy para meterme en nuevos lloros; y si es que vuestra merced gusta de que yo vea algunas locuras, hágalas vestido, breves y las que

to eu não voltar? Há de sair ao caminho, como Cardenio, para tomá-lo dos pastores?

— Não te aflija esse cuidado — respondeu D. Quixote —, pois, ainda que o tivesse, não comeria eu outra coisa que as ervas e frutos que este prado e estas árvores me derem, sendo a fineza do meu negócio o não comer e fazer outras asperezas equivalentes.

— Adeus, pois. Mas sabe vossa mercê o que temo? Que eu não acerte a voltar a este lugar onde agora o deixo, sendo ele tão escondido.

— Guarda bem os sinais, que eu procurarei não sair destes contornos — disse D. Quixote — e terei até o cuidado de subir a essas mais altas penhas, por ver se te avisto quando voltares. E o mais acertado será, para que me encontres e não te percas, que cortes algumas giestas das muitas que por aqui há e as vás deixando de trecho em trecho, até saíres ao campo, as quais te servirão de marco e sinal para que me aches quando voltares, à imitação do fio do labirinto de Perseu.

— Assim farei — respondeu Sancho Pança.

E, cortando algumas, pediu a bênção a seu senhor e, não sem muitas lágrimas de ambos, se despediu dele. E montando em Rocinante, a quem D. Quixote encomendou muito e que olhasse por ele como por sua própria pessoa, se pôs a caminho da planície, deixando de trecho em trecho os ramos de giesta, como seu amo lhe aconselhara. E assim se foi, se bem ainda o importunasse D. Quixote com que o visse fazer pelo menos duas loucuras. Mas não tinha andado cem passos, quando voltou e disse:

— Digo, senhor, que vossa mercê disse muito bem: para que eu possa jurar sem cargo de consciência que o vi fazer loucuras, será bem que veja ao menos uma, ainda que já bem grande a tenha visto na ficada de vossa mercê.

---

le vinieren más a cuento. Cuanto más, que para mí no era menester nada deso, y, como ya tengo dicho, fuera ahorrar el camino de mi vuelta, que ha de ser con las nuevas que vuestra merced desea y merece. Y, si no, aparéjese la señora Dulcinea, que, si no responde como es razón, voto hago solene a quien puedo que le tengo de sacar la buena respuesta del estómago a coces y a bofetones. Porque ¿dónde se ha de sufrir que un caballero andante tan famoso como vuestra merced se vuelva loco, sin qué ni para qué, por una...? No me lo haga decir la señora, porque por Dios que despotrique y lo eche todo a doce, aunque nunca se venda. ¡Bonico soy yo para eso! ¡Mal me conoce! ¡Pues a fe que si me conociese, que me ayunase!

— A fe, Sancho — dijo don Quijote —, que, a lo que parece, que no estás tú más cuerdo que yo.

— No estoy tan loco — respondió Sancho —, mas estoy más colérico. Pero, dejando esto aparte, ¿qué es lo que ha de comer vuestra merced en tanto que yo vuelvo? ¿Ha de salir al camino, como Cardenio, a quitárselo a los pastores?

— No te dé pena ese cuidado — respondió don Quijote —, porque, aunque tuviera, no comiera otra cosa que las yerbas y frutos que este prado y estos árboles me dieren, que la fineza de mi negocio está en no comer y en hacer otras asperezas equivalentes.

— Adiós, pues. Pero ¿sabe vuestra merced qué temo? Que no tengo de acertar a volver a este lugar donde agora le dejo, según está de escondido.

— Toma bien las señas, que yo procuraré no apartarme destos contornos — dijo don Quijote — y aun tendré cuidado de subirme por estos más altos riscos, por ver si te descubro cuando vuelvas. Cuanto más, que lo

— Pois não te dizia eu? — disse D. Quixote. — Espera, Sancho, que num credo as farei.

E, despojando-se a toda pressa dos calções, ficou em camisa e com as carnes à mostra e, em seguida, sem mais nem mais, deu dois pinotes e duas cabriolas de pernas para o ar, descobrindo coisas que, para não vê-las outra vez, volteou Sancho as rédeas de Rocinante e se deu por convencido e satisfeito de poder jurar que seu amo ficava louco. E assim o deixaremos seguir o seu caminho, até a volta, que foi breve.

Notas

[1] Beltenebros: "O belo tenebroso", em provençal. É o nome que Amadis adota quando, rejeitado por Oriana, se retira em penitência à ilha da Penha Pobre.

[2] "com seu jumento": omitido em Bx.

[3] Guisopete: Esopo, creditado nos fabulários da época como Isopete. A pronúncia Guisopete era corrente na fala rural.

[4] "conversaria eu com meu jumento": em Bx, "conversaria com Rocinante, já que minha curta ventura não permitiu que possa ser com meu jumento".

[5] "trata de esporear o teu asno": em Bx, "trata de servir o teu amo".

[6] Endríagos: forma antiga para "dragão".

[7] Hipogrifo: cavalo alado, cruzamento de égua e grifo, que aparece no *Orlando furioso*; montado nele, Astolfo sobe até a Lua, onde recupera o juízo perdido de Orlando. Frontino: cavalo de Ruggiero, presente de sua dama Bradamante.

[8] "Bem haja quem nos poupou o trabalho de agora desalbardar o jerico": primeira alusão ao sumiço do asno na edição *princeps*.

---

más acertado será, para que no me yerres y te pierdas, que cortes algunas retamas de las muchas que por aquí hay y las vayas poniendo de trecho a trecho, hasta salir a lo raso, las cuales te servirán de mojones y señales para que me halles cuando vuelvas, a imitación del hilo del laberinto de Perseo.

— Así lo haré — respondió Sancho Panza.

Y, cortando algunos, pidió la bendición a su señor y, no sin muchas lágrimas de entrambos, se despidió dél. Y subiendo sobre Rocinante, a quien don Quijote encomendó mucho y que mirase por él como por su propria persona, se puso en camino del llano, esparciendo de trecho a trecho los ramos de la retama, como su amo se lo había aconsejado. Y así se fue, aunque todavía le importunaba don Quijote que le viese siquiera hacer dos locuras. Mas no hubo andado cien pasos, cuando volvió y dijo:

— Digo, señor, que vuestra merced ha dicho muy bien: que para que pueda jurar sin cargo de conciencia que le he visto hacer locuras, será bien que vea siquiera una, aunque bien grande la he visto en la quedada de vuestra merced.

— ¿No te lo decía yo? — dijo don Quijote —. Espérate, Sancho, que en un credo las haré.

Y desnudándose con toda priesa los calzones, quedó en carnes y en pañales y luego sin más ni más dio dos zapatetas en el aire y dos tumbas la cabeza abajo y los pies en alto, descubriendo cosas que, por no verlas otra vez, volvió Sancho la rienda a Rocinante y se dio por contento y satisfecho de que podía jurar que su amo quedaba loco. Y así le dejaremos ir su camino, hasta la vuelta, que fue breve.

⁹ Pena de relapsos: a que se aplica aos criminosos reincidentes, ou relapsos. Nos processos inquisitoriais, a pena de morte.

¹⁰ *Nula es retencio*: deformação das palavras do Ofício de Defuntos "*quia in inferno nulla est redemptio*" ("pois no inferno não há redenção").

¹¹ Jogar a barra (*tirar la barra*): esporte rústico tradicional de Castela, Aragão e País Basco, muito citado na literatura do Século de Ouro espanhol e valorizado como prova de virilidade. Consiste basicamente no arremesso de uma barra de ferro o mais longe possível.

¹² ... levantar informações para dar-lhe algum hábito: alusão à prova de pureza de sangue, então exigida para o ingresso em ordens militares e religiosas.

¹³ "O ferido a ponta de ausência": citação de uma carta de Oriana a Amadis, em que ela afirma ser "donzela ferida a ponta de espada no coração".

CAPÍTULO XXVI

Onde se prosseguem as finezas
que D. Quixote fez de enamorado na Serra Morena

E voltando a contar o que fez o da Triste Figura depois que se viu só, diz a história que, assim como D. Quixote acabou de dar as cabriolás ou piruetas, nu da cintura aos pés e vestido da cintura acima, e viu que Sancho se fora sem querer ver mais sandices, subiu ao topo de uma alta penha e ali tornou a pensar naquilo que outras muitas vezes pensara sem jamais se ter decidido, e era o que lhe seria mais acertado e conveniente: se imitar Roldão nas loucuras desaforadas que fizera, ou Amadis nas malencônicas; e falando consigo mesmo, dizia:

— Se Roldão foi tão bom cavaleiro e tão valente como todos dizem, é isto acaso alguma maravilha, pois afinal era encantado, e ninguém o podia matar senão fincando-lhe um alfinete daqueles mais preciosos na planta do pé, e ele usava sempre os sapatos com sete solas de ferro? Se bem que suas tretas de nada lhe valeram contra Bernardo del Carpio, que as entendeu e o sufocou entre os braços em Roncesvalles. Mas, deixando sua valentia à parte, vejamos sua perda de juízo, que é certo que o perdeu, pelos sinais que achou na fontana e pelas novas que lhe deu o pastor de que Angélica dormira mais de duas sestas com Medoro, um mourelho de encaracolados cabelos e pajem de Agramante; mas se ele entendeu que isto era verdade e que sua

---

CAPÍTULO XXVI

Donde se prosiguen las finezas
que de enamorado hizo don Quijote en Sierra Morena

Y volviendo a contar lo que hizo el de la Triste Figura después que se vio solo, dice la historia que así como don Quijote acabó de dar las tumbas o vueltas de medio abajo desnudo y de medio arriba vestido, y que vio que Sancho se había ido sin querer aguardar a ver más sandeces, se subió sobre una punta de una alta peña y allí tornó a pensar lo que otras muchas veces había pensado sin haberse jamás resuelto en ello, y era que cuál sería mejor y le estaría más a cuento: imitar a Roldán en las locuras desaforadas que hizo, o Amadís en las malencónicas; y hablando entre sí mesmo decía:

— Si Roldán fue tan buen caballero y tan valiente como todos dicen, ¿qué maravilla, pues al fin era encantado, y no le podía matar nadie si no era metiéndole un alfiler de a blanca por la planta del pie, y él traía siempre los zapatos con siete suelas de hierro? Aunque no le valieron tretas contra Bernardo del Carpio, que se las entendió y le ahogó entre los brazos en Roncesvalles. Pero dejando en él lo de la valentía a una parte, vengamos a lo de perder el juicio, que es cierto que le perdió, por las señales que halló en la fontana y por las nuevas que le

dama lhe cometera algum desaforo, tampouco fez muito em enlouquecer. E como posso eu imitá-lo nas loucuras, se o não imito na ocasião delas? Porque minha Dulcineia d'El Toboso ousarei eu jurar que em todos os dias da sua vida não viu mouro algum, assi como eles são, em seu mesmo traje, e que ela está hoje tão inteira como a mãe que a pariu; e far-lhe-ia agravo manifesto se, imaginando outra coisa dela, eu enlouquecesse daquele gênero de loucura de Roldão, o furioso. Por outra parte, vejo que Amadis de Gaula, sem perder o juízo e sem fazer loucuras, alcançou incomparável fama de enamorado, pois o que fez, segundo sua história, não foi mais que, por ver-se desdenhado da sua senhora Oriana, que lhe mandara não aparecer ante a sua presença enquanto não fosse sua vontade, retirar-se à Penha Pobre na companhia de um ermitão, e ali fartar-se de chorar e de encomendar-se a Deus, até que o céu o acorreu em meio à sua maior coita e necessidade. E se isto é verdade, como é, para que vou eu agora dar-me ao trabalho de despir-me de todo e causar pesar a estas árvores, que não me fizeram mal algum? Nem tenho razão para turvar as águas claras destes regatos, os quais me darão de beber quando tiver sede. Viva a memória de Amadis, e que em tudo quanto puder o imite D. Quixote de La Mancha, de quem se dirá o que daquele se disse, que, se não acabou grandes coisas, morreu por acometê-las; e se eu não sou desprezado nem desdenhado por Dulcineia d'El Toboso, basta-me, como tenho dito, estar ausente dela. Eia pois, mãos à obra: vinde à minha memória, coisas de Amadis, e mostrai-me por onde tenho de começar a imitar-vos. Bem sei que o que ele mais fez foi rezar e encomendar-se a Deus; mas o que usarei eu de rosário, se o não tenho?

Nisto lhe veio ao pensamento como fazê-lo, e foi rasgar uma grande tira das fraldas da camisa, que andavam soltas, e dar-lhe onze nós, um mais grosso

---

dio el pastor de que Angélica había dormido más de dos siestas con Medoro, un morillo de cabellos enrizados y paje de Agramante; y si él entendió que esto era verdad y que su dama le había cometido desaguisado, no hizo mucho en volverse loco. Pero yo ¿cómo puedo imitalle en las locuras, si no le imito en la ocasión dellas? Porque mi Dulcinea del Toboso osaré yo jurar que no ha visto en todos los días de su vida moro alguno, ansí como él es, en su mismo traje, y que se está hoy como la madre que la parió; y haríale agravio manifiesto, si imaginando otra cosa della me volviese loco de aquel género de locura de Roldán el furioso. Por otra parte, veo que Amadís de Gaula, sin perder el juicio y sin hacer locuras, alcanzó tanta fama de enamorado como el que más, porque lo que hizo, según su historia, no fue más de que por verse desdeñado de su señora Oriana, que le había mandado que no pareciese ante su presencia hasta que fuese su voluntad, de que se retiró a la Peña Pobre en compañía de un ermitaño, y allí se hartó de llorar y de encomendarse a Dios, hasta que el cielo le acorrió en medio de su mayor cuita y necesidad. Y, si esto es verdad, como lo es, ¿para qué quiero yo tomar trabajo agora de desnudarme del todo, ni dar pesadumbre a estos árboles, que no me han hecho mal alguno? Ni tengo para qué enturbiar el agua clara destos arroyos, los cuales me han de dar de beber cuando tenga gana. Viva la memoria de Amadís, y sea imitado de don Quijote de la Mancha en todo lo que pudiere, del cual se dirá lo que del otro se dijo, que si no acabó grandes cosas, murió por acometellas; y si yo no soy desechado ni desdeñado de Dulcinea del Toboso, bástame, como ya he dicho, estar ausente della. Ea, pues, manos a la obra: venid a mi memoria, cosas de Amadís, y enseñadme por dónde tengo de comenzar a imitaros. Mas ya sé que lo más que él hizo fue rezar y encomendarse a Dios; pero ¿qué haré de rosario, que no le tengo?

que os demais, o que lhe serviu de rosário no tempo que ali esteve, onde rezou um milhão de ave-marias.[1] E algo que muito o desgostava era não achar por ali outro ermitão com quem se confessar e consolar;[2] e assim se entretinha passeando pelo pradozinho, escrevendo e gravando nas cascas das árvores e na fina areia muitos versos, todos adequados a sua tristeza, e alguns em louvor de Dulcineia. Mas os que se puderam achar inteiros e que se podiam ler depois que lá o acharam foram só estes que aqui se seguem:

>Árvores, ervas e plantas
>que em tal paragem estais,
>tão altas, verdes e tantas,
>se do meu mal não zombais,
>ouvi minhas queixas santas.

>Minha dor vos não garrote,
>que me atormenta e me preia,
>pois por pagar-vos escote
>aqui chorou D. Quixote
>ausências de Dulcineia
>   d'El Toboso.

>É este o lugar adonde
>o amador mais leal
>da sua senhora se esconde
>e vem findar assim mal
>sem saber como ou por onde.

En esto le vino al pensamiento cómo le haría, y fue que rasgó una gran tira de las faldas de la camisa, que andaban colgando, y diole once ñudos, el uno más gordo que los demás, y esto le sirvió de rosario el tiempo que allí estuvo, donde rezó un millón de avemarías. Y lo que le fatigaba mucho era no hallar por allí otro ermitaño que le confesase y con quien consolarse; y, así, se entretenía paseándose por el pradecillo, escribiendo y grabando por las cortezas de los árboles y por la menuda arena muchos versos, todos acomodados a su tristeza, y algunos en alabanza de Dulcinea. Mas los que se pudieron hallar enteros y que se pudiesen leer después que a él allí le hallaron no fueron más que estos que aquí se siguen:

>Árboles, yerbas y plantas
>que en aqueste sitio estáis,
>tan altos, verdes y tantas,
>si de mi mal no os holgáis,
>escuchad mis quejas santas.
>
>Mi dolor no os alborote,
>aunque más terrible sea,
>pues por pagaros escote

>aquí lloró don Quijote
>ausencias de Dulcinea
>   del Toboso.
>
>Es aquí el lugar adonde
>el amador más leal
>de su señora se esconde,
>y ha venido a tanto mal
>sin saber cómo o por dónde.

Amor o flagela a cote,
pois é de assaz má raleia;
e assim enchendo um pipote,
aqui chorou D. Quixote
ausências de Dulcineia
　　d'El Toboso.

Buscando suas aventuras
por entre tão duras penhas,
maldizendo entranhas duras,
entre penedos e brenhas
acha o triste desventuras,

fere-o amor co' chicote,
e não co'a branda correia,
e em lhe tocando o cangote
aqui chorou D. Quixote
ausências de Dulcineia
　　d'El Toboso.

 Não causou pouco riso aos que acharam os referidos versos o aditamento "d'El Toboso" ao nome de Dulcineia, pois imaginaram que devia D. Quixote ter imaginado que, se em nomeando Dulcineia não dissesse também "d'El Toboso", não se poderia entender a cantiga; e assim foi a verdade, como ele mais tarde confessou. Outros muitos escreveu, mas, como já foi dito, não

---

Tráele amor al estricote,
que es de muy mala ralea;
y, así, hasta henchir un pipote,
aquí lloró don Quijote
ausencias de Dulcinea
　　del Toboso.

Buscando las aventuras
por entre las duras peñas,
maldiciendo entrañas duras,

que entre riscos y entre breñas
halla el triste desventuras,

hirióle amor con su azote,
no con su blanda correa,
y en tocándole el cogote
aquí lloró don Quijote
ausencias de Dulcinea
　　del Toboso.

 No causó poca risa en los que hallaron los versos referidos el añadidura "del Toboso" al nombre de Dulcinea, porque imaginaron que debió de imaginar don Quijote que si en nombrando a Dulcinea no decía también "del Toboso", no se podría entender la copla; y así fue la verdad, como él después confesó. Otros muchos escribió, pero, como se ha dicho, no se pudieron sacar en limpio ni enteros más destas tres coplas. En esto y en suspirar y en llamar a los faunos y silvanos de aquellos bosques, a las ninfas de los ríos, a la dolorosa y húmida Eco, que le respondiese, consolasen y escuchasen, se entretenía, y en buscar algunas yerbas con que sustentarse en

se puderam tirar a limpo e inteiros mais que essas três coplas. Nisso e em suspirar e chamar pelos faunos e silvanos daqueles bosques, pelas ninfas dos rios, pela dolorosa e úmida Eco,[3] rogando que lhe respondesse, consolassem e escutassem, foi-se entretendo, e em buscar algumas ervas com as quais se sustentar enquanto Sancho não voltava; e se este, em vez de três dias, demorasse três semanas, o Cavaleiro da Triste Figura ficaria tão desfigurado que não o conheceria nem a própria mãe que o pariu.

E será bem deixá-lo aqui às voltas com seus suspiros e versos, para contar o que sucedeu a Sancho Pança em seu mandado. E foi que, em saindo à estrada real, se pôs em busca da de El Toboso, e no dia seguinte chegou à estalagem onde lhe acontecera a desgraça da manta, e apenas a tinha visto, quando lhe pareceu que outra vez andava pelos ares, e não quis entrar lá, apesar de ter chegado à hora em que o pudera e devera fazer, por ser a de comer e ter desejos de provar algo quente, pois havia dias que era tudo só vianda fria.

Essa necessidade o forçou a chegar-se à estalagem, ainda hesitante se entraria ou não. E estando nisso saíram da estalagem duas pessoas que logo o conheceram; e disse um ao outro:

— Diga-me, senhor licenciado, aquele ali do cavalo não é Sancho Pança, aquele que a ama do nosso aventureiro disse que saiu com seu senhor por escudeiro?

— É sim — disse o licenciado —, e aquele é o cavalo do nosso D. Quixote.

E tão bem o conheceram por serem eles o padre e o barbeiro de seu mesmo lugar e aqueles que fizeram o escrutínio e auto de fé dos livros. Os quais, assim como acabaram de conhecer Sancho Pança e Rocinante, desejo-

---

tanto que Sancho volvía; que si como tardó tres días, tardara tres semanas, el Caballero de la Triste Figura quedara tan desfigurado que no le conociera la madre que lo parió.

Y será bien dejalle envuelto entre sus suspiros y versos, por contar lo que le avino a Sancho Panza en su mandadería. Y fue que en saliendo al camino real se puso en busca del del Toboso, y otro día llegó a la venta donde le había sucedido la desgracia de la manta, y no la hubo bien visto, cuando le pareció que otra vez andaba en los aires, y no quiso entrar dentro, aunque llegó a hora que lo pudiera y debiera hacer, por ser la del comer y llevar en deseo de gustar algo caliente, que había grandes días que todo era fiambre.

Esta necesidad le forzó a que llegase junto a la venta, todavía dudoso si entraría o no. Y estando en esto salieron de la venta dos personas que luego le conocieron; y dijo el uno al otro:

— Dígame, señor licenciado, aquel del caballo ¿no es Sancho Panza, el que dijo el ama de nuestro aventurero que había salido con su señor por escudero?

— Sí es — dijo el licenciado —, y aquel es el caballo de nuestro don Quijote.

Y conociéronle tan bien como aquellos que eran el cura y el barbero de su mismo lugar y los que hicieron el escrutinio y acto general de los libros. Los cuales, así como acabaron de conocer a Sancho Panza y a Rocinante, deseosos de saber de don Quijote, se fueron a él, y el cura le llamó por su nombre, diciéndole:

— Amigo Sancho Panza, ¿adónde queda vuestro amo?

Conociólos luego Sancho Panza y determinó de encubrir el lugar y la suerte donde y como su amo queda-

sos de saber de D. Quixote, foram até ele, e o padre o chamou pelo nome, dizendo-lhe:

— Amigo Sancho Pança, onde está o vosso amo?

Conheceu-os logo Sancho Pança e determinou de ocultar o lugar e a sorte onde e como seu amo ficara, e assim lhes respondeu que seu amo ficara ocupado em certa parte e em certa coisa de muita importância, que ele não podia revelar, pelos seus olhos.[4]

— Não, não, Sancho Pança — disse o barbeiro —, se não nos disserdes onde ele está, imaginaremos, como já imaginamos, que vós o haveis matado e roubado, pois vindes sobre seu cavalo. Em verdade que nos haveis de mostrar o dono do rocim, senão, vereis.

— Não valem comigo ameaças, pois eu não sou homem de roubar nem matar ninguém: cada qual que morra por mão da sua ventura, ou de Deus, que a fez. Meu amo ficou fazendo penitência no meio desta montanha, muito ao seu sabor.

E em seguida, de enfiada e sem parar, lhes contou de que sorte ficara, as aventuras que lhe aconteceram e como levava ele a carta para a senhora Dulcineia d'El Toboso, que era a filha de Lorenzo Corchuelo, por quem estava enamorado até os fígados.

Ficaram os dois admirados do que Sancho Pança lhes contava; e se bem já conhecessem a loucura de D. Quixote e o gênero dela, sempre que a ouviam se admiravam de novo. Pediram a Sancho Pança que lhes mostrasse a carta que levava para a senhora Dulcineia d'El Toboso. Ele disse que ia escrita num livro de memórias e que era ordem do seu senhor que a fizesse trasladar em papel no primeiro lugar aonde chegasse; disse então o padre que lha mostrasse, que ele a trasladaria de muito boa letra. Meteu Sancho Pança

---

ba y, así, les respondió que su amo quedaba ocupado en cierta parte y en cierta cosa que le era de mucha importancia, la cual él no podía descubrir, por los ojos que en la cara tenía.

— No, no — dijo el barbero —, Sancho Panza, si vos no nos decís dónde queda, imaginaremos, como ya imaginamos, que ya le habéis muerto y robado, pues venís encima de su caballo. En verdad que nos habéis de dar el dueño del rocín, o sobre eso, morena.

— No hay para qué conmigo amenazas, que yo no soy hombre que robo ni mato a nadie: a cada uno mate su ventura, o Dios, que le hizo. Mi amo queda haciendo penitencia en la mitad desta montaña, muy a su sabor.

Y luego de corrida y sin parar les contó de la suerte que quedaba, las aventuras que le habían sucedido y cómo llevaba la carta a la señora Dulcinea del Toboso, que era la hija de Lorenzo Corchuelo, de quien estaba enamorado hasta los hígados.

Quedaron admirados los dos de lo que Sancho Panza les contaba; y aunque ya sabían la locura de don Quijote y el género della, siempre que la oían se admiraban de nuevo. Pidiéronle a Sancho Panza que les enseñase la carta que llevaba a la señora Dulcinea del Toboso. Él dijo que iba escrita en un libro de memoria y que era orden de su señor que la hiciese trasladar en papel en el primer lugar que llegase; a lo cual dijo el cura que se la mostrase, que él la trasladaría de muy buena letra. Metió la mano en el seno Sancho Panza, buscando el librillo, pero no le halló, ni se le podía hallar si le buscara hasta agora, porque se había quedado don Quijote con él y no se le había dado, ni a él se le acordó de pedírsele.

Cuando Sancho vio que no hallaba el libro, fuésele parando mortal el rostro; y tornándose a tentar todo

a mão no peito, procurando o livrete, mas não o achou, nem o poderia achar se o procurasse até agora, pois D. Quixote ficara com ele e não lho dera, nem ele se lembrara de pedi-lo.

Quando Sancho viu que não achava o livro, pôs-se-lhe o rosto como de morto; e tornando a apalpar o corpo todo com muita pressa, tornou a ver que o não achava e, sem mais nem mais, deu com ambos os punhos nas barbas e arrancou metade delas, e depressa e sem parar se deu meia dúzia de punhadas no rosto e no nariz, banhando-o todo em sangue. À vista do qual o padre e o barbeiro perguntaram o que lhe tinha acontecido, que tão mal se punha.

— Que me havia de acontecer — devolveu Sancho —, senão que perdi, de uma mão para a outra e num ázimo, três burricos, que eram cada um como um castelo!

— Como assim? — replicou o barbeiro.

— Perdi o livro de memórias — respondeu Sancho — onde vinha a carta para Dulcineia e uma letra assinada pelo meu senhor, pela qual mandava que sua sobrinha me desse três burricos dos quatro ou cinco que tinha em casa.

E então lhes contou a perda do jerico. Consolou-o o padre e lhe disse que, em achando o seu senhor, ele o faria confirmar a doação e tornar a fazer a livrança em papel, como era uso e costume, porque as que se faziam em livros de memória jamais se aceitavam nem cumpriam.

Com isto se consolou Sancho, e disse que, sendo assim, não o preocupava a perda da carta de Dulcineia, pois ele a sabia quase de memória, da qual se poderia trasladar onde e quando quisessem.

— Então dizei-a, Sancho — disse o barbeiro —, que logo a trasladaremos.

---

el cuerpo muy apriesa, tornó a echar de ver que no le hallaba, y sin más ni más se echó entrambos puños a las barbas y se arrancó la mitad de ellas, y luego apriesa y sin cesar se dio media docena de puñadas en el rostro y en las narices, que se las bañó todas en sangre. Visto lo cual por el cura y el barbero, le dijeron que qué le había sucedido, que tan mal se paraba.

— ¿Qué me ha de suceder — respondió Sancho —, sino el haber perdido de una mano a otra, en un estante, tres pollinos, que cada uno era como un castillo?

— ¿Cómo es eso? — replicó el barbero.

— He perdido el libro de memoria — respondió Sancho — donde venía carta para Dulcinea y una cédula firmada de su señor, por la cual mandaba que su sobrina me diese tres pollinos de cuatro o cinco que estaban en casa.

Y con esto les contó la pérdida del rucio. Consolóle el cura, y díjole que en hallando a su señor él le haría revalidar la manda y que tornase a hacer la libranza en papel, como era uso y costumbre, porque las que se hacían en libros de memoria jamás se acetaban ni cumplían.

Con esto se consoló Sancho, y dijo que como aquello fuese ansí, que no le daba mucha pena la pérdida de la carta de Dulcinea, porque él la sabía casi de memoria, de la cual se podría trasladar donde y cuando quisiesen.

— Decildo, Sancho, pues — dijo el barbero —, que después la trasladaremos.

Paróse Sancho Panza a rascar la cabeza para traer a la memoria la carta, y ya se ponía sobre un pie y ya sobre otro, unas veces miraba al suelo, otras al cielo, y al cabo de haberse roído la mitad de la yema de un dedo, teniendo suspensos a los que esperaban que ya la dijese, dijo al cabo de grandísimo rato:

Pôs-se Sancho Pança a coçar a cabeça para puxar a carta pela memória e, ora se apoiando num pé, ora no outro, por vezes fitando o chão, por vezes o céu, depois de roer meia unha e ter suspensos os que esperavam que a dissesse de uma vez, disse ao cabo de um grandíssimo tempo:

— Por Deus, senhor licenciado, que os diabos levem o pouco que da carta me lembro, mas sei que começava dizendo: "Alta e bem sovada senhora".

— Não diria — disse o barbeiro — "bem sovada", e sim "abençoada" ou "venerada senhora".

— Assim era — disse Sancho. — Depois, se mal não me lembro, continuava: "O chago e falto de sono, e o ferido beija de vossa mercê as mãos, ingrata e mui desconhecida formosa", e não sei que mais dizia da saúde e da doença que lhe enviava, e ia por aí escorrendo, até acabar em "Vosso até a morte, o Cavaleiro da Triste Figura".

Não pouco se divertiram os dois em vendo a boa memória de Sancho Pança, e muito a elogiaram e lhe pediram que dissesse a carta outras duas vezes, para que eles também a guardassem de memória para trasladá-la a seu tempo. Tornou a dizê-la Sancho outras três vezes, e outras tantas voltou a dizer outros três mil disparates. Em seguida, contou também as coisas de seu amo, mas não disse palavra da manteação que lhe acontecera naquela estalagem na qual se recusava a entrar. Disse também como seu senhor, em levando-lhe o bom despacho que lhe daria a senhora Dulcineia d'El Toboso, havia de pôr-se a caminho de virar imperador, ou pelo menos monarca, pois assim ficara acertado entre os dois, e era coisa por demais fácil ele o vir a ser, tal era o valor da sua pessoa e a força do seu braço; e que, em sendo-o, havia de casá-lo, pois já seria viúvo, que não podia ser menos,

---

— Por Dios, señor licenciado, que los diablos lleven la cosa que de la carta se me acuerda, aunque en el principio decía: "Alta y sobajada señora".

— No diría — dijo el barbero — *sobajada*, sino *sobrehumana* o *soberana señora*.

— Así es — dijo Sancho —. Luego, si mal no me acuerdo, proseguía, si mal no me acuerdo: "el llego y falto de sueño, y el ferido besa a vuestra merced las manos, ingrata y muy desconocida hermosa", y no sé qué decía de salud y de enfermedad que le enviaba, y por aquí iba escurriendo, hasta que acababa en "Vuestro hasta la muerte, el Caballero de la Triste Figura".

No poco gustaron los dos de ver la buena memoria de Sancho Panza, y alabáronsela mucho y le pidieron que dijese la carta otras dos veces, para que ellos ansimesmo la tomasen de memoria para trasladalla a su tiempo. Tornóla a decir Sancho otras tres veces, y otras tantas volvió a decir otros tres mil disparates. Tras esto, contó asimesmo las cosas de su amo, pero no habló palabra acerca del manteamiento que le había sucedido en aquella venta en la cual rehusaba entrar. Dijo también como su señor, en trayendo que le trujese buen despacho de la señora Dulcinea del Toboso, se había de poner en camino a procurar cómo ser emperador, o por lo menos monarca, que así lo tenían concertado entre los dos, y era cosa muy fácil venir a serlo, según era el valor de su persona y la fuerza de su brazo; y que en siéndolo le había de casar a él, porque ya sería viudo, que no podía ser menos, y le había de dar por mujer a una doncella de la emperatriz, heredera de un rico y grande estado de tierra firme, sin ínsulos ni ínsulas, que ya no las quería.

e lhe havia de dar por mulher uma donzela da imperatriz, herdeira de um rico e grande estado em terra firme, sem ínsulos nem ínsulas, que não mais as queria.

Dizia Sancho essas coisas com tanto repouso, limpando o nariz de quando em quando, e com tão pouco juízo, que os dois se admiraram de novo, considerando quão veemente era a loucura de D. Quixote, pois levara de roldão o juízo daquele pobre homem. Não se quiseram cansar em tirá-lo do erro em que estava, parecendo-lhes que, por não lhe trazer dano à consciência, era melhor deixá-lo nele, enquanto para eles seria de mais gosto ouvir suas necedades. E assim lhe disseram que rogasse a Deus pela saúde de seu senhor, pois era coisa bem possível e fazível que com o discorrer do tempo ele viesse a ser imperador, como dizia, ou pelo menos arcebispo ou outra dignidade equivalente. Ao que respondeu Sancho:

— Senhores, se a fortuna virasse as coisas de jeito que o meu amo não mais quisesse ser imperador, e sim arcebispo, eu quisera saber agora o que costumam dar os arcebispos andantes aos seus escudeiros.

— Costumam lhes dar — respondeu o padre — algum benefício, simples ou curado,[5] ou alguma sacristania, que lhes vale rendas fixas, além do pé de altar, que sói render outro tanto.

— Para isso será mister — replicou Sancho — que o escudeiro não seja casado e que saiba pelo menos ajudar à missa; e sendo assim, pobre de mim, que sou casado e não sei nem a primeira letra do abecê! O que será de mim se o meu amo resolver ser arcebispo, e não imperador, como é uso e costume dos cavaleiros andantes?

— Não vos aflijais, Sancho amigo — disse o barbeiro —, que aqui rogaremos ao vosso amo, e lho aconselharemos e até lho apresentaremos como

---

Decía esto Sancho con tanto reposo, limpiándose de cuando en cuando las narices, y con tan poco juicio, que los dos se admiraron de nuevo, considerando cuán vehemente había sido la locura de don Quijote, pues había llevado tras sí el juicio de aquel pobre hombre. No quisieron cansarse en sacarle del error en que estaba, pareciéndoles que, pues no le dañaba nada la conciencia, mejor era dejarle en él, y a ellos les sería de más gusto oír sus necedades. Y, así, le dijeron que rogase a Dios por la salud de su señor, que cosa contingente y muy agible era venir con el discurso del tiempo a ser emperador, como él decía, o por lo menos arzobispo o otra dignidad equivalente. A lo cual respondió Sancho:

— Señores, si la fortuna rodease las cosas de manera que a mi amo le viniese en voluntad de no ser emperador, sino de ser arzobispo, querría yo saber agora qué suelen dar los arzobispos andantes a sus escuderos.

— Suélenles dar — respondió el cura — algún beneficio simple o curado, o alguna sacristanía, que les vale mucho de renta rentada, amén del pie de altar, que se suele estimar en otro tanto.

— Para eso será menester — replicó Sancho — que el escudero no sea casado y que sepa ayudar a misa por lo menos; y si esto es así, ¡desdichado de yo, que soy casado y no sé la primera letra del abecé! ¿Qué será de mí si a mi amo le da antojo de ser arzobispo, y no emperador, como es uso y costumbre de los caballeros andantes?

— No tengáis pena, Sancho amigo — dijo el barbero —, que aquí rogaremos a vuestro amo, y se lo aconsejaremos y aun se lo pondremos en caso de conciencia, que sea emperador y no arzobispo, porque le será más fácil, a causa de que él es más valiente que estudiante.

— Así me ha parecido a mí — respondió Sancho —, aunque sé decir que para todo tiene habilidad. Lo

caso de consciência, que ele seja imperador e não arcebispo, pois o primeiro lhe será mais fácil, sendo ele mais valente que estudante.

— Assim me pareceu — respondeu Sancho —, se bem eu saiba dizer que para tudo tem ele habilidade. O que eu da minha parte penso em fazer é rogar a Nosso Senhor que o mande a partes onde ele mais valha e onde mais mercês me faça.

— Isto dizeis por discreto — disse o padre — e fareis por bom cristão. Mas o que agora se há de fazer é tratar de tirar o vosso amo daquela inútil penitência que dizeis que ficou fazendo; e para pensarmos o modo como havemos de obrar, e para comer, que já é hora, será bem entrarmos nesta estalagem.

Sancho disse que entrassem eles, que ele esperaria ali fora, e que depois lhes diria a causa pela qual não entrava nem lhe convinha nela entrar, mas que lhes rogava que lhe trouxessem dali de dentro algo de comer, que fosse quente, e também cevada para Rocinante. Eles entraram e o deixaram, e dali a pouco o barbeiro lhe trouxe de comer. Depois, tendo bem pensado entre os dois o modo de conseguir o que desejavam, ocorreu ao padre um pensamento bem adequado ao gosto de D. Quixote e ao que eles queriam; e disse então ao barbeiro o que tinha pensado, e era que ele se vestiria em hábito de donzela andante, e que o barbeiro trataria de se disfarçar de escudeiro o melhor que pudesse, e que assim iriam aonde D. Quixote estava, fingindo ser ela uma donzela aflita e desvalida, e lhe pediria um dom, que ele não poderia deixar de outorgar-lhe, como valoroso cavaleiro andante. E que o dom que lhe pensava pedir era que fosse com ela aonde ela o levasse, para desfazer-lhe um agravo que um mau cavaleiro lhe fizera; e suplicava-lhe outrossi que non lhe mandasse tirar o véu, nem nada lhe indagasse sobre a sua pes-

---

que yo pienso hacer de mi parte es rogarle a Nuestro Señor que le eche a aquellas partes donde él más se sirva y adonde a mí más mercedes me haga.

— Vos lo decís como discreto — dijo el cura — y lo haréis como buen cristiano. Mas lo que ahora se ha de hacer es dar orden como sacar a vuestro amo de aquella inútil penitencia que decís que queda haciendo; y para pensar el modo que hemos de tener, y para comer, que ya es hora, será bien nos entremos en esta venta.

Sancho dijo que entrasen ellos, que él esperaría allí fuera, y que después les diría la causa por que no entraba ni le convenía entrar en ella, mas que les rogaba que le sacasen allí algo de comer que fuese cosa caliente, y ansimismo cebada para Rocinante. Ellos se entraron y le dejaron, y de allí a poco el barbero le sacó de comer. Después, habiendo bien pensado entre los dos el modo que tendrían para conseguir lo que deseaban, vino el cura en un pensamiento muy acomodado al gusto de don Quijote y para lo que ellos querían; y fue que dijo al barbero que lo que había pensado era que él se vestiría en hábito de doncella andante, y que él procurase ponerse lo mejor que pudiese como escudero, y que así irían adonde don Quijote estaba, fingiendo ser ella una doncella afligida y menesterosa, y le pediría un don, el cual él no podría dejársele de otorgar, como valeroso caballero andante. Y que el don que le pensaba pedir era que se viniese con ella donde ella le llevase, a desfacelle un agravio que un mal caballero le tenía fecho; y que le suplicaba ansimismo que no la mandase quitar su antifaz, ni la demandase cosa de su facienda, fasta que la hubiese fecho derecho de aquel mal caballero; y que creyese sin duda que don Quijote vendría en todo cuanto le pidiese por este término, y que desta manera le sacarían de allí y le llevarían a su lugar, donde procurarían ver si tenía algún remedio su estraña locura.

soa e condiçam, até que a houvesse desforrado daquele mau cavaleiro; e podia acreditar sem dúvida que D. Quixote concederia tudo quanto lhe pedisse nesses termos, e que assim o tirariam dali e o levariam de volta ao seu lugar, onde tratariam de ver se havia remédio para sua estranha loucura.

NOTAS

[1] ... onde rezou um milhão de ave-marias: na segunda edição, o trecho que começa em "e de encomendar-se a Deus", no parágrafo anterior, foi substituído por "e assim farei./ E lhe serviram de contas os grandes bugalhos de um sobreiro, que ele engranzou, fazendo um rosário simples". Nas edições portuguesas, o trecho foi expurgado pela Inquisição.

[2] ... outro ermitão com quem se confessar e consolar: alusão a Andalod, o ermitão que Amadis encontrou na Penha Pobre.

[3] Eco: ninfa apaixonada por Narciso, que foi por ele desprezada. Em algumas versões da fábula, quando Narciso morre afogado, a ninfa se desmancha em lágrimas para fundir-se com o rio, dela restando apenas a voz.

[4] ... pelos seus olhos: jura muito enfática, por vezes usada como eufemismo de "*por mis cojones*" (por meus colhões).

[5] Benefício, simples ou curado: qualquer cargo eclesiástico remunerado. "Simples", quando com ordens menores (cf. cap. XIX, nota 3); "curado", quando com ordens maiores, com a faculdade de ministrar os sacramentos (cura de almas).

CAPÍTULO XXVII

DE COMO CONSEGUIRAM SEU INTENTO
O PADRE E O BARBEIRO, MAIS OUTRAS COISAS
DIGNAS DE SEREM CONTADAS NESTA GRANDE HISTÓRIA

Não pareceu mal ao barbeiro o plano do padre, e sim tão bem que logo o puseram por obra. Pediram à estalajadeira um vestido e umas toucas, deixando-lhe em penhor uma batina nova. O barbeiro fez uma grande barba com um rabo de boi entre ruço e vermelho, onde o estalajadeiro pendurava seu pente. Perguntou-lhes a estalajadeira para que lhe pediam aquelas coisas. O padre lhe contou em breves razões a loucura de D. Quixote e como convinha aquele disfarce para tirá-lo da montanha onde se encontrava. Viram logo o estalajadeiro e a estalajadeira que o louco era seu hóspede, o do bálsamo, e senhor do manteado escudeiro, e contaram ao padre tudo o que a seu lado lhes acontecera, sem calar o que tanto calava Sancho. Enfim, a estalajadeira vestiu o padre de modo que era muito para ver. Pôs-lhe um vestido de flanela, cruzado de faixas de veludo preto de um palmo em largura, todas acutiladas, e uns corpetes de veludo verde guarnecidos com debruns de cetim branco, que deviam de ser, eles e o vestido, do tempo do rei Bamba.[1] Não consentiu o padre que o toucassem, mas pôs na cabeça um gorro de linho estofado que levava para dormir, e cingiu à testa uma liga de tafetá preto, e com outra liga fez um véu com que cobriu muito bem as barbas e o

---

CAPÍTULO XXVII

DE CÓMO SALIERON CON SU INTENCIÓN
EL CURA Y EL BARBERO, CON OTRAS COSAS
DIGNAS DE QUE SE CUENTEN EN ESTA GRANDE HISTORIA

No le pareció mal al barbero la invención del cura, sino tan bien, que luego la pusieron por obra. Pidiéronle a la ventera una saya y unas tocas, dejándole en prendas una sotana nueva del cura. El barbero hizo una gran barba de una cola rucia o roja de buey donde el ventero tenía colgado el peine. Preguntóles la ventera que para qué le pedían aquellas cosas. El cura le contó en breves razones la locura de don Quijote y cómo convenía aquel disfraz para sacarle de la montaña donde a la sazón estaba. Cayeron luego el ventero y la ventera en que el loco era su huésped, el del bálsamo, y el amo del manteado escudero, y contaron al cura todo lo que con él les había pasado, sin callar lo que tanto callaba Sancho. En resolución, la ventera vistió al cura de modo que no había más que ver. Púsole una saya de paño, llena de fajas de terciopelo negro de un palmo en ancho, todas acuchilladas, y unos corpiños de terciopelo verde guarnecidos con unos ribetes de raso blanco, que se debieron de hacer, ellos y la saya, en tiempo del rey Bamba. No consintió el cura que le tocasen, sino púsose en la cabeza un birretillo de lienzo

rosto; encasquetou seu chapéu, tão grande que bem podia servir de umbela, e, cobrindo-se com seu ferragoulo, montou em sua mula à amazona, e o barbeiro na sua, com uma barba que lhe chegava à cintura, entre vermelha e branca, que, como já se disse, era feita do rabo de um boi barroso.

Despediram-se de todos, até a boa Maritornes, que prometeu rezar um terço, apesar dos seus pecados, para que Deus lhes desse bom sucesso em tão árdua e tão cristã empresa como a que começavam.

Mas apenas tinha saído da estalagem, quando veio ao padre um pensamento: que fizera mal em se vestir daquela maneira, sendo coisa indecente um sacerdote andar assim, por mais necessário que isso fosse; e dizendo isto ao companheiro, pediu-lhe que trocassem de trajes, pois era mais justo o barbeiro ser a donzela necessitada e ele fazer de escudeiro, com o que sua dignidade seria menos profanada; e que, se o não quisesse fazer, estava determinado a não seguir adiante, ainda que o diabo levasse D. Quixote.

Nisto chegou Sancho, e ao ver os dois naqueles trajes não pôde conter o riso. O barbeiro de feito consentiu em tudo aquilo que o padre quis, e, depois de trocado o disfarce, foi-lhe informando o padre os modos que haveria de ter e as palavras que haveria de dizer a D. Quixote para movê-lo e forçá-lo a vir com ele e abandonar a querença do lugar que escolhera para sua vã penitência. O barbeiro respondeu que, sem mister dessas lições, ele faria tudo bem e pontualmente. Não se quis vestir enquanto não chegassem perto do lugar onde D. Quixote estava, e assim dobrou seus vestidos, e o padre guardou sua barba, e seguiram seu caminho, guiados por Sancho Pança; o qual lhes foi contando o ocorrido com o louco que acharam na serra, ocultando, porém, o achado da maleta e do que nela havia, pois, se bem tolo, era um tanto cobiçoso o mancebo.

---

colchado que llevaba para dormir de noche, y ciñóse por la frente una liga de tafetán negro, y con otra liga hizo un antifaz con que se cubrió muy bien las barbas y el rostro; encasquetóse su sombrero, que era tan grande, que le podía servir de quitasol, y, cubriéndose su herreruelo, subió en su mula a mujeriegas, y el barbero en la suya, con su barba que le llegaba a la cintura, entre roja y blanca, como aquella que, como se ha dicho, era hecha de la cola de un buey barroso.

Despidiéronse de todos, y de la buena de Maritornes, que prometió de rezar un rosario, aunque pecadora, por que Dios les diese buen suceso en tan arduo y tan cristiano negocio como era el que habían emprendido.

Mas apenas hubo salido de la venta, cuando le vino al cura un pensamiento: que hacía mal en haberse puesto de aquella manera, por ser cosa indecente que un sacerdote se pusiese así, aunque le fuese mucho en ello; y diciéndoselo al barbero, le rogó que trocasen trajes, pues era más justo que él fuese la doncella menesterosa, y que él haría el escudero, y que así se profanaba menos su dignidad; y que si no lo quería hacer, determinaba de no pasar adelante, aunque a don Quijote se le llevase el diablo.

En esto llegó Sancho, y de ver a los dos en aquel traje no pudo tener la risa. En efeto, el barbero vino en todo aquello que el cura quiso, y, trocando la invención, el cura le fue informando el modo que había de tener y las palabras que había de decir a don Quijote para moverle y forzarle a que con él se viniese y dejase la querencia del lugar que había escogido para su vana penitencia. El barbero respondió que sin que se le diese lición él lo pondría bien en su punto. No quiso vestirse por entonces, hasta que estuviesen junto de donde don Quijote estaba, y, así, dobló sus vestidos, y el cura acomodó su barba, y siguieron su camino, guiándolos Sancho Panza; el

No dia seguinte chegaram ao lugar onde Sancho deixara os sinais dos ramos para atinar com o lugar onde deixara seu senhor e, reconhecendo-o, lhes disse que aquela era a entrada e que eles já se podiam vestir, se é que aquilo vinha ao caso para a liberdade do seu senhor: porque já lhe haviam dito que ir daquela sorte e vestir-se daquele modo era o mais certo para tirar seu amo daquela má vida que escolhera, encarecendo-lhe muito que não dissesse ao seu amo quem eles eram, nem que os conhecia; e se ele lhe perguntasse, como lhe haveria de perguntar, se entregara a carta a Dulcineia, dissesse que sim e que, por não saber ler, ela lhe respondera de palavra, dizendo-lhe que lhe mandava, sob pena do seu desfavor, que logo e sem demora viesse ter com ela, que era coisa que muito lhe importava; assim, com isto e com o que eles pensavam dizer, tinham como coisa certa reduzi-lo a melhor vida e fazer com que logo se pusesse a caminho de virar imperador ou monarca, pois quanto a ser arcebispo não havia o que temer.

Tudo escutou Sancho e guardou bem na memória, agradecendo-lhes muito a intenção que tinham de aconselhar a seu senhor que fosse imperador, e não arcebispo, pois ele tinha para si que, no fazer mercês a seus escudeiros, mais podiam os imperadores que os arcebispos andantes. Também lhes disse que seria bem ele ir à frente para o procurar e lhe dar a resposta de sua senhora, pois isto já bastaria para tirá-lo daquele lugar, sem que eles se dessem a tanto trabalho. Pareceu-lhes bem o que Sancho Pança dizia, e assim determinaram de aguardá-lo até que voltasse com as novas do achado de seu amo.

Entrou Sancho por aquelas quebradas da serra, deixando os dois numa por onde corria um pequeno e manso regato, sobre o qual faziam sombra agradável e fresca outras penhas e algumas árvores que ali havia. O calor, e

---

cual les fue contando lo que les aconteció con el loco que hallaron en la sierra, encubriendo, empero, el hallazgo de la maleta y de cuanto en ella venía, que, maguer que tonto, era un poco codicioso el mancebo.

Otro día llegaron al lugar donde Sancho había dejado puestas las señales de las ramas para acertar el lugar donde había dejado a su señor, y, en reconociéndole, les dijo como aquella era la entrada y que bien se podían vestir, si era que aquello hacía al caso para la libertad de su señor: porque ellos le habían dicho antes que el ir de aquella suerte y vestirse de aquel modo era toda la importancia para sacar a su amo de aquella mala vida que había escogido, y que le encargaban mucho que no dijese a su amo quién ellos eran, ni que los conocía; y que si le preguntase, como se lo había de preguntar, si dio la carta a Dulcinea, dijese que sí, y que, por no saber leer, le había respondido de palabra, diciéndole que le mandaba, so pena de la su desgracia, que luego al momento se viniese a ver con ella, que era cosa que le importaba mucho; porque con esto y con lo que ellos pensaban decirle tenían por cosa cierta reducirle a mejor vida y hacer con él que luego se pusiese en camino para ir a ser emperador o monarca, que en lo de ser arzobispo no había de qué temer.

Todo lo escuchó Sancho, y lo tomó muy bien en la memoria, y les agradeció mucho la intención que tenían de aconsejar a su señor fuese emperador, y no arzobispo, porque él tenía para sí que para hacer mercedes a sus escuderos más podían los emperadores que los arzobispos andantes. También les dijo que sería bien que él fuese delante a buscarle y darle la respuesta de su señora; que ya sería ella bastante a sacarle de aquel lugar, sin que ellos se pusiesen en tanto trabajo. Parecióles bien lo que Sancho Panza decía, y, así, determinaron de aguardarle hasta que volviese con las nuevas del hallazgo de su amo.

o dia em que ali chegaram, um dos do mês de agosto, que por aquelas paragens costuma ser por demais ardente; a hora, as três da tarde; tudo isso fazia o lugar mais agradável, convidando a que ali esperassem a volta de Sancho, como fizeram.

Estando, pois, os dois ali sossegados e à sombra, chegou a seus ouvidos uma voz que, sem ser acompanhada pelo som de outro instrumento algum, doce e regaladamente soava, do que não pouco se admiraram, por lhes parecer que aquele não era lugar onde se pudesse encontrar quem tão bem cantasse. Porque, se bem se costuma dizer que pelas selvas e campos se acham pastores de vozes extremadas, isto é mais encarecimento de poetas que verdade; e mais ao notar que o que ouviam cantar eram versos, não de rústico cabreiro, mas de discreto cortesão. E confirmou essa verdade serem os versos que ouviram os seguintes:

Quem menoscaba meus bens?[2]
Desdéns.
Quem me acresce o pesadume?
O ciúme.
E quem me prova a paciência?
Ausência.

Sendo assim, nesta doença
nenhum remédio se alcança,
pois me matam a esperança
desdéns, ciúmes e ausência.

Entróse Sancho por aquellas quebradas de la sierra, dejando a los dos en una por donde corría un pequeño y manso arroyo, a quien hacían sombra agradable y fresca otras peñas y algunos árboles que por allí estaban. El calor, y el día que allí llegaron, era de los del mes de agosto, que por aquellas partes suele ser el ardor muy grande; la hora, las tres de la tarde; todo lo cual hacía al sitio más agradable, y que convidase a que en él esperasen la vuelta de Sancho, como lo hicieron.

Estando, pues, los dos allí sosegados y a la sombra, llegó a sus oídos una voz, que, sin acompañarla son de algún otro instrumento, dulce y regaladamente sonaba, de que no poco se admiraron, por parecerles que aquel no era lugar donde pudiese haber quien tan bien cantase. Porque aunque suele decirse que por las selvas y campos se hallan pastores de voces estremadas, más son encarecimientos de poetas que verdades; y más cuando advirtieron que lo que oían cantar eran versos, no de rústicos ganaderos, sino de discretos cortesanos. Y confirmó esta verdad haber sido los versos que oyeron estos:

¿Quién menoscaba mis bienes?
Desdenes.
¿Y quién aumenta mis duelos?
Los celos.
¿Y quién prueba mi paciencia?
Ausencia.

De ese modo, en mi dolencia
ningún remedio se alcanza,
pues me matan la esperanza
desdenes, celos y ausencia.

Quem me causa tanta dor?
    Amor.
Quem tem-me a glória roubado?
    O fado.
Quem me quer tão neste breu?
    O céu.

Sendo assim, é pavor meu
morrer deste mal tirano,
pois se unem em meu dano
o amor, o fado e o céu.

Quem me há de emendar a sorte?
    A morte.
E o bem de amor, quem alcança?
    Mudança.
E os seus males, quem os cura?
    Loucura.

Sendo assim, não é cordura
querer curar a paixão,
quando seus remédios são
morte, mudança e loucura.

 A hora, o tempo, a solidão, a voz e a destreza de quem cantava causaram admiração e contento nos dois ouvintes, que ficaram quedos, esperan-

---

¿Quién me causa este dolor?
    Amor.
¿Y quién mi gloria repugna?
    Fortuna.
¿Y quién consiente en mi duelo?
    El cielo.

De ese modo, yo recelo
morir deste mal estraño,
pues se aúnan en mi daño
amor, fortuna y el cielo.

¿Quién mejorara mi suerte?
    La muerte.
Y el bien de amor, ¿quién le alcanza?
    Mudanza.
Y sus males, ¿quién los cura?
    Locura.

De ese modo, no es cordura
querer curar la pasión,
cuando los remedios son
muerte, mudanza y locura.

 La hora, el tiempo, la soledad, la voz y la destreza del que cantaba causó admiración y contento en los dos oyentes, los cuales se estuvieron quedos, esperando si otra alguna cosa oían; pero viendo que duraba algún tanto el silencio, determinaron de salir a buscar el músico que con tan buena voz cantaba. Y queriéndolo poner en efeto, hizo la mesma voz que no se moviesen, la cual llegó de nuevo a sus oídos, cantando este soneto:

do se alguma outra coisa ouviam; mas, vendo que o silêncio se demorava algum tanto, determinaram de ir procurar o músico que com tão boa voz cantava. E ao aceno de o fazer, a mesma voz os deteve, a qual chegou de novo aos seus ouvidos cantando este soneto:

Soneto

Santa amizade, que com leves asas,
deixando tua aparência em térreo assento,
junto co'as almas do alto firmamento
subiste alegre até as empíreas casas.

De lá nos assinalas, quando praza,
a justa paz oculta em velamentos
que dão a ver o zelo, por momentos,
do malfazer que feito em bem se passa.

Deixa o céu, amizade, ou não permitas
que o engano se revista com tuas cores,
com que destrói toda intenção sincera;

Pois, se tuas aparências não lhe quitas,
logo há de ver-se o mundo em meio às dores
da tão discorde confusão primeira.

Soneto

Santa amistad, que con ligeras alas,
tu apariencia quedándose en el suelo,
entre benditas almas en el cielo
subiste alegre a las impíreas salas:

desde allá, cuando quieres, nos señalas
la justa paz cubierta con un velo,
por quien a veces se trasluce el celo
de buenas obras que a la fin son malas.

Deja el cielo, ¡oh amistad!, o no permitas
que el engaño se vista tu librea,
con que destruye a la intención sincera;

que si tus apariencias no le quitas,
presto ha de verse el mundo en la pelea
de la discorde confusión primera.

El canto se acabó con un profundo suspiro, y los dos con atención volvieron a esperar si más se cantaba; pero, viendo que la música se había vuelto en sollozos y en lastimeros ayes, acordaron de saber quién era el triste tan estremado en la voz como doloroso en los gemidos, y no anduvieron mucho cuando, al volver de una punta de una peña, vieron a un hombre del mismo talle y figura que Sancho Panza les había pintado cuando les contó el cuento de Cardenio; el cual hombre, cuando los vio, sin sobresaltarse estuvo quedo, con la cabeza inclinada sobre el pecho, a guisa de hombre pensativo, sin alzar los ojos a mirarlos más de la vez primera, cuando de improviso llegaron.

O canto se acabou com um profundo suspiro, e os dois com atenção voltaram a esperar se mais se cantava; mas, vendo que a música se mudara em soluços e em lastimosos ais, concertaram de averiguar quem era aquele triste assim tão extremado na voz como doloroso nos gemidos, e não tinham andado muito quando, ao dobrar da esquina de uma penha, viram um homem do mesmo porte e figura que Sancho Pança lhes pintara ao lhes contar o conto de Cardenio; o qual homem, quando os viu, sem sobressalto ficou quieto, com a cabeça inclinada sobre o peito, à guisa de homem pensativo, sem erguer os olhos para eles mais que da vez primeira, quando de improviso chegaram.

O padre, que era homem bem-falante, tendo já notícia de sua desgraça, pois pelos sinais o conhecera, se chegou a ele e com breves mas discretíssimas razões lhe rogou e aconselhou que deixasse aquela tão miserável vida, para ali não a perder, que era esta a maior das desgraças. Estava Cardenio então em seu bom juízo, livre daquele furioso acidente que tão amiúde o tirava de si mesmo; e assim, vendo os dois em trajes tão desusados entre os que naquelas solidões andavam, não deixou de se admirar algum tanto, e mais ainda quando ouviu que lhe falavam do seu caso como de coisa sabida (porque as razões que o padre lhe disse assim o deram a entender); e assim, respondeu desta maneira:

— Bem vejo, senhores, quem quer que sejais, que o céu, que tem o cuidado de socorrer os bons, e até os maus muitas vezes, sem que eu o mereça me envia, a estes lugares tão remotos e afastados do trato comum das gentes, algumas pessoas que, pondo-me diante dos olhos com vivas e várias razões quão sem ela estou em fazer a vida que faço, procuram me levar desta para melhor parte; mas, como não sabem que eu sei que, em saindo deste

---

El cura, que era hombre bien hablado, como el que ya tenía noticia de su desgracia, pues por las señas le había conocido, se llegó a él, y con breves aunque muy discretas razones le rogó y persuadió que aquella tan miserable vida dejase, porque allí no la perdiese, que era la desdicha mayor de las desdichas. Estaba Cardenio entonces en su entero juicio, libre de aquel furioso accidente que tan a menudo le sacaba de sí mismo; y, así, viendo a los dos en traje tan no usado de los que por aquellas soledades andaban, no dejó de admirarse algún tanto, y más cuando oyó que le habían hablado en su negocio, como en cosa sabida (porque las razones que el cura le dijo así lo dieron a entender); y así, respondió desta manera:

— Bien veo yo, señores, quienquiera que seáis, que el cielo, que tiene cuidado de socorrer a los buenos, y aun a los malos muchas veces, sin yo merecerlo me envía, en estos tan remotos y apartados lugares del trato común de las gentes, algunas personas que, poniéndome delante de los ojos con vivas y varias razones cuán sin ella ando en hacer la vida que hago, han procurado sacarme desta a mejor parte; pero, como no saben que sé yo que en saliendo deste daño he de caer en otro mayor, quizá me deben de tener por hombre de flacos discursos, y aun, lo que peor sería, por de ningún juicio. Y no sería maravilla que así fuese, porque a mí se me trasluce que la fuerza de la imaginación de mis desgracias es tan intensa y puede tanto en mi perdición, que, sin que yo pueda ser parte a estorbarlo, vengo a quedar como piedra, falto de todo buen sentido y conocimiento; y vengo a caer en la cuenta desta verdad cuando algunos me dicen y muestran señales de las cosas que he hecho en tanto que aquel terrible accidente me señorea, y no sé más que dolerme en vano y maldecir sin provecho mi ventura, y dar por disculpa de mis locuras el decir la causa dellas a cuantos oírla quieren; porque viendo los cuerdos cuál es la causa

dano, hei de cair noutro maior, talvez me tenham por homem de fracos discursos, e até, o que pior seria, de nenhum juízo. E não seria maravilha que assim fosse, pois a mim mesmo se transluz que a força da imaginação das minhas desgraças é tão intensa e tanto pode na minha perdição que, sem que eu tenha o poder de evitá-lo, costumo ficar como pedra, falto de todo o bom tino e conhecimento; e venho a saber desta verdade quando alguns me contam e mostram sinais das coisas que fiz enquanto aquele terrível acidente me senhoreava, e só sei me doer em vão e maldizer sem proveito a minha ventura, e dar por desculpa das minhas loucuras a relação de sua causa a quantos ouvi-la querem; porque, vendo os sãos qual é a causa, não se maravilharão dos efeitos e, se não me derem remédio, ao menos não me darão culpa, convertendo-se seu aborrecimento pela minha desmesura em pena das minhas desgraças. E se é que vós, senhores, tendes a mesma intenção que outros trouxeram, antes de seguir adiante em vossas discretas persuasões rogo-vos que escuteis o conto, que não tem fim, das minhas desventuras, porque talvez, depois de entendido, vos poupareis do trabalho que teríeis em consolar um mal que de todo consolo é incapaz.

Os dois, que não desejavam outra coisa que saber por sua mesma boca a causa do seu mal, lhe rogaram que a contasse, oferecendo-lhe de não fazer outra coisa senão a que ele quisesse em seu remédio ou consolo; e com isto o triste cavaleiro principiou sua lastimosa história, quase com as mesmas palavras e pelos mesmos passos com que a contara a D. Quixote e ao cabreiro poucos dias atrás, quando, por causa do mestre Elisabat e dos escrúpulos de D. Quixote em defender o decoro da cavalaria, ficou o conto imperfeito, como a história o deixa contado. Mas quis a boa sorte que se detivesse o

---

no se maravillaran de los efetos, y si no me dieren remedio, a lo menos no me darán culpa, convirtiéndoseles el enojo de mi desenvoltura en lástima de mis desgracias. Y si es que vosotros, señores, venís con la mesma intención que otros han venido, antes que paséis adelante en vuestras discretas persuasiones os ruego que escuchéis el cuento, que no le tiene, de mis desventuras, porque quizá, después de entendido, ahorraréis del trabajo que tomaréis en consolar un mal que de todo consuelo es incapaz.

Los dos, que no deseaban otra cosa que saber de su mesma boca la causa de su daño, le rogaron se la contase, ofreciéndole de no hacer otra cosa de la que él quisiese en su remedio o consuelo; y con esto el triste caballero comenzó su lastimera historia, casi por las mesmas palabras y pasos que la había contado a don Quijote y al cabrero pocos días atrás, cuando, por ocasión del maestro Elisabat y puntualidad de don Quijote en guardar el decoro a la caballería, se quedó el cuento imperfeto, como la historia lo deja contado. Pero ahora quiso la buena suerte que se detuvo el accidente de la locura y le dio lugar de contarlo hasta el fin; y, así, llegando al paso del billete que había hallado don Fernando entre el libro de *Amadís de Gaula*, dijo Cardenio que le tenía bien en la memoria y que decía desta manera:

LUSCINDA A CARDENIO

Cada día descubro en vos valores que me obligan y fuerzan a que en más os estime; y, así, si quisiéredes sacarme desta deuda sin ejecutarme en la honra, lo podréis muy bien hacer. Padre

acidente da loucura, dando lugar de contá-lo até o fim; e assim, chegando ao passo do bilhete que achara D. Fernando dentro do livro de *Amadis de Gaula*, disse Cardenio que o guardava bem na memória e que dizia desta maneira:

LUSCINDA A CARDENIO

Cada dia descubro em vós valores que me obrigam e forçam a que mais vos estime; e assim, se quiserdes quitar-me desta dívida sem me executar a honra penhorada, bem o podereis fazer. Pai tenho, que vos conhece e me quer bem, o qual, sem forçar minha vontade, cumprirá aquela que é justo que tenhais, se é que me estimais como dizeis e como eu creio.

— Por esse bilhete me animei a pedir Luscinda por esposa, como já vos disse, e foi por ele que Luscinda ficou na opinião de D. Fernando como uma das mais discretas e avisadas mulheres do seu tempo; e esse bilhete foi o que lhe acendeu o desejo de me destruir antes que o meu se efetuasse. Contei então a D. Fernando o reparo do pai de Luscinda, que era que meu pai lha pedisse, a quem eu não o ousava dizer, temendo que o não concedesse, não porque não tivesse bem conhecida a qualidade, bondade, virtude e formosura de Luscinda, a qual tinha prendas bastantes para enobrecer qualquer outra linhagem da Espanha, mas porque, no meu entender, ele desejava que não me casasse tão cedo, por ver o que o duque Ricardo fazia comigo. Enfim, eu disse a D. Fernando que o não ousava dizer a meu pai, assim por aquele inconveniente como por outros muitos que me acovardavam, sem saber quais eram,

---

tengo, que os conoce y que me quiere bien, el cual, sin forzar mi voluntad, cumplirá la que será justo que vos tengáis, si es que me estimáis como decís y como yo creo.

— Por este billete me moví a pedir a Luscinda por esposa, como ya os he contado, y este fue por quien quedó Luscinda en la opinión de don Fernando por una de las más discretas y avisadas mujeres de su tiempo; y este billete fue el que le puso en deseo de destruirme antes que el mío se efetuase. Díjele yo a don Fernando en lo que reparaba el padre de Luscinda, que era en que mi padre se la pidiese, lo cual yo no le osaba decir, temeroso que no vendría en ello, no porque no tuviese bien conocida la calidad, bondad, virtud y hermosura de Luscinda, y que tenía partes bastantes para ennoblecer cualquier otro linaje de España, sino porque yo entendía dél que deseaba que no me casase tan presto, hasta ver lo que el duque Ricardo hacía conmigo. En resolución, le dije que no me aventuraba a decírselo a mi padre, así por aquel inconveniente como por otros muchos que me acobardaban, sin saber cuáles eran, sino que me parecía que lo que yo desease jamás había de tener efeto. A todo esto me respondió don Fernando que él se encargaba de hablar a mi padre y hacer con él que hablase al de Luscinda. ¡Oh Mario ambicioso, oh Catilina cruel, oh Sila facinoroso, oh Galalón embustero, oh Vellido traidor, oh Julián vengativo, oh Judas codicioso! Traidor, cruel, vengativo y embustero, ¿qué deservicios te había hecho este triste que con tanta llaneza te descubrió los secretos y contentos de su corazón? ¿Qué ofensa te hice? ¿Qué palabras te dije, o qué consejos te di, que no fuesen todos encaminados a acrecentar tu honra y tu provecho? Mas ¿de qué me quejo, desventurado de mí, pues es cosa cierta que cuando traen las desgracias la corriente de las estrellas, como vienen

mas me parecia que o que eu desejasse jamais havia de ter efeito. A tudo isto me respondeu D. Fernando que ele trataria de falar com meu pai e fazê-lo falar com o de Luscinda. Oh, Mário ambicioso! Oh, Catilina cruel! Oh, Sila facinoroso! Oh, Ganelão embusteiro! Oh, Vellido traidor! Oh, Julião vingativo! Oh, Judas cobiçoso![3] Traidor, cruel, vingativo e embusteiro, que deslealdade te fizera este triste que com tanta lhaneza te revelou os segredos e contentos do seu coração? Que ofensa eu te fiz? Que palavras te disse, ou que conselhos te dei, que não fossem todos encaminhados a acrescentar a tua honra e o teu proveito? Mas do que me queixo, desventurado de mim, pois é coisa certa que quando seguem as desgraças a trilha das estrelas, como vêm de alto a baixo, abatendo-se com furor e com violência, não há força na terra que as detenha, nem indústria humana que preveni-las possa? Quem poderia imaginar que D. Fernando, cavaleiro ilustre, discreto, penhorado dos meus serviços, poderoso de alcançar tudo o que o desejo amoroso lhe pedisse onde quer que fosse, havia de se assanhar, como se diz, tomando de mim a única ovelha que ainda não possuía?[4] Mas fiquem estas considerações à parte, como inúteis e sem proveito, e emendemos o rompido fio da minha infeliz história.

"Digo, pois, que, cuidando D. Fernando que minha presença lhe era inconveniente para pôr em execução seu falso e mau pensamento, determinou de me enviar a seu irmão mais velho, a fim de lhe pedir um dinheiro para pagar seis cavalos, que de indústria, e só para fazer com que eu me ausentasse, para melhor se sair no seu malvado intento, no mesmo dia em que se ofereceu para falar a meu pai os comprou, e quis que eu fosse pelo dinheiro. Pude eu prevenir essa traição? Pude porventura atinar a imaginá-la? Não, por certo, antes com grandíssimo gosto me dispus a partir logo, contente da boa

---

de alto a bajo, despeñándose con furor y con violencia, no hay fuerza en la tierra que las detenga, ni industria humana que prevenirlas pueda? ¿Quién pudiera imaginar que don Fernando, caballero ilustre, discreto, obligado de mis servicios, poderoso para alcanzar lo que el deseo amoroso le pidiese dondequiera que le ocupase, se había de enconar, como suele decirse, en tomarme a mí una sola oveja que aún no poseía? Pero quédense estas consideraciones aparte, como inútiles y sin provecho, y añudemos el roto hilo de mi desdichada historia.

"Digo, pues, que, pareciéndole a don Fernando que mi presencia le era inconveniente para poner en ejecución su falso y mal pensamiento, determinó de enviarme a su hermano mayor, con ocasión de pedirle unos dineros para pagar seis caballos, que de industria, y solo para este efeto de que me ausentase, para poder mejor salir con su dañado intento, el mesmo día que se ofreció hablar a mi padre los compró, y quiso que yo viniese por el dinero. ¿Pude yo prevenir esta traición? ¿Pude por ventura caer en imaginarla? No, por cierto, antes con grandísimo gusto me ofrecí a partir luego, contento de la buena compra hecha. Aquella noche hablé con Luscinda y le dije lo que con don Fernando quedaba concertado, y que tuviese firme esperanza de que tendrían efeto nuestros buenos y justos deseos. Ella me dijo, tan segura como yo de la traición de don Fernando, que procurase volver presto, porque creía que no tardaría más la conclusión de nuestras voluntades que tardase mi padre de hablar al suyo. No sé qué se fue, que en acabando de decirme esto se le llenaron los ojos de lágrimas y un nudo se le atravesó en la garganta, que no le dejaba hablar palabra de otras muchas que me pareció que procuraba decirme. Quedé admirado deste nuevo accidente, hasta allí jamás en ella visto, porque siempre nos hablábamos, las veces que la buena fortuna y mi diligencia lo concedía, con todo regocijo y contento, sin mezclar en nuestras pláticas

compra feita. Naquela noite falei com Luscinda e disse a ela o que com D. Fernando concertara, e que tivesse firme esperança de que teriam efeito os nossos bons e justos desejos. Ela me disse, tão desprevenida como eu da traição de D. Fernando, que procurasse voltar logo, pois acreditava que não tardaria mais a conclusão da nossa vontade que o tempo de o meu pai falar com o dela. Não sei o que houve que, em acabando de dizer isto, se lhe encheram os olhos de lágrimas e um nó lhe atravessou a garganta, que não a deixava falar palavra das outras muitas que me pareceu que tentava me dizer. Fiquei admirado desse novo acidente, até então nunca visto nela, pois sempre nos falávamos, quando a boa fortuna e a minha diligência o concediam, com todo o regozijo e contentamento, sem mesclar em nossas conversas lágrimas, suspiros, ciúmes, suspeitas ou temores. Tudo era eu engrandecer a minha ventura, por ter-ma dado o céu por senhora: exaltava a sua beleza, me admirava do seu valor e entendimento. Dava-me ela o troco, elogiando em mim o que, por enamorada, parecia-lhe digno de elogio. Com isto nos contávamos cem mil ninharias e acontecimentos dos nossos vizinhos e conhecidos, e o mais longe a que chegava a minha desenvoltura era tomar-lhe, quase por força, uma de suas belas e brancas mãos e chegá-la à minha boca o quanto dava lugar a estreiteza de uma grade que nos separava. Mas na noite que precedeu o triste dia da minha partida ela chorou, gemeu e suspirou, e se foi, e me deixou cheio de confusão e sobressalto, espantado de ver em Luscinda tão novas e tão tristes mostras de dor e sentimento; mas, por não destruir minhas esperanças, tudo atribuí à força do seu amor por mim e à dor que sói causar a ausência naqueles que se querem bem. Enfim, eu parti triste e pensativo, cheia a alma de imaginações e suspeitas, sem saber o que ela suspeitava nem imaginava: claros indícios que me mostravam o triste sucesso e a

---

lágrimas, suspiros, celos, sospechas o temores. Todo era engrandecer yo mi ventura, por habérmela dado el cielo por señora: exageraba su belleza, admirábame de su valor y entendimiento. Volvíame ella el recambio, alabando en mí lo que, como enamorada, le parecía digno de alabanza. Con esto nos contábamos cien mil niñerías y acaecimientos de nuestros vecinos y conocidos, y a lo que más se extendía mi desenvoltura era a tomarle, casi por fuerza, una de sus bellas y blancas manos y llegarla a mi boca según daba lugar la estrecheza de una baja reja que nos dividía. Pero la noche que precedió al triste día de mi partida ella lloró, gimió y suspiró, y se fue, y me dejó lleno de confusión y sobresalto, espantado de haber visto tan nuevas y tan tristes muestras de dolor y sentimiento en Luscinda; pero, por no destruir mis esperanzas, todo lo atribuí a la fuerza del amor que me tenía y al dolor que suele causar la ausencia en los que bien se quieren. En fin, yo me partí triste y pensativo, llena el alma de imaginaciones y sospechas, sin saber lo que sospechaba ni imaginaba: claros indicios que me mostraban el triste suceso y desventura que me estaba guardada. Llegué al lugar donde era enviado, di las cartas al hermano de don Fernando, fui bien recibido, pero no bien despachado, porque me mandó aguardar, bien a mi disgusto, ocho días, y en parte donde el duque su padre no me viese, porque su hermano le escribía que le enviase cierto dinero sin su sabiduría; y todo fue invención del falso don Fernando, pues no le faltaban a su hermano dineros para despacharme luego. Orden y mandato fue éste que me puso en condición de no obedecerle, por parecerme imposible sustentar tantos días la vida en el ausencia de Luscinda, y más habiéndola dejado con la tristeza que os he contado; pero, con todo esto, obedecí, como buen criado, aunque veía que había de ser a costa de mi salud. Pero, a los cuatro días que allí llegué, llegó un hombre en mi busca con una carta que me dio, que en el sobrescrito co-

desventura a mim reservados. Cheguei ao lugar aonde era enviado, entreguei as cartas ao irmão de D. Fernando, fui bem recebido, mas não bem despachado, porque me mandou aguardar, muito ao meu desgosto, oito dias, e num lugar onde o duque seu pai não me visse, porque o irmão lhe escrevera que lhe enviasse certo dinheiro sem o seu conhecimento; e foi tudo invenção do falso D. Fernando, pois não faltava ao irmão dinheiro para me despachar logo. Ordem e mandato que me pôs a termos de o não obedecer, parecendo-me impossível sofrer por tantos dias a vida na ausência de Luscinda, e mais tendo-a deixado com a tristeza que vos contei; mas, com tudo isso, obedeci, como bom criado, ainda vendo que havia de ser à custa da minha saúde. Mas, aos quatro dias que lá cheguei, chegou um homem à minha procura com uma carta que me entregou, em cujo sobrescrito conheci ser de Luscinda, pois a letra ali era a dela. Abri-a temeroso e com sobressalto, pensando que coisa grande devia de ser o que a movera a me escrever estando ausente, pois presente poucas vezes o fazia. Perguntei ao homem, antes de lê-la, quem lha dera e o quanto tardara em trazê-la; disse ele que, passando por acaso numa rua da cidade à hora do meio-dia, uma senhora muito formosa o chamou de uma janela, com os olhos cheios de lágrimas, e que com muita pressa lhe disse: 'Irmão, se sois cristão, como pareceis, pelo amor de Deus vos rogo que encaminheis logo logo esta carta ao lugar e à pessoa dita no sobrescrito, que tudo é bem conhecido, e nisto fareis um grande serviço a Nosso Senhor; e para que não vos falte comodidade para o poder fazer, tomai o que vai neste lenço'. 'E, dizendo isto, jogou-me pela janela um lenço amarrado, onde vinham cem reais e este anel de ouro que aqui trago, com essa carta que vos entreguei. E logo, sem aguardar resposta minha, se afastou da janela, não sem antes me ver tomar a carta e o lenço e por sinais lhe dizer que faria o que me

---

nocí ser de Luscinda, porque la letra dél era suya. Abríla temeroso y con sobresalto, creyendo que cosa grande debía de ser la que la había movido a escribirme estando ausente, pues presente pocas veces lo hacía. Preguntéle al hombre, antes de leerla, quién se la había dado y el tiempo que había tardado en el camino; díjome que acaso pasando por una calle de la ciudad a la hora de mediodía, una señora muy hermosa le llamó desde una ventana, los ojos llenos de lágrimas, y que con mucha priesa le dijo: "Hermano, si sois cristiano, como parecéis, por amor de Dios os ruego que encaminéis luego luego esta carta al lugar y a la persona que dice el sobrescrito, que todo es bien conocido, y en ello haréis un gran servicio a Nuestro Señor; y para que no os falte comodidad de poderlo hacer, tomad lo que va en este pañuelo". "Y diciendo esto me arrojó por la ventana un pañuelo, donde venían atados cien reales y esta sortija de oro que aquí traigo, con esa carta que os he dado. Y luego, sin aguardar respuesta mía, se quitó de la ventana, aunque primero vio como yo tomé la carta y el pañuelo, y por señas le dije que haría lo que me mandaba. Y, así, viéndome tan bien pagado del trabajo que podía tomar en traérosla, y conociendo por el sobrescrito que érades vos a quien se enviaba, porque yo, señor, os conozco muy bien, y obligado asimesmo de las lágrimas de aquella hermosa señora, determiné de no fiarme de otra persona, sino venir yo mesmo a dárosla, y en diez y seis horas que ha que se me dio he hecho el camino, que sabéis que es de diez y ocho leguas."

"En tanto que el agradecido y nuevo correo esto me decía, estaba yo colgado de sus palabras, temblándome las piernas, de manera que apenas podía sostenerme. En efeto, abrí la carta y vi que contenía estas razones:

mandava. E assim, vendo-me tão bem pago pelo trabalho que podia ter em trazê-la, e conhecendo pelo sobrescrito que era a vós que se endereçava, porque eu, senhor, vos conheço muito bem, e movido outro tanto pelas lágrimas daquela formosa senhora, determinei de me não fiar de outra pessoa, mas eu mesmo vir trazê-la, e em dezesseis horas desde que ma deu fiz o caminho, que sabeis que é de dezoito léguas.'

"Enquanto o agradecido e novo correio isto me dizia, estava eu suspenso de suas palavras, trêmulas as pernas, de maneira que mal me mantinha em pé. Com efeito, abri a carta e vi que continha estas razões:

> *A palavra que D. Fernando vos deu de falar com vosso pai para que com o meu falasse, cumpriu-a mais a seu prazer que a vosso proveito. Sabei, senhor, que ele me pediu por esposa, e meu pai, levado da vantagem que ele pensa ter D. Fernando sobre vós, lhe consentiu a vontade, e com tantas veras que daqui a dois dias se fará o desposório, tão secreto e tão a sós, que só terá por testemunhas os céus e alguma gente de casa. Como eu fico, imaginai-o; se vos cumprir vir, o vereis; e se eu vos quero bem ou não, a conclusão deste negócio vo-lo dará a entender. Praza a Deus que esta chegue a vossas mãos antes que a minha se veja na contingência de se juntar com a de quem tão mal sabe guardar a fé prometida.*

"Estas, em suma, foram as razões que a carta continha e as que me fizeram pôr-me logo a caminho, sem esperar mais resposta nem mais dinheiro; pois bem às claras entendi então que não a compra dos cavalos, mas a do seu gosto, movera D. Fernando a enviar-me a seu irmão. O ódio que con-

---

La palabra que don Fernando os dio de hablar a vuestro padre para que hablase al mío, la ha cumplido más en su gusto que en vuestro provecho. Sabed, señor, que él me ha pedido por esposa, y mi padre, llevado de la ventaja que él piensa que don Fernando os hace, ha venido en lo que quiere, con tantas veras, que de aquí a dos días se ha de hacer el desposorio, tan secreto y tan a solas, que solo han de ser testigos los cielos y alguna gente de casa. Cuál yo quedo, imaginaldo; si os cumple venir, veldo; y si os quiero bien o no, el suceso deste negocio os lo dará a entender. A Dios plega que esta llegue a vuestras manos antes que la mía se vea en condición de juntarse con la de quien tan mal sabe guardar la fe que promete.

"*Estas, en suma, fueron las razones que la carta contenía y las que me hicieron poner luego en camino, sin esperar otra respuesta ni otros dineros; que bien claro conocí entonces que no la compra de los caballos, sino la de su gusto, había movido a don Fernando a enviarme a su hermano. El enojo que contra don Fernando concebí, junto con el temor de perder la prenda que con tantos años de servicios y deseos tenía granjeada, me pusieron alas, pues, casi como en vuelo, otro día me puse en mi lugar, al punto y hora que convenía para ir a hablar a Luscinda. Entré secreto y dejé una mula en que venía en casa del buen hombre que me había llevado la carta, y quiso la suerte que entonces la tuviese tan buena, que hallé a Luscinda puesta a la reja testigo de nuestros amores. Conocióme Luscinda luego, y conocíla yo, mas no como debía ella conocerme y yo conocerla. Pero ¿quién hay en el mundo que se pueda alabar que ha penetrado y sabido el confuso pensamiento y condición mudable de una*

tra D. Fernando concebi, junto com o temor de perder a prenda que com tantos anos de favores e desejos eu tinha granjeada, puseram-me asas, pois, como que num voo, no dia seguinte já havia chegado ao meu lugar, ao ponto e à hora que convinha para ir ter com Luscinda. Entrei em segredo e deixei a mula em que vinha na casa do bom homem que me levara a carta, e quis a sorte que a minha fosse tão boa que achei Luscinda posta àquela grade testemunha dos nossos amores. Logo me conheceu Luscinda, e conheci-a eu, mas não como devia ela conhecer-me e eu conhecê-la. Mas quem há no mundo que se possa gabar de ter penetrado e sabido o confuso pensamento e caráter mudável de uma mulher? Ninguém, por certo. Digo, pois, que assim como Luscinda me viu, me disse: 'Cardenio, de boda estou vestida; já me aguardam na sala D. Fernando, o traidor, e meu pai, o cobiçoso, com outras testemunhas, que antes o serão da minha morte que do meu desposório. Não te turbes, amigo, mas procura estar presente a este sacrifício, o qual, se o não puderem atalhar as minhas razões, uma adaga levo escondida que poderá atalhar as mais determinadas forças, pondo fim à minha vida e princípio a que conheças a vontade que por ti guardei e guardo'. Eu lhe respondi turbado e à pressa, temeroso de não ter lugar para lhe responder: 'Que as tuas obras, senhora, façam verdadeiras as tuas palavras; pois, se tu levas adaga para te justificar, aqui levo eu espada para com ela te defender ou me matar se a sorte nos for adversa'. Não creio que ela tenha chegado a ouvir todas estas razões, porque escutei que a chamavam à pressa, pois o desposado a aguardava. Fechou-se com isto a noite da minha tristeza, pôs-se o sol da minha alegria, fiquei sem luz nos olhos e sem razão no entendimento. Não atinava a entrar em sua casa, nem conseguia me mover a parte alguma; mas, considerando o quanto importava a minha presença para o que pudesse acon-

---

mujer? Ninguno, por cierto. Digo, pues, que así como Luscinda me vio me dijo: "Cardenio, de boda estoy vestida; ya me están aguardando en la sala don Fernando el traidor y mi padre el codicioso, con otros testigos, que antes lo serán de mi muerte que de mi desposorio. No te turbes, amigo, sino procura hallarte presente a este sacrificio, el cual si no pudiere ser estorbado de mis razones, una daga llevo escondida que podrá estorbar más determinadas fuerzas, dando fin a mi vida y principio a que conozcas la voluntad que te he tenido y tengo". Yo le respondí turbado y apriesa, temeroso no me faltase lugar para responderla: "Hagan, señora, tus obras verdaderas tus palabras; que si tú llevas daga para acreditarte, aquí llevo yo espada para defenderte con ella o para matarme si la suerte nos fuere contraria". No creo que pudo oír todas estas razones, porque sentí que la llamaban apriesa, porque el desposado aguardaba. Cerróse con esto la noche de mi tristeza, púsoseme el sol de mi alegría, quedé sin luz en los ojos y sin discurso en el entendimiento. No acertaba a entrar en su casa, ni podía moverme a parte alguna; pero, considerando cuánto importaba mi presencia para lo que suceder pudiese en aquel caso, me animé lo más que pude y entré en su casa. Y como ya sabía muy bien todas sus entradas y salidas, y más con el alboroto que de secreto en ella andaba, nadie me echó de ver; así que sin ser visto tuve lugar de ponerme en el hueco que hacía una ventana de la mesma sala, que con las puntas y remates de dos tapices se cubría, por entre las cuales podía yo ver, sin ser visto, todo cuanto en la sala se hacía. ¿Quién pudiera decir ahora los sobresaltos que me dio el corazón mientras allí estuve, los pensamientos que me ocurrieron, las consideraciones que hice, que fueron tantas y tales, que ni se pueden decir ni aun es bien que se digan? Basta que sepáis que el desposado entró en la sala sin otro adorno que los mesmos vestidos ordinarios que solía. Traía por padrino a un primo hermano de Luscinda,

tecer naquele caso, me armei de toda a coragem e entrei na casa. E como já conhecia muito bem todas as suas entradas e saídas, e mais com o alvoroço que em segredo ali corria, ninguém reparou em mim; assim, sem ser visto, tive lugar de me postar no vão de uma janela da mesma sala, que com as pontas e arremates de duas alcatifas se cobria, por entre as quais podia eu ver, sem ser visto, tudo quanto na sala se fazia. Quem pudera dizer agora os sobressaltos que me deu o coração enquanto ali estive, os pensamentos que me ocorreram, as considerações que fiz, que foram tais e tantas que nem se podem dizer nem tampouco é bem que se digam? Basta que saibais que o desposado entrou na sala sem outro adorno que os mesmos trajes que de ordinário usava. Trazia por padrinho um primo-irmão de Luscinda, e em toda a sala não havia pessoa alguma de fora, salvo os criados de casa. Dali a pouco, saiu de uma recâmara Luscinda, acompanhada da mãe e de duas aias, tão bem aderaçada e composta como sua qualidade e formosura mereciam, e como cabia a quem era a perfeição da gala e da pompa cortesãs. Não me deu lugar minha suspensão e arroubo para que olhasse e notasse em detalhe o que ela vestia: só reparei nas cores, que eram o encarnado e o branco, e nos brilhos que as pedras e joias do toucado e de todo o vestido espraiavam, a tudo avantajando a beleza singular dos seus formosos e louros cabelos, que, competindo com a luz das preciosas pedras e de quatro tochas que na sala havia, a sua com mais resplendor aos olhos se oferecia. Oh memória, inimiga mortal do meu descanso! De que serve representar-me agora a incomparável beleza daquela adorada inimiga minha? Não será melhor, cruel memória, que me lembres e representes o que ela então fez, para que, movido de tão manifesto agravo, procure, já que não a vingança, ao menos perder a vida? Não vos canseis, senhores, de ouvir estas digressões que faço, que não

---

y en toda la sala no había persona de fuera, sino los criados de casa. De allí a un poco salió de una recámara Luscinda, acompañada de su madre y de dos doncellas suyas, tan bien aderezada y compuesta como su calidad y hermosura merecían, y como quien era la perfección de la gala y bizarría cortesana. No me dio lugar mi suspensión y arrobamiento para que mirase y notase en particular lo que traía vestido: solo pude advertir a las colores, que eran encarnado y blanco, y en las vislumbres que las piedras y joyas del tocado y de todo el vestido hacían, a todo lo cual se aventajaba la belleza singular de sus hermosos y rubios cabellos, tales, que, en competencia de las preciosas piedras y de las luces de cuatro hachas que en la sala estaban, la suya con más resplandor a los ojos ofrecían. ¡Oh memoria, enemiga mortal de mi descanso! ¿De qué sirve representarme ahora la incomparable belleza de aquella adorada enemiga mía? ¿No será mejor, cruel memoria, que me acuerdes y representes lo que entonces hizo, para que, movido de tan manifiesto agravio, procure, ya que no la venganza, a lo menos perder la vida? No os canséis, señores, de oír estas digresiones que hago, que no es mi pena de aquellas que puedan ni deban contarse sucintamente y de paso, pues cada circunstancia suya me parece a mí que es digna de un largo discurso.

A esto le respondió el cura que no solo no se cansaban en oírle, sino que les daba mucho gusto las menudencias que contaba, por ser tales, que merecían no pasarse en silencio, y la mesma atención que lo principal del cuento.

— Digo, pues — prosiguió Cardenio —, que estando todos en la sala, entró el cura de la perroquia y, tomando a los dos por la mano para hacer lo que en tal acto se requiere, al decir: "¿Queréis, señora Luscinda, al

é minha pena daquelas que se possam nem devam contar-se sucintamente e de passagem, pois cada circunstância sua a mim parece digna de um longo discurso."

A isto respondeu o padre que não só não se cansavam de ouvi-lo, como que lhes davam muito prazer as minudências que contava, sendo elas tais que mereciam não passar em silêncio, e a mesma atenção que o principal do conto.

— Digo, pois — prosseguiu Cardenio —, que estando todos na sala entrou o pároco e, tomando os dois pela mão para fazer o que em tal ato se requer, disse: "Aceitais, senhora Luscinda, o senhor D. Fernando, aqui presente, como vosso legítimo esposo, como manda a Santa Madre Igreja?", ao que eu tirei toda a cabeça e o pescoço dentre as alcatifas e com atentíssimos ouvidos e a alma turbada me pus a escutar o que Luscinda respondia, esperando de sua resposta a sentença da minha morte ou a confirmação da minha vida. Oh, quem se atrevera a sair então, dizendo a altas vozes!: "Ah Luscinda, Luscinda! Vê o que fazes, considera o que me deves! Vê que és minha e que não podes ser de outro. Atenta que o dares o teu 'sim' e o acabar-se a minha vida será tudo um. Ah, traidor D. Fernando, roubador da minha glória, morte da minha vida! Que queres? Que pretendes? Considera que não podes cristãmente chegar ao fim dos teus desejos, porque Luscinda é minha esposa e eu sou seu marido". Ah, louco de mim! Agora que estou ausente e longe do perigo, digo que havia de ter feito o que não fiz! Agora que deixei roubar minha cara prenda, maldigo o roubador, de quem me poderia ter vingado se tivesse coração para tanto como o tenho para me queixar! Enfim, tendo sido então covarde e néscio, não é muito que eu morra agora vexado, arrependido e louco. Estava o padre esperando a resposta de

---

señor don Fernando, que está presente, por vuestro legítimo esposo, como lo manda la Santa Madre Iglesia?", yo saqué toda la cabeza y cuello de entre los tapices y con atentísimos oídos y alma turbada me puse a escuchar lo que Luscinda respondía, esperando de su respuesta la sentencia de mi muerte o la confirmación de mi vida. ¡Oh, quién se atreviera a salir entonces, diciendo a voces!: "¡Ah Luscinda, Luscinda! Mira lo que haces, considera lo que me debes, mira que eres mía y que no puedes ser de otro. Advierte que el decir tú sí y el acabárseme la vida ha de ser todo a un punto. ¡Ah traidor don Fernando, robador de mi gloria, muerte de mi vida! ¿Qué quieres? ¿Qué pretendes? Considera que no puedes cristianamente llegar al fin de tus deseos, porque Luscinda es mi esposa y yo soy su marido". ¡Ah, loco de mí! ¡Ahora que estoy ausente y lejos del peligro, digo que había de hacer lo que no hice! ¡Ahora que dejé robar mi cara prenda, maldigo al robador, de quien pudiera vengarme si tuviera corazón para ello, como le tengo para quejarme! En fin, pues fui entonces cobarde y necio, no es mucho que muera ahora corrido, arrepentido y loco. Estaba esperando el cura la respuesta de Luscinda, que se detuvo un buen espacio en darla, y cuando yo pensé que sacaba la daga para acreditarse o desataba la lengua para decir alguna verdad o desengaño que en mi provecho redundase, oigo que dijo con voz desmayada y flaca "Sí quiero", y lo mesmo dijo don Fernando; y, dándole el anillo, quedaron en indisoluble nudo ligados. Llegó el desposado a abrazar a su esposa, y ella, poniéndose la mano sobre el corazón, cayó desmayada en los brazos de su madre. Resta ahora decir cuál quedé yo viendo en el sí que había oído burladas mis esperanzas, falsas las palabras y promesas de Luscinda, imposibilitado de cobrar en algún tiempo el bien que en aquel instante había perdido: quedé falto de consejo, desamparado, a mi parecer, de todo el cielo, hecho enemigo de la tierra que me sustentaba, negándome el aire

Luscinda, que se demorou um bom espaço em dá-la, e quando eu pensei que tirava a adaga para se justificar ou desatava a língua para dizer alguma verdade ou desengano que em meu proveito redundasse, ouço que disse com voz desmaiada e fraca "Sim, aceito", e o mesmo disse D. Fernando; e dando-lhe o anel, ficaram em indissolúvel nó ligados. Chegou o desposado a abraçar sua esposa, e ela, pondo a mão no coração, caiu desmaiada nos braços da mãe. Resta agora dizer como fiquei eu ao ver, no "sim" que ouvira, burladas as minhas esperanças, falseadas as palavras e promessas de Luscinda, impossibilitado de obter em tempo algum o bem que naquele instante perdera: fiquei sem norte nem conselho, desamparado, ao meu parecer, de todo o céu, feito inimigo da terra que me sustentava, negando-me o ar aleento para os meus suspiros, e a água humor para os meus olhos; só o fogo se acrescentou, de maneira que tudo ardia de raiva e de ciúmes. Alvoroçaram-se todos com o desmaio de Luscinda e, ao desabotoar-lhe a mãe o peito para que pudesse tomar ar, nele se descobriu um papel fechado, que D. Fernando logo tomou e se pôs a ler à luz de uma das tochas; e ao acabar de lê-lo sentou-se numa cadeira e levou a mão ao queixo, a jeito de homem muito pensativo, sem atentar ao socorro que a sua esposa davam para que do desmaio acordasse. Eu, vendo alvoroçada toda a gente da casa, me aventurei a sair, quer me vissem ou não, determinado, se fosse visto, a fazer tal desatino que todo o mundo viesse a entender a justa indignação do meu peito pelo castigo do falso D. Fernando, e até pela inconstância da desmaiada traidora. Mas minha sorte, que para maiores males, se é possível que os haja, me há de guardar, ordenou que naquele ponto me sobrasse o entendimento que depois me faltou; e assim, sem querer tomar vingança dos meus maiores inimigos (que, por estarem tão descuidados de mim, seria fácil tomar), quis tomá-la de mi-

---

aliento para mis suspiros, y el agua humor para mis ojos; solo el fuego se acrecentó, de manera, que todo ardía de rabia y de celos. Alborotáronse todos con el desmayo de Luscinda, y, desabrochándole su madre el pecho para que le diese el aire, se descubrió en él un papel cerrado, que don Fernando tomó luego y se le puso a leer a la luz de una de las hachas; y, en acabando de leerle, se sentó en una silla y se puso la mano en la mejilla, con muestras de hombre muy pensativo, sin acudir a los remedios que a su esposa se hacían para que del desmayo volviese. Yo, viendo alborotada toda la gente de casa, me aventuré a salir, ora fuese visto o no, con determinación que, si me viesen, de hacer un desatino tal, que todo el mundo viniera a entender la justa indignación de mi pecho en el castigo del falso don Fernando, y aun en el mudable de la desmayada traidora. Pero mi suerte, que para mayores males, si es posible que los haya, me debe tener guardado, ordenó que en aquel punto me sobrase el entendimiento que después acá me ha faltado; y así, sin querer tomar venganza de mis mayores enemigos (que, por estar tan sin pensamiento mío, fuera fácil tomarla), quise tomarla de mi mano y ejecutar en mí la pena que ellos merecían, y aun quizá con más rigor del que con ellos se usara, si entonces les diera muerte, pues la que se recibe repentina presto acaba la pena, mas la que se dilata con tormentos siempre mata sin acabar la vida. En fin, yo salí de aquella casa y vine a la de aquel donde había dejado la mula; hice que me la ensillase, sin despedirme dél subí en ella, y salí de la ciudad, sin osar, como otro Lot, volver el rostro a miralla; y cuando me vi en el campo solo, y que la escuridad de la noche me encubría y su silencio convidaba a quejarme, sin respeto o miedo de ser escuchado ni conocido, solté la voz y desaté la lengua en tantas maldiciones de Luscinda y de don Fernando como si con ellas satisficiera el agravio que me habían hecho. Dile títulos de cruel, de ingrata, de falsa y desagradecida, pero sobre

nha mão e executar em mim a pena que eles mereciam, e até talvez com mais rigor do que com eles usaria se então lhes tivesse dado morte, pois a que se recebe repentina logo acaba o penar, mas a que se dilata com tormentos sempre mata sem acabar a vida. Enfim, saí daquela casa e fui à daquele onde deixara a mula; mandei que a arreasse e, sem me despedir dele, montei e saí da cidade, sem ousar, como novo Lot, voltar o rosto para olhá-la; e quando me vi no campo solitário, e que a escuridão da noite me encobria e seu silêncio convidava à queixa, sem respeito nem medo de ser escutado ou conhecido, soltei a voz e desatei a língua em tantas maldições contra Luscinda e D. Fernando como se com elas desagravasse a afronta que me haviam feito. Dei-lhe títulos de cruel, de ingrata, de falsa e mal-agradecida, mas acima de todos de cobiçosa, pois a riqueza do meu inimigo lhe fechara os olhos da vontade, para tirá-la de mim e entregá-la àquele com quem mais liberal e franca a fortuna se mostrara; e em meio à fuga dessas maldições e vitupérios eu a desculpava, dizendo que não era muito uma donzela recolhida na casa de seus pais, afeita e acostumada a sempre obedecê-los, ter preferido condescender a seu gosto, uma vez que lhe davam por esposo um cavaleiro tão principal, tão rico e tão gentil-homem que, se o não quisesse receber, se poderia pensar, ou que não tinha juízo, ou que em outro tinha posta sua vontade, coisa que tanto redundaria em prejuízo de sua boa opinião e fama. Logo eu voltava dizendo que, se ela dissesse que eu era seu prometido, veriam eles que ao me escolher não fizera ela tão má eleição que não a pudessem desculpar, pois antes que D. Fernando se lhes oferecesse não poderiam eles mesmos acertar a desejar, se com razão medissem seu desejo, outro melhor que eu para esposo de sua filha; e que bem poderia ela, antes de se pôr no transe forçoso e último de lhe dar a mão, ter dito que eu já lhe dera a minha: que eu concor-

---

todos de codiciosa, pues la riqueza de mi enemigo la había cerrado los ojos de la voluntad, para quitármela a mí y entregarla a aquel con quien más liberal y franca la fortuna se había mostrado; y en mitad de la fuga destas maldiciones y vituperios, la desculpaba diciendo que no era mucho que una doncella recogida en casa de sus padres, hecha y acostumbrada siempre a obedecerlos, hubiese querido condecender con su gusto, pues le daban por esposo a un caballero tan principal, tan rico y tan gentilhombre, que a no querer recebirle, se podía pensar o que no tenía juicio o que en otra parte tenía la voluntad, cosa que redundaba tan en perjuicio de su buena opinión y fama. Luego volvía diciendo que, puesto que ella dijera que yo era su esposo, vieran ellos que no había hecho en escogerme tan mala elección, que no la disculparan, pues antes de ofrecérseles don Fernando no pudieran ellos mesmos acertar a desear, si con razón midiesen su deseo, otro mejor que yo para esposo de su hija; y que bien pudiera ella, antes de ponerse en el trance forzoso y último de dar la mano, decir que ya yo le había dado la mía: que yo viniera y concediera con todo cuanto ella acertara a fingir en este caso. En fin, me resolví en que poco amor, poco juicio, mucha ambición y deseos de grandezas hicieron que se olvidase de las palabras con que me había engañado, entretenido y sustentado en mis firmes esperanzas y honestos deseos. Con estas voces y con esta inquietud caminé lo que quedaba de aquella noche y di al amanecer en una entrada destas sierras, por las cuales caminé otros tres días, sin senda ni camino alguno, hasta que vine a parar a unos prados, que no sé a qué mano destas montañas caen, y allí pregunté a unos ganaderos que hacia dónde era lo más áspero destas sierras. Dijéronme que hacia esta parte. Luego me encaminé a ella, con intención de acabar aquí la vida, y, en entrando por estas asperezas, del cansancio y de la hambre se cayó mi mula muerta, o, lo que yo más creo, por desechar de sí

daria e concederia em tudo quanto ela atinasse a fingir nesse caso. Por fim, concluí que pouco amor, pouco juízo, muita ambição e desejos de grandezas a fizeram esquecer as palavras com que me enganara, entretivera e mantivera em minhas firmes esperanças e honestos desejos. Com tais vozes e tal inquietude caminhei o que restava daquela noite, e ao amanhecer dei com uma entrada destas serras, pelas quais caminhei outros três dias, sem rumo nem caminho algum, até que vim parar em uns prados, que não sei em que parte destas montanhas ficam, e ali perguntei a uns pastores onde ficava o mais áspero destas serras. Disseram-me que desta parte. Logo me encaminhei para cá, na intenção de aqui acabar a vida, e, em entrando por estas asperezas, minha mula tombou morta, de cansaço e fome, ou, no que eu mais acredito, por se desfazer de tão inútil carga como em mim levava. Fiquei então a pé, rendido pela natureza, varado de fome, sem ter nem pensar em buscar quem me socorresse. Dessa maneira estive não sei quanto tempo, estirado no chão, ao cabo do qual me levantei sem fome e achei ao meu lado uns cabreiros, que sem dúvida deviam ser os que minha necessidade remediaram, pois eles me disseram de que maneira me haviam achado, e quantos disparates e desatinos estava dizendo, dando indícios claros de ter perdido o juízo; e desde então tenho sentido em mim que nem sempre o tenho bom, e sim tão minguado e fraco que faço mil loucuras, rasgando minhas roupas, dando vozes por estas solidões, maldizendo a minha sorte e repetindo em vão o amado nome da minha inimiga, sem ter então outro discurso nem intento que procurar acabar a vida dando vozes; e quando a mim volto me acho tão cansado e moído, que mal me posso mexer. Minha morada mais comum é no oco de um sobreiro, capaz de cobrir este miserável corpo. Os vaqueiros e cabreiros que andam por estas montanhas, movidos de caridade, é que me susten-

---

tan inútil carga como en mí llevaba. Yo quedé a pie, rendido de la naturaleza, traspasado de hambre, sin tener ni pensar buscar quien me socorriese. De aquella manera estuve no sé qué tiempo, tendido en el suelo, al cabo del cual me levanté sin hambre y hallé junto a mí a unos cabreros, que sin duda debieron ser los que mi necesidad remediaron, porque ellos me dijeron de la manera que me habían hallado, y cómo estaba diciendo tantos disparates y desatinos, que daba indicios claros de haber perdido el juicio; y yo he sentido en mí después acá que no todas veces le tengo cabal, sino tan desmedrado y flaco, que hago mil locuras, rasgándome los vestidos, dando voces por estas soledades, maldiciendo mi ventura y repitiendo en vano el nombre amado de mi enemiga, sin tener otro discurso ni intento entonces que procurar acabar la vida voceando; y cuando en mí vuelvo me hallo tan cansado y molido, que apenas puedo moverme. Mi más común habitación es en el hueco de un alcornoque, capaz de cubrir este miserable cuerpo. Los vaqueros y cabreros que andan por estas montañas, movidos de caridad, me sustentan, poniéndome el manjar por los caminos y por las peñas por donde entienden que acaso podré pasar y hallarlo; y así, aunque entonces me falte el juicio, la necesidad natural me da a conocer el mantenimiento y despierta en mí el deseo de apetecerlo y la voluntad de tomarlo. Otras veces me dicen ellos, cuando me encuentran con juicio, que yo salgo a los caminos y que se lo quito por fuerza, aunque me lo den de grado, a los pastores que vienen con ello del lugar a las majadas. Desta manera paso mi miserable y estrema vida, hasta que el cielo sea servido de conducirla a su último fin, o de ponerle en mi memoria, para que no me acuerde de la hermosura y de la traición de Luscinda y del agravio de don Fernando: que si esto él hace sin quitarme la vida, yo volveré a mejor discurso mis pensamientos; donde no, no hay sino rogarle que absolutamente tenga misericordia de mi alma, que

tam, pondo-me o alimento pelos caminhos e pelas penhas por onde entendem que eu poderei passar e achá-lo; e assim, ainda quando me falta o juízo, a necessidade natural me dá a conhecer o mantimento e desperta em mim o desejo de prová-lo e a vontade de comê-lo. Outras vezes eles me contam, quando me encontram com juízo, que saio ao caminho dos pastores para lhes tomar o sustento que levam do lugar para as malhadas, e que o faço por força ainda que mo deem de bom grado. Desta maneira passo minha miserável e extrema vida, até que o céu seja servido de conduzi-la a seu derradeiro fim, ou de dá-lo à minha memória, para que não recorde a formosura e a traição de Luscinda nem o agravo de D. Fernando: se isto ele fizesse sem me tirar a vida, eu volvera a melhor discurso meus pensamentos; quando não, não há senão rogar-lhe que tenha absoluta misericórdia da minha alma, pois não sinto em mim coragem nem forças para tirar o corpo desta estreiteza em que por meu querer o pus. Esta é, oh senhores!, a amarga história da minha desgraça: dizei-me se é tal que se possa celebrar com menos sentimentos que os que em mim vistes, e não vos canseis em persuadir-me nem aconselhar-me o que a razão vos disser que pode ser bom para o meu remédio, porque há de aproveitar comigo o que aproveita a medicina receitada de famoso médico ao doente que recebê-la não quer. Eu não quero saúde sem Luscinda; e como ela preferiu ser de outro, sendo ou devendo ser minha, prefira eu ser da desventura, podendo ter sido da boa fortuna. Ela quis com sua inconstância fazer constante a minha perdição; eu, buscando me perder, quero contentar sua vontade, e sirva de exemplo aos que hão de vir que só a mim faltou o que sobra a todos os infelizes, para os quais costuma ser consolo a impossibilidade de tê-lo, mas que para mim é causa dos maiores sentimentos e males, pois penso que não se hão de acabar nem com a morte.

---

yo no siento en mí valor ni fuerzas para sacar el cuerpo desta estrecheza en que por mi gusto he querido ponerle. Esta es, ¡oh señores!, la amarga historia de mi desgracia: decidme si es tal, que pueda celebrarse con menos sentimientos que los que en mí habéis visto, y no os canséis en persuadirme ni aconsejarme lo que la razón os dijere que puede ser bueno para mi remedio, porque ha de aprovechar conmigo lo que aprovecha la medicina recetada de famoso médico al enfermo que recebir no la quiere. Yo no quiero salud sin Luscinda; y pues ella gustó de ser ajena, siendo o debiendo ser mía, guste yo de ser de la desventura, pudiendo haber sido de la buena dicha. Ella quiso con su mudanza hacer estable mi perdición; yo querré, con procurar perderme, hacer contenta su voluntad, y será ejemplo a los por venir de que a mí solo faltó lo que a todos los desdichados sobra, a los cuales suele ser consuelo la imposibilidad de tenerle, y en mí es causa de mayores sentimientos y males, porque aun pienso que no se han de acabar con la muerte.

    Aquí dio fin Cardenio a su larga plática y tan desdichada como amorosa historia; y al tiempo que el cura se prevenía para decirle algunas razones de consuelo, le suspendió una voz que llegó a sus oídos, que en lastimados acentos oyeron que decía lo que se dirá en la cuarta parte desta narración, que en este punto dio fin a la tercera el sabio y atentado historiador Cide Hamete Benengeli.

Aqui findou Cardenio sua longa fala e tão infeliz quanto amorosa história; e quando o padre se preparava para lhe dizer algumas razões de consolo, suspendeu-o uma voz que chegou a seus ouvidos, que em lastimosos acentos ouviram que dizia o que se dirá na quarta parte desta narração, pois neste ponto deu fim à terceira o sábio e atilado historiador Cide Hamete Benengeli.

Notas

[1] Tempos do rei Bamba: frase feita que indica época muito remota, evocando o soberano que reinou na Hispânia visigótica de 672 a 680.

[2] Quem menoscaba meus bens?: o poema se enquadra no gênero chamado *ovillejo* (ao pé da letra, "pequeno novelo"), com estrofes de dez versos, sendo três heptassílabos interrogativos intercalados com a resposta em dissílabos, seguidos de uma redondilha. Não há registro de outro *ovillejo* anterior a este.

[3] Mário, Catilina, Sila: personagens históricos da Roma Antiga, famosos por sua crueldade. Ganelão: o padrasto de Roldão que entregou os pares de França para o rei sarraceno Marsílio, precipitando a derrota de Roncesvalles. Vellido Dolfos: o traidor que provocou a morte do rei Sancho no cerco de Zamora, em 1073. Julião, o conde que, segundo a lenda, incitou a invasão da Espanha pelos mouros para vingar o rapto da filha por Rodrigo (Roderik), o último rei visigodo. Os três últimos são personagens consagrados pelo romanceiro.

[4] ... tomando a única ovelha que ainda não possuía: referência à parábola bíblica (II Samuel, 12, 4) com que o profeta Natã repreende os pecados criminosos do rei Davi, que tomara Betsabé por mulher e depois tramara a morte de Urias, marido desta e seu soldado.

QUARTA PARTE

CAPÍTULO XXVIII

Que trata da nova e agradável aventura
acontecida ao padre e ao barbeiro na mesma serra

Felicíssimos e venturosos foram os tempos em que saiu pelo mundo o audacíssimo cavaleiro D. Quixote de La Mancha, pois, por ter tido tão honrosa determinação de querer ressuscitar e restituir ao mundo a já perdida e quase morta ordem da andante cavalaria é que desfrutamos agora nesta nossa idade, necessitada de alegres entretenimentos, não só da doçura de sua verdadeira história, mas dos contos e episódios dela, que em parte não são menos agradáveis e artificiosos e verdadeiros que a história mesma; a qual, prosseguindo seu rastelado, torcido e fusado fio,¹ conta que, assim como o padre começou a se preparar para consolar Cardenio, impediu-o uma voz que chegou aos seus ouvidos, que, com tristes acentos, dizia desta maneira:

— Ai, Deus! Será possível que eu já tenha achado o lugar que possa servir de escondida sepultura à pesada carga deste corpo, que tão contra minha vontade suporto! Sim, será, se não me engana a solidão que prometem estas serras. Ai, infeliz, e quão mais agradável companhia estas escarpas e brenhas farão à minha intenção, pois me darão lugar para que com queixas comunique minha desgraça ao céu, do que a de nenhum homem humano, pois não há ninguém na terra de quem se possa esperar conselho nas dúvidas, alívio nas queixas, nem remédio nos males!

CAPÍTULO XXVIII

Que trata de la nueva y agradable aventura
que al cura y barbero sucedió en la mesma sierra

Felicísimos y venturosos fueron los tiempos donde se echó al mundo el audacísimo caballero don Quijote de la Mancha, pues por haber tenido tan honrosa determinación como fue el querer resucitar y volver al mundo la ya perdida y casi muerta orden de la andante caballería gozamos ahora en esta nuestra edad, necesitada de alegres entretenimientos, no solo de la dulzura de su verdadera historia, sino de los cuentos y episodios della, que en parte no son menos agradables y artificiosos y verdaderos que la misma historia; la cual prosiguiendo su rastrillado, torcido y aspado hilo, cuenta que, así como el cura comenzó a prevenirse para consolar a Cardenio, lo impidió una voz que llegó a sus oídos, que, con tristes acentos, decía desta manera:

— ¡Ay, Dios! ¡Si será posible que he ya hallado lugar que pueda servir de escondida sepultura a la carga pesada deste cuerpo, que tan contra mi voluntad sostengo! Sí será, si la soledad que prometen estas sierras no me miente. ¡Ay, desdichada, y cuán más agradable compañía harán estos riscos y malezas a mi intención, pues me darán lugar para que con quejas comunique mi desgracia al cielo, que no la de ningún hombre humano, pues no

Todas essas razões ouviram e entenderam o padre e os que com ele estavam, e por parecer-lhes, como de feito era, que ali bem perto eram ditas, se levantaram para procurar o dono delas, e nem vinte passos devem de ter andado quando, atrás de um penhasco, viram sentado ao pé de um freixo um moço vestido de lavrador, cujo rosto, estando inclinado por lavar-se os pés no regato que por ali corria, eles não podiam ver ainda, e se chegaram com tanto silêncio, que por ele não foram ouvidos, nem ele estava atento a outra coisa que a lavar seus pés, que eram tais, que pareciam tal qual dois pedaços de branco cristal que entre as outras pedras do regato tivessem nascido. Arrebatou-os a brancura e beleza dos pés, parecendo-lhes não estarem afeitos a pisar torrões, nem a andar atrás do arado e dos bois, como mostrava o hábito de seu dono; e assim, vendo que não tinham sido ouvidos, o padre, que ia à frente, fez sinais aos outros dois para que se agachassem ou escondessem atrás de uns pedaços de rochas que ali havia, e assim fizeram todos, olhando com atenção o que o moço fazia, o qual vestia um capotilho pardo de duas fraldas, muito cingido ao corpo com uma cinta branca. Vestia também uns calções e polainas de pano pardo, e na cabeça uma monteira parda. Tinha as polainas arregaçadas até a metade da perna, que sem dúvida alguma de branco alabastro parecia. Acabou de lavar os belos pés e em seguida, com um lenço de toucar, que tirou de baixo da monteira, os limpou; mas, no gesto de tirá-la da cabeça, levantou o rosto, dando lugar aos que o olhavam de ver uma beleza incomparável, tal, que Cardenio disse ao padre, em voz baixa:

— Esta, já que não é Luscinda, não é pessoa humana, senão divina.

O moço tirou então a monteira e, sacudindo a cabeça para um lado e para o outro, começou a soltar e espraiar uns cabelos que fariam inveja aos do sol. Com isto conheceram que o que parecia lavrador era mulher, e deli-

---

hay ninguno en la tierra de quien se pueda esperar consejo en las dudas, alivio en las quejas, ni remedio en los males!

Todas estas razones oyeron y percibieron el cura y los que con él estaban, y por parecerles, como ello era, que allí junto las decían, se levantaron a buscar el dueño, y no hubieron andado veinte pasos, cuando detrás de un peñasco vieron sentado al pie de un fresno a un mozo vestido como labrador, al cual, por tener inclinado el rostro, a causa de que se lavaba los pies en el arroyo que por allí corría, no se le pudieron ver por entonces, y ellos llegaron con tanto silencio, que dél no fueron sentidos, ni él estaba a otra cosa atento que a lavarse los pies, que eran tales, que no parecían sino dos pedazos de blanco cristal que entre las otras piedras del arroyo se habían nacido. Suspendióles la blancura y belleza de los pies, pareciéndoles que no estaban hechos a pisar terrones, ni a andar tras el arado y los bueyes, como mostraba el hábito de su dueño; y así, viendo que no habían sido sentidos, el cura, que iba delante, hizo señas a los otros dos que se agazapasen o escondiesen detrás de unos pedazos de peña que allí había, y así lo hicieron todos, mirando con atención lo que el mozo hacía, el cual traía puesto un capotillo pardo de dos haldas, muy ceñido al cuerpo con una toalla blanca. Traía ansimesmo unos calzones y polainas de paño pardo, y en la cabeza una montera parda. Tenía las polainas levantadas hasta la mitad de la pierna, que sin duda alguna de blanco alabastro parecía. Acabóse de lavar los hermosos pies, y luego, con un paño de tocar, que sacó debajo de la montera, se los limpió; y al querer quitársele, alzó el rostro, y tuvieron lugar los que mirándole estaban de ver una hermosura incomparable, tal, que Cardenio dijo al cura, con voz baja:

cada, e até a mais formosa que até então os olhos dos dois tinham visto, e até os de Cardenio, se não tivessem olhado e conhecido Luscinda: pois ele mais tarde afirmaria que só a beleza de Luscinda podia contender com aquela. Os longos e louros cabelos não só lhe cobriram as costas, mas toda em volta a ocultaram, e, salvo os pés, nenhuma outra parte de seu corpo aparecia: tais e tantos eram. Nisto lhe serviram de pente umas mãos, que se os pés na água tinham parecido pedaços de cristal, as mãos nos cabelos semelhavam pedaços de cerrada neve; todo o qual em mais admiração e mais desejo de saber quem era punha os três que a contemplavam.

Por isto resolveram se mostrar; e ao movimento que fizeram de se pôr em pé, a formosa moça levantou a cabeça e, apartando os cabelos da frente dos olhos com as duas mãos, olhou os que o ruído faziam e, apenas os viu, quando se levantou e, sem se demorar em calçar os pés nem em recolher os cabelos, apanhou com muita presteza uma trouxa de roupa, que tinha junto de si, e tentou pôr-se em fuga, cheia de confusão e sobressalto; mas nem seis passos tinha dado quando, não podendo sofrer seus delicados pés a aspereza das pedras, deu consigo ao chão. Vendo o qual, os três foram a seu socorro, e o padre foi o primeiro a lhe falar:

— Detende-vos, senhora, quem quer que sejais, pois os que aqui vedes só têm a intenção de vos servir: não há razão para vos pordes em tão impertinente fuga, porque nem os vossos pés poderão sofrê-lo, nem nós outros consenti-lo.

A tudo isto ela não respondia palavra, atônita e confusa. Chegaram-se então a ela e, tomando-a pela mão, o padre prosseguiu dizendo:

— O que vosso traje, senhora, nos nega, vossos cabelos nos descobrem: sinais claros que não devem de ser de pouca monta as causas para disfarçar

---

— Esta, ya que no es Luscinda, no es persona humana, sino divina.

El mozo se quitó la montera, y, sacudiendo la cabeza a una y a otra parte, se comenzaron a descoger y desparcir unos cabellos que pudieran los del sol tenerles envidia. Con esto conocieron que el que parecía labrador era mujer, y delicada, y aun la más hermosa que hasta entonces los ojos de los dos habían visto, y aun los de Cardenio si no hubieran mirado y conocido a Luscinda: que después afirmó que sola la belleza de Luscinda podía contender con aquella. Los luengos y rubios cabellos no solo le cubrieron las espaldas, mas toda en torno la escondieron debajo de ellos, que si no eran los pies, ninguna otra cosa de su cuerpo se parecía: tales y tantos eran. En esto les sirvió de peine unas manos, que si los pies en el agua habían parecido pedazos de cristal, las manos en los cabellos semejaban pedazos de apretada nieve; todo lo cual en más admiración y en más deseo de saber quién era ponía a los tres que la miraban.

Por esto determinaron de mostrarse; y al movimiento que hicieron de ponerse en pie, la hermosa moza alzó la cabeza y, apartándose los cabellos de delante de los ojos con entrambas manos, miró los que el ruido hacían, y apenas los hubo visto, cuando se levantó en pie y, sin aguardar a calzarse ni a recoger los cabellos, asió con mucha presteza un bulto, como de ropa, que junto a sí tenía, y quiso ponerse en huida, llena de turbación y sobresalto; mas no hubo dado seis pasos, cuando, no pudiendo sufrir los delicados pies la aspereza de las piedras, dio consigo en el suelo. Lo cual visto por los tres, salieron a ella, y el cura fue el primero que le dijo:

— Deteneos, señora, quienquiera que seáis, que los que aquí veis solo tienen intención de serviros: no hay para qué os pongáis en tan impertinente huida, porque ni vuestros pies lo podrán sufrir, ni nosotros consentir.

vossa beleza em hábito tão indigno, trazendo-a a uma tal solidão como esta, na qual foi ventura vos achar, se não para dar remédio aos vossos males, ao menos para dar-lhes conselho, pois nenhum mal pode fatigar tanto nem chegar a tal extremo (enquanto não se acaba a vida) que leve a não escutar sequer o conselho que com boa intenção se dá a quem o padece. Portanto, senhora minha, ou senhor meu, ou o que quiserdes ser, perdei o sobressalto que a nossa vista vos causou e contai-nos vossa boa ou má fortuna, que em nós juntos, ou em cada um, achareis quem vos ajude a sofrer vossas desgraças.

Enquanto o padre dizia essas razões, estava a disfarçada moça como que estupefata, olhando para todos, sem mover os lábios nem dizer palavra alguma, tal qual rústico aldeão a quem de improviso se mostram coisas raras e por ele nunca vistas. Mas, voltando o padre a lhe dizer outras razões ao mesmo efeito encaminhadas, dando ela um profundo suspiro, rompeu o silêncio e disse:

— Uma vez que a solidão destas serras não bastou para me ocultar, nem a soltura dos meus descompostos cabelos não permitiu à minha língua ser mentirosa, vão seria tornar a fingir agora o que, se mo acreditassem, seria mais por cortesia que por outra razão alguma. Isto posto, digo, senhores, que agradeço o vosso oferecimento, o qual me pôs na obrigação de vos satisfazer em tudo que me pedistes, porém temendo que a relação que eu vos fizer das minhas desditas vos há de causar, a par da compaixão, muito pesar, pois não haveis de achar remédio para as remediar, nem consolo para as aliviar. Mas, com tudo isso, para que não ande duvidosa a minha honra em vossas opiniões, tendo-me já conhecido por mulher e vendo-me moça, sozinha e neste traje, coisas estas, todas juntas e cada uma por si, que podem deitar por terra qualquer honesto crédito, hei de vos dizer o que preferiria calar, se pudesse.

A todo esto ella no respondía palabra, atónita y confusa. Llegaron, pues, a ella, y, asiéndola por la mano, el cura prosiguió diciendo:

— Lo que vuestro traje, señora, nos niega, vuestros cabellos nos descubren: señales claras que no deben de ser de poco momento las causas que han disfrazado vuestra belleza en hábito tan indigno, y traídola a tanta soledad como es esta, en la cual ha sido ventura el hallaros, si no para dar remedio a vuestros males, a lo menos para darles consejo, pues ningún mal puede fatigar tanto ni llegar tan al estremo de serlo (mientras no acaba la vida), que rehúya de no escuchar siquiera el consejo que con buena intención se le da al que lo padece. Así que, señora mía, o señor mío, o lo que vos quisierdes ser, perded el sobresalto que nuestra vista os ha causado y contadnos vuestra buena o mala suerte, que en nosotros juntos, o en cada uno, hallaréis quien os ayude a sentir vuestras desgracias.

En tanto que el cura decía estas razones estaba la disfrazada moza como embelesada, mirándolos a todos, sin mover labio ni decir palabra alguna, bien así como rústico aldeano que de improviso se le muestran cosas raras y dél jamás vistas. Mas volviendo el cura a decirle otras razones al mesmo efeto encaminadas, dando ella un profundo suspiro, rompió el silencio y dijo:

— Pues que la soledad destas sierras no ha sido parte para encubrirme, ni la soltura de mis descompuestos cabellos no ha permitido que sea mentirosa mi lengua, en balde sería fingir yo de nuevo ahora lo que, si se me creyese, sería más por cortesía que por otra razón alguna. Presupuesto esto, digo, señores, que os agradezco el ofrecimiento que me habéis hecho, el cual me ha puesto en obligación de satisfaceros en todo lo que me habéis

Tudo isto disse sem parar aquela que tão formosa mulher se mostrava, com tão desembaraçada língua, com voz tão suave, que não menos os admirou sua discrição que sua formosura. E tornando a ouvir novos oferecimentos e novos rogos para que o prometido cumprisse, ela, sem mais se fazer rogar, calçando-se com toda a honestidade e recolhendo seus cabelos, se acomodou no assento de uma pedra e, postos os três em torno dela, fazendo força por conter algumas lágrimas que aos olhos lhe vinham, com voz pausada e clara começou a história de sua vida desta maneira:

— Há nesta Andaluzia um lugar do qual toma título um duque, coisa que o põe entre os chamados "grandes de Espanha". Tem esse duque dois filhos: o mais velho é herdeiro do seu estado[2] e, ao que parece, dos seus bons costumes; o mais novo não sei do que pode ser herdeiro senão das traições de Vellido e dos embustes de Ganelão. Desse senhor são vassalos meus pais, humildes em linhagem, mas tão ricos que, se seus bens de natureza igualassem os de fortuna, nem eles teriam mais o que desejar nem eu temeria ver-me na desgraça em que me vejo, pois talvez nasça minha pouca ventura da que eles não tiveram em não nascerem ilustres. Bem é verdade que não são tão baixos que se possam envergonhar do seu estado, nem tão altos para me tirar a ideia que tenho que da sua humildade provém a minha desgraça. Eles, enfim, são lavradores, gente chã, sem mistura com nenhuma raça malsonante[3] e, como se usa dizer, cristãos-velhos rançosos, mas tão ricos que sua riqueza e magnífico trato vai pouco a pouco dando-lhes nome de fidalgos, e até de cavaleiros, bem que a maior riqueza e nobreza de que eles se prezavam era ter-me por filha; e fosse por não terem outra nem outro para herdá-los, fosse por serem pais e extremados, era eu uma das mais regaladas filhas pelos pais já regalada. Era eu o espelho em que eles se olhavam, o báculo da sua velhi-

---

pedido, puesto que temo que la relación que os hiciere de mis desdichas os ha de causar, al par de la compasión, la pesadumbre, porque no habéis de hallar remedio para remediarlas, ni consuelo para entretenerlas. Pero con todo esto, porque no ande vacilando mi honra en vuestras intenciones, habiéndome ya conocido por mujer y viéndome moza, sola y en este traje, cosas todas juntas y cada una por sí que pueden echar por tierra cualquier honesto crédito, os habré de decir lo que quisiera callar, si pudiera.

Todo esto dijo sin parar la que tan hermosa mujer parecía, con tan suelta lengua, con voz tan suave, que no menos les admiró su discreción que su hermosura. Y tornándole a hacer nuevos ofrecimientos y nuevos ruegos para que lo prometido cumpliese, ella, sin hacerse más de rogar, calzándose con toda honestidad y recogiendo sus cabellos, se acomodó en el asiento de una piedra, y, puestos los tres alrededor della, haciéndose fuerza por detener algunas lágrimas que a los ojos se le venían, con voz reposada y clara comenzó la historia de su vida desta manera:

— En esta Andalucía hay un lugar de quien toma título un duque, que le hace uno de los que llaman "grandes" en España. Este tiene dos hijos: el mayor, heredero de su estado y, al parecer, de sus buenas costumbres; y el menor no sé yo de qué sea heredero, sino de las traiciones de Vellido y de los embustes de Galalón. Deste señor son vasallos mis padres, humildes en linaje, pero tan ricos, que si los bienes de su naturaleza igualaran a los de su fortuna, ni ellos tuvieran más que desear ni yo temiera verme en la desdicha en que me veo, porque quizá nace mi poca ventura de la que no tuvieron ellos en no haber nacido ilustres. Bien es verdad que no son tan bajos que puedan afrentarse de su estado, ni tan altos que a mí me quiten la imaginación que tengo de que de su humildad

ce e o sujeito a quem encaminhavam, medindo-os com o céu, todos os seus desejos, dos quais, por serem tão bons, os meus não se desviavam em nada. E do mesmo modo que eu era senhora dos seus ânimos, era-o dos seus haveres e fazeres: por mim se admitiam e despediam os criados; por minhas mãos passavam a razão e conta do que se semeava e colhia, as moendas do azeite, os lagares do vinho, o número do gado grosso e miúdo, o das colmeias; enfim, de tudo aquilo que um tão rico lavrador como meu pai pode ter e tem levava eu a conta e era ecônoma e senhora, com tanta solicitude minha e a tanto prazer dele, que não conseguirei encarecê-lo o bastante. Os momentos que do dia me restavam, depois de ter dado a parte que cabia aos maiorais, aos capatazes e a outros jornaleiros, eu os entretinha em exercícios que são para as donzelas tão lícitos quanto necessários, como são os que oferece a agulha e o bastidor, e a roca muitas vezes; e se alguma vez, por recrear o ânimo, estes exercícios deixava, me acolhia ao entretenimento de ler algum livro devoto, ou a tocar harpa, pois a experiência me mostrava que a música compõe os ânimos descompostos e alivia os trabalhos que nascem do espírito. Esta, pois, era a vida que eu levava na casa dos meus pais, a qual, se com tais detalhes contei, não foi por ostentação nem por dar a entender que sou rica, mas para que se advirta quão sem culpa vim daquele bom estado que tenho dito ao infeliz em que agora me encontro. É pois o caso que, passando a minha vida com tantas ocupações e em tal encerramento que ao de um mosteiro se pudera comparar, sem ser vista, a meu parecer, por outra pessoa alguma além dos criados da casa, porque nos dias em que ia à missa o fazia tão de manhã, e tão acompanhada de minha mãe e de outras criadas, e tão coberta e recatada,[4] que mal viam meus olhos mais terra além daquela que pisava; com tudo isso, os do amor, ou por melhor dizer, os da ociosidade, a quem os

---

viene mi desgracia. Ellos, en fin, son labradores, gente llana, sin mezcla de alguna raza malsonante y, como suele decirse, cristianos viejos ranciosos, pero tan ricos, que su riqueza y magnífico trato les va poco a poco adquiriendo el nombre de hidalgos, y aun de caballeros, puesto que de la mayor riqueza y nobleza que ellos se preciaban era de tenerme a mí por hija; y así por no tener otra ni otro que los heredase como por ser padres y aficionados, yo era una de las más regaladas hijas que padres jamás regalaron. Era el espejo en que se miraban, el báculo de su vejez y el sujeto a quien encaminaban, midiéndolos con el cielo, todos sus deseos, de los cuales, por ser ellos tan buenos, los míos no salían un punto. Y del mismo modo que yo era señora de sus ánimos, ansí lo era de su hacienda: por mí se recebían y despedían los criados; la razón y cuenta de lo que se sembraba y cogía pasaba por mi mano, los molinos de aceite, los lagares del vino, el número del ganado mayor y menor, el de las colmenas; finalmente, de todo aquello que un tan rico labrador como mi padre puede tener y tiene, tenía yo la cuenta y era la mayordoma y señora, con tanta solicitud mía y con tanto gusto suyo, que buenamente no acertaré a encarecerlo. Los ratos que del día me quedaban después de haber dado lo que convenía a los mayorales, a capataces y a otros jornaleros, los entretenía en ejercicios que son a las doncellas tan lícitos como necesarios, como son los que ofrece la aguja y la almohadilla, y la rueca muchas veces; y si alguna, por recrear el ánimo, estos ejercicios dejaba, me acogía al entretenimiento de leer algún libro devoto, o a tocar una harpa, porque la experiencia me mostraba que la música compone los ánimos descompuestos y alivia los trabajos que nacen del espíritu. Esta, pues, era la vida que yo tenía en casa de mis padres, la cual si tan particularmente he contado no ha sido por ostentación ni por dar a entender que soy rica, sino porque se advierta cuán sin culpa me he venido de aquel buen estado que he dicho

do lince não se podem igualar, conseguiram ver-me, postos na solicitude de D. Fernando, que assim se chama o filho mais novo do duque que vos contei.

Nem bem mencionou o nome de D. Fernando aquela que o conto contava, ficou Cardenio sem cores no rosto e começou a tressuar, com tão grande alteração que o padre e o barbeiro, atentos a isso, temeram que viesse a sofrer aquele acesso de loucura que ouviram dizer que de quando em quando sofria. Mas Cardenio não fez mais que tressuar e permanecer quieto, olhando a lavradora fito a fito, imaginando quem ela era. A qual, sem reparar nas reações de Cardenio, prosseguiu sua história, dizendo:

— E apenas me tinham visto, quando, segundo o que ele disse depois, ficou tão cativo dos meus amores quanto o deram a entender suas demonstrações. Mas, por dar logo fim ao conto, que o não tem, das minhas desditas, quero passar por alto as diligências que D. Fernando fez para me declarar sua vontade: subornou toda a gente da minha casa, deu e ofereceu dádivas e mercês aos meus parentes; os dias eram todos de festa e de regozijo na minha rua, as músicas noite adentro não deixavam ninguém dormir; infinitos eram os bilhetes que, sem saber como, às minhas mãos chegavam, cheios de amorosas razões e oferecimentos, com menos letras que promessas e juras. Todo o qual não só não me abrandava mas me endurecia, como se ele fosse meu mortal inimigo e todas as obras que fazia para me reduzir a sua vontade as fizesse para o efeito contrário; e não porque eu desgostasse da gentileza de D. Fernando nem tivesse por demasia as suas solicitudes, pois me dava um não sei quê de contentamento ver-me tão querida e estimada por um tão principal cavaleiro, nem porque me pesasse ver nos seus papéis o meu elogio (pois tenho para mim que, por mais feias que sejamos as mulheres, sempre nos dá gosto sermos chamadas de formosas), mas porque a tudo isto

---

al infelice en que ahora me hallo. Es, pues, el caso que, pasando mi vida en tantas ocupaciones y en un encerramiento tal, que al de un monesterio pudiera compararse, sin ser vista, a mi parecer, de otra persona alguna que de los criados de casa, porque los días que iba a misa era tan de mañana, y tan acompañada de mi madre y de otras criadas, y yo tan cubierta y recatada, que apenas vían mis ojos más tierra de aquella donde ponía los pies, y, con todo esto, los del amor, o los de la ociosidad, por mejor decir, a quien los de lince no pueden igualarse, me vieron, puestos en la solicitud de don Fernando, que este es el nombre del hijo menor del duque que os he contado.

No hubo bien nombrado a don Fernando la que el cuento contaba, cuando a Cardenio se le mudó la color del rostro, y comenzó a trasudar, con tan grande alteración, que el cura y el barbero, que miraron en ello, temieron que le venía aquel accidente de locura que habían oído decir que de cuando en cuando le venía. Mas Cardenio no hizo otra cosa que trasudar y estarse quedo, mirando de hito en hito a la labradora, imaginando quién ella era. La cual, sin advertir en los movimientos de Cardenio, prosiguió su historia, diciendo:

— Y no me hubieron bien visto, cuando, según él dijo después, quedó tan preso de mis amores cuanto lo dieron bien a entender sus demostraciones. Mas por acabar presto con el cuento, que no le tiene, de mis desdichas, quiero pasar en silencio las diligencias que don Fernando hizo para declararme su voluntad: sobornó toda la gente de mi casa, dio y ofreció dádivas y mercedes a mis parientes; los días eran todos de fiesta y de regocijo en mi calle, las noches no dejaban dormir a nadie las músicas; los billetes que sin saber cómo a mis manos venían eran infinitos, llenos de enamoradas razones y ofrecimientos, con menos letras que promesas y juramentos. Todo lo cual no solo no me ablandaba, pero me endurecía de manera como si fuera mi mortal enemigo y que todas las

se opunha a minha honestidade e os conselhos que de contínuo recebia dos meus pais, os quais já bem a descoberto conheciam a vontade de D. Fernando, pois a ele já pouco se lhe dava que todo o mundo a soubesse. Diziam-me meus pais que só em minha virtude e bondade deixavam e depositavam sua honra e fama, e que considerasse a desigualdade que havia entre mim e D. Fernando, e que nisto deixava ele ver que seus pensamentos (se bem dissesse outra coisa) mais se encaminhavam a seu gosto que a meu proveito, e que, se eu de alguma maneira quisesse pôr algum inconveniente para que ele desistisse da sua injusta pretensão, eles depois me casariam com quem eu mais gostasse, assim dos mais principais do nosso lugar como de todos os circunvizinhos, pois tudo se podia esperar dos seus muitos haveres e da minha boa fama. Com tão certos prometimentos e com a verdade que eles me diziam fortificava eu a minha inteireza, e jamais quis responder a D. Fernando palavra que lhe pudesse mostrar a mais remota esperança de alcançar o seu desejo. Todos esses recatos meus, que ele devia de tomar por desdéns, decerto tiveram por efeito mais avivar o seu lascivo apetite, que este nome prefiro dar à vontade que por mim mostrava; a qual, se fosse como devia, não a conheceríeis agora, pois não teria havido ocasião de vo-la contar. Finalmente, D. Fernando soube que meus pais andavam prestes a dar-me estado, para tirar-lhe a esperança de me possuir, ou ao menos para que eu tivesse mais guardas para me guardar, e tal alvitre ou suspeita foi a causa de ele fazer o que agora ouvireis. E foi que uma noite, estando eu nos meus aposentos com a única companhia de uma donzela que de aia me servia, tendo bem trancadas as portas, temendo que num descuido a minha honestidade se visse em perigo, sem saber nem imaginar como, em meio a tantos recatos e prevenções e na solidão de tal silêncio e encerro, achei-o diante de mim, turbando-me sua visão de maneira

---

obras que para reducirme a su voluntad hacía las hiciera para el efeto contrario; no porque a mí me pareciese mal la gentileza de don Fernando, ni que tuviese a demasía sus solicitudes, porque me daba un no sé qué de contento verme tan querida y estimada de un tan principal caballero, y no me pesaba ver en sus papeles mis alabanzas (que en esto, por feas que seamos las mujeres, me parece a mí que siempre nos da gusto el oír que nos llaman hermosas), pero a todo esto se opone mi honestidad, y los consejos continuos que mis padres me daban, que ya muy al descubierto sabían la voluntad de don Fernando, porque ya a él no se le daba nada de que todo el mundo la supiese. Decíanme mis padres que en sola mi virtud y bondad dejaban y depositaban su honra y fama, y que considerase la desigualdad que había entre mí y don Fernando, y que por aquí echaría de ver que sus pensamientos (aunque él dijese otra cosa) más se encaminaban a su gusto que a mi provecho, y que si yo quisiese poner en alguna manera algún inconveniente para que él se dejase de su injusta pretensión, que ellos me casarían luego con quien yo más gustase, así de los más principales de nuestro lugar como de todos los circunvecinos, pues todo se podía esperar de su mucha hacienda y de mi buena fama. Con estos ciertos prometimientos, y con la verdad que ellos me decían, fortificaba yo mi entereza, y jamás quise responder a don Fernando palabra que le pudiese mostrar, aunque de muy lejos, esperanza de alcanzar su deseo. Todos estos recatos míos, que él debía de tener por desdenes, debieron de ser causa de avivar más su lascivo apetito, que este nombre quiero dar a la voluntad que me mostraba; la cual, si ella fuera como debía, no la supiérades vosotros ahora, porque hubiera faltado la ocasión de decírosla. Finalmente, don Fernando supo que mis padres andaban por darme estado, por quitalle a él la esperanza de poseerme, o a lo menos porque yo tuviese más guardas para guardarme, y esta nueva o sospecha fue causa

que me roubou a dos olhos e me emudeceu a língua; e assim não fui poderosa de dar vozes, nem creio que ele mas deixasse dar, pois logo se chegou a mim e, tomando-me em seus braços (já que eu, como digo, não tive forças para me defender, tão turbada estava), começou a dizer tais razões que não sei como pode a mentira ter tanta habilidade para sabê-las compor de maneira que pareçam tão verdadeiras. Fazia o traidor que suas lágrimas abonassem suas palavras e os suspiros sua intenção. Eu, pobrezinha, sempre entre os meus, mal preparada para semelhantes casos, comecei, não sei como, a ter por verdadeiras tantas falsidades, mas não de sorte que suas lágrimas e seus suspiros me movessem a outra coisa que à mais casta compaixão; e assim, passado aquele primeiro sobressalto, recobrei algum tanto os meus perdidos espíritos e, com mais ânimo do que pensei que pudesse ter, lhe disse: "Se, como estou em teus braços, senhor, eu estivesse entre os de um fero leão, e o livramento deles se me assegurasse com fazer ou dizer algo em prejuízo da minha honestidade, seria tão possível eu fazê-lo ou dizê-lo como é possível que deixe de ser o que já foi. Portanto, se tens cingido o meu corpo com teus braços, eu tenho atada a minha alma com os meus bons desejos, que tanto diferem dos teus, como verás se por força quiseres levar os teus avante. Tua vassala sou, mas não tua escrava; nem tem nem deve ter império a nobreza do teu sangue para desonrar e ter em pouco a humildade do meu; e tanto me prezo eu, vilã e lavradora, como tu, senhor e cavaleiro. Comigo não terão efeito algum as tuas forças, nem valor as tuas riquezas, nem tuas palavras me poderão enganar, nem teus suspiros e lágrimas me enternecer. Se alguma de todas essas coisas que tenho dito eu visse naquele que meus pais me dessem por esposo, sua vontade se ajustaria à minha, e minha vontade da sua não se afastaria; de modo que, como ficasse com honra, ainda que sem gosto, de bom

---

para que hiciese lo que ahora oiréis. Y fue que una noche, estando yo en mi aposento con sola la compañía de una doncella que me servía, teniendo bien cerradas las puertas, por temor que por descuido mi honestidad no se viese en peligro, sin saber ni imaginar cómo, en medio destos recatos y prevenciones y en la soledad deste silencio y encierro me le hallé delante, cuya vista me turbó de manera que me quitó la de mis ojos y me enmudeció la lengua; y así, no fui poderosa de dar voces, ni aun él creo que me las dejara dar, porque luego se llegó a mí y, tomándome entre sus brazos (porque yo, como digo, no tuve fuerzas para defenderme, según estaba turbada), comenzó a decirme tales razones, que no sé cómo es posible que tenga tanta habilidad la mentira, que las sepa componer de modo que parezcan tan verdaderas. Hacía el traidor que sus lágrimas acreditasen sus palabras, y los suspiros su intención. Yo, pobrecilla, sola entre los míos, mal ejercitada en casos semejantes, comencé no sé en qué modo a tener por verdaderas tantas falsedades, pero no de suerte que me moviesen a compasión menos que buena sus lágrimas y suspiros; y así, pasándoseme aquel sobresalto primero, torné algún tanto a cobrar mis perdidos espíritus y, con más ánimo del que pensé que pudiera tener, le dije: "Si como estoy, señor, en tus brazos, estuviera entre los de un león fiero, y el librarme dellos se me asegurara con que hiciera o dijera cosa que fuera en perjuicio de mi honestidad, así fuera posible hacella o decilla como es posible dejar de haber sido lo que fue. Así que si tú tienes ceñido mi cuerpo con tus brazos, yo tengo atada mi alma con mis buenos deseos, que son tan diferentes de los tuyos como lo verás, si con hacerme fuerza quisieres pasar adelante en ellos. Tu vasalla soy, pero no tu esclava; ni tiene ni debe tener imperio la nobleza de tu sangre para deshonrar y tener en poco la humildad de la mía; y en tanto me estimo yo, villana y labradora, como tú, señor y caballero. Conmigo no han de ser de ningún efecto tus

grado lhe entregaria o que tu, senhor, agora com tanta força procuras. Tudo isto digo para que não se pense que de mim possa conseguir coisa alguma quem não for o meu legítimo esposo". "Se teu reparo é este apenas, belíssima Dorotea (que este é o nome desta desventurada)", disse o desleal cavaleiro, "vê-me aqui dar-te a mão de tal, e sejam testemunhas desta verdade os céus, de quem nada se esconde, e esta imagem de Nossa Senhora que aqui tens".[5]

Quando Cardenio a ouviu dizer que se chamava Dorotea, voltou a seus sobressaltos e acabou de confirmar por verdadeira a sua primeira suspeita, mas não quis interromper o conto, por ver como terminava o que ele já quase sabia; apenas disse:

— Dorotea é o teu nome, senhora? Outra do mesmo conheci de ouvida, cujas desditas talvez corram parelhas com as tuas. Segue adiante, pois tempo virá em que eu te diga coisas que te espantem no mesmo grau que te magoem.

Reparou Dorotea nas razões de Cardenio e em seu estranho e desastrado traje, e lhe rogou que, se alguma coisa sabia do seu negócio, lho dissesse logo, pois se alguma coisa a fortuna lhe deixara bom era o ânimo para sofrer qualquer desastre, certa de que, a seu parecer, nenhum podia ser tal que acrescentasse um ponto o que já padecia.

— Não o poria a perder, senhora — respondeu Cardenio —, em dizer-te o que penso, se for verdade o que imagino; mas por ora não se deu azo, nem nada te importa sabê-lo.

— Seja o que for — respondeu Dorotea —, o que no meu conto sucede é que D. Fernando apanhou uma imagem que naquele aposento havia e a pôs por testemunha do nosso desposório; com palavras eficacíssimas e juramentos extraordinários, me deu a palavra de ser meu marido, por mais que, an-

---

fuerzas, ni han de tener valor tus riquezas, ni tus palabras han de poder engañarme, ni tus suspiros y lágrimas enternecerme. Si alguna de todas estas cosas que he dicho viera yo en el que mis padres me dieran por esposo, a su voluntad se ajustara la mía, y mi voluntad de la suya no saliera; de modo que, como quedara con honra, aunque quedara sin gusto, de grado le entregara lo que tú, señor, ahora con tanta fuerza procuras. Todo esto he dicho porque no es pensar que de mí alcance cosa alguna el que no fuere mi ligítimo esposo". "Si no reparas más que en eso, bellíssima Dorotea (que este es el nombre desta desdichada)", dijo el desleal caballero, "ves aquí te doy la mano de serlo tuyo, y sean testigos desta verdad los cielos, a quien ninguna cosa se asconde, y esta imagen de Nuestra Señora que aquí tienes."

Cuando Cardenio le oyó decir que se llamaba Dorotea, tornó de nuevo a sus sobresaltos y acabó de confirmar por verdadera su primera opinión, pero no quiso interromper el cuento, por ver en qué venía a parar lo que él ya casi sabía; solo dijo:

— ¿Que Dorotea es tu nombre, señora? Otra he oído yo decir del mesmo, que quizá corre parejas con tus desdichas. Pasa adelante, que tiempo vendrá en que te diga cosas que te espanten en el mesmo grado que te lastimen.

Reparó Dorotea en las razones de Cardenio y en su estraño y desastrado traje, y rogóle que si alguna cosa de su hacienda sabía, se la dijese luego, porque si algo le había dejado bueno la fortuna era el ánimo que tenía para sufrir cualquier desastre que le sobreviniese, segura de que a su parecer ninguno podía llegar que el que tenía acrecentase un punto.

tes que as acabasse de dizer, eu lhe dissesse que visse bem o que fazia e considerasse a sanha que seu pai havia de ter ao vê-lo casado com uma vilã, sua vassala; que o não cegasse a minha formosura, tal qual era, pois não era bastante para desculpar seu erro, e que, se algum bem me queria fazer, pelo amor que por mim tinha, deixasse correr a minha sorte igual ao que a minha qualidade podia, pois nunca tão desiguais casamentos se desfrutam nem duram muito no gosto em que começam. Todas essas razões que aqui tenho dito eu lhe disse, e outras muitas que não lembro, mas não bastaram para arredá-lo do seu intento, tal qual o trapaceiro que, ao preparar sua barataria, não repara em fazer dívidas, já pensando em não pagá-las. Eu então fiz um breve discurso lá comigo, dizendo a mim mesma: "De feito, não serei eu a primeira que por via de matrimônio suba de humilde a grande estado, nem será D. Fernando o primeiro a quem formosura, ou cega afeição, o que é mais certo, tenha feito tomar companhia desigual à sua grandeza. Portanto, se não faço mundo nem uso novo, bem é acudir a esta honra que a sorte me oferece, ainda que não lhe dure a vontade que me mostra mais além do cumprimento do seu desejo; pois, afinal, para Deus serei sua esposa. E se eu tentar despedi-lo com desdéns, bem vejo na sua disposição que, não usando do decoro, usará da força, vindo eu a ficar desonrada e sem desculpa da culpa que me poderá dar quem não souber quão sem ela vim a este ponto: pois que razões serão bastantes para persuadir meus pais, e os outros, de que este cavaleiro entrou nos meus aposentos sem o meu consentimento?". Todas essas demandas e respostas eu revolvi num instante na imaginação; e sobretudo começaram a me forçar e inclinar para o que foi, sem que eu o pensasse, a minha perdição, as juras de D. Fernando, as testemunhas que invocava, as lágrimas que derramava e, finalmente, sua disposição e gentileza, que, acom-

---

— No le perdiera yo, señora — respondió Cardenio —, en decirte lo que pienso, si fuera verdad lo que imagino; y hasta ahora no se pierde coyuntura, ni a ti te importa nada el saberlo.

— Sea lo que fuere — respondió Dorotea —, lo que en mi cuento pasa fue que tomando don Fernando una imagen que en aquel aposento estaba la puso por testigo de nuestro desposorio; con palabras eficacísimas y juramentos estraordinarios me dio la palabra de ser mi marido, puesto que antes que acabase de decirlas le dije que mirase bien lo que hacía y que considerase el enojo que su padre había de recebir de verle casado con una villana, vasalla suya; que no le cegase mi hermosura, tal cual era, pues no era bastante para hallar en ella disculpa de su yerro, y que si algún bien me quería hacer, por el amor que me tenía, fuese dejar correr mi suerte a lo igual de lo que mi calidad podía, porque nunca los tan desiguales casamientos se gozan ni duran mucho en aquel gusto con que se comienzan. Todas estas razones que aquí he dicho le dije, y otras muchas de que no me acuerdo, pero no fueron parte para que él dejase de seguir su intento, bien ansí como el que no piensa pagar, que al concertar de la barata no repara en inconvenientes. Yo a esta sazón hice un breve discurso conmigo, y me dije a mí misma: "Sí, que no seré yo la primera que por vía de matrimonio haya subido de humilde a grande estado, ni será don Fernando el primero a quien hermosura, o ciega afición, que es lo más cierto, haya hecho tomar compañía desigual a su grandeza. Pues si no hago ni mundo ni uso nuevo, bien es acudir a esta honra que la suerte me ofrece, puesto que en este no dure más la voluntad que me muestra de cuanto dure el cumplimiento de su deseo; que, en fin, para con Dios seré su esposa. Y si quiero con desdenes despedille, en término le veo que, no usando el que debe, usará el de la fuerza, y vendré a quedar deshonrada y sin disculpa de la culpa que me podrá dar el que no

panhada de tantas mostras de verdadeiro amor, poderiam render qualquer tão livre e recatado coração como o meu. Chamei a minha criada, para que na terra acompanhasse as testemunhas do céu; tornou D. Fernando a reiterar e confirmar suas juras; acrescentou aos primeiros novos santos por testemunhas; lançou-se mil futuras maldições se não cumprisse o que me prometia; voltou a umedecer seus olhos e a multiplicar seus suspiros; apertou-me mais entre seus braços, os quais em nenhum momento me haviam soltado; com isto, e voltando a sair do aposento a donzela que me servia, deixei eu de sê-lo e acabou ele de ser traidor e fementido. O dia que se seguiu à noite da minha desgraça chegou não tão depressa como eu penso que D. Fernando desejava, porque, depois de cumprir aquilo que o apetite pede, o maior gosto que se pode seguir é afastar-se donde este se alcançou. Digo isto porque D. Fernando se deu pressa por se apartar de mim e, por indústria da minha aia, que era a mesma que ali o levara, antes do amanhecer se viu na rua. E ao se despedir de mim, se bem não com tanto afinco e veemência como de primeiro, me disse que tivesse certeza de sua fé e de serem firmes e verdadeiras as suas juras; e para maior confirmação da sua palavra tirou um rico anel do dedo e o colocou no meu. Com efeito, ele se foi, e eu fiquei nem sei se triste ou alegre; isto sei bem dizer: que fiquei confusa e pensativa e quase fora de mim com o novo acontecimento, e não tive ânimo, ou disso não me lembrei, para repreender minha aia pela traição de pôr D. Fernando no meu próprio aposento, pois ainda não me determinava se era bom ou ruim o que me ocorrera. Disse a D. Fernando, na sua partida, que pelo mesmo caminho daquela podia ver-me outras noites, pois eu já era sua, até que, quando ele quisesse, o fato se publicasse. Mas não veio noutra noite alguma além da seguinte, nem eu pude vê-lo na rua nem na igreja em mais de um mês, e em vão cansei de o

---

supiere cuán sin ella he venido a este punto: porque ¿qué razones serán bastantes para persuadir a mis padres, y a otros, que este caballero entró en mi aposento sin consentimiento mío?". Todas estas demandas y respuestas revolví yo en un instante en la imaginación; y sobre todo, me comenzaron a hacer fuerza y a inclinarme a lo que fue, sin yo pensarlo, mi perdición, los juramentos de don Fernando, los testigos que ponía, las lágrimas que derramaba y, finalmente, su dispusición y gentileza, que, acompañada con tantas muestras de verdadero amor, pudieran rendir a otro tan libre y recatado corazón como el mío. Llamé a mi criada, para que en la tierra acompañase a los testigos del cielo; tornó don Fernando a reiterar y confirmar sus juramentos; añadió a los primeros nuevos santos por testigos; echóse mil futuras maldiciones si no cumpliese lo que me prometía; volvió a humedecer sus ojos y a acrecentar sus suspiros; apretóme más entre sus brazos, de los cuales jamás me había dejado; y con esto, y con volverse a salir del aposento mi doncella, yo dejé de serlo y él acabó de ser traidor y fementido. El día que sucedió a la noche de mi desgracia se venía aún no tan apriesa como yo pienso que don Fernando deseaba, porque, después de cumplido aquello que el apetito pide, el mayor gusto que puede venir es apartarse de donde le alcanzaron. Digo esto porque don Fernando dio priesa por partirse de mí, y por industria de mi doncella, que era la misma que allí le había traído, antes que amaneciese se vio en la calle. Y al despedirse de mí, aunque no con tanto ahínco y vehemencia como cuando vino, me dijo que estuviese segura de su fe y de ser firmes y verdaderos sus juramentos; y para más confirmación de su palabra, sacó un rico anillo del dedo y lo puso en el mío. En efecto, él se fue, y yo quedé ni sé si triste o alegre; esto sé bien decir: que quedé confusa y pensativa y casi fuera de mí con el nuevo acaecimiento, y no tuve ánimo, o no se me acordó, de reñir a mi doncella por la traición cometida

solicitar, sabendo que estava na vila e que os mais dias ia caçar, exercício de que ele era muito aficionado. Esses dias e essas horas bem sei que para mim foram aziagos e minguadas, e bem sei que neles comecei a duvidar, e até a descrer, da fé de D. Fernando; e sei também que minha aia ouviu então as palavras que em repreensão por seu atrevimento antes não ouvira; e sei que me foi forçoso ter tento das minhas lágrimas e da compostura do meu rosto, para não dar ocasião a meus pais de perguntarem do que andava descontente e me obrigarem a buscar mentiras para lhes dizer. Mas tudo isto se acabou num momento, em chegando aquele em que se atropelaram conveniências e se acabaram os honrados discursos, e onde se perdeu a paciência e eu trouxe à luz os meus secretos pensamentos. E isto foi porque, dali a poucos dias, comentou-se no lugar que numa cidade dali perto se casara D. Fernando com uma donzela formosíssima ao extremo e de principalíssimos pais, se bem não tão rica que pelo dote pudesse aspirar a tão nobre casamento. Comentou-se que se chamava Luscinda, com outras coisas que em seu desposório aconteceram, dignas de admiração.

Ouviu Cardenio o nome de Luscinda, e não fez mais que encolher os ombros, morder os lábios, arquear as sobrancelhas e dali a pouco deixar rolar por seus olhos duas fontes de lágrimas. Mas nem por isso deixou Dorotea de prosseguir o seu conto, dizendo:

— Chegou essa triste nova aos meus ouvidos e, em vez de gelar-me o coração, foi tanta a cólera e a raiva que nele acendeu que por pouco não saí pelas ruas dando vozes, publicando a aleivosia e a traição que me fizera. Mas logo se aplacou essa fúria ao pensar que naquela mesma noite eu poria por obra o que pus, que foi vestir-me neste hábito, que me deu um dos que chamam "zagais" na casa dos lavradores, que era criado de meu pai, ao qual

---

de encerrar a don Fernando en mí mismo aposento, porque aún no me determinaba si era bien o mal el que me había sucedido. Díjele, al partir, a don Fernando que por el mesmo camino de aquella podía verme otras noches, pues ya era suya, hasta que, cuando él quisiese, aquel hecho se publicase. Pero no vino otra alguna, si no fue la siguiente, ni yo pude verle en la calle ni en la iglesia en más de un mes, que en vano me cansé en solicitallo, puesto que supe que estaba en la villa y que los más días iba a caza, ejercicio de que él era muy aficionado. Estos días y estas horas bien sé yo que para mí fueron aciagos y menguadas, y bien sé que comencé a dudar en ellos, y aun a descreer, de la fe de don Fernando; y sé también que mi doncella oyó entonces las palabras que en reprehensión de su atrevimiento antes no había oído; y sé que me fue forzoso tener cuenta con mis lágrimas y con la compostura de mi rostro, por no dar ocasión a que mis padres me preguntasen que de qué andaba descontenta y me obligasen a buscar mentiras que decilles. Pero todo esto se acabó en un punto, llegándose uno donde se atropellaron respectos y se acabaron los honrados discursos, y adonde se perdió la paciencia y salieron a plaza mis secretos pensamientos. Y esto fue porque de allí a pocos días se dijo en el lugar cómo en una ciudad allí cerca se había casado don Fernando con una doncella hermosísima en todo estremo y de muy principales padres, aunque no tan rica, que por la dote pudiera aspirar a tan noble casamiento. Díjose que se llamaba Luscinda, con otras cosas que en sus desposorios sucedieron, dignas de admiración.

Oyó Cardenio el nombre de Luscinda, y no hizo otra cosa que encoger los hombros, morderse los labios, enarcar las cejas y dejar de allí a poco caer por sus ojos dos fuentes de lágrimas. Mas no por esto dejó Dorotea de seguir su cuento, diciendo:

revelei toda a minha desventura, e lhe roguei que me acompanhasse até a cidade onde entendi que o meu inimigo estava. Ele, depois de ter repreendido o meu atrevimento e censurado a minha determinação, vendo-me determinada no meu parecer, se ofereceu para me acompanhar, como ele disse, até o cabo do mundo. No mesmo instante entrouxei numa fronha de lenço um vestido de mulher e algumas joias e algum dinheiro, para o que viesse, e na calada daquela noite, sem dar conta à minha traidora aia, deixei a minha casa, acompanhada do meu criado e de muitas imaginações, e pus-me a caminho da cidade a pé, dando-me asas o desejo de chegar, se não para atalhar o que eu dava por feito, ao menos para dizer a D. Fernando que me dissesse com que alma o tinha feito. Cheguei em dois dias e meio aonde queria e, em entrando na cidade, perguntei pela casa dos pais de Luscinda, e o primeiro a quem fiz a pergunta me respondeu mais do que eu quisera ouvir. Disse-me onde era a casa, e tudo o que havia acontecido no desposório de sua filha, coisa tão pública na cidade que por toda ela se formavam rodas para contá-la. Disse-me que na noite em que D. Fernando desposou Luscinda, depois de ter ela dado o "sim" de ser sua esposa, a tomara um rijo desmaio, e que, chegando seu esposo a desabotoar-lhe o peito para que pudesse tomar ar, achou-lhe um papel escrito com a mesma letra de Luscinda, onde dizia e declarava que não podia ser esposa de D. Fernando, porque já o era de Cardenio, que, segundo o homem me disse, era um cavaleiro mui principal da mesma cidade; e que, se dera o "sim" a D. Fernando, fora por não faltar à obediência de seus pais. Enfim, tais razões continha o papel, disse, que dava a entender que ela tinha intenção de se matar em acabando de se desposar, e dava ali as razões pelas quais se tirara a vida; sendo tudo isto confirmado por uma adaga que acharam em não sei que parte de suas roupas. Ao ver tudo

---

— Llegó esta triste nueva a mis oídos, y, en lugar de helárseme el corazón en oílla, fue tanta la cólera y rabia que se encendió en él, que faltó poco para no salirme por las calles dando voces, publicando la alevosía y traición que se me había hecho. Mas templóse esta furia por entonces con pensar de poner aquella mesma noche por obra lo que puse, que fue ponerme en este hábito, que me dio uno de los que llaman "zagales" en casa de los labradores, que era criado de mi padre, al cual descubrí toda mi desventura, y le rogué me acompañase hasta la ciudad donde entendí que mi enemigo estaba. Él, después que hubo reprehendido mi atrevimiento y afeado mi determinación, viéndome resuelta en mi parecer se ofreció a tenerme compañía, como él dijo, hasta el cabo del mundo. Luego al momento encerré en una almohada de lienzo un vestido de mujer y algunas joyas y dineros, por lo que podía suceder, y en el silencio de aquella noche, sin dar cuenta a mi traidora doncella, salí de mi casa, acompañada de mi criado y de muchas imaginaciones, y me puse en camino de la ciudad a pie, llevada en vuelo del deseo de llegar, ya que no a estorbar lo que tenía por hecho, a lo menos a decir a don Fernando me dijese con qué alma lo había hecho. Llegué en dos días y medio donde quería, y en entrando por la ciudad pregunté por la casa de los padres de Luscinda, y al primero a quien hice la pregunta me respondió más de lo que yo quisiera oír. Díjome la casa, y todo lo que había sucedido en el desposorio de su hija, cosa tan pública en la ciudad, que se hacían corrillos para contarla por toda ella. Díjome que la noche que don Fernando se desposó con Luscinda, después de haber ella dado el sí de ser su esposa, le había tomado un recio desmayo, y que llegando su esposo a desabrocharle el pecho para que le diese el aire le halló un papel escrito de la misma letra de Luscinda, en que decía y declaraba que ella no podía ser esposa de don Fernando, porque lo era de Cardenio, que, a lo que el hombre me dijo, era

isto D. Fernando, parecendo-lhe que Luscinda o burlara e escarnecera e menoscabara, arremeteu contra ela antes que do seu desmaio acordasse, e com a mesma adaga que lhe acharam quis ele apunhalá-la, e o teria feito se os pais dela e os demais presentes não lho atalhassem. Disseram mais: que logo se ausentou D. Fernando, e que Luscinda não voltara do seu paroxismo até o dia seguinte, que então contara aos pais como ela era verdadeira esposa daquele Cardenio que tenho dito. Soube mais: que o tal Cardenio, segundo diziam, presenciou o desposório, e que, em vendo-a desposada, coisa que ele jamais pensara, deixou a cidade desesperado, deixando-lhe antes escrita uma carta onde dava a entender o agravo que Luscinda lhe havia feito, e que ele se ia aonde as gentes não o vissem. Isso tudo era público e notório em toda a cidade, e todos o falavam, e mais falaram quando souberam que Luscinda desaparecera da casa de seus pais, e da cidade, pois não a acharam em toda ela, pelo qual perdiam o juízo seus pais e não sabiam que diligências fazer para encontrá-la. Isto que eu soube reanimou as minhas esperanças, e tive por melhor não ter achado D. Fernando que achá-lo casado, parecendo-me que ainda não estavam de todo fechadas as portas para o meu remédio, entendendo que o céu pusera aquele empecilho ao segundo matrimônio para dar a conhecer ao esposo o que pelo primeiro devia e para que tomasse tento de que era cristão e de que estava mais obrigado à sua alma que aos respeitos humanos. Todas essas coisas revolvia em minha fantasia, e me consolava sem ter consolação, inventando remotas e fracas esperanças, para entreter a vida que já detesto. Estando pois na cidade sem saber o que fazer de mim, pois D. Fernando não achava, chegou aos meus ouvidos um pregão público, onde se prometia grande achádego a quem me achasse, dando por sinais a minha idade e o mesmo traje que eu vestia; e ouvi dizer que se dizia que eu

---

un caballero muy principal de la mesma ciudad; y que si había dado el sí a don Fernando, fue por no salir de la obediencia de sus padres. En resolución, tales razones dijo que contenía el papel, que daba a entender que ella había tenido intención de matarse en acabándose de desposar, y daba allí las razones por que se había quitado la vida; todo lo cual dicen que confirmó una daga que le hallaron no sé en qué parte de sus vestidos. Todo lo cual visto por don Fernando, pareciéndole que Luscinda le había burlado y escarnecido y tenido en poco, arremetió a ella antes que de su desmayo volviese, y con la misma daga que le hallaron la quiso dar de puñaladas, y lo hiciera si sus padres y los que se hallaron presentes no se lo estorbaran. Dijeron más: que luego se ausentó don Fernando, y que Luscinda no había vuelto de su parasismo hasta otro día, que contó a sus padres como ella era verdadera esposa de aquel Cardenio que he dicho. Supe más: que el Cardenio, según decían, se halló presente a los desposorios, y que en viéndola desposada, lo cual él jamás pensó, se salió de la ciudad desesperado, dejándole primero escrita una carta, donde daba a entender el agravio que Luscinda le había hecho, y de cómo él se iba adonde gentes no le viesen. Esto todo era público y notorio en toda la ciudad, y todos hablaban dello, y más hablaron cuando supieron que Luscinda había faltado de casa de sus padres, y de la ciudad, pues no la hallaron en toda ella, de que perdían el juicio sus padres y no sabían qué medio se tomar para hallarla. Esto que supe puso en bando mis esperanzas, y tuve por mejor no haber hallado a don Fernando que no hallarle casado, pareciéndome que aún no estaba del todo cerrada la puerta a mi remedio, dándome yo a entender que podría ser que el cielo hubiese puesto aquel impedimento en el segundo matrimonio por atraerle a conocer lo que al primero debía y a caer en la cuenta de que era cristiano y que estaba más obligado a su alma que a los respetos humanos. Todas estas cosas revolvía

fora tirada da casa de meus pais pelo moço que comigo vinha, coisa que me calou na alma, por ver quão minguado andava o meu crédito, pois, não bastando arruiná-lo com a minha fuga, se acrescentava com quem havia sido, sendo um sujeito tão baixo e tão indigno dos meus bons pensamentos. No ponto em que ouvi o pregão, deixei a cidade com meu criado, que já começava a dar mostras de vacilar na fé que de fidelidade tinha a mim prometida, e aquela noite entramos pela espessura desta montanha, com medo de sermos achados. Mas, como se diz, um mal chama o outro e o fim de uma desgraça sói ser o princípio de outra maior, e assim me aconteceu, pois meu bom criado, até então fiel e constante, assim como me viu nesta solidão, incitado por sua própria velhacaria antes que por minha formosura, tentou aproveitar-se da ocasião que a seu parecer estes ermos lhe ofereciam e, com pouca vergonha e menos temor de Deus nem respeito por mim, solicitou o meu amor; e vendo que eu com duras e justas palavras respondia à desvergonha dos seus propósitos, pôs de parte os rogos, que de primeiro pensou aproveitarem, e começou a usar de força. Mas o justo céu, que poucas ou nenhumas vezes deixa de olhar e favorecer as justas intenções, favoreceu as minhas de maneira que com minhas poucas forças e com pouco trabalho dei com ele por um despenhadeiro, onde o deixei, nem sei se morto ou se vivo; e depois, com mais ligeireza que a que meu sobressalto e meu cansaço pediam, entrei por estas montanhas, sem outro pensamento nem desígnio que nelas me esconder e fugir do meu pai e daqueles que da parte dele estavam à minha procura. Com tal desejo não sei quantos meses há que entrei nelas, onde achei um pastor que me levou por seu criado a um lugar que fica nas entranhas desta serra, ao qual servi como zagal todo este tempo, procurando estar sempre no campo para encobrir estes cabelos que agora tão sem pensá-lo me

---

en mi fantasía, y me consolaba sin tener consuelo, fingiendo unas esperanzas largas y desmayadas, para entretener la vida que ya aborrezco. Estando, pues, en la ciudad sin saber qué hacerme, pues a don Fernando no hallaba, llegó a mis oídos un público pregón, donde se prometía grande hallazgo a quien me hallase, dando las señas de la edad y del mesmo traje que traía; y oí decir que se decía que me había sacado de casa de mis padres el mozo que conmigo vino, cosa que me llegó al alma, por ver cuán de caída andaba mi crédito, pues no bastaba perderle con mi venida, sino añadir el con quién, siendo subjeto tan bajo y tan indigno de mis buenos pensamientos. Al punto que oí el pregón, me salí de la ciudad con mi criado, que ya comenzaba a dar muestras de titubear en la fe que de fidelidad me tenía prometida, y aquella noche nos entramos por lo espeso desta montaña, con el miedo de no ser hallados. Pero como suele decirse que un mal llama a otro y que el fin de una desgracia suele ser principio de otra mayor, así me sucedió a mí, porque mi buen criado, hasta entonces fiel y seguro, así como me vio en esta soledad, incitado de su mesma bellaquería antes que de mi hermosura, quiso aprovecharse de la ocasión que a su parecer estos yermos le ofrecían, y, con poca vergüenza y menos temor de Dios ni respeto mío, me requirió de amores; y viendo que yo con feas y justas palabras respondía a las desvergüenzas de sus propósitos, dejó aparte los ruegos, de quien primero pensó aprovecharse, y comenzó a usar de la fuerza. Pero el justo cielo, que pocas o ningunas veces deja de mirar y favorecer a las justas intenciones, favoreció las mías, de manera que con mis pocas fuerzas y con poco trabajo di con él por un derrumbadero, donde le dejé, ni sé si muerto o si vivo; y luego, con más ligereza que mi sobresalto y cansancio pedían, me entré por estas montañas, sin llevar otro pensamiento ni otro disignio que esconderme en ellas y huir de mi padre y de aquellos que de su parte me andaban buscando. Con este

descobriram. Mas toda minha indústria e toda minha solicitude foi e tem sido de nenhum proveito, pois o meu amo conheceu que eu não era varão, e nasceu nele o mesmo mau pensamento que no meu criado; e como nem sempre a fortuna com os trabalhos dá os remédios, não achei despenhadeiro nem barranco donde despenhar e despachar o amo, como achei para o criado, e assim tive por menor inconveniente deixá-lo e esconder-me de novo entre estas asperezas que medir com ele minhas forças ou minhas desculpas. Digo, pois, que tornei a me emboscar, e a buscar onde sem impedimento algum pudesse com suspiros e lágrimas rogar ao céu que se doa da minha desventura e me dê indústria e favor para sair dela, ou para deixar a vida entre estas solidões, sem que reste memória desta triste, que tão sem culpa terá dado matéria para que dela se fale e murmure na sua e em alheias terras.

Notas

[1] ... rastelado, torcido e fusado fio: a alegoria segue os passos da elaboração do fio de linho.

[2] Estado: no sentido, que se repetirá outras vezes, de posses, propriedades ou título nobiliárquico.

[3] Raça malsonante: os lavradores de Castela costumavam vangloriar-se de pertencer a uma "raça limpa", à diferença da nobreza e dos fidalgos, que eles consideravam de "estirpe impura".

[4] Coberta e recatada: era habitual as mulheres saírem à rua com a cabeça e o rosto cobertos. As assim chamadas *tapadas* são figuras muito frequentes na literatura e na vida da época.

[5] sejam testemunhas desta verdade os céus [...] e esta imagem de Nossa Senhora: uma das fórmulas do matrimônio secreto, celebrado de palavra, mediante juramento. Proibido pelo Concílio de Trento, continuou a ser praticado depois que as normas tridentinas entraram em vigor. É elemento recorrente nas tramas do teatro e da narrativa do século XVII.

---

deseo ha no sé cuántos meses que entré en ellas, donde hallé un ganadero que me llevó por su criado a un lugar que está en las entrañas desta sierra, al cual he servido de zagal todo este tiempo, procurando estar siempre en el campo por encubrir estos cabellos que ahora tan sin pensarlo me han descubierto. Pero toda mi industria y toda mi solicitud fue y ha sido de ningún provecho, pues mi amo vino en conocimiento de que yo no era varón, y nació en él el mesmo mal pensamiento que en mi criado; y como no siempre la fortuna con los trabajos da los remedios, no hallé derrumbadero ni barranco de donde despeñar y despenar al amo, como le hallé para el criado, y así tuve por menor inconveniente dejalle y asconderme de nuevo entre estas asperezas que probar con él mis fuerzas o mis disculpas. Digo, pues, que me torné a emboscar, y a buscar donde sin impedimento alguno pudiese con suspiros y lágrimas rogar al cielo se duela de mi desventura y me dé industria y favor para salir della, o para dejar la vida entre estas soledades, sin que quede memoria desta triste, que tan sin culpa suya habrá dado materia para que de ella se hable y murmure en la suya y en las ajenas tierras.

CAPÍTULO XXIX

Que trata da discrição da formosa Dorotea,
mais outras coisas de muito gosto e passatempo

— Esta é, senhores, a verdadeira história da minha tragédia: cuidai e julgai agora se os suspiros que escutastes, as palavras que ouvistes e as lágrimas que dos meus olhos saíam não tinham ocasião bastante para se mostrar em maior abundância; e considerada a qualidade da minha desgraça, vereis que há de ser vã a consolação, pois é impossível o remédio dela. Somente vos rogo, o que com facilidade podereis e deveis fazer, que me aconselheis onde poderei passar a vida sem que me consuma o temor e o sobressalto que tenho de ser achada por aqueles que me procuram; pois, se bem sei que o muito amor que meus pais me têm me assegura que serei por eles bem recebida, é tanta a vergonha que me toma só de pensar que não como eles pensavam hei de aparecer ante a sua presença, que tenho por melhor desterrar-me para sempre de ser vista que lhes ver no rosto refletido o pensamento de ser o meu alheio à honestidade que de mim deviam de ter por prometida.

Em dizendo isto, se calou, e seu rosto foi tomado de uma cor que mostrou às claras o sentimento e o pejo da sua alma. Na sua própria sentiram aqueles que a escutaram tanto dó quanto admiração por sua desgraça; e se bem o padre quisesse logo consolá-la e aconselhá-la, tomou-lhe a vez Cardenio, dizendo:

CAPÍTULO XXIX

Que trata de la discreción de la hermosa Dorotea,
con otras cosas de mucho gusto y pasatiempo

— Esta es, señores, la verdadera historia de mi tragedia: mirad y juzgad ahora si los suspiros que escuchastes, las palabras que oístes y las lágrimas que de mis ojos salían tenían ocasión bastante para mostrarse en mayor abundancia; y considerada la calidad de mi desgracia, veréis que será en vano el consuelo, pues es imposible el remedio della. Solo os ruego, lo que con facilidad podréis y debéis hacer, que me aconsejéis dónde podré pasar la vida sin que me acabe el temor y sobresalto que tengo de ser hallada de los que me buscan; que aunque sé que el mucho amor que mis padres me tienen me asegura que seré dellos bien recebida, es tanta la vergüenza que me ocupa solo el pensar que no como ellos pensaban tengo de parecer a su presencia, que tengo por mejor desterrarme para siempre de ser vista que no verles el rostro con pensamiento que ellos miran el mío ajeno de la honestidad que de mí se debían de tener prometida.

Calló en diciendo esto, y el rostro se le cubrió de un color que mostró bien claro el sentimiento y vergüen-

— Então, senhora, tu és a formosa Dorotea, a filha única do rico Clenardo.

Muito se admirou Dorotea quando ouviu o nome de seu pai, e de ver quão baixo era quem a nomeava, pois já se disse de que má guisa Cardenio estava vestido, e assim lhe disse:

— E quem sois vós, irmão, que assim sabeis o nome de meu pai? Porque eu, até agora, se mal não me lembro, em todo o discorrer do conto da minha desdita o não nomeei.

— Sou — respondeu Cardenio — aquele sem-ventura que, segundo vós, senhora, dissestes, Luscinda disse ser seu esposo. Sou o desditoso Cardenio, a quem a má tenção daquele que vos pôs no termo que estais me levou a ficar qual me vedes, roto, nu, falto de todo humano consolo e, o que é pior de tudo, falto de juízo, pois o não tenho senão quando o céu resolve mo dar por algum breve espaço. Eu, Dorotea, sou aquele que presenciou as sem-razões de D. Fernando até ouvir o "sim" que de ser sua esposa pronunciou Luscinda. Eu sou o que não teve ânimo para ver o desfecho do seu desmaio, nem o resultado do bilhete que lhe foi achado no peito, porque não teve minha alma resignação para ver tantas desventuras juntas; e assim saí da casa e do meu siso, deixando uma carta ao hospedeiro meu, a quem roguei que em mãos de Luscinda a pusesse, e vim para estas solidões, com a intenção de nelas acabar a vida, que desde aquele momento detestei, como mortal inimiga minha. Mas não quis a sorte tirar-ma, contentando-se em me tirar o juízo, talvez por me guardar para a boa ventura que tive em vos achar; pois sendo verdade, como creio que é, o que aqui contastes, ainda poderia ser que a nós ambos tivesse o céu reservado melhor sucesso em nossos desastres que o que pensávamos. Pois, pressuposto que Luscinda não se pode casar com D. Fer-

---

za del alma. En las suyas sintieron los que escuchado la habían tanta lástima como admiración de su desgracia; y aunque luego quisiera el cura consolarla y aconsejarla, tomó primero la mano Cardenio, diciendo:

— En fin, señora, que tú eres la hermosa Dorotea, la hija única del rico Clenardo.

Admirada quedó Dorotea cuando oyó el nombre de su padre, y de ver cuán de poco era el que le nombraba, porque ya se ha dicho de la mala manera que Cardenio estaba vestido, y así, le dijo:

— ¿Y quién sois vos, hermano, que así sabéis el nombre de mi padre? Porque yo, hasta ahora, si mal no me acuerdo, en todo el discurso del cuento de mi desdicha no le he nombrado.

— Soy — respondió Cardenio — aquel sin ventura que, según vos, señora, habéis dicho, Luscinda dijo que era su esposo. Soy el desdichado Cardenio, a quien el mal término de aquel que a vos os ha puesto en el que estáis me ha traído a que me veáis cual me veis, roto, desnudo, falto de todo humano consuelo y, lo que es peor de todo, falto de juicio, pues no le tengo sino cuando al cielo se le antoja dármele por algún breve espacio. Yo, Dorotea, soy el que me hallé presente a las sinrazones de don Fernando, y el que aguardó oír el sí de ser su esposa pronunció Luscinda. Yo soy el que no tuvo ánimo para ver en qué paraba su desmayo, ni lo que resultaba del papel que le fue hallado en el pecho, porque no tuvo el alma sufrimiento para ver tantas desventuras juntas; y así, dejé la casa y la paciencia, y una carta que dejé a un huésped mío, a quien rogué que en manos de Luscinda la pusiese, y víneme a estas soledades, con intención de acabar en ellas la vida, que desde aquel punto aborrecí, como mortal enemiga mía. Mas no ha querido la suerte quitármela, contentándose con quitarme el juicio, quizá por guardarme para la buena ventura que he tenido en hallaros; pues siendo verdad, como creo que lo es, lo que aquí habéis

nando, por ser minha, nem D. Fernando com ela, por ser vosso, e que ela tão manifestamente o declarou, bem podemos esperar que o céu nos restitua o que é nosso, pois ainda tem validade e não foi anulado nem alheado. E como tal consolo temos, nascido não de remota esperança nem fundado em desvairadas imaginações, eu vos suplico, senhora, que tomeis outra resolução nos vossos honrados pensamentos, pois eu penso em tomá-la nos meus, acomodando-os a esperar melhor fortuna; pois vos juro pela fé de cavaleiro e de cristão não vos desamparar enquanto vos não vir em poder de D. Fernando, e, se com razões o não puder levar a reconhecer o que vos deve, usar da liberdade que me concede o ser cavaleiro e poder com justo título desafiá-lo, em razão da desrazão que vos faz, esquecendo os meus agravos, cuja vingança deixarei aos céus, por acudir na terra aos vossos.

Com o que Cardenio disse, acabou de se admirar Dorotea e, por não saber que graças dar a tão grandes oferecimentos, fez menção de lhe beijar os pés; mas não o consentiu Cardenio, e o licenciado respondeu por ambos e aprovou o bom discurso de Cardenio e, sobretudo, os instou, aconselhou e persuadiu a irem com ele até sua aldeia, onde se poderiam prover das coisas que lhes faltavam, e que ali se veria o modo de procurar D. Fernando ou levar Dorotea a seus pais ou fazer o que mais lhes parecesse conveniente. Cardenio e Dorotea lhe agradeceram e aceitaram a mercê que se lhes oferecia. O barbeiro, que a tudo estivera suspenso e calado, também deitou seu verbo e se ofereceu com não menos vontade que o padre para tudo aquilo que fosse bom para os servir.

Contou também com brevidade a causa que ali os levara, com a estranheza da loucura de D. Quixote, e como aguardavam seu escudeiro, que o fora procurar. Veio à memória a Cardenio, como por sonhos, a briga que com

---

contado, aún podría ser que a entrambos nos tuviese el cielo guardado mejor suceso en nuestros desastres que nosotros pensamos. Porque, presupuesto que Luscinda no puede casarse con don Fernando, por ser mía, ni don Fernando con ella, por ser vuestro, y haberlo ella tan manifiestamente declarado, bien podemos esperar que el cielo nos restituya lo que es nuestro, pues está todavía en ser y no se ha enajenado ni deshecho. Y pues este consuelo tenemos, nacido no de muy remota esperanza, ni fundado en desvariadas imaginaciones, suplícoos, señora, que toméis otra resolución en vuestros honrados pensamientos, pues yo la pienso tomar en los míos, acomodándoos a esperar mejor fortuna; que yo os juro por la fe de caballero y de cristiano de no desampararos hasta veros en poder de don Fernando, y que cuando con razones no le pudiere atraer a que conozca lo que os debe, de usar entonces la libertad que me concede el ser caballero y poder con justo título desafialle, en razón de la sinrazón que os hace, sin acordarme de mis agravios, cuya venganza dejaré al cielo, por acudir en la tierra a los vuestros.

Con lo que Cardenio dijo, se acabó de admirar Dorotea, y, por no saber qué gracias volver a tan grandes ofrecimientos, quiso tomarle los pies para besárselos; mas no lo consintió Cardenio, y el licenciado respondió por entrambos y aprobó el buen discurso de Cardenio y, sobre todo, les rogó, aconsejó y persuadió que se fuesen con él a su aldea, donde se podrían reparar de las cosas que les faltaban, y que allí se daría orden como buscar a don Fernando o como llevar a Dorotea a sus padres o hacer lo que más les pareciese conveniente. Cardenio y Dorotea se lo agradecieron, y acetaron la merced que se les ofrecía. El barbero, que a todo había estado suspenso y callado, hizo también su buena plática y se ofreció con no menos voluntad que el cura a todo aquello que fuese bueno para servirles.

D. Quixote tivera, e contou-a aos demais, mas não soube dizer qual fora a causa da questão.

Nisto ouviram vozes e conheceram que quem as dava era Sancho Pança, que, por não achá-los no lugar onde os deixara, os chamava a altas vozes. Foram ao seu encontro e, perguntando-lhe por D. Quixote, lhes contou que o achara em camisa, magro, amarelo e morto de fome, e suspirando por sua senhora Dulcineia; e que, se bem lhe tivesse dito que ela o mandava sair daquele lugar e ir a El Toboso, onde o estava esperando, ele lhe respondera que estava determinado a non parecer perante a sua fermosura até que houvesse feito façanhas que o fizessem digno da sua graça; e que, se aquilo seguisse assim, corria o risco de não ser imperador, como estava obrigado, nem sequer arcebispo, que era o menos que podia ser: por isso, que vissem o que se havia de fazer para tirá-lo dali.

O licenciado lhe respondeu que não se afligisse, que eles o tirariam dali, por muito que lhe pesasse. Contou em seguida a Cardenio e a Dorotea o que tinham pensado para remédio de D. Quixote, ao menos para o levar até sua casa. Ao que respondeu Dorotea que ela faria de donzela necessitada melhor que o barbeiro, e mais, que tinha ali vestidos com que fazê-lo ao natural, e que deixassem a seu cargo o saber de representar tudo aquilo que fosse mister para levar o intento avante, pois ela lera muitos livros de cavalaria e sabia bem o estilo que usavam as donzelas coitadas quando pediam seus dons aos andantes cavaleiros.

— Então não é mister — disse o padre — mais que pôr mãos à obra, pois, sem dúvida, a boa sorte se mostra ao nosso favor, porquanto, tão de improviso, a vós, senhores, começou a se abrir a porta para o vosso remédio, e a nós outros a se facilitar a que havíamos mister.

Contó asimesmo con brevedad la causa que allí los había traído, con la estrañeza de la locura de don Quijote, y como aguardaban a su escudero, que había ido a buscalle. Vínosele a la memoria a Cardenio, como por sueños, la pendencia que con don Quijote había tenido, y contóla a los demás, mas no supo decir por qué causa fue su quistión.

En esto oyeron voces y conocieron que el que las daba era Sancho Panza, que, por no haberlos hallado en el lugar donde los dejó, los llamaba a voces. Saliéronle al encuentro, y, preguntándole por don Quijote, les dijo como le había hallado desnudo en camisa, flaco, amarillo y muerto de hambre, y suspirando por su señora Dulcinea; y que puesto que le había dicho que ella le mandaba que saliese de aquel lugar y se fuese al del Toboso, donde le quedaba esperando, había respondido que estaba determinado de no parecer ante su fermosura fasta que hobiese fecho fazañas que le ficiesen digno de su gracia; y que si aquello pasaba adelante, corría peligro de no venir a ser emperador, como estaba obligado, ni aun arzobispo, que era lo menos que podía ser: por eso, que mirasen lo que se había de hacer para sacarle de allí.

El licenciado le respondió que no tuviese pena, que ellos le sacarían de allí, mal que le pesase. Contó luego a Cardenio y a Dorotea lo que tenían pensado para remedio de don Quijote, a lo menos para llevarle a su casa. A lo cual dijo Dorotea que ella haría la doncella menesterosa mejor que el barbero, y más, que tenía allí vestidos con que hacerlo al natural, y que la dejasen el cargo de saber representar todo aquello que fuese menester para llevar adelante su intento, porque ella había leído muchos libros de caballerías y sabía bien el estilo que tenían las doncellas cuitadas cuando pedían sus dones a los andantes caballeros.

Tirou em seguida Dorotea do seu travesseiro um vestido de certa lãzinha rica e uma mantilha de outro vistoso pano verde e, de uma caixinha, um colar e outras joias, com o que num instante se adornou de maneira que uma rica e grande senhora parecia. Tudo aquilo, e mais, disse que tinha levado de sua casa para o que se apresentasse, e que até então não se lhe oferecera ocasião de o precisar. A todos contentou em extremo sua muita graça, donaire e formosura, e confirmaram D. Fernando por sujeito de pouco entendimento, pois tanta beleza desdenhara.

Mas quem mais se admirou foi Sancho Pança, por lhe parecer, como era verdade, que em todos os dias de sua vida jamais vira uma tão formosa criatura; e assim, com grande afinco pediu ao padre que lhe dissesse quem era aquela tão fermosa senhora e o que buscava naquelas quebradas.

— Esta formosa senhora — respondeu o padre —, irmão Sancho, é nada menos que a herdeira, por linha direta de varão, do grande reino de Micomicão, a qual vem em busca do vosso amo para lhe pedir um dom, que é que lhe desfaça um torto ou agravo que um mau gigante lhe fez; e pela fama que de bom cavaleiro tem o vosso amo por todo o descoberto do mundo, da Guiné veio buscá-lo esta princesa.

— Bendita busca e bendito achado — disse então Sancho Pança —, e mais se o meu amo for tão venturoso para desfazer esse agravo e endireitar esse torto, matando esse fidepute desse gigante que vossa mercê diz, que aposto que o matará se o encontrar, desde que não seja fantasma, pois contra fantasmas não tem o meu senhor poder algum. Mas uma coisa quero suplicar a vossa mercê entre outras, senhor licenciado, e é que, para que o meu amo não resolva ser arcebispo, que é o que eu temo, vossa mercê o aconselhe a que se case logo com essa princesa, que assim ficará impossibilitado

---

— Pues no es menester más — dijo el cura —, sino que luego se ponga por obra, que, sin duda, la buena suerte se muestra en favor nuestro, pues, tan sin pensarlo, a vosotros, señores, se os ha comenzado a abrir puerta para vuestro remedio, y a nosotros se nos ha facilitado la que habíamos menester.

Sacó luego Dorotea de su almohada una saya entera de cierta telilla rica y una mantellina de otra vistosa tela verde, y de una cajita, un collar y otras joyas, con que en un instante se adornó de manera que una rica y gran señora parecía. Todo aquello, y más, dijo que había sacado de su casa para lo que se ofreciese, y que hasta entonces no se le había ofrecido ocasión de habello menester. A todos contentó en extremo su mucha gracia, donaire y hermosura, y confirmaron a don Fernando por de poco conocimiento, pues tanta belleza desechaba.

Pero el que más se admiró fue Sancho Panza, por parecerle, como era así verdad, que en todos los días de su vida había visto tan hermosa criatura; y así, preguntó al cura con grande ahínco le dijese quién era aquella tan fermosa señora y qué era lo que buscaba por aquellos andurriales.

— Esta hermosa señora — respondió el cura —, Sancho hermano, es, como quien no dice nada, es la heredera por línea recta de varón del gran reino de Micomicón, la cual viene en busca de vuestro amo a pedirle un don, el cual es que le desfaga un tuerto o agravio que un mal gigante le tiene fecho; y a la fama de buen caballero vuestro amo tiene por todo lo descubierto, de Guinea ha venido a buscarle esta princesa.

— Dichosa buscada y dichoso hallazgo — dijo a esta sazón Sancho Panza —, y más si mi amo es tan venturoso que desfaga ese agravio y enderece ese tuerto, matando a ese hidepute dese gigante que vuestra merced dice, que sí matará si él le encuentra, si ya no fuese fantasma, que contra las fantasmas no tiene mi señor poder alguno.

de receber ordens arcebispais e conseguirá com facilidade o seu império, e eu o fim dos meus desejos; pois eu tenho cuidado muito nisso e acho aqui comigo que não é bom para mim que o meu amo seja arcebispo, porque eu sou inútil para a Igreja, pois sou casado, e andar agora atrás de dispensas para poder ter renda pela Igreja, tendo como tenho mulher e filhos, seria um nunca acabar. Portanto, senhor, o ponto está em que o meu amo se case logo com essa senhora, que até agora não sei sua graça, e por isso não a chamo pelo nome.

— Ela se chama — respondeu o padre — princesa Micomicona, porque, chamando-se seu reino Micomicão, claro está que ela se há de chamar assim.

— Disso não há dúvida — respondeu Sancho —, que eu tenho visto muitos tomarem apelido e sobrenome do lugar onde nasceram, chamando-se Pedro de Alcalá, Juan de Úbeda e Diego de Valladolid, e isso mesmo se deve de usar lá na Guiné, tomando as rainhas os nomes dos seus reinos.

— Assim deve de ser — disse o padre —; e quanto ao casamento do vosso amo, porei nisto todo o meu poderio.

Com o que ficou tão contente Sancho quanto o padre, admirado da sua ingenuidade e de ver quão metidos tinha na fantasia os mesmos disparates que seu amo, pois sem dúvida alguma tinha para si que havia de se fazer imperador.

Já então se pusera Dorotea sobre a mula do padre e o barbeiro acomodara ao rosto a barba de rabo de boi, e disseram a Sancho que os guiasse aonde D. Quixote estava (advertindo-lhe que não dissesse que conhecia o licenciado nem o barbeiro, porque em não os reconhecer estava a chave para que seu amo viesse a ser imperador), pois nem o padre nem Cardenio os quiseram acompanhar, para não lembrar a D. Quixote a briga que com

---

Pero una cosa quiero suplicar a vuestra merced entre otras, señor licenciado, y es que porque a mi amo no le tome gana de ser arzobispo, que es lo que yo temo, que vuestra merced le aconseje que se case luego con esta princesa, y así quedará imposibilitado de recebir órdenes arzobispales y vendrá con facilidad a su imperio, y yo al fin de mis deseos; que yo he mirado bien en ello y hallo por mi cuenta que no me está bien que mi amo sea arzobispo, porque yo soy inútil para la Iglesia, pues soy casado, y andarme ahora a traer dispensaciones para poder tener renta por la Iglesia, teniendo como tengo mujer y hijos, sería nunca acabar. Así que, señor, todo el toque está en que mi amo se case luego con esta señora, que hasta ahora no sé su gracia y, así, no la llamo por su nombre.

— Llámase — respondió el cura — la princesa Micomicona, porque, llamándose su reino Micomicón, claro está que ella se ha de llamar así.

— No hay duda en eso — respondió Sancho —, que yo he visto a muchos tomar el apellido y alcurnia del lugar donde nacieron, llamándose Pedro de Alcalá, Juan de Úbeda y Diego de Valladolid, y esto mismo se debe de usar allá en Guinea, tomar las reinas los nombres de sus reinos.

— Así debe de ser — dijo el cura —; y en lo del casarse vuestro amo, yo haré en ello todos mis poderíos.

Con lo que quedó tan contento Sancho cuanto el cura admirado de su simplicidad y de ver cuán encajados tenía en la fantasía los mesmos disparates que su amo, pues sin alguna duda se daba a entender que había de venir a ser emperador.

Ya en esto se había puesto Dorotea sobre la mula del cura y el barbero se había acomodado al rostro la barba de la cola de buey, y dijeron a Sancho que los guiase adonde don Quijote estaba (al cual advirtieron que no

Cardenio tivera, e o padre, porque então não era mister a sua presença, e assim os deixaram ir à frente, e eles os foram seguindo a pé, passo a passo. Não deixou o padre de avisar Dorotea do que tinha de fazer; ao que ela disse que se despreocupasse, pois tudo se faria tal qual o pediam e pintavam os livros de cavalarias.

Três quartos de légua haviam de ter andado, quando descobriram D. Quixote entre umas intricadas penhas, já vestido, ainda que não armado, e, assim como Dorotea o viu e foi informada por Sancho que aquele era D. Quixote, açoitou seu palafrém, seguindo-a o bem barbado barbeiro; e em chegando junto dele, o escudeiro saltou da mula e foi tomar Dorotea nos braços, a qual, apeando com grande desenvoltura, foi pôr-se de joelhos diante dos de D. Quixote; e por muito que ele porfiasse em levantá-la, ela sem se levantar lhe falou desta livresca guisa:

— Daqui não me alevantarei, oh, valeroso e esforçado cavaleiro!, até que a vossa bondade e cortesia me outorgue um dom, o qual redundará em honra e galardom da vossa pessoa e em prol da mais desconsolada e agravada donzela que o sol já viu. E se é que o valor do vosso forte braço corresponde à voz da vossa imortal fama, obrigado estais a favorecer esta sem ventura que de tão longes terras vem, empós do olor do vosso famoso nome, buscando-vos pera remédio das suas desditas.

— Não vos responderei palavra, fermosa senhora — respondeu D. Quixote —, nem ouvirei mais coisa alguma do vosso caso, até que vos levanteis do chão.

— Não me levantarei, senhor — respondeu a aflita donzela —, enquanto pola vossa cortesia não me for outorgado o dom que peço.

— Eu vo-lo outorgo e concedo — respondeu D. Quixote —, como não

---

dijese que conocía al licenciado ni al barbero, porque en no conocerlos consistía todo el toque de venir a ser emperador su amo), puesto que ni el cura ni Cardenio quisieron ir con ellos, porque no se le acordase a don Quijote la pendencia que con Cardenio había tenido, y el cura, porque no era menester por entonces su presencia, y, así, los dejaron ir delante, y ellos los fueron siguiendo a pie, poco a poco. No dejó de avisar el cura lo que había de hacer Dorotea; a lo que ella dijo que descuidasen, que todo se haría sin faltar punto, como lo pedían y pintaban los libros de caballerías.

Tres cuartos de legua habrían andado, cuando descubrieron a don Quijote entre unas intricadas peñas, ya vestido, aunque no armado, y así como Dorotea le vio y fue informada de Sancho que aquel era don Quijote, dio del azote a su palafrén, siguiéndole el bien barbado barbero; y en llegando junto a él, el escudero se arrojó de la mula y fue a tomar en los brazos a Dorotea, la cual, apeándose con grande desenvoltura, se fue a hincar de rodillas ante las de don Quijote; y aunque él pugnaba por levantarla, ella, sin levantarse, le fabló en esta guisa:

— De aquí no me levantaré, ¡oh valeroso y esforzado caballero!, fasta que la vuestra bondad y cortesía me otorgue un don, el cual redundará en honra y prez de vuestra persona y en pro de la más desconsolada y agraviada doncella que el sol ha visto. Y si es que el valor de vuestro fuerte brazo corresponde a la voz de vuestra inmortal fama, obligado estáis a favorecer a la sin ventura que de tan lueñes tierras viene, al olor de vuestro famoso nombre, buscándoos para remedio de sus desdichas.

— No os responderé palabra, fermosa señora — respondió don Quijote —, ni oiré más cosa de vuestra facienda, fasta que os levantéis de tierra.

se tenha de cumprir em dano ou míngua do meu rei, da minha pátria e daquela que do meu coração e da minha liberdade tem a chave.

— Não será em dano nem míngua desses que dizeis, meu bom senhor — replicou a dolorosa donzela.

E, estando nisso, chegou-se Sancho Pança ao ouvido do seu senhor e bem baixinho lhe disse:

— Bem pode vossa mercê, senhor, conceder-lhe o dom que pede, que não é muito: só matar um gigantaço, e esta que o pede é a alta princesa Micomicona, rainha do grande reino Micomicão da Etiópia.

— Seja quem for — respondeu D. Quixote —, só farei o que sou obrigado e o que me dita a minha consciência, conforme o que professado tenho.

E, voltando-se para a donzela, disse:

— Levante-se a vossa grande fermosura, que eu lhe outorgo o dom que pedir-me quiser.

— Pois o que eu peço é — disse a donzela — que a vossa magnânima pessoa venha logo comigo aonde eu a levar e me prometa que não se há de intrometer noutra aventura nem demanda alguma até dar-me inteira vingança de um traidor que, contra todo o direito divino e humano, tem usurpado o meu reino.

— Digo que assim o outorgo — respondeu D. Quixote —; e assim podeis, senhora, desde já esquecer a malenconia que vos fatiga e fazer que ganhe novos brios e novas forças a vossa desmaiada esperança, pois, com a ajuda de Deus e a do meu braço, prestes vos vereis restituída ao vosso reino e sentada na cadeira do vosso antigo e grande estado, apesar e a despeito dos velhacos que contradizê-lo quiserem. E mãos à obra, pois na tardança dizem que sói estar o perigo.

— No me levantaré, señor — respondió la afligida doncella —, si primero por la vuestra cortesía no me es otorgado el don que pido.

— Yo vos le otorgo y concedo — respondió don Quijote —, como no se haya de cumplir en daño o mengua de mi rey, de mi patria y de aquella que de mi corazón y libertad tiene la llave.

— No será en daño ni en mengua de los que decís, mi buen señor — replicó la dolorosa doncella.

Y estando en esto se llegó Sancho Panza al oído de su señor y muy pasito le dijo:

— Bien puede vuestra merced, señor, concederle el don que pide, que no es cosa de nada: solo es matar a un gigantazo, y esta que lo pide es la alta princesa Micomicona, reina del gran reino Micomicón de Etiopia.

— Sea quien fuere — respondió don Quijote —, que yo haré lo que soy obligado y lo que me dicta mi conciencia, conforme a lo que profesado tengo.

Y volviéndose a la doncella dijo:

— La vuestra gran fermosura se levante, que yo le otorgo el don que pedirme quisiere.

— Pues el que pido es — dijo la doncella — que la vuestra magnánima persona se venga luego conmigo donde yo le llevare y me prometa que no se ha de entremeter en otra aventura ni demanda alguna hasta darme venganza de un traidor que, contra todo derecho divino y humano, me tiene usurpado mi reino.

— Digo que así lo otorgo — respondió don Quijote —; y así podéis, señora, desde hoy más desechar la malenconía que os fatiga y hacer que cobre nuevos bríos y fuerzas vuestra desmayada esperanza, que, con el ayuda de Dios y la de mi brazo, vos os veréis presto restituida en vuestro reino y sentada en la silla de vuestro antigo

A necessitada donzela pelejou com muita porfia por lhe beijar as mãos; mas D. Quixote, que em tudo era comedido e cortês cavaleiro, de modo algum o consentiu, antes a levantou e abraçou com muita cortesia e comedimento, e mandou que Sancho ajustasse as cilhas de Rocinante e logo o armasse sem detença. Sancho despendurou as armas, que, como troféu, de uma árvore pendiam, e, ajustando as cilhas, sem detença armou o seu senhor; o qual, vendo-se armado, disse:

— Vamo-nos embora daqui, em nome de Deus, favorecer esta grande senhora.

Estava o barbeiro ainda de joelhos, tendo grande cuidado em disfarçar o riso e de que a barba não caísse do seu rosto, pois com sua queda podiam ficar todos sem conseguir sua boa intenção; e vendo o dom já concedido e a diligência com que D. Quixote se aprestava para ir cumpri-lo, se levantou e tomou pela outra mão a sua senhora, e entre os dois a subiram na mula. Logo subiu D. Quixote em Rocinante, e o barbeiro se acomodou em sua cavalgadura, ficando Sancho a pé, o que de novo o ressentiu da perda do jerico, dada a falta que então lhe fazia; mas tudo ele suportava com gosto, por lhe parecer que seu senhor já estava a caminho e bem a pique de ser imperador, pois sem dúvida alguma pensava que se haveria de casar com aquela princesa e ser pelo menos rei de Micomicão: só lhe pesava o pensamento de ser aquele reino em terra de negros e que as gentes que por vassalos lhe dessem haviam de ser todas negras; para o qual logo achou em sua imaginação um bom remédio, dizendo a si mesmo:

— Que se me dá que meus vassalos sejam negros? Bastará carregar com eles e trazê-los para a Espanha, onde os poderei vender e por eles receber de contado, com cujo dinheiro poderei comprar algum título ou algum ofício

---

y grande estado, a pesar y a despecho de los follones que contradecirlo quisieren. Y manos a labor, que en la tardanza dicen que suele estar el peligro.

La menesterosa doncella pugnó con mucha porfía por besarle las manos; mas don Quijote, que en todo era comedido y cortés caballero, jamás lo consintió, antes la hizo levantar y la abrazó con mucha cortesía y comedimiento, y mandó a Sancho que requiriese las cinchas a Rocinante y le armase luego al punto. Sancho descolgó las armas, que, como trofeo, de un árbol estaban pendientes, y, requiriendo las cinchas, en un punto armó a su señor; el cual, viéndose armado, dijo:

— Vamos de aquí, en el nombre de Dios, a favorecer esta gran señora.

Estábase el barbero aún de rodillas, teniendo gran cuenta de disimular la risa y de que no se le cayese la barba, con cuya caída quizá quedaran todos sin conseguir su buena intención; y viendo que ya el don estaba concedido y con la diligencia que don Quijote se alistaba para ir a cumplirle, se levantó y tomó de la otra mano a su señora, y entre los dos la subieron en la mula. Luego subió don Quijote sobre Rocinante, y el barbero se acomodó en su cabalgadura, quedándose Sancho a pie, donde de nuevo se le renovó la pérdida del rucio, con la falta que entonces le hacía; mas todo lo llevaba con gusto, por parecerle que ya su señor estaba puesto en camino y muy a pique de ser emperador, porque sin duda alguna pensaba que se había de casar con aquella princesa y ser por lo menos rey de Micomicón: solo le daba pesadumbre el pensar que aquel reino era en tierra de negros y que la gente que por sus vasallos le diesen habían de ser todos negros; a lo cual hizo luego en su imaginación un buen remedio, y díjose a sí mismo:

com que viver sossegado todos os dias da minha vida. Eia, se não sou esperto e não tenho engenho e habilidade para tudo arranjar e vender trinta ou dez mil vassalos num piscar de olhos! Por Deus que os hei de passar adiante em grosso, ou como calhar, e que, por mais negros que sejam, logo os trocarei em brancos ou amarelos.[1] Vinde, e vereis se eu chupo o dedo!

Por isso andava ele tão solícito e tão contente que se esquecia o pesar de caminhar a pé.

Tudo isto olhavam dentre umas brenhas Cardenio e o padre, e não sabiam o que fazer para se juntar a eles; mas o padre, que era grande invencioneiro, imaginou logo o que fariam para conseguir o que desejavam, e foi que com umas tesouras que levava num estojo cortou com muita presteza a barba de Cardenio, e lhe vestiu um capotilho pardo que ele trazia, e lhe deu um casaco preto, ficando ele em calções e gibão; e ficou Cardenio tão outro do que antes parecia, que ele mesmo não se reconheceria ainda que num espelho se mirasse. Feito isso, bem que os outros já tivessem passado adiante enquanto eles se disfarçavam, com facilidade deram na estrada real antes deles, porque os matagais e maus passos daqueles lugares não permitiam andar tão rápido a cavalo como a pé. De feito, eles logo chegaram ao plano à saída da serra, e assim como saiu dela D. Quixote com seus camaradas, o padre se pôs a olhá-lo bem de espaço, dando mostras de o reconhecer, e, depois de o olhar um bom trecho, foi-se até ele de braços abertos e dizendo em altas vozes:

— Para bem seja achado o espelho da cavalaria, o meu bom conterrâneo D. Quixote de La Mancha, flor e nata da gentileza, amparo e remédio dos necessitados, quintessência dos cavaleiros andantes.

E dizendo isto se abraçara ao joelho da perna esquerda a D. Quixote, o qual, espantado do que via e ouvia aquele homem dizer e fazer, se pôs a

---

— ¿Qué se me da a mí que mis vasallos sean negros? ¿Habrá más que cargar con ellos y traerlos a España, donde los podré vender y adonde me los pagarán de contado, de cuyo dinero podré comprar algún título o algún oficio con que vivir descansado todos los días de mi vida? ¡No, sino dormíos, y no tengáis ingenio ni habilidad para disponer de las cosas y para vender treinta o diez mil vasallos en dácame esas pajas! Par Dios que los he de volar, chico con grande, o como pudiere, y que, por negros que sean, los he de volver blancos o amarillos. ¡Llegaos, que me mamo el dedo!

Con esto andaba tan solícito y tan contento, que se le olvidaba la pesadumbre de caminar a pie.

Todo esto miraban de entre unas breñas Cardenio y el cura, y no sabían qué hacerse para juntarse con ellos; pero el cura, que era gran tracista, imaginó luego lo que harían para conseguir lo que deseaban, y fue que con unas tijeras que traía en un estuche quitó con mucha presteza la barba a Cardenio, y vistióle un capotillo pardo que él traía y diole un herreruelo negro, y él se quedó en calzas y en jubón; y quedó tan otro de lo que antes parecía Cardenio, que él mismo no se conociera aunque a un espejo se mirara. Hecho esto, puesto que ya los otros habían pasado adelante en tanto que ellos se disfrazaron, con facilidad salieron al camino real antes que ellos, porque las malezas y malos pasos de aquellos lugares no concedían que anduviesen tanto los de a caballo como los de a pie. En efeto, ellos se pusieron en el llano a la salida de la sierra, y así como salió della don Quijote y sus camaradas, el cura se le puso a mirar muy de espacio, dando señales de que le iba reconociendo, y al cabo de haberle una buena pieza estado mirando, se fue a él abiertos los brazos y diciendo a voces:

olhá-lo com atenção, e por fim o conheceu, e ficou muito espantado em vê-lo, e fez grande força por se apear; mas o padre o não consentiu, pelo que D. Quixote dizia:

— Deixe-me vossa mercê, senhor licenciado, que não é razão que eu vá a cavalo, enquanto uma tão reverenda pessoa como vossa mercê vai a pé.

— Tal não consentirei de modo algum — disse o padre. — Siga a vossa grandeza a cavalo, pois indo a cavalo leva a cabo as maiores façanhas e aventuras que na nossa idade se viram; quanto a mim, ainda que indigno sacerdote, me bastará montar na garupa de uma dessas mulas desses senhores que com vossa mercê caminham, se não o tiverem por estorvo, e até farei conta que vou cavaleiro sobre o cavalo Pégaso ou sobre a zebra ou o alfaraz em que cavalgava aquele famoso mouro Muzaraque, que até agora jaz encantado no grande monte Zulema, não longe da grande Compluto.[2]

— Tal não me ocorrera ainda, meu senhor licenciado — respondeu D. Quixote —, mas sei que minha senhora a princesa será servida, por meu amor, de mandar o seu escudeiro dar à vossa mercê a sela de sua mula; que ele poderá acomodar-se na garupa, se com isto não der a escoicear.

— Não o fará, pelo que eu creio — respondeu a princesa —, e também sei que nem será mister mandá-lo ao senhor meu escudeiro, pois ele é tão cortês e tão cortesão que não consentirá que uma pessoa eclesiástica vá a pé, podendo ir a cavalo.

— Assim é — respondeu o barbeiro.

E, apeando sem pestanejar, ofereceu a sela ao padre, que a aceitou sem muito se fazer rogar. Mas o mal foi que, ao montar o barbeiro na garupa, a mula, que de feito era de aluguel — e para dizer que era ruim isto basta —, levantou as ancas e deu dois coices no ar, que, se os tivesse acertado no peito

---

— Para bien sea hallado el espejo de la caballería, el mi buen compatriote don Quijote de la Mancha, la flor y la nata de la gentileza, el amparo y remedio de los menesterosos, la quintaesencia de los caballeros andantes.

Y diciendo esto tenía abrazado por la rodilla de la pierna izquierda a don Quijote, el cual, espantado de lo que veía y oía decir y hacer a aquel hombre, se le puso a mirar con atención, y al fin le conoció, y quedó como espantado de verle, y hizo grande fuerza por apearse; mas el cura no lo consintió, por lo cual don Quijote decía:

— Déjeme vuestra merced, señor licenciado, que no es razón que yo esté a caballo, y una tan reverenda persona como vuestra merced esté a pie.

— Eso no consentiré yo en ningún modo — dijo el cura —: estése la vuestra grandeza a caballo, pues estando a caballo acaba las mayores fazañas y aventuras que en nuestra edad se han visto; que a mí, aunque indigno sacerdote, bastaráme subir en las ancas de una destas mulas destos señores que con vuestra merced caminan, si no lo han por enojo, y aun haré cuenta que voy caballero sobre el caballo Pegaso o sobre la cebra o alfana en que cabalgaba aquel famoso moro Muzaraque, que aún hasta ahora yace encantado en la gran cuesta Zulema, que dista poco de la gran Compluto.

— Aun no caía yo en tanto, mi señor licenciado — respondió don Quijote —, y yo sé que mi señora la princesa será servida, por mi amor, de mandar a su escudero dé a vuestra merced la silla de su mula; que él podrá acomodarse en las ancas, si es que ella las sufre.

— Sí sufre, a lo que yo creo — respondió la princesa —, y también sé que no será menester mandárselo al

do mestre Nicolás, ou na cabeça, teria ele amaldiçoado a hora em que foi por D. Quixote. Com tudo isso, assustou-se o barbeiro de maneira que rolou ao chão, com tão pouco cuidado das barbas, que rolaram pelo chão; e ao se ver sem elas não teve outro remédio senão cobrir o rosto com ambas as mãos e se queixar de lhe terem quebrado os dentes. D. Quixote, ao ver todo aquele molho de barbas, sem queixadas nem sangue, longe do rosto do escudeiro caído, disse:

— Vive Deus que este é um grande milagre! As barbas lhe derrubou e arrancou do rosto, como de estudo!

O padre, que viu o perigo que corria sua invenção de ser descoberta, logo acudiu às barbas e foi com elas aonde jazia mestre Nicolás ainda dando vozes, e num pronto, chegando-lhe a cabeça ao peito, colocou-as de volta, murmurando sobre ele umas palavras, que disse serem uma certa reza apropriada para pregar barbas, como veriam; e quando as teve bem colocadas, se afastou, ficando o escudeiro tão bem barbado e tão são como dantes, do qual se admirou D. Quixote sobremaneira e rogou ao padre que, quando houvesse lugar, lhe ensinasse aquela reza, pois ele entendia que sua virtude se devia de estender a mais que pregar barbas, pois estava claro que donde se tirassem as barbas havia de ficar a carne chagada e machucada, e que, como tudo sarava, a mais que a barbas aproveitava.

— Assim é — disse o padre, e prometeu ensinar-lha na primeira ocasião.

Concertaram que primeiro montasse o padre e a trechos fossem os três revezando até chegarem à estalagem, que ficaria perto de duas léguas dali. Postos os três a cavalo, a saber, D. Quixote, a princesa e o padre, e os três a pé, Cardenio, o barbeiro e Sancho Pança, D. Quixote disse à donzela:

— Vossa grandeza, senhora minha, guie por onde mais gostar.

---

señor mi escudero, que él es tan cortés y tan cortesano, que no consentirá que una persona eclesiástica vaya a pie, pudiendo ir a caballo.

— Así es — respondió el barbero.

Y, apeándose en un punto, convidó al cura con la silla, y él la tomó sin hacerse mucho de rogar. Y fue el mal que al subir a las ancas el barbero, la mula, que en efeto era de alquiler — que para decir que era mala esto basta —, alzó un poco los cuartos traseros y dio dos coces en el aire, que a darlas en el pecho de maese Nicolás, o en la cabeza, él diera al diablo la venida por don Quijote. Con todo eso, le sobresaltaron de manera que cayó en el suelo, con tan poco cuidado de las barbas, que se le cayeron en el suelo; y como se vio sin ellas, no tuvo otro remedio sino acudir a cubrirse el rostro con ambas manos y a quejarse que le habían derribado las muelas. Don Quijote, como vio todo aquel mazo de barbas, sin quijadas y sin sangre, lejos del rostro del escudero caído, dijo:

— ¡Vive Dios que es gran milagro este! ¡Las barbas le ha derribado y arrancado del rostro, como si las quitaran aposta!

El cura, que vio el peligro que corría su invención de ser descubierta, acudió luego a las barbas y fuese con ellas adonde yacía maese Nicolás dando aún voces todavía, y de un golpe, llegándole la cabeza a su pecho, se las puso, murmurando sobre él unas palabras, que dijo que era cierto ensalmo apropiado para pegar barbas, como lo verían; y cuando se las tuvo puestas, se apartó, y quedó el escudero tan bien barbado y tan sano como de antes, de que se admiró don Quijote sobremanera, y rogó al cura que cuando tuviese lugar le enseñase aquel ensalmo, que él entendía que su virtud a más que pegar barbas se debía de estender, pues estaba claro que de donde las

E, antes que ela respondesse, disse o licenciado:

— Para que reino quer guiar a vossa senhoria? É porventura para o de Micomicão? Este deve de ser, ou pouco sei eu de reinos.

Ela, que estava atenta a tudo, entendeu que tinha de responder que sim, e assim disse:

— Sim, senhor, para esse reino é o meu caminho.

— Se assim é — disse o padre —, pelo meio do meu povoado havemos de passar, e dali tomará vossa mercê o rumo de Cartagena, onde se poderá embarcar, com a boa ventura; e se houver vento próspero, mar tranquilo e sem borrascas, em pouco menos de nove anos poderá avistar a grande lagoa Mijótis, digo, Meotis,[3] que fica pouco mais de cem jornadas aquém do reino de vossa grandeza.

— Vossa mercê está enganado, senhor meu — disse ela —, porque não há dois anos que parti dele, e em verdade nunca tive bom tempo, e, no entanto, aqui cheguei para ver o que tanto desejava, que é o senhor D. Quixote de La Mancha, cujas notícias chegaram aos meus ouvidos assim como pus os pés na Espanha, e elas me moveram a buscá-lo, para me encomendar à sua cortesia e fiar a minha justiça ao valor de seu invencível braço.

— Basta: cessem meus louvores — disse então D. Quixote —, porque sou inimigo de todo gênero de adulação; e bem que esta o não seja, ainda ofendem as minhas castas orelhas semelhantes palavras. O que eu sei dizer, senhora minha, é que, tenha eu valor ou não, o que eu tiver ou não tiver hei de empregar em vosso serviço, até perder a vida; e assim, deixando isto para o seu devido tempo, rogo ao senhor licenciado que me diga qual é a causa que o trouxe por estas partes tão só e tão sem criados e tão à ligeira que me espanta.

---

barbas se quitasen había de quedar la carne llagada y maltrecha, y que, pues todo lo sanaba, a más que barbas aprovechaba.

— Así es — dijo el cura, y prometió de enseñársele en la primera ocasión.

Concertáronse que por entonces subiese el cura, y a trechos se fuesen los tres mudando hasta que llegasen a la venta, que estaría hasta dos leguas de allí. Puestos los tres a caballo, es a saber, don Quijote, la princesa y el cura, y los tres a pie, Cardenio, el barbero y Sancho Panza, don Quijote dijo a la doncella:

— Vuestra grandeza, señora mía, guíe por donde más gusto le diere.

Y antes que ella respondiese dijo el licenciado:

— ¿Hacia qué reino quiere guiar la vuestra señoría? ¿Es por ventura hacia el de Micomicón? Que sí debe de ser, o yo sé poco de reinos.

Ella, que estaba bien en todo, entendió que había de responder que sí y, así, dijo:

— Sí, señor, hacia ese reino es mi camino.

— Si así es — dijo el cura —, por la mitad de mi pueblo hemos de pasar, y de allí tomará vuestra merced la derrota de Cartagena, donde se podrá embarcar con la buena ventura; y si hay viento próspero, mar tranquilo y sin borrasca, en poco menos de nueve años se podrá estar a vista de la gran laguna Meona, digo, Meótides, que está a poco más de cien jornadas más acá del reino de vuestra grandeza.

— Vuestra merced está engañado, señor mío — dijo ella —, porque no ha dos años que yo partí dél, y en verdad que nunca tuve buen tiempo, y con todo eso he llegado a ver lo que tanto deseaba, que es al señor don

— Isto responderei com brevidade — respondeu o padre —, pois saberá vossa mercê, senhor D. Quixote, que eu e mestre Nicolás, nosso amigo e nosso barbeiro, íamos a Sevilha para cobrar certo dinheiro a mim enviado por um parente meu que passou às Índias há muitos anos, e não era pouca coisa, pois montava a mais de sessenta mil pesos aquilatados, o que vale um outro tanto; e passando ontem por estes lugares nos vieram de encontro quatro salteadores que nos tiraram até as barbas, e tanto as tiraram que teve o barbeiro que pôr umas postiças, e até este mancebo que aqui vai — apontando para Cardenio — o deixaram irreconhecível. E o melhor do caso é que é pública fama por todos estes contornos que aqueles que nos saltearam são parte de uns galeotes que dizem terem sido libertados quase nesse mesmo local por um homem tão valente que, apesar do aguazil e dos guardas, soltou a todos; e sem dúvida alguma devia ele de estar fora do seu juízo, ou ser tão grande velhaco como eles, ou algum homem desalmado e sem consciência, pois quis soltar o lobo entre as ovelhas, a raposa entre as galinhas, a mosca em meio ao mel; quis burlar a justiça, ir contra seu rei e senhor natural, pois foi contra seus justos mandamentos; quis ele, digo, privar as galés dos seus pés, pôr em alvoroço a Santa Irmandade, que havia muitos anos repousava; quis, finalmente, fazer um feito pelo qual se perde sua alma e não se ganha seu corpo.

Já havia Sancho contado ao padre e ao barbeiro a aventura dos galeotes, que seu amo acabara com tanta glória sua, e por isso o padre carregava nas tintas ao contá-la, para ver o que fazia ou dizia D. Quixote; o qual mudava de cor a cada palavra, sem ousar dizer que fora ele o libertador daquela boa gente.

— Estes foram — disse o padre — os que nos roubaram. Que Deus em sua misericórdia perdoe aquele que os não deixou levar ao devido suplício.

Quijote de la Mancha, cuyas nuevas llegaron a mis oídos así como puse los pies en España, y ellas me movieron a buscarle, para encomendarme en su cortesía y fiar mi justicia del valor de su invencible brazo.

— No más: cesen mis alabanzas — dijo a esta sazón don Quijote —, porque soy enemigo de todo género de adulación; y aunque esta no lo sea, todavía ofenden mis castas orejas semejantes pláticas. Lo que yo sé decir, señora mía, que, ora tenga valor o no, el que tuviere o no tuviere se ha de emplear en vuestro servicio, hasta perder la vida; y así, dejando esto para su tiempo, ruego al señor licenciado me diga qué es la causa que le ha traído por estas partes tan solo y tan sin criados y tan a la ligera, que me pone espanto.

— A eso yo responderé con brevedad — respondió el cura —, porque sabrá vuestra merced, señor don Quijote, que yo y maese Nicolás, nuestro amigo y nuestro barbero, íbamos a Sevilla a cobrar cierto dinero que un pariente mío que ha muchos años que pasó a Indias me había enviado, y no tan pocos que no pasan de sesenta mil pesos ensayados, que es otro que tal; y pasando ayer por estos lugares nos salieron al encuentro cuatro salteadores y nos quitaron hasta las barbas, y de modo nos las quitaron, que le convino al barbero ponérselas postizas, y aun a este mancebo que aquí va — señalando a Cardenio — le pusieron como de nuevo. Y es lo bueno que es pública fama por todos estos contornos que los que nos saltearon son de unos galeotes que dicen que libertó casi en este mesmo sitio un hombre tan valiente, que a pesar del comisario y de las guardas los soltó a todos; y sin duda alguna él debía de estar fuera de juicio, o debe de ser tan grande bellaco como ellos, o algún hombre sin alma y sin conciencia, pues quiso soltar al lobo entre las ovejas, a la raposa entre las gallinas, a la mosca entre la miel; quiso defraudar la justicia, ir contra su rey y señor natural, pues fue contra sus justos mandamientos; quiso,

Notas

[1] ... os trocarei em brancos ou amarelos: vender, trocar por prata ou ouro, com jogo semântico apoiado na cor dos metais.

[2] Zulema: monte a sudoeste de Alcalá de Henares, a antiga Cómpluto latina. Conta uma lenda que o mouro Muzaraque extraiu as riquezas escondidas em suas entranhas, entre elas a mesa de Salomão, e como castigo por essa profanação foi condenado a vagar eternamente montado num cavalo selvagem.

[3] Lagoa Meotis: também chamada Meótida, é o braço do Mar Negro hoje conhecido como Mar de Azov, ao norte daquele. Junto com o rio Dom (Tanais), seu afluente, constitui um dos marcos naturais da fronteira entre a Europa e a Ásia na geografia clássica.

---

digo, quitar a las galeras sus pies, poner en alboroto a la Santa Hermandad, que había muchos años que reposaba; quiso, finalmente, hacer un hecho por donde se pierda su alma y no se gane su cuerpo.

Habíales contado Sancho al cura y al barbero la aventura de los galeotes, que acabó su amo con tanta gloria suya, y por esto cargaba la mano el cura refiriéndola, por ver lo que hacía o decía don Quijote; al cual se le mudaba la color a cada palabra, y no osaba decir que él había sido el libertador de aquella buena gente.

— Estos, pues — dijo el cura —, fueron los que nos robaron. Que Dios por su misericordia se lo perdone al que no los dejó llevar al debido suplicio.

CAPÍTULO XXX

*Que trata do engraçado artifício e concerto
que se teve em tirar o nosso enamorado cavaleiro
da aspérrima penitência em que se pusera*

Apenas acabara o padre, quando Sancho disse:
— Pois, à minha fé, senhor licenciado, que quem fez essa façanha foi meu amo, e não por falta de aviso meu de que visse o que fazia e que era pecado dar-lhes liberdade, pois todos iam ali por grandíssimos velhacos.
— Malhadeiro! — disse então D. Quixote. — Aos cavaleiros andantes não toca nem tange averiguar se os aflitos, acorrentados e opressos que encontram pelos caminhos vão desse jeito ou estão nessa angústia por suas culpas ou por suas graças: só lhes cumpre ajudá-los como a necessitados, com os olhos postos em suas penas, e não em suas velhacarias. Eu topei um rosário e fieira de gente mofina e desditosa, e fiz com eles o que minha religião me pede, e o mais pouco me importa; e a quem mal pareceu, salvo a santa dignidade do senhor licenciado e a sua honrada pessoa, digo que sabe pouco do achaque de cavalarias e que mente como um fideputa malnascido: e isto lhe farei conhecer com a minha espada, *et cetera*.

E disse isto firmando-se nos estribos e calcando o morrião, porque a bacia de barbeiro, que em seu parecer era o elmo de Mambrino, ia pendura-

---

CAPÍTULO XXX

*Que trata del gracioso artificio y orden
que se tuvo en sacar a nuestro enamorado caballero
de la asperísima penitencia en que se había puesto*

No hubo bien acabado el cura, cuando Sancho dijo:
— Pues, mía fe, señor licenciado, el que hizo esa fazaña fue mi amo, y no porque yo no le dije antes y le avisé que mirase lo que hacía, y que era pecado darles libertad, porque todos iban allí por grandísimos bellacos.
— Majadero — dijo a esta sazón don Quijote —, a los caballeros andantes no les toca ni atañe averiguar si los afligidos, encadenados y opresos que encuentran por los caminos van de aquella manera o están en aquella angustia por sus culpas o por sus gracias: solo le toca ayudarles como a menesterosos, poniendo los ojos en sus penas, y no en sus bellaquerías. Yo topé un rosario y sarta de gente mohína y desdichada, y hice con ellos lo que mi religión me pide, y lo demás allá se avenga; y a quien mal le ha parecido, salvo la santa dignidad del señor licenciado y su honrada persona, digo que sabe poco de achaque de caballería y que miente como un hideputa y mal nacido: y esto le haré conocer con mi espada, donde más largamente se contiene.

da de seu arção dianteiro, à espera de ser reparada dos maus-tratos recebidos dos galeotes.

Dorotea, que era discreta e amiga de gracejar, sabendo o destemperado humor de D. Quixote e que todos, exceto Sancho Pança, faziam troça dele, não lhes quis ficar atrás e, vendo-o tão zangado, lhe disse:

— Senhor cavaleiro, lembre-se vossa mercê o dom que me tem prometido, e que atento a ele não se pode intrometer em outra aventura, por urgente que seja. Sossegue vossa mercê o peito, que, se o senhor licenciado soubesse que por esse invicto braço haviam sido livrados os galeotes, ele se teria dado três pontos na boca, e inda mordido três vezes a língua, antes de dizer palavra que em desdouro de vossa mercê redundasse.

— Isto juro bem — disse o padre —, e ainda me teria arrancado um bigode.[1]

— Eu calarei, senhora minha — disse D. Quixote —, e reprimirei a justa cólera que já no meu peito se levantara, e irei quieto e pacífico até cumprir o dom prometido; mas em paga deste bom desejo vos suplico que me digais, se não vos vem a mal, qual é a vossa coita, e quantas, quem e quais são as pessoas de quem tenho de tomar-vos devida, satisfeita e inteira vingança.

— Isso farei de grado — respondeu Dorotea —, se é que vos não enfada ouvir lástimas e desgraças.

— Não enfadará, senhora minha — respondeu D. Quixote.

Ao que respondeu Dorotea:

— Pois, se assim é, estejam-me vossas mercês atentos.

Mal ela o dissera, quando Cardenio e o barbeiro se lhe puseram ao lado, desejosos de ver como fingia sua história a discreta Dorotea, e o mesmo fez Sancho, que tão enganado ia dela quanto seu amo. E ela, depois de bem aco-

---

Y esto dijo afirmándose en los estribos y calándose el morrión, porque la bacía de barbero, que a su cuenta era el yelmo de Mambrino, llevaba colgado del arzón delantero, hasta adobarla del mal tratamiento que la hicieron los galeotes.

Dorotea, que era discreta y de gran donaire, como quien ya sabía el menguado humor de don Quijote y que todos hacían burla dél, sino Sancho Panza, no quiso ser para menos y, viéndole tan enojado, le dijo:

— Señor caballero, miémbresele a la vuestra merced el don que me tiene prometido, y que conforme a él no puede entremeterse en otra aventura, por urgente que sea. Sosiegue vuestra merced el pecho, que si el señor licenciado supiera que por ese invicto brazo habían sido librados los galeotes, él se diera tres puntos en la boca, y aun se mordiera tres veces la lengua, antes que haber dicho palabra que en despecho de vuestra merced redundara.

— Eso juro yo bien — dijo el cura —, y aun me hubiera quitado un bigote.

— Yo callaré, señora mía — dijo don Quijote —, y reprimiré la justa cólera que ya en mi pecho se había levantado, y iré quieto y pacífico hasta tanto que os cumpla el don prometido; pero en pago deste buen deseo os suplico me digáis, si no se os hace de mal, cuál es la vuestra cuita, y cuántas, quiénes y cuáles son las personas de quien os tengo de dar debida, satisfecha y entera venganza.

— Eso haré yo de gana — respondió Dorotea —, si es que no os enfada oír lástimas y desgracias.

— No enfadará, señora mía — respondió don Quijote.

A lo que respondió Dorotea:

modada na sela e prevenindo-se com tossir e fazer outros ademanes, com muito donaire começou a dizer desta maneira:

— Primeiramente, quero que vossas mercês saibam, senhores meus, que me chamo...

E aqui se deteve um pouco por esquecer o nome que o padre lhe dera; mas ele acudiu em seu socorro, pois entendeu no que reparava, e disse:

— Não é maravilha, senhora minha, que a vossa grandeza se turbe e embarace contando suas desventuras, pois elas soem ser tais que muitas vezes tiram a memória daqueles que maltratam, de tal maneira que até seus próprios nomes não lhes lembram, como fizeram com vossa grande senhoria, que esqueceu que se chama a princesa Micomicona, legítima herdeira do grande reino Micomicão; e com este apontamento pode a vossa grandeza agora facilmente restituir à sua combalida memória tudo aquilo que contar quiser.

— Assim é a verdade — respondeu a donzela —, e daqui por diante creio que não será mister apontar-me nada, pois eu darei em bom porto com a minha verdadeira história. A qual é que o rei meu pai, que se chamava Tinácrio o Sabedor,[2] foi mui douto nisso que chamam arte mágica e descobriu por sua ciência que minha mãe, que se chamava a rainha Jaramilla, havia de morrer antes dele, e que dali a pouco tempo ele também havia de passar desta vida e eu havia de ficar órfã de pai e mãe. Mas dizia ele que não o afligia isto tanto quanto o punha em alvoroço saber como coisa mui certa que um descomunal gigante, senhor de uma grande ínsula que quase linda com o nosso reino, chamado Pandafilando da Fosca Vista,[3] pois é coisa averiguada que, sem bem tenha os olhos no seu lugar e direitos, sempre olha atravessado, qual se fosse vesgo, e faz isto de maligno e para meter medo e espanto

---

— Pues así es, esténme vuestras mercedes atentos.

No hubo ella dicho esto, cuando Cardenio y el barbero se le pusieron al lado, deseosos de ver cómo fingía su historia la discreta Dorotea, y lo mismo hizo Sancho, que tan engañado iba con ella como su amo. Y ella, después de haberse puesto bien en la silla y prevenídose con toser y hacer otros ademanes con mucho donaire, comenzó a decir desta manera:

— Primeramente, quiero que vuestras mercedes sepan, señores míos, que a mí me llaman...

Y detúvose aquí un poco porque se le olvidó el nombre que el cura le había puesto; pero él acudió al remedio, porque entendió en lo que reparaba, y dijo:

— No es maravilla, señora mía, que la vuestra grandeza se turbe y empache contando sus desventuras, que ellas suelen ser tales, que muchas veces quitan la memoria a los que maltratan, de tal manera que aun de sus mesmos nombres no se les acuerda, como han hecho con vuestra gran señoría, que se ha olvidado que se llama la princesa Micomicona, legítima heredera del gran reino Micomicón; y con este apuntamiento puede la vuestra grandeza reducir ahora fácilmente a su lastimada memoria todo aquello que contar quisiere.

— Así es la verdad — respondió la doncella —, y desde aquí adelante creo que no será menester apuntarme nada, que yo saldré a buen puerto con mi verdadera historia. La cual es que el rey mi padre, que se llamaba Tinacrio el Sabidor, fue muy docto en esto que llaman el arte mágica y alcanzó por su ciencia que mi madre, que se llamaba la reina Jaramilla, había de morir primero que él, y que de allí a poco tiempo él también había de pasar desta vida y yo había de quedar huérfana de padre y madre. Pero decía él que no le fatigaba tanto esto cuanto

naqueles que olha, digo que meu pai soube que esse gigante, em sabendo da minha orfandade, haveria de entrar com grande poderio no meu reino e me haveria de tirar tudo, sem me deixar nem uma pequena aldeia onde me recolher, mas que poderia escusar toda esta ruína e desgraça se eu me quisesse casar com ele, mas, pelo que ele entendia, jamais por vontade faria tão desigual casamento; e disse nisto a pura verdade, porque jamais me passou pelo pensamento casar-me com aquele gigante, e nem com outro algum, por grande e desaforado que fosse. Disse também meu pai que, depois que ele fosse morto e visse eu que Pandafilando começava a entrar no meu reino, que não o aguardasse para pôr-me em defesa, porque seria destruir-me, mas que livremente lhe deixasse desembaraçado o reino, se quisesse escusar a morte e total destruição dos meus bons e leais vassalos, porque não seria possível defender-me da endiabrada força do gigante; mas que logo, com alguns dos meus, me pusesse a caminho das Espanhas, onde acharia o remédio dos meus males achando um cavaleiro andante cuja fama neste tempo se estenderia por todo este reino, o qual se haveria de chamar, se mal não me lembro, "D. Chicote" ou "D. Gigote".

— "D. Quixote" há de ter dito, senhora — disse então Sancho Pança —, ou por outro nome o Cavaleiro da Triste Figura.

— Assim é a verdade — disse Dorotea. — E disse mais: que haveria de ser alto de corpo, seco de rosto, e que no lado direito, debaixo do ombro esquerdo, ou por ali perto, haveria de ter uma pinta parda com certos pelos à guisa de cerdas.

Em ouvindo isto D. Quixote, disse a seu escudeiro:

— Vem, Sancho, filho, ajuda-me a me despir, que quero ver se sou o cavaleiro que aquele sábio rei deixou profetizado.

---

le ponía en confusión saber por cosa muy cierta que un descomunal gigante, señor de una grande ínsula que casi alinda con nuestro reino, llamado Pandafilando de la Fosca Vista, porque es cosa averiguada que, aunque tiene los ojos en su lugar y derechos, siempre mira al revés, como si fuese bizco, y esto lo hace él de maligno y por poner miedo y espanto a los que mira, digo que supo que este gigante, en sabiendo mi orfandad, había de pasar con gran poderío sobre mi reino y me lo había de quitar todo, sin dejarme una pequeña aldea donde me recogiese, pero que podía escusar toda esta ruina y desgracia si yo me quisiese casar con él, mas, a lo que él entendía, jamás pensaba que me vendría a mí en voluntad de hacer tan desigual casamiento; y dijo en esto la pura verdad, porque jamás me ha pasado por el pensamiento casarme con aquel gigante, pero ni con otro alguno, por grande y desaforado que fuese. Dijo también mi padre que después que él fuese muerto y viese yo que Pandafilando comenzaba a pasar sobre mi reino, que no aguardase a ponerme en defensa, porque sería destruirme, sino que libremente le dejase desembarazado el reino, si quería escusar la muerte y total destruición de mis buenos y leales vasallos, porque no había de ser posible defenderme de la endiablada fuerza del gigante; sino que luego, con algunos de los míos, me pusiese en camino de las Españas, donde hallaría el remedio de mis males hallando a un caballero andante cuya fama en este tiempo se estendería por todo este reino, el cual se había de llamar, si mal no me acuerdo, *don Azote* o *don Gigote*.

— *Don Quijote* diría, señora — dijo a esta sazón Sancho Panza —, o por otro nombre el Caballero de la Triste Figura.

— Así es la verdad — dijo Dorotea —. Dijo más: que había de ser alto de cuerpo, seco de rostro, y que en

— E para que quer vossa mercê se despir? — disse Dorotea.

— Para ver se tenho essa pinta que o vosso pai disse — respondeu D. Quixote.

— Não há para que se despir — disse Sancho —, pois eu sei que tem vossa mercê uma pinta assim no meio do espinhaço, que é sinal de ser homem forte.

— Isso basta — disse Dorotea —, pois com os amigos não se há de reparar em detalhes, e que esteja no ombro ou no espinhaço pouco importa: basta que haja pinta, esteja onde estiver, que é tudo uma mesma carne; e sem dúvida acertou meu bom pai em tudo, e eu acertei em me encomendar ao senhor D. Quixote, que ele é quem meu pai disse, pois os sinais do rosto vêm junto com os da boa fama que este cavaleiro tem, não só na Espanha, mas em toda La Mancha, pois apenas havia desembarcado em Osuna, quando ouvi dizer muitas façanhas suas, o que logo me deu o sentimento de que era quem eu vinha buscar.

— Mas como desembarcou vossa mercê em Osuna, senhora minha — perguntou D. Quixote —, se não é porto de mar?

E antes que Dorotea respondesse, o padre lhe tomou a vez, dizendo:

— Deve de querer dizer a senhora princesa que, depois de desembarcar em Málaga, a primeira parte onde ouviu novas de vossa mercê foi em Osuna.

— Isso quis dizer — disse Dorotea.

— E isto vai encaminhado a jeito — disse o padre —, e prossiga vossa majestade seu conto.

— Não há mais o que prosseguir — respondeu Dorotea —, salvo que finalmente minha sorte foi tão boa em achar o senhor D. Quixote, que já me conto e tenho por rainha e senhora de todo o meu reino, pois ele em sua

---

el lado derecho, debajo del hombro izquierdo, o por allí junto, había de tener un lunar pardo con ciertos cabellos a manera de cerdas.

En oyendo esto don Quijote, dijo a su escudero:

— Ten aquí, Sancho, hijo, ayúdame a desnudar, que quiero ver si soy el caballero que aquel sabio rey dejó profetizado.

— Pues ¿para qué quiere vuestra merced desnudarse? — dijo Dorotea.

— Para ver si tengo ese lunar que vuestro padre dijo — respondió don Quijote.

— No hay para qué desnudarse — dijo Sancho —, que yo sé que tiene vuestra merced un lunar desas señas en la mitad del espinazo, que es señal de ser hombre fuerte.

— Eso basta — dijo Dorotea —, porque con los amigos no se ha de mirar en pocas cosas, y que esté en el hombro o que esté en el espinazo importa poco: basta que haya lunar, y esté donde estuviere, que todo es una mesma carne; y sin duda acertó mi buen padre en todo, y yo he acertado en encomendarme al señor don Quijote, que él es por quien mi padre dijo, pues las señales del rostro vienen con las de la buena fama que este caballero tiene, no solo en España, pero en toda la Mancha, pues apenas me hube desembarcado en Osuna cuando oí decir tantas hazañas suyas, que luego me dio el alma que era el mesmo que venía a buscar.

— Pues ¿cómo se desembarcó vuestra merced en Osuna, señora mía — preguntó don Quijote —, si no es puerto de mar?

Mas antes que Dorotea respondiese, tomó el cura la mano y dijo:

cortesia e magnificência me prometeu o dom de vir comigo aonde quer que eu o leve, que não será a outra parte que a pô-lo diante de Pandafilando da Fosca Vista, para que o mate e me restitua o que tão contra razão me usurpou; e tudo isto há de suceder a pedir de boca, pois assim o deixou profetizado Tinácrio o Sabedor, meu bom pai, o qual também deixou dito, e escrito em letras caldeias ou gregas, que eu não sei ler, que, se este cavaleiro da profecia, depois de degolar o gigante, se quisesse casar comigo, que eu sem réplica alguma me outorgasse logo por sua legítima esposa e lhe desse a possessão do meu reino junto com a da minha pessoa.

— Então, Sancho amigo? — disse D. Quixote neste ponto. — Ouviste? Eu não te disse? Olha se já não temos reino onde mandar e rainha com quem casar.

— Isso juro eu — disse Sancho — para o puto que não se casar em abrindo o gasganete do senhor Pandaferrando! Pois olhe se não é boa a rainha! Assim fossem as pulgas da minha cama!

E dizendo isto, deu duas cabriolas, com mostras de grandíssimo contento, e em seguida foi tomar as rédeas da mula de Dorotea e, fazendo-a parar, se ajoelhou diante dela, suplicando que lhe desse as mãos para que as beijasse, em sinal de que a recebia por sua rainha e senhora. Quem dos circunstantes não havia de rir, vendo a loucura do amo e a simpleza do criado? Com efeito, Dorotea lhas deu, e lhe prometeu fazer dele um grande senhor no seu reino, quando o céu lhe fizesse tanto bem que lho deixasse reaver e desfrutar. Agradeceu-lhe Sancho com tais palavras que renovou o riso em todos.

— Esta, senhores — prosseguiu Dorotea —, é a minha história. Só resta por dizer que de toda a gente de acompanhamento que tirei do meu reino

---

— Debe de querer decir la señora princesa que después que desembarcó en Málaga la primera parte donde oyó nuevas de vuestra merced fue en Osuna.
— Eso quise decir — dijo Dorotea.
— Y esto lleva camino — dijo el cura —, y prosiga vuestra majestad adelante.
— No hay que proseguir — respondió Dorotea —, sino que finalmente mi suerte ha sido tan buena en hallar al señor don Quijote, que ya me cuento y tengo por reina y señora de todo mi reino, pues él por su cortesía y magnificencia me ha prometido el don de irse conmigo dondequiera que yo le llevare, que no será a otra parte que a ponerle delante de Pandafilando de la Fosca Vista, para que le mate y me restituya lo que tan contra razón me tiene usurpado; que todo esto ha de suceder a pedir de boca, pues así lo dejó profetizado Tinacrio el Sabidor, mi buen padre, el cual también dejó dicho, y escrito en letras caldeas o griegas, que yo no las sé leer, que si este caballero de la profecía, después de haber degollado al gigante, quisiese casarse conmigo, que yo me otorgase luego sin réplica alguna por su legítima esposa y le diese la posesión de mi reino junto con la de mi persona.
— ¿Qué te parece, Sancho amigo? — dijo a este punto don Quijote —. ¿No oyes lo que pasa? ¿No te lo dije yo? Mira si tenemos ya reino que mandar y reina con quien casar.
— ¡Eso juro yo — dijo Sancho — para el puto que no se casare en abriendo el gaznatico al señor Pandahilado! Pues ¡monta que es mala la reina! ¡Así se me vuelvan las pulgas de la cama!
Y diciendo esto, dio dos zapatetas en el aire, con muestras de grandísimo contento, y luego fue a tomar las riendas de la mula de Dorotea, y haciéndola detener se hincó de rodillas ante ella, suplicándole le diese las

não me restou ninguém, salvo este bem barbado escudeiro, porque todos afogaram numa grande borrasca que tivemos à vista do porto, e ele e eu chegamos em terra agarrados a duas tábuas, como que por milagre: assim é todo milagre e mistério o discorrer da minha vida, como tereis reparado. E se nalguma coisa fui demasiosa, ou não tão acertada quanto deveria, ponde a culpa naquilo que o senhor licenciado disse no início do meu conto: que os trabalhos contínuos e extraordinários tiram a memória de quem os padece.

— De mim não tirarão, oh alta e valorosa senhora! — disse D. Quixote —, quantos eu passar em servir-vos, por maiores e não vistos que sejam; e assim, de novo confirmo o dom que vos prometi e juro de com vós ir ao cabo do mundo, até ver-me com o fero inimigo vosso, a quem penso, com a ajuda de Deus e do meu braço, cortar a cabeça soberba com os fios desta... não direi "boa" espada, mercê de Ginés de Pasamonte, que levou a minha. — Isto disse entre dentes, e prosseguiu dizendo: — E, depois de ter-lha cortado e de pôr-vos na pacífica possessão do vosso estado, ficará ao vosso talante fazer da vossa pessoa o que mais e melhor vos prouver; porque, enquanto eu tiver ocupada a memória e cativa a vontade, perdido o entendimento, naquela... não digo mais, não é possível, nem por pensamento, que eu arroste o casar-me, ainda que fosse com a ave fênix.

Pareceu tão mal a Sancho o que seu amo disse por último acerca de não querer casar que, com grande sanha levantando a voz, disse:

— Voto a mim e juro a mim que vossa mercê, senhor D. Quixote, não tem seu juízo perfeito! Pois como é possível que duvide em se casar com tão alta princesa como esta? Pensa que a fortuna lhe há de oferecer a cada esquina semelhante ventura como a que agora se lhe oferece? É por acaso mais formosa a minha senhora Dulcineia? Não, por certo, nem sequer a metade,

---

manos para besárselas, en señal que la recibía por su reina y señora. ¿Quién no había de reír de los circustantes, viendo la locura del amo y la simplicidad del criado? En efecto, Dorotea se las dio, y le prometió de hacerle gran señor en su reino, cuando el cielo le hiciese tanto bien, que se lo dejase cobrar y gozar. Agradecióselo Sancho con tales palabras, que renovó la risa en todos.

— Esta, señores — prosiguió Dorotea —, es mi historia. Solo resta por deciros que de cuanta gente de acompañamiento saqué de mi reino no me ha quedado sino solo este bien barbado escudero, porque todos se anegaron en una gran borrasca que tuvimos a vista del puerto, y él y yo salimos en dos tablas a tierra, como por milagro: y así es todo milagro y misterio el discurso de mi vida, como lo habréis notado. Y si en alguna cosa he andado demasiada, o no tan acertada como debiera, echad la culpa a lo que el señor licenciado dijo al principio de mi cuento: que los trabajos continuos y extraordinarios quitan la memoria al que los padece.

— Esa no me quitarán a mí, ¡oh alta y valerosa señora! — dijo don Quijote —, cuantos yo pasare en serviros, por grandes y no vistos que sean; y así, de nuevo confirmo el don que os he prometido y juro de ir con vos al cabo del mundo, hasta verme con el fiero enemigo vuestro, a quien pienso, con el ayuda de Dios y de mi brazo, tajar la cabeza soberbia con los filos desta... no quiero decir "buena" espada, merced a Ginés de Pasamonte, que me llevó la mía. — Esto dijo entre dientes, y prosiguió diciendo: — Y después de habérsela tajado y puéstoos en pacífica posesión de vuestro estado, quedará a vuestra voluntad hacer de vuestra persona lo que más en talante os viniere; porque mientras que yo tuviere ocupada la memoria y cautiva la voluntad, perdido el entendimiento, a aquella... y no digo más, no es posible que yo arrostre, ni por pienso, el casarme, aunque fuese con el ave fénix.

e até estou para dizer que não chega à sola do sapato da que está aqui diante. Assim eu nunca jamais conseguirei o condado que espero, se vossa mercê andar procurando nabos em alto-mar. Case, case de uma vez, por Satanás, e tome esse reino que lhe vem tão de mão beijada e, em sendo rei, faça-me marquês ou adiantado, e que o diabo leve tudo o mais.

D. Quixote, que tais blasfêmias ouviu contra a sua senhora Dulcineia, não as pôde sofrer e, erguendo o chuço, sem dizer palavra a Sancho nem dizer água vai, lhe deu duas tamanhas pauladas que o deitou por terra; e se Dorotea não desse vozes para que não lhe desse mais, sem dúvida lhe teria tirado a vida ali mesmo.

— Pensais — disse-lhe ao cabo de algum tempo —, ruim vilão, que sempre tereis lugar para pôr-me a mão nas entrepernas[4] e que tudo será errardes vós e perdoar-vos eu? Pois não o penseis, velhaco excomungado, que sem dúvida o estás, pois manchaste com tua má língua a sem-par Dulcineia. E não sabeis vós, bruto, ganhão, biltre, que, se não fosse pelo valor que ela infunde no meu braço, não o teria eu nem para matar uma pulga? Dizei, intrujão de língua viperina, quem pensais que ganhou esse reino e cortou a cabeça desse gigante e vos fez marquês, que tudo isto dou já por feito e por coisa passada em julgado, se não é o valor de Dulcineia, tomando o meu braço por instrumento das suas façanhas? Ela peleja em mim e vence em mim, e eu vivo e respiro nela, e nela tenho vida e ser. Oh, fideputa velhaco, como sois ingrato, que vos vedes levantado do pó da terra a ser senhor de título e correspondeis a tão boa obra com maldizer de quem vo-la fez!

Não estava tão estropiado Sancho que não ouvisse tudo quanto seu amo lhe dizia; e levantando-se com alguma presteza se foi postar atrás do palafrém de Dorotea e dali disse a seu amo:

Parecióle tan mal a Sancho lo que últimamente su amo dijo acerca de no querer casarse, que con grande enojo alzando la voz dijo:

— ¡Voto a mí y juro a mí que no tiene vuestra merced, señor don Quijote, cabal juicio! Pues ¿cómo es posible que vuestra merced pone en duda el casarse con tan alta princesa como aquesta? ¿Piensa que le ha de ofrecer la fortuna tras cada cantillo semejante ventura como la que ahora se le ofrece? ¿Es por dicha más hermosa mi señora Dulcinea? No, por cierto, ni aun con la mitad, y aun estoy por decir que no llega a su zapato de la que está delante. Así, noramala alcanzaré yo el condado que espero, si vuestra merced se anda a pedir cotufas en el golfo. Cásese, cásese luego, encomiéndole yo a Satanás, y tome ese reino que se le viene a las manos de vobis vobis, y en siendo rey, hágame marqués o adelantado, y luego, siquiera se lo lleve el diablo todo.

Don Quijote, que tales blasfemias oyó decir contra su señora Dulcinea, no lo pudo sufrir, y, alzando el lanzón, sin hablalle palabra a Sancho y sin decirle esta boca es mía, le dio tales dos palos, que dio con él en tierra; y si no fuera porque Dorotea le dio voces que no le diera más, sin duda le quitara allí la vida.

— ¿Pensáis — le dijo a cabo de rato —, villano ruin, que ha de haber lugar siempre para ponerme la mano en la horcajadura y que todo ha de ser errar vos y perdonaros yo? Pues no lo penséis, bellaco descomulgado, que sin duda lo estás, pues has puesto lengua en la sin par Dulcinea. Y ¿no sabéis vos, gañán, faquín, belitre, que si no fuese por el valor que ella infunde en mi brazo, que no le tendría yo para matar una pulga? Decid, socarrón de lengua viperina, ¿y quién pensáis que ha ganado este reino y cortado la cabeza a este gigante y héchoos a vos marqués, que todo esto doy ya por hecho y por cosa pasada en cosa juzgada, si no es el valor de Dulcinea, toman-

— Mas me diga, senhor: se vossa mercê determinou de não se casar com esta grande princesa, claro está que o reino não será seu; e se o não for, que mercês me poderá fazer? É disto que me queixo. Case vossa mercê de uma vez com esta rainha, agora que a temos aqui como caída do céu, e depois pode voltar com a minha senhora Dulcineia, que reis amancebados já deve de ter havido no mundo. Quanto à formosura, não me intrometo, que em verdade, para dizê-la, as duas me parecem bem, ainda que eu nunca tenha visto a senhora Dulcineia.

— Como que não a viste, traidor blasfemo? — disse D. Quixote. — Pois não acabas de me trazer agora um recado de sua parte?

— Digo que não a vi com o bastante vagar — disse Sancho — para reparar na sua formosura e nas suas boas prendas ponto por ponto; mas assim, por alto, me pareceu boa peça.

— Agora estás desculpado — disse D. Quixote —, e perdoa-me a sanha, que dos primeiros movimentos não têm mão os homens.

— Já o pude ver — respondeu Sancho. — Quanto a mim, é sempre a vontade de falar o meu primeiro movimento, e não posso deixar de dizer, por uma vez que seja, o que me vem à língua.

— Com tudo isso, Sancho — disse D. Quixote —, vê o que falas, porque tantas vezes vai o cântaro à fonte, que..., não digo mais.

— Pois bem — respondeu Sancho —, Deus está no céu vendo todos os enredos e será juiz de quem faz mais mal: eu em falar muito ou vossa mercê em não obrar.

— Já basta — disse Dorotea. — Correi, Sancho, e beijai a mão do vosso senhor e pedi-lhe perdão, e daqui em diante andai mais a tento nos vossos elogios e vitupérios, e não digais mal dessa senhora Tobosa, que eu não co-

---

do a mi brazo por instrumento de sus hazañas? Ella pelea en mí y vence en mí, y yo vivo y respiro en ella, y tengo vida y ser. ¡Oh hideputa bellaco, y cómo sois desagradecido, que os veis levantado del polvo de la tierra a ser señor de título y correspondéis a tan buena obra con decir mal de quien os la hizo!

No estaba tan maltrecho Sancho, que no oyese todo cuanto su amo le decía; y levantándose con un poco de presteza, se fue a poner detrás del palafrén de Dorotea y desde allí dijo a su amo:

— Dígame, señor: si vuestra merced tiene determinado de no casarse con esta gran princesa, claro está que no será el reino suyo; y no siéndolo, ¿qué mercedes me puede hacer? Esto es de lo que yo me quejo. Cásese vuestra merced una por una con esta reina, ahora que la tenemos aquí como llovida del cielo, y después puede volverse con mi señora Dulcinea, que reyes debe de haber habido en el mundo que hayan sido amancebados. En lo de la hermosura no me entrometo, que en verdad, si va a decirla, que entrambas me parecen bien, puesto que yo nunca he visto a la señora Dulcinea.

— ¿Cómo que no la has visto, traidor blasfemo? — dijo don Quijote —. Pues ¿no acabas de traerme ahora un recado de su parte?

— Digo que no la he visto tan despacio — dijo Sancho —, que pueda haber notado particularmente su hermosura y sus buenas partes punto por punto; pero así a bulto me parece bien.

— Ahora te disculpo — dijo don Quijote —, y perdóname el enojo que te he dado, que los primeros movimientos no son en manos de los hombres.

nheço senão para servi-la, e tende fé em Deus, que não vos há de faltar um estado onde vivereis como um príncipe.

Lá foi Sancho cabisbaixo pedir a mão a seu senhor, que lha deu com repousado jeito; e já beijada deu este sua bênção a Sancho e lhe disse que se adiantassem um pouco, pois tinha de lhe perguntar e tratar com ele coisas de muita importância. Fê-lo assim Sancho, e se afastaram os dois um tanto à frente, e lhe disse D. Quixote:

— Depois que voltaste, não tive lugar nem espaço de te perguntar muitas coisas de pormenor acerca da embaixada que levaste e da resposta que trouxeste; e agora que a fortuna nos concedeu tempo e lugar, não me negues tu a ventura que podes me dar com tão boas novas.

— Pergunte vossa mercê o que quiser — respondeu Sancho —, que a tudo darei tão boa resposta como tive o recebimento. Mas suplico a vossa mercê, senhor meu, que não seja daqui em diante tão vingativo.

— Por que dizes isto, Sancho? — disse D. Quixote.

— Digo — respondeu Sancho — porque essas pauladas de agora há pouco foram mais pela briga que na outra noite o diabo travou entre nós dois que pelo que eu disse contra a minha senhora Dulcineia, que eu amo e reverencio como uma relíquia, ainda que dela nada espere, só por ser coisa de vossa mercê.

— Por tua vida, Sancho, não voltes a essas conversas — disse D. Quixote —, que me dão pesar; já te perdoei, e bem sabes que se sói dizer: "Para pecado novo, penitência nova".[5]

Enquanto isso acontecia, viram vir pelo caminho um homem cavaleiro num jumento, que, quando chegou perto, lhes pareceu ser cigano; mas Sancho Pança, que sempre que via um asno lhe deitava os olhos e junto o coração,

---

— Ya yo lo veo — respondió Sancho —, y, así, en mí la gana de hablar siempre es primero movimiento, y no puedo dejar de decir, por una vez siquiera, lo que me viene a la lengua.

— Con todo eso — dijo don Quijote —, mira, Sancho, lo que hablas, porque tantas veces va el cantarillo a la fuente..., y no te digo más.

— Ahora bien — respondió Sancho —, Dios está en el cielo, que ve las trampas y será juez de quien hace más mal: yo en hablar bien o vuestra merced en no obrallo.

— No haya más — dijo Dorotea — : corred, Sancho, y besad la mano a vuestro señor y pedilde perdón, y de aquí adelante andad más atentado en vuestras alabanzas y vituperios, y no digáis mal de aquesa señora Tobosa, a quien yo no conozco si no es para servilla, y tened confianza en Dios, que no os ha de faltar un estado donde viváis como un príncipe.

Fue Sancho cabizbajo y pidió la mano a su señor, y él se la dio con reposado continente; y después que se la hubo besado, le echó la bendición y dijo a Sancho que se adelantasen un poco, que tenía que preguntalle y que departir con él cosas de mucha importancia. Hízolo así Sancho y apartáronse los dos algo adelante y díjole don Quijote:

— Después que veniste, no he tenido lugar ni espacio para preguntarte muchas cosas de particularidad acerca de la embajada que llevaste y de la respuesta que trujiste; y ahora, pues la fortuna nos ha concedido tiempo y lugar, no me niegues tú la ventura que puedes darme con tan buenas nuevas.

apenas viu o homem, quando conheceu que era Ginés de Pasamonte, e pelo fio do cigano tirou o novelo do seu asno, como era a verdade, pois era seu o jerico em que Pasamonte vinha montado; o qual, para não ser conhecido e poder vender o asno, se pusera em trajes de cigano, cuja língua e outras muitas sabia falar como se fossem a sua natural. Viu-o Sancho e o conheceu e, nem bem o tinha visto e conhecido, a grandes vozes lhe disse:

— Ah, ladrão Ginesillo! Deixa a minha prenda, deixa a minha vida, não carregues com o meu alívio, deixa o meu asno, deixa o meu regalo! Foge, puto; some-te, ladrão, e abandona o que não é teu!

Nem houvera mister de tantas palavras e baldões, pois logo à primeira saltou Ginés e, pegando num trote que mais parecia carreira, num ápice se ausentou e afastou de todos. Sancho se chegou ao seu jerico e, abraçando-o, lhe disse:

— Como tem andado, meu bem, jerico do meu coração, companheiro meu?

E com isso o beijava e acariciava como se fosse gente. O asno calava e se deixava beijar e acariciar por Sancho sem responder palavra alguma. Chegaram todos e lhe deram os parabéns pelo achado do jerico, especialmente D. Quixote, o qual lhe disse que nem por isso anulava a livrança dos três burricos. O que Sancho lhe agradeceu.

Ao tempo que os dois andavam nessas conversas, disse o padre a Dorotea que ela fora muito discreta, assim no conto como na brevidade dele e na sua semelhança com os dos livros de cavalarias. Ela disse que muitas horas se entretivera em sua leitura, mas que não sabia onde ficavam as províncias nem os portos de mar e que por isso dissera às cegas ter desembarcado em Osuna.

— Pregunte vuestra merced lo que quisiere — respondió Sancho —, que a todo daré tan buena salida como tuve la entrada. Pero suplico a vuestra merced, señor mío, que no sea de aquí adelante tan vengativo.

— ¿Por qué lo dices, Sancho? — dijo don Quijote.

— Dígolo — respondió Sancho — porque estos palos de agora más fueron por la pendencia que entre los dos trabó el diablo la otra noche que por lo que dije contra mi señora Dulcinea, a quien amo y reverencio como a una reliquia, aunque en ella no lo haya, solo por ser cosa de vuestra merced.

— No tornes a esas pláticas, Sancho, por tu vida — dijo don Quijote —, que me dan pesadumbre; ya te perdoné entonces, y bien sabes tú que suele decirse: "A pecado nuevo, penitencia nueva".

Mientras esto pasaba, vieron venir por el camino donde ellos iban a un hombre caballero sobre un jumento y, cuando llegó cerca, les parecía que era gitano. Pero Sancho Panza, que doquiera que vía asnos se le iban los ojos y el alma, apenas hubo visto al hombre, cuando conoció que era Ginés de Pasamonte, y por el hilo del gitano sacó el ovillo de su asno, como era la verdad, pues era el rucio sobre que Pasamonte venía. El cual, por no ser conocido y por vender el asno, se había puesto en traje de gitano, cuya lengua y otras muchas sabia hablar como si fueran naturales suyas. Violo Sancho y conociole, y apenas le hubo visto y conocido, cuando a grandes voces dijo: "Ah, ladrón Ginesillo, deja mi prenda, suelta mi vida, no te empaches con mi descanso; deja mi asno, deja mi regalo; huye, puto, auséntate, ladrón, y desampara lo que no es tuyo". No fueran menester tantas palabras ni baldones, porque a la primera saltó Ginés y, tomando un trote que parecía carrera, en un punto se ausentó y alejó de todos. Sancho llegó a su rucio, y, abrazándole, le dijo: "¿Cómo has estado, bien mío, rucio de mis ojos, compa-

— Eu assim o entendi — disse o padre — e por isso logo acudi a dizer o que disse, com o que tudo se amanhou. Mas não é coisa estranha ver com quanta facilidade acredita esse desventurado fidalgo em todas essas invenções e mentiras, só porque têm o estilo e o modo das necedades de seus livros?

— É, sim — disse Cardenio —, e tão rara e nunca vista que duvido que, querendo inventá-la e fabricá-la mentirosamente, houvesse um tão agudo engenho que a pudesse atinar.

— Pois há outra coisa nisso — disse o padre. — É que, afora as tolices que este bom fidalgo diz tocantes à sua loucura, ao tratar de outras coisas discorre com boníssimas razões e mostra ter em tudo um entendimento claro e ponderado; de maneira que, como não lhe toquem nas suas cavalarias, ninguém o julgará senão como alguém de muito bom entendimento.

Enquanto eles estavam nessa conversa, prosseguiu D. Quixote com a sua e disse a Sancho:

— Ponhamos, Pança amigo, uma pedra sobre as nossas brigas, e dize-me agora, sem ter conta de sanha nem rancor algum: onde, como e quando achaste Dulcineia? Que fazia ela? Que lhe disseste? Que te respondeu? Que cara fez ao ler a minha carta? Quem ta trasladou? E tudo aquilo que vires que neste caso é digno de saber, de perguntar e satisfazer, sem nada acrescentares ou mentires por dar-me gosto, nem muito menos te acanhes para mo não tirar.

— Senhor — respondeu Sancho —, para dizer a verdade, a carta ninguém trasladou, porque eu não levei carta alguma.

— Assim é como tu dizes — disse D. Quixote —, porque o livrete de memória onde a escrevi vim a achá-lo em meu poder dois dias depois da tua partida, o qual me causou grandíssima pena, por não saber o que havias de

---

ñero mío?" Y, con esto, le besaba y acariciaba, como si fuera persona. El asno callaba y se dejaba besar y acariciar de Sancho, sin responderle palabra alguna. Llegaron todos y diéronle el parabién del hallazgo del rucio, especialmente don Quijote, el cual le dijo que no por eso anulaba la póliza de los tres pollinos. Sancho se lo agradeció.

En tanto que los dos iban en estas pláticas, dijo el cura a Dorotea que había andado muy discreta así en el cuento como en la brevedad dél y en la similitud que tuvo con los de los libros de caballerías. Ella dijo que muchos ratos se había entretenido en leellos, pero que no sabía ella dónde eran las provincias ni puertos de mar y que, así, había dicho a tiento que se había desembarcado en Osuna.

— Yo lo entendí así — dijo el cura — y por eso acudí luego a decir lo que dije, con que se acomodó todo. Pero ¿no es cosa estraña ver con cuánta facilidad cree este desventurado hidalgo todas estas invenciones y mentiras, solo porque llevan el estilo y modo de las necedades de sus libros?

— Sí es — dijo Cardenio —, y tan rara y nunca vista, que yo no sé si queriendo inventarla y fabricarla mentirosamente hubiera tan agudo ingenio que pudiera dar en ella.

— Pues otra cosa hay en ello — dijo el cura —: que, fuera de las simplicidades que este buen hidalgo dice tocantes a su locura, si le tratan de otras cosas discurre con boníssimas razones y muestra tener un entendimiento claro y apacible en todo; de manera que como no le toquen en sus caballerías, no habrá nadie que le juzgue sino por de muy buen entendimiento.

En tanto que ellos iban en esta conversación, prosiguió don Quijote con la suya y dijo a Sancho:

— Echemos, Panza amigo, pelillos a la mar en esto de nuestras pendencias, y dime ahora, sin tener cuenta

fazer quando te visses sem carta, e sempre pensei que voltarias do lugar onde lhe desses por falta.

— Assim seria — respondeu Sancho —, se eu não a tivesse guardado na memória quando vossa mercê a leu, de maneira que a ditei a um sacristão, que a trasladou do meu entendimento tão ponto por ponto que disse que em todos os dias de sua vida, bem que tivesse lido muitas cartas de excomunhão, nunca tinha visto nem lido tão linda carta como aquela.

— E ainda a tens na memória, Sancho? — disse D. Quixote.

— Não, senhor — respondeu Sancho —, porque, depois que a disse, como vi que não tinha mais serventia, dei em esquecê-la, e se algo ainda me lembra, é aquilo de "barregana", digo, de "soberana senhora", e o fim: "Vosso até a morte, o Cavaleiro da Triste Figura". E no meio destas duas coisas pus mais de trezentas almas e vidas e olhos meus.

Notas

[1] ... ainda me teria arrancado um bigode: era costume da época puxar das pontas dos bigodes ao se lançar uma jura, para enfatizá-la.

[2] Tinácrio o Sabedor: personagem da *Segunda parte de espejo de príncipes y caballeros* (Alcalá de Henares, 1580), de Pedro de la Sierra Infanzón.

[3] Pandafilando: na gíria picaresca, *panda* significa trapaça no jogo e *filar*, ludibriar.

[4] ... pôr-me a mão nas entrepernas: eufemismo de "*tocar los cojones*" (tocar os colhões), isto é, importunar ou afrontar.

[5] "Para pecado novo, penitência nova": na segunda edição, inseriu-se aqui o trecho grifado, complemento necessário à passagem acrescentada no capítulo XXIII. Sendo ou não um texto de autoria de Cervantes, é presumível que ele tenha aprovado a interpolação.

---

con enojo ni rencor alguno: ¿Dónde, cómo y cuándo hallaste a Dulcinea? ¿Qué hacía? ¿Qué le dijiste? ¿Qué te respondió? ¿Qué rostro hizo cuando leía mi carta? ¿Quién te la trasladó? Y todo aquello que vieres que en este caso es digno de saberse, de preguntarse y satisfacerse, sin que añadas o mientas por darme gusto, ni menos te acortes por no quitármele.

— Señor — respondió Sancho —, si va a decir la verdad, la carta no me la trasladó nadie, porque yo no llevé carta alguna.

— Así es como tú dices — dijo don Quijote —, porque el librillo de memoria donde yo la escribí le hallé en mi poder a cabo de dos días de tu partida, lo cual me causó grandísima pena, por no saber lo que habías tú de hacer cuando te vieses sin carta, y creí siempre que te volverías desde el lugar donde la echaras menos.

— Así fuera — respondió Sancho —, si no la hubiera yo tomado en la memoria cuando vuestra merced me la leyó, de manera que se la dije a un sacristán, que me la trasladó del entendimiento tan punto por punto, que dijo que en todos los días de su vida, aunque había leído muchas cartas de descomunión, no había visto ni leído tan linda carta como aquella.

— Y ¿tiénesla todavía en la memoria, Sancho? — dijo don Quijote.

— No, señor — respondió Sancho —, porque después que la di, como vi que no había de ser de más provecho, di en olvidalla, y si algo se me acuerda, es aquello del "sobajada", digo del "soberana señora", y lo último: "Vuestro hasta la muerte, el Caballero de la Triste Figura". Y en medio destas dos cosas le puse más de trecientas almas y vidas y ojos míos.

CAPÍTULO XXXI

Das saborosas razões trocadas
entre D. Quixote e Sancho Pança, seu escudeiro,
mais outros sucessos

— Tudo isso não me descontenta; segue adiante — disse D. Quixote. — Chegaste, e o que fazia aquela rainha da formosura? Decerto a encontraste engranzando pérolas ou bordando alguma divisa com ouro em canutilho para este seu cativo cavaleiro.

— Não a achei — respondeu Sancho — senão joeirando duas sacas de trigo num quintal de sua casa.

— Pois faze conta — disse D. Quixote — que os grãos daquele trigo eram grãos de pérolas, tocados por suas mãos. E viste, amigo, se o trigo era candial ou tremês?

— Era só trigo vermelho — respondeu Sancho.

— Pois eu tenho para mim — disse D. Quixote — que, joeirado por suas mãos, sem dúvida alguma deu pão candial. Mas segue adiante: quando lhe entregaste a minha carta, ela a beijou? Colocou-a sobre a cabeça? Fez alguma cerimônia digna de tal carta? Ou que outra coisa fez?

— Quando lha ia entregar — respondeu Sancho —, ela estava sacudindo a peneira com gana para dar cabo do tanto que tinha ali metido, e me disse:

CAPÍTULO XXXI

De los sabrosos razonamientos que pasaron
entre don Quijote y Sancho Panza, su escudero,
con otros sucesos

— Todo eso no me descontenta; prosigue adelante — dijo don Quijote —. Llegaste, ¿y qué hacía aquella reina de la hermosura? A buen seguro que la hallaste ensartando perlas o bordando alguna empresa con oro de cañutillo para este su cautivo caballero.

— No la hallé — respondió Sancho — sino ahechando dos hanegas de trigo en un corral de su casa.

— Pues haz cuenta — dijo don Quijote — que los granos de aquel trigo eran granos de perlas, tocados de sus manos. Y si miraste, amigo, el trigo ¿era candeal o trechel?

— No era sino rubión — respondió Sancho.

— Pues yo te aseguro — dijo don Quijote — que, ahechado por sus manos, hizo pan candeal, sin duda alguna. Pero pasa adelante: cuando le diste mi carta, ¿besóla? ¿Púsosela sobre la cabeza? ¿Hizo alguna ceremonia digna de tal carta, o qué hizo?

"Deixa, amigo, essa carta em cima daquela saca, que não a poderei ler enquanto não acabar de peneirar tudo o que aqui está".

— Discreta senhora! — disse D. Quixote. — Isso deve de ter sido para poder lê-la sem pressa e recrear-se com ela. Adiante, Sancho. E enquanto estava nos seus misteres, que colóquios teve contigo? Que te perguntou de mim? E tu, que lhe respondeste? Acaba, conta-me tudo, não deixes detalhe algum no tinteiro.

— Não me perguntou nada — disse Sancho —, mas eu lhe disse como, por seu serviço, tinha vossa mercê ficado em penitência, nu da cintura acima, metido nestas serras como um selvagem, dormindo no chão, sem comer à mesa posta e sem as barbas pentear, chorando e maldizendo sua fortuna.

— Em dizer que maldizia a minha fortuna disseste mal — disse D. Quixote —, porque antes a bendigo e bendirei todos os dias da minha vida, por ter-me feito digno de merecer amar tão alta senhora como Dulcineia d'El Toboso.

— Tão alta é — respondeu Sancho — que, à boa-fé, me avantaja em mais de uma mão-travessa.

— Como é, Sancho? — disse D. Quixote. — Por acaso te mediste com ela?

— Medi-me desta maneira — respondeu Sancho —: chegando-me para ajudá-la a pôr um costal de trigo sobre um jumento, chegamos tão perto que se deu a ver que me avantajava em mais de um grande palmo.

— É verdade — replicou D. Quixote —, e o quanto não acompanha essa grandeza adornando-a com mil milhões de graças da alma. Mas não me negarás, Sancho, uma coisa: quando chegaste junto dela, não sentiste um olor balsâmico, uma fragrância aromática e um não sei quê de bom, que eu nem

---

— Cuando yo se la iba a dar — respondió Sancho —, ella estaba en la fuga del meneo de una buena parte de trigo que tenía en la criba, y díjome: "Poned, amigo, esa carta sobre aquel costal, que no la puedo leer hasta que acabe de acribar todo lo que aquí está".

— ¡Discreta señora! — dijo don Quijote —. Eso debió de ser por leerla despacio y recrearse con ella. Adelante, Sancho. Y en tanto que estaba en su menester, ¿qué coloquios pasó contigo? ¿Qué te preguntó de mí? Y tú ¿qué le respondiste? Acaba, cuéntamelo todo, no se te quede en el tintero una mínima.

— Ella no me preguntó nada — dijo Sancho —, mas yo le dije de la manera que vuestra merced por su servicio quedaba haciendo penitencia, desnudo de la cintura arriba, metido entre estas sierras como si fuera salvaje, durmiendo en el suelo, sin comer pan a manteles ni sin peinarse la barba, llorando y maldiciendo su fortuna.

— En decir que maldecía mi fortuna dijiste mal — dijo don Quijote —, porque antes la bendigo y bendeciré todos los días de mi vida, por haberme hecho digno de merecer amar tan alta señora como Dulcinea del Toboso.

— Tan alta es — respondió Sancho —, que a buena fe que me lleva a mí más de un coto.

— Pues ¿cómo, Sancho? — dijo don Quijote —. ¿Haste medido tú con ella?

— Medíme en esta manera — respondió Sancho —: que llegándole a ayudar a poner un costal de trigo sobre un jumento, llegamos tan juntos, que eché de ver que me llevaba más de un gran palmo.

— Pues es verdad — replicó don Quijote — que no acompaña esa grandeza y la adorna con mil millones

consigo nomear? Digo, uma bafagem ou um bafejo como se estivesses na loja de algum curioso luveiro?

— O que eu sei dizer — disse Sancho — é que senti um cheirinho um tanto macho, e devia de ser porque ela, com o muito exercício, estava suada e um tanto emborralhada.

— Não seria isso — respondeu D. Quixote —, e sim que tu devias de estar acatarrado ou deveste de cheirar a ti mesmo, pois eu sei muito bem qual o perfume daquela rosa entre espinhos, daquele lírio do campo, daquele âmbar sutil.

— Tudo pode ser — respondeu Sancho —, pois muitas vezes sai de mim aquele cheiro que então me pareceu que saía de sua mercê a senhora Dulcineia; e não há de que se maravilhar, pois dois diabos se parecem.

— E, então — prosseguiu D. Quixote —, acabou ela de limpar o seu trigo e de enviá-lo ao moinho. Que fez quando leu a carta?

— A carta — disse Sancho — ela não leu, porque disse que não sabia ler nem escrever, antes a rasgou e a fez em miúdos pedaços, dizendo que não queria dá-la a ler a ninguém, para que ninguém no lugar soubesse dos seus segredos, e que lhe bastava o que eu tinha dito de palavra acerca do amor que vossa mercê tinha por ela e da penitência extraordinária que por sua causa ficava fazendo. E finalmente disse que dissesse a vossa mercê que lhe beijava as mãos, e que ali ficava com mais desejo de o ver que de lhe escrever, e que, sendo assim, lhe suplicava e mandava que, em vista da presente, saísse destes matagais e deixasse de fazer disparates e se pusesse logo logo a caminho de El Toboso, se outra coisa de mais importância não lhe ocorresse, pois tinha grande desejo de ver vossa mercê. Riu-se muito quando eu lhe disse que vossa mercê se chamava o Cavaleiro da Triste Figura. Perguntei-lhe se

---

y gracias del alma. Pero no me negarás, Sancho, una cosa: cuando llegaste junto a ella, ¿no sentiste un olor sabeo, una fragancia aromática y un no sé qué de bueno, que yo no acierto a dalle nombre? Digo, ¿un tuho o tufo como si estuvieras en la tienda de algún curioso guantero?

— Lo que sé decir — dijo Sancho — es que sentí un olorcillo algo hombruno, y debía de ser que ella, con el mucho ejercicio, estaba sudada y algo correosa.

— No sería eso — respondió don Quijote —, sino que tú debías de estar romadizado o te debiste de oler a ti mismo, porque yo sé bien a lo que huele aquella rosa entre espinas, aquel lirio del campo, aquel ámbar desleído.

— Todo puede ser — respondió Sancho —, que muchas veces sale de mí aquel olor que entonces me pareció que salía de su merced de la señora Dulcinea; pero no hay de qué maravillarse, que un diablo parece a otro.

— Y bien — prosiguió don Quijote —, he aquí que acabó de limpiar su trigo y de enviallo al molino. ¿Qué hizo cuando leyó la carta?

— La carta — dijo Sancho — no la leyó, porque dijo que no sabía leer ni escribir, antes la rasgó y la hizo menudas piezas, diciendo que no la quería dar a leer a nadie, porque no se supiesen en el lugar sus secretos, y que bastaba lo que yo le había dicho de palabra acerca del amor que vuestra merced le tenía y de la penitencia extraordinaria que por su causa quedaba haciendo. Y, finalmente, me dijo que dijese a vuestra merced que le besaba las manos, y que allí quedaba con más deseo de verle que de escribirle, y que, así, le suplicaba y mandaba que, vista la presente, saliese de aquellos matorrales y se dejase de hacer disparates y se pusiese luego luego en camino del Toboso, si otra cosa de más importancia no le sucediese, porque tenía gran deseo de ver a vuestra merced. Rióse

tinha aparecido por lá o biscainho aquele; disse ela que sim e que era um homem muito de bem. Também lhe perguntei pelos galeotes, mas me disse que, até então, não tinha visto nenhum.

— Tudo corre bem até agora — disse D. Quixote. — Mas, dize-me, que joia te deu à despedida, pelas novas que de mim lhe levaste? Pois é usado e antigo costume entre os cavaleiros e damas andantes dar aos escudeiros, donzelas ou anões que lhes levam novas, de suas damas a eles, a elas dos seus andantes, alguma rica joia de alvíssaras, em agradecimento pelo seu recado.

— Bem pode ser assim, e me parece boa usança, mas isso deve de ter sido no tempo antigo, que agora só se deve de costumar dar um pedaço de pão e de queijo, pois foi isto o que a minha senhora Dulcineia me deu, por cima da cerca do quintal, quando dela me despedi; e por sinal o queijo era de ovelha.

— É em extremo liberal — disse D. Quixote — e, se não te deu joia de ouro, sem dúvida deve de ter sido por não ter alguma à mão para te dar; mas a paga é boa ainda que tardia: eu irei vê-la, e tudo se satisfará. Sabes do que estou maravilhado, Sancho? De que parece que foste e voltaste pelos ares, pois pouco mais de três dias tardaste em ir e voltar daqui a El Toboso, havendo daqui até lá mais de trinta léguas. Donde entendo que aquele sábio nigromante que tem conta das minhas coisas e é meu amigo, pois é força que tal haja e tenha de haver, senão eu não seria um bom cavaleiro andante, digo que esse tal deve de ter-te ajudado a caminhar sem que o sentisses; pois há sábios destes que apanham um cavaleiro andante dormindo em sua cama e, sem saber como ou de que jeito, amanhece no dia seguinte a mais de mil léguas donde anoiteceu. E se não fosse por isso, não se poderiam os cavaleiros andantes socorrer uns aos outros nos seus perigos, como a cada passo se

---

mucho cuando le dije como se llamaba vuestra merced el Caballero de la Triste Figura. Preguntéle si había ido allá el vizcaíno de marras; díjome que sí y que era un hombre muy de bien. También le pregunté por los galeotes, mas díjome que no había visto hasta entonces alguno.

— Todo va bien hasta agora — dijo don Quijote —. Pero, dime, ¿qué joya fue la que te dio al despedirte, por las nuevas que de mí le llevaste? Porque es usada y antigua costumbre entre los caballeros y damas andantes dar a los escuderos, doncellas o enanos que les llevan nuevas, de sus damas a ellos, a ellas de sus andantes, alguna rica joya en albricias, en agradecimiento de su recado.

— Bien puede eso ser así, y yo la tengo por buena usanza, pero eso debió de ser en los tiempos pasados, que ahora solo se debe de acostumbrar a dar un pedazo de pan y queso, que esto fue lo que me dio mi señora Dulcinea, por las bardas de un corral, cuando della me despedí; y aun, por más señas, era el queso ovejuno.

— Es liberal en estremo — dijo don Quijote —, y si no te dio joya de oro, sin duda debió de ser porque no la tendría allí a la mano para dártela; pero buenas son mangas después de Pascua: yo la veré, y se satisfará todo. ¿Sabes de qué estoy maravillado, Sancho? De que me parece que fuiste y veniste por los aires, pues poco más de tres días has tardado en ir y venir desde aquí al Toboso, habiendo de aquí allá más de treinta leguas. Por lo cual me doy a entender que aquel sabio nigromante que tiene cuenta con mis cosas y es mi amigo, porque por fuerza le hay y le ha de haber, so pena que yo no sería buen caballero andante, digo que este tal te debió de ayudar a caminar sin que tú lo sintieses; que hay sabio destos que coge a un caballero andante durmiendo en su cama, y, sin saber cómo o en qué manera, amanece otro día más de mil leguas de donde anocheció. Y si no fuese por esto,

socorrem, que acontece estar um deles batalhando nas serras da Armênia com algum endríago ou fero avejão, ou com outro cavaleiro, onde vai levando a pior da contenda e já está a pique de morrer, e, quando menos espera, surge acolá, sobre uma nuvem ou sobre um carro de fogo, outro cavaleiro amigo seu, que pouco antes se achava em Inglaterra, para favorecê-lo e livrá-lo da morte, e à noite já se acha em sua morada, jantando muito à sua vontade; e não raro há de uma a outra parte duas ou três mil léguas, e tudo isso se faz por indústria e sabedoria destes sábios encantadores que têm cuidado desses valorosos cavaleiros. Portanto, amigo Sancho, não é difícil acreditar que em tão breve tempo tenhas ido e voltado deste lugar ao de El Toboso, pois, como tenho dito, algum sábio amigo te deve de ter levado num voo sem que o sentisses.

— Assim deve de ter sido — disse Sancho —, pois à boa-fé que andava Rocinante como se fosse asno de cigano com azougue nos ouvidos.[1]

— E o não levava?! — disse D. Quixote. — Azougue e mais uma legião de demônios, que é gente que caminha e faz caminhar sem cansaço o quanto bem quiserem. Mas, deixando isto de parte, que te parece que devo de fazer agora quanto ao mandamento da minha senhora de que vá vê-la? Pois, bem que eu me veja obrigado a cumprir o que ela me manda, vejo-me também impossibilitado pelo dom que tenho prometido à princesa que conosco vem, e a lei da cavalaria força-me a cumprir a minha palavra antes que a minha vontade. Por um lado, me acossa e lancina o desejo de ver a minha senhora; por outro, me incita e chama a prometida fé e a glória que hei de alcançar nesta empresa. Mas o que penso fazer é caminhar depressa e logo chegar aonde está esse gigante, e, em lá chegando, cortar-lhe a cabeça e pôr a princesa pacificamente no seu estado, e num ápice darei meia-volta para ir ver a

---

no se podrían socorrer en sus peligros los caballeros andantes unos a otros, como se socorren a cada paso, que acaece estar uno peleando en las sierras de Armenia con algún endriago o con algún fiero vestiglo, o con otro caballero, donde lleva lo peor de la batalla y está ya a punto de muerte, y cuando no os me cato, asoma por acullá, encima de una nube o sobre un carro de fuego, otro caballero amigo suyo, que poco antes se hallaba en Ingalaterra, que le favorece y libra de la muerte, y a la noche se halla en su posada, cenando muy a su sabor; y suele haber de la una a la otra parte dos o tres mil leguas, y todo esto se hace por industria y sabiduría destos sabios encantadores que tienen cuidado destos valerosos caballeros. Así que, amigo Sancho, no se me hace dificultoso creer que en tan breve tiempo hayas ido y venido desde este lugar al del Toboso, pues, como tengo dicho, algún sabio amigo te debió de llevar en volandillas sin que tú lo sintieses.
 — Así sería — dijo Sancho —, porque a buena fe que andaba Rocinante como si fuera asno de gitano con azogue en los oídos.
 — Y ¡cómo si llevaba azogue! — dijo don Quijote —, y aun una legión de demonios, que es gente que camina y hace caminar sin cansarse todo aquello que se les antoja. Pero, dejando esto aparte, ¿qué te parece a ti que debo yo de hacer ahora cerca de lo que mi señora me manda que la vaya a ver? Que, aunque yo veo que estoy obligado a cumplir su mandamiento, véome también imposibilitado del don que he prometido a la princesa que con nosotros viene, y fuérzame la ley de caballería a cumplir mi palabra antes que mi gusto. Por una parte, me acosa y fatiga el deseo de ver a mi señora; por otra, me incita y llama la prometida fe y la gloria que he de alcanzar en esta empresa. Pero lo que pienso hacer será caminar apriesa y llegar presto donde está este gigante, y en

luz que os meus sentidos alumia, à qual darei tais desculpas que ela virá a ter por boa a minha tardança, pois verá que tudo redunda em aumento da sua glória e fama, pois toda a que alcancei, alcanço e alcançar pelas armas nesta vida vem do favor que ela me dá e de eu a ela pertencer.

— Ai — disse Sancho —, como está vossa mercê mal dos cascos! Pois diga-me, senhor, se vossa mercê pensa caminhar esse caminho em vão e deixar passar e perder um tão rico e tão principal casamento como esse, onde por dote lhe dão um reino, que de boa fonte ouvi dizer que tem mais de vinte mil léguas de contorno e que é abundantíssimo em todas as coisas necessárias para o sustento da vida humana e que é maior que Portugal e Castela juntos? Cale-se, pelo amor de Deus, e tenha vergonha do que disse, e tome meu conselho, e perdoe-me, e case logo no primeiro lugar onde houver padre; e senão, aí está o nosso licenciado, que o fará à maravilha. E olhe que eu já tenho idade para dar conselhos, e que este que eu lhe dou vem bem a calhar, e que mais vale pássaro em mão que abutre voando, pois quem bem tem e mal escolhe, por bem que se assanhe não se vinga.[2]

— Olha, Sancho — respondeu D. Quixote —, se o conselho que me dás para que eu me case é por que, em matando o gigante, logo seja eu rei e tenha azo para fazer-te mercês e dar-te o prometido, faço-te saber que sem casar poderei muito bem e facilmente cumprir o teu desejo, pois, antes de entrar em batalha, pedirei como adiafa que, saindo vencedor, já que não hei de casar, me deem uma parte do reino, para que a possa dar a quem eu quiser; e em recebendo-a, a quem pensas que a darei senão a ti?

— Isso está claro — respondeu Sancho —, mas cuide vossa mercê de escolhê-la perto da costa, para que, se a vivenda não me contentar, eu possa embarcar os meus negros vassalos e fazer deles o que já tenho dito. E vossa

---

llegando le cortaré la cabeza y pondré a la princesa pacíficamente en su estado, y al punto daré la vuelta a ver a la luz que mis sentidos alumbra, a la cual daré tales disculpas, que ella venga a tener por buena mi tardanza, pues verá que todo redunda en aumento de su gloria y fama, pues cuanta yo he alcanzado, alcanzo y alcanzare por las armas en esta vida, toda me viene del favor que ella me da y de ser yo suyo.

— ¡Ay — dijo Sancho —, y cómo está vuestra merced lastimado de esos cascos! Pues dígame, señor, ¿piensa vuestra merced caminar este camino en balde y dejar pasar y perder un tan rico y tan principal casamiento como este, donde le dan en dote un reino, que a la buena verdad que he oído decir que tiene más de veinte mil leguas de contorno y que es abundantísimo de todas las cosas que son necesarias para el sustento de la vida humana y que es mayor que Portugal y que Castilla juntos? Calle, por amor de Dios, y tenga vergüenza de lo que ha dicho, y tome mi consejo, y perdóneme, y cásese luego en el primer lugar que haya cura; y si no, ahí está nuestro licenciado, que lo hará de perlas. Y advierta que ya tengo edad para dar consejos, y que este que le doy le viene de molde, y que más vale pájaro en mano que buitre volando, porque quien bien tiene y mal escoge, por bien que se enoja no se venga.

— Mira, Sancho — respondió don Quijote —, si el consejo que me das de que me case es porque sea luego rey en matando al gigante y tenga cómodo para hacerte mercedes y darte lo prometido, hágote saber que sin casarme podré cumplir tu deseo muy fácilmente, porque yo sacaré de adahala, antes de entrar en la batalla, que saliendo vencedor della, ya que no me case, me han de dar una parte del reino, para que la pueda dar a quien yo quisiere; y en dándomela, ¿a quién quieres tú que la dé sino a ti?

mercê nem pense agora em ir ver a minha senhora Dulcineia, mas vá logo matar o gigante, e liquidemos esse negócio; que por Deus eu cuido que há de ser de grande honra e proveito.

— Digo-te, Sancho — disse D. Quixote —, que estás certo e que hei de tomar o teu conselho quanto a ir antes com a princesa que ver Dulcineia. Mas não digas nada a ninguém, nem aos que vêm conosco, do que aqui discutimos e tratamos; pois, sendo Dulcineia tão recatada, tanto que não quer que se saibam os seus pensamentos, não será bem que eu nem outro por mim os revele.

— Se é assim — disse Sancho —, por que vossa mercê manda a todos aqueles que vence por seu braço que vão se apresentar diante da minha senhora Dulcineia, sendo isto sua firma de punho de que a quer bem e que é seu enamorado? E, sendo forçoso que os que lá vão se ajoelhar digam que vão de parte de vossa mercê para lhe prestar obediência, como se podem encobrir os pensamentos um do outro?

— Ah, quão simples e néscio és! — disse D. Quixote. — Não vês, Sancho, que tudo isso redunda em seu maior elogio? Porque hás de saber que neste nosso estilo de cavalaria é grande honra para uma dama ter muitos cavaleiros andantes ao seu serviço, sem que os pensamentos destes vão além de servi-la só por ser ela quem é, sem esperar outro prêmio por seus muitos e bons desejos senão que ela se contente em aceitá-los por seus cavaleiros.

— Com essa maneira de amor — disse Sancho — ouvi nos sermões que se deve amar Nosso Senhor, só por ele, sem esperança de glória nem temor de pena, bem que eu preferisse amá-lo e servi-lo pelo seu poder.

— Valha-te o diabo por vilão — disse D. Quixote —, e quantas discrições dizes às vezes! Até pareces estudado.

— Eso está claro — respondió Sancho —, pero mire vuestra merced que la escoja hacia la marina, porque, si no me contentare la vivienda, pueda embarcar mis negros vasallos y hacer dellos lo que ya he dicho. Y vuestra merced no se cure de ir por agora a ver a mi señora Dulcinea, sino váyase a matar al gigante, y concluyamos este negocio; que por Dios que se me asienta que ha de ser de mucha honra y de mucho provecho.

— Dígote, Sancho — dijo don Quijote —, que estás en lo cierto y que habré de tomar tu consejo en cuanto el ir antes con la princesa que a ver a Dulcinea. Y avísote que no digas nada a nadie, ni a los que con nosotros vienen, de lo que aquí hemos departido y tratado; que pues Dulcinea es tan recatada, que no quiere que se sepan sus pensamientos, no será bien que yo ni otro por mí los descubra.

— Pues si eso es así — dijo Sancho —, ¿cómo hace vuestra merced que todos los que vence por su brazo se vayan a presentar ante mi señora Dulcinea, siendo esto firma de su nombre que la quiere bien y que es su enamorado? Y siendo forzoso que los que fueren se han de ir a hincar de finojos ante su presencia y decir que van de parte de vuestra merced a dalle la obediencia, ¿cómo se pueden encubrir los pensamientos de entrambos?

— ¡Oh, qué necio y qué simple que eres! — dijo don Quijote —. ¿Tú no ves, Sancho, que eso todo redunda en su mayor ensalzamiento? Porque has de saber que en este nuestro estilo de caballería es gran honra tener una dama muchos caballeros andantes que la sirvan, sin que se estiendan más sus pensamientos que a servilla por solo ser ella quien es, sin esperar otro premio de sus muchos y buenos deseos sino que ella se contente de acetarlos por sus caballeros.

— Con esa manera de amor — dijo Sancho — he oído yo predicar que se ha de amar a Nuestro Señor, por

— Pois à fé minha que não sei ler — respondeu Sancho.

Nisto mestre Nicolás lhes deu vozes por que aguardassem um pouco, que queriam fazer alto para beber de uma fontezinha que ali havia. Deteve-se D. Quixote, com não pouco gosto de Sancho, que já estava cansado de tanto mentir e temia que seu amo o apanhasse pelas palavras; porque, se bem ele soubesse que Dulcineia era uma lavradora de El Toboso, não a vira em toda sua vida.

Tinha nesse ínterim Cardenio se vestido com as roupas que Dorotea usava quando a acharam, as quais, bem que não fossem lá muito boas, em muito avantajavam as que ele deixava. Apearam junto à fonte e, com as provisões que o padre trouxera da estalagem, satisfizeram, ainda que pouco, a muita fome que todos tinham.

Estando nisto, acertou de passar por ali um rapaz que ia de caminho, o qual, pondo-se a olhar com muita atenção os que na fonte estavam, dali a pouco arremeteu para D. Quixote e, abraçando-o pelas pernas, começou a chorar com muita força, dizendo:

— Ai, senhor meu! Não me conhece vossa mercê? Olhe bem para mim, que eu sou aquele moço Andrés que vossa mercê tirou do carvalho onde estava amarrado.

Reconheceu-o D. Quixote, e tomando-o pela mão, voltou-se para os que ali estavam e disse:

— Por que vossas mercês vejam de quanta importância é haver cavaleiros andantes no mundo, que desfaçam os tortos e agravos feitos pelos insolentes e maus homens que nele vivem, saibam vossas mercês que, dias passados, passando eu perto de um bosque, ouvi uns gritos e umas vozes muito lastimosas, como de pessoa aflita e necessitada. Acudi logo, levado da mi-

---

sí solo, sin que nos mueva esperanza de gloria o temor de pena, aunque yo le querría amar y servir por lo que pudiese.

— ¡Válate el diablo por villano — dijo don Quijote —, y qué de discreciones dices a las veces! No parece sino que has estudiado.

— Pues a fe mía que no sé leer — respondió Sancho.

En esto les dio voces maese Nicolás que esperasen un poco, que querían detenerse a beber en una fontecilla que allí estaba. Detúvose don Quijote, con no poco gusto de Sancho, que ya estaba cansado de mentir tanto y temía no le cogiese su amo a palabras; porque, puesto que él sabía que Dulcinea era una labradora del Toboso, no la había visto en toda su vida.

Habíase en este tiempo vestido Cardenio los vestidos que Dorotea traía cuando la hallaron, que, aunque no eran muy buenos, hacían mucha ventaja a los que dejaba. Apeáronse junto a la fuente, y con lo que el cura se acomodó en la venta satisficieron, aunque poco, la mucha hambre que todos traían.

Estando en esto, acertó a pasar por allí un muchacho que iba de camino, el cual, poniéndose a mirar con mucha atención a los que en la fuente estaban, de allí a poco arremetió a don Quijote y, abrazándole por las piernas, comenzó a llorar muy de propósito, diciendo:

— ¡Ay, señor mío! ¿No me conoce vuestra merced? Pues míreme bien, que yo soy aquel mozo Andrés que quitó vuestra merced de la encina donde estaba atado.

Reconocióle don Quijote, y asiéndole por la mano, se volvió a los que allí estaban y dijo:

nha obrigação, para a parte onde me pareceu que as lamentáveis vozes soavam, e achei amarrado a um carvalho este rapaz que agora está aqui diante, pelo qual eu folgo de coração, pois será testemunha que em nada me deixará mentir. Digo que estava ele amarrado ao carvalho, nu de meio corpo acima, e estava retalhando-o a açoites com as rédeas de uma égua um vilão, que depois vim a saber que era seu amo; e assim como o vi lhe perguntei a causa de tão atroz flagelação; respondeu o sáfaro que o açoitava porque era seu criado, e por certos descuidos que ele tinha e nasciam mais de ladrão que de simples; ao qual esta criança disse: "Senhor, ele me açoita só porque lhe peço meu salário". O amo replicou não sei que arengas e desculpas, as quais, se bem por mim ouvidas, não foram admitidas. Enfim, eu o mandei desamarrar e tomei juramento do vilão de que o levaria consigo e lhe pagaria real sobre real, mais cobres. Não é verdade tudo isto, filho Andrés? Não reparaste com quanto império lho mandei, e com quanta humildade prometeu ele fazer tudo quanto eu lhe impus e notifiquei e quis? Responde, não te embaraces nem hesites em nada, dize a estes senhores o que se passou, por que se veja e considere ser do proveito que digo haver cavaleiros andantes pelos caminhos.

— Tudo o que vossa mercê disse é muita verdade — respondeu o rapaz —, mas o fim do caso se deu justo ao contrário do que vossa mercê imagina.

— Como ao contrário? — replicou D. Quixote. — Não te pagou logo o vilão?

— Não só não me pagou — respondeu o rapaz —, mas assim como vossa mercê saiu do bosque e ficamos a sós, tornou a me amarrar na mesmo carvalho e me deu de novo tantos açoites que fiquei esfolado como um São Bartolomeu; e a cada açoite que me dava, me dizia uma graça e um remoque

---

— Porque vean vuestras mercedes cuán de importancia es haber caballeros andantes en el mundo, que desfagan los tuertos y agravios que en él se hacen por los insolentes y malos hombres que en él viven, sepan vuestras mercedes que los días pasados, pasando yo por un bosque, oí unos gritos y unas voces muy lastimosas, como de persona afligida y menesterosa. Acudí luego, llevado de mi obligación, hacia la parte donde me pareció que las lamentables voces sonaban, y hallé atado a una encina a este muchacho que ahora está delante, de lo que me huelgo en el alma, porque será testigo que no me dejará mentir en nada. Digo que estaba atado a la encina, desnudo del medio cuerpo arriba, y estábale abriendo a azotes con las riendas de una yegua un villano, que después supe que era amo suyo; y así como yo le vi le pregunté la causa de tan atroz vapulamiento; respondió el zafio que le azotaba porque era su criado, y que ciertos descuidos que tenía nacían más de ladrón que de simple; a lo cual este niño dijo: "Señor, no me azota sino porque le pido mi salario". El amo replicó no sé qué arengas y disculpas, las cuales, aunque de mí fueron oídas, no fueron admitidas. En resolución, yo le hice desatar, y tomé juramento al villano de que le llevaría consigo y le pagaría un real sobre otro, y aun sahumados. ¿No es verdad todo esto, hijo Andrés? ¿No notaste con cuánto imperio se lo mandé, y con cuánta humildad prometió de hacer todo cuanto yo le impuse y notifiqué y quise? Responde, no te turbes ni dudes en nada, di lo que pasó a estos señores, porque se vea y considere ser del provecho que digo haber caballeros andantes por los caminos.

— Todo lo que vuestra merced ha dicho es mucha verdad — respondió el muchacho —, pero el fin del negocio sucedió muy al revés de lo que vuestra merced se imagina.

— ¿Cómo al revés? — replicó don Quijote —. Luego ¿no te pagó el villano?

para fazer troça de vossa mercê, sendo tais as coisas que ele dizia que, se eu não sentisse tanta dor, muito me riria delas. Por fim me deixou tão mal, que até agora estive num hospital curando-me do mal que o ruim vilão então me fez. De todo o qual vossa mercê tem a culpa, porque, se tivesse seguido seu caminho adiante e não viesse aonde não era chamado, nem se metesse em negócios alheios, meu amo se teria contentado em me dar uma ou duas dúzias de açoites, e logo me teria soltado e pagado o que me devia. Mas, como vossa mercê o desonrou tão sem propósito e lhe disse tantas vilanias, lhe ferveu a cólera e, como não se pôde vingar em vossa mercê, quando se viu só, descarregou a borrasca em mim, de tal maneira que me parece que não serei mais homem em toda a minha vida.

— O mal foi — disse D. Quixote — eu ir-me embora de lá, pois não havia de ter ido enquanto não fosses pago, pois bem devia eu saber por longas experiências que não há vilão que guarde a palavra empenhada, se ele vê que não lhe convém guardá-la. Mas hás de lembrar, Andrés, que eu jurei que, se ele te não pagasse, havia eu de ir buscá-lo e achá-lo, ainda que se escondesse no ventre da baleia.

— É verdade — disse Andrés —, mas isso de nada valeu.
— Agora verás se vale — disse D. Quixote.

E dizendo isto se levantou com muita pressa e mandou que Sancho arreasse Rocinante, que estava pastando enquanto eles comiam.

Perguntou-lhe Dorotea que era o que fazer queria. Ele lhe respondeu que queria ir em busca do vilão para castigá-lo por tão má tenção, e fazê-lo pagar Andrés até o último maravedi, a despeito e pesar de quantos vilões houvesse no mundo. Ao que ela respondeu que cuidasse ele que não podia, conforme o dom prometido, se intrometer em nenhuma empresa até acabar a sua,

---

— No solo no me pagó — respondió el muchacho —, pero así como vuestra merced traspuso del bosque y quedamos solos, me volvió a atar a la mesma encina y me dio de nuevo tantos azotes, que quedé hecho un Sambartolomé desollado; y a cada azote que me daba, me decía un donaire y chufeta acerca de hacer burla de vuestra merced, que, a no sentir yo tanto dolor, me riera de lo que decía. En efecto, él me paró tal, que hasta ahora he estado curándome en un hospital del mal que el mal villano entonces me hizo. De todo lo cual tiene vuestra merced la culpa, porque si se fuera su camino adelante y no viniera donde no le llamaban, ni se entremetiera en negocios ajenos, mi amo se contentara con darme una o dos docenas de azotes, y luego me soltara y pagara cuanto me debía. Mas como vuestra merced le deshonró tan sin propósito y le dijo tantas villanías, encendiósele la cólera, y como no la pudo vengar en vuestra merced, cuando se vio solo descargó sobre mí el nublado, de modo que me parece que no seré más hombre en toda mi vida.

— El daño estuvo — dijo don Quijote — en irme yo de allí, que no me había de ir hasta dejarte pagado, porque bien debía yo de saber por luengas experiencias que no hay villano que guarde palabra que tiene, si él vee que no le está bien guardalla. Pero ya te acuerdas, Andrés, que yo juré que si no te pagaba, que había de ir a buscarle y que le había de hallar, aunque se escondiese en el vientre de la ballena.

— Así es la verdad — dijo Andrés —, pero no aprovechó nada.
— Ahora verás si aprovecha — dijo don Quijote.

Y diciendo esto se levantó muy apriesa y mandó a Sancho que enfrenase a Rocinante, que estaba paciendo en tanto que ellos comían.

e, sabendo ele disto melhor que outro algum, que sossegasse o peito até o retorno do seu reino.

— É verdade — respondeu D. Quixote —, e é forçoso que Andrés tenha paciência até o retorno, como vós, senhora, dizeis; mas a ele volto a jurar e a prometer de novo de não parar enquanto o não tiver vingado e pagado.

— Não me fio desses juramentos — disse Andrés. — Mais quisera eu ter agora com o que chegar a Sevilha que todas as vinganças do mundo. Dê-me, se tem aí, algo para comer e levar, e fique com Deus sua mercê e todos os cavaleiros andantes, que tão bem-andantes sejam eles consigo como o foram comigo.

Tirou Sancho do seu farnel um pedaço de pão e outro de queijo e, dando-o ao moço, lhe disse:

— Tomai, irmão Andrés, que a todos nos cabe parte da vossa desgraça.

— E que parte cabe a vós? — perguntou Andrés.

— Esta parte de queijo e pão que vos dou — respondeu Sancho —, que sabe Deus o quanto me há de fazer falta; pois vos faço saber, amigo, que os escudeiros dos cavaleiros andantes somos sujeitos a muita fome e má ventura, além de outras coisas que se sentem melhor do que se dizem.

Andrés apanhou seu pão e seu queijo e, vendo que ninguém lhe dava outra coisa, baixou a cabeça e, como se costuma dizer, deu ao pé. Bem é verdade que, ao partir, disse a D. Quixote:

— Pelo amor de Deus, senhor cavaleiro andante, se outra vez me encontrar, ainda que veja que alguém me faz em pedaços, não me socorra nem ajude, mas me deixe com a minha desgraça, que sempre será menor que a que terei com a ajuda de vossa mercê, que Deus maldiga, com quantos cavaleiros andantes já nasceram no mundo.

Preguntóle Dorotea qué era lo que hacer quería. Él le respondió que quería ir a buscar al villano y castigalle de tan mal término, y hacer pagado a Andrés hasta el último maravedí, a despecho y pesar de cuantos villanos hubiese en el mundo. A lo que ella respondió que advirtiese que no podía, conforme al don prometido, entremeterse en ninguna empresa hasta acabar la suya, y que pues esto sabía él mejor que otro alguno, que sosegase el pecho hasta la vuelta de su reino.

— Así es verdad — respondió don Quijote —, y es forzoso que Andrés tenga paciencia hasta la vuelta, como vos, señora, decís; que yo le torno a jurar y a prometer de nuevo de no parar hasta hacerle vengado y pagado.

— No me creo desos juramentos — dijo Andrés —. Más quisiera tener agora con que llegar a Sevilla que todas las venganzas del mundo. Déme, si tiene ahí, algo que coma y lleve, y quédese con Dios su merced y todos los caballeros andantes, que tan bienandantes sean ellos para consigo como lo han sido para conmigo.

Sacó de su repuesto Sancho un pedazo de pan y otro de queso, y dándoselo al mozo, le dijo:

— Tomá, hermano Andrés, que a todos nos alcanza parte de vuestra desgracia.

— Pues ¿qué parte os alcanza a vos? — preguntó Andrés.

— Esta parte de queso y pan que os doy — respondió Sancho —, que Dios sabe si me ha de hacer falta o no; porque os hago saber, amigo, que los escuderos de los caballeros andantes estamos sujetos a mucha hambre y a mala ventura, y aun otras cosas que se sienten mejor que se dicen.

Andrés asió de su pan y queso y, viendo que nadie le daba otra cosa, abajó su cabeza y tomó el camino en las manos, como suele decirse. Bien es verdad que, al partirse, dijo a don Quijote:

Ia-se levantar D. Quixote para castigá-lo, mas Andrés se pôs a correr de modo que ninguém se atreveu a segui-lo. Ficou vexadíssimo D. Quixote do conto do rapaz, e foi mister que os demais tivessem muito tento para não rir e não acabar de o vexar de todo.

Notas

[1] Azougue nos ouvidos: pingar umas gotas de mercúrio (azougue) nos ouvidos das cavalgaduras era um truque para avivá-las. Daí o adjetivo "azougado" no sentido de irrequieto, agitado,

[2] ... quem bem tem e mal escolhe, por bem que se assanhe não se vinga: alteração do ditado *"quien bien tiene y mal escoge, por mal que le venga no se enoje"* ("quem tem bem e escolhe mal, por pior que se saia, não se zangue"). Sancho inverte os termos da segunda parte e muda assim o sentido de *"venga"*, que deixa de corresponder ao presente do subjuntivo do verbo *"venir"* (vir, venha), para ser o presente do indicativo de *"vengarse"* (vingar-se, vinga).

— Por amor de Dios, señor caballero andante, que si otra vez me encontrare, aunque vea que me hacen pedazos, no me socorra ni ayude, sino déjeme con mi desgracia, que no será tanta, que no sea mayor la que me vendrá de su ayuda de vuestra merced, a quien Dios maldiga, y a todos cuantos caballeros andantes han nacido en el mundo.

Íbase a levantar don Quijote para castigalle, mas él se puso a correr de modo que ninguno se atrevió a seguille. Quedó corridísimo don Quijote del cuento de Andrés, y fue menester que los demás tuviesen mucha cuenta con no reírse, por no acaballe de correr del todo.

CAPÍTULO XXXII

Que trata do que sucedeu na estalagem
com toda a quadrilha de D. Quixote

Acabou-se a boa comida, logo encilharam, e sem que lhes acontecesse coisa alguma digna de conto, chegaram no dia seguinte àquela estalagem que era espanto e assombro de Sancho Pança; e se bem ele quisesse não entrar nela, não pôde escapar. A estalajadeira, o estalajadeiro, sua filha e Maritornes, ao verem chegar D. Quixote e Sancho, foram recebê-los com mostras de grande alegria, e ele as recebeu com grave jeito e favor, e lhes disse que lhe arranjassem outro melhor leito que o da vez anterior. Ao que a hospedeira respondeu que, se lhe pagasse melhor que da outra vez, ela lhe daria um de príncipes. D. Quixote disse que assim faria, e assim lhe arranjaram um razoável no mesmo desvão de sempre, e ele logo se deitou, pois vinha muito alquebrado e falto de juízo.

Apenas se recolhera, quando a hospedeira arremeteu contra o barbeiro e, agarrando-o pela barba, disse:

— Por todos os santos, vossa mercê não se há de aproveitar mais do meu rabo para as suas barbas, e vai já devolver a minha peça, pois anda a do meu marido caindo pelo chão, que é uma vergonha: digo, o pente, que eu costumava pendurar do meu bom rabo.

CAPÍTULO XXXII

Que trata de lo que sucedió en la venta
a toda la cuadrilla de don Quijote

Acabóse la buena comida, ensillaron luego y, sin que les sucediese cosa digna de contar, llegaron otro día a la venta espanto y asombro de Sancho Panza; y aunque él quisiera no entrar en ella, no lo pudo huir. La ventera, ventero, su hija y Maritornes, que vieron venir a don Quijote y a Sancho, les salieron a recibir con muestras de mucha alegría, y él las recibió con grave continente y aplauso, y díjoles que le aderezasen otro mejor lecho que la vez pasada. A lo cual le respondió la huéspeda que como la pagase mejor que la otra vez, que ella se lo daría de príncipes. Don Quijote dijo que sí haría, y, así, le aderezaron uno razonable en el mismo camaranchón de marras, y él se acostó luego, porque venía muy quebrantado y falto de juicio.

No se hubo bien encerrado, cuando la huéspeda arremetió al barbero y, asiéndole de la barba, dijo:

— Para mi santiguada que no se ha aún de aprovechar más de mi rabo para su barba, y que me ha de volver mi cola, que anda lo de mi marido por esos suelos, que es vergüenza: digo, el peine, que solía yo colgar de mi buena cola.

Não lho queria dar o barbeiro, por mais que ela pelejasse, até que o licenciado lhe disse que lho desse, que já não era mais mister usar daquela indústria, mas que se descobrisse e mostrasse em sua própria forma e dissesse a D. Quixote que, quando fora despojado pelos ladrões galeotes, tinha fugido para aquela estalagem, e que, se ele perguntasse pelo escudeiro da princesa, lhe diriam que ela o enviara à frente para dar aviso aos do seu reino de que ela estava a caminho levando consigo o libertador de todos. Com isto entregou o barbeiro de bom grado o rabo à estalajadeira, e também lhe devolveram todos os adereços que ela emprestara para a libertação de D. Quixote. Maravilharam-se todos na estalagem da formosura de Dorotea, e também da boa presença do zagal Cardenio. Mandou o padre que lhes arranjassem de comer do que na estalagem houvesse, e o hospedeiro, na esperança de melhor paga, com diligência lhes arranjou uma razoável refeição. Enquanto isso, dormia D. Quixote, e foram de parecer de não acordá-lo, pois mais proveito lhe faria o sono que a comida.

Finda a refeição, trataram, na presença do estalajadeiro, sua mulher, sua filha, Maritornes e todos os viajantes, da estranha loucura de D. Quixote e do modo como o acharam. A hospedeira lhes contou o acontecido entre ele e o arreeiro e, olhando se acaso Sancho andava por ali, como não o visse, contou tudo sobre sua manteação, que não pouca graça lhes causou. E como o padre dissesse que os livros de cavalarias que D. Quixote lera lhe transtornaram o juízo, disse o estalajadeiro:

— Não sei como pode ser isso, pois em verdade entendo que não há melhor leitura no mundo, e tenho aí dois ou três deles, mais outros papéis, que verdadeiramente me têm dado a vida, e não só a mim, mas a outros muitos. Pois, quando é o tempo da ceifa, recolhem-se aqui para as ses-

---

No se la quería dar el barbero, aunque ella más tiraba, hasta que el licenciado le dijo que se la diese, que ya no era menester más usar de aquella industria, sino que se descubriese y mostrase en su misma forma y dijese a don Quijote que cuando le despojaron los ladrones galeotes se había venido a aquella venta huyendo, y que si preguntase por el escudero de la princesa, le dirían que ella le había enviado adelante a dar aviso a los de su reino como ella iba y llevaba consigo al libertador de todos. Con esto dio de buena gana la cola a la ventera el barbero, y asimismo le volvieron todos los adherentes que había prestado para la libertad de don Quijote. Espantáronse todos los de la venta de la hermosura de Dorotea, y aun del buen talle del zagal Cardenio. Hizo el cura que les aderezasen de comer de lo que en la venta hubiese, y el huésped, con esperanza de mejor paga, con diligencia les aderezó una razonable comida. Y a todo esto dormía don Quijote, y fueron de parecer de no despertalle, porque más provecho le haría por entonces el dormir que el comer.

Trataron, sobre comida, estando delante el ventero, su mujer, su hija, Maritornes y todos los pasajeros, de la estraña locura de don Quijote y del modo que le habían hallado. La huéspeda les contó lo que con él y con el arriero les había acontecido, y mirando si acaso estaba allí Sancho, como no le viese, contó todo lo de su manteamiento, de que no poco gusto recibieron. Y como el cura dijese que los libros de caballerías que don Quijote había leído le habían vuelto el juicio, dijo el ventero:

— No sé yo cómo puede ser eso, que en verdad que, a lo que yo entiendo, no hay mejor letrado en el mundo, y que tengo ahí dos o tres dellos, con otros papeles, que verdaderamente me han dado la vida, no solo a mí, sino a otros muchos. Porque cuando es tiempo de la siega, se recogen aquí las siestas muchos segadores, y siem-

tas muitos ceifeiros, e sempre há algum que sabe ler, o qual toma um desses livros nas mãos, e o rodeamos mais de trinta e ficamos a escutá-lo com tanto gosto que nos tira as rugas. De mim, pelo menos, sei dizer que, quando ouço falar daqueles furibundos e terríveis golpes que dão os cavaleiros, me dá gana de sair fazendo o mesmo, e que gostaria de passar noites e dias a ouvi-los.

— E eu digo o mesmo — atalhou a estalajadeira —, pois o meu único sossego em casa é quando estais escutando as leituras, que ficais tão abobalhado que vos não lembrais de ralhar.

— Isso é verdade — disse Maritornes —, e à boa-fé que eu também gosto muito de ouvir essas coisas, que são lindas, e mais quando contam que está a outra senhora embaixo de umas laranjeiras abraçada ao seu cavaleiro, tendo uma duenha por sentinela, morta de inveja e com muito susto. E digo que tudo isto é mel na boca.

— E a vós que vos parece, senhora donzela? — disse o padre, falando com a filha do estalajadeiro.

— Não sei, senhor, por minha alma — respondeu ela. — Também eu o escuto, e é verdade que, se bem o não entenda, tenho gosto em ouvi-lo; mas não gosto dos golpes de que meu pai gosta, e sim dos lamentos que os cavaleiros dão quando estão longe de suas senhoras, que em verdade às vezes me fazem chorar, de compaixão que por eles tenho.

— Então os remediaríeis, senhora donzela — disse Dorotea —, se por vós chorassem?

— Não sei o que faria — respondeu a moça —, só sei que há algumas daquelas senhoras tão cruéis que seus cavaleiros as chamam tigres e leões e outras mil imundícies. E, Jesus!, eu não sei que gente é essa tão desalmada e

---

pre hay algunos que saben leer, el cual coge uno destos libros en las manos, y rodeámonos dél más de treinta y estámosle escuchando con tanto gusto, que nos quita mil canas. A lo menos, de mí sé decir que cuando oyo decir aquellos furibundos y terribles golpes que los caballeros pegan, que me toma gana de hacer otro tanto, y que querría estar oyéndolos noches y días.

— Y yo ni más ni menos — dijo la ventera —, porque nunca tengo buen rato en mi casa sino aquel que vos estáis escuchando leer, que estáis tan embobado, que no os acordáis de reñir por entonces.

— Así es la verdad — dijo Maritornes —, y a buena fe que yo también gusto mucho de oír aquellas cosas, que son muy lindas, y más cuando cuentan que se está la otra señora debajo de unos naranjos abrazada con su caballero, y que les está una dueña haciéndoles la guarda, muerta de envidia y con mucho sobresalto. Digo que todo esto es cosa de mieles.

— Y a vos ¿qué os parece, señora doncella? — dijo el cura, hablando con la hija del ventero.

— No sé, señor, en mi ánima — respondió ella —. También yo lo escucho, y en verdad que aunque no lo entiendo, que recibo gusto en oíllo; pero no gusto yo de los golpes de que mi padre gusta, sino de las lamentaciones que los caballeros hacen cuando están ausentes de sus señoras, que en verdad que algunas veces me hacen llorar, de compasión que les tengo.

— Luego ¿bien las remediárades vos, señora doncella — dijo Dorotea —, si por vos lloraran?

— No sé lo que me hiciera — respondió la moza — : solo sé que hay algunas señoras de aquellas tan crueles, que las llaman sus caballeros tigres y leones y otras mil inmundicias. ¡Y Jesús!, yo no sé qué gente es aquella

tão sem consideração que, por não olhar um homem honrado, o deixam morrer ou acabar louco. Não sei para que tanto melindre: se o fazem por honradas, que se casem com eles, que eles não desejam outra coisa.

— Cala-te, menina — disse a estalajadeira —, que parece que sabes demais dessas coisas, e não fica bem às donzelas saber nem falar tanto.

— Como o perguntava este senhor — respondeu ela —, não pude deixar de o responder.

— Pois bem — disse o padre —, trazei-me, senhor hospedeiro, esses livros, que os quero ver.

— Com prazer — respondeu ele.

E, entrando em seu aposento, trouxe dele uma velha maleta, fechada com uma cadeia, e abrindo-a achou nela três livros grandes e uns papéis de muito boa letra, todos manuscritos. O primeiro livro que abriu viu que era *Don Cirongilio de Tracia*,[1] e o outro, *Felixmarte de Hircania*, e o outro, a *Historia del Gran Capitán Gonzalo Hernández de Córdoba, con la vida de Diego García de Paredes*.[2] Assim como o padre leu os dois primeiros títulos, se voltou para o barbeiro e disse:

— Falta nos fazem aqui e agora a ama e a sobrinha do meu amigo.

— Não fazem — respondeu o barbeiro —, pois eu também sei levá-los ao curral ou à cozinha, que em verdade há nela muito bom fogo.

— Quer acaso vossa mercê queimar meus livros? — perguntou o estalajadeiro.

— Não mais — disse o padre — que estes dois: o de D. Cirongilio e o de Felixmarte.

— Porventura — disse o estalajadeiro — meus livros são hereges ou fleumáticos, que os quer queimar?

---

tan desalmada y tan sin conciencia, que por no mirar a un hombre honrado le dejan que se muera o que se vuelva loco. Yo no sé para qué es tanto melindre: si lo hacen de honradas, cásense con ellos, que ellos no desean otra cosa.

— Calla, niña — dijo la ventera —, que parece que sabes mucho destas cosas, y no está bien a las doncellas saber ni hablar tanto.

— Como me lo pregunta este señor — respondió ella —, no pude dejar de respondelle.

— Ahora bien — dijo el cura —, traedme, señor huésped, aquesos libros, que los quiero ver.

— Que me place —; respondió él.

Y entrando en su aposento, sacó dél una maletilla vieja, cerrada con una cadenilla, y, abriéndola, halló en ella tres libros grandes y unos papeles de muy buena letra, escritos de mano. El primer libro que abrió vio que era *Don Cirongilio de Tracia*, y el otro, de *Felixmarte de Hircania*, y el otro, la *Historia del Gran Capitán Gonzalo Hernández de Córdoba, con la vida de Diego García de Paredes*. Así como el cura leyó los dos títulos primeros, volvió el rostro al barbero y dijo:

— Falta nos hacen aquí ahora el ama de mi amigo y su sobrina.

— No hacen — respondió el barbero —, que también sé yo llevallos al corral o a la chimenea, que en verdad que hay muy buen fuego en ella.

— Luego ¿quiere vuestra merced quemar mis libros? — dijo el ventero.

— No más — dijo el cura — que estos dos, el de Don Cirongilio y el de Felixmarte.

— "Cismáticos" quereis dizer, amigo — disse o barbeiro —, e não "fleumáticos".

— Assim é — replicou o estalajadeiro. — Mas, se algum quer queimar, que seja esse do Grande Capitão e desse Diego García, pois antes deixarei queimar um filho que algum dessoutros.

— Irmão — disse o padre —, estes dois livros são mentirosos e estão cheios de disparates e devaneios, enquanto este do Grande Capitão é história verdadeira e contém os feitos de Gonzalo Hernández de Córdoba, o qual por suas muitas e grandes façanhas mereceu que todo o mundo o chamasse "Grande Capitão", renome famoso e claro e só por ele merecido; e esse Diego García de Paredes foi um principal cavaleiro, natural da cidade de Trujillo, na Estremadura, valentíssimo soldado e de tantas forças naturais, que com um dedo parava uma roda de moinho em meio a sua fúria e, postado empunhando um montante na entrada de uma ponte, deteve todo um inumerável exército, que não passou por ela; e fez outras coisas tais que, se como ele as conta e também as escreve, com a modéstia de cavaleiro e de cronista próprio, as escrevesse outro livre e desapaixonado, poriam em esquecimento as dos Heitores, Aquiles e Roldães.

— Grandes coisas! — disse o estalajadeiro. — Olhai do que se espanta, parar uma roda de moinho! Por Deus, agora havia vossa mercê de ler o que fez Felixmarte de Hircânia, que de um só revés partiu cinco gigantes pela cintura, como se fossem feitos de favas, como as figurinhas com que brincam as crianças. E outra vez arremeteu contra um grandíssimo e poderosíssimo exército, enfrentando mais de um milhão e seiscentos mil soldados, todos armados dos pés à cabeça, e desbaratou a todos, como se fossem manadas de ovelhas. E que me dirão do bom D. Cirongilio de Trácia, que foi tão valente e

---

— Pues ¿por ventura — dijo el ventero — mis libros son herejes o flemáticos, que los quiere quemar?

— *Cismáticos* queréis decir, amigo — dijo el barbero —, que no *flemáticos*.

— Así es — replicó el ventero —. Mas si alguno quiere quemar, sea ese del Gran Capitán y dese Diego García, que antes dejaré quemar un hijo que dejar quemar ninguno desotros.

— Hermano mío — dijo el cura —, estos dos libros son mentirosos y están llenos de disparates y devaneos, y este del Gran Capitán es historia verdadera y tiene los hechos de Gonzalo Hernández de Córdoba, el cual por sus muchas y grandes hazañas mereció ser llamado de todo el mundo "Gran Capitán", renombre famoso y claro, y dél solo merecido; y este Diego García de Paredes fue un principal caballero, natural de la ciudad de Trujillo, en Estremadura, valentísimo soldado, y de tantas fuerzas naturales, que detenía con un dedo una rueda de molino en la mitad de su furia, y, puesto con un montante en la entrada de una puente, detuvo a todo un innumerable ejército, que no pasase por ella; y hizo otras tales cosas, que si, como él las cuenta y las escribe, él asimismo con la modestia de caballero y de coronista propio, las escribiera otro libre y desapasionado, pusieran en su olvido las de los Hétores, Aquiles y Roldanes.

— ¡Tomaos con mi padre! — dijo el ventero —. ¡Mirad de qué se espanta, de detener una rueda de molino! Por Dios, ahora había vuestra merced de leer lo que hizo Felixmarte de Hircania, que de un revés solo partió cinco gigantes por la cintura, como si fueran hechos de habas, como los frailecicos que hacen los niños. Y otra vez arremetió con un grandísimo y poderosísimo ejército, donde llevó más de un millón y seiscientos mil soldados, todos armados desde el pie hasta la cabeza, y los desbarató a todos, como si fueran manadas de ovejas. Pues

animoso como se verá no livro, onde se conta que, navegando por um rio, lhe surgiu do meio das águas uma serpente de fogo, e ele, assim como a viu, se atirou sobre ela, e se pôs às cavaleiras sobre as suas escamosas costas, e com ambas as mãos lhe apertou a garganta com tanta força que, vendo a serpente que a sufocava, não teve outro remédio que se deixar ir ao fundo do rio, levando consigo o cavaleiro, que nunca a quis soltar? E, quando chegaram lá embaixo, se achou em uns palácios e uns jardins maravilhosos, e depois a serpe virou um velho ancião, que lhe disse tantas coisas, que mais não se pode ouvir. Cale-se, senhor, pois, se tais coisas ouvisse, ficaria louco de prazer. Duas figas para o Grande Capitão e para esse tal Diego García!

Dorotea, ouvindo isto, disse caladamente a Cardenio:

— Pouco falta ao nosso hospedeiro para secundar D. Quixote.

— O mesmo penso eu — respondeu Cardenio —, pois dá ele mostras de ter como certo que tudo o que esses livros contam sucedeu tal qual o trazem escrito, e nem Cristo o tiraria dessa crença.

— Olhai, irmão — tornou a dizer o padre —, que nunca houve no mundo Felixmarte de Hircânia, nem D. Cirongilio de Trácia, nem outros semelhantes cavaleiros que contam os livros de cavalarias, pois é tudo compostura e ficção de engenhos ociosos, que os compuseram para aquele efeito que dissestes de entreter o tempo, tal como o entretêm vossos ceifeiros quando os leem. Porque realmente eu vos juro que no mundo nunca existiram tais cavaleiros, nem tais façanhas e disparates nele aconteceram.

— A outro cão com esse osso! — respondeu o estalajadeiro. — Como se eu não soubesse quanto fazem dois mais dois e onde o sapato me aperta! Não pense vossa mercê que me fará engolir essa, pois por Deus que não sou parvo. Essa é mesmo boa, querer vossa mercê dar-me a entender que tudo o

---

¿qué me dirán del bueno de don Cirongilio de Tracia, que fue tan valiente y animoso como se verá en el libro, donde cuenta que navegando por un río le salió de la mitad del agua una serpiente de fuego, y él, así como la vio, se arrojó sobre ella, y se puso a horcajadas encima de sus escamosas espaldas, y la apretó con ambas manos la garganta con tanta fuerza, que viendo la serpiente que la iba ahogando no tuvo otro remedio sino dejarse ir a lo hondo del río, llevándose tras sí al caballero, que nunca la quiso soltar? Y cuando llegaron allá bajo, se halló en unos palacios y en unos jardines tan lindos, que era maravilla, y luego la sierpe se volvió en un viejo anciano, que le dijo tantas de cosas, que no hay más que oír. Calle, señor, que si oyese esto, se volvería loco de placer. ¡Dos higas para el Gran Capitán y para ese Diego García que dice!

Oyendo esto Dorotea, dijo callando a Cardenio:

— Poco le falta a nuestro huésped para hacer la segunda parte de don Quijote.

— Así me parece a mí — respondió Cardenio —, porque, según da indicio, él tiene por cierto que todo lo que estos libros cuentan pasó ni más ni menos que lo escriben, y no le harán creer otra cosa frailes descalzos.

— Mirad, hermano — tornó a decir el cura —, que no hubo en el mundo Felixmarte de Hircania, ni don Cirongilio de Tracia, ni otros caballeros semejantes que los libros de caballerías cuentan, porque todo es compostura y ficción de ingenios ociosos, que los compusieron para el efeto que vos decís de entretener el tiempo, como lo entretienen leyéndolos vuestros segadores. Porque realmente os juro que nunca tales caballeros fueron en el mundo, ni tales hazañas ni disparates acontecieron en él.

que estes bons livros dizem são disparates e mentiras, estando impressos com licença dos senhores do Conselho Real, como se eles fossem gente de deixar imprimir tanta mentira junta, e tantas batalhas, e tantos encantamentos que tiram o juízo!

— Já vos disse, amigo — replicou o padre —, que isto se faz para entreter os nossos ociosos pensamentos; e do mesmo modo que nas repúblicas bem ordenadas se consente que haja jogos de xadrez, de pelota e de truques,[3] para entreter aqueles que nem precisam, nem devem, nem podem trabalhar, assim se consente a impressão e existência de tais livros, acreditando-se, como é verdade, que não há de haver alguém tão ignorante que tenha por verdadeira história alguma desses livros. E se me fosse lícito agora e o auditório o requeresse, diria eu umas tantas coisas sobre o que os livros de cavalaria devem ter para ser bons, que talvez fossem de proveito e até de gosto para alguns; mas espero que chegue o dia em que eu o possa comunicar a quem o possa remediar, e nesse entrementes crede, senhor estalajadeiro, no que vos tenho dito, e tomai os vossos livros e entendei-vos com suas verdades ou mentiras, que bom proveito vos façam, e queira Deus que não coxeeis do pé que coxeia o vosso hóspede D. Quixote.

— Isso não — respondeu o estalajadeiro —, que não seria eu tão louco de me fazer cavaleiro andante, pois bem vejo que agora não se usa o que se usava naquele tempo, quando se diz que andavam pelo mundo esses famosos cavaleiros.

No meio dessa conversa, achou-se Sancho presente e ficou por demais confuso e pensativo com aquilo que ouvia dizer, que agora não se usavam cavaleiros andantes e que todos os livros de cavalarias eram necedades e mentiras, e propôs em seu coração esperar em que pararia aquela viagem do

---

— A otro perro con ese hueso — respondió el ventero —. ¡Como si yo no supiese cuántas son cinco, y adónde me aprieta el zapato! No piense vuestra merced darme papilla, porque por Dios que no soy nada blanco. ¡Bueno es que quiera darme vuestra merced a entender que todo aquello que estos buenos libros dicen sea disparates y mentiras, estando impreso con licencia de los señores del Consejo Real, como si ellos fueran gente que habían de dejar imprimir tanta mentira junta, y tantas batallas, y tantos encantamentos, que quitan el juicio!

— Ya os he dicho, amigo — replicó el cura —, que esto se hace para entretener nuestros ociosos pensamientos; y así como se consiente en las repúblicas bien concertadas que haya juegos de ajedrez, de pelota y de trucos, para entretener a algunos que ni tienen, ni deben, ni pueden trabajar, así se consiente imprimir y que haya tales libros, creyendo, como es verdad, que no ha de haber alguno tan ignorante, que tenga por historia verdadera ninguna destos libros. Y si me fuera lícito agora y el auditorio lo requiriera, yo dijera cosas acerca de lo que han de tener los libros de caballerías para ser buenos, que quizá fueran de provecho y aun de gusto para algunos; pero yo espero que vendrá tiempo en que lo pueda comunicar con quien pueda remediallo, y en este entretanto creed, señor ventero, lo que os he dicho, y tomad vuestros libros y allá os avenid con sus verdades o mentiras, y buen provecho os hagan, y quiera Dios que no cojeéis del pie que cojea vuestro huésped don Quijote.

— Eso no — respondió el ventero —, que no seré yo tan loco que me haga caballero andante, que bien veo que ahora no se usa lo que se usaba en aquel tiempo, cuando se dice que andaban por el mundo estos famosos caballeros.

seu amo e determinou que, se não saísse com a felicidade que pensava, ele o deixaria e voltaria com sua mulher e seus filhos ao seu costumado trabalho.

Ia levando o estalajadeiro a maleta com os livros, mas o padre lhe disse:

— Esperai, que quero ver que papéis são esses que de tão boa letra estão escritos.

Tirou-os o hospedeiro e deu-lhos a ler, vendo o padre cerca de oito fólios manuscritos, que no início tinham um grande título que dizia: *Novela do Curioso Impertinente*. Leu para si três ou quatro linhas e disse:

— À vera que não me parece nada mau o título desta novela, tanto que tenho vontade de lê-la inteira.

Ao que respondeu o estalajadeiro:

— Bem a pode ler sua reverência, pois lhe faço saber que ela muito contentou alguns hóspedes que aqui a leram, e ma pediram com muito afinco; mas eu não quis dá-la, pensando em devolvê-la a quem aqui deixou esquecida esta maleta com estes livros e papéis, que bem pode seu dono voltar daqui a algum tempo, e ainda sabendo que me hão de fazer falta os livros, à fé que os devolverei, pois, se bem seja estalajadeiro, ainda sou cristão.

— Tendes toda a razão, amigo — disse o padre —, mas, com tudo isso, se a novela me contentar, haveis de deixar-ma trasladar.

— De muito bom grado — respondeu o estalajadeiro.

Enquanto os dois essas coisas iam dizendo, apanhou Cardenio a novela e começou a ler; e parecendo-lhe o mesmo que ao padre, pediu a este que a lesse de modo que todos a ouvissem.

— Eu bem a leria — disse o padre —, se não fosse melhor usar esse tempo em dormir que em ler.

— Grande repouso será para mim — disse Dorotea — entreter o tempo

---

A la mitad desta plática se halló Sancho presente, y quedó muy confuso y pensativo de lo que había oído decir que ahora no se usaban caballeros andantes y que todos los libros de caballerías eran necedades y mentiras, y propuso en su corazón de esperar en lo que paraba aquel viaje de su amo, y que si no salía con la felicidad que él pensaba, determinaba de dejalle y volverse con su mujer y sus hijos a su acostumbrado trabajo.

Llevábase la maleta y los libros el ventero, mas el cura le dijo:

— Esperad, que quiero ver qué papeles son esos que de tan buena letra están escritos.

Sacólos el huésped, y, dándoselos a leer, vio hasta obra de ocho pliegos escritos de mano, y al principio tenían un título grande que decía: *Novela del Curioso Impertinente*. Leyó el cura para sí tres o cuatro renglones y dijo:

— Cierto que no me parece mal el título desta novela, y que me viene voluntad de leella toda.

A lo que respondió el ventero:

— Pues bien puede leella su reverencia, porque le hago saber que algunos huéspedes que aquí la han leído les ha contentado mucho, y me la han pedido con muchas veras; mas yo no se la he querido dar, pensando volvérsela a quien aquí dejó esta maleta olvidada con estos libros y esos papeles, que bien puede ser que vuelva su dueño por aquí algún tiempo, y aunque sé que me han de hacer falta los libros, a fe que se los he de volver, que, aunque ventero, todavía soy cristiano.

— Vos tenéis mucha razón, amigo — dijo el cura —, mas, con todo eso, si la novela me contenta, me la habéis de dejar trasladar.

ouvindo algum conto, pois ainda não tenho o espírito tão sossegado que me permita dormir quando seria razão.

— Sendo assim — disse o padre —, quero lê-la, por curiosidade ao menos: talvez traga algo de gosto.

Acudiu mestre Nicolás a pedir-lhe o mesmo, e Sancho também; em vendo isto o padre, e entendendo que a todos daria gosto e ele o receberia, disse:

— Sendo assim, estejam todos atentos, que a novela começa desta maneira:

NOTAS

[1] *Don Cirongilio de Tracia*: abreviação de *Los cuatro libros del valeroso caballero Don Cirongilio de Tracia, hijo del noble rey Eleofrón de Macedonia, según lo escribió el célebre historiador suyo Nouarco en la lectura Griega y Promisus en la Latina, trasladada a nuestra lengua por Bernardo de Vargas* (Sevilha, 1545). O livro, hiperbólico e palavroso já desde o título, copia maneiristicamente o modelo do gênero consagrado no *Amadis*, apenas mesclando alguns elementos provindos da narrativa sentimental.

[2] *Historia [Crónica] del Gran Capitán Gonzalo Hernández de Córdoba, con la vida de Diego García de Paredes* (Sevilha, 1580): relato dos feitos de Gonzalo Fernández de Córdoba y Aguilar, dito "El Gran Capitán" (1453-1515), militar eminente durante o reinado de Isabel e Fernando. O volume incluía ainda a narração das façanhas de Diego García de Paredes (1468-1533), também militar, porém menos graduado, que por sua força e bravura ficou conhecido como "O Sansão de Estremadura". Embora de tema histórico, ambos os livros eram notoriamente fantasiosos.

[3] Jogo de truques: espécie de bilhar jogado em mesa com caçapas, semelhante à sinuca.

— De muy buena gana — respondió el ventero.

Mientras los dos esto decían había tomado Cardenio la novela y comenzado a leer en ella; y pareciéndole lo mismo que al cura, le rogó que la leyese de modo que todos la oyesen.

— Sí leyera — dijo el cura —, si no fuera mejor gastar este tiempo en dormir que en leer.

— Harto reposo será para mí — dijo Dorotea — entretener el tiempo oyendo algún cuento, pues aún no tengo el espíritu tan sosegado, que me conceda dormir cuando fuera razón.

— Pues, desa manera — dijo el cura —, quiero leerla, por curiosidad siquiera: quizá tendrá alguna de gusto.

Acudió maese Nicolás a rogarle lo mismo, y Sancho también; lo cual visto del cura, y entendiendo que a todos daría gusto y él le recibiría, dijo:

— Pues así es, esténme todos atentos, que la novela comienza desta manera:

CAPÍTULO XXXIII

Onde se conta a
Novela do Curioso Impertinente

Em Florença, cidade rica e famosa da Itália, na província chamada Toscana, viviam Anselmo e Lotario, dois cavaleiros ricos e principais, e tão amigos que, por excelência e antonomásia, por todos que os conheciam "os dois amigos" eram chamados. Eram solteiros, moços da mesma idade e dos mesmos costumes, o que era causa bastante para que os dois com recíproca amizade se correspondessem. Bem é verdade que o Anselmo era um tanto mais inclinado aos passatempos amorosos que o Lotario, a quem muito atraíam os da caça; mas, quando era o caso, deixava Anselmo de entregar-se aos seus gostos por seguir os de Lotario, e Lotario deixava os seus por entregar-se aos de Anselmo, e desta maneira caminhavam tão a par as suas vontades que nem o mais concertado relógio assim caminhava.

Andava Anselmo perdido de amores por uma donzela principal e formosa da mesma cidade, filha de tão bons pais e ela por si tão boa, que se determinou, com o parecer do seu amigo Lotario, sem o qual nada fazia, a pedi-la aos pais por esposa, e assim o pôs em execução; e quem levou a embaixada foi Lotario, e quem concluiu o negócio, tão a gosto do seu amigo que em breve tempo se viu posto na possessão que desejava, e Camila tão

---

CAPÍTULO XXXIII

Donde se cuenta la
Novela del Curioso Impertinente

En Florencia, ciudad rica y famosa de Italia, en la provincia que llaman Toscana, vivían Anselmo y Lotario, dos caballeros ricos y principales, y tan amigos, que, por excelencia y antonomasia, de todos los que los conocían "los dos amigos" eran llamados. Eran solteros, mozos de una misma edad y de unas mismas costumbres, todo lo cual era bastante causa a que los dos con recíproca amistad se correspondiesen. Bien es verdad que el Anselmo era algo más inclinado a los pasatiempos amorosos que el Lotario, al cual llevaban tras sí los de la caza; pero, cuando se ofrecía, dejaba Anselmo de acudir a sus gustos, por seguir los de Lotario, y Lotario dejaba los suyos, por acudir a los de Anselmo, y desta manera andaban tan a una sus voluntades, que no había concertado reloj que así lo anduviese.

Andaba Anselmo perdido de amores de una doncella principal y hermosa de la misma ciudad, hija de tan buenos padres y tan buena ella por sí, que se determinó, con el parecer de su amigo Lotario, sin el cual ninguna cosa hacía, de pedilla por esposa a sus padres, y así lo puso en ejecución; y el que llevó la embajada fue Lotario,

contente de ter Anselmo por esposo, que não cessava de dar graças aos céus, e a Lotario, por cujo meio tanto bem alcançara. Nos primeiros dias, felizes como costumam ser os da boda, Lotario frequentou como costumava a casa do seu amigo Anselmo, procurando honrá-lo, festejá-lo e regozijá-lo com tudo aquilo que lhe foi possível; mas, findas as bodas e reduzida a frequência das visitas e parabéns, começou Lotario a com cuidado descuidar das idas à casa de Anselmo, por parecer-lhe (como é razão que pareça a todos os que são discretos) que se não devem visitar nem frequentar as casas dos amigos casados da mesma maneira que quando eram solteiros, pois, conquanto a boa e verdadeira amizade em nada possa nem deva ser suspeita, é com tudo isso tão frágil a honra do casado que parece poder-se ofender até dos próprios irmãos, quanto mais dos amigos.

Percebeu Anselmo o afastamento de Lotario e com ele muito se queixou, dizendo-lhe que, se soubesse que o casamento havia de ser razão para o não tratar como costumava, jamais se teria casado, e que, se pela boa correspondência que os dois tinham quando ele era solteiro granjearam tão doce renome como o de serem chamados "os dois amigos", que não permitisse, por se querer fazer de circunspecto, sem outra razão alguma, que tão famoso e tão agradável nome se perdesse; e que assim lhe suplicava, se tal termo de fala era lícito usar entre eles, que voltasse a ser senhor de sua casa e a entrar e sair nela como dantes, assegurando-lhe que sua esposa Camila não tinha outro gosto nem outra vontade que a que ele queria que tivesse, e que, sabendo ela com quantas veras os dois se amavam, estava confusa de ver nele tanta esquivança.

A todas estas e outras muitas razões que Anselmo disse a Lotario para persuadi-lo a voltar como costumava a sua casa, respondeu Lotario com tan-

---

y el que concluyó el negocio, tan a gusto de su amigo, que en breve tiempo se vio puesto en la posesión que deseaba, y Camila tan contenta de haber alcanzado a Anselmo por esposo, que no cesaba de dar gracias al cielo, y a Lotario, por cuyo medio tanto bien le había venido. Los primeros días, como todos los de boda suelen ser alegres, continuó Lotario como solía la casa de su amigo Anselmo, procurando honralle, festejalle y regocijalle con todo aquello que a él le fue posible; pero acabadas las bodas y sosegada ya la frecuencia de las visitas y parabienes, comenzó Lotario a descuidarse con cuidado de las idas en casa de Anselmo, por parecerle a él (como es razón que parezca a todos los que fueren discretos) que no se han de visitar ni continuar las casas de los amigos casados de la misma manera que cuando eran solteros, porque aunque la buena y verdadera amistad no puede ni debe de ser sospechosa en nada, con todo esto es tan delicada la honra del casado, que parece que se puede ofender aun de los mesmos hermanos, cuanto más de los amigos.

Notó Anselmo la remisión de Lotario y formó dél quejas grandes, diciéndole que si él supiera que el casarse había de ser parte para no comunicalle como solía, que jamás lo hubiera hecho, y que si, por la buena correspondencia que los dos tenían mientras él fue soltero, habían alcanzado tan dulce nombre como el de ser llamados "los dos amigos", que no permitiese, por querer hacer del circunspecto, sin otra ocasión alguna, que tan famoso y tan agradable nombre se perdiese; y que, así, le suplicaba, si era lícito que tal término de hablar se usase entre ellos, que volviese a ser señor de su casa y a entrar y salir en ella como de antes, asegurándole que su esposa Camila no tenía otro gusto ni otra voluntad que la que él quería que tuviese, y que, por haber sabido ella con cuántas veras los dos se amaban, estaba confusa de ver en él tanta esquiveza.

ta prudência, discrição e aviso, que Anselmo ficou satisfeito da boa intenção do seu amigo, e concertaram que dois dias na semana, mais os santos, fosse Lotario almoçar com ele; e ainda que os dois assim tivessem concertado, propôs Lotario de fazer somente aquilo que visse que mais convinha à honra do seu amigo, cujo crédito estimava em mais que o seu próprio. Dizia ele, e dizia bem, que o casado a quem o céu concede uma mulher formosa tanto cuidado deve ter nos amigos que leva a sua casa como em olhar com que amigas sua mulher conversa, pois o que não se faz nem concerta nas praças nem nos templos nem nas festas públicas nem estações da paixão (coisas que nem sempre hão de negar os maridos a suas mulheres), bem se concerta e facilita na casa da amiga ou da parenta em que mais se tem confiança.

Também dizia Anselmo terem todos os casados necessidade de ter, cada um, algum amigo para adverti-lo dos descuidos em seu proceder, pois sói acontecer que, com o muito amor que tem o marido pela mulher, este ou não lhe adverte ou não lhe diz, para não aborrecê-la, que faça ou deixe de fazer algumas coisas de cujo fazer ou não depende a honra ou o vitupério, do qual, sendo pelo amigo advertido, com facilidade tudo remediaria. Mas onde se achará amigo tão discreto e tão leal e verdadeiro como o que Anselmo pede? Eu não sei, por certo. Só Lotario era este, que com toda a solicitude e todo o aviso olhava pela honra do amigo e procurava rarear, reduzir e abreviar as visitas concertadas, por que não parecesse mal ao vulgo ocioso e aos olhos vagabundos e maliciosos a entrada de um moço rico, gentil-homem e bem-nascido, e com os bons dotes que ele pensava ter, na casa de uma mulher tão formosa como Camila; pois, posto que sua bondade e valor pudesse pôr freio a toda maledicente língua, ainda assim não queria pôr em dúvida seu

---

A todas estas y otras muchas razones que Anselmo dijo a Lotario para persuadille volviese como solía a su casa, respondió Lotario con tanta prudencia, discreción y aviso, que Anselmo quedó satisfecho de la buena intención de su amigo, y quedaron de concierto que dos días en la semana y las fiestas fuese Lotario a comer con él; y aunque esto quedó así concertado entre los dos, propuso Lotario de no hacer más de aquello que viese que más convenía a la honra de su amigo, cuyo crédito estimaba en más que el suyo proprio. Decía él, y decía bien, que el casado a quien el cielo había concedido mujer hermosa tanto cuidado había de tener qué amigos llevaba a su casa como en mirar con qué amigas su mujer conversaba, porque lo que no se hace ni concierta en las plazas ni en los templos ni en las fiestas públicas ni estaciones (cosas que no todas veces las han de negar los maridos a sus mujeres), se concierta y facilita en casa de la amiga o la parienta de quien más satisfación se tiene.

También decía Lotario que tenían necesidad los casados de tener cada uno algún amigo que le advirtiese de los descuidos que en su proceder hiciese, porque suele acontecer que con el mucho amor que el marido a la mujer tiene o no le advierte o no le dice, por no enojalla, que haga o deje de hacer algunas cosas que el hacellas o no le sería de honra o de vituperio, de lo cual siendo del amigo advertido, fácilmente pondría remedio en todo. Pero ¿dónde se hallará amigo tan discreto y tan leal y verdadero como aquí Lotario le pide? No lo sé yo, por cierto. Solo Lotario era este, que con toda solicitud y advertimiento miraba por la honra de su amigo y procuraba dezmar, frisar y acortar los días del concierto del ir a su casa, porque no pareciese mal al vulgo ocioso y a los ojos vagabundos y maliciosos la entrada de un mozo rico, gentilhombre y bien nacido, y de las buenas partes que él pensaba que tenía, en la casa de una mujer tan hermosa como Camila; que puesto que su bondad y valor podía

crédito nem o de seu amigo, e por isso os mais desses dias concertados ele os ocupava e entretinha com outras coisas que dava a entender serem inescusáveis. Assim, entre queixas de um e desculpas de outro, se passavam muitas horas e partes do dia.

Sucedeu pois que um dia, estando os dois passeando por um prado fora da cidade, Anselmo disse a Lotario as seguintes razões:

— Cuida, amigo Lotario, que, às mercês que Deus me fez em me fazer filho de tais pais como foram os meus e em me dar à farta os bens, assim os chamados de natureza como os de fortuna,[1] não posso eu corresponder com uma gratidão que iguale o bem recebido e sobeje o que me fez em me dar a ti por amigo e a Camila por mulher, duas prendas que estimo, se não no grau que devo, ao menos no que posso. Pois apesar dessas prendas todas, que soem ser o todo com que os homens soem e podem viver contentes, vivo eu como o mais despeitado e desgostoso de todo o mundo universo, pois não sei de quantos dias a esta parte me remói e oprime um desejo tão estranho e tão fora do uso comum aos outros, que eu me espanto de mim mesmo, e me culpo e me repreendo a sós, e procuro calá-lo e encobri-lo dos meus próprios pensamentos, o que não me impediu de revelar este segredo, como se de indústria o procurasse dizer a todo o mundo. E como de feito ele há de vir à luz, quero que seja na do arquivo do teu segredo, confiando em que, com ele e com o empenho que terás, como meu amigo verdadeiro, em me ajudar, eu logo me verei livre da angústia que me causa, e chegará minha alegria por tua solicitude ao grau que chegou meu desgosto por minha loucura.

Suspenso estava Lotario das razões de Anselmo, e não sabia aonde havia de chegar tão longa prevenção ou preâmbulo, e por mais que fosse rebuscando em sua imaginação qual desejo pudera ser aquele que tanto remoía

---

poner freno a toda maldiciente lengua, todavía no quería poner en duda su crédito ni el de su amigo, y por esto los más de los días del concierto los ocupaba y entretenía en otras cosas que él daba a entender ser inexcusables. Así que en quejas del uno y disculpas del otro se pasaban muchos ratos y partes del día.

Sucedió, pues, que uno que los dos se andaban paseando por un prado fuera de la ciudad, Anselmo dijo a Lotario las semejantes razones:

— Pensabas, amigo Lotario, que a las mercedes que Dios me ha hecho en hacerme hijo de tales padres como fueron los míos y al darme no con mano escasa los bienes, así los que llaman de naturaleza como los de fortuna, no puedo yo corresponder con agradecimiento que llegue al bien recebido y sobre al que me hizo en darme a ti por amigo y a Camila por mujer propria, dos prendas que las estimo, si no en el grado que debo, sí en el que puedo. Pues con todas estas partes, que suelen ser el todo con que los hombres suelen y pueden vivir contentos, vivo yo el más despechado y el más desabrido hombre de todo el universo mundo, porque no sé qué de días a esta parte me fatiga y aprieta un deseo tan estraño y tan fuera del uso común de otros, que yo me maravillo de mí mismo, y me culpo y me riño a solas, y procuro callarlo y encubrillo de mis proprios pensamientos, y así me ha sido posible salir con este secreto como si de industria procurara decillo a todo el mundo. Y pues que en efeto él ha de salir a plaza, quiero que sea en la del archivo de tu secreto, confiado que con él y con la diligencia que pondrás, como mi amigo verdadero, en remediarme, yo me veré presto libre de la angustia que me causa, y llegará mi alegría por tu solicitud al grado que ha llegado mi descontento por mi locura.

Suspenso tenían a Lotario las razones de Anselmo, y no sabía en qué había de parar tan larga prevención

seu amigo, deu sempre muito longe do alvo da verdade; e por sair logo da agonia que lhe causava aquela suspensão, disse que fazia notório agravo à sua muita amizade buscando tantos rodeios para lhe dizer seus mais encobertos pensamentos, tendo por certo que se podia esperar dele, ou bem conselhos para os entreter, ou bem remédio para os cumprir.

— Isto é verdade — respondeu Anselmo —, e com essa confiança te faço saber, amigo Lotario, que o desejo que me remói é pensar se Camila, minha esposa, é tão boa e tão perfeita quanto eu penso, e não me posso certificar dessa verdade quando não seja provando-a de maneira que a prova manifeste os quilates de sua bondade, como o fogo mostra os do ouro. Porque eu tenho para mim, oh amigo!, que a bondade da mulher só se descobre na medida em que é solicitada, e que só é forte aquela que não se dobra às juras, às dádivas, às lágrimas e às contínuas importunidades dos solícitos amantes. Pois que há para agradecer — dizia ele — na bondade de uma mulher se ninguém a convida a ser má? Que vale ser recatada e temerosa a que não tem ocasião de se soltar, e a que sabe ter marido que, em descobrindo sua primeira desenvoltura, lhe há de tirar a vida? Portanto, a que é boa por temor ou por falta de lugar não merece de mim a mesma estima em que terei a solicitada e perseguida que saiu com a coroa de vencedora. De modo que por essas razões, e por outras muitas que te poderia dizer para abonar e fortalecer a opinião que tenho, desejo que Camila, minha esposa, passe por essas dificuldades e se acrisole e aquilate no fogo de se ver requerida e solicitada, e por quem tenha valor para nela acender seus desejos; e se ela sair, como creio que sairá, com os louros dessa batalha, terei a minha ventura por sem-par: poderei eu dizer que está cheio o vazio dos meus desejos, direi que me coube por sorte a mulher forte, de quem o Sábio pergunta "quem a encontrará?".²

---

o preámbulo, y aunque iba revolviendo en su imaginación qué deseo podría ser aquel que a su amigo tanto fatigaba, dio siempre muy lejos del blanco de la verdad; y por salir presto de la agonía que le causaba aquella suspensión, le dijo que hacía notorio agravio a su mucha amistad en andar buscando rodeos para decirle sus más encubiertos pensamientos, pues tenía cierto que se podía prometer dél o ya consejos para entretenellos o ya remedio para cumplillos.

— Así es la verdad — respondió Anselmo —, y con esa confianza te hago saber, amigo Lotario, que el deseo que me fatiga es pensar si Camila, mi esposa, es tan buena y tan perfeta como yo pienso, y no puedo enterarme en esta verdad si no es probándola de manera que la prueba manifieste los quilates de su bondad, como el fuego muestra los del oro. Porque yo tengo para mí, ¡oh amigo!, que no es una mujer más buena de cuanto es o no es solicitada, y que aquella sola es fuerte que no se dobla a las promesas, a las dádivas, a las lágrimas y a las continuas importunidades de los solícitos amantes. Porque ¿qué hay que agradecer — decía él — que una mujer sea buena si nadie le dice que sea mala? ¿Qué mucho que esté recogida y temerosa la que no le dan ocasión para que se suelte, y la que sabe que tiene marido que en cogiéndola en la primera desenvoltura la ha de quitar la vida? Ansí que la que es buena por temor o por falta de lugar, yo no la quiero tener en aquella estima en que tendré a la solicitada y perseguida que salió con la corona del vencimiento. De modo que por estas razones, y por otras muchas que te pudiera decir para acreditar y fortalecer la opinión que tengo, deseo que Camila, mi esposa, pase por estas dificultades y se acrisole y quilate en el fuego de verse requerida y solicitada, y de quien tenga valor para poner en ella sus deseos; y si ella sale, como creo que saldrá, con la palma desta batalla, tendré yo por sin igual mi

E se isto acontecer contrariamente ao que penso, o gosto de ver que acertei na minha opinião me fará levar sem pena a que de razão me poderá causar tão custosa experiência. E pressuposto que nenhuma coisa de quantas me disseres contra meu desejo há de ter algum proveito para que eu o deixe de pôr por obra, quero, oh amigo Lotario!, que te disponhas a ser o instrumento que lavre esta obra do meu gosto, que eu te darei lugar para que o faças, sem que te falte nada do que eu cuide ser necessário para solicitar uma mulher honesta, honrada, recatada e desinteressada. E o que me move a confiar a ti tão árdua empresa é, entre outras coisas, saber que, se Camila for por ti vencida, não há de chegar o vencimento a todo transe e rigor, mas só a ter por feito o que se há de fazer, por bom respeito, e assim não ficarei eu ofendido mais que com o desejo, e minha injúria ficará oculta na virtude do teu silêncio, que bem sei que no que a mim tocar há de ser eterno como o da morte. Portanto, se queres que eu tenha vida digna desse nome, desde logo hás de entrar nesta amorosa batalha, não tíbia nem preguiçosamente, mas com o afinco e a diligência que o meu desejo pede e com a confiança que a nossa amizade me assegura.

Tais foram as razões que Anselmo disse a Lotario, a todas as quais esteve tão atento que, afora o já escrito que lhe disse, não despregou os lábios enquanto o amigo não acabou; e vendo que não dizia mais, depois de olhá-lo por um bom espaço, como se olhasse outra coisa que jamais tivesse visto, que lhe causasse admiração e espanto, lhe disse:

— Não me posso convencer, oh amigo Anselmo!, que não tenhas dito por burla as coisas que me disseste, pois, se eu pensasse que o fizeste à vera, não consentiria que tão longe chegasses, atalhando tua longa arenga com não te prestar ouvidos. Sem dúvida imagino, ou que não me conheces, ou que eu

---

ventura: podré yo decir que está colmo el vacío de mis deseos, diré que me cupo en suerte la mujer fuerte, de quien el Sabio dice que "¿quién la hallará?". Y cuando esto suceda al revés de lo que pienso, con el gusto de ver que acerté en mi opinión llevaré sin pena la que de razón podrá causarme mi tan costosa experiencia. Y prosupuesto que ninguna cosa de cuantas me dijeres en contra de mi deseo ha de ser de algún provecho para dejar de ponerle por la obra, quiero, ¡oh amigo Lotario!, que te dispongas a ser el instrumento que labre aquesta obra de mi gusto, que yo te daré lugar para que lo hagas, sin faltarte todo aquello que yo viere ser necesario para solicitar a una mujer honesta, honrada, recogida y desinteresada. Y muéveme, entre otras cosas, a fiar de ti esta tan ardua empresa el ver que si de ti es vencida Camila, no ha de llegar el vencimiento a todo trance y rigor, sino a solo a tener por hecho lo que se ha de hacer, por buen respeto, y, así, no quedaré yo ofendido más que con el deseo, y mi injuria quedará escondida en la virtud de tu silencio, que bien sé que en lo que me tocare ha de ser eterno como el de la muerte. Así que si quieres que yo tenga vida que pueda decir que lo es, desde luego has de entrar en esta amorosa batalla, no tibia ni perezosamente, sino con el ahínco y diligencia que mi deseo pide y con la confianza que nuestra amistad me asegura.

Estas fueron las razones que Anselmo dijo a Lotario, a todas las cuales estuvo tan atento, que, si no fueron las que quedan escritas que le dijo, no desplegó sus labios hasta que hubo acabado; y viendo que no decía más, después que le estuvo mirando un buen espacio, como si mirara otra cosa que jamás hubiera visto, que le causara admiración y espanto, le dijo:

— No me puedo persuadir, ¡oh amigo Anselmo!, a que no sean burlas las cosas que me has dicho, que, a

não te conheço. Mas não, pois bem sei que tu és Anselmo e que sabes que eu sou Lotario: o mal é que eu penso que não és o Anselmo que costumavas, e tu deves de ter pensado que eu também não sou o Lotario que devia ser, porque as coisas que me disseste, nem são daquele Anselmo meu amigo, nem as que me pedes se hão de pedir àquele Lotario que tu conheces, porque os bons amigos hão de pôr seus amigos à prova e se valer deles, como disse um poeta, *usque ad aras*,[3] que quis dizer que não se haviam de valer de sua amizade para coisas que fossem contra Deus. E se isto sentiu da amizade um gentio, quanto melhor é que o sinta o cristão, que sabe que por nenhuma amizade humana há de perder a divina? E quando o amigo fosse tão longe, que pusesse de parte os respeitos do céu por acudir aos do seu amigo, não há de ser por coisas ligeiras e de pouca monta, e sim por aquelas das quais dependa a honra e a vida de seu amigo. Pois dize-me agora, Anselmo: qual dessas duas coisas tens em perigo para que eu me aventure a te comprazer e a fazer uma coisa tão detestável como a que me pedes? Nenhuma, por certo, antes me pedes, segundo eu entendo, que me empenhe e esforce em tirar-te a honra e a vida, e tirar-ma de mim juntamente, pois, se eu me empenhar em tirar-te a honra, é claro que te tiro a vida, pois o homem sem honra é pior que um morto; e sendo eu o instrumento, como tu queres que o seja, de tanto dano teu, não fico eu desonrado e, pelo mesmo conseguinte, sem vida? Escuta, amigo Anselmo, e tende paciência de não responder enquanto eu não acabar de te dizer o que se me oferece acerca do que teu desejo te pediu, pois tempo haverá para que tu me repliques e eu te escute.

— Com prazer — disse Anselmo. — Dize o que quiseres.

E Lotario prosseguiu dizendo:

— Parece-me, oh Anselmo!, que tu tens agora o engenho como o que

---

pensar que de veras las decías, no consintiera que tan adelante pasaras, porque con no escucharte previniera tu larga arenga. Sin duda imagino o que no me conoces o que yo no te conozco. Pero no, que bien sé que eres Anselmo y tú sabes que yo soy Lotario: el daño está en que yo pienso que no eres el Anselmo que solías y tú debes de haber pensado que tampoco yo soy el Lotario que debía ser, porque las cosas que me has dicho, ni son de aquel Anselmo mi amigo, ni las que me pides se han de pedir a aquel Lotario que tú conoces, porque los buenos amigos han de probar a sus amigos y valerse dellos, como dijo un poeta, "usque ad aras", que quiso decir que no se habían de valer de su amistad en cosas que fuesen contra Dios. Pues si esto sintió un gentil de la amistad, ¿cuánto mejor es que lo sienta el cristiano, que sabe que por ninguna humana ha de perder la amistad divina? Y cuando el amigo tirase tanto la barra, que pusiese aparte los respetos del cielo por acudir a los de su amigo, no ha de ser por cosas ligeras y de poco momento, sino por aquellas en que vaya la honra y la vida de su amigo. Pues dime tú ahora, Anselmo: ¿cuál destas dos cosas tienes en peligro, para que yo me aventure a complacerte y a hacer una cosa tan detestable como me pides? Ninguna, por cierto, antes me pides, según yo entiendo, que procure y solicite quitarte la honra y la vida, y quitármela a mí juntamente, porque si yo he de procurar quitarte la honra, claro está que te quito la vida, pues el hombre sin honra peor es que un muerto; y siendo yo el instrumento, como tú quieres que lo sea, de tanto mal tuyo, ¿no vengo a quedar deshonrado y, por el mesmo consiguiente, sin vida? Escucha, amigo Anselmo, y ten paciencia de no responderme hasta que acabe de decirte lo que se me ofreciere acerca de lo que te ha pedido tu deseo, que tiempo quedará para que tú me repliques y yo te escuche.

— Que me place — dijo Anselmo —, di lo que quisieres.

sempre têm os mouros, aos quais não se pode dar a entender o erro de sua seita com as rubricas da Santa Escritura, nem com razões que consistam em especulação do entendimento, nem nas que vão fundadas em artigos de fé, mas se lhes há de trazer exemplos palpáveis, fáceis, inteligíveis, demonstrativos, indubitáveis, com demonstrações matemáticas que não se podem negar, como quando dizem: "Se de duas partes iguais tirarmos partes iguais, as que restarem também serão iguais"; e quando isto não entendam de palavra, como de feito não entendem, há de se lhes mostrar com as mãos e pô-lo diante dos seus olhos, e ainda com tudo isto ninguém consegue persuadi-los das verdades da nossa sagrada religião. E esse mesmo termo e modo me convirá usar contigo, porque o desejo que em ti nasceu vai tão desencaminhado e tão fora de tudo aquilo que tenha sombra de razoável, que me parece que será tempo perdido o que eu ocupar em dar-te a entender tua simplicidade — que por ora não lhe quero pôr outro nome —, e estou até prestes a te deixar no teu desatino, em castigo do teu mau desejo; mas não me deixa usar deste rigor a amizade que tenho por ti, a qual não consente que te deixe em tão manifesto perigo de te perderes. E para que bem claro o vejas, dize-me, Anselmo: tu não me disseste que tenho de solicitar uma recatada, persuadir uma honesta, ofertar a uma desinteressada, servir a uma prudente? Isto bem me disseste. Pois se tu sabes que tens mulher recatada, honesta, desinteressada e prudente, que procuras? E, se pensas que de todos os meus assaltos há de sair vencedora, como sem dúvida sairá, que melhores títulos pensas dar-lhe além dos que tem agora, ou que será ela mais do que é agora? Ou tu não a tens pelo que dizes, ou não sabes o que pedes. Se não a tens pelo que dizes, para que queres pô-la à prova, e não, como a mulher ruim, fazer dela o que mais gostares? Mas se é tão boa como crês, impertinente coisa será fazer

---

Y Lotario prosiguió diciendo:
— Paréceme, ¡oh Anselmo!, que tienes tú ahora el ingenio como el que siempre tienen los moros, a los cuales no se les puede dar a entender el error de su secta con las acotaciones de la Santa Escritura, ni con razones que consistan en especulación del entendimiento, ni que vayan fundadas en artículos de fe, sino que les han de traer ejemplos palpables, fáciles, inteligibles, demostrativos, indubitables, con demostraciones matemáticas que no se pueden negar, como cuando dicen: "Si de dos partes iguales quitamos partes iguales, las que quedan también son iguales"; y cuando esto no entiendan de palabra, como en efeto no lo entienden, háseles de mostrar con las manos y ponérselo delante de los ojos, y aun con todo esto no basta nadie con ellos a persuadirles las verdades de nuestra sacra religión. Y este mesmo término y modo me convendrá usar contigo, porque el deseo que en ti ha nacido va tan descaminado y tan fuera de todo aquello que tenga sombra de razonable, que me parece que ha de ser tiempo gastado el que ocupare en darte a entender tu simplicidad — que por ahora no le quiero dar otro nombre —, y aun estoy por dejarte en tu desatino, en pena de tu mal deseo; mas no me deja usar deste rigor la amistad que te tengo, la cual no consiente que te deje puesto en tan manifiesto peligro de perderte. Y porque claro lo veas, dime, Anselmo: ¿tú no me has dicho que tengo de solicitar a una retirada, persuadir a una honesta, ofrecer a una desinteresada, servir a una prudente? Sí que me lo has dicho. Pues si tú sabes que tienes mujer retirada, honesta, desinteresada y prudente, ¿qué buscas? Y si piensas que de todos mis asaltos ha de salir vencedora, como saldrá sin duda, ¿qué mejores títulos piensas darle después que los que ahora tiene, o qué será más después de lo que es ahora? O es que tú no la tienes por la que dices, o tú no sabes lo que pides. Si no la tienes por lo que dices, ¿para

experiência dessa verdade, já que, depois de feita, há de ficar com a mesma estimação que tinha de primeiro. Portanto é razão concludente que intentar coisas das quais mais nos pode vir dano que proveito é próprio de juízos temerários e sem discurso, e mais quando se empenham em intentar aquelas a que não são forçados nem compelidos e que de longe mostram que é manifesta loucura intentá-las. As coisas dificultosas são intentadas por Deus ou pelo mundo ou por ambos juntos: as que se acometem por Deus são as que acometeram os santos, acometendo a viver vida de anjos em corpos humanos; as que se acometem por interesses do mundo são as daqueles que passam tanta infinidade de água, tanta diversidade de climas, tanta estranheza de gentes para adquirir os chamados bens de fortuna; e as que se intentam juntamente por Deus e pelo mundo são aquelas dos valorosos soldados, que tão logo veem no contrário muro aberta uma brecha tamanha como a que pode fazer uma redonda bala de artilharia, quando, posto à parte todo temor, sem fazer discurso nem cuidar no manifesto perigo que os ameaça, levados em voo das asas do desejo de tornar por sua fé, por sua nação e por seu rei, se lançam intrepidamente em meio a mil contrapostas mortes que os esperam. Estas coisas são as que se costumam intentar, e é honra, glória e proveito intentá-las, ainda que cheias de inconvenientes e perigos; mas a que tu dizes que queres intentar e pôr por obra nem te há de proporcionar glória de Deus, bens de fortuna nem fama com os homens, pois, posto que ela saia tal como desejas, não hás de ficar nem mais ufano, nem mais rico, nem mais honrado que estás agora; e se não sair, te verás na maior miséria que se possa imaginar, pois não te há de aproveitar então pensar que ninguém sabe a desgraça que te aconteceu, porque o teu conhecimento dela bastará para te afligir e desfazer. E por confirmação desta verdade, quero dizer-te uma es-

---

qué quieres probarla, sino, como a mala, hacer della lo que más te viniere en gusto? Mas si es tan buena como crees, impertinente cosa será hacer experiencia de la mesma verdad, pues después de hecha se ha de quedar con la estimación que primero tenía. Así que es razón concluyente que el intentar las cosas de las cuales antes nos puede suceder daño que provecho es de juicios sin discurso y temerarios, y más cuando quieren intentar aquellas a que no son forzados ni compelidos y que de muy lejos traen descubierto que el intentarlas es manifiesta locura. Las cosas dificultosas se intentan por Dios o por el mundo o por entrambos a dos: las que se acometen por Dios son las que acometieron los santos, acometiendo a vivir vida de ángeles en cuerpos humanos; las que se acometen por respeto del mundo son las de aquellos que pasan tanta infinidad de agua, tanta diversidad de climas, tanta estrañeza de gentes, por adquirir estos que llaman bienes de fortuna; y las que se intentan por Dios y por el mundo juntamente son aquellas de los valerosos soldados, que apenas veen en el contrario muro abierto tanto espacio cuanto es el que pudo hacer una redonda bala de artillería, cuando, puesto aparte todo temor, sin hacer discurso ni advertir al manifiesto peligro que les amenaza, llevados en vuelo de las alas del deseo de volver por su fe, por su nación y por su rey, se arrojan intrépidamente por la mitad de mil contrapuestas muertes que los esperan. Estas cosas son las que suelen intentarse, y es honra, gloria y provecho intentarlas, aunque tan llenas de inconvenientes y peligros; pero la que tú dices que quieres intentar y poner por obra, ni te ha de alcanzar gloria de Dios, bienes de la fortuna, ni fama con los hombres, porque, puesto que salgas con ella como deseas, no has de quedar ni más ufano, ni más rico, ni más honrado que estás ahora; y si no sales, te has de ver en la mayor miseria que imaginarse pueda, porque no te ha de aprovechar pensar entonces que no sabe nadie la desgracia que te ha suce-

trofe composta pelo famoso poeta Luigi Tansilo,[4] no fim de sua primeira parte de *As lágrimas de São Pedro*, que diz assim:

> Aumenta a dor parelha da vergonha
> em Pedro, quando o sol é levantado,
> e se não vê ninguém, se envergonha
> de si mesmo, por ver o seu pecado:
> que a todo nobre peito a ter vergonha
> não só há de mover o ser olhado,
> pois de si se envergonha quando erra,
> ainda que só veja céu e terra.

Portanto, não escusarás com o segredo a tua dor, antes terás que chorar de contínuo, se não lágrimas dos olhos, lágrimas de sangue do coração, como as chorava aquele simples doutor que o nosso poeta nos conta que fez a prova da taça, a mesma que com melhor discurso se escusou de fazer o prudente Reinaldo;[5] que, conquanto aquilo seja ficção poética, encerra em si segredos morais dignos de serem advertidos, e entendidos, e imitados. Quanto mais que, com o que penso dizer-te agora, acabarás de vir em conhecimento do grande erro que queres cometer. Dize-me, Anselmo, se o céu ou a boa sorte te houvesse feito senhor e legítimo possuidor de um finíssimo diamante, de cuja bondade e quilates estivessem satisfeitos quantos lapidários o vissem, e que todos a uma só voz e de comum parecer dissessem que ele chegava em quilates, bondade e fineza ao máximo que pode chegar a natureza de tal pedra, e tu mesmo assim o acreditasses, sem nada saber em contrário, seria justo que te viesse em desejo tomar aquele diamante e pô-lo entre uma bigorna e

---

dido, porque bastará para afligirte y deshacerte que la sepas tú mesmo. Y para confirmación desta verdad, te quiero decir una estancia que hizo el famoso poeta Luis Tansilo, en el fin de su primera parte de *Las lágrimas de San Pedro*, que dice así:

> Crece el dolor y crece la vergüenza
> en Pedro, cuando el día se ha mostrado,
> y aunque allí no ve a nadie, se avergüenza
> de sí mesmo, por ver que había pecado:
> que a un magnánimo pecho a haber vergüenza
> no solo ha de moverle el ser mirado,
> que de sí se avergüenza cuando yerra,
> si bien otro no vee que cielo y tierra.

Así que no escusarás con el secreto tu dolor, antes tendrás que llorar contino, si no lágrimas de los ojos, lágrimas de sangre del corazón, como las lloraba aquel simple doctor que nuestro poeta nos cuenta que hizo la prueba del vaso, que con mejor discurso se escusó de hacerla el prudente Reinaldos; que puesto que aquello sea ficción poética, tiene en sí encerrados secretos morales dignos de ser advertidos y entendidos e imitados. Cuanto más que con lo que ahora pienso decirte acabarás de venir en conocimiento del grande error que quieres cometer. Dime, Anselmo, si el cielo o la suerte buena te hubiera hecho señor y legítimo posesor de un finísimo diamante,

um martelo, e ali, à viva força de golpes e braços, provar se é tão duro e tão fino quanto dizem? E mais, se tal pusesses por obra, e a pedra resistisse a tão néscia prova, nem por isso se lhe acrescentaria mais valor nem mais fama. E se se quebrasse, coisa que bem poderia ser, não se perderia tudo? Por certo que sim, e daria seu dono lugar a que todos o tivessem por simples. Pois faze conta, Anselmo amigo, que Camila é finíssimo diamante, assim na tua estimação como na alheia, e que não é razão pô-la em contingência de que se quebre, pois, ainda que fique com sua inteireza, não pode subir a mais valor que o que agora tem; e se fraquejasse e não resistisse, considera desde agora como ficarias sem ela e com quanta razão te poderias queixar de ti mesmo, por teres sido causa de sua perdição e da tua. Olha que não há joia no mundo que valha tanto quanto a mulher casta e honrada, e que toda a honra das mulheres consiste na boa opinião que delas se tem; e sendo a de tua esposa tal que chega ao extremo de bondade que sabes, para que queres pôr essa verdade em dúvida? Olha, amigo, que a mulher é animal imperfeito, e que não se lhe devem de pôr embaraços onde tropece e caia, e sim tirá-los e despejar-lhe o caminho de qualquer inconveniente, para que sem pesar corra ligeira empós da perfeição que lhe falta, que consiste em ser virtuosa. Contam os sábios naturais que o arminho é um bicho de pele branquíssima, e que, quando querem caçá-lo os caçadores, usam do seguinte artifício: conhecendo os trechos por onde ele costuma passar e acudir, atalham sua trilha com lodo e depois, traquejando, o encaminham para aquele lugar, e assim como o arminho chega ao lodo se aqueda e se deixa apanhar e cativar, a troco de não passar na lama e perder e sujar sua brancura, que tem em mais estima que a liberdade e a vida. A honesta e casta mulher é arminho, e é mais que neve branca e limpa a virtude da honestidade; e quem quiser que a não per-

---

de cuya bondad y quilates estuviesen satisfechos cuantos lapidarios le viesen, y que todos a una voz y de común parecer dijesen que llegaba en quilates, bondad y fineza a cuanto se podía estender la naturaleza de tal piedra, y tú mesmo lo creyeses así, sin saber otra cosa en contrario, ¿sería justo que te viniese en deseo de tomar aquel diamante y ponerle entre una yunque y un martillo, y allí, a pura fuerza de golpes y brazos, probar si es tan duro y tan fino como dicen? Y más, si lo pusieses por obra; que, puesto caso que la piedra hiciese resistencia a tan necia prueba, no por eso se le añadiría más valor ni más fama, y si se rompiese, cosa que podría ser, ¿no se perdía todo? Sí, por cierto, dejando a su dueño en estimación de que todos le tengan por simple. Pues haz cuenta, Anselmo amigo, que Camila es finísimo diamante, así en tu estimación como en la ajena, y que no es razón ponerla en contingencia de que se quiebre, pues aunque se quede con su entereza no puede subir a más valor del que ahora tiene; y si faltase y no resistiese, considera desde ahora cuál quedarías sin ella y con cuánta razón te podrías quejar de ti mesmo, por haber sido causa de su perdición y la tuya. Mira que no hay joya en el mundo que tanto valga como la mujer casta y honrada, y que todo el honor de las mujeres consiste en la opinión buena que dellas se tiene; y pues la de tu esposa es tal que llega al estremo de bondad que sabes, ¿para qué quieres poner esta verdad en duda? Mira, amigo, que la mujer es animal imperfecto, y que no se le han de poner embarazos donde tropiece y caiga, sino quitárselos y despejalle el camino de cualquier inconveniente, para que sin pesadumbre corra ligera a alcanzar la perfeción que le falta, que consiste en el ser virtuosa. Cuentan los naturales que el arminio es un animalejo que tiene una piel blanquísima, y que cuando quieren cazarle los cazadores, usan deste artificio: que, sabiendo las partes por donde suele pasar y acudir, las atajan con lodo, y después, ojeándole, le encaminan hacia

ca, antes a guarde e conserve, há de usar de um estilo diferente daquele que com o arminho se usa, pois não lhe devem pôr diante a lama dos favores e serviços dos importunos amantes, porque talvez, e ainda sem talvez, não tem ela tanta virtude e força natural que possa por si mesma atropelar e superar aqueles embaraços, e é necessário tirá-los do seu caminho e pô-la diante da limpeza da virtude e da beleza que em si encerra a boa fama. É também a boa mulher como espelho de cristal luzente e claro, mas sujeito a embaçar e escurecer com qualquer hálito que o toque. Há que usar com a mulher honesta o mesmo estilo que com as relíquias: adorá-las e não tocá-las. Há que guardar e estimar a mulher boa como se guarda e estima um formoso jardim cheio de flores e rosas, cujo dono não consente que ninguém nele passeie nem o toque: basta que de longe e por entre as grades de ferro gozem de sua fragrância e formosura. Finalmente, quero te dizer uns versos que me vieram à memória, os quais ouvi numa comédia moderna, pois me parece que vêm bem a propósito do que estamos tratando. Aconselhava um prudente velho a outro, pai de uma donzela, que a recolhesse, guardasse e encerrasse, e entre outras razões lhe disse as seguintes:

> É toda em vidro a mulher,
> porém não se há de provar
> se se pode ou não quebrar,
> pois tudo pudera ser.
> E se é mais fácil quebrar-se,
> não é cordura insistir
> em arriscar-se a partir
> o que não pode soldar-se.

---

aquel lugar, y así como el arminio llega al lodo se está quedo y se deja prender y cautivar, a trueco de no pasar por el cieno y perder y ensuciar su blancura, que la estima en más que la libertad y la vida. La honesta y casta mujer es arminio, y es más que nieve blanca y limpia la virtud de la honestidad; y el que quisiere que no la pierda, antes la guarde y conserve, ha de usar de otro estilo diferente que con el arminio se tiene, porque no le han de poner delante el cieno de los regalos y servicios de los importunos amantes, porque quizá, y aun sin quizá, no tiene tanta virtud y fuerza natural que pueda por sí mesma atropellar y pasar por aquellos embarazos, y es necesario quitárselos y ponerle delante la limpieza de la virtud y la belleza que encierra en sí la buena fama. Es asimesmo la buena mujer como espejo de cristal luciente y claro, pero está sujeto a empañarse y escurecerse con cualquiera aliento que le toque. Hase de usar con la honesta mujer el estilo que con las reliquias: adorarlas y no tocarlas. Hase de guardar y estimar la mujer buena como se guarda y estima un hermoso jardín que está lleno de flores y rosas, cuyo dueño no consiente que nadie le pasee ni manosee: basta que desde lejos y por entre las verjas de hierro gocen de su fragrancia y hermosura. Finalmente, quiero decirte unos versos que se me han venido a la memoria, que los oí en una comedia moderna, que me parece que hacen al propósito de lo que vamos tratando. Aconsejaba un prudente viejo a otro, padre de una doncella, que la recogiese, guardase y encerrase, y entre otras razones le dijo estas:

> Es de vidrio la mujer,
> pero no se ha de probar
> si se puede o no quebrar,
> porque todo podría ser.

Tomar meu conselho é bem
pois na prudência eu me fundo:
que se há Dânaes pelo mundo,
há chuvas de ouro também.[6]

Tudo o que até aqui tenho dito, oh Anselmo!, diz respeito ao que te toca, e agora é bom que ouças algo do que a mim concerne, e perdoa-me se for longo, pois tudo isto requer o labirinto onde entraste e de onde queres que eu te resgate. Tu me tens por amigo e me queres tirar a honra, coisa que é contra toda amizade; e não pretendes só isso, mas procuras que eu a tire de ti. Que queres tirar-me a minha está bem claro, pois, quando Camila veja que a solicito, como me pedes, é certo que me há de ter por homem sem honra e maldoso, pois intento e faço uma coisa tão contrária ao que o ser quem sou e tua amizade me obrigam. De que queres que tire a tua também não há dúvida, pois, vendo Camila que a solicito, há de pensar que nela vi alguma leviandade que me deu azo ao atrevimento de lhe revelar meu mau desejo, e, tendo-se por desonrada, atinge a ti, como a tudo que é dela, sua mesma desonra. E daqui nasce o que comumente se diz: que o marido da mulher adúltera, posto que ele o não saiba, nem tenha dado ocasião para que sua mulher não seja a que deve, nem tenha estado a desgraça nas mãos dele, nem no descuido e pouco recato da esposa, contudo o chamam e o nomeiam com nome baixo e de vitupério, e os que da maldade de sua mulher sabem de certo jeito o olham com olhos de menosprezo, em vez de olhá-lo com os da lástima, vendo que não por sua culpa, e sim pelo gosto de sua má companheira está naquela desventura. Mas te quero dizer a causa por que com justa razão é desonrado o marido da mulher má, ainda que ele não saiba que o é, nem

---

Y es más fácil el quebrarse,
y no es cordura ponerse
a peligro de romperse
lo que no puede soldarse.

Y en esta opinión estén
todos, y en razón la fundo:
que si hay Dánaes en el mundo,
hay pluvias de oro también.

Cuanto hasta aquí te he dicho, ¡oh Anselmo!, ha sido por lo que a ti te toca, y ahora es bien que se oiga algo de lo que a mí me conviene, y si fuere largo, perdóname, que todo lo requiere el laberinto donde te has entrado y de donde quieres que yo te saque. Tú me tienes por amigo y quieres quitarme la honra, cosa que es contra toda amistad; y aun no solo pretendes esto, sino que procuras que yo la quite a ti. Que me la quieres quitar a mí está claro, pues cuando Camila vea que yo la solicito, como me pides, cierto está que me ha de tener por hombre sin honra y malmirado, pues intento y hago una cosa tan fuera de aquello que el ser quien soy y tu amistad me obliga. De que quieres que te la quite a ti no hay duda, porque viendo Camila que yo la solicito ha de pensar que yo he visto en ella alguna liviandad que me dio atrevimiento a descubrirle mi mal deseo, y teniéndose por deshonrada te toca a ti, como a cosa suya, su mesma deshonra. Y de aquí nace lo que comúnmente se platica: que el marido de la mujer adúltera, puesto que él no lo sepa, ni haya dado ocasión para que su mujer no sea la que debe, ni haya sido en su mano ni en su descuido y poco recato estorbar su desgracia, con todo le llaman y le nombran con nombre de vituperio y bajo, y en cierta manera le miran los que la maldad de su mujer saben con ojos de menosprecio, en cambio de mirarle con los de lástima, viendo que no por su culpa, sino por el gusto de su mala

tenha culpa, nem tenha sido parte, nem dado ocasião para que ela o seja. E não te canses de me ouvir, pois tudo há de redundar em teu proveito. Quando Deus criou nosso primeiro pai no Paraíso terrenal, diz a divina Escritura que Deus infundiu sono em Adão e que, estando este dormindo, tirou-lhe uma costela do lado sinistro, da qual formou a nossa mãe Eva; e assim como Adão despertou e a viu, disse: "Esta é carne da minha carne e osso dos meus ossos"; e Deus disse: "Por esta deixará o homem pai e mãe, e serão dois numa só carne". E foi então instituído o divino sacramento do matrimônio, com tais laços que só a morte pode desatá-los. E tem tanta força e virtude este milagroso sacramento, que faz duas diferentes pessoas serem uma só carne, e ainda faz mais nos bem casados: pois, bem que tenham duas almas, têm uma só vontade. E daí resulta que, sendo a carne da esposa uma só com a do esposo, as manchas que nela caem ou os defeitos que ela acumula redundam na carne do marido, por mais que, como tenho dito, ele não tenha dado ocasião para aquele dano. Pois do mesmo modo que a dor no pé ou em qualquer membro do corpo humano se ressente no corpo todo, por ser todo ele de uma só carne, e a cabeça sente o dano do tornozelo, sem que ela o tenha causado, assim o marido é participante da desonra da mulher, por ser uma só coisa com ela; e como as honras e desonras do mundo são todas de carne e sangue e daí nascem, e as da mulher ruim são desse gênero, é forçoso que caiba parte delas ao marido e seja ele tido por desonrado sem que o saiba. Olha então, oh Anselmo!, o perigo a que te expões em querer perturbar o sossego em que tua boa esposa vive; olha por quão vã e impertinente curiosidade queres revirar os humores que agora estão sossegados no peito de tua casta esposa; cuida que o que te aventuras a ganhar é pouco e o que perderás será tanto, que nem direi mais, por me faltarem palavras para encarecê-lo.

---

compañera está en aquella desventura. Pero quiérote decir la causa por que con justa razón es deshonrado el marido de la mujer mala, aunque él no sepa que lo es, ni tenga culpa, ni haya sido parte, ni dado ocasión para que ella lo sea. Y no te canses de oírme, que todo ha de redundar en tu provecho. Cuando Dios crió a nuestro primero padre en el Paraíso terrenal, dice la divina Escritura que infundió Dios sueño en Adán y que, estando durmiendo, le sacó una costilla del lado siniestro, de la cual formó a nuestra madre Eva; y así como Adán despertó y la miró, dijo: "Esta es carne de mi carne y hueso de mis huesos"; y Dios dijo: "Por esta dejará el hombre a su padre y madre, y serán dos en una carne misma". Y entonces fue instituido el divino sacramento del matrimonio, con tales lazos, que sola la muerte puede desatarlos. Y tiene tanta fuerza y virtud este milagroso sacramento, que hace que dos diferentes personas sean una mesma carne, y aún hace más en los buenos casados: que, aunque tienen dos almas, no tienen más de una voluntad. Y de aquí viene que, como la carne de la esposa sea una mesma con la del esposo, las manchas que en ella caen o los defectos que se procura redundan en la carne del marido, aunque él no haya dado, como queda dicho, ocasión para aquel daño. Porque así como el dolor del pie o de cualquier miembro del cuerpo humano le siente todo el cuerpo, por ser todo de una carne mesma, y la cabeza siente el daño del tobillo, sin que ella se le haya causado, así el marido es participante de la deshonra de la mujer, por ser una mesma cosa con ella; y como las honras y deshonras del mundo sean todas y nazcan de carne y sangre, y las de la mujer mala sean deste género, es forzoso que al marido le quepa parte dellas y sea tenido por deshonrado sin que él lo sepa. Mira, pues, ¡oh Anselmo!, al peligro que te pones en querer turbar el sosiego en que tu buena esposa vive; mira por cuán vana e impertinente curiosidad quieres revolver los humores que ahora están sosega-

Mas, se tudo quanto tenho dito não basta para te arredar do teu ruim propósito, bem podes buscar outro instrumento para a tua desonra e desventura, pois eu não penso em sê-lo, ainda que por isso eu perca a tua amizade, que é a maior perda que imaginar posso.

Calou em dizendo isto o virtuoso e prudente Lotario, e Anselmo ficou tão confuso e pensativo, que por um bom espaço não pôde responder palavra; mas, por fim, lhe disse:

— Com a atenção que viste escutei, Lotario amigo, tudo quanto me quiseste dizer, e em tuas razões, exemplos e comparações eu vi a muita discrição que tens e o extremo a que chega tua verdadeira amizade, e também vejo e confesso que, se eu não seguir teu parecer e for atrás do meu, irei fugindo do bem e correndo atrás do mal. Isto pressuposto, hás de considerar que eu sofro agora da mesma doença que soem ter algumas mulheres que têm desejos de comer terra, gesso, carvão e outras coisas piores, até asquerosas de olhar, quanto mais de comer. Portanto é mister usar de algum artifício para que eu sare, e isto se poderia fazer com facilidade só com que começasses, ainda que tíbia e fingidamente, a solicitar Camila, a qual não há de ser tão branda que nos primeiros encontros deite por terra a sua honestidade; e só com este princípio ficarei contente e tu terás cumprido o que deves à nossa amizade, não só dando-me a vida, mas persuadindo-me de não me ver desonrado. E estás obrigado a fazer isto por uma só razão, e é que, estando eu, como estou, determinado a pôr em prática esta prova, não hás tu de consentir que eu dê conta do meu desatino a outra pessoa, com o que aventurarias a honra que tu queres que eu não perca; e se a tua não parecer bem aos olhos de Camila quando a solicitares, isso pouco ou nada importa, pois logo, vendo nela a inteireza que esperamos, poderás dizer-lhe a pura verdade do nos-

---

dos en el pecho de tu casta esposa; advierte que lo que aventuras a ganar es poco y que lo que perderás será tanto, que lo dejaré en su punto, porque me faltan palabras para encarecerlo. Pero si todo cuanto he dicho no basta a moverte de tu mal propósito, bien puedes buscar otro instrumento de tu deshonra y desventura, que yo no pienso serlo aunque por ello pierda tu amistad, que es la mayor pérdida que imaginar puedo.

Calló en diciendo esto el virtuoso y prudente Lotario, y Anselmo quedó tan confuso y pensativo, que por un buen espacio no le pudo responder palabra; pero, en fin, le dijo:

— Con la atención que has visto he escuchado, Lotario amigo, cuanto has querido decirme, y en tus razones, ejemplos y comparaciones he visto la mucha discreción que tienes y el estremo de la verdadera amistad que alcanzas, y ansimesmo veo y confieso que si no sigo tu parecer y me voy tras el mío, voy huyendo del bien y corriendo tras el mal. Presupuesto esto, has de considerar que yo padezco ahora la enfermedad que suelen tener algunas mujeres que se les antoja comer tierra, yeso, carbón y otras cosas peores, aun asquerosas para mirarse, cuanto más para comerse. Así que es menester usar de algún artificio para que yo sane, y esto se podía hacer con facilidad solo con que comiences, aunque tibia y fingidamente, a solicitar a Camila, la cual no ha de ser tan tierna que a los primeros encuentros dé con su honestidad por tierra; y con solo este principio quedaré contento y tú habrás cumplido con lo que debes a nuestra amistad, no solamente dándome la vida, sino persuadiéndome de no verme sin honra. Y estás obligado a hacer esto por una razón sola, y es que estando yo, como estoy, determinado de poner en plática esta prueba, no has tú de consentir que yo dé cuenta de mi desatino a otra persona, con que pondría en aventura el honor que tú procuras que no pierda; y cuando el tuyo no esté en el punto que debe en la

so artifício, com o qual voltará teu crédito a ser como de primeiro. E como tão pouca aventura e tanto contento me podes dar aventurando-te, não o deixes de fazer, por mais inconvenientes que se te ponham diante, pois, como já disse, tão logo a comeces darei a causa por concluída.

Vendo Lotario a resoluta vontade de Anselmo e não sabendo que outros exemplos trazer nem que outras razões mostrar para que a não seguisse, e vendo que o ameaçava de dar a outro conta do seu mau desejo, por evitar um mal maior determinou de contentá-lo e fazer o que lhe pedia, com propósito e intenção de levar aquele negócio de modo que, sem alterar os pensamentos de Camila, ficasse Anselmo satisfeito; e assim lhe respondeu que não comunicasse seu pensamento com outro algum, que ele tomava a seu encargo aquela empresa, a qual começaria quando mais gosto lhe desse. Abraçou-o Anselmo terna e amorosamente, e lhe agradeceu seu oferecimento como se alguma grande mercê lhe tivesse feito, e se puseram os dois de acordo que já a partir do dia seguinte se começasse a obra, que ele lhe daria lugar e tempo para que a sós pudesse ter com Camila, e também lhe daria dinheiro e joias para lhe dar e oferecer. Aconselhou-o a dar-lhe músicas, a compor versos em seu louvor, e, quando não se quisesse dar ao trabalho de escrevê-los, ele mesmo os escreveria. Para tudo se ofereceu Lotario, ainda que com diferente intenção da que Anselmo pensava.

E com tal acordo voltaram à casa de Anselmo, onde acharam Camila com ânsias e cuidados à espera do seu esposo, porque demorava em chegar mais que o costumado.

Foi-se Lotario a sua casa, ficando Anselmo na sua tão contente como Lotario partira pensativo, sem saber que rumos traçar para levar a bom porto aquele impertinente negócio. Mas naquela noite atinou com um modo de

---

intención de Camila en tanto que la solicitares, importa poco o nada, pues con brevedad, viendo en ella la entereza que esperamos, le podrás decir la pura verdad de nuestro artificio, con que volverá tu crédito al ser primero. Y pues tan poco aventuras y tanto contento me puedes dar aventurándote, no lo dejes de hacer, aunque más inconvenientes se te pongan delante, pues, como ya he dicho, con solo que comiences daré por concluida la causa.

Viendo Lotario la resoluta voluntad de Anselmo y no sabiendo qué más ejemplos traerle ni qué más razones mostrarle para que no la siguiese, y viendo que le amenazaba que daría a otro cuenta de su mal deseo, por evitar mayor mal determinó de contentarle y hacer lo que le pedía, con propósito y intención de guiar aquel negocio de modo que sin alterar los pensamientos de Camila quedase Anselmo satisfecho; y así, le respondió que no comunicase su pensamiento con otro alguno, que él tomaba a su cargo aquella empresa, la cual comenzaría cuando a él le diese más gusto. Abrazóle Anselmo tierna y amorosamente, y agradecióle su ofrecimiento como si alguna grande merced le hubiera hecho, y quedaron de acuerdo entre los dos que desde otro día siguiente se comenzase la obra, que él le daría lugar y tiempo como a sus solas pudiese hablar a Camila, y asimesmo le daría dineros y joyas que darla y que ofrecerla. Aconsejóle que le diese músicas, que escribiese versos en su alabanza, y que, cuando él no quisiese tomar trabajo de hacerlos, él mesmo los haría. A todo se ofreció Lotario, bien con diferente intención que Anselmo pensaba.

Y con este acuerdo se volvieron a casa de Anselmo, donde hallaron a Camila con ansia y cuidado esperando a su esposo, porque aquel día tardaba en venir más de lo acostumbrado.

Fuese Lotario a su casa, y Anselmo quedó en la suya tan contento como Lotario fue pensativo, no sabien-

enganar Anselmo sem ofender Camila, e no dia seguinte foi almoçar com seu amigo, sendo bem recebido por ela, a qual o recebia e regalava com muita vontade, por entender a boa vontade que por ele tinha seu esposo.

Acabaram de almoçar, tiraram a mesa, e Anselmo disse a Lotario que se ficasse ali com Camila enquanto ele ia resolver um negócio urgente, que dentro de uma hora e meia voltaria. Rogou-lhe Camila que não fosse, e Lotario se ofereceu para acompanhá-lo, mas nada aproveitou com Anselmo, que antes importunou Lotario para que ficasse e o aguardasse, pois tinha ainda que tratar com ele um assunto de muita importância. Disse também a Camila que não deixasse Lotario sozinho enquanto não voltava. De feito, ele soube tão bem fingir a necessidade ou necedade da sua ausência, que ninguém poderia entender que era fingida. Foi-se Anselmo, e ficaram a sós à mesa Camila e Lotario, porque toda a demais gente de casa se retirara para almoçar. Viu-se Lotario posto na baila que seu amigo tanto desejava, e com o inimigo à frente, que só com sua formosura poderia vencer todo um esquadrão de cavaleiros armados: vede se não era razão que Lotario o temesse.

Mas o que ele fez foi apoiar o cotovelo no braço da cadeira e a mão aberta na face, e, pedindo desculpas a Camila pelas más maneiras, disse que queria repousar um pouco enquanto Anselmo não voltava. Camila lhe respondeu que melhor descansaria no estrado que na cadeira, e assim rogou-lhe que passasse à sala para nele se deitar. Não o quis Lotario, e ali ficou dormindo até a volta de Anselmo, o qual, ao achar Camila no seu aposento e Lotario dormindo, pensou que, como se demorara demais, já teriam os dois tido lugar para conversar, e até para dormir, e não via a hora de que Lotario despertasse, para sair com ele e lhe perguntar por sua ventura.

Tudo sucedeu como ele quis: Lotario despertou, e logo saíram os dois

---

do qué traza dar para salir bien de aquel impertinente negocio. Pero aquella noche pensó el modo que tendría para engañar a Anselmo sin ofender a Camila, y otro día vino a comer con su amigo, y fue bien recebido de Camila, la cual le recebía y regalaba con mucha voluntad, por entender la buena que su esposo le tenía.

Acabaron de comer, levantaron los manteles y Anselmo dijo a Lotario que se quedase allí con Camila en tanto que él iba a un negocio forzoso, que dentro de hora y media volvería. Rogóle Camila que no se fuese, y Lotario se ofreció a hacerle compañía, mas nada aprovechó con Anselmo, antes importunó a Lotario que se quedase y le aguardase, porque tenía que tratar con él una cosa de mucha importancia. Dijo también a Camila que no dejase solo a Lotario en tanto que él volviese. En efeto, él supo tan bien fingir la necesidad o necedad de su ausencia, que nadie pudiera entender que era fingida. Fuese Anselmo, y quedaron solos a la mesa Camila y Lotario, porque la demás gente de casa toda se había ido a comer. Viose Lotario puesto en la estacada que su amigo deseaba, y con el enemigo delante, que pudiera vencer con sola su hermosura a un escuadrón de caballeros armados: mirad si era razón que le temiera Lotario.

Pero lo que hizo fue poner el codo sobre el brazo de la silla y la mano abierta en la mejilla, y, pidiendo perdón a Camila del mal comedimiento, dijo que quería reposar un poco en tanto que Anselmo volvía. Camila le respondió que mejor reposaría en el estrado que en la silla, y, así, le rogó se entrase a dormir en él. No quiso Lotario, y allí se quedó dormido hasta que volvió Anselmo, el cual, como halló a Camila en su aposento y a Lotario durmiendo, creyó que, como se había tardado tanto, ya habrían tenido los dos lugar para hablar, y aun para dormir, y no vio la hora en que Lotario despertase, para volverse con él fuera y preguntarle de su ventura.

de casa, e assim lhe perguntou o que tanto desejava, e lhe respondeu Lotario que não lhe parecera ser bem se descobrir de todo da primeira vez, e assim não fizera mais que elogiar Camila por formosa, dizendo-lhe que em toda a cidade não se falava de outra coisa senão sua formosura e discrição, e que este lhe parecera um bom começo para ir ganhando sua vontade e dispondo-a a que da vez seguinte o escutasse com gosto, usando nisto do artifício que o demônio usa quando quer enganar alguém bem atalaiado no cuidado de si: transforma-se em anjo de luz, sendo ele das trevas, e, oferecendo-se em aparências boas, por fim revela quem é e executa seu intento, se de início não é descoberto seu engano. Tudo isso muito contentou Anselmo, quem disse que todos os dias lhes daria a mesma ocasião, ainda quando não saísse de casa, pois nela se ocuparia em coisas que não levantassem em Camila suspeita alguma do seu artifício.

Aconteceu pois que se passaram muitos dias em que, sem que Lotario dissesse palavra a Camila, respondia este a Anselmo que lhe falava e nunca conseguia tirar dela o menor aceno de ceder em coisa alguma que ruim fosse, não lhe dando nem um sinal de sombra de esperança, e antes dizia que o ameaçava de contar tudo a seu esposo se daquele mau pensamento não arredasse.

— Está bem — disse Anselmo. — Até aqui resistiu Camila às palavras; agora é mister ver como resiste às obras. Eu vos darei amanhã dois mil escudos de ouro para que lhos ofereçais, e até lhos deis, e outros tantos para que compreis joias para cevá-la; pois soem as mulheres gostar muito, e mais se são formosas, por mais castas que sejam, de andar bem-vestidas e engalanadas, e, se ela resistir a essa tentação, eu ficarei satisfeito e não vos darei mais pesar.

Todo le sucedió como él quiso: Lotario despertó, y luego salieron los dos de casa, y, así, le preguntó lo que deseaba, y le respondió Lotario que no le había parecido ser bien que la primera vez se descubriese del todo y, así, no había hecho otra cosa que alabar a Camila de hermosa, diciéndole que en toda la ciudad no se trataba de otra cosa que de su hermosura y discreción, y que este le había parecido buen principio para entrar ganando la voluntad y disponiéndola a que otra vez le escuchase con gusto, usando en esto del artificio que el demonio usa cuando quiere engañar a alguno que está puesto en atalaya de mirar por sí: que se transforma en ángel de luz, siéndolo él de tinieblas, y, poniéndole delante apariencias buenas, al cabo descubre quién es y sale con su intención, si a los principios no es descubierto su engaño. Todo esto le contentó mucho a Anselmo, y dijo que cada día daría el mismo lugar, aunque no saliese de casa, porque en ella se ocuparía en cosas que Camila no pudiese venir en conocimiento de su artificio.

Sucedió, pues, que se pasaron muchos días que, sin decir Lotario palabra a Camila, respondía a Anselmo que la hablaba y jamás podía sacar della una pequeña muestra de venir en ninguna cosa que mala fuese, ni aun dar una señal de sombra de esperanza, antes decía que le amenazaba que si de aquel mal pensamiento no se quitaba, que lo había de decir a su esposo.

— Bien está — dijo Anselmo —. Hasta aquí ha resistido Camila a las palabras; es menester ver cómo resiste a las obras. Yo os daré mañana dos mil escudos de oro para que se los ofrezcáis, y aun se los deis, y otros tantos para que compréis joyas con que cebarla; que las mujeres suelen ser aficionadas, y más si son hermosas,

Lotario respondeu que, já que havia começado, levaria aquela empresa até o fim, posto que dela saísse cansado e vencido. No dia seguinte recebeu os quatro mil escudos, e com eles quatro mil confusões, pois não sabia que nova mentira inventar; mas, de feito, determinou de dizer-lhe que Camila fora tão invencível às dádivas e promessas como às palavras, e que não tinha por que se cansar mais, pois todo esse tempo se gastava em vão.

Mas a sorte, que as coisas guiava de outra maneira, ordenou que, tendo Anselmo deixado Lotario e Camila a sós, como outras vezes costumava, foi-se fechar num aposento e pelo buraco da fechadura esteve olhando e escutando o que os dois tratavam, e viu que em mais de meia hora Lotario não falou palavra a Camila, nem lha falaria se ali estivesse um século, e caiu na conta de que tudo quanto seu amigo lhe dissera das respostas de Camila era ficção e mentira. E para ver se isto era assim, saiu do aposento e, chamando Lotario à parte, lhe perguntou quais eram as novas e a disposição de Camila. Lotario lhe respondeu que não pensava insistir mais naquele negócio, pois respondia ela tão áspera e desabridamente, que ele não teria ânimo para voltar a lhe dizer coisa alguma.

— Ah — fez Anselmo —, Lotario, Lotario, quão mal correspondes ao que me deves e ao muito que em ti confio! Agora te estive olhando pelo lugar que concede a entrada desta chave, e vi que não disseste palavra a Camila, por onde me dou a entender que ainda as primeiras lhe tens por dizer; e se isto é assim, como sem dúvida é, por que me enganas ou me queres tirar com tua indústria os meios que eu poderia achar para alcançar o meu desejo?

Não disse mais nada Anselmo, mas bastou o que tinha dito para deixar Lotario vexado e confuso. Este, quase que tomando como ponto de honra o ter sido surpreendido em mentira, jurou a Anselmo que a partir daquele

---

por más castas que sean, a esto de traerse bien y andar galanas, y si ella resiste a esta tentación, yo quedaré satisfecho y no os daré más pesadumbre.

Lotario respondió que ya que había comenzado, que él llevaría hasta el fin aquella empresa, puesto que entendía salir della cansado y vencido. Otro día recibió los cuatro mil escudos, y con ellos cuatro mil confusiones, porque no sabía qué decirse para mentir de nuevo; pero, en efeto, determinó de decirle que Camila estaba tan entera a las dádivas y promesas como a las palabras, y que no había para qué cansarse más, porque todo el tiempo se gastaba en balde.

Pero la suerte, que las cosas guiaba de otra manera, ordenó que, habiendo dejado Anselmo solos a Lotario y a Camila, como otras veces solía, él se encerró en un aposento y por los agujeros de la cerradura estuvo mirando y escuchando lo que los dos trataban, y vio que en más de media hora Lotario no habló palabra a Camila, ni se la hablara si allí estuviera un siglo, y cayó en la cuenta de que cuanto su amigo le había dicho de las respuestas de Camila todo era ficción y mentira. Y para ver si esto era ansí, salió del aposento y, llamando a Lotario aparte, le preguntó qué nuevas había y de qué temple estaba Camila. Lotario le respondió que no pensaba más darle puntada en aquel negocio, porque respondía tan áspera y desabridamente, que no tendría ánimo para volver a decirle cosa alguna.

— ¡Ah — dijo Anselmo —, Lotario, Lotario, y cuán mal correspondes a lo que me debes y a lo mucho que de ti confío! Ahora te he estado mirando por el lugar que concede la entrada desta llave, y he visto que no has dicho palabra a Camila, por donde me doy a entender que aun las primeras le tienes por decir; y si esto es así,

momento tomava tão a seu encargo o contentá-lo sem mentiras como o veria se com curiosidade o espiasse, quanto mais que não seria preciso usar de nenhum artifício, pois o que ele pensava pôr por obra para satisfazê-lo lhe tiraria toda suspeita. Acreditou-lhe Anselmo e, para dar-lhe comodidade mais segura e menos sobressaltada, determinou se ausentar de sua casa por oito dias, indo à de um amigo seu, que ficava numa aldeia, não longe da cidade, com cujo amigo concertou que o mandasse chamar com muitas veras, para dar pretexto a Camila de sua partida.

Desditoso e mal-avisado de ti, Anselmo! Que é que fazes? Que é que traças? Que é que ordenas? Cuida que obras contra ti mesmo, traçando tua desonra e ordenando tua perdição. Boa é tua esposa Camila; quieta e sossegadamente a possuis; ninguém desvia seu gosto por ti; seus pensamentos não saem das paredes de sua casa; tu és seu céu na terra, o alvo dos seus desejos, o cumprimento dos seus gostos e a medida com que mede sua vontade, em tudo ajustando-a com a tua e com a do céu. Pois se a mina da sua honra, formosura, honestidade e recato te dá sem nenhum trabalho toda a riqueza que tem e tu podes desejar, para que queres escavar a terra e buscar novos veios de novo e nunca visto tesouro, arriscando-te a que toda ela venha abaixo, pois afinal se sustenta sobre os fracos arrimos de sua débil natureza? Cuida que quem busca o impossível, é justo que o possível se lhe negue, como melhor disse um poeta, dizendo:

> Procuro na morte a vida,
> saúde na enfermidade,
> nas masmorras liberdade,
> no que é fechado saída

---

como sin duda lo es, ¿para qué me engañas o por qué quieres quitarme con tu industria los medios que yo podría hallar para conseguir mi deseo?

No dijo más Anselmo, pero bastó lo que había dicho para dejar corrido y confuso a Lotario, el cual, casi como tomando por punto de honra el haber sido hallado en mentira, juró a Anselmo que desde aquel momento tomaba tan a su cargo el contentalle y no mentille cual lo vería si con curiosidad lo espiaba, cuanto más que no sería menester usar de ninguna diligencia, porque la que él pensaba poner en satisfacelle le quitaría de toda sospecha. Creyóle Anselmo, y para dalle comodidad más segura y menos sobresaltada, determinó de hacer ausencia de su casa por ocho días, yéndose a la de un amigo suyo, que estaba en una aldea, no lejos de la ciudad, con el cual amigo concertó que le enviase a llamar con muchas veras, para tener ocasión con Camila de su partida.

¡Desdichado y mal advertido de ti, Anselmo! ¿Qué es lo que haces? ¿Qué es lo que trazas? ¿Qué es lo que ordenas? Mira que haces contra ti mismo, trazando tu deshonra y ordenando tu perdición. Buena es tu esposa Camila; quieta y sosegadamente la posees; nadie sobresalta tu gusto; sus pensamientos no salen de las paredes de su casa; tú eres su cielo en la tierra, el blanco de sus deseos, el cumplimiento de sus gustos y la medida por donde mide su voluntad, ajustándola en todo con la tuya y con la del cielo. Pues si la mina de su honor, hermosura, honestidad y recogimiento te da sin ningún trabajo toda la riqueza que tiene y tú puedes desear, ¿para qué quieres ahondar la tierra y buscar nuevas vetas de nuevo y nunca visto tesoro, poniéndote a peligro que toda venga abajo, pues en fin se sustenta sobre los débiles arrimos de su flaca naturaleza? Mira que el que busca lo imposible, es justo que lo posible se le niegue, como lo dijo mejor un poeta, diciendo:

e no traidor lealdade.
Mas minha sorte, de quem
jamais espero algum bem,
c'o céu decidiu de brusco
que, como o impossível busco,
nem o possível me deem.

    Lá se foi no dia seguinte Anselmo para a aldeia, deixando dito a Camila que, no tempo em que estivesse ausente, viria Lotario olhar pela casa e almoçar com ela, que cuidasse de tratá-lo como à sua própria pessoa. Afligiu-se Camila, como mulher discreta e honrada, da ordem que seu marido lhe deixava, e lhe disse que advertisse não ser bem que outra pessoa, estando ele ausente, ocupasse sua cadeira à mesa, e que, se o fazia por não confiar que ela saberia governar a casa, que o provasse dessa vez e veria por experiência como para maiores cuidados ela se bastava. Anselmo lhe replicou que aquele era seu gosto, e que ela não tinha mais que baixar a cabeça e obedecer. Camila disse que assim faria, se bem contra sua vontade.
    Partiu Anselmo, e no dia seguinte veio Lotario à casa, onde foi recebido por Camila com amoroso e honesto acolhimento, mas sem nunca ficar onde Lotario pudesse ter com ela a sós, porque sempre andava rodeada dos seus criados e criadas, especialmente de uma donzela sua chamada Leonela, de quem ela muito gostava, por se terem criado desde meninas as duas juntas na casa dos pais de Camila, levando-a consigo ao se casar com Anselmo. Nos três primeiros dias, Lotario não lhe disse nada, ainda que o pudesse, quando se tirava a mesa e os criados se retiravam para comer a muita pressa, pois assim dispusera Camila, e também Leonela tinha ordem de comer

---

Busco en la muerte la vida,	Pero mi suerte, de quien
salud en la enfermedad,	jamás espero algún bien,
en la prisión libertad,	con el cielo ha estatuido
en lo cerrado salida	que, pues lo imposible pido,
y en el traidor lealtad.	lo posible aun no me den.

    Fuese otro día Anselmo a la aldea, dejando dicho a Camila que el tiempo que él estuviese ausente vendría Lotario a mirar por su casa y a comer con ella, que tuviese cuidado de tratalle como a su mesma persona. Afligióse Camila, como mujer discreta y honrada, de la orden que su marido le dejaba, y díjole que advirtiese que no estaba bien que nadie, él ausente, ocupase la silla de su mesa, y que si lo hacía por no tener confianza que ella sabría gobernar su casa, que probase por aquella vez y vería por experiencia como para mayores cuidados era bastante. Anselmo le replicó que aquel era su gusto, y que no tenía más que hacer que bajar la cabeza y obedecelle. Camila dijo que ansí lo haría, aunque contra su voluntad.
    Partióse Anselmo, y otro día vino a su casa Lotario, donde fue rescebido de Camila con amoroso y honesto acogimiento, la cual jamás se puso en parte donde Lotario la viese a solas, porque siempre andaba rodeada de sus criados y criadas, especialmente de una doncella suya llamada Leonela, a quien ella mucho quería, por haberse criado desde niñas las dos juntas en casa de los padres de Camila, y cuando se casó con Anselmo la trujo consigo. En los tres días primeros, nunca Lotario le dijo nada, aunque pudiera, cuando se levantaban los manteles y

primeiro que Camila e do seu lado jamais arredar; mas ela, que noutras coisas do seu gosto tinha posto o pensamento e tinha mister daquelas horas e daquele lugar para ocupá-lo nos seus prazeres, nem sempre cumpria o mandamento de sua senhora, antes os deixava a sós, como se aquilo lhe tivessem mandado. Porém a honesta presença de Camila, a gravidade do seu rosto, a compostura de sua pessoa era tanta, que punha freio à língua de Lotario.

Mas o proveito que as muitas virtudes de Camila fizeram, silenciando a língua de Lotario, redundou mais em dano dos dois, porque, se a língua calava, o pensamento discorria e tinha lugar de contemplar parte por parte todos os extremos de bondade e formosura que tinha Camila, bastantes para enamorar uma estátua de mármore, quanto mais um coração de carne.

Olhava-a Lotario no lugar e espaço em que lhe devia falar, e considerava quão digna era de ser amada, e essa consideração começou pouco a pouco a socavar os respeitos que por Anselmo tinha, e mil vezes quis se ausentar da cidade e ir-se aonde jamais Anselmo o visse nem ele visse Camila; mas já lhe punha impedimentos e retinha o gosto que achava em olhá-la. Fazia força e lutava consigo mesmo por afastar e não sentir o gosto que tinha em olhar Camila; culpava-se a sós do seu desatino; chamava-se mau amigo, e até mau cristão; discorria consigo mesmo e fazia comparações entre ele e Anselmo, e delas todas concluía que mais fora a loucura e a confiança de Anselmo que sua pouca fidelidade, e que, se essa desculpa ele tinha, perante Deus como perante os homens, do que pensava fazer, não havia de temer pena por sua culpa.

Com efeito, a formosura e a bondade de Camila, juntamente com a ocasião que o ignorante marido lhe pusera nas mãos, deram com a lealdade

---

la gente se iba a comer con mucha priesa, porque así se lo tenía mandado Camila, y aun tenía orden Leonela que comiese primero que Camila y que de su lado jamás se quitase; mas ella, que en otras cosas de su gusto tenía puesto el pensamiento y había menester aquellas horas y aquel lugar para ocuparle en sus contentos, no cumplía todas veces el mandamiento de su señora, antes los dejaba solos, como si aquello le hubieran mandado. Mas la honesta presencia de Camila, la gravedad de su rostro, la compostura de su persona era tanta, que ponía freno a la lengua de Lotario.

Pero el provecho que las muchas virtudes de Camila hicieron, poniendo silencio en la lengua de Lotario, redundó más en daño de los dos, porque si la lengua callaba, el pensamiento discurría y tenía lugar de contemplar parte por parte todos los estremos de bondad y de hermosura que Camila tenía, bastantes a enamorar una estatua de mármol, no que un corazón de carne.

Mirábala Lotario en el lugar y espacio que había de hablarla, y consideraba cuán digna era de ser amada, y esta consideración comenzó poco a poco a dar asaltos a los respectos que a Anselmo tenía, y mil veces quiso ausentarse de la ciudad y irse donde jamás Anselmo le viese a él ni él viese a Camila; mas ya le hacía impedimento y detenía el gusto que hallaba en mirarla. Hacíase fuerza y peleaba consigo mismo por desechar y no sentir el contento que le llevaba a mirar a Camila; culpábase a solas de su desatino; llamábase mal amigo, y aun mal cristiano; hacía discursos y comparaciones entre él y Anselmo, y todos paraban en decir que más había sido la locura y confianza de Anselmo que su poca fidelidad, y que si así tuviera disculpa para con Dios como para con los hombres de lo que pensaba hacer, que no temiera pena por su culpa.

de Lotario por terra; e sem olhos para outra coisa que aquela a quem seu gosto o inclinava, ao cabo de três dias da ausência de Anselmo, nos quais esteve em contínua batalha por resistir a seus desejos, começou a requerer Camila, com tanto enleio e tão amorosas razões, que Camila ficou suspensa e não fez mais que levantar-se donde estava e entrar no seu aposento sem lhe responder palavra alguma. Mas não por esta secura arrefeceu em Lotario a esperança, que sempre nasce juntamente com o amor, antes lhe aumentou a estima de Camila. A qual, tendo visto em Lotario o que jamais pensara, não sabia o que fazer e, parecendo-lhe não ser coisa segura nem bem feita dar-lhe ocasião nem lugar a que outra vez lhe falasse, determinou de enviar naquela mesma noite, como o fez, um criado seu com um bilhete para Anselmo, onde lhe escreveu estas razões:

Notas

[1] ... assim os chamados de natureza como os de fortuna: segundo a moral tomista, consideram-se bens "de natureza" (interiores) as virtudes e bens "de fortuna" (exteriores), as riquezas materiais.

[2] O Sábio: o rei Salomão, que em seus Provérbios elogia a mulher forte e honesta.

[3] *Usque ad aras*: fragmento do adágio clássico que Plutarco atribui a Péricles. Completo, diz *"amicus usque ad aras"* (amigos até o altar), e tradicionalmente recebeu duas interpretações: ou que a amizade deve ir até o extremo (o altar de sacrifícios), ou que não deve superar o limite além do qual atenta contra a religião.

[4] Luigi Tansillo (1510-1568): poeta napolitano, amigo de Garcilaso de la Vega, que o cita em seu soneto XXIV. Seu *Le lacrime di San Pietro*, poema religioso publicado postumamente, em 1585, foi traduzido ao castelhano em 1587 por Luis Gálvez de Montalvo. A oitava aqui citada, porém, não corresponde a essa versão.

En efecto, la hermosura y la bondad de Camila, juntamente con la ocasión que el ignorante marido le había puesto en las manos, dieron con la lealtad de Lotario en tierra; y sin mirar a otra cosa que aquella a que su gusto le inclinaba, al cabo de tres días de la ausencia de Anselmo, en los cuales estuvo en continua batalla por resistir a sus deseos, comenzó a requebrar a Camila, con tanta turbación y con tan amorosas razones, que Camila quedó suspensa y no hizo otra cosa que levantarse de donde estaba y entrarse en su aposento sin respondelle palabra alguna. Mas no por esta sequedad se desmayó en Lotario la esperanza, que siempre nace juntamente con el amor, antes tuvo en más a Camila. La cual, habiendo visto en Lotario lo que jamás pensara, no sabía qué hacerse, y, pareciéndole no ser cosa segura ni bien hecha darle ocasión ni lugar a que otra vez la hablase, determinó de enviar aquella mesma noche, como lo hizo, a un criado suyo con un billete a Anselmo, donde le escribió estas razones:

⁵ Prova da taça: menção ao episódio do *Orlando furioso* (XLII, 98-104; XLIII, 1-49) em que Ranaldo, hóspede de um certo cavaleiro em seu palácio encantado, não cede à insistência deste por que beba de uma taça mágica que tem o dom de revelar a infidelidade da esposa, derramando o vinho no peito do traído. A recusa provoca o choro do anfitrião, que confessa e lamenta não ter tido a sensatez de seu hóspede anos atrás, quando, depois de constatar a honestidade da mulher com a mesma prova, resolveu expô-la a maiores tentações assumindo a aparência de um antigo pretendente dela, com a ajuda da mesma feiticeira que lhe oferecera a taça encantada. A passagem é por muitos considerada a principal inspiração da *Novela do Curioso Impertinente*.

⁶ Dânae: presa numa torre de bronze por seu pai, Acrísio, rei de Argos, foi possuída por Júpiter, que a visitou transmutada em chuva de ouro.

CAPÍTULO XXXIV

ONDE SE PROSSEGUE A
NOVELA DO CURIOSO IMPERTINENTE

Assim como se costuma dizer que não vale exército sem general nem castelo sem castelão, digo eu que muito menos vale a mulher casada e moça sem marido ao lado, quando justíssimas escusas o não impedem. Eu me acho tão mal sem vós e tão impossibilitada de não poder sofrer esta ausência, que, se logo não vierdes, hei de entreter esta espera na casa dos meus pais, ainda que deixe a vossa sem guardião, pois o que me deixastes, se é que merece tal título, creio que olha mais pelo seu gosto que por aquilo que a vós tange; e como sois discreto, nada mais vos direi, nem é bem que mais vos diga.

Essa carta recebeu Anselmo, e por ela entendeu que Lotario já começara a empresa e que Camila devia de ter respondido como ele desejava; e sobremaneira contentado por tais novas, respondeu a Camila, de palavra pelo portador, que de modo algum fizesse mudança de sua casa, porque ele voltaria com muita brevidade. Muito se admirou Camila da resposta de Anselmo, que aumentou ainda mais sua confusão, porque nem se atrevia a ficar em sua

---

CAPÍTULO XXXIV

DONDE SE PROSIGUE LA
NOVELA DEL CURIOSO IMPERTINENTE

Así como suele decirse que parece mal el ejército sin su general y el castillo sin su castellano, digo yo que parece muy peor la mujer casada y moza sin su marido, cuando justísimas ocasiones no lo impiden. Yo me hallo tan mal sin vos y tan imposibilitada de no poder sufrir esta ausencia, que si presto no venís, me habré de ir a entretener en casa de mis padres, aunque deje sin guarda la vuestra, porque la que me dejastes, si es que quedó con tal título, creo que mira más por su gusto que por lo que a vos os toca; y pues sois discreto, no tengo más que deciros, ni aun es bien que más os diga.

Esta carta recibió Anselmo, y entendió por ella que Lotario había ya comenzado la empresa y que Camila debía de haber respondido como él deseaba; y alegre sobremanera de tales nuevas, respondió a Camila, de palabra, que no hiciese mudamiento de su casa en modo ninguno, porque él volvería con mucha brevedad. Admirada

casa, nem menos ir à de seus pais, pois na ficada corria perigo sua honestidade, e na ida contrariava o mandamento do seu esposo.

Enfim se resolveu pelo pior, que foi ficar, com determinação de não fugir à presença de Lotario, por não dar o que falar aos seus criados, e já lhe pesava ter escrito o que escrevera a seu esposo, temerosa de que pensasse que Lotario tinha visto nela alguma desenvoltura que o tivesse movido a não lhe guardar o devido respeito. Mas, confiante em sua bondade, confiou-se a Deus e a seu bom pensamento, com o qual pensava resistir calando a tudo que Lotario dizer-lhe quisesse, sem dar mais conta ao seu marido, por não pô-lo nalguma pendência ou tribulação; e até andava buscando um modo de desculpar Lotario ante Anselmo, quando este lhe perguntasse a ocasião que a levara a lhe escrever aquele bilhete. Com tais pensamentos, mais honrados que acertados nem proveitosos, esteve ao outro dia escutando Lotario, o qual investiu de modo que a firmeza de Camila começou a vacilar, e sua honestidade teve muito que fazer em acudir aos olhos, para que não dessem indício de alguma amorosa compaixão que as lágrimas e as razões de Lotario em seu peito haviam despertado. Tudo isto notava Lotario, e tudo o animava.

Finalmente, ele entendeu que era mister, no espaço e lugar que a ausência de Anselmo lhe dava, apertar o cerco àquela fortaleza, e assim acometeu sua presunção com os louvores de sua formosura, pois não há nada que mais rápido renda e expugne as encasteladas torres da vaidade das formosas que a própria vaidade, posta nas línguas da adulação. Com efeito, ele, com toda a diligência, minou a rocha da sua inteireza com tais petrechos que, ainda que Camila fosse toda de bronze, viria por terra. Chorou, implorou, ofereceu, adulou, porfiou e afetou Lotario com tanto sentimento, com mostras de

---

quedó Camila de la respuesta de Anselmo, que la puso en más confusión que primero, porque ni se atrevía a estar en su casa, ni menos irse a la de sus padres, porque en la quedada corría peligro su honestidad, y en la ida, iba contra el mandamiento de su esposo.

En fin se resolvió en lo que le estuvo peor, que fue en el quedarse, con determinación de no huir la presencia de Lotario, por no dar que decir a sus criados, y ya le pesaba de haber escrito lo que escribió a su esposo, temerosa de que no pensase que Lotario había visto en ella alguna desenvoltura que le hubiese movido a no guardalle el decoro que debía. Pero, fiada en su bondad, se fió en Dios y en su buen pensamiento, con que pensaba resistir callando a todo aquello que Lotario decirle quisiese, sin dar más cuenta a su marido, por no ponerle en alguna pendencia y trabajo; y aun andaba buscando manera como disculpar a Lotario con Anselmo, cuando le preguntase la ocasión que le había movido a escribirle aquel papel. Con estos pensamientos, más honrados que acertados ni provechosos, estuvo otro día escuchando a Lotario, el cual cargó la mano de manera que comenzó a titubear la firmeza de Camila, y su honestidad tuvo harto que hacer en acudir a los ojos, para que no diesen muestra de alguna amorosa compasión que las lágrimas y las razones de Lotario en su pecho habían despertado. Todo esto notaba Lotario, y todo le encendía.

Finalmente, a él le pareció que era menester, en el espacio y lugar que daba la ausencia de Anselmo, apretar el cerco a aquella fortaleza, y, así, acometió a su presunción con las alabanzas de su hermosura, porque no hay cosa que más presto rinda y allane las encastilladas torres de la vanidad de las hermosas que la mesma vanidad, puesta en las lenguas de la adulación. En efecto, él, con toda diligencia, minó la roca de su entereza, con tales

tantas veras, que abateu o recato de Camila e veio a ganhar o que menos pensava e mais desejava.

Rendeu-se Camila, Camila se rendeu... Mas é isto muito, quando a amizade de Lotario não mais estava em pé? Exemplo claro que nos mostra que só se vence a paixão amorosa fugindo-se e que ninguém se há de pôr a braços com tão poderoso inimigo, porque são mister forças divinas para vencer as suas humanas. Só Leonela soube a fraqueza de sua senhora, porque não lha puderam encobrir os dois maus amigos e novos amantes. Não quis Lotario revelar a Camila a pretensão de Anselmo, nem que ele lhe dera lugar para chegar àquele ponto, por que não tivesse em menos seu amor e pensasse que assim, por acaso e sem pensar, e não de propósito, ele a solicitara.

Voltou dali a poucos dias Anselmo a sua casa e não deu conta do que nela faltava, que era o que ele em menos tinha e mais estimava. Foi logo ver Lotario e achou-o em sua casa; abraçaram-se os dois, e aquele perguntou pelas novas de sua vida ou de sua morte.

— As novas que te poderei dar, oh amigo Anselmo! — disse Lotario —, são de que tens uma mulher que dignamente pode ser exemplo e coroa de todas as mulheres boas. As palavras que lhe disse foram levadas pelo vento; os oferecimentos se tiveram em pouco, as dádivas não se admitiram; de algumas lágrimas fingidas minhas fez ela notável troça. Em suma, assim como Camila é cifra de toda a beleza, assim também é arquivo onde assiste a honestidade e vive o comedimento e o recato e todas as virtudes que podem fazer louvável e bem-afortunada uma honrada mulher. Toma de volta o teu dinheiro, amigo, que aqui o tenho, sem ter havido necessidade de nele tocar, pois a inteireza de Camila não se rende a coisas tão baixas como são dádivas e promessas. Contenta-te, Anselmo, e não queiras fazer mais provas que as feitas;

---

pertrechos, que aunque Camila fuera toda de bronce viniera al suelo. Lloró, rogó, ofreció, aduló, porfió y fingió Lotario con tantos sentimientos, con muestras de tantas veras, que dio al través con el recato de Camila y vino a triunfar de lo que menos se pensaba y más deseaba.

Rindióse Camila, Camila se rindió... Pero ¿qué mucho, si la amistad de Lotario no quedó en pie? Ejemplo claro que nos muestra que solo se vence la pasión amorosa con huilla y que nadie se ha de poner a brazos con tan poderoso enemigo, porque es menester fuerzas divinas para vencer las suyas humanas. Solo supo Leonela la flaqueza de su señora, porque no se la pudieron encubrir los dos malos amigos y nuevos amantes. No quiso Lotario decir a Camila la pretensión de Anselmo, ni que él le había dado lugar para llegar a aquel punto, porque no tuviese en menos su amor y pensase que así, acaso y sin pensar, y no de propósito, la había solicitado.

Volvió de allí a pocos días Anselmo a su casa y no echó de ver lo que faltaba en ella, que era lo que en menos tenía y más estimaba. Fuese luego a ver a Lotario y hallóle en su casa; abrazáronse los dos, y el uno preguntó por las nuevas de su vida o de su muerte.

— Las nuevas que te podré dar, ¡oh amigo Anselmo! — dijo Lotario —, son de que tienes una mujer que dignamente puede ser ejemplo y corona de todas las mujeres buenas. Las palabras que le he dicho se las ha llevado el aire; los ofrecimientos se han tenido en poco, las dádivas no se han admitido; de algunas lágrimas fingidas mías se ha hecho burla notable. En resolución, así como Camila es cifra de toda belleza, es archivo donde asiste la honestidad y vive el comedimiento y el recato y todas las virtudes que pueden hacer loable y bien afortunada a una honrada mujer. Vuelve a tomar tus dineros, amigo, que aquí los tengo, sin haber tenido necesidad de tocar a

e como a pé enxuto cruzaste o mar das dificuldades e suspeitas que das mulheres soem e podem ter-se, não queiras entrar de novo no profundo pego de novos inconvenientes, nem queiras com outro piloto fazer experiência da bondade e fortaleza do navio que o céu te deu em sorte para que nele cruzasses o mar deste mundo, mas faz de conta que já estás em porto seguro e aferra-te com as âncoras da boa consideração, e deixa-te estar até que te venham cobrar a dívida que não há fidalguia humana que de pagá-la se escuse.

Contentíssimo ficou Anselmo das razões de Lotario e nelas se fiou qual se fossem ditas por algum oráculo, mas, com tudo isso, rogou-lhe que continuasse a empresa, ainda que não fosse mais que por curiosidade e entretenimento e não mais se valesse dali em diante de tão aferradas diligências como até então, e que só queria que lhe escrevesse alguns versos em seu louvor, sob o nome de Clori, que ele daria a entender a Camila que andava enamorado de uma dama a quem dera aquele nome, por poder celebrá-la com o decoro que sua honestidade merecia; e que, se Lotario não se quisesse dar ao trabalho de escrever os versos, que ele os faria.

— Isso não será mister — disse Lotario —, pois não me são tão inimigas as musas, que alguns momentos do ano não me visitem. Dize tu a Camila o que disseste do fingimento dos meus amores, que os versos eu farei: se não tão bons como o sujeito merece, serão ao menos os melhores que eu puder.

Ficaram deste acordo o impertinente e o traidor amigo, e, voltado Lotario[1] a sua casa, perguntou a Camila o que ela já estranhava que não lhe tivesse perguntado, que foi que lhe dissesse a ocasião por que lhe escrevera o bilhete que lhe enviara. Camila lhe respondeu que lhe parecera que Lotario a olhava um pouco mais desenvoltamente que quando ele estava em casa, mas que já estava desenganada e cuidava que tinha sido imaginação sua, pois já

---

ellos, que la entereza de Camila no se rinde a cosas tan bajas como son dádivas ni promesas. Conténtate, Anselmo, y no quieras hacer más pruebas de las hechas; y pues a pie enjuto has pasado el mar de las dificultades y sospechas que de las mujeres suelen y pueden tenerse, no quieras entrar de nuevo en el profundo piélago de nuevos inconvenientes, ni quieras hacer experiencia con otro piloto de la bondad y fortaleza del navío que el cielo te dio en suerte para que en él pasases la mar deste mundo, sino haz cuenta que estás ya en seguro puerto y aférrate con las áncoras de la buena consideración, y déjate estar hasta que te venga a pedir la deuda que no hay hidalguía humana que de pagarla se escuse.

Contentísimo quedó Anselmo de las razones de Lotario y así se las creyó como si fueran dichas por algún oráculo, pero, con todo eso, le rogó que no dejase la empresa, aunque no fuese más de por curiosidad y entretenimiento, aunque no se aprovechase de allí adelante de tan ahincadas diligencias como hasta entonces, y que solo quería que le escribiese algunos versos en su alabanza, debajo del nombre de Clori, porque él le daría a entender a Camila que andaba enamorado de una dama a quien le había puesto aquel nombre, por poder celebrarla con el decoro que a su honestidad se le debía; y que cuando Lotario no quisiera tomar trabajo de escribir los versos, que él los haría.

— No será menester eso — dijo Lotario —, pues no me son tan enemigas las musas, que algunos ratos del año no me visiten. Dile tú a Camila lo que has dicho del fingimiento de mis amores, que los versos yo los haré: si no tan buenos como el subjeto merece, serán por lo menos los mejores que yo pudiere.

Lotario evitava vê-la e de estar com ela a sós. Disse-lhe Anselmo que ela bem se podia despreocupar daquela suspeita, pois ele sabia que Lotario andava enamorado de uma donzela principal da cidade, que ele celebrava sob o nome de Clori, e que, ainda que o não estivesse, não havia que temer da verdade de Lotario e da muita amizade entre eles dois. E se já não estivesse avisada Camila por Lotario de que eram fingidos aqueles amores de Clori, e que ele o dissera a Anselmo por poder entregar-se algumas horas aos mesmos louvores de Camila, ela sem dúvida cairia nas desesperadas malhas dos ciúmes; mas, estando já advertida, passou aquele sobressalto sem pesar.

Ao outro dia, estando os três à sobremesa, rogou Anselmo a Lotario que dissesse alguma coisa das que compusera para sua amada Clori, pois, como Camila não a conhecia, podia seguramente dizer o que quisesse.

— Ainda que a conhecesse — respondeu Lotario —, não encobrira eu nada, pois, quando algum amante louva sua dama por formosa e a nota de cruel, nenhum opróbrio faz a seu bom crédito. Mas, seja como for, sei dizer que ontem compus um soneto à ingratidão desta Clori, que diz assim:

SONETO

E no silêncio de uma noite, quando
ocorre o suave sono dos mortais,
a pobre conta dos meus ricos ais
estou ao céu e a Clori recontando.

E ao tempo em que o sol se vai mostrando
pelas rosadas portas orientais,

Quedaron deste acuerdo el impertinente y el traidor amigo, y, vuelto Lotario a su casa, preguntó a Camila lo que ella ya se maravillaba que no se lo hubiese preguntado, que fue que le dijese la ocasión por que le había escrito el papel que le envió. Camila le respondió que le había parecido que Lotario la miraba un poco más desenvueltamente que cuando él estaba en casa, pero que ya estaba desengañada y creía que había sido imaginación suya, porque ya Lotario huía de vella y de estar con ella a solas. Díjole Anselmo que bien podía estar segura de aquella sospecha, porque él sabía que Lotario andaba enamorado de una doncella principal de la ciudad, a quien él celebraba debajo del nombre de Clori, y que, aunque no lo estuviera, no había que temer de la verdad de Lotario y de la mucha amistad de entrambos. Y a no estar avisada Camila de Lotario de que eran fingidos aquellos amores de Clori, y que él se lo había dicho a Anselmo por poder ocuparse algunos ratos en las mismas alabanzas de Camila, ella sin duda cayera en la desesperada red de los celos; mas, por estar ya advertida, pasó aquel sobresalto sin pesadumbre.

Otro día, estando los tres sobre mesa, rogó Anselmo a Lotario dijese alguna cosa de las que había compuesto a su amada Clori, que, pues Camila no la conocía, seguramente podía decir lo que quisiese.

— Aunque la conociera — respondió Lotario —, no encubriera yo nada, porque cuando algún amante loa a su dama de hermosa y la nota de cruel, ningún oprobrio hace a su buen crédito. Pero, sea lo que fuere, lo que sé decir, que ayer hice un soneto a la ingratitud desta Clori, que dice ansí:

    com suspiros e acentos desiguais
    sigo a antiga querela renovando.

    E quando o sol pelo ástreo céu remonta,
    direitos raios para a terra envia,
    o pranto cresce e dobro meus gemidos.

    Voltando a noite, eu volto à triste conta
    e sempre encontro, na mortal porfia,
    o surdo céu, e Clori sem ouvidos.

Agradou o soneto a Camila, porém mais a Anselmo, que o elogiou e disse que era demasiado cruel a dama que a tão claras verdades não correspondia. Ao que disse Camila:

— Então, tudo aquilo que os poetas enamorados dizem é verdade?

— Como poetas, não a dizem — respondeu Lotario —; mas, como enamorados, tão verdadeiros são, que sempre lhe ficam aquém.

— Quanto a isso não há dúvida — replicou Anselmo, em tudo apoiando e abonando os pensamentos de Lotario com Camila, tão descuidada do artifício de Anselmo como já enamorada de Lotario.

E assim, com o gosto que de suas coisas tinha, e mais entendendo que seus desejos e escritos se dirigiam a ela e que era ela a verdadeira Clori, rogou-lhe Camila que, se outro soneto ou outros versos sabia, os dissesse.

— Sei, sim — respondeu Lotario —, mas não creio que seja tão bom quanto o primeiro, ou, por melhor dizer, menos ruim. E bem o podereis julgar, pois é este:

SONETO

En el silencio de la noche, cuando
ocupa el dulce sueño a los mortales,
la pobre cuenta de mis ricos males
estoy al cielo y a mi Clori dando.

Y al tiempo cuando el sol se va mostrando
por las rosadas puertas orientales,
con suspiros y acentos desiguales
voy la antigua querella renovando.

Y cuando el sol, de su estrellado asiento
derechos rayos a la tierra envía,
el llanto crece y doblo los gemidos.

Vuelve la noche, y vuelvo al triste cuento
y siempre hallo, en mi mortal porfía,
al cielo sordo, a Clori sin oídos.

Bien le pareció el soneto a Camila, pero mejor a Anselmo, pues le alabó y dijo que era demasiadamente cruel la dama que a tan claras verdades no correspondía. A lo que dijo Camila:

— Luego ¿todo aquello que los poetas enamorados dicen es verdad?

— En cuanto poetas, no la dicen — respondió Lotario —; mas en cuanto enamorados, siempre quedan tan cortos como verdaderos.

— No hay duda deso — replicó Anselmo, todo por apoyar y acreditar los pensamientos de Lotario con Camila, tan descuidada del artificio de Anselmo como ya enamorada de Lotario.

Soneto

Eu sei que morro, e se não sou ouvido,
é mais certo o morrer, maior conforto
ver-me a teus pés, oh bela ingrata!, morto,
primeiro que adorar-te arrependido.

E que eu me encontre na região do olvido,
de vida e glória e de favor deserto,
ali se poderá em meu peito aberto
o belo rosto teu ver-se esculpido.

Que esta relíquia guardo para o duro
transe que me ameaça tal porfia,
que em teu mesmo rigor se fortalece.

Ai daquele que navega, a céu escuro,
por mar sem uso e perigosa via,
onde nem norte ou porto lhe aparece!

Também elogiou este segundo soneto Anselmo como fizera com o primeiro, e desta maneira ia acrescentando elo a elo à cadeia com que se enlaçava e travava sua desonra, pois quanto mais Lotario o desonrava, aquele lhe dizia que estava mais honrado; e com isto todos os degraus que Camila descia para o centro do seu menosprezo, subia-os, na opinião de seu marido, para o cume da virtude e de sua boa fama.

Y así, con el gusto que de sus cosas tenía, y más teniendo por entendido que sus deseos y escritos a ella se encaminaban y que ella era la verdadera Clori, le rogó que si otro soneto o otros versos sabía, los dijese.
— Sí sé — respondió Lotario —, pero no creo que es tan bueno como el primero, o, por mejor decir, menos malo. Y podréislo bien juzgar, pues es este:

Soneto

Yo sé que muero, y si no soy creído,
es más cierto el morir, como es más cierto
verme a tus pies, ¡oh bella ingrata!, muerto,
antes que de adorarte arrepentido.

Podré yo verme en la región de olvido,
de vida y gloria y de favor desierto,
y allí verse podrá en mi pecho abierto
como tu hermoso rostro está esculpido.

Que esta reliquia guardo para el duro
trance que me amenaza mi porfía,
que en tu mismo rigor se fortalece.

¡Ay de aquel que navega, el cielo escuro,
por mar no usado y peligrosa vía,
adonde norte o puerto no se ofrece!

También alabó este segundo soneto Anselmo como había hecho el primero, y desta manera iba añadiendo eslabón a eslabón a la cadena con que se enlazaba y trababa su deshonra, pues cuando más Lotario le deshonra-

Nisto aconteceu que, achando-se uma vez, entre outras, Camila a sós com sua donzela, lhe disse:

— Vexada estou, amiga Leonela, de ver em quão pouco eu soube me estimar, pois sequer fiz que com o tempo comprasse Lotario a inteira possessão que tão ligeira lhe dei da minha vontade. Temo que há de desestimar a minha presteza ou ligeireza, sem considerar a força que ele me fez para o não poder resistir.

— Não te aflijas por isso, senhora minha — respondeu Leonela —, pois não importa nem é causa para míngua da estimação entregar-se o que se entrega ligeiro, se de feito o que se entrega é bom, e por si digno de ser estimado. E até se costuma dizer que quem dá logo, dá duas vezes.[2]

— Também se costuma dizer — disse Camila — que o que custa pouco em menos se estima.

— Não vale para ti esse dito — respondeu Leonela —, porque o amor, segundo ouvi dizer, por vezes voa e por vezes caminha: com este corre e com aquele anda devagar; uns entibia e outros abrasa; uns fere e outros mata; num mesmo ponto começa a carreira dos seus desejos e naquele mesmo ponto a acaba e conclui; de manhã sói sitiar uma fortaleza e de noite já tê-la rendida, porque não há força que lhe resista. E sendo assim, de que te espantas, ou que temes, se o mesmo deve de ter acontecido a Lotario, tendo tomado o amor por instrumento para vos render na ausência do meu senhor? E era forçoso que nela se concluísse o que o amor tinha determinado, sem dar tempo ao tempo para que Anselmo o tivesse de voltar e com sua presença ficar imperfeita a obra; porque o amor não tem outro melhor ministro que a ocasião para executar o que deseja: da ocasião se serve em todos os seus feitos, principalmente nos princípios. Tudo isto eu sei muito bem, mais de experiência

---

ba, entonces le decía que estaba más honrado; y con esto todos los escalones que Camila bajaba hacia el centro de su menosprecio, los subía, en la opinión de su marido, hacia la cumbre de la virtud y de su buena fama.

Sucedió en esto que hallándose una vez, entre otras, sola Camila con su doncella, le dijo:

— Corrida estoy, amiga Leonela, de ver en cuán poco he sabido estimarme, pues siquiera no hice que con el tiempo comprara Lotario la entera posesión que le di tan presto de mi voluntad. Temo que ha de desestimar mi presteza o ligereza, sin que eche de ver la fuerza que él me hizo para no poder resistirle.

— No te dé pena eso, señora mía — respondió Leonela —, que no está la monta ni es causa para mengua de la estimación darse lo que se da presto, si en efecto lo que se da es bueno, y ello por sí digno de estimarse. Y aun suele decirse que el que luego da, da dos veces.

— También se suele decir — dijo Camila — que lo que cuesta poco se estima en menos.

— No corre por ti esa razón — respondió Leonela —, porque el amor, según he oído decir, unas veces vuela y otras anda: con este corre y con aquel va despacio; a unos entibia y a otros abrasa; a unos hiere y a otros mata; en un mismo punto comienza la carrera de sus deseos y en aquel mismo punto la acaba y concluye; por la mañana suele poner el cerco a una fortaleza y a la noche la tiene rendida, porque no hay fuerza que le resista. Y siendo así ¿de qué te espantas, o de qué temes, si lo mismo debe de haber acontecido a Lotario, habiendo tomado el amor por instrumento de rendirnos la ausencia de mi señor? Y era forzoso que en ella se concluyese lo que el amor tenía determinado, sin dar tiempo al tiempo para que Anselmo le tuviese de volver y con su presencia quedase imperfecta la obra; porque el amor no tiene otro mejor ministro para ejecutar lo que desea que es la ocasión: de la

que de ouvida, e algum dia to direi, senhora, pois eu também sou de carne, e de sangue moço. Quanto mais, senhora Camila, que não te entregaste nem deste tão ligeira, que primeiro não tenhas visto nos olhos, nos suspiros, nas razões e nas promessas e dádivas de Lotario toda sua alma, vendo nela e em suas virtudes quão digno era Lotario de ser amado. Sendo assim, não te assaltem a imaginação esses escrupulosos e melindrosos pensamentos, mas assegura-te que Lotario te estima como tu a ele, e vive com contento e satisfação de que, já que caíste no laço amoroso, é quem te aperta de valor e de estima, e que ele não tem só aqueles quatro "s" que dizem que devem de ter os bons enamorados,[3] mas todo um abecê inteiro: se não escuta-me, e verás como to digo de cor. Ele é, segundo eu vejo e me parece, agradecido, bom, cavalheiro, dadivoso, enamorado, firme, galhardo, honrado, ilustre, leal, moço, nobre, honesto, principal, quantioso, rico e aqui os "s" que dizem, e ainda tácito e verdadeiro. O "x" não quadra, porque é letra áspera; o "y" já fica dito no "i"; o "z", zeloso da tua honra.

Riu-se Camila do abecê de sua donzela e a teve por mais prática nas coisas do amor que ela dizia, e ela assim o confessou, revelando à sua senhora que tinha amores com um mancebo bem-nascido, da mesma cidade; do qual se turbou Camila, temendo que fosse aquele caminho por onde sua honra podia correr risco. Indagou-lhe se suas conversas iam além disto. Ela, com pouca vergonha e muita desenvoltura, lhe respondeu que passavam, sim. Porque é coisa já bem certa que os descuidos das senhoras tiram a vergonha das criadas, as quais, quando veem as amas dar tropeços, a elas pouco importa coxear, nem que isto se saiba.

Nada pôde fazer Camila senão rogar a Leonela que não dissesse nada do seu feito àquele que dizia ser seu amante, e que tratasse seus assuntos com

---

ocasión se sirve en todos sus hechos, principalmente en los principios. Todo esto sé yo muy bien, más de experiencia que de oídas, y algún día te lo diré, señora, que yo también soy de carne, y de sangre moza. Cuanto más, señora Camila, que no te entregaste ni diste tan luego, que primero no hubieses visto en los ojos, en los suspiros, en las razones y en las promesas y dádivas de Lotario toda su alma, viendo en ella y en sus virtudes cuán digno era Lotario de ser amado. Pues si esto es ansí, no te asalten la imaginación esos escrupulosos y melindrosos pensamientos, sino asegúrate que Lotario te estima como tú le estimas a él, y vive con contento y satisfación de que, ya que caíste en el lazo amoroso, es el que te aprieta de valor y de estima, y que no solo tiene las cuatro eses que dicen que han de tener los buenos enamorados, sino todo un abecé entero: si no, escúchame, y verás como te le digo de coro. Él es, según yo veo y a mí me parece, agradecido, bueno, caballero, dadivoso, enamorado, firme, gallardo, honrado, ilustre, leal, mozo, noble, honesto, principal, quantioso, rico y las eses que dicen, y luego, tácito, verdadero. La *x* no le cuadra, porque es letra áspera; la *y* ya está dicha; la *z*, zelador de tu honra.

Rióse Camila del abecé de su doncella y túvola por más plática en las cosas de amor que ella decía, y así lo confesó ella, descubriendo a Camila como trataba amores con un mancebo bien nacido, de la mesma ciudad; de lo cual se turbó Camila, temiendo que era aquel camino por donde su honra podía correr riesgo. Apuróla si pasaban sus pláticas a más que serlo. Ella, con poca vergüenza y mucha desenvoltura, le respondió que sí pasaban. Porque es cosa ya cierta que los descuidos de las señoras quitan la vergüenza a las criadas, las cuales, cuando ven a las amas echar traspiés, no se les da nada a ellas de cojear ni de que lo sepan.

No pudo hacer otra cosa Camila sino rogar a Leonela no dijese nada de su hecho al que decía ser su aman-

segredo, porque não chegassem à notícia de Anselmo nem de Lotario. Leonela respondeu que assim faria, mas o cumpriu de maneira que confirmou o temor de Camila de que por ela havia de perder seu crédito. Porque a desonesta e atrevida Leonela, depois que viu que o proceder de sua ama não era o costumado, atreveu-se a entrar e a pôr dentro de casa o seu amante, confiada de que, ainda que sua senhora o visse, não ousaria descobri-lo. Este, entre outros, é o dano que acarretam os pecados das senhoras: que se tornam em escravas de suas próprias criadas e se obrigam a encobrir-lhes suas desonestidades e vilezas, como sucedeu a Camila; pois, vendo uma e muitas vezes que sua Leonela estava com seu galã num aposento de sua casa, não só não ousava repreendê-la, mas lhe dava lugar a que o recolhesse e lhe tirava todos os estorvos, para que não fosse visto por seu marido.

Mas não conseguiu tirá-los de jeito que Lotario uma vez o visse sair ao amanhecer; o qual, sem conhecer quem era, pensou primeiro que devia de ser algum fantasma, mas quando o viu caminhar, emboçar-se e encobrir-se com cuidado e recato, saiu do seu simples pensamento e deu em outro, que seria a perdição de todos se Camila o não remediasse. Pensou Lotario que aquele homem que vira sair tão a desoras de casa de Anselmo não tinha entrado nela por Leonela, nem sequer se lembrou se havia Leonela no mundo: só pensou que Camila, da mesma maneira que fora fácil e ligeira com ele, era-o agora para outro; tais acréscimos traz consigo a maldade da mulher má, pois perde o crédito de sua honra aos olhos daquele mesmo a quem se entregou rogada e persuadida, o qual pensa que com maior facilidade se entrega a outros e dá infalível crédito a toda suspeita que daí resulta. E por todos os sinais parece que aqui faltou a Lotario todo seu bom entendimento e lhe fugiram da memória todos seus avisados discursos, pois, sem fazer nenhum que

---

te, y que tratase sus cosas con secreto, porque no viniesen a noticia de Anselmo ni de Lotario. Leonela respondió que así lo haría, mas cumpliólo de manera que hizo cierto el temor de Camila de que por ella había de perder su crédito. Porque la deshonesta y atrevida Leonela, después que vio que el proceder de su ama no era el que solía, atrevióse a entrar y poner dentro de casa a su amante, confiada que, aunque su señora le viese, no había de osar descubrille. Que este daño acarrean, entre otros, los pecados de las señoras: que se hacen esclavas de sus mesmas criadas y se obligan a encubrirles sus deshonestidades y vilezas, como aconteció con Camila; que aunque vio una y muchas veces que su Leonela estaba con su galán en un aposento de su casa, no solo no la osaba reñir, mas dábale lugar a que lo encerrase y quitábale todos los estorbos, para que no fuese visto de su marido.

Pero no los pudo quitar que Lotario no le viese una vez salir al romper del alba; el cual, sin conocer quién era, pensó primero que debía de ser alguna fantasma, mas cuando le vio caminar, embozarse y encubrirse con cuidado y recato, cayó de su simple pensamiento y dio en otro, que fuera la perdición de todos si Camila no lo remediara. Pensó Lotario que aquel hombre que había visto salir tan a deshora de casa de Anselmo no había entrado en ella por Leonela, ni aun se acordó si Leonela era en el mundo: solo creyó que Camila, de la misma manera que había sido fácil y ligera con él, lo era para otro; que estas añadiduras trae consigo la maldad de la mujer mala, que pierde el crédito de su honra con el mesmo a quien se entregó rogada y persuadida, y cree que con mayor facilidad se entrega a otros y da infalible crédito a cualquiera sospecha que desto le venga. Y no parece sino que le faltó a Lotario en este punto todo su buen entendimiento y se le fueron de la memoria todos sus advertidos discursos, pues, sin hacer alguno que bueno fuese, ni aun razonable, sin más ni más, antes que Anselmo se levan-

fosse bom, nem sequer razoável, sem mais nem mais, antes que Anselmo acordasse, impaciente e cego da zelosa raiva que as entranhas lhe roía, morrendo por vingar-se de Camila, que em nada o ofendera, foi procurar Anselmo e lhe disse:

— Sabe, Anselmo, que há muitos dias venho lutando comigo mesmo, fazendo força por não te dizer o que já não é possível nem justo que mais te oculte. Sabe que a fortaleza de Camila está já rendida, e sujeita a tudo aquilo que eu quiser fazer com ela; e se demorei em te revelar esta verdade, foi por ver se era algum leviano capricho seu, ou se o fazia por me provar e ver se eram com firme propósito tratados os amores que com tua licença com ela comecei. Pensei também que ela, se fosse quem devia ser e quem nós dois pensávamos que era, já te houvesse dado conta da minha solicitude; mas, vendo que se demora, conheço que são verdadeiras as promessas que me deu de que, da próxima vez que vez te ausentares da tua casa, falará comigo na recâmara onde guarda as tuas alfaias — e era a verdade que ali lhe costumava falar Camila. — E não quero que vás precipitosamente correndo tomar alguma vingança, pois não está ainda cometido o pecado senão em pensamento, e poderia ser que desde agora até o tempo de o pôr por obra mudasse o de Camila e nascesse em seu lugar o arrependimento. E assim, já que em tudo ou em parte sempre seguiste os meus conselhos, segue e guarda este que agora te direi, para que sem engano e com temeroso aviso te satisfaças daquilo que julgares mais conveniente. Finge que te ausentas por dois ou três dias, como já outras vezes fizeste, e faze de jeito que fiques escondido na tua recâmara, pois as alcatifas que há ali e outras coisas com que te possas encobrir te oferecem muita comodidade, e então verás com teus próprios olhos, e eu pelos meus, o que Camila quer; e se for a maldade que se pode temer an-

---

tase, impaciente y ciego de la celosa rabia que las entrañas le roía, muriendo por vengarse de Camila, que en ninguna cosa le había ofendido, se fue a Anselmo y le dijo:

— Sábete, Anselmo, que ha muchos días que he andado peleando conmigo mesmo, haciéndome fuerza a no decirte lo que ya no es posible ni justo que más te encubra. Sábete que la fortaleza de Camila está ya rendida, y sujeta a todo aquello que yo quisiere hacer della; y si he tardado en descubrirte esta verdad, ha sido por ver si era algún liviano antojo suyo, o si lo hacía por probarme y ver si eran con propósito firme tratados los amores que con tu licencia con ella he comenzado. Creí ansimismo que ella, si fuera la que debía y la que entrambos pensábamos, ya te hubiera dado cuenta de mi solicitud; pero habiendo visto que se tarda, conozco que son verdaderas las promesas que me ha dado de que, cuando otra vez hagas ausencia de tu casa, me hablará en la recámara donde está el repuesto de tus alhajas — y era la verdad que allí le solía hablar Camila —. Y no quiero que precipitosamente corras a hacer alguna venganza, pues no está aún cometido el pecado sino con pensamiento, y podría ser que desde este hasta el tiempo de ponerle por obra se mudase el de Camila y naciese en su lugar el arrepentimiento. Y, así, ya que en todo o en parte has seguido siempre mis consejos, sigue y guarda uno que ahora te diré, para que sin engaño y con medroso advertimiento te satisfagas de aquello que más vieres que te convenga. Finge que te ausentas por dos o tres días, como otras veces sueles, y haz de manera que te quedes escondido en tu recámara, pues los tapices que allí hay y otras cosas con que te puedas encubrir te ofrecen mucha comodidad, y entonces verás por tus mismos ojos, y yo por los míos, lo que Camila quiere; y si fuere la maldad que se puede temer antes que esperar, con silencio, sagacidad y discreción podrás ser el verdugo de tu agravio.

tes que esperar, com silêncio, sagacidade e discrição poderás ser o carrasco do teu agravo.

Absorto, suspenso e admirado ficou Anselmo com as razões de Lotario, porque o apanharam quando menos as esperava ouvir, já tendo Camila por vencedora dos fingidos assaltos de Lotario e começando a gozar a glória do vencimento. Calando esteve por um bom espaço, fitando o chão sem mover pestana, e por fim disse:

— Nisto fizeste, Lotario, o que eu esperava da tua amizade; em tudo hei de seguir o teu conselho: faze o que quiseres e guarda aquele segredo que vês que convém em caso tão impensado.

Jurou-o Lotario e, em se afastando dele, arrependeu-se totalmente de tudo que tinha dito, vendo quão nesciamente procedera, pois poderia ele mesmo tomar vingança de Camila, e não por caminho tão cruel e desonrado. Maldizia seu entendimento, enfeava sua ligeira determinação e não sabia que rumo tomar para desfazer o feito ou para lhe dar algum razoável desfecho. Por fim, resolveu dar conta de tudo a Camila; e como não lhe faltava lugar de fazê-lo, naquele mesmo dia a encontrou a sós, mas então, e ela, assim como viu que lhe podia falar, lhe disse:

— Sabei, amigo Lotario, que uma pena me aperta o coração, de sorte que parece meu peito a ponto de rebentar, e é maravilha que o não faça; pois chegou a desvergonha de Leonela a tanto, que toda noite acolhe um galã seu nesta casa e fica com ele até de manhã, tão à custa do meu crédito quanto vasto o lugar que dará a julgá-lo mal a quem o vir deixar minha casa em horas tão inusitadas. E o que me rói é não podê-la castigar nem repreender, pois o fato de ser ela secretária dos nossos tratos me pôs um freio na boca para calar os dela, e temo que disso venha a nascer algum ruim sucesso.

Absorto, suspenso y admirado quedó Anselmo con las razones de Lotario, porque le cogieron en tiempo donde menos las esperaba oír, porque ya tenía a Camila por vencedora de los fingidos asaltos de Lotario y comenzaba a gozar la gloria del vencimiento. Callando estuvo por un buen espacio, mirando al suelo sin mover pestaña, y al cabo dijo:

— Tú lo has hecho, Lotario, como yo esperaba de tu amistad; en todo he de seguir tu consejo: haz lo que quisieres y guarda aquel secreto que ves que conviene en caso tan no pensado.

Prometióselo Lotario, y en apartándose dél se arrepintió totalmente de cuanto le había dicho, viendo cuán neciamente había andado, pues pudiera él vengarse de Camila, y no por camino tan cruel y tan deshonrado. Maldecía su entendimiento, afeaba su ligera determinación y no sabía qué medio tomarse para deshacer lo hecho o para dalle alguna razonable salida. Al fin, acordó de dar cuenta de todo a Camila; y como no faltaba lugar para poderlo hacer, aquel mismo día la halló sola, y ella, así como vio que le podía hablar, le dijo:

— Sabed, amigo Lotario, que tengo una pena en el corazón, que me le aprieta de suerte que parece que quiere reventar en el pecho, y ha de ser maravilla si no lo hace; pues ha llegado la desvergüenza de Leonela a tanto, que cada noche encierra a un galán suyo en esta casa y se está con él hasta el día, tan a costa de mi crédito cuanto le quedará campo abierto de juzgarlo al que le viere salir a horas tan inusitadas de mi casa. Y lo que me fatiga es que no la puedo castigar ni reñir, que el ser ella secretario de nuestros tratos me ha puesto un freno en la boca para callar los suyos, y temo que de aquí ha de nacer algún mal suceso.

Tão logo Camila começou a dizer isto, pensou Lotario que fosse um artifício para o fazer crer que o homem que tinha visto sair era de Leonela, e não dela própria; mas ao vê-la chorar e se afligir e lhe pedir remédio, veio a acreditar na verdade e, em acreditando-a, acabou de se turbar e arrepender de tudo. Mas, contudo, respondeu a Camila que não se afligisse, que ele arranjaria remédio para atalhar a insolência de Leonela. Contou-lhe também o que, instigado pela furiosa raiva dos ciúmes, tinha dito a Anselmo, e como ficara concertado que se esconderia na recâmara, para dali ver às claras a pouca lealdade que ela lhe guardava. Pediu-lhe perdão dessa loucura, e conselho para poder remediá-la e saírem a salvo de tão revolto labirinto como seu mau discurso o pusera.

Espantada ficou Camila de ouvir o que Lotario lhe dizia, e com muita sanha e muitas e discretas razões o repreendeu e enfeou seu mau pensamento e a simples e má determinação que tivera; mas como naturalmente tem a mulher, mais que o varão, o engenho lesto para o bem e para o mal, posto que lhe costume faltar quando de propósito se põe a fazer discursos, dali a pouco atinou Camila o modo de remediar aquele caso que parecia tão irremediável, e disse a Lotario que fizesse com que logo ao outro dia se escondesse Anselmo onde tinha dito, porque ela pensava tirar do seu escondimento comodidade para dali em adiante os dois se poderem desfrutar sem sobressalto algum; e sem lhe declarar de todo seu pensamento, advertiu-lhe que, estando Anselmo escondido, ele tratasse de vir quando Leonela o chamasse e que a tudo o que ela dissesse lhe respondesse como responderia se não soubesse que Anselmo o escutava. Insistiu Lotario em que lhe acabasse de declarar sua intenção, para com mais segurança e aviso poder guardar tudo o que ela visse ser necessário.

Al principio que Camila esto decía, creyó Lotario que era artificio para desmentille que el hombre que había visto salir era de Leonela, y no suyo; pero viéndola llorar y afligirse y pedirle remedio, vino a creer la verdad, y en creyéndola acabó de estar confuso y arrepentido del todo. Pero, con todo esto, respondió a Camila que no tuviese pena, que él ordenaría remedio para atajar la insolencia de Leonela. Díjole asimismo lo que, instigado de la furiosa rabia de los celos, había dicho a Anselmo, y cómo estaba concertado de esconderse en la recámara, para ver desde allí a la clara la poca lealtad que ella le guardaba. Pidióle perdón desta locura, y consejo para poder remedialla y salir bien de tan revuelto laberinto como su mal discurso le había puesto.

Espantada quedó Camila de oír lo que Lotario le decía, y con mucho enojo y muchas y discretas razones le riñó y afeó su mal pensamiento y la simple y mala determinación que había tenido; pero como naturalmente tiene la mujer ingenio presto para el bien y para el mal, más que el varón, puesto que le va faltando cuando de propósito se pone a hacer discursos, luego al instante halló Camila el modo de remediar tan al parecer inremediable negocio, y dijo a Lotario que procurase que otro día se escondiese Anselmo donde decía, porque ella pensaba sacar de su escondimiento comodidad para que desde allí en adelante los dos se gozasen sin sobresalto alguno; y sin declararle del todo su pensamiento, le advirtió que tuviese cuidado que, en estando Anselmo escondido, él viniese cuando Leonela le llamase y que a cuanto ella le dijese le respondiese como respondiera aunque no supiera que Anselmo le escuchaba. Porfió Lotario que le acabase de declarar su intención, porque con más seguridad y aviso guardase todo lo que viese ser necesario.

— Digo — disse Camila — que não há mais o que guardar, mas só me responder ao que eu vos perguntar (não querendo Camila dar-lhe conta antes do que pensava fazer, temendo que não quisesse seguir o parecer que a ela tão bom parecia e seguisse ou buscasse outros que não poderiam ser tão bons).

Com isto se foi Lotario; e Anselmo, ao outro dia, com o pretexto de ir àquela aldeia de seu amigo, partiu e voltou para se esconder, o que pôde fazer com toda comodidade, porque de indústria lha deram Camila e Leonela. Escondido pois Anselmo, com aquele sobressalto que se pode imaginar que teria quem esperava ver com os próprios olhos o destroço das entranhas de sua honra, ia-se a pique de perder o sumo bem que ele pensava ter em sua querida Camila. Já seguras e certas Camila e Leonela de que Anselmo estava escondido, entraram na recâmara; e apenas Camila tinha posto os pés nela, quando dando um grande suspiro disse:

— Ai, Leonela amiga! Não seria melhor que, antes que eu chegasse a executar o que não quero que saibas, para que o não tentes estorvar, que apanhasses a adaga de Anselmo que te pedi e trespassasses com ela este infame peito meu? Mas não faças tal, que não será razão que eu leve a pena da alheia culpa. Antes quero saber que é o que viram em mim os atrevidos e desonestos olhos de Lotario que fosse causa para que se atrevesse a me declarar tão mau desejo como o que me declarou, em menosprezo de seu amigo e em desonra minha. Põe-te, Leonela, a essa janela e chama por ele, que, sem dúvida alguma, deve de estar na rua, esperando apor em efeito sua má intenção. Mas antes se levará a minha, tão cruel quanto honrada.

— Ai, senhora minha! — respondeu a sagaz e avisada Leonela. — E que é o que queres fazer com essa adaga? Queres porventura tirar-te a vida ou

---

— Digo — dijo Camila — que no hay más que guardar, si no fuere responderme como yo os preguntare — no queriendo Camila darle antes cuenta de lo que pensaba hacer, temerosa que no quisiese seguir el parecer que a ella tan bueno le parecía y siguiese o buscase otros que no podrían ser tan buenos.

Con esto se fue Lotario; y Anselmo, otro día, con la escusa de ir a aquella aldea de su amigo, se partió y volvió a esconderse, que lo pudo hacer con comodidad, porque de industria se la dieron Camila y Leonela.

Escondido, pues, Anselmo, con aquel sobresalto que se puede imaginar que tendría el que esperaba ver por sus ojos hacer notomía de las entrañas de su honra, íbase a pique de perder el sumo bien que él pensaba que tenía en su querida Camila. Seguras ya y ciertas Camila y Leonela que Anselmo estaba escondido, entraron en la recámara; y apenas hubo puesto los pies en ella Camila, cuando, dando un grande suspiro, dijo:

— ¡Ay, Leonela amiga! ¿No sería mejor que antes que llegase a poner en ejecución lo que no quiero que sepas, porque no procures estorbarlo, que tomases la daga de Anselmo que te he pedido y pasases con ella este infame pecho mío? Pero no hagas tal, que no será razón que yo lleve la pena de la ajena culpa. Primero quiero saber qué es lo que vieron en mí los atrevidos y deshonestos ojos de Lotario que fuese causa de darle atrevimiento a descubrirme un tan mal deseo como es el que me ha descubierto, en desprecio de su amigo y en deshonra mía. Ponte, Leonela, a esa ventana y llámale, que, sin duda alguna, debe de estar en la calle, esperando poner en efeto su mala intención. Pero primero se pondrá la cruel cuanto honrada mía.

— ¡Ay, señora mía! — respondió la sagaz y advertida Leonela —. ¿Y qué es lo que quieres hacer con esta daga? ¿Quieres por ventura quitarte la vida o quitársela a Lotario? Que cualquiera destas cosas que quieras ha de

tirá-la de Lotario? Pois qualquer dessas coisas há de redundar em perda do teu crédito e fama. Melhor é que dissimules teu agravo e não dês lugar a que esse ruim homem entre agora nesta casa e nos ache a sós. Olha, senhora, que somos frágeis mulheres, e ele é homem e determinado; e como vem com aquela ruim tenção, cego e apaixonado, talvez antes que tu ponhas em execução o teu fará ele o que te seria pior que tirar-te a vida. Maldito seja o meu senhor Anselmo, que tanta rédea deu a tal sicário em sua casa! E quando, senhora, o matares, como eu penso que queres fazer, que havemos de fazer dele depois de morto?

— Quê, amiga? — respondeu Camila. — Deixá-lo para que Anselmo o enterre, pois será justo que ele tenha por descanso o trabalho de pôr sua própria infâmia sob a terra. Chama-o de uma vez, que todo o tempo que demoro em tomar a devida vingança do meu agravo parece que ofendo a lealdade que ao meu esposo devo.

Tudo isto escutava Anselmo, e a cada palavra que Camila dizia se lhe mudavam os pensamentos; mas quando entendeu que estava resolvida a matar Lotario, quis sair e se descobrir, para que tal coisa não se fizesse, mas deteve-o o desejo de ver aonde havia de dar tanta galhardia e honesta resolução, com o propósito de sair a tempo de impedi-la.

Nisto Camila foi tomada de um forte desmaio e, jogando-se numa cama que ali havia, começou Leonela a chorar muito amargamente e a dizer:

— Ai de mim, não seja eu tão desventurada que morra aqui entre meus braços a flor da honestidade do mundo, a coroa das boas mulheres, o exemplo da castidade...!

Mais outras coisas a estas semelhantes, que ninguém que a escutasse deixaria de tê-la pela mais lastimada e leal donzela do mundo, e sua senhora

---

redundar en pérdida de tu crédito y fama. Mejor es que disimules tu agravio y no des lugar a que este mal hombre entre ahora en esta casa y nos halle solas. Mira, señora, que somos flacas mujeres, y él es hombre, y determinado; y como viene con aquel mal propósito, ciego y apasionado, quizá antes que tú pongas en ejecución el tuyo hará él lo que te estaría más mal que quitarte la vida. ¡Mal haya mi señor Anselmo, que tanta mano ha querido dar a este desuellacaras en su casa! Y ya, señora, que le mates, como yo pienso que quieres hacer, ¿qué hemos de hacer dél después de muerto?

— ¿Qué, amiga? — respondió Camila —. Dejarémosle para que Anselmo le entierre, pues será justo que tenga por descanso el trabajo que tomare en poner debajo de la tierra su misma infamia. Llámale, acaba, que todo el tiempo que tardo en tomar la debida venganza de mi agravio parece que ofendo a la lealtad que a mi esposo debo.

Todo esto escuchaba Anselmo, y a cada palabra que Camila decía se le mudaban los pensamientos; mas cuando entendió que estaba resuelta en matar a Lotario, quiso salir y descubrirse, porque tal cosa no se hiciese, pero detúvole el deseo de ver en qué paraba tanta gallardía y honesta resolución, con propósito de salir a tiempo que la estorbase.

Tomóle en esto a Camila un fuerte desmayo y, arrojándose encima de una cama que allí estaba, comenzó Leonela a llorar muy amargamente y a decir:

— ¡Ay, desdichada de mí, si fuese tan sin ventura que se me muriese aquí entre mis brazos la flor de la honestidad del mundo, la corona de las buenas mujeres, el ejemplo de la castidad...!

por outra nova e perseguida Penélope. Pouco demorou Camila em despertar do seu desmaio e, ao voltar em si, disse:

— Por que não vais, Leonela, chamar o mais leal amigo de amigo que já viu o sol ou cobriu a noite? Vai, corre, avia-te, caminha, não deixes que se abafe com a tardança o fogo da cólera que tenho e fique em ameaças e maldições a justa vingança que espero.

— Já vou chamá-lo, senhora minha — disse Leonela —, mas antes hás de dar-me essa adaga, para que não faças nada, enquanto eu falto, que deixe chorando toda a vida todos os que te querem bem.

— Vai segura, Leonela amiga, que o não farei — respondeu Camila —, pois sendo eu, a teu parecer, atrevida e simples em defender a minha honra, não o hei de ser tanto quanto aquela Lucrécia de quem dizem que se matou sem ter cometido erro algum e sem antes ter matado quem fora a causa de sua desgraça.[4] Eu morrerei, se morrer, mas há de ser vingada e desagravada de quem me deu ocasião de acabar chorando assim os seus atrevimentos, nascidos tão sem culpa minha.

Muito se fez rogar Leonela antes de ir chamar Lotario, mas por fim saiu, e, enquanto esperava sua volta, ficou Camila dizendo, como que falando consigo mesma:

— Valha-me Deus! Não seria mais acertado despedir Lotario, como outras muitas vezes fiz, que não lhe dar lugar, como já lhe dei, para que me tenha por desonesta e má, sequer neste tempo que tardarei em desenganá-lo? Melhor seria, sem dúvida, mas não ficaria eu vingada, nem a honra do meu marido desagravada, se tão de mãos lavadas e passo sossegado voltasse a sair donde seus maus pensamentos o levaram. Pague o traidor com a vida o que tentou com tão lascivo desejo: saiba o mundo, se acaso chegar a

---

Con otras cosas a éstas semejantes, que ninguno la escuchara que no la tuviera por la más lastimada y leal doncella del mundo, y a su señora por otra nueva y perseguida Penélope. Poco tardó en volver de su desmayo Camila y, al volver en sí, dijo:

— ¿Por qué no vas, Leonela, a llamar al más leal amigo de amigo que vio el sol o cubrió la noche? Acaba, corre, aguija, camina, no se esfogue con la tardanza el fuego de la cólera que tengo y se pase en amenazas y maldiciones la justa venganza que espero.

— Ya voy a llamarle, señora mía — dijo Leonela —, mas hasme de dar primero esa daga, porque no hagas cosa, en tanto que falto, que dejes con ella que llorar toda la vida a todos los que bien te quieren.

— Ve segura, Leonela amiga, que no haré — respondió Camila —, porque ya que sea atrevida y simple, a tu parecer, en volver por mi honra, no lo he de ser tanto como aquella Lucrecia de quien dicen que se mató sin haber cometido error alguno y sin haber muerto primero a quien tuvo la causa de su desgracia. Yo moriré, si muero, pero ha de ser vengada y satisfecha del que me ha dado ocasión de venir a este lugar a llorar sus atrevimientos, nacidos tan sin culpa mía.

Mucho se hizo de rogar Leonela antes que saliese a llamar a Lotario, pero en fin salió, y entre tanto que volvía quedó Camila diciendo, como que hablaba consigo misma:

— ¡Válame Dios! ¿No fuera más acertado haber despedido a Lotario, como otras muchas veces lo he hecho, que no ponerle en condición, como ya le he puesto, que me tenga por deshonesta y mala, siquiera este tiempo que he de tardar en desengañarle? Mejor fuera, sin duda, pero no quedara yo vengada, ni la honra de mi ma-

sabê-lo, que Camila não só guardou a lealdade a seu esposo, mas lhe tomou vingança de quem se atreveu a ofendê-lo. Mas ainda assim penso que melhor fora dar conta disto a Anselmo; porém já fiz menção de dá-la na carta que lhe escrevi à aldeia, e cuido que o não acudir ele em remédio do dano que lhe apontei deve de ter sido porque, em sua muita bondade e confiança, não quis nem pôde acreditar que no peito do seu tão firme amigo pudesse caber qualquer gênero de pensamento que contra sua honra fosse; nem eu mesma o acreditei por muitos dias, nem jamais o acreditaria, se sua insolência não chegasse a tanto, se as manifestas dádivas e as grandes juras e contínuas lágrimas não mo manifestassem. Mas para que faço eu agora estes discursos? Tem porventura uma resolução galharda necessidade de conselho algum? Não, por certo. Fora então, traidores! A mim, vinganças! Entre o falso, venha, chegue, morra e acabe, e aconteça o que acontecer! Limpa entrei em poder daquele que o céu me deu por meu, limpa hei de sair dele; e quando menos sairei banhada em meu casto sangue e no impuro do mais falso amigo que jamais viu a amizade no mundo.

 E dizendo isto andava pela sala com a adaga desembainhada, dando tão desconcertados e desaforados passos e fazendo tais acenos, que parecia falta de juízo e não mulher delicada, quando não um rufião desesperado.

 Tudo olhava Anselmo, oculto atrás de umas alcatifas onde se escondera, e de tudo se admirava, e já lhe parecia que o que tinha visto e ouvido era satisfação bastante para maiores suspeitas e já queria que a prova de entrar Lotario faltasse, temeroso de algum repentino e mau sucesso. E estando já prestes a sair e se manifestar, para abraçar e desenganar sua esposa, ainda se deteve porque viu que Leonela voltava trazendo Lotario pela mão; e assim como Camila o viu, fazendo no chão com a adaga uma grande risca diante dela, lhe disse:

---

rido satisfecha, si tan a manos lavadas y tan a paso llano se volviera a salir de donde sus malos pensamientos le entraron. Pague el traidor con la vida lo que intentó con tan lascivo deseo: sepa el mundo, si acaso llegare a saberlo, de que Camila no solo guardó la lealtad a su esposo, sino que le dio venganza del que se atrevió a ofendelle. Mas, con todo, creo que fuera mejor dar cuenta desto a Anselmo; pero ya se la apunté a dar en la carta que le escribí al aldea, y creo que el no acudir él al remedio del daño que allí le señalé debió de ser que de puro bueno y confiado no quiso ni pudo creer que en el pecho de su tan firme amigo pudiese caber género de pensamiento que contra su honra fuese; ni aun yo lo creí después por muchos días, ni lo creyera jamás, si su insolencia no llegara a tanto, que las manifiestas dádivas y las largas promesas y las continuas lágrimas no me lo manifestaran. Mas ¿para qué hago yo ahora estos discursos? ¿Tiene por ventura una resolución gallarda necesidad de consejo alguno? No, por cierto. ¡Afuera, pues, traidores! ¡Aquí, venganzas! ¡Entre el falso, venga, llegue, muera y acabe, y suceda lo que sucediere! Limpia entré en poder del que el cielo me dio por mío, limpia he de salir dél; y cuando mucho, saldré bañada en mi casta sangre y en la impura del más falso amigo que vio la amistad en el mundo.

 Y diciendo esto se paseaba por la sala con la daga desenvainada, dando tan desconcertados y desaforados pasos y haciendo tales ademanes, que no parecía sino que le faltaba el juicio y que no era mujer delicada, sino un rufián desesperado.

 Todo lo miraba Anselmo, cubierto detrás de unos tapices donde se había escondido, y de todo se admiraba, y ya le parecía que lo que había visto y oído era bastante satisfacción para mayores sospechas y ya quisiera que la prueba de venir Lotario faltara, temeroso de algún mal repentino suceso. Y estando ya para manifestarse y salir,

— Lotario, adverte o que te digo: se acaso te atreveres a passar desta raia que vês, ou sequer tocá-la, no instante em que eu vir que o tentas, nesse mesmo cravarei no peito esta adaga que nas mãos tenho. E antes que a isto me respondas palavra, quero que outras tantas me escutes, e depois responderás o que mais gostares. Primeiro quero, Lotario, que me digas se conheces Anselmo, meu marido, e que opinião tens dele; segundo, quero também saber se me conheces. Responde-me e não te turbes nem penses muito no que hás de responder, pois não há dificuldade no que te pergunto.

Não era tão ignorante Lotario que, desde o primeiro momento em que Camila lhe disse que tratasse de esconder Anselmo, não tivesse atinado no que ela pensava em fazer, e assim correspondeu com sua intenção tão discretamente e tão a tempo, que fizeram os dois passar aquela mentira por mais que certa verdade; e assim, respondeu ele a Camila desta maneira:

— Não pensei, formosa Camila, que me chamavas para me perguntar coisas tão fora da intenção com que eu aqui venho. Se o fazes por dilatar-me a prometida mercê, de mais longe poderias entretê-la, pois tanto mais mortifica o bem desejado quanto mais perto está a esperança de o possuir; mas, para que não digas que não respondo às tuas perguntas, digo que conheço teu esposo Anselmo e nos conhecemos os dois desde nossa mais tenra idade; e não quero aqui dizer o que tu também sabes da nossa amizade, por não me tornar testemunha do agravo que o amor faz que lhe faça, poderosa desculpa de maiores erros. A ti bem conheço e tenho na mesma estima; pois, se não fosse assim, por menos prendas que as tuas não havia eu de ir contra o que devo por ser quem sou e contra as santas leis da verdadeira amizade, agora por tão poderoso inimigo como o amor por mim rompidas e violadas.

---

para abrazar y desengañar a su esposa, se detuvo porque vio que Leonela volvía con Lotario de la mano; y así como Camila le vio, haciendo con la daga en el suelo una gran raya delante della, le dijo:

— Lotario, advierte lo que te digo: si a dicha te atrevieres a pasar desta raya que ves, ni aun llegar a ella, en el punto que viere que lo intentas, en ese mismo me pasaré el pecho con esta daga que en las manos tengo. Y antes que a esto me respondas palabra, quiero que otras algunas me escuches, que después responderás lo que más te agradare. Lo primero, quiero, Lotario, que me digas si conoces a Anselmo, mi marido, y en qué opinión le tienes; y lo segundo, quiero saber también si me conoces a mí. Respóndeme a esto y no te turbes ni pienses mucho lo que has de responder, pues no son dificultades las que te pregunto.

No era tan ignorante Lotario, que desde el primer punto que Camila le dijo que hiciese esconder a Anselmo no hubiese dado en la cuenta de lo que ella pensaba hacer, y, así, correspondió con su intención tan discretamente y tan a tiempo, que hicieran los dos pasar aquella mentira por más que cierta verdad; y así, respondió a Camila desta manera:

— No pensé yo, hermosa Camila, que me llamabas para preguntarme cosas tan fuera de la intención con que yo aquí vengo. Si lo haces por dilatarme la prometida merced, desde más lejos pudieras entretenerla, porque tanto más fatiga el bien deseado cuanto la esperanza está más cerca de poseello; pero, porque no digas que no respondo a tus preguntas, digo que conozco a tu esposo Anselmo y nos conocemos los dos desde nuestros más tiernos años; y no quiero decir lo que tú también sabes de nuestra amistad, por no me hacer testigo del agravio que el amor hace que le haga, poderosa disculpa de mayores yerros. A ti te conozco y tengo en la misma posesión

— Se isto confessas — respondeu Camila —, inimigo mortal de tudo quanto justamente merece ser amado, com que cara ousas aparecer ante quem sabes ser o espelho onde se mira aquele em quem tu te haverias de mirar, para que visses com quão pouca ocasião o agravas? Mas já me dou conta, ai, desditada de mim!, do que te fez ter em tão pouca aquilo que a ti mesmo deves, que deve de ter sido alguma desenvoltura minha, que a não quero chamar desonestidade, pois não terá resultado de deliberada determinação, e sim de algum descuido daqueles que as mulheres que pensam não ter por que se recatar costumam fazer inadvertidamente. Se não, dize-me: quando, oh traidor!, respondi a teus rogos com alguma palavra ou gesto que pudesse despertar em ti alguma sombra de esperança de cumprir teus infames desejos? Quando tuas amorosas palavras não foram enjeitadas e repreendidas pelas minhas com rigor e com aspereza? Quando tuas muitas promessas e maiores dádivas foram por mim acreditadas ou admitidas? Mas, por entender que ninguém pode perseverar por longo tempo no intento amoroso se não é sustentado por alguma esperança, quero a mim atribuir a culpa da tua impertinência, pois sem dúvida algum descuido meu sustentou por tanto tempo o teu cuidado, e assim me quero castigar e dar a mim a pena que tua culpa merece. E para que visses que, sendo eu comigo tão desumana, não era possível deixar de o ser contigo, quis trazer-te para que sejas testemunha do sacrifício que penso fazer à ofendida honra do meu tão honrado marido, agravado por ti com o maior cuidado que te foi possível, e de mim também com o pouco recato que tive em fugir à ocasião, se alguma te dei, de favorecer e autorizar tuas más intenções. Volto a dizer que a suspeita que tenho que algum descuido meu engendrou em ti tão desvairados pensamentos é a que mais me rói e a que eu mais desejo castigar com minhas próprias mãos, por-

---

que él te tiene; que, a no ser así, por menos prendas que las tuyas no había yo de ir contra lo que debo a ser quien soy y contra las santas leyes de la verdadera amistad, ahora por tan poderoso enemigo como el amor por mí rompidas y violadas.
    — Si eso confiesas — respondió Camila —, enemigo mortal de todo aquello que justamente merece ser amado, ¿con qué rostro osas parecer ante quien sabes que es el espejo donde se mira aquel en quien tú te debieras mirar, para que vieras con cuán poca ocasión le agravias? Pero ya cayo, ¡ay, desdichada de mí!, en la cuenta de quién te ha hecho tener tan poca con lo que a ti mismo debes, que debe de haber sido alguna desenvoltura mía, que no quiero llamarla deshonestidad, pues no habrá procedido de deliberada determinación, sino de algún descuido de los que las mujeres que piensan que no tienen de quien recatarse suelen hacer inadvertidamente. Si no, dime: ¿cuándo, ¡oh traidor!, respondí a tus ruegos con alguna palabra o señal que pudiese despertar en ti alguna sombra de esperanza de cumplir tus infames deseos? ¿Cuándo tus amorosas palabras no fueron deshechadas y reprehendidas de las mías con rigor y con aspereza? ¿Cuándo tus muchas promesas y mayores dádivas fueron de mí creídas ni admitidas? Pero, por parecerme que alguno no puede perseverar en el intento amoroso luengo tiempo, si no es sustentado de alguna esperanza, quiero atribuirme a mí la culpa de tu impertinencia, pues sin duda algún descuido mío ha sustentado tanto tiempo tu cuidado, y, así, quiero castigarme y darme la pena que tu culpa merece. Y porque vieses que siendo conmigo tan inhumana no era posible dejar de serlo contigo, quise traerte a ser testigo del sacrificio que pienso hacer a la ofendida honra de mi tan honrado marido, agraviado de ti con el mayor cuidado que te ha sido posible, y de mí también con el poco recato que he tenido del huir la ocasión, si

que, castigando-me outro carrasco, talvez fosse mais pública a minha culpa; mas antes que tal se faça prefiro matar morrendo e comigo levar quem me acabe de satisfazer o desejo de vingança que espero e tenho, vendo lá, onde quer que seja, a pena que dará a justiça desinteressada e que não se dobra a quem em tão desesperados termos me pôs.

E, dizendo essas razões, com incrível força e ligeireza arremeteu contra Lotario com a adaga nua, com tais mostras de querer cravar-lha no peito, que por pouco ele não duvidou da falsidade daquelas demonstrações, pois lhe foi forçoso valer-se de sua indústria e de sua força para evitar que Camila lhe acertasse. A qual tão vivamente fingia aquele estranho embuste e falsidade, que por dar-lhe cores de verdade quis matizá-la com seu próprio sangue; porque, vendo que não podia ferir Lotario, ou fingindo que não podia, disse:

— Como a sorte não quer de todo satisfazer o meu tão justo desejo, ao menos não será tão poderosa que me impeça de satisfazê-lo em parte.

E, forcejando por desvencilhar a mão que empunhava a adaga e que Lotario segurava, safou-a e, guiando a ponta aonde se pudesse ferir não profundamente, a entrou e escondeu logo acima da axila esquerda, junto ao ombro, deixando-se em seguida cair no chão, como desmaiada.

Estavam Leonela e Lotario atônitos e suspensos de tal sucesso, e até duvidavam da veracidade do feito, vendo Camila deitada por terra e banhada em seu sangue. Acudiu Lotario com muita presteza, espavorido e sem alento, para tirar a adaga e, ao ver o pequeno ferimento, perdeu o temor que o assaltara e de novo se admirou da sagacidade, prudência e muita discrição da formosa Camila; e por acudir com a parte que a ele cabia, começou a fazer uma longa e triste lamentação sobre o corpo de Camila, como se fosse falecida, fazendo muitas maldições, não só a si próprio, mas àquele por cuja

---

alguna te di, para favorecer y canonizar tus malas intenciones. Torno a decir que la sospecha que tengo que algún descuido mío engendró en ti tan desvariados pensamientos es la que más me fatiga y la que yo más deseo castigar con mis propias manos, porque, castigándome otro verdugo, quizá sería más pública mi culpa; pero antes que esto haga quiero matar muriendo y llevar conmigo quien me acabe de satisfacer el deseo de la venganza que espero y tengo, viendo allá, dondequiera que fuere, la pena que da la justicia desinteresada y que no se dobla al que en términos tan desesperados me ha puesto.

Y, diciendo estas razones, con una increíble fuerza y ligereza arremetió a Lotario con la daga desenvainada, con tales muestras de querer enclavársela en el pecho, que casi él estuvo en duda si aquellas demostraciones eran falsas o verdaderas, porque le fue forzoso valerse de su industria y de su fuerza para estorbar que Camila no le diese. La cual tan vivamente fingía aquel estraño embuste y falsedad, que por dalle color de verdad la quiso matizar con su misma sangre; porque, viendo que no podía herir a Lotario, o fingiendo que no podía, dijo:

— Pues la suerte no quiere satisfacer del todo mi tan justo deseo, a lo menos no será tan poderosa que en parte me quite que no le satisfaga.

Y haciendo fuerza para soltar la mano de la daga, que Lotario la tenía asida, la sacó y, guiando su punta por parte que pudiese herir no profundamente, se la entró y escondió por más arriba de la islilla del lado izquierdo, junto al hombro, y luego se dejó caer en el suelo, como desmayada.

Estaban Leonela y Lotario suspensos y atónitos de tal suceso, y todavía dudaban de la verdad de aquel hecho, viendo a Camila tendida en tierra y bañada en su sangre. Acudió Lotario con mucha presteza, despavori-

causa a levara àquele termo. E como sabia que era escutado por seu amigo Anselmo, dizia tais coisas que quem o ouvisse lhe teria muito mais pena que de Camila, ainda que por morta a tivesse.

Leonela tomou Camila nos braços e a deitou no leito, suplicando a Lotario que fosse em busca de quem secretamente a pudesse curar; também lhe pediu conselho e parecer do que diriam a Anselmo daquela ferida de sua senhora, se acaso voltasse antes que dela sarasse. Ele respondeu que dissessem o que bem quisessem, que ele não estava em termos de dar conselho algum que de proveito fosse: só lhe disse que procurasse estancar-lhe o sangue, porque ele partia para onde ninguém o visse. E com mostras de muita dor e sentimento, deixou a casa e, quando se viu sozinho e onde ninguém o via, benzeu-se umas tantas vezes, maravilhado da indústria de Camila e dos tão acertados movimentos de Leonela. Considerava quão inteirado havia de ficar Anselmo de que tinha por mulher uma segunda Pórcia,[5] e desejava logo ter com ele para juntos celebrarem a mentira e a verdade mais dissimulada que jamais se pudesse imaginar.

Leonela estancou, como se disse, o sangue de sua senhora, que era só o bastante para confirmar seu embuste, e, lavando o ferimento com um pouco de vinho, enfaixou-o o melhor que pôde, dizendo tais razões enquanto a curava que, ainda que outras a não tivessem precedido, bastariam para convencer Anselmo de que tinha em Camila uma imagem acabada da honestidade.

Juntaram-se às palavras de Leonela outras de Camila, chamando-se covarde e de pouco ânimo, pois este lhe faltara no transe em que mais o necessitara, para tirar-se a vida, que ela tanto agora detestava. Pediu conselho à sua donzela se contar ou não todo aquele sucesso a seu querido esposo, ao que esta respondeu que não lho contasse, porque o poria em obrigação de se

---

do y sin aliento, a sacar la daga, y en ver la pequeña herida salió del temor que hasta entonces tenía y de nuevo se admiró de la sagacidad, prudencia y mucha discreción de la hermosa Camila; y por acudir con lo que a él le tocaba, comenzó a hacer una larga y triste lamentación sobre el cuerpo de Camila, como si estuviera difunta, echándose muchas maldiciones, no solo a él, sino al que había sido causa de habelle puesto en aquel término. Y como sabía que le escuchaba su amigo Anselmo, decía cosas que el que le oyera le tuviera mucha más lástima que a Camila, aunque por muerta la juzgara.

Leonela la tomó en brazos y la puso en el lecho, suplicando a Lotario fuese a buscar quien secretamente a Camila curase; pedíale asimismo consejo y parecer de lo que dirían a Anselmo de aquella herida de su señora, si acaso viniese antes que estuviese sana. Él respondió que dijesen lo que quisiesen, que él no estaba para dar consejo que de provecho fuese: solo le dijo que procurase tomarle la sangre, porque él se iba adonde gentes no le viesen. Y con muestras de mucho dolor y sentimiento, se salió de casa, y cuando se vio solo y en parte donde nadie le veía, no cesaba de hacerse cruces, maravillándose de la industria de Camila y de los ademanes tan proprios de Leonela. Consideraba cuán enterado había de quedar Anselmo de que tenía por mujer a una segunda Porcia, y deseaba verse con él para celebrar los dos la mentira y la verdad más disimulada que jamás pudiera imaginarse.

Leonela tomó, como se ha dicho, la sangre a su señora, que no era más de aquello que bastó para acreditar su embuste, y, lavando con un poco de vino la herida, se la ató lo mejor que supo, diciendo tales razones en tanto que la curaba, que, aunque no hubieran precedido otras, bastaran a hacer creer a Anselmo que tenía en Camila un simulacro de la honestidad.

vingar de Lotario, o que não poderia ser sem muito risco seu, e que a boa mulher era obrigada a não dar ao marido motivos de repreendê-la, e sim evitá-los o quanto lhe fosse possível.

Respondeu Camila que lhe parecia muito bem seu parecer, e que ela o seguiria, mas que, em todo o caso, convinha buscar o que dizer a Anselmo da causa daquela ferida, que ele não poderia deixar de ver; ao que Leonela respondeu que ela nem sequer por jogo não sabia mentir.

— Pois eu, irmã — replicou Camila —, que hei de saber, que não me atreveria a forjar nem sustentar uma mentira, ainda que disso dependesse a minha vida? E, se não atinarmos com uma saída, melhor será contar-lhe a verdade nua, e não que nos descubra em mentiroso trato.

— Não te aflijas, senhora: daqui até amanhã — respondeu Leonela — eu pensarei em que lhe diremos, e talvez por ser a ferida onde é a possas encobrir sem que ele a veja, e que praza ao céu favorecer os nossos tão justos e honrados pensamentos. Sossega-te, senhora minha, e procura sossegar tua alteração, por que o meu senhor não te ache sobressaltada, e deixa o mais ao meu cargo e ao de Deus, que sempre olha pelos bons desejos.

Atentíssimo estivera Anselmo em escutar e ver representar a tragédia da morte de sua honra, a qual com tão estranhos e eficazes afetos fora representada por seus personagens, que pareceu que se tinham transformado na verdade mesma do que fingiam. Desejava muito que chegasse logo a noite e o lugar para sair de sua casa e ir ter com seu bom amigo Lotario, congratulando-se com ele da pérola preciosa que achara no desengano da bondade de sua esposa. Cuidaram as duas de dar-lhe lugar e comodidade para que saísse, e ele, sem perdê-la, saiu e logo foi à procura de Lotario; e ao encontrá-lo não se pode boamente contar os abraços que lhe deu, as coisas que do seu

---

Juntáronse a las palabras de Leonela otras de Camila, llamándose cobarde y de poco ánimo, pues le había faltado al tiempo que fuera más necesario tenerle, para quitarse la vida, que tan aborrecida tenía. Pedía consejo a su doncella si diría o no todo aquel suceso a su querido esposo, la cual le dijo que no se lo dijese, porque le pondría en obligación de vengarse de Lotario, lo cual no podría ser sin mucho riesgo suyo, y que la buena mujer estaba obligada a no dar ocasión a su marido a que riñese, sino a quitalle todas aquellas que le fuese posible.

Respondió Camila que le parecía muy bien su parecer, y que ella le seguiría, pero que en todo caso convenía buscar qué decir a Anselmo de la causa de aquella herida, que él no podría dejar de ver; a lo que Leonela respondía que ella ni aun burlando no sabía mentir.

— Pues yo, hermana — replicó Camila —, ¿qué tengo de saber, que no me atreveré a forjar ni sustentar una mentira, si me fuese en ello la vida? Y si es que no hemos de saber dar salida a esto, mejor será decirle la verdad desnuda, que no que nos alcance en mentirosa cuenta.

— No tengas pena, señora: de aquí a mañana — respondió Leonela — yo pensaré qué le digamos, y quizá que por ser la herida donde es la podrás encubrir sin que él la vea, y el cielo será servido de favorecer a nuestros tan justos y tan honrados pensamientos. Sosiégate, señora mía, y procura sosegar tu alteración, porque mi señor no te halle sobresaltada, y lo demás déjalo a mi cargo y al de Dios, que siempre acude a los buenos deseos.

Atentísimo había estado Anselmo a escuchar y a ver representar la tragedia de la muerte de su honra, la cual con tan estraños y eficaces afectos la representaron los personajes della, que pareció que se habían transformado en la misma verdad de lo que fingían. Deseaba mucho la noche y el tener lugar para salir de su casa y ir a

contentamento lhe disse, os louvores que fez de Camila. Todo o qual escutou Lotario sem poder dar mostra alguma de alegria, porque se lhe representava na memória quão enganado estava seu amigo e quão injustamente ele o agravava; e se bem Anselmo visse que Lotario não se alegrava, pensava que era por ter deixado Camila ferida e por ter sido ele a causa; e assim, entre outras razões, lhe disse que não se afligisse pelo estado de Camila, porque o ferimento era sem dúvida ligeiro, já que as duas concertaram de escondê-lo dele e, sendo assim, não havia o que temer, e sim dali em diante muito do que se contentar e alegrar com ele, pois por sua indústria e meio ele se via alçado à mais alta felicidade que se poderia desejar, e queria que não fossem outros seus entretenimentos que em fazer versos em louvor de Camila para eternizá-la na memória dos séculos vindouros. Lotario elogiou sua boa determinação e disse que ele, de sua parte, o ajudaria a erguer tão ilustre edifício.

Com isto ficou Anselmo o homem mais saborosamente enganado que pôde haver no mundo: ele mesmo levava pela mão a sua casa, crendo que levava o instrumento de sua glória, toda a perdição de sua fama. Recebia-o Camila com a cara por fora fechada, mas com a alma risonha. Durou esse engano alguns dias, até que, passados alguns meses, virou Fortuna sua roda e veio a público a maldade com tanto artifício até então encoberta, custando a Anselmo a vida sua impertinente curiosidade.

---

verse con su buen amigo Lotario, congratulándose con él de la margarita preciosa que había hallado en el desengaño de la bondad de su esposa. Tuvieron cuidado las dos de darle lugar y comodidad a que saliese, y él, sin perdella, salió y luego fue a buscar a Lotario; el cual hallado, no se puede buenamente contar los abrazos que le dio, las cosas que de su contento le dijo, las alabanzas que dio a Camila. Todo lo cual escuchó Lotario sin poder dar muestras de alguna alegría, porque se le representaba a la memoria cuán engañado estaba su amigo y cuán injustamente él le agraviaba; y aunque Anselmo veía que Lotario no se alegraba, creía ser la causa por haber dejado a Camila herida y haber él sido la causa; y así, entre otras razones, le dijo que no tuviese pena del suceso de Camila, porque sin duda la herida era ligera, pues quedaban de concierto de encubrírsela a él, y que según esto no había de qué temer, sino que de allí adelante se gozase y alegrase con él, pues por su industria y medio él se veía levantado a la más alta felicidad que acertara a desearse, y quería que no fuesen otros sus entretenimientos que en hacer versos en alabanza de Camila que la hiciesen eterna en la memoria de los siglos venideros. Lotario alabó su buena determinación y dijo que él, por su parte, ayudaría a levantar tan ilustre edificio.

Con esto quedó Anselmo el hombre más sabrosamente engañado que pudo haber en el mundo: él mismo llevaba por la mano a su casa, creyendo que llevaba el instrumento de su gloria, toda la perdición de su fama. Recebíale Camila con rostro al parecer torcido, aunque con alma risueña. Duró este engaño algunos días, hasta que al cabo de pocos meses volvió Fortuna su rueda y salió a plaza la maldad con tanto artificio hasta allí cubierta, y a Anselmo le costó la vida su impertinente curiosidad.

Notas

[1] Lotario: por presumível lapso, o nome aparece aqui no lugar do de Anselmo.

[2] Quem dá logo, dá duas vezes: tradução do adágio latino "*Qui cito dat, bis dat*".

[3] Os quatro "s": são eles "sábio, só, solícito e secreto". Trata-se de um tópico literário que se transformou em frase feita, encontrado desde o cancioneiro popular até em autores como Calderón de la Barca.

[4] Lucrécia: na Espanha da época, considerava-se a romana Lucrécia, que se matou depois de ser violentada por Sexto Tarquínio, um exemplo de insensatez, sendo muitas vezes nomeada como "Lucrécia néscia".

[5] Pórcia: mulher de Marco Bruto, que segundo Plutarco se feriu gravemente para provar ao marido que era capaz de resistir à tortura e que, portanto, ele podia confiar-lhe o segredo da conspiração contra César. Suicidou-se ao saber da morte do marido.

CAPÍTULO XXXV

Onde se finda a
Novela do Curioso Impertinente

Pouco mais restava por ler da novela quando, do desvão onde D. Quixote repousava, veio Sancho Pança todo alvoroçado, dizendo a altas vozes:

— Acudi logo, senhores, e socorrei o meu senhor, que anda metido na mais renhida e travada batalha que os meus olhos já viram. Por Deus que ele deu uma cutilada no gigante inimigo da senhora princesa Micomicona que lhe cortou a cabeça cerce e rente, como se fosse um nabo!

— Que dizes, irmão? — disse o padre, deixando de ler o que da novela faltava. — Estais em vós, Sancho? Como diabos pode ser isso que dizeis, estando o gigante a duas mil léguas daqui?

Nisto ouviram um grande ruído vir do aposento e que D. Quixote dizia a altas vozes:

— Guarda-te, ladrão facinoroso, velhaco, que aqui te tenho e de nada te valerá a tua cimitarra!

E parecia que dava grandes cutiladas pelas paredes. E disse Sancho:

— Não parem a escutar, mas entrem para apartar a briga ou ajudar meu amo; bem que já não seja mister, pois sem dúvida alguma o gigante já está

CAPÍTULO XXXV

Donde se da fin a la
Novela del Curioso Impertinente

Poco más quedaba por leer de la novela, cuando del camaranchón donde reposaba don Quijote salió Sancho Panza todo alborotado, diciendo a voces:

— Acudid, señores, presto y socorred a mi señor, que anda envuelto en la más reñida y trabada batalla que mis ojos han visto. ¡Vive Dios que ha dado una cuchillada al gigante enemigo de la señora princesa Micomicona, que le ha tajado la cabeza cercen a cercen, como si fuera un nabo!

— ¿Qué dices, hermano? — dijo el cura, dejando de leer lo que de la novela quedaba —. ¿Estáis en vos, Sancho? ¿Cómo diablos puede ser eso que decís, estando el gigante dos mil leguas de aquí?

En esto oyeron un gran ruido en el aposento y que don Quijote decía a voces:

— ¡Tente, ladrón, malandrín, follón, que aquí te tengo y no te ha de valer tu cimitarra!

Y parecía que daba grandes cuchilladas por las paredes. Y dijo Sancho:

— No tienen que pararse a escuchar, sino entren a despartir la pelea o a ayudar a mi amo; aunque ya no

morto e dando conta a Deus da sua passada e má vida, que eu vi correr o sangue pelo chão, e a cabeça cortada e caída a um lado, que é tamanha como um grande odre de vinho.

— Que me matem — disse então o estalajadeiro — se D. Quixote ou dom diabo não deu alguma cutilada nalgum dos odres de vinho tinto que à sua cabeceira estavam cheios, e o vinho derramado deve de ser o que a este bom homem parece sangue.

E com isto entrou no aposento, e todos atrás dele, e acharam D. Quixote no mais estranho traje do mundo. Estava em camisão, o qual não era tão comprido que por diante lhe cobrisse de todo as coxas, e era por trás seis dedos mais curta; as pernas eram muito compridas e finas, peludas e nada limpas; tinha na cabeça um gorro vermelho, sebento, que era do estalajadeiro; no braço esquerdo tinha enrolada a manta da cama, da qual Sancho tinha ojeriza, e ele sabia bem o porquê, e na direita, desembainhada a espada, com a qual dava cutiladas a torto e a direito, dizendo palavras como se realmente estivesse lutando com algum gigante. E o melhor da história é que não estava de olhos abertos, porque estava dormindo e sonhando-se em batalha com o gigante: tão intensa foi a imaginação da aventura que ia levar a termo, que o fez sonhar que já chegara ao reino de Micomicão e que já estava lidando com seu inimigo; e tinha dado tantas cutiladas nos odres, imaginando dá-las no gigante, que todo o aposento estava cheio de vinho. Em vendo isto o estalajadeiro, foi tamanha a sua fúria que arremeteu contra D. Quixote e a punho cerrado começou a lhe dar tantos golpes que, se Cardenio e o padre não o apartassem, teria ele acabado a guerra do gigante; e, com tudo isso, não acordava o pobre cavaleiro, até que o barbeiro trouxe um grande caldeirão de água fria do poço e de súbito a jogou por todo o corpo de D.

---

será menester, porque sin duda alguna el gigante está ya muerto y dando cuenta a Dios de su pasada y mala vida, que yo vi correr la sangre por el suelo, y la cabeza cortada y caída a un lado, que es tamaña como un gran cuero de vino.

— Que me maten — dijo a esta sazón el ventero — si don Quijote o don diablo no ha dado alguna cuchillada en alguno de los cueros de vino tinto que a su cabecera estaban llenos, y el vino derramado debe de ser lo que le parece sangre a este buen hombre.

Y con esto entró en el aposento, y todos tras él, y hallaron a don Quijote en el más estraño traje del mundo. Estaba en camisa, la cual no era tan cumplida que por delante le acabase de cubrir los muslos y por detrás tenía seis dedos menos; las piernas eran muy largas y flacas, llenas de vello y nonada limpias; tenía en la cabeza un bonetillo colorado, grasiento, que era del ventero; en el brazo izquierdo tenía revuelta la manta de la cama, con quien tenía ojeriza Sancho, y él se sabía bien el porqué, y en la derecha, desenvainada la espada, con la cual daba cuchilladas a todas partes, diciendo palabras como si verdaderamente estuviera peleando con algún gigante. Y es lo bueno que no tenía los ojos abiertos, porque estaba durmiendo y soñando que estaba en batalla con el gigante: que fue tan intensa la imaginación de la aventura que iba a fenecer, que le hizo soñar que ya había llegado al reino de Micomicón y que ya estaba en la pelea con su enemigo; y había dado tantas cuchilladas en los cueros, creyendo que las daba en el gigante, que todo el aposento estaba lleno de vino. Lo cual visto por el ventero, tomó tanto enojo, que arremetió con don Quijote y a puño cerrado le comenzó a dar tantos golpes, que si Cardenio y el cura no se le quitaran, él acabara la guerra del gigante; y con todo aquello, no despertaba el pobre caballero,

Quixote, com o que este acordou, mas não o bastante para atinar na maneira em que estava.

Dorotea, que viu quão curta e sutilmente estava ele vestido, não quis entrar para ver a batalha do seu ajudador com o seu contrário. Andava Sancho procurando a cabeça do gigante por todo o chão e, como não a achava, disse:

— Já sei que tudo nesta casa é encantamento, pois da outra vez, neste mesmo lugar onde agora me acho, levei muitos sopapos e porradas sem saber quem mas dava, e nunca pude ver ninguém; e agora não aparece por aqui esta cabeça, que vi cortar com os meus próprios olhos, com o sangue jorrando do corpo como de uma fonte.

— Mas que sangue e que fonte dizes, inimigo de Deus e dos seus santos? — disse o estalajadeiro. — Não vês, ladrão, que o sangue e a fonte não são outra coisa que estes odres que aqui estão furados e o vinho tinto que encharca este aposento, que encharcada eu veja nos infernos a alma de quem os furou?

— Eu não sei de nada — respondeu Sancho —, só sei que serei tão desgraçado que, por não achar essa cabeça, se há de desmanchar o meu condado como sal na água.

E estava pior Sancho acordado que seu amo dormindo: assim o deixaram as promessas de seu amo. O estalajadeiro desesperava em ver a pachorra do escudeiro e o malefício do senhor, e jurava que não havia de ser como da outra vez, quando se foram sem pagar, e que agora não lhe haveriam de valer os privilégios da sua cavalaria para deixar de pagar isto e aquilo, e mais o que pudessem custar os remendos que se haveriam de fazer nos estropiados odres.

---

hasta que el barbero trujo un gran caldero de agua fría del pozo y se le echó por todo el cuerpo de golpe, con lo cual despertó don Quijote, mas no con tanto acuerdo, que echase de ver de la manera que estaba.

Dorotea, que vio cuán corta y sotilmente estaba vestido, no quiso entrar a ver la batalla de su ayudador y de su contrario.

Andaba Sancho buscando la cabeza del gigante por todo el suelo y, como no la hallaba, dijo:

— Ya yo sé que todo lo desta casa es encantamento, que la otra vez, en este mesmo lugar donde ahora me hallo, me dieron muchos mojicones y porrazos, sin saber quién me los daba, y nunca pude ver a nadie; y ahora no parece por aquí esta cabeza, que vi cortar por mis mismísimos ojos, y la sangre corría del cuerpo como de una fuente.

— ¿Qué sangre ni qué fuente dices, enemigo de Dios y de sus santos? — dijo el ventero —. ¿No vees, ladrón, que la sangre y la fuente no es otra cosa que estos cueros que aquí están horadados y el vino tinto que nada en este aposento, que nadando vea yo el alma en los infiernos de quien los horadó?

— No sé nada — respondió Sancho — : solo sé que vendré a ser tan desdichado, que, por no hallar esta cabeza, se me ha de deshacer mi condado como la sal en el agua.

Y estaba peor Sancho despierto que su amo durmiendo: tal le tenían las promesas que su amo le había hecho. El ventero se desesperaba de ver la flema del escudero y el maleficio del señor, y juraba que no había de ser como la vez pasada, que se le fueron sin pagar, y que ahora no le habían de valer los previlegios de su caballería para dejar de pagar lo uno y lo otro, aun hasta lo que pudiesen costar las botanas que se habían de echar a los rotos cueros.

Segurava o padre D. Quixote pelas mãos, o qual, cuidando que já terminara a aventura e que se achava diante da princesa Micomicona, caiu de joelhos aos pés do padre, dizendo:

— Bem pode a vossa grandeza, alta e fermosa senhora, viver de hoje em diante segura sem que lhe possa fazer mal esta malnascida criatura; e eu também de hoje em diante estou quite da palavra que vos dei, pois, com a ajuda do alto Deus e com o favor daquela por quem vivo e respiro, tão bem a cumpri.

— Eu não disse? — soltou Sancho ao ouvir isto. — Aí tendes que não estava eu bêbado: olhai se o meu amo já não tem bem salmourado o tal gigante! É claro como a água: o meu condado são favas contadas!

Quem não havia de rir com os disparates dos dois, amo e criado? Todos riam, menos o estalajadeiro, que se encomendava a Satanás. Mas, por fim, tanto fizeram o barbeiro, Cardenio e o padre que, com não pouco trabalho, levaram D. Quixote à cama, onde ele logo adormeceu, com mostras de grandíssimo cansaço. Ali o deixaram e foram para diante da estalagem consolar Sancho Pança por não ter encontrado a cabeça do gigante, se bem mais lhes tenha custado aplacar o estalajadeiro, que estava desesperado pela repentina matança dos seus odres. E a estalajadeira dizia com a voz em grita:

— Maldita e minguada a hora em que entrou na minha casa esse cavaleiro andante, que nunca os meus olhos o tivessem visto, pois tão caro me custa. Da outra vez se foi com o custo de uma noite, jantar, cama, palha e cevada, para ele e para o seu escudeiro e um rocim e um jumento, dizendo que era cavaleiro aventureiro, que má ventura lhe dê Deus, a ele e a quantos aventureiros há no mundo, e que por isso não era obrigado a pagar nada,

---

Tenía el cura de las manos a don Quijote, el cual, creyendo que ya había acabado la aventura y que se hallaba delante de la princesa Micomicona, se hincó de rodillas delante del cura, diciendo:

— Bien puede la vuestra grandeza, alta y fermosa señora, vivir de hoy más segura que le pueda hacer mal esta mal nacida criatura; y yo también de hoy más soy quito de la palabra que os di, pues, con el ayuda del alto Dios y con el favor de aquella por quien yo vivo y respiro, tan bien la he cumplido.

— ¿No lo dije yo? — dijo oyendo esto Sancho —. Sí, que no estaba yo borracho: ¡mirad si tiene puesto ya en sal mi amo al gigante! ¡Ciertos son los toros: mi condado está de molde!

¿Quién no había de reír con los disparates de los dos, amo y mozo? Todos reían, sino el ventero, que se daba a Satanás. Pero, en fin, tanto hicieron el barbero, Cardenio y el cura, que con no poco trabajo dieron con don Quijote en la cama, el cual se quedó dormido, con muestras de grandísimo cansancio. Dejáronle dormir y saliéronse al portal de la venta a consolar a Sancho Panza de no haber hallado la cabeza del gigante, aunque más tuvieron que hacer en aplacar al ventero, que estaba desesperado por la repentina muerte de sus cueros. Y la ventera decía en voz y en grito:

— En mal punto y en hora menguada entró en mi casa este caballero andante, que nunca mis ojos le hubieran visto, que tan caro me cuesta. La vez pasada se fue con el costo de una noche, de cena, cama, paja y cebada, para él y para su escudero y un rocín y un jumento, diciendo que era caballero aventurero, que mala ventura le dé Dios a él y a cuantos aventureros hay en el mundo, y que por esto no estaba obligado a pagar nada, que así estaba escrito en los aranceles de la caballería andantesca; y ahora por su respeto vino estotro señor y me llevó mi

pois assim estava escrito nos assentos da cavalaria andantesca; e depois por sua causa veio estoutro senhor e levou o meu rabo, e o devolveu muito estragado e pelado, que já não pode servir para aquilo que o meu marido o quer; e por fim e arremate de tudo, vem rasgar os meus odres e derramar o meu vinho, que derramado eu veja o seu sangue. Mas que ninguém pense, pelos ossos do meu pai e pela vida da minha mãe, que não me hão de pagar tudo tim-tim por tim-tim, ou eu não me chamaria como me chamo nem seria filha de quem sou!

Estas e outras semelhantes razões dizia a estalajadeira com grande fúria, ajudada por sua boa criada Maritornes. A filha calava e de quando em quando sorria. O padre tudo sossegou, prometendo compensá-los de sua perda o melhor que pudesse, assim dos odres como do vinho, e principalmente do menoscabo do rabo, que tanta falta lhes fazia. Dorotea consolou Sancho Pança dizendo-lhe que, quando se mostrasse ser verdade que o seu amo descabeçara o gigante, ela lhe prometia, em se vendo pacífica em seu reino, dar-lhe o melhor condado que nele houvesse. Consolou-se com isto Sancho e garantiu à princesa que podia ter como certo que ele vira a cabeça do gigante, que por maior sinal tinha uma barba que lhe chegava à cintura, e que, se não aparecia, era porque tudo quanto naquela casa se passava era por via de encantamento, como ele o provara da outra vez que ali pousara. Dorotea disse que bem lhe acreditava e que não se afligisse, que tudo se faria bem e sucederia a contento.

Sossegados todos, quis o padre acabar de ler a novela, porque viu que faltava pouco. Cardenio, Dorotea e todos os demais rogaram que a acabasse. Ele, que a todos quis dar gosto, e também pelo que ele mesmo tinha de lê-la, prosseguiu o conto, que dizia assim:

---

cola, y hámela vuelto con más de dos cuartillos de daño, toda pelada, que no puede servir para lo que la quiere mi marido; y por fin y remate de todo, romperme mis cueros y derramarme mi vino, que derramada le vea yo su sangre. ¡Pues no se piense, que por los huesos de mi padre y por el siglo de mi madre, si no me lo han de pagar un cuarto sobre otro, o no me llamaría yo como me llamo ni sería hija de quien soy!

Estas y otras razones tales decía la ventera con grande enojo, y ayudábala su buena criada Maritornes. La hija callaba y de cuando en cuando se sonreía. El cura lo sosegó todo, prometiendo de satisfacerles su pérdida lo mejor que pudiese, así de los cueros como del vino, y principalmente del menoscabo de la cola, de quien tanta cuenta hacían. Dorotea consoló a Sancho Panza diciéndole que cada y cuando que pareciese haber sido verdad que su amo hubiese descabezado al gigante, le prometía, en viéndose pacífica en su reino, de darle el mejor condado que en él hubiese. Consolóse con esto Sancho y aseguró a la princesa que tuviese por cierto que él había visto la cabeza del gigante, y que por más señas tenía una barba que le llegaba a la cintura, y que si no parecía era porque todo cuanto en aquella casa pasaba era por vía de encantamento, como él lo había probado otra vez que había posado en ella. Dorotea dijo que así lo creía y que no tuviese pena, que todo se haría bien y sucedería a pedir de boca.

Sosegados todos, el cura quiso acabar de leer la novela, porque vio que faltaba poco. Cardenio, Dorotea y todos los demás le rogaron la acabase. Él, que a todos quiso dar gusto, y por el que él tenía de leerla, prosiguió el cuento, que así decía:

"Sucedió, pues, que, por la satisfación que Anselmo tenía de la bondad de Camila, vivía una vida conten-

"Aconteceu pois que, pela certeza que tinha Anselmo da bondade de Camila, vivia ele uma vida contente e descuidada, e Camila, de indústria, fazia má cara a Lotario, para que Anselmo entendesse ao contrário a vontade que lhe tinha; e para maior confirmação, pediu licença Lotario para não mais frequentar a casa, pois saltava aos olhos o pesar que sua presença causava a Camila. Mas o enganado Anselmo lhe disse que de maneira alguma fizesse isso; e desta maneira, por mil maneiras era Anselmo o fabricador de sua desonra, acreditando sê-lo do seu gosto.

"Nisto, o que tinha Leonela de se ver qualificada e notada por seus amores chegou a tanto que, sem olhos para outra coisa, seguia após dele à rédea solta, certa de que sua senhora a acobertaria e até a avisaria do melhor modo para sem receio pô-lo em execução. Enfim, certa noite ouviu Anselmo passos no aposento de Leonela, e, querendo entrar para ver quem os dava, sentiu que lhe seguravam a porta, coisa que lhe aumentou a vontade de abri-la, e tanta força fez, que a abriu e entrou a tempo de ver que um homem saltava pela janela à rua; e acudindo com presteza para alcançá-lo ou conhecê-lo, não conseguiu uma nem outra coisa, porque Leonela se abraçou a ele, dizendo-lhe:

"— Sossega, senhor meu, e não te alvoroces nem sigas quem daqui saltou: é coisa minha, e tanto, que é meu esposo.

"Não o quis crer Anselmo, antes, cego de fúria, tirou a adaga e quis ferir Leonela, dizendo-lhe que lhe dissesse a verdade; se não, que a mataria. Ela, com o medo, sem saber o que se dizia, lhe disse:

"— Não me mates, senhor, que eu te direi coisas de mais importância que as que podes imaginar.

"— Dize-as logo — disse Anselmo —; se não, morta és.

---

ta y descuidada, y Camila, de industria, hacía mal rostro a Lotario, porque Anselmo entendiese al revés de la voluntad que le tenía; y para más confirmación de su hecho, pidió licencia Lotario para no venir a su casa, pues claramente se mostraba la pesadumbre que con su vista Camila recebía. Mas el engañado Anselmo le dijo que en ninguna manera tal hiciese; y desta manera, por mil maneras era Anselmo el fabricador de su deshonra, creyendo que lo era de su gusto.

"En esto, el que tenía Leonela de verse cualificada y notada con sus amores llegó a tanto, que sin mirar a otra cosa se iba tras él a suelta rienda, fiada en que su señora la encubría y aun la advertía del modo que con poco recelo pudiese ponerle en ejecución. En fin, una noche sintió Anselmo pasos en el aposento de Leonela, y, queriendo entrar a ver quién los daba, sintió que le detenían la puerta, cosa que le puso más voluntad de abrirla, y tanta fuerza hizo, que la abrió y entró dentro a tiempo que vio que un hombre saltaba por la ventana a la calle; y acudiendo con presteza a alcanzarle o conocerle, no pudo conseguir lo uno ni lo otro, porque Leonela se abrazó con él, diciéndole:

" — Sosiégate, señor mío, y no te alborotes ni sigas al que de aquí saltó: es cosa mía, y tanto, que es mi esposo.

"No lo quiso creer Anselmo, antes, ciego de enojo, sacó la daga y quiso herir a Leonela, diciéndole que le dijese la verdad; si no, que la mataría. Ella, con el miedo, sin saber lo que se decía, le dijo:

" — No me mates, señor, que yo te diré cosas de más importancia de las que puedes imaginar.

" — Dilas luego — dijo Anselmo —; si no, muerta eres.

"— Por ora será impossível — disse Leonela —, segundo estou turbada; deixa-me até a manhã, que então saberás de mim o que te há de admirar; e podes estar certo que o que saltou por esta janela é um mancebo desta cidade, que me deu a mão de ser meu esposo.

"Sossegou-se com isto Anselmo e quis aguardar o termo que se lhe pedia, porque não pensava ouvir coisa que contra Camila fosse, por estar de sua bondade tão satisfeito e seguro; e assim saiu do aposento, nele deixando Leonela trancada, dizendo-lhe que dali não sairia até que lhe dissesse o que tinha a dizer.

"Em seguida procurou Camila para lhe dizer, como lhe disse, tudo aquilo que com sua donzela passara e a palavra que ela dera de lhe dizer coisas grandes e de importância. Ocioso dizer se Camila se turbou ou não, pois foi tanto o temor que a assaltou crendo verdadeiramente, como era de crer, que Leonela havia de dizer a Anselmo tudo o que sabia de sua pouca fé, que não teve ânimo para esperar se sua suspeita se mostrava falsa ou não, e naquela mesma noite, quando lhe pareceu que Anselmo dormia, recolheu as melhores joias que tinha, mais algum dinheiro e, sem ser por ninguém ouvida, saiu de casa e foi à de Lotario, a quem contou o que se passava e lhe pediu que a pusesse a bom recato ou que se ausentassem os dois onde pudessem estar a salvo de Anselmo. A confusão em que Camila pôs Lotario foi tal, que ele não sabia responder palavra, nem menos sabia o que fazer.

"Enfim, decidiu levar Camila a um mosteiro que tinha por prioresa uma irmã sua. Consentiu Camila nisso, e, com a presteza que o caso pedia, Lotario a levou e deixou no mosteiro, e ele também se ausentou da cidade em seguida, sem dar parte a ninguém da sua ausência.

"Quando amanheceu, sem perceber Anselmo que Camila faltava do seu

---

" — Por ahora será imposible — dijo Leonela —, según estoy de turbada; déjame hasta mañana, que entonces sabrás de mí lo que te ha de admirar; y está seguro que el que saltó por esta ventana es un mancebo desta ciudad, que me ha dado la mano de ser mi esposo.

"Sosegóse con esto Anselmo y quiso aguardar el término que se le pedía, porque no pensaba oír cosa que contra Camila fuese, por estar de su bondad tan satisfecho y seguro; y así, se salió del aposento y dejó encerrada en él a Leonela, diciéndole que de allí no saldría hasta que le dijese lo que tenía que decirle.

"Fue luego a ver a Camila y a decirle, como le dijo, todo aquello que con su doncella le había pasado y la palabra que le había dado de decirle grandes cosas y de importancia. Si se turbó Camila o no, no hay para qué decirlo, porque fue tanto el temor que cobró creyendo verdaderamente, y era de creer, que Leonela había de decir a Anselmo todo lo que sabía de su poca fe, que no tuvo ánimo para esperar si su sospecha salía falsa o no, y aquella misma noche, cuando le pareció que Anselmo dormía, juntó las mejores joyas que tenía y algunos dineros y, sin ser de nadie sentida, salió de casa y se fue a la de Lotario, a quien contó lo que pasaba y le pidió que la pusiese en cobro o que se ausentasen los dos donde de Anselmo pudiesen estar seguros. La confusión en que Camila puso a Lotario fue tal, que no le sabía responder palabra, ni menos sabía resolverse en lo que haría.

"En fin, acordó de llevar a Camila a un monesterio, en quien era priora una su hermana. Consintió Camila en ello, y con la presteza que el caso pedía la llevó Lotario y la dejó en el monesterio, y él ansimesmo se ausentó luego de la ciudad, sin dar parte a nadie de su ausencia.

"Cuando amaneció, sin echar de ver Anselmo que Camila faltaba de su lado, con el deseo que tenía de

lado, tanto era seu desejo de saber o que Leonela lhe queria dizer, se levantou e foi aonde a deixara trancada. Abriu e entrou no aposento, mas nele não achou Leonela: não achou mais que uns lençóis amarrados à janela, indício e sinal que por ali descera e se fora. Voltou então muito triste para contá-lo a Camila, e, ao não achá-la na cama nem em toda a casa, se assombrou. Perguntou por ela aos criados da casa, mas ninguém lhe soube dar conta do que pedia.

"Enquanto buscava Camila, acertou de ver seus cofres abertos e que deles faltavam as mais das suas joias, e com isto acabou de cair na conta da sua desgraça e em que não era Leonela a causa de sua desventura; e assim como estava, sem acabar de se vestir, triste e pensativo, foi dar conta de sua desventura a seu amigo Lotario. Mas, quando o não achou e seus criados lhe disseram que aquela noite faltara de casa e levara consigo todo o dinheiro que tinha, pensou perder o juízo. E para acabar de tudo concluir, ao voltar para sua casa não achou nela nenhum dos criados nem criadas que tinha, mas só a casa deserta e solitária.

"Não sabia que pensar, que dizer, nem que fazer, e pouco a pouco ia-se-lhe transtornando o juízo. Em se contemplando se via num instante sem mulher, sem amigo e sem criados, desamparado, a seu parecer, do céu que o cobria, e sobretudo sem honra, porque na falta de Camila viu sua perdição.

"Resolveu-se, enfim, ao cabo de um grande trecho, de ir até a aldeia do seu amigo, onde estivera quando deu lugar à maquinação de toda aquela desventura. Fechou as portas de sua casa, montou no cavalo e com desmaiado alento se pôs a caminho; e nem meio tinha andado quando, acossado por seus pensamentos, foi-lhe forçoso apear e amarrar seu cavalo a uma árvore, ao pé de cujo tronco se deixou cair, dando ternos e dolorosos suspiros, e ali

---

saber lo que Leonela quería decirle, se levantó y fue adonde la había dejado encerrada. Abrió y entró en el aposento, pero no halló en él a Leonela: solo halló puestas unas sábanas añudadas a la ventana, indicio y señal que por allí se había descolgado y ido. Volvió luego muy triste a decírselo a Camila, y, no hallándola en la cama ni en toda la casa, quedó asombrado. Preguntó a los criados de casa por ella, pero nadie le supo dar razón de lo que pedía.

"Acertó acaso, andando a buscar a Camila que vio sus cofres abiertos y que dellos faltaban las más de sus joyas, y con esto acabó de caer en la cuenta de su desgracia y en que no era Leonela la causa de su desventura; y ansí como estaba, sin acabarse de vestir, triste y pensativo, fue a dar cuenta de su desdicha a su amigo Lotario. Mas cuando no le halló y sus criados le dijeron que aquella noche había faltado de casa y había llevado consigo todos los dineros que tenía, pensó perder el juicio. Y para acabar de concluir con todo, volviéndose a su casa no halló en ella ninguno de cuantos criados ni criadas tenía, sino la casa desierta y sola.

"No sabía qué pensar, qué decir, ni qué hacer, y poco a poco se le iba volviendo el juicio. Contemplábase y mirábase en un instante sin mujer, sin amigo y sin criados, desamparado, a su parecer, del cielo que le cubría, y sobre todo sin honra, porque en la falta de Camila vio su perdición.

"Resolvióse, en fin, a cabo de una gran pieza, de irse a la aldea de su amigo, donde había estado cuando dio lugar a que se maquinase toda aquella desventura. Cerró las puertas de su casa, subió a caballo y con desmayado aliento se puso en camino; y apenas hubo andado la mitad, cuando, acosado de sus pensamientos, le fue forzoso apearse y arrendar su caballo a un árbol, a cuyo tronco se dejó caer, dando tiernos y dolorosos suspiros,

ficou quase até o anoitecer; e nessa hora viu que vinha um homem a cavalo da cidade, e, depois de o cumprimentar, perguntou-lhe que novas trazia de Florença. O cidadão respondeu:

"— As mais estranhas que há muitos dias nela se ouviram, porque se diz publicamente que Lotario, aquele grande amigo de Anselmo, o rico, que vivia perto de São João, levou esta noite Camila, mulher de Anselmo, o qual também desapareceu. Tudo isto disse uma criada de Camila, que ontem à noite foi achada pelo governador descendo por uns lençóis das janelas da casa de Anselmo. De feito não sei pontualmente como se deu o caso: só sei que toda a cidade está admirada dele, porque não se podia esperar semelhante coisa da muita e familiar amizade dos dois, que dizem que era tanta, que os chamavam 'os dois amigos'.

"— Sabe-se porventura — disse Anselmo — o caminho que seguiram Lotario e Camila?

"— Nem por sombra — disse o cidadão —, posto que o governador usou de muita diligência em buscá-los.

"— Ide com Deus, senhor — disse Anselmo.

"— Com Ele ficai — respondeu o cidadão, e se foi.

"Com tão infaustas novas, a um ponto esteve Anselmo, não só de perder o juízo, mas de dar cabo da vida. Levantou-se como pôde e chegou à casa de seu amigo, que ainda não sabia de sua desgraça, mas como o viu chegar amarelo, consumido e seco, entendeu que de algum grave mal vinha mortificado. Pediu logo Anselmo que o deitassem e que lhe trouxessem com o que escrever. Assim se fez, e o deixaram deitado e só, porque ele assim quis, e até que lhe fechassem a porta. Vendo-se a sós, começou a carregar tanto a imaginação com sua desventura, que claramente conheceu que se lhe ia acaban-

---

y allí se estuvo hasta casi que anochecía; y aquella hora vio que venía un hombre a caballo de la ciudad, y, después de haberle saludado, le preguntó qué nuevas había en Florencia. El ciudadano respondió:

" — Las más estrañas que muchos días ha se han oído en ella, porque se dice públicamente que Lotario, aquel grande amigo de Anselmo el rico, que vivía a San Juan, se llevó esta noche a Camila, mujer de Anselmo, el cual tampoco parece. Todo esto ha dicho una criada de Camila, que anoche la halló el gobernador descolgándose con una sábana por las ventanas de la casa de Anselmo. En efeto no sé puntualmente cómo pasó el negocio: solo sé que toda la ciudad está admirada deste suceso, porque no se podía esperar tal hecho de la mucha y familiar amistad de los dos, que dicen que era tanta, que los llamaban *los dos amigos*.

" — ¿Sábese por ventura — dijo Anselmo — el camino que llevan Lotario y Camila?

" — Ni por pienso — dijo el ciudadano —, puesto que el gobernador ha usado de mucha diligencia en buscarlos.

" — A Dios vais, señor — dijo Anselmo.

" — Con Él quedéis — respondió el ciudadano, y fuese.

"Con tan desdichadas nuevas, casi casi llegó a términos Anselmo, no solo de perder el juicio, sino de acabar la vida. Levantóse como pudo y llegó a casa de su amigo, que aún no sabía su desgracia, mas como le vio llegar amarillo, consumido y seco, entendió que de algún grave mal venía fatigado. Pidió luego Anselmo que le acostasen y que le diesen aderezo de escribir. Hízose así, y dejáronle acostado y solo, porque él así lo quiso, y aun que le cerrasen la puerta. Viéndose, pues, solo, comenzó a cargar tanto la imaginación de su desventura, que clara-

do a vida, e assim resolveu deixar notícia da causa de sua estranha morte; e tendo começado a escrever, antes que acabasse de pôr tudo o que queria, faltou-lhe o alento e deixou a vida nas mãos da dor que lhe causou sua curiosidade impertinente.

"Vendo o senhor da casa que já era tarde e que Anselmo não chamava, resolveu entrar para saber se sua indisposição passava e o achou deitado de bruços, metade do corpo na cama e a outra metade sobre a escrivaninha, sobre a qual estava o papel escrito e aberto, e ele ainda com a pena na mão. Chegou-se o hospedeiro, depois de chamar por ele; e travando-o pela mão, vendo que não respondia e achando-o frio, viu que estava morto. Disto se admirou e afligiu sobremaneira, e chamou as gentes da casa para que vissem a desgraça a Anselmo acontecida, e finalmente leu o papel, que conheceu estar escrito de sua mesma mão, o qual continha estas razões:

> *Um néscio e impertinente desejo me tirou a vida. Se as novas da minha morte chegarem aos ouvidos de Camila, saiba que a perdoo, porque não estava ela obrigada a fazer milagres, nem tinha eu necessidade de querer que ela os fizesse; e como eu fui o fabricador da minha desonra, não há para quê...*

"Até aqui escreveu Anselmo, por onde se viu que naquele ponto, sem poder acabar a razão, acabou-se-lhe a vida. No dia seguinte, deu aviso o amigo de Anselmo da morte deste aos seus parentes, os quais já sabiam de sua desgraça, e ao mosteiro onde Camila estava quase a termo de acompanhar seu esposo naquela forçosa viagem, não pelas novas do morto esposo, mas pelas que soube do ausente amigo. Diz-se que, conquanto se visse viú-

---

mente conoció que se le iba acabando la vida, y, así, ordenó de dejar noticia de la causa de su estraña muerte; y comenzando a escribir, antes que acabase de poner todo lo que quería, le faltó el aliento y dejó la vida en las manos del dolor que le causó su curiosidad impertinente.

"Viendo el señor de casa que era ya tarde y que Anselmo no llamaba, acordó de entrar a saber si pasaba adelante su indisposición y hallóle tendido boca abajo, la mitad del cuerpo en la cama y la otra mitad sobre el bufete, sobre el cual estaba con el papel escrito y abierto, y él tenía aún la pluma en la mano. Llegóse el huésped a él, habiéndole llamado primero; y trabándole por la mano, viendo que no le respondía y hallándole frío, vio que estaba muerto. Admiróse y congojóse en gran manera, y llamó a la gente de casa para que viesen la desgracia a Anselmo sucedida, y finalmente leyó el papel, que conoció que de su mesma mano estaba escrito, el cual contenía estas razones:

> *Un necio e impertinente deseo me quitó la vida. Si las nuevas de mi muerte llegaren a los oídos de Camila, sepa que yo la perdono, porque no estaba ella obligada a hacer milagros, ni yo tenía necesidad de querer que ella los hiciese; y pues yo fui el fabricador de mi deshonra, no hay para qué...*

"Hasta aquí escribió Anselmo, por donde se echó de ver que en aquel punto, sin poder acabar la razón, se le acabó la vida. Otro día dio aviso su amigo a los parientes de Anselmo de su muerte, los cuales ya sabían su

va, não quis sair do mosteiro, nem menos tomar o hábito de freira, até que dali a muitos dias lhe chegaram novas de que Lotario tinha morrido numa batalha que naquele tempo deu monsiur de Lautrec[1] ao Grande Capitão Gonzalo Fernández de Córdoba no reino de Nápoles, onde fora parar o tarde arrependido amigo; o qual sabido por Camila, tomou hábito e acabou em breves dias a vida nas rigorosas mãos de tristezas e melancolias. Este foi o fim que tiveram todos, nascido de um tão desatinado princípio".

— Boa me parece esta novela — disse o padre —, mas não me posso convencer de que isto seja verdade; e se é fingido, fingiu mal o autor, pois não se pode imaginar que exista um marido tão néscio que queira fazer tão custosa experiência como fez Anselmo. Se o caso corresse entre um galã e uma dama, ainda se poderia acreditar, mas entre marido e mulher, algo tem de impossível; já quanto ao modo de contá-lo, não me desagrada.

NOTAS

[1] ... batalha que naquele tempo deu monsiur de Lautrec: provável referência à batalha de Cerignola (1503), da qual participou, aos dezoito anos, aquele que mais tarde viria a ser o general francês Odet de Foix, senhor de Lautrec. "Monsiur" era a transliteração de *monsieur* corrente na época, tanto em castelhano como em português.

---

desgracia, y el monesterio donde Camila estaba casi en el término de acompañar a su esposo en aquel forzoso viaje, no por las nuevas del muerto esposo, mas por las que supo del ausente amigo. Dícese que, aunque se vio viuda, no quiso salir del monesterio, ni menos hacer profesión de monja, hasta que no de allí a muchos días le vinieron nuevas que Lotario había muerto en una batalla que en aquel tiempo dio monsiur de Lautrec al Gran Capitán Gonzalo Fernández de Córdoba en el reino de Nápoles, donde había ido a parar el tarde arrepentido amigo; lo cual sabido por Camila, hizo profesión y acabó en breves días la vida a las rigurosas manos de tristezas y melancolías. Este fue el fin que tuvieron todos, nacido de un tan desatinado principio".

— Bien — dijo el cura — me parece esta novela, pero no me puedo persuadir que esto sea verdad; y si es fingido, fingió mal el autor, porque no se puede imaginar que haya marido tan necio, que quiera hacer tan costosa experiencia como Anselmo. Si este caso se pusiera entre un galán y una dama, pudiérase llevar, pero entre marido y mujer, algo tiene del imposible; y en lo que toca al modo de contarle, no me descontenta.

CAPÍTULO XXXVI

*Que trata da brava e descomunal batalha
que D. Quixote teve com uns odres de vinho tinto,
mais outros raros sucessos
que na estalagem lhe aconteceram*[1]

Estando nisto o estalajadeiro, que estava à porta da estalagem, disse:
— Essa que vem vindo é uma bela tropa de hóspedes; se eles pararem aqui, *gaudeamus*[2] teremos.
— Que gente é essa? — perguntou Cardenio.
— Quatro homens — respondeu o estalajadeiro — vêm a cavalo, à gineta, com lanças e adargas, e todos com rebuços pretos; e junto com eles vem uma mulher vestida de branco, montada em andilhas, também coberto seu rosto, mais dois moços a pé.
— Estão perto? — perguntou o padre.
— Tão perto — respondeu o estalajadeiro —, que já chegam.
Ouvindo isto, Dorotea cobriu o rosto, e Cardenio entrou no aposento de D. Quixote; e mal o haviam feito quando entraram na estalagem todos os que o estalajadeiro dissera e, apeando os quatro dos cavalos, todos de muito gentil porte e disposição, foram apear a mulher que nas andilhas vinha e, tomando-a um deles nos braços, sentou-a numa cadeira que estava à

CAPÍTULO XXXVI

*Que trata de la brava y descomunal batalla
que don Quijote tuvo con unos cueros de vino tinto,
con otros raros sucesos
que en la venta le sucedieron*

Estando en esto, el ventero, que estaba a la puerta de la venta, dijo:
— Esta que viene es una hermosa tropa de huéspedes; si ellos paran aquí, gaudeamus tenemos.
— ¿Qué gente es? — dijo Cardenio.
— Cuatro hombres — respondió el ventero — vienen a caballo, a la jineta, con lanzas y adargas, y todos con antifaces negros; y junto con ellos viene una mujer vestida de blanco, en un sillón, ansimesmo cubierto el rostro, y otros dos mozos de a pie.
— ¿Vienen muy cerca? — preguntó el cura.
— Tan cerca — respondió el ventero —, que ya llegan.
Oyendo esto Dorotea, se cubrió el rostro y Cardenio se entró en el aposento de don Quijote; y casi no

entrada do aposento onde Cardenio se escondera. Em todo esse tempo, nem ela nem eles tinham desvelado o rosto, nem falado palavra alguma: só ao se sentar a mulher na cadeira deu um profundo suspiro e deixou cair os braços, como pessoa doente e desmaiada. Os moços a pé levaram os cavalos à cavalariça.

Vendo isto o padre, desejoso de saber que gente era aquela que em tais trajes e tal silêncio estava, foi-se aonde estavam os moços e a um deles perguntou o que tanto desejava; o qual lhe respondeu:

— Por Deus, senhor, que não sei dizer que gente é essa: só sei que mostra ser muito principal, especialmente aquele que foi tomar nos braços aquela senhora que vistes; e isto digo porque todos os demais lhe têm respeito e não se faz nada que ele não ordene e mande.

— E a senhora quem é? — perguntou o padre.

— Também não sei dizer — respondeu o moço —, porque em todo o caminho não lhe vi o rosto; já suspirar a ouvi muitas vezes, e dar uns gemidos que em cada um parecia querer entregar a alma ao Criador. E não é de maravilhar que não saibamos mais do que temos dito, porque não faz mais de dois dias que meu companheiro e eu os acompanhamos; e quando os encontramos na estrada, nos rogaram e persuadiram a ir com eles até a Andaluzia, oferecendo muito boa paga.

— E ouvistes o nome de algum deles? — perguntou o padre.

— Não, por certo — respondeu o moço —, porque todos caminham com tanto silêncio que é maravilha, porque não se ouve entre eles nada além dos suspiros e soluços da coitada senhora, que nos enchem de pena, e acreditamos sem dúvida que, aonde quer que ela vá, deve de ir à força; e pelo que se pode entender do seu hábito, ou ela é freira, ou vai ser, que é o mais

---

habían tenido lugar para esto, cuando entraron en la venta todos los que el ventero había dicho, y apeándose los cuatro de a caballo, que de muy gentil talle y disposición eran, fueron a apear a la mujer que en el sillón venía, y tomándola uno dellos en sus brazos, la sentó en una silla que estaba a la entrada del aposento donde Cardenio se había escondido. En todo este tiempo, ni ella ni ellos se habían quitado los antifaces, ni hablado palabra alguna: solo que al sentarse la mujer en la silla dio un profundo suspiro y dejó caer los brazos, como persona enferma y desmayada. Los mozos de a pie llevaron los caballos a la caballeriza.

Viendo esto el cura, deseoso de saber qué gente era aquella que con tal traje y tal silencio estaba, se fue donde estaban los mozos y a uno dellos le preguntó lo que ya deseaba; el cual le respondió:

— Pardiez, señor, yo no sabré deciros qué gente sea esta: solo sé que muestra ser muy principal, especialmente aquel que llegó a tomar en sus brazos a aquella señora que habéis visto; y esto dígolo porque todos los demás le tienen respeto y no se hace otra cosa más de la que él ordena y manda.

— Y la señora ¿quién es? — preguntó el cura.

— Tampoco sabré decir eso — respondió el mozo —, porque en todo el camino no la he visto el rostro; suspirar sí la he oído muchas veces, y dar unos gemidos, que parece que con cada uno dellos quiere dar el alma. Y no es de maravillar que no sepamos más de lo que habemos dicho, porque mi compañero y yo no ha más de dos días que los acompañamos; porque, habiéndolos encontrado en el camino, nos rogaron y persuadieron que viniésemos con ellos hasta el Andalucía, ofreciéndose a pagárnoslo muy bien.

— Y ¿habéis oído nombrar a alguno dellos? — preguntó el cura.

certo, e talvez porque a freirice não lhe nasça da vontade vai assim triste, como parece.

— Tudo pode ser — disse o padre.

E, deixando-os, voltou aonde estava Dorotea, a qual, como ouvira suspirar a embuçada, movida de natural compaixão, chegou-se até ela e lhe disse:

— Que mal sentis, senhora minha? Olhai se é algum dos que as mulheres temos uso e experiência de curar, que de minha parte vos ofereço a boa vontade de vos servir.

A tudo isso calava a lastimosa senhora, e por muito que Dorotea tornasse com maiores oferecimentos, não saía do seu silêncio, até que se achegou o cavaleiro embuçado que dissera o moço que os demais obedeciam e disse a Dorotea:

— Não vos canseis, senhora, em oferecimentos a esta mulher, pois é seu costume não agradecer coisa alguma que por ela se faça, nem espereis que vos responda, se não quereis ouvir alguma mentira de sua boca.

— Eu jamais disse nenhuma — disse nesse instante aquela que até então calara —, antes é por ser tão verdadeira e tão sem traças mentirosas que me vejo agora em tamanha desventura; e disto quero que vós mesmo sejais testemunha, pois minha pura verdade vos faz falso e mentiroso.

Ouviu essas razões Cardenio bem clara e distintamente, por estar bem perto de quem as dizia, pois só a porta do aposento de D. Quixote estava de permeio; e assim como as ouviu, disse em altas vozes:

— Valha-me Deus! Que é isto que ouço? Que voz é essa que chegou aos meus ouvidos?

Voltou a cabeça a esses gritos aquela senhora, toda sobressaltada, e, não vendo quem os dava, se levantou em menção de entrar no aposento; em

---

— No, por cierto — respondió el mozo —, porque todos caminan con tanto silencio, que es maravilla, porque no se oye entre ellos otra cosa que los suspiros y sollozos de la pobre señora, que nos mueven a lástima, y sin duda tenemos creído que ella va forzada donde quiera que va; y según se puede colegir por su hábito, ella es monja o va a serlo, que es lo más cierto, y quizá porque no le debe de nacer de voluntad el monjío, va triste, como parece.

— Todo podría ser — dijo el cura.

Y, dejándolos, se volvió adonde estaba Dorotea, la cual, como había oído suspirar a la embozada, movida de natural compasión, se llegó a ella y le dijo:

— ¿Qué mal sentís, señora mía? Mirad si es alguno de quien las mujeres suelen tener uso y experiencia de curarle, que de mi parte os ofrezco una buena voluntad de serviros.

A todo esto callaba la lastimada señora, y aunque Dorotea tornó con mayores ofrecimientos, todavía se estaba en su silencio, hasta que llegó el caballero embozado que dijo el mozo que los demás obedecían y dijo a Dorotea:

— No os canséis, señora, en ofrecer nada a esa mujer, porque tiene por costumbre de no agradecer cosa que por ella se hace, ni procuréis que os responda, si no queréis oír alguna mentira de su boca.

— Jamás la dije — dijo a esta sazón la que hasta allí había estado callando —, antes por ser tan verdadera y tan sin trazas mentirosas me veo ahora en tanta desventura; y desto vos mesmo quiero que seáis el testigo, pues mi pura verdad os hace a vos ser falso y mentiroso.

vendo o qual, o cavaleiro logo a deteve, sem lhe deixar dar um passo. Ela, com a turbação e o desassossego, deixou cair o tafetá que lhe cobria o rosto, descobrindo uma formosura incomparável e um rosto milagroso, ainda que descorado e ensombrecido, pois corria os olhos por todos os lugares que sua vista alcançava, com tanto afinco que parecia pessoa fora do seu juízo; sinais estes que, sem saber por que os fazia, deram muita pena a Dorotea e a quantos a olhavam. O cavaleiro a segurava fortemente pelos ombros e, por estar tão ocupado em segurá-la, não pôde aparar o embuço que do seu rosto ia caindo, como de feito caiu de todo; e erguendo os olhos Dorotea, que abraçada à senhora estava, viu que quem também a tinha abraçada era seu esposo D. Fernando, e assim como o conheceu, lançando do fundo das entranhas um longo e tristíssimo "ai!", caiu de costas desmaiada; e se não se achasse ali perto o barbeiro, que a recebeu nos braços, teria dado consigo no chão.

Acudiu logo o padre a lhe tirar o embuço, para lhe jogar água no rosto, e assim como a descobriu foi conhecida por D. Fernando, que era quem estava abraçado à outra e ficou como morto ao vê-la; mas nem por isso deixou de segurar Luscinda, que era quem forcejava por se safar dos seus braços, tendo conhecido Cardenio em seu suspiro, e ele conhecido a ela. Ouviu também Cardenio o "ai!" que deu Dorotea ao cair desmaiada, e, pensando ser a voz de sua Luscinda, saiu do aposento espavorido, e o primeiro com quem topou foi D. Fernando, que segurava Luscinda. Também D. Fernando logo conheceu Cardenio; e todos os três, Luscinda, Cardenio e Dorotea, ficaram mudos e suspensos, quase sem saber o que lhes acontecera.

Calavam todos e se olhavam todos, Dorotea para D. Fernando, D. Fernando para Cardenio, Cardenio para Luscinda, e Luscinda para Cardenio.

Oyó estas razones Cardenio bien clara y distintamente, como quien estaba tan junto de quien las decía, que sola la puerta del aposento de don Quijote estaba en medio; y así como las oyó, dando una gran voz dijo:
— ¡Válgame Dios! ¿Qué es esto que oigo? ¿Qué voz es esta que ha llegado a mis oídos?
Volvió la cabeza a estos gritos aquella señora, toda sobresaltada, y no viendo quién las daba, se levantó en pie y fuese a entrar en el aposento; lo cual visto por el caballero, la detuvo, sin dejarla mover un paso. A ella, con la turbación y desasosiego, se le cayó el tafetán con que traía cubierto el rostro, y descubrió una hermosura incomparable y un rostro milagroso, aunque descolorido y asombrado, porque con los ojos andaba rodeando todos los lugares donde alcanzaba con la vista, con tanto ahínco, que parecía persona fuera de juicio; cuyas señales, sin saber por qué las hacía, pusieron gran lástima en Dorotea y en cuantos la miraban. Teníala el caballero fuertemente asida por las espaldas, y, por estar tan ocupado en tenerla, no pudo acudir a alzarse el embozo que se le caía, como en efeto se le cayó del todo; y alzando los ojos Dorotea, que abrazada con la señora estaba, vio que el que abrazada ansimesmo la tenía era su esposo don Fernando, y apenas le hubo conocido, cuando, arrojando de lo íntimo de sus entrañas un luengo y tristísimo "¡ay!", se dejó caer de espaldas desmayada; y a no hallarse allí junto el barbero, que la recogió en los brazos, ella diera consigo en el suelo.
Acudió luego el cura a quitarle el embozo, para echarle agua en el rostro, y así como la descubrió, la conoció don Fernando, que era la que estaba abrazado con la otra, y quedó como muerto en verla; pero no porque dejase, con todo esto, de tener a Luscinda, que era la que procuraba soltarse de sus brazos, la cual había conocido en el suspiro a Cardenio, y él la había conocido a ella. Oyó asimesmo Cardenio el "¡ay!" que dio Dorotea cuando

Mas quem primeiro rompeu o silêncio foi Luscinda, falando a D. Fernando desta maneira:

— Deixai-me, senhor D. Fernando, por aquilo que deveis por ser quem sois, já que por outro respeito o não faríeis, deixai-me achegar ao muro do qual sou hera, ao arrimo de que não me puderam afastar vossas importunações, vossas ameaças, vossas promessas nem vossas dádivas. Reparai como o céu, por desusados e a nós ocultos caminhos, me pôs o meu verdadeiro esposo diante, e bem sabeis por mil custosas experiências que só a morte seria bastante para tirá-lo da minha memória. Sejam, pois, esses tão claros desenganos parte para que torneis, já que outra coisa não podeis fazer, o amor em raiva, a vontade em despeito, e acabai-me com ele a vida, pois, como eu a renda diante do meu bom esposo, a darei por bem empregada; talvez com a minha morte fique ele satisfeito da fé que lhe mantive até o último transe da vida.

Nesse ínterim Dorotea voltara a si e estivera escutando todas as razões que Luscinda dizia, pelas quais veio em conhecimento de quem era ela; e vendo que D. Fernando ainda não afrouxava os braços nem respondia a suas razões, esforçando-se ao máximo, se levantou para ir pôr-se de joelhos aos seus pés e, derramando grande quantidade de puras e lastimosas lágrimas, assim começou a lhe dizer:

— Se não é, senhor meu, que os raios desse sol que em teus braços tens eclipsado tiram e ofuscam os dos teus olhos, já terás visto que esta que aos teus pés está ajoelhada é a sem ventura enquanto quiserdes e desditosa Dorotea. Eu sou aquela humilde lavradora a quem tu, por tua bondade ou por teu gosto, quiseste alçar à alteza de se poder dizer tua; sou aquela que, encerrada nos limites da honestidade, viveu vida contente até que, às vozes das

---

se cayó desmayada, y, creyendo que era su Luscinda, salió del aposento despavorido, y lo primero que vio fue a don Fernando, que tenía abrazada a Luscinda. También don Fernando conoció luego a Cardenio; y todos tres, Luscinda, Cardenio y Dorotea, quedaron mudos y suspensos, casi sin saber lo que les había acontecido.

Callaban todos y mirábanse todos, Dorotea a don Fernando, don Fernando a Cardenio, Cardenio a Luscinda, y Luscinda a Cardenio. Mas quien primero rompió el silencio fue Luscinda, hablando a don Fernando desta manera:

— Dejadme, señor don Fernando, por lo que debéis a ser quien sois, ya que por otro respeto no lo hagáis, dejadme llegar al muro de quien yo soy yedra, al arrimo de quien no me han podido apartar vuestras importunaciones, vuestras amenazas, vuestras promesas ni vuestras dádivas. Notad cómo el cielo, por desusados y a nosotros encubiertos caminos, me ha puesto a mi verdadero esposo delante, y bien sabéis por mil costosas experiencias que sola la muerte fuera bastante para borrarle de mi memoria. Sean, pues, parte tan claros desengaños para que volváis, ya que no podáis hacer otra cosa, el amor en rabia, la voluntad en despecho, y acabadme con él la vida, que como yo la rinda delante de mi buen esposo, la daré por bien empleada; quizá con mi muerte quedará satisfecho de la fe que le mantuve hasta el último trance de la vida.

Había en este entretanto vuelto Dorotea en sí, y había estado escuchando todas las razones que Luscinda dijo, por las cuales vino en conocimiento de quién ella era; que viendo que don Fernando aún no la dejaba de los brazos ni respondía a sus razones, esforzándose lo más que pudo se levantó y se fue a hincar de rodillas a sus pies, y, derramando mucha cantidad de hermosas y lastimeras lágrimas, así le comenzó a decir:

tuas impertinências e, ao que parece, justos e amorosos sentimentos, abriu as portas do seu recato e te entregou as chaves da sua liberdade, dádiva por ti tão mal-agradecida como bem claro o mostra ter sido forçoso eu me achar no lugar em que me achas e ver-te da maneira que te vejo. Mas, com tudo isso, não quisera eu que ocorresse à tua imaginação pensar que vim aqui com os passos da minha desonra, tendo-me trazido só os da dor e do sentimento de me ver por ti esquecida. Tu quiseste que eu fosse tua, e o quiseste de maneira que, ainda que agora queiras que o não seja, não será possível que deixes de ser meu. Vê, senhor meu, que bem pode compensar a formosura e nobreza por que me deixas a incomparável vontade que por ti guardo. Tu não podes ser da formosa Luscinda, porque és meu, nem ela pode ser tua, porque é de Cardenio; e mais fácil te será, se nisto cuidas, reduzir tua vontade a querer bem a quem te adora, que não forçar o benquerer daquela que te detesta. Tu solicitaste o meu descuido, tu rogaste a minha inteireza, tu não ignoraste a minha qualidade, tu bem sabes da maneira que me entreguei a toda tua vontade: não te resta lugar nem acolhida de alegar engano; e se isto for assim, como é, e tu fores tão cristão quanto cavaleiro, por que com tantos rodeios dilatas o fazer-me tão venturosa nos fins como me fizeste nos princípios? E, se não me queres por quem sou, sendo eu tua verdadeira e legítima esposa, quere-me ao menos e aceita-me por tua escrava; pois, como eu esteja em teu poder, ter-me-ei por ditosa e bem-afortunada. Não permitas, com me deixar e desamparar, que se façam e juntem corrilhos em minha desonra; não dês tão má velhice aos meus pais, pois eles o não merecem pelos leais serviços que, como bons vassalos, aos teus sempre fizeram. E se te parece que aniquilarás o teu sangue ao misturá-lo com o meu, considera que pouca ou nenhuma nobreza há no mundo que não tenha cursado tal

---

— Si ya no es, señor mío, que los rayos deste sol que en tus brazos eclipsado tienes te quitan y ofuscan los de tus ojos, ya habrás echado de ver que la que a tus pies está arrodillada es la sin ventura hasta que tú quieras y la desdichada Dorotea. Yo soy aquella labradora humilde a quien tú, por tu bondad o por tu gusto, quisiste levantar a la alteza de poder llamarse tuya; soy la que, encerrada en los límites de la honestidad, vivió vida contenta hasta que a las voces de tus importunidades y, al parecer, justos y amorosos sentimientos abrió las puertas de su recato y te entregó las llaves de su libertad, dádiva de ti tan mal agradecida cual lo muestra bien claro haber sido forzoso hallarme en el lugar donde me hallas y verte yo a ti de la manera que te veo. Pero, con todo esto, no querría que cayese en tu imaginación pensar que he venido aquí con pasos de mi deshonra, habiéndome traído solo los del dolor y sentimiento de verme de ti olvidada. Tú quisiste que yo fuese tuya, y quisístelo de manera que aunque ahora quieras que no lo sea no será posible que tú dejes de ser mío. Mira, señor mío, que puede ser recompensa a la hermosura y nobleza por quien me dejas la incomparable voluntad que te tengo. Tú no puedes ser de la hermosa Luscinda, porque eres mío, ni ella puede ser tuya, porque es de Cardenio; y más fácil te será, si en ello miras, reducir tu voluntad a querer a quien te adora, que no encaminar la que te aborrece a que bien te quiera. Tú solicitaste mi descuido, tú rogaste a mi entereza, tú no ignoraste mi calidad, tú sabes bien de la manera que me entregué a toda tu voluntad: no te queda lugar ni acogida de llamarte a engaño; y si esto es así, como lo es, y tú eres tan cristiano como caballero, ¿por qué por tantos rodeos dilatas de hacerme venturosa en los fines, como me heciste en los principios? Y si no me quieres por la que soy, que soy tu verdadera y legítima esposa, quiéreme a lo menos y admíteme por tu esclava; que como yo esté en tu poder, me tendré por dichosa y bien afortunada. No permitas, con dejarme y de-

caminho, e que o que se toma das mulheres não é o que importa nas ilustres descendências, quanto mais que a verdadeira nobreza reside na virtude, e, se esta te faltar ao negar-me o que tão justamente me deves, eu ficarei com mais timbres de nobre que os que tu tens. Enfim, senhor, o que por último te digo é que, querendo ou não, eu sou tua esposa: testemunhas são as tuas palavras, que não são nem devem ser mentirosas, se é que te prezas daquilo por que me desprezas; testemunha será a jura que me fizeste, e testemunha o céu, a quem tu chamaste por testemunha da tua promessa. E se tudo isto faltar, não deixará tua própria consciência de, às vozes, vir calar tuas alegrias, tornando por esta verdade que tenho dito e turbando teus melhores gostos e contentamentos.

Essas e outras razões disse a pungida Dorotea, com tanto sentimento e lágrimas, que até os mesmos que acompanhavam D. Fernando e todos os demais presentes a acompanharam nelas. Escutou-a D. Fernando sem replicar palavra, até que ela deu fim às suas e princípio a tantos soluços e suspiros que houvera de ser de bronze o coração que com mostras de tanta dor não se abrandasse. Fitando-a estava Luscinda, não menos compungida do seu sentimento que admirada da sua muita discrição e formosura; e se bem quisesse se achegar a ela e lhe dizer algumas palavras de consolo, não a deixavam os braços de D. Fernando, que com firmeza a seguravam. Este, cheio de confusão e espanto, ao cabo de um bom espaço em que atentamente esteve fitando Dorotea, abriu os braços e, libertando Luscinda, disse:

— Venceste, formosa Dorotea, venceste; pois não há como ter alma para negar tantas verdades juntas.

Com o desmaio que Luscinda sofrera ao ser largada por D. Fernando, ia ela caindo ao chão; mas achando-se Cardenio ali perto, que às costas de

---

sampararme, que se hagan y junten corrillos en mi deshonra; no des tan mala vejez a mis padres, pues no lo merecen los leales servicios que, como buenos vasallos, a los tuyos siempre han hecho. Y si te parece que has de aniquilar tu sangre por mezclarla con la mía, considera que pocas o ninguna nobleza hay en el mundo que no haya corrido por este camino, y que la que se toma de las mujeres no es la que hace al caso en las ilustres decendencias, cuanto más que la verdadera nobleza consiste en la virtud, y si esta a ti te falta negándome lo que tan justamente me debes, yo quedaré con más ventajas de noble que las que tú tienes. En fin, señor, lo que últimamente te digo es que, quieras o no quieras, yo soy tu esposa: testigos son tus palabras, que no han ni deben ser mentirosas, si ya es que te precias de aquello por que me desprecias; testigo será la firma que hiciste, y testigo el cielo, a quien tú llamaste por testigo de lo que me prometías. Y cuando todo esto falte, tu misma conciencia no ha de faltar de dar voces callando en mitad de tus alegrías, volviendo por esta verdad que te he dicho y turbando tus mejores gustos y contentos.

Estas y otras razones dijo la lastimada Dorotea, con tanto sentimiento y lágrimas, que los mismos que acompañaban a don Fernando y cuantos presentes estaban la acompañaron en ellas. Escuchóla don Fernando sin replicalle palabra, hasta que ella dio fin a las suyas y principio a tantos sollozos y suspiros, que bien había de ser corazón de bronce el que con muestras de tanto dolor no se enterneciera. Mirándola estaba Luscinda, no menos lastimada de su sentimiento que admirada de su mucha discreción y hermosura; y aunque quisiera llegarse a ella y decirle algunas palabras de consuelo, no la dejaban los brazos de don Fernando, que apretada la tenían. El cual, lleno de confusión y espanto, al cabo de un buen espacio que atentamente estuvo mirando a Dorotea, abrió los brazos y, dejando libre a Luscinda, dijo:

D. Fernando se postara para que o não conhecesse, superando todo temor e aventurado a todo risco, acudiu a amparar Luscinda, e tomando-a nos braços lhe disse:

— Se o piedoso céu gostar e quiser que já tenhas algum descanso, leal, firme e formosa senhora minha, em parte alguma creio que o terás mais seguro que nestes braços que agora te recebem e noutro tempo te receberam, quando a fortuna quis que eu te pudesse dizer minha.

Em ouvindo estas razões, pôs Luscinda em Cardenio os olhos e, tendo começado a conhecê-lo, primeiro pela voz, e assegurando-se com a vista que era ele, quase sem sentidos e sem conta de nenhum honesto respeito, lançou-lhe os braços ao pescoço e, juntando seu rosto ao de Cardenio, lhe disse:

— Vós sim, senhor meu, sois o verdadeiro dono desta vossa cativa, ainda que mais o impeça a contrária sorte e que mais ameaças sofra esta vida que na vossa se sustenta.

Estranho espetáculo foi este para D. Fernando e para todos os circunstantes, admirados de tão nunca visto sucesso. Cuidou Dorotea que D. Fernando perdera a cor do rosto e que fazia menção de querer tomar vingança de Cardenio, porque o viu encaminhar a mão à espada; e assim como o pensou, com não vista presteza o abraçou pelos joelhos, beijando-os e mantendo-o apertado, de jeito que o não deixava mover, e sem arredar um ponto em suas lágrimas lhe dizia:

— Que é que pensas fazer, único refúgio meu, em tão impensado transe? Aos teus pés tens tua esposa, e a que queres que o seja está nos braços de seu marido. Cuida se te será bem ou te será possível desfazer o que o céu fez, ou se mais te convém levantar e igualar a ti mesmo aquela que, superando todo inconveniente, confirmada em sua verdade e firmeza, diante dos teus

---

— Venciste, hermosa Dorotea, venciste; porque no es posible tener ánimo para negar tantas verdades juntas.

Con el desmayo que Luscinda había tenido así como la dejó don Fernando, iba a caer en el suelo; mas hallándose Cardenio allí junto, que a las espaldas de don Fernando se había puesto porque no le conociese, pospuesto todo temor y aventurando a todo riesgo, acudió a sostener a Luscinda, y, cogiéndola entre sus brazos, le dijo:

— Si el piadoso cielo gusta y quiere que ya tengas algún descanso, leal, firme y hermosa señora mía, en ninguna parte creo yo que le tendrás más seguro que en estos brazos que ahora te reciben y otro tiempo te recibieron, cuando la fortuna quiso que pudiese llamarte mía.

A estas razones, puso Luscinda en Cardenio los ojos, y habiendo comenzado a conocerle, primero por la voz, y asegurándose que él era con la vista, casi fuera de sentido y sin tener cuenta a ningún honesto respeto, le echó los brazos al cuello y, juntando su rostro con el de Cardenio, le dijo:

— Vos sí, señor mío, sois el verdadero dueño desta vuestra captiva, aunque más lo impida la contraria suerte y aunque más amenazas le hagan a esta vida que en la vuestra se sustenta.

Estraño espectáculo fue este para don Fernando y para todos los circunstantes, admirándose de tan no visto suceso. Parecióle a Dorotea que don Fernando había perdido la color del rostro y que hacía ademán de querer vengarse de Cardenio, porque le vio encaminar la mano a ponella en la espada; y así como lo pensó, con no vista presteza se abrazó con él por las rodillas, besándoselas y teniéndole apretado, que no le dejaba mover, y sin cesar un punto de sus lágrimas le decía:

olhos tem os seus, banhados em amoroso licor o rosto e o peito do seu verdadeiro esposo. Por quem é Deus eu te imploro e por quem tu és te suplico que o presente e tão notório desengano não só não acrescente tua ira, mas que a míngue de tal guisa que, com quietação e sossego, permitas que estes dois amantes o tenham sem o teu impedimento por todo o tempo que o céu lhes quiser conceder, e nisto mostrarás a generosidade do teu ilustre e nobre peito, e verá o mundo que tem em ti mais força a razão que o apetite.

Enquanto estas coisas dizia Dorotea, Cardenio, sempre abraçado a Luscinda, não tirava os olhos de D. Fernando, com a determinação de, em vendo algum movimento em seu prejuízo, procurar como melhor pudesse defender-se e ofender aqueles que em seu dano se mostrassem, ainda que isto lhe custasse a vida. Mas nesse momento acudiram os amigos de D. Fernando, mais o padre e o barbeiro, que tudo tinham presenciado, incluído o bom Sancho Pança, e todos rodearam D. Fernando, suplicando-lhe que houvesse por bem de olhar as lágrimas de Dorotea, e que, sendo verdade, como sem dúvida eles acreditavam que o era, aquilo que em suas razões ela dissera, não permitisse que fossem defraudadas suas tão justas esperanças; que considerasse que não por acaso, como parecia, e sim por particular providência do céu, tinham todos se encontrado em lugar tão impensado; e que advertisse — disse o padre — que só a morte poderia separar Luscinda de Cardenio, e que, ainda que os dividisse o gume de alguma espada, eles teriam por felicíssima tal morte, e que, face aos irremediáveis laços, era suma cordura, com esforço e vencimento de si mesmo, que ele mostrasse um generoso peito, permitindo que por sua expressa vontade os dois gozassem o bem que o céu já lhes concedera; que também pusesse os olhos na beldade de Dorotea e veria então que poucas ou nenhuma se lhe podia igualar, quanto

---

— ¿Qué es lo que piensas hacer, único refugio mío, en este tan impensado trance? Tú tienes a tus pies a tu esposa, y la que quieres que lo sea está en los brazos de su marido. Mira si te estará bien o te será posible deshacer lo que el cielo ha hecho, o si te convendrá querer levantar a igualar a ti mismo a la que, pospuesto todo inconveniente, confirmada en su verdad y firmeza, delante de tus ojos tiene los suyos, bañados de licor amoroso el rostro y pecho de su verdadero esposo. Por quien Dios es te ruego y por quien tú eres te suplico que este tan notorio desengaño no solo no acreciente tu ira, sino que la mengüe en tal manera, que con quietud y sosiego permitas que estos dos amantes le tengan sin impedimento tuyo todo el tiempo que el cielo quisiere concedérsele, y en esto mostrarás la generosidad de tu ilustre y noble pecho, y verá el mundo que tiene contigo más fuerza la razón que el apetito.

En tanto que esto decía Dorotea, aunque Cardenio tenía abrazada a Luscinda, no quitaba los ojos de don Fernando, con determinación de que, si le viese hacer algún movimiento en su perjuicio, procurar defenderse y ofender como mejor pudiese a todos aquellos que en su daño se mostrasen, aunque le costase la vida. Pero a esta sazón acudieron los amigos de don Fernando, y el cura y el barbero, que a todo habían estado presentes, sin que faltase el bueno de Sancho Panza, y todos rodeaban a don Fernando, suplicándole tuviese por bien de mirar las lágrimas de Dorotea, y que, siendo verdad, como sin duda ellos creían que lo era, lo que en sus razones había dicho, que no permitiese quedase defraudada de sus tan justas esperanzas; que considerase que no acaso, como parecía, sino con particular providencia del cielo, se habían todos juntado en lugar donde menos ninguno pensaba; y que advirtiese — dijo el cura — que sola la muerte podía apartar a Luscinda de Cardenio, y aunque los dividiesen fi-

mais avantajá-la, e que juntasse à sua formosura a sua humildade e o extremo amor que lhe tinha, e sobretudo advertisse que, se ele se prezava de cavalheiro e de cristão, não podia fazer outra coisa senão cumprir com a palavra que lhe dera, e que, cumprindo-a, cumpriria com Deus e satisfaria as gentes discretas, as quais sabem e conhecem que é prerrogativa da formosura, ainda que esteja em sujeito humilde, sempre que acompanhada da honestidade, o poder ser alçada e igualada a qualquer alteza, sem nota de menoscabo de quem a alça e iguala a si mesmo; e quando se cumprem as fortes leis do gosto, como nisso não intervenha pecado, não deve de ser culpado quem as segue.

Com efeito, a essas razões todos acrescentaram outras, tais e tantas que o valoroso peito de D. Fernando — afinal alimentado com ilustre sangue — se abrandou e se deixou vencer da verdade, que ele não pudera negar ainda que o quisesse; e o sinal que deu de se ter rendido e entregado ao bom parecer que se lhe propusera foi abaixar-se e abraçar Dorotea, dizendo-lhe:

— Levantai-vos, senhora minha, que não é justo que esteja ajoelhada a meus pés a que eu tenho na minha alma; e se até aqui não dei mostras do que digo, foi quiçá por ordem do céu, para que, vendo em vós a fé com que me amais, eu vos saiba estimar o quanto mereceis. O que vos rogo é que não repreendais o meu mau proceder e o meu grande descuido, pois a mesma ocasião e força que me moveu a vos aceitar por minha, essa mesma me impeliu a procurar não ser vosso. E em prova dessa verdade, voltai os olhos e olhai os da já contente Luscinda, que neles achareis a desculpa de todos os meus erros; e como ela achou e alcançou o que desejava, e eu achei em vós o que me cumpre, viva ela segura e contente longos e felizes anos com o seu Cardenio, que eu rogarei ao céu que mos deixe viver com a minha Dorotea.

---

los de alguna espada, ellos tendrían por felicísima su muerte, y que en los lazos inremediables era suma cordura, forzándose y venciéndose a sí mismo, mostrar un generoso pecho, permitiendo que por sola su voluntad los dos gozasen el bien que el cielo ya le había concedido; que pusiese los ojos ansimesmo en la beldad de Dorotea y vería que pocas o ninguna se le podían igualar, cuanto más hacerle ventaja, y que juntase a su hermosura su humildad y el estremo del amor que le tenía, y sobre todo advirtiese que si se preciaba de caballero y de cristiano, que no podía hacer otra cosa que cumplille la palabra dada, y que cumpliéndosela cumpliría con Dios y satisfaría a las gentes discretas, las cuales saben y conocen que es prerrogativa de la hermosura, aunque esté en sujeto humilde, como se acompañe con la honestidad, poder levantarse y igualarse a cualquiera alteza, sin nota de menoscabo del que la levanta e iguala a sí mismo; y cuando se cumplen las fuertes leyes del gusto, como en ello no intervenga pecado, no debe de ser culpado el que las sigue.

En efeto, a estas razones añadieron todos otras, tales y tantas, que el valeroso pecho de don Fernando — en fin, como alimentado con ilustre sangre —; se ablandó y se dejó vencer de la verdad, que él no pudiera negar aunque quisiera; y la señal que dio de haberse rendido y entregado al buen parecer que se le había propuesto fue abajarse y abrazar a Dorotea, diciéndole:

— Levantaos, señora mía, que no es justo que esté arrodillada a mis pies la que yo tengo en mi alma; y si hasta aquí no he dado muestras de lo que digo, quizá ha sido por orden del cielo, para que viendo yo en vos la fe con que me amáis os sepa estimar en lo que merecéis. Lo que os ruego es que no me reprehendáis mi mal término y mi mucho descuido, pues la misma ocasión y fuerza que me movió para acetaros por mía, esa misma me impe-

E, dizendo isto, tornou a abraçá-la e a juntar seu rosto ao dela, com tão terno sentimento, que lhe foi necessário ter grande tento para que as lágrimas não acabassem de dar indubitáveis sinais do seu amor e arrependimento. Não foi assim com as de Luscinda e Cardenio, bem como as de quase todos os que ali presentes estavam, porque começaram a derramar tantas, uns do contentamento próprio e outros do alheio, que não parecia senão que algum grave e mau sucesso a todos tivesse acontecido. Até Sancho Pança chorava, se bem depois tenha dito que o seu choro era por ver que Dorotea não era, como ele pensava, a rainha Micomicona, de quem ele tantas mercês esperava. Durou algum espaço, junto com o pranto, a admiração de todos, e depois Cardenio e Luscinda foram pôr-se de joelhos aos pés de D. Fernando, agradecendo-lhe a mercê que lhes fizera, com tão corteses razões que D. Fernando não atinava com a resposta; e assim os levantou e abraçou com mostras de grande amor e cortesia.

Pediu então a Dorotea que lhe dissesse como havia chegado àquele lugar, tão longe do seu. Ela, com breves e discretas razões, contou tudo o que antes contara a Cardenio, o que tanto gosto deu a D. Fernando e aos que com ele vinham que quiseram que mais durasse o conto: tanta era a graça com que Dorotea contava as suas desventuras. E apenas havia terminado, disse D. Fernando o que na cidade lhe acontecera depois de achar o bilhete no seio de Luscinda, onde declarava ser esposa de Cardenio e não poder ser sua. Disse que a quis matar, e que o teria feito se seus pais não lho impedissem, e que assim deixou a casa despeitado e vexado, com a determinação de se vingar com mais comodidade; e que no dia seguinte soube que Luscinda desaparecera da casa dos pais, sem que ninguém soubesse dizer aonde tinha ido, e que, enfim, passados alguns meses veio a saber que ela estava num convento, com

---

lió para procurar no ser vuestro. Y que esto sea verdad, volved y mirad los ojos de la ya contenta Luscinda, y en ellos hallaréis disculpa de todos mis yerros; y pues ella halló y alcanzó lo que deseaba, y yo he hallado en vos lo que me cumple, viva ella segura y contenta luengos y felices años con su Cardenio, que yo rogaré al cielo que me los deje vivir con mi Dorotea.

Y, diciendo esto, la tornó a abrazar y a juntar su rostro con el suyo, con tan tierno sentimiento, que le fue necesario tener gran cuenta con que las lágrimas no acabasen de dar indubitables señas de su amor y arrepentimiento. No lo hicieron así las de Luscinda y Cardenio, y aun las de casi todos los que allí presentes estaban, porque comenzaron a derramar tantas, los unos de contento proprio y los otros del ajeno, que no parecía sino que algún grave y mal caso a todos había sucedido. Hasta Sancho Panza lloraba, aunque después dijo que no lloraba él sino por ver que Dorotea no era, como él pensaba, la reina Micomicona, de quien él tantas mercedes esperaba. Duró algún espacio, junto con el llanto, la admiración en todos, y luego Cardenio y Luscinda se fueron a poner de rodillas ante don Fernando, dándole gracias de la merced que les había hecho, con tan corteses razones, que don Fernando no sabía qué responderles; y así, los levantó y abrazó con muestras de mucho amor y de mucha cortesía.

Preguntó luego a Dorotea le dijese cómo había venido a aquel lugar, tan lejos del suyo. Ella, con breves y discretas razones, contó todo lo que antes había contado a Cardenio, de lo cual gustó tanto don Fernando y los que con él venían, que quisieran que durara el cuento más tiempo: tanta era la gracia con que Dorotea contaba sus desventuras. Y así como hubo acabado, dijo don Fernando lo que en la ciudad le había acontecido después

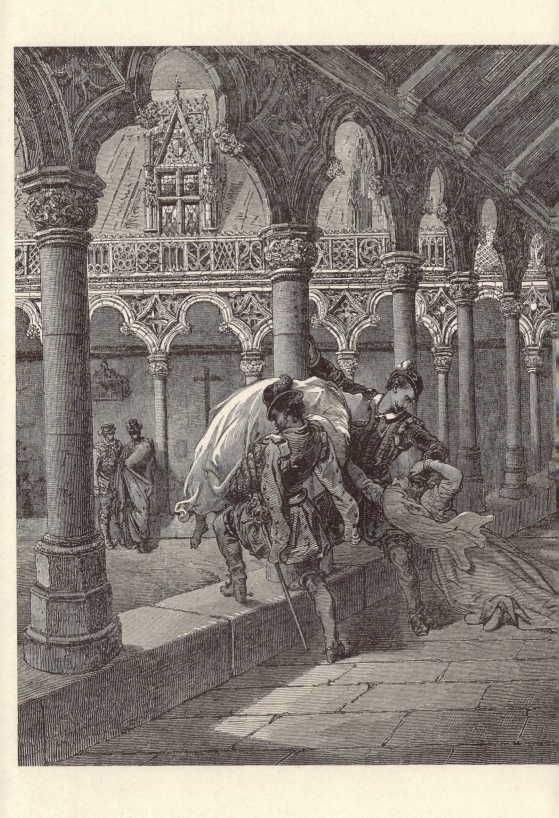

a determinação de ali ficar por toda a vida, se a não pudesse passar com Cardenio; e que, assim como soube disso, escolhendo para sua companhia aqueles três cavaleiros, foi até o lugar onde ela estava, mas não lhe quis falar, temeroso de que, em sabendo que ele estava ali, houvessem de reforçar a guarda do convento; e assim, aguardando por um dia até que a portaria estivesse livre, deixou os dois à guarda da porta, e ele entrou com o outro no convento em busca de Luscinda, que acharam no claustro conversando com uma freira, e, arrebatando-a, sem lhe dar lugar a nada, foram com ela até um lugar onde se proveram do necessário para trazê-la; todo o qual puderam fazer muito a seu salvo, por ficar o convento no campo, bem longe do povoado. Disse que, assim como Luscinda se viu em seu poder, perdeu todos os sentidos e que, depois de voltar a si, não fizera nada mais que chorar e suspirar, sem falar palavra alguma, e que assim acompanhados de silêncio e lágrimas tinham chegado àquela estalagem, que para ele foi chegar ao céu, onde se rematam e têm fim todas as desventuras da terra.

Notas

[1] Epígrafe do capítulo: a "batalha" em questão foi narrada no capítulo anterior. Em algumas edições, suprimiu-se a menção ao episódio. Novamente, o erro pode ser atribuído à paródia dos livros de cavalarias.

[2] *Gaudeamus*: o verbo em latim — literalmente, "alegremo-nos" — era tomado como substantivo, sinônimo de regozijo e festa, por evocação das missas festivas abertas com a frase "*Gaudeamus omnes in Domino diem festum celebrantes sub honore...*". No caso, obviamente, o contentamento do estalajadeiro é puramente mercantil, que vê na chegada do grupo uma promessa de bons negócios.

---

que halló el papel en el seno de Luscinda, donde declaraba ser esposa de Cardenio y no poderlo ser suya. Dijo que la quiso matar, y lo hiciera si de sus padres no fuera impedido, y que, así, se salió de su casa despechado y corrido, con determinación de vengarse con más comodidad; y que otro día supo como Luscinda había faltado de casa de sus padres, sin que nadie supiese decir dónde se había ido, y que, en resolución, al cabo de algunos meses vino a saber como estaba en un monesterio, con voluntad de quedarse en él toda la vida, si no la pudiese pasar con Cardenio; y que así como lo supo, escogiendo para su compañía aquellos tres caballeros, vino al lugar donde estaba, a la cual no había querido hablar, temeroso que en sabiendo que él estaba allí había de haber más guarda en el monesterio; y así, aguardando un día a que la portería estuviese abierta, dejó a los dos a la guarda de la puerta, y él con otro habían entrado en el monesterio buscando a Luscinda, la cual hallaron en el claustro hablando con una monja, y, arrebatándola, sin darle lugar a otra cosa, se habían venido con ella a un lugar donde se acomodaron de aquello que hubieron menester para traella; todo lo cual habían podido hacer bien a su salvo, por estar el monesterio en el campo, buen trecho fuera del pueblo. Dijo que así como Luscinda se vio en su poder, perdió todos los sentidos, y que después de vuelta en sí, no había hecho otra cosa sino llorar y suspirar, sin hablar palabra alguna, y que, así, acompañados de silencio y de lágrimas, habían llegado a aquella venta, que para él era haber llegado al cielo, donde se rematan y tienen fin todas las desventuras de la tierra.

CAPÍTULO XXXVII

*Onde se prossegue a história
da famosa infanta Micomicona,
mais outras engraçadas aventuras*

Tudo isso escutava Sancho com não pouca dor na alma, vendo que sumiam desfeitas em fumaça as esperanças do seu título e que a bela princesa Micomicona se lhe mudava em Dorotea, e o gigante em D. Fernando, e que seu amo continuava dormindo a sono solto, bem descuidado de todo o acontecido. Não sabia ao certo Dorotea se era sonhado o bem que possuía; Cardenio estava no mesmo pensamento, e o de Luscinda corria pela mesma trilha. D. Fernando dava graças aos céus pela mercê recebida e por tê-lo tirado daquele intrincado labirinto, onde se achava tão a pique de perder o crédito e a alma; e finalmente, todos quantos na estalagem estavam contentes e gozosos do bom sucesso que tiveram tão travados e desesperados negócios.

Tudo apurava o padre, como discreto, e a cada qual dava os parabéns pelo bem alcançado; mas quem mais se jubilava e contentava era a estalajadeira, pela promessa que Cardenio e o padre lhe haviam feito de pagar todas as perdas e danos que por conta de D. Quixote lhe tivessem advindo. Só Sancho, como já se disse, era o aflito, o desventurado e o triste; e assim, com malencônico semblante, abordou o seu amo, o qual acabava de acordar, dizendo-lhe:

CAPÍTULO XXXVII

*Donde se prosigue la historia
de la famosa infanta Micomicona,
con otras graciosas aventuras*

Todo esto escuchaba Sancho, no con poco dolor de su ánima, viendo que se le desparecían e iban en humo las esperanzas de su ditado y que la linda princesa Micomicona se le había vuelto en Dorotea, y el gigante en don Fernando, y su amo se estaba durmiendo a sueño suelto, bien descuidado de todo lo sucedido. No se podía asegurar Dorotea si era soñado el bien que poseía; Cardenio estaba en el mismo pensamiento, y el de Luscinda corría por la misma cuenta. Don Fernando daba gracias al cielo por la merced recebida y haberle sacado de aquel intricado laberinto, donde se hallaba tan a pique de perder el crédito y el alma; y finalmente, cuantos en la venta estaban estaban contentos y gozosos del buen suceso que habían tenido tan trabados y desesperados negocios.

Todo lo ponía en su punto el cura, como discreto, y a cada uno daba el parabién del bien alcanzado; pero quien más jubilaba y se contentaba era la ventera, por la promesa que Cardenio y el cura le habían hecho de pagalle todos los daños e intereses que por cuenta de don Quijote le hubiesen venido. Solo Sancho, como ya se ha dicho,

— Bem pode vossa mercê, senhor Triste Figura, dormir o quanto quiser, sem cuidado de matar nenhum gigante nem devolver o reino à princesa, pois tudo já está feito e concluído.

— Isto bem creio — respondeu D. Quixote —, pois tive com o gigante a mais descomunal e desmesurada batalha que penso ter em todos os dias da minha vida, e de um revés, zás!, fiz rolar sua cabeça pelo chão, e foi tanto o sangue que dele saiu, que os regatos corriam pela terra como se fossem de água.

— Como se fossem de vinho tinto, diria melhor vossa mercê — respondeu Sancho —, pois quero que vossa mercê saiba, se é que o não sabe, que o gigante morto é um odre furado, e o sangue, seis potes de vinho tinto que guardava em seu ventre, e a cabeça cortada é a puta que me pariu, e que Satanás tudo leve.

— Que é o que estás dizendo, louco? — replicou D. Quixote. — Estás em teu siso?

— Levante-se vossa mercê — disse Sancho — e verá a bela obra que fez e o que temos que pagar, e verá a rainha transformada numa dama particular chamada Dorotea, mais outros sucessos que, se cair na conta deles, muito se admirará.

— Nada disso me maravilharia — replicou D. Quixote —, pois, se bem te lembras, da outra vez que aqui estivemos eu te disse que tudo o que aqui ocorria eram coisas de encantamento, e não seria estranho que agora fosse o mesmo.

— Tudo acreditaria eu — respondeu Sancho —, se também a minha manteação fosse coisa desse jaez, mas não o foi, e sim real e verdadeira; e bem vi que o estalajadeiro, esse mesmo que está aqui agora, pegava de uma pon-

---

era el afligido, el desventurado y el triste; y así, con malencónico semblante, entró a su amo, el cual acababa de despertar, a quien dijo:

— Bien puede vuestra merced, señor Triste Figura, dormir todo lo que quisiere, sin cuidado de matar a ningún gigante ni de volver a la princesa su reino, que ya todo está hecho y concluido.

— Eso creo yo bien — respondió don Quijote —, porque he tenido con el gigante la más descomunal y desaforada batalla que pienso tener en todos los días de mi vida, y de un revés, ¡zas!, le derribé la cabeza en el suelo, y fue tanta la sangre que le salió, que los arroyos corrían por la tierra como si fueran de agua.

— Como si fueran de vino tinto, pudiera vuestra merced decir mejor — respondió Sancho —, porque quiero que sepa vuestra merced, si es que no lo sabe, que el gigante muerto es un cuero horadado, y la sangre, seis arrobas de vino tinto que encerraba en su vientre, y la cabeza cortada es la puta que me parió, y llévelo todo Satanás.

— ¿Y qué es lo que dices, loco? — replicó don Quijote —. ¿Estás en tu seso?

— Levántese vuestra merced — dijo Sancho — y verá el buen recado que ha hecho y lo que tenemos que pagar, y verá a la reina convertida en una dama particular llamada Dorotea, con otros sucesos que, si cae en ellos, le han de admirar.

— No me maravillaría de nada deso — replicó don Quijote —, porque, si bien te acuerdas, la otra vez que aquí estuvimos te dije yo que todo cuanto aquí sucedía eran cosas de encantamento, y no sería mucho que ahora fuese lo mesmo.

ta da manta e me jogava para o céu com muito donaire e brio, e com tanto riso quanta força; e quanto ao conhecimento das pessoas, tenho cá para mim, ainda que simples e pecador, que não há encantamento algum, e sim muita paulada e má ventura.

— Pois bem, Deus dará o remédio — disse D. Quixote. — Traze-me de vestir e deixa-me sair lá fora, que quero ver os sucessos e transformações que dizes.

Trouxe-lhe de vestir Sancho, e, no ínterim em que se vestia, contou o padre a D. Fernando e aos demais as loucuras de D. Quixote, e o artifício que usaram para tirá-lo da Penha Pobre, onde ele imaginava estar por desdéns de sua senhora. Contou-lhes também quase todas as aventuras que Sancho havia contado, das quais não pouco se admiraram e riram, por lhes parecer o que a todos parecia: que era o mais estranho gênero de loucura que podia caber num disparatado pensamento. Disse mais o padre: que, como agora o bom sucesso da senhora Dorotea os impedia de prosseguir com seu intento, era mister inventar e achar outro para poder levá-lo até sua terra. Ofereceu-se Cardenio de continuar o começado, e que Luscinda faria e representaria a personagem de Dorotea.

— Não — disse D. Fernando —, não há de ser assim, pois eu quero que Dorotea prossiga em sua invenção; e como não fique muito longe daqui o lugar desse bom cavaleiro, eu folgarei em que se providencie o seu remédio.

— Não fica a mais de duas jornadas.

— Ainda que fossem mais, gostaria de caminhá-las, a troco de fazer tão boa obra.

Nisto apareceu D. Quixote, armado de todos os seus petrechos, com o elmo, ainda que estropiado, de Mambrino na cabeça, embraçando sua rode-

---

— Todo lo creyera yo — respondió Sancho —, si también mi manteamiento fuera cosa dese jaez, mas no lo fue, sino real y verdaderamente; y vi yo que el ventero que aquí está hoy día tenía del un cabo de la manta y me empujaba hacia el cielo con mucho donaire y brío, y con tanta risa como fuerza; y donde interviene conocerse las personas, tengo para mí, aunque simple y pecador, que no hay encantamento alguno, sino mucho molimiento y mucha mala ventura.

— Ahora bien, Dios lo remediará — dijo don Quijote —. Dame de vestir y déjame salir allá fuera, que quiero ver los sucesos y transformaciones que dices.

Diole de vestir Sancho, y en el entretanto que se vestía contó el cura a don Fernando y a los demás las locuras de don Quijote, y del artificio que habían usado para sacarle de la Peña Pobre, donde él se imaginaba estar por desdenes de su señora. Contóles asimismo casi todas las aventuras que Sancho había contado, de que no poco se admiraron y rieron, por parecerles lo que a todos parecía: ser el más estraño género de locura que podía caber en pensamiento disparatado. Dijo más el cura: que pues ya el buen suceso de la señora Dorotea impidía pasar con su designio adelante, que era menester inventar y hallar otro para poderle llevar a su tierra. Ofrecióse Cardenio de proseguir lo comenzado, y que Luscinda haría y representaría la persona de Dorotea.

— No — dijo don Fernando —, no ha de ser así, que yo quiero que Dorotea prosiga su invención; que como no sea muy lejos de aquí el lugar deste buen caballero, yo holgaré de que se procure su remedio.

— No está más de dos jornadas de aquí.

— Pues aunque estuviera a más, gustara yo de caminallas, a trueco de hacer tan buena obra.

la e apoiado no seu tronco ou chuço. Pasmaram D. Fernando e os demais em vendo a estranha presença de D. Quixote, seu rosto de meia légua de comprido, seco e amarelo, a desigualdade das suas armas e seu mesurado jeito, e permaneceram calados, até ver o que ele dizia; o qual, com muita gravidade e repouso, postos os olhos na formosa Dorotea, disse:

— Fui informado, formosa senhora, por este meu escudeiro, que a vossa grandeza se aniquilou e vosso ser se desfez, pois de rainha e grande senhora que usáveis ser vos tornastes numa particular donzela. Se isto foi por ordem do rei nigromante, vosso pai, temeroso de que eu vos não desse a necessária e devida ajuda, digo que ele não soube nem sabe da missa a metade e que foi pouco versado em histórias cavaleirescas; pois, se ele as tivesse lido e passado tão atentamente e com tanto espaço como eu as passei e li, teria visto a cada passo como outros cavaleiros de menor fama que a minha acabaram coisas mais dificultosas, não sendo grande coisa matar um gigantelho, por mais arrogante que seja; pois não faz muitas horas que eu me vi com ele, e aqui me calo, porque não digam que minto, mas o tempo, descobridor de todas as coisas, tudo dirá quando menos o pensarmos.

— Vós vos vistes foi com dois odres, e não com um gigante — disse então o estalajadeiro.

O qual mandou D. Fernando que se calasse e não interrompesse a fala de D. Quixote de maneira alguma; e D. Quixote prosseguiu dizendo:

— Digo, enfim, alta e deserdada senhora, que, se pela causa que tenho dito, vosso pai fez tais metamorfoseios na vossa pessoa, não lhe haveis de dar crédito algum, pois não há nenhum perigo na terra por que não abra caminho a minha espada, com a qual, pondo a cabeça do vosso inimigo por terra, vos porei a coroa da vossa na cabeça em breves dias.

Salió en esto don Quijote, armado de todos sus pertrechos, con el yelmo, aunque abollado, de Mambrino en la cabeza, embrazado de su rodela y arrimado a su tronco o lanzón. Suspendió a don Fernando y a los demás la estraña presencia de don Quijote, viendo su rostro de media legua de andadura, seco y amarillo, la desigualdad de sus armas y su mesurado continente, y estuvieron callando, hasta ver lo que él decía; el cual, con mucha gravedad y reposo, puestos los ojos en la hermosa Dorotea, dijo:

— Estoy informado, hermosa señora, deste mi escudero que la vuestra grandeza se ha aniquilado y vuestro ser se ha deshecho, porque de reina y gran señora que solíades ser os habéis vuelto en una particular doncella. Si esto ha sido por orden del rey nigromante de vuestro padre, temeroso que yo no os diese la necesaria y debida ayuda, digo que no supo ni sabe de la misa la media y que fue poco versado en las historias caballerescas; porque si él las hubiera leído y pasado tan atentamente y con tanto espacio como yo las pasé y leí, hallara a cada paso como otros caballeros de menor fama que la mía habían acabado cosas más dificultosas, no siéndolo mucho matar a un gigantillo, por arrogante que sea; porque no ha muchas horas que yo me vi con él, y quiero callar, porque no me digan que miento, pero el tiempo, descubridor de todas las cosas, lo dirá cuando menos lo pensemos.

— Vísteos vos con dos cueros, que no con un gigante — dijo a esta sazón el ventero.

Al cual mandó don Fernando que callase y no interrumpiese la plática de don Quijote en ninguna manera; y don Quijote prosiguió diciendo:

— Digo, en fin, alta y desheredada señora, que si por la causa que he dicho vuestro padre ha hecho este metamorfóseos en vuestra persona, que no le deis crédito alguno, porque no hay ningún peligro en la tierra por

Não disse mais D. Quixote e esperou a resposta da princesa; a qual, já sabendo da determinação de D. Fernando de que se seguisse adiante no engano até levar D. Quixote a sua terra, com muito donaire e gravidade lhe respondeu:

— Quem quer que vos tenha dito, valoroso Cavaleiro da Triste Figura, que eu me mudara e trocara do meu ser, não vos disse a verdade, pois sou hoje a mesma que ontem fui. Verdade é que alguma mudança obraram em mim certos acontecimentos de boa ventura, pois a tive, e a melhor que eu pudera desejar; mas nem por isso deixei de ser aquela dantes nem de ter os mesmos pensamentos de valer-me do valor do vosso valoroso e invencível braço que sempre tive. Portanto, senhor meu, devolva a vossa bondade a honra ao pai que me gerou e tenha-o por homem avisado e prudente, pois com sua ciência achou caminho tão fácil e tão verdadeiro para remediar a minha desgraça, pois creio que se por vós, senhor, não fosse, eu jamais chegaria a ter a ventura que tenho; e nisto digo tanta verdade como são boas testemunhas dela os mais destes senhores aqui presentes. O que resta fazer é amanhã nos pormos a caminho, pois hoje já se poderá fazer pouca jornada, e quanto ao fim do bom sucesso que espero, tudo entregarei a Deus e ao valor do vosso peito.

Isto disse a discreta Dorotea, e em ouvindo-o D. Quixote, voltou-se para Sancho e com mostras de grande sanha lhe disse:

— Agora eu te digo, Sanchelho, que és o maior velhaquelho de toda a Espanha. Dize-me, ladrão, vagamundo, não me acabaste de dizer agora que esta princesa se tornara numa donzela chamada Dorotea, e que a cabeça que entendo que cortei de um gigante era a puta que te pariu, mais outros disparates que me puseram na maior confusão em que jamais estive em todos os

---

quien no se abra camino mi espada, con la cual poniendo la cabeza de vuestro enemigo en tierra, os pondré a vos la corona de la vuestra en la cabeza en breves días.

No dijo más don Quijote y esperó a que la princesa le respondiese; la cual, como ya sabía la determinación de don Fernando de que se prosiguiese adelante en el engaño hasta llevar a su tierra a don Quijote, con mucho donaire y gravedad le respondió:

— Quienquiera que os dijo, valeroso Caballero de la Triste Figura, que yo me había mudado y trocado de mi ser, no os dijo lo cierto, porque la misma que ayer fui me soy hoy. Verdad es que alguna mudanza han hecho en mí ciertos acaecimientos de buena ventura, que me la han dado, la mejor que yo pudiera desearme; pero no por eso he dejado de ser la que antes y de tener los mesmos pensamientos de valerme del valor de vuestro valeroso e invencible brazo que siempre he tenido. Así que, señor mío, vuestra bondad vuelva la honra al padre que me engendró y téngale por hombre advertido y prudente, pues con su ciencia halló camino tan fácil y tan verdadero para remediar mi desgracia, que yo creo que si por vos, señor, no fuera, jamás acertara a tener la ventura que tengo; y en esto digo tanta verdad como son buenos testigos della los más destos señores que están presentes. Lo que resta es que mañana nos pongamos en camino, porque ya hoy se podrá hacer poca jornada, y en lo demás del buen suceso que espero, lo dejaré a Dios y al valor de vuestro pecho.

Esto dijo la discreta Dorotea, y en oyéndolo don Quijote se volvió a Sancho y con muestras de mucho enojo le dijo:

— Ahora te digo, Sanchuelo, que eres el mayor bellacuelo que hay en España. Dime, ladrón, vagamundo,

dias da minha vida? Voto... — e olhou para o céu e cerrou os dentes — que estou por fazer em ti um estrago que escarmente quantos mentirosos escudeiros de cavaleiros andantes houver no mundo daqui em diante!

— Sossegue vossa mercê, senhor meu — respondeu Sancho —, que bem poderia ser que eu me tivesse enganado quanto à mudança da senhora princesa Micomicona; mas quanto à cabeça do gigante, ou pelo menos à furação dos odres e a ser vinho tinto o sangue, não me engano, por Deus, pois os odres ali estão feridos, à cabeceira do leito de vossa mercê, e o vinho tinto fez do quarto um lago, e se não, no frigir dos ovos o verá: quero dizer que o verá quando aqui o senhor estalajadeiro lhe pedir conta do prejuízo. No mais, de que a senhora rainha esteja como estava, eu me regozijo na alma, pois aí me cabe uma parte, como a cada filho de vizinho.

— Agora eu te digo, Sancho — disse D. Quixote —, que és um mentecapto, e perdoa-me, e basta.

— Basta — disse D. Fernando —, e não se fale mais nisto; e como a senhora princesa diz que nos ponhamos a caminho amanhã, porque hoje já é tarde, que assim se faça, e esta noite a poderemos passar em boa conversação até a chegada do dia, quando todos acompanharemos o senhor D. Quixote, porque queremos ser testemunhas das valorosas e inauditas façanhas que há de fazer no discorrer desta grande empresa que a seu cargo tem.

— Sou eu quem vos há de servir e acompanhar — respondeu D. Quixote —, e muito agradeço a mercê que se me faz e a boa opinião que de mim se tem, a qual procurarei confirmar por verdadeira, ou me custará a vida, e até mais, se mais me puder custar.

Muitas palavras de comedimento e muitos oferecimentos trocaram D. Quixote e D. Fernando, mas tudo silenciou um viajante que então entrou na

---

¿no me acabaste de decir ahora que esta princesa se había vuelto en una doncella que se llamaba Dorotea, y que la cabeza que entiendo que corté a un gigante era la puta que te parió, con otros disparates que me pusieron en la mayor confusión que jamás he estado en todos los días de mi vida? ¡Voto... — y miró al cielo y apretó los dientes —; que estoy por hacer un estrago en ti que ponga sal en la mollera a todos cuantos mentirosos escuderos hubiere de caballeros andantes de aquí adelante en el mundo!

— Vuestra merced se sosiegue, señor mío — respondió Sancho —, que bien podría ser que yo me hubiese engañado en lo que toca a la mutación de la señora princesa Micomicona; pero en lo que toca a la cabeza del gigante, o a lo menos a la horadación de los cueros y a lo de ser vino tinto la sangre, no me engaño, vive Dios, porque los cueros allí están heridos, a la cabecera del lecho de vuestra merced, y el vino tinto tiene hecho un lago el aposento, y si no, al freír de los huevos lo verá: quiero decir que lo verá cuando aquí su merced del señor ventero le pida el menoscabo de todo. De lo demás, de que la señora reina se esté como se estaba, me regocijo en el alma, porque me va mi parte, como a cada hijo de vecino.

— Ahora yo te digo, Sancho — dijo don Quijote —, que eres un mentecato, y perdóname, y basta.

— Basta — dijo don Fernando —, y no se hable más en esto; y pues la señora princesa dice que se camine mañana, porque ya hoy es tarde, hágase así, y esta noche la podremos pasar en buena conversación hasta el venidero día, donde todos acompañaremos al señor don Quijote, porque queremos ser testigos de las valerosas e inauditas hazañas que ha de hacer en el discurso desta grande empresa que a su cargo lleva.

— Yo soy el que tengo de serviros y acompañaros — respondió don Quijote —, y agradezco mucho la

estalagem, o qual mostrava em seu traje ser cristão recém-chegado de terra de mouros, pois vinha vestido com um jaleco de linhão azul,[1] de fraldas curtas, com meias-mangas e sem gola; os calções eram também de linho azul, com um barrete da mesma cor; trazia uns borzeguins atamarados e um alfanje mourisco, posto num talim a tiracolo. Logo atrás dele entrou, montada num jumento, uma mulher vestida à mourisca, toucada e coberto seu rosto; trazia uma barretina de brocado e vestia uma túnica que dos ombros até os pés a cobria.

Era o homem de robusto e aprumado porte, idade pouco acima dos quarenta, o rosto um tanto moreno, longos bigodes e a barba muito cuidada; em suma, ele mostrava em sua apostura que, se estivesse bem-vestido, o julgariam por pessoa de qualidade e bem-nascida.

Pediu logo ao entrar um aposento, e como lhe disseram que na estalagem não havia, mostrou pesar e, chegando-se àquela que no traje parecia moura, apeou-a em seus braços. Luscinda, Dorotea, a estalajadeira, sua filha e Maritornes, atraídas pelo novo e por elas nunca visto traje, rodearam a moura, e Dorotea, que sempre foi graciosa, comedida e discreta, cuidando que tanto a forasteira como aquele que a trazia se afligiam pela falta do aposento, lhe disse:

— Não vos cause muita pena, senhora minha, a falta de cômodo e regalo que aqui se tem, pois é próprio de estalagens nelas não se achar; mas, com tudo isso, se gostardes de pousar conosco — apontando para Luscinda —, talvez no discorrer deste caminho não tereis achado outro tão bom acolhimento.

Nada respondeu a embuçada, nem fez outra coisa que se levantar donde sentada estava e, postas ambas as mãos cruzadas sobre o peito, inclinada

---

merced que se me hace y la buena opinión que de mí se tiene, la cual procuraré que salga verdadera, o me costará la vida, y aun más, si más costarme puede.

    Muchas palabras de comedimiento y muchos ofrecimientos pasaron entre don Quijote y don Fernando, pero a todo puso silencio un pasajero que en aquella sazón entró en la venta, el cual en su traje mostraba ser cristiano recién venido de tierra de moros, porque venía vestido con una casaca de paño azul, corta de faldas, con medias mangas y sin cuello; los calzones eran asimismo de lienzo azul, con bonete de la misma color; traía unos borceguíes datilados y un alfanje morisco, puesto en un tahelí que le atravesaba el pecho. Entró luego tras él, encima de un jumento, una mujer a la morisca vestida, cubierto el rostro, con una toca en la cabeza; traía un bonetillo de brocado, y vestida una almalafa, que desde los hombros a los pies la cubría.

    Era el hombre de robusto y agraciado talle, de edad de poco más de cuarenta años, algo moreno de rostro, largo de bigotes y la barba muy bien puesta; en resolución, él mostraba en su apostura que si estuviera bien vestido le juzgaran por persona de calidad y bien nacida.

    Pidió en entrando un aposento, y como le dijeron que en la venta no le había, mostró recibir pesadumbre y, llegándose a la que en el traje parecía mora, la apeó en sus brazos. Luscinda, Dorotea, la ventera, su hija y Maritornes, llevadas del nuevo y para ellas nunca visto traje, rodearon a la mora, y Dorotea, que siempre fue agraciada, comedida y discreta, pareciéndole que así ella como el que la traía se congojaban por la falta del aposento, le dijo:

    — No os dé mucha pena, señora mía, la incomodidad de regalo que aquí falta, pues es proprio de ventas

a cabeça, dobrou o corpo em sinal de agradecimento. Por seu silêncio imaginaram que, sem dúvida alguma, devia de ser moura, e que não sabia fala cristã. Chegou-se nisto o cativo, que estivera até então ocupado noutras coisas, e, vendo que todas tinham cercada aquela que com ele vinha, e que esta calava a quanto lhe diziam, disse:

— Senhoras minhas, esta donzela mal entende a minha língua, nem sabe falar outra alguma afora a de sua terra, e por isto não deve de ter respondido nem responderá ao que se lhe pergunta.

— Não se lhe pergunta coisa alguma — respondeu Luscinda — senão se ela aceita por esta noite a nossa companhia e parte do lugar onde nos acomodaremos, onde se lhe fará o regalo que o cômodo permitir, com a boa vontade que obriga a servir a todos os estrangeiros que tiverem necessidade, especialmente sendo mulher a quem se serve.

— Por ela e por mim — respondeu o cativo — eu vos beijo as mãos, senhora minha, e em muito estimo, como é razão, a mercê oferecida, que em tal ocasião, e de tais pessoas como vosso parecer mostra, bem se dá a ver que há de ser muito grande.

— Dizei-me, senhor — disse Dorotea —, esta senhora é cristã ou moura? Pois seu traje e seu silêncio nos leva a crer que é o que não quiséramos que fosse.

— Moura é no traje e no corpo, mas na alma é grandíssima cristã, pois é muito grande seu desejo de o vir a ser.

— Então não foi batizada? — replicou Luscinda.

— Não houve lugar para tanto — respondeu o cativo — depois que saiu de Argel, sua pátria e terra, e até agora não se viu em perigo de morte tão próxima que obrigasse a batizá-la sem antes aprender todas as cerimônias que

---

no hallarse en ellas; pero, con todo esto, si gustáredes de posar con nosotras — señalando a Luscinda —, quizá en el discurso de este camino habréis hallado otros no tan buenos acogimientos.

No respondió nada a esto la embozada, ni hizo otra cosa que levantarse de donde sentado se había, y puestas entrambas manos cruzadas sobre el pecho, inclinada la cabeza, dobló el cuerpo en señal de que lo agradecía. Por su silencio imaginaron que, sin duda alguna, debía de ser mora, y que no sabía hablar cristiano. Llegó en esto el cautivo, que entendiendo en otra cosa hasta entonces había estado, y viendo que todas tenían cercada a la que con él venía, y que ella a cuanto le decían callaba, dijo:

— Señoras mías, esta doncella apenas entiende mi lengua, ni sabe hablar otra ninguna sino conforme a su tierra, y por esto no debe de haber respondido ni responde a lo que se le ha preguntado.

— No se le pregunta otra cosa ninguna — respondió Luscinda — sino ofrecelle por esta noche nuestra compañía y parte del lugar donde nos acomodáremos, donde se le hará el regalo que la comodidad ofreciere, con la voluntad que obliga a servir a todos los estranjeros que dello tuvieren necesidad, especialmente siendo mujer a quien se sirve.

— Por ella y por mí — respondió el captivo — os beso, señora mía, las manos, y estimo mucho y en lo que es razón la merced ofrecida, que en tal ocasión, y de tales personas como vuestro parecer muestra, bien se echa de ver que ha de ser muy grande.

— Decidme, señor — dijo Dorotea — : ¿esta señora es cristiana o mora? Porque el traje y el silencio nos hace pensar que es lo que no querríamos que fuese.

manda nossa Santa Madre Igreja; mas Deus há de querer que logo seja batizada, com a decência que a qualidade de sua pessoa merece, que é mais alta do que mostra seu hábito e o meu.

Com essas razões nasceu em todos os que escutando estavam a vontade de saber quem eram a moura e o cativo, mas ninguém lho quis perguntar ainda, por ver que o momento era mais para lhes proporcionar descanso que para lhes perguntar suas vidas. Dorotea a tomou pela mão e a levou a sentar ao seu lado, rogando-lhe que tirasse o embuço. Ela olhou para o cativo, como pedindo que lhe dissesse o que diziam e o que ela devia fazer. Ele lhe disse, em língua arábica, que lhe pediam que tirasse o embuço, e que o fizesse; e assim ela o tirou e descobriu um rosto tão formoso, que Dorotea a teve por mais formosa que Luscinda, e Luscinda por mais formosa que Dorotea, e todos os circunstantes conheceram que, se alguma formosura se podia igualar à das duas, era a da moura, e houve até quem a avantajasse um tanto. E como a formosura tem por prerrogativa e graça reconciliar os ânimos e atrair as vontades, logo todos se renderam ao desejo de servir e afagar a formosa moura.

Perguntou D. Fernando ao cativo como a moura se chamava, ao que este respondeu que Lela Zoraida;[2] e assim como ouviu o nome, ela entendeu o que haviam perguntado ao cristão e disse com muita pressa, cheia de aflição e donaire:

— Não, não Zoraida: Maria, Maria! — dando a entender que se chamava Maria e não Zoraida.

Essas palavras, e o grande afeto com que a moura as disse, fizeram derramar mais de uma lágrima dos olhos de alguns dos que a escutaram, especialmente das mulheres, que por natureza são ternas e compassivas. Abraçou-a Luscinda com muito amor, dizendo-lhe:

— Mora es en el traje y en el cuerpo, pero en el alma es muy grande cristiana, porque tiene grandísimos deseos de serlo.

— Luego ¿no es baptizada? — replicó Luscinda.

— No ha habido lugar para ello — respondió el captivo — después que salió de Argel, su patria y tierra, y hasta agora no se ha visto en peligro de muerte tan cercana que obligase a baptizalla sin que supiese primero todas las ceremonias que nuestra Madre la Santa Iglesia manda; pero Dios será servido que presto se baptice, con la decencia que la calidad de su persona merece, que es más de lo que muestra su hábito y el mío.

Con estas razones puso gana en todos los que escuchándole estaban de saber quién fuese la mora y el captivo, pero nadie se lo quiso preguntar por entonces, por ver que aquella sazón era más para procurarles descanso que para preguntarles sus vidas. Dorotea la tomó por la mano y la llevó a sentar junto a sí y le rogó que se quitase el embozo. Ella miró al captivo, como si le preguntara le dijese lo que decían y lo que ella haría. Él en lengua arábiga le dijo que le pedían se quitase el embozo, y que lo hiciese; y así, se lo quitó y descubrió un rostro tan hermoso, que Dorotea la tuvo por más hermosa que la Luscinda, y Luscinda por más hermosa que Dorotea, y todos los circustantes conocieron que si alguno se podría igualar al de las dos era el de la mora, y aun hubo algunos que le aventajaron en alguna cosa. Y como la hermosura tenga prerrogativa y gracia de reconciliar los ánimos y atraer las voluntades, luego se rindieron todos al deseo de servir y acariciar a la hermosa mora.

Preguntó don Fernando al captivo cómo se llamaba la mora, el cual respondió que *Lela Zoraida*; y así como esto oyó, ella entendió lo que le habían preguntado al cristiano y dijo con mucha priesa, llena de congoja y donaire:

— Sim, sim, Maria, Maria.

Ao que respondeu a moura:

— Sim, sim, Maria: Zoraida *macanje*! — que quer dizer "não".

Já nisto ia chegando a noite, e, por ordem dos que vinham com D. Fernando, tinha o estalajadeiro posto diligência e cuidado em lhes preparar o melhor jantar que lhe foi possível. Chegada pois a hora, sentaram-se todos em volta de uma longa mesa, como de tinelo, pois não havia redonda nem quadrada na estalagem, e deram a cabeceira e principal assento, posto que ele o recusasse, a D. Quixote, o qual quis que estivesse a seu lado a senhora Micomicona, sendo ele seu guardador. Depois se sentaram Luscinda e Zoraida, e, fronteiros a elas, D. Fernando e Cardenio, seguidos pelo cativo e os demais cavaleiros, e do lado das senhoras, o padre e o barbeiro. E assim jantaram com muito gosto, e mais tiveram ao ver que, deixando de comer D. Quixote, levado de outro semelhante espírito àquele que o levara a falar tanto como falara ao jantar com os cabreiros, começou a dizer:

— Verdadeiramente, senhores meus, se bem considerarmos, grandes e inauditas coisas veem os que professam a ordem da andante cavalaria. Se não, que vivente deste mundo, que agora pela porta deste castelo entrasse e da sorte que estamos nos visse, julgaria e creria que nós somos quem somos? Quem poderia dizer que esta senhora que está ao meu lado é a grande rainha que todos sabemos, e que eu sou aquele Cavaleiro da Triste Figura que anda por aí na boca da fama? Aqui não resta dúvida que esta arte e exercício excede todas aquelas e aqueles que os homens inventaram, e tanto mais se há de estimar quanto a mais perigos se sujeita. Que arredem os que disserem que as letras avantajam as armas, pois lhes direi, sejam eles quem forem, que não sabem o que dizem. Porque a razão que esses tais costumam alegar e ao que

---

— ¡No, no Zoraida: *María, María*! — dando a entender que se llamaba *María* y no *Zoraida*.

Estas palabras, el grande afecto con que la mora las dijo hicieron derramar más de una lágrima a algunos de los que la escucharon, especialmente a las mujeres, que de su naturaleza son tiernas y compasivas. Abrazóla Luscinda con mucho amor, diciéndole:

— Sí, sí, María, María.

A lo cual respondió la mora:

— ¡Sí, sí, María: Zoraida *macange*! — que quiere decir *no*.

Ya en esto llegaba la noche, y por orden de los que venían con don Fernando había el ventero puesto diligencia y cuidado en aderezarles de cenar lo mejor que a él le fue posible. Llegada, pues, la hora, sentáronse todos a una larga mesa, como de tinelo, porque no la había redonda ni cuadrada en la venta, y dieron la cabecera y principal asiento, puesto que él lo rehusaba, a don Quijote, el cual quiso que estuviese a su lado la señora Micomicona, pues él era su aguardador. Luego se sentaron Luscinda y Zoraida, y frontero dellas don Fernando y Cardenio, y luego el cautivo y los demás caballeros, y al lado de las señoras, el cura y el barbero. Y, así, cenaron con mucho contento, y acrecentóseles más viendo que, dejando de comer don Quijote, movido de otro semejante espíritu que el que le movió a hablar tanto como habló cenó con los cabreros, comenzó a decir:

— Verdaderamente, si bien se considera, señores míos, grandes e inauditas cosas ven los que profesan la orden de la andante caballería. Si no, ¿cuál de los vivientes habrá en el mundo que ahora por la puerta deste castillo entrara y de la suerte que estamos nos viera, que juzgue y crea que nosotros somos quien somos? ¿Quién podrá

eles mais se atêm é que os trabalhos do espírito excedem os do corpo e que as armas só com o corpo se exercitam, como se fosse seu exercício ofício de ganhões, para o qual não é mister mais que boas forças, ou como se nisto que nós, que as professamos, chamamos armas não se encerrassem os atos da fortaleza, os quais pedem muito entendimento para a sua execução, ou como se o ânimo do guerreiro que tem a seu cargo um exército ou a defesa de uma cidade sitiada não trabalhasse tanto com o espírito quanto com o corpo. Se não, vejamos se bastam as forças corporais para saber e conjeturar o intento do inimigo, os desígnios, os estratagemas, as dificuldades, a prevenção dos danos que se temem; pois todas estas coisas são atos do entendimento, nos quais não tem parte alguma o corpo. Dado pois que as armas requerem tanto espírito quanto as letras, vejamos agora qual dos dois espíritos, o do letrado ou o do guerreiro, trabalha mais, e isto se dará a conhecer pelo fim e pela meta à qual cada um deles se encaminha, pois mais se há de estimar a intenção que mais nobre fim tiver por objeto. É o fim e a meta das letras (e já não falo das divinas, que têm por alvo levar e encaminhar as almas ao céu, pois a um fim tão sem-fim como este nenhum outro se lhe pode igualar: falo das letras humanas,[3] cujo fim é apurar a justiça distributiva e dar a cada um o que é seu) entender e fazer com que as boas leis sejam guardadas. Fim por certo generoso, e alto, e digno de grande louvor, mas não de tanto quanto merece aquele a que atentam as armas, cujo objeto e fim é a paz, que é o maior bem que os homens podem desejar nesta vida. E assim as primeiras boas-novas que teve o mundo e tiveram os homens foram as que os anjos deram na noite que foi o nosso dia, quando cantaram pelos ares: "Glória seja nas alturas, e paz na terra aos homens de boa vontade"; e à saudação que o melhor mestre da terra e do céu ensinou aos seus achegados e favoridos foi

---

decir que esta señora que está a mi lado es la gran reina que todos sabemos, y que yo soy aquel Caballero de la Triste Figura que anda por ahí en boca de la fama? Ahora no hay que dudar sino que esta arte y ejercicio excede a todas aquellas y aquellos que los hombres inventaron, y tanto más se ha de tener en estima cuanto a más peligros está sujeto. Quítenseme delante los que dijeren que las letras hacen ventaja a las armas, que les diré, y sean quien se fueren, que no saben lo que dicen. Porque la razón que los tales suelen decir y a lo que ellos más se atienen es que los trabajos del espíritu exceden a los del cuerpo y que las armas solo con el cuerpo se ejercitan, como si fuese su ejercicio oficio de ganapanes, para el cual no es menester más de buenas fuerzas, o como si en esto que llamamos armas los que las profesamos no se encerrasen los actos de la fortaleza, los cuales piden para ejecutallos mucho entendimiento, o como si no trabajase el ánimo del guerrero que tiene a su cargo un ejército o la defensa de una ciudad sitiada así con el espíritu como con el cuerpo. Si no, véase si se alcanza con las fuerzas corporales a saber y conjeturar el intento del enemigo, los designios, las estratagemas, las dificultades, el prevenir los daños que se temen; que todas estas cosas son acciones del entendimiento, en quien no tiene parte alguna el cuerpo. Siendo, pues, ansí que las armas requieren espíritu como las letras, veamos ahora cuál de los dos espíritus, el del letrado o el del guerrero, trabaja más, y esto se vendrá a conocer por el fin y paradero a que cada uno se encamina, porque aquella intención se ha de estimar en más que tiene por objeto más noble fin. Es el fin y paradero de las letras (y no hablo ahora de las divinas, que tienen por blanco llevar y encaminar las almas al cielo, que a un fin tan sin fin como este ninguno otro se le puede igualar: hablo de las letras humanas, que es su fin poner en su punto la justicia distributiva y dar a cada uno lo que es suyo) entender y hacer que las buenas leyes se guarden. Fin por

dizer-lhes que, quando entrassem nalguma casa, dissessem: "Que a paz esteja nesta casa";[4] e outras muitas vezes lhes disse: "Minha paz vos dou, minha paz vos deixo; a paz esteja convosco", como prenda e joia dada e deixada de sua própria mão, joia sem a qual nem na terra nem no céu pode haver bem algum. Esta paz é o verdadeiro fim da guerra, e o mesmo vale dizer armas que guerra. Pressuposta, pois, esta verdade, que o fim da guerra é a paz, e que nisto avantaja o fim das letras, cuidemos agora nos trabalhos do corpo do letrado e nos do professor das armas, e vejamos quais são maiores.

De tal maneira e com tão bons termos ia prosseguindo D. Quixote em sua fala, que obrigou a que nenhum dos que o escutavam o tivesse então por louco. Antes, como todos os mais eram cavaleiros, aos quais são anexas as armas, o escutavam de muito bom grado; e ele prosseguiu dizendo:

— Digo, pois, que os trabalhos do estudante são estes: principalmente a pobreza, não porque todos sejam pobres, mas por chegarem nela ao seu máximo extremo; e com dizer que padece de pobreza penso que nada mais haveria a dizer de sua má ventura, pois quem é pobre não tem coisa boa. Essa pobreza ele a padece por partes, ora em fome, ora em frio, ora em desnudez, ora em tudo junto; mas, com tudo isso, não é tanta que não coma, ainda que seja um pouco mais tarde do que se usa, ainda que seja das sobras dos ricos, que a maior miséria do estudante é aquela que entre eles chamam "viver à sopa" dos outros; e não lhes falta algum alheio braseiro ou lareira, que, se não esquenta, ao menos amorne seu frio, e, enfim, à noite dormem muito bem a céu coberto. Não descerei a outras minudências como, a saber, a falta de camisas e a não sobra de sapatos, a raleira e pouco pelo das roupas, nem aquele empanturrar-se com tanto gosto quando a boa sorte lhes depara algum banquete. Por essa trilha que pintei, áspera e dificultosa, tropeçando

---

cierto generoso y alto y digno de grande alabanza, pero no de tanta como merece aquel a que las armas atienden, las cuales tienen por objeto y fin la paz, que es el mayor bien que los hombres pueden desear en esta vida. Y, así, las primeras buenas nuevas que tuvo el mundo y tuvieron los hombres fueron las que dieron los ángeles la noche que fue nuestro día, cuando cantaron en los aires: "Gloria sea en las alturas, y paz en la tierra a los hombres de buena voluntad"; y a la salutación que el mejor maestro de la tierra y del cielo enseñó a sus allegados y favoritos fue decirles que cuando entrasen en alguna casa dijesen: "Paz sea en esta casa"; y otras muchas veces les dijo: "Mi paz os doy, mi paz os dejo; paz sea con vosotros", bien como joya y prenda dada y dejada de tal mano, joya que sin ella en la tierra ni en el cielo puede haber bien alguno. Esta paz es el verdadero fin de la guerra, que lo mismo es decir armas que guerra. Prosupuesta, pues, esta verdad, que el fin de la guerra es la paz, y que en esto hace ventaja al fin de las letras, vengamos ahora a los trabajos del cuerpo del letrado y a los del profesor de las armas, y véase cuáles son mayores.

De tal manera y por tan buenos términos iba prosiguiendo en su plática don Quijote, que obligó a que por entonces ninguno de los que escuchándole estaban le tuviese por loco. Antes, como todos los más eran caballeros, a quien son anejas las armas, le escuchaban de muy buena gana; y él prosiguió diciendo:

— Digo, pues, que los trabajos del estudiante son estos: principalmente pobreza, no porque todos sean pobres, sino por poner este caso en todo el estremo que pueda ser; y en haber dicho que padece pobreza me parece que no había que decir más de su mala ventura, porque quien es pobre no tiene cosa buena. Esta pobreza la padece por sus partes, ya en hambre, ya en frío, ya en desnudez, ya en todo junto; pero, con todo eso, no es tan-

aqui, caindo ali, levantando-se acolá, tornando a cair aqui, chegam ao grau que desejam; o qual alcançado, muitos temos visto que, em passando por tais Sirtes e tais Cilas e Caribdes,[5] como que levados em voo pela favorável fortuna, digo que os temos visto mandar e governar o mundo de uma cadeira, trocada sua fome em fartura, seu frio em refrigério, sua desnudez em galas e seu dormir numa esteira em repousar entre holandas e damascos, prêmio justamente merecido por sua virtude. Mas contrapostos e comparados seus trabalhos com os do mílite guerreiro, em tudo lhes ficam muito atrás, como agora direi.

Notas

[1] Jaleco de linhão azul: a cor azul, ou turqui, distinguia as roupas dos cativos.

[2] Lela: fórmula de respeito equivalente a "nobre dama" usada no árabe norte-africano.

[3] Letras divinas, letras humanas: pelas primeiras, entendia-se a teologia; já as "humanas" designavam exclusivamente o direito, não se aplicando à literatura nem à história, nem tampouco à filosofia leiga e outras humanidades.

[4] "Que a paz esteja nesta casa": tradução de "*pax huic domui*", palavras com que se começa o ritual de visita e cura dos doentes, da extrema-unção e da encomenda das almas.

[5] Sirtes: na Antiguidade, nome de dois importantes golfos da costa setentrional da África; a grande Sirte (hoje golfo de Sidra), na costa de Trípoli (atual Líbia), e a pequena Sirte (hoje golfo de Gabès), na costa da Tunísia. Cila e Caribde: na tradição greco-latina, dois temidos escolhos — um penhasco e um redemoinho — que dificultam a navegação pelo estreito de Messina e, desde Homero, são personificados em duas ninfas monstruosas devoradoras de homens. Deram lugar à expressão "entre Cila e Caribde", equivalente a "entre a cruz e a caldeirinha" ou "entre a espada e a parede" para denotar impasse ou dilema.

---

ta, que no coma, aunque sea un poco más tarde de lo que se usa, aunque sea de las sobras de los ricos, que es la mayor misería del estudiante este que entre ellos llaman "andar a la sopa"; y no les falta algún ajeno brasero o chimenea, que, si no calienta, a lo menos entibie su frío, y, en fin, la noche duermen muy bien debajo de cubierta. No quiero llegar a otras menudencias, conviene a saber, de la falta de camisas y no sobra de zapatos, la raridad y poco pelo del vestido, ni aquel ahitarse con tanto gusto cuando la buena suerte les depara algún banquete. Por este camino que he pintado, áspero y dificultoso, tropezando aquí, cayendo allí, levantándose acullá, tornando a caer acá, llegan al grado que desean; el cual alcanzado, a muchos hemos visto que, habiendo pasado por estas Sirtes y por estas Scilas y Caribdis, como llevados en vuelo de la favorable fortuna, digo que los hemos visto mandar y gobernar el mundo desde una silla, trocada su hambre en hartura, su frío en refrigerio, su desnudez en galas y su dormir en una estera en reposar en holandas y damascos, premio justamente merecido de su virtud. Pero contrapuestos y comparados sus trabajos con los del mílite guerrero, se quedan muy atrás en todo, como ahora diré.

CAPÍTULO XXXVIII

Que trata do curioso discurso que D. Quixote fez das armas e das letras

Prosseguindo D. Quixote, disse:

— Já que começamos no estudante pela pobreza e suas partes, vejamos se é mais rico o soldado, e veremos que não há ninguém mais pobre na pobreza mesma, tendo que se ater à miséria de sua paga, que chega tarde ou nunca, ou àquilo que por suas mãos pilhar, com notável perigo de sua vida e sua consciência. E por vezes é tanta sua desnudez, que um colete acutilado lhe serve de gala e de camisa, e em pleno inverno não raro se repara das inclemências do céu, estando em campo raso, só com o hálito de sua boca, que, como sai de lugar vazio, tenho por averiguado que deve de sair frio, contra toda natureza. Esperai então que espere a chegada da noite para se restaurar de todas essas incomodidades na cama que o aguarda, a qual, se não por sua culpa, jamais pecará por estreita: pois bem pode medir na terra quantos pés ele quiser e nela revirar-se a seu sabor, sem temer que as cobertas lhe fiquem curtas. Chega pois ao fim de tudo o dia e a hora de receber o grau do seu exercício: chega um dia de batalha, e ali lhe porão a borla na cabeça, feita de chumaços, para curar-lhe algum balaço que talvez lhe tenha tocado as têmporas ou estropiado um braço ou uma perna. E ainda que isto não acon-

---

CAPÍTULO XXXVIII

Que trata del curioso discurso que hizo don Quijote de las armas y las letras

Prosiguiendo don Quijote, dijo:

— Pues comenzamos en el estudiante por la pobreza y sus partes, veamos si es más rico el soldado, y veremos que no hay ninguno más pobre en la misma pobreza, porque está atenido a la miseria de su paga, que viene o tarde o nunca, o a lo que garbeare por sus manos, con notable peligro de su vida y de su conciencia. Y a veces suele ser su desnudez tanta, que un coleto acuchillado le sirve de gala y de camisa, y en la mitad del invierno se suele reparar de las inclemencias del cielo, estando en la campaña rasa, con solo el aliento de su boca, que, como sale de lugar vacío, tengo por averiguado que debe de salir frío, contra toda naturaleza. Pues esperad que espere que llegue la noche para restaurarse de todas estas incomodidades en la cama que le aguarda, la cual, si no es por su culpa, jamás pecará de estrecha: que bien puede medir en la tierra los pies que quisiere y revolverse en ella a su sabor, sin temor que se le encojan las sábanas. Lléguese, pues, a todo esto, el día y la hora de recibir el grado de su ejercicio: lléguese un día de batalla, que allí le pondrán la borla en la cabeza, hecha de hilas, para curarle algún

teça, mas o céu piedoso o guarde e conserve vivo e são, poderá ser que fique na mesma pobreza que dantes e que seja mister buscar embate após embate, batalha após batalha, e de todas sair vencedor, para medrar um pouco; mas esses milagres raras vezes se veem. Agora, dizei-me, senhores, se já cuidastes nisto: quantos menos são os premiados pela guerra que os que nela perecem? Sem dúvida respondereis que não têm os mortos comparação nem conta, e que se poderão contar os premiados vivos com três algarismos. Tudo isto se dá ao contrário entre os letrados, pois com batas (para não dizer com peitas ou botas)[1] todos têm com que se entreter. Portanto, ainda que seja maior o trabalho do soldado, muito menor é seu prêmio. Mas a isto se pode responder que é mais fácil premiar dois mil letrados que trinta mil soldados, porque os primeiros se premiam com os ofícios reservados aos de sua profissão, enquanto os segundos não podem ser premiados senão com os bens do senhor a que servem, esta impossibilidade mais fortifica a razão que tenho. Mas deixemos isto à parte, pois é labirinto de dificílima saída, e voltemos à preeminência das armas sobre as letras, matéria ainda por averiguar, conforme as razões alegadas de parte a parte. E entre as que já disse, dizem as letras que sem elas não se poderiam sustentar as armas, porque a guerra também tem suas leis e está sujeita a elas, e que as leis são da seara das letras e dos letrados. A isto respondem as armas que as leis não se poderiam sustentar sem elas, pois com as armas se defendem as repúblicas, se conservam os reinos, se guardam as cidades, se asseguram os caminhos, se livram os mares de corsários, e, finalmente, se por elas não fosse, as repúblicas, os reinos, as monarquias, as cidades, os caminhos de mar e de terra estariam sujeitos ao rigor e à confusão que a guerra traz consigo enquanto dura, quando tem licença de usar de seus privilégios e suas forças. E é razão averiguada que

---

balazo que quizá le habrá pasado las sienes o le dejará estropeado de brazo o pierna. Y cuando esto no suceda, sino que el cielo piadoso le guarde y conserve sano y vivo, podrá ser que se quede en la mesma pobreza que antes estaba y que sea menester que suceda uno y otro rencuentro, una y otra batalla, y que de todas salga vencedor, para medrar en algo; pero estos milagros vense raras veces. Pero, decidme, señores, si habéis mirado en ello: ¿cuán menos son los premiados por la guerra que los que han perecido en ella? Sin duda habéis de responder que no tienen comparación ni se pueden reducir a cuenta los muertos, y que se podrán contar los premiados vivos con tres letras de guarismo. Todo esto es al revés en los letrados, porque de faldas (que no quiero decir de mangas) todos tienen en qué entretenerse. Así que, aunque es mayor el trabajo del soldado, es mucho menor el premio. Pero a esto se puede responder que es más fácil premiar a dos mil letrados que a treinta mil soldados, porque aquellos se premian con darles oficios que por fuerza se han de dar a los de su profesión, y a estos no se pueden premiar sino con la mesma hacienda del señor a quien sirven, y esta imposibilidad fortifica más la razón que tengo. Pero dejemos esto aparte, que es laberinto de muy dificultosa salida, sino volvamos a la preeminencia de las armas contra las letras, materia que hasta ahora está por averiguar, según son las razones que cada una de su parte alega. Y, entre las que he dicho, dicen las letras que sin ellas no se podrían sustentar las armas, porque la guerra también tiene sus leyes y está sujeta a ellas, y que las leyes caen debajo de lo que son letras y letrados. A esto responden las armas que las leyes no se podrán sustentar sin ellas, porque con las armas se defienden las repúblicas, se conservan los reinos, se guardan las ciudades, se aseguran los caminos, se despojan los mares de cosarios, y, finalmente, si por ellas no fuese, las repúblicas, los reinos, las monarquías, las ciudades, los caminos de mar y tie-

aquilo que mais custa em mais se estima e se deve de estimar. Chegar alguém a ser eminente em letras lhe custa tempo, vigílias, fome, desnudez, vertigens, indigestões e outras coisas a estas aderentes, já em parte referidas; mas alguém chegar por si a ser bom soldado custa o mesmo que ao estudante, mas em tão mais alto grau que não há comparação, pois a cada passo está a pique de perder a vida. E que temor de necessidade e pobreza pode chegar e fatigar o estudante, que chegue ao que tem um soldado que, achando-se cercado nalgum forte e estando de sentinela perdida nalgum revelim ou cavaleiro,[2] sente que os inimigos estão minando o ponto onde ele está, e não pode arredar dali por causa alguma, nem fugir do perigo que de tão perto o ameaça? A única coisa que pode fazer é dar notícia ao seu capitão do que se passa, para que o remedeie com alguma contramina, e ele permanecer quedo, temendo e esperando quando imprevistamente há de subir às nuvens sem asas e descer ao profundo sem sua vontade. E caso isto pareça um perigo menor, vejamos se o iguala ou avantaja o de se investirem pela proa duas galeras em meio ao mar espaçoso, quando, encravilhadas e travadas, não resta ao soldado mais espaço do que concedem os dois pés de tábua do esporão; e com tudo isso, vendo que tem diante de si tantos ministros da morte a ameaçá-lo quantos canhões de artilharia se assestam da parte contrária, que não distam do seu corpo uma lança, e vendo que ao primeiro descuido dos pés iria visitar os abismos de Netuno, e, apesar de tudo, com intrépido coração, levado da honra que o incita, põe-se como alvo de tanta arcabuzaria e tenta passar por tão estreito passo ao navio contrário. E o que é mais de admirar: apenas um soldado cai donde não se poderá levantar até o fim do mundo, outro vem ocupar seu mesmo lugar; e se este também cai no mar, que como inimigo o aguarda, outro e mais outro o sucedem, sem dar tempo ao tempo

---

rra estarían sujetos al rigor y a la confusión que trae consigo la guerra el tiempo que dura y tiene licencia de usar de sus previlegios y de sus fuerzas. Y es razón averiguada que aquello que más cuesta se estima y debe de estimar en más. Alcanzar alguno a ser eminente en letras le cuesta tiempo, vigilias, hambre, desnudez, váguidos de cabeza, indigestiones de estómago y otras cosas a éstas adherentes, que en parte ya las tengo referidas; mas llegar uno por sus términos a ser buen soldado le cuesta todo lo que a el estudiante, en tanto mayor grado, que no tiene comparación, porque a cada paso está a pique de perder la vida. Y ¿qué temor de necesidad y pobreza puede llegar ni fatigar al estudiante, que llegue al que tiene un soldado que, hallándose cercado en alguna fuerza y estando de posta o guarda en algún revellín o caballero, siente que los enemigos están minando hacia la parte donde él está, y no puede apartarse de allí por ningún caso, ni huir el peligro que de tan cerca le amenaza? Solo lo que puede hacer es dar noticia a su capitán de lo que pasa, para que lo remedie con alguna contramina, y él estarse quedo, temiendo y esperando cuándo improvisamente ha de subir a las nubes sin alas y bajar al profundo sin su voluntad. Y si este parece pequeño peligro, veamos si le iguala o hace ventaja el de embestirse dos galeras por las proas en mitad del mar espacioso, las cuales enclavijadas y trabadas no le queda al soldado más espacio del que concede dos pies de tabla del espolón; y con todo esto, viendo que tiene delante de sí tantos ministros de la muerte que le amenazan cuantos cañones de artillería se asestan de la parte contraria, que no distan de su cuerpo una lanza, y viendo que al primer descuido de los pies iría a visitar los profundos senos de Neptuno, y con todo esto, con intrépido corazón, llevado de la honra que le incita, se pone a ser blanco de tanta arcabucería y procura pasar por tan estrecho paso al bajel contrario. Y lo que más es de admirar: que apenas uno ha caído donde no se podrá le-

das suas mortes. Valentia e atrevimento como estes, maiores não se pode achar em todos os transes da guerra. Bem hajam aqueles benditos séculos que careceram da espantável fúria desses endemoninhados instrumentos da artilharia, a cujo inventor tenho para mim que no inferno está recebendo o prêmio por sua diabólica invenção, com a qual deu ocasião a que um infame e covarde braço tire a vida a um valoroso cavaleiro, e que, sem saber como ou por onde, em meio à coragem e brio que inflama e anima os valentes peitos, chega uma bala desmandada (disparada por quem talvez fugiu e se espantou do brilho que fez o fogo ao disparar da maldita máquina) e num instante corta e acaba os pensamentos e a vida de quem a merecia gozar por longos séculos. E assim, considerando isto, estou para dizer que na alma me pesa o ter tomado este exercício de cavaleiro andante em idade tão detestável como é esta em que agora vivemos; porque, bem que nenhum perigo me dê medo, dá-me receio pensar que a pólvora e o estanho podem tirar-me a ocasião de ser famoso e conhecido pelo valor do meu braço e pelo fio da minha espada, por todo o descoberto da terra. Mas que seja como o céu quiser, pois, se eu alcançar o que pretendo, tanto mais serei estimado quanto os perigos que afronto forem maiores que aqueles afrontados pelos cavaleiros andantes dos passados séculos.

Todo esse longo preâmbulo disse D. Quixote enquanto os demais jantavam, esquecendo-se de levar bocado à boca, posto que algumas vezes Sancho Pança lhe tivesse dito que jantasse, que depois teria ocasião de dizer tudo o que quisesse. Aqueles que o escutaram sentiram nova pena ao ver que um homem que mostrava tão bom entendimento e bom discurso em todas as coisas que tratava, o tivesse perdido tão rematadamente em se tratando de sua negra e pezenha cavalaria. O padre lhe disse que tinha muita razão em

---

vantar hasta la fin del mundo, cuando otro ocupa su mesmo lugar; y si este también cae en el mar, que como a enemigo le aguarda, otro y otro le sucede, sin dar tiempo al tiempo de sus muertes: valentía y atrevimiento el mayor que se puede hallar en todos los trances de la guerra. Bien hayan aquellos benditos siglos que carecieron de la espantable furia de aquestos endemoniados instrumentos de la artillería, a cuyo inventor tengo para mí que en el infierno se le está dando el premio de su diabólica invención, con la cual dio causa que un infame y cobarde brazo quite la vida a un valeroso caballero, y que sin saber cómo o por dónde, en la mitad del coraje y brío que enciende y anima a los valientes pechos, llega una desmandada bala (disparada de quien quizá huyó y se espantó del resplandor que hizo el fuego al disparar de la maldita máquina) y corta y acaba en un instante los pensamientos y vida de quien la merecía gozar luengos siglos. Y así, considerando esto, estoy por decir que en el alma me pesa de haber tomado este ejercicio de caballero andante en edad tan detestable como es esta en que ahora vivimos; porque aunque a mí ningún peligro me pone miedo, todavía me pone recelo pensar si la pólvora y el estaño me han de quitar la ocasión de hacerme famoso y conocido por el valor de mi brazo y filos de mi espada, por todo lo descubierto de la tierra. Pero haga el cielo lo que fuere servido, que tanto seré más estimado, si salgo con lo que pretendo, cuanto a mayores peligros me he puesto que se pusieron los caballeros andantes de los pasados siglos.

Todo este largo preámbulo dijo don Quijote en tanto que los demás cenaban, olvidándose de llevar bocado a la boca, puesto que algunas veces le había dicho Sancho Panza que cenase, que después habría lugar para decir todo lo que quisiese. En los que escuchado le habían sobrevino nueva lástima de ver que hombre que al parecer tenía buen entendimiento y buen discurso en todas las cosas que trataba, le hubiese perdido tan remata-

tudo quanto dissera em favor das armas, e que ele, se bem letrado e graduado, era do mesmo parecer.

Acabaram de jantar, alçaram a mesa, e enquanto a estalajadeira, sua filha e Maritornes preparavam o desvão de D. Quixote de La Mancha, onde tinham determinado que naquela noite só as mulheres nele se recolheriam, D. Fernando rogou ao cativo que lhes contasse o discorrer de sua vida, que devia de ser grato e peregrino, segundo as mostras que começara a dar, vindo na companhia de Zoraida. Ao que respondeu o cativo que de muito bom grado faria o que se lhe mandava, e que só temia que o conto não houvera de ser tal que lhes desse o gosto que ele desejava, mas que, para não lhe faltar à obediência, ainda assim o contaria. O padre e todos os demais lho agradeceram, e de novo lho rogaram; e ele, vendo-se rogar por tantos, disse que não eram mister rogos onde tinha o mandamento tanta força.

— E assim, estejam vossas mercês atentos e ouvirão um discurso verdadeiro, que talvez não igualassem os mentirosos que com curioso e calculado artifício se costumam compor.

Isto dizendo, fez com que todos se acomodassem e lhe prestassem atento e silencioso ouvido; e ele, vendo que já calavam e esperavam o que dizer quisesse, com voz agradável e pausada começou a dizer desta maneira:

---

damente en tratándole de su negra y pizmienta caballería. El cura le dijo que tenía mucha razón en todo cuanto había dicho en favor de las armas, y que él, aunque letrado y graduado, estaba de su mesmo parecer.

Acabaron de cenar, levantaron los manteles, y en tanto que la ventera, su hija y Maritornes aderezaban el camaranchón de don Quijote de la Mancha, donde habían determinado que aquella noche las mujeres solas en él se recogiesen, don Fernando rogó al cautivo les contase el discurso de su vida, porque no podría ser sino que fuese peregrino y gustoso, según las muestras que había comenzado a dar, viniendo en compañía de Zoraida. A lo cual respondió el cautivo que de muy buena gana haría lo que se le mandaba, y que solo temía que el cuento no había de ser tal que les diese el gusto que él deseaba, pero que, con todo eso, por no faltar en obedecelle, le contaría. El cura y todos los demás se lo agradecieron, y de nuevo se lo rogaron; y él, viéndose rogar de tantos, dijo que no eran menester ruegos adonde el mandar tenía tanta fuerza.

— Y, así, estén vuestras mercedes atentos y oirán un discurso verdadero a quien podría ser que no llegasen los mentirosos que con curioso y pensado artificio suelen componerse.

Con esto que dijo hizo que todos se acomodasen y le prestasen un grande silencio; y él, viendo que ya callaban y esperaban lo que decir quisiese, con voz agradable y reposada comenzó a decir desta manera:

Notas

[1] ... batas (para não dizer peitas ou botas): jogo de palavras com batas (*faldas*) — referência metonímica aos letrados, e por extensão aos seus proventos lícitos — e peitas (*mangas*), isto é, propina, suborno. Além dessa leitura, que contrasta benefícios legais e ilegais, cabe outra, entendendo-se uma alusão às mulheres e ao vinho, já que *manga* significa também uma espécie de odre, ou bota.

[2] Cavaleiro: neste contexto, no sentido de pequena fortificação, especialmente a que se encontra numa elevação do terreno.

CAPÍTULO XXXIX

ONDE O CATIVO CONTA SUA VIDA E SEUS SUCESSOS

— Num lugarejo nas montanhas de Leão[1] teve início a minha linhagem, com a qual foi mais grata e liberal a natureza que a fortuna, ainda que, na estreiteza daqueles povoados, meu pai ainda tivesse fama de rico, e verdadeiramente o seria se ele soubesse conservar suas posses como sabia gastá--las; e essa sua condição de liberal e gastador lhe vinha dos anos da sua juventude, quando foi soldado, pois é a soldadesca escola onde o avarento se faz generoso, e o generoso, pródigo, e, se alguns soldados se acham miseráveis, são eles como monstros, que raras vezes se veem. Passava meu pai dos termos da liberalidade e raiava os de ser pródigo, coisa de nenhum proveito ao homem casado e com filhos que hão de o suceder no nome e no ser. Os de meu pai eram três, todos varões e todos em idade de tomar estado. Vendo pois meu pai que, segundo ele dizia, não conseguia vencer a sua condição, quis privar-se do instrumento e da causa de ser ele gastador e dadivoso, que foi privar-se de suas posses, sem o qual o mesmíssimo Alexandre pareceria mesquinho. Até que, um dia, chamando a nós três a sós num aposento, nos disse umas razões semelhantes às que agora direi: "Filhos, para dizer que vos quero bem, basta saber e dizer que sois meus filhos; e para entender que vos quero mal basta saber que não está em mim conservar as vossas posses. Assim, para que daqui em diante entendais que vos quero como pai, e que não

---

CAPÍTULO XXXIX

DONDE EL CAUTIVO CUENTA SU VIDA Y SUCESOS

— En un lugar de las montañas de León tuvo principio mi linaje, con quien fue más agradecida y liberal la naturaleza que la fortuna, aunque en la estrecheza de aquellos pueblos todavía alcanzaba mi padre fama de rico, y verdaderamente lo fuera si así se diera maña a conservar su hacienda como se la daba en gastalla; y la condición que tenía de ser liberal y gastador le procedió de haber sido soldado los años de su joventud, que es escuela la soldadesca donde el mezquino se hace franco, y el franco, pródigo, y si algunos soldados se hallan miserables, son como monstruos, que se ven raras veces. Pasaba mi padre los términos de la liberalidad y rayaba en los de ser pródigo, cosa que no le es de ningún provecho al hombre casado y que tiene hijos que le han de suceder en el nombre y en el ser. Los que mi padre tenía eran tres, todos varones y todos de edad de poder elegir estado. Viendo, pues, mi padre que, según él decía, no podía irse a la mano contra su condición, quiso privarse del instrumento y causa que le hacía gastador y dadivoso, que fue privarse de la hacienda, sin la cual el mismo Alejandro pareciera estrecho. Y, así, llamándonos un día a todos tres a solas en un aposento, nos dijo unas razones semejantes a las que ahora diré: "Hijos, para deciros que os quiero bien basta saber y decir que sois mis hijos; y para entender

vos quero destruir como padrasto, quero fazer uma coisa convosco que há muitos dias tenho pensada e com madura consideração disposta. Vós já estais em idade de tomar estado, ou ao menos de escolher exercício que vos honre e aproveite quando tiverdes mais idade. E o que tenho pensado é dividir as minhas posses em quatro partes: três delas as darei a vós, a cada qual o que couber, sem exceder em coisa alguma, ficando eu com a quarta para viver e me sustentar nos dias que o céu houver por bem me dar de vida. Mas quisera que cada um, depois de ter em seu poder a parte que lhe cabe, seguisse um dos caminhos que direi. Há um ditado em nossa Espanha, a meu parecer muito verdadeiro, como todos o são, por serem sentenças breves tiradas da longa e discreta experiência; e esse que eu digo diz: 'Igreja, ou mar, ou casa real', como se mais claramente dissesse: 'Quem quiser valer e ser rico, que siga a Igreja, ou navegue, exercitando a arte do mercadejo,[2] ou entre a servir os reis nas suas casas'; pois dizem: 'Mais vale migalha de rei que mercê de senhor'. Digo isto porque quisera e é minha vontade que um de vós seguisse as letras, o outro, o mercadejo, e o outro servisse o rei na guerra, pois é difícil entrar a servi-lo em sua casa; e ainda que a guerra não dê muitas riquezas, sói dar muito valor e muita fama. Dentro de oito dias vos darei toda a vossa parte em dinheiro, sem vos defraudar um cobre, como vereis no resultado. Dizei-me agora se quereis seguir meu parecer e conselho nesta proposta". E mandando a mim, por ser o mais velho, que respondesse, eu, depois de lhe dizer que não se desfizesse de seus bens, mas gastasse o quanto fosse sua vontade, que nós já éramos moços para saber ganhá-la, acabei concedendo ao seu gosto e disse que o meu era seguir o exercício das armas, nele servindo a Deus e ao meu rei. O segundo irmão fez os mesmos oferecimentos e escolheu ir para as Índias, levando empregado o quinhão que lhe coubesse.

---

que os quiero mal basta saber que no me voy a la mano en lo que toca a conservar vuestra hacienda. Pues para que entendáis desde aquí adelante que os quiero como padre, y que no os quiero destruir como padrastro, quiero hacer una cosa con vosotros que ha muchos días que la tengo pensada y con madura consideración dispuesta. Vosotros estáis ya en edad de tomar estado, o a lo menos de elegir ejercicio, tal que cuando mayores os honre y aproveche. Y lo que he pensado es hacer de mi hacienda cuatro partes: las tres os daré a vosotros, a cada uno lo que le tocare, sin exceder en cosa alguna, y con la otra me quedaré yo para vivir y sustentarme los días que el cielo fuere servido de darme de vida. Pero querría que, después que cada uno tuviese en su poder la parte que le toca de su hacienda, siguiese uno de los caminos que le diré. Hay un refrán en nuestra España, a mi parecer muy verdadero, como todos lo son, por ser sentencias breves sacadas de la luenga y discreta experiencia; y el que yo digo dice: "Iglesia o mar o casa real", como si más claramente dijera: "Quien quisiere valer y ser rico siga o la Iglesia o navegue, ejercitando el arte de la mercancía, o entre a servir a los reyes en sus casas"; porque dicen: "Más vale migaja de rey que merced de señor". Digo esto porque querría y es mi voluntad que uno de vosotros siguiese las letras, el otro la mercancía, y el otro sirviese al rey en la guerra, pues es dificultoso entrar a servirle en su casa; que ya que la guerra no dé muchas riquezas, suele dar mucho valor y mucha fama. Dentro de ocho días os daré toda vuestra parte en dineros, sin defraudaros en un ardite, como lo veréis por la obra. Decidme ahora si queréis seguir mi parecer y consejo en lo que os he propuesto". Y mandándome a mí, por ser el mayor, que respondiese, después de haberle dicho que no se deshiciese de la hacienda, sino que gastase todo lo que fuese su voluntad, que nosotros éramos mozos para saber ganarla, vine a concluir en que cumpliría su gusto, y que el mío era seguir el

O menor, e a meu entender o mais discreto, disse que queria seguir a Igreja ou terminar seus começados estudos em Salamanca. Assim como acabamos de nos pôr em acordo e escolher nossos exercícios, meu pai abraçou todos três e, com a brevidade já dita, pôs por obra o prometido; e tendo dado a cada um a sua parte, que pelo que eu me lembro foi de três mil ducados em dinheiro (pois um tio nosso comprou toda a fazenda e pagou de contado, por que não saísse do tronco da casa), no mesmo dia nos despedimos, todos três, do nosso bom pai. Mas antes de partir, por parecer-me uma desumanidade que meu pai ficasse velho e com tão poucas posses, convenci-o a tomar dois mil dos meus três mil ducados, pois o resto bastaria para me prover dos misteres de um soldado. Meus dois irmãos, movidos do meu exemplo, lhe deram mil ducados cada um; de modo que meu pai ficou com quatro mil em dinheiro, mais os três mil que, ao que parece, valia a parte dos bens que lhe coubera, os quais não quis vender, mas ficar com eles em raiz. Digo, enfim, que nos despedimos dele e daquele nosso tio, não sem muito sentimento e lágrimas de todos, encarecendo-nos que lhes déssemos notícia, sempre que houvesse comodidade para tanto, dos nossos sucessos, prósperos ou adversos. Assim lho prometemos, e, depois de nos abraçarmos e receber deles a bênção, um tomou o caminho de Salamanca, o outro de Sevilha, e eu o de Alicante, onde sabia haver um navio genovês que dali carregava lã para Gênova. Neste ano fará vinte e dois que saí da casa de meu pai, e em todos, posto que lhe escrevi algumas cartas, não soube dele nem dos meus irmãos nova alguma. Quanto ao que nesse discurso de tempo me sucedeu, tratarei de dizê-lo brevemente. Embarquei em Alicante, cheguei a Gênova com próspera viagem, fui dali a Milão, onde me provi de armas e de algumas galas de soldado, e propus de ir assentar minha praça no Piemonte; mas, estando já a ca-

---

ejercicio de las armas, sirviendo en él a Dios y a mi rey. El segundo hermano hizo los mesmos ofrecimientos y escogió el irse a las Indias, llevando empleada la hacienda que le cupiese. El menor, y a lo que yo creo el más discreto, dijo que quería seguir la Iglesia o irse a acabar sus comenzados estudios a Salamanca. Así como acabamos de concordarnos y escoger nuestros ejercicios, mi padre nos abrazó a todos, y con la brevedad que dijo puso por obra cuanto nos había prometido; y dando a cada uno su parte, que, a lo que se me acuerda, fueron cada tres mil ducados en dineros (porque un nuestro tío compró toda la hacienda y la pagó de contado, porque no saliese del tronco de la casa), en un mesmo día nos despedimos todos tres de nuestro buen padre. Y en aquel mesmo, pareciéndome a mí ser inhumanidad que mi padre quedase viejo y con tan poca hacienda, hice con él que de mis tres mil tomase los dos mil ducados, porque a mí me bastaba el resto para acomodarme de lo que había menester un soldado. Mis dos hermanos, movidos de mi ejemplo, cada uno le dio mil ducados; de modo que a mi padre le quedaron cuatro mil en dineros, y más tres mil que a lo que parece valía la hacienda que le cupo, que no quiso vender, sino quedarse con ella en raíces. Digo, en fin, que nos despedimos dél y de aquel nuestro tío que he dicho, no sin mucho sentimiento y lágrimas de todos, encargándonos que les hiciésemos saber, todas las veces que hubiese comodidad para ello, de nuestros sucesos, prósperos o adversos. Prometímoselo, y, abrazándonos y echándonos su bendición, el uno tomó el viaje de Salamanca, el otro de Sevilla, y yo el de Alicante, adonde tuve nuevas que había una nave ginovesa que cargaba allí lana para Génova. Este hará veinte y dos años que salí de casa de mi padre, y en todos ellos, puesto que he escrito algunas cartas, no he sabido dél ni de mis hermanos nueva alguna; y lo que en este discurso de tiempo he pasado lo diré brevemente. Embarquéme en Alicante, llegué con prós-

minho de Alexandria da Palha,³ tive novas de que o grande Duque de Alba⁴ se dirigia para Flandres. Mudei meu propósito, fui com ele, servi-o nas jornadas que fez, presenciei a morte dos condes de Egmont e de Horn,⁵ cheguei a tenente de um famoso capitão de Guadalajara, chamado Diego de Urbina,⁶ e algum tempo depois de entrar em Flandres, chegaram novas da aliança que sua Santidade o papa Pio V, de feliz recordação, fizera com Veneza e com a Espanha, contra o inimigo comum, que é o Turco, que por aquele tempo ganhara com sua armada a famosa ilha do Chipre,⁷ até então sob o domínio dos venezianos, e foi perda lamentável e desafortunada. Soube-se ao certo que vinha por general dessa liga o sereníssimo D. Juan de Áustria, irmão natural do nosso bom rei D. Felipe; divulgou-se o grandíssimo aparato de guerra que se fazia, todo o qual incitou e comoveu meu ânimo e meu desejo de me ver nessa esperada jornada; e bem que tivesse esperanças, e quase a certeza, de que na primeira ocasião que se oferecesse eu seria promovido a capitão, resolvi deixar tudo e ir, como fui, à Itália. E quis minha boa sorte que o senhor D. Juan de Áustria acabasse de chegar a Gênova, de passagem para Nápoles para ali se reunir com a armada de Veneza, como depois fez em Messina. Digo, enfim, que eu me achei naquela felicíssima jornada, já como capitão de infantaria, a cujo honroso cargo fui alçado mais por minha boa estrela que por meus merecimentos; e aquele dia, tão ditoso para a cristandade,⁸ porque nele o mundo e todas as nações se desenganaram do erro em que estavam de crer que os turcos eram invencíveis no mar, naquele dia, digo, em que o orgulho e a soberba otomana foram quebrantados, entre tantos venturosos como ali houve (pois mais ventura tiveram os cristãos que ali morreram que aqueles que saíram vivos e vencedores), eu fui o único desditoso; pois, em vez da coroa naval, que eu bem poderia esperar se fosse nos romanos séculos,

---

pero viaje a Génova, fui desde allí a Milán, donde me acomodé de armas y de algunas galas de soldado, de donde quise ir a asentar mi plaza al Piamonte; y estando ya de camino para Alejandria de la Palla, tuve nuevas que el gran Duque de Alba pasaba a Flandes. Mudé propósito, fuime con él, servíle en las jornadas que hizo, halléme en la muerte de los condes de Eguemón y de Hornos, alcancé a ser alférez de un famoso capitán de Guadalajara, llamado Diego de Urbina, y a cabo de algún tiempo que llegué a Flandes, se tuvo nuevas de la liga que la Santidad del papa Pío Quinto, de felice recordación, había hecho con Venecia y con España, contra el enemigo común, que es el Turco, el cual en aquel mesmo tiempo había ganado con su armada la famosa isla de Chipre, que estaba debajo del dominio de venecianos, y fue pérdida lamentable y desdichada. Súpose cierto que venía por general desta liga el serenísimo don Juan de Austria, hermano natural de nuestro buen rey don Felipe; divulgóse el grandísimo aparato de guerra que se hacía, todo lo cual me incitó y conmovió el ánimo y el deseo de verme en la jornada que se esperaba; y aunque tenía barruntos, y casi promesas ciertas, de que en la primera ocasión que se ofreciese sería promovido a capitán, lo quise dejar todo y venirme, como me vine a Italia, y quiso mi buena suerte que el señor don Juan de Austria acababa de llegar a Génova, que pasaba a Nápoles a juntarse con la armada de Venecia, como después lo hizo en Mecina. Digo, en fin, que yo me hallé en aquella felicísima jornada, ya hecho capitán de infantería, a cuyo honroso cargo me subió mi buena suerte, más que mis merecimientos; y aquel día, que fue para la cristiandad tan dichoso, porque en él se desengañó el mundo y todas las naciones del error en que estaban creyendo que los turcos eran invencibles por la mar, en aquel día, digo, donde quedó el orgullo y soberbia otomana quebrantada, entre tantos venturosos como allí hubo (porque más ventura tuvieron los cristianos

me vi naquela noite que se seguiu a tão famoso dia com grilhões nos pés e algemas nas mãos. E sucedeu desta sorte: tendo o Uchali,[9] rei de Argel, atrevido e venturoso corsário, acometido e rendido a capitânia de Malta, da qual só três cavaleiros saíram vivos, e ainda malferidos, acudiu em seu socorro a capitânia de Andrea Doria,[10] na qual eu ia com a minha companhia; e fazendo o que devia em semelhante ocasião, saltei na galera contrária, a qual, esquivando-se daquela que a investira, impediu que meus soldados me seguissem, e assim me achei só entre meus inimigos, aos quais não pude fazer frente, por serem tantos: por fim me renderam cheio de feridas. E como já tereis, senhores, ouvido dizer que o Uchali se salvou com toda sua esquadra, eu vim a ficar cativo em seu poder, e fui o único triste entre tantos alegres e cativo entre tantos livres, pois foram quinze mil os cristãos que naquele dia alcançaram a desejada liberdade, todos ao remo na armada turca. Fui levado a Constantinopla, onde o Grão-Turco Selim[11] alçou meu amo a general do mar, por ter feito seu dever na batalha, levando por mostra de sua coragem o cruzado estandarte de Malta. Achei-me no segundo ano, que foi o de setenta e dois, em Navarino,[12] vogando na capitânia das três lanternas.[13] Vi e notei a ocasião que ali se perdeu de surpreender toda a armada turca no porto, pois todos os levantes e janízaros[14] que nela vinham tiveram por certo que os haviam de acometer dentro do mesmo porto, tendo por isso pronta sua roupa e seus *passamaques*, que são seus sapatos, para logo fugirem por terra, sem esperar ser combatidos: tamanho era o medo que a nossa armada lhes punha. Mas o céu dispôs de outra maneira, não por culpa nem descuido do general que os nossos regia, mas pelos pecados da cristandade e porque Deus quer e permite que sempre tenhamos carrascos para nos castigar. Com efeito, o Uchali se recolheu a Modon, que é uma ilha perto de Navarino, e, lan-

---

que allí murieron que los que vivos y vencedores quedaron), yo solo fui el desdichado; pues, en cambio de que pudiera esperar, si fuera en los romanos siglos, alguna naval corona, me vi aquella noche que siguió a tan famoso día con cadenas a los pies y esposas a las manos. Y fue desta suerte: que habiendo el Uchalí, rey de Argel, atrevido y venturoso cosario, embestido y rendido la capitana de Malta, que solos tres caballeros quedaron vivos en ella, y éstos malheridos, acudió la capitana de Juan Andrea a socorrella, en la cual yo iba con mi compañía; y haciendo lo que debía en ocasión semejante, salté en la galera contraria, la cual desviándose de la que la había embestido, estorbó que mis soldados me siguiesen, y, así, me hallé solo entre mis enemigos, a quien no pude resistir, por ser tantos: en fin me rindieron lleno de heridas. Y como ya habréis, señores, oído decir que el Uchalí se salvó con toda su escuadra, vine yo a quedar cautivo en su poder, y solo fui el triste entre tantos alegres y el cautivo entre tantos libres, porque fueron quince mil cristianos los que aquel día alcanzaron la deseada libertad, que todos venían al remo en la turquesca armada. Lleváronme a Costantinopla, donde el Gran Turco Selín hizo general de la mar a mi amo, porque había hecho su deber en la batalla, habiendo llevado por muestra de su valor el estandarte de la religión de Malta. Halléme el segundo año, que fue el de setenta y dos, en Navarino, bogando en la capitana de los tres fanales. Vi y noté la ocasión que allí se perdió de no coger en el puerto toda el armada turquesca, porque todos los leventes y genízaros que en ella venían tuvieron por cierto que les habían de embestir dentro del mesmo puerto y tenían a punto su ropa y pasamaques, que son sus zapatos, para huirse luego por tierra, sin esperar ser combatidos: tanto era el miedo que habían cobrado a nuestra armada. Pero el cielo lo ordenó de otra manera, no por culpa ni descuido del general que a los nuestros regía, sino por los pecados de la cristian-

çando sua gente em terra, fortificou a boca do porto e esteve quedo até a volta do senhor D. Juan. Nessa viagem se tomou a galera chamada *La Presa*, da qual era capitão um filho daquele famoso corsário Barba Ruiva.[15] Tomou-a a capitânia de Nápoles, chamada *La Loba*, regida por aquele raio da guerra, pelo pai dos soldados, por aquele venturoso e jamais vencido capitão D. Álvaro de Bazán, marquês de Santa Cruz.[16] E não quero deixar de dizer o que sucedeu no apresamento de *La Presa*. Era tão cruel o filho de Barba Ruiva e tratava tão mal os seus cativos que, em vendo aqueles que vinham ao remo que a galera *Loba* os seguia e ia alcançando, largaram os remos todos a um só tempo e apanharam seu capitão, que estava no tombadilho gritando que vogassem depressa, e, passando-o de banco em banco, da popa à proa, lhe deram tantas dentadas que, passado o mastro grande já passara sua alma ao inferno: tal era, como já disse, a crueldade com que tratava os cativos e o ódio que tinham por ele. Voltamos a Constantinopla e, no ano seguinte, que foi o de setenta e três, ali soubemos que o senhor D. Juan tinha tomado Túnis e tirado esse reino das mãos turcas, pondo-o na possessão de Mulei Hamet e cortando assim as esperanças que de voltar a reinar nele tinha Mulei Hamida,[17] o mouro mais cruel e mais valente que já houve no mundo. Sentiu muito essa perda o Grão-Turco, e, usando da sagacidade que têm todos os de sua casa, fez pazes com os venezianos, que muito mais que ele o desejavam, e no ano seguinte, o de setenta e quatro, acometeu La Goleta[18] e o forte que o senhor D. Juan erguera junto a Túnis. Em todos esses transes estava eu ao remo, sem esperança de liberdade alguma; ao menos não esperava tê-la por resgate, pois tinha a determinação de não escrever as novas da minha desgraça ao meu pai. Perdeu-se, enfim, La Goleta, perdeu-se o forte, contra cujas praças se lançaram, de turcos, setenta e cinco mil soldados pagos e, de

---

dad y porque quiere y permite Dios que tengamos siempre verdugos que nos castiguen. En efeto, el Uchalí se recogió a Modón, que es una isla que está junto a Navarino, y echando la gente en tierra, fortificó la boca del puerto y estúvose quedo hasta que el señor don Juan se volvió. En este viaje se tomó la galera que se llamaba *La Presa*, de quien era capitán un hijo de aquel famoso cosario Barbarroja. Tomóla la capitana de Nápoles, llamada *La Loba*, regida por aquel rayo de la guerra, por el padre de los soldados, por aquel venturoso y jamás vencido capitán don Álvaro de Bazán, marqués de Santa Cruz. Y no quiero dejar de decir lo que sucedió en la presa de *La Presa*. Era tan cruel el hijo de Barbarroja y trataba tan mal a sus cautivos, que así como los que venían al remo vieron que la galera *Loba* les iba entrando y que los alcanzaba, soltaron todos a un tiempo los remos y asieron de su capitán, que estaba sobre el estanterol gritando que bogasen apriesa, y pasándole de banco en banco, de popa a proa, le dieron bocados, que a poco más que pasó del árbol ya había pasado su ánima al infierno: tal era, como he dicho, la crueldad con que los trataba y el odio que ellos le tenían. Volvimos a Constantinopla, y el año siguiente, que fue el de setenta y tres, se supo en ella como el señor don Juan había ganado a Túnez y quitado aquel reino a los turcos y puesto en posesión dél a Muley Hamet, cortando las esperanzas que de volver a reinar en él tenía Muley Hamida, el moro más cruel y más valiente que tuvo el mundo. Sintió mucho esta pérdida el Gran Turco, y, usando de la sagacidad que todos los de su casa tienen, hizo paz con venecianos, que mucho más que él la deseaban, y el año siguiente de setenta y cuatro acometió a la Goleta y al fuerte que junto a Túnez había dejado medio levantado el señor don Juan. En todos estos trances andaba yo al remo, sin esperanza de libertad alguna; a lo menos, no esperaba tenerla por rescate, porque tenía determinado de no escribir las nuevas de mi desgracia a mi

mouros e alárabes de toda a África, mais de quatrocentos mil, acompanhado tão grande número de gente com tantas munições e petrechos de guerra e com tantos sapadores, que só com as mãos e aos punhados de terra podiam ter coberto La Goleta e o forte. Perdeu-se primeiro La Goleta, tida até então por inexpugnável, e não foi perdida por culpa de seus defensores, que fizeram em sua defesa tudo aquilo que deviam e podiam, mas porque a experiência mostrou a facilidade com que se podiam levantar reparos naquela areia deserta, pois se a dois palmos se achava água, os turcos não a acharam a duas varas; e assim, com muitos sacos de areia, levantaram tão altos reparos que sobrepujavam as muralhas da fortificação, e atirando-lhes a cavaleiro, ninguém podia deter o ataque nem se defender. Foi comum opinião que os nossos não se haviam de ter recolhido em La Goleta, mas esperar em campo aberto no desembarcadouro, e os que isto dizem falam sem conhecimento nem experiência de casos semelhantes; porque, se em La Goleta e no forte havia quando muito sete mil soldados, como podia tão pequeno número, por mais esforçados que fossem, sair à campanha e ficar nas fortalezas contra um tão grande como era o dos inimigos? E como deixar de perder uma fortaleza que não é socorrida, e mais quando é cercada de inimigos muitos e porfiados, e em sua mesma terra? Mas muitos, eu incluso, entenderam que foi particular graça e mercê que o céu fez a Espanha permitir a destruição daquela oficina e couto de maldades, e daquele sumidouro ou esponja e traça da infinidade de dinheiro que ali sem proveito se gastava, sem servir para outra coisa que não fosse conservar a lembrança de ter sido tomada pelo invictíssimo Carlos V, de felicíssima memória, como se fosse mister para fazê-la eterna, como é e será, que aquelas pedras a sustentassem. Perdeu-se também o forte, mas foi sendo ganhado pelos turcos palmo a palmo, porque os sol-

---

padre. Perdióse, en fin, la Goleta, perdióse el fuerte, sobre las cuales plazas hubo de soldados turcos, pagados, setenta y cinco mil, y de moros y alárabes de toda la África, más de cuatrocientos mil, acompañado este tan gran número de gente con tantas municiones y pertrechos de guerra y con tantos gastadores, que con las manos y a puñados de tierra pudieran cubrir la Goleta y el fuerte. Perdióse primero la Goleta, tenida hasta entonces por inexpugnable, y no se perdió por culpa de sus defensores, los cuales hicieron en su defensa todo aquello que debían y podían, sino porque la experiencia mostró la facilidad con que se podían levantar trincheas en aquella desierta arena, porque a dos palmos se hallaba agua, y los turcos no la hallaron a dos varas; y así, con muchos sacos de arena levantaron las trincheas tan altas, que sobrepujaban las murallas de la fuerza, y tirándoles a caballero, ninguno podía parar ni asistir a la defensa. Fue común opinión que no se habían de encerrar los nuestros en la Goleta, sino esperar en campaña al desembarcadero, y los que esto dicen hablan de lejos y con poca experiencia de casos semejantes; porque si en la Goleta y en el fuerte apenas había siete mil soldados, ¿cómo podía tan poco número, aunque más esforzados fuesen, salir a la campaña y quedar en las fuerzas, contra tanto como era el de los enemigos? ¿Y cómo es posible dejar de perderse fuerza que no es socorrida, y más cuando la cercan enemigos muchos y porfiados, y en su mesma tierra? Pero a muchos les pareció, y así me pareció a mí, que fue particular gracia y merced que el cielo hizo a España en permitir que se asolase aquella oficina y capa de maldades, y aquella gomia o esponja y polilla de la infinidad de dineros que allí sin provecho se gastaban, sin servir de otra cosa que de conservar la memoria de haberla ganado la felicísima del invictísimo Carlos Quinto, como si fuera menester para hacerla eterna, como lo es y será, que aquellas piedras la sustentaran. Perdióse también el fuerte, pero

dados que o defendiam pelejaram tão valorosa e fortemente, que passaram de vinte e cinco mil os inimigos que mataram em vinte e dois assaltos que lhes deram. Dos trezentos cristãos que saíram com vida, nenhum foi cativado são, sinal certo e claro de seu esforço e valor, e de quão bem defenderam e guardaram suas praças. Entregou-se em capitulação um pequeno forte ou torre que ficava no meio da laguna, a cargo de D. Juan Zanoguera, cavaleiro valenciano e famoso soldado. Cativaram D. Pedro Puertocarrero, general de La Goleta, que fizera todo o possível para defender sua praça e tanto sentiu sua perda que morreu de pesar a caminho de Constantinopla, aonde o levavam cativo. Cativaram também o general do forte, que se chamava Gabrio Cervellón, cavaleiro milanês, grande engenheiro e valentíssimo soldado. Morreram nessas duas praças muitas outras pessoas de conta, uma das quais foi Pagano Doria, cavaleiro do hábito de São João, de condição generoso, como mostrou a suma liberalidade que usou com seu irmão, o famoso Andrea Doria; e o que mais lastimosa fez sua morte foi ter morrido nas mãos de uns alárabes dos quais se fiou, vendo já perdido o forte, que se ofereceram para levá-lo em hábito de mouro a Tabarca, que é um pequeno porto ou feitoria que têm naquelas ribeiras os genoveses que se dedicam à pesca de coral, os quais alárabes lhe cortaram a cabeça e a levaram para o general da armada turca, que com eles fez valer aquele nosso ditado que diz "a traição apraz, mas não quem a faz"; e assim conta-se que mandou o general enforcar os que lhe levaram o presente, porque o não levaram vivo. Entre os cristãos que no forte se perderam, um deles foi D. Pedro de Aguilar, natural de não sei que lugar da Andaluzia, que fora tenente no forte, soldado de muita conta e de raro entendimento; e tinha ele particular graça no que chamam poesia. Digo isto porque sua sorte o trouxe à minha galera e ao meu banco e a ser escravo

---

fuéronle ganando los turcos palmo a palmo, porque los soldados que lo defendían pelearon tan valerosa y fuertemente, que pasaron de veinte y cinco mil enemigos los que mataron en veinte y dos asaltos generales que les dieron. Ninguno cautivaron sano de trecientos que quedaron vivos, señal cierta y clara de su esfuerzo y valor, y de lo bien que se habían defendido y guardado sus plazas. Rindióse a partido un pequeño fuerte o torre que estaba en mitad del estaño, a cargo de don Juan Zanoguera, caballero valenciano y famoso soldado. Cautivaron a don Pedro Puertocarrero, general de la Goleta, el cual hizo cuanto fue posible por defender su fuerza y sintió tanto el haberla perdido, que de pesar murió en el camino de Constantinopla, donde le llevaban cautivo. Cautivaron ansimesmo al general del fuerte, que se llamaba Gabrio Cervellón, caballero milanés, grande ingeniero y valentísimo soldado. Murieron en estas dos fuerzas muchas personas de cuenta, de las cuales fue una Pagán de Oria, caballero del hábito de San Juan, de condición generoso, como lo mostró la suma liberalidad que usó con su hermano el famoso Juan Andrea de Oria; y lo que más hizo lastimosa su muerte fue haber muerto a manos de unos alárabes de quien se fió, viendo ya perdido el fuerte, que se ofrecieron de llevarle en hábito de moro a Tabarca, que es un portezuelo o casa que en aquellas riberas tienen los ginoveses que se ejercitan en la pesquería del coral, los cuales alárabes le cortaron la cabeza y se la trujeron al general de la armada turquesca, el cual cumplió con ellos nuestro refrán castellano, que "aunque la traición aplace, el traidor se aborrece"; y así, se dice que mandó el general ahorcar a los que le trujeron el presente, porque no se le habían traído vivo. Entre los cristianos que en el fuerte se perdieron, fue uno llamado don Pedro de Aguilar, natural no sé de qué lugar del Andalucía, el cual había sido alférez en el fuerte, soldado de mucha cuenta y de raro entendimiento; especialmente tenía particular gracia

do mesmo patrão meu, e, antes de partirmos daquele porto, fez este cavaleiro dois sonetos à maneira de epitáfios, um para La Goleta e outro para o forte. E à vera que os tenho de dizer, pois os sei de cor e creio que antes causarão gosto que pesar.

No ponto em que o cativo citou o nome de D. Pedro de Aguilar, D. Fernando olhou para seus camaradas e todos três se sorriram; e quando mencionou os sonetos, disse um deles:

— Antes que vossa mercê siga adiante, eu lhe suplico que me diga que foi feito desse D. Pedro de Aguilar.

— O que eu sei — respondeu o cativo — é que, depois de dois anos em Constantinopla, fugiu em trajes de albanês com um espião grego, e não sei se veio a conseguir a liberdade, mas creio que sim, porque dali a um ano eu vi o grego em Constantinopla, se bem não pude perguntar pelo fim daquela viagem.

— Foi bom — respondeu o cavaleiro —, porque esse D. Pedro é meu irmão e está agora no nosso lugar, bem e rico, casado e com três filhos.

— Graças sejam dadas a Deus — disse o cativo — por tantas mercês como lhe fez, porque não há na terra, segundo o meu parecer, contento que se iguale a recuperar a liberdade perdida.

— E mais — replicou o cavaleiro —, que eu sei os sonetos que meu irmão fez.

— Diga-os então vossa mercê — disse o cativo —, que os saberá dizer melhor que eu.

— Com prazer — respondeu o cavaleiro. — O de La Goleta dizia assim:

---

en lo que llaman poesía. Dígolo porque su suerte le trujo a mi galera y a mi banco y a ser esclavo de mi mesmo patrón, y antes que nos partiésemos de aquel puerto hizo este caballero dos sonetos a manera de epitafios, el uno a la Goleta y el otro al fuerte. Y en verdad que los tengo de decir, porque los sé de memoria y creo que antes causarán gusto que pesadumbre.

En el punto que el cautivo nombró a don Pedro de Aguilar, don Fernando miró a sus camaradas y todos tres se sonrieron; y cuando llegó a decir de los sonetos, dijo el uno:

— Antes que vuestra merced pase adelante, le suplico me diga qué se hizo ese don Pedro de Aguilar que ha dicho.

— Lo que sé es — respondió el cautivo — que al cabo de dos años que estuvo en Constantinopla, se huyó en traje de arnaute con un griego espía, y no sé si vino en libertad, puesto que creo que sí, porque de allí a un año vi yo al griego en Constantinopla y no le pude preguntar el suceso de aquel viaje.

— Bueno fue — respondió el caballero —, porque ese don Pedro es mi hermano y está ahora en nuestro lugar, bueno y rico, casado y con tres hijos.

— Gracias sean dadas a Dios — dijo el cautivo — por tantas mercedes como le hizo, porque no hay en la tierra, conforme mi parecer, contento que se iguale a alcanzar la libertad perdida.

— Y más — replicó el caballero —, que yo sé los sonetos que mi hermano hizo.

— Dígalos, pues, vuestra merced — dijo el cautivo —, que los sabrá decir mejor que yo.

— Que me place — respondió el caballero —; y el de la Goleta decía así:

Notas

[1] Montanhas de Leão: as que separam os reinos de Leão e Astúrias. Estes, junto com o sudeste da Galiza, formam a região considerada berço primordial da nobreza castelhana.

[2] ... a arte do mercadejo: embora as normas da fidalguia a rigor vedassem a atividade mercantil, não raro os fidalgos se dedicavam ao comércio.

[3] Alexandria da Palha: Alessandria della Paglia, cidade fortificada do Milanês. Foi ponto de reunião dos exércitos que partiam para a campanha de Flandres.

[4] Duque de Alba: D. Fernando Álvarez de Toledo, comandante das tropas enviadas a Bruxelas para sufocar uma rebelião flamenga contra a coroa espanhola.

[5] Condes de Egmont e de Horn: Lamoral d'Egmont e Philippe Montmorency-Nivelle, conde de Horn, tomaram partido contra Felipe II nos pleitos comerciais dos Países Baixos católicos. Os dois foram decapitados em Bruxelas em 5 de junho de 1568, em execução malvista até pelos espanhóis.

[6] Diego de Urbina: comandante do regimento em que Cervantes lutou na batalha de Lepanto.

[7] ... ganhara a famosa ilha do Chipre: a guerra do Chipre começou em julho de 1570; os turcos tomaram Nicosia em 9 de setembro, restando apenas Famagusta em poder dos venezianos. A Santa Liga se constituiu em 25 de maio de 1571, por instâncias do papa Pio V.

[8] ... aquele dia tão ditoso para a cristandade: 7 de outubro de 1571, data da batalha de Lepanto, que pôs fim à supremacia turca no Mediterrâneo.

[9] Uchali: alcunha de Ali Pachá (1508-1587), reduzida de Euch Ali (Ali, o renegado). Calabrês de nascimento, foi aprisionado pelos turcos na juventude e por muito tempo serviu como remador na marinha otomana. Depois de renegar a fé cristã, teve uma carreira político-militar brilhante, chegando a rei de Trípoli, de Argel e da Tunísia, antes de capitanear a esquadra turca. Sobrevivendo à batalha de Lepanto, tornou-se vilão do romanceiro espanhol, sobretudo dos romances de cegos.

[10] Giovani Andrea Doria, (1539-1606): militar de origem genovesa, herdeiro de uma famosa família de navegadores, foi comandante de tropas cristãs em Lepanto.

[11] Grão-Turco Selim: nome pelo qual se conhecia o sultão de Constantinopla Selim II (1524-1574), filho de Solimão o Magnífico.

[12] Navarino: porto ao sul do golfo de Lepanto.

[13] Capitânia das três lanternas: galera real que liderava toda a frota cristã.

[14] Levantes (ou leventes): soldados de navios turcos armados em corso. Janízaros: soldados de infantaria, especialmente os da guarda do Grão-Turco.

[15] Filho de Barba Ruiva: Mahomet Bey não era filho, e sim neto de Khair ed-Din, dito Capitão Barba Ruiva. A menção faz sentido porque a batalha de Lepanto foi vista como uma vingança dos cristãos pela derrota de 1538, em que a frota turca, comandada por Barba Ruiva, pôs o Mediterrâneo sob o domínio turco e berbere.

[16] D. Álvaro de Bazán (1526-1588): marquês de Santa Cruz, o mais célebre almirante espanhol na época de Felipe II. Cervantes o elogia em um dos seus sonetos.

[17] Mulei Hamida (Ahmad Sultan): rei da Tunísia desde 1542, depois de destronar o próprio pai, até 1569, quando foi deposto pelos turcos. Mulei Hamet (Mulei Muhammad): irmão de Hamida, foi nomeado rei da Tunísia em 1573, por D. Juan de Áustria, depois da vitória da Liga sobre os turcos. "Mulei" (senhor, amo) era o título que se dava aos soberanos.

[18] Goleta: cidade insular e portuária situada na entrada do lago de Túnis. Foi tomada pelos espanhóis em 1535, onde ergueram a fortaleza de La Carraca, e retomada pelos turcos em 1574.

CAPÍTULO XL

Onde se prossegue a história do cativo

Soneto

Almas ditosas que do mortal véu,[1]
livres e isentas pelo bem que obrastes,
da torpe e baixa terra vos alçastes
até o mais alto e mais honrado céu.

E ardendo vossa ira em fogaréu,
dos corpos toda a força exercitastes,
e em próprio e sangue alheio colorastes
o mar vizinho à guisa de troféu.

Primeiro que o valor faltou a vida
aos fatigados braços, que expirando,
com ser vencidos levam a vitória.

E esta vossa mortal, triste caída,
entre muros e ferros, vos vai dando
a fama deste mundo, e do céu glória.

CAPÍTULO XL

Donde se prosigue la historia del cautivo

Soneto

Almas dichosas que del mortal velo
libres y esentas, por el bien que obrastes,
desde la baja tierra os levantastes
a lo más alto y lo mejor del cielo,

y, ardiendo en ira y en honroso celo,
de los cuerpos la fuerza ejercitastes,
que en propia y sangre ajena colorastes
el mar vecino y arenoso suelo:

primero que el valor faltó la vida
en los cansados brazos, que, muriendo,
con ser vencidos, llevan la vitoria;

y esta vuestra mortal, triste caída
entre el muro y el hierro, os va adquiriendo
fama que el mundo os da, y el cielo gloria.

— Assim mesmo é que eu o sei — disse o cativo.
— Pois o do forte, se mal não me lembro — disse o cavaleiro —, diz assim:

SONETO

Dentre esta terra estéril, derribada,
e dos pétreos torrões ao chão deitados,
as almas santas de três mil soldados
subiram vivas a melhor morada.

Sendo primeiro em vão exercitada
a força de seus braços esforçados,
até que ao fim, de poucos e cansados,
deram a vida ao fio de alguma espada.

Este é o chão e sempre este tem sido
de mil memórias lamentáveis cheio
nos séculos passados e presentes.

Mas não mais justas, do seu duro seio,
terão ao claro céu almas subido,
nem sustentou já corpos tão valentes.

Não pareceram maus os sonetos, e o cativo se alegrou com as novas que do seu camarada lhe deram, e, prosseguindo seu conto, disse:
— Rendidos, pois, La Goleta e o forte, os turcos deram ordem de desmantelar a primeira (porque o forte ficou de tal maneira que nem houve o

---

— Desa mesma manera le sé yo — dijo el cautivo.
— Pues el del fuerte, si mal no me acuerdo — dijo el caballero —, dice así:

SONETO

De entre esta tierra estéril, derribada,
destos terrones por el suelo echados,
las almas santas de tres mil soldados
subieron vivas a mejor morada,

siendo primero en vano ejercitada
la fuerza de sus brazos esforzados,
hasta que al fin, de pocos y cansados,
dieron la vida al filo de la espada.

Y este es el suelo que continuo ha sido
de mil memorias lamentables lleno
en los pasados siglos y presentes.

Mas no más justas de su duro seno
habrán al claro cielo almas subido,
ni aun él sostuvo cuerpos tan valientes.

No parecieron mal los sonetos, y el cautivo se alegró con las nuevas que de su camarada le dieron y, prosiguiendo su cuento, dijo:
— Rendidos, pues, la Goleta y el fuerte, los turcos dieron orden en desmantelar la Goleta (porque el fuerte quedó tal, que no hubo qué poner por tierra), y para hacerlo con más brevedad y menos trabajo la minaron

que deitar por terra) e, para fazê-lo com mais brevidade e menos trabalho, minaram o edifício por três lados, mas não conseguiram fazer voar o que parecia menos forte, que eram as muralhas velhas, e tudo aquilo que restara em pé da fortificação nova feita pelo Fratino[2] veio por terra com muita facilidade. Em suma, a armada voltou a Constantinopla triunfante e vencedora, e dali a poucos meses morreu Uchali, meu amo, que era chamado "Uchali Fartax", que em língua turca quer dizer "o renegado tinhoso", porque ele o era, e é costume entre os turcos dar às pessoas o nome de alguma falta ou virtude sua. E isto porque não há entre eles mais que quatro sobrenomes de linhagens, que descendem da casa otomana, e os demais, como já disse, tomam nome e sobrenome, ou das pechas do corpo, ou das virtudes da alma. Esse Tinhoso vogou ao remo, como escravo do Grande Senhor, por catorze anos e, com mais de trinta e quatro de idade, movido do rancor de um turco que, estando ao remo, lhe deu um bofetão, renegou de sua fé para poder tomar vingança deste; e foi tanto o seu valor que, sem subir pelos torpes meios e caminhos por que os mais achegados do Grão-Turco sobem,[3] veio a ser rei de Argel, e depois general do mar, que é o terceiro cargo que há naquele senhorio.[4] Era de nação calabrês, e moralmente foi homem de bem, tratando os seus cativos com muita humanidade, dos quais chegou a ter três mil, que depois de sua morte foram repartidos, como ele deixou dito em seu testamento, entre o Grão-Senhor (que também é filho herdeiro de quantos morrem e entra na partilha com os demais filhos que deixa o falecido) e entre seus renegados; e eu coube a um renegado veneziano que, sendo grumete de um navio, foi cativado pelo Uchali, o qual tanto gostou dele que o fez um dos seus mais regalados pajens, que depois veio a ser o mais cruel renegado que jamais se viu. Chamava-se Assan Agá,[5] e chegou a ser muito rico e a ser rei

---

por tres partes, pero con ninguna se pudo volar lo que parecía menos fuerte, que eran las murallas viejas, y todo aquello que había quedado en pie de la fortificación nueva que había hecho el Fratín, con mucha facilidad vino a tierra. En resolución, la armada volvió a Constantinopla triunfante y vencedora, y de allí a pocos meses murió mi amo el Uchalí, al cual llamaban *Uchalí Fartax*, que quiere decir en lengua turquesca 'el renegado tiñoso', porque lo era, y es costumbre entre los turcos ponerse nombres de alguna falta que tengan o de alguna virtud que en ellos haya; y esto es porque no hay entre ellos sino cuatro apellidos de linajes, que decienden de la casa otomana, y los demás, como tengo dicho, toman nombre y apellido ya de las tachas del cuerpo, y ya de las virtudes del ánimo. Y este Tiñoso bogó el remo, siendo esclavo del Gran Señor, catorce años, y a más de los treinta y cuatro de su edad renegó, de despecho de que un turco, estando al remo, le dio un bofetón, y por poderse vengar dejó su fe; y fue tanto su valor, que, sin subir por los torpes medios y caminos que los más privados del Gran Turco suben, vino a ser rey de Argel, y después a ser general de la mar, que es el tercero cargo que hay en aquel señorío. Era calabrés de nación, y moralmente fue hombre de bien, y trataba con mucha humanidad a sus cautivos, que llegó a tener tres mil, los cuales, después de su muerte, se repartieron, como él lo dejó en su testamento, entre el Gran Señor (que también es hijo heredero de cuantos mueren y entra a la parte con los más hijos que deja el difunto) y entre sus renegados; y yo cupe a un renegado veneciano, que, siendo grumete de una nave, le cautivó el Uchalí, y le quiso tanto, que fue uno de los más regalados garzones suyos, y él vino a ser el más cruel renegado que jamás se ha visto. Llamábase Azán Agá, y llegó a ser muy rico y a ser rey de Argel; con el cual yo vine de Constantinopla, algo contento, por estar tan cerca de España, no porque pensase escribir a nadie el desdichado suceso mío, sino por

de Argel; com ele eu vim de Constantinopla, com certo contento, por ficar tão perto da Espanha, não porque pensasse escrever a alguém o infeliz sucesso meu, mas para ver se a sorte me era mais favorável em Argel que em Constantinopla, onde eu já tentara mil maneiras de fugir, todas sem êxito nem fortuna, e pensava em Argel buscar outros meios de conseguir o que tanto desejava, pois jamais me desamparou a esperança de ter a liberdade, e, se naquilo que eu maquinava, pensava e punha por obra não correspondia o sucesso à intenção, logo sem esmorecer fingia e buscava outra esperança que me sustentasse, ainda que fraca e leve. Assim eu entretinha a vida, encerrado numa prisão ou casa que os turcos chamam "banho",[6] onde encerram os cativos cristãos, tanto os do rei como os de alguns particulares, e os que chamam "do armazém", que é como dizer cativos do concelho, que servem a cidade nas suas obras públicas e em outros ofícios; e a liberdade desses tais cativos é muito dificultosa, pois, como são do comum e não têm amo particular, não há com quem negociar o seu resgate, ainda que o possam pagar. A esses banhos, como já disse, costumam levar alguns particulares do lugar os seus cativos, principalmente quando são de resgate, porque ali os têm ociosos e seguros à espera do seu resgate. Também os cativos do rei, quando são de resgate, não saem ao trabalho com a chusma, salvo quando demora o seu resgate; pois então, para fazer com que escrevam por ele com mais afinco, os fazem trabalhar e recolher lenha com os demais, que é um não pequeno trabalho. Eu assim era tido como um dos de resgate, pois, ao saberem que era capitão, posto que eu lhes dissesse as minhas parcas posses e rendas, porfiaram em me colocar entre os cavaleiros e gente de resgate. Puseram-me grilhões, mais para sinalar que eu era de resgate que para com eles me guardar,[7] e assim passava a vida naquele banho, com outros muitos cavaleiros e gente

---

ver si me era más favorable la suerte en Argel que en Constantinopla, donde ya había probado mil maneras de huirme, y ninguna tuvo sazón ni ventura, y pensaba en Argel buscar otros medios de alcanzar lo que tanto deseaba, porque jamás me desamparó la esperanza de tener libertad, y cuando en lo que fabricaba, pensaba y ponía por obra no correspondía el suceso a la intención, luego sin abandonarme fingía y buscaba otra esperanza que me sustentase, aunque fuese débil y flaca. Con esto entretenía la vida, encerrado en una prisión o casa que los turcos llaman *baño*, donde encierran los cautivos cristianos, así los que son del rey como de algunos particulares, y los que llaman *del almacén*, que es como decir cautivos del concejo, que sirven a la ciudad en las obras públicas que hace y en otros oficios; y estos tales cautivos tienen muy dificultosa su libertad, que, como son del común y no tienen amo particular, no hay con quien tratar su rescate, aunque le tengan. En estos baños, como tengo dicho, suelen llevar a sus cautivos algunos particulares del pueblo, principalmente cuando son de rescate, porque allí los tienen holgados y seguros hasta que venga su rescate. También los cautivos del rey que son de rescate no salen al trabajo con la demás chusma, si no es cuando se tarda su rescate; que entonces, por hacerles que escriban por él con más ahínco, les hacen trabajar y ir por leña con los demás, que es un no pequeño trabajo. Yo, pues, era uno de los de rescate, que, como se supo que era capitán, puesto que dije mi poca posibilidad y falta de hacienda, no aprovechó nada para que no me pusiesen en el número de los caballeros y gente de rescate. Pusiéronme una cadena, más por señal de rescate que por guardarme con ella, y así pasaba la vida en aquel baño, con otros muchos caballeros y gente principal, señalados y tenidos por de rescate. Y aunque la hambre y desnudez pudiera fatigarnos a veces, y aun casi siempre, ninguna cosa nos fatigaba tanto como oír y ver a cada paso las jamás vistas

principal, assinalados e tidos por cativos de resgate. E ainda que a fome e a desnudez por vezes, ou quase sempre, nos pudesse afrontar, nada nos afrontava tanto como ouvir e ver a cada passo as nunca vistas nem ouvidas crueldades que meu amo usava com os cristãos. Todos os dias enforcava um, empalava este, desorelhava aquele, e tudo com tão pouco motivo, ou sem nenhum, que os turcos conheciam que o fazia só por fazê-lo e por ser natural condição sua ser homicida de todo o gênero humano. O único a ter bom trato com ele foi um soldado espanhol de sobrenome Saavedra, o qual, ainda que tenha feito coisas que por muitos anos ficarão na memória daquela gente, e todas por alcançar a liberdade, jamais recebeu nenhum açoite, nem lho mandou dar o seu senhor, nem o repreendeu de palavra; e pela menor coisa das muitas que fez temíamos todos que havia de ser empalado, e o mesmo temeu ele mais de uma vez; e se o tempo me desse lugar, eu vos diria agora coisas que esse soldado fez que seriam parte para vos entreter e admirar muito melhor que o conto da minha história. Digo, pois, que sobre o pátio da nossa prisão se abriam as janelas da casa de um mouro rico e principal, as quais, como são de ordinário as dos mouros, mais eram buracos que janelas, e ainda cobertos com gelosias muito grossas e apertadas. Aconteceu pois, que um dia, estando num terraço da nossa prisão com outros três companheiros, fazendo provas de saltar com os grilhões, por passar o tempo, estando sozinhos, porque todos os demais cristãos tinham saído para trabalhar, ergui por acaso os olhos e vi que por aquelas pequenas e cerradas janelas que disse aparecia um caniço, e na ponta dele um lenço amarrado, e que o caniço era brandido e balançado, quase como se alguém fizesse sinais para que o fôssemos tomar. Reparamos nisso, e um dos que comigo estavam se foi pôr embaixo do lenço, por ver se o baixavam ou o que faziam; mas, assim como

---

ni oídas crueldades que mi amo usaba con los cristianos. Cada día ahorcaba el suyo, empalaba a este, desorejaba aquel, y esto, por tan poca ocasión, y tan sin ella, que los turcos conocían que lo hacía no más de por hacerlo y por ser natural condición suya ser homicida de todo el género humano. Solo libró bien con él un soldado español llamado tal de Saavedra, el cual, con haber hecho cosas que quedarán en la memoria de aquellas gentes por muchos años, y todas por alcanzar libertad, jamás le dio palo, ni se lo mandó dar, ni le dijo mala palabra; y por la menor cosa de muchas que hizo temíamos todos que había de ser empalado, y así lo temió él más de una vez; y si no fuera porque el tiempo no da lugar, yo dijera ahora algo de lo que este soldado hizo, que fuera parte para entreteneros y admiraros harto mejor que con el cuento de mi historia. Digo, pues, que encima del patio de nuestra prisión caían las ventanas de la casa de un moro rico y principal, las cuales, como de ordinario son las de los moros, más eran agujeros que ventanas, y aun estas se cubrían con celosías muy espesas y apretadas. Acaeció, pues, que un día, estando en un terrado de nuestra prisión con otros tres compañeros, haciendo pruebas de saltar con las cadenas, por entretener el tiempo, estando solos, porque todos los demás cristianos habían salido a trabajar, alcé acaso los ojos y vi que por aquellas cerradas ventanillas que he dicho parecía una caña, y al remate della puesto un lienzo atado, y la caña se estaba blandeando y moviéndose, casi como si hiciera señas que llegásemos a tomarla. Miramos en ello, y uno de los que conmigo estaban fue a ponerse debajo de la caña, por ver si la soltaban o lo que hacían; pero así como llegó alzaron la caña y la movieron a los dos lados, como si dijeran no con la cabeza. Volvióse el cristiano, y tornáronla a bajar y hacer los mesmos movimientos que primero. Fue otro de mis compañeros, y sucedióle lo mesmo que al primero. Finalmente, fue el tercero, y avínole lo que al primero y al segundo.

chegou, levantaram o caniço e o moveram para os dois lados, como a fazer que não com a cabeça. Voltou-se o cristão, e o tornaram a baixar e a fazer os mesmos movimentos que de primeiro. Foi outro dos meus companheiros, e lhe sucedeu o mesmo que com o primeiro. Finalmente, foi o terceiro, e foi igual que com o primeiro e o segundo. Vendo isto, não quis eu deixar de tentar a sorte e, assim como me pus embaixo do caniço, o soltaram, caindo aos meus pés dentro do banho. Depressa acudi a soltar o lenço, que vinha amarrado em trouxa, trazendo dentro dez *zianis*, que são umas moedas de ouro de baixo quilate que usam os mouros, cada uma das quais vale dez dos nossos reais. Se folguei com o achado, nem há por que dizê-lo, pois foi tanto o contentamento quanto a admiração de pensar de onde podia vir aquele bem, especialmente para mim, pois as mostras de não quererem soltar o caniço senão a mim dizia bem claro que a mim se fazia a mercê. Tomei meu bom dinheiro, quebrei o caniço, voltei ao terraço, fitei a janela e vi que por ela saía uma mão branquíssima, que se abria e fechava muito depressa. Disso entendemos ou imaginamos que alguma mulher que naquela casa vivia nos devia de ter feito aquele benefício, e em sinal de gratidão fizemos reverências ao uso dos mouros, inclinando a cabeça, dobrando o corpo e cruzando os braços sobre o peito. Dali a pouco mostraram pela mesma janela uma pequena cruz feita de varas e logo a tornaram a entrar. Tal sinal nos deu a entender que alguma cristã devia de estar cativa naquela casa, e era ela que aquele bem nos fazia; mas a brancura da mão e as axorcas que nela vimos nos arredaram desse pensamento, mas ainda imaginamos que podia ser cristã renegada, as quais seus próprios amos de ordinário tomam por legítimas mulheres, e até têm isto por ventura, pois as estimam em mais que às de sua nação. Em todos os nossos discursos demos muito longe da verdade do caso, e assim,

---

Viendo yo esto, no quise dejar de probar la suerte, y así como llegué a ponerme debajo de la caña, la dejaron caer, y dio a mis pies dentro del baño. Acudí luego a desatar el lienzo, en el cual vi un nudo, y dentro dél venían diez zianiys, que son unas monedas de oro bajo que usan los moros, que cada una vale diez reales de los nuestros. Si me holgué con el hallazgo no hay para qué decirlo, pues fue tanto el contento como la admiración de pensar de dónde podía venirnos aquel bien, especialmente a mí, pues las muestras de no haber querido soltar la caña sino a mí claro decían que a mí se hacía la merced. Tomé mi buen dinero, quebré la caña, volvíme al terradillo, miré la ventana y vi que por ella salía una muy blanca mano, que la abrían y cerraban muy apriesa. Con esto entendimos o imaginamos que alguna mujer que en aquella casa vivía nos debía de haber hecho aquel beneficio, y en señal de que lo agradecíamos hecimos zalemas a uso de moros, inclinando la cabeza, doblando el cuerpo y poniendo los brazos sobre el pecho. De allí a poco sacaron por la mesma ventana una pequeña cruz hecha de cañas y luego la volvieron a entrar. Esta señal nos confirmó en que alguna cristiana debía de estar cautiva en aquella casa, y era la que el bien nos hacía; pero la blancura de la mano y las ajorcas que en ella vimos nos deshizo este pensamiento, puesto que imaginamos que debía de ser cristiana renegada, a quien de ordinario suelen tomar por legítimas mujeres sus mesmos amos, y aun lo tienen a ventura, porque las estiman en más que las de su nación. En todos nuestros discursos dimos muy lejos de la verdad del caso, y, así, todo nuestro entretenimiento desde allí adelante era mirar y tener por norte a la ventana donde nos había aparecido la estrella de la caña, pero bien se pasaron quince días en que no la vimos, ni la mano tampoco, ni otra señal alguna. Y aunque en este tiempo procuramos con toda solicitud saber quién en aquella casa vivía y si había en ella alguna cristiana renegada, jamás hubo quien nos dije-

dali em diante todo o nosso passatempo foi fitar e ter por norte a janela onde nos aparecera a estrela do caniço, mas se passaram bem quinze dias em que o não vimos, nem tampouco a mão, nem outro sinal algum. E bem que nesse tempo procuramos com toda solicitude saber quem morava naquela casa e se havia nela alguma cristã renegada, ninguém nos disse outra coisa senão que ali morava um mouro rico e principal chamado Agi Morato,[8] que fora alcaide da fortaleza de Pata,[9] que entre eles é ofício de muita qualidade. Mas quando mais descuidados estávamos de que por ali haviam de chover mais *zianis*, vimos o caniço aparecer de improviso, e na ponta dele outro lenço, numa trouxa mais bojuda, e isto foi num momento em que o banho estava, como da outra vez, solitário e sem gente. Fizemos a costumada prova, indo cada um antes de mim, dos mesmos três que ali estávamos, mas a ninguém se rendeu o caniço senão a mim, pois só quando eu me acheguei o deixaram cair. Desatei o nó e achei quarenta escudos de ouro espanhóis e um bilhete escrito em arábico, e ao fim do escrito uma grande cruz. Beijei a cruz, recolhi os escudos, voltei ao terraço, fizemos todos as nossas reverências, tornou a aparecer a mão, fiz sinais de que leria o bilhete, fecharam a janela. Ficamos todos confusos e alegres com o acontecido, e como nenhum de nós entendia o arábico, era grande o desejo que tínhamos de entender o que o bilhete dizia, e maior a dificuldade de achar quem o lesse. Por fim resolvi fiar-me de um renegado, natural de Múrcia, que se declarara grande amigo meu e me dera tais penhores que o obrigavam a guardar o segredo que lhe confiasse; pois alguns renegados, quando têm intenção de passar a terra de cristãos, soem trazer consigo algumas cartas de cativos principais em que dão fé, como podem, de que o tal renegado é homem de bem e que sempre fez bem a cristãos e que deseja fugir na primeira ocasião que se lhe apresentar.

---

se otra cosa sino que allí vivía un moro principal y rico, llamado Agi Morato, alcaide que había sido de la Pata, que es oficio entre ellos de mucha calidad. Mas cuando más descuidados estábamos de que por allí habían de llover más cianiís, vimos a deshora parecer la caña, y otro lienzo en ella, con otro nudo más crecido, y esto fue a tiempo que estaba el baño, como la vez pasada, solo y sin gente. Hecimos la acostumbrada prueba, yendo cada uno primero que yo, de los mismos tres que estábamos, pero a ninguno se rindió la caña sino a mí, porque en llegando yo la dejaron caer. Desaté el nudo y hallé cuarenta escudos de oro españoles y un papel escrito en arábigo, y al cabo de lo escrito hecha una grande cruz. Besé la cruz, tomé los escudos, volvíme al terrado, hecimos todos nuestras zalemas, tornó a parecer la mano, hice señas que leería el papel, cerraron la ventana. Quedamos todos confusos y alegres con lo sucedido, y como ninguno de nosotros no entendía el arábigo, era grande el deseo que teníamos de entender lo que el papel contenía, y mayor la dificultad de buscar quien lo leyese. En fin, yo me determiné de fiarme de un renegado, natural de Murcia, que se había dado por grande amigo mío, y puesto prendas entre los dos que le obligaban a guardar el secreto que le encargase; porque suelen algunos renegados, cuando tienen intención de volverse a tierra de cristianos, traer consigo algunas firmas de cautivos principales, en que dan fe, en la forma que pueden, como el tal renegado es hombre de bien y que siempre ha hecho bien a cristianos y que lleva deseo de huirse en la primera ocasión que se le ofrezca. Algunos hay que procuran estas fees con buena intención; otros se sirven dellas acaso y de industria: que viniendo a robar a tierra de cristianos, si a dicha se pierden o los cautivan, sacan sus firmas y dicen que por aquellos papeles se verá el propósito con que venían, el cual era de quedarse en tierra de cristianos, y que por eso venían en corso con los demás turcos. Con esto se esca-

Há aqueles que se provêm dessas fés com boa intenção; outros se servem delas de indústria e mau propósito: pois, indo pilhar em terras de cristãos, quando por acaso se perdem ou os cativam, puxam de suas cartas e dizem que naqueles papéis se vê sua verdadeira tenção, que é a de ficar em terra de cristãos, e só por isso viajaram embarcados com os demais turcos. Assim escapam do primeiro perigo e se reconciliam com a Igreja, sem que se lhes faça dano algum;[10] e, em vendo ocasião, voltam para a Berbéria e a ser o que eram antes. Outros há que usam desses papéis e deles se provêm com bom intento, e ficam em terra de cristãos. Pois um desses renegados era aquele meu amigo, que tinha cartas de todos os nossos camaradas, todas abonando-o ao máximo possível; tanto que, se os mouros o achassem com esses papéis, o queimariam vivo. Eu soube que ele sabia muito bem o arábico, e não somente falá-lo, mas escrevê-lo; mas, antes de me confiar a ele, lhe pedi que lesse aquele bilhete, que eu por acaso achara num canto da minha tenda. Ele o abriu e esteve por um bom espaço olhando-o e examinando-o, murmurando entre dentes. Perguntei-lhe se o entendia; disse-me que muito bem, e que, se eu queria que o vertesse palavra por palavra, que lhe desse tinta e pena, para que melhor o fizesse. Logo lhe demos o que pedia, e ele o foi traduzindo pouco a pouco e, ao acabar, disse: "Tudo o que vai aqui em romance, sem faltar letra, é o que contém este papel mourisco, e há-se de advertir que, onde se diz 'Lela Marién' quer dizer 'Nossa Senhora a Virgem Maria'". Lemos o bilhete, que dizia assim:

Quando eu era menina, tinha meu pai uma escrava que na minha língua me mostrou a salá cristã e me disse muitas coisas de Lela Marién. A cristã morreu, e eu sei que não foi para o fogo, e

---

pan de aquel primer ímpetu y se reconcilian con la Iglesia, sin que se les haga daño; y cuando veen la suya, se vuelven a Berbería a ser lo que antes eran. Otros hay que usan destos papeles y los procuran con buen intento, y se quedan en tierra de cristianos. Pues uno de los renegados que he dicho era este mi amigo, el cual tenía firmas de todas nuestras camaradas, donde le acreditábamos cuanto era posible; y si los moros le hallaran estos papeles, le quemaran vivo. Supe que sabía muy bien arábigo, y no solamente hablarlo, sino escribirlo; pero antes que del todo me declarase con él, le dije que me leyese aquel papel, que acaso me había hallado en un agujero de mi rancho. Abrióle, y estuvo un buen espacio mirándole y construyéndole, murmurando entre los dientes. Preguntéle si lo entendía; díjome que muy bien, y que si quería que me lo declarase palabra por palabra, que le diese tinta y pluma, porque mejor lo hiciese. Dímosle luego lo que pedía, y él poco a poco lo fue traduciendo, y en acabando, dijo: "Todo lo que va aquí en romance, sin faltar letra, es lo que contiene este papel morisco, y hase de advertir que adonde dice *Lela Marién* quiere decir *Nuestra Señora la Virgen María*". Leímos el papel, y decía así:

Cuando yo era niña, tenía mi padre una esclava, la cual en mi lengua me mostró la zalá cristianesca y me dijo muchas cosas de Lela Marién. La cristiana murió, y yo sé que no fue al fuego, sino con Alá, porque después la vi dos veces y me dijo que me fuese a tierra de cristianos a ver a Lela Marién, que me quería mucho. No sé yo cómo vaya. Muchos cristianos he visto por esta ventana, y ninguno me ha parecido caballero sino tú. Yo soy muy hermosa y muchacha, y tengo muchos dineros que llevar conmigo. Mira tú si puedes hacer cómo nos vamos, y serás allá mi ma-

sim com Alá, porque depois a vi duas vezes e ela me disse que eu devia ir a terra de cristãos para ver Lela Marién, que me queria muito bem. Eu não sei como ir. Muitos cristãos tenho visto por esta janela, mas nenhum me pareceu cavaleiro senão tu. Eu sou muito moça e formosa, e tenho muito dinheiro para levar comigo. Vê se encontras como possamos ir, e lá serás meu marido, se quiseres, e, se não quiseres, não se me dará, pois Lela Marién me dará o cristão com quem me casar. Eu mesma escrevi isto, vê bem a quem o darás a ler; não te fies de nenhum mouro, porque são todos fingidos. Isto me enche de pena, pois quisera que não te revelasses a ninguém, porque, se o meu pai souber disto, me jogará num poço e me cobrirá de pedras. No caniço porei um cordel: amarra ali a resposta; e se não tens quem te escreva em arábico, responde-me por sinais, que Lela Marién fará com que eu te entenda. Ela e Alá te guardem, e essa cruz que eu beijo muitas vezes, tal como a cativa me ensinou.

Cuidai, senhores, se não era razão que as razões desse bilhete nos admirassem e alegrassem; e foram tais as nossas mostras que o renegado entendeu que não por acaso se tinha achado aquele bilhete, mas que realmente para algum de nós fora escrito, e assim nos rogou que, se era verdade o que suspeitava, que nos fiássemos dele e lho disséssemos, que ele arriscaria a vida pela nossa liberdade. E dizendo isto, tirou do peito um crucifixo de metal e com muitas lágrimas jurou pelo Deus que aquela imagem representava, em quem ele, ainda que vil e pecador, bem e fielmente cria, de nos guardar lealdade e segredo em tudo que lhe quiséssemos confiar, pois entendia e quase

---

rido, si quisieres, y si no quisieres, no se me dará nada, que Lela Marién me dará con quien me case. Yo escribí esto, mira a quién lo das a leer; no te fíes de ningún moro, porque son todos marfuces. Desto tengo mucha pena, que quisiera que no te descubrieras a nadie, porque si mi padre lo sabe, me echará luego en un pozo y me cubrirá de piedras. En la caña pondré un hilo: ata allí la respuesta; y si no tienes quien te escriba arábigo, dímelo por señas, que Lela Marién hará que te entienda. Ella y Alá te guarden, y esa cruz que yo beso muchas veces, que así me lo mandó la cautiva.

Mirad, señores, si era razón que las razones deste papel nos admirasen y alegrasen; y así, lo uno y lo otro fue de manera que el renegado entendió que no acaso se había hallado aquel papel, sino que realmente a alguno de nosotros se había escrito, y, así, nos rogó que si era verdad lo que sospechaba, que nos fiásemos dél y se lo dijésemos, que él aventuraría su vida por nuestra libertad. Y diciendo esto sacó del pecho un crucifijo de metal y con muchas lágrimas juró por el Dios que aquella imagen representaba, en quien él, aunque pecador y malo, bien y fielmente creía, de guardarnos lealtad y secreto en todo cuanto quisiésemos descubrirle, porque le parecía y casi adevinaba que por medio de aquella que aquel papel había escrito había él y todos nosotros de tener libertad y verse él en lo que tanto deseaba, que era reducirse al gremio de la Santa Iglesia su madre, de quien como miembro podrido estaba dividido y apartado, por su ignorancia y pecado. Con tantas lágrimas y con muestras de tanto arrepentimiento dijo esto el renegado, que todos de un mesmo parecer consentimos y venimos en declararle la

adivinhava que por meio da autora daquele bilhete havíamos todos de ter liberdade, e ele de conseguir o que tanto desejava, que era tornar ao seio de sua Santa Madre Igreja, da qual, como membro podre, estava separado e apartado, por sua ignorância e pecado. Com tantas lágrimas e com mostras de tanto arrependimento disse isto o renegado, que todos num mesmo parecer consentimos e concordamos em lhe declarar a verdade do caso, e assim lhe demos conta de tudo, sem nada lhe encobrir. Também lhe mostramos a janela por onde aparecia o caniço, e ele dali guardou bem a casa e ficou de ter especial e grande cuidado em se informar quem nela entrava. Acordamos ainda que seria bem responder ao bilhete da moura e, como tínhamos quem o soubesse fazer, de imediato o renegado escreveu as razões que eu lhe fui ditando, que foram pontualmente as que direi, porque de todos os pontos substanciais que neste sucesso me aconteceram nenhum me fugiu da memória, nem me fugirá enquanto eu tiver vida. Então, o que se respondeu à moura foi o seguinte:

> *O verdadeiro Alá te guarde, senhora minha, e aquela bendita Marién, que é a verdadeira mãe de Deus e quem te pôs no coração a vontade de ir a terra de cristãos, porque te quer bem. Roga-lhe tu que seja servida de te dar a entender como poderás pôr por obra o que te manda, que ela é tão boa, que assim o fará. De minha parte e da de todos estes cristãos que estão comigo te ofereço de fazer por ti tudo o que pudermos, até morrer. Não deixes de me escrever e avisar o que pensares fazer, que eu te responderei sempre, pois o grande Alá nos deu um cristão cativo que sabe falar e escrever tua língua tão bem como verás por este bilhete. Portanto podes nos*

---

verdad del caso, y, así, le dimos cuenta de todo, sin encubrirle nada. Mostrámosle la ventanilla por donde parecía la caña, y él marcó desde allí la casa y quedó de tener especial y gran cuidado de informarse quién en ella venía. Acordamos ansimesmo que sería bien responder al billete de la mora, y como teníamos quien lo supiese hacer, luego al momento el renegado escribió las razones que yo le fui notando, que puntualmente fueron las que diré, porque de todos los puntos sustanciales que en este suceso me acontecieron ninguno se me ha ido de la memoria, ni aun se me irá en tanto que tuviere vida. En efeto, lo que a la mora se le respondió fue esto:

> El verdadero Alá te guarde, señora mía, y aquella bendita Marién, que es la verdadera madre de Dios y es la que te ha puesto en corazón que te vayas a tierra de cristianos, porque te quiere bien. Ruégale tú que se sirva de darte a entender cómo podrás poner por obra lo que te manda, que ella es tan buena, que sí hará. De mi parte y de la de todos estos cristianos que están conmigo te ofrezco de hacer por ti todo lo que pudiéremos, hasta morir. No dejes de escribirme y avisarme lo que pensares hacer, que yo te responderé siempre, que el grande Alá nos ha dado un cristiano cautivo que sabe hablar y escribir tu lengua tan bien como lo verás por este papel. Así que, sin tener miedo, nos puedes avisar de todo lo que quisieres. A lo que dices que si fueres a tierra de cristianos que has de ser mi mujer, yo te lo prometo como buen cristiano; y sabe que los cristianos cumplen lo que prometen mejor que los moros. Alá y Marién su madre sean en tu guarda, señora mía.

avisar sem medo de tudo o que quiseres. Quanto ao que dizes que, se fores a terra de cristãos, hás de ser minha mulher, eu to prometo como bom cristão; e sabe que os cristãos cumprem o que prometem melhor que os mouros. Alá e Marién sua mãe olhem por ti, senhora minha.

Escrito e fechado o bilhete, aguardei dois dias até que o banho estivesse solitário como das passadas vezes, e então saí para a costumada parte do terraço, por ver se o caniço aparecia, que não demorou muito em despontar. Assim como o vi, se bem não podia ver quem o colocava, mostrei o bilhete, como dando a entender que pusessem o cordel; mas já vinha posto no caniço, ao qual amarrei o bilhete, e dali a pouco tornou a aparecer a nossa estrela, com a branca bandeira da paz do lenço. Deixaram-na cair, e eu a recolhi e achei dentro do lenço, em toda sorte de moedas de prata e de ouro, mais de cinquenta escudos, os quais cinquenta vezes mais dobraram o nosso contentamento e confirmaram a esperança de alcançar a liberdade. Naquela mesma noite voltou o nosso renegado e nos disse ter averiguado que naquela casa morava o mesmo mouro que nos tinham dito, chamado Agi Morato, riquíssimo por máximo extremo, o qual tinha uma única filha, herdeira de toda a sua riqueza, que, segundo a opinião corrente na cidade, era a mais formosa mulher de toda a Berbéria; e que muitos dos vice-reis que ali vinham a pediram por mulher, e que ela nunca se quisera casar, e que também soube que tivera uma cristã cativa, já falecida; todo o qual concordava com o que se dizia no bilhete. Entramos logo em conselho com o renegado para buscar um meio de tirar a moura de sua casa e irmos todos a terra de cristãos, e por fim se acordou que por ora esperaríamos o segundo aviso de Zoraida, que assim

---

Escrito y cerrado este papel, aguardé dos días a que estuviese el baño solo como solía, y luego salí al paso acostumbrado del terradillo, por ver si la caña parecía, que no tardó mucho en asomar. Así como la vi, aunque no podía ver quién la ponía, mostré el papel, como dando a entender pusiesen el hilo; pero ya venía puesto en la caña, al cual até el papel, y de allí a poco tornó a parecer nuestra estrella, con la blanca bandera de paz del atadillo. Dejáronla caer, y alcé yo y hallé en el paño, en toda suerte de moneda de plata y de oro, más de cincuenta escudos, los cuales cincuenta veces más doblaron nuestro contento y confirmaron la esperanza de tener libertad. Aquella misma noche volvió nuestro renegado y nos dijo que había sabido que en aquella casa vivía el mesmo moro que a nosotros nos habían dicho, que se llamaba Agi Morato, riquísimo por todo estremo, el cual tenía una sola hija, heredera de toda su hacienda, y que era común opinión en toda la ciudad ser la más hermosa mujer de la Berbería; y que muchos de los virreyes que allí venían la habían pedido por mujer, y que ella nunca se había querido casar, y que también supo que tuvo una cristiana cautiva, que ya se había muerto; todo lo cual concertaba con lo que venía en el papel. Entramos luego en consejo con el renegado en qué orden se tendría para sacar a la mora y venirnos todos a tierra de cristianos, y en fin se acordó por entonces que esperásemos al aviso segundo de Zoraida, que así se llamaba la que ahora quiere llamarse María, porque bien vimos que ella y no otra alguna era la que había de dar medio a todas aquellas dificultades. Después que quedamos en esto, dijo el renegado que no tuviésemos pena, que él perdería la vida o nos pondría en libertad. Cuatro días estuvo el baño con gente, que fue ocasión que cuatro días tardase en parecer la caña; al cabo de los cuales, en la acostumbrada soledad del baño, pareció con el lienzo tan preñado, que un felicísimo parto prometía. Inclinóse a mí la caña y el lienzo; hallé en él

se chamava a que agora se quer chamar Maria, pois bem vimos que era ela e mais ninguém quem havia de remediar todas aquelas dificuldades. Isto concertado, disse o nosso renegado que não nos afligíssemos, que ele daria a vida por nos pôr em liberdade. Por quatro dias houve outras gentes no banho, e quatro dias demorou a aparecer o caniço; ao cabo dos quais, na costumada solidão do banho, apareceu com o lenço tão prenhe, que um felicíssimo parto prometia. Inclinou-se a mim o caniço e o lenço; achei nele outro bilhete e cem escudos de ouro, sem outra moeda alguma. Estava junto o renegado; lhe demos a ler o bilhete dentro da nossa tenda, e disse ele que assim dizia:

> *Eu não sei, meu senhor, como fazer para irmos à Espanha, nem Lela Marién mo disse, por muito que eu lho perguntasse. O que posso fazer é vos dar por esta janela muitíssimos dinheiros de ouro: resgatai-vos com eles, tu e vossos amigos, e que um vá a terra de cristãos e compre lá uma barca e volte pelos demais; quanto a mim, me acharão no jardim do meu pai, que fica à porta do Bab--Azzun,[11] junto ao mar, onde tenho de estar todo este verão com meu pai e meus criados. Dali, de noite, me podereis tirar sem medo e me levar à barca; mas vê que hás de ser o meu marido, porque, senão, eu pedirei a Marién que te castigue. Se não te fias de ninguém para ir buscar a barca, resgata-te e vai tu, que eu sei que voltarás melhor que outro, pois és cavaleiro e cristão. Procura saber onde fica o jardim, e sempre que passeares por lá saberei que está o banho solitário e te darei muito dinheiro. Alá te guarde, senhor meu.*

---

otro papel y cien escudos de oro, sin otra moneda alguna. Estaba allí el renegado; dímosle a leer el papel dentro de nuestro rancho, el cual dijo que así decía:

> Yo no sé, mi señor, cómo dar orden que nos vamos a España, ni Lela Marién me lo ha dicho, aunque yo se lo he preguntado. Lo que se podrá hacer es que yo os daré por esta ventana muchísimos dineros de oro: rescataos vos con ellos, y vuestros amigos, y vaya uno en tierra de cristianos y compre allá una barca y vuelva por los demás; y a mí me hallarán en el jardín de mi padre, que está a la puerta de Babazón, junto a la marina, donde tengo de estar todo este verano con mi padre y con mis criados. De allí, de noche, me podréis sacar sin miedo y llevarme a la barca; y mira que has de ser mi marido, porque, si no, yo pediré a Marién que te castigue. Si no te fías de nadie que vaya por la barca, rescátate tú y ve, que yo sé que volverás mejor que otro, pues eres caballero y cristiano. Procura saber el jardín, y cuando te pasees por ahí sabré que está solo el baño y te daré mucho dinero. Alá te guarde, señor mío.

Esto decía y contenía el segundo papel; lo cual visto por todos, cada uno se ofreció a querer ser el rescatado y prometió de ir y volver con toda puntualidad, y también yo me ofrecí a lo mismo; a todo lo cual se opuso el renegado, diciendo que en ninguna manera consentiría que ninguno saliese de libertad hasta que fuesen todos juntos, porque la experiencia le había mostrado cuán mal cumplían los libres las palabras que daban en el cauti-

Isto dizia e continha o segundo bilhete; em vista do qual cada um se ofereceu para ser o resgatado e prometeu de ir e voltar com toda a pontualidade, e eu também me ofereci para o mesmo; a todo o qual se opôs o renegado, dizendo que de maneira alguma consentiria que um de nós saísse em liberdade enquanto não fossem todos juntos, porque a experiência lhe mostrara quão mal cumprem os livres as palavras que dão no cativeiro, pois muitas vezes tinha visto usarem daquele remédio alguns principais cativos, resgatando um escolhido para que fosse até Valência ou Maiorca com dinheiro para comprar e munir uma barca e voltar por aqueles que o resgataram, e nunca voltou o resgatado. Porque, dizia, a liberdade alcançada e o temor de voltar a perdê-la lhes varriam da memória todas as obrigações do mundo. E em confirmação da verdade que nos dizia, nos contou brevemente um caso acontecido havia bem pouco a uns cavaleiros cristãos, o mais estranho que jamais ocorreu naquelas plagas, onde a cada momento ocorrem coisas de grande espanto e admiração. Enfim, veio o renegado a dizer que o que se podia e devia fazer era dar a ele o dinheiro do resgate do cristão, que ele iria até Argel para ali comprar uma barca, com o pretexto de se fazer mercador para comerciar em Tetuã e naquela costa; e que, sendo ele senhor da barca, facilmente acharia um meio de tirar todos do banho e depois embarcá-los. E mais se a moura, como ela dizia, dava dinheiro para o resgate de todos, pois, uma vez livres, seria coisa facílima embarcar até em pleno dia, e que a maior dificuldade que se apresentava era os mouros não consentirem que renegado algum comprasse ou tivesse barca, como não seja baixel para sair em corso, pois temem que quem compra barca, principalmente se é espanhol, não a queira senão para ir a terra de cristãos, mas que ele resolveria esse inconveniente pondo um mouro tagarino por seu parceiro na compra da barca e no

---

verio, porque muchas veces habían usado de aquel remedio algunos principales cautivos, rescatando a uno que fuese a Valencia o Mallorca con dineros para poder armar una barca y volver por los que le habían rescatado, y nunca habían vuelto. Porque, decía, la libertad alcanzada y el temor de no volver a perderla les borraba de la memoria todas las obligaciones del mundo. Y en confirmación de la verdad que nos decía nos contó brevemente un caso que casi en aquella mesma sazón había acaecido a unos caballeros cristianos, el más estraño que jamás sucedió en aquellas partes, donde a cada paso suceden cosas de grande espanto y de admiración. En efecto, él vino a decir que lo que se podía y debía hacer era que el dinero que se había de dar para rescatar al cristiano, que se le diese a él para comprar allí en Argel una barca, con achaque de hacerse mercader y tratante en Tetuán y en aquella costa; y que siendo él señor de la barca, fácilmente se daría traza para sacarlos del baño y embarcarlos a todos. Cuanto más que si la mora, como ella decía, daba dineros para rescatarlos a todos, que estando libres era facilísima cosa aun embarcarse en la mitad del día, y que la dificultad que se ofrecía mayor era que los moros no consienten que renegado alguno compre ni tenga barca, si no es bajel grande para ir en corso, porque se temen que el que compra barca, principalmente si es español, no la quiere sino para irse a tierra de cristianos, pero que él facilitaría este inconveniente con hacer que un moro tagarino fuese a la parte con él en la compañía de la barca y en la ganancia de las mercancías, y con esta sombra él vendría a ser señor de la barca, con que daba por acabado todo lo demás. Y puesto que a mí y a mis camaradas nos había parecido mejor lo de enviar por la barca a Mallorca, como la mora decía, no osamos contradecirle, temerosos que, si no hacíamos lo que él decía, nos había de descubrir y poner a peligro de perder las vidas, si descubriese el trato de Zoraida, por cuya vida diéramos to-

trato das mercadorias, e sob essa aparência ele viria a ser senhor da barca, com o quê dava tudo o mais por concluído. E posto que a mim e a meus camaradas parecera melhor enviar algum dos nossos a Maiorca para trazer a barca, como a moura dizia, não ousamos contradizê-lo, temerosos de que, se não fizéssemos como ele dizia, viesse a pôr nossa vida em perigo, revelando o trato de Zoraida, por cuja vida daríamos todos a nossa; e assim determinamos de pôr tudo nas mãos de Deus e do renegado, e no mesmo instante respondemos a Zoraida dizendo-lhe que faríamos tudo como nos aconselhava, pois o atinara tão bem como se Lela Marién lho tivesse dito, e que somente dela dependia a tardança daquele negócio ou sua pronta execução. De novo me ofereci como seu esposo, e, com isto, outro dia que calhou de estar o banho solitário, tirou várias vezes o caniço com o lenço e nos deu dois mil escudos de ouro e um bilhete onde dizia que no seguinte *jumá*, que é a sexta-feira, ela iria ao jardim[12] de seu pai, mas que antes de ir nos daria mais dinheiro, e que, se aquilo não bastasse, que lhe avisássemos, que nos daria o quanto lhe pedíssemos, pois seu pai tinha tanto que não daria por falta dele, quanto mais que ela tinha as chaves de tudo. Demos logo quinhentos escudos ao renegado para a compra da barca; com oitocentos me resgatei, dando o dinheiro a um mercador valenciano que então se achava em Argel, o qual me resgatou do rei, fiando-me da sua palavra de que, quando aportasse o primeiro navio de Valência, ele pagaria o meu resgate; pois, se desse logo o dinheiro, poderia despertar suspeitas no rei de que havia muitos dias que o meu resgate estava em Argel e que o mercador o calara e retivera para seu proveito. Enfim, meu amo era tão caviloso, que não me atrevi a que logo se comprasse o meu resgate. Na véspera daquela sexta-feira em que a formosa Zoraida se havia de ir para o jardim, nos deu ela outros mil escudos e nos

---

dos las nuestras; y así, determinamos de ponernos en las manos de Dios y en las del renegado, y en aquel mismo punto se le respondió a Zoraida diciéndole que haríamos todo cuanto nos aconsejaba, porque lo había advertido tan bien como si Lela Marién se lo hubiera dicho, y que en ella sola estaba dilatar aquel negocio o ponello luego por obra. Ofrecímele de nuevo de ser su esposo, y, con esto, otro día que acaeció a estar solo el baño, en diversas veces, con la caña y el paño, nos dio dos mil escudos de oro y un papel donde decía que el primer *jumá*, que es el viernes, se iba al jardín de su padre, y que antes que se fuese nos daría más dinero, y que si aquello no bastase, que se lo avisásemos, que nos daría cuanto le pidiésemos, que su padre tenía tantos, que no lo echaría menos, cuanto más que ella tenía las llaves de todo. Dimos luego quinientos escudos al renegado para comprar la barca; con ochocientos me rescaté yo, dando el dinero a un mercader valenciano que a la sazón se hallaba en Argel, el cual me rescató del rey, tomándome sobre su palabra, dándola de que con el primer bajel que viniese de Valencia pagaría mi rescate; porque si luego diera el dinero, fuera dar sospechas al rey que había muchos días que mi rescate estaba en Argel y que el mercader, por sus granjerías, lo había callado. Finalmente, mi amo era tan caviloso, que en ninguna manera me atreví a que luego se desembolsase el dinero. El jueves antes del viernes que la hermosa Zoraida se había de ir al jardín, nos dio otros mil escudos y nos avisó de su partida, rogándome que si me rescatase, supiese luego el jardín de su padre, y que en todo caso buscase ocasión de ir allá y verla. Respondíle en breves palabras que así lo haría y que tuviese cuidado de encomendarnos a Lela Marién con todas aquellas oraciones que la cautiva le había enseñado. Hecho esto, dieron orden en que los tres compañeros nuestros se rescatasen, por facilitar la salida del baño, y porque viéndome a mí rescatado y a ellos no, pues había dinero, no se albo-

avisou de sua partida, rogando-me que, se me resgatasse, procurasse logo o jardim de seu pai, e que, em todo caso, achasse um meio de ir lá e vê-la. Eu lhe respondi em breves palavras que assim faria e que tivesse cuidado de nos encomendar a Lela Marién com todas aquelas orações que a cativa lhe ensinara. Feito isto, decidiu-se o resgate dos três companheiros nossos, para facilitar a saída do banho e para evitar que, vendo-me resgatado e eles não, havendo dinheiro para o resgate de todos, não se alvoroçassem nem o diabo os persuadisse a fazer alguma coisa em prejuízo de Zoraida; pois, ainda que o serem eles quem eram me pudesse assegurar desse temor, eu não quis, com tudo isso, meter o negócio em risco, e assim providenciei o seu resgate pelo mesmo meio que usei para o meu, entregando todo o dinheiro ao mercador, para que com certeza e segurança ele fosse o nosso garante; mas tudo sem revelarmos a ele o nosso trato e segredo, por causa do risco que corríamos.

Notas

[1] Mortal véu: o corpo físico, que oculta a alma.

[2] Fratino: Giacomo Palearo, ou Paleazzo, dito "Il Fratino" (o fradinho). Engenheiro militar lombardo que, a serviço de Carlos I e Felipe II, foi responsável pelo restauro das fortificações de Gibraltar, Melilla e La Goleta.

[3] ... torpes meios e caminhos por que os mais achegados do Grão-Turco sobem: era opinião corrente entre os cristãos que só se podia ascender aos postos da corte turca por venalidade ou sodomia, ou submetendo-se à castração.

[4] General do mar: Cervantes traduz assim o posto militar de *Kapudã Pachá*, criado em 1533, responsável pelo comando da frota e pela administração dos portos do Galípoli (Gelibolu), Kavala e Alexandria.

---

rotasen y les persuadiese el diablo que hiciesen alguna cosa en perjuicio de Zoraida; que puesto que el ser ellos quien eran me podía asegurar deste temor, con todo eso, no quise poner el negocio en aventura y, así, los hice rescatar por la misma orden que yo me rescaté, entregando todo el dinero al mercader, para que con certeza y seguridad pudiese hacer la fianza; al cual nunca descubrimos nuestro trato y secreto, por el peligro que había.

⁵ Hassan Agá: também chamado Hassan Pachá, ou Hassan o Veneziano, foi governador de Argel durante o cativeiro de Cervantes e, posteriormente, *Kapudã Pachá* (almirante ou "general do mar"). Casou-se com Zahra, filha de Agi Morato, que parece ser o modelo de Zoraida. *Agá*: "general das tropas".

⁶ Banho: pátio fechado onde ficavam as tendas para confinamento dos cativos.

⁷ ... mais para assinalar que eu era de resgate: indicando que era cativo, e não um europeu visitante ou um renegado, que podiam circular livremente por Argel.

⁸ Agi Morato: personagem histórico, amplamente documentado, que Cervantes retrabalha aqui e em sua peça *Los Baños de Argel*. *Agi*, ou *Haggi*, é o epíteto reservado a quem cumpriu a peregrinação a Meca.

⁹ Fortaleza de Pata: Al-Batha, fortificação próxima de Orã.

¹⁰ ... se reconciliam com a Igreja, sem que se lhes faça dano algum: ao voltar para a Espanha, todo renegado era obrigado a se apresentar perante o Tribunal da Inquisição para formalizar o pedido de readmissão no seio da Igreja Católica.

¹¹ Bab-Azzun: porta de Azoun, ou Ason-bab ("das ovelhas"). Era o portão da cidade que se abria para o porto e o cemitério dos cristãos.

¹² Jardim: sítio de recreio fora da cidade, por provável interpretação do árabe norte-africano *grassi*.

CAPÍTULO XLI

Onde o cativo ainda prossegue seu caso

Nem quinze dias se haviam passado, e o nosso renegado já tinha comprada uma muito boa barca, com capacidade para mais de trinta pessoas; e para acreditar seu feito e dar-lhe mais cores de verdade, quis fazer, como fez, uma viagem a um lugar chamado Sargel,[1] que fica a trinta léguas de Argel para o lado de Orã, onde há grande comércio de figos secos. Fez ele essa viagem duas ou três vezes, em companhia do tagarino que tinha dito. ("Tagarinos" é como se chamam na Berbéria os mouros de Aragão; e os de Granada, "mudéjares"; e no reino de Fez chamam os mudéjares "elches", que são a gente da qual aquele rei mais se serve na guerra.) Pois bem, cada vez que ele passava com sua barca, fundeava numa enseada que ficava a menos de dois tiros de balestra do jardim onde Zoraida esperava, e ali se punha muito de propósito o renegado com os mourinhos que vogavam ao remo, ou a rezar salás, ou como a ensaiar por burla o que pensava fazer à vera; e assim ia até o jardim de Zoraida e lhe pedia fruta, e seu pai lha dava sem o conhecer, e por muito que ele quisesse falar com Zoraida, como depois me disse, e lhe dizer que era ele o que por ordem minha a havia de levar a terra de cristãos, e que ficasse à espera contente e segura, nunca o pôde fazer, porque as mouras não se deixam ver por nenhum mouro nem turco, salvo que seu

---

CAPÍTULO XLI

Donde todavía prosigue el cautivo su suceso

No se pasaron quince días, cuando ya nuestro renegado tenía comprada una muy buena barca, capaz de más de treinta personas; y para asegurar su hecho y dalle color, quiso hacer, como hizo, un viaje a un lugar que se llamaba Sargel, que está treinta leguas de Argel hacia la parte de Orán, en el cual hay mucha contratación de higos pasos. Dos o tres veces hizo este viaje, en compañía del tagarino que había dicho. (*Tagarinos* llaman en Berbería a los moros de Aragón, y a los de Granada, *mudéjares*, y en el reino de Fez llaman a los mudéjares *elches*, los cuales son la gente de quien aquel rey más se sirve en la guerra.) Digo, pues, que cada vez que pasaba con su barca daba fondo en una caleta que estaba no dos tiros de ballesta del jardín donde Zoraida esperaba, y allí muy de propósito se ponía el renegado con los morillos que bogaban el remo o ya a hacer la zalá o a como por ensayarse de burlas a lo que pensaba hacer de veras; y así, se iba al jardín de Zoraida, y le pedía fruta y su padre se la daba sin conocelle, y, aunque él quisiera hablar a Zoraida, como él después me dijo, y decille que él era el que por orden mía la había de llevar a tierra de cristianos, que estuviese contenta y segura, nunca le fue posible, porque las moras no se dejan ver de ningún moro ni turco, si no es que su marido o su padre se lo manden. De cristianos cautivos

marido ou seu pai lho mandem. Com cristãos cativos se deixam tratar e até comunicar mais do que seria razoável; mas muito me pesaria que ele tivesse falado com ela, pois talvez a afligisse, vendo que seu negócio andava em boca de renegados. Mas Deus, que dispunha de outro modo, não deu lugar ao bom desejo do nosso renegado; o qual, vendo quão seguramente ia e vinha de Sargel, e que fundeava quando, como e onde queria, e que o tagarino seu companheiro não tinha outra vontade afora o que a sua ordenava, e que eu já estava resgatado, e que só faltava buscar alguns cristãos para vogarem ao remo, ele me disse que escolhesse quem queria levar comigo, além dos resgatados, e que os tivesse apalavrados para a primeira sexta-feira, no local determinado para a nossa partida. Assim, falei com doze espanhóis, todos valentes homens do remo e daqueles que mais livremente podiam sair da cidade; e não foi fácil achar tantos naquela conjuntura, pois havia vinte navios em corso que tinham levado toda a gente de remo, e estes não se teriam achado se não fosse porque seu amo ficara aquele verão sem ir em corso, para terminar uma galeota que tinha no estaleiro. A eles não disse outra coisa senão que na primeira sexta-feira à tarde saíssem um a um, disfarçadamente, e fossem até a esquina do jardim de Agi Morato, e que ali me esperassem. Dei esse aviso a cada um por separado, com ordem de que, se ali vissem outros cristãos, não lhes dissessem senão que eu os mandara esperar naquele lugar. Feita essa diligência, faltava fazer outra, a que mais me convinha, que era avisar a Zoraida em que ponto estavam os negócios, para que estivesse pronta e de sobreaviso, e que não se sobressaltasse se de improviso a assaltássemos antes do tempo em que ela imaginava que a barca de cristãos podia voltar. E assim determinei de ir ao jardim e ver se lhe podia falar; e com o pretexto de colher algumas verduras, na véspera da minha par-

---

se dejan tratar y comunicar aun más de aquello que sería razonable; y a mí me hubiera pesado que él la hubiera hablado, que quizá la alborotara, viendo que su negocio andaba en boca de renegados. Pero Dios, que lo ordenaba de otra manera, no dio lugar al buen deseo que nuestro renegado tenía; el cual, viendo cuán seguramente iba y venía a Sargel, y que daba fondo cuando y como y adonde quería, y que el tagarino su compañero no tenía más voluntad de lo que la suya ordenaba, y que yo estaba ya rescatado, y que solo faltaba buscar algunos cristianos que bogasen el remo, me dijo que mirase yo cuáles quería traer conmigo, fuera de los rescatados, y que los tuviese hablados para el primer viernes, donde tenía determinado que fuese nuestra partida. Viendo esto, hablé a doce españoles, todos valientes hombres del remo y de aquellos que más libremente podían salir de la ciudad; y no fue poco hallar tantos en aquella coyuntura, porque estaban veinte bajeles en corso y se habían llevado toda la gente de remo, y estos no se hallaran si no fuera que su amo se quedó aquel verano sin ir en corso, a acabar una galeota que tenía en astillero. A los cuales no les dije otra cosa sino que el primer viernes en la tarde se saliesen uno a uno, disimuladamente, y se fuesen la vuelta del jardín de Agi Morato, y que allí me aguardasen hasta que yo fuese. A cada uno di este aviso de por sí, con orden que aunque allí viesen a otros cristianos, no les dijesen sino que yo les había mandado esperar en aquel lugar. Hecha esta diligencia, me faltaba hacer otra, que era la que más me convenía, y era la de avisar a Zoraida en el punto que estaban los negocios, para que estuviese apercebida y sobre aviso, que no se sobresaltase si de improviso la asaltásemos antes del tiempo que ella podía imaginar que la barca de cristianos podía volver. Y, así, determiné de ir al jardín y ver si podría hablarla; y con ocasión de coger algunas yerbas, un día antes de mi partida fui allá, y la primera persona con quien encontré fue con su padre, el cual me

tida fui lá, e a primeira pessoa que encontrei foi seu pai, o qual me disse na língua que em toda a Berbéria e até em Constantinopla é falada entre cativos e mouros, que não é mourisca nem castelhana nem de outra nação alguma, e sim uma mistura de todas as línguas, com a qual todos nos entendemos, digo pois que nesse gênero de linguagem ele me perguntou o que eu procurava naquele seu jardim e quem eu era. Respondi que era escravo de Arnaute Mamí (e isto porque eu sabia muito ao certo que era um grandíssimo amigo seu) e que andava à cata daquelas verduras todas para fazer salada. Perguntou-me então se eu era homem de resgate ou não, e quanto pedia o meu amo por mim. Estando em todas essas perguntas e respostas, saiu da casa do jardim a bela Zoraida, a qual já havia muito que me tinha visto; e como as mouras não têm melindre algum de se mostrar aos cristãos, nem tampouco se esquivam, como já disse, não se importou de vir aonde seu pai comigo estava: antes, tão logo seu pai viu que vinha devagar, chamou por ela e mandou que se chegasse a nós. Demais seria eu dizer agora a muita formosura, a gentileza, o galhardo e rico adorno com que minha querida Zoraida se mostrou aos meus olhos: só direi que mais pérolas pendiam de seu belíssimo colo, orelhas e cabelos que cabelos tinha na cabeça. Aos tornozelos, que trazia descobertos, à sua usança, trazia dois *carcasses* (que assim se chamavam as manilhas ou axorcas dos pés em mourisco) de puríssimo ouro, com tantos diamantes engastados que ela me disse depois que seu pai os estimava em dez mil dobrões, e as que trazia nos pulsos valiam outro tanto. As pérolas eram em grande quantidade e muito boas, porque a maior gala e bizarria das mouras é se enfeitarem de ricas pérolas e aljôfares, e assim há mais pérolas e aljôfares entre mouros que entre todas as demais nações, e o pai de Zoraida tinha fama de ter muitas e das melhores que em Argel havia,

---

dijo en lengua que en toda la Berbería y aun en Costantinopla se halla entre cautivos y moros, que ni es morisca ni castellana ni de otra nación alguna, sino una mezcla de todas las lenguas, con la cual todos nos entendemos, digo, pues, que en esta manera de lenguaje me preguntó que qué buscaba en aquel su jardín y de quién era. Respondíle que era esclavo de Arnaute Mamí (y esto, porque sabía yo por muy cierto que era un grandísimo amigo suyo) y que buscaba de todas yerbas para hacer ensalada. Preguntóme, por el consiguiente, si era hombre de rescate o no y que cuánto pedía mi amo por mí. Estando en todas estas preguntas y respuestas, salió de la casa del jardín la bella Zoraida, la cual ya había mucho que me había visto; y como las moras en ninguna manera hacen melindre de mostrarse a los cristianos, ni tampoco se esquivan, como ya he dicho, no se le dio nada de venir adonde su padre conmigo estaba: antes, luego cuando su padre vio que venía, y de espacio, la llamó y mandó que llegase. Demasiada cosa sería decir yo agora la mucha hermosura, la gentileza, el gallardo y rico adorno con que mi querida Zoraida se mostró a mis ojos: solo diré que más perlas pendían de su hermosísimo cuello, orejas y cabellos que cabellos tenía en la cabeza. En las gargantas de los sus pies, que descubiertas, a su usanza, traía, traía dos *carcajes* (que así se llamaban las manillas o ajorcas de los pies en morisco) de purísimo oro, con tantos diamantes engastados que ella me dijo después que su padre los estimaba en diez mil doblas, y las que traía en las muñecas de las manos valían otro tanto. Las perlas eran en gran cantidad y muy buenas, porque la mayor gala y bizarría de las moras es adornarse de ricas perlas y aljófar, y, así, hay más perlas y aljófar entre moros que entre todas las demás naciones, y el padre de Zoraida tenía fama de tener muchas y de las mejores que en Argel había, y de tener asimismo más de docientos mil escudos españoles, de todo lo cual era señora esta que ahora lo es mía. Si con todo

e de ter também mais de duzentos mil escudos espanhóis, de tudo o qual era senhora esta que agora é a minha. Quem quiser calcular sua formosura com todos aqueles adornos, que deduza, das relíquias que ela ainda guarda depois de tantos trabalhos, como devia de ser nas prosperidades, pois bem se sabe que a formosura de algumas mulheres tem dias e estações e requer acidentes para minguar ou medrar, e é coisa natural que as paixões do ânimo a levantem ou abatam, posto que o mais das vezes a destruam. Digo, enfim, que então chegou em extremo adereçada e em extremo formosa, ou ao menos a mim pareceu a mais de quantas já vira; e assim, cuidando nas obrigações que eu tinha com ela, me pareceu que eu tinha diante de mim uma deidade do céu, vinda à terra para meu gosto e meu remédio. Assim como ela se chegou, seu pai lhe disse em sua língua que eu era cativo do seu amigo Arnaute Mamí e que vinha apanhar verdura. Ela me tomou a mão, e naquela mistura de línguas me perguntou se eu era cavaleiro e por que não tinha sido resgatado. Eu lhe respondi que já o fora e que, pelo preço pago, se dava a ver o quanto o meu amo me estimava, pois dera por mim 1.500 *zoltanis*.[2] Ao que ela respondeu:

— Em verdade, se tu fosses do meu pai, eu faria por que nem pelo dobro ele te deixasse resgatar; porque vós, cristãos, sempre mentis em tudo que dizeis e vos fingis de pobres para enganar os mouros.

— Bem poderia ser isso, senhora — lhe respondi —, mas a verdade é que com meu amo usei da mais absoluta, a mesma que uso e usarei com todas as pessoas do mundo.

— E quando partes? — disse Zoraida.

— Amanhã, creio — disse —, porque há aqui um navio de França que amanhã se fará à vela, e penso partir nele.

---

este adorno podía venir entonces hermosa o no, por las reliquias que le han quedado en tantos trabajos se podrá conjeturar cuál debía de ser en las prosperidades, porque ya se sabe que la hermosura de algunas mujeres tiene días y sazones y requiere accidentes para diminuirse o acrecentarse, y es natural cosa que las pasiones del ánimo la levanten o abajen, puesto que las más veces la destruyen. Digo, en fin, que entonces llegó en todo estremo aderezada y en todo estremo hermosa, o a lo menos a mí me pareció serlo la más que hasta entonces había visto; y con esto, viendo las obligaciones en que me había puesto, me parecía que tenía delante de mí una deidad del cielo, venida a la tierra para mi gusto y para mi remedio. Así como ella llegó, le dijo su padre en su lengua como yo era cautivo de su amigo Arnaute Mamí y que venía a buscar ensalada. Ella tomó la mano, y en aquella mezcla de lenguas que tengo dicho me preguntó si era caballero y qué era la causa que no me rescataba. Yo le respondí que ya estaba rescatado y que en el precio podía echar de ver en lo que mi amo me estimaba, pues había dado por mí mil y quinientos zoltanís. A lo cual ella respondió:

— En verdad que si tú fueras de mi padre, que yo hiciera que no te diera él por otros dos tantos; porque vosotros, cristianos, siempre mentís en cuanto decís y os hacéis pobres por engañar a los moros.

— Bien podría ser eso, señora — le respondí —, mas en verdad que yo la he tratado con mi amo, y la trato y la trataré con cuantas personas hay en el mundo.

— ¿Y cuándo te vas? — dijo Zoraida.

— Mañana, creo yo — dije —, porque está aquí un bajel de Francia que se hace mañana a la vela, y pienso irme en él.

— Não seria melhor — replicou Zoraida — esperar que venham navios de Espanha para com eles partir, e não com os de França, que não são vossos amigos?

— Não — respondi —; se bem que, em sendo certa a notícia de que logo chegará um navio de Espanha, talvez ainda o espere, mas o mais certo é que eu parta amanhã, porque é tamanho o desejo que tenho de me ver na minha terra e com as pessoas que quero bem, que não me deixará esperar outra ocasião, por melhor que seja.

— Sem dúvida, deves de ser casado na tua terra — disse Zoraida — e por isso desejas reencontrar tua mulher.

— Não sou casado — respondi —, mas tenho dada a palavra de me casar em lá chegando.

— E é formosa a dama a quem lha deste? — disse Zoraida.

— Tão formosa — respondi —, que, para encarecê-la e dizer a verdade, muito se parece contigo.

Seu pai muito se riu disso, e disse:

— Por Alá, cristão, que deve de ser muito formosa se ela se parece com minha filha, que é a mais formosa de todo este reino. Se não, olha bem para ela e verás que te digo a verdade.

No mais dessas palavras e razões, servia-nos de intérprete o pai de Zoraida, como mais ladino,[3] pois ainda falando a bastarda língua que, como tenho dito, ali se usa, mais declarava sua intenção por sinais que por palavras. Estando nessas e noutras muitas razões, veio um mouro correndo e dizendo a grandes vozes que pelos muros ou paredes do jardim tinham saltado quatro turcos e estavam apanhando a fruta, que nem madura estava. Sobressaltou-se o velho, e também Zoraida, porque é comum e quase natural o medo

---

— ¿No es mejor — replicó Zoraida — esperar a que vengan bajeles de España y irte con ellos, que no con los de Francia, que no son vuestros amigos?

— No — respondí yo —; aunque si, como hay nuevas, que viene ya un bajel de España es verdad, todavía yo le aguardaré, puesto que es más cierto el partirme mañana, porque el deseo que tengo de verme en mi tierra y con las personas que bien quiero es tanto, que no me dejará esperar otra comodidad, si se tarda, por mejor que sea.

— Debes de ser sin duda casado en tu tierra — dijo Zoraida — y por eso deseas ir a verte con tu mujer.

— No soy — respondí yo — casado, mas tengo dada la palabra de casarme en llegando allá.

— ¿Y es hermosa la dama a quien se la diste? — dijo Zoraida.

— Tan hermosa es — respondí yo —, que, para encarecella y decirte la verdad, te parece a ti mucho. Desto se rió muy de veras su padre, y dijo:

— Gualá, cristiano, que debe de ser muy hermosa si se parece a mi hija, que es la más hermosa de todo este reino. Si no, mírala bien y verás como te digo verdad.

Servíanos de intérprete a las más de estas palabras y razones el padre de Zoraida, como más ladino, que aunque ella hablaba la bastarda lengua que, como he dicho, allí se usa, más declaraba su intención por señas que por palabras. Estando en estas y otras muchas razones, llegó un moro corriendo y dijo a grandes voces que por las bardas o paredes del jardín habían saltado cuatro turcos y andaban cogiendo la fruta, aunque no estaba madura. Sobresaltóse el viejo, y lo mismo hizo Zoraida, porque es común y casi natural el miedo que los moros a

que os mouros têm dos turcos, especialmente dos soldados, que são tão insolentes e têm tanto império sobre os mouros a eles sujeitos, que os tratam pior que se fossem seus escravos. Digo pois que disse seu pai a Zoraida:

— Filha, recolhe-te em casa e fica ali enquanto eu vou falar com esses cães; e tu, cristão, colhe tua verdura e vai-te embora, e que Alá te leve bem à tua terra.

Eu me inclinei, e ele se foi em busca dos turcos, deixando-me a sós com Zoraida, que fez menção de ir aonde seu pai lhe mandara. Mas, assim como as árvores do jardim o encobriram, ela, voltando-se para mim, cheios seus olhos de lágrimas, me disse:

— *Ámexi*, cristão, *ámexi*? (Que quer dizer: "Vais-te, cristão, vais-te?")

Eu lhe respondi:

— Vou, sim, senhora, mas nunca sem ti: aguarda-me no próximo *jumá*, e não te sobressaltes quando nos vires, pois sem dúvida alguma iremos a terra de cristãos.

Eu lhe disse isto de maneira que ela entendeu muito bem todas as razões que tivemos, e, abraçando-me pelo pescoço, com desmaiados passos começou a caminhar para casa. E quis a sorte, que poderia ser muito má se o céu não dispusesse de outro modo, que, indo os dois da maneira e postura que vos contei, ela com um braço enlaçado ao meu pescoço, seu pai, que já voltava de enxotar os turcos, nos viu da sorte e maneira que íamos, e nós vimos que ele nos tinha visto. Mas Zoraida, avisada e discreta, não tirou o braço do meu pescoço, antes se chegou mais a mim e pousou a cabeça em meu peito, dobrando um pouco os joelhos, dando claros sinais e mostras de que desmaiava, e eu por meu lado dei a entender que a segurava a contragosto. Seu pai veio correndo aonde estávamos e, vendo sua filha daquele jei-

---

los turcos tienen, especialmente a los soldados, los cuales son tan insolentes y tienen tanto imperio sobre los moros que a ellos están sujetos, que los tratan peor que si fuesen esclavos suyos. Digo, pues, que dijo su padre a Zoraida:

— Hija, retírate a la casa y enciérrate en tanto que yo voy a hablar a estos canes; y tú, cristiano, busca tus yerbas y vete en buen hora, y llévete Alá con bien a tu tierra.

Yo me incliné, y él se fue a buscar los turcos, dejándome solo con Zoraida, que comenzó a dar muestras de irse donde su padre la había mandado. Pero apenas él se encubrió con los árboles del jardín, cuando ella, volviéndose a mí, llenos los ojos de lágrimas, me dijo:

— ¿*Ámexi*, cristiano, *ámexi*? (Que quiere decir: '¿Vaste, cristiano, vaste?'.)

Yo la respondí:

— Señora, sí, pero no, en ninguna manera, sin ti: el primero *jumá* me aguarda, y no te sobresaltes cuando nos veas, que sin duda alguna iremos a tierra de cristianos.

Yo le dije esto de manera que ella me entendió muy bien a todas las razones que entrambos pasamos, y, echándome un brazo al cuello, con desmayados pasos comenzó a caminar hacia la casa. Y quiso la suerte, que pudiera ser muy mala si el cielo no lo ordenara de otra manera, que yendo los dos de la manera y postura que os he contado, con un brazo al cuello, su padre, que ya volvía de hacer ir a los turcos, nos vio de la suerte y manera que íbamos, y nosotros vimos que él nos había visto. Pero Zoraida, advertida y discreta, no quiso quitar el brazo de mi cuello, antes se llegó más a mí y puso su cabeza sobre mi pecho, doblando un poco las rodillas, dando cla-

to, lhe perguntou o que havia com ela; mas, como Zoraida não lhe respondesse, disse seu pai:

— Sem dúvida alguma, desmaiou com o susto da entrada desses cães.

E, tirando-a do meu peito, a atraiu para o seu, e ela, dando um suspiro com os olhos ainda em lágrimas, voltou a dizer:

— *Ámexi*, cristão, *ámexi*. ("Vai, cristão, vai.")

Ao que seu pai respondeu:

— Não importa, filha, que o cristão se vá, pois ele nenhum mal te fez, e os turcos já se foram. Não te sobressalte coisa alguma, que não há nenhuma que te possa dar pesar, pois, como já te disse, os turcos, ao meu apelo, voltaram por onde entraram.

— Foram eles, senhor, que a assustaram, como bem disseste — eu disse a seu pai —, mas, como ela pede que eu me vá, não lhe quero dar pesar: fica em paz, e, com tua licença, voltarei, se for mister, pelas verduras deste jardim, pois, como diz meu amo, em nenhum há melhores para salada do que nele.

— Podes voltar e colher quantas quiseres — respondeu Agi Morato —, pois minha filha não o disse porque tu nem nenhum cristão a tenha perturbado, mas, por dizer que os turcos se fossem, disse a ti que te fosses, ou porque já era hora de colheres tuas verduras.

Com isso me despedi dos dois, e ela, arrastando a alma, se foi com o pai, e eu, com o pretexto de colher verduras, percorri muito bem e a meu prazer todo o jardim: olhei bem as entradas e saídas e a fortaleza da casa e as facilidades que ali se ofereciam para todo o nosso negócio. Feito isto, fui-me embora e dei conta de tudo o que se passara ao renegado e aos meus companheiros, e já não via a hora de desfrutar sem sobressalto do bem que a sorte

---

ras señales y muestras que se desmayaba, y yo ansimismo di a entender que la sostenía contra mi voluntad. Su padre llegó corriendo adonde estábamos y, viendo a su hija de aquella manera, le preguntó que qué tenía; pero como ella no le respondiese, dijo su padre:

— Sin duda alguna que con el sobresalto de la entrada de estos canes se ha desmayado.

Y, quitándola del mío, la arrimó a su pecho, y ella, dando un suspiro y aún no enjutos los ojos de lágrimas, volvió a decir:

— *Ámexi*, cristiano, *ámexi*. ('Vete, cristiano, vete'.)

A lo que su padre respondió:

— No importa, hija, que el cristiano se vaya, que ningún mal te ha hecho y los turcos ya son idos. No te sobresalte cosa alguna, pues ninguna hay que pueda darte pesadumbre, pues, como ya te he dicho, los turcos, a mi ruego, se volvieron por donde entraron.

— Ellos, señor, la sobresaltaron, como has dicho — dije yo a su padre —, mas pues ella dice que yo me vaya, no la quiero dar pesadumbre: quédate en paz, y, con tu licencia, volveré, si fuere menester, por yerbas a este jardín, que, según dice mi amo, en ninguno las hay mejores para ensalada que en él.

— Todas las que quisieres podrás volver — respondió Agi Morato —, que mi hija no dice esto porque tú ni ninguno de los cristianos la enojaban, sino que, por decir que los turcos se fuesen, dijo que tú te fueses, o porque ya era hora que buscases tus yerbas.

Con esto me despedí al punto de entrambos, y ella, arrancándosele el alma al parecer, se fue con su padre,

me oferecia na formosa e bela Zoraida. Enfim, o tempo se passou e chegou o dia e o prazo por nós tão desejado; e seguindo à letra os passos que com discreta consideração e longo discurso tantas vezes concertáramos, tivemos o bom sucesso que desejávamos; pois, na sexta-feira seguinte ao dia em que eu falei com Zoraida no jardim, nosso renegado, ao anoitecer, fundeou a barca quase defronte ao lugar onde a formosíssima Zoraida estava.

Os cristãos que haviam de vogar ao remo já estavam prevenidos e escondidos em diversas partes daqueles contornos. Todos à minha espera suspensos e alvoroçados, desejosos de logo investir ao barco que tinham à vista: porque eles não sabiam do arranjo do renegado, mas pensavam que à força de braços haveriam de ter e ganhar a liberdade, tirando a vida dos mouros que dentro da barca estavam. Aconteceu pois que, assim como apareci diante dos meus companheiros, todos os demais escondidos que nos viram se foram chegando a nós. Isto se deu já a hora em que a cidade já estava fechada e por todo aquele campo não aparecia pessoa alguma. Logo que nos reunimos, hesitamos se era melhor primeiro ir buscar Zoraida ou antes render os mouros *bagarinos*[4] que vogavam ao remo na barca; e estando nessa dúvida, veio a nós o nosso renegado perguntando o que estávamos esperando, pois já era a hora em que todos os seus mouros estavam descuidados, e os mais deles dormindo. Explicamos o nosso reparo, e ele disse que o mais importante era primeiro render o barco, o que se podia fazer com grandíssima facilidade e sem perigo algum, e que depois podíamos ir apanhar Zoraida. Pareceu-nos bem o que ele disse, e assim, sem mais demora, fazendo ele de guia, fomos até o barco e, saltando ele primeiro, puxou de um alfanje e disse em mourisco:

— Que ninguém se mova daqui, se não quiser perder a vida.

---

y yo, con achaque de buscar las yerbas, rodeé muy bien y a mi placer todo el jardín: miré bien las entradas y salidas y la fortaleza de la casa y la comodidad que se podía ofrecer para facilitar todo nuestro negocio. Hecho esto, me vine y di cuenta de cuanto había pasado al renegado y a mis compañeros, y ya no veía la hora de verme gozar sin sobresalto del bien que en la hermosa y bella Zoraida la suerte me ofrecía. En fin, el tiempo se pasó y se llegó el día y plazo de nosotros tan deseado; y siguiendo todos el orden y parecer que con discreta consideración y largo discurso muchas veces habíamos dado, tuvimos el buen suceso que deseábamos; porque el viernes que se siguió al día que yo con Zoraida hablé en el jardín, nuestro renegado, al anochecer, dio fondo con la barca casi frontero de donde la hermosísima Zoraida estaba.

Ya los cristianos que habían de bogar el remo estaban prevenidos y escondidos por diversas partes de todos aquellos alrededores. Todos estaban suspensos y alborozados aguardándome, deseosos ya de embestir con el bajel que a los ojos tenían: porque ellos no sabían el concierto del renegado, sino que pensaban que a fuerza de brazos habían de haber y ganar la libertad, quitando la vida a los moros que dentro de la barca estaban. Sucedió, pues, que así como yo me mostré y mis compañeros, todos los demás escondidos que nos vieron se vinieron llegando a nosotros. Esto era ya a tiempo que la ciudad estaba ya cerrada y por toda aquella campaña ninguna persona parecía. Como estuvimos juntos, dudamos si sería mejor ir primero por Zoraida o rendir primero a los moros bagarinos que bogaban el remo en la barca; y estando en esta duda, llegó a nosotros nuestro renegado diciéndonos que en qué nos deteníamos, que ya era hora y que todos sus moros estaban descuidados, y los más de ellos durmiendo. Dijímosle en lo que reparábamos, y él dijo que lo que más importaba era rendir primero el bajel, que

Nisto já estavam dentro quase todos os cristãos. Os mouros, que eram de pouco valor, vendo seu arrais falar daquele modo, ficaram espantados, e sem que nenhum deles lançasse mão das armas, que eram poucas ou quase nenhuma, se deixaram maniatar pelos cristãos, sem dizer palavra, enquanto aqueles os rendiam com muita presteza, ameaçando-os de que, se de algum jeito ou maneira levantassem a voz, logo todos seriam passados pela espada. Feito isto, ficaram à guarda deles metade dos nossos, e os demais, outra vez guiados pelo renegado, fomos até o jardim de Agi Morato, e quis a boa sorte que, em lá chegando para abrir o portão, este se abrisse com tanta facilidade como se não existisse; e assim, com grande quietude e silêncio, chegamos à casa sem sermos ouvidos por ninguém.

Estava a belíssima Zoraida aguardando por nós a uma janela e, assim como ouviu movimento de gente, perguntou em voz baixa se éramos *nizarani*, como se dissesse ou perguntasse se éramos cristãos. Eu lhe respondi que sim e que descesse. Quando ela me conheceu, não teve mais hesitações, pois, sem me responder palavra, desceu num instante, abriu a porta e se mostrou a todos tão formosa e ricamente vestida, que me faltam as palavras para encarecê-la. Logo que a vi, tomei-lhe uma das mãos e a comecei a beijar, e o renegado fez o mesmo, e também meus dois camaradas; e os demais que do caso não sabiam fizeram o que nos viram fazer, pois demonstrávamos clara gratidão por ela e a reconhecíamos por senhora da nossa liberdade. O renegado lhe perguntou em língua mourisca se estava seu pai no jardim. Ela respondeu que sim e que dormia.

— Pois será mister acordá-lo — replicou o renegado — e levá-lo conosco, com tudo o que há de valor neste formoso jardim.

— Não — disse ela —, meu pai não se há de tocar de modo algum, e

---

se podía hacer con grandísima facilidad y sin peligro alguno, y que luego podíamos ir por Zoraida. Pareciónos bien a todos lo que decía, y, así, sin detenernos más, haciendo él la guía, llegamos al bajel, y, saltando él dentro primero, metió mano a un alfanje y dijo en morisco:

— Ninguno de vosotros se mueva de aquí, si no quiere que le cueste la vida.

Ya a este tiempo habían entrado dentro casi todos los cristianos. Los moros, que eran de poco ánimo, viendo hablar de aquella manera a su arráez, quedáronse espantados, y sin ninguno de todos ellos echar mano a las armas, que pocas o casi ningunas tenían, se dejaron, sin hablar alguna palabra, maniatar de los cristianos, los cuales con mucha presteza lo hicieron, amenazando a los moros que si alzaban por alguna vía o manera la voz, que luego al punto los pasarían todos a cuchillo. Hecho ya esto, quedándose en guardia dellos la mitad de los nuestros, los que quedábamos, haciéndonos asimismo el renegado la guía, fuimos al jardín de Agi Morato, y quiso la buena suerte que, llegando a abrir la puerta, se abrió con tanta facilidad como si cerrada no estuviera; y así, con gran quietud y silencio, llegamos a la casa sin ser sentidos de nadie.

Estaba la belísima Zoraida aguardándonos a una ventana, y así como sintió gente preguntó con voz baja si éramos *nizarani*, como si dijera o preguntara si éramos cristianos. Yo le respondí que sí y que bajase. Cuando ella me conoció, no se detuvo un punto, porque, sin responderme palabra, bajó en un instante, abrió la puerta y mostróse a todos tan hermosa y ricamente vestida, que no lo acierto a encarecer. Luego que yo la vi, le tomé una mano y la comencé a besar, y el renegado hizo lo mismo, y mis dos camaradas; y los demás que el caso no sabían hicieron lo que vieron que nosotros hacíamos, que no parecía sino que le dábamos las gracias y la reconocíamos

nesta casa não há mais nada além do que eu levo, que é tanto, que bem chegará para que todos fiqueis ricos e contentes, e esperai um pouco e o vereis.

E dizendo isto voltou a entrar na casa, dizendo que voltaria logo, que estivéssemos quedos, sem fazer nenhum ruído. Perguntei ao renegado o que falara com ela, e ele mo contou, ao que eu disse que tudo se havia de fazer tal qual Zoraida queria; a qual já voltava carregada com uma arqueta cheia de escudos de ouro, tantos que mal a conseguia segurar. Quis a má sorte que seu pai acordasse no ínterim e ouvisse o ruído que vinha do jardim, e, saindo à janela, logo conheceu que todos os que nele estavam eram cristãos, e dando muitas, grandes e desaforadas vozes, começou a dizer em arábico:

— Cristãos, cristãos! Ladrões, ladrões!

Tais gritos nos tomaram de grandíssima e temerosa confusão; mas o renegado, vendo o risco que corríamos e o quanto lhe importava encaminhar aquela empresa antes de ser surpreendido, com grandíssima presteza subiu onde Agi Morato estava, e juntamente com ele foram alguns outros, não ousando eu desamparar Zoraida, que como desmaiada se abandonara nos meus braços. Enfim, os que subiram fizeram de jeito que logo desceram com Agi Morato, trazendo-o de mãos atadas e com um lenço na boca, que não o deixava falar palavra, e ainda ameaçado de que qualquer uma que falasse lhe haveria de custar a vida. Quando sua filha o viu, cobriu os olhos para não vê-lo, e seu pai ficou espantado, ignorando quão de sua vontade viera cair em nossas mãos. Mas, sendo então mais necessários os pés, com diligência e presteza fomos para a barca, pois os que nela tinham ficado nos esperavam, temerosos de algum mau sucesso nosso. Teriam passado pouco mais de duas horas desde o anoitecer, quando já estávamos todos na barca, na qual se tirou do pai de Zoraida a atadura das mãos e o lenço da boca, mas tornou a

---

por señora de nuestra libertad. El renegado le dijo en lengua morisca si estaba su padre en el jardín. Ella respondió que sí y que dormía.

— Pues será menester despertalle — replicó el renegado — y llevárnosle con nosotros, y todo aquello que tiene de valor este hermoso jardín.

— No — dijo ella —, a mi padre no se ha de tocar en ningún modo, y en esta casa no hay otra cosa que lo que yo llevo, que es tanto, que bien habrá para que todos quedéis ricos y contentos, y esperaros un poco y lo veréis.

Y diciendo esto se volvió a entrar, diciendo que muy presto volvería, que nos estuviésemos quedos, sin hacer ningún ruido. Preguntéle al renegado lo que con ella había pasado, el cual me lo contó, a quien yo dije que en ninguna cosa se había de hacer más de lo que Zoraida quisiese; la cual ya que volvía cargada con un cofrecillo lleno de escudos de oro, tantos, que apenas lo podía sustentar. Quiso la mala suerte que su padre despertase en el ínterin y sintiese el ruido que andaba en el jardín y, asomándose a la ventana, luego conoció que todos los que en él estaban eran cristianos, y dando muchas, grandes y desaforadas voces, comenzó a decir en arábigo:

— ¡Cristianos, cristianos! ¡Ladrones, ladrones!

Por los cuales gritos nos vimos todos puestos en grandísima y temerosa confusión; pero el renegado, viendo el peligro en que estábamos y lo mucho que le importaba salir con aquella empresa antes de ser sentido, con grandísima presteza subió donde Agi Morato estaba, y juntamente con él fueron algunos de nosotros, que yo no osé desamparar a la Zoraida, que como desmayada se había dejado caer en mis brazos. En resolución, los que subieron se dieron tan buena maña, que en un momento bajaron con Agi Morato, trayéndole atadas las manos y

lhe dizer o renegado que não falasse palavra, senão lhe tirariam a vida. Ele, vendo sua filha ali, começou a suspirar com grandíssima ternura, e mais quando viu que eu a abraçava estreitamente, e que ela, sem se defender, nem se queixar, nem se esquivar, ficava quieta em meus braços; mas ainda assim calava, por que não se pusessem em efeito as muitas ameaças que o renegado lhe fazia. Vendo-se Zoraida já na barca, e que estávamos prestes a dar os remos à água, e ali vendo seu pai e os demais mouros amarrados, disse ao renegado que me pedisse a mercê de soltar aqueles mouros e de dar liberdade ao seu pai, pois preferia se jogar no mar que ver com seus olhos e por sua causa levarem cativo um pai que tão bem a quisera. O renegado mo disse, e eu respondi que o faria de bom grado, mas ele respondeu que não convinha, porque, se ali os deixassem, logo dariam rebate e poriam a cidade em alvoroço, e fariam com que os perseguissem com algumas fragatas ligeiras, e que lhes vedassem terra e mar, de modo que não pudéssemos escapar; e o que se podia fazer era libertá-los em chegando à primeira terra de cristãos. Concordamos todos com esse parecer, e Zoraida, depois que lhe foram explicadas as causas que nos moviam a não fazer logo o que ela queria, também se satisfez; e então, com regozijado silêncio e alegre diligência, cada um dos nossos valentes remeiros tomou seu remo, e, encomendando-nos a Deus de todo coração, começamos a navegar para as ilhas do reino de Maiorca, que é a terra de cristãos mais próxima. Mas por soprar um pouco de tramontana e estar o mar um tanto encrespado, não foi possível manter o rumo de Maiorca, e nos foi forçoso ir costeando para o lado de Orã, não sem muito pesar nosso, pois temíamos ser descobertos ao passar por Sargel, que fica naquela costa a sessenta milhas de Argel; e também temíamos encontrar naquele trecho alguma galeota das que costumam trazer mercadorias de Tetuã, ainda

---

puesto un pañizuelo en la boca, que no le dejaba hablar palabra, amenazándole que el hablarla le había de costar la vida. Cuando su hija le vio, se cubrió los ojos por no verle, y su padre quedó espantado, ignorando cuán de su voluntad se había puesto en nuestras manos. Mas entonces siendo más necesarios los pies, con diligencia y presteza nos pusimos en la barca, que ya los que en ella habían quedado nos esperaban, temerosos de algún mal suceso nuestro. Apenas serían dos horas pasadas de la noche, cuando ya estábamos todos en la barca, en la cual se le quitó al padre de Zoraida la atadura de las manos y el paño de la boca, pero tornóle a decir el renegado que no hablase palabra, que le quitarían la vida. Él, como vio allí a su hija, comenzó a suspirar ternísimamente, y más cuando vio que yo estrechamente la tenía abrazada, y que ella, sin defenderse, quejarse ni esquivarse, se estaba queda; pero con todo esto callaba, porque no pusiesen en efeto las muchas amenazas que el renegado le hacía. Viéndose, pues, Zoraida ya en la barca, y que queríamos dar los remos al agua, y viendo allí a su padre y a los demás moros que atados estaban, le dijo al renegado que me dijese le hiciese merced de soltar a aquellos moros y de dar libertad a su padre, porque antes se arrojaría en la mar que ver delante de sus ojos y por causa suya llevar cautivo a un padre que tanto la había querido. El renegado me lo dijo y yo respondí que era muy contento, pero él respondió que no convenía, a causa que si allí los dejaban, apellidarían luego la tierra y alborotarían la ciudad, y serían causa que saliesen a buscallos con algunas fragatas ligeras, y les tomasen la tierra y la mar, de manera que no pudiésemos escaparnos; que lo que se podría hacer era darles libertad en llegando a la primera tierra de cristianos. En este parecer venimos todos, y Zoraida, a quien se le dio cuenta, con las causas que nos movían a no hacer luego lo que quería, también se satisfizo; y luego, con regocijado silencio y alegre diligencia, cada uno de

que cada um por si e todos juntos pensássemos que, encontrando uma galeota de mercadoria, como não fosse das que andam em corso, não só não nos perderíamos, mas tomaríamos um barco onde com mais segurança pudéssemos acabar a nossa viagem. Ia Zoraida, nessa navegação, com a cabeça posta entre as minhas mãos para não ver o seu pai, e eu ouvia que ia chamando por Lela Marién para que nos ajudasse. Devíamos ter navegado bem trinta milhas, quando amanheceu, estando a três tiros de arcabuz de terra, toda a qual vimos deserta e sem ninguém que nos pudesse descobrir; mas, ainda assim, fomos a força de braços entrando um pouco no mar, que já estava um pouco mais calmo; e tendo entrado quase duas léguas, deu-se ordem de vogar por turnos enquanto comíamos alguma coisa, pois ia bem provida a barca, posto que os que vogavam dissessem que não era aquela ocasião para tomar repouso algum: que lhes dessem de comer os que não vogavam, que eles não queriam soltar os remos das mãos de maneira alguma. Assim se fez, e nisto começou a soprar um vento largo, que nos obrigou a logo deixar os remos e abrir velas, apontando para Orã, por ser impossível seguir outro rumo. Tudo se fez com muita presteza, e assim, à vela, navegamos a mais de oito milhas por hora, sem levar nenhum temor que não fosse o de encontrar com algum navio de corso. Demos de comer aos mouros *bagarinos*, e o renegado os consolou dizendo-lhes como não iam cativos, e que na primeira ocasião lhes dariam liberdade. O mesmo se disse ao pai de Zoraida, que respondeu:

— Qualquer outra coisa eu poderia, oh cristãos!, esperar e crer da vossa liberalidade e cortesia, mas dar-me a liberdade, não me tomeis por pessoa tão simples que creia que o fareis, pois não vos teríeis dado ao risco de tirar--ma para devolvê-la tão liberalmente, e mais sabendo quem eu sou e o ga-

---

nuestros valientes remeros tomó su remo, y comenzamos, encomendándonos a Dios de todo corazón, a navegar la vuelta de las islas de Mallorca, que es la tierra de cristianos más cerca. Pero a causa de soplar un poco el viento tramontana y estar la mar algo picada, no fue posible seguir la derrota de Mallorca, y fuenos forzoso dejarnos ir tierra a tierra la vuelta de Orán, no sin mucha pesadumbre nuestra, por no ser descubiertos del lugar de Sargel, que en aquella costa cae sesenta millas de Argel; y asimismo temíamos encontrar por aquel paraje alguna galeota de las que de ordinario vienen con mercancía de Tetuán, aunque cada uno por sí y por todos juntos presumíamos de que si se encontraba galeota de mercancía, como no fuese de las que andan en corso, que no solo no nos perderíamos, mas que tomaríamos bajel donde con más seguridad pudiésemos acabar nuestro viaje. Iba Zoraida, en tanto que se navegaba, puesta la cabeza entre mis manos por no ver a su padre, y sentía yo que iba llamando a Lela Marién que nos ayudase. Bien habríamos navegado treinta millas, cuando nos amaneció, como tres tiros de arcabuz desviados de tierra, toda la cual vimos desierta y sin nadie que nos descubriese; pero con todo eso nos fuimos a fuerza de brazos entrando un poco en la mar, que ya estaba algo más sosegada; y habiendo entrado casi dos leguas, diose orden que se bogase a cuarteles en tanto que comíamos algo, que iba bien proveída la barca, puesto que los que bogaban dijeron que no era aquél tiempo de tomar reposo alguno: que les diesen de comer los que no bogaban, que ellos no querían soltar los remos de las manos en manera alguna. Hízose ansí, y en esto comenzó a soplar un viento largo, que nos obligó a hacer luego vela y a dejar el remo, y enderezar a Orán, por no ser posible poder hacer otro viaje. Todo se hizo con mucha presteza, y así, a la vela, navegamos por más de ocho millas por hora, sin llevar otro temor alguno sino el de encontrar con bajel que de corso fuese. Dimos de comer a

nho que podeis tirar dela; para o qual ganho, se assim o quiserdes chamar, daqui mesmo vos ofereço tudo aquilo que quiserdes por mim e por essa desventurada filha minha, ou, senão, somente por ela, que é a maior e melhor parte da minha alma.

Em dizendo isto, começou a chorar tão amargamente, que a todos nos moveu à compaixão e forçou Zoraida a olhá-lo; a qual, vendo-o chorar, tanto se enterneceu que se levantou dos meus pés e foi abraçar seu pai, e, juntando seu rosto ao dele, começaram os dois tão terno pranto, que muitos dos que íamos na barca os acompanhamos nele. Mas quando seu pai reparou nos seus adornos de festa e nas muitas joias que levava postas, lhe disse em sua língua:

— Que é isto, filha, se ontem ao anoitecer, antes que nos acontecesse esta terrível desgraça em que nos vemos, eu te vi com teus trajes ordinários e caseiros, e agora, sem que tenhas tido tempo de te vestir e sem que haja alguma nova alegre a celebrar com teus adornos e atavios, eu te vejo composta com os melhores vestidos que eu soube e pude dar-te quando nos foi a ventura mais favorável? Responde-me isto, que me tem mais suspenso e admirado que a desgraça mesma em que me encontro.

Tudo o que o mouro dizia à filha o renegado nos repetia na nossa língua, e ela não lhe respondia palavra. Mas quando ele viu a um lado da barca a arqueta onde ela costumava guardar as suas joias, a qual ele bem sabia ter deixado em Argel, e não levado ao jardim, ficou mais confuso, e lhe perguntou como aquele cofre chegara às nossas mãos e o que trazia dentro. Ao que o renegado, sem esperar a resposta de Zoraida, lhe respondeu:

— Não te canses, senhor, em perguntar tantas coisas a Zoraida, tua filha, pois com uma que eu te responda saberás todas: e assim quero que saibas que

---

los moros bagarinos, y el renegado les consoló diciéndoles como no iban cautivos, que en la primera ocasión les darían libertad. Lo mismo se le dijo al padre de Zoraida, el cual respondió:

— Cualquiera otra cosa pudiera yo esperar y creer de vuestra liberalidad y buen término, ¡oh cristianos!, mas el darme libertad, no me tengáis por tan simple que lo imagine, que nunca os pusistes vosotros al peligro de quitármela para volverla tan liberalmente, especialmente sabiendo quién soy yo y el interese que se os puede seguir de dármela; el cual interese, si le queréis poner nombre, desde aquí os ofrezco todo aquello que quisiéredes por mí y por esa desdichada hija mía, o, si no, por ella sola, que es la mayor y la mejor parte de mi alma.

En diciendo esto, comenzó a llorar tan amargamente, que a todos nos movió a compasión y forzó a Zoraida que le mirase; la cual, viéndole llorar, así se enterneció, que se levantó de mis pies y fue a abrazar a su padre, y, juntando su rostro con el suyo, comenzaron los dos tan tierno llanto, que muchos de los que allí íbamos le acompañamos en él. Pero cuando su padre la vio adornada de fiesta y con tantas joyas sobre sí, le dijo en su lengua:

— ¿Qué es esto, hija, que ayer al anochecer, antes que nos sucediese esta terrible desgracia en que nos vemos, te vi con tus ordinarios y caseros vestidos, y agora, sin que hayas tenido tiempo de vestirte y sin haberte dado alguna nueva alegre de solenizalle con adornarte y pulirte, te veo compuesta con los mejores vestidos que yo supe y pude darte cuando nos fue la ventura más favorable? Respóndeme a esto, que me tiene más suspenso y admirado que la misma desgracia en que me hallo.

Todo lo que el moro decía a su hija nos lo declaraba el renegado, y ella no le respondía palabra. Pero cuando él vio a un lado de la barca el cofrecillo donde ella solía tener sus joyas, el cual sabía él bien que le había

ela é cristã e foi a lima dos nossos grilhões e a liberdade do nosso cativeiro; ela vai aqui por sua vontade, tão contente, ao que imagino, de se ver neste estado como quem sai das trevas à luz, da morte à vida e da pena à glória.

— É verdade o que ele diz, filha? — disse o mouro.

— É, sim — respondeu Zoraida.

— Então — replicou o velho — tu és cristã e a que pôs o próprio pai nas mãos dos seus inimigos?

Ao que Zoraida respondeu:

— A que é cristã eu sou, mas não a que te pôs neste transe, pois o desejo que me move não foi nunca te deixar nem te fazer mal, mas fazer bem a mim.

— E qual o bem que te fizeste, filha?

— Isso — respondeu ela — deves perguntar a Lela Marién, que ela to saberá dizer melhor que eu.

Assim como o mouro ouvira essas palavras, com uma incrível presteza se atirou de cabeça no mar, onde sem dúvida alguma se teria afogado, se suas roupas longas e embaraçosas o não tivessem mantido um pouco à tona. Deu vozes Zoraida para que o salvassem, e assim acudimos todos e, pegando-o pelas abas do seu manto, o tiramos meio afogado e sem sentido; com o que tanto se doeu Zoraida, que, como se ele já estivesse morto, deitava sobre o pai um terno e doloroso pranto. Então o colocamos de bruços, e verteu ele muita água, voltando a si ao cabo de duas horas, nas quais o vento mudou e houvemos por bem de voltar a terra e fazer força de remos para não investir contra com ela. Mas quis nossa boa sorte que chegássemos a uma enseada que se abre ao pé de um pequeno promontório ou cabo que os mouros chamam Cava Rumía, que na nossa língua quer dizer "má mulher cristã", e é

---

dejado en Argel, y no traídole al jardín, quedó más confuso, y preguntóle que cómo aquel cofre había venido a nuestras manos y qué era lo que venía dentro. A lo cual el renegado, sin aguardar que Zoraida le respondiese, le respondió:

— No te canses, señor, en preguntar a Zoraida tu hija tantas cosas, porque con una que yo te responda te satisfaré a todas: y, así, quiero que sepas que ella es cristiana y es la que ha sido la lima de nuestras cadenas y la libertad de nuestro cautiverio; ella va aquí de su voluntad, tan contenta, a lo que yo imagino, de verse en este estado como el que sale de las tinieblas a la luz, de la muerte a la vida y de la pena a la gloria.

— ¿Es verdad lo que este dice, hija? — dijo el moro.

— Así es — respondió Zoraida.

— ¿Que en efeto — replicó el viejo — tú eres cristiana y la que ha puesto a su padre en poder de sus enemigos?

A lo cual respondió Zoraida:

— La que es cristiana yo soy, pero no la que te ha puesto en este punto, porque nunca mi deseo se estendió a dejarte ni a hacerte mal, sino a hacerme a mí bien.

— ¿Y qué bien es el que te has hecho, hija?

— Eso — respondió ella — pregúntaselo tú a Lela Marién, que ella te lo sabrá decir mejor que no yo.

Apenas hubo oído esto el moro, cuando con una increíble presteza se arrojó de cabeza en la mar, donde sin ninguna duda se ahogara, si el vestido largo y embarazoso que traía no le entretuviera un poco sobre el agua.

tradição entre os mouros que naquele lugar está enterrada a Cava, por culpa de quem se perdeu a Espanha,[5] pois *cava*, em sua língua, quer dizer "mulher má", e *rumía*, "cristã"; e eles têm até por mau agouro chegar e fundear ali quando a necessidade os força — pois sem ela nunca o fazem —, posto que para nós outros não foi abrigo de má mulher, e sim porto seguro de nosso remédio, tão alterado estava o mar. Pusemos as nossas sentinelas em terra e em nenhum momento deixamos os remos de mão; comemos daquilo que o renegado provera e rogamos a Deus e a Nossa Senhora, de todo nosso coração, que nos ajudasse e favorecesse para que déssemos feliz fim a tão promissor começo. Decidiu-se, atendendo às súplicas de Zoraida, deixar em terra seu pai e todos os demais mouros que na barca iam atados, porque não eram suas entranhas duras nem seu ânimo forte o bastante para ter diante dos olhos atado seu pai e presos aqueles seus conterrâneos. Prometemos assim fazer quando partíssemos, pois não havia perigo em deixá-los naquele lugar, que era despovoado. Não foram tão vãs nossas orações, que não fossem ouvidas pelo céu, pois logo o vento tornou a nosso favor, calmo o mar, convidando-nos a reembarcar alegres a prosseguir nossa começada viagem. Vendo isto, desatamos os mouros, e um a um os fomos deixando em terra, do que eles admiraram; mas, à hora de desembarcar o pai de Zoraida, que já estava bem acordado, ele disse:

— Por que pensais, cristãos, que esta má fêmea folga em que me deis liberdade? Pensais que é por piedade de mim? Não, por certo. Faz isto para livrar-se do estorvo que lhe dará a minha presença quando quiser pôr em execução os seus maus desejos. Nem penseis que a moveu a mudar de religião entender ela que a vossa à nossa se avantaja, mas saber que na vossa terra se usa da desonestidade mais livremente que na nossa.

Dio voces Zoraida que le sacasen, y, así, acudimos luego todos y, asiéndole de la almalafa, le sacamos medio ahogado y sin sentido; de que recibió tanta pena Zoraida, que, como si fuera ya muerto, hacía sobre él un tierno y doloroso llanto. Volvímosle boca abajo, volvió mucha agua, tornó en sí al cabo de dos horas, en las cuales, habiéndose trocado el viento, nos convino volver hacia tierra y hacer fuerza de remos, por no embestir en ella. Mas quiso nuestra buena suerte que llegamos a una cala que se hace al lado de un pequeño promontorio o cabo que de los moros es llamado el de la "Cava Rumía", que en nuestra lengua quiere decir 'la mala mujer cristiana', y es tradición entre los moros que en aquel lugar está enterrada la Cava, por quien se perdió España, porque *cava* en su lengua quiere decir 'mujer mala', y *rumía*, 'cristiana'; y aun tienen por mal agüero llegar allí a dar fondo cuando la necesidad les fuerza a ello — porque nunca le dan sin ella —, puesto que para nosotros no fue abrigo de mala mujer, sino puerto seguro de nuestro remedio, según andaba alterada la mar. Pusimos nuestras centinelas en tierra y no dejamos jamás los remos de la mano; comimos de lo que el renegado había proveído y rogamos a Dios y a Nuestra Señora, de todo nuestro corazón, que nos ayudase y favoreciese para que felicemente diésemos fin a tan dichoso principio. Diose orden, a suplicación de Zoraida, como echásemos en tierra a su padre y a todos los demás moros que allí atados venían, porque no le bastaba el ánimo, ni lo podían sufrir sus blandas entrañas, ver delante de sus ojos atado a su padre y aquellos de su tierra presos. Prometímosle de hacerlo así al tiempo de la partida, pues no corría peligro el dejallos en aquel lugar, que era despoblado. No fueron tan vanas nuestras oraciones, que no fuesen oídas del cielo, que en nuestro favor luego volvió el viento, tranquilo el mar, convidándonos a que tornásemos alegres a proseguir nuestro comenzado viaje. Viendo esto, desatamos a los moros, y uno a

E voltando-se para Zoraida, seguro dos braços por mim e outro cristão, por que não fizesse algum desatino, lhe disse:

— Oh moça infame e mal-aconselhada rapariga! Aonde vais, cega e desatinada, em poder desses cães, naturais inimigos nossos? Maldita seja a hora em que eu te gerei e malditos sejam os regalos e deleites em que te criei!

Mas, vendo eu que aquilo levava jeito de não acabar tão cedo, dei pressa em deixá-lo em terra, e dali a altas vozes prosseguiu em suas maldições e lamentos, rogando a Maomé que rogasse a Alá que nos destruísse, confundisse e aniquilasse; e quando, por ter-nos feito à vela, não pudemos mais ouvir as suas palavras, vimos as suas obras, que eram arrancar-se as barbas, puxar dos cabelos e arrastar-se pelo chão; mas por um momento forçou a voz de tal maneira, que pudemos entender que dizia:

— Volta, filha amada, volta à terra, que tudo te perdoo; entrega a esses homens esse dinheiro, que já é deles, e volta a consolar este teu triste pai, que nesta deserta areia deixará a vida, se tu o deixares.

Tudo isto escutava Zoraida, e por tudo se sentia e chorava, e não soube dizer nem responder palavra, que não fosse:

— Reza a Alá, meu pai, para que Lela Marién, que foi a causa de eu ser cristã, te console em tua tristeza. Alá bem sabe que eu não podia fazer senão o que fiz, e que estes cristãos nada devem à minha vontade, pois, ainda que eu resolvesse não vir com eles e ficar em casa, tal me seria impossível, tanta era a pressa que a minha alma me dava a pôr por obra esta que a mim parece tão boa quanto a ti, meu pai amado, te parece má.

Isto disse quando já nem seu pai a ouvia, nem nós o víamos; e assim, tratando eu de confortar Zoraida, atentamos todos à nossa viagem, agora facilitada pelo próspero vento, de tal maneira que tivemos por certo achar-nos

---

uno los pusimos en tierra, de lo que ellos se quedaron admirados; pero llegando a desembarcar al padre de Zoraida, que ya estaba en todo su acuerdo, dijo:

— ¿Por qué pensáis, cristianos, que esta mala hembra huelga de que me deis libertad? ¿Pensáis que es por piedad que de mí tiene? No, por cierto, sino que lo hace por el estorbo que le dará mi presencia cuando quiera poner en ejecución sus malos deseos. Ni penséis que la ha movido a mudar religión entender ella que la vuestra a la nuestra se aventaja, sino el saber que en vuestra tierra se usa la deshonestidad más libremente que en la nuestra.

Y volviéndose a Zoraida, teniéndole yo y otro cristiano de entrambos brazos asido, porque algún desatino no hiciese, le dijo:

— ¡Oh infame moza y mal aconsejada muchacha! ¿Adónde vas, ciega y desatinada, en poder destos perros, naturales enemigos nuestros? ¡Maldita sea la hora en que yo te engendré y malditos sean los regalos y deleites en que te he criado!

Pero viendo yo que llevaba término de no acabar tan presto, di priesa a ponelle en tierra, y desde allí a voces prosiguió en sus maldiciones y lamentos, rogando a Mahoma rogase a Alá que nos destruyese, confundiese y acabase; y cuando por habernos hecho a la vela no podimos oír sus palabras, vimos sus obras, que eran arrancarse las barbas, mesarse los cabellos y arrastrarse por el suelo; mas una vez esforzó la voz de tal manera, que podimos entender que decía:

— Vuelve, amada hija, vuelve a tierra, que todo te lo perdono; entrega a esos hombres ese dinero, que ya es suyo, y vuelve a consolar a este triste padre tuyo, que en esta desierta arena dejará la vida, si tú le dejas.

ao amanhecer do outro dia nas costas de Espanha. Mas, como poucas vezes, ou nunca, vem o bem puro e simples, sem ser acompanhado ou seguido de algum mal que o empane ou sobressalte, quis nossa ventura, ou quem sabe as maldições que o mouro à sua filha havia lançado, que estas são muito de temer, venham do pai que vierem, digo que quis nossa ventura que, estando já em alto-mar e já tendo se passado quase três horas da noite, indo com toda a vela desfraldada, recolhidos os remos, porque o próspero vento nos poupava o trabalho de vogar, vimos à luz da lua, que claramente brilhava, perto de nós um navio redondo,[6] com todas as velas içadas, seguindo quase à bolina, que pela nossa frente atravessava, e tão perto, que nos foi forçoso amainar para o não abalroar, e eles por seu lado também forçaram o leme para nos dar passagem. Tinham-se posto a bordo do navio a nos perguntar quem éramos e para onde navegávamos e donde vínhamos, mas, ao conhecer que o perguntavam em língua francesa, disse o nosso renegado:

— Ninguém responda, porque estes são sem dúvida corsários franceses, que roubam o que acham pelo caminho.

Com esse advertimento, ninguém respondeu palavra, e tendo passado um pouco adiante, caindo já o navio a sotavento, de improviso lançaram duas peças de artilharia, e, ao que parecia, vinham encadeadas, pois cortaram nosso mastro grande ao meio e deram com ele e com a vela no mar; e logo disparando outra peça, veio dar a bala no meio da nossa barca, de modo que a abriu inteira, sem fazer outro mal algum; mas como nós nos vimos afundar, começamos todos a pedir socorro a grandes vozes e a rogar aos do navio que nos recolhessem, porque nos afogávamos. Então amainaram e, pondo o esquife ou barca ao mar, entraram nele cerca de doze franceses bem armados, com seus arcabuzes de mechas acesas, e assim chegaram junto a nós;

Todo lo cual escuchaba Zoraida, y todo lo sentía y lloraba, y no supo decirle ni respondelle palabra, sino:
— Plega a Alá, padre mío, que Lela Marién, que ha sido la causa de que yo sea cristiana, ella te consuele en tu tristeza. Alá sabe bien que no pude hacer otra cosa de la que he hecho, y que estos cristianos no deben nada a mi voluntad, pues aunque quisiera no venir con ellos y quedarme en mi casa, me fuera imposible, según la priesa que me daba mi alma a poner por obra esta que a mí me parece tan buena como tú, padre amado, la juzgas por mala.

Esto dijo a tiempo que ni su padre la oía, ni nosotros ya le veíamos; y así, consolando yo a Zoraida, atendimos todos a nuestro viaje, el cual nos le facilitaba el próspero viento, de tal manera que bien tuvimos por cierto de vernos otro día al amanecer en las riberas de España. Mas como pocas veces o nunca viene el bien puro y sencillo, sin ser acompañado o seguido de algún mal que le turbe o sobresalte, quiso nuestra ventura, o quizá las maldiciones que el moro a su hija había echado, que siempre se han de temer de cualquier padre que sean, quiso, digo, que estando ya engolfados y siendo ya casi pasadas tres horas de la noche, yendo con la vela tendida de alto baja, frenillados los remos, porque el próspero viento nos quitaba del trabajo de haberlos menester, con la luz de la luna, que claramente resplandecía, vimos cerca de nosotros un bajel redondo, que con todas las velas tendidas, llevando un poco a orza el timón, delante de nosotros atravesaba, y esto, tan cerca, que nos fue forzoso amainar por no embestirle, y ellos asimesmo hicieron fuerza de timón para darnos lugar que pasásemos. Habíanse puesto a bordo del bajel a preguntarnos quién éramos y adónde navegábamos y de dónde veníamos, pero, por preguntarnos esto en lengua francesa, dijo nuestro renegado:

e vendo quão poucos éramos e como nosso barco afundava, nos recolheram, dizendo que aquilo nos acontecera por termos usado da descortesia de não lhes responder. Nosso renegado apanhou o cofre das riquezas de Zoraida e o jogou no mar, sem que ninguém se desse conta do que fazia. Enfim, fomos todos com os franceses, os quais, depois de se informarem de tudo aquilo que de nós saber quiseram, como se fossem nossos capitais inimigos, nos despojaram de tudo quanto tínhamos, e de Zoraida tiraram até os *carcasses* que trazia nos pés. Mas isto não me dava tanto pesar como a Zoraida, pois mais me pesava o temor de que, depois de tirar-lhe suas riquíssimas e preciosíssimas joias, lhe quisessem tirar a joia que mais valia e que ela mais estimava. Mas os desejos daquela gente não são por nada que não seja dinheiro, e dele nunca se farta a sua cobiça, que então chegou a tanto, que até as roupas de cativos nos tirariam se algum proveito lhes rendesse. E resolveram entre eles que nos lançariam ao mar envoltos numa vela, pois traziam intenção de tratar em alguns portos da Espanha fazendo-se passar por bretões,[7] e, se nos levassem vivos, seriam castigados quando se revelasse o seu furto. Mas o capitão, que era quem tinha despojado a minha querida Zoraida, disse que ele se contentava com a presa feita e não queria mais tocar em nenhum porto da Espanha, e sim passar o estreito de Gibraltar de noite, ou como pudesse, e ir até La Rochelle,[8] de onde saíra; e assim resolveram de nos dar o esquife do seu navio e todo o necessário para a curta navegação que nos restava, como o fizeram ao outro dia, já à vista da terra da Espanha, a cuja vista esquecemos de pronto todos os nossos pesares e pobrezas, como se não tivessem acontecido conosco: tanto é o gosto de alcançar a liberdade perdida. Perto do meio-dia seria quando nos largaram na barca, dando-nos dois barris de água e algum biscoito; e o capitão, movido não sei de que misericórdia, quan-

---

— Ninguno responda, porque estos sin duda son cosarios franceses, que hacen a toda ropa.
Por este advertimiento, ninguno respondió palabra, y habiendo pasado un poco delante, que ya el bajel quedaba a sotavento, de improviso soltaron dos piezas de artillería, y, a lo que parecía, ambas venían con cadenas, porque con una cortaron nuestro árbol por medio y dieron con él y con la vela en la mar; y al momento disparando otra pieza, vino a dar la bala en mitad de nuestra barca, de modo que la abrió toda, sin hacer otro mal alguno; pero como nosotros nos vimos ir a fondo, comenzamos todos a grandes voces a pedir socorro y a rogar a los del bajel que nos acogiesen, porque nos anegábamos. Amainaron entonces, y, echando el esquife o barca a la mar, entraron en él hasta doce franceses bien armados, con sus arcabuces y cuerdas encendidas, y así llegaron junto al nuestro; y viendo cuán pocos éramos y como el bajel se hundía, nos recogieron, diciendo que por haber usado de la descortesía de no respondelles nos había sucedido aquello. Nuestro renegado tomó el cofre de las riquezas de Zoraida y dio con él en la mar, sin que ninguno echase de ver en lo que hacía. En resolución, todos pasamos con los franceses, los cuales, después de haberse informado de todo aquello que de nosotros saber quisieron, como si fueran nuestros capitales enemigos, nos despojaron de todo cuanto teníamos, y a Zoraida le quitaron hasta los carcajes que traía en los pies. Pero no me daba a mí tanta pesadumbre la que a Zoraida daban como me la daba el temor que tenía de que habían de pasar del quitar de las riquísimas y preciosísimas joyas al quitar de la joya que más valía y ella más estimaba. Pero los deseos de aquella gente no se estienden a más que al dinero, y desto jamás se vee harta su codicia, lo cual entonces llegó a tanto, que aun hasta los vestidos de cautivos nos quitaran si de algún provecho les fueran. Y hubo parecer entre ellos de que a todos nos arrojasen a la mar envueltos en una

do embarcou a formosíssima Zoraida, lhe deu cerca de quarenta escudos de ouro e não consentiu que seus soldados lhe tirassem estes mesmos vestidos que agora traz. Entramos no barco; lhe agradecemos o bem que nos faziam, mostrando-nos mais agradecidos que queixosos; eles se fizeram ao largo, seguindo o rumo do estreito; nós, sem mirar outro norte que a terra que se nos mostrava à frente, nos demos tanta pressa a vogar, que ao pôr do sol estávamos tão perto, que bem poderíamos, ao nosso parecer, chegar antes que fosse noite cerrada; mas por não aparecer a lua naquela noite e o céu se mostrar escuro, e por ignorar a paragem em que estávamos, não nos pareceu seguro desembarcar em terra, como a outros de nós parecia, os quais diziam que logo déssemos nela, ainda que fosse em rochedos e longe de povoado, porque assim nos asseguraríamos do temor que de razão se devia ter que por ali andassem navios de corsários de Tetuã, os quais anoitecem na Berbéria e amanhecem nas costas da Espanha, onde de ordinário ali fazem presa e voltam para dormir em suas casas; mas desses contrários pareceres tomou-se o de chegarmos pouco a pouco e, se o sossego do mar o permitisse, desembarcar onde pudéssemos. Assim se fez, e seria pouco antes da meia-noite quando chegamos ao pé de uma disformíssima e alta montanha, não tão pegada ao mar que não concedesse um pouco de espaço para poder desembarcar comodamente. Abicamos na areia, saltamos em terra, beijamos o chão e, com lágrimas de alegríssimo contento, demos todos graças a Deus Nosso Senhor pelo tão incomparável bem que nos fizera. Tiramos os bastimentos que restavam na barca, a puxamos para a terra e subimos um grandíssimo trecho da montanha, pois bem que lá estávamos, ainda não conseguíamos sossegar o peito, nem acabávamos de crer que era terra de cristãos a que já nos sustentava. Amanheceu mais tarde, a meu parecer, do que quiséramos. Acabamos de su-

---

vela, porque tenían intención de tratar en algunos puertos de España con nombre de que eran bretones y si nos llevaban vivos serían castigados siendo descubierto su hurto. Mas el capitán, que era el que había despojado a mi querida Zoraida, dijo que él se contentaba con la presa que tenía y que no quería tocar en ningún puerto de España, sino pasar el estrecho de Gibraltar de noche, o como pudiese, y irse a la Rochela, de donde había salido; y así, tomaron por acuerdo de darnos el esquife de su navío y todo lo necesario para la corta navegación que nos quedaba, como lo hicieron otro día, ya a vista de tierra de España, con la cual vista todas nuestras pesadumbres y pobrezas se nos olvidaron de todo punto, como si no hubieran pasado por nosotros: tanto es el gusto de alcanzar la libertad perdida. Cerca de medio día podría ser cuando nos echaron en la barca, dándonos dos barriles de agua y algún bizcocho; y el capitán, movido no sé de qué misericordia, al embarcarse la hermosísima Zoraida, le dio hasta cuarenta escudos de oro y no consintió que le quitasen sus soldados estos mesmos vestidos que ahora tiene puestos. Entramos en el bajel; dímosles las gracias por el bien que nos hacían, mostrándonos más agradecidos que quejosos; ellos se hicieron a lo largo, siguiendo la derrota del estrecho; nosotros, sin mirar a otro norte que a la tierra que se nos mostraba delante, nos dimos tanta priesa a bogar, que al poner del sol estábamos tan cerca, que bien pudiéramos, a nuestro parecer, llegar antes que fuera muy noche; pero por no parecer en aquella noche la luna y el cielo mostrarse escuro, y por ignorar el paraje en que estábamos, no nos pareció cosa segura embestir en tierra, como a muchos de nosotros les parecía, diciendo que diésemos en ella, aunque fuese en unas peñas y lejos de poblado, porque así aseguraríamos el temor que de razón se debía tener que por allí anduviesen bajeles de cosarios de Tetuán, los cuales anochecen en Berbería y amanecen en las costas de España, y hacen de ordinario

bir toda a montanha, por ver se do topo se avistava algum povoado ou algumas cabanas de pastores; mas, por muito que apuramos a vista, nem povoado, nem pessoa, nem trilha, nem estrada descobrimos. Com tudo isso, determinamos de caminhar terra adentro, pois, quando menos, logo haveríamos de achar quem nos dissesse que parte era aquela. Mas o que mais me fatigava era ver Zoraida ir a pé por aquelas asperezas, que, posto que por momentos a levei sobre meus ombros, mais cansava a ela o meu cansaço que a repousava o seu repouso, e assim nunca mais quis que eu tivesse aquele trabalho; e com muita paciência e mostras de alegria, levando-a sempre pela mão, pouco menos de um quarto de légua devíamos de ter andado, quando chegou aos nossos ouvidos o som de um chocalho, sinal claro de que havia gado por perto, e, olhando todos com atenção por ver se algum aparecia, vimos ao pé de um sobreiro um moço pastor que com grande sossego e descuido estava lavrando um galho com um faca. Demos vozes, e ele, erguendo a cabeça, se pôs ligeiramente em pé e, segundo o que depois soubemos, os primeiros que se lhe ofereceram à vista foram o renegado e Zoraida, e, como ele os viu em hábito de mouros, pensou que todos os da Berbéria estavam a pique de atacá-lo e, entrando com rara ligeireza pelo bosque à frente, começou a dar os maiores gritos do mundo, dizendo:

— Mouros, mouros na terra! Mouros, mouros! Às armas, às armas!

Ao ouvir essas vozes, ficamos todos confusos, e não sabíamos o que fazer; mas, considerando que as vozes do pastor haviam de alvoroçar a terra e que a cavalaria da costa[9] havia de logo vir ver o que acontecia, resolvemos que o renegado se despojasse das roupas de Turco e vestisse uma casaca ou jaleco de cativo que um de nós lhe deu de imediato, bem que ficasse em camisa. E assim, encomendando-nos a Deus, seguimos o mesmo caminho que

---

presa y se vuelven a dormir a sus casas; pero de los contrarios pareceres el que se tomó fue que nos llegásemos poco a poco, y que si el sosiego del mar lo concediese, desembarcásemos donde pudiésemos. Hízose así, y poco antes de la media noche sería cuando llegamos al pie de una disformísima y alta montaña, no tan junto al mar, que no concediese un poco de espacio para poder desembarcar cómodamente. Embestimos en la arena, salimos a tierra, besamos el suelo y con lágrimas de muy alegrísimo contento dimos todos gracias a Dios Señor Nuestro por el bien tan incomparable que nos había hecho. Sacamos de la barca los bastimentos que tenía, tirámosla en tierra y subímonos un grandísimo trecho en la montaña, porque aun allí estábamos, y aún no podíamos asegurar el pecho, ni acabábamos de creer que era tierra de cristianos la que ya nos sostenía. Amaneció más tarde, a mi parecer, de lo que quisiéramos. Acabamos de subir toda la montaña, por ver si desde allí algún poblado se descubría o algunas cabañas de pastores; pero aunque más tendimos la vista, ni poblado, ni persona, ni senda, ni camino descubrimos. Con todo esto, determinamos de entrarnos la tierra adentro, pues no podría ser menos sino que presto descubriésemos quien nos diese noticia della. Pero lo que a mí más me fatigaba era el ver ir a pie a Zoraida por aquellas asperezas, que, puesto que alguna vez la puse sobre mis hombros, más le cansaba a ella mi cansancio que la reposaba su reposo, y, así, nunca más quiso que yo aquel trabajo tomase; y con mucha paciencia y muestras de alegría llevándola yo siempre de la mano, poco menos de un cuarto de legua debíamos de haber andado, cuando llegó a nuestros oídos el son de una pequeña esquila, señal clara que por allí cerca había ganado, y, mirando todos con atención si alguno se parecía, vimos al pie de un alcornoque un pastor mozo que con grande reposo y descuido estaba labrando un palo con un cuchillo. Dimos voces, y él, alzando la cabeza, se puso ligera-

vimos que o pastor levara, sempre esperando quando havia de nos acometer a cavalaria da costa; e não nos enganou nosso pensamento, porque não se teriam passado nem duas horas, quando, tendo já saído daquelas matas a uma campina, avistamos cerca de cinquenta cavaleiros, que com grande ligeireza, correndo a meio galope, contra nós se vinham, e assim como os vimos, ficamos quietos à sua espera. Mas, como eles chegaram e viram, em vez dos mouros que buscavam, tanto pobre cristão, ficaram confusos, e um deles nos perguntou se acaso éramos nós o motivo por que um pastor apelara às armas.

— Somos, sim — disse eu; e quando ia começar a contar a minha história e de onde vínhamos e quem éramos, um dos cristãos dos que vinham conosco conheceu o guarda que nos fizera a pergunta e disse, sem me deixar dizer mais nada:

— Graças sejam dadas a Deus, senhores, que a tão bom porto nos trouxe! Porque, se não me engano, a terra que pisamos é a de Vélez Málaga[10] e, se os anos do meu cativeiro não me tiraram da memória a lembrança de que vós, senhor, que nos perguntais quem somos, sois Pedro de Bustamante, meu tio.

Apenas disse isso o cristão cativo, quando o guarda saltou do cavalo e correu a abraçar o moço, dizendo-lhe:

— Sobrinho da minha alma e da minha vida, já te conheço e já te chorei por morto, eu e minha irmã, tua mãe, e todos os teus, que ainda vivem, e a quem Deus foi servido de dar vida para que tenham o prazer de te ver. Já sabíamos que estavas em Argel, e pelos sinais e mostras das tuas roupas, e a de todos os desta companhia, compreendo que tivestes milagrosa liberdade.

— Assim é — respondeu o moço —, e tempo teremos para que tudo vos conte.

---

mente en pie, y, a lo que después supimos, los primeros que a la vista se le ofrecieron fueron el renegado y Zoraida, y como él los vio en hábito de moros, pensó que todos los de la Berbería estaban sobre él, y metiéndose con estraña ligereza por el bosque adelante, comenzó a dar los mayores gritos del mundo, diciendo:

— ¡Moros, moros hay en la tierra! ¡Moros, moros! ¡Arma, arma!

Con estas voces quedamos todos confusos, y no sabíamos qué hacernos; pero considerando que las voces del pastor habían de alborotar la tierra y que la caballería de la costa había de venir luego a ver lo que era, acordamos que el renegado se desnudase las ropas de Turco y se vistiese un gilecuelco o casaca de cautivo que uno de nosotros le dio luego, aunque se quedó en camisa. Y así, encomendándonos a Dios, fuimos por el mismo camino que vimos que el pastor llevaba, esperando siempre cuándo había de dar sobre nosotros la caballería de la costa; y no nos engañó nuestro pensamiento, porque aún no habrían pasado dos horas, cuando habiendo ya salido de aquellas malezas a un llano, descubrimos hasta cincuenta caballeros, que con gran ligereza, corriendo a media rienda, a nosotros se venían, y así como los vimos, nos estuvimos quedos aguardándolos. Pero como ellos llegaron y vieron, en lugar de los moros que buscaban, tanto pobre cristiano, quedaron confusos, y uno dellos nos preguntó si éramos nosotros acaso la ocasión porque un pastor había apellidado al arma.

— Sí — dije yo; y queriendo comenzar a decirle mi suceso y de dónde veníamos y quién éramos, uno de los cristianos que con nosotros venían conoció al jinete que nos había hecho la pregunta y dijo, sin dejarme a mí decir más palabra:

— ¡Gracias sean dadas a Dios, señores, que a tan buena parte nos ha conducido! Porque si yo no me en-

Tão logo os guardas entenderam que éramos cristãos cativos, apearam dos seus cavalos e cada um nos ofereceu o seu para nos levar à cidade de Vélez Málaga, que ficava a uma légua e meia dali. Alguns deles voltaram para pegar a barca e levá-la até a cidade, indicando-lhes nós onde a tínhamos deixado; outros nos levaram na garupa, e Zoraida foi na do cavalo do tio do cristão. Toda a gente do lugar saiu para nos receber, pois já sabiam, por um dos guardas que se adiantara a nós, da nova de nossa chegada. Não se admiravam de ver cativos livres, nem mouros cativos, porque toda a gente daquela costa está afeita a ver uns e outros; mas se admiravam da formosura de Zoraida, a qual naquele instante e sazão estava em seu ponto, fosse pelo cansaço do caminho, fosse pela alegria de já se ver em terra de cristãos, sem sobressalto de se perder, e tudo lhe pusera tais cores no rosto, que, se a afeição então não me enganava, ousarei dizer que mais formosa criatura não havia no mundo, pelo menos que eu tivesse visto. Fomos diretos à igreja para dar graças a Deus pela mercê recebida, e assim como nela entrou, Zoraida disse que ali havia rostos que se pareciam com o de Lela Marién. Tratamos de lhe explicar que eram imagens dela, e o renegado lhe deu a entender, o melhor que pôde, o que elas significavam, para que ela as adorasse como se cada uma fosse verdadeiramente a própria Lela Marién que falara com ela. Ela, que tem bom entendimento e de índole fácil e clara, logo entendeu tudo quanto das imagens lhe foi dito. Dali nos levaram e repartiram por diversas casas do povoado; mas o renegado, Zoraida e eu fomos levados pelo cristão que veio conosco à casa de seus pais, que eram medianamente favorecidos dos bens da fortuna, e eles nos acolheram com tanto amor como a seu próprio filho. Seis dias passamos em Vélez, ao cabo dos quais o renegado, tendo colhido informação de quanto lhe convinha, foi-se à cidade de Granada para tornar

---

gaño, la tierra que pisamos es la de Vélez Málaga, si ya los años de mi cautiverio no me han quitado de la memoria el acordarme que vos, señor, que nos preguntáis quién somos, sois Pedro de Bustamante, tío mío.

Apenas hubo dicho esto el cristiano cautivo, cuando el jinete se arrojó del caballo y vino a abrazar al mozo, diciéndole:

— Sobrino de mi alma y de mi vida, ya te conozco y ya te he llorado por muerto, yo, y mi hermana tu madre, y todos los tuyos, que aún viven, y Dios ha sido servido de darles vida para que gocen el placer de verte. Ya sabíamos que estabas en Argel, y por las señales y muestras de tus vestidos, y la de todos los desta compañía, comprehendo que habéis tenido milagrosa libertad.

— Así es — respondió el mozo —, y tiempo nos quedará para contároslo todo.

Luego que los jinetes entendieron que éramos cristianos cautivos se apearon de sus caballos, y cada uno nos convidaba con el suyo para llevarnos a la ciudad de Vélez Málaga, que legua y media de allí estaba. Algunos dellos volvieron a llevar la barca a la ciudad, diciéndoles dónde la habíamos dejado; otros nos subieron a las ancas, y Zoraida fue en las del caballo del tío del cristiano. Saliónos a recibir todo el pueblo, que ya de alguno que se había adelantado sabían la nueva de nuestra venida. No se admiraban de ver cautivos libres, ni moros cautivos, porque toda la gente de aquella costa está hecha a ver a los unos y a los otros; pero admirábanse de la hermosura de Zoraida, la cual en aquel instante y sazón estaba en su punto, ansí con el cansancio del camino como con la alegría de verse ya en tierra de cristianos, sin sobresalto de perderse, y esto le había sacado al rostro tales colores, que, si no es que la afición entonces me engañaba, osaré decir que más hermosa criatura no había en el

por meio da Santa Inquisição ao grêmio santíssimo da Igreja.[11] Os demais cristãos libertos se foram cada um onde melhor lhe pareceu. Só ficamos Zoraida e eu, só com os escudos que a cortesia do francês deu a Zoraida, com os quais comprei este animal em que ela vem, e, servindo-lhe eu até agora de pai e escudeiro, e não de esposo, vamos com intenção de ver se meu pai é vivo, ou se algum dos meus irmãos teve ventura mais próspera que a minha, posto que, por ter-me feito o céu companheiro de Zoraida, creio que nenhuma outra sorte me pudera vir, por boa que fosse, que eu mais estimasse. A paciência com que Zoraida leva as incomodidades que a pobreza traz consigo e o desejo que ela mostra de já logo se ver feita cristã é tanto e tal, que me admira e me move a servi-la todo o tempo da minha vida, posto que o gosto que tenho de me ver seu e de que ela seja minha seja empanado e desfeito por não saber se acharei na minha terra algum recanto onde recolhê-la e se terão feito o tempo e a morte tal mudança nos bens e na vida de meu pai e meus irmãos, que eu mal encontre quem me conheça, se eles faltarem. Não tenho mais, senhores, que vos dizer da minha história; se ela é agradável e peregrina, que o julgue vosso bom entendimento, o que de mim sei dizer é que eu a quisera ter contado com maior brevidade, posto que mais de quatro vezes o temor de vos enfadar me refreou a língua.

Notas

[1] Sargel: atual Cherchell, pequeno porto situado cerca de cem quilômetros a oeste de Argel, muito próximo da costa espanhola, na época habitado por mouriscos fugidos da Andaluzia e de Valência. Era um polo corsário, de onde partiam frequentes incursões às costas peninsulares, para o apresamento de cativos e o tráfico de armas.

---

mundo, a lo menos que yo la hubiese visto. Fuimos derechos a la iglesia a dar gracias a Dios por la merced recibida, y así como en ella entró Zoraida, dijo que allí había rostros que se parecían a los de Lela Marién. Dijímosle que eran imágines suyas, y como mejor se pudo le dio el renegado a entender lo que significaban, para que ella las adorase como si verdaderamente fueran cada una dellas la misma Lela Marién que la había hablado. Ella, que tiene buen entendimiento y un natural fácil y claro, entendió luego cuanto acerca de las imágenes se le dijo. Desde allí nos llevaron y repartieron a todos en diferentes casas del pueblo; pero al renegado, Zoraida y a mí nos llevó el cristiano que vino con nosotros, y en casa de sus padres, que medianamente eran acomodados de los bienes de fortuna, y nos regalaron con tanto amor como a su mismo hijo. Seis días estuvimos en Vélez, al cabo de los cuales el renegado, hecha su información de cuanto le convenía, se fue a la ciudad de Granada a reducirse por medio de la Santa Inquisición al gremio santísimo de la Iglesia. Los demás cristianos libertados se fueron cada uno donde mejor le pareció. Solos quedamos Zoraida y yo, con solos los escudos que la cortesía del francés le dio a Zoraida, de los cuales compré este animal en que ella viene, y, sirviéndola yo hasta agora de padre y escudero, y no de esposo, vamos con intención de ver si mi padre es vivo, o si alguno de mis hermanos ha tenido más próspera ventura que la mía, puesto que por haberme hecho el cielo compañero de Zoraida me parece que ninguna otra suerte me pudiera venir, por buena que fuera, que más la estimara. La paciencia con que Zoraida lleva las incomodidades que la pobreza trae consigo y el deseo que muestra tener de verse ya cristiana es tanto y tal, que me admira y me mueve a servirla todo el tiempo de mi vida, puesto que el gusto que tengo de verme suyo y de que ella sea mía me le turba y deshace no saber si hallaré en mi tierra algún rincón donde recogella y si habrán hecho el tiempo y

² *Zoltani*: moeda argelina de ouro.

³ Ladino: mouro que domina alguma língua peninsular; neste contexto, mais precisamente, conhecedor da língua franca mediterrânea.

⁴ Mouros *bagarinos*: remeiros voluntários, em oposição aos forçados e cativos.

⁵ Cava Rumía: alcunha depreciativa de Dª Florinda, filha de D. Julião, conde e governador de Ceuta (então Septem), que foi violentada pelo rei visigodo Rodrigo. Como vingança pelo ultraje, D. Julião teria facilitado o desembarque das tropas de Tariq Ibn Ziyad nas costas andaluzas em 711, marco inicial da invasão moura da península. O episódio é tema recorrente do romanceiro velho.

⁶ Navio redondo: embarcação com o aparelho redondo, isto é, com os mastros cruzados por paus horizontais e velas quadradas ou redondas, que permite navegar com vento em popa ou à bolina, com a proa bem cingida à linha do vento, manobrando só com o leme.

⁷ ... fazendo-se passar por bretões: estes eram aliados ocultos da Espanha no final do século XVI.

⁸ La Rochelle: no Seiscentos, a cidade se constituíra praticamente num estado autônomo, abrigo de corsários huguenotes.

⁹ Cavalaria da costa: corpo de cavaleiros lanceiros que combatiam as incursões dos corsários magrebinos.

¹⁰ Vélez Málaga: cidade andaluza situada cerca de 25 km a leste de Málaga e a 3 km da costa mediterrânea.

¹¹ ... foi-se à cidade de Granada para tornar [...] ao grêmio santíssimo da Igreja: era obrigação de todos os que renegassem a fé cristã no cativeiro, mesmo que forçados, apresentar-se imediatamente perante o Tribunal da Inquisição mais próximo ao local do desembarque. Granada abrigava a sede do Tribunal da Andaluzia Oriental.

---

la muerte tal mudanza en la hacienda y vida de mi padre y hermanos, que apenas halle quien me conozca, si ellos faltan. No tengo más, señores, que deciros de mi historia; la cual si es agradable y peregrina júzguenlo vuestros buenos entendimientos, que de mí sé decir que quisiera habérosla contado más brevemente, puesto que el temor de enfadaros más de cuatro circunstancias me ha quitado de la lengua.

CAPÍTULO XLII

QUE TRATA DO QUE MAIS SUCEDEU NA ESTALAGEM
E DE OUTRAS MUITAS COISAS DIGNAS DE SE SABER

Em dizendo isto, calou-se o cativo, a quem D. Fernando disse:
— Por certo, senhor capitão, o modo como contastes este estranho caso foi tal, que iguala à novidade e estranheza do mesmo caso: tudo é peregrino e raro e cheio de acidentes que maravilham e suspendem a quem os ouve; e é tal o gosto que recebemos em escutá-lo, que, ainda que nos achasse o dia de amanhã entretidos no mesmo conto, folgaríamos com que de novo se começasse.

E em dizendo isto, Cardenio e todos os demais se ofereceram ao capitão com tudo o que podiam para servi-lo, com palavras e razões tão amorosas e tão verdadeiras, que ele se teve por bem satisfeito de suas vontades. Especialmente lhe ofereceu D. Fernando se queria voltar para o Sul com ele, que ele faria que o marquês seu irmão fosse padrinho de batismo de Zoraida, e que ele, por seu lado, o acomodaria de maneira que pudesse entrar em sua terra com a autoridade e o cômodo que sua pessoa merecia. Tudo agradeceu cortesissimamente o cativo, mas de ninguém quis aceitar seus liberais oferecimentos.

Nisto já ia chegando a noite, e, ao cerrar-se de todo, chegou à estala-

---

CAPÍTULO XLII

QUE TRATA DE LO QUE MÁS SUCEDIÓ EN LA VENTA
Y DE OTRAS MUCHAS COSAS DIGNAS DE SABERSE

Calló en diciendo esto el cautivo, a quien don Fernando dijo:
— Por cierto, señor capitán, el modo con que habéis contado este estraño suceso ha sido tal, que iguala a la novedad y estrañeza del mesmo caso: todo es peregrino y raro y lleno de accidentes que maravillan y suspenden a quien los oye; y es de tal manera el gusto que hemos recebido en escuchalle, que aunque nos hallara el día de mañana entretenidos en el mesmo cuento, holgáramos que de nuevo se comenzara.

Y en diciendo esto, Cardènio y todos los demás se le ofrecieron con todo lo a ellos posible para servirle, con palabras y razones tan amorosas y tan verdaderas, que el capitán se tuvo por bien satisfecho de sus voluntades. Especialmente le ofreció don Fernando que si quería volverse con él, que él haría que el marqués su hermano fuese padrino del bautismo de Zoraida, y que él, por su parte, le acomodaría de manera que pudiese entrar en su tierra con el autoridad y cómodo que a su persona se debía. Todo lo agradeció cortesísimamente el cautivo, pero no quiso acetar ninguno de sus liberales ofrecimientos.

gem uma carruagem, acompanhada de alguns homens a cavalo. Pediram pousada; ao que a estalajadeira respondeu que não havia em toda a estalagem um palmo desocupado.

— Pois, ainda que assim seja — disse um dos que vinham a cavalo e que tinham entrado —, não há de faltar para o senhor ouvidor, que aqui vem.

Ao ouvir esse nome, turbou-se a hospedeira e disse:

— Senhor, o que acontece é que não tenho camas: se o senhor ouvidor traz uma,[1] que deve de trazer, que entre embora, que eu e meu marido sairemos do nosso aposento por acomodar a sua mercê.

— Seja embora — disse o escudeiro.

Mas já então saíra da carruagem um homem, que nos trajes logo mostrou o seu ofício e cargo, pois a roupa longa com as mangas enfunadas que vestia mostraram ser ele ouvidor,[2] como seu criado tinha dito. Trazia pela mão uma donzela, aparentando cerca de dezesseis anos, vestida para viagem, tão bizarra, tão formosa e tão galharda, que sua vista a todos admirou, e de tal sorte que, se não tivessem já visto Dorotea e Luscinda e Zoraida, que na estalagem estavam, cuidariam que outra formosura como a dessa donzela dificilmente se poderia achar. Presenciou D. Quixote a entrada do ouvidor e da donzela, e assim como o viu disse:

— Pode vossa mercê entrar seguro e se espraiar neste castelo, pois, ainda que estreito e mal acomodado, não há no mundo estreiteza nem incomodidade que não dê lugar às armas e às letras, e mais se as armas e as letras trazem por guia e adail a formosura, como a trazem as letras de vossa mercê nessa formosa donzela, a quem devem não só abrir-se e manifestar-se os castelos, mas apartar-se as penhas e dividir-se e abaixar-se as montanhas para dar-lhe acolhida. Entre vossa mercê, digo, neste paraíso, que aqui achará

En esto llegaba ya la noche, y al cerrar della llegó a la venta un coche, con algunos hombres de a caballo. Pidieron posada; a quien la ventera respondió que no había en toda la venta un palmo desocupado.

— Pues, aunque eso sea — dijo uno de los de a caballo que habían entrado —, no ha de faltar para el señor oidor, que aquí viene.

A este nombre se turbó la güéspeda y dijo:

— Señor, lo que en ello hay es que no tengo camas: si es que su merced del señor oidor la trae, que sí debe de traer, entre en buen hora, que yo y mi marido nos saldremos de nuestro aposento por acomodar a su merced.

— Sea en buen hora — dijo el escudero.

Pero a este tiempo ya había salido del coche un hombre, que en el traje mostró luego el oficio y cargo que tenía, porque la ropa luenga con las mangas arrocadas que vestía mostraron ser oidor, como su criado había dicho. Traía de la mano a una doncella, al parecer de hasta diez y seis años, vestida de camino, tan bizarra, tan hermosa y tan gallarda, que a todos puso en admiración su vista, de suerte que a no haber visto a Dorotea y a Luscinda y Zoraida, que en la venta estaban, creyeran que otra tal hermosura como la desta doncella difícilmente pudiera hallarse. Hallóse don Quijote al entrar del oidor y de la doncella, y así como le vio dijo:

— Seguramente puede vuestra merced entrar y espaciarse en este castillo, que aunque es estrecho y mal acomodado no hay estrecheza ni incomodidad en el mundo que no dé lugar a las armas y a las letras, y más si las armas y letras traen por guía y adalid a la fermosura, como la traen las letras de vuestra merced en esta fermosa doncella, a quien deben no solo abrirse y manifestarse los castillos, sino apartarse los riscos y devidirse y abajarse

estrelas e sóis que hão de acompanhar o céu que vossa mercê traz consigo, aqui achará as armas em seu ponto e a formosura em seu extremo.

Admirado ficou o ouvidor do razoamento de D. Quixote, a quem se pôs a olhar bem de propósito, e não menos o admirava seu porte que suas palavras; e sem achar nenhuma com que lhe responder, tornou a se admirar de novo quando viu diante de si Luscinda, Dorotea e Zoraida, que, ao terem a nova dos novos hóspedes, mais as que a estalajadeira lhes dera da formosura da donzela, tinham vindo vê-la e recebê-la. Mas D. Fernando, Cardenio e o padre lhe fizeram mais gentis e mais corteses oferecimentos. Com efeito, o senhor ouvidor entrou confuso, assim do que via como do que escutava, e as formosas da estalagem deram as boas-vindas à formosa donzela.

Enfim, bem viu o ouvidor que era gente principal toda a que ali estava, mas o porte, a visagem e a apostura de D. Quixote o desatinavam. Tendo todos feito seus corteses oferecimentos, e verificada a comodidade da estalagem, ordenou-se o que já estava ordenado: que todas as mulheres se recolhessem no já referido desvão, e que os homens ficassem fora, como à sua guarda. E assim contentou-se o ouvidor de que sua filha, que era a donzela, fosse com aquelas senhoras, o que ela fez de muito bom grado. E com parte da estreita cama do estalajadeiro, e com a metade da que o ouvidor trazia, se acomodaram naquela noite melhor do que pensavam.

O cativo, que desde o momento em que vira o ouvidor lhe palpitava o coração em suspeitas de que aquele era seu irmão, perguntou a um dos criados que com ele vinham como se chamava e se sabia de que terra era. O criado lhe respondeu que o licenciado se chamava Juan Pérez de Viedma e que tinha ouvido dizer que era de um lugar das montanhas de Leão. Com essa relação e com o que ele tinha visto, acabou de se certificar de que aquele era

---

las montañas para dalle acogida. Entre vuestra merced, digo, en este paraíso, que aquí hallará estrellas y soles que acompañen el cielo que vuestra merced trae consigo, aquí hallará las armas en su punto y la hermosura en su estremo.

Admirado quedó el oidor del razonamiento de don Quijote, a quien se puso a mirar muy de propósito, y no menos le admiraba su talle que sus palabras; y sin hallar ningunas con que respondelle, se tornó a admirar de nuevo cuando vio delante de sí a Luscinda, Dorotea y a Zoraida, que a las nuevas de los nuevos güéspedes, y a las que la ventera les había dado de la hermosura de la doncella, habían venido a verla y a recebirla. Pero don Fernando, Cardenio y el cura le hicieron más llanos y más cortesanos ofrecimientos. En efecto, el señor oidor entró confuso, así de lo que veía como de lo que escuchaba, y las hermosas de la venta dieron la bienllegada a la hermosa doncella.

En resolución, bien echó de ver el oidor que era gente principal toda la que allí estaba, pero el talle, visaje y la apostura de don Quijote le desatinaba. Y habiendo pasado entre todos corteses ofrecimientos y tanteado la comodidad de la venta, se ordenó lo que antes estaba ordenado: que todas las mujeres se entrasen en el camaranchón ya referido, y que los hombres se quedasen fuera, como en su guarda. Y, así, fue contento el oidor que su hija, que era la doncella, se fuese con aquellas señoras, lo que ella hizo de muy buena gana. Y con parte de la estrecha cama del ventero, y con la mitad de la que el oidor traía, se acomodaron aquella noche mejor de lo que pensaban.

El cautivo, que desde el punto que vio al oidor, le dio saltos el corazón y barruntos de que aquel era su

seu irmão, que, por conselho de seu pai, seguira as letras; e alvoroçado e contente, chamando à parte D. Fernando, Cardenio e o padre, lhes contou o que se passava, certificando-lhes que aquele ouvidor era seu irmão. Dissera-lhe também o criado que estava a caminho das Índias, nomeado ouvidor na Audiência do México; soube também que aquela donzela era sua filha, de cujo parto morrera a mãe, e que ele ficara muito rico com o dote que com a filha lhe ficara em casa. Pediu-lhes conselho sobre como fazer para se apresentar ou para primeiro saber se, em se apresentando, seu irmão, por vê-lo pobre, se afrontava ou o recebia de boa mente.

— Deixai que eu farei essa experiência — disse o padre —; quanto mais que não há porque esperar senão que vós, senhor capitão, sereis muito bem recebido, pois o valor e prudência que em seu bom parecer revela vosso irmão não dá indícios de ser arrogante nem desconhecido, nem que não há de saber pôr os reveses da fortuna no devido ponto.

— Ainda assim — disse o capitão —, eu quisera dar-me a conhecer não de improviso, mas por rodeios.

— Já vos disse — respondeu o padre — que eu farei de jeito que todos havemos de ficar satisfeitos.

Já então estava preparado o jantar, e todos se sentaram à mesa, exceto o cativo, e as senhoras, que jantaram à parte em seu aposento. No meio do jantar, disse o padre:

— Do mesmo nome de vossa mercê, senhor ouvidor, tive eu um camarada em Constantinopla, onde estive cativo alguns anos; o qual camarada era um dos mais valentes soldados e capitães que havia em toda a infantaria espanhola, mas, tanto quanto tinha de esforçado e valoroso, tinha de desafortunado.

---

hermano, preguntó a uno de los criados que con él venían que cómo se llamaba y si sabía de qué tierra era. El criado le respondió que se llamaba el licenciado Juan Pérez de Viedma y que había oído decir que era de un lugar de las montañas de León. Con esta relación y con lo que él había visto, se acabó de confirmar de que aquel era su hermano, que había seguido las letras, por consejo de su padre; y alborozado y contento, llamando aparte a don Fernando, a Cardenio y al cura, les contó lo que pasaba, certificándoles que aquel oidor era su hermano. Habíale dicho también el criado como iba proveído por oidor a las Indias, en la Audiencia de México; supo también como aquella doncella era su hija, de cuyo parto había muerto su madre, y que él había quedado muy rico con el dote que con la hija se le quedó en casa. Pidióles consejo qué modo tendría para descubrirse o para conocer primero si, después de descubierto, su hermano, por verle pobre, se afrentaba o le recebía con buenas entrañas.

— Déjeseme a mí el hacer esa experiencia — dijo el cura —; cuanto más que no hay pensar sino que vos, señor capitán, seréis muy bien recebido, porque el valor y prudencia que en su buen parecer descubre vuestro hermano no da indicios de ser arrogante ni desconocido, ni que no ha de saber poner los casos de la fortuna en su punto.

— Con todo eso — dijo el capitán —, yo querría no de improviso, sino por rodeos, dármele a conocer.

— Ya os digo — respondió el cura — que yo lo trazaré de modo que todos quedemos satisfechos.

Ya en esto estaba aderezada la cena, y todos se sentaron a la mesa, eceto el cautivo y las señoras, que cenaron de por sí en su aposento. En la mitad de la cena, dijo el cura:

— E como se chamava esse capitão, senhor meu? — perguntou o ouvidor.

— Chamava-se — respondeu o padre — Ruy Pérez de Viedma e era natural de um lugar das montanhas de Leão, e me contou um caso a ele acontecido com seu pai e seus irmãos, que, se não mo contasse um homem tão verdadeiro como ele, eu o tivera por conto daqueles que as velhas contam ao fogo no inverno. Pois me disse que seu pai tinha dividido seus bens entre os três filhos que tinha, e lhes tinha dado certos conselhos melhores que os de Catão.[3] E sei dizer que, ao filho que ele escolhera para ir à guerra, tudo correra tão bem, que em poucos anos, por seu valor e esforço, sem outro braço que o da sua muita virtude, chegou a capitão de infantaria e a ver-se encaminhado e predicado para logo ser promovido a mestre de campo.[4] Mas foi-lhe a fortuna adversa, pois, onde a poderia esperar e ter boa, ali a perdeu, com perder a liberdade na felicíssima jornada onde tantos a ganharam, que foi na batalha de Lepanto. Eu a perdi em La Goleta, e depois, por diferentes caminhos, nos achamos camaradas em Constantinopla. Dali veio ele a Argel, onde sei que lhe aconteceu um dos mais estranhos casos que no mundo aconteceram.

Daí foi prosseguindo o padre, e com brevidade sucinta contou o que com Zoraida e o capitão acontecera, a tudo prestando tanta atenção o ouvidor, que jamais fora tão ouvidor. Chegou o padre até o ponto em que os franceses despojaram os cristãos que na barca vinham, dando conta da pobreza e necessidade em que seu camarada e a formosa moura tinham ficado, dos quais não soubera o que fora feito, nem se tinham chegado à Espanha ou sido levados pelos franceses à França.

Tudo o que o padre dizia estava escutando o capitão um tanto retirado

---

— Del mesmo nombre de vuestra merced, señor oidor, tuve yo una camarada en Costantinopla, donde estuve cautivo algunos años; la cual camarada era uno de los valientes soldados y capitanes que había en toda la infantería española, pero tanto cuanto tenía de esforzado y valeroso tenía de desdichado.
— ¿Y cómo se llamaba ese capitán, señor mío? — preguntó el oidor.
— Llamábase — respondió el cura — Ruy Pérez de Viedma y era natural de un lugar de las montañas de León, el cual me contó un caso que a su padre con sus hermanos le había sucedido, que, a no contármelo un hombre tan verdadero como él, lo tuviera por conseja de aquellas que las viejas cuentan el invierno al fuego. Porque me dijo que su padre había dividido su hacienda entre tres hijos que tenía, y les había dado ciertos consejos mejores que los de Catón. Y sé yo decir que el que él escogió de venir a la guerra le había sucedido tan bien, que en pocos años, por su valor y esfuerzo, sin otro brazo que el de su mucha virtud, subió a ser capitán de infantería y a verse en camino y predicamento de ser presto maestre de campo. Pero fuele la fortuna contraria, pues donde la pudiera esperar y tener buena, allí la perdió, con perder la libertad en la felicíssima jornada donde tantos la cobraron, que fue en la batalla de Lepanto. Yo la perdí en la Goleta, y después, por diferentes sucesos, nos hallamos camaradas en Costantinopla. Desde allí vino a Argel, donde sé que le sucedió uno de los más estraños casos que en el mundo han sucedido.
De aquí fue prosiguiendo el cura, y con brevedad sucinta contó lo que con Zoraida a su hermano había sucedido, a todo lo cual estaba tan atento el oidor, que ninguna vez había sido tan oidor como entonces. Solo lle-

dali, e notava todos os movimentos que seu irmão fazia; o qual, vendo que o padre já findara seu conto, dando um grande suspiro e com os olhos marejados, disse:

— Oh senhor, se soubésseis as novas que me haveis contado e quão fundo me tocam, que me é forçoso dar mostras disso com estas lágrimas que contra toda minha discrição e recato escapam dos meus olhos! Esse capitão tão valoroso que dizeis é o meu irmão mais velho, o qual, como mais forte e dono de mais altos pensamentos que eu e meu outro irmão, escolheu o honroso e digno exercício da guerra, que foi um dos três caminhos que nosso pai nos propôs, segundo vos disse o vosso camarada na fábula que ao vosso parecer dele ouvistes. Eu segui o das letras, nas quais Deus e minha diligência me levaram ao grau em que me vedes. Meu outro irmão está no Peru, tão rico que, com o que tem mandado a meu pai e a mim já mais que satisfez a parte que ele levou, e até deu a meu pai com o que poder fartar sua liberalidade natural; e graças a ele eu também pude com mais decência e autoridade dedicar-me aos meus estudos e chegar ao posto em que me vejo. Vive ainda meu pai, morrendo com o desejo de saber do seu primeiro filho, e pede a Deus com contínuas orações que não feche a morte seus olhos enquanto não vir com vida os de seu filho. O que me espanta, sendo ele tão discreto, é que em tantos trabalhos e aflições, ou prósperos sucessos, se tenha descuidado de dar notícia de si a seu pai: pois se ele o soubesse, ou algum de nós, não houvera necessidade de aguardar o milagre do caniço para obter o seu resgate. Mas meu temor vem agora de pensar se aqueles franceses lhe terão dado liberdade ou o terão matado para encobrir seu furto. Tudo isso fará que eu prossiga a minha viagem não com aquele contentamento com que a comecei, e sim com toda melancolia e tristeza. Oh meu bom irmão, quem me dera saber

---

gó el cura al punto de cuando los franceses despojaron a los cristianos que en la barca venían, y la pobreza y necesidad en que su camarada y la hermosa mora habían quedado, de los cuales no había sabido en qué habían parado, ni si habían llegado a España o lleváronlos los franceses a Francia.

Todo lo que el cura decía estaba escuchando algo de allí desviado el capitán, y notaba todos los movimientos que su hermano hacía; el cual, viendo que ya el cura había llegado al fin de su cuento, dando un grande suspiro y llenándosele los ojos de agua, dijo:

— ¡Oh, señor, si supiésedes las nuevas que me habéis contado y cómo me tocan tan en parte que me es forzoso dar muestras dello con estas lágrimas que contra toda mi discreción y recato me salen por los ojos! Ese capitán tan valeroso que decís es mi mayor hermano, el cual, como más fuerte y de más altos pensamientos que yo ni otro hermano menor mío, escogió el honroso y digno ejercicio de la guerra, que fue uno de los tres caminos que nuestro padre nos propuso, según os dijo vuestra camarada en la conseja que a vuestro parecer le oístes. Yo seguí el de las letras, en las cuales Dios y mi diligencia me han puesto en el grado que me veis. Mi menor hermano está en el Pirú, tan rico, que con lo que ha enviado a mi padre y a mí ha satisfecho bien la parte que él se llevó, y aun dado a las manos de mi padre con que poder hartar su liberalidad natural; y yo ansimesmo he podido con más decencia y autoridad tratarme en mis estudios y llegar al puesto en que me veo. Vive aún mi padre muriendo con el deseo de saber de su hijo mayor, y pide a Dios con continuas oraciones no cierre la muerte sus ojos hasta que él vea con vida a los de su hijo. Del cual me maravillo, siendo tan discreto, cómo en tantos trabajos y aflicciones, o prósperos sucesos, se haya descuidado de dar noticia de sí a su padre: que si él lo supiera, o alguno de nosotros,

agora onde estás, que eu te buscaria e livraria dos teus trabalhos, ainda que fosse à custa dos meus! Oh quem levara novas ao nosso velho pai de que tens vida, ainda que fosse nas masmorras mais escondidas da Berbéria, que dali te tirariam as suas riquezas, as do meu irmão e as minhas! Oh Zoraida formosa e liberal, quem pudera pagar o bem que a um irmão fizeste! Quem pudera presenciar o renascer da tua alma e as bodas que tanto gosto a todos nos dariam!

Estas e outras semelhantes palavras dizia o ouvidor, cheio de tanta compaixão com as novas que do seu irmão recebera, que todos os que o ouviam o acompanhavam nas mostras do sentimento de sua pena.

Vendo o padre que tão bem se saíra com sua intenção e com o desejo do capitão, não quis sustentar aquela tristeza por mais tempo, e assim se levantou da mesa e, entrando onde estava Zoraida, tomou-a pela mão, e atrás dela vieram Luscinda, Dorotea e a filha do ouvidor. Estava o capitão à espera de ver o que o padre pensava fazer, que foi que, tomando também a ele da outra mão, com ambos os dois foi aonde o ouvidor e os demais cavaleiros estavam, e disse:

— Cessem, senhor ouvidor, as vossas lágrimas e encha-se o vosso desejo de todo o bem que puder desejar, pois tendes aqui o vosso bom irmão e a vossa boa cunhada. Este que aqui vedes é o capitão Viedma, e esta, a formosa moura que tanto bem lhe fez. Os franceses que vos disse os puseram na estreiteza que vedes, para que vós mostreis a liberalidade do vosso bom coração.

Acudiu o capitão a abraçar seu irmão, mas este o reteve espalmando as mãos no seu peito, por olhá-lo com mais espaço; mas quando o acabou de conhecer, o abraçou tão estreitamente, derramando tão ternas lágrimas de

---

no tuviera necesidad de aguardar al milagro de la caña para alcanzar su rescate. Pero de lo que yo agora me temo es de pensar si aquellos franceses le habrán dado libertad o le habrán muerto por encubrir su hurto. Esto todo será que yo prosiga mi viaje no con aquel contento con que le comencé, sino con toda melancolía y tristeza. ¡Oh buen hermano mío, y quién supiera agora dónde estabas, que yo te fuera a buscar y a librar de tus trabajos, aunque fuera a costa de los míos! ¡Oh, quién llevara nuevas a nuestro viejo padre de que tenías vida, aunque estuvieras en las mazmorras más escondidas de Berbería, que de allí te sacaran sus riquezas, las de mi hermano y las mías! ¡Oh Zoraida hermosa y liberal, quién pudiera pagar el bien que a un hermano hiciste! ¡Quién pudiera hallarse al renacer de tu alma y a las bodas que tanto gusto a todos nos dieran!

Estas y otras semejantes palabras decía el oidor, lleno de tanta compasión con las nuevas que de su hermano le habían dado, que todos los que le oían le acompañaban en dar muestras del sentimiento que tenían de su lástima.

Viendo, pues, el cura que tan bien había salido con su intención y con lo que deseaba el capitán, no quiso tenerlos a todos más tiempo tristes y, así, se levantó de la mesa y, entrando donde estaba Zoraida, la tomó por la mano, y tras ella se vinieron Luscinda, Dorotea y la hija del oidor. Estaba esperando el capitán a ver lo que el cura quería hacer, que fue que, tomándole a él asimesmo de la otra mano, con entrambos a dos se fue donde el oidor y los demás caballeros estaban, y dijo:

— Cesen, señor oidor, vuestras lágrimas y cólmese vuestro deseo de todo el bien que acertare a desearse, pues tenéis delante a vuestro buen hermano y a vuestra buena cuñada. Este que aquí veis es el capitán Viedma, y

contentamento, que os mais dos presentes o houveram de acompanhar nelas. As palavras que os dois irmãos se disseram, os sentimentos que mostraram, creio que mal se podem pensar, quanto mais escrever. Ali em breves razões se deram conta de sua vida, ali mostraram em seu melhor ponto a boa amizade de dois irmãos, ali o ouvidor abraçou Zoraida, ali lhe ofereceu sua riqueza, ali fez que a abraçasse sua filha, ali a cristã formosa e a moura formosíssima renovaram as lágrimas de todos.

Ali D. Quixote estava atento, sem dizer palavra, considerando aqueles tão estranhos sucessos, atribuindo-os todos a quimeras da andante cavalaria. Ali concertaram que o capitão e Zoraida voltariam com seu irmão a Sevilha e avisariam seu pai do seu achado e liberdade, para que, como pudesse, viesse assistir às bodas e ao batismo de Zoraida, por não ser possível ao ouvidor mudar o caminho que seguia, por ter novas que dali a um mês partia frota de Sevilha para a Nova Espanha[5] e lhe seria de grande incomodidade perder a viagem.

Em suma, todos ficaram contentes e alegres pelo bom sucesso do cativo; e como já se tinham passado quase dois terços da noite, acordaram de se recolher e repousar no que dela lhes restava. D. Quixote se ofereceu para fazer a guarda do castelo, por que não fossem acometidos de algum gigante ou outro mal-andante velhaco, cobiçosos do grande tesouro de formosura que naquele castelo se encerrava. Agradeceram-lho os que o conheciam, e deram ao ouvidor conta do estranho humor de D. Quixote, com o que não pouco se divertiu.

Só Sancho Pança se desesperava com a demora do recolhimento, e só ele se acomodou melhor que todos, deitando-se sobre os arreios do seu jumento, que tão caros lhe custaram, como logo se dirá.

---

esta, la hermosa mora que tanto bien le hizo. Los franceses que os dije los pusieron en la estrecheza que veis, para que vos mostréis la liberalidad de vuestro buen pecho.

Acudió el capitán a abrazar a su hermano, y él le puso anchas manos en los pechos, por mirarle algo más apartado; mas cuando le acabó de conocer, le abrazó tan estrechamente, derramando tan tiernas lágrimas de contento, que los más de los que presentes estaban le hubieron de acompañar en ellas. Las palabras que entrambos hermanos se dijeron, los sentimientos que mostraron, apenas creo que pueden pensarse, cuanto más escribirse. Allí en breves razones se dieron cuenta de sus sucesos, allí mostraron puesta en su punto la buena amistad de dos hermanos, allí abrazó el oidor a Zoraida, allí la ofreció su hacienda, allí hizo que la abrazase su hija, allí la cristiana hermosa y la mora hermosísima renovaron las lágrimas de todos.

Allí don Quijote estaba atento, sin hablar palabra, considerando estos tan estraños sucesos, atribuyéndolos todos a quimeras de la andante caballería. Allí concertaron que el capitán y Zoraida se volviesen con su hermano a Sevilla y avisasen a su padre de su hallazgo y libertad, para que, como pudiese, viniese a hallarse en las bodas y bautismo de Zoraida, por no le ser al oidor posible dejar el camino que llevaba, a causa de tener nuevas que de allí a un mes partía flota de Sevilla a la Nueva España y fuérale de grande incomodidad perder el viaje.

En resolución, todos quedaron contentos y alegres del buen suceso del cautivo; y como ya la noche iba casi en las dos partes de su jornada, acordaron de recogerse y reposar lo que de ella les quedaba. Don Quijote se ofreció a hacer la guardia del castillo, porque de algún gigante o otro malandante follón no fuesen acometidos,

Recolhidas, pois, as damas a seu aposento, e os demais acomodados como menos mal puderam, D. Quixote saiu da estalagem para fazer a sentinela do castelo, como tinha prometido.

Aconteceu pois que, faltando pouco para o alvorecer, chegou aos ouvidos das damas uma voz tão entoada e tão boa, que fez com que todas lhe prestassem atento ouvido, especialmente Dorotea, que desperta estava, a cujo lado dormia Dona Clara de Viedma, que assim se chamava a filha do ouvidor. Ninguém podia imaginar quem era a pessoa que tão bem cantava, sendo uma voz só, sem que a acompanhasse instrumento algum. Por vezes parecia cantar no pátio; por vezes, na cavalariça, e, estando nesta confusão muito atentas, chegou Cardenio à porta do aposento e disse:

— Quem não dorme, que escute, pois ouvirá a voz de um moço de mulas que de tal maneira canta, que encanta.

— Já o ouvimos, senhor — respondeu Dorotea.

E com isto se foi Cardenio, e Dorotea, prestando toda a atenção possível, entendeu que o que se cantava era o seguinte:

Notas

[1] ... se o senhor ouvidor traz uma [cama]: na época era habitual os viajantes levarem sua própria comida às estalagens; os mais ricos, todos os objetos necessários para a estadia, incluídas as camas.

[2] ... a roupa longa [...] mostrara ser ele ouvidor: por ordem real de 1579, os altos funcionários judiciais deviam vestir uma toga longa e aberta, com mangas enfunadas no braço e justas no antebraço. O conjunto das vestes recebia o nome de garnacha.

[3] Catão: referência a *Castigos y ejemplos*, coleção de sentenças morais de Dionísio Catão,

---

codiciosos del gran tesoro de hermosura que en aquel castillo se encerraba. Agradeciéronselo los que le conocían, y dieron al oidor cuenta del humor estraño de don Quijote, de que no poco gusto recibió.

Solo Sancho Panza se desesperaba con la tardanza del recogimiento, y solo él se acomodó mejor que todos, echándose sobre los aparejos de su jumento, que le costaron tan caros como adelante se dirá.

Recogidas, pues, las damas en su estancia, y los demás acomodádose como menos mal pudieron, don Quijote se salió fuera de la venta a hacer la centinela del castillo, como lo había prometido.

Sucedió, pues, que faltando poco por venir el alba, llegó a los oídos de las damas una voz tan entonada y tan buena, que les obligó a que todas le prestasen atento oído, especialmente Dorotea, que despierta estaba, a cuyo lado dormía doña Clara de Viedma, que ansí se llamaba la hija del oidor. Nadie podía imaginar quién era la persona que tan bien cantaba, y era una voz sola, sin que la acompañase instrumento alguno. Unas veces les parecía que cantaban en el patio; otras, que en la caballeriza, y estando en esta confusión muy atentas, llegó a la puerta del aposento Cardenio y dijo:

— Quien no duerme, escuche, que oirán una voz de un mozo de mulas que de tal manera canta, que encanta.

— Ya lo oímos, señor — respondió Dorotea.

Y con esto se fue Cardenio, y Dorotea, poniendo toda la atención posible, entendió que lo que se cantaba era esto:

amplamente difundidas e erroneamente atribuídas ao romano Marco Pórcio Catão, o Censor (ver Prólogo, nota 12, e cap. XX, nota 3).

[4] Mestre de campo: antiga denominação dos oficiais de alta patente que tinham vários regimentos sob seu comando. Equivale *grosso modo* ao atual vice-almirante ou general de divisão.

[5] Nova Espanha: o primeiro e mais extenso vice-reinado espanhol. À época em seu apogeu, compreendia grande parte da América do Norte, toda a América Central e se estendia pelo Pacífico até o arquipélago das Filipinas.

CAPÍTULO XLIII

Onde se conta a agradável história do moço de mulas, mais outros estranhos acontecimentos na estalagem sucedidos

— Marinheiro sou de amor
e em seu pélago profundo
navego sem esperança
de tocar porto seguro.

Seguindo vou uma estrela
que já de longe descubro,
mais bela e resplandecente
que quantas viu Palinuro.[1]

Eu não sei aonde me guia
e assim navego confuso,
minh'alma a mirá-la atenta,
cuidadosa e com descuido.

Recatos impertinentes,
honestidade sem curso,
são as nuvens que ma encobrem
quando mais vê-la procuro.

CAPÍTULO XLIII

Donde se cuenta la agradable historia del mozo de mulas, con otros estraños acaecimientos en la venta sucedidos

— Marinero soy de amor
y en su piélago profundo
navego sin esperanza
de llegar a puerto alguno.

Siguiendo voy a una estrella
que desde lejos descubro,
más bella y resplandeciente
que cuantas vio Palinuro.

Yo no sé adónde me guía
y, así, navego confuso,
el alma a mirarla atenta,
cuidadosa y con descuido.

Recatos impertinentes,
honestidad contra el uso,
son nubes que me la encubren
cuando más verla procuro.

Oh clara e luzente estrela
a cujo lume eu me apuro!
O ponto em que te encobrires,
será o do meu fim mais duro.

Em chegando quem cantava a esse ponto, pensou Dorotea que não era direito que Clara deixasse de ouvir tão bela voz, e assim, sacudindo-a, acordou-a dizendo:

— Perdoa, menina, que te acorde, mas o faço para teres o gosto de ouvir a melhor voz que talvez já tenhas ouvido em toda tua vida.

Clara despertou toda sonolenta, e de primeiro não entendeu o que Dorotea lhe dizia, e, tornando aquela a perguntá-lo, tornou Dorotea a dizê-lo, o que fez Clara prestar ouvido; mas apenas escutou dois versos, que quem cantava ia prosseguindo, quando foi tomada de um tremor tão estranho como se um grave acidente de quartã estivesse sofrendo, e abraçando-se estreitamente com Dorotea, lhe disse:

— Ai, senhora da minha alma e da minha vida! Para que me despertastes? Pois o maior bem que a fortuna me podia fazer agora era ter fechados meus olhos e ouvidos, para não ver nem ouvir esse desventurado músico.

— Que é o que dizes, menina? Cuida que dizem que quem canta é um moço de mulas.

— Não é ele senão senhor de lugares[2] — respondeu Clara —, e que tem um tão seguro no meu coração, que, se o não quiser deixar, não lhe será tirado em toda a eternidade.

Admirada ficou Dorotea das sentidas razões da moça, parecendo-lhe que

---

¡Oh clara y luciente estrella
en cuya lumbre me apuro!
Al punto que te me encubras,
será de mi muerte el punto.

Llegando el que cantaba a este punto, le pareció a Dorotea que no sería bien que dejase Clara de oír una tan buena voz, y, así, moviéndola a una y a otra parte, la despertó, diciéndole:

— Perdóname, niña, que te despierto, pues lo hago porque gustes de oír la mejor voz que quizá habrás oído en toda tu vida.

Clara despertó toda soñolienta, y de la primera vez no entendió lo que Dorotea le decía, y, volviéndoselo a preguntar ella, se lo volvió a decir, por lo cual estuvo atenta Clara; pero apenas hubo oído dos versos que el que cantaba iba prosiguiendo, cuando le tomó un temblor tan estraño como si de algún grave accidente de cuartana estuviera enferma, y, abrazándose estrechamente con Dorotea, le dijo:

— ¡Ay señora de mi alma y de mi vida! ¿Para qué me despertastes? Que el mayor bien que la fortuna me podía hacer por ahora era tenerme cerrados los ojos y los oídos, para no ver ni oír a ese desdichado músico.

— ¿Qué es lo que dices, niña? Mira que dicen que el que canta es un mozo de mulas.

— No es sino señor de lugares — respondió Clara —, y el que le tiene en mi alma, con tanta seguridad, que si él no quiere dejalle, no le será quitado eternamente.

avantajavam em muito a discrição que seus poucos anos prometiam, e assim lhe disse:

— Falais de modo, senhora Clara, que vos não posso entender: declarai--vos mais e dizei-me que é o que dizeis de alma e de lugares e desse músico cuja voz tão desassossegada vos tem... Mas não me digais nada por ora, pois não quero perder, por acudir ao vosso sobressalto, o gosto que recebo em ouvir este cantor, que me parece que com novos versos e novo tom volta a seu canto.

— Que seja embora — respondeu Clara.

E, para não ouvi-lo, tapou com as mãos ambos os ouvidos, do que também se admirou Dorotea; a qual, estando atenta ao que se cantava, viu que prosseguiam nesta maneira:

> — Doce esperança minha,
> que rompendo por brenhas tão estreitas,
> segues firme pela trilha,
> que tu mesma te forjas e te enfeitas,
> não te esmoreça a sorte
> de ver-te a cada passo ao pé da morte.
>
> Não ganha o preguiçoso
> honrados triunfos nem vitória alguma,
> nem pode ser ditoso
> quem, sem nunca contrapor-se à vil fortuna,
> entrega desvalido
> ao ócio brando inteiro o seu sentido.

Admirada quedó Dorotea de las sentidas razones de la muchacha, pareciéndole que se aventajaban en mucho a la discreción que sus pocos años prometían, y, así, le dijo:

— Habláis de modo, señora Clara, que no puedo entenderos: declaraos más y decidme qué es lo que decís de alma y de lugares y deste músico cuya voz tan inquieta os tiene... Pero no me digáis nada por ahora, que no quiero perder, por acudir a vuestro sobresalto, el gusto que recibo de oír al que canta, que me parece que con nuevos versos y nuevo tono torna a su canto.

— Sea en buen hora — respondió Clara.

Y por no oílle se tapó con las manos entrambos oídos, de lo que también se admiró Dorotea; la cual, estando atenta a lo que se cantaba, vio que proseguían en esta manera:

> — Dulce esperanza mía,
> que rompiendo imposibles y malezas
> sigues firme la vía
> que tú mesma te finges y aderezas:
> no te desmaye el verte
> a cada paso junto al de tu muerte.
>
> No alcanzan perezosos
> honrados triunfos ni vitoria alguna,
> ni pueden ser dichosos
> los que, no contrastando a la fortuna,
> entregan desvalidos
> al ocio blando todos los sentidos.

Que amor as glórias venda
caras, bem é razão e pressuposto,
pois a mais rica prenda
é a que mais se aquilata por seu gosto,
e é bem sabido fato
que não se estima o que se dá barato.

Amorosas porfias
por vezes ganham coisas impossíveis,
e assim, se eu noite e dia
sigo as do amor por trilhas tão difíceis,
quem isto aposta erra,
que não hei de ganhar meu céu na terra.

Aqui findou a voz, e principiou Clara novos soluços; todo o qual acendia o desejo de Dorotea, que desejava saber a causa de tão suave canto e de tão triste choro, e assim tornou a lhe perguntar que era o que havia pouco estava por dizer. Então Clara, temerosa de que Luscinda a escutasse, abraçando Dorotea estreitamente, chegou a boca tão perto de seu ouvido, que pôde falar certa de que nenhum outro a ouviria, e assim lhe disse:

— Esse que canta, senhora minha, é filho de um cavaleiro natural do reino de Aragão, senhor de dois lugares, o qual morava na casa fronteira à de meu pai na corte; e se bem meu pai tivesse as janelas de sua casa vedadas com cortinas no inverno e gelosias no verão, eu não sei como nem quando este cavaleiro, que ali andava estudante, me viu, nem sei se na igreja ou em outra parte. Em suma, ele se enamorou de mim e o deu a entender pelas jane-

---

Que amor sus glorias venda
caras, es gran razón y es trato justo,
pues no hay más rica prenda
que la que se quilata por su gusto,
y es cosa manifiesta
que no es de estima lo que poco cuesta.

Amorosas porfías
tal vez alcanzan imposibles cosas;
y, ansí, aunque con las mías
sigo de amor las más dificultosas,
no por eso recelo
de no alcanzar desde la tierra el cielo.

Aquí dio fin la voz, y principio a nuevos sollozos Clara; todo lo cual encendía el deseo de Dorotea, que deseaba saber la causa de tan suave canto y de tan triste lloro, y, así, le volvió a preguntar qué era lo que le quería decir denantes. Entonces Clara, temerosa de que Luscinda no la oyese, abrazando estrechamente a Dorotea, puso su boca tan junto del oído de Dorotea, que seguramente podía hablar sin ser de otro sentida, y, así, le dijo:

— Este que canta, señora mía, es un hijo de un caballero natural del reino de Aragón, señor de dos lugares, el cual vivía frontero de la casa de mi padre en la corte; y aunque mi padre tenía las ventanas de su casa con lienzos en el invierno y celosías en el verano, yo no sé lo que fue ni lo que no, que este caballero, que andaba al estudio, me vio, ni sé si en la iglesia o en otra parte. Finalmente, él se enamoró de mí y me lo dio a entender desde las ventanas de su casa con tantas señas y con tantas lágrimas, que yo le hube de creer, y aun querer, sin saber lo que me quería. Entre las señas que me hacía, era una de juntarse la una mano con la otra, dándome a entender

las de sua casa com tantos sinais e com tantas lágrimas, que o tive de crer, e até benquerer, sem saber o bem que me queria. Entre os sinais que me fazia, um deles era juntar uma mão à outra, dando-me a entender que se casaria comigo, e se bem eu muito folgara de que assim fosse, por ser sozinha e sem mãe, não sabia com quem me aconselhar, e assim deixei-o estar, sem lhe conceder favor algum, exceto, quando estava meu pai fora de casa e o dele também, suspender um pouco a cortina ou a gelosia e deixar-me ver inteira, ao que ele fazia tanta festa, que dava sinais de enlouquecer. Chegou nisto o tempo da partida do meu pai, da qual ele soube, e não por mim, pois nunca lho pude dizer. Adoeceu, segundo entendo, de pesar, e assim, no dia em que partimos, não tive ocasião de vê-lo para dele me despedir sequer com os olhos; mas, ao cabo de dois dias de viagem, ao entrar numa pousada, num lugar a uma jornada daqui, eu o vi à porta, posto em hábito de moço de mulas, tão ao natural que, se o não trouxesse tão retratado na alma, jamais o teria conhecido. Conheci-o, admirei-me e alegrei-me; ele me olhou a furto de meu pai, de quem sempre se esconde quando passa por mim pelas estradas e nas pousadas aonde chegamos; e como eu sei quem é e considero que por amor por mim vem a pé e com tantos trabalhos, morro de pesar, e onde ele põe os pés, ponho eu os olhos. Não sei com que intenção ele vem, nem como escapou de seu pai, que o ama extraordinariamente, porque não tem outro herdeiro e porque ele o merece, como bem verá vossa mercê quando o vir. E mais sei dizer: que tudo o que ele canta sai de sua cabeça, pois ouvi dizer que é grandíssimo estudante e poeta. E mais ainda: que cada vez que o vejo ou o ouço cantar tremo toda e me sobressalto, temerosa de que meu pai o conheça e venha em conhecimento dos nossos desejos. Nunca na vida trocamos palavra alguma e, com tudo isso, eu o quero tão bem que não poderei viver sem ele. Isto é, senhora

---

que se casaría conmigo, y aunque yo me holgaría mucho de que ansí fuera, como sola y sin madre, no sabía con quién comunicallo, y, así, lo dejé estar sin dalle otro favor, si no era, cuando estaba mi padre fuera de casa y el suyo también, alzar un poco el lienzo o la celosía y dejarme ver toda, de lo que él hacía tanta fiesta, que daba señales de volverse loco. Llegóse en esto el tiempo de la partida de mi padre, la cual él supo, y no de mí, pues nunca pude decírselo. Cayó malo, a lo que yo entiendo, de pesadumbre, y, así, el día que nos partimos nunca pude verle para despedirme dél siquiera con los ojos; pero a cabo de dos días que caminábamos, al entrar de una posada, en un lugar una jornada de aquí, le vi a la puerta del mesón, puesto en hábito de mozo de mulas, tan al natural, que, si yo no le trujera tan retratado en mi alma, fuera imposible conocelle. Conocíle, admiréme y alegréme; él me miró a hurto de mi padre, de quien él siempre se esconde cuando atraviesa por delante de mí en los caminos y en las posadas do llegamos; y como yo sé quién es y considero que por amor de mí viene a pie y con tanto trabajo, muérome de pesadumbre, y adonde él pone los pies pongo yo los ojos. No sé con qué intención viene, ni cómo ha podido escaparse de su padre, que le quiere estraordinariamente, porque no tiene otro heredero y porque él lo merece, como lo verá vuestra merced cuando le vea. Y más le sé decir: que todo aquello que canta lo saca de su cabeza, que he oído decir que es muy gran estudiante y poeta. Y hay más: que cada vez que le veo o le oigo cantar tiemblo toda y me sobresalto, temerosa de que mi padre le conozca y venga en conocimiento de nuestros deseos. En mi vida le he hablado palabra y, con todo eso, le quiero de manera que no he de poder vivir sin él. Esto es, señora mía, todo lo que os puedo decir deste músico cuya voz tanto os ha contentado: que en sola ella echaréis bien de ver que no es mozo de mulas, como decís, sino señor de almas y lugares, como yo os he dicho.

minha, tudo o que vos posso dizer deste músico cuja voz tanto contentamento vos deu: e somente nela bem podereis ver que não é moço de mulas, como dizeis, e sim senhor de almas e lugares, como vos tenho dito.

— Não digais mais, senhora Dona Clara — disse então Dorotea, beijando-a mil vezes —, não digais mais, digo, e esperai que chegue o novo dia, pois espero em Deus que se hão de encaminhar vossos negócios de jeito que tenham o feliz fim que tão honestos princípios merecem.

— Ai, senhora! — disse Dona Clara —, que fim se pode esperar, se o pai dele é tão principal e tão rico, que cuidará que não posso ser nem criada do seu filho, quanto mais esposa? Porque casar-me a furto do meu pai é algo que não farei por nada deste mundo. Só quisera que esse moço voltasse para o seu lugar e não mais me seguisse: talvez deixando de vê-lo e separada pelo grande trecho de caminho que já fizemos se aliviasse a pena que trago no peito; se bem eu saiba dizer que esse remédio que imagino me há de aproveitar bem pouco. Não sei como diabos isto aconteceu, nem por onde entrou esse amor, sendo os dois tão jovens, pois creio que temos a mesma idade, e eu não tenho feitos nem dezesseis anos, que no próximo dia de São Miguel[3] diz meu pai que os farei.

Não pôde conter o riso Dorotea ao ouvir quão a jeito de menina falava Dona Clara, a quem disse:

— Descansemos, senhora, o pouco que parece restar da noite, que Deus madrugará e nos ajudará, pois isto é remédio que não falha.

Isto dito, as duas sossegaram, e em toda a estalagem se guardava um grande silêncio. As únicas que não dormiam eram a filha da estalajadeira e Maritornes, sua criada, as quais, como já sabiam o humor em que pecava D. Quixote, e que estava fora da estalagem armado e a cavalo montando guar-

---

— No digáis más, señora doña Clara — dijo a esta sazón Dorotea, y esto, besándola mil veces —, no digáis más, digo, y esperad que venga el nuevo día, que yo espero en Dios de encaminar de manera vuestros negocios que tengan el felice fin que tan honestos principios merecen.

— ¡Ay, señora! — dijo doña Clara —, ¿qué fin se puede esperar, si su padre es tan principal y tan rico, que le parecerá que aun yo no puedo ser criada de su hijo, cuanto más esposa? Pues casarme yo a hurto de mi padre, no lo haré por cuanto hay en el mundo. No querría sino que este mozo se volviese y me dejase; quizá con no velle y con la gran distancia del camino que llevamos se me aliviaría la pena que ahora llevo; aunque sé decir que este remedio que me imagino me ha de aprovechar bien poco. No sé qué diablos ha sido esto, ni por dónde se ha entrado este amor que le tengo, siendo yo tan muchacha y él tan muchacho, que en verdad que creo que somos de una edad mesma, y que yo no tengo cumplidos diez y seis años, que para el día de San Miguel que vendrá dice mi padre que los cumplo.

No pudo dejar de reírse Dorotea oyendo cuán como niña hablaba doña Clara, a quien dijo:

— Reposemos, señora, lo poco que creo queda de la noche, y amanecerá Dios y medraremos, o mal me andarán las manos.

Sosegáronse con esto, y en toda la venta se guardaba un grande silencio. Solamente no dormían la hija de la ventera y Maritornes su criada, las cuales, como ya sabían el humor de que pecaba don Quijote, y que estaba fuera de la venta armado y a caballo haciendo la guarda, determinaron las dos de hacelle alguna burla, o a lo menos de pasar un poco el tiempo oyéndole sus disparates.

da, resolveram as duas fazer-lhe alguma burla, ou pelo menos passar um pouco o tempo ouvindo seus disparates.

É pois o caso que em toda a estalagem não havia janela que se abrisse para o campo, mas só um buraco no muro do palheiro, por onde jogavam a palha fora. A essa brecha se puseram as duas semidonzelas[4] e viram que D. Quixote estava a cavalo, apoiado no seu chuço, dando de quando em quando tão dolentes e profundos suspiros, que parecia que a cada um se lhe desgarrava a alma; e também ouviram que dizia com voz suave, delicada e amorosa:

— Oh minha senhora Dulcineia d'El Toboso, extremo de toda a fermosura, fim e arremate da discrição, arquivo do melhor donaire, depósito da honestidade e, ultimadamente, ideia de quanto há de proveitoso, honesto e deleitável neste mundo! Que fará agora a tua mercê? Terás porventura a mente posta no teu cativo cavaleiro, que, só por servir-te e de sua inteira vontade, a tantos perigos se quis expor? Dá-me novas dela, oh tu, luminar das três faces! Quiçá invejosa da sua a estejas agora mirando, vendo-a passear por alguma galeria dos seus suntuosos palácios, ou debruçada nalguma sacada, a considerar como, salva a sua honestidade e grandeza, há de amainar a tormenta que por ela este meu coitado coração padece, que glória há de dar às minhas penas, que sossego ao meu cuidado e, finalmente, que vida à minha morte e que prêmio aos meus serviços. E tu, sol, que já deves de estar prestes a selar os teus cavalos, por madrugar e ir ver a minha senhora, assim como a vires te suplico que da minha parte a saúdes; mas guarda-te de saudá-la beijando-lhe o rosto, pois terei mais ciúmes de ti que tu daquela ligeira ingrata que tanto te fez suar e correr pelos campos da Tessália ou pelas ribeiras do Peneu,[5] que não me lembro bem por onde correste então ciumento e apaixonado.

Es, pues, el caso, que en toda la venta no había ventana que saliese al campo, sino un agujero de un pajar, por donde echaban la paja por defuera. A este agujero se pusieron las dos semidoncellas y vieron que don Quijote estaba a caballo, recostado sobre su lanzón, dando de cuando en cuando tan dolientes y profundos suspiros, que parecía que con cada uno se le arrancaba el alma; y asimesmo oyeron que decía con voz blanda, regalada y amorosa:
— ¡Oh mi señora Dulcinea del Toboso, estremo de toda hermosura, fin y remate de la discreción, archivo del mejor donaire, depósito de la honestidad y, ultimadamente, idea de todo lo provechoso, honesto y deleitable que hay en el mundo!¿Y qué fará agora la tu merced? ¿Si tendrás por ventura las mientes en tu cativo caballero, que a tantos peligros, por solo servirte, de su voluntad ha querido ponerse? Dame tú nuevas della, ¡oh luminaria de las tres caras! Quizá con envidia de la suya la estás ahora mirando que, o paseándose por alguna galería de sus suntuosos palacios o ya puesta de pechos sobre algún balcón, está considerando cómo, salva su honestidad y grandeza, ha de amansar la tormenta que por ella este mi cuitado corazón padece, qué gloria ha de dar a mis penas, qué sosiego a mi cuidado y, finalmente, qué vida a mi muerte y qué premio a mis servicios. Y tú, sol, que ya debes de estar apriesa ensillando tus caballos, por madrugar y salir a ver a mi señora, así como la veas suplícote que de mi parte la saludes; pero guárdate que al verla y saludarla no le des paz en el rostro, que tendré más celos de ti que tú los tuviste de aquella ligera ingrata que tanto te hizo sudar y correr por los llanos de Tesalia o por las riberas de Peneo, que no me acuerdo bien por dónde corriste entonces celoso y enamorado.
A este punto llegaba entonces don Quijote en su tan lastimero razonamiento, cuando la hija de la ventera le comenzó a cecear y a decirle:

Nesse ponto do seu tão lastimoso arrazoado estava D. Quixote quando, aos sussurros, a filha da estalajadeira começou a chamá-lo e a lhe dizer:

— Senhor meu, seja servido de achegar-se aqui vossa mercê.

A cujos sinais e voz voltou D. Quixote a cabeça, e viu à luz da lua, que então brilhava com toda sua plenitude, que o chamavam da brecha que a ele pareceu janela, e até com grades douradas, como convém às de tão ricos castelos como ele imaginava que era aquela estalagem; e no mesmo instante se lhe representou em sua louca imaginação que outra vez, como da passada, a donzela fermosa, filha da senhora daquele castelo, vencida do seu amor tornava a solicitá-lo, e com este pensamento, por não se mostrar descortês e ingrato, volteou as rédeas de Rocinante e se chegou à brecha e, assim como viu as duas moças, disse:

— Muito me compadece, fermosa senhora, que tenhais postas as vossas amorosas intenções em parte onde não é possível que eu vos corresponda tal como merece o vosso grande valor e gentileza, do que não deveis culpar este miserável andante cavaleiro, a quem tem amor impossibilitado de poder entregar a sua vontade a outra senão aquela que, no instante em que seus olhos a viram, ele fez senhora absoluta de sua alma. Perdoai-me, boa senhora, e recolhei-vos ao vosso aposento e não queirais que, comunicando-me mais os vossos desejos, eu me mostre mais ingrato; e se pelo amor que me tendes achais em mim outra coisa com que satisfazer-vos que o mesmo amor não seja, pedi-ma, que eu vos juro por aquela ausente e doce inimiga minha de dar-vo-la incontinenti, inda que me pedísseis uma guedelha dos cabelos de Medusa, que eram todos cobras, ou os mesmíssimos raios do sol recolhidos numa redoma.

— Nada disso há mister a minha senhora, senhor cavaleiro — disse então Maritornes.

— Señor mío, lléguese acá la vuestra merced, si es servido.

A cuyas señas y voz volvió don Quijote la cabeza, y vio a la luz de la luna, que entonces estaba en toda su claridad, como le llamaban del agujero que a él le pareció ventana, y aun con rejas doradas, como conviene que las tengan tan ricos castillos como él se imaginaba que era aquella venta; y luego en el instante se le representó en su loca imaginación que otra vez, como la pasada, la doncella fermosa, hija de la señora de aquel castillo, vencida de su amor tornaba a solicitarle, y con este pensamiento, por no mostrarse descortés y desagradecido, volvió las riendas a Rocinante y se llegó al agujero y, así como vio a las dos mozas, dijo:

— Lástima os tengo, fermosa señora, de que hayades puesto vuestras amorosas mientes en parte donde no es posible corresponderos conforme merece vuestro gran valor y gentileza, de lo que no debéis dar culpa a este miserable andante caballero, a quien tiene amor imposibilitado de poder entregar su voluntad a otra que aquella que en el punto que sus ojos la vieron la hizo señora absoluta de su alma. Perdonadme, buena señora, y recogeos en vuestro aposento y no queráis con significarme más vuestros deseos que yo me muestre más desagradecido; y si del amor que me tenéis halláis en mí otra cosa con que satisfaceros que el mismo amor no sea, pedídmela, que yo os juro por aquella ausente enemiga dulce mía de dárosla encontinente, si bien me pidiésedes una guedeja de los cabellos de Medusa, que eran todos culebras, o ya los mesmos rayos del sol encerrados en una redoma.

— No ha menester nada deso mi señora, señor caballero — dijo a este punto Maritornes.

— ¿Pues qué ha menester, discreta dueña, vuestra señora? — respondió don Quijote.

— Sola una de vuestras hermosas manos — dijo Maritornes —, por poder deshogar con ella el gran deseo

— Então que há mister, discreta duenha, a vossa senhora? — respondeu D. Quixote.

— Só uma das vossas formosas mãos — disse Maritornes —, por poder com ela desafogar o grande desejo que a esta brecha a trouxe, tão a risco da sua honra, pois, se o senhor seu pai a ouvisse, estaria ela agora em pedaços, sendo o maior deles a orelha.

— Ele que ousasse! — respondeu D. Quixote. — Mas bem se guardará disso, se não quiser ter o mais desastroso fim que já teve um pai no mundo, por ter posto as mãos nos delicados membros de sua enamorada filha.

Achou Maritornes que sem dúvida D. Quixote lhes daria a mão que pediam, e, já atinando no que havia de fazer, desceu da brecha e foi até a cavalariça, onde apanhou o cabresto do jumento de Sancho Pança e, com muita presteza, voltou a sua brecha, no momento em que D. Quixote se punha de pé sobre a sela de Rocinante por alcançar a janela gradeada onde imaginava estar a ferida donzela; e ao dar-lhe a mão, disse:

— Tomai, senhora, esta mão, ou, por melhor dizer, este carrasco dos malfeitores do mundo; tomai esta mão, digo, a qual não tocou outra de mulher alguma, nem sequer a daquela que tem inteira possessão de todo o meu corpo. Não vo-la dou para que a beijeis, senão para que olheis a contextura dos seus nervos, o fornimento dos seus músculos, a largura e vasteza das suas veias, donde tirareis quão tamanha será a força do braço que em semelhante mão se arremata.

— Agora veremos — disse Maritornes.

E, fazendo um nó corrediço com o cabresto, enlaçou seu pulso e, descendo da brecha, amarrou a ponta ao ferrolho da porta do palheiro, bem fortemente. D. Quixote, ao sentir a aspereza do cordel em seu pulso, disse:

---

que a este agujero la ha traído, tan a peligro de su honor, que si su señor padre la hubiera sentido, la menor tajada della fuera la oreja.

— ¡Ya quisiera yo ver eso! — respondió don Quijote —. Pero él se guardará bien deso, si ya no quiere hacer el más desastrado fin que padre hizo en el mundo, por haber puesto las manos en los delicados miembros de su enamorada hija.

Parecióle a Maritornes que sin duda don Quijote daría la mano que le habían pedido, y, proponiendo en su pensamiento lo que había de hacer, se bajó del agujero y se fue a la caballeriza, donde tomó el cabestro del jumento de Sancho Panza, y con mucha presteza se volvió a su agujero, a tiempo que don Quijote se había puesto de pies sobre la silla de Rocinante por alcanzar a la ventana enrejada donde se imaginaba estar la ferida doncella; y al darle la mano, dijo:

— Tomad, señora, esa mano, o, por mejor decir, ese verdugo de los malhechores del mundo; tomad esa mano, digo, a quien no ha tocado otra de mujer alguna, ni aun la de aquella que tiene entera posesión de todo mi cuerpo. No os la doy para que la beséis, sino para que miréis la contextura de sus nervios, la trabazón de sus músculos, la anchura y espaciosidad de sus venas, de donde sacaréis qué tal debe de ser la fuerza del brazo que tal mano tiene.

— Ahora lo veremos — dijo Maritornes.

Y haciendo una lazada corrediza al cabestro, se la echó a la muñeca y, bajándose del agujero, ató lo que quedaba al cerrojo de la puerta del pajar, muy fuertemente. Don Quijote, que sintió la aspereza del cordel en su muñeca, dijo:

— Mais parece que vossa mercê me rala e não que me regala a mão: não a trateis tão mal, pois ela não tem culpa do mal que minha vontade vos faz, nem é bem que em tão pequena parte vingueis a vossa inteira sanha. Cuidai que quem quer bem não se vinga tão mal.

Mas todas essas razões de D. Quixote já não as escutava ninguém, porque, assim como Maritornes o amarrou, ela e a outra se foram, mortas de rir, e o deixaram amarrado de maneira que lhe foi impossível soltar-se.

Estava pois, como se disse, de pé sobre Rocinante, metido todo seu braço pela brecha, e amarrado pelo pulso ao ferrolho da porta, com grandíssimo temor e cuidado de que, se Rocinante se afastasse para um lado ou para o outro, havia de ficar pendurado pelo braço; e assim não ousava fazer movimento algum, posto que da paciência e quietude de Rocinante bem se podia esperar que ficaria imóvel um século inteiro.

Em suma, vendo-se D. Quixote atado, e que as damas já se tinham ido, se deu a imaginar que tudo aquilo se fazia por via de encantamento, como da vez anterior, quando naquele mesmo castelo fora moído a pauladas por aquele mouro encantado do arreeiro; e maldizia lá consigo sua pouca discrição e discurso, pois, tendo da vez primeira saído tão mal daquele castelo, se aventurara a entrar nele a segunda, sendo avisamento de cavaleiros andantes que, quando provam uma aventura e não se saem bem, é sinal de que não era guardada para si, mas para outro, e assim não têm necessidade de tentá-la uma segunda vez. Ainda assim, puxava o braço por ver se conseguia se soltar, mas estava tão bem amarrado, que todas suas tentativas foram em vão. Bem é verdade que puxava com tento, para que Rocinante não se mexesse; e ainda que ele quisesse se sentar na sela, não podia senão permanecer em pé ou arrancar a mão.

— Más parece que vuestra merced me ralla que no que me regala la mano: no la tratéis tan mal, pues ella no tiene la culpa del mal que mi voluntad os hace, ni es bien que en tan poca parte venguéis el todo de vuestro enojo. Mirad que quien quiere bien no se venga tan mal.

Pero todas estas razones de don Quijote ya no las escuchaba nadie, porque así como Maritornes le ató, ella y la otra se fueron muertas de risa y le dejaron asido de manera que fue imposible soltarse.

Estaba, pues, como se ha dicho, de pies sobre Rocinante, metido todo el brazo por el agujero, y atado de la muñeca, y al cerrojo de la puerta, con grandísimo temor y cuidado que si Rocinante se desviaba a un cabo o a otro, había de quedar colgado del brazo; y así, no osaba hacer movimiento alguno, puesto que de la paciencia y quietud de Rocinante bien se podía esperar que estaría sin moverse un siglo entero.

En resolución, viéndose don Quijote atado, y que ya las damas se habían ido, se dio a imaginar que todo aquello se hacía por vía de encantamento, como la vez pasada, cuando en aquel mesmo castillo le molió aquel moro encantado del arriero; y maldecía entre sí su poca discreción y discurso, pues, habiendo salido tan mal la vez primera de aquel castillo, se había aventurado a entrar en él la segunda, siendo advertimiento de caballeros andantes que cuando han probado una aventura y no salido bien con ella, es señal que no está para ellos guardada, sino para otros, y, así, no tienen necesidad de probarla segunda vez. Con todo esto, tiraba de su brazo, por ver si podía soltarse, mas él estaba tan bien asido, que todas sus pruebas fueron en vano. Bien es verdad que tiraba con tiento, porque Rocinante no se moviese; y aunque él quisiera sentarse y ponerse en la silla, no podía sino estar en pie o arrancarse la mano.

Ali desejou a espada de Amadis, contra a qual não tinha força encantamento algum; ali maldisse a sua fortuna; ali exagerou a falta que faria no mundo a sua presença no tempo em que ali ficasse encantado, como sem dúvida alguma acreditava estar; ali evocou de novo a sua querida Dulcineia d'El Toboso; ali chamou por seu bom escudeiro Sancho Pança, que, sepultado no sono e deitado sobre a albarda do seu jumento, não se lembrava nesse transe nem da mãe que o tinha parido; ali clamou pela ajuda dos sábios Lirgandeu e Alquife; ali invocou sua boa amiga Urganda para que o socorresse;[6] e finalmente ali o achou a manhã tão desesperado e confuso, que bramava como um touro, pois não esperava que com o dia se remediasse sua coita, que tinha por eterna, tendo-se por encantado: e o que o levava a crer nisto era ver que Rocinante não se mexia, nem pouco nem muito, e cria que daquela sorte, sem comer, nem beber, nem dormir, haviam de ficar ele e seu cavalo até que aquele mal influxo das estrelas se passasse ou até que outro mais sábio encantador o desencantasse.

Mas muito se enganava em sua crença, porque, apenas começou a amanhecer, quando chegaram à estalagem quatro homens a cavalo, muito bem-postos e aderaçados, com suas espingardas sobre os arções. Chamaram aos portões da estalagem, que ainda estavam fechados, com grandes golpes; o qual visto por D. Quixote, como ele ainda estava de sentinela, com voz arrogante e alta disse:

— Cavaleiros ou escudeiros ou lá quem fordes, não tendes para que chamar aos portões deste castelo, pois bem claro está que, a tais horas, ou os que estão dentro dormem, ou não têm por costume abrir a fortaleza enquanto o sol não deitar seus raios por todo o chão. Apartai-vos e esperai que clareie o dia, que então veremos se é justo ou não que vos abram.

Allí fue el desear de la espada de Amadís, contra quien no tenía fuerza encantamento alguno; allí fue el maldecir de su fortuna; allí fue el exagerar la falta que haría en el mundo su presencia el tiempo que allí estuviese encantado, que sin duda alguna se había creído que lo estaba; allí el acordarse de nuevo de su querida Dulcinea del Toboso; allí fue el llamar a su buen escudero Sancho Panza, que, sepultado en sueño y tendido sobre el albarda de su jumento, no se acordaba en aquel instante de la madre que le había parido; allí llamó a los sabios Lirgandeo y Alquife que le ayudasen; allí invocó a su buena amiga Urganda que le socorriese; y finalmente, allí le tomó la mañana tan desesperado y confuso, que bramaba como un toro, porque no esperaba él que con el día se remediaría su cuita, porque la tenía por eterna, teniéndose por encantado: y hacíale creer esto ver que Rocinante poco ni mucho se movía, y creía que de aquella suerte, sin comer ni beber ni dormir, habían de estar él y su caballo hasta que aquel mal influjo de las estrellas se pasase o hasta que otro más sabio encantador le desencantase.

Pero engañóse mucho en su creencia, porque apenas comenzó a amanecer, cuando llegaron a la venta cuatro hombres de a caballo, muy bien puestos y aderezados, con sus escopetas sobre los arzones. Llamaron a la puerta de la venta, que aún estaba cerrada, con grandes golpes; lo cual visto por don Quijote desde donde aún no dejaba de hacer la centinela, con voz arrogante y alta dijo:

— Caballeros o escuderos o quienquiera que seáis, no tenéis para qué llamar a las puertas deste castillo, que asaz de claro está que a tales horas o los que están dentro duermen o no tienen por costumbre de abrirse las fortalezas hasta que el sol esté tendido por todo el suelo. Desviaos afuera y esperad que aclare el día, y entonces veremos si será justo o no que os abran.

— Que diabo de fortaleza ou castelo é este — disse um —, para nos obrigar a guardar essas cerimônias? Se sois o estalajadeiro, mandai que nos abram, pois somos viajantes e não queremos mais que dar cevada às nossas cavalgaduras e seguir viagem, pois vamos com pressa.

— Parece-vos, cavaleiros, que tenho eu jeito de estalajadeiro? — respondeu D. Quixote.

— Não sei do que tendes jeito — respondeu o outro —, mas sei que dizeis disparates em chamar castelo esta estalagem.

— Castelo é — replicou D. Quixote —, e dos melhores de toda esta província, e gente há dentro dele que teve cetro na mão e coroa na cabeça.

— Melhor seria ao contrário — disse o viajante —, o cetro na cabeça e a coroa na mão. E será, se for, que deve haver aí dentro alguma companhia de farsantes, os quais costumam ter essas coroas e cetros que dizeis; porque, numa estalagem tão pequena e onde se guarda tanto silêncio como nesta, não creio que se alojem pessoas dignas de cetro e coroa.

— Pouco sabeis do mundo — replicou D. Quixote —, pois ignorais os casos que soem acontecer na cavalaria andante.

Já se cansavam os companheiros que vinham com o perguntante da conversa que este mantinha com D. Quixote, e assim tornaram a chamar com grande fúria; e foi de modo que o estalajadeiro acordou, e todos os que na estalagem estavam, e assim se levantou para perguntar quem chamava. Aconteceu então que uma das cavalgaduras em que vinham os quatro que chamavam ao portão se chegou para cheirar Rocinante, que, melancólico e triste, com as orelhas caídas, sustentava sem se mexer o seu estirado senhor; e como afinal era de carne, ainda que parecesse de lenho, não pôde ficar impassível sem devolver a cheirada a quem se lhe chegava em carícias, e assim, ao pri-

---

— ¿Qué diablos de fortaleza o castillo es este — dijo uno —, para obligarnos a guardar esas ceremonias? Si sois el ventero, mandad que nos abran, que somos caminantes que no queremos más de dar cebada a nuestras cabalgaduras y pasar adelante, porque vamos de priesa.

— ¿Paréceos, caballeros, que tengo yo talle de ventero? — respondió don Quijote.

— No sé de qué tenéis talle — respondió el otro —, pero sé que decís disparates en llamar castillo a esta venta.

— Castillo es — replicó don Quijote —, y aun de los mejores de toda esta provincia, y gente tiene dentro que ha tenido cetro en la mano y corona en la cabeza.

— Mejor fuera al revés — dijo el caminante — : el cetro en la cabeza y la corona en la mano. Y será, si a mano viene, que debe de estar dentro alguna compañía de representantes, de los cuales es tener a menudo esas coronas y cetros que decís; porque en una venta tan pequeña y adonde se guarda tanto silencio como esta, no creo yo que se alojan personas dignas de corona y cetro.

— Sabéis poco del mundo — replicó don Quijote —, pues ignoráis los casos que suelen acontecer en la caballería andante.

Cansábanse los compañeros que con el preguntante venían del coloquio que con don Quijote pasaba, y, así, tornaron a llamar con grande furia; y fue de modo que el ventero despertó, y aun todos cuantos en la venta estaban, y, así, se levantó a preguntar quién llamaba. Sucedió en este tiempo que una de las cabalgaduras en que venían los cuatro que llamaban se llegó a oler a Rocinante, que, melancólico y triste, con las orejas caídas, soste-

meiro e mínimo movimento, os pés de D. Quixote se desviaram juntos, e, escorregando da sela, teriam dado no chão, com ele todo, se não ficasse suspenso pelo braço, coisa que lhe causou tanta dor, que pensou que lhe cortavam o pulso, ou que lhe arrancavam o braço. Porque ele ficou tão perto do chão, que com os extremos das pontas dos pés roçava a terra, o que vinha piorar as coisas, pois, como sentia o pouco que lhe faltava para firmar as plantas na terra, se fatigava e estirava o quanto podia por alcançar o chão, tal como os que estão no tormento da garrucha, postos a "toca, não toca", sendo eles mesmos a causa de aumentar sua dor, com o empenho que põem em se estirar, enganados pela esperança que se lhes representa que com pouco mais que se estirem tocarão o chão.

Notas

[1] Palinuro: personagem da *Eneida* de Virgílio, piloto do navio de Eneias.

[2] Senhor de lugares (ou "de vassalos"): o que tem jurisdição senhorial sobre alguma povoação da redondeza. Era um título superior ao de fidalgo, geralmente comprado.

[3] Próximo dia de São Miguel: 29 de setembro, que em quase toda a Espanha assinala o início do ano agrícola.

[4] As duas semidonzelas: jogo com a dupla acepção da palavra "donzela", como dama de companhia e como virgem.

[5] Ligeira ingrata: alusão ao mito de Dafne, ninfa perseguida por Apolo. O rio Peneu, pai de Dafne, corre pela Tessália.

[6] Lirgandeu: o mestre e cronista de *Caballero del Febo* (*Espejo de príncipes y caballeros*). Alquife: mago que aparece no *Amadís de Grecia*, casado em segundas núpcias com Urganda. Esta, por ser madrinha de Amadis de Gaula, era amiga de todos os cavaleiros andantes.

---

nía sin moverse a su estirado señor; y como en fin era de carne, aunque parecía de leño, no pudo dejar de resentirse y tornar a oler a quien le llegaba a hacer caricias, y, así, no se hubo movido tanto cuanto, cuando se desviaron los juntos pies de don Quijote, y, resbalando de la silla, dieran con él en el suelo, a no quedar colgado del brazo, cosa que le causó tanto dolor, que creyó o que la muñeca le cortaban o que el brazo se le arrancaba. Porque él quedó tan cerca del suelo, que con los estremos de las puntas de los pies besaba la tierra, que era en su perjuicio, porque, como sentía lo poco que le faltaba para poner las plantas en la tierra, fatigábase y estirábase cuanto podía por alcanzar al suelo, bien así como los que están en el tormento de la garrucha, puestos a "toca, no toca", que ellos mismos son causa de acrecentar su dolor, con el ahínco que ponen en estirarse, engañados de la esperanza que se les representa que con poco más que se estiren llegarán al suelo.

CAPÍTULO XLIV

Onde se prosseguem
os inauditos sucessos da estalagem

Com efeito, foram tantas as vozes que deu D. Quixote, que, abrindo de súbito os portões da estalagem, saiu o estalajadeiro desabalado, por ver quem dava tais gritos, e os que estavam fora fizeram o mesmo. Maritornes, que já acordara com as mesmas vozes, bem imaginando o que podia ser, foi até o palheiro e, sem que ninguém a visse, desatou o cabresto que prendia D. Quixote, e ele deu logo no chão, à vista do estalajadeiro e dos viajantes, que, chegando-se a ele, lhe perguntaram o que tinha, que tais vozes dava. Ele, sem responder palavra, tirou o cordel do pulso e, pondo-se em pé, montou em Rocinante, embraçou sua adarga, enristou seu chuço e, afastando-se um bom trecho de campo, voltou a meia-rédea, dizendo:

— Quem disser que eu fui com justo título encantado, se a minha senhora a princesa Micomicona me der licença para tanto, eu o desminto, o envido e desafio a singular batalha.

Admirados ficaram os novos viajantes das palavras de D. Quixote, mas o estalajadeiro os tirou daquela admiração, dizendo-lhes que era D. Quixote e que não deviam fazer caso dele, porque estava fora de juízo.

Perguntaram ao estalajadeiro se acaso tinha chegado àquela estalagem um rapaz de cerca de quinze anos de idade, que vinha vestido como moço de

---

CAPÍTULO XLIV

Donde se prosiguen
los inauditos sucesos de la venta

En efeto, fueron tantas las voces que don Quijote dio, que abriendo de presto las puertas de la venta salió el ventero despavorido, a ver quién tales gritos daba, y los que estaban fuera hicieron lo mesmo. Maritornes, que ya había despertado a las mismas voces, imaginando lo que podía ser, se fue al pajar y desató, sin que nadie lo viese, el cabestro que a don Quijote sostenía, y él dio luego en el suelo, a vista del ventero y de los caminantes, que, llegándose a él, le preguntaron qué tenía, que tales voces daba. Él, sin responder palabra, se quitó el cordel de la muñeca y, levantándose en pie, subió sobre Rocinante, embrazó su adarga, enristró su lanzón y, tomando buena parte del campo, volvió a medio galope, diciendo:

— Cualquiera que dijere que yo he sido con justo título encantado, como mi señora la princesa Micomicona me dé licencia para ello yo le desmiento, le rieto y desafío a singular batalla.

Admirados se quedaron los nuevos caminantes de las palabras de don Quijote, pero el ventero les quitó de aquella admiración, diciéndoles que era don Quijote y que no había que hacer caso dél, porque estaba fuera de juicio.

mulas, de tais e tais sinais, dando os mesmos que trazia o amante de Dona Clara. O estalajadeiro respondeu que havia tantas pessoas na estalagem, que não reparara se havia alguma como a que perguntavam. Mas, tendo visto um deles a carruagem onde viera o ouvidor, disse:

— Aqui deve de estar sem dúvida, pois essa é a carruagem que dizem que ele segue. Fique um de nós à porta e entrem os demais a procurá-lo; e até seria bem que um de nós rodeasse toda a estalagem, por que não fugisse pelos muros dos fundos.

— Assim faremos — respondeu outro.

E, entrando dois deles, um terceiro ficou à porta e o quarto foi rodear a estalagem: todo o qual via o estalajadeiro, e não conseguia atinar para que se faziam aquelas diligências, posto que bem entendeu que estavam à procura daquele moço cujos sinais lhe tinham dado.

Já então clareava o dia, e, fosse por isso, fosse pelo ruído que D. Quixote fizera, estavam todos acordados e se levantavam, especialmente Dona Clara e Dorotea, pois, uma pelo sobressalto de ter tão perto o seu amante, outra com o desejo de vê-lo, bem mal tinham conseguido dormir naquela noite. D. Quixote, que viu que nenhum dos quatro viajantes fazia caso dele, nem respondiam à sua demanda, morria e raivejava de despeito e sanha; e se ele achasse nas ordenanças da sua cavalaria que licitamente podia o cavaleiro andante abraçar e empreender outra empresa tendo dado a sua palavra e fé de não se lançar a nenhuma enquanto não acabasse a prometida, ele investiria contra todos e os faria responder mau grado seu. Mas, por cuidar que não convinha nem era bem começar nova empresa enquanto não reconduzisse a Micomicona ao seu trono, houve de calar e sossegar, esperando ver que fim teriam as diligências daqueles viajantes, um dos quais encontrou o mancebo

---

Preguntáronle al ventero si acaso había llegado a aquella venta un muchacho de hasta edad de quince años, que venía vestido como mozo de mulas, de tales y tales señas, dando las mesmas que traía el amante de doña Clara. El ventero respondió que había tanta gente en la venta, que no había echado de ver en el que preguntaban. Pero habiendo visto uno dellos el coche donde había venido el oidor, dijo:

— Aquí debe de estar sin duda, porque este es el coche que él dicen que sigue. Quédese uno de nosotros a la puerta y entren los demás a buscarle; y aun sería bien que uno de nosotros rodease toda la venta, porque no se fuese por las bardas de los corrales.

— Así se hará — respondió uno dellos.

Y entrándose los dos dentro, uno se quedó a la puerta y el otro se fue a rodear la venta: todo lo cual veía el ventero, y no sabía atinar para qué se hacían aquellas diligencias, puesto que bien creyó que buscaban aquel mozo cuyas señas le habían dado.

Ya a esta sazón aclaraba el día, y así por esto como por el ruido que don Quijote había hecho, estaban todos despiertos y se levantaban, especialmente doña Clara y Dorotea, que la una con sobresalto de tener tan cerca a su amante y la otra con el deseo de verle habían podido dormir bien mal aquella noche. Don Quijote, que vio que ninguno de los cuatro caminantes hacía caso dél, ni le respondían a su demanda, moría y rabiaba de despecho y saña; y si él hallara en las ordenanzas de su caballería que lícitamente podía el caballero andante tomar y emprender otra empresa habiendo dado su palabra y fe de no ponerse en ninguna hasta acabar la que había prometido, él embistiera con todos y les hiciera responder mal de su grado. Pero por parecerle no convenirle ni estar-

que procurava dormindo ao lado de um moço de mulas, muito descuidado de que alguém o procurasse, nem menos de que o achasse. O homem o travou pelo braço e lhe disse:

— Vede, senhor D. Luis, se o hábito que tendes corresponde a quem vós sois e a cama em que vos acho condiz com o regalo com que vossa mãe vos criou.

Limpou-se o moço os sonolentos olhos e olhou demoradamente aquele que o segurava, e logo conheceu que era um criado do seu pai, com o que tanto se sobressaltou, que não acertou ou não pôde falar palavra por um bom espaço; e o criado continuou dizendo:

— Aqui não há o que fazer, senhor D. Luis, senão baixar a cabeça e tomar o rumo de casa, se é que vossa mercê não quer que seu pai e meu senhor tome o do outro mundo, porque não se pode esperar outra coisa da pena em que está por causa da vossa ausência.

— E como soube meu pai — disse dom Luis — que eu seguia este caminho e nestes trajes?

— Um estudante — respondeu o criado — a quem destes conta dos vossos pensamentos foi quem o revelou, com pena da muita que viu o vosso pai sentir quando vos deu por falta; e assim despachou quatro dos seus criados à vossa procura, e todos estamos aqui ao vosso serviço, mais contentes do que imaginar-se pode, pelo bom despacho com que voltaremos, levando-vos aos olhos que tão bem vos querem.

— Isso será como eu quiser ou como o céu ordenar — respondeu D. Luis.

— Que haveis de querer ou que há de ordenar o céu, senão consentir que retorneis? Porque outra coisa não será possível.

Todas essas razões entre os dois trocadas ouviu o moço de mulas junto

---

le bien comenzar nueva empresa hasta poner a Micomicona en su reino, hubo de callar y estarse quedo, esperando a ver en qué paraban las diligencias de aquellos caminantes, uno de los cuales halló al mancebo que buscaba durmiendo al lado de un mozo de mulas, bien descuidado de que nadie ni le buscase, ni menos de que le hallase. El hombre le trabó del brazo y le dijo:

— Por cierto, señor don Luis, que responde bien a quien vos sois el hábito que tenéis y que dice bien la cama en que os hallo al regalo con que vuestra madre os crió.

Limpióse el mozo los soñolientos ojos y miró de espacio al que le tenía asido, y luego conoció que era criado de su padre, de que recibió tal sobresalto, que no acertó o no pudo hablarle palabra por un buen espacio; y el criado prosiguió diciendo:

— Aquí no hay que hacer otra cosa, señor don Luis, sino prestar paciencia y dar la vuelta a casa, si ya vuestra merced no gusta que su padre y mi señor la dé al otro mundo, porque no se puede esperar otra cosa de la pena con que queda por vuestra ausencia.

— ¿Pues cómo supo mi padre — dijo don Luis — que yo venía este camino y en este traje?

— Un estudiante — respondió el criado — a quien distes cuenta de vuestros pensamientos fue el que lo descubrió, movido a lástima de las que vio que hacía vuestro padre al punto que os echó menos; y así, despachó a cuatro de sus criados en vuestra busca, y todos estamos aquí a vuestro servicio, más contentos de lo que imaginar se puede, por el buen despacho con que tornaremos, llevándoos a los ojos que tanto os quieren.

— Eso será como yo quisiere o como el cielo lo ordenare — respondió don Luis.

a quem D. Luis estava, e, levantando-se dali, foi dizer o que se passava a D. Fernando e a Cardenio e aos demais, que já estavam vestidos, aos quais contou como aquele homem chamava aquele rapaz de "dom" e as razões que trocavam, e como o queria levar à casa de seu pai e o moço não queria. Por isto, e pelo que dele sabiam da boa voz que o céu lhe dera, vieram todos com grande desejo de saber mais exatamente quem era ele, e até de ajudá-lo se alguma força lhe quisessem fazer, e assim foram para a parte onde ainda estava falando e porfiando com seu criado.

Saía então Dorotea do seu aposento, e atrás dela Dona Clara, muito desassossegada; e chamando Cardenio à parte, aquela lhe contou em breves razões a história do músico e de Dona Clara, contando-lhe Cardenio por seu lado o que estava se passando, da vinda dos criados do pai do rapaz à sua procura, e não o disse tão baixo para que Clara o deixasse de ouvir, com o que ficou tão fora de si que, se Dorotea não chegasse para segurá-la, teria dado consigo no chão. Cardenio disse a Dorotea que voltassem ao aposento, que ele procuraria tudo remediar, e elas assim fizeram.

Já estavam todos os quatro buscadores de D. Luis dentro da estalagem e em volta dele, persuadindo-o a que logo e sem a menor detença voltasse a consolar seu pai. Ele respondeu que de maneira alguma o podia fazer enquanto não resolvesse um negócio do qual dependia sua vida, sua honra e sua alma. Apertaram-no então os criados, dizendo-lhe que de modo algum voltariam sem ele e que o levariam, querendo ou não.

— Tal não fareis — replicou D. Luis —, salvo que me leveis morto; ainda que, de qualquer maneira que me leveis, haveis de me levar sem vida.

Já então haviam acudido à porfia todos os mais que na estalagem estavam, especialmente Cardenio, D. Fernando, seus camaradas, o ouvidor, o

---

— ¿Qué habéis de querer o qué ha de ordenar el cielo, fuera de consentir en volveros? Porque no ha de ser posible otra cosa.

Todas estas razones que entre los dos pasaban oyó el mozo de mulas junto a quien don Luis estaba y, levantándose de allí, fue a decir lo que pasaba a don Fernando y a Cardenio y a los demás, que ya vestido se habían, a los cuales dijo como aquel hombre llamaba de *don* a aquel muchacho y las razones que pasaban, y como le quería volver a casa de su padre y el mozo no quería. Y con esto, y con lo que dél sabían de la buena voz que el cielo le había dado, vinieron todos en gran deseo de saber más particularmente quién era, y aun de ayudarle si alguna fuerza le quisiesen hacer, y, así, se fueron hacia la parte donde aún estaba hablando y porfiando con su criado.

Salía en esto Dorotea de su aposento, y tras ella doña Clara toda turbada; y llamando Dorotea a Cardenio aparte, le contó en breves razones la historia del músico y de doña Clara, a quien él también dijo lo que pasaba de la venida a buscarle los criados de su padre, y no se lo dijo tan callando, que lo dejase de oír Clara, de lo que quedó tan fuera de sí, que si Dorotea no llegara a tenerla, diera consigo en el suelo. Cardenio dijo a Dorotea que se volviesen al aposento, que él procuraría poner remedio en todo, y ellas lo hicieron.

Ya estaban todos los cuatro que venían a buscar a don Luis dentro de la venta y rodeados dél, persuadiéndole que luego sin detenerse un punto volviese a consolar a su padre. Él respondió que en ninguna manera lo podía hacer hasta dar fin a un negocio en que le iba la vida, la honra y el alma. Apretáronle entonces los criados, diciéndole que en ningún modo volverían sin él y que lo llevarían quisiese o no quisiese.

padre, o barbeiro e D. Quixote, que já cuidava não haver mais necessidade de guardar o castelo. Cardenio, já sabendo a história do moço, perguntou aos que levá-lo queriam o que os movia a querer levar aquele rapaz contra sua vontade.

— Move-nos — respondeu um dos quatro — dar a vida a seu pai, que pela ausência deste cavaleiro está a pique de perdê-la.

Nisto disse D. Luis:

— Não há por que dar conta aqui das minhas coisas: eu sou livre e voltarei se assim o quiser, e se não, nenhum de vós outros me há de fazer força.

— A razão há de fazê-la com vossa mercê — respondeu o homem —, e, quando ela não bastar, bastaremos nós para fazer aquilo pelo qual viemos e ao que somos obrigados.

— Averiguemos o que é isto de raiz — disse então o ouvidor.

Mas o homem, que o conheceu como vizinho de sua casa, respondeu:

— Não conhece vossa mercê, senhor ouvidor, este cavaleiro que é o filho do seu vizinho, o qual se ausentou da casa de seu pai em hábito tão impróprio à sua qualidade como vossa mercê pode ver?

Olhou-o então o ouvidor mais atentamente e conheceu-o, e, abraçando-o, disse:

— Que tolices são estas, senhor D. Luis, ou que causas tão poderosas, que vos tenham movido a vir desta maneira, e nestes trajes, que tão mal dizem com a vossa qualidade?

Os olhos do moço se encheram de lágrimas, e não pôde ele responder palavra. O ouvidor disse aos quatro que sossegassem, que tudo se resolveria; e tomando D. Luis pela mão, puxou-o à parte e lhe perguntou a razão daquela sua vinda.

— Eso no haréis vosotros — replicó don Luis —, si no es llevándome muerto; aunque de cualquiera manera que me llevéis, será llevarme sin vida.

Ya a esta sazón habían acudido a la porfía todos los más que en la venta estaban, especialmente Cardenio, don Fernando, sus camaradas, el oidor, el cura, el barbero y don Quijote, que ya le pareció que no había necesidad de guardar más el castillo. Cardenio, como ya sabía la historia del mozo, preguntó a los que llevarle querían que qué les movía a querer llevar contra su voluntad aquel muchacho.

— Muévenos — respondió uno de los cuatro — dar la vida a su padre, que por la ausencia deste caballero queda a peligro de perderla.

A esto dijo don Luis:

— No hay para qué se dé cuenta aquí de mis cosas: yo soy libre y volveré si me diere gusto, y si no, ninguno de vosotros me ha de hacer fuerza.

— Harásela a vuestra merced la razón — respondió el hombre —, y cuando ella no bastare con vuestra merced, bastará con nosotros para hacer a lo que venimos y lo que somos obligados.

— Sepamos qué es esto de raíz — dijo a este tiempo el oidor.

Pero el hombre, que lo conoció, como vecino de su casa, respondió:

— ¿No conoce vuestra merced, señor oidor, a este caballero que es el hijo de su vecino, el cual se ha ausentado de casa de su padre en el hábito tan indecente a su calidad como vuestra merced puede ver?

E enquanto lhe fazia esta e outras perguntas, ouviram grandes vozes à porta da estalagem, e a causa delas era que dois hóspedes que aquela noite nela haviam pousado, vendo toda a gente ocupada em saber o que os quatro buscavam, tinham tentado ir-se embora sem pagar o que deviam; mas o estalajadeiro, sempre mais atento ao seu negócio que aos alheios, os apanhou quando iam saindo, e exigiu sua paga e enfeou sua má intenção com tais palavras, que os moveu a responderem com os punhos, e assim começaram a lhe dar tamanha surra, que o pobre do estalajadeiro se viu obrigado a gritar por socorro. A estalajadeira e sua filha não viram outro mais desocupado para poder socorrê-lo que D. Quixote, a quem a filha da estalajadeira disse:

— Socorra vossa mercê, senhor cavaleiro, pela virtude que Deus lhe deu, o meu pobre pai, que dois homens ruins o estão sovando mais que a um pão.

Ao que D. Quixote respondeu, com muito vagar e muita fleuma:

— Fermosa donzela, não tem cabida agora a vossa petição, porque estou impedido de intrometer-me noutra aventura enquanto não der cima a uma em que a minha palavra me pôs. Mas o que eu poderei fazer por servir--vos é o que agora direi: correi e dizei ao vosso pai que se entretenha nessa batalha o melhor que puder e que não se deixe vencer de modo algum, enquanto eu peço licença à princesa Micomicona para poder socorrê-lo em sua coita; que, se ela ma der, tende por certo que o salvarei.

— Pecadora de mim! — disse então Maritornes, que estava perto. — Antes que vossa mercê consiga essa licença que diz já estará meu senhor no outro mundo.

— Deixai, senhora, que eu obtenha a licença que digo — respondeu D. Quixote —, que, em tendo-a, pouco importará que ele esteja no outro mun-

---

Miróle entonces el oidor más atentamente y conocióle, y, abrazándole, dijo:

— ¿Qué niñerías son estas, señor don Luis, o qué causas tan poderosas, que os hayan movido a venir desta manera, y en este traje, que dice tan mal con la calidad vuestra?

Al mozo se le vinieron las lágrimas a los ojos, y no pudo responder palabra. El oidor dijo a los cuatro que se sosegasen, que todo se haría bien; y tomando por la mano a don Luis, le apartó a una parte y le preguntó qué venida había sido aquella.

Y en tanto que le hacía esta y otras preguntas, oyeron grandes voces a la puerta de la venta, y era la causa dellas que dos huéspedes que aquella noche habían alojado en ella, viendo a toda la gente ocupada en saber lo que los cuatro buscaban, habían intentado a irse sin pagar lo que debían; mas el ventero, que atendía más a su negocio que a los ajenos, les asió al salir de la puerta, y pidió su paga y les afeó su mala intención con tales palabras, que los movió a que le respondiesen con los puños, y, así, le comenzaron a dar tal mano, que el pobre ventero tuvo necesidad de dar voces y pedir socorro. La ventera y su hija no vieron a otro más desocupado para poder socorrerle que a don Quijote, a quien la hija de la ventera dijo:

— Socorra vuestra merced, señor caballero, por la virtud que Dios le dio, a mi pobre padre, que dos malos hombres le están moliendo como a cibera.

A lo cual respondió don Quijote muy de espacio y con mucha flema:

— Fermosa doncella, no ha lugar por ahora vuestra petición, porque estoy impedido de entremeterme en otra aventura en tanto que no diere cima a una en que mi palabra me ha puesto. Mas lo que yo podré hacer por

do, pois dali o tirarei ainda que o mesmo mundo o contradiga, ou pelo menos tomarei por vós tal vingança dos que lá o houverem enviado, que ficareis mais que medianamente satisfeita.

E, sem dizer mais, foi-se pôr de joelhos diante de Dorotea, pedindo-lhe com palavras cavaleirescas e andantescas que a sua grandeza fosse servida de lhe dar licença de acorrer e socorrer ao castelão daquele castelo, que estava posto em grave aperto. A princesa lha deu de bom grado, e ele então, embraçando sua adarga e arrancando sua espada, acudiu à porta da estalagem, onde ainda tratavam os dois hóspedes de maltratar o estalajadeiro; mas assim como chegou, estacou hesitante, por mais que Maritornes e a estalajadeira lhe perguntassem por que se detinha, quando seu senhor e marido necessitava seu socorro.

— Detenho-me — disse D. Quixote — porque não me é lícito arrancar a espada contra gente escudeira; mas chamai-me aqui o meu escudeiro Sancho, pois a ele toca e tange esta defesa e vingança.

Isto se passava à porta da estalagem, onde corriam as punhadas e bofetadas à solta, tudo em dano do estalajadeiro e raiva de Maritornes, da estalajadeira e de sua filha, que se desesperavam de ver a covardia de D. Quixote e o mau bocado em que estava seu marido, senhor e pai.

Mas deixemos o estalajadeiro, que não faltará quem o socorra, ou se não, que sofra e cale quem se atreve a mais do que suas forças lhe prometem, e voltemos atrás cinquenta passos, para ver que foi o que D. Luis respondeu ao ouvidor, pois os deixamos à parte, perguntando-lhe este a causa de sua vinda a pé e com tão vil traje vestido; ao qual o moço, segurando-o fortemente das mãos, como em sinal de que alguma grande dor lhe apertava o coração, e derramando lágrimas em grande abundância, lhe disse:

---

serviros es lo que ahora diré: corred y decid a vuestro padre que se entretenga en esa batalla lo mejor que pudiere y que no se deje vencer en ningún modo, en tanto que yo pido licencia a la princesa Micomicona para poder socorrerle en su cuita; que si ella me la da, tened por cierto que yo le sacaré della.

— ¡Pecadora de mí! — dijo a esto Maritornes, que estaba delante —. Primero que vuestra merced alcance esa licencia que dice estará ya mi señor en el otro mundo.

— Dadme vos, señora, que yo alcance la licencia que digo — respondió don Quijote —, que como yo la tenga, poco hará al caso que él esté en el otro mundo, que de allí le sacaré a pesar del mismo mundo que lo contradiga, o por lo menos os daré tal venganza de los que allá le hubieren enviado, que quedéis más que medianamente satisfechas.

Y sin decir más se fue a poner de hinojos ante Dorotea, pidiéndole con palabras caballerescas y andantescas que la su grandeza fuese servida de darle licencia de acorrer y socorrer al castellano de aquel castillo, que estaba puesto en una grave mengua. La princesa se la dio de buen talante, y él luego, embrazando su adarga y poniendo mano a su espada, acudió a la puerta de la venta, adonde aún todavía traían los dos huéspedes a mal traer al ventero; pero así como llegó, embazó y se estuvo quedo, aunque Maritornes y la ventera le decían que en qué se detenía, que socorriese a su señor y marido.

— Deténgome — dijo don Quijote — porque no me es lícito poner mano a la espada contra gente escuderil; pero llamadme aquí a mi escudero Sancho, que a él toca y atañe esta defensa y venganza.

— Senhor meu, eu nada vos sei dizer senão que, desde o ponto em que o céu quis e facilitou a nossa vizinhança que eu visse a minha senhora Dona Clara, filha vossa e senhora minha, desde aquele instante eu a fiz dona da minha vontade; e se a vossa, verdadeiro senhor e pai meu, não o impedir, neste mesmo dia há de ser a minha esposa. Por ela deixei a casa de meu pai, e por ela me pus nestes trajes, para segui-la aonde quer que fosse, como a seta o alvo ou como o marinheiro o norte. Ela não sabe dos meus desejos mais do que pôde entender de algumas vezes que viu ao longe meus olhos chorarem. Já sabeis, senhor, a riqueza e a nobreza dos meus pais, e como eu sou seu único herdeiro: se vos parece que estas são razões bastantes para que vos aventureis a me fazer em tudo venturoso, recebei-me logo por vosso filho; que, se meu pai, levado de outros desígnios seus, não gostar deste bem que eu soube procurar, mais força tem o tempo para desfazer e mudar as coisas que as humanas vontades.

Calou em dizendo isto o enamorado mancebo, e o ouvidor, ao ouvi-lo, ficou suspenso, confuso e admirado, tanto de ter ouvido o modo e a discrição com que D. Luis lhe descobrira seu pensamento como de se ver na situação de não saber o que decidir em tão repentino e inesperado negócio; e assim limitou-se a responder que por ora sossegasse e tratasse de entreter os seus criados, para que naquele dia não o levassem e ele tivesse tempo de considerar o que fosse melhor para todos. Beijou-lhe as mãos por força D. Luis, e até as banhou com lágrimas, coisa que poderia enternecer um coração de mármore, não só o do ouvidor, que, como discreto, já entendera quão bem seria para sua filha aquele matrimônio, posto que, se possível, preferisse efetuá-lo com o consentimento do pai de D. Luis, do qual sabia que pretendia dar título a seu filho.

Esto pasaba en la puerta de la venta, y en ella andaban las puñadas y mojicones muy en su punto, todo en daño del ventero y en rabia de Maritornes, la ventera y su hija, que se desesperaban de ver la cobardía de don Quijote y de lo mal que lo pasaba su marido, señor y padre.

Pero dejémosle aquí, que no faltará quien le socorra, o si no, sufra y calle el que se atreve a más de a lo que sus fuerzas le prometen, y volvámonos atrás cincuenta pasos, a ver qué fue lo que don Luis respondió al oidor, que le dejamos aparte, preguntándole la causa de su venida a pie y de tan vil traje vestido; a lo cual el mozo, asiéndole fuertemente de las manos, como en señal de que algún gran dolor le apretaba el corazón, y derramando lágrimas en grande abundancia, le dijo:

— Señor mío, yo no sé deciros otra cosa sino que desde el punto que quiso el cielo y facilitó nuestra vecindad que yo viese a mi señora doña Clara, hija vuestra y señora mía, desde aquel instante la hice dueño de mi voluntad; y si la vuestra, verdadero señor y padre mío, no lo impide, en este mesmo día ha de ser mi esposa. Por ella dejé la casa de mi padre, y por ella me puse en este traje, para seguirla dondequiera que fuese, como la saeta al blanco o como el marinero al norte. Ella no sabe de mis deseos más de lo que ha podido entender de algunas veces que desde lejos ha visto llorar mis ojos. Ya, señor, sabéis la riqueza y la nobleza de mis padres, y como yo soy su único heredero: si os parece que estas son partes para que os aventuréis a hacerme en todo venturoso, recebidme luego por vuestro hijo; que si mi padre, llevado de otros designios suyos, no gustare deste bien que yo supe buscarme, más fuerza tiene el tiempo para deshacer y mudar las cosas que las humanas voluntades.

Calló en diciendo esto el enamorado mancebo, y el oidor quedó en oírle suspenso, confuso y admirado,

Já então estavam em paz os hóspedes com o estalajadeiro, pois, por persuasão e boas razões de D. Quixote, mais que por ameaças, tinham pagado tudo o que ele quis, e os criados de D. Luis aguardavam o fim da conversa do ouvidor e a resolução de seu amo, quando o demônio, que não dorme, ordenou que naquele mesmo ponto entrasse na estalagem o barbeiro de quem D. Quixote tirara o elmo de Mambrino e Sancho Pança os arreios do asno que trocou com os do seu, o qual barbeiro, ao levar seu jumento à cavalariça, viu Sancho Pança ajeitando não sei quê da albarda, e assim como a viu a conheceu, e se atreveu a arremeter contra Sancho, dizendo:

— Ah, dom ladrão, que aqui vos tenho! Venha aqui a minha bacia e a minha albarda, com todos os meus arreios que me roubastes!

Sancho, que se viu acometer tão de improviso e ouviu os insultos que lhe diziam, com uma das mãos agarrou a albarda e com a outra deu um murro no barbeiro, que lhe banhou os dentes em sangue. Mas nem por isso largou o barbeiro a presa que tinha feito da albarda, antes levantou a voz de tal maneira, que todos os da estalagem acudiram ao ruído e à pendência, e dizia:

— Aqui del rei e da justiça! Além de roubar o que é meu, quer me matar este ladrão, salteador de estradas!

— Mentis — respondeu Sancho —, pois eu não sou salteador de estradas, já que em boa guerra ganhou o meu senhor D. Quixote estes despojos.

Já estava ali D. Quixote, muito contente de ver quão bem se defendia e ofendia seu escudeiro, e o teve dali em diante por homem de prol, e propôs em seu coração de armá-lo cavaleiro na primeira ocasião que se lhe oferecesse, por entender que nele seria bem empregada a ordem da cavalaria. Entre outras coisas que o barbeiro dizia no decorrer da pendência, veio a dizer:

---

así de haber oído el modo y la discreción con que don Luis le había descubierto su pensamiento como de verse en punto que no sabía el que poder tomar en tan repentino y no esperado negocio; y así, no respondió otra cosa sino que se sosegase por entonces y entretuviese a sus criados, que por aquel día no le volviesen, porque se tuviese tiempo para considerar lo que mejor a todos estuviese. Besóle las manos por fuerza don Luis, y aun se las bañó con lágrimas, cosa que pudiera enternecer un corazón de mármol, no solo el del oidor, que, como discreto, ya había conocido cuán bien le estaba a su hija aquel matrimonio, puesto que, si fuera posible, lo quisiera efetuar con voluntad del padre de don Luis, del cual sabía que pretendía hacer de título a su hijo.

Ya a esta sazón estaban en paz los huéspedes con el ventero, pues por persuasión y buenas razones de don Quijote, más que por amenazas, le habían pagado todo lo que él quiso, y los criados de don Luis aguardaban el fin de la plática del oidor y la resolución de su amo, cuando el demonio, que no duerme, ordenó que en aquel mesmo punto entró en la venta el barbero a quien don Quijote quitó el yelmo de Mambrino y Sancho Panza los aparejos del asno que trocó con los del suyo, el cual barbero, llevando su jumento a la caballeriza, vio a Sancho Panza que estaba aderezando no sé qué de la albarda, y así como la vio la conoció, y se atrevió a arremeter a Sancho, diciendo:

— ¡Ah, don ladrón, que aquí os tengo! ¡Venga mi bacía y mi albarda, con todos mis aparejos que me robastes!

Sancho, que se vio acometer tan de improviso y oyó los vituperios que le decían, con la una mano asió de la albarda y con la otra dio un mojicón al barbero, que le bañó los dientes en sangre. Pero no por esto dejó el

— Senhores, esta albarda é tão minha como a morte que devo a Deus, e a conheço como se a tivesse parido, e aí está o meu asno no estábulo, que não me deixará mentir: vão prová-la nele e, se não lhe cair como uma luva, eu ficarei por infame. E mais: que no mesmo dia em que ela me foi roubada, me roubaram também uma bacia de aljôfar nova, ainda por estrear, que valia um escudo.

Aqui não conseguiu D. Quixote se conter e, pondo-se entre os dois e apartando-os, depositando a albarda no chão, como em juízo até que a verdade se esclarecesse, disse:

— Por que vejam vossas mercês clara e manifestamente o erro em que está este bom escudeiro, pois chama bacia o que foi, é e será elmo de Mambrino, o qual lho tirei em boa guerra, e me fiz senhor dele com legítima e lícita possessão! Quanto à albarda não me intrometo, mas o que nisto sei dizer é que meu escudeiro Sancho me pediu licença para tirar os jaezes do cavalo deste vencido covarde e com eles adornar o seu; eu lha concedi, e ele os tomou, mas da transformação de jaez em albarda não saberei dar outra razão que não seja a ordinária: que transmutações como essa se veem nos casos da cavalaria; para cuja confirmação, corre, Sancho filho, e mostra aqui o elmo que este bom homem diz ser bacia.

— Por Deus, senhor — disse Sancho —, se não temos outra prova de nossa intenção que a que vossa mercê diz, tão bacia é o elmo de Malino como o jaez deste bom homem albarda!

— Faze o que te mando — replicou D. Quixote —, que não todas as coisas deste castelo hão de ser guiadas por encantamento.

Sancho foi até onde estava a bacia e a trouxe; e assim como D. Quixote a viu, tomou-a das mãos e disse:

---

barbero la presa que tenía hecha en el albarda, antes alzó la voz de tal manera, que todos los de la venta acudieron al ruido y pendencia, y decía:

— ¡Aquí del rey y de la justicia, que sobre cobrar mi hacienda me quiere matar este ladrón, salteador de caminos!

— Mentís — respondió Sancho —, que yo no soy salteador de caminos, que en buena guerra ganó mi señor don Quijote estos despojos.

Ya estaba don Quijote delante, con mucho contento de ver cuán bien se defendía y ofendía su escudero, y túvole desde allí adelante por hombre de pro, y propuso en su corazón de armalle caballero en la primera ocasión que se le ofreciese, por parecerle que sería en él bien empleada la orden de la caballería. Entre otras cosas que el barbero decía en el discurso de la pendencia, vino a decir:

— Señores, así esta albarda es mía como la muerte que debo a Dios, y así la conozco como si la hubiera parido, y ahí está mi asno en el establo, que no me dejará mentir: si no, pruébensela, y si no le viniere pintiparada, yo quedaré por infame. Y hay más: que el mismo día que ella se me quitó, me quitaron también una bacía de azófar nueva, que no se había estrenado, que era señora de un escudo.

Aquí no se pudo contener don Quijote sin responder, y poniéndose entre los dos y apartándoles, depositando la albarda en el suelo, que la tuviese de manifiesto hasta que la verdad se aclarase, dijo:

— ¡Porque vean vuestras mercedes clara y manifiestamente el error en que está este buen escudero, pues llama bacía a lo que fue, es y será yelmo de Mambrino, el cual se le quité yo en buena guerra, y me hice señor dél

— Olhem vossas mercês se este escudeiro podia, sem mentir, dizer que esta é bacia, e não o elmo que tenho dito; e juro pela ordem de cavalaria que professo que este elmo foi o mesmo que dele tirei, sem tirado nem posto coisa alguma.

— Isso sem dúvida — disse então Sancho —, pois desde que o meu senhor o ganhou até agora, não fez com ele mais que uma batalha, quando libertou aqueles presos sem ventura; e se não contasse com esse bacielmo, não passara ele então muito bem, pois foi grande a chuva de pedradas.

---

con ligítima y lícita posesión! En lo del albarda no me entremeto, que lo que en ello sabré decir es que mi escudero Sancho me pidió licencia para quitar los jaeces del caballo deste vencido cobarde, y con ellos adornar el suyo; yo se la di, y él los tomó, y de haberse convertido de jaez en albarda no sabré dar otra razón si no es la ordinaria: que como ésas transformaciones se ven en los sucesos de la caballería; para confirmación de lo cual, corre, Sancho hijo, y saca aquí el yelmo que este buen hombre dice ser bacía.

— ¡Pardiez, señor — dijo Sancho —, si no tenemos otra prueba de nuestra intención que la que vuestra merced dice, tan bacía es el yelmo de Malino como el jaez deste buen hombre albarda!

— Haz lo que te mando — replicó don Quijote —, que no todas las cosas deste castillo han de ser guiadas por encantamento.

Sancho fue a do estaba la bacía y la trujo; y así como don Quijote la vio, la tomó en las manos y dijo:

— Miren vuestras mercedes con qué cara podía decir este escudero que esta es bacía, y no el yelmo que yo he dicho; y juro por la orden de caballería que profeso que este yelmo fue el mismo que yo le quité, sin haber añadido en él ni quitado cosa alguna.

— En eso no hay duda — dijo a esta sazón Sancho —, porque desde que mi señor le ganó hasta agora no ha hecho con él más de una batalla, cuando libró a los sin ventura encadenados; y si no fuera por este baciyelmo, no lo pasara entonces muy bien, porque hubo asaz de pedradas en aquel trance.

CAPÍTULO XLV

Onde se acaba de averiguar a dúvida do elmo de Mambrino e da albarda, e outras aventuras acontecidas, com toda a verdade

— Que lhes parece, senhores — disse o barbeiro —, o que afirmam estes gentis-homens, que ainda porfiam em que esta não é bacia, e sim elmo?

— E a quem o contrário disser — disse D. Quixote —, eu mostrarei que mente, se for cavaleiro, e, se escudeiro, que mil vezes remente.

O nosso barbeiro, que a tudo assistia, como já tão bem conhecia o humor de D. Quixote, quis atiçar seu desatino e levar a burla avante, para o riso de todos, e disse, dirigindo-se ao outro barbeiro:

— Senhor barbeiro, ou lá quem fordes, sabei que eu também sou do vosso ofício, e há mais de vinte anos tenho carta de exame[1] e conheço muito bem todos os instrumentos da barbearia, sem exceção; e igualmente fui por algum tempo soldado na minha mocidade, e sei também o que é elmo, o que é morrião e o que é celada, e outras coisas tocantes à milícia, ou seja, aos gêneros de armas dos soldados; e afirmo, salvo melhor parecer, sempre me remetendo ao melhor entendimento, que esta peça que está aqui diante e que este bom senhor tem nas mãos não só não é bacia de barbeiro, mas está tão longe de sê-lo como está longe o branco do preto e a verdade da mentira; também digo que este, conquanto seja elmo, não é elmo inteiro.

CAPÍTULO XLV

Donde se acaba de averiguar la duda del yelmo de Mambrino y de la albarda, y otras aventuras sucedidas, con toda verdad

— ¿Qué les parece a vuestras mercedes, señores — dijo el barbero —, de lo que afirman estos gentileshombres, pues aún porfían que esta no es bacía, sino yelmo?

— Y quien lo contrario dijere — dijo don Quijote —, le haré yo conocer que miente, si fuere caballero, y si escudero, que remiente mil veces.

Nuestro barbero, que a todo estaba presente, como tenía tan bien conocido el humor de don Quijote quiso esforzar su desatino y llevar adelante la burla, para que todos riesen, y dijo hablando con el otro barbero:

— Señor barbero, o quien sois, sabed que yo también soy de vuestro oficio, y tengo más ha de veinte años carta de examen y conozco muy bien de todos los instrumentos de la barbería, sin que le falte uno; y ni más ni menos fui un tiempo en mi mocedad soldado, y sé también qué es yelmo y qué es morrión y celada de encaje, y otras cosas tocantes a la milicia, digo, a los géneros de armas de los soldados; y digo, salvo mejor parecer, remi-

— Não, por certo — disse D. Quixote —, porque lhe falta a metade de baixo, que é a babeira.[2]

— Assim é — disse o padre, que já tinha entendido a intenção de seu amigo o barbeiro.

E o mesmo confirmaram Cardenio, D. Fernando e seus camaradas; e até o ouvidor, se não estivesse tão pensativo no caso de D. Luis, teria participado da burla, mas as veras do que pensava o tinham tão suspenso, que pouco ou nada atentava àqueles donaires.

— Valha-me Deus! — disse então o burlado barbeiro. — É possível que tanta gente honrada diga que isto não é bacia, e sim elmo? Parece coisa de deixar admirada toda uma universidade, por mais discreta que seja. Basta. Se esta bacia for elmo, também esta albarda será jaez de cavalo, como este senhor disse.

— Pois a mim albarda me parece — disse D. Quixote —, mas já disse que nisso não me intrometo.

— Se é albarda ou jaez — disse o padre — ninguém melhor para dizê-lo que o senhor D. Quixote, pois nessas coisas da cavalaria todos estes senhores e eu lhe reconhecemos a primazia.

— Por Deus, senhores meus — disse D. Quixote —, que são tantas e tão estranhas as coisas que neste castelo me aconteceram, nas duas vezes que nele me hospedei, que não me atrevo a assegurar firmemente coisa alguma que me perguntarem sobre o que nele se contém, pois imagino que tudo quanto nele se trata vai por via de encantamento. Da primeira vez, muito me afrontou um mouro encantado que nele habita, e Sancho não se saiu muito bem com outros seus sequazes; e ontem à noite estive pendurado deste braço por quase duas horas, sem saber como nem por que vim a cair nessa desgraça.

---

tiéndome siempre al mejor entendimiento, que esta pieza que está aquí delante y que este buen señor tiene en las manos no solo no es bacía de barbero, pero está tan lejos de serlo como está lejos lo blanco de lo negro y la verdad de la mentira; también digo que este, aunque es yelmo, no es yelmo entero.

— No, por cierto — dijo don Quijote —, porque le falta la mitad, que es la babera.

— Así es — dijo el cura, que ya había entendido la intención de su amigo el barbero.

Y lo mismo confirmó Cardenio, don Fernando y sus camaradas; y aun el oidor, si no estuviera tan pensativo con el negocio de don Luis, ayudara por su parte a la burla, pero las veras de lo que pensaba le tenían tan suspenso, que poco o nada atendía a aquellos donaires.

— ¡Válame Dios! — dijo a esta sazón el barbero burlado —. ¿Que es posible que tanta gente honrada diga que esta no es bacía, sino yelmo? Cosa parece esta que puede poner en admiración a toda una universidad, por discreta que sea. Basta. Si es que esta bacía es yelmo, también debe de ser esta albarda jaez de caballo, como este señor ha dicho.

— A mí albarda me parece — dijo don Quijote —, pero ya he dicho que en eso no me entremeto.

— De que sea albarda o jaez — dijo el cura — no está en más de decirlo el señor don Quijote, que en estas cosas de la caballería todos estos señores y yo le damos la ventaja.

— Por Dios, señores míos — dijo don Quijote —, que son tantas y tan estrañas las cosas que en este castillo, en dos veces que en él he alojado, me han sucedido, que no me atreva a decir afirmativamente ninguna cosa de lo que acerca de lo que en él se contiene se preguntare, porque imagino que cuanto en él se trata va por vía de

Portanto, meter-me eu agora a dar meu parecer em matéria de tanta confusão será incorrer em juízo temerário. Quanto a dizerem que esta é bacia e não elmo, já dei a minha resposta; mas quanto a declarar se essa é albarda ou jaez, não me atrevo a dar definitiva sentença: entrego-a ao bom parecer de vossas mercês; talvez por não serem armados cavaleiros, como eu sou, não tenham que ver com vossas mercês os encantamentos deste lugar e tenham os entendimentos livres para julgar as coisas deste castelo como elas são real e verdadeiramente, e não como a mim me pareciam.

— Sem dúvida alguma — respondeu D. Fernando —, como tão bem disse o senhor D. Quixote, cabe a nós outros a definição deste caso; e por mais fortalecer seu fundamento, recolherei em segredo o voto destes senhores, e darei do resultado inteira e clara notícia.

Para aqueles que a tinham do humor de D. Quixote, era tudo matéria de grandíssimo riso, mas para os que o ignoravam parecia o maior disparate do mundo, especialmente para os quatro criados de D. Luis, e igualmente para D. Luis e para outros três viajantes que acaso tinham chegado à estalagem, que pareciam ser quadrilheiros, como de feito o eram. Mas quem mais se desesperava era o barbeiro, cuja bacia ali diante de seus olhos se transformara em elmo de Mambrino, e cuja albarda pensava sem dúvida alguma que se havia de transformar em rico jaez de cavalo; e uns e outros se riam de ver como andava D. Fernando recolhendo os votos de todos, falando ao ouvido de cada um para que em segredo declarasse se era albarda ou jaez aquela joia pela qual tanto se brigara; e depois de recolher os votos daqueles que conheciam D. Quixote, disse em voz alta:

— O fato, bom homem, é que eu já estou cansado de recolher tantos pareceres, pois ninguém a quem pergunto o que desejo saber deixa de con-

---

encantamento. La primera vez me fatigó mucho un moro encantado que en él hay, y a Sancho no le fue muy bien con otros sus secuaces; y anoche estuve colgado deste brazo casi dos horas, sin saber cómo ni cómo no vine a caer en aquella desgracia. Así que ponerme yo agora en cosa de tanta confusión a dar mi parecer será caer en juicio temerario. En lo que toca a lo que dicen que esta es bacía y no yelmo, ya yo tengo respondido; pero en lo de declarar si esa es albarda o jaez, no me atrevo a dar sentencia difinitiva: solo lo dejo al buen parecer de vuestras mercedes; quizá por no ser armados caballeros como yo lo soy no tendrán que ver con vuestras mercedes los encantamentos deste lugar, y tendrán los entendimientos libres y podrán juzgar de las cosas deste castillo como ellas son real y verdaderamente, y no como a mí me parecían.

— No hay duda — respondió a esto don Fernando —, sino que el señor don Quijote ha dicho muy bien hoy, que a nosotros toca la difinición deste caso; y porque vaya con más fundamento, yo tomaré en secreto los votos destos señores, y de lo que resultare daré entera y clara noticia.

Para aquellos que la tenían del humor de don Quijote era todo esto materia de grandísima risa, pero para los que le ignoraban les parecía el mayor disparate del mundo, especialmente a los cuatro criados de don Luis, y a don Luis ni más ni menos, y a otros tres pasajeros que acaso habían llegado a la venta, que tenían parecer de ser cuadrilleros, como en efeto lo eran. Pero el que más se desesperaba era el barbero, cuya bacía allí delante de sus ojos se le había vuelto en yelmo de Mambrino, y cuya albarda pensaba sin duda alguna que se le había de volver en jaez rico de caballo; y los unos y los otros se reían de ver cómo andaba don Fernando tomando los votos de unos en otros, hablándolos al oído para que en secreto declarasen si era albarda o jaez aquella joya sobre quien

firmar que é disparate dizer que isto é albarda de jumento, e não jaez de cavalo, e até de cavalo castiço; e assim tereis de vos resignar, porque, muito ao vosso pesar e ao do vosso asno, isto é jaez, e não albarda, e vós alegastes e provastes muito mal a vosso favor.

— Que me falte o do céu — disse o sobrebarbeiro — se vossas mercês todos não se enganam, e que tão bem pareça minha alma a Deus como ela a mim parece albarda, e não jaez; mas lá vão leis[3] etc., e mais não digo, e à fé que não estou bêbado, pois estou em jejum de tudo, quando não seja de pecado.

Não menos riso causavam as necedades que dizia o barbeiro que os disparates de D. Quixote, que então disse:

— Aqui não há nada a fazer senão tomar cada um o que é seu, e a quem Deus deu, São Pedro que o benza.

Um dos quatro disse:

— Se isto não for burla pensada, não posso aceitar que homens de tão bom entendimento, como são ou parecem todos os presentes, ousem dizer e afirmar que isto não é bacia, nem aquilo albarda; mas, como vejo que o afirmam e o dizem, suspeito que algum mistério deve de haver em porfiar numa coisa tão contrária ao que nos mostra a mesma verdade e a mesma experiência; pois voto a tal (e lançou a jura inteira) que não me farão crer todos os que hoje vivem no mundo que isto não é bacia de barbeiro e isto, albarda de asno.

— Bem poderia ser de burrica — disse o padre.

— Tanto faz — disse o criado —, porque não é essa a questão, mas se é ou não albarda, como vossas mercês dizem.

Ouvindo isto um dos quadrilheiros, que tinha entrado e ouvido a pendência e o pleito, cheio de cólera e de sanha, disse:

---

tanto se había peleado; y después que hubo tomado los votos de aquellos que a don Quijote conocían, dijo en alta voz:

— El caso es, buen hombre, que ya yo estoy cansado de tomar tantos pareceres, porque veo que a ninguno pregunto lo que deseo saber que no me diga que es disparate el decir que esta sea albarda de jumento, sino jaez de caballo, y aun de caballo castizo; y así, habréis de tener paciencia, porque, a vuestro pesar y al de vuestro asno, este es jaez, y no albarda, y vos habéis alegado y probado muy mal de vuestra parte.

— No la tenga yo en el cielo — dijo el sobrebarbero —; si todos vuestras mercedes no se engañan, y que así parezca mi ánima ante Dios como ella me parece a mí albarda, y no jaez; pero allá van leyes, etc., y no digo más, y en verdad que no estoy borracho, que no me he desayunado, si de pecar no.

No menos causaban risa las necedades que decía el barbero que los disparates de don Quijote, el cual a esta sazón dijo:

— Aquí no hay más que hacer sino que cada uno tome lo que es suyo, y a quien Dios se la dio, San Pedro se la bendiga.

Uno de los cuatro dijo:

— Si ya no es que esto sea burla pensada, no me puedo persuadir que hombres de tan buen entendimiento como son o parecen todos los que aquí están, se atrevan a decir y afirmar que esta no es bacía, ni aquella albarda; mas como veo que lo afirman y lo dicen, me doy a entender que no carece de misterio el porfiar una cosa tan contraria de lo que nos muestra la misma verdad y la misma experiencia; porque voto a tal (y arrojóle redondo)

— Tão albarda é como sou filho do meu pai, e quem outra coisa disse ou disser deve de estar mais bêbado que um tonel.

— Mentis como velhaco vilão — respondeu D. Quixote.

E, levantando o chuço, que jamais largava, ia dando-lhe tamanho golpe na cabeça, que, se não se desviasse o quadrilheiro, o teria deixado ali estirado. O chuço se fez em pedaços no chão, e os demais quadrilheiros, ao verem o trato dado ao companheiro, deram vozes em nome da Santa Irmandade.

O estalajadeiro, que também pertencia à Irmandade,[4] foi no ato buscar sua vareta e sua espada, e voltou para o lado dos companheiros; os criados de D. Luis trataram logo de rodear seu amo, para que não fugisse no meio do alvoroço; o barbeiro, vendo a casa em tumulto, tornou a agarrar de sua albarda, e o mesmo fez Sancho; D. Quixote arrancou sua espada e arremeteu contra os quadrilheiros; D. Luis dava vozes aos seus criados para que o deixassem e socorressem D. Quixote, e Cardenio e D. Fernando, que ambos favoreciam D. Quixote; o padre dava vozes; a estalajadeira gritava; sua filha se afligia; Maritornes chorava; Dorotea estava confusa; Luscinda, suspensa, e Dona Clara, desmaiada. O barbeiro aporreava Sancho; Sancho moía o barbeiro; D. Luis, que um criado seu se atrevera a segurar pelo braço para que não fugisse, lhe acertou uma punhada que lhe banhou os dentes em sangue; o ouvidor o defendia; D. Fernando tinha a seus pés um quadrilheiro, cujo corpo moía a pontapés muito a seu sabor; o estalajadeiro tornou a reforçar a voz, pedindo favor para a Santa Irmandade... De modo que a estalagem toda era choros, vozes, gritos, confusões, temores, sobressaltos, desgraças, cutiladas, bofetadas, pauladas, pontapés e efusão de sangue. E em meio a esse caos, máquina e labirinto de coisas, representou-se na memória de D. Quixote que

---

que no me den a mí a entender cuantos hoy viven en el mundo al revés de que esta no sea bacía de barbero y esta albarda de asno.

— Bien podría ser de borrica — dijo el cura.

— Tanto monta — dijo el criado —, que el caso no consiste en eso, sino en si es o no es albarda, como vuestras mercedes dicen.

Oyendo esto uno de los cuadrilleros que habían entrado, que había oído la pendencia y quistión, lleno de cólera y de enfado, dijo:

— Tan albarda es como mi padre, y el que otra cosa ha dicho o dijere debe de estar hecho uva.

— Mentís como bellaco villano — respondió don Quijote.

Y alzando el lanzón, que nunca le dejaba de las manos, le iba a descargar tal golpe sobre la cabeza, que, a no desviarse el cuadrillero, se le dejara allí tendido. El lanzón se hizo pedazos en el suelo, y los demás cuadrilleros, que vieron tratar mal a su compañero, alzaron la voz pidiendo favor a la Santa Hermandad.

El ventero, que era de la cuadrilla, entró al punto por su varilla y por su espada, y se puso al lado de sus compañeros; los criados de don Luis rodearon a don Luis, porque con el alboroto no se les fuese; el barbero, viendo la casa revuelta, tornó a asir de su albarda, y lo mismo hizo Sancho; don Quijote puso mano a su espada y arremetió a los cuadrilleros; don Luis daba voces a sus criados, que le dejasen a él y acorriesen a don Quijote, y a Cardenio y a don Fernando, que todos favorecían a don Quijote; el cura daba voces; la ventera gritaba; su hija se afligía; Maritornes lloraba; Dorotea estaba confusa; Luscinda, suspensa, y doña Clara, desmayada. El barbero

estava metido da cabeça aos pés na discórdia do campo de Agramante, e assim disse com uma voz que estremeceu a estalagem:

— Detenham-se todos, todos embainhem, todos sosseguem, ouçam-me todos, se todos quiserem ficar com vida!

A cuja grande voz todos pararam, e ele prosseguiu, dizendo:

— Já não vos disse, senhores, que este castelo era encantado, e que uma região de demônios deve de habitar nele? Em confirmação disto, quero que vejais com vossos olhos como aqui se passou e se trasladou entre nós a discórdia do campo de Agramante. Olhai como ali se briga pela espada, aqui pelo cavalo, acolá pela águia, aqui pelo elmo, e todos brigamos e todos não nos entendemos. Venha, pois, vossa mercê, senhor ouvidor, e vossa mercê, senhor padre, e que um faça de rei Agramante e o outro de rei Sobrino, e ponham-nos em paz. Pois por Deus Todo-Poderoso que é grande velhacaria que tanta gente principal como aqui temos se mate por causas tão ligeiras.

Os quadrilheiros, que não entendiam o fraseio de D. Quixote e se viam maltratar por D. Fernando, Cardenio e seus camaradas, não queriam sossegar; o barbeiro, sim, pois na pendência lhe desfizeram a barba e a albarda; Sancho, à mínima voz de seu amo, obedeceu, como bom criado; os quatro criados de D. Luis também se aquietaram, vendo quão pouco ganhavam em não fazê-lo; só o estalajadeiro porfiava em que se haviam de castigar as insolências daquele louco, que a cada passo tumultuava a sua estalagem. Finalmente, se apaziguou a vozearia, a albarda ficou por jaez até o dia do juízo, a bacia por elmo e a estalagem por castelo na imaginação de D. Quixote.

Postos assim todos em sossego e feitos amigos por persuasão do ouvidor e do padre, voltaram os criados de D. Luis a porfiar em que fosse com eles de imediato; e enquanto ele com eles se avinha, o ouvidor se aconselhou com

---

aporreaba a Sancho; Sancho molía al barbero; don Luis, a quien un criado suyo se atrevió a asirle del brazo porque no se fuese, le dio una puñada que le bañó los dientes en sangre; el oidor le defendía; don Fernando tenía debajo de sus pies a un cuadrillero, midiéndole el cuerpo con ellos muy a su sabor; el ventero tornó a reforzar la voz, pidiendo favor a la Santa Hermandad... De modo que toda la venta era llantos, voces, gritos, confusiones, temores, sobresaltos, desgracias, cuchilladas, mojicones, palos, coces y efusión de sangre. Y en la mitad deste caos, máquina y laberinto de cosas, se le representó en la memoria de don Quijote que se veía metido de hoz y de coz en la discordia del campo de Agramante, y, así, dijo con voz que atronaba la venta:

— ¡Ténganse todos, todos envainen, todos se sosieguen, óiganme todos, si todos quieren quedar con vida!

A cuya gran voz todos se pararon, y él prosiguió, diciendo:

— ¿No os dije yo, señores, que este castillo era encantado, y que alguna región de demonios debe de habitar en él? En confirmación de lo cual, quiero que veáis con vuestros ojos cómo se ha pasado aquí y trasladado entre nosotros la discordia del campo de Agramante. Mirad cómo allí se pelea por la espada, aquí por el caballo, acullá por el águila, acá por el yelmo, y todos peleamos y todos no nos entendemos. Venga, pues, vuestra merced, señor oidor, y vuestra merced, señor cura, y el uno sirva de rey Agramante y el otro de rey Sobrino, y pónganos en paz. Porque por Dios Todopoderoso que es gran bellaquería que tanta gente principal como aquí estamos se mate por causas tan livianas.

Los cuadrilleros, que no entendían el frasis de don Quijote y se veían malparados de don Fernando, Cardenio y sus camaradas, no querían sosegarse; el barbero sí, porque en la pendencia tenía deshechas las barbas

D. Fernando, Cardenio e o padre sobre o que devia fazer naquele caso, contando-lho com as razões que D. Luis lhe dissera. Por fim foi acordado que D. Fernando diria aos criados de D. Luis quem ele era e como era seu gosto que D. Luis seguisse com ele para Andaluzia, onde seu irmão, o marquês, o estimaria com o valor que D. Luis merecia; isto porque já bem mostrara D. Luis que não voltaria daquela feita aos olhos de seu pai, ainda que o fizessem em pedaços. Entendida pelos quatro a qualidade de D. Fernando e a intenção de D. Luis, determinaram entre si que três dos quatro voltariam para contar ao pai dele o que se passava, e o outro ficaria para servir a D. Luis e não deixá-lo ir enquanto os outros não voltassem para buscá-lo, ou fazer o que o pai dele lhes ordenasse.

Desse modo se apaziguou aquela máquina de pendências, pela autoridade de Agramante e prudência do rei Sobrino;[5] mas, vendo-se o inimigo da concórdia e êmulo da paz menosprezado e escarnecido, e o pouco fruto que granjeara de ter posto aquela gente em tão confuso labirinto, resolveu tentar nova sorte, ressuscitando novas pendências e desassossegos.

É pois de saber que os quadrilheiros sossegaram, por terem entreouvido a qualidade dos que com eles tinham combatido, e se retiraram da pendência, por entenderem que, fosse qual fosse o final da batalha, haviam de levar a pior; mas um deles, aquele que fora moído a pontapés por D. Fernando, se lembrou de que, entre alguns mandados que levava para prender alguns delinquentes, levava um contra D. Quixote, que a Santa Irmandade mandara prender pela liberdade que dera aos galeotes, tal como Sancho com muita razão temera.

Com essa imaginação, decidiu verificar se os sinais que de D. Quixote trazia quadravam e, tirando do peito um pergaminho, logo achou o que bus-

---

y el albarda; Sancho, a la más mínima voz de su amo, obedeció, como buen criado; los cuatro criados de don Luis también se estuvieron quedos, viendo cuán poco les iba en no estarlo; solo el ventero porfiaba que se habían de castigar las insolencias de aquel loco, que a cada paso le alborotaba la venta. Finalmente, el rumor se apaciguó por entonces, la albarda se quedó por jaez hasta el día del juicio, y la bacía por yelmo y la venta por castillo en la imaginación de don Quijote.

Puestos, pues, ya en sosiego y hechos amigos todos a persuasión del oidor y del cura, volvieron los criados de don Luis a porfiarle que al momento se viniese con ellos; y en tanto que él con ellos se avenía, el oidor comunicó con don Fernando, Cardenio y el cura qué debía hacer en aquel caso, contándoseles con las razones que don Luis le había dicho. En fin fue acordado que don Fernando dijese a los criados de don Luis quién él era y como era su gusto que don Luis se fuese con él al Andalucía, donde de su hermano el marqués sería estimado como el valor de don Luis merecía; porque desta manera se sabía de la intención de don Luis que no volvería por aquella vez a los ojos de su padre, si le hiciesen pedazos. Entendida, pues, de los cuatro la calidad de don Fernando y la intención de don Luis, determinaron entre ellos que los tres se volviesen a contar lo que pasaba a su padre, y el otro se quedase a servir a don Luis y a no dejalle hasta que ellos volviesen por él o viese lo que su padre les ordenaba.

Desta manera se apaciguó aquella máquina de pendencias, por la autoridad de Agramante y prudencia del rey Sobrino; pero viéndose el enemigo de la concordia y el émulo de la paz menospreciado y burlado, y el poco fruto que había granjeado de haberlos puesto a todos en tan confuso laberinto, acordó de probar otra vez la mano, resucitando nuevas pendencias y desasosiegos.

cava e se pôs a ler bem devagar, porque não era bom leitor, parando a cada palavra para pôr os olhos em D. Quixote e ir cotejando os sinais do mandado com o rosto de D. Quixote, até que achou que sem dúvida alguma era ele quem o mandado rezava. E apenas se certificou disso, quando enrolando o pergaminho, na mão esquerda tomou o mandado e com a direita agarrou D. Quixote pela gola com tanta força que o não deixava respirar, enquanto dizia a grandes vozes:

— Favor à Santa Irmandade! E, para que vejam que o peço à vera, leiam este mandado, onde se ordena a prisão deste salteador de estradas.

Tomou o mandado o padre e viu como era verdade tudo o que o quadrilheiro dizia e como coincidiam os sinais com D. Quixote; o qual, vendo-se maltratar por aquele vilão facinoroso, fervendo sua cólera e rangendo-lhe os ossos do corpo, como melhor pôde agarrou o quadrilheiro pela garganta com ambas as mãos, de tal maneira que, se não fosse socorrido por seus companheiros, ali teria deixado a vida antes que D. Quixote a presa. O estalajadeiro, que por força havia de favorecer os do seu ofício, logo acudiu em favor do quadrilheiro. A estalajadeira, que viu de novo seu marido metido em pendências, de novo levantou a voz, cujo tom imitaram Maritornes e sua filha, pedindo favor ao céu e aos que ali estavam. Sancho disse, ao ver o que se passava:

— Por Deus que é verdade tudo quanto meu amo diz dos encantos deste castelo, pois nele não é possível viver uma hora com sossego!

D. Fernando apartou o quadrilheiro e D. Quixote e, para alívio de ambos, lhes desencravou as mãos, que um na gola do saio do outro e o outro na garganta do um bem encravelhadas tinham; mas nem por isso deixaram os quadrilheiros de exigir seu preso e a ajuda para levá-lo atado e sujeito à sua

---

Es, pues, el caso que los cuadrilleros se sosegaron, por haber entreoído la calidad de los que con ellos se habían combatido, y se retiraron de la pendencia, por parecerles que de cualquiera manera que sucediese habían de llevar lo peor de la batalla; pero uno dellos, que fue el que fue molido y pateado por don Fernando, le vino a la memoria que, entre algunos mandamientos que traía para prender a algunos delincuentes, traía uno contra don Quijote, a quien la Santa Hermandad había mandado prender por la libertad que dio a los galeotes, y como Sancho con mucha razón había temido.

Imaginando, pues, esto, quiso certificarse si las señas que de don Quijote traía venían bien, y sacando del seno un pergamino, topó con el que buscaba, y poniéndosele a leer de espacio, porque no era buen lector, a cada palabra que leía ponía los ojos en don Quijote y iba cotejando las señas del mandamiento con el rostro de don Quijote, y halló que sin duda alguna era él que el mandamiento rezaba. Y apenas se hubo certificado, cuando, recogiendo su pergamino, con la mano izquierda tomó el mandamiento y con la derecha asió a don Quijote del cuello fuertemente, que no le dejaba alentar, y a grandes voces decía:

— ¡Favor a la Santa Hermandad! Y para que se vea que lo pido de veras, léase este mandamiento, donde se contiene que se prenda a este salteador de caminos.

Tomó el mandamiento el cura y vio como era verdad cuanto el cuadrillero decía y como convenían las señas con don Quijote; el cual, viéndose tratar mal de aquel villano malandrín, puesta la cólera en su punto y crujiéndole los huesos de su cuerpo, como mejor pudo él asió al cuadrillero con entrambas manos de la garganta que, a no ser socorrido de sus compañeros, allí dejara la vida antes que don Quijote la presa. El ventero, que por fuerza había

inteira vontade, pois assim convinha ao serviço do rei e da Santa Irmandade, de cuja parte de novo lhes pediam socorro e favor para fazer aquela prisão daquele ladrão e salteador de trilhas e carreiros. Ria-se de ouvir dizer estas razões D. Quixote, e com muito sossego disse:

— Vinde aqui, gente soez e malnascida: saltear estradas chamais o dar liberdade aos acorrentados, soltar os presos, socorrer os miseráveis, levantar os caídos, remediar os necessitados? Ah, gente infame, digna por vosso baixo e vil entendimento de que o céu não vos comunique o valor que se encerra na cavalaria andante, nem vos dê a entender o pecado e a ignorância em que estais em não reverenciar a sombra, quanto mais a presença, de qualquer cavaleiro andante! Vinde aqui, quadrilha de ladrões, e não quadrilheiros, salteadores de estradas com licença da Santa Irmandade, dizei-me: quem foi o ignorante que firmou mandado de prisão contra semelhante cavaleiro como eu sou? Quem o que ignorou que são isentos os cavaleiros andantes de todo judicial foro e que sua lei é sua espada, seus foros os seus brios, sua pragmática a sua vontade? Quem foi o mentecapto, volto a dizer, que não sabe que não há carta de fidalguia com tantas preeminências nem isenções como a que adquire um cavaleiro andante no dia em que se arma cavaleiro e se entrega ao duro exercício da cavalaria? Que cavaleiro andante pagou peita, alcavala, chapim de rainha, visitação, pedágio ou barcagem?[6] Que alfaiate lhe cobrou feitio de roupa que lhe fizesse? Que castelão o acolheu em seu castelo que lhe tenha pedido escote? Que rei não o assentou à sua mesa? Que donzela não se lhe afeiçoou e se lhe entregou rendida a todo seu talante e sua vontade? E, finalmente, que cavaleiro andante houve, há ou haverá no mundo que não tenha brios para dar, ele sozinho, quatrocentas pauladas em quatrocentos quadrilheiros que se lhe ponham diante?

---

de favorecer a los de su oficio, acudió luego a dalle favor. La ventera, que vio de nuevo a su marido en pendencias, de nuevo alzó la voz, cuyo tenor le llevaron luego Maritornes y su hija, pidiendo favor al cielo y a los que allí estaban. Sancho dijo, viendo lo que pasaba:
— ¡Vive el Señor que es verdad cuanto mi amo dice de los encantos deste castillo, pues no es posible vivir una hora con quietud en él!
Don Fernando despartió al cuadrillero y a don Quijote, y con gusto de entrambos les desenclavijó las manos, que el uno en el collar del sayo del uno y el otro en la garganta del otro bien asidas tenían; pero no por esto cesaban los cuadrilleros de pedir su preso y que les ayudasen a dárselo atado y entregado a toda su voluntad, porque así convenía al servicio del rey y de la Santa Hermandad, de cuya parte de nuevo les pedían socorro y favor para hacer aquella prisión de aquel robador y salteador de sendas y de carreras. Reíase de oír decir estas razones don Quijote, y con mucho sosiego dijo:
— Venid acá, gente soez y mal nacida: ¿saltear de caminos llamáis al dar libertad a los encadenados, soltar los presos, acorrer a los miserables, alzar los caídos, remediar los menesterosos? ¡Ah, gente infame, digna por vuestro bajo y vil entendimiento que el cielo no os comunique el valor que se encierra en la caballería andante, ni os dé a entender el pecado y ignorancia en que estáis en no reverenciar la sombra, cuanto más la asistencia, de cualquier caballero andante! Venid acá, ladrones en cuadrilla, que no cuadrilleros, salteadores de caminos con licencia de la Santa Hermandad, decidme: ¿quién fue el ignorante que firmó mandamiento de prisión contra un tal caballero como yo soy? ¿Quién el que ignoró que son esentos de todo judicial fuero los caballeros andantes y

Notas

[1] Carta de exame: o certificado oficial que facultava o exercício da medicina, exigido igualmente de boticários, parteiras e barbeiros, que também realizavam pequenas cirurgias.

[2] Babeira: peça da armadura, integrada ao elmo, que protegia a boca, o queixo e parte do pescoço.

[3] ... lá vão leis: "aonde querem reis", termina o ditado.

[4] ... o estalajadeiro, que também pertencia à Irmandade: não raro, os donos de estalagens se incorporavam à Santa Irmandade, em teoria para ajudar a proteger as estradas, mas, na prática, também para não serem punidos pelos maus-tratos ou roubo dos hóspedes.

[5] Rei Sobrino: um dos monarcas sarracenos que, no *Orlando furioso*, apoiam Agramante contra Carlos Magno.

[6] Peita, alcavala, chapim de rainha, visitação, pedágio, barcagem: elenco de tributos da época. Vale detalhar um deles, o *chapín de reina*, imposto que começou sendo cobrado para custear as bodas reais mas com o tempo se tornou um expediente para cobrir qualquer despesa injustificada.

---

que su ley es su espada, sus fueros sus bríos, sus premáticas su voluntad? ¿Quién fue el mentecato, vuelvo a decir, que no sabe que no hay secutoria de hidalgo con tantas preeminencias ni esenciones como la que adquiere un caballero andante el día que se arma caballero y se entrega al duro ejercicio de la caballería? ¿Qué caballero andante pagó pecho, alcabala, chapín de la reina, moneda forera, portazgo ni barca? ¿Qué sastre le llevó hechura de vestido que le hiciese? ¿Qué castellano le acogió en su castillo que le hiciese pagar el escote? ¿Qué rey no le asentó a su mesa? ¿Qué doncella no se le aficionó y se le entregó rendida a todo su talante y voluntad? Y, finalmente, ¿qué caballero andante ha habido, hay ni habrá en el mundo que no tenga bríos para dar él solo cuatrocientos palos a cuatrocientos cuadrilleros que se le pongan delante?

CAPÍTULO XLVI

Da notável aventura dos quadrilheiros e da grande ferocidade do nosso bom cavaleiro D. Quixote

Enquanto D. Quixote isso dizia, o padre estava persuadindo os quadrilheiros de que D. Quixote era falto de juízo, como viam por suas obras e suas palavras, e que não tinham para que levar aquele negócio avante, pois, ainda que o prendessem e levassem, logo o haviam de deixar por louco; ao que respondeu o do mandado que não cabia a ele julgar a loucura de D. Quixote, mas fazer o que seu comandante lhe mandava, e que, uma vez que o prendesse, podiam soltá-lo trezentas.

— Com tudo isso — disse o padre —, desta vez não haveis de levá-lo, nem ele se deixará levar, pelo que eu entendo.

Com efeito, tanto lhes soube dizer o padre e tantas loucuras soube D. Quixote fazer, que mais loucos seriam os quadrilheiros se não conhecessem a falta de D. Quixote, e assim houveram por bem de se apaziguar e até de serem mediadores das pazes entre o barbeiro e Sancho Pança, ainda entregues com grande rancor a sua pendência. Finalmente, eles, como membros da justiça, mediaram a causa e foram árbitros dela, de tal modo, que ambas as partes ficaram, se não de todo contentes, ao menos em parte satisfeitas, pois destrocaram as albardas, mas não as cilhas e xáquimas. E quanto ao elmo

---

CAPÍTULO XLVI

De la notable aventura de los cuadrilleros y la gran ferocidad de nuestro buen caballero don Quijote

En tanto que don Quijote esto decía, estaba persuadiendo el cura a los cuadrilleros como don Quijote era falto de juicio, como lo veían por sus obras y por sus palabras, y que no tenían para qué llevar aquel negocio adelante, pues aunque le prendiesen y llevasen, luego le habían de dejar por loco; a lo que respondió el del mandamiento que a él no tocaba juzgar de la locura de don Quijote, sino hacer lo que por su mayor le era mandado, y que una vez preso, siquiera le soltasen trecientas.

— Con todo eso — dijo el cura —, por esta vez no le habéis de llevar, ni aun él dejará llevarse, a lo que yo entiendo.

En efeto, tanto les supo el cura decir y tantas locuras supo don Quijote hacer, que más locos fueran que no él los cuadrilleros si no conocieran la falta de don Quijote, y, así, tuvieron por bien de apaciguarse y aun de ser medianeros de hacer las paces entre el barbero y Sancho Panza, que todavía asistían con gran rancor a su penden-

de Mambrino, o padre, à socapa e sem que D. Quixote percebesse, deu ao barbeiro oito reais pela bacia, e este lhe fez uma cédula de recibo e de renúncia a revisões futuras, para todo sempre, amém.

Assim sossegadas essas duas pendências, que eram as mais principais e de maior monta, faltava que os criados de D. Luis aceitassem voltar em três, ficando um deles para acompanhá-lo aonde D. Fernando queria levá-lo; e como a boa sorte e melhor fortuna já começava a facilitar dificuldades e a quebrar lanças em favor dos amantes da estalagem e dos valentes dela, quis tudo levar a cabo com feliz sucesso, porque os criados aceitaram quanto D. Luis queria: com o que tanto se contentou Dona Clara, que ninguém que então a olhasse no rosto deixaria de conhecer o regozijo de sua alma.

Zoraida, ainda que não entendesse bem todos os sucessos que tinha visto, se entristecia e alegrava em grosso, conforme via e notava o semblante a cada um, especialmente o do seu espanhol, em quem sempre tinha postos os olhos e a alma. O estalajadeiro, a quem não passou despercebida a dádiva e recompensa que o padre fizera ao barbeiro, pediu o escote de D. Quixote, mais a reparação pelo estrago dos seus odres e pela perda do vinho, jurando que não sairia da estalagem Rocinante, nem o jumento de Sancho, sem que antes lhe pagassem até o último cobre. Tudo apaziguou o padre e o pagou D. Fernando, posto que o ouvidor, de muito boa vontade, também tinha oferecido a paga; e de tal maneira ficaram todos em paz e sossego, que já não parecia a estalagem a discórdia do campo de Agramante, como D. Quixote dissera, mas a mesma paz e quietude do tempo de Otaviano;[1] de todo o qual foi comum opinião que se deviam dar as graças à boa intenção e muita eloquência do senhor padre e à incomparável liberalidade de D. Fernando.

Vendo-se pois D. Quixote livre e desembaraçado de tantas pendências,

---

cia. Finalmente, ellos, como miembros de justicia, mediaron la causa y fueron árbitros della, de tal modo, que ambas partes quedaron, si no del todo contentas, a lo menos en algo satisfechas, porque se trocaron las albardas, y no las cinchas y jáquimas. Y en lo que tocaba a lo del yelmo de Mambrino, el cura, a socapa y sin que don Quijote lo entendiese, le dio por la bacía ocho reales, y el barbero le hizo una cédula del recibo y de no llamarse a engaño por entonces, ni por siempre jamás, amén.

Sosegadas, pues, estas dos pendencias, que eran las más principales y de más tomo, restaba que los criados de don Luis se contentasen de volver los tres, y que el uno quedase para acompañarle donde don Fernando le quería llevar; y como ya la buena suerte y mejor fortuna había comenzado a romper lanzas y a facilitar dificultades en favor de los amantes de la venta y de los valientes della, quiso llevarlo al cabo y dar a todo felice suceso, porque los criados se contentaron de cuanto don Luis quería: de que recibió tanto contento doña Clara, que ninguno en aquella sazón la mirara al rostro que no conociera el regocijo de su alma.

Zoraida, aunque no entendía bien todos los sucesos que había visto, se entristecía y alegraba a bulto, conforme veía y notaba los semblantes a cada uno, especialmente de su español, en quien tenía siempre puestos los ojos y traía colgada el alma. El ventero, a quien no se le pasó por alto la dádiva y recompensa que el cura había hecho al barbero, pidió el escote de don Quijote con el menoscabo de sus cueros y falta de vino, jurando que no saldría de la venta Rocinante, ni el jumento de Sancho, sin que se le pagase primero hasta el último ardite. Todo lo apaciguó el cura y lo pagó don Fernando, puesto que el oidor, de muy buena voluntad, había también ofrecido la paga; y de tal manera quedaron todos en paz y sosiego, que ya no parecía la venta la discordia del campo de

assim do seu escudeiro como das suas, pensou que seria bem seguir sua começada viagem e dar fim àquela grande aventura para a qual fora chamado e escolhido, e assim, com resoluta determinação se pôs de joelhos aos pés de Dorotea, a qual não lhe consentiu que falasse palavra enquanto não se levantasse, e ele, por obedecê-la, se pôs em pé e lhe disse:

— Diz o comum provérbio, fermosa senhora, que a diligência é mãe da boa ventura, e em muitas e graves coisas tem mostrado a experiência que a solicitude do negociante leva a bom fim o pleito duvidoso; mas em coisa alguma se mostra mais esta verdade do que nas da guerra, onde a celeridade e a presteza previnem os discursos do inimigo e alcançam a vitória antes que o contrário se ponha em defesa. Tudo isto digo, alta e preciosa senhora, porque me parece que a estada nossa neste castelo já é sem proveito, e poderia ser tão em nosso prejuízo, que logo se nos daria a ver, pois quem sabe se por ocultos e diligentes espiões não saberá já vosso inimigo o gigante que eu vou destruí-lo, e, dando-lhe lugar o tempo, venha a se fortificar nalgum inexpugnável castelo ou fortaleza contra o qual de pouco valerão as minhas diligências e a força do meu incansável braço? Portanto, senhora minha, previnamos, como tenho dito, com a nossa diligência os seus desígnios, e partamos logo à boa ventura, pois só tardará a vossa grandeza em tê-la como deseja o quanto eu tardar em ver-me com o vosso contrário.

Calou e não disse mais D. Quixote, esperando com muito sossego a resposta da fermosa infanta, a qual, com gesto senhoril e acomodado ao estilo de D. Quixote, lhe respondeu desta maneira:

— Agradeço-vos, senhor cavaleiro, o desejo que mostrais ter de favorecer-me em minha grande coita, bem assim como cavaleiro a quem é anexo e concernente favorecer os órfãos e necessitados, e queira o céu que o vosso e

---

Agramante, como don Quijote había dicho, sino la misma paz y quietud del tiempo de Otaviano; de todo lo cual fue común opinión que se debían dar las gracias a la buena intención y mucha elocuencia del señor cura y a la incomparable liberalidad de don Fernando.

Viéndose, pues, don Quijote libre y desembarazado de tantas pendencias, así de su escudero como suyas, le pareció que sería bien seguir su comenzado viaje y dar fin a aquella grande aventura para que había sido llamado y escogido, y, así, con resoluta determinación se fue a poner de hinojos ante Dorotea, la cual no le consintió que hablase palabra hasta que se levantase, y él, por obedecella, se puso en pie y le dijo:

— Es común proverbio, fermosa señora, que la diligencia es madre de la buena ventura, y en muchas y graves cosas ha mostrado la experiencia que la solicitud del negociante trae a buen fin el pleito dudoso; pero en ningunas cosas se muestra más esta verdad que en las de la guerra, adonde la celeridad y presteza previene los discursos del enemigo y alcanza la vitoria antes que el contrario se ponga en defensa. Todo esto digo, alta y preciosa señora, porque me parece que la estada nuestra en este castillo ya es sin provecho, y podría sernos de tanto daño, que lo echásemos de ver algún día, porque ¿quién sabe si por ocultas espías y diligentes habrá sabido ya vuestro enemigo el gigante de que yo voy a destruille, y, dándole lugar el tiempo, se fortificase en algún inexpugnable castillo o fortaleza contra quien valiesen poco mis diligencias y la fuerza de mi incansable brazo? Así que, señora mía, prevengamos, como tengo dicho, con nuestra diligencia sus designios, y partámonos luego a la buena ventura, que no está más de tenerla vuestra grandeza como desea de cuanto yo tarde de verme con vuestro contrario.

o meu desejo se cumpram, para que vejais que há agradecidas mulheres no mundo; e quanto à minha partida, que seja logo, pois eu não tenho outra vontade que a vossa: disponde vós de mim a toda vossa guisa e talante, que esta que já vos entregou a defesa da sua pessoa e pôs em vossas mãos a restauração dos seus senhorios não há de querer contrariar o que a vossa prudência ordenar.

— Pela graça de Deus — disse D. Quixote. — Pois assim como a vossa senhoria se me humilha, não quero eu perder a ocasião de levantá-la e pô-la em seu herdado trono. Que seja logo a partida, pois me vai esporeando o desejo e já pondo a caminho o dizer que na tardança está o perigo; e como jamais criou o céu nem viu o inferno ninguém que me espante nem acobarde, anda, Sancho, sela Rocinante e aparelha o teu jumento e o palafrém da rainha, e despeçamo-nos do castelão e destes senhores, e vamos-nos logo daqui direto ao ponto.

Sancho, que a tudo estava presente, disse, meneando a cabeça de parte a parte:

— Ai, senhor, senhor, saiba que na vila, que não é boa, há mais mal que o que soa, com o perdão das toucadas honradas!²

— Que mal pode haver em vila alguma, ou em todas as cidades do mundo, que se possa soar em meu desdouro, vilão?

— Se vossa mercê se zangar — respondeu Sancho —, eu calarei e deixarei de dizer o que sou obrigado como bom escudeiro e como deve um bom criado dizer ao seu senhor.

— Dize o que quiseres — replicou D. Quixote —, como tuas palavras não se encaminhem a me amedrontar: pois se tu tens medo, fazes como quem és, e se eu o não tenho, faço como quem sou.

Calló y no dijo más don Quijote y esperó con mucho sosiego la respuesta de la fermosa infanta, la cual, con ademán señoril y acomodado al estilo de don Quijote, le respondió desta manera:

— Yo os agradezco, señor caballero, el deseo que mostráis tener de favorecerme en mi gran cuita, bien así como caballero a quien es anejo y concerniente favorecer los huérfanos y menesterosos, y quiera el cielo que el vuestro y mi deseo se cumplan, para que veáis que hay agradecidas mujeres en el mundo; y en lo de mi partida, sea luego, que yo no tengo más voluntad que la vuestra: disponed vos de mí a toda vuestra guisa y talante, que la que una vez os entregó la defensa de su persona y puso en vuestras manos la restauración de sus señoríos no ha de querer ir contra lo que la vuestra prudencia ordenare.

— A la mano de Dios — dijo don Quijote —. Pues así es que vuestra señoría se me humilla, no quiero yo perder la ocasión de levantalla y ponella en su heredado trono. La partida sea luego, porque me va poniendo espuelas al deseo y al camino lo que suele decirse que en la tardanza está el peligro; y pues no ha criado el cielo ni visto el infierno ninguno que me espante ni acobarde, ensilla, Sancho, a Rocinante y apareja tu jumento y el palafrén de la reina, y despidámonos del castellano y destos señores, y vamos de aquí luego al punto.

Sancho, que a todo estaba presente, dijo, meneando la cabeza a una parte y a otra:

— ¡Ay, señor, señor, y cómo hay más mal en el aldegüela que se suena, con perdón sea dicho de las tocadas honradas!

— ¿Qué mal puede haber en ninguna aldea, ni en todas las ciudades del mundo, que pueda sonarse en menoscabo mío, villano?

— Não é isso, Deus me livre! — respondeu Sancho —, e sim que eu tenho por certo e averiguado que essa senhora que se diz rainha do grande reino Micomicão não o é mais do que a minha mãe, pois, se ela fosse o que diz, não andaria se agarrando pelos cantos com um dos que estão nesta roda.

Corou Dorotea em ouvindo as razões de Sancho, porque era verdade que seu esposo D. Fernando, vez por outra, a furto de outros olhares tinha cobrado com os lábios parte do prêmio merecido por seus desejos, o qual visto por Sancho, entendeu este que aquela desenvoltura era mais de dama cortesã que de rainha de tão grande reino, e ela não pôde nem quis responder palavra a Sancho, mas o deixou prosseguir em sua fala, e ele foi dizendo:

— Isto digo, senhor, porque, se, depois de andar caminhos e carreiros e passar más noites e piores dias, o fruto dos nossos trabalhos vier a ser colhido por essa que anda folgando nesta estalagem, não tenho por que dar-me pressa em selar Rocinante, albardar o jumento e adereçar o palafrém, pois será melhor que fiquemos quietos, e cada puta que cuide de si, e em paz comamos.

Oh, valha-me Deus! Quão grande foi a sanha que tomou D. Quixote em ouvindo as descompostas palavras do seu escudeiro! Direi que foi tanta, que com voz atropelada e tartamuda língua, lançando vivo fogo pelos olhos, disse:

— Oh, velhaco vilão, desaforado, indecoroso, ignorante, infacundo, deslinguado, atrevido, murmurador e maledicente! Tais palavras ousaste dizer na minha presença e na destas ínclitas senhoras e tais desonestidades e atrevimentos ousaste pôr em tua confusa imaginação? Desaparece da minha presença, monstro da natureza, depositário de mentiras, almário de embustes, celeiro de velhacarias, inventor de maldades, publicador de sandices, ini-

---

— Si vuestra merced se enoja — respondió Sancho —, yo callaré y dejaré de decir lo que soy obligado como buen escudero y como debe un buen criado decir a su señor.

— Di lo que quisieres — replicó don Quijote —, como tus palabras no se encaminen a ponerme miedo: que si tú le tienes, haces como quien eres, y si yo no le tengo, hago como quien soy.

— No es eso, ¡pecador fui yo a Dios! — respondió Sancho —, sino que yo tengo por cierto y por averiguado que esta señora que se dice ser reina del gran reino Micomicón no lo es más que mi madre, porque a ser lo que ella dice no se anduviera hocicando con alguno de los que están en la rueda, a vuelta de cabeza y a cada traspuesta.

Paróse colorada con las razones de Sancho Dorotea, porque era verdad que su esposo don Fernando, alguna vez, a hurto de otros ojos había cogido con los labios parte del premio que merecían sus deseos, lo cual había visto Sancho, y parecídole que aquella desenvoltura más era de dama cortesana que de reina de tan gran reino, y no pudo ni quiso responder palabra a Sancho, sino dejóle proseguir en su plática, y él fue diciendo:

— Esto digo, señor, porque si al cabo de haber andado caminos y carreras, y pasado malas noches y peores días, ha de venir a coger el fruto de nuestros trabajos el que se está holgando en esta venta, no hay para qué darme priesa a que ensille a Rocinante, albarde el jumento y aderece al palafrén, pues será mejor que nos estemos quedos, y cada puta hile, y comamos.

¡Oh, válame Dios y cuán grande que fue el enojo que recibió don Quijote oyendo las descompuestas palabras de su escudero! Digo que fue tanto, que con voz atropellada y tartamuda lengua, lanzando vivo fuego por los ojos, dijo:

migo do respeito que se deve às reais pessoas! Some, não apareças diante de mim, sob pena da minha ira!

E, dizendo isto, arqueou as sobrancelhas, inflou as bochechas, correu os olhos por toda parte e deu com o pé direito um grande golpe no chão, sinais todos da ira que encerrava em suas entranhas. Em vista de cujas palavras e furibundos gestos ficou Sancho tão encolhido e medroso, que folgaria se naquele instante a terra se abrisse debaixo dos seus pés e o tragasse, e não soube que fazer, senão virar as costas e retirar-se da raivosa presença do seu senhor. Mas a discreta Dorotea, que já tão bem conhecia o humor de D. Quixote, disse, para amainar sua ira:

— Não vos despeiteis, senhor Cavaleiro da Triste Figura, das sandices que o vosso bom escudeiro disse, pois quiçá não as diga sem ocasião, nem do seu bom entendimento e cristã consciência se pode suspeitar que levante testemunho contra quem quer que seja; e assim se há de crer, sem dúvida, que, como neste castelo, segundo vós, senhor cavaleiro, dizeis, todas as coisas correm e acontecem por modo de encantamento, poderia ser, digo, que Sancho houvesse visto por essa diabólica via o que ele diz que viu tão em ofensa da minha honestidade.

— Juro por Deus onipotente — disse então D. Quixote — que a vossa grandeza acertou no ponto, e que alguma má visão se pôs diante do pobre Sancho, fazendo-o ver o que seria impossível por outro modo que de encantos não fosse: pois bem sei eu da bondade e inocência deste desventurado que não sabe levantar testemunhos contra ninguém.

— Assim é e assim será — disse D. Fernando —; e por isto deve vossa mercê, senhor D. Quixote, perdoá-lo e torná-lo ao grêmio da sua graça, *sicut erat in principio*,³ antes que as tais visões o tirem do seu juízo.

— ¡Oh bellaco villano, malmirado, descompuesto, ignorante, infacundo, deslenguado, atrevido, murmurador y maldiciente! ¿Tales palabras has osado decir en mi presencia y en la destas ínclitas señoras, y tales deshonestidades y atrevimientos osaste poner en tu confusa imaginación? ¡Vete de mi presencia, monstruo de naturaleza, depositario de mentiras, almario de embustes, silo de bellaquerías, inventor de maldades, publicador de sandeces, enemigo del decoro que se debe a las reales personas! ¡Vete, no parezcas delante de mí, so pena de mi ira!

Y, diciendo esto, enarcó las cejas, hinchó los carrillos, miró a todas partes y dio con el pie derecho una gran patada en el suelo, señales todas de la ira que encerraba en sus entrañas. A cuyas palabras y furibundos ademanes quedó Sancho tan encogido y medroso, que se holgara que en aquel instante se abriera debajo de sus pies la tierra y le tragara, y no supo qué hacerse, sino volver las espaldas y quitarse de la enojada presencia de su señor. Pero la discreta Dorotea, que tan entendido tenía ya el humor de don Quijote, dijo, para templarle la ira:

— No os despechéis, señor Caballero de la Triste Figura, de las sandeces que vuestro buen escudero ha dicho, porque quizá no las debe de decir sin ocasión, ni de su buen entendimiento y cristiana conciencia se puede sospechar que levante testimonio a nadie; y así, se ha de creer, sin poner duda en ello, que como en este castillo, según vos, señor caballero, decís, todas las cosas van y suceden por modo de encantamento, podría ser, digo, que Sancho hubiese visto por esta diabólica vía lo que él dice que vio tan en ofensa de mi honestidad.

— Por el omnipotente Dios juro — dijo a esta sazón don Quijote — que la vuestra grandeza ha dado en el punto, y que alguna mala visión se le puso delante a este pecador de Sancho, que le hizo ver lo que fuera imposi-

D. Quixote respondeu que o perdoava, e o padre foi buscar Sancho, o qual veio muito humilde e, pondo-se de joelhos, pediu a mão a seu amo, e este lha deu e, depois de deixá-la beijar, lhe deu a bênção, dizendo:

— Agora acabarás de entender, Sancho filho, ser verdade o que outras muitas vezes eu te disse, que todas as coisas deste castelo são feitas por via de encantamento.

— Assim creio eu — disse Sancho —, afora o caso da manta, que realmente aconteceu por via ordinária.

— Não creias — respondeu D. Quixote —, pois, se assim fosse, eu te houvera vingado então, e até agora; mas nem então nem agora pude nem vi de quem tomar vingança pelo teu agravo.

Desejaram todos saber que era aquilo da manta, e o estalajadeiro lhes contou ponto por ponto a volataria de Sancho Pança, do que não pouco se riram todos, e do que não menos se teria vexado Sancho, se de novo não lhe assegurasse seu amo que era encantamento: posto que jamais chegou a tanto a sandice de Sancho para acreditar que não foi verdade pura e averiguada, sem mescla de engano algum, a sua manteação por pessoas de carne e osso, e não por fantasmas sonhados nem imaginados, como seu senhor acreditava e afirmava.

Dois dias já haviam se passado desde que toda aquela ilustre companhia estava na estalagem; e cuidando que já era tempo de partir, buscaram um modo para que, sem se darem ao trabalho Dorotea e D. Fernando de voltar com D. Quixote a sua aldeia, mas ainda com a invenção da liberdade da rainha Micomicona, pudessem o padre e o barbeiro levá-lo como desejavam até sua terra para ali procurar a cura de sua loucura. E o que resolveram foi contratar um carreteiro de bois, que por acaso ia passando por ali, para que

---

ble verse de otro modo que por el de encantos no fuera: que sé yo bien de la bondad e inocencia deste desdichado que no sabe levantar testimonios a nadie.

— Ansí es y ansí será — dijo don Fernando —; por lo cual debe vuestra merced, señor don Quijote, perdonalle y reducille al gremio de su gracia, "sicut erat in principio", antes que las tales visiones le sacasen de juicio.

Don Quijote respondió que él le perdonaba, y el cura fue por Sancho, el cual vino muy humilde y hincándose de rodillas pidió la mano a su amo, y él se la dio y, después de habérsela dejado besar, le echó la bendición, diciendo:

— Agora acabarás de conocer, Sancho hijo, ser verdad lo que yo otras muchas veces te he dicho de que todas las cosas deste castillo son hechas por vía de encantamento.

— Así lo creo yo — dijo Sancho —, excepto aquello de la manta, que realmente sucedió por vía ordinaria.

— No lo creas — respondió don Quijote —, que si así fuera, yo te vengara entonces, y aun agora; pero ni entonces ni agora pude ni vi en quién tomar venganza de tu agravio.

Desearon saber todos qué era aquello de la manta, y el ventero les contó punto por punto la volatería de Sancho Panza, de que no poco se rieron todos, y de que no menos se corriera Sancho, si de nuevo no le asegurara su amo que era encantamento: puesto que jamás llegó la sandez de Sancho a tanto, que creyese no ser verdad pura y averiguada, sin mezcla de engaño alguno, lo de haber sido manteado por personas de carne y hueso, y no por fantasmas soñadas ni imaginadas, como su señor lo creía y lo afirmaba.

Dos días eran ya pasados los que había que toda aquella ilustre compañía estaba en la venta; y parecién-

o levasse desta forma: fizeram uma sorte de jaula, de paus engradados,[4] grande o bastante para nela caber folgadamente D. Quixote, e depois D. Fernando e seus camaradas, mais os criados de D. Luis e os quadrilheiros, juntamente com o estalajadeiro, todos, por ordem e parecer do padre, cobriram o rosto e inventaram cada qual um disfarce, de jeito que D. Quixote pensasse não ser essa gente a mesma que naquele castelo tinha visto.

Feito isso, com grandíssimo silêncio entraram onde ele estava dormindo e descansando das passadas refregas. Chegaram-se a ele, que dormia inocente e desprevenido de tal acontecimento, e, segurando-o fortemente, lhe amarraram muito bem as mãos e os pés, de modo que, quando ele acordou sobressaltado, não se pôde mexer nem nada além de se admirar e aturdir ao ver diante de si tão estranhas visagens; e logo se lhe afigurou o que sua contínua e desvairada imaginação lhe representava, e acreditou que todas aquelas figuras eram fantasmas daquele encantado castelo, e que sem dúvida alguma já estava encantado, pois não se podia mexer nem defender: tudo exatamente como pensara o padre, maquinador daquele enredo. Entre todos os presentes, somente Sancho estava em seu próprio juízo e em sua própria figura, e assim, ainda que lhe faltasse bem pouco para sofrer da mesma doença de seu amo, não deixou de conhecer quem eram todas aquelas fingidas figuras, mas não ousou despregar os lábios, até ver no que dava aquele assalto e prisão do seu amo, o qual também não dizia palavra, atento que estava ao rumo que tomaria a sua desgraça: e foi que trouxeram a jaula e o meteram ali dentro, pregando as estacas tão fortemente que não qualquer tranco as poderia romper.

Logo carregaram a jaula sobre os ombros, e, ao sair do aposento, ouviu-se uma voz medonha, tanto quanto soube afetá-la o barbeiro, não o da albarda, mas o outro, que dizia:

---

doles que ya era tiempo de partirse, dieron orden para que, sin ponerse al trabajo de volver Dorotea y don Fernando con don Quijote a su aldea, con la invención de la libertad de la reina Micomicona pudiesen el cura y el barbero llevársele como deseaban y procurar la cura de su locura en su tierra. Y lo que ordenaron fue que se concertaron con un carretero de bueyes que acaso acertó a pasar por allí, para que lo llevase, en esta forma: hicieron una como jaula, de palos enrejados, capaz que pudiese en ella caber holgadamente don Quijote, y luego don Fernando y sus camaradas, con los criados de don Luis y los cuadrilleros, juntamente con el ventero, todos, por orden y parecer del cura, se cubrieron los rostros y se disfrazaron, quién de una manera y quién de otra, de modo que a don Quijote le pareciese ser otra gente de la que en aquel castillo había visto.
    Hecho esto, con grandísimo silencio se entraron adonde él estaba durmiendo y descansando de las pasadas refriegas. Llegáronse a él, que libre y seguro de tal acontecimiento dormía, y, asiéndole fuertemente, le ataron muy bien las manos y los pies, de modo que cuando él despertó con sobresalto no pudo menearse ni hacer otra cosa más que admirarse y suspenderse de ver delante de sí tan estraños visajes; y luego dio en la cuenta de lo que su continua y desvariada imaginación le representaba, y se creyó que todas aquellas figuras eran fantasmas de aquel encantado castillo, y que sin duda alguna ya estaba encantado, pues no se podía menear ni defender: todo a punto como había pensado que sucedería el cura, trazador desta máquina. Solo Sancho, de todos los presentes, estaba en su mesmo juicio y en su mesma figura, el cual, aunque le faltaba bien poco para tener la mesma enfermedad de su amo, no dejó de conocer quién eran todas aquellas contrahechas figuras, mas no osó descoser su boca, hasta ver en qué paraba aquel asalto y prisión de su amo, el cual tampoco hablaba palabra, atendiendo a ver el para-

— Oh, Cavaleiro da Triste Figura!, não tenhas pesar da prisão em que vais, pois assim convém para mais presto acabar a aventura em que teu grande esforço te pôs. A qual se acabará quando o furibundo leão manchado e a branca pomba tobosina folgarem em um, depois de humilhadas as altas cervizes ao brando jugo matrimoniesco, de cujo inaudito consórcio virão à luz do orbe as bravas crias que imitarão as rampantes garras do valoroso pai; e isto será antes que o perseguidor da fugitiva ninfa repita por duas vezes sua visita às luzentes imagens em seu rápido e natural curso. E tu, oh mais nobre e obediente escudeiro que teve espada à cintura, barbas no rosto e olfato nos narizes!, não te esmoreça nem descontente o ver levar assim diante dos teus mesmos olhos a flor da cavalaria andante, que presto, se ao plasmador do mundo assim prouver, ver-te-ás tão alto e tão sublimado, que não te conhecerás, e não serão defraudadas as promessas do teu bom senhor; e asseguro-te, de parte da sábia Mentironiana, que o teu salário te será pago, como verás pela obra; e segue os passos do valoroso e encantado cavaleiro, que convém que vás aonde parardes os dois ambos. E porque não me é lícito dizer mais, com Deus ficai, que eu volto aonde eu sei.

E, ao acabar da profecia, ergueu um tanto a voz, e depois a baixou com tão suave acento, que até os sabedores da farsa estiveram a ponto de crer que era verdade o que ouviam.

Ficou D. Quixote consolado com a dita profecia, pois de tudo logo coligiu de todo a sua significação e viu que encerrava a promessa de se ver ajuntado em santo e devido matrimônio com sua querida Dulcineia d'El Toboso, de cujo feliz ventre sairiam as crias, que eram seus filhos, para a perpétua glória de La Mancha; e crendo nisso bem e firmemente, ergueu a voz e, dando um grande suspiro, disse:

---

dero de su desgracia: que fue que, trayendo allí la jaula, le encerraron dentro, y le clavaron los maderos tan fuertemente, que no se pudieran romper a dos tirones.

Tomáronle luego en hombros, y al salir del aposento se oyó una voz temerosa, todo cuanto la supo formar el barbero, no el del albarda, sino el otro, que decía:

— ¡Oh Caballero de la Triste Figura!, no te dé afincamiento la prisión en que vas, porque así conviene para acabar más presto la aventura en que tu gran esfuerzo te puso. La cual se acabará cuando el furibundo león manchado con la blanca paloma tobosina yoguieren en uno, ya después de humilladas las altas cervices al blando yugo matrimoñesco, de cuyo inaudito consorcio saldrán a la luz del orbe los bravos cachorros que imitarán las rampantes garras del valeroso padre; y esto será antes que el seguidor de la fugitiva ninfa faga dos vegadas la visita de las lucientes imágines con su rápido y natural curso. Y tú, ¡oh el más noble y obediente escudero que tuvo espada en cinta, barbas en rostro y olfato en las narices!, no te desmaye ni descontente ver llevar ansí delante de tus ojos mesmos a la flor de la caballería andante, que presto, si al plasmador del mundo le place, te verás tan alto y tan sublimado, que no te conozcas, y no saldrán defraudadas las promesas que te ha fecho tu buen señor; y asegúrote, de parte de la sabia Mentironiana, que tu salario te sea pagado, como lo verás por la obra; y sigue las pisadas del valeroso y encantado caballero, que conviene que vayas donde paréis entrambos. Y porque no me es lícito decir otra cosa, a Dios quedad, que yo me vuelvo adonde yo me sé.

Y al acabar de la profecía, alzó la voz de punto, y diminuyóla después con tan tierno acento, que aun los sabidores de la burla estuvieron por creer que era verdad lo que oían.

— Oh tu, quem quer que sejas, que tanto bem me prognosticaste! Rogo-te que peças de minha parte ao sábio encantador que as minhas coisas tem a cargo que não me deixe perecer nesta prisão onde agora me levam, enquanto não vir cumpridas tão alegres e incomparáveis promessas como são as que aqui se me fizeram; que, como isto seja, terei por glória as penas da minha prisão, e por alívio estes grilhões que me cingem, e não por duro campo de batalha este leito em que me deitam,[5] mas por branda cama e tálamo ditoso. E no que toca à consolação de Sancho Pança, meu escudeiro, eu confio que, por sua bondade e bom proceder, ele não me deixará em boa nem em má sorte; pois ainda que não se dê, por míngua da sua ou da minha ventura, a possibilidade de conceder-lhe a ínsula ou outra coisa equivalente que lhe tenho prometida, pelo menos seu salário não se poderá perder, pois no meu testamento, que já está feito, deixo declarado o que se lhe há de dar, não conforme os seus muitos e bons serviços, mas as possibilidades minhas.

Sancho Pança se inclinou com muito comedimento e lhe beijou ambas as mãos, pois só uma não podia, por estarem atadas. Logo carregaram aquelas visões a jaula nos ombros e a puseram sobre o carro de bois.

NOTAS

[1] Paz e quietude do tempo de Otaviano: o longo período de paz que Roma desfrutou com o fim da última guerra dos triúnviros, em 30 a.C.

[2] ... com o perdão das toucadas honradas: "*con perdón de las* tocas *honradas*" era fórmula usual de desculpas pela possibilidade de ofender honestos ouvidos femininos. Sancho distorce maliciosamente a expressão, trocando o substantivo *tocas* (toucas) pelo particípio *tocadas*, com seu duplo sentido de "toucadas" e "apalpadas".

Quedó don Quijote consolado con la escuchada profecía, porque luego coligió de todo en todo la significación de ella y vio que le prometían el verse ayuntado en santo y debido matrimonio con su querida Dulcinea del Toboso, de cuyo felice vientre saldrían los cachorros, que eran sus hijos, para gloria perpetua de la Mancha; y creyendo esto bien y firmemente, alzó la voz y, dando un gran suspiro, dijo:

— ¡Oh tú, quienquiera que seas, que tanto bien me has pronosticado! Ruégote que pidas de mi parte al sabio encantador que mis cosas tiene a cargo que no me deje perecer en esta prisión donde agora me llevan, hasta ver cumplidas tan alegres e incomparables promesas como son las que aquí se me han hecho; que, como esto sea, tendré por gloria las penas de mi cárcel, y por alivio estas cadenas que me ciñen, y no por duro campo de batalla este lecho en que me acuestan, sino por cama blanda y tálamo dichoso. Y en lo que toca a la consolación de Sancho Panza mi escudero, yo confío de su bondad y buen proceder que no me dejará en buena ni en mala suerte; porque cuando no suceda, por la suya o por mi corta ventura, el poderle yo dar la ínsula o otra cosa equivalente que le tengo prometida, por lo menos su salario no podrá perderse, que en mi testamento, que ya está hecho, dejo declarado lo que se le ha de dar, no conforme a sus muchos y buenos servicios, sino a la posibilidad mía.

Sancho Panza se le inclinó con mucho comedimiento y le besó entrambas las manos, porque la una no pudiera, por estar atadas entrambas.

Luego tomaron la jaula en hombros aquellas visiones y la acomodaron en el carro de los bueyes.

³ *Sicut erat in principio*: início da oração Gloria Patri (Glória ao Pai), que era rezada nas cerimônias de reconciliação depois do Pater Noster e da Ave Maria. A sentença completa diz "*sicut erat in principio, et nunc, et semper, et in saecula saeculorum*" ("como era no princípio, agora e sempre, e pelos séculos dos séculos").

⁴ ... uma sorte de jaula: os "loucos furiosos" costumavam ser confinados em jaulas de madeira.

⁵ ... não por duro campo de batalha este leito: alusão ao verso de Petrarca "*È duro campo di battaglia il letto*" (*Canzoniere*, CCXXVI, 8).

CAPÍTULO XLVII

Do estranho modo como foi encantado
D. Quixote de La Mancha,
mais outros famosos sucessos

Quando D. Quixote se viu daquela maneira enjaulado e sobre o carro, disse:

— Muitas e muito graves histórias tenho eu lido de cavaleiros andantes, mas jamais li, nem vi, nem ouvi que os cavaleiros encantados sejam levados desta maneira e com o vagar que prometem estes preguiçosos e tardos animais, pois sempre os costumam levar pelos ares com rara ligeireza, encerrados nalguma parda e escura nuvem ou nalgum carro de fogo, ou sobre algum hipogrifo ou outra besta semelhante; mas que me levem agora sobre um carro de bois, vive Deus que me tem confuso! Mas quiçá a cavalaria e os encantos deste nosso tempo sigam por outro caminho que não aquele dos tempos antigos. E também poderia ser que, como eu sou novo cavaleiro no mundo, e o primeiro que ressuscitou o já esquecido exercício da cavalaria aventureira, também novamente tenham inventado para mim outros gêneros de encantamentos e outros modos de levar os encantados. Que pensas disso, Sancho, meu filho?

— Não sei o que penso — respondeu Sancho —, por não ser tão lido

---

CAPÍTULO XLVII

Del estraño modo con que fue encantado
don Quijote de La Mancha,
con otros famosos sucesos

Cuando don Quijote se vio de aquella manera enjaulado y encima del carro, dijo:

— Muchas y muy graves historias he yo leído de caballeros andantes, pero jamás he leído, ni visto, ni oído que a los caballeros encantados los lleven desta manera y con el espacio que prometen estos perezosos y tardíos animales, porque siempre los suelen llevar por los aires con estraña ligereza, encerrados en alguna parda y escura nube o en algún carro de fuego, o ya sobre algún hipogrifo o otra bestia semejante; pero que me lleven a mí agora sobre un carro de bueyes, ¡vive Dios que me pone en confusión! Pero quizá la caballería y los encantos destos nuestros tiempos deben de seguir otro camino que siguieron los antiguos. Y también podría ser que, como yo soy nuevo caballero en el mundo, y el primero que ha resucitado el ya olvidado ejercicio de la caballería aventurera, también nuevamente se hayan inventado otros géneros de encantamentos y otros modos de llevar a los encantados. ¿Qué te parece desto, Sancho hijo?

como vossa mercê nas escrituras andantes; mas, ainda assim, ousaria dizer e jurar que estas visões que por aqui andam não são de todo católicas.

— Católicas? Por meu pai! — respondeu D. Quixote. — Como haveriam de ser católicas, se são todos demônios que tomaram corpos fantásticos para fazer isto que fazem e pôr-me neste estado? E, se queres confirmar essa verdade, toca-os e apalpa-os, e verás como não têm corpo senão de ar e como não consistem em mais do que aparência.

— Por Deus, senhor — replicou Sancho —, que eu já os toquei, e esse diabo que anda aí tão solícito é roliço de carnes e tem outra propriedade bem diferente da que ouvi dizer que têm os demônios; porque, segundo o que se diz, todos cheiram a pedra enxofrada e a outros maus cheiros, mas este cheira a âmbar a meia légua.

Dizia isto Sancho por D. Fernando, que, como tão senhor que era, devia de cheirar àquilo que Sancho dizia.

— Não te maravilhes disso, Sancho amigo — respondeu D. Quixote —, pois faço-te saber que os diabos sabem muito, e, posto que trazem cheiros consigo, eles mesmos não cheiram a nada, porque são espíritos, e, se cheiram, não podem cheirar a coisas boas, senão más e hediondas. E a razão disto é que, como eles levam o inferno consigo aonde quer que eles vão e não podem receber nenhum gênero de alívio nos seus tormentos, e o bom cheiro é coisa que deleita e contenta, não é possível que eles cheirem a coisa boa. E se te parece que esse demônio que dizes cheira a âmbar, ou tu te enganas, ou ele quer enganar-te fazendo que o não tenhas por demônio.

Todos esses colóquios tiveram amo e criado; e temendo D. Fernando e Cardenio que Sancho alcançasse inteira a sua invenção, do que não andava muito longe, determinaram de antecipar a partida e, chamando o estala-

---

— No sé yo lo que me parece — respondió Sancho —, por no ser tan leído como vuestra merced en las escrituras andantes; pero, con todo eso, osaría afirmar y jurar que estas visiones que por aquí andan, que no son del todo católicas.

— ¿Católicas? ¡Mi padre! — respondió don Quijote —. ¿Cómo han de ser católicas, si son todos demonios que han tomado cuerpos fantásticos para venir a hacer esto y a ponerme en este estado? Y si quieres ver esta verdad, tócalos y pálpalos, y verás como no tienen cuerpo sino de aire y como no consiste más de en la apariencia.

— Par Dios, señor — replicó Sancho —, ya yo los he tocado, y este diablo que aquí anda tan solícito es rollizo de carnes y tiene otra propiedad muy diferente de la que yo he oído decir que tienen los demonios; porque, según se dice, todos huelen a piedra azufre y a otros malos olores, pero este huele a ámbar de media legua.

Decía esto Sancho por don Fernando, que, como tan señor, debía de oler a lo que Sancho decía.

— No te maravilles deso, Sancho amigo — respondió don Quijote —, porque te hago saber que los diablos saben mucho, y, puesto que traigan olores consigo, ellos no huelen nada, porque son espíritus, y si huelen, no pueden oler cosas buenas, sino malas y hidiondas. Y la razón es que como ellos dondequiera que están traen el infierno consigo y no pueden recebir género de alivio alguno en sus tormentos, y el buen olor sea cosa que deleita y contenta, no es posible que ellos huelan cosa buena. Y si a ti te parece que ese demonio que dices huele a ámbar, o tú te engañas o él quiere engañarte con hacer que no le tengas por demonio.

Todos estos coloquios pasaron entre amo y criado; y temiendo don Fernando y Cardenio que Sancho no viniese a caer del todo en la cuenta de su invención, a quien andaba ya muy en los alcances, determinaron de

jadeiro à parte, deram ordem de arrear Rocinante e albardar o jumento de Sancho, no que foram prontamente atendidos.

Já então o padre tratara com os quadrilheiros que o acompanhassem até seu lugar, dando-lhes um tanto por dia. Cardenio pendurou da sela de Rocinante, de um lado, a adarga e, do outro, a bacia, e, por sinais, mandou Sancho montar em seu asno e tomar das rédeas Rocinante, e pôs aos dois lados do carro os dois quadrilheiros com suas espingardas. Mas, antes que o carro se movesse, saiu a estalajadeira, sua filha e Maritornes para se despedirem de D. Quixote, fingindo chorar de dor por sua desgraça; às quais disse D. Quixote:

— Não choreis, boas senhoras, que todas estas desditas são anexas aos que professam o que eu professo, e, se estas calamidades não me acontecessem, não me tivera eu por famoso cavaleiro andante, porque aos cavaleiros de pouco nome e fama nunca acontecem semelhantes coisas, e não há no mundo quem se lembre deles: aos valorosos sim, que têm invejosos da sua virtude e valentia muitos príncipes e muitos outros cavaleiros, que procuram por más vias destruir os bons. Mas, com tudo isso, a virtude é tão poderosa que, por si só, apesar de toda a nigromancia sabida por seu primeiro inventor, Zoroastro, sairá vencedora de todo transe e de si dará luz no mundo tal como o sol no céu. Perdoai-me, fermosas damas, se algum desaforo por descuido meu vos fiz, que de intenção e a sabendas jamais o fiz a ninguém, e rogai a Deus que me tire destas prisões onde algum mal-intencionado encantador me pôs: pois, se delas me vir livre, não se me sairão da memória as mercês que neste castelo me tendes feito, para gratificá-las, servi-las e recompensá-las como elas merecem.

Enquanto as damas do castelo isto ouviam de D. Quixote, o padre e o barbeiro se despediram de D. Fernando e seus camaradas e do capitão e de

---

abreviar con la partida, y llamando aparte al ventero, le ordenaron que ensillase a Rocinante y enalbardase el jumento de Sancho, el cual lo hizo con mucha presteza.

Ya en esto el cura se había concertado con los cuadrilleros que le acompañasen hasta su lugar, dándoles un tanto cada día. Colgó Cardenio del arzón de la silla de Rocinante, del un cabo, la adarga y, del otro, la bacía, y por señas mandó a Sancho que subiese en su asno y tomase de las riendas a Rocinante, y puso a los dos lados del carro a los dos cuadrilleros con sus escopetas. Pero antes que se moviese el carro salió la ventera, su hija y Maritornes a despedirse de don Quijote, fingiendo que lloraban de dolor de su desgracia; a quien don Quijote dijo:

— No lloréis, mis buenas señoras, que todas estas desdichas son anexas a los que profesan lo que yo profeso, y si estas calamidades no me acontecieran, no me tuviera yo por famoso caballero andante, porque a los caballeros de poco nombre y fama nunca les suceden semejantes casos, porque no hay en el mundo quien se acuerde dellos: a los valerosos sí, que tienen envidiosos de su virtud y valentía a muchos príncipes y a muchos otros caballeros, que procuran por malas vías destruir a los buenos. Pero, con todo eso, la virtud es tan poderosa, que por sí sola, a pesar de toda la nigromancía que supo su primer inventor Zoroastes, saldrá vencedora de todo trance y dará de sí luz en el mundo como la da el sol en el cielo. Perdonadme, fermosas damas, si algún desaguisado por descuido mío os he fecho, que de voluntad y a sabiendas jamás le di a nadie, y rogad a Dios me saque destas prisiones donde algún malintencionado encantador me ha puesto: que si de ellas me veo libre, no se me caerá de la memoria las mercedes que en este castillo me habedes fecho, para gratificallas, servillas y recompensallas como ellas merecen.

seu irmão e de todas aquelas contentes senhoras, especialmente de Dorotea e Luscinda. Todos se abraçaram e prometeram de se dar notícia dos seus sucessos, dando D. Fernando ao padre o endereço ao qual havia de escrever para avisá-lo do destino de D. Quixote, afirmando que nada lhe daria mais gosto que sabê-lo, e que ele por seu lado o avisaria de tudo aquilo que visse que poderia dar-lhe gosto, tanto do seu casamento como do batismo de Zoraida e do caso de D. Luis e da volta de Luscinda à sua casa. O padre se ofereceu a fazer tudo que lhe mandava, com toda pontualidade. Tornaram a se abraçar outra vez, e outra vez tornaram a fazer novos oferecimentos.

O estalajadeiro se chegou ao padre e lhe entregou uns papéis, dizendo-lhe que os achara num bolso daquela maleta onde se achou a *Novela do Curioso Impertinente*, e que, como seu dono nunca mais voltara por ali, podia levá-los todos, pois, como ele não sabia ler, não os queria. O padre lhe agradeceu os papéis e, abrindo-os sem seguida, viu que no começo do escrito dizia: *Novela de Rinconete e Cortadillo*,[1] donde entendeu ser alguma novela e coligiu que, como a do *Curioso Impertinente* era boa, aquela também o seria, pois talvez fossem as duas de um mesmo autor; e assim guardou-a com a intenção de lê-la quando tivesse comodidade.

Montou a cavalo, e o mesmo fez seu amigo o barbeiro, ambos com suas máscaras, para não serem conhecidos por D. Quixote, e se puseram a caminho atrás do carro. E a ordem que seguiam era a seguinte: à frente ia o carro, guiado por seu dono; aos dois lados iam os quadrilheiros, como já foi dito, com suas espingardas; logo atrás ia Sancho Pança sobre seu asno, levando Rocinante pelas rédeas. Atrás de tudo isto iam o padre e o barbeiro sobre suas poderosas mulas, cobertos os rostos, como já foi dito, com grave e repousado jeito, não caminhando mais do que permitia o passo tardo dos bois. D.

En tanto que las damas del castillo esto pasaban con don Quijote, el cura y el barbero se despidieron de don Fernando y sus camaradas y del capitán y de su hermano y todas aquellas contentas señoras, especialmente de Dorotea y Luscinda. Todos se abrazaron y quedaron de darse noticia de sus sucesos, diciendo don Fernando al cura dónde había de escribirle para avisarle en lo que paraba don Quijote, asegurándole que no habría cosa que más gusto le diese que saberlo, y que él asimismo le avisaría de todo aquello que él viese que podría darle gusto, así de su casamiento como del bautismo de Zoraida y suceso de don Luis y vuelta de Luscinda a su casa. El cura ofreció de hacer cuanto se le mandaba, con toda puntualidad. Tornaron a abrazarse otra vez, y otra vez tornaron a nuevos ofrecimientos.

El ventero se llegó al cura y le dio unos papeles, diciéndole que los había hallado en un aforro de la maleta donde se halló la *Novela del Curioso Impertinente*, y que pues su dueño no había vuelto más por allí, que se los llevase todos, que pues él no sabía leer, no los quería. El cura se lo agradeció y, abriéndolos luego, vio que al principio de lo escrito decía: *Novela de Rinconete y Cortadillo*, por donde entendió ser alguna novela y coligió que, pues la del *Curioso Impertinente* había sido buena, que también lo sería aquella, pues podría ser fuesen todas de un mesmo autor; y así, la guardó, con prosupuesto de leerla cuando tuviese comodidad.

Subió a caballo, y también su amigo el barbero, con sus antifaces, porque no fuesen luego conocidos de don Quijote, y pusiéronse a caminar tras el carro. Y la orden que llevaban era esta: iba primero el carro, guiándole su dueño; a los dos lados iban los cuadrilleros, como se ha dicho, con sus escopetas; seguía luego Sancho Panza sobre su asno, llevando de rienda a Rocinante. Detrás de todo esto iban el cura y el barbero sobre sus poderosas

Quixote ia sentado na jaula, as mãos atadas, estendidos os pés e encostado às grades, com tanto silêncio e tanta paciência que não parecia homem de carne, e sim estátua de pedra.

E assim, com aquele vagar e silêncio, caminharam cerca de duas léguas, até chegarem a um vale, que o carreiro entendeu ser local apropriado para repousar e dar de pastar aos bois; e dizendo-o ao padre, foi o barbeiro de parecer que caminhassem mais um pouco, pois ele sabia que atrás de uma ladeira que ali perto se mostrava havia um vale mais verde e muito melhor que aquele onde parar queriam. Tomou-se o parecer do barbeiro, e assim retomaram seu caminho.

Nisto o padre voltou o rosto e viu que às suas costas vinham cerca de seis ou sete homens a cavalo, bem-postos e aderecados, os quais os alcançaram num instante, pois caminhavam, não com a pachorra e calma dos bois, e sim como quem ia sobre mulas de cônegos e com o desejo de logo sestear na estalagem que a menos de uma légua dali se avistava. Chegaram os diligentes junto aos preguiçosos e cumprimentaram-se cortesmente; e um dos que vinham, que de feito era cônego de Toledo e senhor dos demais que o acompanhavam, vendo a ordenada procissão de carro, quadrilheiros, Sancho, Rocinante, padre e barbeiro, e mais D. Quixote enjaulado e aprisionado, não pôde deixar de perguntar que significava levar aquele homem daquela maneira, se bem já tivesse entendido, vendo as insígnias dos quadrilheiros, que aquele devia de ser algum temível salteador ou outro delinquente cujo castigo coubesse à Santa Irmandade. Um dos quadrilheiros, a quem foi feita a pergunta, respondeu assim:

— Senhor, o que significa ir este cavaleiro desta maneira que o diga ele, porque nós o não sabemos.

---

mulas, cubiertos los rostros como se ha dicho, con grave y reposado continente, no caminando más de lo que permitía el paso tardo de los bueyes. Don Quijote iba sentado en la jaula, las manos atadas, tendidos los pies y arrimado a las verjas, con tanto silencio y tanta paciencia como si no fuera hombre de carne, sino estatua de piedra.

Y, así, con aquel espacio y silencio caminaron hasta dos leguas, que llegaron a un valle, donde le pareció al boyero ser lugar acomodado para reposar y dar pasto a los bueyes; y comunicándolo con el cura, fue de parecer el barbero que caminasen un poco más, porque él sabía detrás de un recuesto que cerca de allí se mostraba había un valle de más yerba y mucho mejor que aquel donde parar querían. Tomóse el parecer del barbero y, así, tornaron a proseguir su camino.

En esto volvió el cura el rostro y vio que a sus espaldas venían hasta seis o siete hombres de a caballo, bien puestos y aderezados, de los cuales fueron presto alcanzados, porque caminaban no con la flema y reposo de los bueyes, sino como quien iba sobre mulas de canónigos y con deseo de llegar presto a sestear a la venta que menos de una legua de allí se parecía. Llegaron los diligentes a los perezosos y saludáronse cortésmente; y uno de los que venían, que, en resolución, era canónigo de Toledo y señor de los demás que le acompañaban, viendo la concertada procesión del carro, cuadrilleros, Sancho, Rocinante, cura y barbero, y más a don Quijote enjaulado y aprisionado, no pudo dejar de preguntar qué significaba llevar aquel hombre de aquella manera, aunque ya se había dado a entender, viendo las insignias de los cuadrilleros, que debía de ser algún facinoroso salteador u otro delincuente cuyo castigo tocase a la Santa Hermandad. Uno de los cuadrilleros, a quien fue hecha la pregunta, respondió ansí:

— Señor, lo que significa ir este caballero desta manera dígalo él, porque nosotros no lo sabemos.

Ouviu D. Quixote o colóquio e disse:

— Por acaso vossas mercês, senhores cavaleiros, são versados e entendidos em coisas da cavalaria andante? Porque, se o forem, lhes comunicarei as minhas desgraças, mas do contrário não há por que cansar-me em dizê-las.

E já então se haviam chegado o padre e o barbeiro, vendo que os viajantes estavam em conversas com D. Quixote de La Mancha, para responder de modo que seu artifício não fosse descoberto.

O cônego, em resposta a D. Quixote, disse:

— Em verdade, irmão, eu sei mais de livros de cavalarias que das *Súmulas* de Villalpando.[2] Portanto, se é só disso que se trata, certamente podeis comunicar comigo o que quiserdes.

— Graças a Deus — replicou D. Quixote. — Sendo assim, senhor cavaleiro, quero que saibais que eu vou encantado nesta jaula por inveja e fraude de maus encantadores, que mais é a virtude perseguida pelos maus que amada pelos bons. Cavaleiro andante sou, e não daqueles de cujos nomes jamais a fama se lembrou para eternizá-los em sua memória, mas dos que, a despeito e pesar da mesma inveja, e de quantos magos criou a Pérsia, brâmanes a Índia, gimnosofistas a Etiópia,[3] há de deixar seu nome no templo da imortalidade, para que sirva de exemplo e modelo nos vindouros séculos, em que os cavaleiros andantes vejam os passos que hão de seguir, se quiserem chegar ao cume e honrosa alteza das armas.

— Diz a verdade o senhor D. Quixote de La Mancha — disse então o padre —, pois ele vai encantado nesse carro, não por suas culpas e pecados, mas pela má intenção daqueles a que a virtude afronta e a valentia desgosta. Este é, senhor, o Cavaleiro da Triste Figura, de quem já haveis de ter ouvido

---

Oyó don Quijote la plática y dijo:

— ¿Por dicha vuestras mercedes, señores caballeros, son versados y peritos en esto de la caballería andante? Porque si lo son, comunicaré con ellos mis desgracias, y si no, no hay para qué me canse en decillas.

Y a este tiempo habían ya llegado el cura y el barbero, viendo que los caminantes estaban en pláticas con don Quijote de la Mancha, para responder de modo que no fuese descubierto su artificio.

El canónigo, a lo que don Quijote dijo, respondió:

— En verdad, hermano, que sé más de libros de caballerías que de las *Súmulas* de Villalpando. Ansí que, si no está más que en esto, seguramente podéis comunicar conmigo lo que quisiéredes.

— A la mano de Dios — replicó don Quijote —. Pues así es, quiero, señor caballero, que sepades que yo voy encantado en esta jaula por envidia y fraude de malos encantadores, que la virtud más es perseguida de los malos que amada de los buenos. Caballero andante soy, y no de aquellos de cuyos nombres jamás la fama se acordó para eternizarlos en su memoria, sino de aquellos que, a despecho y pesar de la mesma envidia, y de cuantos magos crió Persia, bracmanes la India, ginosofistas la Etiopia, ha de poner su nombre en el templo de la inmortalidad, para que sirva de ejemplo y dechado en los venideros siglos, donde los caballeros andantes vean los pasos que han de seguir, si quisieren llegar a la cumbre y alteza honrosa de las armas.

— Dice verdad el señor don Quijote de la Mancha — dijo a esta sazón el cura —, que él va encantado en esta carreta, no por sus culpas y pecados, sino por la mala intención de aquellos a quien la virtud enfada y la valentía enoja. Este es, señor, el Caballero de la Triste Figura, si ya le oístes nombrar en algún tiempo, cuyas vale-

falar, cujas valorosas façanhas e grandes feitos serão escritos em bronzes duros e em eternos mármores, por mais que a inveja se canse em empaná-los e a malícia em ocultá-los.

Quando o cônego ouviu o preso e o livre falarem em semelhante estilo, por pouco não se benzeu de admiração, sem entender o que estava acontecendo, e na mesma admiração caíram todos os que com ele vinham. Nisto Sancho Pança, que se aproximara para ouvir a conversa, para tudo amanhar, disse:

— Agora, senhores, queiram-me bem ou queiram-me mal pelo que eu disser, o fato é que o meu senhor D. Quixote vai aí tão encantado quanto a minha mãe: ele tem seu inteiro juízo, ele come e bebe e faz suas necessidades como os demais homens e como as fez até ontem, antes de ser enjaulado. Sendo assim, como me querem fazer entender que vai encantado? Pois eu ouvi dizer de muita gente que os encantados não comem, nem dormem, nem falam, e o meu amo, se o deixarem, fala mais que trinta procuradores.

E voltando-se para o padre, prosseguiu dizendo:

— Ah, senhor padre, senhor padre! Pensava vossa mercê que eu não o conheço e pensará que eu não percebo e adivinho para onde se encaminham estes novos encantamentos? Pois saiba que o conheço, por mais que cubra o rosto, e saiba que o entendo, por mais que disfarce os seus embustes. Enfim, onde reina a inveja não pode viver a virtude, nem onde há escassez, a liberalidade. Maldito seja o diabo, pois, se não fosse pela sua reverência, já teria o meu senhor se casado com a infanta Micomicona e eu seria conde, no mínimo, pois não se podia esperar outra coisa, tanto da bondade do meu senhor, o da Triste Figura, como da grandeza dos meus serviços! Mas já vejo que é verdade o que dizem por aí: que a roda da fortuna gira mais ligeira

---

rosas hazañas y grandes hechos serán escritas en bronces duros y en eternos mármoles, por más que se canse la envidia en escurecerlos y la malicia en ocultarlos.

Cuando el canónigo oyó hablar al preso y al libre en semejante estilo, estuvo por hacerse la cruz de admirado y no podía saber lo que le había acontecido, y en la mesma admiración cayeron todos los que con él venían. En esto Sancho Panza, que se había acercado a oír la plática, para adobarlo todo, dijo:

— Ahora, señores, quiéranme bien o quiéranme mal por lo que dijere, el caso de ello es que así va encantado mi señor don Quijote como mi madre: él tiene su entero juicio, él come y bebe y hace sus necesidades como los demás hombres y como las hacía ayer, antes que le enjaulasen. Siendo esto ansí, ¿cómo quieren hacerme a mí entender que va encantado? Pues yo he oído decir a muchas personas que los encantados ni comen, ni duermen, ni hablan, y mi amo, si no le van a la mano, hablará más que treinta procuradores.

Y volviéndose a mirar al cura, prosiguió diciendo:

— ¡Ah, señor cura, señor cura! ¿Pensaba vuestra merced que no le conozco y pensará que yo no calo y adivino adónde se encaminan estos nuevos encantamientos? Pues sepa que le conozco, por más que se encubra el rostro, y sepa que le entiendo, por más que disimule sus embustes. En fin, donde reina la envidia no puede vivir la virtud, ni adonde hay escaseza la liberalidad. ¡Mal haya el diablo, que si por su reverencia no fuera, esta fuera ya la hora que mi señor estuviera casado con la infanta Micomicona y yo fuera conde por lo menos, pues no se podía esperar otra cosa, así de la bondad de mi señor el de la Triste Figura como de la grandeza de mis servicios! Pero ya veo que es verdad lo que se dice por ahí: que la rueda de la fortuna anda más lista que una rueda de molino

que uma roda de moinho, e que os que ontem estavam por cima hoje estão pelo chão. Tenho pena dos meus filhos e da minha mulher, pois, quando podiam e deviam esperar ver seu pai entrar por suas portas feito governador ou vice-rei de alguma ínsula ou reino, o verão entrar feito cavalariço. Tudo isto que digo, senhor padre, é tão só por encarecer que a sua paternidade faça consciência dos maus-tratos que a meu senhor se dão, e peça a Deus que não lhe cobre na outra vida esta prisão do meu amo e o culpe por todos os socorros e bens que meu senhor D. Quixote deixa de fazer enquanto está aqui preso.

— Por minhas barbas! — disse então o barbeiro. — Também vós, Sancho, sois da confraria do vosso amo? Por Deus que estou vendo que lhe haveis de fazer companhia na jaula e que haveis de ficar tão encantado como ele, pelo que vos tocou do seu humor e da sua cavalaria! Em mau ponto vos emprenhastes das suas promessas e em má hora vos entrou no casco a ínsula que tanto desejais.

— Eu não estou prenhe de ninguém — respondeu Sancho —, nem sou homem de me deixar emprenhar nem pelo rei, e, ainda que pobre, sou cristão-velho e não devo nada a ninguém; e se ínsulas desejo, outros desejam coisas piores, e cada um é filho das suas obras; e sendo homem, posso vir a ser papa, quanto mais governador de uma ínsula, e mais podendo ganhar tantas o meu senhor que lhe há de faltar a quem dá-las. Vossa mercê veja lá como fala, senhor barbeiro, que nem tudo é fazer barbas, e muito vai de Pedro a Pedro. Isto digo porque todos aqui nos conhecemos, e que ninguém me venha jogar com dado falso. E quanto ao encanto do meu amo, Deus sabe a verdade, e fiquemos por aqui, pois mais vale não bulir.

Não quis o barbeiro responder a Sancho, por que este não descobrisse

---

y que los que ayer estaban en pinganitos hoy están por el suelo. De mis hijos y de mi mujer me pesa, pues cuando podían y debían esperar ver entrar a su padre por sus puertas hecho gobernador o visorrey de alguna ínsula o reino, le verán entrar hecho mozo de caballos. Todo esto que he dicho, señor cura, no es más de por encarecer a su paternidad haga conciencia del mal tratamiento que a mi señor se le hace, y mire bien no le pida Dios en la otra vida esta prisión de mi amo y se le haga cargo de todos aquellos socorros y bienes que mi señor don Quijote deja de hacer en este tiempo que está preso.

— ¡Adóbame esos candiles! — dijo a este punto el barbero —. ¿También vos, Sancho, sois de la cofradía de vuestro amo? ¡Vive el Señor que voy viendo que le habéis de tener compañía en la jaula y que habéis de quedar tan encantado como él, por lo que os toca de su humor y de su caballería! En mal punto os empreñastes de sus promesas y en mal hora se os entró en los cascos la ínsula que tanto deseáis.

— Yo no estoy preñado de nadie — respondió Sancho —, ni soy hombre que me dejaría empreñar, del rey que fuese, y, aunque pobre, soy cristiano viejo y no debo nada a nadie; y si ínsulas deseo, otros desean otras cosas peores, y cada uno es hijo de sus obras; y debajo de ser hombre puedo venir a ser papa, cuanto más gobernador de una ínsula, y más pudiendo ganar tantas mi señor, que le falte a quien dallas. Vuestra merced mire cómo habla, señor barbero, que no es todo hacer barbas y algo va de Pedro a Pedro. Dígolo porque todos nos conocemos, y a mí no se me ha de echar dado falso. Y en esto del encanto de mi amo, Dios sabe la verdad, y quédese aquí, porque es peor meneallo.

No quiso responder el barbero a Sancho, porque no descubriese con sus simplicidades lo que él y el cura

com suas simplicidades o que ele e o padre tanto fizeram por encobrir; e por esse mesmo temor dissera o padre ao cônego que caminhassem um pouco adiante, que ele lhe diria o mistério do enjaulado, mais outras coisas que lhe dariam gosto. Assim fez o cônego e adiantou-se com seus criados, e com ele esteve atento a tudo o que lhe quis dizer da condição, vida, loucura e costumes de D. Quixote, contando-lhe brevemente o princípio e causa do seu desvario e toda a sucessão dos seus episódios, até ser posto naquela jaula, e também o propósito que tinham de levá-lo a sua terra, para ver se por algum meio encontravam remédio para sua loucura. Admiraram-se de novo os criados e o cônego de ouvir a peregrina história de D. Quixote e, em acabando-a de ouvir, disse aquele:

— De minha parte, senhor padre, eu realmente acho que os assim chamados livros de cavalarias são prejudiciais para a república; e se bem eu tenha lido, levado de um ocioso e falso gosto, o início de todos os mais já impressos, nunca consegui ler nenhum do princípio ao fim, por me parecer que, uns mais, outros menos, são todos uma mesma coisa, e não tem este mais do que aquele, nem estoutro do que o outro. E segundo me parece, esse gênero de escritura e composição entra naquele das fábulas que chamam *milésias*, que são contos disparatados, que buscam somente deleitar, e não ensinar, ao contrário do que fazem as fábulas apologéticas, que deleitam e ensinam a um só tempo. E posto que o principal intento de semelhantes livros seja o deleitar, não sei como podem consegui-lo, vindo cheios de tantos e tão desaforados disparates: pois o deleite que na alma se concebe há de ser da formosura e concordância que ela vê ou contempla nas coisas que a vista ou a imaginação lhe oferecem, e toda coisa que tem em si fealdade e desconcerto não nos pode causar contentamento algum. Pois que formosura pode haver, ou que

---

tanto procuraban encubrir; y por este mesmo temor había el cura dicho al canónigo que caminasen un poco delante, que él le diría el misterio del enjaulado, con otras cosas que le diesen gusto. Hízolo así el canónigo, y adelantose con sus criados, y con él estuvo atento a todo aquello que decirle quiso de la condición, vida, locura y costumbres de don Quijote, contándole brevemente el principio y causa de su desvarío y todo el progreso de sus sucesos, hasta haberlo puesto en aquella jaula, y el disignio que llevaban de llevarle a su tierra, para ver si por algún medio hallaban remedio a su locura. Admiráronse de nuevo los criados y el canónigo de oír la peregrina historia de don Quijote, y en acabándola de oír, dijo:
— Verdaderamente, señor cura, yo hallo por mi cuenta que son perjudiciales en la república estos que llaman libros de caballerías; y aunque he leído, llevado de un ocioso y falso gusto, casi el principio de todos los más que hay impresos, jamás me he podido acomodar a leer ninguno del principio al cabo, porque me parece que, cuál más, cuál menos, todos ellos son una mesma cosa, y no tiene más este que aquel, ni estotro que el otro. Y según a mí me parece, este género de escritura y composición cae debajo de aquel de las fábulas que llaman *milesias*, que son cuentos disparatados, que atienden solamente a deleitar, y no a enseñar, al contrario de lo que hacen las fábulas apólogas, que deleitan y enseñan juntamente. Y puesto que el principal intento de semejantes libros sea el deleitar, no sé yo cómo puedan conseguirle, yendo llenos de tantos y tan desaforados disparates: que el deleite que en el alma se concibe ha de ser de la hermosura y concordancia que vee o contempla en las cosas que la vista o la imaginación le ponen delante, y toda cosa que tiene en sí fealdad y descompostura no nos puede causar contento alguno. Pues ¿qué hermosura puede haber, o qué proporción de partes con el todo y del todo con las partes, en un

proporção das partes com o todo e do todo com as partes, num livro ou fábula onde um moço de dezesseis anos dá uma cutilada num gigante do tamanho de uma torre e o parte ao meio como se fosse de alfenim, e que, quando querem representar uma batalha, depois de terem dito que há do lado dos inimigos um milhão de competidores, como seja contra eles o herói e senhor do livro, forçosamente, por muito que nos pese, havemos de entender que o tal cavaleiro alcançou a vitória só pelo valor do seu forte braço? E que dizer da facilidade com que uma rainha ou imperatriz herdeira se lança aos braços de um andante e desconhecido cavaleiro? Que engenho, se não for de todo bárbaro e inculto, poderá contentar-se lendo que uma grande torre cheia de cavaleiros vai pelo mar afora, como nau com próspero vento, e hoje anoitece na Lombardia e amanhã amanhece nas terras do Preste João das Índias, ou em outras que nem descobriu Ptolomeu nem viu Marco Polo? E se a isto me responderem que quem tais livros compõe os escreve como coisas de mentira, e que assim não é obrigado a reparar em delicadezas nem verdades, responder-lhes-ia eu que tanto melhor é a mentira quanto mais verdadeira parece, e tanto mais agrada quanto mais tem de provável e possível. Devem de casar as fábulas mentirosas com o entendimento dos que as lerem, escrevendo-se de sorte que, facilitando os impossíveis, aplainando as grandezas e suspendendo os ânimos, admirem, suspendam, alvorocem e entretenham, de modo que andem parelhas e compassadas a admiração e a alegria; e todas estas coisas não poderá fazer quem fugir da verossimilhança e da imitação, nas quais reside a perfeição do que se escreve. Nunca vi nenhum livro de cavalarias que fizesse um corpo de fábula inteiro com todos os seus membros, de modo que o meio correspondesse ao começo, e o fim ao começo e ao meio, sendo eles compostos com tantos membros, que mais parece terem a inten-

---

libro o fábula donde un mozo de diez y seis años da una cuchillada a un gigante como una torre y le divide en dos mitades, como si fuera de alfeñique, y que cuando nos quieren pintar una batalla, después de haber dicho que hay de la parte de los enemigos un millón de competientes, como sea contra ellos el señor del libro, forzosamente, mal que nos pese, habemos de entender que el tal caballero alcanzó la vitoria por solo el valor de su fuerte brazo? Pues ¿qué diremos de la facilidad con que una reina o emperatriz heredera se conduce en los brazos de un andante y no conocido caballero? ¿Qué ingenio, si no es del todo bárbaro e inculto, podrá contentarse leyendo que una gran torre llena de caballeros va por la mar adelante, como nave con próspero viento, y hoy anochece en Lombardía y mañana amanezca en tierras del Preste Juan de las Indias, o en otras que ni las descubrió Tolomeo ni las vio Marco Polo? Y si a esto se me respondiese que los que tales libros componen los escriben como cosas de mentira y que, así, no están obligados a mirar en delicadezas ni verdades, responderles hía yo que tanto la mentira es mejor cuanto más parece verdadera y tanto más agrada cuanto tiene más de lo dudoso y posible. Hanse de casar las fábulas mentirosas con el entendimiento de los que las leyeren, escribiéndose de suerte que facilitando los imposibles, allanando las grandezas, suspendiendo los ánimos, admiren, suspendan, alborocen y entretengan, de modo que anden a un mismo paso la admiración y la alegría juntas; y todas estas cosas no podrá hacer el que huyere de la verisimilitud y de la imitación, en quien consiste la perfección de lo que se escribe. No he visto ningún libro de caballerías que haga un cuerpo de fábula entero con todos sus miembros, de manera que el medio corresponda al principio, y el fin al principio y al medio, sino que los componen con tantos miembros, que más parece que llevan intención a formar una quimera o un monstruo que a hacer una figura proporcionada. Fuera desto, son en el es-

ção de formar uma quimera ou um monstro que de fazer uma figura proporcionada. Além disso, são no estilo duros; nas façanhas, inacreditáveis; nos amores, lascivos; nas cortesias, malvistos; longos nas batalhas, néscios nas razões, disparatados nas viagens, e, finalmente, alheios de todo discreto artifício e por isso dignos de serem desterrados da república cristã, como gente inútil.

O padre o escutava com muita atenção, e lhe pareceu ser homem de bom entendimento e que tinha razão em tudo que dizia, e assim lhe disse que, por ser ele de sua mesma opinião e ter ojeriza dos livros de cavalarias, tinha queimado todos os de D. Quixote, que eram muitos. E lhe contou o escrutínio que deles tinha feito, e os que tinha condenado ao fogo e deixado com vida, do que não pouco se riu o cônego, e disse que, a despeito de todo o mal que dissera de tais livros, achava neles uma coisa boa, que era a matéria que ofereciam para que um bom entendimento se pudesse mostrar neles, pois davam vasto e largo campo por onde sem embaraço algum pudesse correr a pena, descrevendo naufrágios, tormentas, encontros e batalhas, pintando um capitão valoroso com todas as qualidades que para ser tal se requerem, mostrando-se prudente prevenindo as astúcias dos seus inimigos e eloquente orador persuadindo ou dissuadindo os seus soldados, maduro no conselho, lesto na determinação, tão valente no esperar como no acometer; pintando ora um lamentável e trágico sucesso, agora um alegre e não pensado acontecimento; ali uma formosíssima dama, honesta, discreta e recatada; aqui um cavaleiro cristão, valente e comedido; acolá um desaforado bárbaro fanfarrão; aqui um príncipe cortês, valoroso e bem-visto; representando bondade e lealdade de vassalos, grandezas e mercês de senhores. Ora pode mostrar-se astrólogo, ora cosmógrafo excelente, ora músico, ora inteligente nas matérias de Estado, e

---

tilo duros; en las hazañas, increíbles; en los amores, lascivos; en las cortesías, malmirados; largos en las batallas, necios en las razones, disparatados en los viajes, y, finalmente, ajenos de todo discreto artificio y por esto dignos de ser desterrados de la república cristiana, como a gente inútil.

El cura le estuvo escuchando con grande atención, y parecióle hombre de buen entendimiento y que tenía razón en cuanto decía, y, así, le dijo que por ser él de su mesma opinión y tener ojeriza a los libros de caballerías había quemado todos los de don Quijote, que eran muchos. Y contóle el escrutinio que dellos había hecho, y los que había condenado al fuego y dejado con vida, de que no poco se rió el canónigo, y dijo que, con todo cuanto mal había dicho de tales libros, hallaba en ellos una cosa buena, que era el sujeto que ofrecían para que un buen entendimiento pudiese mostrarse en ellos, porque daban largo y espacioso campo por donde sin empacho alguno pudiese correr la pluma, describiendo naufragios, tormentas, rencuentros y batallas, pintando un capitán valeroso con todas las partes que para ser tal se requieren, mostrándose prudente previniendo las astucias de sus enemigos y elocuente orador persuadiendo o disuadiendo a sus soldados, maduro en el consejo, presto en lo determinado, tan valiente en el esperar como en el acometer; pintando ora un lamentable y trágico suceso, ahora un alegre y no pensado acontecimiento; allí una hermosísima dama, honesta, discreta y recatada; aquí un caballero cristiano, valiente y comedido; acullá un desaforado bárbaro fanfarrón; acá un príncipe cortés, valeroso y bien mirado; representando bondad y lealtad de vasallos, grandezas y mercedes de señores. Ya puede mostrarse astrólogo, ya cosmógrafo excelente, ya músico, ya inteligente en las materias de estado, y tal vez le vendrá ocasión de mostrarse nigromante, si quisiere. Puede mostrar las astucias de Ulixes, la piedad de Eneas, la valentía de Aquiles, las

talvez até se lhe ofereça a ocasião de mostrar-se nigromante, se ele quiser. Pode mostrar as astúcias de Ulisses, a piedade de Eneias, a valentia de Aquiles, as desgraças de Heitor, as traições de Sinon, a amizade de Euriálio, a liberalidade de Alexandre, o valor de César, a clemência e verdade de Trajano, a fidelidade de Zópiro, a prudência de Catão, e, finalmente, todas aquelas ações que podem fazer perfeito um varão ilustre, ora pondo-as em um só, ora dividindo-as em muitos.

— E, fazendo-se isto com aprazibilidade de estilo e engenhosa invenção, tirante o mais possível à verdade, sem dúvida comporá um pano de vários e formosos liços tecido, que, depois de acabado, mostre tal perfeição e formosura, que consiga o melhor fim que se persegue nos escritos, que é ensinar e deleitar a um só tempo, como já disse. Porque a escritura desatada[4] destes livros dá lugar a que o autor se possa mostrar épico, lírico, trágico, cômico, com todas aquelas qualidades que encerram em si as dulcíssimas e agradáveis ciências da poesia e da oratória: pois a épica pode tão bem ser escrita em prosa como em verso.

---

desgracias de Héctor, las traiciones de Sinón, la amistad de Eurialio, la liberalidad de Alejandro, el valor de César, la clemencia y verdad de Trajano, la fidelidad de Zópiro, la prudencia de Catón, y, finalmente, todas aquellas acciones que pueden hacer perfecto a un varón ilustre, ahora poniéndolas en uno solo, ahora dividiéndolas en muchos.

— Y siendo esto hecho con apacibilidad de estilo y con ingeniosa invención, que tire lo más que fuere posible a la verdad, sin duda compondrá una tela de varios y hermosos lizos tejida, que después de acabada tal perfeción y hermosura muestre, que consiga el fin mejor que se pretende en los escritos, que es enseñar y deleitar juntamente, como ya tengo dicho. Porque la escritura desatada destos libros da lugar a que el autor pueda mostrarse épico, lírico, trágico, cómico, con todas aquellas partes que encierran en sí las dulcísimas y agradables ciencias de la poesía y de la oratoria: que la épica tan bien puede escrebirse en prosa como en verso.

Notas

[1] "Novela de Rinconete y Cortadillo": texto de Cervantes que só viria a ser publicado em 1613, dentro das *Novelas exemplares*.

[2] *Súmulas* de Villalpando: as *Summa Summularum* (1557) de Gaspar Cardillo de Villalpando, filósofo e catedrático de Artes e de Retórica e Filosofia na Universidade de Alcalá de Henares. A obra em questão é um compêndio crítico da dialética tradicional que busca refutar a lógica escolástica e reabilitar a leitura direta de Aristóteles.

[3] Magos, brâmanes, gimnosofistas: os três tipos de encantadores aparecem na mesma ordem no livro XV das *Floridas*, de Apuleio. Na época, pensava-se que os brâmanes eram sacerdotes que seguiam a doutrina de Pitágoras. Os gimnosofistas, citados por Plínio, Cícero e Santo Agostinho, e que reaparecem na lenda medieval de Alexandre, eram os integrantes de uma antiga seita indiana de filósofos ascetas.

[4] Escritura desatada: aquela que, adaptando o conceito retórico de *oratio soluta*, não se sujeita a regras predeterminadas, sobretudo da métrica.

CAPÍTULO XLVIII

*Onde prossegue o cônego
a matéria dos livros de cavalarias,
mais outras coisas dignas do seu engenho*

— É como vossa mercê diz, senhor cônego — disse o padre —, e por essa causa são mais dignos de repreensão aqueles que têm composto semelhantes livros, sem atentarem a nenhum bom discurso nem à arte e às regras por onde se pudessem guiar e ganhar fama em prosa, como a têm em verso os dois príncipes da poesia grega e latina.

— Eu, ao menos — replicou o cônego —, tive certa tentação de compor um livro de cavalarias, guardando nele todos os preceitos que expus; a confessar a verdade, tenho escritas mais de cem folhas, e, para verificar se correspondiam à minha estima, fiz a experiência de mostrá-las a homens apaixonados desse gênero de leituras, doutos e discretos, e a outros ignorantes, que só respondem ao gosto de ouvir disparates, e de todos recebi grata aprovação. Mas, com tudo isso, não prossegui adiante, assim por me parecer que faço coisa alheia à minha profissão como por ver que é maior o número dos simples que dos prudentes, e que, conquanto seja melhor ser louvado pelos poucos sábios que escarnecido pelos muitos néscios, não me quero sujeitar ao confuso juízo do vulgo fátuo, a quem pela maior parte toca ler semelhantes livros. Mas o que mais mo tirou das mãos e até do pensamento de aca-

---

CAPÍTULO XLVIII

*Donde prosigue el canónigo
la materia de los libros de caballerías,
con otras cosas dignas de su ingenio*

— Así es como vuestra merced dice, señor canónigo — dijo el cura —, y por esta causa son más dignos de reprehensión los que hasta aquí han compuesto semejantes libros, sin tener advertencia a ningún buen discurso ni al arte y reglas por donde pudieran guiarse y hacerse famosos en prosa, como lo son en verso los dos príncipes de la poesía griega y latina.

— Yo, a lo menos — replicó el canónigo —, he tenido cierta tentación de hacer un libro de caballerías, guardando en él todos los puntos que he significado; y si he de confesar la verdad, tengo escritas más de cien hojas, y para hacer la experiencia de si correspondían a mi estimación, las he comunicado con hombres apasionados desta leyenda, dotos y discretos, y con otros ignorantes, que solo atienden al gusto de oír disparates, y de todos he hallado una agradable aprobación. Pero, con todo esto, no he proseguido adelante, así por parecerme que hago cosa ajena de mi profesión como por ver que es más el número de los simples que de los prudentes, y que, puesto que

bá-lo foi um argumento que aleguei a mim mesmo, tirado das comédias que agora se representam, dizendo: "Se estas agora em voga, assim as imaginadas como as de história, são todas ou as mais notórios disparates e coisas sem pés nem cabeça, e, ainda assim, o vulgo as ouve com gosto, e as aprova e tem por boas, estando tão longe de sê-lo; e se os autores que as compõem e os atores que as representam dizem que elas assim devem de ser, porque assim as quer o vulgo, e não de outra maneira; e se as comédias que miram e seguem a fábula como pede a arte não servem senão para quatro discretos que as entendem, ficando todos os demais jejunos de entender seu artifício; e se aqueles preferem ganhar comida dos muitos que aprovação dos poucos; será esse o fim do meu livro, depois de eu ter queimado as pestanas por guardar os preceitos referidos, e eu terei cosido em vão, como o alfaiate da esquina".[1] E ainda que algumas vezes eu tenha procurado persuadir os atores que se enganam em ter a opinião que têm, e que mais gente atrairão e mais fama ganharão representando comédias que sigam a arte e não com as disparatadas, já estão tão agarrados e compenetrados da sua opinião, que não há razão nem evidência que dela os arrede. Lembro que um dia eu disse a um desses pertinazes: "Dizei-me, não recordais que há poucos anos se representaram na Espanha três tragédias compostas por um famoso poeta destes reinos, as quais foram tão excelentes que admiraram, alegraram e enlevaram a todos que as viram, assim simples como prudentes, assim do vulgo como dos eleitos, e só elas três renderam mais dinheiro aos representantes que trinta das melhores que depois aqui se montaram?". "Sem dúvida — respondeu o outro — que deve vossa mercê se referir a *La Isabela*, *La Filis* e *La Alejandra*".[2] "A essas mesmas — repliquei —, e reparai se elas guardavam os preceitos da arte, e se, por guardá-los, deixaram de parecer o que eram e de

---

es mejor ser loado de los pocos sabios que burlado de los muchos necios, no quiero sujetarme al confuso juicio del desvanecido vulgo, a quien por la mayor parte toca leer semejantes libros. Pero lo que más me le quitó de las manos y aun del pensamiento de acabarle fue un argumento que hice conmigo mesmo, sacado de las comedias que ahora se representan, diciendo: "Si estas que ahora se usan, así las imaginadas como las de historia, todas o las más son conocidos disparates y cosas que no llevan pies ni cabeza, y, con todo eso, el vulgo las oye con gusto, y las tiene y las aprueba por buenas, estando tan lejos de serlo, y los autores que las componen y los actores que las representan dicen que así han de ser, porque así las quiere el vulgo, y no de otra manera, y que las que llevan traza y siguen la fábula como el arte pide no sirven sino para cuatro discretos que las entienden, y todos los demás se quedan ayunos de entender su artificio, y que a ellos les está mejor ganar de comer con los muchos que no opinión con los pocos, deste modo vendrá a ser mi libro, al cabo de haberme quemado las cejas por guardar los preceptos referidos, y vendré a ser el sastre del cantillo. Y aunque algunas veces he procurado persuadir a los actores que se engañan en tener la opinión que tienen, y que más gente atraerán y más fama cobrarán representando comedias que sigan el arte que no con las disparatadas, ya están tan asidos y encorporados en su parecer, que no hay razón ni evidencia que dél los saque. Acuérdome que un día dije a uno destos pertinaces: "Decidme, ¿no os acordáis que ha pocos años que se representaron en España tres tragedias que compuso un famoso poeta destos reinos, las cuales fueron tales que admiraron, alegraron y suspendieron a todos cuantos las oyeron, así simples como prudentes, así del vulgo como de los escogidos, y dieron más dineros a los representantes ellas tres solas que treinta de las mejores que después acá se han hecho?". "Sin duda — respondió el autor que digo — que debe

agradar a todo o mundo. Portanto, a falta não é do vulgo, que pede disparates, e sim daqueles que não sabem representar outra coisa. Pois que também não foi disparate *La ingratitud vengada*, nem o teve *La Numancia*, nem se achou nenhum na do *Mercader amante*, nem menos em *La enemiga favorable*,[3] nem em outras algumas por alguns entendidos poetas compostas, para sua fama e renome e para o ganho dos que as representaram". E outras coisas acrescentei a estas, com as quais, a meu parecer, o deixei um tanto confuso, mas não satisfeito nem convencido para arredá-lo do seu errado pensamento.

— Tocou vossa mercê num ponto, senhor cônego — disse então o padre —, que despertou em mim uma antiga aversão que tenho pelas comédias que agora se usam, e é tamanha que iguala a que tenho pelos livros de cavalarias; porque, havendo de ser a comédia, segundo o parecer de Túlio, espelho da vida humana, exemplo dos costumes e imagem da verdade,[4] as que agora se representam são espelhos de disparates, exemplos de necedades e imagens de lascívia. Pois que maior disparate pode haver no objeto que tratamos que entrar uma criança em cueiros na primeira cena do primeiro ato, e na segunda já entrar homem-feito e barbado? E que maior que pintar um velho valente e um moço covarde, um lacaio retórico, um pajem conselheiro, um rei ganhão e uma princesa fregona? Que dizer, então, da observância que guardam dos tempos em que podem ou podiam acontecer as ações que representam, tendo eu visto comédia em que a primeira jornada começou na Europa, a segunda na Ásia, a terceira acabou na África, e ainda que fosse de quatro jornadas, a quarta acabaria na América, e assim se dariam em todas as quatro partes do mundo? E, se a imitação é o principal que a comédia há de ter, como é possível que satisfaça algum mediano entendimento fingindo

---

de decir vuestra merced por *La Isabela*, *La Filis* y *La Alejandra*". "Por esas digo — le repliqué yo —, y mirad si guardaban bien los preceptos del arte, y si por guardarlos dejaron de parecer lo que eran y de agradar a todo el mundo. Así que no está la falta en el vulgo, que pide disparates, sino en aquellos que no saben representar otra cosa. Si que no fue disparate *La ingratitud vengada*, ni le tuvo *La Numancia*, ni se le halló en la del *Mercader amante*, ni menos en *La enemiga favorable*, ni en otras algunas que de algunos entendidos poetas han sido compuestas, para fama y renombre suyo y para ganancia de los que las han representado". Y otras cosas añadí a estas, con que a mi parecer le dejé algo confuso, pero no satisfecho ni convencido para sacarle de su errado pensamiento.

— En materia ha tocado vuestra merced, señor canónigo — dijo a esta sazón el cura —, que ha despertado en mí un antiguo rancor que tengo con las comedias que agora se usan, tal, que iguala al que tengo con los libros de caballerías; porque habiendo de ser la comedia, según le parece a Tulio, espejo de la vida humana, ejemplo de las costumbres y imagen de la verdad, las que ahora se representan son espejos de disparates, ejemplos de necedades e imágenes de lascivia. Porque ¿qué mayor disparate puede ser en el sujeto que tratamos que salir un niño en mantillas en la primera scena del primer acto, y en la segunda salir ya hecho hombre barbado? ¿Y qué mayor que pintarnos un viejo valiente y un mozo cobarde, un lacayo rectórico, un paje consejero, un rey ganapán y una princesa fregona? ¿Qué diré, pues, de la observancia que guardan en los tiempos en que pueden o podían suceder las acciones que representan, sino que he visto comedia que la primera jornada comenzó en Europa, la segunda en Asia, la tercera se acabó en África, y aun si fuera de cuatro jornadas, la cuarta acabaría en América, y así se hubiera hecho en todas las cuatro partes del mundo? Y si es que la imitación es lo principal que ha de tener

uma ação que se passa no tempo do rei Pepino e de Carlos Magno e apresentando como personagem principal o imperador Heráclio, que entrou com a Cruz em Jerusalém e ganhou a Casa Santa, como Godofredo de Bulhão, havendo uma infinidade de anos entre uma coisa e outra?[5] E como é possível, fundando-se a comédia sobre coisa fingida, atribuir-lhe verdades de história e misturar-lhe pedaços de outras acontecidas a diferentes pessoas e em tempos vários, e isto não com traços verossímeis, mas com patentes erros, absolutamente imperdoáveis? E o pior é que há ignorantes que dizem que isto é o perfeito e que o mais são floreios. E que dizer das comédias divinas? Quantos falsos milagres se fingem nelas, quantas coisas apócrifas e mal entendidas, atribuindo a um santo os milagres de outro! E até nas profanas se atrevem a fazer milagres, sem outro respeito nem consideração que não seja entender que ali ficará bem o tal milagre e efeito, como eles os chamam, para que o ignorante se admire e vá ao teatro. E tudo isso é em prejuízo da verdade e em menoscabo das histórias, e até em opróbrio dos engenhos espanhóis, porque os estrangeiros, que com muita pontualidade guardam as leis da comédia, nos tomam por bárbaros e ignorantes, vendo os absurdos e disparates que nelas fazemos. E não seria desculpa bastante dizer que o principal intento das repúblicas bem-ordenadas, ao permitir que se levem comédias públicas, é entreter a comuna com alguma honesta recreação e diverti-la por momentos dos maus humores que a ociosidade sói engendrar, e que, como isto se consegue com qualquer comédia, boa ou má, não há para quê pôr leis, nem forçar os seus autores e atores a que as façam como deveriam ser feitas, pois, como disse, com qualquer uma se consegue o que se pretende. Ao que eu responderia que tal fim se alcançaria muito melhor, sem termo de comparação, com comédias boas que com as outras, pois depois de assistir a uma

---

la comedia, ¿cómo es posible que satisfaga a ningún mediano entendimiento que, fingiendo una acción que pasa en tiempo del rey Pepino y Carlomagno, el mismo que en ella hace la persona principal le atribuyan que fue el emperador Heraclio, que entró con la Cruz en Jerusalén, y el que ganó la Casa Santa, como Godofre de Bullón, habiendo infinitos años de lo uno a lo otro; y fundándose la comedia sobre cosa fingida, atribuirle verdades de historia y mezclarle pedazos de otras sucedidas a diferentes personas y tiempos, y esto no con trazas verisímiles, sino con patentes errores, de todo punto inexcusables? Y es lo malo que hay ignorantes que digan que esto es lo perfecto y que lo demás es buscar gullurías. Pues ¿qué, si venimos a las comedias divinas? ¡Qué de milagros falsos fingen en ellas, qué de cosas apócrifas y mal entendidas, atribuyendo a un santo los milagros de otro! Y aun en las humanas se atreven a hacer milagros, sin más respeto ni consideración que parecerles que allí estará bien el tal milagro y apariencia, como ellos los llaman, para que gente ignorante se admire y venga a la comedia. Que todo esto es en perjuicio de la verdad y en menoscabo de las historias, y aun en oprobrio de los ingenios españoles, porque los estranjeros, que con mucha puntualidad guardan las leyes de la comedia, nos tienen por bárbaros e ignorantes, viendo los absurdos y disparates de las que hacemos. Y no sería bastante disculpa desto decir que el principal intento que las repúblicas bien ordenadas tienen permitiendo que se hagan públicas comedias es para entretener la comunidad con alguna honesta recreación y divertirla a veces de los malos humores que suele engendrar la ociosidad, y que pues este se consigue con cualquier comedia, buena o mala, no hay para qué poner leyes, ni estrechar a los que las componen y representan a que las hagan como debían hacerse, pues, como he dicho, con cualquiera se consigue lo que con ellas se pretende. A lo cual respondería yo que este fin se conseguiría

comédia feita com arte e boa ordem sairia a assistência alegre com as burlas, ensinada com as veras, admirada dos sucessos, discreta com as razões, avisada com os embustes, sagaz com os exemplos, furiosa contra o vício e enamorada da virtude: pois todos estes afetos há de despertar a boa comédia no ânimo de quem a assiste, por mais rústico e obtuso que seja, e a comédia que todas estas qualidades tiver jamais deixará de alegrar e entreter, satisfazer e contentar muito mais do que aquela que delas carecer, como carece a maior parte dessas que agora de ordinário se representam. E não têm culpa disso os poetas que as compõem, porque alguns deles há que conhecem muito onde está o erro e o que devem fazer para o emendar. Mas como as comédias se tornaram em mercadoria vendável, dizem, e dizem verdade, que os representantes não as comprariam se não fossem daquele jaez; e assim o poeta procura se acomodar com o que pede o representante que lhe há de pagar pela peça encomendada. E como prova desta verdade aí estão as muitas e infinitas comédias que compôs um felicíssimo engenho destes reinos, com tanta gala, com tanto donaire, com tão elegante verso, com tão boas razões, com tão graves sentenças, e, finalmente, tão cheias de elocução e alteza de estilo, que sua fama se espalhou pelo mundo; e por querer contentar o gosto dos representantes, não chegaram todas, como chegaram algumas, ao requerido ponto da perfeição. Outros as compõem tão sem cuidar no que fazem, que, depois de representá-las, têm os atores necessidade de fugir e se ausentar, temorosos de serem castigados, como o foram muitas vezes, por representarem coisas em prejuízo de alguns reis e em desonra de algumas linhagens. E todos esses inconvenientes cessariam, e ainda outros muitos que não digo, se houvesse na corte uma pessoa inteligente e discreta que examinasse todas as comédias antes de serem representadas (não só as compostas na corte, mas

---

mucho mejor, sin comparación alguna, con las comedias buenas que con las no tales, porque de haber oído la comedia artificiosa y bien ordenada saldría el oyente alegre con las burlas, enseñado con las veras, admirado de los sucesos, discreto con las razones, advertido con los embustes, sagaz con los ejemplos, airado contra el vicio y enamorado de la virtud: que todos estos afectos ha de despertar la buena comedia en el ánimo del que la escuchare, por rústico y torpe que sea, y de toda imposibilidad es imposible dejar de alegrar y entretener, satisfacer y contentar la comedia que todas estas partes tuviere mucho más que aquella que careciere dellas, como por la mayor parte carecen estas que de ordinario agora se representan. Y no tienen la culpa desto los poetas que las componen, porque algunos hay dellos que conocen muy bien en lo que yerran y saben estremadamente lo que deben hacer, pero, como las comedias se han hecho mercadería vendible, dicen, y dicen verdad, que los representantes no se las comprarían si no fuesen de aquel jaez; y así el poeta procura acomodarse con lo que el representante que le ha de pagar su obra le pide. Y que esto sea verdad véase por muchas e infinitas comedias que ha compuesto un felicísimo ingenio destos reinos con tanta gala, con tanto donaire, con tan elegante verso, con tan buenas razones, con tan graves sentencias, y, finalmente, tan llenas de elocución y alteza de estilo, que tiene lleno el mundo de su fama; y por querer acomodarse al gusto de los representantes, no han llegado todas, como han llegado algunas, al punto de la perfección que requieren. Otros las componen tan sin mirar lo que hacen, que después de representadas tienen necesidad los recitantes de huirse y ausentarse, temorosos de ser castigados, como lo han sido muchas veces, por haber representado cosas en perjuicio de algunos reyes y en deshonra de algunos linajes. Y todos estos inconvinientes cesarían, y aun otros muchos más que no digo, con que hubiese en la corte una persona inteligente y

todas as que se quisesse representar na Espanha), sem cuja aprovação, chancela e rubrica nenhuma autoridade deixasse representar comédia alguma na sua jurisdição, e assim os comediantes teriam o cuidado de enviar as comédias à corte, podendo depois representá-las com segurança, e aqueles que as compõem veriam com mais cuidado e estudo o que faziam, temerosos de ter de passar suas obras pelo rigoroso exame de quem entende da matéria; e assim se fariam boas comédias e se conseguiria felicissimamente o que nelas se pretende: tanto o entretenimento do povo como a aprovação dos engenhos da Espanha, o interesse e a segurança dos recitantes, além de escusar o seu castigo. E confiando a outro, ou a esse mesmo, o encargo de examinar os livros de cavalarias que de novo se compusessem, sem dúvida alguns poderiam sair com a perfeição que vossa mercê disse, enriquecendo nossa língua do agradável e precioso tesouro da eloquência, dando ocasião para que os livros velhos se ofuscassem à luz dos novos que saíssem, para honesto passatempo, não somente dos ociosos, mas dos mais ocupados, pois não pode o arco estar de contínuo armado, nem a condição e a fraqueza humanas se podem suportar sem alguma lícita recreação.

Nesse ponto do colóquio estavam o cônego e o padre quando o barbeiro, adiantando-se até alcançá-los, disse ao padre:

— Aqui, senhor licenciado, é o lugar que eu disse ser bom para sestearmos, e onde teriam os bois fresco e abundoso pasto.

— Assim também me parece — respondeu o padre.

E, dizendo ao cônego o que pensava fazer, quis este também ficar com eles, convidado à paragem por um belo vale que à vista se lhes oferecia. E assim por desfrutar dele como da conversa do padre, de quem já se ia afeiçoando, e por saber mais por miúdo as façanhas de D. Quixote, mandou que

---

discreta que examinase todas las comedias antes que se representasen (no solo aquellas que se hiciesen en la corte, sino todas las que se quisiesen representar en España), sin la cual aprobación, sello y firma ninguna justicia en su lugar dejase representar comedia alguna, y desta manera los comediantes tendrían cuidado de enviar las comedias a la corte, y con seguridad podrían representallas, y aquellos que las componen mirarían con más cuidado y estudio lo que hacían, temerosos de haber de pasar sus obras por el riguroso examen de quien lo entiende; y desta manera se harían buenas comedias y se conseguiría felicísimamente lo que en ellas se pretende: así el entretenimiento del pueblo como la opinión de los ingenios de España, el interés y seguridad de los recitantes, y el ahorro del cuidado de castigallos. Y si se diese cargo a otro, o a este mismo, que examinase los libros de caballerías que de nuevo se compusiesen, sin duda podrían salir algunos con la perfección que vuestra merced ha dicho, enriqueciendo nuestra lengua del agradable y precioso tesoro de la elocuencia, dando ocasión que los libros viejos se escureciesen a la luz de los nuevos que saliesen, para honesto pasatiempo, no solamente de los ociosos, sino de los más ocupados, pues no es posible que esté continuo el arco armado, ni la condición y flaqueza humana se pueda sustentar sin alguna lícita recreación.

A este punto de su coloquio llegaban el canónigo y el cura, cuando adelantándose el barbero, llegó a ellos y dijo al cura:

— Aquí, señor licenciado, es el lugar que yo dije que era bueno para que, sesteando nosotros, tuviesen los bueyes fresco y abundoso pasto.

— Así me lo parece a mí — respondió el cura.

alguns dos seus criados fossem até a estalagem que não longe dali estava e trouxessem dela o que houvesse de comer, para todos, pois ele determinava de passar a sesta naquele lugar; ao que um de seus criados respondeu que a mula de carga, que já devia de ter chegado à estalagem, trazia o bastante para não terem de tomar da estalagem mais que cevada.

— Se é assim — disse o cônego —, ide com todas as cavalgaduras e trazei de volta a mula.

Enquanto isso se passava, vendo Sancho que podia falar com seu amo sem a contínua assistência do padre e do barbeiro, que ele tinha por suspeitos, se chegou à jaula onde seu amo estava e lhe disse:

— Senhor, por descargo da minha consciência quero dizer-lhe a verdade sobre o seu encantamento, e é que esses dois que aí vão com o rosto coberto são o padre do nosso lugar e o barbeiro, e imagino que maquinaram tudo isto para levá-lo assim de pura inveja, por verem como vossa mercê, e não eles, faz famosos feitos. Isto posto, segue-se que não vai encantado, e sim enganado e tolo. Como prova do qual quero perguntar-lhe uma coisa; e se vossa mercê me responder como eu penso que responderá, verá bem claro o engano e que não está encantado, e sim transtornado do juízo.

— Pergunta o que quiseres, Sancho, meu filho — respondeu D. Quixote —, que eu te satisfarei e responderei o que quiseres. Quanto a serem aqueles que ali vão e vêm conosco o padre e o barbeiro, nossos conterrâneos e conhecidos, até pode ser que pareçam ser eles mesmos; mas que o sejam realmente e de feito, não o creias de modo algum: o que hás de crer e entender é que, se estes se parecem com os nossos amigos, como dizes, deve de ser porque os meus encantadores tomaram essa aparência e semelhança, por ser fácil para eles tomar a figura que quiserem, e devem de ter tomado a que dizes

---

Y diciéndole al canónigo lo que pensaba hacer, él también quiso quedarse con ellos, convidado del sitio de un hermoso valle que a la vista se les ofrecía. Y así por gozar dél como de la conversación del cura, de quien ya se iba aficionando, y por saber más por menudo las hazañas de don Quijote, mandó a algunos de sus criados que se fuesen a la venta que no lejos de allí estaba y trujesen della lo que hubiese de comer, para todos, porque él determinaba de sestear en aquel lugar aquella tarde; a lo cual uno de sus criados respondió que el acémila del repuesto, que ya debía de estar en la venta, traía recado bastante para no obligar a no tomar de la venta más que cebada.

— Pues así es — dijo el canónigo —, llévense allá todas las cabalgaduras y haced volver la acémila.

En tanto que esto pasaba, viendo Sancho que podía hablar a su amo sin la continua asistencia del cura y el barbero, que tenía por sospechosos, se llegó a la jaula donde iba su amo y le dijo:

— Señor, para descargo de mi conciencia le quiero decir lo que pasa cerca de su encantamiento, y es que aquestos dos que vienen aquí cubiertos los rostros son el cura de nuestro lugar y el barbero, y imagino han dado esta traza de llevalle desta manera, de pura envidia que tienen como vuestra merced se les adelanta en hacer famosos hechos. Presupuesta, pues, esta verdad, síguese que no va encantado, sino embaído y tonto. Para prueba de lo cual le quiero preguntar una cosa; y si me responde como creo que me ha de responder, tocará con la mano este engaño y verá como no va encantado, sino trastornado el juicio.

— Pregunta lo que quisieres, hijo Sancho — respondió don Quijote —, que yo te satisfaré y responderé a toda tu voluntad. Y en lo que dices que aquellos que allí van y vienen con nosotros son el cura y el barbero, nuestros compatriotos y conocidos, bien podrá ser que parezca que son ellos mesmos; pero que lo sean realmente y en

para dar-te ocasião de pensares o que pensas e meter-te num labirinto de imaginações, do qual não poderias sair nem que tivesses a corda de Teseu; e também o devem de ter feito para que eu vacile no meu entendimento, sem saber atinar de onde me vem este dano. Porque, se, por um lado, tu me dizes que estes que me acompanham são o barbeiro e o padre do nosso lugar, e, por outro, eu me vejo aqui enjaulado, sabendo de mim que nenhuma força humana, que não seja sobrenatural, bastaria para me enjaular, que posso dizer ou pensar senão que a maneira do meu encantamento excede a quantas eu já li em todas as histórias que tratam de cavaleiros andantes que foram encantados? Portanto, podes tranquila e sossegadamente abandonar essa tua crença, pois eles são quem dizes tanto quanto eu sou turco. E pergunta o que quiseres, que eu te responderei, ainda que me perguntes daqui até amanhã.

— Valha-me Nossa Senhora! — respondeu Sancho levantando a voz. — Será possível que vossa mercê seja tão duro da moleira e tão mole dos miolos que não veja que é a pura verdade o que eu lhe digo, e que essa sua prisão e desgraça é mais fruto da malícia que do encantamento? Mas, já que é assim, eu quero provar evidentemente como não está encantado. Senão, vossa mercê me diga, e que Deus o tire dessa borrasca e o ponha nos braços da minha senhora Dulcineia quando menos imaginar...

— Deixa de me esconjurar — disse D. Quixote — e pergunta logo o que queres, que eu já te disse que responderei com toda pontualidade.

— É o que eu peço — replicou Sancho —, e o que quero saber é que me diga, sem tirar nem pôr coisa alguma, mas com toda a verdade, como se espera que a digam e a dizem todos aqueles que professam as armas, como vossa mercê professa, a título de cavaleiros andantes...

— Digo que não mentirei em coisa alguma — respondeu D. Quixote.

---

efeto, eso no lo creas en ninguna manera: lo que has de creer y entender es que si ellos se les parecen, como dices, debe de ser que los que me han encantado habrán tomado esa apariencia y semejanza, porque es fácil a los encantadores tomar la figura que se les antoja, y habrán tomado las destos nuestros amigos, para darte a ti ocasión de que pienses lo que piensas y ponerte en un laberinto de imaginaciones, que no aciertes a salir dél aunque tuvieses la soga de Teseo; y también lo habrán hecho para que yo vacile en mi entendimiento, y no sepa atinar de dónde me viene este daño. Porque si por una parte tú me dices que me acompañan el barbero y el cura de nuestro pueblo, y por otra yo me veo enjaulado y sé de mí que fuerzas humanas, como no fueran sobrenaturales, no fueran bastantes para enjaularme, ¿qué quieres que diga o piense sino que la manera de mi encantamento excede a cuantas yo he leído en todas las historias que tratan de caballeros andantes que han sido encantados? Ansí que bien puedes darte paz y sosiego en esto de creer que son los que dices, porque así son ellos como yo soy turco. Y en lo que toca a querer preguntarme algo, di, que yo te responderé, aunque me preguntes de aquí a mañana.

— ¡Válame Nuestra Señora! — respondió Sancho dando una gran voz —. ¿Y es posible que sea vuestra merced tan duro de celebro y tan falto de meollo, que no eche de ver que es pura verdad la que le digo, y que en esta su prisión y desgracia tiene más parte la malicia que el encanto? Pero, pues así es, yo le quiero probar evidentemente como no va encantado. Si no, dígame, así Dios le saque desta tormenta, y así se vea en los brazos de mi señora Dulcinea cuando menos se piense...

— Acaba de conjurarme — dijo don Quijote — y pregunta lo que quisieres, que ya te he dicho que te responderé con toda puntualidad.

— E acaba logo de perguntar, pois a verdade é que já me cansas com tanta cerimônia, rogo e prevenção, Sancho.

— Digo que estou certo da bondade e verdade do meu amo, e assim, por vir ao caso no nosso conto, eu lhe pergunto, falando com acatamento, se acaso depois que vossa mercê foi enjaulado e a seu parecer encantado nessa jaula teve vontade e necessidade de fazer águas, como se diz, ou outras obras mais consistentes.

— Não entendo que é isso de "fazer águas", Sancho; fala mais claro, se queres que eu te responda direito.

— Será possível que vossa mercê não entenda o que é fazer águas, se na escola desmamam os garotos com esses dizeres? Pois saiba que eu quero dizer se vossa mercê teve vontade de fazer o que ninguém pode no seu lugar.

— Ah, entendi, Sancho! Tive, sim, e muitas vezes, e agora mesmo a tenho. Tira-me deste perigo, que não cheira nada bem!

Notas

[1] Alfaiate da esquina: alusão ao ditado "*El sastre del cantillo, que cosía de balde y ponía el hilo*" ("o alfaiate da esquina, que costurava de graça e pagava a linha"), que denota perda de tempo e dinheiro.

[2] *La Isabela*, *La Filis* e *La Alejandra*: obras de Lupercio Leonardo da Argensola (1559-1613), poeta e cronista aragonês e secretário do conde de Lemos, protetor de Cervantes. As três peças, escritas provavelmente entre 1581 e 1584, situam-se na transição entre o teatro classicista e a Comedia Nueva.

[3] *La ingratitud vengada*: comédia de Lope de Vega escrita entre 1585 e 1595, e impressa em 1620. *La Numancia* (ou *El cerco de Numancia*): tragédia do próprio Cervantes, que só viria a ser

---

— Eso pido — replicó Sancho —, y lo que quiero saber es que me diga, sin añadir ni quitar cosa ninguna, sino con toda verdad, como se espera que la han de decir y la dicen todos aquellos que profesan las armas, como vuestra merced las profesa, debajo de título de caballeros andantes...

— Digo que no mentiré en cosa alguna — respondió don Quijote —. Acaba ya de preguntar, que en verdad que me cansas con tantas salvas, plegarias y prevenciones, Sancho.

— Digo que yo estoy seguro de la bondad y verdad de mi amo, y, así, porque hace al caso a nuestro cuento, pregunto, hablando con acatamiento, si acaso después que vuestra merced va enjaulado y a su parecer encantado en esta jaula le ha venido gana y voluntad de hacer aguas mayores o menores, como suele decirse.

— No entiendo eso de *hacer aguas*, Sancho; aclárate más, si quieres que te responda derechamente.

— ¿Es posible que no entiende vuestra merced de hacer aguas menores o mayores? Pues en la escuela destetan a los muchachos con ello. Pues sepa que quiero decir si le ha venido gana de hacer lo que no se escusa.

— ¡Ya, ya te entiendo, Sancho! Y muchas veces, y aun agora la tengo. ¡Sácame deste peligro, que no anda todo limpio!

publicada em 1784. *Mercader amante*: comédia de Gaspar de Aguilar (1561-1623), que Cervantes elogia no prólogo às suas *Comédias e entremezes*. *La enemiga favorable*: comédia do cônego Francisco Agustín Tárrega (1553-1602), também elogiada por Cervantes por sua "discrição e inumeráveis conceitos".

[4] "... espelho da vida humana, exemplo de costumes e imagem da verdade": adaptação do aforismo, não de Túlio, mas de Cícero "*Comoedia est imitatio vitae, speculum consuetudinis, imago veritatis*", difundido pelo gramático Donato em seus comentários a Terêncio (*Commentum Terentii*, V, 1).

[5] ... havendo uma infinidade de anos entre uma coisa e outra: o rei Pepino o Breve e seu filho Carlos Magno reinaram entre 714 e 814; o imperador bizantino Heráclio, entre 610 e 641. Godofredo de Bulhão (Godefroy de Bouillon) foi general da Primeira Cruzada, que entrou em Jerusalém em 1099, e herói do poema épico *Gerusalemme liberata* (Ferrara, 1581), de Torquato Tasso. Há aqui um jogo com a frase feita "*en tiempos del rei Pepino*", que indica um passado vago e remoto.

CAPÍTULO XLIX

Onde se trata do discreto colóquio que Sancho Pança teve com seu senhor D. Quixote

— Ah — disse Sancho —, apanhei vossa mercê! Isto é o que eu queria saber com toda a minha alma e com toda a minha vida. Pense comigo, senhor. Pode vossa mercê negar o que se costuma dizer por aí quando uma pessoa anda de maus humores: "Não sei o que tem fulano, que não come, nem bebe, nem dorme, nem responde direito ao que lhe perguntam, que até parece que está encantado"? Donde se tira que quem não come, nem bebe, nem dorme, nem faz as obras naturais que digo, esses tais estão encantados, mas não aqueles que têm a vontade que vossa mercê tem, e que bebe quando lhe dão de beber e come quando tem o que comer e responde a tudo o que lhe perguntam.

— Verdade dizes, Sancho — respondeu D. Quixote —, mas já te disse que há muitos gêneros de encantamentos, e pode ser que com o tempo eles tenham mudado e que agora seja uso que os encantados façam tudo o que eu faço, ainda que antes o não fizessem. De modo que contra o uso dos tempos não há o que arguir nem concluir. Eu sei e tenho para mim que estou encantado, e isto basta para a segurança da minha consciência, e muito a carregaria se eu pensasse que não estou encantado e me deixasse estar nesta jaula preguiçoso e covarde, negando o socorro que pudera dar a muitos des-

---

CAPÍTULO XLIX

Donde se trata del discreto coloquio que Sancho Panza tuvo con su señor don Quijote

— ¡Ah — dijo Sancho —, cogido le tengo! Esto es lo que yo deseaba saber como al alma y como a la vida. Venga acá, señor: ¿podría negar lo que comúnmente suele decirse por ahí cuando una persona está de mala voluntad: "No sé qué tiene fulano, que ni come, ni bebe, ni duerme, ni responde a propósito a lo que le preguntan, que no parece sino que está encantado"? De donde se viene a sacar que los que no comen, ni beben, ni duermen, ni hacen las obras naturales que yo digo, estos tales están encantados, pero no aquellos que tienen la gana que vuestra merced tiene, y que bebe cuando se lo dan y come cuando lo tiene y responde a todo aquello que le preguntan.

— Verdad dices, Sancho — respondió don Quijote —, pero ya te he dicho que hay muchas maneras de encantamentos, y podría ser que con el tiempo se hubiesen mudado de unos en otros y que agora se use que los encantados hagan todo lo que yo hago, aunque antes no lo hacían. De manera que contra el uso de los tiempos no hay qué argüir ni de qué hacer consecuencias. Yo sé y tengo para mí que voy encantado, y esto me basta para la seguridad de mi conciencia, que la formaría muy grande si yo pensase que no estaba encantado y me dejase

validos e necessitados que, ora agora, devem de ter precisa e extrema necessidade da minha ajuda e amparo.

— Pois, ainda assim — replicou Sancho — digo que, para maior confirmação, seria bem que vossa mercê tentasse sair dessa prisão, que eu aqui me obrigo, com todo o meu poder, a ajudá-lo, e até a tirá-lo dela, para que tente montar de novo no seu bom Rocinante, que também parece encantado, tão malencônico e triste que vai, e feito isto, que tentássemos outra vez a sorte em buscar mais aventuras; e se não correr ao nosso favor, tempo teremos de voltar à jaula, na qual, à lei de bom e leal escudeiro, prometo me encerrar juntamente com vossa mercê, se por acaso vossa mercê for tão desventurado, ou eu tão simples, que não consiga sair como digo.

— Farei contente o que dizes, irmão Sancho — replicou D. Quixote —, e quando tu vires a ocasião de pôr em obra a minha liberdade, eu te obedecerei em tudo e por tudo; mas tu, Sancho, verás como te enganas no conhecimento da minha desgraça.

Nessas conversas se entretiveram o cavaleiro andante e o mal-andante escudeiro, até que chegaram onde, já apeados, os aguardavam o padre, o cônego e o barbeiro. Desjungiu então os bois o carreiro e deixou-os andar à larga por aquela verde e aprazível paragem, cujo frescor convidava a querê-la desfrutar, não às pessoas tão encantadas como D. Quixote, mas aos tão avisados e discretos como seu escudeiro; o qual rogou ao padre que permitisse que seu senhor saísse um pouco da jaula, porque, se não o deixassem sair, não ficaria tão limpa aquela prisão como exigia a decência de um tal cavaleiro como seu amo. Entendeu-o o padre e disse que de muito bom grado faria o que lhe pedia, se não temesse que, ao ver-se o seu senhor em liberdade, voltasse a fazer das suas e se fosse aonde jamais o pudessem achar.

---

estar en esta jaula perezoso y cobarde, defraudando el socorro que podría dar a muchos menesterosos y necesitados que de mi ayuda y amparo deben tener a la hora de ahora precisa y estrema necesidad.

— Pues con todo eso — replicó Sancho — digo que para mayor abundancia y satisfación sería bien que vuestra merced probase a salir desta cárcel, que yo me obligo con todo mi poder a facilitarlo, y aun a sacarle della, y probase de nuevo a subir sobre su buen Rocinante, que también parece que va encantado, según va de malencólico y triste, y, hecho esto, probásemos otra vez la suerte de buscar más aventuras; y si no nos sucediese bien, tiempo nos queda para volvernos a la jaula, en la cual prometo a ley de buen y leal escudero de encerrarme juntamente con vuestra merced, si acaso fuere vuestra merced tan desdichado, o yo tan simple, que no acierte a salir con lo que digo.

— Yo soy contento de hacer lo que dices, Sancho hermano — replicó don Quijote —, y cuando tú veas coyuntura de poner en obra mi libertad, yo te obedeceré en todo y por todo; pero tú, Sancho, verás como te engañas en el conocimiento de mi desgracia.

En estas pláticas se entretuvieron el caballero andante y el malandante escudero, hasta que llegaron donde ya apeados los aguardaban el cura, el canónigo y el barbero. Desunció luego los bueyes de la carreta el boyero y dejólos andar a sus anchuras por aquel verde y apacible sitio, cuya frescura convidaba a quererla gozar, no a las personas tan encantadas como don Quijote, sino a los tan advertidos y discretos como su escudero; el cual rogó al cura que permitiese que su señor saliese por un rato de la jaula, porque si no le dejaban salir, no iría tan limpia aquella prisión como requiría la decencia de un tal caballero como su amo. Entendióle el cura y dijo que de muy

— De sua fuga eu zelo — respondeu Sancho.

— E eu também — disse o cônego —, e mais se ele me der a sua palavra de cavaleiro de que não se afastará de nós enquanto não for a nossa vontade.

— Dada está — respondeu D. Quixote, que tudo estava escutando —, quanto mais que quem está encantado, como eu, não tem liberdade para obrar como quiser, pois quem o encantou pode fazer que não saia do lugar em três séculos e, se sair, fazê-lo voltar num sopro.

E acrescentou que, sendo assim, bem podiam soltá-lo, e mais sendo tão em benefício de todos; pois, se o não soltassem, lhes participava que não poderia deixar de lhes ofender o olfato, se dali não se afastassem.

Tomou-lhe a mão o cônego, assim mesmo atadas como estavam, e debaixo de sua palavra e boa-fé o desenjaularam, do que ele se alegrou infinita e imensamente por se ver fora da jaula; e a primeira coisa que fez foi esticar todo o corpo e em seguida foi até onde estava Rocinante e, dando-lhe duas palmadas nas ancas, disse:

— Ainda espero em Deus e Sua Mãe bendita, flor e espelho das cavalgaduras, que prestes nos havemos de ver os dois como desejamos: tu, com teu senhor às costas; e eu, sobre ti, exercitando o ofício para o qual Deus me pôs no mundo.

E, dizendo isto, D. Quixote se afastou com Sancho a um recanto afastado, de onde voltou mais aliviado e com mais desejos de pôr em obra o que seu escudeiro ordenasse.

Olhava-o o cônego, e admirava-se de ver a estranheza da sua grande loucura e de que, em tudo quanto falava e respondia, mostrava ter boníssimo entendimento: só perdia as estribeiras, como já se disse outras vezes, em tra-

---

buena gana haría lo que le pedía, si no temiera que en viéndose su señor en libertad había de hacer de las suyas y irse donde jamás gentes le viesen.

— Yo le fío de la fuga — respondió Sancho.

— Y yo y todo — dijo el canónigo —, y más si él me da la palabra como caballero de no apartarse de nosotros hasta que sea nuestra voluntad.

— Sí doy — respondió don Quijote, que todo lo estaba escuchando —, cuanto más que el que está encantado, como yo, no tiene libertad para hacer de su persona lo que quisiere, porque el que le encantó le puede hacer que no se mueva de un lugar en tres siglos, y si hubiere huido, le hará volver en volandas. — Y que, pues esto era así, bien podían soltalle, y más siendo tan en provecho de todos; y del no soltalle les protestaba que no podía dejar de fatigalles el olfato, si de allí no se desviaban.

Tomóle la mano el canónigo, aunque las tenía atadas, y debajo de su buena fe y palabra le desenjaularon, de que él se alegró infinito y en grande manera de verse fuera de la jaula; y lo primero que hizo fue estirarse todo el cuerpo y luego se fue donde estaba Rocinante y, dándole dos palmadas en las ancas, dijo:

— Aún espero en Dios y en su bendita Madre, flor y espejo de los caballos, que presto nos hemos de ver los dos cual deseamos: tú, con tu señor a cuestas; y yo, encima de ti, ejercitando el oficio para que Dios me echó al mundo.

Y diciendo esto don Quijote, se apartó con Sancho en remota parte, de donde vino más aliviado y con más deseos de poner en obra lo que su escudero ordenase.

tando de cavalaria. E assim, movido de compaixão, depois de se sentarem todos na verde relva para esperar as provisões do cônego, lhe disse:

— É possível, senhor fidalgo, que tanto poder tenha tido sobre vossa mercê a amarga e ociosa leitura dos livros de cavalarias, a ponto de transtornar-lhe o juízo e fazê-lo crer que está encantado, mais outras coisas deste jaez, tão longe de serem verdadeiras quanto dista a mentira mesma da verdade? E como é possível haver entendimento humano que entenda ter havido no mundo aquela infinidade de Amadises e aquela turbamulta de tanto famoso cavaleiro, tanto imperador de Trebizonda, tanto Felixmarte de Hircânia, tanto palafrém, tanta donzela andante, tantas serpes, tantos dragões, tantos gigantes, tantas inauditas aventuras, tanto gênero de encantamentos, tantas batalhas, tantos desaforados encontros, tanta bizarria de trajes, tantas princesas enamoradas, tantos escudeiros condes, tantos anões graciosos, tanto bilhete de amor, tanto galanteio, tantas mulheres valentes e, finalmente, tantos e tão disparatados casos como os livros de cavalarias contêm? De mim sei dizer que, quando os leio, enquanto não me ponho a pensar que é tudo mentira e leviandade, eles me dão algum contentamento; mas, quando caio na conta do que são, atiro o melhor deles na parede, e ainda o atiraria no fogo, se perto ou presente o tivesse, como merecedores de tal pena, por serem falsos e embusteiros e desviados do trato que pede a comum natureza, e como inventores de novas seitas e novo modo de vida, e como quem dá ocasião para que o vulgo ignorante venha a crer e a ter por verdadeiras tantas necedades como contêm. E ainda é tanto o seu atrevimento que se atrevem a perturbar os engenhos de discretos e bem-nascidos fidalgos, como bem se vê no que fizeram com vossa mercê, pois o trouxeram a tais extremos que é forçoso prendê-lo numa jaula e levá-lo sobre um carro de bois, como quem

---

Mirábalo el canónigo, y admirábase de ver la estrañeza de su grande locura y de que en cuanto hablaba y respondía mostraba tener bonísimo entendimiento: solamente venía a perder los estribos, como otras veces se ha dicho, en tratándole de caballería. Y así, movido de compasión, después de haberse sentado todos en la verde yerba para esperar el repuesto del canónigo, le dijo:

—¿Es posible, señor hidalgo, que haya podido tanto con vuestra merced la amarga y ociosa letura de los libros de caballerías, que le hayan vuelto el juicio de modo que venga a creer que va encantado, con otras cosas deste jaez, tan lejos de ser verdaderas como lo está la mesma mentira de la verdad? ¿Y cómo es posible que haya entendimiento humano que se dé a entender que ha habido en el mundo aquella infinidad de Amadises y aquella turbamulta de tanto famoso caballero, tanto emperador de Trapisonda, tanto Felixmarte de Hircania, tanto palafrén, tanta doncella andante, tantas sierpes, tantos endriagos, tantos gigantes, tantas inauditas aventuras, tanto género de encantamentos, tantas batallas, tantos desaforados encuentros, tanta bizarría de trajes, tantas princesas enamoradas, tantos escuderos condes, tantos enanos graciosos, tanto billete, tanto requiebro, tantas mujeres valientes y, finalmente, tantos y tan disparatados casos como los libros de caballerías contienen? De mí sé decir que cuando los leo, en tanto que no pongo la imaginación en pensar que son todos mentira y liviandad, me dan algún contento; pero cuando caigo en la cuenta de lo que son, doy con el mejor dellos en la pared, y aun diera con él en el fuego, si cerca o presente le tuviera, bien como a merecedores de tal pena, por ser falsos y embusteros y fuera del trato que pide la común naturaleza, y como a inventores de nuevas sectas y de nuevo modo de vida, y como a quien da ocasión que el vulgo ignorante venga a creer y a tener por verdaderas tantas necedades como

leva ou traz um leão ou um tigre de vila em vila, para com ele ganhar deixando que o vejam. Eia, senhor D. Quixote, doa-se de si mesmo e torne ao grêmio da discrição e saiba usar da muita que o céu foi servido de lhe dar, empregando o felicíssimo talento do seu engenho em outra leitura que redunde em aproveitamento da sua consciência e em aumento da sua honra! E se ainda, levado da sua natural inclinação, quiser ler livros de façanhas e de cavalarias, leia na Sagrada Escritura o dos Juízes, que aí achará verdades grandiosas e feitos tão verdadeiros quanto valentes. Um Viriato teve a Lusitânia;[1] um César, Roma; um Aníbal, Cartago; um Alexandre, a Grécia; um conde Fernán González, Castela;[2] um Cid, Valência; um Gonzalo Fernández, a Andaluzia;[3] um Diego García de Paredes, Estremadura;[4] um Garci Pérez de Vargas, Xerez; um Garcilaso, Toledo; um D. Manuel de León, Sevilha,[5] podendo a lição dos seus valorosos feitos entreter, ensinar, deleitar e admirar os mais altos engenhos que os lerem. Esta sim será leitura digna do bom entendimento de vossa mercê, meu senhor D. Quixote, da qual sairá erudito na história, enamorado da virtude, instruído na bondade, melhorado nos costumes, valente sem temeridade, ousado sem cobardia, e tudo isto, para honra de Deus, proveito seu e fama de La Mancha, onde, segundo eu soube, tem vossa mercê o seu princípio e origem.

Atentissimamente esteve D. Quixote escutando as razões do cônego, e, quando viu que lhes pusera fim, depois de fitá-lo por um bom espaço, lhe disse:

— Parece-me, senhor fidalgo, que com seu arrazoado quis vossa mercê me convencer de que não houve cavaleiros andantes no mundo e que todos os livros de cavalarias são falsos, mentirosos, nocivos e inúteis para a república, e que eu fiz mal em lê-los, e pior em crê-los, e pior ainda em imitá-los,

---

contienen. Y aun tienen tanto atrevimiento, que se atreven a turbar los ingenios de los discretos y bien nacidos hidalgos, como se echa bien de ver por lo que con vuestra merced han hecho, pues le han traído a términos que sea forzoso encerrarle en una jaula y traerle sobre un carro de bueyes, como quien trae o lleva algún león o algún tigre de lugar en lugar, para ganar con él dejando que le vean. ¡Ea, señor don Quijote, duélase de sí mismo y redúzgase al gremio de la discreción y sepa usar de la mucha que el cielo fue servido de darle, empleando el felicísimo talento de su ingenio en otra letura que redunde en aprovechamiento de su conciencia y en aumento de su honra! Y si todavía, llevado de su natural inclinación, quisiere leer libros de hazañas y de caballerías, lea en la Sacra Escritura el de los Jueces, que allí hallará verdades grandiosas y hechos tan verdaderos como valientes. Un Viriato tuvo Lusitania; un César, Roma; un Anibal, Cartago; un Alejandro, Grecia; un conde Fernán González, Castilla; un Cid, Valencia; un Gonzalo Fernández, Andalucía; un Diego García de Paredes, Estremadura; un Garci Pérez de Vargas, Jerez; un Garcilaso, Toledo; un don Manuel de León, Sevilla, cuya lición de sus valerosos hechos puede entretener, enseñar, deleitar y admirar a los más altos ingenios que los leyeren. Esta sí será letura digna del buen entendimiento de vuestra merced, señor don Quijote mío, de la cual saldrá erudito en la historia, enamorado de la virtud, enseñado en la bondad, mejorado en las costumbres, valiente sin temeridad, osado sin cobardía, y todo esto, para honra de Dios, provecho suyo y fama de la Mancha, do, según he sabido, trae vuestra merced su principio y origen.

Atentísimamente estuvo don Quijote escuchando las razones del canónigo, y cuando vio que ya había puesto fin a ellas, después de haberle estado un buen espacio mirando le dijo:

pondo-me a seguir a duríssima profissão da cavalaria andante que eles ensinam, e nega ter havido no mundo Amadises, tanto de Gaula como de Grécia, e todos os outros cavaleiros de que as escrituras estão cheias.

— Tudo ao pé da letra como vossa mercê vai relatando — disse o cônego.

Ao que respondeu D. Quixote:

— Ainda acrescentou vossa mercê que muito mal me fizeram tais livros, pois me transtornaram o juízo e meteram numa jaula, e que seria melhor que me emendasse e mudasse de leitura, lendo outros mais verdadeiros e que melhor deleitam e ensinam.

— Assim é — disse o cônego.

— Pois eu — replicou D. Quixote — tenho para mim que o sem juízo e o encantado é vossa mercê, pois se pôs a dizer tantas blasfêmias contra uma coisa tão aceita no mundo e tida por verdadeira, que quem a negar, como vossa mercê a nega, merece a mesma pena que vossa mercê diz que dá aos livros quando os lê e não lhe agradam. Porque querer convencer alguém de que no mundo não houve Amadis, nem todos os outros cavaleiros aventureiros de que estão cheias as histórias, será querer persuadir que o sol não ilumina, nem o gelo esfria, nem a terra sustenta; pois que engenho pode haver no mundo capaz de persuadir um outro de que não foi verdade o caso da infanta Floripes e Guy de Borgonha, e o de Ferrabrás na ponte de Mantible,[6] que aconteceu no tempo de Carlos Magno, que voto a tal que é tanta verdade como que agora é dia? E se isto é mentira, também o há de ser a vida de Heitor e de Aquiles, e a guerra de Troia, e os Doze Pares de França, e o rei Artus da Inglaterra, que até hoje anda por aí em forma de corvo, e por momentos o esperam no seu reino. E também ousarão dizer que é mentirosa a

---

— Paréceme, señor hidalgo, que la plática de vuestra merced se ha encaminado a querer darme a entender que no ha habido caballeros andantes en el mundo y que todos los libros de caballerías son falsos, mentirosos, dañadores e inútiles para la república, y que yo he hecho mal en leerlos, y peor en creerlos, y más mal en imitarlos, habiéndome puesto a seguir la durísima profesión de la caballería andante que ellos enseñan, negándome que no ha habido en el mundo Amadises, ni de Gaula ni de Grecia, ni todos los otros caballeros de que las escrituras están llenas.

— Todo es al pie de la letra como vuestra merced lo va relatando — dijo a esta sazón el canónigo.

A lo cual respondió don Quijote:

— Añadió también vuestra merced diciendo que me habían hecho mucho daño tales libros, pues me habían vuelto el juicio y puéstome en una jaula, y que me sería mejor hacer la enmienda y mudar de letura, leyendo otros más verdaderos y que mejor deleitan y enseñan.

— Así es — dijo el canónigo.

— Pues yo — replicó don Quijote — hallo por mi cuenta que el sin juicio y el encantado es vuestra merced, pues se ha puesto a decir tantas blasfemias contra una cosa tan recebida en el mundo y tenida por tan verdadera, que el que la negase, como vuestra merced la niega, merecía la mesma pena que vuestra merced dice que da a los libros cuando los lee y le enfadan. Porque querer dar a entender a nadie que Amadís no fue en el mundo, ni todos los otros caballeros aventureros de que están colmadas las historias, será querer persuadir que el sol no alumbra, ni el yelo enfría, ni la tierra sustenta; porque ¿qué ingenio puede haber en el mundo que pueda persuadir a

história de Guarino Mesquino,[7] e a da demanda do Santo Graal, e que são apócrifos os amores de D. Tristão e a rainha Isolda, assim como os de Ginevra e Lançarote, havendo pessoas que quase se lembram de ter visto a duenha Quintañona, pois nunca houve na Grã-Bretanha quem escançasse o vinho como ela.[8] E tanto isto é assim, que eu me lembro de ouvir a minha avó, mãe do meu pai, dizer quando via alguma duenha de toucado respeitável: "Aquela, meu neto, se parece com a duenha Quintañona"; donde tiro que ela decerto a conheceu, ou pelo menos chegou a ver algum retrato seu. Pois quem poderá negar ser verdadeira a história de Pierres e a linda Magalona, pois até hoje se vê na armaria real a cavilha com que se governava o cavalo de madeira em que galopava pelos ares o valente Pierres, que é pouco maior que uma lança de carreta?[9] E junto à cavilha está a sela de Babieca, e em Roncesvalles está o corno de Roldão, tamanho como uma grande viga.[10] Donde se infere que houve Doze Pares, que houve Pierres, que houve Cides e outros semelhantes cavaleiros,

    desses que dizem as gentes
    que a suas aventuras vão.

Então também me digam que não é verdade que foi cavaleiro andante o valente lusitano Juan de Merlo,[11] que foi a Borgonha e se bateu na cidade de Arras com o famoso senhor de Charny, chamado *mossén*[12] Pierres, e na cidade da Basileia, com *mossén* Henrique de Remestan, saindo de ambas as empresas vencedor e cheio de honrosa fama; e as aventuras e desafios que também levaram a cabo em Borgonha os valentes espanhóis Pedro Barba e Gutierre Quijada[13] (de cuja casta eu descendo por linha direta de varão),

---

otro que no fue verdad lo de la infanta Floripes y Guy de Borgoña, y lo de Fierabrás con la puente de Mantible, que sucedió en el tiempo de Carlomagno, que voto a tal que es tanta verdad como es ahora de día? Y si es mentira, también lo debe de ser que no hubo Héctor, ni Aquiles, ni la guerra de Troya, ni los Doce Pares de Francia, ni el rey Artús de Ingalaterra, que anda hasta ahora convertido en cuervo, y le esperan en su reino por momentos. Y también se atreverán a decir que es mentirosa la historia de Guarino Mezquino, y la de la demanda del Santo Grial, y que son apócrifos los amores de don Tristán y la reina Iseo, como los de Ginebra y Lanzarote, habiendo personas que casi se acuerdan de haber visto a la dueña Quintañona, que fue la mejor escanciadora de vino que tuvo la Gran Bretaña. Y es esto tan ansí, que me acuerdo yo que me decía una mi agüela de partes de mi padre, cuando veía alguna dueña con tocas reverendas: "Aquella, nieto, se parece a la dueña Quintañona"; de donde arguyo yo que la debió de conocer ella, o por lo menos debió de alcanzar a ver algún retrato suyo. Pues ¿quién podrá negar no ser verdadera la historia de Pierres y la linda Magalona, pues aun hasta hoy día se vee en la armería de los reyes la clavija con que volvía al caballo de madera sobre quien iba el valiente Pierres por los aires, que es un poco mayor que un timón de carreta? Y junto a la clavija está la silla de Babieca, y en Roncesvalles está el cuerno de Roldán, tamaño como una grande viga. De donde se infiere que hubo Doce Pares, que hubo Pierres, que hubo Cides y otros caballeros semejantes,

    destos que dicen las gentes
    que a sus aventuras van.

vencendo os filhos do conde de Saint-Pol. Neguem-me também que em busca de aventuras foi D. Fernando de Guevara à Alemanha, onde se bateu com *micer* Jorge, cavaleiro da casa do duque de Áustria;[14] digam que não foram à vera as justas de Suero de Quiñones, o do Passo;[15] as empresas de *mossén* Luis de Falces contra D. Gonzalo de Guzmán,[16] cavaleiro castelhano, mais outras muitas façanhas feitas por cavaleiros cristãos, destes reinos e dos estrangeiros, tão autênticas e verdadeiras, que torno a dizer que quem as negar carece de toda razão e bom discurso.

Admirado ficou o cônego de ouvir a mistura que D. Quixote fazia de verdades e mentiras, e de ver a notícia que tinha de todas aquelas coisas tocantes e concernentes aos feitos da sua andante cavalaria, e assim lhe respondeu:

— Não posso negar, senhor D. Quixote, que parte do que vossa mercê disse seja verdade, especialmente no que toca aos cavaleiros andantes espanhóis, e também devo conceder que houve Doze Pares de França, mas não creio que tenham feito todas aquelas coisas que o arcebispo Turpin[17] deles escreve, porque a verdade disso é que foram cavaleiros escolhidos pelos reis da França, e que foram chamados pares por serem todos iguais em valor, em qualidade e em valentia: ao menos, se o não eram, era razão que o fossem, e era como uma das ordens ora em uso, de Santiago ou de Calatrava, pressupondo-se que os que a professam são ou devem ser cavaleiros valorosos, valentes e bem-nascidos; e como agora dizem "cavaleiro de São João" ou "de Alcântara",[18] assim diziam naquele tempo "cavaleiro dos Doze Pares", porque foram doze iguais os escolhidos para essa ordem militar. Quanto a ter havido El Cid, disso não há dúvida, e o mesmo vale para Bernardo del Carpio; mas de terem feito as façanhas que dizem, creio que há, sim, e grandíssima.

Si no, díganme también que no es verdad que fue caballero andante el valiente lusitano Juan de Merlo, que fue a Borgoña y se combatió en la ciudad de Ras con el famoso señor de Charní, llamado mosén Pierres, y después, en la ciudad de Basilea, con mosén Enrique de Remestán, saliendo de entrambas empresas vencedor y lleno de honrosa fama; y las aventuras y desafíos que también acabaron en Borgoña los valientes españoles Pedro Barba y Gutierre Quijada (de cuya alcurnia yo deciendo por línea recta de varón), venciendo a los hijos del conde de San Polo. Niéguenme asimismo que no fue a buscar las aventuras a Alemania don Fernando de Guevara, donde se combatió con micer Jorge, caballero de la casa del duque de Austria; digan que fueron burla las justas de Suero de Quiñones, del Paso; las empresas de mosén Luis de Falces contra don Gonzalo de Guzmán, caballero castellano, con otras muchas hazañas hechas por caballeros cristianos, destos y de los reinos estranjeros, tan auténticas y verdaderas, que torno a decir que el que las negase carecería de toda razón y buen discurso.

Admirado quedó el canónigo de oír la mezcla que don Quijote hacía de verdades y mentiras, y de ver la noticia que tenía de todas aquellas cosas tocantes y concernientes a los hechos de su andante caballería, y así le respondió:

— No puedo yo negar, señor don Quijote, que no sea verdad algo de lo que vuestra merced ha dicho, especialmente en lo que toca a los caballeros andantes españoles, y asimesmo quiero conceder que hubo Doce Pares de Francia, pero no quiero creer que hicieron todas aquellas cosas que el arzobispo Turpín dellos escribe, porque la verdad dello es que fueron caballeros escogidos por los reyes de Francia, a quien llamaron *pares* por ser todos iguales en valor, en calidad y en valentía: a lo menos, si no lo eran, era razón que lo fuesen, y era como una reli-

Quanto à cavilha do conde Pierres que vossa mercê diz, e que está junto à sela de Babieca na armaria real, confesso o meu pecado, pois, se bem tenha visto a sela, não vi a cavilha, por ignorância ou curteza de vista, sendo ela tão grande como vossa mercê disse que é.

— Pois lá está ela, sem dúvida alguma — replicou D. Quixote —, e, por sinal, dizem que está metida num forro de vaqueta, para que não seja tomada de ferrugem.

— Tudo pode ser — respondeu o cônego —, mas pelas ordens que recebi que não me lembro de tê-la visto. Mas, ainda que eu conceda que ela está lá, nem por isso me obrigo a crer nas histórias de tantos Amadises, nem nas de tanta turbamulta de cavaleiros como por aí nos contam, nem é razão que um homem como vossa mercê, tão honrado e de tão boas qualidades e dotado de tão bom entendimento, se convença de que são verdadeiras tantas e tão estranhas loucuras como as que estão escritas nos disparatados livros de cavalarias.

Notas

[1] Viriato (?-139 a.C.): caudilho lusitano, legendário por sua liderança na resistência contra o Império Romano no século II a.C.

[2] Conde Fernán González (*c.* 910-970): um dos máximos heróis castelhanos, a quem se atribui a conquista da autonomia do condado de Castela perante o reino de Leão em 932. Sua figura foi exaltada no anônimo *Poema de Fernán González* (1250-71), e o teatro do Século de Ouro ainda lhe rendia homenagens. Assim como os demais personagens citados pelo cônego nessa passagem, é figura entre histórica e mítica, cujos feitos são por vezes relatados em termos inverossímeis.

[3] Gonzalo Fernández: "El Gran Capitán" (ver cap. XXXII, nota 2).

---

gión de las que ahora se usan de Santiago o de Calatrava, que se presupone que los que la profesan han de ser o deben ser caballeros valerosos, valientes y bien nacidos; y como ahora dicen "caballero de San Juan" o "de Alcántara", decían en aquel tiempo "caballero de los Doce Pares", porque lo fueron doce iguales los que para esta religión militar se escogieron. En lo de que hubo Cid no hay duda, ni menos Bernardo del Carpio; pero de que hicieron las hazañas que dicen creo que la hay muy grande. En lo otro de la clavija que vuestra merced dice del conde Pierres, y que está junto a la silla de Babieca en la armería de los reyes, confieso mi pecado, que soy tan ignorante o tan corto de vista que, aunque he visto la silla, no he echado de ver la clavija, y más siendo tan grande como vuestra merced ha dicho.

— Pues allí está, sin duda alguna — replicó don Quijote —, y, por más señas, dicen que está metida en una funda de vaqueta, porque no se tome de moho.

— Todo puede ser — respondió el canónigo —, pero por las órdenes que recebí que no me acuerdo haberla visto. Mas puesto que conceda que está allí, no por eso me obligo a creer las historias de tantos Amadises, ni las de tanta turbamulta de caballeros como por ahí nos cuentan, ni es razón que un hombre como vuestra merced, tan honrado y de tan buenas partes y dotado de tan buen entendimiento, se dé a entender que son verdaderas tantas y tan estrañas locuras como las que están escritas en los disparatados libros de caballerías.

⁴ Diego García de Paredes (1468-1533): militar celebrado nas crônicas por sua força e coragem, combateu em diversas campanhas importantes, boa parte delas ao lado do "Gran Capitán" Gonzalo Fernández, chegando a coronel da Santa Liga (ver cap. XXXII, nota 2).

⁵ Garci Pérez de Vargas, Garcilaso, D. Manuel de Leão: cavaleiros famosos por suas proezas. O primeiro, irmão de Diego Vargas "Machuca" (ver cap. VIII, nota 2), é citado no exemplo XV de *El Conde Lucanor* (1335), de D. Juan Manuel; a façanha que o celebrizou foi avançar sozinho por entre os exércitos mouros durante o cerco de Sevilha (1247-48), para buscar uma touca que perdera em combate. O feito do segundo, antepassado homônimo do célebre poeta, foi dirigir-se aos portões da Granada moura para neles pregar um cartaz com a oração da ave-maria. A proeza atribuída ao terceiro, entrar numa jaula com leões para apanhar a luva que uma amiga deixara cair. Os três são exaltados no romanceiro histórico como heróis exemplares.

⁶ Infanta Floripes, Guy de Borgonha, Ferrabrás na ponte de Mantible: episódios fabulosos das gestas carolíngias protagonizados por dois heróis conversos, narrados na anônima e populariíssima *Historia del emperador Carlomagno y de los doce Pares de Francia* (Sevilha, 1525). Floripes e Ferrabrás, filhos do rei sarraceno Balão, prestam ajuda aos francos contra as hostes do pai: Floripes, apaixonada pelo sobrinho de Carlos Magno, Guy de Borgonha, oferece refúgio os Pares acuados, permitindo-lhes resistir à espera de reforços; Ferrabrás, o gigante, já convertido por Oliveiros, acompanha o imperador franco na incursão de resgate e derrota o também gigante Galafre, que guardava a grande ponte de Mantible, acesso incontornável à cidade de Balão. Ambas as histórias alimentaram o romanceiro, inclusive o brasileiro, e se incorporaram a diversas encenações populares das guerras entre mouros e cristãos, como as cavalhadas.

⁷ Guarino Mesquino: personagem-título da *Crónica del noble caballero Guarino Mezquino* (Sevilha, 1548), tradução de *Guerino il Meschino*, extensa obra épica em prosa do toscano Andrea da Barberino (Pádua, 1473), a meio caminho entre a novela de cavalarias e a fábula fantástica. Também é protagonista de *Guerino detto Il Meschino* (Veneza, 1560), uma versão em oitavas-rimas composta pela cortesã e poeta romana Tullia d'Aragona. Todas narram a rocambolesca história de um príncipe de Durës (atual Albânia), transcorrida na virada dos séculos XIV e XV, no marco das guerras otomano-bizantinas.

⁸ ... duenha Quintañona: nova citação do romance de Lançarote, agora do verso "*esa dueña Quintañona, — ésa le escanciaba el vino*".

⁹ Lança de carreta: D. Quixote mistura a *Historia de la linda Magalona, hija del Rey de Nápoles, y de Pierres, hijo del conde de Provenza* (Sevilha, 1519), na qual não aparece nenhum cavalo voador de madeira, com *Clamades, hijo del rey de Castilla, de la linda Clarmonda, hija del rey de Tuscana* (Burgos, 1521), onde de fato consta esse precursor de Cravilenho, que aparecerá no segundo *Quixote*.

¹⁰ Corno de Rolando: o olifante (trompa feita de presa de elefante) que Roldão se negou a tocar na batalha de Roncesvalles para chamar reforços. Contudo, "corno de Roldão" poderia também encerrar um segundo sentido malicioso, que faria sentido no marco de *Orlando furioso*.

¹¹ Juan de Merlo (?-1443): famoso cavaleiro castelhano de origem portuguesa que duelou com Heinrich von Ramstein no torneio de Basileia, em 1429, e com Pierre de Beaufremont nas justas de Arras de 1435. A fonte de Cervantes e do próprio Quixote para as façanhas desses personagens parece ser a *Crónica del rey don Juan II de Castilla*, de Álvar García de Santa María e Fenrán Pérez de Guzmán.

¹² *Mossén*: título honorífico que, no antigo reino de Aragão, se aplicava a clérigos e a nobres de segunda classe. Aqui, no entanto, D. Quixote o utiliza sem maior rigor, como correspondente genérico de *don*, seguindo o texto da *Crónica*.

¹³ Pedro Barba e Gutierre Quijada: dois primos cavaleiros que venceram os filhos bastardos do conde Louis de Saint-Pol nas justas de Saint-Omer, em 1435.

¹⁴ *Micer* Jorge: Jorge Vourapag, da casa do duque Alberto, desafiou D. Fernando de Guevara e se bateu com ele nos torneios de Viena, em 1436. *Micer* era um antigo título honorífico corrente na coroa de Aragão, também usado genericamente, a exemplo de *mossén*.

¹⁵ Suero de Quiñones, o do Passo: referência ao torneio realizado junto à ponte de Órbigo, no Caminho de Santiago, no ano de 1434, por desafio do cavaleiro leonês Suero de Quiñones (c. 1409--1458). Este e seus "nove companheiros filhos d'algo, e de limpo sangue" sustentaram setecentos combates ao longo de trinta dias, até Quiñones ser ferido. Promovido num tempo em que as justas cavaleirescas já estavam em desuso, seria celebrado como um dos maiores feitos cavaleirescos do século XV, tendo sido registrado pelo escrivão do rei Juan II, Pero Rodríguez de Lena, e recompilado no *Libro del Passo Honroso defendido por el excelente caballero Suero de Quiñones* (Salamanca, 1588), do monge franciscano Juan de Pineda.

¹⁶ Luis de Falces contra D. Gonzalo de Guzmán: referência a um duelo em que o cavaleiro navarro *mossén* Luis de Falces foi desafiado por Gonzalo de Guzmán, senhor da manchega Torija, durante as festas promovidas em 1428 pelo rei Juan II, em Valladolid.

¹⁷ Arcebispo Turpin: ver cap. VI, nota 10.

¹⁸ Ordens ora em uso: as de Santiago, Calatrava, San Juan e Alcántara eram as quatro "religiões" mais importantes e ricas na Castela dos séculos XVI e XVII.

CAPÍTULO L

DAS DISCRETAS ALTERCAÇÕES QUE D. QUIXOTE E O CÔNEGO TIVERAM, MAIS OUTROS ACONTECIMENTOS

— Boa história! — respondeu D. Quixote. — São acaso mentira os livros impressos com licença dos reis e com aprovação daqueles a quem foram dedicados, e que com gosto geral são lidos e celebrados por grandes e pequenos, por pobres e ricos, letrados e ignorantes, plebeus e cavaleiros..., enfim, por todo gênero de pessoas de qualquer estado e condição que sejam? E mais com tanta aparência de verdade, pois nos contam o pai, a mãe, a pátria, os parentes, a idade, o lugar e as façanhas, ponto por ponto e dia por dia, que o tal cavaleiro fez, ou cavaleiros fizeram? Cale-se vossa mercê, não diga tal blasfêmia, e creia-me que nisto o aconselho a fazer o que deve como discreto; se não, leia-os, e verá o gosto que recebe da sua leitura. Senão, diga-me: há maior contentamento que ver, digamos, que aqui agora se mostra diante de nós um grande lago de pez fervente e borbulhante, e que vão nadando e passando por ele muitas serpentes, cobras e lagartos, e outros muitos gêneros de animais ferozes e medonhos, e que do meio do lago sai uma voz tristíssima que diz: "Tu, cavaleiro, quem quer que sejas, que o temeroso lago estás fitando, se queres alcançar o bem que debaixo destas negras águas

---

CAPÍTULO L

DE LAS DISCRETAS ALTERCACIONES QUE DON QUIJOTE Y EL CANÓNIGO TUVIERON, CON OTROS SUCESOS

— ¡Bueno está eso! — respondió don Quijote —. Los libros que están impresos con licencia de los reyes y con aprobación de aquellos a quien se remitieron, y que con gusto general son leídos y celebrados de los grandes y de los chicos, de los pobres y de los ricos, de los letrados e ignorantes, de los plebeyos y caballeros..., finalmente, de todo género de personas de cualquier estado y condición que sean, ¿habían de ser mentira, y más llevando tanta apariencia de verdad, pues nos cuentan el padre, la madre, la patria, los parientes, la edad, el lugar y las hazañas, punto por punto y día por día, que el tal caballero hizo, o caballeros hicieron? Calle vuestra merced, no diga tal blasfemia, y créame que le aconsejo en esto lo que debe de hacer como discreto; si no léalos, y verá el gusto que recibe de su leyenda. Si no, dígame: ¿hay mayor contento que ver, como si dijésemos, aquí ahora se muestra delante de nosotros un gran lago de pez hirviendo a borbollones, y que andan nadando y cruzando por él muchas serpientes, culebras y lagartos, y otros muchos géneros de animales feroces y espantables, y que del medio del lago

se encobre, mostra o valor do teu forte peito e lança-te em meio ao seu negro e candente licor, porque, se assim o não fizeres, não serás digno de ver as altas maravilhas que em si encerram e contêm os sete castelos das sete fadas que debaixo desta negregura jazem"? E que, apenas o cavaleiro acabou de ouvir a voz temível, quando, sem cuidar em si nem pôr-se a considerar o perigo a que se expõe, e até sem se despojar do peso de sua forte armadura, encomendando-se a Deus e a sua senhora, se lança no meio do borbulhante lago, e quando menos espera, e não sabe onde há de parar, se acha entre uns floridos campos, com os quais nem os Elísios se igualam em coisa alguma? Ali lhe parece que o céu é mais transparente e que o sol reluz com claridade mais nova. Aos olhos se lhe oferece uma aprazível floresta de tão verdes e frondosas árvores composta, que alegra à vista sua verdura, e entretém os ouvidos o doce e não aprendido canto dos pequenos, infinitos e pintados passarinhos que pelos intricados ramos vão passando. Aqui descobre um regato, cujas frescas águas, que líquidos cristais parecem, correm sobre miúdas areias e brancas pedrinhas, que ouro crivado e puras pérolas semelham; acolá vê uma artística fonte de jaspe variegado e de liso mármore composta; aqui vê outra ao grutesco jeito adornada, onde as miúdas conchas das amêijoas com as torcidas casas brancas e amarelas do caracol, postas com ordem desordenada, mesclados entre elas pedaços de cristal luzente e de contrafeitas esmeraldas, fazem um variado lavor, de maneira que a arte, imitando a natureza, parece que ali a vence. Acolá de improviso se lhe apresenta um forte castelo ou vistoso alcácer, cujas muralhas são de maciço ouro, as ameias de diamantes, as portas de topázios: enfim, ele é de tão admirável compostura, que, sendo a matéria de que está formado não menos que de diamantes, de carbúnculos, de rubis, de pérolas, de ouro e de esmeraldas, é de mais estimação a sua

---

sale una voz tristísima que dice: "Tú, caballero, quienquiera que seas, que el temeroso lago estás mirando, si quieres alcanzar el bien que debajo destas negras aguas se encubre, muestra el valor de tu fuerte pecho y arrójate en mitad de su negro y encendido licor, porque si así no lo haces, no serás digno de ver las altas maravillas que en sí encierran y contienen los siete castillos de las siete fadas que debajo desta negregura yacen"? ¿Y que apenas el caballero no ha acabado de oír la voz temerosa, cuando, sin entrar más en cuentas consigo, sin ponerse a considerar el peligro a que se pone y aun sin despojarse de la pesadumbre de sus fuertes armas, encomendándose a Dios y a su señora, se arroja en mitad del bullente lago, y cuando no se cata ni sabe dónde ha de parar, se halla entre unos floridos campos, con quien los Elíseos no tienen que ver en ninguna cosa? Allí le parece que el cielo es más transparente y que el sol luce con claridad más nueva. Ofrécesele a los ojos una apacible floresta de tan verdes y frondosos árboles compuesta, que alegra a la vista su verdura, y entretiene los oídos el dulce y no aprendido canto de los pequeños, infinitos y pintados pajarillos que por los intricados ramos van cruzando. Aquí descubre un arroyuelo, cuyas frescas aguas, que líquidos cristales parecen, corren sobre menudas arenas y blancas pedrezuelas, que oro cernido y puras perlas semejan; acullá vee una artificiosa fuente de jaspe variado y de liso mármol compuesta; acá vee otra a lo brutesco adornada, adonde las menudas conchas de las almejas con las torcidas casas blancas y amarillas del caracol, puestas con orden desordenada, mezclados entre ellas pedazos de cristal luciente y de contrahechas esmeraldas, hacen una variada labor, de manera que el arte, imitando a la naturaleza, parece que allí la vence. Acullá de improviso se le descubre un fuerte castillo o vistoso alcázar, cuyas murallas son de macizo oro, las almenas de diamantes, las puertas de jacintos: finalmente, él es de tan admirable compostura, que,

feitura. E há algo mais para ver, depois de ter visto isso, que ver surgir pela porta do castelo um bom número de donzelas, cujos elegantes e vistosos trajes, se eu me pusesse agora a descrevê-los como as histórias no-los contam, seria um nunca acabar, e a que parece mais principal de todas tomar logo pela mão o atrevido cavaleiro que se lançou no fervente lago, e levá-lo, sem dizer-lhe palavra, dentro do rico alcácer ou castelo, e fazê-lo desnudar como sua mãe o pariu, e banhá-lo em tépidas águas, e depois untá-lo inteiro com perfumosos unguentos e vestir-lhe uma camisa de seda finíssima, toda olorosa e perfumada, e acudir outra donzela e pôr-lhe um manto sobre os ombros, que, pelo menos menos, dizem que sói valer uma cidade, e ainda mais. Não é coisa para ver quando nos contam que, depois de tudo isso, o levam a outra sala, onde encontra as mesas postas com tanto concerto, que fica absorto e admirado? E quando vemos deitarem-lhe água nas mãos, toda de âmbar e de perfumosas flores filtrada? E quando o fazem sentar numa cadeira de marfim? E o vemos ser servido por todas as donzelas, guardando um maravilhoso silêncio? E lhe trazem tanta variedade de manjares, tão saborosamente preparados, que não sabe o apetite para qual estender a mão? Que será ouvir a música que enquanto ele come soa sem que se saiba quem a canta nem onde soa? E, finda a refeição e alçadas as mesas, ficar o cavaleiro recostado na cadeira, e quiçá limpando os dentes,[1] como é costume, de improviso entrar pela porta da sala outra muito mais formosa donzela que todas as primeiras, e sentar-se ao lado do cavaleiro e começar a dar-lhe conta de que castelo é aquele e de como ela está nele encantada, mais outras coisas que absorvem o cavaleiro e admiram os ledores que estão lendo sua história? Não quero estender-me mais nisto, pois do que tenho dito se pode coligir que qualquer parte que se leia de qualquer história de cavaleiro andante há de

---

con ser la materia de que está formado no menos que de diamantes, de carbuncos, de rubíes, de perlas, de oro y de esmeraldas, es de más estimación su hechura. ¿Y hay más que ver, después de haber visto esto, que ver salir por la puerta del castillo un buen número de doncellas, cuyos galanos y vistosos trajes, si yo me pusiese ahora a decirlos como las historias nos los cuentan, sería nunca acabar, y tomar luego la que parecía principal de todas por la mano al atrevido caballero que se arrojó en el ferviente lago, y llevarle, sin hablarle palabra, dentro del rico alcázar o castillo, y hacerle desnudar como su madre le parió, y bañarle con templadas aguas, y luego untarle todo con olorosos ungüentos y vestirle una camisa de cendal delgadísimo, toda olorosa y perfumada, y acudir otra doncella y echarle un mantón sobre los hombros, que, por lo menos menos, dicen que suele valer una ciudad, y aun más? ¿Qué es ver, pues, cuando nos cuentan que tras todo esto le llevan a otra sala, donde halla puestas las mesas con tanto concierto, que queda suspenso y admirado? ¿Qué el verle echar agua a manos, toda de ámbar y de olorosas flores distilada? ¿Qué el hacerle sentar sobre una silla de marfil? ¿Qué verle servir todas las doncellas, guardando un maravilloso silencio? ¿Qué el traerle tanta diferencia de manjares, tan sabrosamente guisados, que no sabe el apetito a cuál deba de alargar la mano? ¿Cuál será oír la música que en tanto que come suena sin saberse quién la canta ni adónde suena? ¿Y, después de la comida acabada y las mesas alzadas, quedarse el caballero recostado sobre la silla, y quizá mondándose los dientes, como es costumbre, entrar a deshora por la puerta de la sala otra mucho más hermosa doncella que ninguna de las primeras, y sentarse al lado del caballero y comenzar a darle cuenta de qué castillo es aquel y de cómo ella está encantada en él, con otras cosas que suspenden al caballero y admiran a los leyentes que van leyendo su historia? No quiero alargarme más en esto, pues dello se

causar gosto e maravilha a qualquer pessoa que a ler. Creia-me vossa mercê e, como já lhe disse, leia estes livros, e verá como lhe desterram a melancolia que tiver e lhe melhoram a condição, se acaso a tiver má. De mim sei dizer que, desde que sou cavaleiro andante, sou valente, comedido, liberal, bem-criado, generoso, cortês, atrevido, brando, paciente, sofredor de trabalhos, de prisões, de encantos; e ainda que há tão pouco me tenha visto preso numa jaula como louco, penso, pelo valor do meu braço, favorecendo-me o céu e não me sendo contrária a fortuna, em poucos dias ver-me rei de algum reino, onde eu possa mostrar o agradecimento e liberalidade que o meu peito encerra. Pois, à minha fé, senhor, o pobre é impedido de poder mostrar a virtude da liberalidade com quem quer que seja, ainda que em sumo grau a possua, e a gratidão que não passa de desejo é coisa morta, como é morta a fé sem obras. Por isso quisera que a fortuna me oferecesse logo alguma ocasião em que me fizesse imperador, para mostrar as virtudes do meu peito fazendo bem aos meus amigos, especialmente a este pobre Sancho Pança, meu escudeiro, que é o melhor homem do mundo, e quisera dar-lhe um condado que lhe tenho há muitos dias prometido, se bem eu tema que não há de ter habilidade para governar o seu Estado.

Só estas últimas palavras ouviu Sancho do seu amo, a quem disse:

— Trabalhe vossa mercê, senhor D. Quixote, para me dar esse condado tão prometido por vossa mercê quanto por mim esperado, que eu lhe prometo que não me há de faltar a habilidade para governá-lo; e quando me faltar, eu ouvi dizer que há homens no mundo que tomam em arrendamento os Estados dos senhores e lhes dão um tanto por ano, e eles se encarregam do governo, enquanto o senhor vive à larga, desfrutando da renda que lhe dão, sem cuidar de outra coisa: e assim farei eu, e não me porei a regatear,

---

puede colegir que cualquiera parte que se lea de cualquiera historia de caballero andante ha de causar gusto y maravilla a cualquiera que la leyere. Y vuestra merced créame y, como otra vez le he dicho, lea estos libros, y verá cómo le destierran la melancolía que tuviere y le mejoran la condición, si acaso la tiene mala. De mí sé decir que después que soy caballero andante soy valiente, comedido, liberal, bien criado, generoso, cortés, atrevido, blando, paciente, sufridor de trabajos, de prisiones, de encantos; y aunque ha tan poco que me vi encerrado en una jaula como loco, pienso, por el valor de mi brazo, favoreciéndome el cielo y no me siendo contraria la fortuna, en pocos días verme rey de algún reino, adonde pueda mostrar el agradecimiento y liberalidad que mi pecho encierra. Que, mía fe, señor, el pobre está inhabilitado de poder mostrar la virtud de liberalidad con ninguno, aunque en sumo grado la posea, y el agradecimiento que solo consiste en el deseo es cosa muerta, como es muerta la fe sin obras. Por esto querría que la fortuna me ofreciese presto alguna ocasión donde me hiciese emperador, por mostrar mi pecho haciendo bien a mis amigos, especialmente a este pobre de Sancho Panza, mi escudero, que es el mejor hombre del mundo, y querría darle un condado que le tengo muchos días ha prometido, sino que temo que no ha de tener habilidad para gobernar su estado.

Casi estas últimas palabras oyó Sancho a su amo, a quien dijo:

— Trabaje vuestra merced, señor don Quijote, en darme ese condado tan prometido de vuestra merced como de mí esperado, que yo le prometo que no me falte a mí habilidad para gobernarle; y cuando me faltare, yo he oído decir que hay hombres en el mundo que toman en arrendamiento los estados de los señores y les dan un tanto cada año, y ellos se tienen cuidado del gobierno, y el señor se está a pierna tendida, gozando de la renta que

mas logo desistirei de tudo para desfrutar da minha renda como um duque, e os outros lá que se arranjem.

— Isso, irmão Sancho — disse o cônego —, pode ser quanto ao usufruto da renda; mas da administração da justiça há de cuidar o senhor do Estado, e aqui entra a habilidade e bom juízo, e principalmente a boa intenção de acertar: pois se esta falta nos princípios, sempre irão errados os meios e os fins, e por isto sói Deus ajudar o bom desejo do simples como desfavorecer o mau do discreto.

— Não sei dessas filosofias — respondeu Sancho Pança —, mas só sei que, tão logo eu tivesse o condado, saberia regê-lo, pois tenho tanta alma como qualquer um, e tanto corpo também, e tão rei seria eu do meu Estado como cada um do seu: e sendo-o, faria o que quisesse; e fazendo o que quisesse, faria meu gosto; e fazendo meu gosto, estaria contente; e em estando a pessoa contente, não tem mais que desejar; e não tendo mais que desejar, acabou-se, e que venha o Estado, e adeus e até mais ver, como disse um cego ao outro.

— Não são más filosofias essas, como tu dizes, Sancho, mas, com tudo isso, há muito que dizer sobre essa matéria dos condados.

Ao que replicou D. Quixote:

— Eu não sei que mais pode haver: só me guio pelo exemplo que me dá o grande Amadis de Gaula, que fez seu escudeiro conde da Ínsula Firme, e assim eu posso sem escrúpulo de consciência fazer conde a Sancho Pança, que é um dos melhores escudeiros já tidos por cavaleiro andante.

Admirado ficou o cônego dos concertados disparates que D. Quixote dissera, do modo como pintara a aventura do Cavaleiro do Lago, da impressão que nele fizeram as pensadas mentiras dos livros que tinha lido, e, final-

---

le dan, sin curarse de otra cosa: y así haré yo, y no repararé en tanto más cuanto, sino que luego me desistiré de todo y me gozaré mi renta como un duque, y allá se lo hayan.

— Eso, hermano Sancho — dijo el canónigo —, entiéndese en cuanto al gozar la renta; empero, al administrar justicia ha de atender el señor del estado, y aquí entra la habilidad y buen juicio, y principalmente la buena intención de acertar: que si esta falta en los principios, siempre irán errados los medios y los fines, y así suele Dios ayudar al buen deseo del simple como desfavorecer al malo del discreto.

— No sé esas filosofías — respondió Sancho Panza —, mas solo sé que tan presto tuviese yo el condado como sabría regirle, que tanta alma tengo yo como otro, y tanto cuerpo como el que más, y tan rey sería yo de mi estado como cada uno del suyo: y siéndolo, haría lo que quisiese; y haciendo lo que quisiese, haría mi gusto; y haciendo mi gusto, estaría contento; y en estando uno contento, no tiene más que desear; y no teniendo más que desear, acabóse, y el estado venga, y a Dios y veámonos, como dijo un ciego a otro.

— No son malas filosofías esas, como tú dices, Sancho, pero, con todo eso, hay mucho que decir sobre esta materia de condados.

A lo cual replicó don Quijote:

— Yo no sé que haya más que decir: solo me guío por el ejemplo que me da el grande Amadís de Gaula, que hizo a su escudero conde de la Ínsula Firme, y, así, puedo yo sin escrúpulo de conciencia hacer conde a Sancho Panza, que es uno de los mejores escuderos que caballero andante ha tenido.

Admirado quedó el canónigo de los concertados disparates que don Quijote había dicho, del modo con

mente, admirava-o a necedade de Sancho, que com tanto afinco desejava receber o condado que seu amo lhe prometera.

Já nisto voltavam os criados do cônego que até a estalagem tinham ido buscar as provisões, e fazendo mesa de um tapete e da verde relva do prado, à sombra de umas árvores se sentaram, e comeram ali, para que o carreiro pudesse aproveitar a comodidade daquela paragem, como já se disse. E enquanto comiam, de súbito ouviram um forte estrondo e um som de chocalho que vinha de umas sarças e espessas moitas que ali junto havia, e no mesmo instante viram sair daquelas brenhas uma bela cabra, com manchas pretas, brancas e pardas. Atrás dela vinha um cabreiro dando-lhe vozes e dizendo-lhe palavras a seu uso, para que parasse ou ao rebanho voltasse. A fugitiva cabra, temerosa e espavorida, correu para junto das gentes, como a buscar o favor delas, e ali estacou. Chegou o cabreiro e, apanhando-a pelos chifres, como se fosse capaz de discurso e entendimento lhe disse:

— Ah, manhosa, manhosa, Manchada, Manchada, como andais arisca por estes dias! Os lobos vos espantam, filha? É isto, minha flor? Mas que outra coisa pode ser senão que sois fêmea e não podeis estar sossegada? Maldita seja a vossa condição e a de todas aquelas que imitais! Voltai, voltai, amiga, que, se não tão contente, ao menos estareis mais segura em vosso aprisco ou com vossas companheiras: pois se vós, que as haveis de guardar e encaminhar, andais tão sem guia e tão desencaminhada, onde poderão elas parar?

Com muito agrado foram ouvidas as palavras do cabreiro, especialmente pelo cônego, que lhe disse:

— Por vida vossa, irmão, sossegai um pouco e não vos apresseis em devolver essa cabra ao seu rebanho, pois como ela é fêmea, como dizeis, há

---

que había pintado la aventura del Caballero del Lago, de la impresión que en él habían hecho las pensadas mentiras de los libros que había leído, y, finalmente, le admiraba la necedad de Sancho, que con tanto ahínco deseaba alcanzar el condado que su amo le había prometido.

Ya en esto volvían los criados del canónigo que a la venta habían ido por la acémila del repuesto, y haciendo mesa de una alhombra y de la verde yerba del prado, a la sombra de unos árboles se sentaron, y comieron allí, porque el boyero no perdiese la comodidad de aquel sitio, como queda dicho. Y estando comiendo, a deshora oyeron un recio estruendo y un son de esquila que por entre unas zarzas y espesas matas que allí junto estaban sonaba, y al mesmo instante vieron salir de entre aquellas malezas una hermosa cabra, toda la piel manchada de negro, blanco y pardo. Tras ella venía un cabrero dándole voces y diciéndole palabras a su uso, para que se detuviese o al rebaño volviese. La fugitiva cabra, temerosa y despavorida, se vino a la gente, como si fuera favorecerse della, y allí se detuvo. Llegó el cabrero y, asiéndola de los cuernos, como si fuera capaz de discurso y entendimiento le dijo:

— ¡Ah, cerrera, cerrera, Manchada, Manchada, y cómo andáis vos estos días de pie cojo! ¿Qué lobos os espantan, hija? ¿No me diréis qué es esto, hermosa? Mas ¡qué puede ser sino que sois hembra y no podéis estar sosegada, que mal haya vuestra condición y la de todas aquellas a quien imitáis! Volved, volved, amiga, que, si no tan contenta, a lo menos estaréis más segura en vuestro aprisco o con vuestras compañeras: que si vos que las habéis de guardar y encaminar andáis tan sin guía y tan descaminada, ¿en qué podrán parar ellas?

Contento dieron las palabras del cabrero a los que las oyeron, especialmente al canónigo, que le dijo:

— Por vida vuestra, hermano, que os soseguéis un poco y no os acuciéis en volver tan presto esa cabra a

de seguir seu natural instinto, por mais que vós vos empenheis em impedi-lo. Tomai algum bocado e bebei um pouco, com o que tempereis a cólera, e enquanto isso descansará a cabra.

E ao dizer isto já dava com a ponta da faca nos lombos de um coelho defumado. Aceitou e agradeceu a oferta o cabreiro; bebeu e sossegou, e então disse:

— Não quisera eu que, por ter falado com esta alimária tão de siso, vossas mercês me tomassem por homem simples, pois em verdade não carecem de mistério as palavras que lhe disse. Rústico sou, mas não tanto que não entenda como se há de tratar com os homens e com as bestas.

— Disto não tenho dúvida — disse o padre —, pois sei por experiência que os montes criam letrados e as cabanas dos pastores encerram filósofos.

— Pelo menos, senhor — replicou o cabreiro —, abrigam homens escarmentados; e para que possais crer nesta verdade e tocá-la com as mãos, se bem pareça que sem ser rogado me convido, se tal não vos fatigar e quiserdes, senhores, um breve espaço prestar-me atento ouvido, vos contarei uma verdade que confirme a que esse senhor disse — apontando para o padre —, e a minha própria.

Ao que D. Quixote respondeu:

— Por ver que tem este caso um não sei quê de sombra de aventura de cavalaria, eu, de minha parte, vos ouvirei, irmão, de muito bom grado, e assim farão todos estes senhores, pelo muito que têm de discretos e por serem amigos de curiosas novidades que suspendam, alegrem e entretenham os sentidos, como sem dúvida penso que o há de fazer o vosso conto. Começai, pois, amigo, que todos escutaremos.

— Eu passo esta rodada — disse Sancho —, e me retiro àquele riacho

---

su rebaño, que pues ella es hembra, como vos decís, ha de seguir su natural distinto, por más que vos os pongáis a estorbarlo. Tomad este bocado y bebed una vez, con que templaréis la cólera, y en tanto descansará la cabra.

Y el decir esto y el darle con la punta del cuchillo los lomos de un conejo fiambre todo fue uno. Tomólo y agradecióle el cabrero; bebió y sosegóse y luego dijo:

— No querría que por haber yo hablado con esta alimaña tan en seso me tuviesen vuestras mercedes por hombre simple, que en verdad que no carecen de misterio las palabras que le dije. Rústico soy, pero no tanto, que no entienda cómo se ha de tratar con los hombres y con las bestias.

— Eso creo yo muy bien — dijo el cura —, que ya yo sé de esperiencia que los montes crían letrados y las cabañas de los pastores encierran filósofos.

— A lo menos, señor — replicó el cabrero —, acogen hombres escarmentados; y para que creáis esta verdad y la toquéis con la mano, aunque parezca que sin ser rogado me convido, si no os enfadáis dello y queréis, señores, un breve espacio prestarme oído atento, os contaré una verdad que acredite lo que ese señor — señalando al cura — ha dicho, y la mía.

A esto respondió don Quijote:

— Por ver que tiene este caso un no sé qué de sombra de aventura de caballería, yo por mi parte os oiré, hermano, de muy buena gana, y así lo harán todos estos señores, por lo mucho que tienen de discretos y de ser amigos de curiosas novedades que suspendan, alegren y entretengan los sentidos, como sin duda pienso que lo ha de hacer vuestro cuento. Comenzad, pues, amigo, que todos escucharemos.

com este empadão, onde penso me fartar por três dias; pois ouvi o meu senhor D. Quixote dizer que o escudeiro de cavaleiro andante há de comer, quando se lhe oferece, até não mais poder, pois calha às vezes de terem de se meter numa selva tão fechada que não atinam a sair dela em seis dias, e, se o homem não vai bem farto, ou bem fornidos os alforjes, ali pode ficar, como muitos ficam, feito múmia.

— Tens toda a razão, Sancho — disse D. Quixote. — Vai aonde quiseres e come o quanto puderes, que eu já estou satisfeito, e só me falta dar refeição à alma, como darei escutando o conto deste bom homem.

— Assim a daremos todos à nossa — disse o cônego.

E então rogou ao cabreiro que principiasse o que tinha prometido. O cabreiro deu duas palmadas no lombo da cabra, que pelos chifres segurava, dizendo-lhe:

— Deita-te ao meu lado, Manchada, que temos tempo para voltar ao nosso rebanho.

Parece que a cabra o entendeu, porque, em se sentando seu dono, deitou-se ela ao lado dele com muito sossego e, fitando-lhe o rosto, dava a entender que estava atenta ao que o cabreiro ia dizendo. O qual começou sua história desta maneira:

NOTAS

[1] Limpando os dentes: palitar os dentes não era um hábito malvisto, mas fazê-lo ostensivamente tornou-se um tópico literário para definir a figura do fidalgo empobrecido que busca aparentar ter mesa farta.

— Saco la mía — dijo Sancho —, que yo a aquel arroyo me voy con esta empanada, donde pienso hartarme por tres días; porque he oído decir a mi señor don Quijote que el escudero de caballero andante ha de comer cuando se le ofreciere, hasta no poder más, a causa que se les suele ofrecer entrar acaso por una selva tan intricada que no aciertan a salir della en seis días, y si el hombre no va harto, o bien proveídas las alforjas, allí se podrá quedar, como muchas veces se queda, hecho carne momia.

— Tú estás en lo cierto, Sancho — dijo don Quijote —. Vete adonde quisieres y come lo que pudieres, que yo ya estoy satisfecho, y solo me falta dar al alma su refacción, como se la daré escuchando el cuento deste buen hombre.

— Así las daremos todos a las nuestras — dijo el canónigo.

Y luego rogó al cabrero que diese principio a lo que prometido había. El cabrero dio dos palmadas sobre el lomo a la cabra, que por los cuernos tenía, diciéndole:

— Recuéstate junto a mí, Manchada, que tiempo nos queda para volver a nuestro apero.

Parece que lo entendió la cabra, porque en sentándose su dueño se tendió ella junto a él con mucho sosiego y mirándole al rostro daba a entender que estaba atenta a lo que el cabrero iba diciendo. El cual comenzó su historia desta manera:

CAPÍTULO LI

Que trata do que contou o cabreiro
a todos os que levavam D. Quixote

— A três léguas deste vale há uma aldeia, a qual, ainda que pequena, é das mais ricas de todo seu contorno, onde vivia um lavrador muito honesto, e tão honesto que, se bem o ser honesto seja anexo ao ser rico, mais ele o era por sua virtude que por sua riqueza; porém o que o fazia mais ditoso, segundo ele dizia, era ter uma filha de tão extremada formosura, rara discrição, graça e virtude, que quem a conhecia e olhava se admirava de ver as extremadas qualidades com que o céu e a natureza a enriqueceram. Já desde menina era formosa, e sempre foi crescendo em beleza, e à idade de dezesseis anos foi formosíssima. A fama de sua beleza começou a correr por todas as circunvizinhas aldeias. Que digo eu pelas circunvizinhas tão só? Correu até as distantes cidades e entrou pelos salões dos reis e pelos ouvidos de todo gênero de gente, que como a coisa rara ou como a imagem milagreira de toda parte vinham vê-la. Era guardada por seu pai e por ela mesma,[1] e não há cadeado, guarda nem fechadura que guarde melhor uma donzela que o próprio recato.

"A riqueza do pai e a beleza da filha moveram muitos, assim da aldeia como forasteiros, a pedi-la por mulher; mas o pai, como a quem cumpria

---

CAPÍTULO LI

Que trata de lo que contó el cabrero
a todos los que llevaban a don Quijote

— Tres leguas deste valle está una aldea que, aunque pequeña, es de las más ricas que hay en todos estos contornos, en la cual había un labrador muy honrado, y tanto, que, aunque es anejo al ser rico el ser honrado, más lo era él por la virtud que tenía que por la riqueza que alcanzaba; mas lo que le hacía más dichoso, según él decía, era tener una hija de tan estremada hermosura, rara discreción, donaire y virtud, que el que la conocía y la miraba se admiraba de ver las estremadas partes con que el cielo y la naturaleza la habían enriquecido. Siendo niña fue hermosa, y siempre fue creciendo en belleza, y en la edad de diez y seis años fue hermosísima. La fama de su belleza se comenzó a estender por todas las circunvecinas aldeas, ¿qué digo yo por las circunvecinas no más, si se estendió a las apartadas ciudades y aun se entró por las salas de los reyes y por los oídos de todo género de gente, que como a cosa rara o como a imagen de milagros de todas partes a verla venían? Guardábala su padre y guardábase ella, que no hay candados, guardas ni cerraduras que mejor guarden a una doncella que las del recato proprio.

dispor de tão rica joia, andava confuso, sem saber decidir a qual dentre os infinitos que a importunavam a entregaria. E dos muitos que tão bom desejo tinham eu fui um, a quem deu muitas e grandes esperanças de bom sucesso saber que o pai sabia quem eu era, sendo natural do mesmo lugar, limpo de sangue, na flor da idade, muito rico nos haveres e no engenho não menos abonado. Com todas estas mesmas qualidades também a pediu outro do mesmo lugar, o que foi causa de suspender na balança a vontade do pai, a quem parecia que com qualquer um de nós estaria sua filha bem casada; e por sair dessa indecisão, determinou de dizê-lo a Leandra, que assim se chama a rica que na miséria me tem posto, entendendo que, como os dois éramos iguais, era bem entregar à vontade de sua querida filha a escolha a seu gosto, coisa digna de ser imitada por todos os pais que querem pôr seus filhos em estado: não digo que os deixem escolher entre coisas ruins e más, mas que, propondo-as boas, entre as boas escolham a seu gosto. Não sei qual foi o de Leandra, só sei que o pai entreteve a nós ambos com alegar a pouca idade de sua filha e com palavras vagas, que nem o obrigavam nem tampouco nos desobrigavam. Chama-se meu competidor Anselmo, e eu me chamo Eugênio, para que tenhais notícia dos nomes das pessoas que desta tragédia participam, cujo fim ainda está pendente, mas bem se dá a entender que há de ser desastroso.

"Por esse tempo apareceu no nosso lugar um tal Vicente de la Rosa, filho de um pobre lavrador do mesmo lugar, o qual Vicente vinha de ser soldado nas Itálias e noutras diversas partes. Levara-o do nosso lugar, sendo rapaz de uns doze anos, um capitão que com sua companhia por ali acertou de passar, e voltou o moço dali a outros doze vestido à soldadesca, pintado com mil cores, cheio de mil berloques de cristal e sutis cordões de aço. Hoje

---

"La riqueza del padre y la belleza de la hija movieron a muchos, así del pueblo como forasteros, a que por mujer se la pidiesen; mas él, como a quien tocaba disponer de tan rica joya, andaba confuso, sin saber determinarse a quién la entregaría de los infinitos que le importunaban. Y entre los muchos que tan buen deseo tenían fui yo uno, a quien dieron muchas y grandes esperanzas de buen suceso conocer que el padre conocía quién yo era, el ser natural del mismo pueblo, limpio en sangre, en la edad floreciente, en la hacienda muy rico y en el ingenio no menos acabado. Con todas estas mismas partes la pidió también otro del mismo pueblo, que fue causa de suspender y poner en balanza la voluntad del padre, a quien parecía que con cualquiera de nosotros estaba su hija bien empleada; y por salir desta confusión, determinó decírselo a Leandra, que así se llama la rica que en miseria me tiene puesto, advirtiendo que, pues los dos éramos iguales, era bien dejar a la voluntad de su querida hija el escoger a su gusto, cosa digna de imitar de todos los padres que a sus hijos quieren poner en estado: no digo yo que los dejen escoger en cosas ruines y malas, sino que se las propongan buenas, y de las buenas, que escojan a su gusto. No sé yo el que tuvo Leandra, solo sé que el padre nos entretuvo a entrambos con la poca edad de su hija y con palabras generales, que ni le obligaban ni nos desobligaban tampoco. Llámase mi competidor Anselmo, y yo Eugenio, porque vais con noticia de los nombres de las personas que en esta tragedia se contienen, cuyo fin aún está pendiente, pero bien se deja entender que ha de ser desastrado.

"En esta sazón vino a nuestro pueblo un Vicente de la Rosa, hijo de un pobre labrador del mismo lugar, el cual Vicente venía de las Italias y de otras diversas partes de ser soldado. Llevóle de nuestro lugar, siendo muchacho de hasta doce años, un capitán que con su compañía por allí acertó a pasar, y volvió el mozo de allí a otros

vestia uma gala e amanhã outra, mas todas sutis, falsas, de pouco peso e menos tomo. A gente lavradora, que é por natureza maliciosa e, dando-lhe o ócio ocasião, é a malícia mesma, logo reparou nele, e contou uma por uma suas galas e alfaias, e viu que os trajes eram três, de diferentes cores, com suas ligas e meias, mas ele fazia com aquilo tantos arranjos e invenções que, se não os contassem, haveria quem jurasse ter ele exibido mais de dez pares de trajes com mais de vinte plumagens. E não pareça impertinência e demasia isso que das roupas vou contando, porque elas têm importante papel nesta história. Sentava-se num banco que embaixo de um grande álamo há na nossa praça e ali nos tinha a todos de boca aberta, pendentes das façanhas que ia contando. Não havia terra em todo o orbe que ele não tivesse visto, nem batalha onde não se tivesse achado; tinha matado mais mouros do que têm Marrocos e Tunísia juntos, e lidado em mais singulares combates, segundo ele dizia, que Gante e que Luna,[2] que Diego García de Paredes e outros mil que referia, e de todos saíra vitorioso, sem que lhe tivessem derramado uma só gota de sangue. Por outra parte, mostrava sinais de ferimentos que, se bem ninguém os enxergasse, a todos convencia que eram arcabuzaços recebidos em diversos embates e feitos guerreiros. Finalmente, com uma nunca vista arrogância chamava de *vos* os seus iguais e os mesmos que o conheciam,[3] e dizia que seu pai era seu braço, sua linhagem suas obras, e que, por ser soldado, nem ao mesmo rei devia nada. Para coroar tantas arrogâncias, era ele um pouco músico e tocava uma guitarra rasqueada à andaluza, de tal maneira que alguns diziam que a fazia falar; mas não paravam aí suas graças, pois também tinha lá a sua de poeta, e assim, para cada ninharia que acontecia na aldeia, compunha um romance de légua e meia de escritura. Pois este soldado que aqui pintei, este Vicente de la Rosa, este bravo, este galã, este

---

doce vestido a la soldadesca, pintado con mil colores, lleno de mil dijes de cristal y sutiles cadenas de acero. Hoy se ponía una gala y mañana otra, pero todas sutiles, pintadas, de poco peso y menos tomo. La gente labradora, que de suyo es maliciosa y dándole el ocio lugar es la misma malicia, lo notó, y contó punto por punto sus galas y preseas, y halló que los vestidos eran tres, de diferentes colores, con sus ligas y medias, pero él hacía tantos guisados e invenciones dellas, que si no se los contaran hubiera quien jurara que había hecho muestra de más de diez pares de vestidos y de más de veinte plumajes. Y no parezca impertinencia y demasía esto que de los vestidos voy contando, porque ellos hacen una buena parte en esta historia. Sentábase en un poyo que debajo de un gran álamo está en nuestra plaza y allí nos tenía a todos la boca abierta, pendientes de las hazañas que nos iba contando. No había tierra en todo el orbe que no hubiese visto, ni batalla donde no se hubiese hallado; había muerto más moros que tiene Marruecos y Túnez, y entrado en más singulares desafíos, según él decía, que Gante y Luna, Diego García de Paredes y otros mil que nombraba, y de todos había salido con vitoria, sin que le hubiesen derramado una sola gota de sangre. Por otra parte, mostraba señales de heridas que, aunque no se divisaban, nos hacía entender que eran arcabuzazos dados en diferentes rencuentros y faciones. Finalmente, con una no vista arrogancia llamaba de vos a sus iguales y a los mismos que le conocían, y decía que su padre era su brazo, su linaje sus obras, y que, debajo de ser soldado, al mismo rey no debía nada. Añadiósele a estas arrogancias ser un poco músico y tocar una guitarra a lo rasgado, de manera que decían algunos que la hacía hablar; pero no pararon aquí sus gracias, que también la tenía de poeta, y, así, de cada niñería que pasaba en el pueblo componía un romance de legua y media de escritura. Este soldado, pues, que aquí he pintado, este Vicente de la Rosa, este bravo, este ga-

músico, este poeta foi visto e olhado muitas vezes por Leandra, de uma janela de sua casa que dava para a praça. Enamorou-a o ouropel dos seus vistosos trajes; encantaram-na os seus romances, que de cada um que ele compunha fazia vinte cópias;[4] chegaram aos seus ouvidos as façanhas que ele de si mesmo referira: finalmente, pois assim o diabo o devia de haver ordenado, ela veio a se enamorar dele, antes de que nele nascesse a presunção de solicitá-la; e como nos casos de amor não há nenhum que com mais facilidade se cumpra que o que tem o desejo da dama a seu favor, logo com facilidade Leandra e Vicente se entenderam, e antes que algum dos seus muitos pretendentes caísse na conta do seu desejo, já ela o tinha cumprido, deixando a casa do seu querido e amado pai, pois mãe ela não tem, e ausentando-se da aldeia com o soldado, que saiu com mais triunfo dessa empresa que de todas as muitas que ele se atribuía. O acontecido admirou a aldeia inteira, e até a todos os que dele tiveram notícia; eu fiquei estarrecido, Anselmo atônito, o pai triste, seus parentes afrontados, avisada a justiça, os quadrilheiros prontos; bateram-se os caminhos, esquadrinharam os bosques e tudo que se podia, e ao cabo de três dias acharam a caprichosa Leandra na gruta de um monte, em camisa, sem os muitos dinheiros e preciosíssimas joias que de sua casa tinha levado. Devolveram-na à presença do lastimoso pai, perguntaram-lhe sua desgraça: confessou sem constrangimento que Vicente de la Rosa a enganara e, debaixo de sua palavra de ser seu esposo, persuadiu-a a deixar a casa paterna, pois ele a levaria à mais rica e luxuriosa cidade que havia em todo o mundo universo, que era Nápoles; e que ela, mal-avisada e pior enganada, acreditara nele e, roubando seu pai, tudo lhe entregou na mesma noite em que fugira de sua casa, e que ele a levou a um áspero monte e a lançou naquela gruta onde a encontraram. Contou também como o soldado, sem

---

lán, este músico, este poeta fue visto y mirado muchas veces de Leandra desde una ventana de su casa que tenía la vista a la plaza. Enamoróla el oropel de sus vistosos trajes; encantáronla sus romances, que de cada uno que componía daba veinte traslados; llegaron a sus oídos las hazañas que él de sí mismo había referido: y, finalmente, qúe así el diablo lo debía de tener ordenado, ella se vino a enamorar dél, antes que en él naciese presunción de solicitalla; y como en los casos de amor no hay ninguno que con más facilidad se cumpla que aquel que tiene de su parte el deseo de la dama, con facilidad se concertaron Leandra y Vicente, y primero que alguno de sus muchos pretendientes cayesen en la cuenta de su deseo, ya ella le tenía cumplido, habiendo dejado la casa de su querido y amado padre, que madre no la tiene, y ausentádose de la aldea con el soldado, que salió con más triunfo desta empresa que de todas las muchas que él se aplicaba. Admiró el suceso a toda el aldea y aun a todos los que dél noticia tuvieron; yo quedé suspenso, Anselmo atónito, el padre triste, sus parientes afrentados, solícita la justicia, los cuadrilleros listos; tomáronse los caminos, escudriñáronse los bosques y cuanto había, y al cabo de tres días hallaron a la antojadiza Leandra en una cueva de un monte, desnuda en camisa, sin muchos dineros y preciosísimas joyas que de su casa había sacado. Volviéronla a la presencia del lastimado padre, preguntáronle su desgracia: confesó sin apremio que Vicente de la Rosa la había engañado y debajo de su palabra de ser su esposo la persuadió que dejase la casa de su padre, que él la llevaría a la más rica y más viciosa ciudad que había en todo el universo mundo, que era Nápoles; y que ella, mal advertida y peor engañada, le había creído y, robando a su padre, se le entregó la misma noche que había faltado, y que él la llevó a un áspero monte y la encerró en aquella cueva donde la habían hallado. Contó también cómo el soldado, sin quitalle su honor, le robó cuanto tenía y la dejó en

lhe tirar a honra, lhe roubou tudo o que tinha e a deixou naquela cova e se foi, sucesso que de novo a todos admirou. Duro se nos fez crer na continência do moço, mas ela o afirmou com tantas veras, que foram bastantes para que o desconsolado pai se consolasse, não fazendo conta das riquezas que lhe levaram, pois lhe haviam deixado a filha com a joia que, uma vez perdida, não deixa esperança de jamais ser recuperada. No mesmo dia em que Leandra apareceu, seu pai a fez desaparecer dos nossos olhos e a enclausurou num mosteiro de uma vila aqui perto, esperando que o tempo gaste ao menos parte da má fama que sua filha ganhou. A pouca idade de Leandra serviu de desculpa de sua culpa, ao menos para aqueles a quem não importava se ela era boa ou má; mas os que conheciam sua discrição e muito entendimento não atribuíam seu pecado à ignorância, e sim à sua desenvoltura e à natural inclinação das mulheres, que é no mais das vezes desatinada e descomposta. Enclausurada Leandra, ficaram os olhos de Anselmo cegos, quando menos sem ter coisa a olhar que contentamento lhe desse; os meus, em trevas, sem luz que os encaminhasse a coisa alguma de gosto. Com a ausência de Leandra crescia a nossa tristeza, apoucava-se a nossa paciência, maldizíamos as galas do soldado e abominávamos do pouco recato do pai de Leandra. Finalmente, Anselmo e eu resolvemos deixar a aldeia e vir a este vale, onde, ele apascentando uma grande quantidade de ovelhas, suas próprias, e eu um numeroso rebanho de cabras, minhas também, passamos a vida entre as árvores, dando vau às nossas paixões ou cantando juntos louvores ou vitupérios da formosa Leandra, ou suspirando sozinhos e a sós, comunicando com o céu nossas querelas. À imitação nossa, outros muitos pretendentes de Leandra vieram a estes ásperos montes seguindo o mesmo exercício nosso, e são tantos, que parece que estas paragens se transformaram na pastoral

---

aquella cueva y se fue, suceso que de nuevo puso en admiración a todos. Duro se nos hizo de creer la continencia del mozo, pero ella lo afirmó con tantas veras, que fueron parte para que el desconsolado padre se consolase, no haciendo cuenta de las riquezas que le llevaban, pues le habían dejado a su hija con la joya que, si una vez se pierde, no deja esperanza de que jamás se cobre. El mismo día que pareció Leandra, la desapareció su padre de nuestros ojos y la llevó a encerrar en un monesterio de una villa que está aquí cerca, esperando que el tiempo gaste alguna parte de la mala opinión en que su hija se puso. Los pocos años de Leandra sirvieron de disculpa de su culpa, a lo menos con aquellos que no les iba algún interés en que ella fuese mala o buena; pero los que conocían su discreción y mucho entendimiento no atribuyeron a ignorancia su pecado, sino a su desenvoltura y a la natural inclinación de las mujeres, que por la mayor parte suele ser desatinada y mal compuesta. Encerrada Leandra, quedaron los ojos de Anselmo ciegos, a lo menos sin tener cosa que mirar que contento le diese; los míos, en tinieblas, sin luz que a ninguna cosa de gusto les encaminase. Con la ausencia de Leandra crecía nuestra tristeza, apocábase nuestra paciencia, maldecíamos las galas del soldado y abominábamos del poco recato del padre de Leandra. Finalmente, Anselmo y yo nos concertamos de dejar el aldea y venirnos a este valle, donde él apacentando una gran cantidad de ovejas suyas proprias y yo un numeroso rebaño de cabras, también mías, pasamos la vida entre los árboles, dando vado a nuestras pasiones o cantando juntos alabanzas o vituperios de la hermosa Leandra o suspirando solos y a solas comunicando con el cielo nuestras querellas. A imitación nuestra, otros muchos de los pretendientes de Leandra se han venido a estos ásperos montes usando el mismo ejercicio nuestro, y son tantos, que parece que este sitio se ha convertido en la pastoral Arcadia, según está colmo de pastores y de apriscos,

Arcádia, tão cumulado está de pastores e de apriscos, e não há parte nele onde não se escute o nome da formosa Leandra. Este a maldiz e a chama caprichosa, vária e desonesta; aquele a condena por fácil e ligeira; tal a absolve e perdoa, e tal a condena e vitupera; um celebra sua formosura, outro renega de sua condição, e, enfim, todos a desonram e todos a adoram, e de todos se estende a tanto a loucura, que há quem se queixe de desdém sem jamais lhe ter falado, e até quem se lamente e sinta a raivosa doença dos ciúmes, que ela jamais deu a ninguém, pois, como já tenho dito, antes se soube o seu pecado que o seu desejo. Não há oco de penha, nem margem de regato, nem sombra de árvore que não esteja ocupada por algum pastor que suas desventuras aos ares conte; o eco repete o nome de Leandra onde quer que se possa formar: "Leandra" ressoam os montes, "Leandra" murmuram os riachos, e Leandra nos tem a todos absortos e encantados, esperando sem esperança e temendo sem saber o que tememos. Entre estes disparatados, quem mostra ter menos e mais juízo é o meu competidor Anselmo, o qual, tendo tantas outras coisas de que se queixar, só se queixa da ausência; e ao som de um arrabil que toca admiravelmente, com versos onde mostra seu bom entendimento, cantando se queixa. Eu sigo outro caminho mais fácil, e a meu ver mais acertado, que é maldizer da ligeireza das mulheres, de sua inconstância, de seu doble trato, de suas promessas mortas, de sua fé rompida e, finalmente, do pouco discurso que têm em saber colocar seus pensamentos e as intenções que têm. E este foi o porquê, senhores, das palavras e razões que eu disse a esta cabra quando aqui cheguei, que, por ser fêmea, a tenho em pouco, ainda que seja a melhor de todo o meu rebanho. Esta é a história que vos prometi contar. Se fui no conto demais longo, não serei curto no vosso serviço: perto daqui tenho a minha malhada e nela tenho fresco leite e saborosíssimo

---

y no hay parte en él donde no se oiga el nombre de la hermosa Leandra. Este la maldice y la llama antojadiza, varia y deshonesta; aquel la condena por fácil y ligera; tal la absuelve y perdona, y tal la justicia y vitupera; uno celebra su hermosura, otro reniega de su condición, y, en fin, todos la deshonran y todos la adoran, y de todos se estiende a tanto la locura, que hay quien se queje de desdén sin haberla jamás hablado, y aun quien se lamente y sienta la rabiosa enfermedad de los celos, que ella jamás dio a nadie, porque, como ya tengo dicho, antes se supo su pecado que su deseo. No hay hueco de peña, ni margen de arroyo, ni sombra de árbol que no esté ocupada de algún pastor que sus desventuras a los aires cuente; el eco repite el nombre de Leandra dondequiera que pueda formarse: "Leandra" resuenan los montes, "Leandra" murmuran los arroyos, y Leandra nos tiene a todos suspensos y encantados, esperando sin esperanza y temiendo sin saber de qué tememos. Entre estos disparatados, el que muestra que menos y más juicio tiene es mi competidor Anselmo, el cual, teniendo tantas otras cosas de que quejarse, solo se queja de ausencia; y al son de un rabel que admirablemente toca, con versos donde muestra su buen entendimiento, cantando se queja. Yo sigo otro camino más fácil, y a mi parecer el más acertado, que es decir mal de la ligereza de las mujeres, de su inconstancia, de su doble trato, de sus promesas muertas, de su fe rompida y, finalmente, del poco discurso que tienen en saber colocar sus pensamientos y intenciones que tienen. Y esta fue la ocasión, señores, de las palabras y razones que dije a esta cabra cuando aquí llegué, que por ser hembra la tengo en poco, aunque es la mejor de todo mi apero. Esta es la historia que prometí contaros. Si he sido en el contarla prolijo, no seré en serviros corto: cerca de aquí tengo mi majada y en ella tengo fresca leche y muy sabrosísimo queso, con otras varias y sazonadas frutas, no menos a la vista que al gusto agradables.

queijo, mais outras várias e sazonadas frutas, não menos à vista que ao gosto agradáveis.

Notas

[1] Guardada por seu pai e por ela mesma: reminiscência da canção popular "*Madre, la mi madre, — guardas me ponéis:/ si yo no me guardo — mal me guardaréis*".

[2] Gante, Luna: não há certeza quanto à identidade desses dois personagens. Poderia tratar-se do soldado espanhol Juan de Gante, que protagonizou um combate citado por Luis Zapata em seu poema *Carlo famoso* (1566), ou de Marco Antonio Lunel, fidalgo que participou de um duelo relatado por Pedro Vallés em sua *Historia del Capitán don Hernando de Ávalos* (Saragoça, 1562).

[3] Chamava de *vos* os seus iguais: o tratamento de *vos* era reservado às classes inferiores ou para marcar distância.

[4] ... fazia vinte cópias: era usual os autores de romances copiarem seus versos para vendê-los sob a forma de folhetos, inaugurando a tradição que seria herdada pelo cordel brasileiro.

CAPÍTULO LII

Da pendência que teve D. Quixote com o cabreiro,
mais a rara aventura dos disciplinantes,[1]
à qual deu feliz fim à custa do seu suor

Gosto geral causou o conto do cabreiro a todos os que o escutaram; especialmente ao cônego, que com rara curiosidade notou a maneira como o tinha contado, tão longe de parecer rústico cabreiro quanto perto de se mostrar discreto cortesão, e assim disse que dissera muito bem o padre ao dizer que os montes criavam letrados. Todos ofereceram apoio a Eugênio, mas quem mais liberal nisto se mostrou foi D. Quixote, que lhe disse:

— Por certo, irmão cabreiro, que, se eu me achasse possibilitado de poder começar alguma aventura, logo logo me poria a caminho por que a vossa ventura fosse boa, pois eu tiraria Leandra do mosteiro (onde sem dúvida alguma deve de estar contra sua vontade), apesar da abadessa e de quantos o quisessem impedir, e pô-la-ia nas vossas mãos, para que dela fizésseis tudo quanto fosse de vossa vontade e talante, guardando, porém, as leis da cavalaria, que mandam que a nenhuma donzela se faça desaforo algum; posto que eu espero em Deus nosso Senhor que não há de poder tanto a força de um encantador malicioso, que não possa mais a de outro encantador mais bem-intencionado, e para então vos prometo o meu favor e ajuda, como me

---

CAPÍTULO LII

De la pendencia que don Quijote tuvo con el cabrero,
con la rara aventura de los deceplinantes,
a quien dio felice fin a costa de su sudor

General gusto causó el cuento del cabrero a todos los que escuchado le habían; especialmente le recibió el canónigo, que con estraña curiosidad notó la manera con que le había contado, tan lejos de parecer rústico cabrero cuan cerca de mostrarse discreto cortesano, y, así, dijo que había dicho muy bien el cura en decir que los montes criaban letrados. Todos se ofrecieron a Eugenio, pero el que más se mostró liberal en esto fue don Quijote, que le dijo:

— Por cierto, hermano cabrero, que si yo me hallara posibilitado de poder comenzar alguna aventura, que luego luego me pusiera en camino porque vos la tuviérades buena, que yo sacara del monesterio (donde sin duda alguna debe de estar contra su voluntad) a Leandra, a pesar de la abadesa y de cuantos quisieran estorbarlo, y os la pusiera en vuestras manos, para que hiciérades della a toda vuestra voluntad y talante, guardando, pero, las leyes de la caballería, que mandan que a ninguna doncella se le sea fecho desaguisado alguno; aunque yo espero

obriga a minha profissão, que não é outra senão favorecer os desvalidos e necessitados.

Olhou-o o cabreiro e, ao ver D. Quixote de tão má roupagem e catadura, admirou-se e perguntou ao barbeiro, que tinha perto de si:

— Senhor, quem é esse homem que de tal jeito se apresenta e de tal maneira fala?

— Quem há de ser — respondeu o barbeiro — senão o famoso D. Quixote de La Mancha, desfazedor de agravos, endireitador de tortos, o amparo das donzelas, o espanto dos gigantes e o vencedor das batalhas?

— Isso me parece — respondeu o cabreiro — o que se lê nos livros de cavaleiros andantes, que faziam tudo isso que vossa mercê diz desse homem, posto que tenho para mim, ou que vossa mercê faz burla, ou que este gentil-homem deve de ter vazios os aposentos da cabeça.

— Sois um grandíssimo velhaco — disse então D. Quixote —, e sois vós o vazio e o frouxo, pois eu estou mais rijo e pleno do que jamais esteve a mui fideputa puta que vos pariu.

E passando da palavra à ação, apanhou um pão que tinha junto de si e deu com ele em pleno rosto do cabreiro, com tamanha fúria que lhe amassou os narizes; mas o cabreiro, que não sabia daquelas burlas, vendo com quantas veras o maltratavam, sem respeito pelo tapete, nem pelas toalhas, nem por todos aqueles que comendo estavam, saltou sobre D. Quixote e, agarrando-o do pescoço com ambas as mãos, não hesitaria em esganá-lo, se Sancho Pança não aparecesse naquele momento e o agarrasse pelas costas e desse com ele sobre o serviço, quebrando pratos, estilhaçando taças e derramando e espalhando tudo que sobre o tapete havia. D. Quixote, ao se ver livre, tratou logo de montar sobre o cabreiro, o qual, com o rosto

---

en Dios nuestro Señor que no ha de poder tanto la fuerza de un encantador malicioso, que no pueda más la de otro encantador mejor intencionado, y para entonces os prometo mi favor y ayuda, como me obliga mi profesión, que no es otra sino es favorecer a los desvalidos y menesterosos.

Miróle el cabrero y, como vio a don Quijote de tan mal pelaje y catadura, admiróse y preguntó al barbero, que cerca de sí tenía:

— Señor, ¿quién es este hombre que tal talle tiene y de tal manera habla?

— ¿Quién ha de ser — respondió el barbero — sino el famoso don Quijote de la Mancha, desfacedor de agravios, enderezador de tuertos, el amparo de las doncellas, el asombro de los gigantes y el vencedor de las batallas?

— Eso me semeja — respondió el cabrero — a lo que se lee en los libros de caballeros andantes, que hacían todo eso que de este hombre vuestra merced dice, puesto que para mí tengo o que vuestra merced se burla o que este gentilhombre debe de tener vacíos los aposentos de la cabeza.

— Sois un grandísimo bellaco — dijo a esta sazón don Quijote —, y vos sois el vacío y el menguado, que yo estoy más lleno que jamás lo estuvo la muy hideputa puta que os parió.

Y diciendo y haciendo, arrebató de un pan que junto a sí tenía y dio con él al cabrero en todo el rostro, con tanta furia, que le remachó las narices; mas el cabrero, que no sabía de burlas, viendo con cuántas veras le maltrataban, sin tener respeto a la alhombra, ni a los manteles, ni a todos aquellos que comiendo estaban, saltó sobre don Quijote y, asiéndole del cuello con entrambas manos, no dudara de ahogalle, si Sancho Panza no llegara en aquel punto y le asiera por las espaldas y diera con él encima de la mesa, quebrando platos, rompiendo ta-

cheio de sangue, moído a pontapés por Sancho, ia engatinhando em busca de uma faca para tomar alguma sanguinolenta vingança, do que o impediam o cônego e o padre; mas o barbeiro fez de jeito que o cabreiro logo apanhou D. Quixote debaixo de si, sobre quem choveu tamanha quantidade de bofetões, que do rosto do pobre cavaleiro chovia tanto sangue quanto do outro.

Rebentavam de rir o cônego e o padre, pulavam de gosto os quadrilheiros, açulavam uns e outros, como fazem com os cães quando travados em briga; só Sancho Pança se desesperava, porque não conseguia safar-se de um criado do cônego, que o impedia de ajudar seu amo.

Enfim, estando todos em regozijo e festa, exceto os dois aporreadores atracados, ouviram o som de uma trombeta, tão triste, que os fez voltar o rosto para onde lhes pareceu que soava; mas quem mais se alvoroçou ao ouvi-lo foi D. Quixote, o qual, bem que estava embaixo do cabreiro, muito a contragosto e mais que medianamente moído, lhe disse:

— Irmão demônio, que não é possível que outra coisa sejas, pois tiveste valor e forças para sujeitar as minhas, rogo-te que assentemos tréguas, não mais que por uma hora, porque o doloroso som daquela trombeta que aos nossos ouvidos chega me parece que a uma nova aventura me chama.

O cabreiro, que já estava cansado de moer e ser moído, logo o deixou, e D. Quixote se levantou, também voltando o rosto para onde o som se ouvia, e de súbito viu que por uma ladeira desciam muitos homens vestidos de branco, a modo de disciplinantes.

Acontece que naquele ano tinham as nuvens negado seu orvalho à terra, e por todos os lugares daquela comarca se faziam procissões, rezas públicas e penitências, pedindo a Deus que abrisse as mãos de sua misericór-

---

zas y derramando y esparciendo cuanto en ella estaba. Don Quijote, que se vio libre, acudió a subirse sobre el cabrero, el cual, lleno de sangre el rostro, molido a coces de Sancho, andaba buscando a gatas algún cuchillo de la mesa para hacer alguna sanguinolenta venganza, pero estorbábanselo el canónigo y el cura; mas el barbero hizo de suerte que el cabrero cogió debajo de sí a don Quijote, sobre el cual llovió tanto número de mojicones, que del rostro del pobre caballero llovía tanta sangre como del suyo.

Reventaban de risa el canónigo y el cura, saltaban los cuadrilleros de gozo, zuzaban los unos y los otros, como hacen a los perros cuando en pendencia están trabados; sólo Sancho Panza se desesperaba, porque no se podía desasir de un criado del canónigo, que le estorbaba que a su amo no ayudase.

En resolución, estando todos en regocijo y fiesta, sino los dos aporreantes que se carpían, oyeron el son de una trompeta, tan triste, que les hizo volver los rostros hacia donde les pareció que sonaba; pero el que más se alborotó de oírle fue don Quijote, el cual, aunque estaba debajo del cabrero, harto contra su voluntad y más que medianamente molido, le dijo:

— Hermano demonio, que no es posible que dejes de serlo, pues has tenido valor y fuerzas para sujetar las mías, ruégote que hagamos treguas, no más de por una hora, porque el doloroso son de aquella trompeta que a nuestros oídos llega me parece que a alguna nueva aventura me llama.

El cabrero, que ya estaba cansado de moler y ser molido, le dejó luego, y don Quijote se puso en pie, volviendo asimismo el rostro a donde el son se oía, y vio a deshora que por un recuesto bajaban muchos hombres vestidos de blanco, a modo de diciplinantes.

dia e lhes desse a chuva; e por isso a gente de uma aldeia dali perto vinha em procissão para uma devota ermida que numa ladeira daquele vale havia.

D. Quixote, ao ver os estranhos trajes dos disciplinantes, sem lhe passar pela memória as muitas vezes que os devia de ter visto, imaginou que era coisa de aventura e que só a ele, como cavaleiro andante, cabia acometê-la, e mais lhe confirmou essa imaginação pensar que uma imagem que traziam coberta de luto era alguma principal senhora sendo levada à força por aqueles facinorosos e descomedidos velhacos; e assim como semelhante ideia lhe veio à mente, com grande ligeireza correu até Rocinante, que pastando estava, e, tirando-lhe do arção o freio e a adarga, num pronto o enfreou, e, pedindo a Sancho sua espada, montou sobre Rocinante, embraçou sua adarga e disse em alta voz para todos os presentes:

— Agora, valorosa companhia, vereis quanto importa que haja no mundo cavaleiros que professem a ordem da andante cavalaria; agora digo que vereis, na libertação daquela boa senhora que ali vai cativa, se não se hão de estimar os cavaleiros andantes.

E em dizendo isto deu de pernas em Rocinante, pois esporas não tinha, e a todo o galope, pois carreira puxada não se lê em toda esta verdadeira história que jamais tenha dado Rocinante, lá se foi bater com os disciplinantes, por mais que o padre, o cônego e o barbeiro tentassem detê-lo; mas tal não lhes foi possível, nem menos o detiveram as vozes que Sancho lhe dava, dizendo:

— Aonde vai, senhor D. Quixote? Que demônios leva no peito que o incitam a ir contra a nossa fé católica? Repare, por minha alma, que aquela é procissão de disciplinantes e que aquela senhora que levam sobre o andor

---

Era el caso que aquel año habían las nubes negado su rocío a la tierra y por todos los lugares de aquella comarca se hacían procesiones, rogativas y diciplinas, pidiendo a Dios abriese las manos de su misericordia y les lloviese; y para este efecto la gente de una aldea que allí junto estaba venía en procesión a una devota ermita que en un recuesto de aquel valle había.

Don Quijote, que vio los estraños trajes de los diciplinantes, sin pasarle por la memoria las muchas veces que los había de haber visto, se imaginó que era cosa de aventura y que a él solo tocaba, como a caballero andante, el acometerla, y confirmóle más esta imaginación pensar que una imagen que traían cubierta de luto fuese alguna principal señora que llevaban por fuerza aquellos follones y descomedidos malandrines; y como esto le cayó en las mientes, con gran ligereza arremetió a Rocinante, que paciendo andaba, quitándole del arzón el freno y el adarga, y en un punto le enfrenó, y, pidiendo a Sancho su espada, subió sobre Rocinante y embrazó su adarga y dijo en alta voz a todos los que presentes estaban:

— Agora, valerosa compañía, veredes cuánto importa que haya en el mundo caballeros que profesen la orden de la andante caballería; agora digo que veredes, en la libertad de aquella buena señora que allí va cautiva, si se han de estimar los caballeros andantes.

Y en diciendo esto apretó los muslos a Rocinante, porque espuelas no las tenía, y a todo galope, porque carrera tirada no se lee en toda esta verdadera historia que jamás la diese Rocinante, se fue a encontrar con los diciplinantes, bien que fueron el cura y el canónigo y barbero a detenelle; mas no les fue posible, ni menos le detuvieron las voces que Sancho le daba, diciendo:

é a imagem benditíssima da Virgem imaculada; olhe o que faz, senhor, que desta vez pode ter certeza que não é o que parece.

Fatigou-se em vão Sancho, porque seu amo ia tão empenhado em alcançar os encapuzados e livrar a senhora enlutada, que não ouviu palavra, e, ainda que a ouvisse, não voltaria, nem que o rei em pessoa lho ordenasse. Chegou, pois, à procissão e deteve Rocinante, que já ia desejoso de sossegar um pouco, e com embargada e rouca voz disse:

— Vós, que quiçá por não serdes bons encobris vosso rosto, atentai e escutai o que dizer-vos quero.

Os primeiros a parar foram os que levavam a imagem; e um dos quatro clérigos que cantavam as ladainhas, vendo a estranha figura de D. Quixote, a magreza de Rocinante e outras circunstâncias de riso que notou e descobriu em D. Quixote, lhe respondeu, dizendo:

— Senhor irmão, se tem algo a nos dizer, diga-o logo, pois estes irmãos vão abrindo suas carnes, e não podemos nem é razão que nos detenhamos a ouvir coisa alguma, como não seja tão breve que em duas palavras se diga.

— Numa o direi — replicou D. Quixote —, e é esta: que sem detença deixeis livre essa formosa senhora, cujas lágrimas e triste semblante dão claras mostras de que a levais contra sua vontade e de que algum notório desaforo lhe fizestes; e eu, que nasci no mundo para desfazer semelhantes agravos, não consentirei que se dê um só passo adiante sem dar-lhe a desejada liberdade que merece.

Por essas razões perceberam os que as ouviram que D. Quixote devia de ser algum homem louco, e pegaram a rir com muito gosto, e tal riso foi pólvora na cólera de D. Quixote, que, sem dizer mais palavra, arrancando a espada, arremeteu contra o andor. Um daqueles que o levavam, deixando a

---

— ¿Adónde va, señor don Quijote? ¿Qué demonios lleva en el pecho que le incitan a ir contra nuestra fe católica? Advierta, mal haya yo, que aquella es procesión de diciplinantes y que aquella señora que llevan sobre la peana es la imagen benditíssima de la Virgen sin mancilla; mire, señor, lo que hace, que por esta vez se puede decir que no es lo que sabe.

Fatigóse en vano Sancho, porque su amo iba tan puesto en llegar a los ensabanados y en librar a la señora enlutada, que no oyó palabra, y aunque la oyera, no volviera, si el rey se lo mandara. Llegó, pues, a la procesión y paró a Rocinante, que ya llevaba deseo de quietarse un poco, y con turbada y ronca voz dijo:

— Vosotros, que quizá por no ser buenos os encubrís los rostros, atended y escuchad lo que deciros quiero.

Los primeros que se detuvieron fueron los que la imagen llevaban; y uno de los cuatro clérigos que cantaban las ledanías, viendo la estraña catadura de don Quijote, la flaqueza de Rocinante y otras circunstancias de risa que notó y descubrió en don Quijote, le respondió, diciendo:

— Señor hermano, si nos quiere decir algo, dígalo presto, porque se van estos hermanos abriendo las carnes, y no podemos ni es razón que nos detengamos a oír cosa alguna, si ya no es tan breve que en dos palabras se diga.

— En una lo diré — replicó don Quijote —, y es esta: que luego al punto dejéis libre a esa hermosa señora, cuyas lágrimas y triste semblante dan claras muestras que la lleváis contra su voluntad y que algún notorio desaguisado le habedes fecho; y yo, que nací en el mundo para desfacer semejantes agravios, no consentiré que un solo paso adelante pase sin darle la deseada libertad que merece.

carga aos seus companheiros, foi de encontro a D. Quixote, arvorando uma forquilha ou cajado em que apoiava o andor quando descansava; e recebendo nela uma grande cutilada que lhe lançou D. Quixote, que a partiu ao meio, com o último pedaço que lhe restou na mão deu tal golpe sobre um ombro de D. Quixote, pelo mesmo lado da espada — não podendo aparar a adarga a vilã força —, que o pobre D. Quixote foi ao chão muito estropiado.

Sancho Pança, que ia ofegante ao seu encalço, vendo-o caído, deu vozes a seu espancador que não lhe desse outra paulada, porque era um pobre cavaleiro encantado, que não tinha feito mal a ninguém em todos os dias da sua vida. Mas o que deteve o vilão não foram as vozes de Sancho, mas ver que D. Quixote não bulia pé nem mão, e por isso, pensando que o matara, levantou as fraldas do hábito e saiu correndo pelo campo como um gamo.

Já então chegaram todos os da companhia de D. Quixote aonde ele estava; mas os da procissão, que os viram vir correndo, e com eles os quadrilheiros com suas armas, temeram algum ruim sucesso e fizeram todos uma roda em torno da imagem e, levantando as carapuças, empunhando as disciplinas, e os clérigos os ciriais, esperavam o assalto com determinação de se defender dos seus atacantes, e até de ofendê-los se pudessem. Mas a fortuna fez melhor do que se pensava, porque Sancho não fez mais que se lançar sobre o corpo do seu senhor, fazendo sobre ele o mais doloroso e risível pranto do mundo, pensando que estava morto.

O padre foi conhecido por outro padre que vinha na procissão, cujo conhecimento sossegou o concebido temor dos dois esquadrões. O primeiro padre, em duas razões, deu conta ao segundo de quem era D. Quixote, e tanto ele como toda a turba dos disciplinantes foram ver se estava morto o pobre cavaleiro e ouviram que Sancho Pança, com lágrimas nos olhos, dizia:

En estas razones cayeron todos los que las oyeron que don Quijote debía de ser algún hombre loco, y tomáronse a reír muy de gana, cuya risa fue poner pólvora a la cólera de don Quijote, porque, sin decir más palabra, sacando la espada, arremetió a las andas. Uno de aquellos que las llevaban, dejando la carga a sus compañeros, salió al encuentro de don Quijote, enarbolando una horquilla o bastón con que sustentaba las andas en tanto que descansaba; y recibiendo en ella una gran cuchillada que le tiró don Quijote, con que se la hizo dos partes, con el último tercio que le quedó en la mano dio tal golpe a don Quijote encima de un hombro, por el mismo lado de la espada — que no pudo cubrir el adarga contra villana fuerza —, que el pobre don Quijote vino al suelo muy malparado.

Sancho Panza, que jadeando le iba a los alcances, viéndole caído, dio voces a su moledor que no le diese otro palo, porque era un pobre caballero encantado, que no había hecho mal a nadie en todos los días de su vida. Mas lo que detuvo al villano no fueron las voces de Sancho, sino el ver que don Quijote no bullía pie ni mano, y, así, creyendo que le había muerto, con priesa se alzó la túnica a la cinta y dio a huir por la campaña como un gamo.

Ya en esto llegaron todos los de la compañía de don Quijote adonde él estaba; mas los de la procesión, que los vieron venir corriendo, y con ellos los cuadrilleros con sus ballestas, temieron algún mal suceso y hiciéronse todos un remolino alrededor de la imagen, y alzados los capirotes, empuñando las diciplinas, y los clérigos los ciriales, esperaban el asalto con determinación de defenderse, y aun ofender si pudiesen, a sus acometedores. Pero la fortuna lo hizo mejor que se pensaba, porque Sancho no hizo otra cosa que arrojarse sobre el cuerpo de su señor, haciendo sobre él el más doloroso y risueño llanto del mundo, creyendo que estaba muerto.

— Oh flor da cavalaria, que de uma paulada acabaste a carreira dos teus tão bem gastos anos! Oh honra da tua linhagem, orgulho e glória de toda La Mancha, e até de todo o mundo, o qual, faltando tu nele, ficará cheio de malfeitores sem temor de serem castigados dos seus malfeitos! Oh liberal sobre todos os Alexandres, pois por oito escassos meses de serviço tinhas dado a mim a melhor ínsula que o mar cinge e rodeia! Oh humilde com os soberbos e arrogante com os humildes, acometedor de perigos, sofredor de afrontas, enamorado sem causa, imitador dos bons, açoite dos maus, inimigo dos ruins, enfim, cavaleiro andante, que é tudo o que dizer-se pode!

Com as vozes e gemidos de Sancho reviveu D. Quixote, e a primeira palavra que disse foi:

— Este que de vós vive ausente, dulcíssima Dulcineia, a maiores misérias que estas está sujeito. Ajuda-me, Sancho amigo, a pôr-me sobre o carro encantado, que já não estou para apertar a sela de Rocinante, pois tenho todo este ombro feito em pedaços.

— Tal farei de muito bom grado, senhor meu — respondeu Sancho —, e voltemos à minha aldeia na companhia destes senhores que seu bem desejam, e ali trataremos de preparar outra saída que nos seja de mais proveito e fama.

— Bem dizes, Sancho — respondeu D. Quixote —, e será grande prudência deixar passar o mau influxo das estrelas agora em curso.

O cônego e o padre e barbeiro lhe disseram que faria muito bem em fazer o que dizia, e assim, depois de muito folgar com as simplicidades de Sancho Pança, puseram D. Quixote no carro, como antes vinha. A procissão retomou sua ordem e seu caminho; o cabreiro se despediu de todos; os quadrilheiros não quiseram seguir adiante, e o padre lhes pagou o que lhes devia; o cônego

---

El cura fue conocido de otro cura que en la procesión venía, cuyo conocimiento puso en sosiego el concebido temor de los dos escuadrones. El primer cura dio al segundo, en dos razones, cuenta de quién era don Quijote, y así él como toda la turba de los diciplinantes fueron a ver si estaba muerto el pobre caballero y oyeron que Sancho Panza, con lágrimas en los ojos, decía:

— ¡Oh flor de la caballería, que con solo un garrotazo acabaste la carrera de tus tan bien gastados años! ¡Oh honra de tu linaje, honor y gloria de toda la Mancha, y aun de todo el mundo, el cual, faltando tú en él, quedará lleno de malhechores sin temor de ser castigados de sus malas fechorías! ¡Oh liberal sobre todos los Alejandros, pues por solos ocho meses de servicio me tenías dada la mejor ínsula que el mar ciñe y rodea! ¡Oh humilde con los soberbios y arrogante con los humildes, acometedor de peligros, sufridor de afrentas, enamorado sin causa, imitador de los buenos, azote de los malos, enemigo de los ruines, en fin, caballero andante, que es todo lo que decir se puede!

Con las voces y gemidos de Sancho revivió don Quijote, y la primer palabra que dijo fue:

— El que de vos vive ausente, dulcísima Dulcinea, a mayores miserias que estas está sujeto. Ayúdame, Sancho amigo, a ponerme sobre el carro encantado, que ya no estoy para oprimir la silla de Rocinante, porque tengo todo este hombro hecho pedazos.

— Eso haré yo de muy buena gana, señor mío — respondió Sancho —, y volvamos a mi aldea en compañía destos señores que su bien desean, y allí daremos orden de hacer otra salida que nos sea de más provecho y fama.

pediu ao padre que lhe desse aviso de D. Quixote, se sarava de sua loucura ou se continuava nela, e com isto pediu licença para seguir sua viagem.

Finalmente, todos se separaram e afastaram, ficando só o padre e o barbeiro, D. Quixote e Pança e o bom Rocinante, que depois de tudo o que vira continuava com tanta paciência como seu amo. O carreiro jungiu seus bois e acomodou D. Quixote sobre um feixe de feno e com sua costumada pachorra seguiu o caminho que o padre quis, e ao cabo de seis dias chegaram à aldeia de D. Quixote, na qual entraram na metade do dia, que calhou de ser domingo, e toda a gente estava na praça, por onde atravessou o carro de D. Quixote. Acudiram todos a ver o que o carro trazia e, quando conheceram o seu compatrício, ficaram maravilhados, e um rapaz foi correndo dar as novas a sua ama e a sua sobrinha de que seu tio e seu senhor vinha magro e amarelo deitado num monte de feno e sobre um carro de bois. Coisa de pena foi ouvir os gritos que as duas boas senhoras soltaram, as bofetadas que se deram, as maldições que de novo lançaram contra os malditos livros de cavalarias, todo o qual se renovou quando viram entrar D. Quixote por suas portas.

Às novas dessa chegada de D. Quixote, acudiu a mulher de Sancho Pança, que já sabia que o marido fora com aquele servindo-o de escudeiro, e assim como viu Sancho, a primeira coisa que lhe perguntou foi se o asno estava bom. Sancho respondeu que estava melhor que seu amo.

— Graças sejam dadas a Deus — devolveu ela —, que tanto bem me fez; mas contai-me agora, amigo, que bem ganhastes das vossas escuderias. Que vestidos me trazeis? Que sapatinhos para os vossos filhos?

— Não trago nada disso, mulher minha — respondeu Sancho —, mas trago outras coisas de mais mérito e consideração.

— Muito gosto isso me dá — respondeu a mulher. — Mostrai-me essas

---

— Bien dices, Sancho — respondió don Quijote —, y será gran prudencia dejar pasar el mal influjo de las estrellas que agora corre.

El canónigo y el cura y barbero le dijeron que haría muy bien en hacer lo que decía, y así, habiendo recebido grande gusto de las simplicidades de Sancho Panza, pusieron a don Quijote en el carro, como antes venía. La procesión volvió a ordenarse y a proseguir su camino; el cabrero se despidió de todos; los cuadrilleros no quisieron pasar adelante, y el cura les pagó lo que se les debía; el canónigo pidió al cura le avisase el suceso de don Quijote, si sanaba de su locura o si proseguía en ella, y con esto tomó licencia para seguir su viaje. En fin, todos se dividieron y apartaron, quedando solos el cura y barbero, don Quijote y Panza y el bueno de Rocinante, que a todo lo que había visto estaba con tanta paciencia como su amo.

El boyero unció sus bueyes y acomodó a don Quijote sobre un haz de heno y con su acostumbrada flema siguió el camino que el cura quiso, y a cabo de seis días llegaron a la aldea de don Quijote, adonde entraron en la mitad del día, que acertó a ser domingo, y la gente estaba toda en la plaza, por mitad de la cual atravesó el carro de don Quijote. Acudieron todos a ver lo que en el carro venía y, cuando conocieron a su compatrioto, quedaron maravillados, y un muchacho acudió corriendo a dar las nuevas a su ama y a su sobrina de que su tío y su señor venía flaco y amarillo y tendido sobre un montón de heno y sobre un carro de bueyes. Cosa de lástima fue oír los gritos que las dos buenas señoras alzaron, las bofetadas que se dieron, las maldiciones que de nuevo echaron a los malditos libros de caballerías, todo lo cual se renovó cuando vieron entrar a don Quijote por sus puertas.

coisas de mais consideração e mérito, amigo meu, que as quero ver, para que se alegre este meu coração, que tão triste e descontente tem estado em todos os séculos da vossa ausência.

— Em casa vo-las mostrarei, mulher — disse Pança —, mas ficai contente por ora, pois, sendo Deus servido de que outra vez saiamos em busca de aventuras, vós logo me vereis conde, ou governador de uma ínsula, e não das que há por aí, mas da melhor que se pode achar.

— Queira o céu que assim seja, marido meu, pois bem havemos mister. Mas dizei-me que é isso de ínsulas, que o não entendo.

— Não é o mel para a boca do asno — respondeu Sancho —; no seu tempo verás o que é, mulher, e até te admirarás de te ouvires chamar de senhoria por todos os teus vassalos.

— Que é o que dizeis, Sancho, de senhorias, ínsulas e vassalos? — respondeu Juana Pança, que assim se chamava a mulher de Sancho, não porque fossem parentes, mas porque em La Mancha é uso tomarem as mulheres a alcunha do marido.

— Não te afanes, Juana, por saber tudo tão à pressa: basta saberes que te digo verdade, e prega teus lábios. Só te sei dizer, assim de passagem, que não há melhor coisa no mundo que ser um homem honrado escudeiro de um cavaleiro andante buscador de aventuras. Bem é verdade que as mais que se acham não saem tão a contento como o homem gostaria, pois, de cem que se encontram, noventa e nove saem avessas e erradas. Isto eu sei por experiência, pois de umas saí manteado e de outras moído; mas, ainda assim, é linda coisa esperar os sucessos atravessando montes, esquadrinhando selvas, batendo penhas, visitando castelos, hospedando-se em estalagens a toda discrição, sem pagar, oferecido seja ao diabo, um maravedi.

A las nuevas desta venida de don Quijote, acudió la mujer de Sancho Panza, que ya había sabido que había ido con él sirviéndole de escudero, y así como vio a Sancho, lo primero que le preguntó fue que si venía bueno el asno. Sancho respondió que venía mejor que su amo.

— Gracias sean dadas a Dios — replicó ella —, que tanto bien me ha hecho; pero contadme agora, amigo, qué bien habéis sacado de vuestras escuderías. ¿Qué saboyana me traéis a mí? ¿Qué zapaticos a vuestros hijos?

— No traigo nada deso — dijo Sancho —, mujer mía, aunque traigo otras cosas de más momento y consideración.

— Deso recibo yo mucho gusto — respondió la mujer —. Mostradme esas cosas de más consideración y más momento, amigo mío, que las quiero ver, para que se me alegre este corazón, que tan triste y descontento ha estado en todos los siglos de vuestra ausencia.

— En casa os las mostraré, mujer — dijo Panza —, y por agora estad contenta, que siendo Dios servido de que otra vez salgamos en viaje a buscar aventuras, vos me veréis presto conde, o gobernador de una ínsula, y no de las de por ahí, sino la mejor que pueda hallarse.

— Quiéralo así el cielo, marido mío, que bien lo habemos menester. Mas decidme qué es eso de *ínsulas*, que no lo entiendo.

— No es la miel para la boca del asno — respondió Sancho —; a su tiempo lo verás, mujer, y aun te admirarás de oírte llamar señoría de todos tus vasallos.

— ¿Qué es lo que decís, Sancho, de señorías, ínsulas y vasallos? — respondió Juana Panza, que así se lla-

Toda essa conversa tiveram Sancho Pança e Juana Pança, sua mulher, enquanto a ama e a sobrinha de D. Quixote o recebiam, e o despiam, e o deitavam no seu antigo leito. Ele as fitava com olhos transtornados, sem atinar onde estava. O padre encareceu à sobrinha que tivesse grande cuidado em bem tratar o seu tio e que estivessem alerta de que não escapasse outra vez, contando o que fora mister para trazê-lo para casa. Aí as duas soltaram novos gritos; aí se renovaram as maldições dos livros de cavalarias, aí pediram ao céu que castigasse no fundo do abismo os autores de tantas mentiras e disparates. Finalmente, ficaram as duas confusas e temerosas de se verem sem o seu amo e tio no momento em que ele tivesse alguma melhoria, e de feito sucedeu como elas imaginaram.

Mas o autor desta história, a despeito da sua muita curiosidade e diligência em buscar os feitos de D. Quixote em sua terceira saída, não pôde achar notícia dela, ao menos por escrituras autênticas: só a fama guardou, nas memórias de La Mancha, que, da terceira vez que saiu de sua casa, D. Quixote foi a Saragoça, onde se achou numas famosas justas que nessa cidade se celebraram, e ali lhe aconteceram coisas dignas do seu valor e bom entendimento. Nem do seu fim e acabamento pôde ele descobrir coisa alguma, e jamais a descobriria nem saberia se a boa sorte não lhe deparasse um velho médico que tinha em seu poder uma caixa de chumbo, que, segundo ele disse, se achara entre as ruínas de uma antiga ermida em reconstrução; dentro dessa caixa se acharam uns pergaminhos escritos com letras góticas, mas em versos castelhanos, que continham muitas das suas façanhas e davam notícia da formosura de Dulcineia d'El Toboso, da figura de Rocinante, da fidelidade de Sancho Pança e da sepultura do próprio D. Quixote, com diversos epitáfios e elogios da sua vida e costumes.

---

maba la mujer de Sancho, aunque no eran parientes, sino porque se usa en la Mancha tomar las mujeres el apellido de sus maridos.

— No te acucies, Juana, por saber todo esto tan apriesa: basta que te digo verdad, y cose la boca. Solo te sabré decir, así de paso, que no hay cosa más gustosa en el mundo que ser un hombre honrado escudero de un caballero andante buscador de aventuras. Bien es verdad que las más que se hallan no salen tan a gusto como el hombre querría, porque, de ciento que se encuentran, las noventa y nueve suelen salir aviesas y torcidas. Sélo yo de expiriencia, porque de algunas he salido manteado y de otras molido; pero, con todo eso, es linda cosa esperar los sucesos atravesando montes, escudriñando selvas, pisando peñas, visitando castillos, alojando en ventas a toda discreción, sin pagar, ofrecido sea al diablo, el maravedí.

Todas estas pláticas pasaron entre Sancho Panza y Juana Panza, su mujer, en tanto que el ama y sobrina de don Quijote le recibieron y le desnudaron y le tendieron en su antiguo lecho. Mirábalas él con ojos atravesados y no acababa de entender en qué parte estaba. El cura encargó a la sobrina tuviese gran cuenta con regalar a su tío y que estuviesen alerta de que otra vez no se les escapase, contando lo que había sido menester para traelle a su casa. Aquí alzaron las dos de nuevo los gritos al cielo; allí se renovaron las maldiciones de los libros de caballerías, allí pidieron al cielo que confundiese en el centro del abismo a los autores de tantas mentiras y disparates. Finalmente, ellas quedaron confusas y temerosas de que se habían de ver sin su amo y tío en el mesmo punto que tuviese alguna mejoría, y sí fue como ellas se lo imaginaron.

E os que se puderam ler e passar a limpo foram os que abaixo transcreve o fidedigno autor desta nova e jamais vista história. O qual autor não pede a quem a ler, como prêmio pelo imenso trabalho que lhe custou inquirir e esquadrinhar todos os arquivos manchegos para a poder dar a lume, senão que lhe deem o mesmo crédito que os discretos costumam dar aos livros de cavalarias, que tão reputados andam no mundo, pois com isto se terá por bem pago e satisfeito e se animará a dar e buscar outras, se não tão verdadeiras, ao menos de tanta invenção e passatempo.

As primeiras palavras que vinham escritas no pergaminho encontrado na caixa de chumbo eram as seguintes:

OS ACADÊMICOS DA ARGAMASILLA,[2]
LUGAR DE LA MANCHA,
EM VIDA E MORTE DO VALOROSO
D. QUIXOTE DE LA MANCHA,
HOC SCRIPSERUNT[3]

Pero el autor desta historia, puesto que con curiosidad y diligencia ha buscado los hechos que don Quijote hizo en su tercera salida, no ha podido hallar noticia de ellas, a lo menos por escrituras auténticas: solo la fama ha guardado, en las memorias de la Mancha, que don Quijote la tercera vez que salió de su casa fue a Zaragoza, donde se halló en unas famosas justas que en aquella ciudad se hicieron, y allí le pasaron cosas dignas de su valor y buen entendimiento. Ni de su fin y acabamiento pudo alcanzar cosa alguna, ni la alcanzara ni supiera si la buena suerte no le deparara un antiguo médico que tenía en su poder una caja de plomo, que, según él dijo, se había hallado en los cimientos derribados de una antigua ermita que se renovaba; en la cual caja se habían hallado unos pergaminos escritos con letras góticas, pero en versos castellanos, que contenían muchas de sus hazañas y daban noticia de la hermosura de Dulcinea del Toboso, de la figura de Rocinante, de la fidelidad de Sancho Panza y de la sepultura del mesmo don Quijote, con diferentes epitafios y elogios de su vida y costumbres.

Y los que se pudieron leer y sacar en limpio fueron los que aquí pone el fidedigno autor desta nueva y jamás vista historia. El cual autor no pide a los que la leyeren, en premio del inmenso trabajo que le costó inquirir y buscar todos los archivos manchegos por sacarla a luz, sino que le den el mesmo crédito que suelen dar los discretos a los libros de caballerías, que tan validos andan en el mundo, que con esto se tendrá por bien pagado y satisfecho y se animará a sacar y buscar otras, si no tan verdaderas, a lo menos de tanta invención y pasatiempo.

Las palabras primeras que estaban escritas en el pergamino que se halló en la caja de plomo eran estas:

O MONICONGO,[4]
ACADÊMICO DE ARGAMASILLA,
À SEPULTURA DE D. QUIXOTE

Epitáfio

O calva em chamas que adornou La Mancha
de mais despojos que Jasão de Creta,[5]
o juízo que seguiu do vento a seta
no rumo em que a derrota se desmancha.

O braço cuja força tanto ensancha
e que foi de Catai até Gaeta,[6]
a musa mais horrenda, e mais discreta,
que versos já gravou em brônzea prancha.

Aquele que ofuscou os Amadises
e os Galaores suplantou em bando,
firmado em seu amor e bizarria.

Aquele que calou os Belianises,
e sobre Rocinante andou errando
jaz aqui embaixo desta campa fria.

LOS ACADÉMICOS DE LA ARGAMASILLA, LUGAR DE LA MANCHA,
EN VIDA Y MUERTE DEL VALEROSO
DON QUIJOTE DE LA MANCHA,
HOC SCRIPSERUNT

EL MONICONGO, ACADÉMICO DE LA ARGAMASILLA,
A LA SEPULTURA DE DON QUIJOTE

Epitafio

El calvatrueno que adornó a la Mancha
de más despojos que Jasón de Creta;
el jüicio que tuvo la veleta
aguda donde fuera mejor ancha;

el brazo que su fuerza tanto ensancha,
que llegó del Catay hasta Gaeta;
la musa más horrenda y más discreta
que grabó versos en broncínea plancha;

el que a cola dejó los Amadises
y en muy poquito a Galaores tuvo,
estribando en su amor y bizarría;

el que hizo callar los Belianises,
aquel que en Rocinante errando anduvo,
yace debajo desta losa fría.

DO APANIGUADO,
ACADÊMICO DE ARGAMASILLA,
IN LAUDEM DULCINEAE D'EL TOBOSO

Soneto

Vedes aqui, de rosto arrepolhado,
alta de peitos e ademã brioso,
Dulcineia, rainha de El Toboso,
por quem foi Dom Quixote apaixonado.

Por ela pisou ele ambos os lados
da grande Serra Negra e o famoso
campo de Montiel, até o herboso
prado de Aranjuez (a pé e cansado,

culpa de Rocinante). Oh dura estrela,
que esta manchega dama e este invicto
andante cavaleiro, em tenros anos,

ela deixou, morrendo, de ser bela,
e ele, ainda que em mármores escrito,
não se furtou de amor, iras e enganos

DEL PANIAGUADO,
ACADÉMICO DE LA ARGAMASILLA,
IN LAUDEM DULCINEAE DEL TOBOSO

Soneto

Esta que veis de rostro amondongado,
alta de pechos y ademán brioso,
es Dulcinea, reina del Toboso,
de quien fue el gran Quijote aficionado.

Pisó por ella el uno y otro lado
de la gran Sierra Negra y el famoso
campo de Montïel, hasta el herboso
llano de Aranjüez, a pie y cansado

(culpa de Rocinante). ¡Oh dura estrella!,
que esta manchega dama y este invito
andante caballero, en tiernos años,

ella dejó, muriendo, de ser bella,
y él, aunque queda en mármores escrito,
no pudo huir de amor, iras y engaños.

DO CAPRICHOSO, DISCRETÍSSIMO ACADÊMICO DE ARGAMASILLA, EM LOUVOR DE ROCINANTE, CAVALO DE D. QUIXOTE DE LA MANCHA

Soneto

No alto e soberbo trono diamantino
que com sangrentas solas pisa Marte,
frenético o Manchego o estandarte
tremula com esforço peregrino,

pendura as armas e seu aço fino
com que destroça, assola, racha e parte...
Novas proezas!, mas inventa a arte
um novo estilo ao novo paladino.

Se tanto de Amadis se preza Gaula,
cujos valentes filhos sempre afanam
por Grécia glórias mil e a fama ensancham,

hoje é Quixote o coroado n'aula
onde Belona[7] rege, e já se ufana,
mais do que Grécia ou Gaula, a nobre Mancha.

Jamais o olvido tantas glórias mancha,
pois até Rocinante, em ser galhardo,
é mais que Bridadoiro e que Baiardo.[8]

DEL CAPRICHOSO, DISCRETÍSIMO ACADÉMICO DE LA ARGAMASILLA, EN LOOR DE ROCINANTE, CABALLO DE DON QUIJOTE DE LA MANCHA

Soneto

En el soberbio trono diamantino
que con sangrentas plantas huella Marte,
frenético el Manchego su estandarte
tremola con esfuerzo peregrino,

cuelga las armas y el acero fino
con que destroza, asuela, raja y parte...
¡Nuevas proezas!, pero inventa el arte
un nuevo estilo al nuevo paladino.

Y si de su Amadís se precia Gaula,
por cuyos bravos descendientes Grecia
triunfó mil veces y su fama ensancha,

hoy a Quijote le corona el aula
do Belona preside, y dél se precia,
más que Grecia ni Gaula, la alta Mancha.

Nunca sus glorias el olvido mancha,
pues hasta Rocinante, en ser gallardo,
excede a Brilladoro y a Bayardo.

DO BURLADOR,
ACADÊMICO ARGAMASILHESCO
A SANCHO PANÇA

Soneto

Sancho Pança aqui está, corpo nanico
porém grande em valor, milagre insano,
escudeiro o mais simples sem engano
que teve o mundo, vos juro e certifico.

A conde não chegou por um tantico,
só porque conspiraram em seu dano
insolências do século profano,
que não têm dó nem mesmo de um burrico.

Sobre ele andou (e com perdão se mente)
este manso escudeiro, atrás do manso
cavalo Rocinante, e atrás do dono.

Oh quão vãs esperanças tem a gente,
que passa a vida a prometer descanso
pra terminar em sombra, em fumo, em sonho![9]

DEL BURLADOR,
ACADÉMICO ARGAMASILLESCO,
A SANCHO PANZA

Soneto

Sancho Panza es aqueste, en cuerpo chico,
pero grande en valor, ¡milagro estraño!,
escudero el más simple y sin engaño
que tuvo el mundo, os juro y certifico.

De ser conde no estuvo en un tantico,
si no se conjuraran en su daño
insolencias y agravios del tacaño
siglo, que aun no perdonan a un borrico.

Sobre él anduvo (con perdón se miente)
este manso escudero, tras el manso
caballo Rocinante y tras su dueño.

¡Oh vanas esperanzas de la gente,
cómo pasáis con prometer descanso
y al fin paráis en sombra, en humo, en sueño!

DO CACHIMANHOSO,[10] ACADÊMICO DE ARGAMASILLA, NA SEPULTURA DE D. QUIXOTE

Epitáfio

Aqui jaz o cavaleiro
bem moído e mal-andante
que carregou Rocinante
por trilha, estrada e carreiro.

Sancho Pança, o malhadeiro,
jaz ao seu lado também,
fiel como ele ninguém
já viu o trato escudeiro.

DEL CACHIDIABLO, ACADÉMICO DE LA ARGAMASILLA, EN LA SEPULTURA DE DON QUIJOTE

Epitafio

Aquí yace el caballero
bien molido y malandante
a quien llevó Rocinante
por uno y otro sendero.

Sancho Panza el majadero
yace también junto a él,
escudero el más fiel
que vio el trato de escudero.

DO TREBELHICO,[11]
ACADÊMICO DE ARGAMASILLA
NA SEPULTURA DE DULCINEIA D'EL TOBOSO

Epitáfio

Repousa aqui Dulcineia,
se bem um tanto roliça,
em pó volveu e caliça
a morte espantosa e feia.

Foi de castiça raleia
e teve assomos de dama;
de Dom Quixote foi chama
e foi glória de sua aldeia.

Estes foram os versos que se puderam ler; os demais, por estar carcomida a letra, foram entregues a um acadêmico para que por conjeturas os esclarecesse. Tem-se notícia de que o fez, à custa de muitas vigílias e muito trabalho, e que tem intenção de dá-los a lume, na esperança da terceira saída de D. Quixote.

Forsi altro canterà con miglior plectro.[12]

FINIS

DEL TIQUITOC,
ACADÉMICO DE LA ARGAMASILLA,
EN LA SEPULTURA DE DULCINEA DEL TOBOSO

Epitafio

Reposa aquí Dulcinea,
y, aunque de carnes rolliza,
la volvió en polvo y ceniza
la muerte espantable y fea.

Fue de castiza ralea
y tuvo asomos de dama;
del gran Quijote fue llama
y fue gloria de su aldea.

Estos fueron los versos que se pudieron leer; los demás, por estar carcomida la letra, se entregaron a un académico para que por conjeturas los declarase. Tiénese noticia que lo ha hecho, a costa de muchas vigilias y mucho trabajo, y que tiene intención de sacallos a luz, con esperanza de la tercera salida de don Quijote.

Forse altro canterà con miglior plectro.

FINIS

Notas

[1] Disciplinantes: penitentes que açoitam as próprias costas com disciplinas (cordas de algodão ou cânhamo com farpas nas pontas), em pagamento de promessa ou para pedir uma graça. Costumavam sair em procissão com as costas nuas e a cabeça coberta com capuz.

[2] Academia de Argamasilla, lugar de La Mancha: no Século de Ouro espanhol, abundavam as "academias" literárias, inspiradas nas da renascença italiana, em cujas reuniões os escritores geralmente realizavam certames de poesia, muitas vezes satírica, em torno de um mote. O topônimo pode referir-se tanto a Argamasilla de Alba como a Argamasilla de Calatrava, dois povoados localizados na atual província de Ciudad Real. O aposto "lugar de La Mancha", retomado aqui em tom jocoso, levou alguns comentadores a supor que esta passagem revelaria a localidade de origem de D. Quixote, hipótese hoje descartada.

[3] *Hoc scripserunt*: "Escreveram isto".

[4] Monicongo: nome pelo qual eram conhecidos tanto o soberano do reino do Congo como seus súditos, que tinham fama de eruditos em comparação com outros povos vizinhos,.

[5] Jasão de Creta: na edição *princeps* consta "Jasão decreta", que a maioria dos estudiosos considera uma errata. Embora Jasão seja natural da Tessália, Creta cabe no epíteto do herói por ser palco de sua vitória sobre o gigante Talos, num dos episódios mais memoráveis da lenda dos Argonautas.

[6] Catai: antigo nome da China setentrional; Angélica, a amada de Orlando, era princesa desse reino. Gaeta: porto próximo de Nápoles, cenário da vitória do Grande Capitão sobre os franceses.

[7] Belona: divindade bélica latina, companheira ou irmã de Marte, a quem cabia preparar o carro de combate e os cavalos do deus da guerra.

[8] Bridadoiro e Baiardo: cavalos de Orlando e Reinaldo no *Orlando furioso*.

[9] ... em sombra, em fumo, em sonho: citação do célebre verso de Gôngora "*En tierra, en humo, en polvo, en sombra, en nada*", que fecha o soneto "Mientras por competir con tu cabello".

[10] Cachimanhoso: o original *Cachidiablo* evoca, por um lado, uma figura burlesca comum nas procissões ou em representações teatrais; por outro, um personagem histórico, pirata argelino que lutou ao lado de Barba Ruiva.

[11] Trebelhico: o onomatopaico *Tiquitoc* do original designava dois brinquedos, o joão-teimoso e o bilboquê.

[12] *Forsi altro canterà con miglior plectro*: "Talvez outro cantará com melhor plectro", citação levemente alterada de *Orlando furioso* (XXX, 16). A oitava que esse verso encerra começa "*Lasciamo il paladin ch'errando vada: / ben di parlar di lui tornerà tempo*" (Deixemos que o paladino continue a vagar:/ para falar dele há de haver nova ocasião).

POSFÁCIO DO TRADUTOR

Sérgio Molina

Passados quase dez anos desde a primeira publicação desta tradução, acho que já é hora de fazer um breve balanço da trajetória deste livro, além de apontar as diferenças que marcam esta nova edição, e seus porquês.

No posfácio às edições anteriores, declarei de saída minha negativa a dar uma receita para a leitura de *D. Quixote*; decisão que agora renovo, em respeito à liberdade individual de cada leitor — embora ciente de que ela é relativa, porque se move no terreno do compartilhado. Logo em seguida, expus as principais dificuldades que a obra de Cervantes impôs à tradução, quais sejam: a distância no tempo, a par da singular familiaridade que o texto suscita apesar desse hiato; e a multiplicidade de tons, estilos e gêneros, muitas vezes entremesclados. O que expus em seguida já era em certo sentido uma receita, não de leitura, mas da própria tradução. Expliquei então que, no intento de resolver aqueles problemas, voltei-me à história das traduções de *D. Quixote* ao português e detectei um fato singular: a obra-prima de Cervantes, escrita e publicada em plena União Ibérica, quando o bilinguismo predominava nas letras lusitanas, só seria vertida à nossa língua quase duzentos anos mais tarde. Justamente no momento em que em Portugal se realizava um esforço por diferenciar o vernáculo do castelhano. Levando em conta que esse movimento se desenvolveu na metrópole lusa, marcando mais profundamente a variante europeia do idioma, e que os dialetos brasileiros até hoje permanecem em muitos aspectos bem mais próximos do português seiscentista, sobretudo no que tange ao padrão rítmico, entendi que a chave para o estabelecimento de um tom — ou tons — adequado seria tomar como modelo estilístico os textos do corpus clássico luso-brasileiro dos séculos XVI e XVII. Pesou na decisão não apenas essa constatação histórica, fundamentada em pesquisas linguísticas,[1] mas também a percepção de que a força do texto cervantino está intrinsecamente ligada à sua musicalidade, à sua

---

[1] A principal delas é a que vem sendo realizada desde 1998 pela equipe de linguistas sob orientação de Charlotte Galvez, que resultou na elaboração de um "Corpus Histórico do Português" (disponível em: www.tycho.iel.unicamp.br/~tycho/corpus/index.html).

"oração e período sonoros e festivos", como se diz no "Prólogo". Assim, trabalhei o texto sempre com a atenção posta em sua sonoridade, buscando que soasse numa clave poética semelhante à do barroco luso-brasileiro, adaptando o estilo de Cervantes com lealdade, de modo que sua chama original revivesse entre nós.

Se apostei nesse caminho, não foi sem medo de errar. Afinal, estava aplicando uma tese que, embora muito simples, não havia sido testada em traduções anteriores. A certeza do acerto veio em pouco tempo, na resposta dos leitores. Muitos deles me escreveram diretamente,[2] declarando-se cativados pela experiência de ler uma versão vernácula de D. Quixote que trouxesse a graça da poética cervantina. A propriedade daquela opção seria também reconfirmada nas novas traduções que vieram à luz em 2005, no quadro da celebração dos quatrocentos anos de D. Quixote: as de Miguel Serras Pereira e de José Bento, em Portugal, e a de José Luis Sánchez e Carlos Nougué, no Brasil. Também numa nova tradução parcial das Novelas exemplares, de autoria de Nylcea Pedra. Todas elas seguiram mais ou menos na mesma trilha, com pequenas variações quanto ao grau de atualização da linguagem. Não vem ao caso saber se essa coincidência resultou ou não de decalque, consulta, ou casualidade involuntária. Todas essas traduções, juntas, conformam a retomada de Cervantes com uma preocupação patente em recobrar seu estilo em consonância com os da literatura da época.

Outro aspecto que apontei como diferencial desta tradução em contraste com as precedentes era a recusa em "corrigir" Cervantes, como muitas vezes aquelas fizeram, partindo do pressuposto de que o autor do Quixote escrevia com desleixo, sem um completo "domínio técnico" da língua. Essa falsa verdade justificava a copidescagem do texto na tradução, mediante a supressão de redundâncias, a simplificação de circunlóquios, a padronização de arcaísmos e barbarismos, a paráfrase dos trechos obscuros. O resultado disso havia sido a amputação da ambiguidade irônica, o achatamento do relevo narrativo e a sonegação de boa parte do jogo com leitor.

Essas ponderações continuam obviamente válidas, mas há ressalvas a fazer: o estabelecimento do texto de D. Quixote, pela grande quantidade de erros tipográficos e lapsos editoriais, é extremamente problemático, e dá até hoje lugar a discussões entre os especialistas. Ao empreender a tradução, optei por me ater quase que exclusivamente à edição dirigida por Francisco Rico (Crítica/Instituto Cervantes, 1998), entendendo que era a mais confiável já

---

[2] Respondendo ao convite, que agora renovo, de me enviarem seus comentários — e não apenas os elogiosos — para o e-mail domquixa@bol.com.br.

realizada, contando com a contribuição de uma grande equipe de especialistas. Com o tempo, porém, me dei conta de que, por mais excelente que fosse — como é —, ela não poderia ser definitiva. Como, aliás, ficou provado na reedição do mesmo Rico (Instituto Cervantes/Galaxia Gutenberg, 2004), que alterou diversas interpretações. Movido por essa constatação, encarei a tarefa de comparar as principais diferenças com outras edições, sobretudo a de Florencio Sevilla Arroyo e Antonio Rey Hazas (Centro de Estudios Cervantinos, 1993). Não pude me furtar, portanto, à necessidade de tomar partido por uma ou outra interpretação, atentando aos argumentos esgrimidos por cada especialista, sem dar *a priori* a razão a ninguém. As opções se refletiram tanto na tradução como no texto em castelhano que acompanha esta edição, e aí reside uma das diferenças desta edição. A outra diz respeito às notas explicativas, que tive a oportunidade de revisar, incorporando dados mais precisos obtidos em pesquisas mais amplas e retificando alguns equívocos em que havia incorrido. Também me vi na necessidade de incorporar novas notas, tanto pela visão mais crítica sobre as edições de referência como pelas descobertas com que deparei nesse ínterim. Um bom exemplo é a nota 3 do capítulo I, que chama a atenção para a origem da expressão *"en un lugar de La Mancha"*, que poderia provir do romanceiro novo. Se eu aceitara os argumentos de Francisco Rico, que atribui a coincidência da frase ao acaso, posteriormente, ao entender melhor o alcance e as implicações da presença dos romanceiros em *D. Quixote* e ter acesso aos argumentos de quem sustenta o contrário,[3] me vi movido a compartilhar com o leitor essa informação que me pareceu relevante, por comportar novas possibilidades de interpretação.

E aqui volto ao ponto que toquei no começo deste texto, da liberdade relativa que é dada a cada um em sua leitura. Todo o aparato que acompanha este livro, desde a apresentação, ou antes, desde a página de rosto ou a capa, até este posfácio, passando pelas muitas notas, tudo isso acarreta uma inevitável interferência sobre um contato que desejaríamos o mais "limpo" possível. É uma pequena porção daquilo que Italo Calvino chamou de "nuvem de discursos críticos", que cerca todo clássico. Neste caso, de uma vasta nebulosa dentro da imensa galáxia do cervantismo, com uma infinidade de estrelas em expansão, por vezes em choque. Ao traduzir e editar *D. Quixote*, não é possível passar ao largo da massa de informações produzida pelos es-

---

[3] Julio Alonso Asenjo, "Quijote y romances: uso y funciones", comunicação apresentada nas *Jornadas sobre Romancero Hispánico*, Universitat de València, 1998. Disponível em: parnaseo.uv.es/Tirant/Butlleti.5/Qyrom(I)2003.htm.

tudiosos ao longo do tempo, porque elas de fato propiciam uma compreensão mais completa do texto, ressaltando aspectos que aqui e agora nos escapariam. E é forçoso aceitar que, afinal, esta edição também se integra a essa nuvem. E que sempre restará a cada leitor, com seu "livre-arbítrio no justo ponto", colher nessa floresta os frutos que preferir.

Não posso encerrar sem antes registrar minha imensa gratidão às pessoas sem as quais este trabalho teria sido impossível: Rubia Prates Goldoni, companheira em tudo e para tudo; família Palomero e Plá Archelós, especialmente à Angela Gregoria; aos amigos a toda prova Eneida e César Haddad, René Lenard, Roberto Baronti, Sérgio Monari; a meu pai, Osvaldo Molina, *in memoriam*; e aos revisores Cide Piquet e Alexandre Barbosa de Souza.

SOBRE O AUTOR

Embora não se saiba ao certo o dia e local de seu nascimento, muito já se escreveu sobre a vida e as obras de Miguel de Cervantes. Acredita-se que ele tenha nascido no dia de São Miguel, 29 de setembro, do ano de 1547, em Alcalá de Henares, nas proximidades de Madri, sendo o quarto dos sete filhos de Rodrigo de Cervantes e Leonor de Cortinas. Segundo as indicações que o próprio autor deixou em suas obras, sua primeira composição literária teria sido um soneto dedicado à rainha Isabel, falecida em 1568. Apesar do gosto pelas letras, tenta a sorte alistando-se numa companhia de soldados. Aos 22 anos, as circunstâncias o levam a percorrer várias cidades da Itália renascentista.

Em 7 de outubro de 1571, Cervantes participa da célebre batalha de Lepanto, quando é ferido por tiros de arcabuz e perde a mão esquerda. Em 1575, o navio em que viaja de volta à Espanha é aprisionado pelos turcos e conduzido para Argel, onde permanece preso por cinco anos, à espera de resgate. Nesse período começa a redigir a composição pastoral *A Galateia*, publicada anos depois. De regresso à Espanha em 1580, o escritor, soldado e ex-prisioneiro precisa encontrar meios de vida. Vive em Valência, depois em Madri e Toledo. Com uma atriz, tem uma filha natural, de nome Isabel. Em 1584, casa-se com Catalina de Salazar. Nessa época, aproxima-se de alguns dos melhores escritores espanhóis de seu tempo: Gôngora, Calderón de la Barca, Quevedo, Tirso de Molina e outros.

Sempre em meio a dificuldades financeiras, integra-se ao esforço de guerra da Invencível Armada católica de Felipe II, que pretendia atacar a Inglaterra protestante. Na função de comissário do abastecimento, Cervantes viaja por toda a Espanha arrecadando alimentos, convivendo com os tipos mais variados do povo, da Igreja e da administração, experiência que transparece em seus escritos futuros. Com a derrota da Armada, Cervantes pede ao Conselho das Índias uma posição na América em 1593. Negada a petição, volta ao cargo de comissário, mas desta vez coletando impostos, o que lhe acarreta suspeitas nas prestações de contas e três prisões; uma delas em Sevilha, em cujo cárcere teria concebido a primeira parte do *D. Quixote*.

Em 1601, a corte muda-se para Valladolid. Cervantes transfere-se para lá com a família em busca de favores, mas só consegue encontrar mais problemas: a filha Isabel, acusada de comportamento leviano, acaba causando escândalo público, justamente em 1605, quando o pai conseguia a licença de impressão para o *D. Quixote*. Apesar do desprezo de Lope de Vega, que tinha por Cervantes profunda inimizade, a obra foi um sucesso instantâneo, sendo reimpressa seis vezes no primeiro ano.

Em meio a revezes de todo tipo — perdas familiares, protestos de dívidas, processos e apelações, menosprezo dos poderosos —, o escritor publica em 1613 suas *Novelas exemplares*, em cujo prólogo indica o plano para a continuação do *Quixote*. Em 1614, um certo Avellaneda, aproveitando o sucesso do personagem, lança um "falso Quixote", obra frágil e postiça, que será ridicularizada por Cervantes na segunda parte de seu livro, publicada em 1615. Nesse meio-tempo, edita o livro de poemas *Viagem do Parnaso* (1614) e o de teatro *Oito comédias e entremezes* (1615). Em 1616, ingressa na Ordem Terceira de São Francisco, com votos de pobreza e humildade. Miguel de Cervantes morre em 22 de abril desse ano, em Madri. No ano seguinte, é publicada sua última obra, o romance *Os trabalhos de Persiles e Sigismunda*.

SOBRE O ILUSTRADOR

Pintor, gravador, desenhista e ilustrador, Gustave Doré nasceu em Estrasburgo, França, em 1833. Em 1847, ainda adolescente, muda-se com o pai para Paris, onde, apesar da pouca idade, surpreende o público da imprensa, de museus e de editoras, que passam a solicitar seus esboços e desenhos.

Nas aulas de história do Liceu Carlos Magno, o jovem Gustave ilustra a pedido do professor cenas e retratos de vários personagens da Antiguidade. Dedicando-se exclusivamente à arte, concebe a ideia de ilustrar os clássicos da literatura, elevando a um novo patamar as relações entre texto e imagem. Desse modo, Doré criou representações visuais que acabaram ligando-se, de modo indissolúvel, às obras que lhes deram origem. A impressão que autores como Rabelais, Dante, Perrault, Milton, Ariosto, Montaigne, La Fontaine, Tennyson, Coleridge e muitos outros causam no espírito do leitor contemporâneo devem muito às imagens de Gustave Doré.

As ilustrações para o *D. Quixote* de Cervantes utilizadas nesta edição foram desenhadas a bico-de-pena por Gustave Doré e gravadas em madeira por H. Pisan, sendo publicadas pela primeira vez na edição francesa do livro em 1863.

Gustave Doré morreu em Paris, em 1883.

SOBRE O TRADUTOR

Nascido em Buenos Aires, Argentina, em 1964, Sérgio Molina mudou-se com a família para o Brasil aos dez anos de idade. Passou pelos cursos de Ciências Sociais, Letras, Espanhol, Editoração e Jornalismo, todos da Universidade de São Paulo.

Iniciou sua carreira profissional como tradutor em 1986, dedicando-se sobretudo à narrativa espanhola e hispano-americana. Além de traduzir a obra máxima de Cervantes — trabalho que lhe valeu o Prêmio Jabuti de Tradução em 2004 —, Sérgio Molina verteu para o português textos de Alejo Carpentier, Jorge Luis Borges, Rodolfo Walsh, Ricardo Piglia, Mario Vargas Llosa, Roberto Arlt, Carmen Martín Gaite, Luis Gusmán, César Aira, Tomás Eloy Martinez, Antonio Muñoz Molina, entre outros, totalizando mais de cinquenta livros publicados em nossa língua.

Este livro foi composto em Sabon, pela Bracher & Malta, com CTP e impressão da Edições Loyola em papel Pólen Natural 70 g/m² da Cia. Suzano de Papel e Celulose para a Editora 34, em setembro de 2023.